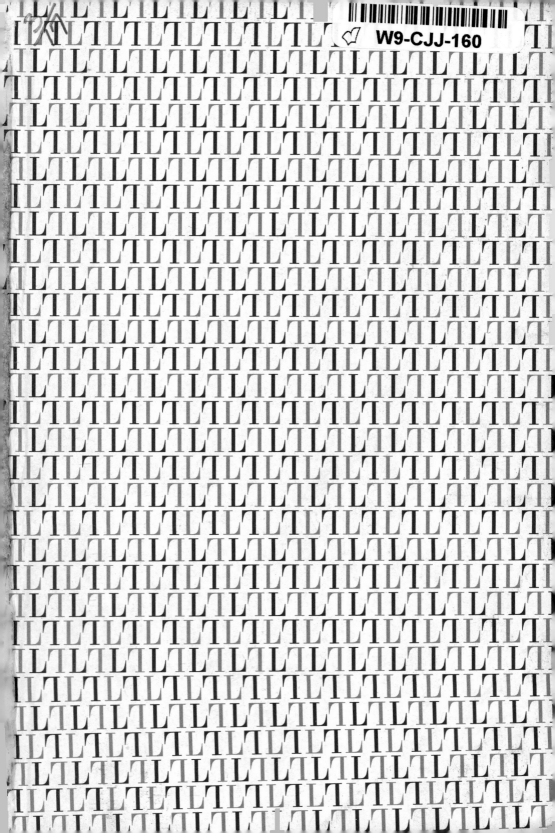

Tan poca vida

Tan poca vida

Hanya Yanagihara

Traducción de
Aurora Echevarría

Lumen
_____

narrativa

Segunda edición: septiembre de 2016

Título original: *A Little Life*

Printed in Spain — Impreso en España

ISBN: 978-84-264-0327-8
Depósito legal: 8.975-2016

Compuesto en M. I. Maquetación, S. L.
Impreso en Egedsa
Sabadell (Barcelona)

H 4 0 3 2 7 8

Penguin
Random House
Grupo Editorial

Para Jared Hohlt
en señal de amistad, con cariño

I

Lispenard Street

1

En el undécimo piso solo había un armario y una puerta corredera de cristal que se abría a un pequeño balcón. Desde ahí se veía el edificio de enfrente, donde un hombre sentado fumaba al aire libre en camiseta y pantalón corto pese a ser octubre. Willem levantó una mano a modo de saludo, pero él no respondió.

Jude estaba abriendo y cerrando la puerta del armario que se plegaba en acordeón cuando Willem entró en el dormitorio.

—Solo hay un armario —comentó.

—No importa —respondió Willem—. De todos modos no tengo nada que guardar en él.

—Yo tampoco.

Sonrieron. La administradora de fincas apareció detrás de ellos.

—Nos lo quedamos —anunció Jude.

Sin embargo, de vuelta en la oficina la administradora les comunicó que no podían alquilar el piso.

—No ganan lo suficiente para cubrir el alquiler de seis meses, y no tienen ahorros. —De pronto se mostraba tensa. Tras comprobar las cuentas bancarias y su crédito, por fin se había percatado de que era un poco extraño que dos hombres de veintitantos años que no eran pareja intentaran alquilar un piso de un solo dormitorio en un tramo soso (aunque caro) de la calle Veinticinco—. ¿Cuentan con alguien que pueda avalarlos? ¿Un jefe? ¿Sus padres?

—Nuestros padres han muerto —se apresuró a responder Willem.

La administradora suspiró.

—Entonces les sugiero que bajen sus expectativas. Nadie que gestione correctamente un edificio querrá alquilar a unos solicitantes de su perfil financiero. —Se levantó con actitud tajante y miró hacia la puerta de manera elocuente.

Sin embargo, cuando más tarde le contaron a JB y a Malcolm lo ocurrido, le dieron un aire cómico: el suelo del piso de pronto estaba tatuado de excrementos de roedor, el hombre del edificio de enfrente era poco menos que un exhibicionista y la administradora se disgustó cuando intentó flirtear con Willem y él no le siguió el juego.

—De todos modos, ¿quién quiere vivir en la Veinticinco con la Segunda? —preguntó JB.

Se encontraban en el Pho Viet Huong de Chinatown, donde se reunían un par de veces al mes para cenar. Aunque en el Pho Viet Huong no se comía muy bien —servían una *pho* curiosamente azucarada, el zumo de lima sabía a jabón, y después de cada comida al menos uno de ellos se sentía indispuesto—, seguían yendo allí por inercia y por necesidad. En el Pho Viet Huong servían un bol de sopa o un sándwich por cinco dólares, o bien un plato principal que costaba entre ocho y diez dólares y era tan abundante que podían guardar la mitad para el día siguiente o comérselo más tarde esa misma noche. Malcolm era el único que nunca se lo terminaba ni se guardaba la mitad; cuando se quedaba satisfecho dejaba el plato en el centro de la mesa para que Willem y JB —que siempre estaban hambrientos— se lo acabaran.

—Por supuesto que no queremos vivir en la Veinticinco con la Segunda, JB —respondió Willem con sorna—, pero no nos queda otra opción. No tenemos dinero, ¿recuerdas?

—No entiendo por qué no os quedáis donde estáis —señaló Malcolm, que empujaba las setas y el tofu por el plato con el tenedor (siempre pedía lo mismo: setas con tofu estofado en una melosa salsa marrón) bajo la mirada de Willem y JB.

—Bueno, yo no puedo —replicó Willem. Debía de habérselo contado a Malcolm una docena de veces en los últimos tres meses—. La novia de Merritt se instala en el piso y tengo que largarme.

—Pero ¿por qué tienes que irte tú?

—¡Porque el contrato está a nombre de él! —exclamó JB.

—Ah. —Malcolm guardó silencio. A menudo se olvidaba de lo que para él eran detalles intrascendentes, aunque tampoco parecía importarle que la gente se impacientara con él por olvidarlos—. Está bien. —Dejó las setas en el centro de la mesa—. Pero tú, Jude…

—No puedo quedarme eternamente en tu casa, Malcolm. Tus padres acabarán matándome.

—Mis padres te aprecian mucho.

—Eres muy amable. Pero dejarán de apreciarme si no me voy y pronto.

Malcolm era el único de los cuatro que todavía vivía en casa de sus padres, y como a JB le gustaba decir, si él tuviera una casa como la suya también viviría allí. No es que fuera particularmente espléndida —de hecho, no estaba bien conservada y toda ella crujía; en una ocasión a Willem se le clavó una astilla en la mano al pasarla por la barandilla—, pero era espaciosa: la típica vivienda urbana del Upper East Side. La hermana de Malcolm, Flora, que tenía tres años más que él, se había mudado hacía poco del sótano, y Jude ocupó su lugar como una solución a corto plazo; con el tiempo, los padres de Malcolm reclamarían el espacio para convertirlo en oficinas para la agencia literaria de su madre, lo que significaba que Jude (a quien de todos modos le resultaba demasiado difícil sortear el tramo de escaleras que conducía al sótano) tendría que buscarse un piso propio.

Por otra parte, era natural que se fuera a vivir con Willem, pues habían sido compañeros de habitación durante la época de la universidad. En su primer año los cuatro habían compartido un espacio que consistía en una sala común hecha con bloques de hormigón ligero, donde colocaron sus respectivas mesas, sillas y un sofá que las tías de JB transportaron con una furgoneta, y una segunda habitación, mucho más pequeña, en la que pusieron dos literas. La habitación era tan estrecha que Malcolm y Jude, que dormían en las camas de abajo, podían cogerse la mano si alargaban el brazo. Malcolm y JB compartían una, y Jude y Willem la otra. «Negros contra blancos», decía JB. A lo que Willem replicaba: «Jude no es blanco». Y Malcolm, más para contrariar a JB que porque en realidad lo pensara, añadía: «Y yo no soy negro».

—Bueno, os diría que os instalarais conmigo —dijo JB esa noche, acercando el plato de setas hacia él con el tenedor—, pero no creo que lo soportarais.

JB vivía en un enorme y mugriento loft en Little Italy, lleno de extraños pasillos que conducían a espacios sin salida de formas curiosas que no se utilizaban, y a habitaciones inacabadas con tabiques de pladur a medio instalar, que pertenecía a un conocido de la universidad, Ezra, un artista más bien mediocre, aunque él no necesitaba ser bueno porque, como a JB le gustaba recordarles, no tendría que trabajar en toda la vida. No solo él, tampoco tendrían que hacerlo los hijos de los hijos de sus hijos. Eran libres de generar arte malo, invendible y sin valor durante generaciones, y aun así permitirse comprar a su antojo los mejores óleos y lofts de dimensiones poco prácticas en el centro de Manhattan, que destrozarían con sus pésimas decisiones arquitectónicas, y cuando se hartaran de la vida de artista —como JB estaba convencido de que a Ezra le ocurriría algún día—, solo tendrían que llamar a sus agentes fiduciarios, quienes les entregarían una suma tan elevada que ellos cuatro juntos (bueno, quizá con la excepción de Malcolm) no la verían en toda la vida. Entretanto era útil conocer a alguien como Ezra, no solo porque dejaba vivir en el loft a JB y a unos cuantos amigos más de la universidad —siempre había unas cuatro o cinco personas haciendo madrigueras en distintas esquinas—, sino porque era simpático y generoso, y le gustaba dar fiestas desmadradas en las que había comida, drogas y alcohol gratis en grandes cantidades.

—Espera —dijo JB, dejando los palillos—. Acabo de caer…, en la revista hay alguien que alquila el piso de su tía. Justo en el límite de Chinatown.

—¿Cuánto vale? —le preguntó Willem.

—Probablemente nada…, ella ni siquiera sabía qué pedir por él. Y busca a alguien conocido.

—¿Crees que podrías recomendarnos?

—Mejor aún, os presentaré. ¿Podéis venir mañana a la oficina?

Jude suspiró.

—Yo no podré escaparme —dijo, y miró a Willem.

—No te preocupes, yo sí. ¿A qué hora?

—Supongo que a la hora de comer. ¿A la una?

—Allí estaré.

Willem todavía tenía hambre, pero dejó que JB se comiera el resto de las setas. Luego esperaron un rato; a veces Malcolm pedía helado de yaca, lo único de la carta que siempre estaba bueno; comía dos bocados y lo dejaba, y entre JB y Jude se terminaban el resto. Pero esa noche no quiso helado, de modo que pidieron la cuenta para verificar que estuviera bien y dividir hasta el último dólar.

Al día siguiente Willem pasó a recoger a JB en su oficina. JB trabajaba de recepcionista en una revista pequeña pero influyente del SoHo que cubría la escena artística del centro de la ciudad. Era un empleo estratégico para él; su plan, como le había comentado a Willem una noche, era entablar amistad con uno de los redactores y a continuación convencerlo para que lo sacara en la revista. Calculaba que eso le llevaría seis meses, por lo que todavía tenía tres por delante.

La expresión que JB siempre mostraba en la oficina era de ligera incredulidad, tanto por el mero hecho de estar trabajando como por no haber visto aún reconocida su particular genialidad. No era un buen recepcionista. Aunque los teléfonos sonaban más o menos constantemente, él casi nunca respondía; cuando alguien quería ponerse en contacto con él (la cobertura del móvil dejaba mucho que desear), tenía que seguir un código especial que consistía en dejar sonar el timbre dos veces, colgar y llamar de nuevo. A veces ni aun así contestaba, pues sus manos siempre estaban ocupadas debajo del escritorio, peinando y trenzando marañas de pelo que cogía de una bolsa de basura negra depositada a sus pies.

JB estaba pasando lo que él denominaba su fase del pelo. Hacía poco había decidido aparcar la pintura por un tiempo para hacer esculturas de pelo negro. Sus tres amigos habían pasado un agotador fin de semana acompañando a JB a las barberías y los salones de belleza de Queens, Brooklyn, el Bronx y Manhattan; lo esperaban en la acera mientras él entraba a pedir a los dueños el pelo cortado y barrido, y luego lo seguían por las aceras cargando una bolsa cada vez más voluminosa. Entre sus primeras piezas figuraban *La maza*, una pelota de tenis que había esquilado, partido por la mitad y llenado de arena antes de cubrirla de pegamento y hacerla rodar una y otra vez sobre una alfombra de pelo, cuyas hebras se movían como algas bajo el agua, y *Lo cotidiano*, para la que revistió de pelo varios artículos domésticos: una grapadora, una espátula, una taza de té, etcétera. En esos momentos trabajaba en un proyecto a gran escala del que se negaba a hablar salvo a retazos, pero que suponía desenredar y trenzar muchos mechones creando un interminable cordón de pelo negro crespo. El viernes anterior había camelado a sus amigos con la promesa de invitarles a pizza y cerveza para que lo ayudaran a trenzar; sin embargo, al cabo de varias horas de trabajo tedioso, cuando quedó claro que no verían la pizza ni la cerveza en mucho rato, los tres se largaron, un poco irritados aunque no sorprendidos.

Todos estaban hartos del proyecto del pelo de JB; solo Jude creía que eran unas piezas hermosas y que algún día serían importantes. En agradecimiento, JB le regaló un cepillo cubierto de pelo, pero se lo reclamó cuando un amigo del padre de Ezra pareció interesado en comprarlo (aunque no lo hizo, JB nunca le devolvió a Jude el cepillo). El proyecto del pelo resultó ser muy complejo; otra noche en que los tres se dejaron camelar de nuevo para ir a Little Italy a buscar más pelo, Malcolm comentó que el material hedía. Y era cierto, aunque su olor no era muy desagradable, tan solo el penetrante tufo metálico que desprende el cuero cabelludo sin lavar. JB hizo una de sus grandes pataletas e insultó a Malcolm llamándolo negro renegado, Tío Tom y traidor a su raza, y Malcolm, que rara vez se enfadaba pero saltaba ante acusaciones como esas, derramó vino en la bolsa de pelo más cercana, se levantó y salió pisando fuerte. Peleas de chiquillos, o casi.

—¿Qué tal la vida en el planeta negro? —le preguntó Willem a JB el día en que quedaron para ver el piso.

—Negra —respondió JB, guardando en la bolsa la trenza que estaba desenredando—. Vamos, le he dicho a Annika que estaríamos allí a la una y media.

Sonó el teléfono del mostrador.

—¿No contestas?

—Ya volverán a llamar.

De camino al centro de la ciudad JB no dejó de quejarse. Hasta entonces había concentrado gran parte de su poder de seducción en un redactor veterano llamado Dean a quien todos llamaban DeeAnn. JB había asistido con Malcolm y Willem a una fiesta en el piso que los padres de uno de los redactores subalternos tenían en el edificio Dakota, donde se sucedían, una tras otra, habitaciones repletas de cuadros. Aprovechando que JB hablaba con colegas de su trabajo en la cocina, Malcolm y Willem se pasearon juntos por el piso (¿dónde estaba Jude esa noche?, seguramente trabajando) contemplando una colección de Edward Burtsynskys que colgaba en el cuarto de huéspedes, una serie de depósitos de agua de los Becher dispuesta en cuatro hileras de cinco sobre el escritorio del gabinete, un enorme Gurksy que flotaba por encima de las estanterías de la biblioteca y, en el dormitorio principal, una pared entera con fotografías de Diane Arbus que cubrían el espacio de una manera tan concienzuda que solo quedaban unas pocas pulgadas libres en la parte superior e inferior. Estaban admirando una fotografía de dos jóvenes con síndrome de Down de rostro dulce que jugaban ante la cámara en bañadores demasiado ceñidos y demasiado infantiles cuando Dean se acercó a ellos. Era un hombre alto con un pequeño rostro de ardilla marcado de viruela, que le confería un aspecto salvaje y poco de fiar.

Se presentaron y comentaron que eran amigos de JB. Dean les dijo que él era uno de los redactores veteranos de la revista y que se encargaba de cubrir la sección de arte.

—Ah —respondió Willem sin mirar a Malcolm, pues temía su reacción.

JB les había comentado que consideraba que el director de arte era un blanco en potencia; debía de ser él.

—¿Habéis visto alguna vez algo parecido? —les preguntó Dean, señalando con una mano las fotografías de Arbus.

—Nunca —respondió Willem—. Me encanta Diane Arbus.

Dean se puso rígido y sus pequeñas facciones parecieron apretujarse formando un nudo en el centro de su pequeño rostro.

—Es DeeAnn.

—¿Cómo?

—DeeAnn. Así es como se pronuncia su nombre.

A duras penas lograron salir de la habitación sin reírse.

—¡DeeAnn! —exclamó JB más tarde, cuando le contaron lo sucedido—. ¡Por Dios! Vaya capullo presuntuoso.

—Pero él es tu capullo presuntuoso —replicó Jude.

Y desde entonces se referían a Dean como «DeeAnn».

Por desgracia, pese a la inagotable persecución a la que JB sometió a DeeAnn, no estaba más cerca de publicar en la revista que tres meses antes. Y eso que incluso había dejado que se la chupara en la sauna húmeda del gimnasio. Todos los días JB encontraba un pretexto para introducirse en las oficinas de la redacción y acercarse al tablón de anuncios en el que colgaban las propuestas de artículos para los próximos tres números, todos los días buscaba su nombre en la sección dedicada a artistas con futuro y se llevaba un chasco. Su nombre no estaba pero sí el de mediocres sobrevalorados a los que les debían favores o que conocían a quienes les debían favores.

«Si alguna vez veo a Ezra allá arriba, me pegaré un tiro», decía JB a menudo, a lo que los demás respondían: «Tranquilo, no lo verás, JB», «No te preocupes, JB, algún día tú estarás allá arriba» y «¿Para qué los necesitas, JB? Encontrarás otra revista», a lo que él a su vez replicaba, respectivamente: «¿Estás seguro?», «Lo dudo, joder» y «He invertido todo este puto tiempo, tres meses enteros de mi puta vida, y será mejor que acabe allá arriba, joder, o esto habrá sido una puta pérdida de tiempo, como todo lo demás», y por «todo lo demás» se refería, de manera indistinta, al posgrado, al regreso a Nueva York, a los *reality shows* o a la vida en general, dependiendo de lo nihilista que se sintiera aquel día.

Seguía quejándose cuando llegaron. Willem era bastante nuevo en la ciudad —solo llevaba un año viviendo en ella— y no conocía Lispenard Street, que era poco más que un callejón de dos manzanas de largo y una manzana al sur de Canal, aunque JB, que había crecido en Brooklyn, tampoco había oído hablar de ella.

Dieron con el edificio y llamaron al 5C. Contestó por el interfono una chica de voz chirriante y hueca, que les abrió la puerta. El vestíbulo, estrecho, de techo alto pintado de un color marrón mierda brillante y grumoso, hizo que se sintieran como en el fondo de un pozo.

La joven los esperaba en la puerta del piso.

—Eh, JB —lo saludó. Luego miró a Willem y se ruborizó.

—Annika, este es mi amigo Willem —les presentó JB—. Willem, Annika trabaja en el departamento de arte. Es una tía enrollada.

Annika bajó la vista y extendió la mano en un solo movimiento.

—Encantada de conocerte —respondió mirando hacia el suelo.

JB le dio una patada a Willem en el pie y sonrió. Willem no hizo caso.

—Lo mismo digo.

—Bueno, aquí tenéis el piso. Es de mi tía. Ha vivido en él cincuenta años, pero ahora se ha ido a una residencia. —Annika hablaba muy deprisa y parecía haber decidido que la mejor estrategia era tratar a Willem como si fuera un eclipse y no mirarlo. Hablaba cada vez más deprisa, de su tía y de cuánto había cambiado, en su opinión, el barrio, y de que ella nunca había oído hablar de Lispenard Street hasta que se fue a vivir al centro, y de que sentía que aún no estuviera pintado, pero su tía acababa de irse y solo había tenido tiempo de encargar que lo limpiaran el fin de semana anterior. Miraba a todas partes excepto a Willem: al techo (plafones decorativos de metal), los suelos (cuarteados pero de parquet), las paredes (donde cuadros que llevaban años colgados habían dejado sombras fantasmales). Al final Willem la interrumpió y preguntó si podía echar un vistazo al resto del piso.

—Oh, adelante —respondió Annika—. Os dejaré solos.

Sin embargo los siguió y continuó hablando a toda pastilla con JB de un tal Jasper que utilizaba el tipo de letra Archer para todo, y que si no le parecía demasiado redondeada y chocante como cuerpo de texto. Ahora que Willem le daba la espalda, ella lo miraba directamente, y cuanto más hablaba más bobas se volvían sus divagaciones.

JB observó cómo Annika observaba a Willem. Nunca la había visto comportarse de un modo tan nervioso e infantil (por lo general se mostraba hosca y callada, y en la oficina la temían un poco por haber colgado en la pared de encima de su mesa una elaborada escultura de un corazón hecha con cuchillas X-Acto), pero había visto a muchas mujeres actuar de ese modo en presencia de Willem. Todas lo hacían. Su amigo Lionel sostenía que Willem debió de ser pescador en una vida anterior, ya que no podía evitar atraer a las hembras. Sin embargo, a menudo Willem no parecía darse cuenta de la atracción que despertaba. En una ocasión JB le preguntó a Malcolm a qué creía que se debía y resultó que según él Willem era poco consciente de ese poder. JB soltó un gruñido por toda respuesta, pues creía que si Malcolm, el ser más obtuso que conocía, se había percatado de cómo reaccionaban las mujeres ante Willem, era imposible que el propio Willem no se hubiera dado cuenta. Según Jude, en cambio, Willem lo hacía a propósito para que los hombres que estaban con él no se sintieran amenazados. Eso tenía más sentido; Willem caía bien a todo el mundo y nunca hacía nada que pudiera incomodar a nadie, de modo que era posible que, quizá inconscientemente, fingiera no darse cuenta. Aun así, era fascinante, y los tres amigos nunca se cansaban de observarlo o de tomarle el pelo, pero él se limitaba a sonreír y permanecía callado.

—¿Funciona bien el ascensor de la finca? —le preguntó Willem volviéndose bruscamente.

—¿Cómo? —respondió Annika, sobresaltada—. Sí, es muy fiable. —Apretó sus pálidos labios para dibujar una estrecha sonrisa en la que, avergonzado por ella, JB reconoció un coqueteo. «Oh, Annika», pensó—. ¿Qué piensas traer al piso de mi tía?

—A nuestro amigo —respondió él antes de que lo hiciera Willem—. Le cuesta subir escaleras y necesita que el ascensor funcione.

—Oh, lo siento —dijo ella, ruborizándose de nuevo. Miró otra vez al suelo—. Sí que funciona.

El piso dejaba mucho que desear. Había un pequeño distribuidor, poco más grande que un felpudo, que comunicaba a la derecha con la cocina (un pequeño cubo sofocante y grasiento) y a la izquierda con un comedor con capacidad para una mesa de juego. Media pared separaba ese espacio de la sala de estar, donde había cuatro ventanas orientadas al sur, todas con rejas, que daban a una calle llena de escombros; enfilando un corto pasillo estaban, a la derecha, el cuarto de baño, con sus apliques de vidrio opalino y una bañera con el esmalte gastado, y enfrente el dormitorio, largo pero estrecho, con otra ventana; allí había los bastidores de madera de dos camas individuales colocados en paralelo y pegados a la pared. Uno de ellos tenía un futón, una masa voluminosa y tosca que pesaba como un caballo muerto.

—El futón está por estrenar —señaló Annika.

Y les contó que al principio ella tenía intención de mudarse allí, y que incluso compró el futón, pero nunca llegó a utilizarlo porque al final se fue a vivir con su amigo Clement, que no era su novio, solo un amigo, y, uf, qué boba era por contarlo. De todos modos, si Willem quería el piso podía quedarse con el futón.

Willem le dio las gracias.

—¿Qué te parece, JB?

¿Qué le parecía? Pues que era un cuchitril. Él también vivía en un cuchitril porque le salía gratis, de modo que el dinero que habría tenido que invertir en el alquiler lo podía gastar en pintura, víveres y drogas, y tomar un taxi de vez en cuando. Sin embargo, si algún día Ezra decidía cobrarle el alquiler, en modo alguno se quedaría allí. Tal vez su familia no tenía tanto dinero como la de Ezra o la de Malcolm, pero bajo ningún concepto permitiría que lo malgastara viviendo en un cuchitril. Le buscarían algo mejor, o le darían una pequeña asignación mensual para ayudarlo a salir adelante. En cambio, Willem y Jude no tenían elección; debían pagarlo de su bolsillo y estaban sin blanca, por lo que no les quedaba más remedio que vivir en un cuchitril. Así las cosas, probablemente habían encontrado su lugar: era barato, se hallaba en el centro de la ciudad y su casera en potencia ya estaba enamorada del cincuenta por ciento de los inquilinos.

—Creo que es perfecto —le dijo a Willem, y él le dio la razón.

Annika dejó escapar un gritito y tras una apresurada conversación cerraron el trato: Annika tenía inquilinos, y Willem y Jude disponían de un lugar donde vivir, y todo antes de que JB tuviera que recordarle a Willem que no estaría de más que lo invitara a un plato de fideos antes de regresar a la oficina.

JB no era dado a la introspección, pero aquel domingo, durante el trayecto en metro hasta la casa de su madre, no pudo evitar sentir cierta satisfacción y algo parecido a la gratitud por la vida y la familia que tenía.

Su padre, que había emigrado a Nueva York desde Haití, murió cuando JB tenía tres años, y aunque a él siempre le gustaba pensar que recordaba su rostro —bondadoso y gentil, con un estrecho bigote y mejillas que se redondeaban al sonreír—, no sabía si solo creía recordarlo, pues había crecido observando la fotografía que su madre tenía en la mesilla de noche, o de verdad lo recordaba. Esa fue su única tristeza de niño, y era más bien una tristeza obligada. No tenía padre, y sabía que los niños sin padre lloraban su ausencia. No obstante, él nunca experimentó esa angustia. Al morir su padre, su madre, que era una estadounidense haitiana de segunda generación, hizo un doctorado en pedagogía al tiempo que impartía clases en la escuela pública del barrio que había considerado que era mejor para JB. Al empezar él la secundaria como becario en un colegio privado caro situado casi a una hora en transporte público de su casa de Brooklyn, ella era la directora de un instituto con un programa especializado, en Manhattan, y profesora adjunta en el Brooklyn College. *The New York Times* le dedicó un artículo por sus métodos de enseñanza innovadores, y aunque JB no lo demostraba delante de sus amigos, estaba orgulloso de ella.

Su madre siempre estaba ocupada cuando JB era pequeño, pero él nunca se sintió abandonado, nunca se le ocurrió pensar que ella quería más a sus alumnos. En casa estaba su abuela, que cocinaba todo lo que él le pedía, le cantaba en francés, y le decía que era un tesoro, un genio y el hombre de su vida. Luego estaban sus tías, la hermana de su madre, una detective de Manhattan, y su novia, una farmacéutica estadounidense de segunda generación (aunque ella era de Puerto Rico, no de Haití), que no tenían hijos y lo trataban como si él lo fuera. La hermana de su madre era deportista, y le enseñó a atrapar y tirar una pelota (algo que ni siquiera entonces despertaba su interés, pero que más tarde resultaría un instrumento social útil), mientras que a su novia le interesaba el arte. Uno de los primeros recuerdos de JB era la visita que hizo con ella al Museo de Arte Moderno y recordaba vívidamente cómo se quedó absorto, mudo de asombro, ante *Uno (Número 31, 1950)*, sordo a la explicación de su tía sobre cómo había pintado Pollock el cuadro.

En el instituto, donde le pareció necesario recurrir a ciertos ajustes para hacerse notar pero sobre todo para incomodar a sus compañeros de clase blancos y ricos, JB alteró un poco la verdad acerca de sus circunstancias: se convirtió en otro chico negro huérfano de padre, con una madre que había terminado sus estudios poco antes de que él naciera (se callaba que lo que había terminado era el doctorado, por lo que la gente suponía que era la secundaria) y una tía que hacía la calle (de nuevo, daban por hecho que era prostituta, pues no se les ocurría que se tratara de una detective). La foto de familia que más le gustaba la tomó su mejor amigo del instituto, un chico llamado Daniel a quien le reveló la verdad poco antes de dejarle hacer el retrato. Daniel había trabajado en una serie de familias «de los márgenes», como él las llamaba, y antes de llevarlo a casa JB se apresuró a corregir la percepción de que su tía era una mujer de dudoso comportamiento y su madre casi una analfabeta. Daniel abrió la boca pero no pronunció palabra; en ese mismo momento la madre de JB salía a la puerta y les decía que entraran, que hacía frío, y obedecieron.

Daniel estaba todavía estupefacto, cuando entraron en la sala de estar, donde Yvette, la abuela de JB, estaba en su silla de respaldo alto preferida junto la tía Christine y Silvia, su novia, a un lado, y JB y su madre se sentaron al otro. Justo antes de que Daniel tomara la fotografía Yvette quiso que JB ocupara su sitio. «Él es el rey de la casa», le dijo a Daniel cuando las hermanas protestaron. «¡Jean-Baptiste! ¡Siéntate!» Y él lo hizo. En la fotografía JB aferraba los brazos del sillón con sus manos rollizas (por entonces ya era rollizo), y a un lado y otro las mujeres le sonreían radiantes. Él, sentado en la silla que debería haber ocupado su abuela, miraba directamente a la cámara con una gran sonrisa en el rostro.

La fe que tenían en que algún día triunfaría se mantuvo firme de un modo casi desconcertante. Estaban convencidas —aun cuando su propia convicción era puesta a prueba tantas veces que resultaba difícil autogenerarla— de que llegaría a ser un artista importante, que su obra colgaría en los principales museos, que si aún no le habían dado una oportunidad era porque no apreciaban su talento como era debido. A veces, él las creía y se dejaba alentar por su confianza. En otras ocasiones desconfiaba de ellas; sus opiniones parecían ser tan contrarias a las del resto del mundo que se preguntaba si se mostraban condescendientes con él o estaban locas. O tal vez era solo que tenían mal gusto. ¿Cómo podía diferir tanto el criterio de cuatro mujeres del de todos los demás? Sin duda las probabilidades de que tuvieran razón eran escasas.

No obstante, cada domingo sentía alivio al visitar en secreto su casa, donde la comida era abundante y gratuita, su abuela le hacía la colada, y cada palabra que pronunciaba y cada boceto que enseñaba eran saboreados entre murmullos de aprobación. La casa de su madre era terreno conocido, un lugar en el que él siempre era objeto de reverencia, donde todas las costumbres y tradiciones parecían hechas a su medida y a la de sus necesidades particulares. En algún momento de la velada —después de cenar pero antes del postre, mientras todos descansaban en la sala de estar viendo la televisión, y el gato de su madre se le enroscaba en el regazo dándole calor— él miraba a sus mujeres y sentía que algo se hinchaba en su interior. Pensaba entonces en Malcolm, con un padre dotado de una inteligencia implacable y una madre afectuosa aunque distraída, y a continuación en Willem, cuyos padres habían fallecido (JB solo los había visto el fin de semana de la mudanza de su primer año y le sorprendió lo taciturnos, formales y distintos a él que eran), y por último, por supuesto, en Jude, que tenía unos padres inexistentes (un misterio; hacía casi una década que conocían a Jude y todavía no estaban seguros de si había padres siquiera, solo sabían que la situación era triste y que ese tema estaba vedado), y entonces se sentía feliz. «Tengo suerte», pensaba, y luego, porque era competitivo y siempre tomaba nota de dónde estaba frente a sus iguales en todos los aspectos de la vida, «soy el más afortunado de todos». Pero nunca se le ocurrió pensar que aquello fuera inmerecido o que debía esforzarse más para expresar su agradecimiento; su familia estaba contenta cuando él lo estaba, por lo que su único deber, pensaba, era estar contento y llevar exactamente la vida que quería, en las condiciones que quisiera.

—Nadie tiene la familia que se merece —dijo Willem en una ocasión en que estaban muy colocados. Por supuesto, hablaba de Jude.

—Estoy de acuerdo —respondió JB. Y era cierto que lo estaba, pues ninguno de ellos (ni Willem, ni Jude, ni siquiera Malcolm) tenía la familia que se merecía.

Pero en secreto JB se consideraba una excepción. Él sí tenía la familia que se merecía. Era de verdad maravillosa y lo sabía. Y, aún más, se la merecía. «Ahí está mi muchacho brillante», decía Yvette cada vez que lo veía entrar en la casa. A JB nunca se le había ocurrido pensar que podía estar equivocada.

El día de la mudanza el ascensor se estropeó.

—Maldita sea —murmuró Willem—. Se lo pregunté expresamente a Annika. JB, ¿tienes su número de teléfono?

Pero JB no lo tenía.

—En fin —dijo Willem. ¿De qué serviría mandarle un mensaje?—. Lo siento, chicos, tendremos que subirlo todo por las escaleras.

A ninguno de ellos pareció importarle. Era un bonito día de finales de otoño, hacía el frío justo, sin lluvia y con mucho viento, y eran ocho para trasladar unas pocas cajas y muebles —Willem, JB, Jude y Malcolm, el amigo de JB, Richard, la amiga de Willem, Carolina, y dos amigos que los cuatro tenían en común que se llamaban Henry Young, a quienes todos llamaban Henry Young el Asiático y Henry Young el Negro para distinguirlos.

Malcolm, que cuando menos te lo esperabas resultaba ser un gestor eficiente, distribuyó las tareas. Jude subiría al piso y desde allí dirigiría el tráfico y la colocación de las cajas. Mientras daba indicaciones empezaría a desempaquetar los grandes bultos y a vaciar las cajas. Carolina y Henry Young el Negro, que eran bajos y fuertes, acarrearían las cajas de libros, que tenían un tamaño manejable. Willem, JB y Richard cargarían los muebles. Y entre Henry Young el Asiático y él se ocuparían de todo lo demás. En cada viaje a la portería todos bajarían las cajas que Jude habría desarmado y las amontonarían junto a los cubos de basura de la acera.

—¿Necesitas ayuda? —preguntó Willem a Jude en voz baja cuando empezaron a dispersarse para ocuparse de sus tareas.

—No —respondió él escuetamente, y Willem observó su titubeante y lento ascenso por las escaleras, que eran muy empinadas.

Fue una mudanza fácil, eficiente y sin imprevistos; en cuanto terminaron de subir los bultos y de sacar los libros de las cajas se comieron la pizza, luego toda la cuadrilla se fue a alguna fiesta o de bares, y Willem y a Jude se quedaron por fin solos en su nuevo piso. El espacio era un caos, pero la perspectiva de colocar las cosas en su sitio les pareció demasiado agotadora, de modo que estuvieron remoloneando sorprendidos de lo rápido que se había hecho de noche y de que tuvieran un lugar donde vivir en Manhattan; un lugar que podían permitirse pagar. Aunque ambos habían advertido que sus amigos callaban educadamente al ver el piso (el dormitorio con las dos estrechas camas individuales —«como sacadas de un asilo de pobres victoriano», como le había dicho Willem a Jude— había acaparado la mayor parte de los comentarios), no le importó; era suyo, tenían un contrato de dos años, así que nadie podría arrebatárselo. Allí podrían incluso ahorrar un poco. Además, ¿para qué necesitaban más espacio? Por supuesto, ambos tenían ansias de belleza, pero eso tendría que esperar. O más bien ellos tendrían que esperar.

Estaban hablando y a Jude se le cerraban los párpados; Willem supo, por el constante aleteo de colibrí de sus párpados y la fuerza con que cerró el puño y se le veían los hilos verde mar de las venas sobresaliendo del dorso de la mano, que Jude estaba dolorido. Por lo rígidas que tenía las piernas, apoyadas en una caja de libros, supo que el dolor era fuerte, y también que él no podía hacer nada por aliviarlo. Si le decía: «Jude, deja que te traiga una aspirina», él replicaría: «Estoy bien, Willem. No necesito nada». Y si le decía: «Jude, ¿por qué no te echas un rato?», él respondería: «Estoy bien, Willem. Deja de preocuparte». De modo que al final hizo lo que con los años todos habían aprendido a hacer cuando a Jude le dolían las piernas, que era poner alguna excusa, levantarse y salir de la habitación, para que Jude pudiera quedarse tumbado totalmente inmóvil y esperar a que el dolor pasara sin tener que dar conversación a nadie ni gastar energías fingiendo que todo iba bien, que solo estaba cansado, que le había dado un calambre o cualquier explicación tonta que se le ocurriera.

Willem encontró en el dormitorio la bolsa de basura donde estaban las sábanas, y preparó primero el futón y luego la cama de Jude (que por muy poco había comprado la semana anterior a la que pronto sería la exnovia de Carolina). Clasificó la ropa en camisas, pantalones, ropa interior y calcetines, asignando a cada categoría una caja de cartón (de donde había sacado los libros) que metió debajo de la cama. Dejó la ropa de Jude tal como estaba y entró en el cuarto de baño, lo limpió y desinfectó antes de poner en su sitio el dentífrico, los jabones, las cuchillas de afeitar y los champúes. Se detuvo un par de veces para echar un vistazo a la sala de estar, donde Jude seguía en la misma postura, con los ojos cerrados, el puño apretado y la cabeza ladeada para que no pudiera verle la expresión.

Los sentimientos de Willem hacia Jude eran complejos. Si bien lo quería —esa era la parte sencilla—, temía por él, y a veces se sentía más un hermano mayor protector que su amigo. Sabía que Jude había estado y estaría bien sin él, pero a veces veía actitudes que lo perturbaban, lo que le creaba impotencia y paradójicamente aumentaba su determinación de ayudarlo, aunque Jude casi nunca pedía ayuda. Todos apreciaban y admiraban a Jude, pero a menudo Willem tenía la impresión de que a él le dejaba atisbar algo más —solo un poco más— que al resto, y no estaba seguro de qué se suponía que tenía que hacer.

El dolor en las piernas, por ejemplo; desde que lo conocían Jude siempre había tenido problemas con las piernas. Era difícil pasarlo por alto, pues iba con bastón en la facultad, y cuando era más joven —era muy joven cuando lo conocieron, tenía dos años menos que ellos y todavía estaba en la fase de crecimiento— solo podía caminar con la ayuda de una muleta ortopédica y llevaba unos pesados hierros a modo de tablillas sujetos a las piernas cuyas clavijas externas, taladradas en los huesos, le imposibilitaban doblar las rodillas. Sin embargo, él no se quejaba nunca, y tampoco pasaba por alto el dolor de los demás; en su segundo año JB resbaló en el hielo, se cayó y se rompió la muñeca, y todos recordaban el revuelo que armó, sus teatrales quejidos y gritos de sufrimiento, y cómo después de que se la enyesaran se negó a irse de la enfermería de la universidad, donde recibió tantas visitas que el periódico universitario escribió un artículo sobre él. En la residencia había otro tipo, un jugador de fútbol, que se torció el menisco y no paraba de decir que JB no tenía ni idea de qué era el dolor, pero Jude iba a ver a JB todos los días, al igual que Willem y Malcolm, y le dedicaba toda la compasión que él anhelaba.

Una noche, poco después de que JB accediera a que le dieran el alta y regresara a la residencia para disfrutar de otra ronda de atenciones, Willem se despertó y encontró la habitación vacía. En realidad no era tan raro: JB estaba en casa de su novio, y Malcolm, que ese semestre asistía a una clase de astronomía en Harvard, estaba en el laboratorio, donde dormía los martes y jueves. Él mismo a menudo dormía fuera, normalmente en la habitación de su novia, pero esa noche la chica tenía la gripe y él se había quedado en la residencia. Jude, en cambio, siempre estaba allí. Él no tenía novio ni novia, y pasaba la noche en la habitación; su presencia bajo la litera de Willem era tan constante como el mar.

No estaba seguro de qué lo empujó a levantarse de la cama y quedarse durante un minuto como atontado, en el centro de la habitación silenciosa, mirando a su alrededor, como si Jude estuviera colgado del techo como una araña. Al advertir que la muleta había desaparecido empezó a llamarlo en voz baja por la sala de estar, y como no tuvo respuesta salió del dormitorio y recorrió el pasillo hasta el cuarto de baño comunal. En contraste con la oscuridad de su habitación, el lugar se hallaba desagradablemente iluminado y los tubos fluorescentes emitían un continuo y débil zumbido; Willem se sintió tan desorientado que no se sorprendió tanto como cabía esperar al ver en el último cubículo la pierna de Jude saliendo por debajo de la puerta, junto a la punta de la muleta.

—¿Jude? —susurró, golpeando la puerta del cubículo. Al ver que no respondía, añadió—: Voy a entrar. —Abrió la puerta de un tirón y encontró a Jude en el suelo, con una pierna doblada contra el pecho. Había arrojado y parte del vómito formaba un charco en el suelo delante de él; una especie de costra moteada de color asalmonado le cubría los labios y la barbilla. Con los ojos cerrados y sudoroso, agarraba el extremo curvado de la muleta con esa fuerza que, como Willem reconocería más tarde, solo emana de un profundo malestar.

Sin embargo, en ese momento Willem se quedó tan asustado y confuso que empezó a hacer preguntas que Jude no estaba en condiciones de responder. Solo al tirar de él para levantarlo y oír el grito de Jude comprendió lo dolorido que estaba.

Medio a rastras consiguió llevarlo a su habitación, donde lo acostó como pudo y lo limpió con escasa pericia. A esas alturas parecía que había pasado lo peor del dolor, y cuando Willem le preguntó si quería que llamara al médico, Jude negó con la cabeza.

—Pero, Jude, estás sufriendo. Tenemos que pedir ayuda.

—No sirve de nada —respondió él, y guardó silencio unos minutos—. Solo tengo que esperar. —Su voz era un débil susurro casi irreconocible.

—¿Qué puedo hacer?

—Nada, Willem. —Los dos permanecieron callados—. Pero ¿puedes quedarte un rato conmigo?

—Por supuesto.

A su lado, Jude se sacudía y temblaba como si tuviera frío, Willem cogió el edredón de su cama y lo envolvió con él. Buscó debajo de la manta la mano de Jude y le abrió el puño para sostener su húmeda y callosa palma. Hacía mucho que no cogía la mano de otro chico —no había vuelto a hacerlo desde la operación de su hermano, de la que ya hacía años— y le sorprendió la fuerza con que Jude lo agarraba, lo musculosos que eran sus dedos. Jude tiritó y castañeteó durante horas, hasta que al final él se tumbó a su lado y se durmió.

A la mañana siguiente se despertó en la cama de Jude con la mano palpitando, y al examinársela vio que estaba amoratada por donde los dedos de Jude la habían agarrado. Se levantó y entró tambaleando en la sala comunal, donde encontró a Jude sentado a su mesa leyendo; sus facciones eran indistinguibles a la brillante luz de la mañana.

Jude alzó la vista al oírlo entrar y se levantó, y por un momento se miraron en silencio.

—Willem, lo lamento mucho —dijo por fin.

—Jude, no hay nada de que lamentarse —dijo con sinceridad.

—Lo lamento, lo lamento mucho —repitió Jude, y por mucho que Willem lo intentó, no logró reconfortarlo—. No se lo cuentes a Malcolm ni a JB —le pidió.

—Tranquilo —le prometió Willem.

Y nunca lo hizo. Al final dio lo mismo, porque Malcolm y JB también lo vieron sufrir, aunque pocos episodios fueron tan intensos como el que él presenció aquella noche.

Aunque Willem en los años sucesivos lo vio sufrir toda clase de dolores y hacer muecas por pequeñas molestias, jamás habló de ello con él. Y en ocasiones, cuando la incomodidad era demasiado profunda, lo vio vomitar, doblarse en el suelo o bien quedarse mirando al vacío, con la mente en blanco, como en esos momentos en la sala de estar. A pesar de que era un hombre que guardaba sus promesas, a menudo Willem se preguntaba por qué nunca sacaba el tema, por qué jamás animaba a Jude a hablar de lo que sentía, por qué nunca se había atrevido a hacer lo que el instinto le pedía una y otra vez: sentarse a su lado y frotarle las piernas, intentar relajar sus nervios dañados. En lugar de eso se escondía en el cuarto de baño, mientras a unos pasos uno de sus amigos más queridos estaba sentado solo en un sofá horrible, iniciando el lento, triste y solitario viaje de regreso a la conciencia, a la tierra de los vivos, sin nadie a su lado.

—Eres un cobarde —le dijo a su reflejo en el espejo del cuarto de baño.

El rostro le sostuvo cansinamente asqueado la mirada. De la sala de estar solo llegaba silencio, pero Willem se colocó donde no pudiera verlo Jude, esperando a que volviera en sí.

«Es un cuchitril», le había comentado JB y, aunque no se equivocó —solo con ver la portería ya se le había erizado la piel—, Malcolm regresó a su casa apesadumbrado, preguntándose una vez más si seguir viviendo en la casa de sus padres era preferible a vivir en un cuchitril propio.

Si obraba con lógica, debía quedarse donde estaba. Ganaba muy poco y trabajaba muchas horas, y la casa de sus padres era lo bastante grande para que, en teoría, solo los viera si quería. Aparte de ocupar toda la cuarta planta (que, con franqueza, no era mucho mejor que un cuchitril debido al caos que reinaba, pues su madre había dejado de mandar a Inez, la asistenta, cuando él se quejó a gritos de que había roto una de sus maquetas de casas), tenía acceso a la cocina, a la lavadora y a todo el surtido de periódicos y revistas a los que sus padres estaban suscritos, y una vez a la semana añadía su ropa a la bolsa que su madre dejaba en la tintorería camino de la oficina y que Inez recogía al día siguiente. No se sentía orgulloso de ese arreglo, ni del hecho de que a los veintisiete años su madre lo siguiera llamando al trabajo cuando encargaba las provisiones de la semana para preguntarle si comería fresones, o si quería trucha o dorada esa noche para cenar.

Las cosas serían más fáciles si sus padres respetaran su propia división de espacio y tiempo. Aparte de esperar de él que desayunara por las mañanas y comiera todos los domingos con ellos, iban a verlo con frecuencia, llamando a la puerta al mismo tiempo que giraban el pomo, lo que invalidaba el propósito de la llamada, como se lo había repetido hasta la saciedad. Sabía que era pueril y desagradecido, pero a veces le aterraba volver a casa por la charla que inevitablemente tendría que soportar antes de que pudiera escabullirse escaleras arriba como un adolescente. Sobre todo le aterraba pensar cómo sería su vida ahora que Jude ya no viviría allí; aunque el sótano era más privado que su piso, sus padres también habían tomado la costumbre de pasar por allí cuando el chico vivía con ellos, de modo que cuando Malcolm bajaba a verlo, a veces encontraba a su padre aleccionándolo sobre algo aburrido. Su padre congeniaba mucho con Jude —a menudo le decía que tenía verdadero peso y profundidad intelectuales, a diferencia de sus otros amigos, que eran en esencia alocados—, y en ausencia de Malcolm era a él a quien su padre recreaba con sus enrevesadas elucubraciones sobre el mercado, las cambiantes realidades financieras globales y otros temas que a su hijo no le interesaban demasiado. De hecho, a veces sospechaba que su padre habría preferido tener a Jude como hijo, pues los dos habían estudiado derecho en la misma facultad, el juez para el que Jude empezó a trabajar había sido el mentor de su padre en su primer bufete y el chico era ahora ayudante de fiscal en el Departamento de Criminología de la Fiscalía General, el mismo cargo que el padre de Malcolm tuvo de joven.

«Verás como ese chico será alguien» o «Es tan poco habitual conocer al comienzo de su carrera a alguien que será un profesional de éxito hecho a sí mismo», declaraba su padre a menudo delante de Malcolm y de su madre después de hablar con Jude; parecía satisfecho consigo mismo, como si él fuera de algún modo responsable de la genialidad de Jude. En esos momentos Malcolm tenía que evitar mirar a su madre y la expresión consoladora que intuía en su rostro.

Todo sería también más fácil si Flora todavía estuviera en casa. Cuando ella se preparaba para irse, Malcolm intentó decirle que compartiera con él su nuevo apartamento de dos habitaciones de Bethune Street, pero ella o bien no pilló sus numerosas indirectas, o se hizo la loca. A Flora no parecía importarle la desmedida cantidad de tiempo que sus padres pedían que les dedicase, de modo que él podía pasar más tiempo en su habitación, trabajando en sus maquetas, y menos tiempo en el gabinete del piso de abajo, moviéndose nervioso durante uno de los interminables festivales de cine Ozu de su padre. Años atrás, a Malcolm le dolía la preferencia de su padre por Flora; era tan evidente que incluso los amigos de la familia hacían comentarios. «Flora la Fabulosa», la llamaba su padre (o, en distintos momentos de la adolescencia, Flora la Festiva, Flora la Fiera o Flora Feroz, aunque siempre con aprobación); incluso ahora que ya tenía casi treinta años, él todavía disfrutaba en su compañía. «Fabulosa ha dicho algo de lo más ocurrente hoy», decía durante la cena, como si Malcolm y su madre no hablaran con ella con regularidad. O, después de comer cerca del piso de ella, que estaba a solo quince minutos de su casa en coche, preguntaba: «¿Por qué Fabulosa ha tenido que ir a vivir tan lejos?».

Malcolm no tenía ningún apodo. De vez en cuando su padre lo llamaba con los apellidos de otros Malcolm famosos: «X» o «McLaren» o «McDowell» o «Muggeridge», a quien se suponía que debía su nombre, pero más que un gesto afectuoso, siempre veía en ello un reproche por lo que debería ser pero saltaba a la vista que no era.

A veces —con frecuencia— a Malcolm le parecía absurdo seguir preocupándose, y todavía más llorar, solo porque creía que no gustaba mucho a su padre. Hasta su madre lo notaba. «Ya sabes que eso no significa que papá no te quiera», le comentaba de vez en cuando, después de que su padre pronunciara uno de sus soliloquios sobre la superioridad de Flora. Malcolm —que quería creerla, aunque también advertía con irritación que su madre seguía refiriéndose a su padre como «papá»— gruñía o murmuraba algo para darle a entender que no le importaba ni lo uno ni lo otro. Y a veces —cada vez más a menudo— se cabreaba por pasar tanto tiempo pensando en sus padres. ¿Era normal? ¿No había algo patético en ello? ¡Al fin y al cabo tenía veintisiete años! ¿Es eso lo que ocurre cuando se vive en casa de los padres? ¿O solo le sucedía a él? Ese era sin duda el mejor argumento para mudarse, dejaría de algún modo de ser un crío. Por la noche, mientras oía a sus padres trajinar en el piso de abajo —el gorgoteo de las viejas cañerías mientras se lavaban la cara, el golpeteo sordo de los radiadores de la sala de estar cuando apagaban la calefacción y todo se quedaba en silencio, más precisos que cualquier reloj dando las once, las once y media, la medianoche—, él hacía listas de lo que debía solucionar, y rápido, el año siguiente: el trabajo (paralizado), la vida amorosa (inexistente), la sexualidad (sin resolver), el futuro (incierto). Los temas eran cuatro, siempre los mismos, aunque a veces cambiaba el orden de prioridad. Era capaz de diagnosticar con exactitud el estado en que cada uno de ellos se hallaba, pero incapaz de tomar decisiones.

A la mañana siguiente se despertaba lleno de determinación: se independizaría y pediría a sus padres que lo dejaran en paz. Pero bajaba a la cocina y ahí estaba su madre, preparándole el desayuno (hacía rato que su padre se había ido a trabajar), comentando que iba a comprar los billetes para el viaje anual a la isla de San Bartolomé y pidiéndole que le dijera cuántos días pasaría con ellos. (Sus padres todavía le costeaban las vacaciones. Sabía que no debía mencionarlo a sus amigos.)

—Sí, mamá —respondía él.

A continuación desayunaba y después se levantaba de la mesa y salía al mundo, donde nadie lo conocía y podía ser cualquiera.

2

Todos los días laborables a las cinco de la tarde y a las once de la mañana los fines de semana, JB tomaba el metro para dirigirse a su estudio en Long Island City. El trayecto de los días laborables era el que más disfrutaba. Se subía en Canal y observaba cómo en cada parada el tren se llenaba y se vaciaba de una siempre cambiante mezcolanza de personas y etnias diferentes, cómo los pasajeros se reorganizaban cada diez manzanas más o menos en constelaciones provocadoras e inverosímiles de polacos, chinos, coreanos, senegaleses; senegaleses, dominicanos, indios, paquistaníes; paquistaníes, irlandeses, salvadoreños, mexicanos; mexicanos, esrilanqueses, nigerianos y tibetanos, a quienes lo único que los unía era la llegada a Estados Unidos no hacía demasiado tiempo y la idéntica expresión de agotamiento, esa mezcla de determinación y resignación que solo el inmigrante posee.

En esos momentos se sentía tan agradecido de su suerte como sentimental con respecto a su ciudad, algo que no experimentaba muy a menudo. No era dado a aclamar su ciudad natal como un maravilloso mosaico y se reía de quienes lo hacían. Pero admiraba —¿cómo no iba a hacerlo?— la cantidad de trabajo colectivo, trabajo de verdad, que sin duda habían acometido ese día sus compañeros de trayecto. No obstante, en lugar de avergonzarse de su relativa indolencia, se sentía aliviado.

La única persona con quien había compartido esa sensación, aunque solo fuera de manera tangencial, era Henry Young el Asiático. Un día que hicieron juntos el trayecto hasta Long Island City —de hecho, era Henry quien le había conseguido el espacio en el estudio—, subió al tren un chino delgado y con los tendones marcados que llevaba una pesada bolsa de plástico naranja caqui colgada de la última articulación de su índice derecho, como si no le quedara fuerza o voluntad para agarrarla de una forma más contundente. Se dejó caer con pesadez en el asiento, cruzó las piernas y los brazos, y se quedó dormido en el acto. Henry, a quien JB conocía del instituto, era hijo de una costurera de Chinatown y tenía una beca como él, lo miró y articuló con los labios: «Le puede pasar a cualquiera», y JB comprendió muy bien la particular mezcla de culpabilidad y placer que sentía.

Otra cosa que le encantaba de los trayectos diarios de la tarde era la luz, que llenaba el tren como algo vivo a medida que los vagones cruzaban traqueteando el puente, eliminando el cansancio del rostro de los pasajeros y revelándolos tal como eran cuando llegaron al país, cuando eran jóvenes y Estados Unidos parecía un lugar conquistable. Observaba cómo esa luz amable envolvía el vagón como el sirope. Contemplaba cómo difuminaba los surcos de las frentes, bruñía los cabellos grises de oro, suavizaba el agresivo brillo de las telas baratas volviéndolas lustrosas y refinadas. Y entonces el sol se iba, el vagón se alejaba indiferente, el mundo regresaba a sus tristes formas y sus colores corrientes, y los pasajeros volvían a su habitual estado lúgubre, un cambio tan brusco y cruel que parecía obra de una varita mágica.

A JB le gustaba fingir que era uno de ellos, aunque sabía que no lo era. A veces había haitianos en el vagón, y él —su oído, de pronto alerta, distinguía el murmullo que lo rodeaba del sonido cantarín y chillón de la lengua criolla— se sorprendía mirándolos, dos hombres de cara redonda como la de su padre, o dos mujeres con la delicada nariz respingona de su madre. Siempre esperaba algún pretexto para hablar con ellos con naturalidad —si, por ejemplo, discutieran sobre cómo ir a algún lugar, él podría intervenir para indicárselo—, pero eso nunca ocurría. En ocasiones paseaban su mirada por los asientos mientras continuaban hablando el uno con el otro, y JB tensaba la expresión de su rostro, presto a esbozar una sonrisa, pero ellos nunca lo reconocían como uno de los suyos.

Y no lo era, por supuesto. Hasta él sabía que tenía más en común con Henry Young el Asiático, Malcolm, Willem o incluso Jude que con ellos. Solo había que mirarlo. En Court Square se bajó del metro y recorrió las tres manzanas hasta la antigua fábrica de botellas donde compartía el estudio con otras tres personas. ¿Tenían los auténticos haitianos un estudio compartido? ¿Se les ocurriría siquiera dejar su amplio piso de alquiler gratuito, donde en teoría podrían haber dispuesto de un rincón para pintar y hacer garabatos, solo para subirse a un metro y desplazarse durante media hora (¡pensad en todo el trabajo que podría hacer en esos treinta minutos!) para ir a un sitio sucio y soleado? No, por supuesto que no. Hacía falta una mentalidad estadounidense para concebir semejante lujo.

En el loft, que se encontraba en la tercera planta y al que se accedía por una escalera metálica que tañía como una campana en cuanto alguien ponía un pie en ella, las paredes eran blancas, al igual que el suelo, aunque este estaba tan astillado en algunas partes que parecía más una alfombra raída que otra cosa. A cada lado había altas ventanas anticuadas que mantenían limpias los cuatro —cada inquilino tenía asignada una pared de la que se hacía responsable—, ya que la luz era demasiado valiosa para malgastarla con mugre y, de hecho, era lo más agradable de aquel lugar. Había un aseo (infame) y una cocina (un poco menos horrible) y, justo en el centro del loft, una gran losa de un mármol de calidad inferior colocada a modo de mesa sobre tres caballetes. Esa era una zona común que podían utilizar todos cuando trabajaban en un proyecto que requería espacio extra, y con los meses el mármol había quedado veteado de lila y caléndula, salpicado de puntos de un rojo cadmio precioso. Ese día la mesa estaba cubierta de largas tiras de organza teñidas a mano de varios colores y sujetas con pisapapeles por los extremos, que se agitaban bajo el ventilador del techo. En el centro había una tarjeta en la que se leía: «PARA SECAR. NO TOCAR. LO LIMPIARÉ TODO MAÑNA TRDE. GRS X PACIENCIA, HY».

No había paredes que subdividieran el espacio, pero lo habían repartido en cuatro secciones iguales de quinientos pies cuadrados cada una con una cinta aislante, que demarcaba no solo el suelo sino también las paredes y el techo que cubría cada sección. Los cuatro se mostraban muy escrupulosos la hora de respetar el territorio de los demás; fingían no oír lo que sucedía en la sección del vecino, aunque este siseara a su novia por el móvil y oyeran hasta la última palabra, y cuando querían entrar en el espacio de otro, se detenían en el borde de la cinta y lo llamaban en voz baja por su nombre, y solo si veían que no había nadie pasaban sin pedir permiso.

A las cinco y media la luz era perfecta: mantecosa, densa y espesa, y, como en el tren, transformaba el espacio en algo valioso y prometedor. Aquel día JB estaba solo. Richard, que ocupaba la sección contigua a la suya, atendía en la barra de un bar por la noche, por lo que únicamente iba al estudio por las mañanas, al igual que Ali, cuyo espacio estaba enfrente de la suya. Solo quedaba Henry, cuya sección se hallaba en diagonal con respecto a la de JB, quien solía llegar a las siete de la tarde, después de cerrar la galería en la que trabajaba. Se quitaba el abrigo, que tiraba en una esquina, descubría su lienzo y se sentaba con un suspiro en el taburete delante de él.

Ese era el quinto mes que JB iba al estudio y estaba encantado, más encantado incluso de lo que al principio pensaba. Le gustaba que sus compañeros fueran artistas auténticos y serios; él nunca habría podido trabajar donde Ezra, no solo porque creía en lo que su profesor preferido le había dicho en una ocasión —que nunca debía pintar donde follaba—, sino porque eso significaba verse rodeado e interrumpido a menudo por diletantes. Allí el arte solo era un accesorio de un estilo de vida. Se pintaba, se esculpía o se construían instalaciones cutres para justificar un guardarropa de camisetas desteñidas y tejanos sucios, y una dieta a base de cerveza estadounidense irónicamente barata y de tabaco de liar estadounidense irónicamente caro. En cambio, en el estudio se dedicaban al arte porque era lo único que sabían hacer bien, lo único en lo que pensaban sin entretenerse demasiado en otras cuestiones: sexo, comida, sueño, amigos, dinero y fama. Pero, tanto si ligaba en un bar como si salía a cenar con amigos, en alguna parte dentro de él siempre estaba el lienzo, sus formas y sus posibilidades en embrión flotando detrás de sus pupilas. En cada cuadro o proyecto había un período —al menos JB esperaba que lo hubiera habido— en que la vida de ese cuadro o proyecto se volvía más real que su vida cotidiana; un período en que él se quedaba sentado donde estaba pensando solo en regresar al estudio, en que apenas era consciente de que había derramado una colina de sal sobre la mesa de comedor y en ella estaba dibujando los esbozos, patrones y planos, y los granos blancos se movían como la seda bajo las yemas de sus dedos.

A JB también le gustaba el inesperado y particular espíritu de camaradería que reinaba en el estudio. Durante los fines de semana había ratos en que todos coincidían, y por momentos él emergía de la nebulosa de su cuadro y notaba que todos respiraban al mismo ritmo, jadeantes por el esfuerzo de concentrarse. Entonces percibía cómo la energía colectiva que proyectaban llenaba el aire como un gas inflamable y dulzón, y deseaba embotellarla para poder recurrir a ella cuando se sintiera poco inspirado, los días en que se quedaba mirando el lienzo durante horas, como si solo por mirarlo mucho rato pudiera estallar algo brillante y cargado. Le gustaba la ceremonia de esperar en el borde de la cinta aislante y carraspear mirando a Richard, y a continuación cruzar la barrera para contemplar su obra, los dos en silencio, sin más palabras que las indispensables y comprender exactamente lo que el otro quería expresar. Normalmente se emplea tanto tiempo explicándose la obra propia a uno mismo y explicándosela a los demás —qué significa, qué pretendes conseguir y por qué, por qué has escogido los colores, el tema y los materiales, la aplicación y la técnica— que era un alivio estar con alguien a quien no había que explicarle nada: podía limitarse a mirar hasta hartarse, y cuando hacía alguna pregunta, solía ser directa, técnica y literal. Como si estuvieran hablando de motores o de fontanería, de un tema mecánico para el que solo había una o dos posibles respuestas.

Cada uno de ellos trabajaba en un medio diferente, por lo que no había competencia, ni el temor de que un artista de vídeo encontrara un representante antes que su compañero de estudio, y menos aún de que el conservador de un museo acudiera a conocer la obra de uno y se enamorara de la del vecino. Y sin embargo, y eso era importante, JB respetaba la obra de los demás. Henry hacía lo que llamaba esculturas deconstruidas, extraños y elaborados arreglos florales y ramas al estilo ikebana a partir de varias clases de seda. Y cuando terminaba una pieza retiraba el soporte de tela metálica para que la escultura cayera plana al suelo y surgiera un charco abstracto de colores; solo Henry sabía el aspecto que tenía cuando era un objeto tridimensional.

Ali era fotógrafo y trabajaba en una serie titulada «La historia de los asiáticos en Estados Unidos» en la que se proponía representar mediante una fotografía cada década de los asiáticos en Estados Unidos desde 1890. Para cada imagen construía un diorama distinto sobre un acontecimiento o un tema de la época en una de las tres cajas de madera de pino de tres pies cuadrados que Richard había montado para él; Ali las llenaba de figuritas de plástico compradas en un taller de artesanía que él pintaba, de árboles y carreteras de arcilla que esmaltaba, y les ponía un telón de fondo que decoraba con un pincel de cerdas tan finas que parecían pestañas. A continuación hacía fotos de los dioramas que imprimía a color cromogénico. De los cuatro, solo Ali contaba con un representante, y en siete meses tenía una exposición sobre la que los otros tres sabían que no debían hacer preguntas, porque cualquier alusión a ella lo dejaba gimoteando de ansiedad. Ali no avanzaba por orden cronológico —ya tenía la década de 2000 (un tramo del bajo Broadway atestado de parejas, todas compuestas de hombres blancos y, caminando unos pasos detrás de ellos, mujeres asiáticas), y la de 1980 (un hombrecillo chino golpeado por dos matones blancos con llaves inglesas, la parte inferior de la caja estaba barnizada para que pareciera el suelo de asfalto de un aparcamiento brillante por la lluvia), y en esos momentos estaba trabajando en la década de 1940, para la que tenía que pintar un elenco de cincuenta hombres, mujeres y niños prisioneros en el campo de internamiento del lago Tule. La obra de Ali era la más laboriosa, y a veces dejaban para más tarde sus respectivos proyectos y entraban en su sección y se sentaban a su lado; Ali, sin apenas levantar la cabeza de la lupa bajo la cual sostenía una figura de tres pulgadas a la que le estaba pintando una camisa de tela espigada y calzado de montar, les pasaba una maraña de alambre que había que cortar a tiras para que parecieran rodadas, o algún alambre fino al que pensaba poner pequeños lazos para convertirlo en una alambrada de púas.

La obra que JB más admiraba era la de Richard. Él también era escultor, pero solo trabajaba con materiales efímeros. Dibujaba sobre papel formas inverosímiles que a continuación trasladaba a hielo, mantequilla, chocolate o manteca, y las filmaba mientras se desvanecían. Se mostraba alegre presenciando la desintegración de sus obras. En cambio, JB se había sorprendido al borde de las lágrimas al contemplar el mes anterior cómo la enorme pieza de ocho pies de altura que Richard había construido —una vela de barco abatida en forma de ala de murciélago, hecha de jugo de uva helado que parecía sangre coagulada— se fundía hasta desaparecer, aunque no habría sabido decir si era por la destrucción de algo tan hermoso o solo por la profunda banalidad de su desaparición. En esos momentos, más que las sustancias que se derretían, a Richard le interesaban las que atraían a aniquiladores, y en particular las polillas, a las que al parecer les encanta la miel. Le contó a JB que había tenido una visión de una escultura cuya superficie estaba tan devorada por las polillas que ni siquiera se le reconocía la forma. Los alféizares de las ventanas estaban cubiertos de tarros de miel en los que los porosos panales flotaban como fetos suspendidos en formaldehído.

JB era el único que tenía una tendencia clasicista. Pintaba. Peor aún, era un pintor figurativo. Cuando cursaba el posgrado a nadie le interesaba el arte figurativo; el videoarte, la performance, la fotografía…, todo era más interesante que la pintura, en realidad cualquier cosa era mejor que una obra figurativa. «Así es desde la década de 1950 —dijo con un suspiro uno de sus profesores al oír que JB se lamentaba—. ¿Conoces la consigna de los marines, "Los pocos, los valientes…"? Esos somos nosotros, los perdedores solitarios.»

No era cierto que con los años JB no hubiera probado otras técnicas, otros medios (¡qué estúpido, falso y poco original había sido el proyecto del pelo a lo Meret Oppenheim! ¿No podía haber hecho algo más barato? Había tenido una gran discusión, una de las más fuertes, con Malcolm al oír que este calificaba la serie de «vulgar imitación de Lorna Simpson», y lo peor era que tenía razón). Pero aunque nunca reconocería que él mismo tenía la impresión de que había algo afeminado, incluso femenino y en cualquier caso nada transgresor, en ser un pintor figurativo, hacía poco había aceptado que ese era su sino: le encantaba pintar y le encantaba el arte del retrato, y eso era lo que se proponía hacer.

¿Y qué? Había conocido —conocía— a mejores artistas que él en el aspecto técnico. Más diestros como artesanos, poseían un sentido de la composición y del color más exquisito, y eran más disciplinados. Pero carecían de ideas. Un artista, al igual que un escritor o un compositor, necesitaba temas, necesitaba ideas. Y durante mucho tiempo él no había tenido ninguna. Intentó dibujar solo a negros, pero ya lo hacían muchos y no le pareció que tuviera nada nuevo que aportar. También dibujó a chaperos, pero enseguida se aburrió. Dibujó a las mujeres de su familia, pero siempre se sorprendía volviendo al problema de la negritud. Empezó una serie basada en los libros de Tintín, con los personajes retratados de forma realista, como seres humanos, pero enseguida le pareció demasiado irónico y falso, y lo abandonó. De modo que lienzo tras lienzo fue pintando a gente de la calle, gente en el metro, escenas de las numerosas fiestas de Ezra (esos eran los cuadros que menos éxito tenían; los que asistían a esas reuniones se vestían y movían como si los observaran en todo momento, y siempre acababa con una gran cantidad de estudios de chicas posando y chicos pavoneándose, todos ellos desviando cuidadosamente la mirada), hasta una noche en que estaba sentado en el deprimente sofá del deprimente piso de Jude y Willem, observó cómo los dos preparaban la cena, abriéndose paso en su diminuta cocina como una bulliciosa pareja lesbiana. Era una de las raras noches de domingo que no estaba en casa de su madre, pues tanto ella como su abuela y sus tías se encontraban en un crucero hortera por el Mediterráneo al que él se había negado ir. Pero estaba acostumbrado a tener compañía y a cenar —una cena de verdad, preparada en exclusiva para él— los domingos, así que se había invitado a sí mismo a casa de Jude y Willem, a quienes sabía que encontraría allí porque ninguno de los dos tenía dinero para salir.

Llevaba encima su cuaderno de bocetos, como siempre, y en cuanto Jude se sentó a la mesa de juego para cortar cebollas (tenían que hacer todos los preparativos en esa mesa porque en la cocina no había encimeras), empezó a dibujarlo casi sin pensar. Se oyó un gran estruendo seguido del olor a aceite de oliva humeando; al entrar en la cocina vio a Willem con el brazo levantado para golpear una pechuga abierta por la mitad con la base de una sartén y una expresión curiosamente tranquila, y también lo dibujó.

Aunque en ese momento JB no estaba seguro de si eso lo llevaría a alguna parte, el siguiente fin de semana, cuando fue con sus amigos al Pho Viet Huong, se llevó consigo una de las viejas cámaras de Ali e hizo fotos de los tres comiendo y después caminando por la calle bajo la nieve. Se movían despacio por deferencia a Jude, ya que las aceras estaban resbaladizas. JB los vio por el objetivo: Jude en el centro, Malcolm y Willem a cada lado, lo bastante cerca para agarrarlo si patinaba, pero no tanto para que Jude sospechara que preveían una caída (él mismo había ocupado esta posición en otras ocasiones). Jude nunca se lo había pedido; sencillamente empezaron a hacerlo.

Él tomó la foto.

—¿Qué estás haciendo, JB? —le preguntó Jude.

—Para ya, JB —se quejó Malcolm al mismo tiempo.

La fiesta de esa noche era en Centre Street, en el loft de una conocida, una mujer llamada Mirasol cuya gemela, Phaedra, había estudiado con ellos en la universidad. A su llegada se dispersaron entre los grupos de invitados. JB saludó con una mano a Richard desde el otro extremo de la habitación y advirtió con irritación que Mirasol había puesto una mesa rebosante de comida, lo que significaba que él había malgastado catorce dólares en el Pho Viet Huong cuando podría haber cenado allí gratis. Después se acercó a Jude, que estaba hablando con Phaedra, con un tipo gordo que podría haber sido el novio de la chica y con un chico barbudo y delgado que trabajaba con Jude; este estaba sentado en el respaldo de uno de los sofás, con Phaedra a su lado, y los dos tenían la vista puesta en el tipo grueso y el chico delgado, y todos se reían de algo. Hizo la foto.

Normalmente en las fiestas atraía o era atraído por un grupo de gente, y se pasaba la noche siendo el centro de un círculo de tres o cuatro personas, saltando de uno a otro mientras escuchaba los cotilleos, iniciaba rumores inofensivos, fingía compartir confidencias o lograba que los demás confesaran a quiénes odiaban al divulgar también él quiénes eran los destinatarios de su odio. Pero esa noche recorrió la habitación en estado de alerta, lleno de determinación y casi sobrio, haciendo fotos a sus tres amigos, que se movían a su propio ritmo sin darse cuenta de que los seguía. Al cabo de un par de horas los encontró junto a la ventana; Jude les decía algo y los otros dos se inclinaron para oírlo; acto seguido los tres echaron la cabeza hacia atrás riéndose, y aunque por un instante sintió nostalgia y un poco de celos, también experimentó una sensación de triunfo, pues había obtenido las dos fotos. «Esta noche soy una cámara y mañana volveré a ser JB», se dijo.

Nunca se había divertido tanto en una fiesta; nadie pareció advertir sus deliberadas idas y venidas, con la excepción de Richard, quien cuando los cuatro se despidieron una hora después para salir de la ciudad (los padres de Malcolm vivían en el campo, y el chico creía saber dónde escondía su madre la hierba), le dio en la espalda una palmada de anciano inesperadamente afable.

—¿Tienes algún proyecto en marcha?

—Creo que sí.

—Me alegro por ti.

Al día siguiente JB se sentó al ordenador para ver en la pantalla las fotos de la noche anterior. Como la cámara no era muy buena, estaban envueltas en una nebulosa amarilla que, sumada a su escasa pericia para enfocar, confería a las figuras una viva calidez de contornos ligeramente suaves, como si las hubiera tomado a través de un vaso de whisky. Se detuvo en un primer plano del rostro de Willem sonriendo a alguien (una chica, sin duda) que se encontraba fuera del encuadre, y en la de Jude y Phaedra en el sofá; Jude llevaba un jersey azul marino que JB no sabía si era de él o de Willem, pues se lo ponían los dos, y Phaedra un vestido de lana color lila; la chica tenía la cabeza inclinada hacia la de Jude, y su cabello oscuro hacía que el de él pareciera más claro en contraste; el tapizado verde azulado con relieve del sofá en el que estaban apoyados les daba a ambos un brillo de piedra preciosa; el cabello y la tez, como recién lamidos, eran de una tonalidad gloriosa, y la piel, exquisita. Eran colores que cualquier pintor desearía pintar, y él lo hizo, primero a lápiz en su cuaderno, a continuación con acuarelas sobre un cartón más rígido y por último con acrílicos sobre un lienzo.

Eso había sido hacía cuatro meses y JB ya tenía casi once cuadros terminados —una producción asombrosa tratándose de él—, todos de escenas de la vida de sus amigos. Willem repasando por última vez un guión antes de una audición, apoyando la suela de una bota contra la pringosa pared roja que había detrás de él; Jude en una obra de teatro, con el rostro medio en sombra en el preciso instante en que sonreía (casi lo habían echado de la sala por esa toma), o Malcolm sentado con rigidez en un sofá a unos pies de distancia de su padre, con la espalda recta y agarrándose las rodillas, viendo una película de Buñuel en un televisor fuera del encuadre. Después de cierta experimentación, JB había optado por lienzos del tamaño de una impresión a color estándar de veinte pulgadas por veinticuatro, todos apaisados, e imaginó que algún día los expondría en una larga y serpenteante ristra que rodearía las paredes de la galería con la fluidez de una tira fílmica. El conjunto era fotorrealista. No reemplazó la cámara de Ali por otra mejor, y en cada cuadro intentó captar aquella cualidad algo difusa que la cámara daba a todo, como si alguien hubiera arrancado la nítida capa superior dejando al descubierto algo más amable que lo que veía el ojo.

A veces, en momentos de inseguridad, a JB le preocupaba que el proyecto fuera demasiado enigmático, demasiado íntimo —ahí era donde resultaba útil tener un representante, aunque solo fuera para recordar al artista que a alguien le gustaba su obra, la consideraba importante o por lo menos apreciaba su belleza—, pero no podía negar el placer que le proporcionaba el proyecto, la satisfacción, la sensación de que era algo suyo. A veces echaba de menos formar parte de los cuadros; era una narración de la vida de sus amigos y su ausencia constituía una gran omisión. Pero también disfrutaba del papel casi de dios que adoptaba al pintarlos. Había llegado a ver a sus amigos de otro modo, no solo como apéndices de su vida sino como personajes diferenciados que habitaban sus propias historias; a veces tenía la impresión de estar viéndolos por primera vez, aun después de tantos años de conocerlos.

Llevaba cerca de un mes con el proyecto cuando supo que era en eso en lo que quería concentrarse, y comprendió que tenía que contarles a sus amigos por qué los seguía con una cámara y les hacía fotos en momentos anodinos de su vida, y por qué era crucial que ellos le dejaran seguir haciéndolo y le permitieran la mayor proximidad. Estaban cenando en un restaurante vietnamita de *noodles* de Orchard Street que esperaban que sustituyera al Pho Viet Huong, y al terminar la perorata —durante la cual JB se puso extrañamente nervioso—, los tres amigos se sorprendieron mirando a Jude, pues era previsible que pusiera impedimentos. Los otros dos accederían, pero eso no le servía. Necesitaba que lo aprobaran todos, para que funcionara, y Jude era con mucho el más cohibido de los tres: en la universidad volvía la cabeza o se tapaba la cara cada vez que alguien intentaba hacerle una foto, y cuando sonreía o se reía, se llevaba una mano a la boca de forma refleja, un tic que disgustaba a los demás y que solo había logrado abandonar hacía pocos años.

Como se temía, Jude se mostró receloso.

—¿Qué supondrá? —preguntó una y otra vez.

Armándose de paciencia, JB le aseguró varias veces que no se proponía humillarlo ni aprovecharse de él, sino realizar una crónica de sus vidas en forma de cuadros.

Los otros dos guardaron silencio y dejaron que él hiciera el trabajo. Al final Jude consintió, aunque no pareció muy satisfecho.

—¿Cuánto durará? —preguntó.

—Para siempre, espero. —Y era cierto. Lo único que JB lamentaba era no haber empezado cuando eran más jóvenes.

Al salir del restaurante, caminó junto a Jude.

—Jude, te dejaré ver antes todas las obras en las que salgas —le dijo en voz baja para que los demás no lo oyeran—. Si no estás de acuerdo, no las expondré.

Jude lo miró.

—¿Me lo prometes?

—Te lo juro por Dios.

JB lamentó enseguida su ofrecimiento, porque era a Jude a quien más disfrutaba pintando. Él tenía el rostro más interesante y atractivo que los demás, y la tez y el cabello del color más original, y era el más tímido, de modo que las fotos que le tomaba siempre le parecían más valiosas.

El domingo siguiente, de regreso a casa de su madre, revolvió en las cajas de su época universitaria que había guardado en su antiguo dormitorio, en busca de una fotografía que recordaba. Al final la encontró: Jude en el primer curso, alguien se la había sacado y por alguna razón había acabado en manos de JB. Jude estaba de pie en la sala de estar de la residencia, vuelto de tres cuartos hacia la cámara. Se cubría el pecho con el brazo izquierdo, de modo que se le veía la cicatriz satinada en forma de estrella en explosión que tenía en el dorso de la mano, mientras que con la otra sostenía con convicción un cigarrillo sin encender. Llevaba una camiseta de manga larga de rayas azules y blancas que no debía de ser suya, pues le quedaba muy grande (aunque tal vez sí lo era, ya que en aquellos días toda la ropa que usaba era enorme, porque, como más tarde se supo, se la había comprado de talla grande a propósito para que le sirviera mientras él siguiera creciendo), y el pelo, largo para ocultarse tras él, se desvanecía por debajo del mentón. Pero lo que JB nunca había olvidado de esa fotografía era la expresión: un hastío que en aquellos tiempos nunca abandonaba a Jude. Hacía años que no miraba esa foto, pues, por motivos que no era del todo capaz de comprender, le provocaba una sensación de vacío.

Este era el cuadro que estaba pintando en esos momentos; por él había roto el molde al decantarse por un formato de cuarenta pulgadas cuadradas. Durante días había hecho pruebas para obtener el tono exacto del delicado verde serpiente de los iris de Jude, y había retocado una y otra vez el color del cabello hasta quedar satisfecho. Era un cuadro extraordinario, lo sabía con la certeza con que a veces se sabe algo, y no tenía intención de que Jude lo viera hasta que estuviera colgado en la pared de una galería y no hubiera marcha atrás. Sabía que Jude no soportaría lo frágil, femenino, vulnerable y joven que se le veía, y que encontraría en él otros muchos aspectos imaginarios que aborrecer, que JB no podía siquiera predecir porque él no era un chiflado que se aborrecía a sí mismo como Jude. Pero para JB ese cuadro expresaba todo lo que buscaba en esa serie: era una carta de amor, un documento, una epopeya, y era suyo.

Eran casi las seis. La luz pronto cambiaría. Por el momento todo seguía silencioso a su alrededor, aunque a lo lejos se oía el traqueteo del tren sobre los rieles. El lienzo le esperaba. Cogió el pincel y empezó a pintar.

Había poesía en el metro. Por encima de las hileras de asientos de plástico, llenando el espacio vacío entre anuncios de dermatólogos y de compañías que prometían títulos universitarios a distancia, había largas láminas plastificadas impresas con poemas: versos de segunda de Stevens, de tercera de Roethke y de cuarta clase de Lowell, escritos para no alterar a nadie, en los que la furia y la belleza habían sido reducidas a aforismos vacuos. O eso decía JB, que estaba en contra de los poemas. Habían aparecido cuando él estaba en el instituto y no había dejado de quejarse de ellos desde hacía quince años.

—En lugar de financiar el verdadero arte y a los verdaderos artistas, pagan a una pandilla de bibliotecarias solteronas y de maricas con chaqueta de punto para que seleccionen esta mierda —le gritaba a Willem por encima del chirrido de los frenos del tren de la línea F—. Y todo es mierda a lo Edna Saint Vincent Millay. O gente con talento a la que han capado. Y todos son blancos, ¿has visto? ¿Qué coño pretenden con eso?

La semana siguiente Willem vio un póster de Langston Hughes y telefoneó a JB para comentárselo.

—¿Langston Hughes? —gimió JB—. Deja que adivine: ¿«Un sueño diferido»? ¡Lo sabía! Esta mierda no cuenta. De todas maneras, si algo explotara esa mierda caería en dos segundos.

Esa tarde Willem tenía ante sí un poema de Thom Gunn: «Su relación consistía / en discutir si existía». Debajo alguien había escrito en rotulador negro: «No te preocupes, tío, yo tampoco logro meterla». Willem cerró los ojos.

No era muy prometedor que estuviera tan cansado cuando no eran ni las cuatro, pues su turno no había empezado siquiera. No debería haber ido con JB a Brooklyn la noche anterior, pero nadie quería acompañarlo y JB le dijo que se lo debía. ¿No le había acompañado él al horrible espectáculo de un amigo suyo el mes pasado?

De modo que fue.

—¿Qué banda es? —preguntó mientras esperaban en el andén.

Willem, que llevaba un abrigo demasiado fino y había perdido un guante, empezó a adoptar cierta postura para conservar el calor cuando se veía obligado a permanecer quieto y hacía frío: se rodeaba el pecho con los brazos y, con las manos bajo las axilas, se balanceaba sobre los talones.

—La de Joseph —respondió JB.

—Oh. —Willem no tenía ni idea de quién era Joseph.

Admiraba el dominio fellinesco que mostraba JB en su amplio círculo social, en el que todos eran extras con disfraces de vivos colores, y Malcolm, Jude y él eran accesorios cruciales aunque modestos —tramoyistas o directores del segundo arte— a quienes consideraba tácitamente responsables de mantener en marcha la empresa.

—Es hardcore —respondió JB con tono afable, como si eso le dijera algo sobre Joseph.

—¿Cómo se llama la banda?

—Prepárate que allá va. —JB sonrió—. Se llama Smegma Cake 2.

—¿Cómo? —replicó Willem riéndose—. ¿Smegma Cake 2? ¿Por qué? ¿Qué pasó con Smegma Cake 1?

—¡Pilló una infección por estafilococos! —gritó JB por encima del estruendo del tren que se adentraba en la estación.

A poca distancia, una anciana lo miró con desaprobación.

Como era de esperar, la banda Smegma Cake 2 no era muy buena. En realidad ni siquiera era hardcore, sino más bien un ritmo de ska dinámico y serpenteante («¡Le ha pasado algo al sonido!», le gritó JB al oído cuando sonaba uno de los temas más largos llamado «Phantom Snatch 3000». «¡Sí —le gritó él a su vez—, es una mierda!»). A mitad de concierto (cada tema parecía durar veinte minutos) le invadió una especie de euforia, tanto por la absurdidad de la banda como por la aglomeración de gente, y se puso a bailar con torpeza al estilo mosh con JB, los dos rebotando contra sus vecinos y los mirones hasta que todo el mundo empezó a chocar alegremente contra los demás, como una pandilla de niños achispados, y JB agarró a Willem por los hombros y los dos se echaron a reír con las caras juntas. En momentos como ese Willem quería a JB sin reservas, por su habilidad para exhibir su vertiente tan tonta y frívola, algo que era imposible con Malcolm o Jude —Malcolm porque, pese a todo lo que afirmaba, tenía interés en el decoro, y Jude porque era serio.

Por supuesto, a la mañana siguiente Willem sufrió las consecuencias. Se despertó en una esquina del loft de Ezra, sobre el colchón desnudo de JB (cerca de él, en el suelo, JB roncaba sobre una pila de ropa sucia con olor a turba), sin saber muy bien cómo habían vuelto a cruzar el puente. Él no solía beber ni colocarse, pero de vez en cuando lo hacía en compañía de JB. Fue un alivio volver a la tranquilidad y la limpieza de Lispenard Street, donde la luz del sol que inundaba de calor y languidez su lado del dormitorio entre las once de la mañana y la una de la tarde ya entraba sesgada por la ventana, y Jude se había ido a trabajar hacía mucho. Puso el despertador y al instante se quedó dormido; se despertó con el tiempo justo para ducharse, tomarse una aspirina e ir corriendo al metro.

El restaurante donde trabajaba había ganado reputación tanto por la comida —sofisticada pero no pretenciosa— como por la amabilidad y la cercanía del personal. En el Ortolan les enseñaban a mostrarse cordiales sin caer en la familiaridad, a ser abordables pero no informales. Como le gustaba decir a Findlay, que era el gerente del restaurante y su jefe: «Sonríe, pero no llames a los clientes por su nombre». En el Ortolan había muchas reglas como esa. La única joya permitida a las empleadas era la sortija de casada. Los hombres tenían prohibido llevar el pelo por debajo del lóbulo de las orejas. El esmalte de uñas estaba prohibido. No se podía ir con barba de más de dos días. El bigote y los tatuajes solo se toleraban en casos especiales.

Willem llevaba casi dos años de camarero en el Ortolan. Con anterioridad había trabajado en el turno de comidas tardías de fin de semana y de menús de mediodía los días laborables en un popular y ruidoso restaurante de Chelsea llamado Digits, donde los clientes (casi siempre hombres entrados en años, de cuarenta como mínimo) le preguntaban si él entraba en el menú, y luego se reían con picardía, satisfechos consigo mismos, como si fueran los primeros en preguntárselo, y no los undécimos o duodécimos solo en aquel turno. Aun así, él siempre sonreía y respondía: «Solo como entrante», a lo que ellos replicaban: «Pero yo quiero un plato fuerte»; él volvía a sonreír y ellos le daban una buena propina al final.

Un amigo suyo del posgrado y actor llamado Roman fue quien lo recomendó a Findlay, cuando renunció al empleo después de que lo contrataran como invitado recurrente en una telenovela. Willem se alegró de la recomendación, pues, además de por la comida y el servicio, el Ortolan también tenía fama —entre un grupo mucho más reducido— por la flexibilidad de horario, sobre todo para quien caía bien a Findlay. A este le gustaban las mujeres menudas, de pelo castaño y planas, y toda clase de hombres siempre que fueran altos, delgados y, según se rumoreaba, no asiáticos. A veces Willem se quedaba parado a la puerta de la cocina y observaba cómo parejas dispares de camareras diminutas y morenas y hombres flacos y larguiruchos daban vueltas por el comedor principal, patinando unos delante de otros en una serie de extraños *minuets*.

No todos los que trabajaban de camarero en Ortolan eran actores. O, para ser más exactos, no todos seguían siéndolo. Había restaurantes en Nueva York donde el personal dejaba de ser un actor que servía mesas para convertirse en un camarero que había sido actor. Y si el restaurante era lo bastante bueno y respetable, el cambio de carrera no solo era aceptable sino también preferible. Un camarero que trabajara en un restaurante bien considerado podía conseguir para sus amigos una codiciada reserva o camelar al personal de la cocina para que les mandara platos gratis a su mesa (aunque esto último, como Willem no tardó en aprender, no era tan fácil como pensaba). En cambio, ¿qué podía conseguir para sus amigos un actor que servía mesas? Entradas para una producción vanguardista más, en la que tenía que actuar con su propio traje porque hacía el papel de agente de bolsa (que podía ser un zombi o no), y no había dinero para financiar el vestuario. (Justo eso le había ocurrido el año anterior y, como no tenía traje, acabó pidiendo prestado uno a Jude. Como este tenía las piernas una pulgada más largas que él, tuvo que subir el bajo de los pantalones y pegarlo con celo.)

En el Ortolan era fácil distinguir entre los que habían sido actores y los que ya eran camareros profesionales. Los camareros de carrera eran mayores, cumplían con más precisión y rigor las normas de Findlay, y en las comidas del personal agitaban de manera ostentosa el vino en la copa que les servía el ayudante del sumiller para que lo probaran y decían cosas como: «¿No es como ese Petit Sirah de Linne Calodo que serviste la semana pasada, José?» o «Tiene un ligero sabor mineral, ¿no te parece? ¿Es de Nueva Zelanda?». Se sobrentendía que no se los invitaba a las producciones —solo a los camareros actores, y si se recibía la invitación se consideraba educado al menos intentar ir—, y desde luego no se hablaba con ellos de audiciones, de agentes ni de nada por el estilo. Actuar era como una guerra; ellos eran veteranos y no querían pensar en la guerra, y menos aún hablar de ella con inocentes que seguían corriendo impacientes hacia las trincheras, emocionados aún de estar en el país.

El mismo Findlay había sido actor, pero a diferencia de los otros ex actores, a él le gustaba —tal vez «gustar» no era la palabra; quizá era más exacto decir que simplemente lo hacía— hablar de su pasado, o al menos de una versión del mismo. Según él, en una ocasión habían estado a punto de contratarlo para el segundo papel protagonista de la producción del Public Theater *Una habitación luminosa llamada día* (más tarde, una de las camareras les comentó que todos los papeles significativos de la obra eran femeninos). Y, en otra, había aprendido un papel en Broadway para que pudiera sustituir al actor que lo interpretaba en caso de necesidad (nunca quedó claro para qué producción). Findlay era una carrera andante de *memento mori*, una historia admonitoria con traje de lana gris, y los que todavía eran actores o bien lo evitaban, como si su particular maldición fuera especialmente contagiosa, o lo observaban de cerca, como si permanecer en contacto con él pudiera inocularlos.

Pero ¿en qué momento decidió Findlay renunciar a ser actor, cómo ocurrió? ¿Fue solo por la edad? Al fin y al cabo, debía de andar por los cuarenta y cinco o los cincuenta. ¿Cuándo se sabía que había llegado el momento de renunciar? ¿Llegaba al cumplir los treinta y ocho si todavía no tenías un agente (como sospechaban que era el caso de Joel)? ¿O a los cuarenta, cuando todavía compartías habitación y ganabas más dinero como camarero a tiempo parcial del que habías ganado el año que decidiste ser actor a jornada completa (como se sabía que le había sucedido a Kevin)? ¿Era cuando engordabas, o se te caía el pelo, o te sometías a una mala operación de cirugía plástica que no disimulaba ni la gordura ni la calvicie? ¿Cuándo la persecución de las ambiciones cruzaba la línea que separaba el valor de la insensatez? ¿Cuándo se sabía que había que parar? En épocas anteriores, más rígidas y menos alentadoras (y, en última instancia, más prácticas), las cosas estaban mucho más claras: había que parar al cumplir los cuarenta años, o al casarse, o cuando tenías hijos, o después de cinco, diez o quince años de intentarlo. Y entonces tocaba buscar un empleo de verdad, y los sueños de hacer carrera como actor se alejaban en la oscuridad y se fundían tan quietos como un bloque de hielo en una bañera de agua caliente.

Pero los suyos eran tiempos de realización personal en los que el mero hecho de conformarse con una segunda opción parecía innoble y propia de quien carecía de fuerza de voluntad. En algún momento el acto de rendirse a lo que parecía ser el destino había dejado de ser algo digno para convertirse en un signo de cobardía. Había ocasiones en que la presión por conquistar la felicidad resultaba casi opresiva, como si eso estuviera al alcance de todos y cualquier situación intermedia fuera culpa de uno. ¿Trabajaría Willem año tras año en el Ortolan y tomaría los mismos trenes para acudir a audiciones una y otra y otra vez, avanzando tal vez una pulgada cada año, un progreso tan minúsculo que apenas contaría? ¿Tendría algún día el coraje de rendirse, y sería capaz de reconocer el momento para hacerlo, o se despertaría un buen día, se miraría al espejo y se vería convertido en un anciano intentando todavía llamarse actor porque le asustaba demasiado admitir que tal vez no lo era, que nunca lo sería?

Según JB, la razón por la que Willem aún no había tenido éxito era él mismo. Una de las peroratas favoritas que le soltaba empezaba con «Si yo tuviera tu físico, Willem...» y terminaba «Y has estado tan consentido por lo que has alcanzado con tanta facilidad que crees que todo llegará. Pero ¿sabes, Willem? Por muy atractivo que seas, aquí todo el mundo lo es, así que tendrás que esforzarte más».

Aunque Willem creía que eso era algo irónico viniendo de JB (¿consentido él?, solo había que ver a la familia de JB: mujeres cloqueando en pos de él, poniéndole delante sus platos favoritos y sus camisas recién planchadas, rodeándolo de una nube de elogios y afecto; una vez oyó sin querer una conversación telefónica de JB con su madre, en la que le decía que necesitaba más ropa interior y que la recogería cuando fuera a comer el domingo, y que, por cierto, quería costillas), comprendió qué quería decir. Sabía que él no era un vago, pero carecía de la clase de ambición que poseían JB y Jude, esa sombría y ardua determinación que los impulsaba a quedarse en el estudio o la oficina más tiempo que nadie, o adoptar esa mirada ligeramente perdida que le hacía pensar que una parte de ellos vivía ya en una especie de futuro imaginado cuyos contornos solo se habían materializado para ellos. La ambición de JB se nutría de codiciar ese futuro que había que alcanzar cuanto antes, la de Jude parecía más motivada por el miedo a deslizarse de nuevo, si no avanzaba, en el pasado, en la vida que había dejado atrás y que nunca contaría a nadie. Y Jude y JB no eran los únicos que poseían esa cualidad; Nueva York estaba habitada por la ambición. A menudo era lo único que todos los neoyorquinos tenían en común.

Ambición y ateísmo. «La ambición es mi única religión», declaró JB una noche de muchas cervezas, y aunque a Willem la frase le sonó demasiado estudiada, como si la ensayara intentando perfeccionar el tono natural e indiferente para el día en que tendría que pronunciarla en la vida real ante un entrevistador, también sabía que era sincera. Solo allí se experimentaba la obligación de justificar una bajada del entusiasmo acerca de tu carrera; solo allí había que disculparse por tener fe en algo más allá de uno mismo.

En la ciudad, Willem a menudo tenía la sensación de que le faltaba algo esencial, y que esa ignorancia lo condenaría para siempre a una vida en el Ortolan. (También lo había sentido en la universidad, donde tenía la certeza de que era el más tonto de la clase, y de que solo lo habían admitido por discriminación positiva, como una especie de representante extraoficial de bicho raro blanco, pobre, residente en una zona rural.) Creía que los demás también lo notaban, aunque al único que parecía preocuparle realmente era a JB.

—A veces no sé qué pensar de ti, Willem —le dijo una vez, con un tono que daba a entender que lo siguiente no serían palabras agradables.

Eso fue a finales del año anterior, poco después de que Merritt, el antiguo compañero de habitación de Willem, hubiera conseguido uno de los dos papeles principales en una reposición vanguardista de *El auténtico Oeste*. El otro papel lo interpretaba un actor que hacía poco había protagonizado una aclamada película independiente y que disfrutaba de ese efímero momento de credibilidad y de la promesa de tener más éxito en la ciudad. El director (alguien con quien Willem siempre había deseado trabajar) anunció que daría el segundo papel a un desconocido. Y lo cumplió; solo que el desconocido resultó ser Merritt y no Willem. Los dos habían quedado finalistas en la audición.

Sus amigos se indignaron.

—¡Si Merritt no sabe actuar! —gruñó JB—. ¡Se queda de pie en el escenario y brilla, y se cree que con eso basta!

Los tres empezaron a hablar de la última obra en la que habían visto actuar a Merritt, una producción vanguardista de *La Traviata* interpretada solo por hombres y ambientada en Fire Island en la década de 1980 (Violetta —interpretada por Merritt— era rebautizada como Victor, y se moría de sida en lugar de tuberculosis) y todos coincidieron en que era infumable.

—Bueno, pero tiene un buen físico —replicó él, en un débil intento de defender a su antiguo compañero de cuarto ausente.

—No es tan atractivo —dijo Malcolm, con una vehemencia que sorprendió a todos.

—Willem, ya te llegará —lo consoló Jude al regresar a casa después de cenar—. Si hay justicia en el mundo, te llegará. Ese director es un imbécil. —Jude nunca culpabilizaba a Willem de sus errores, a diferencia de JB que siempre lo hacía. Willem no sabía qué era peor.

Aunque agradecía la indignación de sus amigos, lo cierto era que no creía que Merritt fuera tan malo como ellos decían. Sin duda no era peor que él, quizá incluso actuara mejor. Más tarde se lo dijo a JB, quien respondió con un largo y ceñudo silencio, antes de empezar a aleccionarlo.

—A veces no sé qué pensar de ti, Willem. A veces tengo la impresión de que en realidad no quieres ser actor.

—Eso no es cierto —protestó él—. Solo que no creo que haya que restar importancia a cada rechazo, como tampoco creo que todo el que consigue un papel pasando por encima de mí lo hace por chiripa.

Siguió otro silencio.

—Eres demasiado bueno, Willem —dijo JB sombríamente—. Si sigues así nunca llegarás a nada.

—Gracias, JB.

A Willem rara vez le ofendían las opiniones de JB (a menudo tenía razón), pero en ese momento no tenía ganas de oír lo que pensaba de sus limitaciones ni sus sombrías predicciones acerca del futuro que le esperaba si no cambiaba de personalidad. Colgó y se quedó despierto en la cama, bloqueado y compadeciéndose de sí mismo.

De todos modos, cambiar de personalidad parecía descartado; ¿no era demasiado tarde para eso? Al fin y al cabo, antes de ser un hombre bueno había sido un niño bueno. Sus profesores, sus compañeros de clase, los padres de sus compañeros de clase, todos se daban cuenta de ello. «Willem es un chico muy compasivo», escribían sus profesores en sus informes, a los que luego su madre o su padre echaban un vistazo sin decir una palabra, antes de ponerlos sobre el montón de periódicos y sobres vacíos que había que llevar a reciclar. Al hacerse mayor empezó a darse cuenta de que la gente se sorprendía o se contrariaba al conocer a sus padres, en ocasiones incluso se enfadaban. Una vez, un profesor de instituto le comentó que pensaba que sus padres serían diferentes, dado el temperamento de Willem.

—¿Diferentes en qué sentido?

—Más afables.

Él no se consideraba en particular generoso ni excepcionalmente bueno. Sobresalía con facilidad en casi todo: en los deportes, en el colegio, con los amigos y con las novias. No forzaba su simpatía; no buscaba ser amigo de nadie, y no soportaba la grosería, ni la pequeñez de espíritu ni la mezquindad. Era humilde y trabajador, y más aplicado que brillante, lo sabía. «Descubre cuál es tu sitio», le decía a menudo su padre.

Su padre sabía cuál era el suyo. Willem recordaba que, tras una fuerte helada a finales de primavera que mató a una gran cantidad de corderos, una periodista que escribía un artículo sobre cómo había afectado a los granjeros de la región entrevistó a su padre.

—Como ranchero… —empezó la periodista.

—Yo no soy ranchero —la interrumpió él, enfatizando con su acento esas palabras, como hacía con todas las palabras, por lo que sonaron más bruscas de la cuenta—. Solo trabajo de jornalero en un rancho.

Tenía razón, por supuesto; el término ranchero implicaba algo específico, la condición de terrateniente, y de acuerdo con esa definición él no lo era. Pero había otras muchas personas en el condado que tampoco tenían derecho a llamarse a sí mismas rancheros y que de todos modos lo hacían. Willem nunca le había oído a su padre censurarlas por ello; a su padre le traía sin cuidado lo que hicieran los demás, pero la exageración no iba con él ni con su mujer, la madre de Willem.

Tal vez por eso Willem creía haber tenido siempre claro quién era, lo que explicaba por qué, conforme se alejaba del rancho y de su niñez, sentía muy poca presión para cambiar o reinventarse a sí mismo. No había sido más que un invitado en la universidad y en el departamento de posgrado, del mismo modo que ahora era un invitado en Nueva York, y un invitado en las vidas de los ricos y hermosos. Nunca intentaría fingir que había nacido con todo eso, porque sabía que no era cierto; él era el hijo de un jornalero del oeste de Wyoming, y al marcharse de allí no había borrado lo que era, tan solo había dejado que el tiempo, las experiencias y la cercanía al dinero fueran anotando más detalles en su cuerpo.

Willem fue el cuarto hijo, y el único que seguía vivo. Primero hubo una niña, Britte, que murió de leucemia a los dos años, mucho antes de que Willem naciera. Eso fue en Suecia, cuando su padre, que era islandés, trabajaba en una piscifactoría en la que conoció a su madre, que era danesa. Emigraron a Estados Unidos y tuvieron un hijo, Hemming, que nació con parálisis cerebral. Tres años después nació otro niño, Aksel, que murió mientras dormía sin que se supiera el motivo.

Hemming tenía ocho años cuando Willem nació. No podía caminar ni hablar, pero Willem lo quería y nunca dejó de considerarlo su hermano mayor. Hemming sabía sonreír, y cuando lo hacía se llevaba la mano a la cara, formaba con los dedos una boca de pato y los labios le sobresalían de las encías rosa azalea. Willem aprendió a gatear, y luego a andar y a correr mientras Hemming se quedaba en su silla año tras año; cuando fue lo bastante mayor y fuerte, empujaba la pesada silla de Hemming con sus gruesas y obstinadas ruedas (era una silla para quedarse quieto, no para ser empujada por el césped ni por los caminos de tierra) por el rancho donde vivían, en una pequeña casa de madera. En lo alto de la colina estaba el edificio principal, bajo y alargado con un profundo porche que rodeaba toda la casa, y al pie de la colina se encontraban los establos donde sus padres pasaban los días. Él había sido el principal cuidador y acompañante de Hemming mientras iba al instituto; por las mañanas, era el primero en despertarse, y preparaba el café a sus padres y hervía agua para los copos de avena de Hemming; por las tardes, esperaba junto a la carretera a la furgoneta que llevaba de vuelta a su hermano, que pasaba el día en un centro de asistencia situado a una hora en coche. Willem siempre pensó que se parecían —los dos tenían el cabello claro y brillante de sus padres, y los ojos grises de su padre, así como un surco semejante a un paréntesis alargado que dividía el lado izquierdo de sus bocas y les daba un aire divertido, como si siempre estuvieran listos para sonreír—, aunque nadie parecía darse cuenta. Solo reparaban en que Hemming estaba en una silla de ruedas y siempre tenía la boca abierta, una húmeda elipse roja, y que la mayor parte del tiempo miraba hacia el cielo, con los ojos fijos en alguna nube que solo él veía. «¿Qué ves, Hemming?», le preguntaba a veces Willem cuando salían en sus paseos nocturnos, pero, claro está, Hemming nunca le respondía.

Aunque sus padres eran eficientes y competentes con Hemming, a Willem le parecía que no se mostraban afectuosos. Cuando él se quedaba hasta tarde en el instituto por un partido de fútbol o una competición de atletismo, o si tenía que trabajar un turno extra en la tienda de comestibles, era su madre quien esperaba a Hemming al final del camino, quien lo metía y lo sacaba de la bañera, quien le daba de cenar papillas de pollo con arroz y quien le cambiaba el pañal antes de acostarlo. Sin embargo, ella no le leía, ni hablaba con él, ni lo sacaba a pasear como hacía Willem. Ver a sus padres con Hemming le molestaba, en parte porque, si bien nunca se comportaban de forma reprobable, veía que para ellos era una responsabilidad, nada más. Con el tiempo se dio cuenta de que eso era todo lo que se podía esperar razonablemente de ellos; lo demás era cuestión de suerte. Pero, aun así, lamentaba que no quisieran más a Hemming, aunque fuera solo un poco. Quizá eso era demasiado pedir. Sus padres habían perdido a tantos hijos que tal vez no podían o no querían entregarse por entero a los que entonces tenían. Al final, Hemming él también los dejarían, por libre elección o no, y entonces su pérdida sería completa. No obstante, Willem tardaría décadas en ver las cosas de ese modo.

Durante el segundo año de Willem en la universidad, Hemming tuvo que ser intervenido de urgencia, una apendicectomía. «Dicen que se la han cogido justo a tiempo», le dijo su madre por teléfono, y la voz sonó monótona y práctica; no había en ella rastro de alivio ni de angustia, y tampoco —y él tenía que aceptarlo, aunque no quisiera, pues le asustaba— de contrariedad. La cuidadora de Hemming (una mujer del pueblo a quien pagaban por vigilarlo por las noches desde que Willem se había ido) reparó en que se daba palmadas en el estómago y gemía, y notó un bulto duro semejante a una trufa debajo del abdomen. Los médicos le encontraron un tumor de unas pocas pulgadas de longitud en el intestino grueso y le hicieron una biopsia. Los rayos X revelaron nuevos tumores y se proponían extirpárselos.

—Iré a casa.

—No —respondió su madre—. Aquí no puedes hacer nada. Te avisaremos si la cosa se complica.

Sus padres se habían quedado más bien desconcertados al enterarse de que lo habían admitido en la universidad —ninguno de los dos sabía siquiera que había solicitado una plaza—, pero ahora estaban resueltos a que se licenciara y olvidara el rancho lo antes posible.

Sin embargo, por las noches Willem se imaginaba a Hemming solo en una cama del hospital, lo asustado que estaría, cómo lloraría y buscaría el sonido de su voz. Cuando Hemming tenía veintiún años habían tenido que extirparle una hernia, y no paró de llorar hasta que él le cogió la mano. Willem sabía que tenía que ir a casa.

Los vuelos eran caros, mucho más de lo que creía. Se informó sobre las rutas en autobús, pero se tardaba tres días en llegar y tres días en regresar, en plenos exámenes de mitad de trimestre a los que tenía que presentarse y sacar buena nota si quería conservar la beca, además de los empleos, que debía atender. Al final, el viernes por la noche, borracho, se lo confesó todo a Malcolm, que sacó el talonario y le extendió un cheque.

—No puedo —replicó de inmediato.

—¿Por qué no? —le preguntó Malcolm.

Discutieron largo rato hasta que Willem acabó aceptando el talón.

—Te lo devolveré, ¿de acuerdo?

Malcolm se encogió de hombros.

—No tengo forma de decirlo sin parecer un completo gilipollas, pero no lo necesito, Willem.

Aun así, devolver el dinero a Malcolm se convirtió en algo importante para él, aunque sabía que su amigo no lo aceptaría. Jude tuvo la idea de meterle el dinero directamente en la billetera, de modo que cada dos semanas, después de cobrar en el restaurante donde trabajaba los fines de semana, le metía dos o tres billetes de veinte mientras dormía. Nunca supo si Malcolm se enteraba —se lo gastaba muy deprisa, a menudo en ellos tres—, pero a él lo llenó de satisfacción y orgullo hacerlo.

Se alegró de regresar a casa (su madre se limitó a suspirar cuando él le anunció que iba a ir) y se alegró de ver a Hemming, aunque se alarmó al ver lo mucho que había adelgazado, y cómo gemía y lloraba mientras las enfermeras le curaban las suturas; tenía que aferrarse a los brazos de la silla para no gritar. Por las noches, cenaba con sus padres en silencio; notaba cómo se iban alejando, como si se desligaran de su condición de padres de dos hijos y se prepararan para asumir una nueva identidad.

La tercera noche cogió las llaves de la furgoneta para ir al hospital. Por el este se veían los primeros signos de la primavera, aunque el aire oscuro aún parecía brillar con la escarcha y por las mañanas la hierba estaba cubierta de una fina capa de cristales.

Su padre salió al porche cuando él bajaba los escalones.

—Estará dormido —le dijo.

—Se me ha ocurrido ir a verlo —repuso Willem.

Su padre lo miró.

—Willem, no sabrá si estás o no.

A él se le encendió el rostro.

—Ya sé que él te importa una mierda —le replicó—, pero a mí sí me importa.

Era la primera vez que decía una palabrota delante de su padre, y por un instante fue incapaz de moverse, medio excitado y temiendo que él reaccionara, que se desencadenara una discusión. Sin embargo, su padre bebió un sorbo de café, se volvió, entró de nuevo en la casa y la puerta mosquitera se cerró con suavidad tras él.

Durante el resto de la visita todos se comportaron como siempre; se turnaban para hacer compañía a Hemming, y cuando Willem no estaba en el hospital, ayudaba a su madre con los libros de contabilidad o revisaba con su padre las herraduras de los caballos. De noche regresaba al hospital y estudiaba. Le leía *El Decamerón* en voz alta a Hemming, que miraba al techo y parpadeaba, o se peleaba con los ejercicios de cálculo, y siempre acababa con la triste certeza de que estaban mal. Los tres se habían acostumbrado a que se los hiciera Jude, quien resolvía los problemas con tanta rapidez como si tocara arpegios. El primer año Willem había hecho un auténtico esfuerzo por entender, y Jude se sentó con él varias noches seguidas para explicarle los problemas una y otra vez, pero no había servido de nada.

—Soy demasiado estúpido para pillarlo —dijo después de una sesión de muchas horas, al final de la cual solo quería salir y correr durante millas por culpa de la impaciencia y la frustración.

Jude lo miró.

—No eres estúpido —dijo en voz baja—. Es que yo no sé explicártelo bien.

Jude participaba en seminarios de matemáticas puras a los que solo se podían inscribir los que habían sido invitados. Sus amigos no podían entender qué hacía exactamente allí.

En retrospectiva, se sorprendía de lo estupefacto que se quedó cuando su madre llamó tres meses después para decirle que habían conectado a Hemming a un respirador artificial. Era finales de mayo y Willem tenía exámenes finales. «No vuelvas —le dijo ella, y fue casi una orden—. No lo hagas, Willem.» Él hablaba en sueco con sus padres, y solo muchos años después, cuando un director sueco con el que trabajaba le señaló lo hosca que se volvía su voz al cambiar de idioma, se percató de que al hablar con sus padres había aprendido inconscientemente a adoptar un tono inexpresivo y pragmático que pretendía hacerse eco del de ellos.

Los días siguientes estuvo nervioso y los exámenes no le fueron muy bien: francés, literatura comparada, teatro jacobeo, las sagas islandesas y el dichoso cálculo, todo se le embrolló. Riñó con su novia, que estaba en el último curso e iba a licenciarse. Ella lloró; él se sintió culpable pero fue incapaz de repararlo. Pensó en Wyoming, en una máquina infundiendo vida en los pulmones de Hemming. ¿No debería volver? Tenía que hacerlo. No podría quedarse mucho tiempo allí, pues el 15 de junio Jude y él tenían previsto trasladarse a un piso realquilado fuera del campus para pasar el verano —ambos habían encontrado empleo en la ciudad: Jude ejercía entre semana de amanuense para un profesor de clásicas y los fines de semana estaba en una panadería en la que ya había trabajado durante el curso, y Willem ayudaba a un profesor en un programa para niños discapacitados—; además, los cuatro habían planeado pasar unos días en la casa que tenían los padres de Malcolm en Aquinnah, en Martha's Vineyard; después Malcolm y JB regresarían en coche a Nueva York. Willem llamaba por las noches a Hemming al hospital, y pedía a sus padres o a una de las enfermeras que le sostuviera el teléfono para que él pudiera hablar con su hermano, aunque sabía que él probablemente no lo oía. Pero ¿cómo no iba a intentarlo?

Y una mañana, apenas una semana después, lo llamó su madre. Hemming había muerto. Willem no pronunció palabra. No le preguntó por qué no le había dicho lo grave que estaba, pues parte de él sabía que no lo haría. No podía decir que lamentaba no haber estado allí porque su madre no habría sabido qué responder. No podía preguntarle a ella cómo se sentía, porque nada de lo que dijera sería suficiente. Quería gritar a sus padres, zarandearlos, provocar en ellos una reacción, una muestra de dolor, una pérdida de la compostura, un signo de reconocimiento de que algo trascendental había sucedido, que al morir Hemming habían perdido algo de crucial importancia en su vida. No le importaba si en realidad se sentían así o no; solo necesitaba oír que lo decían, necesitaba percibir que debajo de su calma imperturbable había algo, que en su fuero interno corría un pequeño arroyo de agua rápida y fría, rebosante de vidas delicadas, pececillos, hierba y diminutas flores blancas, tiernas y sensibles, y tan vulnerables que no podías verlas sin suspirar por ellas.

No les habló a sus amigos de Hemming entonces. Se marcharon a casa de Malcolm —una bonita mansión en el lugar más hermoso que Willem había visto jamás— y, ya entrada la noche, cuando los demás dormían en sus respectivas habitaciones individuales con cuarto de baño propio (la casa era enorme), salía sin hacer ruido y caminaba durante horas por la red de carreteras que rodeaba la casa, bajo una luna tan grande que todo parecía helarse y licuarse. En esos paseos hacía un gran esfuerzo por no pensar en nada. Se concentraba en lo que veía, advirtiendo por las noches lo que de día se le había escapado: la tierra casi tan fina como la arena, que se elevaba en pequeños penachos al pisarla; los delgados hilos de las serpientes marrón corteza escabulléndose con celeridad bajo la maleza cuando él pasaba. Caminaba hasta el mar y la luna desaparecía, oculta por retazos de nubes, y por un instante solo oía el agua sin llegar a verla, y el cielo parecía caliente y espeso de humedad como si el aire fuera allí más denso, más sustancial.

«Quizá esto es estar muerto», pensaba, y se daba cuenta de que no estaba tan mal, después de todo. Y se sentía mejor.

Pensó que sería horrible pasar el verano rodeado de niños que podían recordarle a Hemming, pero en realidad resultó agradable, incluso le ayudó. En su clase había siete alumnos de unos ocho años severamente impedidos, sin apenas movilidad, y aunque se suponía que dedicaba parte del día a intentar enseñarles los colores y las formas, la mayor parte del tiempo jugaba con ellos: les leía, los paseaba por el jardín, les hacía cosquillas con plumas. Durante los descansos todas las aulas abrían la puerta al patio central, y aquel espacio se llenaba de niños subidos a tal variedad de artilugios, ingenios y vehículos sobre ruedas que a veces parecía poblado por insectos mecánicos, todos chirriando, gimiendo y chasqueando a la vez. Había niños en sillas de ruedas, niños sobre pequeños ciclomotores de tamaño reducido que traqueteaban y cliqueaban a velocidad de tortuga sobre las losas, niños atados en posición horizontal a una especie de tablas de surf sobre ruedas, que se daban impulso a sí mismos con los muñones de los codos, y unos cuantos que no necesitaban ningún medio de transporte y se quedaban sentados en el regazo de sus cuidadoras, que les sostenían la nuca con la palma de la mano. Esos eran los que más le recordaban a Hemming.

Algunos de los niños que se desplazaban con ciclomotores y tablas con ruedas podían hablar; él les tiraba grandes pelotas de goma con mucho cuidado y organizaba carreras por el patio. Siempre empezaba yendo a la cabeza del grupo, saltando con exagerada lentitud (aunque no tan exagerada que resultara cómica en exceso; quería que pensaran que de verdad lo intentaba), pero en cierto momento, normalmente cuando había completado un tercio del recorrido, fingía tropezar con algo y caer de forma aparatosa al suelo; entonces todos los niños lo adelantaban y se reían. «¡Levántate, Willem, levántate!», le gritaban, y él lo hacía, pero ya había terminado la carrera y él llegaba el último. A veces se preguntaba si lo envidiaban por ser capaz de caer y volver a levantarse, y si era así, si debería dejar de hacerlo; cuando se lo preguntó a su supervisor, este le respondió que a los niños les parecía divertido y que debía seguir cayéndose. De modo que todos los días se caía, y mientras esperaba con los alumnos a que los padres los recogieran por la tarde, los que podían hablar le preguntaban si al día siguiente se caería. «Ni hablar —decía él con rotundidad mientras todos se reían—. ¿Estás de broma? ¿Tan torpe crees que soy?»

En muchos sentidos fue un gran verano. El apartamento estaba cerca del MIT y pertenecía al profesor de matemáticas de Jude, que estaba pasando el verano en Leipzig. Les cobraba una cantidad tan insignificante que hicieron pequeñas reparaciones en la casa en señal de agradecimiento. Jude organizó los libros que había amontonados en precarios rascacielos tambaleantes sobre todas las superficies y extendió masilla en una parte de la pared que se había reblandecido por la humedad y Willem fijó los pomos de las puertas que bailaban, reemplazó la arandela de un grifo que perdía agua y cambió la válvula de flotador del retrete. Empezó a salir con otra ayudante de profesor, una chica que estudiaba en Harvard, y algunas noches ella iba a cenar a su piso. Entre los tres preparaban grandes ollas de espaguetis *alle vongole*, y Jude les hablaba de su tiempo con el profesor, que había decidido hablar con él solo en latín o griego antiguo, incluso cuando le daba instrucciones del tipo: «Necesito más pinzas sujetapapeles» o «Asegúrate de echar otro chorrito de leche de soja en mi capuchino mañana por la mañana». En agosto sus amigos y conocidos de la universidad (y de Harvard, el MIT, Wellesley y Tufts) empezaron a regresar a la ciudad, y se quedaron con ellos un par de noches hasta que pudieron instalarse en los pisos o las habitaciones de la residencia. Hacia el final de su estancia invitaron a cincuenta personas a la azotea, y ayudaron a Malcolm a preparar una especie de parrillada colocando mazorcas, mejillones y almejas bajo montones de hojas de plátano húmedas; a la mañana siguiente los cuatro recogieron las conchas del suelo y disfrutaron del ruido que hacían al arrojarlas a las bolsas de basura.

También en el transcurso de ese verano Willem comprendió que no volvería nunca más a su casa, que sin Hemming ya no tenía sentido que él y sus padres fingieran que deseaban pasar tiempo juntos. Sospechaba que ellos se sentían igual; aunque nunca hablaron del tema, él jamás volvió a sentir la necesidad de volver a verlos y ellos nunca se lo pidieron. Se telefoneaban de vez en cuando; las conversaciones que mantenían siempre eran educadas y pragmáticas, conscientes de sus deberes. Él les preguntaba por el rancho y ellos por sus estudios. En su último año Willem consiguió un papel en la producción de la universidad de *El zoo de cristal* (el de pretendiente, por descontado), pero nunca se lo mencionó a sus padres, y al insistir en que no se molestaran en asistir a la graduación, ellos no le llevaron la contraria; de todos modos se acababa el verano y no estaba seguro de si podrían ir. Jude y él habían sido adoptados por las familias de Malcolm y de JB los fines de semana, y cuando estos no estaban, había mucha gente para invitarlos a comer, a cenar y a salir.

«Pero son tus padres —le decía Malcolm una vez al año más o menos—. No puedes dejar de hablar con ellos.» No obstante, él era la prueba de que era posible si te lo proponías. Presentía que la suya con sus padres era como cualquier relación; requería constantes cuidados, dedicación y vigilancia. ¿Cómo no iba a marchitarse si ninguna de las dos partes quería hacer el esfuerzo? Lo único que echaba de menos —aparte de a Hemming— era Wyoming, su insólita planicie, sus árboles de un verde tan profundo que se veía azulado, el olor a azúcar y excremento mezclado con manzana y turba que desprendía el pelo de un caballo después de haberlo frotado al caer la noche.

Cuando Willem cursaba el posgrado murieron sus padres, los dos el mismo año: su padre de un ataque al corazón en enero y su madre de una apoplejía en octubre. Poco antes fue a su casa; sus padres eran mayores y él había olvidado lo incansables que siempre habían sido y la vitalidad que tenían hasta que vio lo mermados que estaban. Aunque se lo dejaron todo a él, después de pagar las deudas —de nuevo se quedó consternado, pues siempre había dado por supuesto que el grueso de los cuidados y tratamientos médicos de Hemming los había cubierto el seguro, y entonces se enteró de que cuatro años después de su muerte todavía extendían cheques de cantidades elevadas al hospital todos los meses— quedó muy poco: algo de efectivo y unas acciones; un tazón de plata de fondo grueso que había sido de su abuelo paterno, fallecido hacía mucho; la torcida alianza de su padre, lisa, brillante y pálida de puro gastada; un retrato en blanco y negro de Hemming y Aksel, que nunca había visto. Lo guardó todo junto con unas cuantas cosas más. El ranchero para quien trabajaban sus padres había muerto años atrás, y su hijo, que ahora tenía su propio rancho, siempre los trató bien, los siguió contratando hasta mucho después de lo que razonablemente cabía esperar y costeó también los funerales.

Tras su muerte Willem reconoció que, a fin de cuentas, los había querido, y que le habían enseñado valores que atesoraba y nunca le habían pedido nada que no pudiera hacer o darles. En momentos menos caritativos había achacado la lasitud de sus padres, el estoicismo con que aceptaban lo que él podía o no podía hacer a una falta de interés; ¿qué progenitor (le había preguntado

Malcolm) se calla cuando su único hijo (más tarde Malcolm se había disculpado) anuncia que quiere ser actor? Pero, ya adulto, valoró que ellos jamás le habían insinuado siquiera que les debiera algo: ni éxito, ni fidelidad, ni afecto, ni siquiera lealtad. Sabía que su padre había tenido algún conflicto en Estocolmo —nunca lo averiguaría—, lo que lo había alentado en parte a emigrar a Estados Unidos. Nunca le habían exigido que fuera como ellos, quizá porque tampoco querían ser ellos mismos.

Así había emprendido su vida de adulto Willem, quien en sus últimos tres años había ido dando tumbos de una orilla a otra de una laguna lodosa, rodeada de árboles que tapaban la luz y no le dejaban ver si el lago daba paso a un río o se hallaba recluido en su propio universo, en el que podía pasar años, décadas —la vida entera— buscando a tientas una salida que no existía, que nunca había existido.

Estaba dispuesto a esperar. Había esperado pero últimamente notaba que su paciencia se estaba volviendo astillosa y se hacía añicos.

Aun así, Willem no era ansioso ni dado a la autocompasión; de hecho, había momentos en los que, al regresar del Ortolan o del ensayo de una obra en la que le pagaban tan poco por una semana de trabajo que no habría podido permitirse el menú en el restaurante, entraba en el piso con una sensación de logro. Solo a él y a Jude podía parecerles un logro Lispenard Street, pese a que con todo lo que habían trabajado para acondicionarlo y por más que Jude hubiera limpiado, seguía siendo un lugar triste y furtivo, como si se avergonzara de llamarse a sí mismo piso; pero, a veces, en esos momentos pensaba: «Con esto basta. Es más de lo que esperaba conseguir». Estar en Nueva York, ser adulto, levantarse sobre una elevada tarima de madera y pronunciar las palabras de otros; era una vida absurda, una no vida, una vida que sus padres y su hermano jamás habrían soñado para sí mismos, y no obstante él soñaba con ella cada día.

Pero luego esta sensación lo abandonaba, y él se quedaba solo viendo la sección de arte y de cultura del periódico, y leía sobre otras personas que hacían la clase de cosas que él ni siquiera tenía la arrogante y fértil imaginación para soñar, y entonces el mundo le parecía muy grande, el lago muy vacío y la noche muy negra, y deseaba estar de nuevo en Wyoming, esperando a Hemming al final de la carretera, donde solo había camino, el de regreso a la casa de sus padres, donde la luz del porche envolvía la noche en un baño de miel.

Primero estaba la vida de la oficina: cuarenta empleados como él en la sala principal, cada uno a su mesa, el despacho de Rausch, de paredes de cristal, en un extremo, el más próximo al escritorio de Malcolm, y en el otro extremo el despacho de Thomasson. Y entre ellos: dos paredes de ventanas, una que daba a la Quinta Avenida, hacia Madison Square Park, la otra a Broadway, con la acera sombría, gris y manchada de chicle. Esa vida existía oficialmente de las diez de la mañana a las siete de la tarde, de lunes a viernes. En esa vida hacían lo que les decían: retocaban maquetas, hacían bocetos, volvían a dibujar, e interpretaban los garabatos esotéricos de Rausch y las órdenes explícitas escritas en mayúsculas de Thomasson. No hablaban. No se reunían. Cuando entraban los clientes para sentarse con Rausch y Thomasson alrededor de la larga mesa situada en el centro de la sala principal, no alzaban la vista. Si el cliente era famoso, como ocurría cada vez más a menudo, se inclinaban sobre sus mesas tan quietos que hasta

Rausch empezaba a susurrar, y su voz —por una vez— se adaptaba al volumen de la oficina.

Luego estaba la segunda vida de la oficina, la auténtica. Thomasson estaba cada vez menos allí, por lo que esperaban ver salir a Rausch. A veces tenían que esperar mucho; pese a todas las fiestas a las que asistía, su constante cortejo a la prensa, sus opiniones y sus viajes, Rausch trabajaba con ahínco, y aunque podía salir para asistir a algún acto (una inauguración, una conferencia) también cabía que regresara, y entonces todo tenía que ser reorganizado con celeridad, de tal forma que la oficina a la que volvía se pareciera a la que había dejado. Lo mejor era esperar las noches en que Rausch desaparecía del todo, aunque eso significara aguantar hasta las nueve o las diez. Habían camelado a su secretaria con cafés y cruasanes, y sabían que podían confiar en su información acerca de las llegadas y salidas de Rausch.

En cuanto el hombre se ausentaba para todo el día, la oficina se transformaba al instante y de la calabaza surgía una carroza. Sonaba música (quince empleados se turnaban para ponerla), aparecía comida que habían bajado a comprar y en todos los ordenadores se guardaba el trabajo para Ratstar Architects, donde quedaría olvidado hasta el día siguiente. A continuación se permitían una hora improductiva y remedaban el extraño bramido teutónico de Rausch (algunos de ellos creían que procedía secretamente de Paramus, y que había adoptado su nombre —¿cómo no iba a ser falso el de Joop Rausch?— y su extravagante acento para ocultar que era un muermo de Jersey quizá llamado Jesse Rosenberg) e imitaban el entrecejo fruncido de Thomasson paseándose arriba y abajo por la oficina, sin bramar a nadie en particular (suponían). «¡Es *ze vurk*, caballeros! ¡Es *ze vurk*!» Se reían del cargo más alto de la compañía, Dominick Cheung, un tipo con talento que se había vuelto un amargado (estaba claro para todos menos para él que, por muy a menudo que Rausch y Thomasson se lo prometieran, nunca lo nombrarían socio), y también de los proyectos en los que estaban trabajando: la iglesia neocopta construida con travertino de Capadocia que no había llegado a hacerse realidad; la casa sin armazón visible de Karuizawa de cuyas escuetas superficies de cristal se desprendía herrumbre; el museo de comida de Sevilla que se había presentado a un concurso pero no lo ganó; el museo de muñecas de Santa Catarina que nunca debería haber ganado un premio, pero lo hizo. Se reían de donde habían estudiado —el MIT, la Universidad de Yale, la Rhode Island School of Design, las universidades de Columbia y Harvard— y de cómo, a pesar de que les habían advertido de que la vida sería dura, creían que ellos serían la excepción (aún entonces lo pensaban en secreto). Se reían del poco dinero que ganaban, de que ya tenían veintisiete años, treinta, treinta y dos, y seguían viviendo con sus padres, con un compañero de piso, con una novia que trabajaba en el sector bancario o un novio que lo hacía en el mundo editorial (era triste tener que vivir del novio porque ganaba más en la editorial). Boqueaban con lo que serían si no se hubieran metido en esa lamentable industria: conservador de museo (tal vez el único empleo en el que se ganaba aún menos que ellos), sumiller (bueno, eso equivalía a dos empleos), dueño de una galería (equivalía a tres), escritores (sin duda a cuatro, pues era evidente que ninguno de ellos estaba dotado para ganar dinero ni en sueños). Discutían sobre edificios que les encantaban y edificios que aborrecían. Hablaban de una exposición de fotografía en tal galería, una exposición de videoarte en otra. Discutían a gritos sobre críticas, restaurantes, filosofías, materiales. Se compadecían a sí mismos cuando veían que otros colegas habían alcanzado el éxito, y se cebaban con los que habían renunciado a la profesión y se habían convertido en granjeros de llamas en Mendoza, asistentes sociales en Ann Arbor o profesores de matemáticas en Chengdu.

Durante el día jugaban a ser arquitectos. De vez en cuando un cliente recorría con la mirada la sala como un helicóptero y aterrizaba sobre uno de ellos, normalmente Margaret o Eduard, que eran los más atractivos, y Rausch, que parecía sintonizar de un modo insólito con los desplazamientos de atención que tenían lugar lejos de él, le pedía al seleccionado que se acercara, como quien llama a un niño por señas para que se siente a cenar con los adultos.

—Ah, sí, esta es Margaret —le decía al cliente, que la contemplaba con la misma expresión de aprobación con que hacía unos instantes había examinado los planos de Rausch (que en realidad había terminado Margaret)—. Estoy seguro de que pronto me reemplazará. —Y soltaba una carcajada triste y falsa, semejante al aullido de una morsa.

Margaret saludaba sonriente y ponía los ojos en blanco en cuanto se daba la vuelta. Sin embargo, todos sabían que ella estaba pensando lo mismo que el resto de sus compañeros: «Vete a la mierda, Rausch». Y: «¿Cuándo? ¿Cuándo te reemplazaré? ¿Cuándo me llegará la hora?».

Mientras tanto, lo único que tenían era ese juego; después de discutir, gritarse y comer se hacía un silencio, y los golpecitos huecos de los ratones al cliquearlos, de las carpetas que se abrían, y del sonido granuloso de los lápices al deslizarlos por el papel invadían la oficina. Aunque todos trabajaban a la vez utilizando los mismos recursos de la compañía, nadie estaba autorizado para ver el trabajo de los demás; era como si hubieran tomado la decisión de fingir que no existía. De modo que dibujaban estructuras de ensueño y moldeaban parábolas en figuras de ensueño, hasta que, llegada la medianoche, se marchaban, siempre con la misma estúpida broma: «Te veo en diez horas». O en nueve, o en ocho, si tenían suerte y lograban avanzar mucho.

Aquella era una de las noches en que Malcolm se había quedado solo y todavía era temprano. Aunque saliera con algún colega, nunca cogía el tren con él, pues todos sus compañeros vivían por el centro o en Brooklyn. La ventaja de salir solo era que no había testigos si paraba un taxi. No era el único de la oficina que tenía unos padres ricos —los de Katharine también lo eran, como seguramente los de Margaret y Frederick—, pero él todavía vivía con ellos y los demás no.

Paró un taxi y dio la dirección.

—La Setenta y uno con Lex.

Si el taxista era negro, siempre decía «Lexington». Si no lo era, se mostraba más sincero: «Entre Lex y Park, más cerca de Park». JB creía que, en el mejor de los casos, eso era ridículo, y en el peor, ofensivo. «¿Crees que van a tomarte por un gángster solo porque vives en Lex y no en Park? —le preguntaba—. Malcolm, eres tonto.»

Esa discusión sobre taxis era una de las muchas que había tenido con JB a lo largo de los años sobre la condición de negro, y, más en concreto, sobre su insuficiente negrura. Otra discusión sobre taxis había empezado al comentar Malcolm (se dio cuenta de su estúpido error en cuanto se oyó a sí mismo pronunciar las palabras) que él nunca tenía problemas al parar un taxi en Nueva

York, y que los que se quejaban de ello quizá exageraban. Eso fue en el tercer curso, la primera y última vez que JB y él asistieron a la reunión semanal del Sindicato de Estudiantes Negros. JB se quedó tan horrorizado que se le dilataron los ojos; pero cuando otro tipo, un capullo mojigato de Atlanta, le respondió a Malcolm que, para empezar, él apenas era negro, que, en segundo, era más bien una galleta de cacao rellena de vainilla y, por último, que al tener una madre blanca era incapaz de entender bien los desafíos que entrañaba ser verdaderamente negro, JB quiso salir en su defensa, pues, aunque siempre se metía con Malcolm por su relativa negrura, no le gustaba que otras personas lo hicieran, y menos aún entre mulatos, que para él eran todos excepto Jude y Willem, o, más específicamente, los otros negros.

De nuevo en la casa de sus padres en la calle Setenta y uno (cerca de Park), Malcolm soportó el interrogatorio nocturno que llegaba de la segunda planta en forma de gritos («Malcolm, ¿eres tú?» «¡Sí!» «¿Has comido?» «¡Sí!» «¿Tienes más hambre?» «¡No!») y se arrastró escaleras arriba hasta su madriguera para analizar una vez más los dilemas centrales de su vida.

Aunque JB no estaba allí esa noche para oír su conversación con el taxista, la culpabilidad y el desprecio que Malcolm sentía hacia sí mismo trasladaron la cuestión de la raza a los primeros puestos de la lista. Si bien la raza siempre había supuesto un desafío para él, en su segundo año descubrió lo que consideraba una evasiva brillante: él no era negro sino posnegro. (El posmodernismo había entrado en el marco de la conciencia de Malcolm mucho más tarde que en todos los demás, al intentar evitar las clases de literatura en una especie de rebelión pasiva contra su madre.) Por desgracia, su explicación no convenció a nadie, y menos aún a

JB, a quien Malcolm empezaba a considerar no tanto negro como prenegro, como si la condición negra, al igual que el nirvana, fuera un estado idealizado en el que luchaba por entrar.

De todos modos, JB halló otra manera de sobrepasar a Malcolm, porque justo cuando este empezaba a descubrir su identidad posmoderna, JB descubría el arte de la performance. A JB le había conmovido tanto la obra de una tal Lee Lozano que para el proyecto de mitad de trimestre decidió realizar un homenaje a su obra titulado *Decide boicotear a los blancos (al estilo de Lee Lozano)*, en el que retiraba la palabra a todos los blancos. Medio en tono de disculpa pero sobre todo con orgullo, JB les comentó a sus amigos su plan un sábado; hacia medianoche dejó de hablar con Willem y redujo a la mitad la conversación con Malcolm. Como Jude era de raza indeterminada, continuó hablando con él, si bien solo con acertijos o *kōans* zen, en reconocimiento al desconocimiento de sus orígenes étnicos.

Por la mirada que Jude y Willem (siempre sospechaba que ambos tenían una amistad fuera del grupo de la que era excluido) se cruzaron, breve, seria y elocuente, que Malcolm captó, no sin irritación, este supo que eso les divertía y que estaban dispuestos a seguirle la corriente. Suponía que debía agradecer que JB le diera un respiro, pero, lejos de sentirse agradecido o divertido, se enfadó, tanto por la jocosidad fácil de JB acerca de la raza como por el hecho de que utilizara ese estúpido proyecto (por el que seguramente sacaría un excelente) para opinar sobre la identidad de Malcolm cuando no era asunto suyo.

Vivir según lo que establecía el proyecto de JB (¿cuándo no organizaban su vida en torno a los caprichos y los antojos de JB?) en realidad era como vivir con él en circunstancias normales. El hecho de que JB redujera al mínimo sus conversaciones con Malcolm no implicaba reducir el número de veces que le pedía que le comprara algo en la tienda, que le rellenara la tarjeta de la lavandería mientras estaba fuera o que le prestara el ejemplar de *Don Quijote* para la clase de español porque se había dejado el suyo en el aseo para hombres del sótano de la biblioteca. No dirigir la palabra a Willem tampoco significaba que no hubiera conversación no verbal; mensajes y notas que él garateaba («Echan *El Padrino* en el Rex, ¿te vienes?») y entregaba, algo que Malcolm estaba seguro de que no era lo que Lozano había pretendido. Y los pobres intercambios al estilo de Ionesco que mantenía con Jude cambiaban de golpe cuando lo necesitaba para hacer los ejercicios de cálculo, momento en que Ionesco se transformaba repentinamente en Mussolini, sobre todo después de que se diera cuenta de que había otra serie de problemas que él aún no había empezado siquiera a mirarse porque había estado ocupado en el aseo de la biblioteca, y la clase empezaba en cuarenta y tres minutos («Pero eso es suficiente para ti, ¿no, Jude?»).

Como era de esperar siendo JB quien era, y siendo sus compañeros una presa tan fácil de lo superficial y lo deslumbrante, el pequeño experimento apareció comentado en el periódico universitario y después en una nueva revista literaria negra, *Hay Contrición*, y durante un breve y tedioso período se convirtió en la comidilla del campus. La atención reavivó el entusiasmo cada vez más menguado de JB por el proyecto —solo llevaba ocho días y Malcolm ya notaba que a veces se moría por entablar conversación con Willem—, y fue capaz de prolongarlo otros dos días antes de anunciar con aires de grandeza que el experimento había sido un éxito y había demostrado su tesis.

—¿Qué tesis? —le preguntó Malcolm—. ¿Que eres irritante para los blancos tanto si hablas con ellos como si no les diriges la palabra?

—Oh, vete a la mierda, Mal —replicó JB sin acalorarse, pues se sentía demasiado ufano para enzarzarse en una discusión con él—. Nunca lo entenderías —añadió, y fue a ver a su novio, un chico blanco con cara de mantis religiosa que lo contemplaba siempre con una expresión de ferviente veneración que asqueaba a Malcolm.

En ese momento Malcolm estaba convencido de que el malestar por la cuestión racial que sentía era algo pasajero, una sensación puramente coyuntural que se despertaba en todos los universitarios, pero que con el tiempo se esfumaba. Él nunca había sentido un particular orgullo o inquietud por ser negro, salvo de un modo muy vago; sabía que debía tener ciertos sentimientos con respecto a determinadas cuestiones (los taxistas, por ejemplo), aunque solo a nivel teórico, no era algo que hubiera experimentado personalmente. Y, sin embargo, la negritud era un elemento esencial en la historia de su familia: su padre había sido el tercer director administrativo negro en su compañía de inversión, el tercer miembro negro del consejo administrativo del mismo colegio preparatorio de chicos blancos donde Malcolm había estudiado y el segundo director financiero negro de un importante banco comercial. El padre de Malcolm había nacido demasiado tarde para ser el primer negro en algo, pero en el corredor en el que se movía —del sur de la calle Noventa y seis al norte de la Cincuenta y siete, y del este de la Quinta al oeste de Lexington— aún era tan poco común como el halcón de cola roja que a veces anidaba en las almenas de uno de los edificios situados frente al suyo en Park Avenue.

Al hacerse mayor, la negritud de su padre (y suponía que la suya) se había visto eclipsada por otros factores más significativos en la parte de Nueva York donde vivían, que contaban más que la raza: el papel destacado de su esposa en la escena literaria de Manhattan, por ejemplo, y, sobre todo, su fortuna. La ciudad de Nueva York que Malcolm y su familia habitaban no estaba dividida por líneas raciales sino por tramos impositivos, y Malcolm había crecido aislado de todo aquello de lo que el dinero podía protegerlo, incluida la mojigatería, o eso parecía visto en retrospectiva. De hecho, hasta que fue a la universidad no tomó conciencia de las distintas formas en que otras personas experimentaban la negritud, ni, tal vez más asombrosamente, de lo mucho que el dinero de la familia lo había apartado del resto del país. Casi una década después de conocer a Jude, Malcolm todavía tenía dificultades para comprender la clase de pobreza en la que este había crecido; su incredulidad cuando por fin entendió que el macuto con que había llegado Jude a la universidad contenía, literalmente, todo lo que poseía en este mundo fue tan profunda que tuvo un efecto casi físico y, aun cuando no solía darle pruebas de su ingenuidad por temor a que le echara un sermón, se lo comentó a su padre. Pero incluso este, que había crecido con estrecheces en Queens —si bien tanto su padre como su madre trabajaban y disponía de ropa nueva cada año—, se quedó sorprendido, aunque se esforzó en disimular contándole las privaciones que él mismo había sufrido de niño (algo sobre un árbol de Navidad que tuvieron que comprar a la mañana siguiente del día de Navidad), como si el de la pobreza fuera un concurso que él todavía estaba resuelto a ganar.

La raza parecía ser un rasgo menos determinante a los seis años de haber acabado la universidad, cuando quienes todavía la vivían como la esencia de su identidad parecían pueriles y un tanto patéticos, como aferrados a una fascinación juvenil por Amnistía Internacional o por la trompeta; una preocupación embarazosa y desfasada por algo que alcanzaba el punto culminante en las solicitudes para entrar en la universidad. A su edad, los aspectos de verdad importantes de la identidad de una persona eran la destreza sexual, los logros profesionales y el dinero. Y Malcolm también estaba fallando en los tres.

El dinero lo dejaba a un lado. Algún día heredaría una enorme suma. No sabía lo enorme que sería, nunca había sentido la necesidad de preguntarlo y nadie había sentido la necesidad de aclarárselo, de lo que deducía que sería realmente enorme. No tan grande como la de Ezra, por supuesto, aunque…, bueno, tal vez sí. Sus padres vivían muy por debajo de sus posibilidades debido a la aversión de su madre a los desmesurados alardes de riqueza, de modo que a él nunca le quedó claro si vivían entre Lexington y Park porque no podían permitirse vivir entre Madison y la Quinta, o porque a su madre le parecía demasiado ostentoso vivir entre Madison y la Quinta. A él le gustaría ganar dinero, por supuesto, pero no era uno de esos niños ricos que se torturaba por ello. Intentaría ganarlo a su manera, aunque eso no dependía únicamente de él.

Sin embargo, el sexo, la satisfacción de sus necesidades sexuales, era algo de lo que sí era responsable. No podía atribuir su falta de vida sexual a haber escogido una especialidad mal remunerada o a que sus padres no lo habían motivado de manera adecuada. (¿O sí? De niño Malcolm tenía que soportar largas sesiones de magreos entre sus padres —a menudo delante de él y de Flora—, y ahora se preguntaba si su exhibicionismo podía haber adormecido el de él.) Hacía más de tres años de su última relación con una mujer llamada Imogene que lo había dejado para hacerse lesbiana. Malcolm todavía no tenía claro si se había sentido atraído físicamente por ella o solo aliviado de que alguien tomara decisiones que él estaba encantado de acatar. Hacía poco había vuelto a ver a Imogene y medio en broma le dijo que tenía la sensación de que él la había empujado al lesbianismo. Imogene se cabreó y le replicó que ella siempre había sido lesbiana y que solo estuvo con él porque le parecía tan confuso en el aspecto sexual que creyó que tal vez podía ayudarle a aclararse.

Desde que terminó con Imogene no había vuelto a tener pareja. ¿Qué problema tenía? Sexo, sexualidad, debería haberlo resuelto en la universidad, el último lugar donde la inseguridad no solo era tolerada sino alentada. Con veintipocos años había intentado enamorarse y desenamorarse varias veces —de amigas de Flora, de compañeras de clase, de una de las clientas de su madre, una escritora novel que había escrito una pequeña novela en clave sobre un bombero confuso acerca de su sexualidad—, y sin embargo seguía sin saber quién le atraía. A menudo creía que ser gay resultaba atractivo sobre todo por lo que implicaba, las opiniones y causas políticas, y la adhesión a una estética. Al parecer, estaba perdiendo el victimismo, el sentimiento de agravio y la perpetua cólera que entrañaba ser negro, pero estaba seguro de poseer lo que se requería para ser gay.

Se creía medio enamorado de Willem y en ciertos momentos enamorado también de Jude, y en el trabajo a veces se sorprendía mirando fijamente a Eduard. En ocasiones se daba cuenta de que Dominick Cheung miraba así a Eduard y entonces se frenaba, porque lo último que quería ser era el triste Dominick de cuarenta y cinco años mirando con lujuria a un socio en un bufete que nunca heredaría. Unas semanas atrás había ido a casa de Willem y Jude con el pretexto de tomar medidas para diseñarles una estantería; cuando Willem se inclinó frente a él para coger la cinta métrica del sofá, su proximidad le resultó de pronto tan insoportable que se disculpó diciendo que tenía que volver a la oficina y se fue repentinamente mientras oía que Willem lo llamaba a sus espaldas.

En efecto, fue a la oficina pasando por alto los mensajes de Willem, y se quedó sentado frente al ordenador, mirando sin ver el archivo que tenía ante sí y preguntándose una vez más por qué se había incorporado a Ratstar. Lo peor era que la respuesta resultaba tan obvia que ni siquiera necesitaba preguntárselo: para impresionar a sus padres. El último año de arquitectura Malcolm había tenido que escoger entre trabajar con dos compañeros de clase, Jason Kim y Sonal Mars, que estaban montando su propia compañía con dinero de los padres de Sonal, o unirse a Ratstar.

—No hablas en serio —dijo Jason cuando Malcolm le comunicó su decisión—. ¿Te das cuenta de cómo será tu vida si eres socio de una empresa así?

—Es una gran compañía —respondió él con determinación, hablando como su madre, y Jason puso los ojos en blanco—. Quiero decir que es un gran nombre para ponerlo en el currículum.

Pero mientras lo decía supo (y, peor aún, temía que Jason también lo supiera) lo que en realidad quería decir: era un gran nombre para que sus padres lo pronunciaran en un cóctel. Y, en efecto, a sus padres les gustaba divulgarlo. «Dos hijos —oyó que su padre le decía a alguien en una cena que dio su madre en honor de uno de sus clientes—. Ella es editora en FSG, y él trabaja para Ratstar Architects.» La mujer hizo un gesto de aprobación y Malcolm, que había intentado decirle a su padre que quería dejarlo, sintió que algo se marchitaba en su interior. A veces envidiaba a sus amigos exactamente por las mismas razones que en otro tiempo los había compadecido: el hecho de que nadie esperara nada de ellos, la normalidad de sus familias (o la ausencia de familia), su forma de manejar la vida movidos solo por sus ambiciones.

¿Y ahora? Ahora dos de los proyectos de Jason y Sonal eran comentados en el *New Yorker* y uno en *The New York Times*, mientras él seguía haciendo lo mismo que en su primer año en la facultad de arquitectura: trabajar casi sin cobrar para dos hombres pretenciosos en una compañía que tenía un nombre tan pretencioso como un poema de Anne Sexton.

Al parecer había estudiado arquitectura por la peor razón de todas: porque amaba los edificios. Había sido una pasión respetable: cuando era pequeño sus padres lo llevaban a visitar mansiones y a monumentos allá donde viajaban. De niño siempre se sentía atraído por edificios imaginarios y construía estructuras también imaginarias que para él eran un consuelo y una especie de depósito, pues todo lo que era incapaz de expresar o de decidir al parecer sabía resolverlo en un edificio.

Y, en el fondo, eso era lo que más lo avergonzaba, no tanto su escasa comprensión del sexo, ni sus tendencias raciales traicioneras, ni su incapacidad para separarse de sus padres, ganar dinero o comportarse como un ser autónomo, sino que, cuando sus colegas y él se sentaban por la noche para ahondar en sus ambiciosas estructuras de ensueño, sus compañeros trazaban y planeaban improbables edificios mientras que él no hacía nada. Había perdido la habilidad para imaginar nada. Y así, noche tras noche, mientras los demás creaban, él copiaba. Dibujaba edificios que había visto en sus viajes, edificios que otros habían soñado y construido, edificios en los que se había alojado o por los que había pasado. Una y otra vez hacía lo que otros ya habían hecho, sin siquiera molestarse en mejorarlo, tan solo imitándolo. Tenía veintiocho años y la imaginación lo había abandonado, era un simple copista.

Se asustó. JB tenía su serie de fotografías. Jude tenía un empleo y Willem también. ¿Y si él no volvía a crear nada? Añoraba los años en que le bastaba con estar en su habitación desplazando la mano sobre un papel cuadriculado, sin tener que tomar decisiones ni andar en busca de su identidad, cuando sus padres lo decidían todo por él y en lo único que tenía que concentrarse era en el limpio trazo de una línea o la perfecta linealidad de una regla.

3

JB decidió que Willem y Jude tenían que dar una fiesta de fin de año en su piso. Se resolvió en el transcurso de las navidades, que se dividían en tres partes: la Nochebuena la celebraban en casa de la madre de JB en Fort Greene, y la comida de Navidad (un acto formal de los de americana y corbata) en casa de Malcolm, tras un almuerzo informal en casa de las tías de JB. Siempre habían seguido ese ritual —al que cuatro años atrás habían sumado la comida del día de Acción de Gracias en casa de Harold y Julia, amigos de Jude, en Cambridge—, pero la Nochevieja nunca había sido asignada a nadie. El año anterior, la primera Nochevieja de su vida postuniversitaria en la que todos habían coincidido en la ciudad, la habían pasado por separado y fue triste para todos —JB fue a un fiestorro de Ezra, Malcolm quedó atrapado en casa de unos amigos de sus padres fuera de la ciudad, Willem retenido por Findlay en el Ortolan debido a un cambio de turno, y Jude postrado en la cama con gripe en Lispenard Street—, así que decidieron hacer planes para el año siguiente, pero no los habían hecho y de pronto era diciembre y seguían sin saber qué hacer.

A Willem y Jude no les importó que JB decidiera por ellos en esta ocasión. Calcularon que en el piso cabrían veinticinco personas con comodidad y cuarenta apretujados. «Pues que sean cuarenta», se apresuró a decir JB, como ellos esperaban que dijera. De vuelta en casa, confeccionaron una lista de veinte amigos de Malcolm y de ellos, pues sabían que JB haría extensiva la invitación a amigos, amigos de amigos y de no amigos incluso, colegas de trabajo, camareros y dependientes. Habría tanta gente en el piso que abrirían todas las ventanas al aire nocturno y aun así no lograrían disipar la bruma de humo y calor que inevitablemente se acumularía.

«No os compliquéis la vida», era otra de las cosas que JB les había dicho, pero Willem y Malcolm sabían que la advertencia solo iba dirigida a Jude, que tenía tendencia a liarse más de lo necesario y pasarse noches preparando *gougères* a pesar de que todos se habrían contentado con pizza; o limpiaba la casa de antemano cuando a nadie le importaba si los suelos crujían de mugre o el fregadero estaba cubierto de manchas de jabón seco y residuos de desayunos de los días anteriores.

La víspera de la fiesta hizo un calor inusitado, suficiente para que Willem recorriera a pie las dos millas que había desde el Ortolan al piso, donde flotaba un olor tan intenso a queso, masa e hinojo que tuvo la sensación de que no había salido del trabajo. Se quedó un rato en la cocina, haciendo orificios en los pegotes de masa que reposaban en las bandejas del horno para impedir que se adhirieran, y mirando la cantidad de recipientes de plástico con mantecados y galletas de jengibre con cierta tristeza —la que siempre sentía cuando notaba que Jude había limpiado— porque sabía que los devorarían al descuido y se tomarían toda la cerveza, y que empezarían el nuevo año con migas aplastadas en todas partes e incrustadas en las baldosas. Jude ya estaba durmiendo en la habitación con la ventana entreabierta y el aire denso hizo que Willem soñara con la primavera, los árboles rebosantes de flores amarillas y una bandada de mirlos con las alas laqueadas planeando en silencio por un cielo del color del mar.

Sin embargo, cuando se despertó el tiempo había vuelto a cambiar. Tardó un rato en darse cuenta de que había estado tiritando, y que lo que había oído en sueños era el viento, y que alguien lo zarandeaba y repetía su nombre para despertarlo, y no eran los pájaros sino una voz humana:

—Willem, Willem.

Se volvió, se apoyó sobre un codo y logró identificar a Jude por segmentos; primero distinguió el rostro, luego vio que se sostenía el brazo izquierdo con la mano derecha y que se lo había envuelto con algo —su toalla— tan blanco en la penumbra que parecía despedir luz. Se quedó mirándolo, petrificado.

—Lo siento, Willem —le dijo Jude, y su voz era tan serena que por unos segundos Willem creyó que se trataba de un sueño y dejó de escuchar. Jude tuvo que repetirlo—. He tenido un accidente, Willem. Lo siento, pero necesito que me lleves a casa de Andy.

Por fin Willem se despertó.

—¿Qué clase de accidente?

—Me he cortado. Ha sido un accidente. —Guardó silencio unos momentos—. ¿Me llevas?

—Sí, claro —respondió él.

Sin embargo, seguía medio dormido y confuso; en ese estado de aturdimiento se vistió con torpeza y salió al pasillo, donde lo esperaba Jude. Caminó con él hasta Canal, pero al llegar a la boca de metro Jude tiró de él.

—Creo que necesito un taxi.

En el taxi, mientras Jude le daba al conductor la dirección con esa misma voz apagada y abatida, Willem volvió por fin en sí y vio que Jude todavía tenía la toalla en las manos.

—¿Por qué has traído la toalla? —le preguntó.

—Ya te lo he dicho…, me he cortado.

—Pero… ¿es grave?

Jude se encogió de hombros y Willem reparó por primera vez en que tenía los labios de un color extraño e indefinible, aunque tal vez era porque las luces de la calle le abofeteaban el rostro y lo teñían de amarillo, ocre y un blanco enfermizo a medida que el taxi avanzaba hacia el norte. Jude apoyó la cabeza contra la ventanilla y cerró los ojos, y entonces Willem notó una oleada de náuseas debidas al miedo, aunque no podía verbalizar el motivo, solo sabía que se dirigía en taxi al norte y que había sucedido algo, no sabía qué pero la cosa pintaba mal, que se le estaba escapando algo crucial, que el calor húmedo de las últimas horas se había disipado y el mundo había recuperado la gélida severidad, la burda crueldad de fin de año.

La consulta de Andy se encontraba en la calle Setenta y ocho con Park, cerca de la casa de los padres de Malcolm; en cuanto entraron Willem vio a la cruda luz que la oscura mancha en la camisa de Jude era sangre, que había empapado la toalla, casi la había teñido, y que las pequeñas hilachas de algodón se habían secado como pelaje húmedo.

—Lo siento —le dijo Jude a Andy, que abrió la puerta para dejarlos entrar.

En cuanto Andy desenvolvió la toalla, lo que Willem vio fue un borboteo de sangre, como si el brazo de Jude se hubiera convertido en una boca que vomitara sangre con tal avidez que se formaban pequeñas pompas jabonosas que estallaban jubilosas y lo salpicaban todo.

—Por el amor de Dios, Jude —exclamó Andy, y lo condujo a la sala de reconocimiento mientras William se sentaba a esperar.

«Oh, Dios», pensó. Sin embargo, era como si su mente fuera la pieza de una máquina torpemente atascada en un surco y no pudiera pensar más allá de esas dos palabras. A pesar de que la luz de la sala de espera era demasiado brillante intentó relajarse, pero no pudo porque esa expresión palpitaba como un latido del corazón y recorría todo su cuerpo como un segundo pulso: «Oh, Dios. Oh, Dios».

Esperó una hora larga hasta que Andy lo llamó. Andy tenía ocho años más que él y lo conocían desde el segundo año de carrera, cuando Jude tuvo un ataque tan prolongado que al final los tres decidieron llevarlo al hospital universitario donde Andy era el interno de guardia. Era el único médico al que Jude quiso volver a ver, y aunque Andy ahora era cirujano ortopédico, seguía atendiendo a Jude cada vez que tenía algún problema, ya fuera en la espalda, las piernas, la gripe o un resfriado. Les caía bien y confiaban en él.

—Ya puedes llevarlo a casa —le dijo.

Estaba enfadado. Con un golpe brusco se arrancó los guantes, manchados de sangre reseca, y apartó el taburete. En el suelo había una aparatosa veta alargada de color rojo, como si alguien hubiera intentado limpiar algo y hubiese desistido, exasperado. Las paredes también estaban salpicadas de rojo, y el suéter de Andy, acartonado a causa de la sangre. Jude estaba sentado en la camilla, con los hombros caídos y aire triste, sosteniendo en las manos un envase de zumo de naranja. Llevaba el pelo apelmazado y la camisa que llevaba tenía un aspecto rígido y laqueado, como si no fuera de tela sino de metal.

—Jude, ve a la sala de espera —lo instruyó Andy, y él obedeció con sumisión.

En cuanto se fue Andy cerró la puerta y miró a Willem.

—¿Te ha parecido detectar en él impulsos suicidas?

—¿Cómo? No. —Sintió que se quedaba inmóvil—. ¿Era eso lo que intentaba hacer?

Andy suspiró.

—Dice que no. Pero... no lo sé. No puedo decirlo. —Se acercó al lavabo y empezó a frotarse las manos con violencia—. Por otra parte, si hubierais ido a urgencias, que es lo que deberíais haber hecho, ya lo sabéis, seguramente lo habrían ingresado, por eso supongo que él no ha querido ir. —Hablaba para sí. Se echó un pequeño chorro de jabón en las manos y se las lavó de nuevo—. Sabes que se hace cortes, ¿verdad?

Willem tardó un rato en responder.

—No.

Andy se volvió y se quedó mirándolo mientras se secaba muy despacio las manos, dedo por dedo.

—¿No lo has visto mal? —le preguntó—. ¿Come con regularidad? ¿Duerme? ¿Lo has visto inquieto o algo por el estilo?

—Yo lo he visto bien —respondió Willem, aunque la verdad es que no lo sabía. ¿Debería haberse fijado en si Jude comía o dormía? ¿Tendría que haberle prestado más atención?—. Quiero decir que estaba como siempre.

—Bueno. —Por un momento Andy pareció agotado, y ambos guardaron silencio, uno frente al otro, sin mirarse—. En principio me lo creo. Lo vi la semana pasada y es cierto que no noté nada raro. Pero si empieza a portarse de forma extraña, llámame de inmediato, te lo digo en serio.

—Te lo prometo.

Willem había visto a Andy unas cuantas veces y siempre había percibido su frustración, que parecía dirigir a muchas personas a la vez: a sí mismo, a Jude y sobre todo a los amigos de Jude, a quienes lograba dar a entender (sin decirlo en voz alta) que no estaban cuidándolo bien. A Willem le gustaba que se indignara por Jude, pero también temía su desaprobación y creía que era algo injusta. De pronto, como ocurrió otras veces cuando terminaba de reprenderlos, la voz de Andy cambió y adquirió un tono casi tierno.

—Sé que lo harás. Marchaos a casa, que es tarde. Asegúrate de que come algo cuando se despierte. Feliz año.

Volvieron a casa en silencio. Tras lanzar una larga mirada a Jude, el taxista dijo:

—Os cobraré veinte dólares más por la carrera.

—De acuerdo —dijo Willem.

Ya casi comenzaba a clarear, pero él sabía que no podría dormir. En el taxi Jude le dio la espalda y miró por la ventanilla, y una vez en el piso, tropezó con la puerta y caminó muy despacio hacia el cuarto de baño. Willem sabía que se pondría a limpiarlo.

—No, vete a la cama —le dijo, y Jude, obediente por una vez, cambió de dirección y se arrastró hasta la habitación. Se quedó dormido casi de inmediato.

Willem se sentó en la cama y lo miró. De pronto tomó conciencia de cada una de sus articulaciones, músculos y huesos, y eso hizo que se sintiera muy muy viejo. Durante varios minutos se quedó allí sentado mirando.

—Jude —lo llamó dos veces, la segunda con más insistencia.

Como no respondió, se acercó a su cama y lo empujó con suavidad; tras un instante de deliberación le subió la manga derecha de la camisa. La tela no cedió, simplemente se dobló y se arrugó como el cartón, y aunque solo fue capaz de enrollarla hasta el codo, le bastó para ver las tres columnas de pulcras cicatrices blancas, de una pulgada de ancho cada una y algo abultadas, que le subían por el brazo. Deslizó el dedo por debajo de la manga y palpó los surcos que continuaban por el antebrazo; al llegar al bíceps se detuvo, no quiso seguir explorando y retiró la mano. No pudo examinarle el brazo izquierdo. Andy había cortado la manga, y Jude tenía el brazo y la mano envueltos en gasa blanca, pero supo que encontraría lo mismo que en el derecho.

Había mentido a Andy al decirle que no sabía que Jude se hacía cortes. No lo sabía con certeza, pero eso no era más que un detalle técnico; lo sabía, y desde hacía mucho tiempo. Una tarde, cuando fueron en casa de Malcolm el verano de la muerte de Hemming, Malcolm y él se emborracharon y se sentaron a observar a JB y Jude, que habían vuelto de pasear por las dunas y se tiraban arena.

—¿Te has fijado en que Jude siempre va con manga larga? —le preguntó Malcolm y Willem le respondió con un gruñido.

Por supuesto que se había fijado; era difícil no advertirlo, sobre todo los días de calor, pero nunca se había preguntado por qué. A veces parecía que su amistad con Jude se basaba en gran medida en no permitirse hacer algunas preguntas porque temía las respuestas.

Se hizo un silencio, y ambos observaron cómo JB, también

borracho, se caía de espaldas en la arena, y Jude se acercaba cojeando a él y empezaba a enterrarlo.

—Flora tenía una amiga que siempre iba con manga larga —continuó Malcolm—. Se llamaba Maryam. Se hacía cortes.

Willem dejó que el silencio se asentara entre ellos hasta que pareció cobrar vida. En la residencia universitaria también había una chica que se hacía cortes. Había estado con ellos el primer año pero no la había visto durante el último curso.

—¿Por qué? —le preguntó a Malcolm.

Jude había cubierto a JB hasta la cintura mientras este cantaba algo incoherente desafinando.

—No lo sé —respondió Malcolm—. Tenía muchos problemas.

Esperó, pero no parecía que Malcolm tuviera mucho más que decir.

—¿Qué fue de ella?

—No lo sé. Flora perdió el contacto tras marcharse a la universidad y nunca más habló de ella.

Volvieron a guardar silencio. Willem sabía que en algún momento los tres habían decidido de manera tácita que él sería el principal responsable de Jude, y se dio cuenta de que Malcolm le estaba planteando un problema que requería una solución, aunque no estaba seguro de cuál era exactamente el problema —ni de cuál debía ser la respuesta—, y habría apostado que Malcolm tampoco.

Durante los días siguientes Willem rehuyó a Jude; sabía que si estaban a solas no podría evitar tener una conversación con él, y no veía claro si quería tenerla ni adónde podía conducirlos. No fue difícil, pues de día estaban todos juntos y por la noche cada uno se metía en su cuarto. Pero una noche que Malcolm y JB salieron a buscar langostinos, Jude y él se quedaron solos en la cocina, cortando tomates y lavando la lechuga. Había sido un día largo, soleado y letárgico, y Jude estaba en un estado de ánimo casi despreocupado. Cuando se lo preguntó Willem experimentó la previsible melancolía por haber echado a perder un momento perfecto, y que todo —el cielo teñido de rosa y el filo del cuchillo deslizándose limpiamente por las verduras— había conspirado para crearlo, solo para que él lo estropeara.

—¿No quieres que te preste una de mis camisetas?

Jude no respondió hasta que terminó de cortar el tomate, y entonces clavó en Willem una mirada fija e inexpresiva.

—No.

—¿No tienes calor?

Jude esbozó una sonrisa a modo de advertencia.

—De un momento a otro empezará a refrescar. —Y era cierto. En cuanto desapareciera el último rastro de sol bajarían las temperaturas y Willem tendría que regresar a su cuarto en busca de un jersey.

—Pero... —Antes de pronunciarlas, Willem percibió lo ridículas que eran sus palabras, cómo se las habían ingeniado para escapar de su control, como un gato, en cuanto había empezado la frase— te mancharás las mangas con los langostinos.

Al oír esas palabras Jude soltó una especie de graznido demasiado fuerte y áspero para ser una carcajada, y se volvió de nuevo hacia la tabla de cortar.

—Creo que podré arreglármelas, Willem —respondió, y aunque el tono era suave, Willem advirtió que la fuerza con que agarraba el mango del cuchillo era tanta que los nudillos se le pusieron amarillos y sudorosos.

Tuvieron la suerte de que Malcolm y JB regresaron en ese momento, poniendo fin a la conversación, pero no sin que Willem oyera que Jude le preguntaba:

—¿Por qué…? —Y aunque no llegó a terminar la frase (de hecho, no se dirigió ni una sola vez a él en el transcurso de la cena, en la que mantuvo las mangas impecables), Willem supo que la pregunta no habría sido «¿Por qué me lo preguntas?» sino «¿Por qué me lo preguntas tú?», puesto que Willem siempre se había cuidado de no mostrar mucho interés en explorar el armario de múltiples cajones en los que Jude se escondía.

Si hubiera sido otra persona, se dijo Willem, no habría titubeado. Habría exigido respuestas, habría llamado a amigos comunes, habría hecho que se sentara y le habría gritado, suplicado y amenazado hasta sonsacarle una confesión. Pero eso formaba parte del trato cuando eras amigo de Jude, y él, lo sabía, al igual que lo sabían Andy y todos los demás. Había que dejar de lado cosas que el instinto te decía que no se debían pasar por alto y dar un rodeo a las sospechas. Entendías que la prueba de tu amistad residía en guardar las distancias, en aceptar lo que te decía, y darte la vuelta e irte cuando te cerraba la puerta en la cara, en lugar de intentar abrirla por la fuerza. Las discusiones acaloradas que los cuatro habían tenido sobre sus amigos —sobre Henry Young el Negro, cuando les pareció que la chica con quien salía lo engañaba y no sabían cómo decírselo, o sobre Ezra, al enterarse de que la chica con la que salía lo engañaba— nunca las habrían tenido sobre Jude. Él lo consideraría una traición y eso no ayudaría.

Se evitaron el resto de la noche, pero a la hora de acostarse Willem se sorprendió deteniéndose delante de la puerta de Jude con una mano alzada, listo para llamar, hasta que se preguntó qué pensaba decirle y qué quería escuchar, y se marchó. A la mañana siguiente, Jude no mencionó la conversación que habían estado a punto de entablar la noche anterior, y él tampoco lo hizo; otro día dio paso a la noche, y así se sucedieron los continuos aunque ineficaces esfuerzos de Willem por lograr que Jude respondiera a una pregunta que nunca tendría valor para formular.

Sin embargo, la pregunta seguía estando ahí, y cuando menos se lo esperaba se abría paso en su conciencia y se posicionaba con obstinación al frente de ella, tan inamovible como un trol. Cuatro años antes, JB y él compartían piso mientras cursaban un posgrado, y Jude, que estaba en Boston estudiando derecho, fue a verlos. Una noche en que la puerta del cuarto de baño estaba cerrada con pestillo, Willem la aporreó con brusquedad, aterrado sin saber por qué, hasta que Jude la abrió, con expresión irritada pero también extrañamente culpable (¿o se lo había imaginado?), y le preguntó: «¿Qué quieres, Willem?»; él fue incapaz de responder, aunque sabía que pasaba algo. Del interior del cuarto de baño le llegó un intenso tufo tánico, el olor a metal oxidado de la sangre, y en la papelera encontró un vendaje enrollado, pero era de cuando JB se había cortado con un cuchillo al trocear una zanahoria (Willem sospechaba que había exagerado su impericia para no tener que cocinar). ¿O era de los castigos nocturnos de Jude? No obstante, de nuevo (¡de nuevo!) no hizo nada; al pasar junto al sofá de la sala de estar donde estaba sentado Jude (¿fingía dormir o estaba dormido de verdad?) no dijo una palabra, y al día siguiente volvió a callarse. Los días se desplegaban ante él como una película y cada día callaba, callaba, callaba.

Y ahora eso. Si hubiera hecho algo (¿qué?) tres años antes, ocho años antes, ¿habría ocurrido? ¿Y qué era exactamente lo que ocurría?

Pero esta vez diría algo porque tenía pruebas. Esta vez, si dejaba que Jude se escabullera y lo eludiera, él sería culpable de lo que ocurriera.

Al tomar la decisión, notó que el agotamiento se apoderaba de él, y borraba la inquietud, la preocupación y la frustración de la noche. Era el último día del año, y lo último que recordaba haber sentido al acostarse en su cama y cerrar los ojos era sorpresa por quedarse dormido tan deprisa.

Eran casi las dos de la tarde cuando Willem por fin se despertó; lo primero que recordó fue la decisión que había tomado de madrugada, pero todo había sido reordenado para desalentar su iniciativa: la cama de Jude estaba limpia. Jude ya se había levantado, el cuarto de baño olía a lejía y Jude estaba sentado a la mesa de juego, cortando círculos en una masa con tal estoicismo que se sintió irritado y aliviado a la vez. Al parecer, tendría que enfrentarse a él sin el testimonio del caos, sin pruebas de lo ocurrido.

Se dejó caer en la silla situada delante de él.

—¿Qué estás haciendo?

Jude no levantó la vista.

—Más *gougères* —respondió con serenidad—. Una de las hornadas de ayer no salió bien.

—Nadie se fijará, Jude —replicó con malicia y, embalándose sin poder evitarlo, añadió—: Podríamos darles palitos de queso. Total, se los comerán igual.

Jude se encogió de hombros y Willem notó que su enfado daba paso a la ira. Allí estaba Jude después de una noche sin duda aterradora, actuando como si no hubiera pasado nada, aunque la mano vendada reposaba, inútil, sobre la mesa. Willem se disponía a hablar cuando Jude dejó en la mesa el vaso que estaba utilizando para cortar los círculos y lo miró.

—Lo siento mucho, Willem —dijo en voz muy baja. Vio que Willem le miraba la mano y la ocultó en el regazo—. No debería… —Se interrumpió—. Perdóname. No te enfades conmigo.

La cólera se desvaneció.

—Jude, ¿qué estabas haciendo?

—No es lo que piensas. Te lo prometo, Willem.

Años después Willem le repetiría a Malcolm esa conversación a grandes rasgos, no su contenido literal, como prueba de su incompetencia, de su propio fracaso. Qué habría sucedido si él hubiera pronunciado solo una frase. Y esa frase podría haber sido: «Jude, ¿estás intentando matarte?», o bien: «Jude, tienes que decirme qué te pasa». Cualquiera de las dos habría sido aceptable; cualquiera de las dos habría llevado a una conversación más extensa que habría resultado, si no reparadora, al menos preventiva.

¿O no?

Pero en aquel momento, en lugar de formular la pregunta murmuró:

—Tranquilo.

Se quedaron sentados en silencio durante lo que pareció un largo rato, escuchando el murmullo del televisor de sus vecinos. Solo mucho después Willem se preguntaría si Jude se había entristecido o se había sentido aliviado de lo rápido que le había creído.

—¿Estás enfadado conmigo?

—No. —Carraspeó. Y no lo estaba. Al menos «enfadado» no era la palabra que él habría utilizado—. Pero es evidente que tenemos que suspender la fiesta.

Jude pareció alarmarse.

—¿Por qué?

—¿Por qué? ¿Estás de broma?

—Willem —dijo Jude, adoptando lo que Willem creía que era su tono de litigante—, no podemos suspenderla. En siete horas... o menos empezará a llegar gente. Y no tenemos ni idea de a quién ha invitado JB. Se presentarán de todos modos aunque avisemos a todos los demás. Además... —Inhaló con brusquedad, como si tuviera una infección pulmonar e intentara demostrar que se había curado—. Estoy en perfectas condiciones. Es más complicado dar marcha atrás que seguir adelante con la fiesta.

¿Por qué siempre escuchaba a Jude? Pero una vez más lo hizo; enseguida dieron las ocho, volvía a hacer calor en la cocina porque el horno estaba encendido y las ventanas volvían a estar abiertas de par en par —como si lo sucedido en la noche anterior no hubiera ocurrido y hubiera sido una alucinación— cuando Malcolm y JB llegaron. Willem se había detenido ante la puerta del dormitorio y le abrochaba la camisa mientras Jude les decía que se había quemado el brazo haciendo los *gougères* y que Andy había tenido que aplicarle un ungüento.

—Te dije que no hicieras esos malditos *gougères* —oyó que JB comentaba alegremente, pues le encantaba la repostería de Jude.

Y en ese instante le sobrevino a Willem una sensación poderosa: podía cerrar la puerta y dormir, y cuando se despertara sería otro año y podría empezar desde cero, y no sentiría en su interior ese profundo y torturante malestar. De pronto, la perspectiva de ver a Malcolm y a JB, de tener que sonreír y bromear con ellos, le parecía durísima.

Sin embargo, salió a saludarlos, y cuando JB insistió en que todos subieran a la azotea a respirar aire puro y fumar, dejó que Malcolm se quejara en vano y con desgana del frío que hacía y los siguió con resignación por la estrecha escalera.

Como sabía que estaba malhumorado, se retiró a la parte trasera de la azotea, alejado de que los demás, que hablaban entre sí. Por encima de él, el cielo ya estaba oscuro por completo, la oscuridad de medianoche. Si miraba hacia el norte, justo debajo de él veía la tienda de material artístico donde JB trabajaba media jornada, pues hacía un mes había dejado la revista, y a lo lejos se divisaba la llamativa y desgarbada mole del Empire State, con su torre de luz azul estridente que le hacía pensar en gasolineras y en el largo trayecto en coche desde la casa de sus padres hasta la cama de hospital de Hemming, muchos años atrás.

—Tíos, hace un frío que pela —les dijo. No llevaba abrigo; ninguno de ellos lo había cogido—. Vámonos.

Pero al intentar abrir la puerta que daba a la escalera del edificio el pomo no giró. Lo intentó de nuevo y tampoco cedió. Se habían quedado encerrados fuera.

—¡Mierda! —gritó—. ¡Mierda, mierda, mierda!

—Por Dios, Willem —replicó Malcolm, sobresaltado, pues Willem casi nunca se enfadaba—. Jude, ¿no tienes la llave?

Pero Jude no la llevaba encima.

—Mierda —no pudo evitar decir de nuevo Willem. Todo se había torcido. No podía mirar a Jude. Le echaba la culpa y no era justo. También se culpaba a sí mismo, eso era más justo pero hacía que se sintiera peor—. ¿Quién tiene el móvil?

Estúpidamente, nadie lo llevaba encima; los habían dejado en el piso, donde deberían haber estado ellos si no hubiera sido por el imbécil de JB y por el idiota de Malcolm, que siempre seguía a

JB sin cuestionar sus estúpidas y repentinas ideas, pero también por el imbécil de Jude, por lo sucedido la noche anterior, por los últimos nueve años, por haberse autolesionado y no dejarse ayudar, por asustarlo y ponerlo nervioso, por hacer que se sintiera tan inútil. Por todo.

—Escuchad —dijo Jude por fin, aunque era la última persona a la que Willem quería escuchar—. Tengo una idea. Me descolgaré por la escalera de incendios y romperé la ventana del dormitorio.

La idea era tan descabellada que al principio Willem no reaccionó. Parecía más bien una propuesta de JB, no de Jude.

—No —dijo con rotundidad—. Es una locura.

—¿Por qué? —replicó JB—. A mí me parece un gran plan.

La escalera de incendios era inestable, estaba mal diseñada y resultaba casi inservible: una estructura de metal oxidado que habían fijado a la fachada del edificio entre los pisos tercero y decimoquinto como un ornamento particularmente antiestético; había unos nueve pies desde la azotea hasta el último descansillo, cuya medida era la mitad de la de su sala de estar. Aunque pudieran bajar a Jude hasta allí con cuidado, sin que se desencadenara uno de sus ataques ni se rompiera una pierna, tendría que inclinarse sobre el vacío para alcanzar la ventana del dormitorio.

—Ni hablar —dijo Willem, y discutió con él un buen rato hasta que, horrorizado, se dio cuenta, de que era la única solución—. Jude no. Lo haré yo.

—Tú no puedes.

—¿Por qué? No es necesario entrar por el dormitorio, me colaré por una de las ventanas de la sala de estar. —En las ventanas había rejas, pero una de ellas estaba rota, y Willem pensó que podría deslizarse entre los dos barrotes que quedaban. Tenía que intentarlo.

—He cerrado las ventanas antes de subir —reconoció Jude con un hilo de voz, y Willem supo que eso significaba que las había cerrado con seguro, porque siempre cerraba todo lo que podía cerrarse: las puertas, las ventanas, los armarios. Era un acto reflejo. Como el seguro de la ventana del dormitorio estaba defectuoso, Jude había armado un complejo mecanismo a base de clavos y alambre para bloquearlo, y, según él, era totalmente seguro.

Siempre le había desconcertado la hiperprevisión de Jude y su celo por husmear catástrofes en todas partes —hacía tiempo que se había fijado en que, al entrar en una habitación o un espacio nuevo, tenía la costumbre de buscar la salida más cercana y quedarse cerca de ella, lo que al principio le había hecho gracia a Willem, aunque luego menos—, así como su afición a aplicar medidas preventivas siempre que podía. Una noche en que los dos se habían quedado hablando hasta tarde, Jude le comentó en voz baja, como si le hiciera una gran confesión, que el mecanismo de la ventana del dormitorio podía abrirse por fuera, pero que él era el único que sabía desbloquearlo.

—¿Por qué me lo dices? —le preguntó él.

—Porque creo que habría que repararlo.

—Pero ¿qué más da si tú eres el único que puede abrirlo? —No tenían dinero para pedir a un cerrajero que arreglara un problema que no era un problema. Tampoco podían decírselo al encargado del edificio, pues después de mudarse Annika había admitido que si bien técnicamente no tenía derecho a subarrendar el apartamento, no creía que el propietario se molestara si no causaban problemas. De modo que intentaban no causarlos, y ellos mismos hacían las reparaciones, ponían masilla en las paredes y solucionaban los problemas de fontanería.

—Por si acaso —le dijo Jude—. Solo quiero cerciorarme de que estamos seguros.

—Jude, estamos seguros —replicó él—. No va a pasarnos nada. No entrará nadie. —Y luego, cuando Jude guardó silencio, suspiró y se rindió, añadió—: Llamaré mañana al cerrajero.

—Gracias, Willem.

Pero no lo había llamado.

Dos meses después, estaban congelándose en la azotea y esa ventana era su única esperanza.

—Mierda —gruñó. Le dolía la cabeza—. Dime cómo hay que hacerlo y la abriré yo.

—Es demasiado complicado —replicó Jude. A esas alturas se habían olvidado de que Malcolm y JB estaban allí, de pie, observándolos, y por una vez JB se mantuvo callado—. No puedo explicártelo.

—Sí, ya sé que crees que soy corto, pero si no empleas tecnicismos lo entenderé.

—Eso no es lo que quiero decir, Willem —respondió Jude, sorprendido, y se hizo un silencio.

—Lo sé, lo sé. Perdona. —Respiró hondo—. En el caso de que lo hiciéramos, y no creo que sea buena idea, ¿cómo pretendes que te bajemos?

Jude se acercó al borde de la azotea, que estaba rodeada por un lado de un muro plano a la altura de la espinilla, y se asomó.

—Me siento en el borde mirando hacia fuera, justo por encima de la escalera de incendios, y JB y tú os colocáis uno a cada lado, me agarráis con fuerza una mano y yo me descuelgo. Cuando no pueda bajar más, me soltáis y salto.

Willem se rió de lo arriesgado y estúpido de la idea.

—En el caso improbable de que consiguiéramos hacerlo, ¿cómo llegarías a la ventana del dormitorio?

Jude lo miró.

—Tendrás que confiar en que lo haga.

—Eso es una estupidez.

JB lo cortó.

—Es el único plan, Willem. Hace un frío de cojones aquí fuera.

En efecto, lo hacía; solo la rabia lo mantenía caliente.

—¿No te has fijado en que tiene todo el puto brazo vendado, JB?

—Pero estoy bien, Willem —dijo Jude antes de que JB pudiera responder.

Discutieron durante diez minutos más hasta que Jude por fin retrocedió hasta el borde.

—Willem si no me ayudas tú, lo hará Malcolm —dijo, aunque Malcolm también parecía aterrado.

—No, lo haré yo.

De modo que JB y él se arrodillaron arrimados contra la pared, cada uno agarrando una mano de Jude con las dos suyas. Hacía tanto frío que Willem apenas tenía sensibilidad en los dedos. Asía la mano izquierda de Jude, y solo notaba el cojín de gasa. Mientras la asía flotó ante él la imagen de Andy y creyó morir de culpabilidad.

Jude se bajó de la cornisa y Malcolm soltó un gemido que acabó en un grito. Willem y JB se inclinaron por encima del muro hasta que también ellos mismos corrían el riesgo de caer, y en cuanto Jude les gritó que lo soltaran, lo hicieron y observaron cómo aterrizaba haciendo un ruido metálico en el suelo de rejilla de la escalera de incendios.

JB lo vitoreó y Willem estuvo a punto de pegarle.

—¡Estoy bien! —les gritó Jude, y agitó la mano vendada en el aire como una bandera antes de acercarse al borde de la escalera e inclinarse en el vacío para abrir el mecanismo.

Tenía las piernas enroscadas alrededor de uno de los barrotes de hierro de la barandilla, pero su posición era muy precaria y Willem observó cómo se balanceaba intentando mantener el equilibrio al tiempo que movía despacio los dedos entumecidos por el frío.

—Bajadme —les dijo Willem a Malcolm y a JB, pasando por alto las acaloradas protestas de Malcolm. Se descolgó por el borde, y antes de saltar le gritó a Jude para evitar que perdiera el equilibrio con su aterrizaje.

La caída fue aterradora, y el impacto más fuerte de lo que esperaba, pero se recobró con rapidez, se acercó corriendo a Jude y le rodeó la cintura con los brazos al tiempo que enroscaba una pierna en un pivote para sujetarse.

—Ya te tengo.

Entonces Jude se inclinó una vez más y llegó mucho más lejos de lo que habría podido él solo. Willem lo agarraba tan fuerte que sentía sus vértebras a través del jersey, notaba cómo se le aplanaba e hinchaba el estómago al respirar y a través de los músculos percibía el eco del movimiento de sus dedos al retorcer y estirar los alambres que sujetaban la ventana. Cuando terminó, Willem se subió a la barandilla y fue el primero en meterse en la habitación; a continuación se asomó de nuevo para tirar de Jude por los brazos cuidando de evitar los vendajes.

Una vez dentro del piso, se miraron jadeantes. La habitación estaba agradablemente caldeada pese al aire frío que entraba, y Willem por fin se permitió sentirse aliviado. Estaban sanos y salvos. Entonces Jude le sonrió y él le devolvió la sonrisa; si hubiera tenido a JB delante lo habría abrazado de puro vértigo, pero ni Jude ni él eran muy dados a los abrazos. En ese momento Jude levantó la mano para sacudirse del pelo las escamas de óxido y Willem vio en el interior del vendaje de la muñeca una mancha de un rojo profundo; comprendió demasiado tarde que los rápidos jadeos de Jude no eran por el agotamiento sino por el dolor. Vio cómo alargaba la mano vendada para asegurarse de que aterrizaba sobre algo sólido y con pesadez se dejaba caer en la cama.

Willem se agachó a su lado. La euforia había desaparecido, reemplazada por una sensación indefinida. Estaba extrañamente al borde de las lágrimas, aunque no sabía por qué.

—Jude —empezó a decir, pero no supo continuar.

—Será mejor que vayas a buscarlos —le dijo Jude, y aunque cada palabra fue acompañada de un jadeo, volvió a sonreír.

—Que se jodan —replicó Willem—. Me quedo aquí contigo.

Jude se rió, pero al hacerlo se le escapó una mueca de dolor y se echó hacia atrás con cuidado hasta tenderse de lado. Willem lo ayudó a levantar las piernas y a colocarlas en la cama. Tenía más escamas de óxido en el jersey y Willem se las sacudió. Se sentó junto a él sin saber cómo empezar.

—Jude.

—Ve —le dijo Jude, y cerró los ojos sin dejar de sonreír.

Willem se levantó de mala gana, cerró la ventana y apagó la luz del dormitorio al salir. Se dirigió a la escalera para rescatar a Malcolm y a JB mientras oía cómo el timbre reverberaba por la escalera anunciado la llegada de los primeros invitados de la noche.

II
El Posthombre

1

Los sábados los dedicaba a trabajar, y los domingos, a pasear. Los paseos habían empezado por necesidad cinco años antes, al darse cuenta de que se había ido a vivir a una ciudad de la que apenas sabía nada; cada semana escogía un barrio diferente al que iba andando desde Lispenard Street; una vez allí cubría exactamente todo el perímetro y regresaba a casa. Nunca se saltaba el paseo dominical, a menos que el tiempo lo imposibilitara, e incluso ahora, que ya había recorrido todos los barrios de Manhattan, y muchos de Brooklyn y Queens, seguía saliendo todos los domingos a las diez de la mañana y no regresaba hasta que había terminado la ruta. Hacía tiempo que los paseos habían dejado de ser placenteros, y no es que no disfrutara de ellos; simplemente se dedicaba a pasear. Durante un tiempo tenía la esperanza de que los paseos fueran algo más que ejercicio, algo tal vez restaurador, como una sesión de fisioterapia de aficionado, pese a que Andy no estaba de acuerdo con él y, de hecho, los desaprobaba. «Me parece bien que quieras ejercitar las piernas, pero deberías hacer natación, no arrastrarte arriba y abajo por las aceras.» A él no le habría importado nadar, pero no había ningún lugar lo bastante privado para su gusto y por tanto no lo hacía.

Willem se apuntaba de vez en cuando a esos paseos, y en los últimos tiempos, si la ruta de Jude pasaba por el teatro, calculaba el tiempo para poder reunirse con él después de la función de la tarde en el puesto de zumos de la esquina. Willem le contaba cómo había ido la obra mientras se tomaban un refresco, y pedía una ensalada para comer algo antes de la función de la noche. Luego él continuaba hacia el sur, de regreso a casa.

Todavía vivían en Lispenard Street, a pesar de que podrían haberse instalado por su cuenta; él, por descontado, y Willem seguramente también. Pero ninguno de los dos había mencionado nunca su intención de dejar al otro, y nunca lo habían hecho. No obstante, habían renunciado a la mitad izquierda de la sala de estar para hacer un segundo dormitorio. Un fin de semana habían colocado un tabique de pladur granuloso entre todos los amigos, de modo que ahora en ella solo entraba la luz grisácea a través de dos ventanas. Willem había ocupado la nueva habitación y Jude se había quedado en la de siempre.

Aparte de esos encuentros en la puerta del teatro, a Jude le parecía que últimamente no veía nunca a Willem. Aunque él dijera que se había vuelto perezoso, daba la impresión de que estaba todo el rato trabajando o intentándolo; tres años antes, en su vigesimonoveno cumpleaños, se había jurado que dejaría el Ortolan antes de los treinta, pero dos semanas antes de su trigésimo cumpleaños, los dos estaban en el piso, apretujados en la sala de estar recién dividida, y Willem se preguntaba preocupado si en realidad podía permitirse dejar el empleo cuando recibió una llamada, la llamada que llevaba años esperando. La obra resultante de esa llamada fue un éxito y Willem pudo dejar el Ortolan unos trece meses más tarde, solo un año después de la fecha límite que se había impuesto. Jude había visto la obra de Willem —un drama familiar titulado *El teorema de Malamud*, sobre un profesor de literatura en los umbrales de la demencia, y su hijo médico, que se había distanciado de él— cinco veces, dos con Malcolm, dos con JB y una con Harold y Julia, un fin de semana que pasaron en la ciudad, y cada vez había logrado olvidar que era su viejo amigo y compañero de piso quien estaba sobre el escenario, y al caer el telón se había sentido orgulloso y nostálgico a la vez, como si la misma elevación del escenario anunciara el ascenso de Willem a una vida que no sería fácilmente accesible para él.

La aproximación a la treintena no había provocado en Jude ni un pánico latente ni un frenesí de actividad ni la necesidad de cambiar su vida para adaptarla a la que se suponía que debía ser la de un treintañero. Sin embargo, no podía decir lo mismo sus amigos, que se habían pasado los tres últimos años de su veintena elogiando esa década, exponiendo con detalle lo que habían conseguido y lo que no, e inventariando sus promesas y sus aversiones. Y de pronto las cosas habían cambiado. La segunda habitación, por ejemplo, la habían construido en parte por el temor que tenía Willem de verse compartiendo aún habitación con un compañero de la facultad a los veintiocho años; y esa misma inquietud —el miedo a que, como en un cuento de hadas, el salto a la cuarta década los transformara en algo más, algo que escapara a su control, si no lo conjuraban con declaraciones radicales— había inspirado la precipitada confesión de Malcolm a sus padres de que era gay, solo para desdecirse al año siguiente cuando empezó a salir con una mujer.

No obstante, y pese a la desazón de sus amigos, él sabía que le encantaría cumplir treinta años, por la misma razón que ellos lo detestaban: porque era un período de innegable adultez. (Estaba deseando tener treinta y cinco, y poder afirmar por fin que había sido adulto más del doble del tiempo que había sido niño.) De niño, los treinta le parecían una edad lejana e inimaginable. Recordaba bien que, siendo muy pequeño —es decir, cuando vivía en el monasterio—, le había preguntado al hermano Michael, que disfrutaba contándole los viajes que había hecho en su otra vida, cuándo podría viajar él.

—Cuando seas mayor —le respondió el hermano.

—¿Cuándo? ¿El año que viene? —Entonces un mes le parecía una eternidad.

—Dentro de muchos años. Cuando seas mayor. Cuando tengas treinta años. —Y al cabo de unas pocas semanas los cumpliría.

Los domingos, a veces se quedaba descalzo en la cocina cuando se preparaba para salir a pasear; alrededor de él todo estaba en silencio, y aquel piso pequeño y feo le parecía algo asombroso. Allí el tiempo le pertenecía, al igual que el espacio, y podía cerrar y echar el seguro a todas las puertas y ventanas. Se detenía delante del pequeño armario del pasillo —un hueco en realidad, sobre el que habían extendido una tela de arpillera— y admiraba las provisiones amontonadas en su interior. En Lispenard Street no había que ir corriendo al colmado de West Broadway entrada la noche para comprar papel higiénico, ni había que taparse la nariz al sacar del fondo de la nevera un recipiente lleno de leche agria; allí siempre había provisiones de repuesto. Allí todo era reemplazado en cuanto se acababa. Él se aseguraba de ello. En su primer año en Lispenard Street se había sentido cohibido por esa costumbre, que sabía que era propia de alguien mucho mayor que él, quizá de una mujer, y escondía los rollos de papel de cocina debajo de la cama, y los folletos de cupones en su maletín para mirarlos cuando Willem no estuviera en casa, como si se tratara de una forma de pornografía exótica. Pero un día en que estaba buscando un calcetín que había empujado sin querer de una patada debajo de la cama, Willem descubrió su alijo.

—¿Por qué? —le preguntó Willem, al ver que se avergonzaba—. Me parece genial. Menos mal que tú te ocupas de estas cosas.

Aun así, eso hizo que se sintiera vulnerable, pues no era sino una prueba que añadir al grueso expediente que atestiguaba su estricta puntillosidad, así como su irreparable y fundamental incapacidad para ser la clase de persona que intentaba aparentar.

Sin embargo, como le ocurría con muchas otras cosas más, no podía evitarlo. ¿A quién podía decirle que obtenía la misma satisfacción y sensación de seguridad en el poco atractivo Lispenard Street y en la despensa de refugio antiaéreo que en los títulos universitarios y el empleo que poseía? ¿A quién que los ratos que pasaba solo en la cocina eran poco menos que contemplativos, pues se trataba de los únicos momentos en que realmente se relajaba, y su mente dejaba de planificar de antemano los miles de tachones y de pequeñas desviaciones de la verdad, de la realidad, que requería cada una de sus intervenciones en el mundo, con sus habitantes? A nadie, ni siquiera a Willem. Pero había tenido años para aprender a guardarse sus pensamientos; a diferencia de sus amigos, había aprendido a no compartir sus rarezas como un modo de distinguirse de los demás, aunque estaba encantado y orgulloso de que ellos compartieran con él las suyas.

Aquel día tenía previsto pasear hasta el Upper East Side: subiría por West Broadway hacia Washington Square Park, University y Union Square, seguiría por Broadway hasta la Quinta, que recorrería hasta la calle Ochenta y seis, y bajaría de nuevo por Madison hasta la Veinticuatro, allí cruzaría al este hasta Lexington antes de dirigirse al sur y al este una vez más hasta Irving, donde se reuniría con Willem a la puerta del teatro. Hacía meses, casi un año, que no había hecho ese recorrido, pues era muy largo y ya pasaba todos los sábados en el Upper East Side, en una vivienda unifamiliar situada no muy lejos de la casa de los padres de Malcolm, donde daba clases particulares a un niño de doce años llamado Felix. Era mediados de marzo, y Felix y su familia estaban pasando las vacaciones de Semana Santa en Utah, lo que significaba que no corría el peligro de encontrárselos.

El padre de Felix era amigo de unos amigos de los padres de Malcolm, y había sido el padre de su amigo quien le había conseguido el trabajo.

—No te pagan lo suficiente en la Fiscalía, ¿verdad? —le preguntó—. No sé por qué no quieres que te presente a Gavin. —Gavin era un amigo de la facultad del padre de Malcolm que en aquellos momentos presidía uno de los bufetes más poderosos de la ciudad.

—Papá, Jude no tiene ningún interés en trabajar en un bufete —empezó a decir Malcolm, pero su padre siguió hablando como si no lo hubiera oído y Malcolm se encorvó en su silla.

Jude lo compadeció, pero también se enfadó, pues le había pedido que averiguara con discreción si sus padres conocían a alguien que buscara un profesor particular para su hijo.

—Con franqueza, me parece genial que quieras ganarte la vida —le dijo el señor Irvine. Y Malcolm se encorvó aún más en la silla—. Pero ¿tanto necesitas el dinero? No sabía que el gobierno federal pagara tan mal. Ya llevas bastante tiempo trabajando en la administración pública, ¿no? —Sonrió.

Él le devolvió la sonrisa.

—No, si el sueldo no está mal. —Y era cierto. No habría sido suficiente para el señor Irvine o para Malcolm, por supuesto, pero era más dinero del que él había soñado ganar, y cada dos semanas le llegaba en una incesante acumulación de cifras—. Es que estoy ahorrando para la entrada de un piso. —Vio que el rostro de Malcolm se volvía hacia él, y se recordó que debía contarle a Willem esa mentira antes de que Malcolm se lo dijera.

—Oh, eso es estupendo —repuso el señor Irvine. Esa era una meta que él entendía—. En tal caso conozco a alguien.

Ese alguien era Howard Baker, quien tras una entrevista de quince minutos lo contrató para que le diera a su hijo clases particulares de latín, matemáticas, alemán y piano. (Se preguntó por qué el señor Baker no contrataba a profesionales para cada asignatura, ya que podía permitírselo, pero no dijo nada.) Lo sentía por Felix, que era un chico menudo y poco agraciado, y tenía la costumbre de hurgarse una de las fosas nasales con el índice hasta que se acordaba de dónde estaba, entonces lo sacaba rápidamente y se lo frotaba en los tejanos. Ocho meses después todavía no tenía claro si Felix tenía potencial. Tonto no era, pero le faltaba pasión, como si a los doce años se hubiera resignado a que la vida fuera decepcionante y a que él también lo fuera para los demás. Todos los sábados lo esperaba, puntual a la una con los deberes hechos, y respondía obediente a todas las preguntas —sus respuestas siempre terminaban con un ansioso e interrogante registro de agudos, como si hasta la más simple («Salve, Felix, quid agis?» «Um… bene?») fuera una intricada adivinanza. Sin embargo, el chico nunca hacía preguntas, y cuando Jude quería saber si había algún tema del que quisiera hablar en cualquier idioma, Felix se encogía de hombros y mascullaba desplazando el dedo a la nariz. Al despedirse al final de la tarde, Felix levantaba la mano con languidez antes de desaparecer de nuevo en la entrada y a Jude siempre le daba la impresión de que el chico nunca salía de casa y que jamás invitaba a amigos. Pobre Felix. Su mismo nombre era un insulto.

El mes anterior el señor Baker había expresado su intención de hablar con él al finalizar la clase, así que cuando Jude se despidió de Felix, siguió a la doncella hasta el gabinete. Su cojera era muy pronunciada ese día, y se sintió cohibido; tenía la sensación, como a menudo le ocurría, de estar interpretando el papel de tutor empobrecido en un drama dickensiano.

Esperaba alguna muestra de impaciencia o de ira por parte del señor Baker, aunque a Felix le iba mejor en el colegio, y Jude se preparó para defenderse si era necesario —el señor Baker le pagaba más de lo que esperaba y ya había hecho planes para gastar el dinero que ganaba allí—, pero al entrar le señaló con la cabeza la silla situada frente al escritorio.

—¿Qué cree que le pasa a Felix? —le preguntó.

Jude no esperaba esa pregunta y tuvo que reflexionar antes de contestar.

—No creo que le pase nada, señor —señaló con cuidado—. Creo que sencillamente no es… —Estaba a punto de decir «feliz», pero ¿qué era la felicidad si no un lujo, un estado imposible de alcanzar, en parte por lo difícil que resultaba expresarla? No recordaba haber sido capaz de definir la felicidad en su niñez; solo había habido miseria y miedo o ausencia de miseria y miedo, y eso último era todo lo que necesitaba o quería—. Creo que es tímido —concluyó.

El señor Baker gruñó; era evidente que esa no era la respuesta que esperaba.

—Pero a usted le gusta, ¿no? —le preguntó con un tono tan extrañamente desesperado y vulnerable que a Jude le sobrevino una profunda tristeza, tanto por Felix como por el propio señor Baker. ¿Así era ser padre? ¿Así era ser hijo de un padre como el señor Baker? Tanta infelicidad, tantas decepciones, tantas expectativas no expresadas e incumplidas.

—Por supuesto —respondió.

El señor Baker suspiró y le dio el talón que solía entregarle la doncella al salir.

La semana siguiente Felix no quiso tocar la partitura asignada como tarea; estaba más inquieto que de costumbre.

—¿Tocamos otra cosa? —le preguntó Jude.

Felix se encogió de hombros. Jude reflexionó.

—¿Quieres que toque algo para ti? —sugirió.

Felix volvió a encogerse de hombros y él se puso a tocar, porque era un piano bonito y a veces, mientras observaba cómo los dedos de Felix se desplazaban sobre sus maravillosas teclas lisas, anhelaba estar allí solo y dejar que las manos se movieran sobre su superficie lo más deprisa posible.

Tocó la *Sonata 50 en re mayor* de Haydn, una de sus piezas favoritas, tan alegre y agradable que creyó que les levantaría el ánimo a los dos. Sin embargo, cuando terminó y vio al niño callado a su lado, se sintió avergonzado, tanto por el arrogante y enfático optimismo de Haydn como por su propio arrebato autoindulgente.

—Felix —empezó a decir, pero se interrumpió. El niño esperó callado—. ¿Pasa algo?

Y entonces, para su asombro, Felix se echó a llorar y él intentó consolarlo rodeándolo con un brazo.

—Felix —dijo fingiendo que era Willem, que habría sabido exactamente qué hacer y qué decir sin pensar siquiera en ello—. Todo se arreglará. Te lo prometo, todo se arreglará. —Pero Felix no hizo sino llorar con más fuerza.

—No tengo amigos —dijo entre sollozos.

—Oh, Felix. Lo siento —respondió él, y su compasión, que hasta entonces había sido distante, se hizo más nítida.

En ese momento percibió con claridad la soledad de Felix; la soledad de un sábado junto un abogado tullido de casi treinta años que estaba allí solo por dinero y que esa noche se reuniría con sus amigos, a los que quería y que lo querían, y lo dejaría solo con una madre —la tercera mujer del señor Baker— que casi nunca estaba en casa y con un padre convencido de que el chico tenía algún problema, algo que había que arreglar. Más tarde, al regresar a casa andando (si hacía buen tiempo, rechazaba el coche del señor Baker y volvía caminando), se asombró de lo injusto de la situación: Felix, que por definición era un chico mejor de lo que él había sido, y que sin embargo no tenía amigos, y él, que no era nadie pero los tenía. «Felix, ya verás cómo con el tiempo tendrás amigos», le dijo. «Pero ¿cuándo?», gimió Felix, con tanto anhelo que él hizo una mueca. «Pronto, te lo prometo», le aseguró dándole unas palmaditas en la espalda delgada. Y Felix asintió, aunque cuando más tarde lo acompañó a la puerta con su pequeño rostro de lagartija aún más reptiliano por las lágrimas, él tuvo la clara impresión de que el chico sabía que mentía. ¿Cómo iba a

saber él si Felix haría amigos algún día? La amistad, el compañerismo, a menudo desafiaban la lógica eludiendo a quienes lo merecían y asentándose en los bichos raros, los malos, los peculiares
y los dañados. Dijo adiós a la pequeña espalda de Felix, que ya se
estaba retirando por la puerta, y aunque nunca se lo habría confesado, intuyó que esa era la razón de la languidez del chico: porque
ya lo había comprendido hacía mucho; porque ya lo sabía.

Él sabía francés y alemán. Sabía la tabla de los elementos. Sabía
casi de memoria, aunque poco le importaba, extensos fragmentos
de la Biblia. Sabía cómo ayudar en el parto de un ternero, cambiar
el cable de una lámpara, desatascar un desagüe, recoger nueces de
un nogal del modo más eficiente, distinguir las setas venenosas
de las que no lo son, embalar heno y golpear una sandía, un cala-
bacín o un melón en el lugar adecuado para saber si está fresco.
Y luego sabía cosas que no quería, cosas que esperaba no tener que
utilizar nunca, cosas que, cuando pensaba o soñaba con ellas por
la noche, hacían que se encogiera de odio o de vergüenza.

Y, sin embargo, a menudo parecía que no supiera nada que
fuera realmente útil. Los idiomas y las matemáticas, todavía, pero
a diario le recordaban lo mucho que no sabía. Nunca había oído
hablar de las series cómicas cuyos episodios se comentaban a todas horas. Jamás había pisado un cine. Nunca había ido de vacaciones. Nunca había estado en un campamento de verano. Jamás
había probado la pizza, ni palomitas de maíz ni macarrones con
queso (y, desde luego, nunca había saboreado —a diferencia de
Malcolm y de JB— el fuagrás, el *sushi* o el tuétano). Nunca había
tenido un ordenador ni un móvil, y casi nunca le habían permitido navegar por internet. Se daba cuenta de que jamás había teni-

do nada que en realidad le perteneciera; los libros de los que se había sentido orgulloso, o las camisas que había zurcido y vuelto a zurcir, no eran nada, no tenían ningún valor, y el orgullo que sentía por ellos era más vergonzante que no tener nada en absoluto. El aula era el lugar más seguro, el único en el que tenía plena confianza en sí mismo; en todos los demás sitios se producía una incesante avalancha de maravillas, cada una más desconcertante que la anterior, que le recordaban su profunda ignorancia. Se sorprendía confeccionando mentalmente listas de todas las cosas nuevas que había descubierto. Pero no podía preguntar a nadie por las respuestas. Eso equivaldría a admitir su profunda peculiaridad, lo que daría pie a más preguntas y lo dejaría expuesto, y sin duda conduciría a conversaciones para las que no estaba preparado. A menudo se sentía no tanto extranjero —porque hasta los alumnos extranjeros (como Odval, de un pueblo de las afueras de Ulan Bator) parecían comprender esas referencias— sino de una época completamente distinta; su niñez podría haber transcurrido en el siglo XIX, por todo lo que se había perdido, y por lo meramente decorativo que parecía ser todo lo que sabía. ¿Cómo era posible que a simple vista sus compañeros, tanto si habían nacido en Lagos como en Los Ángeles, hubieran tenido más o menos las mismas experiencias, los mismos referentes culturales? Tenía que haber alguien que supiera tan poco como él. ¿Cómo, si no, se pondría al día?

Por las noches, cuando un grupo de compañeros de clase se tumbaba en el cuarto de uno de ellos (con una vela encendida y un porro), la conversación a menudo giraba en torno a la niñez, que apenas habían dejado atrás pero que ya era motivo de nostalgia. Se contaban hasta el último detalle, aunque él nunca esta-

ba seguro de si el propósito era compararlas en busca de simili-
tudes o jactarse de sus diferencias, pues parecían hallar el mismo
placer en ambas cosas. Hablaban de toques de queda, rebeliones,
castigos (algunos habían recibido palizas de sus padres y contaban las historias con algo semejante al orgullo, lo que a él le
chocaba), animales de compañía y hermanos, de la ropa que enfurecía a sus padres, con qué pandillas se habían juntado en el
instituto, con quién habían perdido la virginidad, dónde y
cómo, y los coches que habían estrellado y los huesos que se habían roto, los deportes que habían practicado y las bandas de
música que habían montado. Hablaban de vacaciones familiares
desastrosas, de extraños y variopintos parientes, de los estrafala-
rios vecinos de al lado y de profesores tan queridos como aborre-
cidos. Él disfrutaba de esas revelaciones más de lo que esperaba,
y le parecía relajante y educativo escucharlos hasta bien entrada
la noche. Su silencio era tanto una necesidad como una protección, y tenía la ventaja añadida de rodearlo de un aura de misterio que lo hacía más interesante de lo que creía ser. «¿Y tú qué,
Jude?», le habían preguntado unos cuantos al comienzo del trimestre, pero él sabía entonces lo suficiente —aprendía rápido—
para encogerse de hombros y con una sonrisa contestaba: «Es
demasiado aburrido para contarlo». Le asombraba y al mismo
tiempo lo aliviaba la facilidad con que aceptaban esa respuesta, y
agradecía lo absortos que estaban en sí mismos. De todos modos, a ninguno de ellos le interesaba la historia de los demás;
solo querían contar la suya.

Sin embargo, su silencio no pasó inadvertido a todos, y fue
precisamente ese silencio lo que inspiró su mote. Sucedió el año
que Malcolm descubrió el posmodernismo: JB se metió tanto con

él por no saber de qué iba el tema que Jude no admitió que él tampoco había oído hablar de eso.

—No puedes decidir así sin más que eres posnegro, Malcolm. Si quieres ir más allá de la condición de negro tienes que empezar siendo negro.

—Eres imbécil, JB —replicó Malcolm.

—O estar tan fuera de toda categorización —continuó JB— que los términos identitarios modernos no se te puedan aplicar. —Se volvió entonces hacia Jude y notó que este era presa de un terror momentáneo—. Como es el caso de Jude. Nunca lo vemos con nadie, no tenemos ni idea de qué raza es, no sabemos nada de él. Postsexual, posracial, postidentidad, pospasado. —Le sonrió, supuestamente para darle a entender que hablaba medio en broma—. El posthombre. Jude el Posthombre.

—El Posthombre —repitió Malcolm, quien no tenía escrúpulos en aferrarse a la incomodidad de otro con tal de desviar la atención de sí mismo.

Y aunque el apodo no prosperó (cuando Willem regresó a la habitación y lo oyó, se limitó a poner los ojos en blanco, lo que pareció eliminar en parte la euforia de JB), sirvió para recordarle a Jude que, por mucho que se hubiera convencido a sí mismo de que estaba integrado, por más que se había esforzado en ocultar las aristas, no engañaba a nadie. Sabían que él era extraño, y su estupidez radicaba en haberse convencido a sí mismo de que había logrado convencer a los demás de que no lo era. Aun así, siguió saliendo con amigos hasta bien entrada la noche y juntándose con sus compañeros de clase en sus habitaciones; si bien se sentía atraído por ellos, ahora sabía que corría riesgos al hacerlo. A veces, durante esas sesiones (había empezado a pensar en ellas como cursos intensivos para solventar sus carencias culturales) sorprendía a Willem observándolo con una expresión indescifrable, y se preguntaba cuánto había adivinado ya acerca de él. En ocasiones tenía que contenerse y no contarle algo. Tal vez se equivocaba. Tal vez sería agradable confesar a alguien que a menudo apenas podía identificarse con aquello, que no era capaz de participar en el lenguaje compartido de reveses y frustraciones de la niñez. Pero luego se frenaba, porque admitirlo significaba tener que explicar el lenguaje que él hablaba.

Sin embargo, sabía que si tuviera que contárselo a alguien sería a Willem. Aunque admiraba a sus tres compañeros de habitación, era en Willem en quien confiaba. En el hogar había aprendido con rapidez que había tres tipos de chicos: el primero podía provocar la pelea (ese era JB); el segundo no participaba en ella pero tampoco corría a echar una mano (ese era Malcolm) y el tercero intentaba ayudar de verdad (ese era el menos común y saltaba a la vista que era Willem). Tal vez ocurría lo mismo con las chicas, pero Jude no había pasado suficiente tiempo con ellas para saberlo con certeza.

Y cada vez estaba más seguro de que Willem sabía algo. («Pero ¿qué?», se preguntaba en momentos de más cordura. «Solo estás buscando un pretexto para decírselo, ¿y qué pensará entonces de ti? Sé listo y no digas nada. Aguanta.») Por supuesto, eso era ilógico. Incluso antes de ir a la universidad sabía que su niñez había sido atípica —bastaba con leer unos cuantos libros para llegar a esa conclusión—, pero hasta hacía muy poco no había tomado conciencia de lo atípica que en realidad era. Su verdadera peculiaridad lo aislaba tanto como lo protegía, pues era casi inconcebible que alguien adivinara su forma y sus detalles; si lo hacían era porque él dejaba caer pistas como boñigas de vaca, tan grandes y desagradables que era imposible pasarlas por alto.

Una noche se quedaron los cuatro solos. Estaban a comienzos de su tercer curso, y la sensación de intimidad era bastante nueva para ellos, lo que les ponía un tanto sentimentales acerca de la pandilla que habían formado. No obstante, eran una pandilla, y, para su sorpresa, él formaba parte de ella; el edificio donde vivían se llamaba Hood Hall, y eran conocidos en el campus como «los chicos del Hood». Todos tenían otros amigos (sobre todo JB y Willem), pero se sabía (o al menos se sobrentendía, lo que estaba igual de bien) que se debían unos a otros las primeras lealtades. Si bien nadie hablaba de eso de manera explícita, les gustaba que se sobrentendiera ese código de amistad que les había sido impuesto.

Esa noche comieron una pizza que JB pidió y Malcolm pagó, y corrió la marihuana que JB había conseguido; fuera llovía y luego granizó, y el sonido del repiqueteo en el cristal y del viento contra los batientes de madera astillada de las ventanas fueron los últimos componentes de su felicidad. El porro pasó de mano en mano, y aunque Jude no dio ninguna calada —nunca lo hacía; le preocupaba demasiado lo que podía hacer o decir si perdía el control—, notó que el humo le llenaba los ojos y le presionaba los párpados como una bestia caliente y desgreñada. Había tenido cuidado de comer lo menos posible, como hacía siempre cuando otros pagaban la comida, y aunque todavía tenía hambre (sobraban dos porciones, y se quedó mirándolas fijamente antes de volverse con determinación) también se sentía muy satisfecho. Podría caer dormido en el sofá, pensó, agarrado a la manta de Malcolm. Se sentía agradablemente cansado; claro que en los últimos tiempos siempre lo estaba: era como si el esfuerzo diario que le exigía parecer normal fuera tan grande que le dejara energía para poco más. (A veces era consciente de parecer acartonado, hostil o aburrido, lo que allí se habría considerado una desgracia mayor que ser lo que era, fuera lo que fuese.) De fondo, como a una gran distancia, oía a Malcolm y JB discutir sobre el mal.

—Solo estoy diciendo que no estaríamos discutiendo sobre esto si leyeras a Platón.

—Sí, pero ¿qué Platón?

—¿Has leído a Platón?

—No veo que...

—¿Lo has leído?

—No, pero...

—¡¿Lo ves?! —Ese era Malcolm, dando brincos y señalando a JB mientras Willem se reía. Con la hierba Malcolm se volvía más tonto y pedante, y a los tres les gustaba mantener con él discusiones filosóficas bobas y pedantes cuyo contenido Malcolm nunca lograba recordar a la mañana siguiente.

Luego hubo un paréntesis en el que Willem y JB hablaron de algo —Jude estaba demasiado soñoliento para escuchar, y apenas lo bastante despierto para distinguir las voces—, y la de JB se elevó a través del ambiente viciado.

—¡Jude!

—¿Qué? —respondió él, con los ojos todavía cerrados.

—Quiero hacerte una pregunta.

Al instante notó que algo en su interior se ponía alerta. Cuando JB se colocaba, tenía la extraña habilidad de hacer preguntas y comentarios que destrozaban en la misma medida que desconcertaban. No creía que hubiera malicia en ello, pero hacía que te cuestionaras qué pasaba contigo. ¿Cuál era el verdadero JB, el que le había preguntado a su compañera Tricia Park cómo era crecer siendo la gemela fea (la pobre Tricia se había levantado y salido como un huracán de la habitación), o el que, después de verlo a él en medio de un terrible ataque de dolor, en el que había notado cómo perdía y recobraba el conocimiento, una sensación tan desagradable como caer por una montaña rusa en mitad de la pendiente, se había escabullido con su novio también colocado y regresado justo antes del amanecer con un manojo de ramas de magnolio florecidas, ilícitamente arrancadas de los árboles del parque?

—¿Qué? —contestó él de nuevo, con cautela.

—Verás —dijo JB, y dio otra calada—, hace mucho que nos conocemos...

—¿Ah, sí? —preguntó Willem con fingida sorpresa.

—Calla, Willem —continuó JB—. Y queremos saber por qué nunca nos has contado lo que te pasó en las piernas.

—Vamos, JB, aquí nadie... —empezó a decir Willem.

Pero Malcolm, que tenía la costumbre de tomar partido por JB a voz en grito cuando se colocaba, lo interrumpió.

—Eso hiere nuestros sentimientos, Jude. ¿No confías en nosotros?

—Por Dios, Malcolm —soltó Willem, e imitando a Malcolm con un estridente falsete, añadió—: Hiere nuestros sentimientos. Hablas como una chica. Eso es asunto de Jude.

Y fue peor que Willem, siempre Willem, saliera en su defensa. ¡Contra Malcolm y JB! En ese momento Jude los odió a todos, aunque era evidente que no estaba en situación de odiarlos. Eran sus amigos, sus primeros amigos, y comprendía que la amistad era un toma y daca: de afectos, de tiempo, a veces de dinero, siempre de información. Y él no tenía dinero. No tenía nada que darles, nada que ofrecer. No podía prestar a Willem un jersey cuando él sí se los prestaba, ni devolver a Malcolm los cien dólares que le había dejado una vez, ni ayudar siquiera a JB en su mudanza como él lo había ayudado en la suya.

—Bueno, no es muy interesante —empezó a decir, consciente del silencio atento de todos, incluso del de Willem. Mantuvo los ojos cerrados porque era más fácil contar la historia sin mirarlos y también porque sencillamente no creía que pudiera aguantarlo—. Una lesión en un coche. Tenía quince años. Fue un año antes de que viniera aquí.

—Oh —dijo JB.

Se hizo un silencio; Jude notó que algo se desinflaba en la habitación, que su revelación volvía a sumirlos a todos en una especie de sobriedad hosca.

—Lo siento, hermano. Vaya mierda.

—¿Antes podías andar? —le preguntó Malcolm, como si hubiera dejado de hacerlo. Al oírlo Jude se entristeció y se avergonzó; al parecer lo que para él era andar no lo era para ellos.

—Sí —respondió, y a continuación, porque era cierto, aunque no en el sentido en que ellos lo interpretarían, añadió—: Solía correr campo a través.

—Oh —dijo Malcolm.

JB emitió un gruñido compasivo.

Jude se fijó en que solo Willem callaba, pero no se atrevió a abrir los ojos para mirar su expresión.

Corrió la voz, como él sabía que sucedería. (Tal vez sus compañeros se habían preguntado qué le había pasado a sus piernas. Más tarde Tricia Park se acercó a él y le confesó que siempre había creído que tenía parálisis cerebral. ¿Qué se suponía que tenía que responderle?) Sin embargo, al contarse y volver a ser contada, la explicación de algún modo se transformó en un accidente de coche y luego en un accidente por conducir borracho.

«Las explicaciones más fáciles son a menudo las correctas», le decía siempre su profesor de matemáticas, el doctor Li. Quizá aquí se aplicaba el mismo principio. Solo que él sabía que no era cierto. No había nada tan reduccionista como las matemáticas.

Lo extraño fue que al convertirse su explicación en un accidente de coche se le brindaba la oportunidad de reinventarse: todo lo que tenía que hacer era apropiársela. Sin embargo, nunca fue capaz de hacerlo. Nunca pudo llamarlo accidente porque no lo fue. ¿Era orgullo o estupidez lo que le impedía tomar el atajo que se le ofrecía? No lo sabía.

Entonces notó algo más. Estaba en mitad de un nuevo ataque —un ataque muy humillante, que se produjo justo al final de su turno en la biblioteca; Willem acababa de llegar para reemplazarlo— cuando oyó preguntar a la bibliotecaria, una mujer muy culta y amable que le caía muy bien, por qué le ocurría eso. Entre la señora Eakeley y Willem lo llevaron a la sala de descanso del fondo, donde olía intensamente a azúcar quemado de viejos cafés, un aroma que le desagradaba, tan penetrante y ofensivo que casi vomitó. «Una lesión en un coche», oyó que Willem respondía como desde la otra orilla de un gran lago oscuro. Pero hasta esa noche no asimiló la respuesta de Willem, el término que había utilizado: «lesión», no «accidente». Se preguntó si había sido deliberado. ¿Qué sabía Willem? Jude se sentía tan confundido que de haberlo tenido cerca tal vez se lo habría preguntado, pero estaba en casa de su novia.

Se dio cuenta de que no había nadie. Tenía toda la habitación para él. Dejó que la criatura de su interior —que se imaginaba menuda, desgreñada y semejante a un lémur, rápida de reflejos y lista para saltar, oteando siempre el paisaje con sus ojos húmedos y oscuros en busca de futuros peligros— se relajara y cayera al suelo. En esos momentos era cuando le parecía más agradable la universidad: se encontraba en una habitación bien caldeada, al día siguiente tendría tres comidas y podría engullir todo lo que quisiera, entre una y otra asistiría a clase y nadie intentaría dañarlo ni lo obligaría a hacer nada que no quisiera. Sus compañeros de habitación —sus amigos— no andaban lejos, y él había sobrevivido otro día sin divulgar ninguno de sus secretos, había interpuesto un día más entre quien fue y quien era ahora. Este era un logro que merecía celebrarse durmiendo, y así lo hizo: cerró los ojos y se preparó para disfrutar de otro día en el mundo.

Ana, su primera y única asistenta social y la primera persona que no lo había traicionado, le planteó con seriedad la posibilidad de que fuera a la universidad —la universidad a la que acabó yendo— y lo convenció de que lo admitirían. No era la primera que se lo sugería, pero resultó ser la más insistente.

—No veo por qué no. —Era una de sus frases favoritas.

Estaban sentados en el patio trasero de su casa, comiendo el bizcocho de plátano que había hecho la amiga de Ana. A ella no le llamaba la atención la naturaleza (demasiados bichos, demasiadas criaturas que se retorcían, se quejaba siempre), pero en cuanto él le sugirió que salieran —con poca convicción, porque en ese momento no estaba seguro de dónde estaban los límites de la tolerancia de ella hacia él—, ella dio una palmada a los brazos del sillón y se levantó.

—No veo por qué no. ¡Leslie! —gritó hacia la cocina, donde su amiga preparaba una limonada—. ¡Llévala fuera!

El primer rostro que Jude vio cuando por fin abrió los ojos en el hospital fue el de ella. Durante largo rato no pudo recordar dónde estaba, ni quién era, ni qué había ocurrido, y de pronto percibió el rostro de la chica encima de él, mirándolo. «Vaya, vaya. Ya despierta.»

Parecía que Ana estaba allí cada vez que se despertaba, fuera la hora que fuese. A veces era de día, y en los confusos momentos antes de recobrar de pleno la conciencia él oía los ruidos del hospital: los crujidos de roedor del calzado de las enfermeras, el traqueteo de un carrito, el zumbido de los anuncios del interfono. Pero otras veces era en mitad de la noche, cuando todo estaba en silencio; entonces tardaba más en desentrañar dónde estaba y por qué se encontraba allí, aunque al final siempre lo recordaba y, a diferencia de lo que sucedía en otras situaciones, la experiencia sufrida no se volvía más difusa ni resultaba más llevadera con el tiempo. A veces no era ni de día ni de noche sino un momento intermedio, y la luz tenía una cualidad extraña y polvorienta, y por un instante imaginaba que podía existir algo como el paraíso, y que él quizá finalmente había logrado llegar a él. Entonces oía la voz de Ana y recordaba de nuevo por qué estaba allí, y solo quería volver a cerrar los ojos.

En aquellos momentos no hablaban de nada. Ana le preguntaba si tenía hambre, y con independencia de lo que él contestara le llevaba un sándwich. Le preguntaba si le dolía algo, y en caso de que así fuera, con qué intensidad. Delante de ella Jude tuvo el primero de sus ataques; el dolor fue tan espantoso —casi insoportable, como si alguien le agarrara la columna vertebral tomándola por una serpiente e intentara desprenderla a sacudidas de los manojos de nervios— que cuando más tarde el cirujano le dijo que un herida así era un «agravio» para el cuerpo del que este nunca se recobraba del todo, él comprendió lo apropiada que era la palabra y lo bien escogida que estaba.

—¿Quiere decir que sufrirá esto toda su vida? —le preguntó Ana, y Jude agradeció su indignación, sobre todo porque estaba demasiado cansado y asustado para expresar la suya.

—Ojalá pudiera responder que no —respondió el médico. Y a continuación, volviéndose hacia él—: Pero tal vez los ataques no sean tan severos en el futuro. Ahora eres joven, y la columna vertebral tiene cualidades maravillosamente reparadoras.

«Jude —le dijo ella la siguiente vez que tuvo un ataque, dos días después del primero. Él oía la voz como desde una gran distancia y acto seguido desagradablemente cerca, llenándole la mente como si se tratara de explosiones—. Agárrame la mano.» Y de nuevo la voz se elevó y retrocedió. Pero le cogió la mano y él la asió con tanta fuerza que advirtió cómo el índice se le deslizaba de un modo extraño sobre el anular, y casi notó cómo se le recolocaba cada pequeño hueso de la palma; por su gesto a él le pareció que era delicada, aunque no había nada delicado en su aspecto ni en su actitud. «Cuenta», le ordenó ella la tercera vez que ocurrió, y él contó hasta cien una y otra vez, descomponiendo el dolor en segmentos llevaderos. En aquella época, antes de averiguar que lo mejor era permanecer inmóvil, Jude se dejaba caer en la cama como un pez en la cubierta de un barco, y con la mano libre buscaba un cabo al que asirse sobre el colchón del hospital, rígido e indiferente, intentado encontrar una postura que le aliviara el malestar. Aunque procuraba guardar silencio, se oía a sí mismo emitiendo extraños sonidos animales, de modo que a veces aparecía un bosque bajo sus párpados, poblado de búhos, ciervos y osos, y se imaginaba que era uno de ellos, y que los sonidos que emitía eran normales, formaban parte de la incesante banda sonora de los bosques.

Cuando terminaba, ella le daba agua en un vaso con una pajita para que no tuviera que levantar la cabeza. Debajo de él, el suelo se inclinaba y se combaba, y a menudo Jude se mareaba. Nunca había estado en el mar, pero suponía que eso era lo que se sentía e imaginaba que el oleaje convertía el suelo de linóleo en montículos oscilantes. «Así se hace —le decía ella mientras bebía—. Un poco más.»

«Pronto mejorarás», decía ella, y él asentía, porque ni siquiera podía imaginar la vida si no mejoraba. Sus días entonces eran horas: horas sin dolor y horas con dolor, y lo imprevisible de ese horario —y de su cuerpo, que solo le pertenecía de nombre, pues no podía controlarlo— lo dejaba tan exhausto que dormía sin orden ni concierto, y los días se le escabullían sin vivirlos.

Tiempo después resultaría más fácil contar que lo que le dolía eran las piernas, aunque en realidad no era cierto: era la espalda. A veces podía predecir lo que provocaría el espasmo, ese dolor que se extendería por la columna vertebral hasta una pierna y luego la otra, como si le arrojaran una estaca en llamas; un movimiento determinado, como levantar algo demasiado pesado o demasiado alto, o el simple cansancio. Pero a veces no podía predecirlo. Y en ocasiones el dolor llegaba precedido de un período de aturdimiento, o de una punzada que era casi agradable, ligera y estimulante, una sensación de hormigueo eléctrico que se desplazaba arriba y abajo de la columna vertebral, y él sabía que debía tumbarse y esperar a que terminara el ciclo, un castigo del que nunca lograba librarse ni escapar. Sin embargo, otras veces irrumpía, y esas eran las peores; cada vez le aterraba más que llegara en algún momento inoportuno, y antes de cada gran reunión, de cada gran entrevista o de cada comparecencia ante el tribunal, le rogaba a su espalda que estuviera tranquila, que lo sostuviera sin incidentes durante las horas siguientes. Pero eso estaba en el futuro, y aprendió cada una de las lecciones a base de horas y horas de ataques que se extendieron durante días, meses y años.

A lo largo de las semanas ella le llevó libros y se ofreció a ir a buscar a la biblioteca los títulos que le interesaban si se los anotaba en un papel; pero él era demasiado tímido para hacerlo. Sabía que era su asistenta social y que se la habían asignado. Ana no le preguntó sobre lo ocurrido hasta que transcurrió más de un mes y los médicos empezaron a hablar de retirarle la escayola.

—No lo recuerdo —respondió él. Esa era entonces su respuesta para todo, a falta de otra mejor. También era mentira; cuando menos se lo esperaba veía los faros del coche, dos resplandores blancos avanzando hacia él, y recordaba que había cerrado los ojos y vuelto la cabeza, como si con ello pudiera prevenir lo inevitable.

Ella esperó.

—De acuerdo, Jude. Sabemos más o menos qué te pasó. Pero necesito que tú me lo cuentes en algún momento, que podamos hablar de ello.

Ana lo había entrevistado antes, ¿lo recordaba? Al parecer, poco después de que saliera de la primera intervención había despertado lúcido y respondió a todas sus preguntas, no solo sobre lo ocurrido esa noche sino en los años anteriores; si bien él no recordaba nada de eso, le aterraba pensar qué había dicho con exactitud y qué cara había puesto Ana al oírlo.

¿Cuánto le había contado?, le preguntó en un momento dado. «Lo suficiente para convencerme de que existe un infierno —respondió ella— y que a esos hombres les toca estar en él.» Ella no parecía enfadada pero sus palabras sonaron furiosas y él cerró los ojos, impresionado y un poco asustado al saber que lo que le había sucedido a él —¡a él!— podía suscitar tanta pasión y odio.

Ana supervisó el traslado de Jude a su nuevo y último hogar, el de los Douglass. Habían acogido a otras dos niñas, las dos menores que él: Rosie, de ocho y con síndrome de Down, y Agnes de nueve y con la espina vertebral bífida. La casa era un laberinto de rampas nada bonitas pero firmes y uniformes, y, a diferencia de Agnes él podía desplazarse por ella en la silla de ruedas sin pedir ayuda.

Aunque los Douglass eran luteranos evangélicos, no lo obligaban a ir a la iglesia con ellos.

—Son buena gente —le dijo Ana—. No te molestarán, aquí estarás seguro. ¿Crees que podrás tener buenos modales en la mesa a cambio de un poco de privacidad y seguridad garantizada? —Lo miró y sonrió. Él hizo un gesto de asentimiento—. Además, siempre puedes llamarme si quieres hablar de cosas duras.

De hecho, Ana se ocupaba de él más que los Douglass. Jude dormía en su casa y comía con ellos, y cuando empezó a moverse con muletas, el señor Douglass se sentaba en una silla a la puerta del cuarto de baño, listo para entrar si se resbalaba y caía al entrar o salir de la bañera (Jude todavía no era capaz de mantener lo suficiente el equilibrio para ducharse, ni siquiera con el andador). Pero Ana era quien lo acompañaba casi siempre al médico, quien esperó al final del patio trasero con un cigarrillo en los labios cuando él dio los primeros pasos, quien consiguió que pusiera por escrito por fin lo ocurrido con el doctor Traylor y quien impidió que tuviera que testificar ante los tribunales. Si bien él había asegurado que podía hacerlo, ella insistió en que todavía no estaba preparado y que tenían pruebas de sobra para encerrar al doctor Traylor durante años sin necesidad de que él declarara; al oírselo decir, él admitió lo aliviado que se sentía por no tener que pronunciar en alto palabras que no sabía pronunciar, pero, sobre todo, por no tener que volver a ver al doctor Traylor. Tras entregar por fin su declaración a Ana —que había escrito con la mayor franqueza posible, imaginando que escribía sobre otra persona, un conocido con quien no tendría que volver a hablar—, ella la leyó impasible y asintió.

—Buen trabajo —dijo enseguida, y dobló de nuevo el papel y lo metió en el sobre.

De pronto se echó a llorar compulsivamente, incapaz de contenerse. Intentaba decirle algo, pero lloraba tanto que no se le entendía; al final se marchó, aunque lo llamó más tarde esa noche para disculparse.

—Lo siento, Jude. He sido muy poco profesional. Es que he leído lo que has escrito y... —Guardó silencio unos instantes y tomó aire—. No volverá a ocurrir.

Fue Ana quien, después de que los médicos determinaran que no estaba lo bastante fuerte para ir al instituto, le buscó un profesor particular para que acabara la secundaria, y quien lo animó a plantearse la universidad.

—Eres muy inteligente, ¿sabes? Podrías hacer lo que te propusieras. He hablado con uno de tus profesores de Montana y opina lo mismo. ¿Lo has pensado? ¿Sí? ¿Y adónde te gustaría ir? —Y cuando él se lo dijo, contando con que se echara a reír, ella asintió y respondió—: No veo por qué no.

—Pero... —empezó a decir él— ¿crees que admitirían a alguien como yo?

Tampoco esta vez ella se rió.

—Es cierto que no has tenido la educación más... convencional. —Le sonrió—. Pero los resultados de tus pruebas son muy buenos, y aunque quizá no lo creas, te prometo que sabes más que la mayoría de los chicos de tu edad, por no decir todos. —Suspiró—. Puede que tengas algo que agradecer al hermano Luke, bien mirado. —Le escudriñó le rostro—. Así que no veo por qué no.

Ella lo ayudó con los trámites; escribió una de las cartas de recomendación, dejó que utilizara su ordenador para escribir el ensayo (no escribió sobre el año anterior sino sobre Montana y cómo había aprendido a buscar brotes de mostaza y setas allí e incluso pagó la tasa de inscripción.

Cuando lo admitieron —con una beca completa, como había profetizado Ana—, él le dijo que se lo debía todo. «Tonterías», replicó Ana. A esas alturas estaba tan enferma que solo pudo susurrar: «Lo has hecho tú solo».

Más tarde él repasaría mentalmente los últimos meses y vería con toda claridad los síntomas de la enfermedad de Ana, y cómo, en su estupidez y egocentrismo, los había pasado por alto todos, uno tras otro: la pérdida de peso, los ojos amarillentos, la fatiga, que ella había atribuido a... ¿qué? «No deberías fumar», le había dicho él apenas dos meses atrás, sintiéndose lo bastante seguro en su compañía para empezar a dar consejos; era el primer adulto a quien se los daba. «Tienes razón», respondió ella, entrecerrando los ojos mientras daba una honda calada y sonriendo cuando él suspiró.

Ni siquiera entonces se rindió.

—Jude, tenemos que hablar de ello —le decía cada pocos días, y al negar él con la cabeza, ella se quedaba callada unos minutos antes de añadir—: Mañana entonces. Prométemelo. Mañana hablaremos de ello.

—No veo por qué tengo que hablar de ello —musitó él en una ocasión. Sabía que Ana había leído sus expedientes de Montana y estaba al corriente de lo que era.

Ella guardó silencio antes de responder.

—Si algo he aprendido es que hay que hablar de los episodios dolorosos mientras aún están frescos o nunca hablarás de ellos. Voy a enseñarte a verbalizarlo, porque cuanto más esperes, más difícil te resultará, y se intensificará en tu interior y siempre creerás que tú tuviste la culpa. Te equivocarás, pero siempre lo pensarás.

Él no supo cómo reaccionar, aunque al día siguiente, al volver ella a sacar el tema, Jude negó con la cabeza y le dio la espalda, aun cuando ella lo llamó. «Jude, he dejado pasar demasiado tiempo sin sacar el tema —le dijo una vez—. La culpa es mía.»

«Hazlo por mí, Jude», le dijo en otra ocasión. Sin embargo, él no podía; no conseguía encontrar las palabras para hablar de aquello, ni siquiera con ella. Además, no quería revivir aquellos años. Quería olvidarlos, fingir que pertenecían a otra persona.

En junio ella estaba tan débil que no podía estar sentada. Catorce meses después de haberse conocido era ella quien estaba en la cama y él quien se sentaba a su lado. Leslie trabajaba en el turno de día en el hospital, de modo que a menudo estaban solos en la casa.

—Escucha —le dijo ella. Tenía la garganta seca a causa de uno de los medicamentos, e hizo una mueca al hablar. Él le señaló la jarra de agua, pero ella la rechazó con un ademán impaciente—. Leslie te llevará de compras antes de que te vayas; le he hecho una lista de las cosas que necesitarás. —Él empezó a protestar, pero ella lo detuvo—. No discutas, Jude. No tengo energía. —Tragó saliva. Él esperó—. Te irá muy bien en la universidad. —Cerró los ojos—. Los otros chicos te preguntarán sobre tu niñez, ¿has pensado en ello?

—Algunas veces —respondió él, aunque era en lo único en que pensaba.

—Mmm —gruñó ella. Tampoco lo creía—. ¿Qué vas a decirles? —Luego abrió los ojos y lo miró.

—No lo sé —admitió él.

Se quedaron callados.

—Jude —empezó a decir Ana, pero se interrumpió—. Encontrarás la forma de hablar de lo que te ocurrió. Tendrás que hacerlo si quieres tener una relación estrecha con alguien algún día. No tienes nada de que avergonzarte, no importa lo que pienses, porque nada de lo que ocurrió fue culpa tuya. ¿Lo recordarás?

Era lo más cerca que habían estado nunca de hablar no solo del año anterior sino también de los que lo precedieron.

—Sí —respondió él.

Ella lo miró fijamente.

—Prométemelo.

—Te lo prometo.

Pero ni siquiera entonces él la creyó.

Ella suspiró.

—Debería haberte obligado a hablar más. —Fue lo último que le dijo.

Dos semanas más tarde —el 3 de julio— falleció. El funeral se celebró una semana después. A esas alturas él ya tenía un empleo de verano en una panadería del barrio —sentado en la trastienda esparcía fondant sobre pasteles—, y los días que siguieron al funeral se quedó hasta entrada la noche ante su mesa de trabajo cubriendo pastel tras pastel de glaseado rosa, intentando no pensar en ella.

A finales de julio los Douglass se mudaron. El señor Douglass había conseguido un nuevo empleo en San José y se llevaban a Agnes; a Rosie la asignaron a otra familia. A él le gustaban los Douglass, pero cuando le dijeron que se mantuviera en contacto con ellos supo que no lo haría; estaba desesperado por pasar página y dejar atrás la vida que había llevado; quería permanecer en el anonimato, no conocer a nadie y que nadie lo conociera.

Lo llevaron a un centro de acogida de emergencia, pues así era como llamaba el Estado a esos lugares. Él sostenía que era lo bastante mayor para que lo dejaran vivir por su cuenta (se imaginó que dormiría en la trastienda de la panadería), y que en menos de dos meses se iría de todos modos pues estaría fuera del sistema de protección social, pero no le hicieron caso. El centro de acogida era como un dormitorio colectivo, un panal gris habitado por otros chicos a los que el Estado tenía dificultades en colocar debido a lo que habían hecho, lo que les habían hecho o simplemente a la edad que tenían.

Cuando le llegó el momento de irse, le dieron algo de dinero para los materiales de estudio. Percibió que se sentían vagamente orgullosos de él; tal vez no había estado mucho tiempo en el sistema de protección social, pero iría a la universidad, y a una importante; en adelante se lo adjudicarían como uno de sus éxitos. Leslie lo llevó en coche a una tienda de material excedente del ejército. Mientras escogía lo que creía necesitar —dos jerséis, tres camisas de manga larga, pantalones, una manta gris que parecía el relleno viscoso que vomitaba el sofá del vestíbulo del centro de acogida—, se preguntó si era eso lo que había apuntado Ana en la lista. No podía dejar de pensar que había algo más, algo esencial que Ana había anotado que necesitaría y que él nunca sabría qué era. Por las noches suspiraba por esa lista, a veces incluso más que por ella; se la imaginaba escrita con las curiosas mayúsculas que ella insertaba en una misma palabra, junto con el lápiz de minas recargables que siempre utilizaba y los blocs de notas de papel amarillo de sus tiempos de abogada en los que anotaba cosas. A veces las letras se solidificaban formando palabras, y en el sueño él se sentía triunfal. «¡Ah, claro! —pensaba—. ¡Esto es lo que necesito! ¡Cómo no iba a saberlo Ana!» Sin embargo, a la mañana siguiente no recordaba qué eran esas cosas. En esos momentos deseaba perversamente no haberla conocido, pues era mejor no haber contado con ella que haberlo hecho durante tan poco tiempo.

Le dieron un billete de autobús para el norte y Leslie acudió a la estación para despedirse. Él había metido todas sus cosas en una bolsa de basura doble que había introducido a su vez en el macuto de la tienda de material militar. Todas sus pertenencias estaban en un único y pulcro paquete. Durante el trayecto en autobús miró por la ventanilla con la mente en blanco. Esperaba que la espalda no lo traicionara, y no lo hizo.

Fue el primero en llegar a la habitación, y cuando entró el segundo chico —Malcolm— con sus padres y sus maletas, libros, altavoces, televisor, teléfonos, ordenadores, nevera y flotillas de artilugios digitales, Jude experimentó la primera oleada de miedo escalofriante seguida de cólera dirigida irracionalmente contra Ana. ¿Cómo le había hecho creer que él podía estar preparado para eso? ¿Quién iba a decir que era? ¿Por qué ella no le había hecho ver lo fea y pobre que era su vida, como un trapo embarrado y sangriento? ¿Por qué le había hecho creer que su sitio podía estar allí?

Si bien con el transcurso de los meses esa sensación disminuyó, nunca desapareció del todo; era como una fina capa de verdín sobre su piel. No obstante, a medida que se reconciliaba con ello surgió otra idea más difícil de aceptar: empezó a comprender que Ana era la primera y la última persona a quien no había necesitado contarle nada. Ella sabía que él llevaba su vida grabada en la piel, que su biografía estaba escrita en su carne y sus huesos. Nunca le preguntaba por qué llevaba manga larga aun con el calor más sofocante, o por qué no le gustaba que lo tocaran, o, más importante, qué le había pasado en las piernas y la espalda; ella ya lo sabía. Con ella no había experimentado esa constante ansiedad, ese estado de alerta que parecía condenado a experimentar en compañía de los demás; aunque la vigilancia era agotadora, acabó convirtiéndose en parte de su vida, como el hábito de mantener una buena postura. En una ocasión en que ella había alargado el brazo (él se dio cuenta más tarde) para abrazarlo, él se puso de forma refleja las manos en la cabeza para protegerse, y a pesar de que él se avergonzó de su reacción, a ella no le pareció exagerada ni absurda. «Soy idiota, Jude —le dijo—. Perdóname. No haré más movimientos bruscos, te lo prometo.»

Pero ahora ella ya no estaba y nadie lo conocía. Su expediente estaba sellado. La primera Navidad que pasó allí Leslie le envió una felicitación a través del departamento de asuntos estudiantiles, y él la guardó durante años, su último vínculo con Ana, hasta que al final la tiró. Nunca contestó y no volvió a saber de Leslie. Era una nueva vida. Estaba resuelto a no destrozarla.

A veces todavía pensaba en las últimas conversaciones que había mantenido con ella, las articulaba en voz alta. Eso era por la noche, cuando sus compañeros de habitación —en distintas configuraciones, según quién estuviera en ese momento— dormían encima de él o a su lado. «No dejes que este silencio se convierta en un hábito», le había advertido Ana poco antes de morir. Y: «No hay nada malo en estar enfadado, Jude; no tienes por qué disimular». Siempre había pensado que Ana se había equivocado acerca de él; él no era lo que ella creía. «Estás destinado a ser grande», le había dicho una vez, y él quería creerla, pero no podía. Sin embargo, Ana tenía razón en algunas cosas. En efecto, cada vez resultaría más difícil hablar. Y se culparía a sí mismo de lo ocurrido. Y aunque cada día intentaría tener presente la promesa que le había hecho, cada vez se alejaría más, hasta que solo sería un recuerdo, al igual que ella, un querido personaje de un libro que había leído hacía tiempo.

«En el mundo hay dos clases de personas —solía decir el juez Sullivan—. Las que se sienten inclinadas a creer y las que no. En mi sala del juzgado valoramos la fe. La fe en todas las cosas.»

Hacía a menudo esa proclamación, y a continuación se levantaba soltando un gemido —estaba muy gordo— y salía con paso inseguro de la sala. Eso ocurría al final de la jornada —la de Sullivan, al menos—, cuando dejaba su despacho y se acercaba para hablar con sus ayudantes. Se sentaba en el borde de uno de sus escritorios y soltaba peroratas, a menudo opacas y con frecuentes pausas intercaladas, como si sus ayudantes no fueran abogados sino escribanos y se vieran obligados a anotar cada una de sus palabras. Pero ni siquiera Kerrigan, que era un verdadero creyente y el más conservador de los tres, lo hacía.

En cuanto el juez se marchaba, Jude sonreía desde el otro extremo de la habitación a Thomas, que alzaba la vista en un gesto de impotencia y disculpa. Thomas también era conservador, pero «un conservador pensante», como le gustaba recordarle, «y el hecho de que tenga que señalar la diferencia ya es deprimente», decía.

Thomas y él habían empezado a trabajar de ayudantes judiciales el mismo año, y cuando el informal comité de selección —en realidad Harold, su profesor de asociaciones empresariales, con quien el juez tenía una gran amistad— se puso en contacto con él en la primavera de su segundo curso en la facultad de derecho, fue Harold quien lo animó a solicitar la plaza. Sullivan tenía fama entre sus colegas magistrados del tribunal de contratar siempre a ayudantes cuyas opiniones políticas eran lo más alejadas posibles de las suyas. (Su último ayudante liberal se había ido a trabajar con una organización a favor de los derechos de soberanía en Hawai que defendía la secesión de las islas respecto de Estados Unidos, un paso profesional que había sumido al juez en un furioso arrebato de autosatisfacción.)

—Sullivan me odia —le dijo Harold entonces con tono satisfecho—. Te contratará aunque solo sea para fastidiarme. —Sonrió saboreando la perspectiva. Y añadió—: Y porque eres el alumno más brillante que he tenido nunca.

Jude bajó la mirada al suelo. Los elogios de Harold solían llegar a través de otros; raras veces los concedía directamente.

—No estoy seguro de ser lo bastante liberal para él —replicó. Sin duda no era lo bastante liberal para Harold, con quien siempre discutía sobre su forma de interpretar la ley y de aplicarla a la vida.

Harold resopló.

—Lo eres. Confía en mí.

Pero cuando acudió a Washington el año siguiente para la entrevista, Sullivan habló sobre la ley —y sobre filosofía política— con mucho menos énfasis y concreción de lo que cabía esperar.

—Tengo entendido que usted canta —señaló tras una hora de conversación sobre sus estudios (había estudiado en la misma facultad que el juez), su cargo de redactor en la revista jurídica de la facultad (el mismo que había ocupado el juez) y sus opiniones sobre casos recientes.

—Así es —respondió Jude, preguntándose cómo se había enterado. Cantar era un consuelo para él, pero rara vez lo hacía delante de alguien. ¿Había cantado en el despacho de Harold y lo había oído alguien? A veces también cantaba en la biblioteca de la facultad, al devolver los libros a los estantes ya entrada la noche, cuando reinaba un silencio monacal. ¿Lo había oído alguien?

—Cante algo para mí —le pidió el juez.

—¿Qué le gustaría oír, señor?

Se habría puesto mucho más nervioso si no le hubieran advertido de que el juez le pediría que actuara (corría la leyenda de que a un aspirante anterior le había pedido que hiciera malabarismos) y Sullivan tenía fama de ser un gran amante de la ópera.

El juez se llevó sus gruesos dedos a los gruesos labios mientras cavilaba.

—Mmmm. Cante algo que me dé información sobre usted.

Él reflexionó y empezó a cantar. Se sorprendió de haber escogido *Ich bin der Welt abhanden gekommen*, de Mahler, aunque en realidad no le gustaba mucho Mahler y era un *lied* lento, fúnebre y sutil, que no había sido compuesto para un tenor y era difícil de interpretar. Sin embargo, le gustaba el poema; su profesor de canto de la facultad lo había tachado de «romanticismo de pacotilla», pero él siempre había creído que la traducción era mediocre. Aunque la interpretación clásica del primer verso era «Estoy perdido para el mundo», él lo traducía como «He abandonado el mundo», que creía menos autocompasivo y melodramático y más resignado y ambiguo. «He abandonado el mundo / en el que tanto tiempo malgasté.» El *lied* trataba sobre la vida de un artista, lo que él estaba lejos de ser. No obstante, entendía de una forma casi instintiva el concepto de pérdida, de perder el contacto con el mundo y aparecer en un lugar diferente, en un lugar retirado y seguro, anhelante de huida y de descubrimientos. «Y muy poco me importa / que me den por muerto / apenas puedo decir nada en contra / pues realmente estoy muerto para el mundo.»

Cuando terminó, abrió los ojos y encontró al juez aplaudiendo y riendo.

—¡Bravo! ¡Bravo! Me parece que ha equivocado la profesión. —Se rió de nuevo—. ¿Dónde ha aprendido a cantar así?

—Los hermanos, señor.

—Ah, ¿es usted católico? —le preguntó el juez, irguiendo su grueso cuerpo en la silla, listo para disfrutar.

—Me eduqué en el catolicismo.

—Pero ya no es católico —le dijo el juez frunciendo el ceño.

—No. —Llevaba años esforzándose por arrancar el tono de disculpa de su voz al pronunciar esas palabras.

Sullivan emitió un gruñido.

—Bueno, no sé qué le enseñaron, pero seguro que le ha servido de protección contra todo lo que Harold Stein le ha metido en la cabeza en estos últimos años. —Miró el currículum—. ¿Ha trabajado para él como ayudante de investigación?

—Sí. Durante más de dos años.

—Un buen cerebro desperdiciado —declaró Sullivan (sin dejar claro si se refería al de Harold o a al suyo)—. Gracias por venir. Estaremos en contacto. Y gracias por el *lied*; tiene una de las voces de tenor más hermosas que he oído en mucho tiempo. ¿Está seguro de que ha escogido la profesión adecuada? —Al decir eso sonrió; fue la última vez que Jude lo vio sonreír con tanto placer y sinceridad.

De nuevo en Cambridge, le contó a Harold la entrevista («¿Sabes cantar?», le preguntó Harold, como si acabara de anunciar que podía volar) y añadió que estaba seguro de que no le darían la plaza. Una semana después Sullivan le llamó; el empleo era suyo. Él se sorprendió, pero Harold se limitó a decir: «Ya te lo dije».

Cuando al día siguiente acudió como siempre al despacho de Harold, lo encontró con el abrigo puesto.

—Hoy dejamos de lado el trabajo habitual —anunció—. Tendrás que acompañarme a hacer unos encargos. —Eso era algo inusitado, pero Harold también lo era. En la acera le tendió las llaves—. ¿Quieres conducir?

—Sí —respondió él, y se dirigió al lado del conductor. En ese coche había aprendido a conducir apenas un año antes; Harold, mucho más paciente fuera del aula que dentro de ella, se sentaba a su lado y le decía: «Suelta un poco más el embrague…, así. Bien, Jude, bien».

Harold tenía que recoger unas camisas que había mandado a arreglar, y fueron en coche a la tienda de ropa para hombres pequeña y cara situada en la plaza donde Willem había trabajado el último año de carrera.

—Entra conmigo —le pidió Harold—. Voy a necesitar tu ayuda.

—Santo cielo, Harold, ¿cuántas camisas has comprado?

Harold tenía un guardarropa muy poco variado, surtido de camisas azules, camisas blancas, pantalones de pana marrones (para el invierno), pantalones de hilo (para la primavera y el verano) y jerséis de distintos tonos verdes y azules.

—Calla.

Al entrar en la tienda, Harold fue en busca de un dependiente y él esperó deslizando los dedos por las corbatas que había en los expositores, enrolladas y brillantes como pastelitos. Aunque Malcolm le había regalado dos de sus viejos trajes de algodón, que él se había arreglado y había llevado a lo largo de sus dos veranos de prácticas, para la entrevista con Sullivan tuvo que pedirle prestado el traje a su compañero de habitación, y procuró moverse con cuidado, consciente de su amplitud y de la delicadeza de la lana.

—Es él —oyó decir a Harold por fin, y cuando se volvió lo acompañaba un hombrecillo con una cinta métrica alrededor del cuello como si fuera una serpiente—. Necesitará dos trajes, uno gris oscuro y otro azul marino, y una docena de camisas, unos cuantos jerséis, varias corbatas, calcetines y zapatos. No tiene nada. —Lo señaló con la cabeza y añadió—: Te presento a Marco. Volveré dentro de un par de horas.

—Espera, Harold. ¿Qué estás haciendo?

—Necesitarás algo que ponerte, Jude. No soy muy experto en esta materia, pero no puedes aparecer en el despacho de Sullivan con lo que llevas.

Él se avergonzó de su ropa, de su ineptitud y de la generosidad de Harold.

—Lo sé, Harold. Y no puedo aceptarlo. —Habría continuado, pero Harold se plantó entre Marco y él.

—Jude, acéptalo. Te lo has ganado. Además, lo necesitas. No voy a permitir que me humilles delante de Sullivan. Ya está pagado y aquí no devuelven el dinero. ¿De acuerdo, Marco?

—De acuerdo —respondió Marco de inmediato.

—Déjalo, Jude —le dijo Harold al ver que estaba a punto de replicar algo—. Tengo que irme. —Y se fue sin mirar atrás.

De modo que se encontró de pie ante el espejo de triple hoja, donde veía reflejada la imagen de Marco a la altura de sus tobillos, y cuando este le levantó la pierna para medirle la pernera, se encogió de manera instintiva.

—Tranquilo, tranquilo —le dijo Marco, como si fuera un caballo nervioso, y le dio unas palmaditas en el muslo, como haría con un caballo. Y al recibir otra patada involuntaria mientras le tomaba medidas de la otra pierna, soltó—: ¡Eh, que tengo alfileres en la boca!

—Lo siento —se disculpó él, y se quedó muy quieto.

Cuando Marco terminó, Jude se miró en el espejo con su traje nuevo: le brindaba una sensación de anonimato y protección que le gustaba. Aunque le rozaran sin querer la espalda, llevaba suficientes capas para que no se palpara el relieve de las cicatrices. Todo estaba cubierto y oculto. Si se quedaba quieto podía ser alguien anónimo e invisible.

—Tal vez media pulgada más —dijo Marco, pellizcándole la parte posterior de la americana alrededor de la cintura. Le quitó unos hilos de la manga de un tirón y añadió—: Ahora solo necesita un buen corte de pelo.

Encontró a Harold esperándolo en la zona de las corbatas, leyendo una revista.

—¿Ya estás listo? —le preguntó, como si toda la expedición hubiera sido ocurrencia suya y él solo le hubiera consentido un capricho.

Durante la cena temprana Jude intentó darle de nuevo las gracias, pero Harold lo interrumpía cada vez con creciente impaciencia.

—¿Nunca te han dicho que a veces hay que aceptar regalos, Jude? —le preguntó por fin.

—Dijiste que jamás debíamos limitarnos a aceptar algo —le recordó él.

—Eso es en el aula y en la sala del juzgado —replicó él—. No en la vida real. Verás, Jude, a veces a las buenas personas les suceden cosas buenas. No tienes que preocuparte, no ocurren con tanta frecuencia como debieran. Pero cuando ocurre, está en sus manos dar las gracias y seguir adelante, y tal vez considerar que quien hace una buena acción también disfruta con ello y no tiene ganas de oír las razones por las que la persona para quien lo ha hecho no cree merecerlo ni ser digno de ello. Jude se calló, y después de cenar dejó que Harold lo condujera de vuelta a su piso de Hereford Street.

—Además —continuó Harold mientras se bajaba del coche—, te quedaba de maravilla. Eres un joven muy atractivo; espero que alguien te lo haya dicho alguna vez. —Y antes de que él pudiera protestar, añadió—: Aceptación, Jude.

De modo que se tragó lo que iba a decir.

—Gracias, Harold. Por todo.

—De nada, Jude —respondió Harold—. Hasta el lunes.

Se quedó en la acera viendo cómo el coche de Harold se alejaba, luego subió a su piso, que estaba en la segunda planta de un edificio de piedra rojiza adyacente a la fraternidad del MIT. El dueño del edificio, un profesor de sociología jubilado, ocupaba la planta baja y alquilaba los otros tres pisos a estudiantes de posgrado; en el piso superior vivían Santosh y Federico, que realizaban un doctorado en ingeniería eléctrica en el MIT; en el tercero, Janusz e Isidore, ambos doctores y candidatos para Harvard, Janusz en bioquímica e Isidore en religiones de Oriente Próximo, y justo debajo, él y su compañero de piso, Charlie Ma, cuyo nombre real era Chien-Ming Ma aunque todos le llamaban CM. CM hacía sus prácticas en el Centro Médico de Tufts, y Jude y él tenían horarios casi opuestos; cuando se despertaba, la puerta de CM estaba cerrada, y le llegaban sus húmedos y resonantes ronquidos, y al regresar a las ocho de la tarde, después de trabajar con Harold, se cruzaba con CM que salía. Pero lo poco que veía de él le gustaba; era de Taipei, había estudiado en un internado de Connecticut, tenía una sonrisa pícara y soñolienta que invitaba a sonreír, y era amigo de un amigo de Andy; por eso se habían conocido. Pese a su perpetuo aire lánguido, CM era ordenado y le gustaba cocinar; a veces Jude llegaba a casa y veía en el centro de la mesa un plato de *dumplings* fritos, con una nota debajo que decía «Cómeme»; o recibía un mensaje de texto con instrucciones de dar la vuelta al pollo marinado antes de acostarse o de comprar un ramillete de cilantro de camino a casa. Jude siempre lo hacía, y al regresar del despacho encontraba el pollo haciéndose a fuego lento en una cazuela o el cilantro picado dentro de crepes de vieiras. Cada pocos meses, cuando sus horarios coincidían, se reunían los seis en el apartamento de Santosh y Federico —que era el más grande— para comer y jugar al póquer. Janusz e Isidore se quejaban de que las chicas los tomaban por gays porque eran inseparables (CM le lanzó una mirada; se había apostado veinte dólares con Jude a que se acostaban juntos pero intentaban pasar por heteros; en cualquier caso, era imposible demostrarlo), y Santosh y Federico comentaban lo tontos que eran sus alumnos, y que la preparación de los universitarios del MIT había caído en picado desde que ellos habían llegado, hacía cinco años.

El piso que Jude compartía con CM era el más pequeño, ya que el casero se había anexionado la mitad de la planta para utilizarla como trastero. CM pagaba bastante más que él de alquiler, de modo que se había quedado el dormitorio. Él ocupaba una esquina de la sala de estar, frente a una ventana saledíza. Dormía en un camastro hecho con hueveras de cartón y espuma blanda, sus libros estaban alineados bajo el alféizar, y disponía de una lámpara y un biombo de papel para tener algo de intimidad. CM y él habían comprado una gran mesa de madera que colocaron en el rincón del comedor, junto con dos sillas plegables de metal, una desechada por Janusz y la otra por Federico. La mitad de la mesa era de Jude y la otra mitad de CM, y en ambas había un montón de libros y papeles, y sus respectivos ordenadores, que emitían pitidos y zumbidos a lo largo del día y de la noche.

A las visitas siempre les chocaba el aspecto desolado del piso, aunque él casi no lo notaba. En ese momento, por ejemplo, estaba sentado en el suelo delante de las tres cajas de cartón donde guardaba la ropa, e iba sacando los nuevos jerséis, camisas, calce-

tines y zapatos de sus envoltorios de papel de seda, y poniéndose-
los de uno en uno en el regazo. Era lo más bonito que había tenido nunca, y le pareció vergonzoso guardarlo en cajas concebidas
para archivar carpetas. Así que al final lo envolvió todo de nuevo
y lo devolvió con cuidado a sus bolsas.

La generosidad del regalo de Harold le producía desasosiego.
En primer lugar estaba la naturaleza del regalo en sí, pues nunca
había recibido nada tan valioso; luego, la imposibilidad de corres-
ponderle algún día, y, por último, el significado que había detrás
de ese gesto: hacía tiempo que sabía que Harold lo respetaba, que
incluso disfrutaba de su compañía, pero ¿era posible que fuera
importante para él, que lo apreciara más que como un simple
alumno, como un verdadero amigo? ¿Por qué la sola idea hacía
que se sintiera tan cohibido?

Había tardado muchos meses en sentirse realmente cómodo
en compañía de Harold; no en el aula o en el despacho, sino fuera. En la vida, como diría Harold. Cuando regresaba a su piso
después de comer en casa de Harold, notaba una oleada de alivio.
Sabía el motivo, aunque no quería reconocerlo: normalmente, los
hombres —los hombres adultos, entre los que no creía estar
aún— se habían interesado por él solo por una razón, y él había
aprendido a tenerles miedo. Sin embargo, Harold no parecía ser
uno de esos hombres aunque, bien mirado, el hermano Luke tampoco lo parecía. A veces daba la impresión de que todo le asustaba
y no soportaba esa sensación. Miedo y odio, miedo y odio; eran
los dos únicos sentimientos que a menudo parecía poseer. Miedo
a los demás y odio hacia sí mismo.

Había oído hablar de Harold antes de conocerlo porque goza-
ba de cierta fama. Era un interpelador implacable, y cada comen-

tario que alguien hiciera en clase quedaba atrapado en una interminable andanada de porqués. Era alto y robusto, y solía pasear en círculo cerrado, con el torso echado hacia delante, cuando discutía o se acaloraba.

Para su disgusto, Jude no recordaba gran cosa del primer curso de derecho contractual con Harold. No recordaba, por ejemplo, qué le interesó del trabajo que le entregó, que lo llevó a mantener conversaciones con él fuera del aula y, con el tiempo, a recibir de él una oferta de trabajo como uno de sus ayudantes de investigación. No recordaba nada particularmente interesante que hubiera dicho Harold en clase. Pero lo recordaba en ese primer día del semestre, paseándose por el aula mientras los sermoneaba en voz baja y rápida.

—Están en primero de derecho —les dijo—. Mi enhorabuena a todos. Como estudiantes de primero, las asignaturas que cursarán serán: derecho contractual, inmobiliario, procesal y responsabilidad civil; el año que viene estudiarán derecho constitucional y penal. Aunque eso ya lo saben.

»Lo que quizá no saben es que estas asignaturas reflejan, lisa y llanamente, la mismísima estructura de nuestra sociedad, la mecánica que necesita una sociedad, la nuestra en particular, para funcionar. En primer lugar, la sociedad requiere un marco institucional; eso es el derecho constitucional. Necesitamos un sistema de castigos, es decir, el derecho penal. Necesitamos saber que existe un sistema que hará funcionar esos otros sistemas: el derecho procesal. Necesitamos una forma de llevar los asuntos de dominio y propiedad; eso es el derecho inmobiliario. Necesitamos saber que alguien se hará económicamente responsable de los daños que cause a otros: el derecho de responsabilidad civil. Y, por último, necesitamos saber que la gente mantendrá sus acuerdos y cumplirá sus promesas, o sea, el derecho contractual.

Guardó silencio unos minutos.

—Bueno, no quisiera ser reduccionista, pero apuesto a que la mitad de ustedes están aquí para sacarle dinero a la gente algún día... como abogados de responsabilidad civil, ¡y no hay nada de que avergonzarse! La otra mitad están aquí porque creen que pueden cambiar el mundo. Porque sueñan con hablar ante el Tribunal Supremo, porque creen que el verdadero desafío de la ley está en los vacíos de la Constitución. Sin embargo, yo estoy aquí para decirles que no es así. La rama más auténtica, más estimulante desde el punto de vista intelectual y fértil de la ley es el derecho contractual. Los contratos no son meras hojas de papel que prometen un empleo, una casa o una herencia; en su sentido más amplio, verdadero y puro, los contratos rigen todos los campos de la ley. Cuando elegimos vivir en sociedad, lo hacemos con arreglo a un contrato y nos comprometemos a respetar las reglas que nos dicta este contrato (la Constitución en sí es un contrato, aunque modificable, y en la cuestión de hasta qué punto es modificable es donde se entrecruza la ley con la política); bajo los términos, explícitos o no, de ese contrato nos comprometemos por tanto a no matar, a pagar nuestros impuestos y a no robar. Pero en este caso somos sus creadores y a la vez estamos atados por él: como ciudadanos de este país, desde que nacemos hemos dado por hecho la obligación de respetar y acatar sus términos, y lo hacemos a diario.

»En esta clase aprenderán la mecánica de los contratos, cómo se crean y cómo se rompen, su carácter vinculante y la posibilidad de desvincularse de ellos, pero también se les pedirá que consideren la misma ley como una serie de contratos. Algunos son más justos que otros, y les permitiré hacer la distinción entre ambos. Aunque la justicia no es la única ni la más importante consideración que hay que tener en cuenta, pues la ley no siempre es justa. Los contratos no son justos, al menos no siempre. No obstante, a veces son necesarios aun en su injusticia, porque sirven para el adecuado funcionamiento de la sociedad. En esta clase aprenderán a diferenciar entre lo que es justo y lo que no lo es, y, lo que es igualmente importante, entre lo justo y lo necesario. Aprenderán las obligaciones que tenemos para con otros miembros de la sociedad, y lo lejos que debe ir la sociedad para hacer cumplir tales obligaciones. Aprenderán a ver su vida, la vida de todos los presentes, como una serie de acuerdos, y eso hará que se replanteen no solo la ley sino el propio país y el lugar que ocupan en él.

Le fascinó la perorata de Harold y, en las semanas siguientes, su original forma de razonar, cómo se quedaba de pie en la parte delantera del aula con el talante propio de un director de orquesta, extendiendo el argumento de un alumno hasta derivar en extraños e inimaginables debates. En una ocasión, una discusión bastante intrascendente sobre el derecho a la intimidad —el derecho constitucional más valorado y más opaco, según Harold, cuya definición del derecho contractual a menudo pasaba por alto los límites convencionales y se fundía alegremente con otras ramas de la ley— los llevó a una discusión sobre el aborto, que, según Jude, era indefendible con argumentos morales pero necesario con argumentos sociales. «Ajá. ¿Y qué ocurre, señor St. Francis, cuando abandonamos el criterio moral en la ley en aras de gobernar lo social? ¿En qué momento un país y sus habitantes deben empezar a anteponer el control social a su sentido de la moralidad? ¿Existe tal momento? Yo no estoy tan seguro.» No obstante, él no se dejó amilanar por sus palabras, y la clase se aquietó, pendiente del debate que se había entablado entre los dos.

Harold era el autor de tres obras, pero la última —*El apretón de manos estadounidense: Las promesas y los errores de la Declaración de Independencia*— era la que le había proporcionado la fama. El libro, que Jude ya había leído antes de conocer a Harold, era una interpretación jurídica de la Declaración de Independencia. Analizaba cuáles de sus promesas se habían mantenido y cuáles no y se preguntaba: ¿si se hubiera escrito en los tiempos actuales, soportaría las tendencias de la jurisprudencia contemporánea? («Respuesta corta: No», se leía en la reseña del *Times*.) En aquellos momentos Harold reunía información para su cuarto libro, del estilo del *El apretón de manos estadounidense* pero sobre la Constitución, desde una perspectiva similar.

—Solo voy a hablar de las más sexis de las enmiendas de la Carta de Derechos —le dijo Harold cuando lo entrevistó para el puesto de ayudante de investigación.

—No sabía que unas eran más sexis que otras.

—Por supuesto que unas lo son más que otras —replicó Harold—. Solo la undécima, la duodécima, la decimocuarta y la decimosexta son sexis. El resto es la escoria del pasado de la política.

—¿La decimotercera es basura? —le preguntó él, divertido.

—No he dicho que sea basura —le respondió Harold—, solo que no es sexy.

—Pero ¿no es eso lo que significa escoria?

Harold suspiró de manera teatral y tomó de su mesa un diccionario, que abrió y consultó durante unos momentos.

—Está bien —dijo, y volvió a arrojarlo sobre un montón de papeles, que se deslizó hacia el borde de la mesa—. La tercera acepción. Pero yo me refería a la primera: los desechos, los residuos…, los restos del pasado de la política. ¿Satisfecho?

—Sí —respondió él intentando no sonreír.

Empezó a trabajar para Harold los lunes, miércoles y viernes por las tardes, cuando la materia del curso era más ligera, pues los martes y los jueves tenía seminarios de tarde en el MIT, donde cursaba un máster; por las noches trabajaba en la biblioteca de la facultad de derecho, y los sábados por las mañanas en la biblioteca y por las tardes en una panadería llamada Batter, que quedaba cerca de la facultad de medicina. Trabajaba allí desde el posgrado y se ocupaba de los pedidos especializados: decoraba galletas, hacía cientos de pétalos de flores con pasta de azúcar para las tartas y experimentaba con diferentes recetas, una de las cuales, un bizcocho de diez frutos secos, se había convertido en el mayor éxito de la panadería. También acudía a Batter los domingos. Un día, Allison, la dueña de la panadería, que le confiaba muchos de los proyectos más complicados, le entregó un pedido de tres docenas de galletas de azúcar que había que decorar en forma de distintas clases de bacterias.

—He pensado que nadie podría descifrar esto mejor que tú —le dijo—. El cliente está casado con una microbióloga y quiere sorprenderla a ella y también a sus colegas del laboratorio.

—Indagaré —respondió él, cogiendo el papel que ella le tendía y reparando en el nombre del cliente: Harold Stein.

Asesorado por CM y Janusz diseñó galletas con la textura del cachemir o en forma de bola de maza o de pepino; con glaseados de distintos colores dibujó los citoplasmas, las membranas plasmáticas y los ribosomas, y con tiras de regaliz modeló los flagelos. Escribió una lista con los nombres de cada una de las bacterias y la introdujo en la caja antes de cerrarla y atarla con un cordel; aún no conocía muy bien a Harold, pero le encantó la idea de hacer algo que lo impresionara, aunque fuera de forma anónima. Se preguntó qué pretendía celebrar con esas galletas: ¿una publicación?, ¿un aniversario? ¿Era solo una demostración del afecto que sentía por su mujer? ¿Pertenecía Harold Stein a la clase de hombres capaces de presentarse sin motivo aparente en el laboratorio de su mujer con una caja de galletas? Sospechaba que sí.

La semana siguiente Harold le habló de las asombrosas galletas que había comprado en Batter. El entusiasmo que apenas hacía unas horas había dirigido hacia el Código Unificado de Comercio, se centró en las galletas. Jude se quedó sentado, mordiéndose el interior de la mejilla para no sonreír mientras Harold hablaba de lo geniales que eran las galletas y cómo los colegas de Julia se habían quedado sin habla debido a su detallismo y verosimilitud, con lo que por un momento él se había convertido en el héroe del laboratorio.

—Y no es cosa fácil —dijo—, pues en el fondo esa gente se cree que todo el que se dedica a las humanidades es obtuso.

—Por lo que dice, las galletas podrían ser obra de un auténtico obseso —comentó. Jude no le había dicho a Harold que trabajaba en Batter y no pensaba hacerlo.

—Entonces es un obseso al que me gustaría conocer. Además, estaban buenísimas.

—Mmmm —repuso Jude, e intentó pensar una pregunta para desviar la conversación de las galletas.

Harold tenía otros ayudantes de investigación —dos de segundo y uno de tercero, a los que solo conocía de vista—, pero su horario era tan distinto que nunca coincidían. A veces se comunicaban por medio de notas o correos electrónicos, en los que especificaban dónde se habían quedado en la investigación para que el siguiente pudiera continuar en el mismo punto. Sin embargo, hacia el segundo semestre del primer curso Harold le encargó que trabajara en exclusiva en la quinta enmienda. «Esa es buena —dijo—. Es increíblemente sexy.» A los dos ayudantes de segundo les asignó la novena enmienda, y al de tercero, la décima; aunque sabía que era ridículo, Jude no pudo evitar sentirse halagado, como si Harold le hubiera concedido un privilegio que había negado a los demás.

La primera invitación de Harold a cenar fue espontánea, al final de una tarde fría y oscura de marzo.

—¿Está seguro? —le preguntó él con timidez.

Harold lo miró con curiosidad.

—Por supuesto. Solo es una cena. Tienes que comer, ¿no?

Harold vivía en una casa de tres pisos en Cambridge, en el límite del campus de la escuela de posgrado.

—No sabía que vivía aquí —comentó cuando Harold entró en el garaje—. Es una de mis calles favoritas. La tomaba todos los días para ir de un lado a otro del campus.

—Tú y todo el mundo —replicó Harold—. Cuando la compré, justo antes de divorciarme, estas casas estaban ocupadas por estudiantes de posgrado y los postigos se caían. El olor a porro era tan fuerte que al pasar por aquí en coche te colocabas.

Nevaba muy poco pero Jude agradeció que no hubiera más que dos escalones hasta la puerta y que no tuviera que preocuparse por si resbalaba o necesitaba la ayuda de Harold. El interior de la casa olía a mantequilla, pimienta y almidón: pasta, pensó. Harold dejó caer el maletín al suelo, le enseñó una parte de la casa

—«El salón, el despacho detrás, y la cocina y el comedor a tu izquierda»— y le presentó a Julia, que era tan alta como Harold, tenía el pelo castaño y corto, y le cayó bien al instante.

—¡Jude! —exclamó ella—. ¡Por fin! He oído hablar tanto de ti. Me alegro mucho de conocerte. —Y a él le pareció que lo decía con sinceridad.

Durante la cena supo que Julia provenía de una familia de académicos de Oxford y vivía en Estados Unidos desde que cursó el posgrado en Stanford. Había conocido a Harold hacía cinco años, a través de un amigo. El laboratorio en el que trabajaba estaba investigando un nuevo virus, una variante de H5N1 e intentaban cartografiar su código genético.

—¿No es una de las preocupaciones de la microbiología el potencial armamentístico de los genomas? —preguntó Jude, y notó que Harold se volvía hacia él.

—Sí, es cierto —respondió Julia, y mientras ella hablaba de las controversias entre colegas que su trabajo suscitaba, Jude miró a Harold, que lo observaba con una ceja arqueada indescifrable para él.

Entonces la conversación dio un giro, casi imperceptiblemente se fue alejando del laboratorio de Julia para virar inexorablemente hacia él, y reconoció al gran litigante que era Harold cuando se lo proponía, su aptitud para reconducirla y reordenarla, casi como si la conversación fuera algo líquido y él la encauzara a través de una serie de artesas y canales, eliminando cualquier opción de escape hasta que alcanzaba su fin inevitable.

—Dinos, Jude, ¿dónde creciste? —le preguntó Julia.

—En Dakota del Sur y en Montana, sobre todo —respondió él, y notó cómo la criatura que había en su interior se incorporaba, consciente del peligro pero incapaz de escapar de él.

—¿Eso quiere decir que tus padres son rancheros?

Con los años, él había aprendido a prever esa secuencia de preguntas y a desviarla.

—No, pero muchos lo eran. El campo es precioso allí; ¿han estado en el Oeste?

Por lo general con eso bastaba, pero no para Harold.

—¡Ja! Es la elusión más sutil que he oído en mucho tiempo. —Harold lo miró con suficiente detenimiento para que Jude acabara bajando la mirada hacia el plato—. Supongo que esa es tu forma de decir que no nos vas a contar a qué se dedican.

—Oh, Harold, déjalo tranquilo —terció Julia, pero él notó cómo Harold lo observaba y sintió un gran alivio cuando la cena terminó.

Después de esa primera noche en casa de Harold, la relación entre ambos se volvió más profunda, y por esa misma razón más difícil. Notaba que había despertado su curiosidad, él se la imaginaba como un perro de ojos brillantes y expresión alerta —un terrier, una criatura incansable y perspicaz—, y no estaba seguro de que eso fuera bueno. Quería conocer mejor a Harold y durante la cena tuvo ocasión de recordar que ese proceso —llegar a conocer a alguien— era para él un reto mayor de lo que recordaba. Siempre lo olvidaba; siempre se lo hacían recordar. Deseaba que la secuencia —la confesión de intimidades, la exploración del pasado— se sucediera a toda velocidad, como a menudo ocurría, y pudiera teletransportarse a la fase siguiente, en la que la relación era amable, flexible y cómoda, ya que los límites de ambas partes habían quedado establecidos y eran respetados.

Cualquier otra persona, tal vez habría intentado saber más de él y luego lo habría dejado en paz —otras lo habían dejado en paz directamente: sus amigos, sus compañeros de clase, el resto de sus profesores—, pero Harold no era fácil de disuadir. Con él no habían funcionado sus estrategias habituales, entre ellas, decir a sus interlocutores que quería saber de su vida, no hablar de la suya; una táctica que tenía la ventaja de ser tan sincera como efectiva. Pero con Harold nunca sabía cuándo atacaría la próxima vez, siempre lo pillaba desprevenido y notaba que se sentía más cohibido, no menos, cuanto más tiempo pasaban juntos.

Estaban, por ejemplo, en el despacho de Harold, hablando del caso de discriminación positiva de la Universidad de Virginia, que habían llevado al Tribunal Supremo, y Harold de pronto le preguntaba:

—¿De qué grupo étnico eres, Jude?

—De varios —respondía él, y luego intentaba cambiar de tema, aunque eso supusiera tirar al suelo un montón de libros para distraerlo.

A veces las preguntas eran fortuitas y carentes de contexto, y resultaban imposibles de prever, pues llegaban sin preámbulos. Una noche que se quedaron trabajando hasta tarde en el despacho, Harold pidió cena para los dos. De postre había pedido galletas y *brownies*, y empujó las bolsas de papel hacia él.

—No, gracias.

—¿En serio? —Harold arqueó las cejas—. A mi hijo le encantaban. Intentamos hacer en casa pero nunca atinamos con la receta. —Partió un *brownie* por la mitad—. ¿Tus padres te los hacían cuando eras pequeño? —Lanzaba este tipo de preguntas con una naturalidad tan deliberada que a él le resultaba casi insoportable.

—No —respondió, fingiendo revisar las notas que estaba tomando.

Oyó a Harold masticar mientras consideraba si retirarse o continuar con el interrogatorio.

—¿Ves a tus padres a menudo? —le preguntó Harold de pronto, otra noche.

—Están muertos —respondió él sin levantar la mirada de la página.

—Lo siento —repuso Harold tras un silencio, y percibió tanta sinceridad en su voz que alzó la vista—. Los míos también. Murieron hace relativamente poco. Claro que yo soy mucho mayor que tú.

—Lo siento, Harold. —Y añadió—: ¿Estabas muy unido a ellos?

—Mucho —respondió él—. ¿Y tú a los tuyos?

Él negó con la cabeza.

—No mucho en realidad.

Harold guardó silencio.

—Pero apuesto que se sentían orgullosos de ti —dijo por fin.

Cuando Harold le hacía preguntas personales, era como si algo frío lo atravesara y lo helara por dentro y una capa de escarcha le protegiera los órganos y los nervios. En ese momento pensó que si hablaba el hielo se haría añicos y él se resquebrajaría. De modo que esperó un rato hasta estar seguro de que su voz sonaría igual que antes de preguntarle a Harold si necesitaba el resto de los artículos para ese día o podía acabarlos a la mañana siguiente. Sin embargo, al hablar no miró a Harold sino a su cuaderno.

Harold tardó mucho en responder.

—Déjalo para mañana —dijo en voz baja.

Él asintió y recogió sus cosas para irse a casa, consciente de que Harold seguía con la mirada su avance tambaleante hacia la puerta.

Harold quería saber cómo había crecido, si tenía hermanos, quiénes eran sus amigos y qué hacía con ellos; estaba ávido de información. Él al menos podía responder a las últimas preguntas, y le hablaba de sus amigos, de cómo se conocieron y dónde se encontraban ahora: Malcolm realizaba el posgrado en Columbia, y JB y Willem en Yale. Le gustaba responder a las preguntas que le hacía Harold sobre ellos, y oír cómo se reía cuando le contaba anécdotas de ellos. Le habló de CM, y de que Santosh y Federico estaban enzarzados en una especie de pelea con los estudiantes de ingeniería que vivían en la fraternidad contigua, y de cómo un buen día se despertó con una flota de dirigibles motorizados hechos con condones que se elevaron ruidosamente hasta el cuarto piso pasando por delante de su ventana, cada uno con un letrero colgando en el que se leía: «SANTOSH JAIN Y FEDERICO DE LUCA TIENEN MICROPENES».

Pero cuando Harold le hacía otras preguntas, se sentía abrumado por su peso, por la frecuencia y la inevitabilidad. A veces el ambiente estaba tan cargado de las preguntas no formuladas que resultaba tan opresivo como si se las hubiera hecho. La gente quería saber tantas cosas, querían muchas respuestas. Y él lo entendía, porque él también quería respuestas; él también quería saberlo todo. Estaba agradecido a sus amigos por su discreción; lo habían dejado tranquilo, como una pradera virgen y anónima bajo cuya superficie amarilla, en la negra tierra, se retorcían gusanos y escarabajos, y pedazos de hueso que se calcificaban poco a poco, convirtiéndose en piedra.

—Estás muy interesado en saberlo —replicó frustrado una vez que Harold le preguntó si salía con alguien. Pero al percibir el tono de su voz, se interrumpió y se disculpó.

Ya hacía casi un año que se conocían.

—¿Interesado en saberlo? —replicó Harold, pasando por alto la disculpa—. Me interesas tú. No veo qué tiene de extraño. Son cosas de las que se suele hablar con los amigos.

Sin embargo, pese a su desasosiego continuó acudiendo a Harold, siguió aceptando sus invitaciones a cenar, aunque en cada encuentro habría cierto momento en que lamentaba no poder desaparecer o en el que le preocupaba haberlo decepcionado.

Una noche que fue a cenar, Harold le presentó a su mejor amigo, Laurence, a quien había conocido en la facultad de derecho y era juez de apelación en Boston, y a su mujer, Gillian, que impartía clases de literatura en Simmons.

—Harold me ha dicho que también cursas un máster en el MIT —comentó Laurence, cuya voz era aún más baja que la de Harold—. ¿En qué?

—En matemáticas puras.

—¿En qué se diferencian de las matemáticas... corrientes? —le preguntó Gillian riéndose.

—Bueno, supongo que las matemáticas corrientes, o aplicadas, es lo que podríamos llamar las matemáticas prácticas —respondió él—. Se utilizan para resolver problemas y proporcionar soluciones, tanto en el ámbito de la economía como en el de la ingeniería, o en contabilidad, por ejemplo. En cambio, las matemáticas puras no sirven para proporcionar aplicaciones prácticas inmediatas ni necesariamente obvias. Son solo una expresión de forma, por así decirlo; lo único que demuestran es la casi infinita elasticidad de las matemáticas, dentro del juego de supuestos aceptado por el que las definimos, claro.

—¿Te refieres a las geometrías imaginarias y esas cosas? —le preguntó Laurence.

—Así es. Pero no solo eso. A menudo es una prueba de... de lo imposible aunque coherente que es la lógica interna de las matemáticas. Hay toda clase de especialidades dentro de las matemáticas puras: matemáticas puras geométricas, como tú has dicho, pero también matemáticas algebraicas, matemáticas algorítmicas, criptografía, teoría de la información y lógica pura, que es lo que yo estudio.

—¿Qué es eso? —le preguntó Laurence.

Él reflexionó.

—La lógica matemática, o la lógica pura, es en esencia una conversación entre verdades y falsedades. Por ejemplo, puedo decir: «Todos los números positivos son reales. Dos es un número positivo. Luego el dos es real». No obstante, para ser exactos, eso no es cierto, ¿de acuerdo? Es una deducción o una suposición de una verdad. No he demostrado en realidad que el dos es un número real, aunque por lógica debe de serlo. De modo que escribirías una prueba para demostrar en esencia que la lógica de esas dos afirmaciones es, en efecto, real e infinitamente aplicable. —Se interrumpió—. ¿Tiene sentido?

—*Video, ergo est* —dijo Laurence de pronto—. Veo, luego existe.

Él sonrió.

—Y eso es lo que son las matemáticas aplicadas. En cambio, las matemáticas puras son algo más. —Reflexionó de nuevo—. *Imaginor, ergo est*, lo imagino, luego existe.

Laurence le devolvió la sonrisa y asintió.

—Muy bueno.

—Tengo una pregunta —dijo Harold, que los había escuchado en silencio—. ¿Cómo y por qué demonios acabaste en la facultad de derecho?

Todos se rieron, incluso él. Le habían hecho esa pregunta muchas veces (el doctor Li, desesperado; el asesor del máster, el doctor Kashen, perplejo) y siempre cambiaba la respuesta en función de sus oyentes, porque la auténtica respuesta —que quería tener los medios para protegerse, que quería asegurarse de que nadie podía llegar de nuevo a él— parecía demasiado egoísta, superficial y nimia para pronunciarla en voz alta, y daría lugar a cientos de preguntas. Además, ahora sabía lo suficiente para admitir que la protección que proporciona el derecho es endeble; si de verdad quería estar a salvo debería haberse convertido en un topógrafo que mira a través de un visor o en un químico rodeado de pipetas y venenos en un laboratorio.

—El derecho no es tan diferente de las matemáticas puras —respondió esa noche—. En teoría, puede ofrecer respuesta a todas las preguntas, ¿no? Las leyes de cualquier clase están concebidas para contraerse o extenderse, y si no pueden proporcionar soluciones a cada una de las cuestiones que afirman cubrir, entonces no son en realidad leyes, ¿no? —Se detuvo para considerar lo que acababa de decir—. Supongo que la diferencia reside en que en la ley se ofrecen muchos caminos a muchas respuestas mientras que en las matemáticas hay muchos caminos que conducen a una sola respuesta. Además, supongo que la ley no versa sobre la verdad sino sobre la gobernanza, mientras que las matemáticas no tienen que ser útiles, ni prácticas ni manejables, solo verdaderas.

»Pero hay otro sentido en que supongo que son semejantes, y es que tanto en las matemáticas como en la ley lo que más importa o, más exactamente, lo más memorable, no es que se gane el caso o se resuelvan las pruebas, sino la belleza y la economía con que se hace.

—¿Qué quieres decir? —le preguntó Harold.

—Bueno, en derecho hablamos de una bonita recapitulación o de un bonito juicio, y con ello nos referimos a la belleza no solo de su lógica sino de su expresión. De manera similar, cuando en el contexto de las matemáticas hablamos de una bonita prueba, lo que reconocemos es su simplicidad, su... elementalidad, supongo. En otras palabras, su inevitabilidad.

—¿Qué me dices del último teorema de Fermat? —le preguntó Julia.

—Es el perfecto ejemplo de una demostración poco atractiva. Aunque era importante que se resolviera, para muchos, por ejemplo para el asesor de mi máster, resultó ser una decepción. La prueba ocupaba tantos cientos de páginas y se apoyaba en campos tan distintos de las matemáticas, y era tan... enrevesada en su ejecución que todavía hay muchos estudiosos intentando volver a demostrarla en términos más elegantes. Una demostración atractiva es sucinta, como una bonita sentencia. Combina un puñado de conceptos diferentes, aunque proceda del universo matemático, y mediante una serie relativamente breve de pasos llega a una verdad general grandiosa y nueva en matemáticas, es decir, un absoluto inalterable y demostrable en un mundo construido sobre muy pocos absolutos inalterables. —Se detuvo para respirar, y de pronto fue consciente de que había hablado sin parar y que los demás lo observaban en silencio. Notó que se ruborizaba a medida que el antiguo odio, como agua sucia, lo llenaba una vez más—. Lo siento. No era mi intención divagar de este modo.

—¿Bromeas? —replicó Laurence—. Jude, creo que es la primera conversación realmente reveladora que he mantenido en casa de Harold en la última década o más. Gracias.

Se rieron de nuevo y Harold se recostó en su sillón, complacido. Jude sorprendió a Harold articulando desde el otro extremo de la mesa «¿Lo ves?» quedamente a Laurence, quien asintió; Jude comprendió que se referían a él, y no pudo evitar sentirse halagado y cohibido al mismo tiempo. ¿Harold le había hablado de él a su amigo? ¿Había sido una prueba que él no sabía que debía responder? Se sintió aliviado de haber aprobado, de no haber avergonzado a Harold. También de que, por incómodo que a veces se sintiera, tal vez se había ganado plenamente un lugar en casa de Harold y podía ser invitado de nuevo.

Su confianza en Harold aumentaba día a día, y a veces Jude se preguntaba si estaba cometiendo de nuevo el mismo error. ¿Era mejor confiar que mostrarse cauteloso? ¿Era posible disfrutar de una auténtica amistad cuando una parte de su ser siempre esperaba que lo traicionaran? En ocasiones tenía la impresión de que se aprovechaba de la generosidad de Harold, de la alegre fe que había depositado en él, como si su circunspección fuera lo prudente, a fin de cuentas, porque si acababa mal solo él tendría la culpa. Pero costaba no confiar en Harold, pues se lo ponía difícil y, aún más importante, también él se lo estaba poniendo difícil a sí mismo, ya que quería confiar en él, quería entregarse y que la criatura que vivía en su interior se sumiera en un sueño del que nunca despertara.

Una noche de su segundo año de derecho se quedó hasta tarde en casa de Harold, y cuando abrieron la puerta vieron los escalones, la calle y los árboles cubiertos de nieve, y los copos arremolinándose hacia la puerta formando un torbellino tan arrollador que los dos retrocedieron.

—Pediré un taxi —dijo él para que Harold no tuviera que conducir.

—Ni hablar. Te quedas a dormir.

De modo que durmió en el cuarto de huéspedes del segundo piso, separado del dormitorio de Harold y Julia por un corto pasillo y un amplio espacio con una ventana que utilizaban como biblioteca.

—Aquí tienes una camiseta —le dijo Harold, lanzándole una prenda grande y suave— y un cepillo de dientes. —Lo dejó encima del estante—. Hay toallas limpias en el cuarto de baño. ¿Necesitas algo más? ¿Agua?

—No. Gracias, Harold.

—De nada, Jude. Buenas noches.

—Buenas noches.

Jude se quedó despierto un rato, debajo del edredón de plumón y encima del lujoso colchón, observando cómo la ventana se cubría de blanco, escuchando el gorgoteo del agua al salir de los grifos y el murmullo bajo e indistinguible de Harold y Julia que caminaban sin hacer ruido de un lado para otro, y luego nada. En esos minutos fingió que eran sus padres, que estaba en la facultad y había vuelto a casa para pasar el fin de semana, y aquella era su habitación; al día siguiente se levantaría y haría lo que los hijos ya crecidos hacían con sus padres, fuera lo que fuese.

El verano de ese segundo año Harold lo invitó a su casa de Truro, en Cape Cod.

—Te encantará —dijo—. Invita a tus amigos. A ellos también les gustará.

Así, el martes anterior al día del Trabajo, esperaron a que Malcolm y él terminaran sus prácticas para ir juntos en coche desde Nueva York; durante ese largo fin de semana la atención de Harold se extendió a JB, Malcolm y Willem. Él también los observó, admirado de cómo encajaban los golpes de Harold, de lo generosos que eran al hablar de su vida y contar entre risas anécdotas que a su vez hacían reír a Harold y a Julia, y de lo cómodos que se sentían en compañía de Harold, y viceversa. Jude experimentó el singular placer de observar cómo las personas que quería se caían bien unas a otras.

De la casa salía un sendero que llevaba a una playa privada, y por las mañanas los cuatro caminaban colina abajo para ir a bañarse, incluso él lo hizo —con pantalones, camiseta y una vieja camisa sobre la que nadie se molestó en preguntar—, luego se tumbó al sol y notó cómo la ropa mojada se despegaba de su cuerpo a medida que se secaba. Harold también bajaba a ratos y los observaba o nadaba con ellos. Por las tardes Malcolm y JB iban en bicicleta por las dunas, y Willem y él los seguían andando, recogiendo conchas y tristes caparazones de cangrejos ermitaños, vacíos desde hacía tiempo. Willem aminoraba el paso para acoplarse al de él. Por las noches, cuando el aire era suave, JB y Malcolm dibujaban y Willem y él leían. Se sentía como dopado por el sol, la comida, la sal y el regocijo, por la noche se quedaba dormido muy temprano y por la mañana se levantaba antes que los demás para salir solo al porche trasero y contemplar el mar.

Las vacaciones se acabaron y empezó el semestre de otoño; Jude se percató de que durante ese fin de semana uno de sus amigos le había dicho algo a Harold, aunque estaba seguro de que no había sido Willem, que era el único a quien había contado algo de su pasado, y aun así no había sido mucho, solo tres hechos, a cual más insustancial, tan insignificantes que ni siquiera servían como inicio del relato de una vida. Incluso las primeras frases de un cuento de hadas ofrecían más detalles que lo que él había contado a Willem: «Érase una vez un niño y una niña que vivían con su padre, que era leñador, y con su madrastra en medio de un frondoso bosque. El leñador quería a sus hijos, pero era muy pobre, y un día…». De modo que lo que Harold había averiguado forzosamente tenía que ser hipotético, apoyado en observaciones, teorías y conjeturas. No obstante, bastó para que las preguntas de Harold —sobre quién era y de dónde venía— cesaran.

En el transcurso de los meses, y de los años, cultivaron una gran amistad, pese a que los primeros quince años de la vida de él siempre quedaron sin explicar ni comentar, como si no hubieran existido, como si lo hubieran sacado de la caja de fábrica cuando ya estaba en la universidad y con un simple giro en la base del cuello hubiera cobrado vida. Sabía que aquellos años en blanco estaban llenos de las fantasías de Harold, y que algunas eran peores que los hechos en sí y otras mejores. Pero Harold nunca le comentó lo que se imaginaba; en realidad él tampoco quería saberlo.

Jude jamás consideró la amistad de Harold y Julia como algo circunstancial, aunque estaba preparado para la posibilidad de que ellos sí lo creyeran. Así, cuando se fue a vivir a Washington al conseguir un contrato de prácticas supuso que ellos lo olvidarían e intentó prepararse para la pérdida. Pero la realidad es que le enviaban correos electrónicos y a menudo lo llamaban por teléfono, y cuando uno u otro estaba en la ciudad quedaban para cenar. En verano sus amigos y él iban a Truro, y en Acción de Gracias ellos iban a Cambridge. Y cuando él se trasladó a Nueva York dos años después para empezar a trabajar en la Fiscalía General, Harold se emocionó hasta lo indecible. Julia y él llegaron a ofrecerle su piso del Upper West Side; sin embargo, Jude declinó la oferta, pues sabía que lo utilizaban a menudo y no estaba seguro de la sinceridad de aquel acto de generosidad.

Los sábados Harold le llamaba y le preguntaba por el trabajo, y Jude le hablaba de su jefe, el fiscal adjunto Marshall, que tenía la desconcertante habilidad de recitar de memoria todos los fallos del Tribunal Supremo, con los ojos cerrados para evocar la página, y voz robótica y monótona al salmodiar, pero sin saltarse ni añadir nunca una palabra. Jude siempre había creído tener buena memoria, pero la de Marshall lo maravillaba.

En cierto sentido, las oficinas de la Fiscalía le recordaban el hogar; era un ambiente en gran medida masculino, y en él se respiraba una hostilidad constante y particular, la clase de zumbante acritud que surge de forma natural cuando un grupo de personas muy competitivas que están igual de dotadas habitan en el mismo espacio reducido, sabiendo que solo unos pocos tendrán la oportunidad de distinguirse. (Allí rivalizaban en los logros mientras que en el hogar rivalizaban en hambre y carencias.) Al parecer, los doscientos ayudantes de fiscal habían estudiado en una de cinco o seis facultades de derecho, y casi todos habían colaborado en la revista jurídica y en los tribunales simulados de sus respectivas facultades. Él formaba parte de un equipo de cuatro que trabajaba sobre todo en casos de fraude de valores, y tanto sus compañeros como él tenían algo —unas referencias, unas particularidades— que esperaban que los elevara por encima de los demás: él tenía un máster por el MIT (que no interesaba a nadie pero que al menos era una singularidad) y había hecho prácticas como asistente de Sullivan, con quien Marshall tenía amistad. Citizen, su mejor amigo de la oficina, se había licenciado en Cambridge y había trabajado dos años de pasante en Londres antes de irse a vivir a

Nueva York. El tercero del trío, Rhodes, había obtenido una beca Fullbright para estudiar en Argentina al acabar la universidad. El cuarto del grupo era un holgazán redomado llamado Scott, que, según se rumoreaba, solo había conseguido el empleo porque su padre jugaba al tenis con el presidente.

Él pasaba muchas horas en la oficina, y cuando a veces se quedaba hasta tarde con Citizen y Rhodes y pedían algo fuera para cenar, se acordaba de sus compañeros de piso en el Hood. Aunque disfrutaba de la compañía de Citizen y de Rhodes, y de la profundidad y singularidad de su inteligencia, en esos momentos echaba de menos a sus amigos, que pensaban de una forma tan distinta de él y que lo obligaban a pensar de otra manera. En mitad de una conversación con Citizen y Rhodes sobre lógica, Jude recordó de pronto una pregunta que le había hecho el doctor Li en el primer curso, al entrevistarlo para decidir si lo admitía en su seminario de matemáticas puras: «¿Por qué hay tapas de alcantarillado en todas partes?». Era una pregunta sencilla y fácil de responder, pero cuando regresó al Hood y se la repitió a sus compañeros, estos guardaron silencio. Al final JB, con su tono de cuentista imaginativo y soñador, soltó: «Hace mucho tiempo los mamuts deambulaban por la tierra y sus huellas dejaron hendiduras circulares permanentes en el suelo», y todos se rieron. Jude sonrió al recordarlo; a veces deseaba tener una mente como la de JB, capaz de inventar historias que deleitaban a los demás, en lugar de buscar siempre una explicación como hacía él; una explicación que, si bien podía ser correcta, carecía de romanticismo, imaginación e ingenio.

«Es hora de sacar a relucir las referencias», le susurraba Citizen cada vez que el fiscal general en persona aparecía en la planta y todos los fiscales adjuntos zumbaban hacia él como polillas en un montón de trajes grises. Rhodes se unía con ellos al revoloteo, pero ni siquiera en esos momentos Jude mencionaba la única recomendación que sabía que podía lograr que no solo Marshall sino el mismo fiscal general se detuvieran para mirarlo más de cerca. Tras conseguir el empleo, Harold lo había instado a hablarle de él a Adam, el fiscal general, a quien conocía desde hacía tiempo. Pero Jude le respondió que quería saber si era capaz de conseguirlo por sí mismo. Aunque era cierto, la verdadera razón era que no tenía claro si debía utilizar a Harold como uno de sus avales, pues no quería que este lamentara su relación con él. De modo que guardó silencio.

Sin embargo, a menudo Jude tenía la sensación de que Harold estaba allí de todos modos. Evocar la facultad de derecho (y hablar de su labor como ayudante de investigación y jactarse de sus logros académicos) era su pasatiempo favorito en la oficina, pues muchos de sus colegas habían estudiado en su misma facultad y algunos conocían a Harold; a veces los oía hablar de las clases que les había impartido o de lo preparados que tenían que estar para asistir a ellas, y se sentía orgulloso de Harold —aunque sabía que era una tontería—, orgulloso de conocerlo. El año siguiente, cuando se publicara el libro de Harold sobre la Constitución, todos en la oficina leerían los agradecimientos y verían su nombre; entonces saldría a la luz su relación con Harold, y muchos de ellos recelarían, y él vería preocupación en sus rostros mientras trataban de recordar qué habían dicho sobre Harold en su presencia. No obstante, a esas alturas él ya se habría convencido de que había ganado por mérito propio un lugar en la oficina, junto a Citizen y Rhodes, y había forjado una relación personal con Marshall.

A pesar de todo, por mucho que le habría gustado, y anhelaba, hacerlo, todavía tenía reparos en comentar que Harold era su amigo; a veces se preguntaba si no estaría imaginando su estrecha amistad con él, exagerando el vínculo que había entre ellos y, avergonzado, cogía de su estantería *La hermosa promesa* y buscaba los agradecimientos; entonces leía de nuevo las palabras de Harold, como si fueran un contrato, una declaración de que lo que él sentía hacia Harold era al menos hasta cierto punto correspondido. No obstante, siempre estaba preparado. «Se acabará este mes», se decía. Y al llegar al final del mes: «El que viene. Dejará de dirigirme la palabra el mes que viene». Intentaba mentalizarse y estar en todo momento preparado para la decepción, pese a que deseaba estar equivocado.

Aun así, la amistad se prolongaba como si la corriente de un largo y rápido río lo hubiera arrastrado y lo llevara a alguna parte que no llegaba a ver. Cada vez que creía haber alcanzado los límites de lo que sería su relación, Harold o Julia abrían otra puerta y lo invitaban a pasar. Conoció al padre de Julia, un neumólogo jubilado, y a su hermano, un profesor de historia del arte, que llegaron de Inglaterra para pasar con ellos el día de Acción de Gracias; y cuando Harold y Julia fueron a Nueva York, lo invitaron, a él y a Willem, a cenar en restaurantes de los que habían oído hablar pero que no podían permitirse. Estuvieron en el piso de Lispenard Street —Julia, educada; Harold, horrorizado—, y una semana en que los radiadores dejaron misteriosamente de funcionar les mandaron un juego de llaves de su piso del norte; estaba tan caldeado cuando entraron que Willem y él se quedaron sentados durante una hora en el sofá, demasiado aturdidos por la repentina reintroducción del calor en sus vidas para moverse. Y tras presenciar Harold un ataque de Jude —el día de Acción de Gracias, cuando él ya vivía en Nueva York y, desesperado (sabía que sería incapaz de subir las escaleras), apagó el fogón donde estaba salteando unas espinacas, se metió en la despensa, cerró la puerta con llave y se tendió en el suelo a esperar—, redistribuyeron la casa de modo que la vez siguiente que los visitó se encontró con que habían trasladado el cuarto de huéspedes a la habitación de la planta baja de detrás del salón, que había sido el despacho de Harold, y habían subido la mesa de Harold, la silla y los libros a la segunda planta.

Pero, aun así, una parte de él siempre temía el día en que intentaría abrir una puerta y el pomo no cedería. Y tampoco le importaba mucho, de hecho; había algo aterrador e inquietante en estar en un lugar donde nada parecía prohibido para él, donde se le ofrecía todo sin pedirle nada a cambio. Él intentaba darles lo que podía, pero era consciente de que no era gran cosa. Y no podía corresponder a Harold por lo que le daba con tanta facilidad: respuestas, afecto.

Una primavera, cuando hacía casi siete años que los conocía, Jude les hizo una visita. Julia cumplía cincuenta y un años; como al cumplir los cincuenta estaba en un congreso en Oslo, decidió que esa sería su gran celebración. Harold y él estaban despejando el salón o, mejor dicho, él limpiaba y Harold cogía libros al azar de los estantes y le contaba cómo los había conseguido, o los abría para enseñarle los nombres de personas escritos en su interior, incluido un ejemplar de *El gatopardo* en cuya guarda habían garabateado: «Propiedad de Laurence V. Raleigh. No llevárselo. ¡¡Harold Stein, esto va por ti!!».

Él le amenazó con decírselo a Laurence, y Harold le devolvió la amenaza a su vez.

—Más vale que no lo hagas, Jude, si sabes lo que vale un peine —dijo.

—¿Qué me pasará si lo hago? —preguntó en broma.

—¡Esto! —exclamó Harold, y, siguiendo el juego, se abalanzó sobre él, pero Jude retrocedió de forma tan violenta, doblando el cuerpo para evitar el contacto, que se golpeó con la estantería y derribó un tazón de cerámica hecho por Jacob, el hijo de Harold, que cayó al suelo y se rompió limpiamente en tres pedazos.

Harold retrocedió y siguió un horrible y repentino silencio. Jude casi se echó a llorar.

—Harold —dijo agachándose para recoger las piezas del suelo—. Lo siento mucho. Por favor, perdóname. —Quería golpearse contra el suelo; sabía que el tazón era lo último que Jacob había hecho para Harold antes de caer enfermo. Por encima de él, solo oía la respiración de Harold—. Harold, por favor, perdóname —repitió con las piezas en las manos—. Creo que puedo arreglarlo…, puedo pegarlo. —No podía levantar la vista del tazón, con su brillo mantecoso.

Notó que Harold se agachaba a su lado.

—No te preocupes, Jude. Ha sido sin querer. —Habló en voz muy baja—. Dame las piezas —añadió con tono amable. No parecía enfadado.

—Si quieres, me voy —dijo.

—No irás a ninguna parte. No pasa nada, Jude.

—Pero era de Jacob —se oyó decir a sí mismo.

—Sí. Y todavía lo es. —Harold se levantó—. Mírame, Jude. —Y cuando por fin lo hizo, añadió—: No pasa nada. Vamos.

Le tendió una mano, Jude la tomó y dejó que lo ayudara a levantarse. Quería gritar. Después de todo lo que Harold le había dado, él le correspondía destruyendo un objeto muy preciado, creado por alguien muy querido por él.

Harold subió a su estudio con el tazón, y él terminó de limpiar en silencio; el maravilloso día se había vuelto gris para él. Cuando Julia llegó a casa, Jude pensaba que Harold le contaría lo estúpido y torpe que había sido, pero no lo hizo. A la hora de la cena Harold se comportó como siempre; sin embargo, cuando Jude regresó a Lispenard Street, le escribió una carta de disculpa y se la envió.

Unos días después recibió una respuesta, también en forma de carta, que guardaría el resto de su vida.

Querido Jude:

Gracias por tus bonitas (aunque innecesarias) líneas. Te agradezco todo lo que dices. Tienes razón; ese tazón significa mucho para mí. Pero tú significas más. Así que, por favor, deja de torturarte.

Si yo fuera otra persona podría decirte que este incidente es una metáfora de la vida: los objetos se rompen y a veces se reparan, pero en la mayoría de los casos te das cuenta de que, por graves que sean los daños, la vida se reorganiza para compensarte de tu pérdida, a veces de una forma maravillosa.

Tal vez, bien mirado, yo soy esa otra persona.

Con cariño,

HAROLD

Hasta hacía pocos años Jude —a pesar de que sabía que no era así, a pesar de que Andy se lo decía desde que tenía diecisiete años— albergaba una pequeña y firme esperanza de mejorar. Sobre todo en los días malos se repetía las palabras del cirujano de Filadelfia: «La columna vertebral tiene cualidades maravillosamente reparadoras», como si fuera una salmodia. Unos años después de conocer a Andy, cuando estudiaba derecho, se armó por fin de valor y pronunció en voz alta la predicción que atesoraba y a la que se aferraba, esperando que Andy asintiera y dijera: «Eso es totalmente cierto. Solo es cuestión de tiempo».

Pero Andy resopló.

—¿Eso te dijo? No mejorará, Jude; con los años empeorará. —Mientras hablaba le examinaba la rodilla y con unas pinzas le quitaba la carne muerta de una herida que se le había abierto. De pronto se quedó quieto y aun sin mirarle a la cara Jude supo que estaba apesadumbrado—. Lo siento, Jude —continuó diciendo, levantando la vista y sujetándole todavía el pie con la mano. Siento no opinar lo mismo. —Y como él no respondía, añadió—: Estás disgustado.

Por supuesto que lo estaba.

—Estoy bien —logró decir, aunque no podía mirar a Andy.

—Lo siento, Jude —repitió Andy en voz muy baja. Incluso entonces tenía dos facetas: una brusca y otra amable, y él había experimentado ambas a menudo, a veces en una sola visita—. Pero te prometo que siempre estaré aquí para cuidar de ti.

Y así lo hizo. De todas las personas que había en su vida, Andy era la que sabía más de él. Era la única persona ante la que se había desnudado de adulto, la única que estaba familiarizada con todas las dimensiones físicas de su cuerpo. En la época en que se conocieron, Andy hacía las prácticas como internista y se quedó en Boston para terminar su especialización. Luego los dos se fueron a vivir Nueva York con unos meses de diferencia. Si bien

Andy era cirujano ortopédico, trataba cualquier dolencia de Jude, desde un resfriado hasta problemas de espalda y piernas.

—Vaya, me alegro de haberme especializado en ortopedia —dijo Andy con mordacidad cuando Jude expectoró una flema estando sentado en la consulta la primavera anterior, poco antes de cumplir veintinueve años, tras darse varios casos de bronquitis en la oficina—. Es una oportunidad para practicar. Es justo lo que pensaba que haría cuando cursaba la carrera.

Él se echó a reír, pero empezó a toser de nuevo y Andy tuvo que darle unas palmadas en la espalda.

—Si alguien me recomendara un verdadero internista tal vez no tendría que seguir acudiendo a un quiropráctico para tratar todos mis problemas de salud.

—Mmm. No es una mala idea. Sabe Dios que me ahorrarías mucho tiempo y un montón de quebraderos de cabeza. —Pero él jamás acudiría a nadie que no fuera Andy, y, aunque nunca habían hablado de eso, creía que Andy tampoco querría que lo hiciera.

Andy sabía muchas cosas de él, pero él sabía muy pocas de Andy. Solo que había estudiado en la misma universidad que él, que tenía diez años más, que su padre era gujarati y su madre galesa, y que había crecido en Ohio. Tres años antes Andy se había casado y lo había sorprendido invitándolo a la boda, que celebró con un número reducido de personas en la casa del Upper West Side de sus suegros. Jude fue acompañando por Willem y todavía se sorprendió más cuando Jane, la mujer de Andy, le arrojó los brazos al cuello al presentárselo Andy y exclamó: «¡El famoso Jude St. Francis! ¡He oído hablar tanto de ti!».

—¿En serio? —repuso él mientras el miedo lo invadía como una bandada de murciélagos batiendo sus alas.

—No me ha contado nada que no debiera —puntualizó Jane, sonriendo (ella también era médico, ginecóloga)—. Pero te adora. Me alegro de que hayas venido, Jude.

Aquel día conoció también a los padres de Andy, y al final de la velada este le pasó un brazo por los hombros y le dio un torpe pero firme beso en la mejilla; desde entonces lo besaba cada vez que se veían. A Andy se le notaba incómodo, pero parecía obligarse a seguir haciéndolo, lo que a Jude resultaba gracioso y conmovedor.

Él apreciaba a Andy por muchas razones, pero lo que más valoraba era el hecho de que no se alterara por nada. Tras su primer encuentro, Andy le había puesto a Jude muy difícil que dejara de verlo ya que se presentaba en el Hood y aporreaba la puerta porque se había saltado dos chequeos (no se le habían olvidado; simplemente había decidido no ir) y no le había contestado tres llamadas telefónicas y cuatro correos electrónicos, de modo que al final se hizo a la idea de que tal vez no estaba mal tener un médico —parecía inevitable, a fin de cuentas—; además, tenía la impresión de que se podía confiar en Andy. La tercera vez que se vieron, este tomó su historial médico o lo que él le entregó como tal, y apuntó todo lo que le dijo sin inmutarse ni hacer comentario alguno.

De hecho, hasta años después —hacía unos cuatro años— Andy no haría una alusión directa a su niñez. Ocurrió durante la primera gran discusión entre ambos. Habían tenido choques y desavenencias, y una vez o dos al año Andy le soltaba un largo sermón —lo veía cada seis semanas, aunque últimamente lo hacía con más frecuencia, y él podía predecir siempre cuál sería la visita del sermón por la tensión con que Andy lo saludaba y llevaba a cabo su reconocimiento— que abarcaba lo que consideraba su desconcertante y enervante falta de interés en cuidar debidamente de sí mismo, su furiosa negativa a ver a un terapeuta y su extraña resistencia a tomar analgésicos que quizá mejorarían su calidad de vida.

La discusión surgió a raíz de lo que luego Andy consideró un torpe intento de suicidio. Sucedió justo antes de Año Nuevo. Jude se había hecho varios cortes, uno de ellos tan cerca de una vena que acabó en un aparatoso y sanguinolento incidente, de modo que se vio obligado a pedir ayuda a Willem. Esa noche, en la consulta, Andy, muy enfadado, se negó a dirigirle la palabra, y solo murmuró en voz baja mientras le suturaba la herida con tanta pulcritud como si de un bordado se tratara.

En su siguiente visita, Jude supo que Andy estaba furioso aun antes de que abriera la boca. En realidad se había planteado no ir a ese chequeo, pero sabía que si no lo hacía Andy lo llamaría con insistencia, o peor, llamaría a Willem, o peor aún, llamaría a Harold, hasta que apareciera en la consulta.

—Debería haberte ingresado, maldita sea —fueron las primeras palabras de Andy, y a continuación añadió—: Soy idiota.

—Me parece que estás exagerando... —empezó a decir él, pero Andy no le hizo caso.

—Creo que no intentabas matarte, de lo contrario, te habría ingresado antes de que te dieras cuenta. Y lo creo porque, según las estadísticas, quien se hace tantos cortes como tú durante un período tan prolongado, corre menos riesgo de suicidarse que quien que se autolesiona de forma menos sistemática. —Andy era muy aficionado a las estadísticas, a veces Jude sospechaba que se las inventaba—. Pero esto es una locura, Jude, y te has salvado por los pelos. O empiezas a ir a un psiquiatra inmediatamente o yo me encargo de que te ingresen.

—No puedes hacerlo —replicó Jude, furioso, aunque sabía que no era cierto; había consultado las leyes de internamiento involuntario de Nueva York y no estaban a su favor.

—Sabes que puedo hacerlo —insistió Andy. A esas alturas casi gritaba. Siempre lo recibía fuera del horario de consulta porque, si disponía de tiempo y estaba de humor, a veces se quedaban un rato charlando.

—Te demandaré —lo amenazó Jude absurdamente.

—¡Adelante! —le gritó Andy—. ¿Sabes lo jodido que estás, Jude? ¿Tienes idea de en qué situación me pones?

—No te preocupes —replicó él con sarcasmo—. No tengo familia. Nadie te demandará por mi muerte.

Andy retrocedió con brusquedad, como si Jude hubiera intentado golpearlo.

—¿Cómo te atreves? —dijo muy despacio—. Sabes que no me refiero a eso.

—Lo que tú digas. Me voy. —Y Jude se bajó de la camilla (por fortuna no se había quitado la ropa, pues antes de que tuviera oportunidad de hacerlo Andy empezó a sermonearlo) y se dispuso a salir de la sala, aunque, con su paso renqueante, a Andy le fue fácil adelantarlo y plantarse en el umbral.

—Jude, ya sé que no quieres quitarte la vida —le dijo en uno de sus repentinos cambios de humor—. Pero esto es demasiado. —Tomó aire—. ¿Has hablado con alguien sobre lo que te pasó de niño?

—Eso no tiene nada que ver con mi niñez —replicó él con frialdad.

Andy nunca se refería a lo que le había contado y a Jude le pareció una traición que lo hiciera en ese momento.

—¡Y una mierda que no! —soltó Andy, y la acartonada teatralidad de la frase (¿de verdad la decía alguien fuera del cine?) hizo que Jude sonriera a regañadientes, y Andy, tomándolo por una burla, cambió de estrategia—. Hay algo increíblemente arrogante en tu obstinación, Jude. Tu rotunda negativa a hablar de nada concerniente a tu salud y a tu bienestar es o un indicio de un caso patológico de autodestrucción, o de que quieres jodernos a todos.

A Jude le dolieron esas palabras.

—Hay algo increíblemente manipulador en el hecho de que me amenaces con ingresarme cada vez que te llevo la contraria, y más en un caso como este, en que, como te digo, solo ha sido un estúpido accidente —replicó él—. Te aprecio, Andy, de verdad. No sé qué haría sin ti. Pero soy adulto y no puedes decirme lo que debo hacer y lo que no.

—¿Sabes, Jude? —respondió Andy, y esta vez volvió a gritar—. Tienes razón. No soy quién para decirte lo que debes hacer. Pero tampoco tengo por qué aceptar tus decisiones. Búscate a otro gilipollas que quiera ser tu médico. Yo renuncio a seguir.

—Está bien —replicó él, y se marchó.

No recordaba haber estado nunca tan cabreado por algo relacionado consigo mismo. Le enfurecían muchas cosas: la injusticia, la incompetencia, los directores que no le daban a Willem el papel que él quería. Pero casi nunca se enfadaba por cosas que le ocurrían a él: procuraba no regodearse en sus dolores, pasados y presentes, no solía dedicar tiempo a buscarles un sentido. Ya sabía por qué habían sucedido, porque se los merecía.

No obstante, también reconocía que la rabia de su amigo estaba injustificada. Y aunque le molestaba depender de Andy, le estaba muy agradecido y sabía que a él le parecía ilógico su comportamiento. Sin embargo, la función de Andy era procurar que la gente se encontrara mejor; Andy intentaba corregir su estado como él haría con una ley tributaria incorrecta; lo de menos era si él creía que podía repararse o no. Lo que Jude pretendía reparar —las cicatrices de la espalda que se elevaban formando una horrible topografía antinatural, de piel brillante por lo tensa que estaba, como un pato asado, justo la razón por la que estaba ahorrando dinero— no era algo que Andy aprobaría.

—Jude, no lo hagas —sabía que le diría si se enterara de sus planes—. Te aseguro que no funcionará y habrás tirado todo ese dinero.

—Pero son repugnantes —murmuraría él.

—No lo son, Jude —respondería Andy—. Te juro que no.

Pero nunca mantendría esa conversación con Andy porque no pensaba decírselo.

Transcurrieron los días, y ni él llamó a Andy ni Andy lo llamó a él. Como un castigo, la muñeca le palpitaba por las noches cuando intentaba dormirse, y en la oficina se olvidaba de ella y se la golpeaba rítmicamente contra el lado del escritorio mientras leía, un viejo tic que no había logrado eliminar. Las suturas le sangraban y se las lavaba con torpeza en el lavabo del aseo.

—¿Qué pasa? —le preguntó Willem una noche.

—Nada —respondió él. Se lo podría contar a Willem, que lo escucharía y diría «mmm» de esa manera tan suya, pero sabía que le daría la razón a Andy.

Una semana después de la pelea, al regresar a Lispenard Street un domingo en que había estado paseando por el este de Chelsea, Jude encontró a Andy esperándolo en los escalones frente a su puerta. Se sorprendió al verlo.

—Hola.

—Hola —respondió Andy. Ambos se quedaron parados—. No estaba seguro de si contestarías el teléfono.

—Por supuesto que sí.

—Oye, Jude. Lo siento.

—Yo también lo siento, Andy.

—Pero de verdad creo que deberías ver a alguien.

—Ya lo sé.

De algún modo lograron dejarlo así: un alto el fuego frágil e insatisfactorio para ambos, con la cuestión del psiquiatra en la vasta zona gris desmilitarizada que había entre ellos. La solución intermedia (aunque no tenía claro cómo se había acordado) fue que al final de cada visita él tenía que enseñarle los brazos a Andy, que los examinaba buscando nuevos cortes. Si encontraba uno lo anotaba en su historial. Jude nunca sabía con certeza qué provocaría otro estallido de Andy; a veces había muchos cortes nuevos y Andy se limitaba a refunfuñar mientras los anotaba, y en otras ocasiones había solo unos pocos, pero Andy se agitaba de todos modos. «Te estás jodiendo los brazos. Lo sabes, ¿verdad?», le decía. Jude no respondía y dejaba que Andy le soltara un sermón. En parte entendía que, al no permitirle hacer su trabajo —que era curarlo, después de todo—, le faltaba al respeto y de algún modo lo ponía en entredicho en su consulta. Llevar la cuenta de los cortes —a veces quería preguntarle a Andy si al alcanzar cierta cifra había premio, pero sabía que eso le irritaría— era la única posibilidad que Andy tenía de fingir que al menos controlaba la situación, aunque no fuera cierto: el registro de datos compensaba la ausencia de un tratamiento real.

No obstante, cuando al cabo de dos años se le abrió otra herida en la pierna, que siempre había sido lo más problemático, y se convirtió en lo más apremiante, los cortes pasaron a un segundo plano. La primera vez que apareció una de esas heridas fue menos de un año después de la lesión y se curó con rapidez. «Pero no será la última —le dijo el cirujano de Filadelfia—. Con una lesión como la tuya, todo tu organismo, desde el sistema vascular hasta el dérmico, ha quedado tan vulnerable que no te extrañe si de vez en cuando te sale alguna.»

Con esa ya eran once las heridas que había tenido, y si bien estaba preparado para lo que eso entrañaba, nunca había logrado averiguar la causa (¿la picadura de un insecto?, ¿un roce con el borde de un archivador metálico?). Siempre era algo irritantemente insignificante pero aun así capaz de rasgarle la piel como si fuera de papel, y Jude se disgustaba por ello: la supuración, el nauseabundo hedor a pescado, el pequeño corte semejante a una boca de feto, los fluidos burbujeantes, viscosos y no identificables. Ir por el mundo con una cavidad que no podía ni quería cicatrizar era antinatural, algo que solo se veía en las películas y los cuentos de monstruos. Empezó yendo a la consulta de Andy todos los viernes por la noche para que le limpiara la herida, le retirara el tejido muerto y examinara la zona circundante en busca de nuevos tumores cutáneos, mientras él contenía el aliento y se aferraba al borde de la camilla intentando no gritar.

—Tienes que avisarme cuando te duela, Jude —le decía Andy mientras él respiraba, sudaba y contaba mentalmente—. Es bueno que sientas dolor. Significa que los nervios siguen vivos y todavía hacen su función.

—Duele —lograba balbucear.

—¿Cuánto en una escala del uno al diez?

—Siete. Ocho.

—Lo siento. —Y añadía—: Ya casi estoy, te lo prometo. Cinco minutos más.

Él cerraba los ojos y contaba a trescientos, obligándose a ir despacio.

Al terminar se incorporaba en la camilla, y Andy se sentaba con él y le ofrecía algo de beber, un refresco, algo azucarado; entonces él percibía cómo la habitación poco a poco se volvía nítida a su alrededor.

—Despacio o te marearás —le decía Andy.

Jude observaba cómo Andy le vendaba la herida; cuando más sereno se le veía era mientras suturaba, serraba o vendaba; en esos momentos él se sentía tan vulnerable y débil que habría accedido a todo lo que Andy le hubiera sugerido.

—No vas a hacerte cortes en las piernas —le decía, y más que una pregunta era una afirmación.

—No.

—Porque eso sería demasiado descabellado, incluso para ti.

—Lo sé.

—Tu cuerpo está tan débil que se te infectaría seriamente.

—Lo sé, Andy.

A veces Jude sospechaba que Andy hablaba con sus amigos a sus espaldas, pues en ocasiones ellos utilizaban sus mismos términos y expresiones. Incluso cuatro años después del «incidente», como Andy lo llamaba, sospechaba que Willem revisaba la papelera del cuarto de baño por las mañanas, y había tenido que tomar medidas para deshacerse de las cuchillas: las envolvía en papel higiénico y esparadrapo, y las tiraba al contenedor de la basura de camino a la oficina. Andy se refería a sus amigos como «tu pandilla». «¿Qué ha estado tramando tu pandilla?» (cuando estaba de buen humor) o «Voy a decirle a tu dichosa pandilla que te vigile» (si no lo estaba). «Ni se te ocurra, Andy —decía él—. De todos modos no es responsabilidad de ellos.» «Por supuesto que lo es», replicaba Andy. En esa cuestión, como en tantas otras, discrepaban.

Sin embargo, ya hacía veinte meses que había aparecido la última herida y seguía sin cerrarse. Mejor dicho, se cerró y se volvió a abrir, y de nuevo se cerró, y un viernes Jude se despertó y sintió algo húmedo y pringoso en la pierna —en la parte inferior de la pantorrilla, por encima del tobillo— y supo que se le había abierto. Aún no había llamado a Andy —lo haría el lunes, pero para él había sido importante dar ese paseo, pues temía que sería el último en mucho tiempo, tal vez meses.

Estaba en Madison con la Cincuenta y cinco, muy cerca de la consulta de Andy, y le dolía tanto la pierna que cruzó hasta la Quinta y se sentó en uno de los bancos situados cerca de la tapia que rodeaba el parque. Estaba mareado, tenía náuseas, una sensación que conocía bien; se inclinó y esperó a que se le pasara, que todo dejara de rodar y el pudiera tenerse en pie. En esos minutos sentía que su cuerpo le traicionaba, que la lucha más pesada y fundamental de su vida era su resistencia a aceptar que lo traicionaría una y otra vez, que no podía esperar nada de él y sin embargo tenía que seguir manteniéndolo. Tanto Andy como él habían invertido muchas horas en intentar reparar lo irreparable, algo que debería haber acabado en pedazos carbonizados en un vertedero años atrás. ¿Y todo para qué? Su cabeza, suponía. Sin embargo, como podría haber dicho Andy, había algo increíblemente arrogante en ello, como si estuviera salvando un cacharro de coche solo porque le tenía un gran apego a su equipo de sonido.

«Si camino unas pocas manzanas más estaré en su consulta», se dijo, pero jamás se habría presentado allí un domingo. Andy merecía descansar. Además, en aquellos momentos sentía algo que nunca había sentido.

Esperó unos minutos más, se levantó con gran esfuerzo y se quedó parado medio minuto para dejarse caer de nuevo en el banco. Finalmente logró sostenerse en pie. Si bien aún no estaba preparado, se imaginó cruzando la acera hasta el bordillo, levantando el brazo para llamar un taxi y apoyando la cabeza en el respaldo del asiento de vinilo negro. Contaría los pasos hasta allí y después los pasos que lo llevarían del taxi a su edificio, del ascensor a su piso y de la puerta principal a su dormitorio. Cuando aprendió a caminar por tercera vez —después de que le retiraran los hierros ortopédicos—, Andy contribuyó a la formación de la fisioterapeuta (a ella le sentó mal pero aun así aceptó sus sugerencias) y, como Ana años atrás, observó cómo avanzaba sin acompañante en un espacio de diez pies, luego de veinte, de treinta, hasta llegar a los cien. Sus propios andares —la pierna izquierda levantándose en un ángulo de casi noventa grados con respecto del suelo, formando un rectángulo, mientras la derecha se inclinaba detrás— se los debía a Andy, que le había hecho practicar durante horas hasta que pudo hacerlo solo. Andy también le dijo que creía que podía andar sin bastón, y si lo logró fue gracias a él.

El lunes no quedaba tan lejos, se dijo mientras luchaba por sostenerse en pie, y entonces Andy lo examinaría, como hacía siempre, por muy ocupado que estuviera.

—¿Cuándo notaste la herida? —le preguntaría, tocándolo con suavidad con un pedazo de gasa.

—El viernes.

—¿Por qué no me llamaste antes? —le preguntaría, irritado—. En cualquier caso, espero que no continuaras con tu estúpido paseo.

—No, claro que no.

Pero Andy no se lo creería. A veces se preguntaba si para él era solo una amalgama de virus y disfunciones. Si eso se acababa, ¿quién sería? Si Andy no tuviera que atenderlo, ¿seguiría interesado por él? Si un buen día se presentaba ante él sano como por arte de magia, con el paso despreocupado de Willem, y la absoluta falta de inhibición de JB, de forma que pudiera recostarse en la silla y dejar que se le saliera la camisa de la cinturilla sin ningún temor, o con los largos brazos de Malcolm y la piel del interior tan lisa que parecía glaseada, ¿qué significaría él para Andy? ¿Qué significaría para cualquiera de ellos? ¿Les gustaría menos? ¿Más? ¿O descubriría —como a menudo temía— que lo que él entendía por amistad era en realidad fruto de la compasión que les inspiraba? ¿Cuánto de su persona era inseparable de lo que no era capaz de hacer? ¿Quién habría sido, o qué sería, sin las cicatrices, los cortes, los dolores, las llagas, las fracturas, las infecciones, las astillas y las descargas?

Por supuesto, nunca lo sabría. Seis meses antes habían conseguido tener la herida bajo control, Andy la examinó y volvió a examinarla antes de soltar una retahíla de advertencias sobre lo que debía hacer si se reabría.

Él solo lo había escuchado a medias. Aquel día estaba animado, y encontró a Andy quejumbroso; además de la perorata sobre la pierna tuvo que soportar otra sobre los cortes (demasiados, en opinión de Andy) y su aspecto en general (demasiado delgado, en opinión de Andy).

Él admiraba su pierna, la movía y examinaba la herida por fin cerrada, mientras Andy hablaba sin parar.

—¿Me estás escuchando, Jude? —le preguntó por fin.

—Pinta bien, ¿verdad? —le dijo a Andy, sin responderle pero buscando su confirmación.

Andy suspiró.

—Pinta… —Luego se interrumpió y guardó silencio, y él levantó la mirada y vio que Andy cerraba los ojos, como si enfocara la vista antes de abrirlos de nuevo y añadir en voz baja—: Sí, Jude. Pinta bien.

Entonces sintió una enorme oleada de gratitud, porque sabía que Andy en realidad no lo pensaba, nunca lo pensaría. Para Andy su cuerpo era una avalancha de terrores frente a la que los dos tenían que estar siempre alerta. Sabía que Andy pensaba que él era autodestructivo, que se engañaba a sí mismo o que negaba la realidad.

Sin embargo, lo que Andy nunca había entendido era su optimismo. Mes tras mes, semana tras semana, Jude optaba por abrir los ojos y vivir otro día. Lo hacía cuando se encontraba tan mal que el dolor parecía transportarlo a otro estado, en el que todo, incluso el pasado que tanto se había esforzado por olvidar, parecía diluirse en una acuarela gris. Lo hacía cuando sus recuerdos desplazaban todos los demás pensamientos, cuando le suponía un verdadero esfuerzo, una gran concentración, ceñirse a su vida diaria, y contener el bramido de desesperación y vergüenza. Lo hacía cuando estaba agotado de intentarlo, y estar despierto y vivo le exigía tanta energía que se quedaba en la cama pensando en motivos para levantarse e intentarlo de nuevo, cuando sería mucho más fácil ir al cuarto de baño, coger del escondite debajo del lavabo la bolsa de plástico con algodón, cuchillas sueltas, toallitas con alcohol y vendajes, y, sencillamente, rendirse. Esos eran los días malos.

Había cometido un error la víspera de la Nochevieja al sentarse en el cuarto de baño y deslizarse la cuchilla por el brazo; estaba medio dormido, pues normalmente no era tan descuidado. No obstante, al darse cuenta de lo que había hecho, durante un minuto, dos —los contó— no supo qué hacer, y la perspectiva de quedarse allí sentado y dejar que el accidente siguiera su curso parecía más fácil que tomar por sí mismo una decisión que se extendería hasta involucrar a Willem y a Andy, y tendría días y meses de consecuencias.

No sabía qué lo impulsó al final a coger la toalla de la barra para envolverse el brazo, levantarse e ir a despertar a Willem. Pero a cada minuto que transcurría estaba más lejos de la otra opción, y los acontecimientos se desencadenaban a una velocidad que no podía controlar; pensó con nostalgia en aquel año poco después de la lesión, antes de conocer a Andy, cuando parecía que todo podía mejorar y vislumbraba un futuro nítido y luminoso, cuando sabía muy poco pero tenía esperanza, y fe en que esa esperanza algún día se viera recompensada.

Antes de Nueva York había estado la facultad de derecho; y antes de la facultad, la universidad; y antes, Filadelfia, y el largo y lento viaje a través del país; y antes, Montana y el hogar para niños; y antes de Montana estuvo el sudoeste, las habitaciones de motel, los solitarios tramos de carretera y las horas al volante. Y antes de eso Dakota del Sur y el monasterio. ¿Y antes? Un padre y una madre, seguramente. O, siendo realistas, un hombre y una mujer. Y luego, quizá, solo una mujer. Y luego él.

El hermano Peter, que le daba clases de matemáticas y siempre le recordaba lo afortunado que era, le contó que lo habían encontrado en un cubo de basura. «En una bolsa de basura. Entre cáscaras de huevo, lechuga pasada y espaguetis podridos…, allí estabas tú. En el callejón que hay detrás del drugstore, ya sabes cuál.» Aunque él no podía saberlo pues casi nunca salía del monasterio.

Más tarde el hermano Michael le dijo que eso no era verdad. «No estabas dentro del cubo sino al lado.» Sí, había una bolsa de basura, concedió, pero él estaba encima de ella, no dentro, y, en cualquier caso, ¿quién sabía qué había en la bolsa, y a quién le importaba? Seguramente eran residuos del drugstore: cartón, pañuelos de papel, precintos y virutas de embalaje. «No debes creer todo lo que te dice el hermano Peter —le recordó, como hacía a menudo, y añadió—: No debes alentar su propensión a inventarse cosas», como hacía cada vez que le pedía detalles sobre cómo había acabado viviendo en el monasterio. «Llegaste y punto, y ahora tienes que concentrarte en tu futuro, no en el pasado.»

Habían inventado un pasado para él. Lo encontraron desnudo, le contó el hermano Peter, o solo con un pañal, puntualizó el hermano Michael. Fuera como fuese, dieron por hecho que lo habían dejado allí para que la naturaleza siguiera su curso, pues estaban a mediados de abril y todavía helaba; un recién nacido no habría sobrevivido mucho. Sin embargo, no debía de llevar allí más que unos minutos, porque cuando lo encontraron todavía estaba caliente, y la nieve aún no había rellenado las huellas de neumático ni las pisadas (zapatillas de deporte, probablemente un número de mujer) que conducían al cubo de la basura y se alejaban de él. Tuvo suerte de que lo encontraran. Todo lo que tenía

—su nombre, su cumpleaños (un cálculo), su refugio, su misma vida— se lo debía a ellos. Debía mostrarse agradecido, aunque no esperaban que les diera las gracias a ellos sino a Dios.

Él nunca sabía cuáles de sus preguntas tendrían respuesta. Las preguntas sencillas (¿lloraba cuando lo encontraron?, ¿había alguna nota?, ¿intentaron averiguar quién lo había abandonado?) eran desechadas, o ignoradas, o quedaba sin respuesta, pero para las más complicadas había declaraciones. «El estado no encontró a nadie que quisiera adoptarte. —De nuevo era el hermano Peter quien hablaba—. Así que decidimos tenerte aquí como medida temporal, y los meses se convirtieron en años y aquí estás. Fin. Ahora acaba esas ecuaciones, llevas todo el día con ellas.»

Pero ¿por qué no encontró a nadie el estado? Teoría número uno, la preferida del hermano Peter: simplemente se sabía muy poco de él, de su etnia, sus orígenes, sus posibles problemas de salud, etc. ¿De dónde había salido? Nadie lo sabía. En ninguno de los hospitales locales habían registrado el nacimiento de una criatura que coincidiera con su descripción, y eso podía resultar inquietante para unos hipotéticos tutores. Teoría número dos, la del hermano Michael: vivían en una ciudad pobre de una región pobre de un estado pobre. Por grandes que fueran las muestras públicas de compasión —y había habido muchas, nunca debía olvidarlo—, era muy difícil incorporar a una criatura en una familia, sobre todo cuando esta ya era numerosa. Teoría número tres, la del padre Gabriel: estaba predestinado a quedarse allí. Era la voluntad de Dios. Ese era su hogar. Y ahora solo tenía que dejar de hacerse preguntas.

Luego había una cuarta teoría, a la que casi todos los hermanos recurrían cuando se portaba mal: era malo, lo había sido desde el principio. «Debes de haber hecho algo muy malo para que te abandonaran de ese modo», solía decirle el hermano Peter después de atizarlo con la vara mientras él se quedaba de pie disculpándose entre sollozos. «Tal vez llorabas tanto que ya no pudieron soportarlo más.» Y él lloraba aún más fuerte, temiendo que el hermano Peter tuviera razón.

Pese al interés de los hermanos por la historia, la irritación era compartida por todos cuando él se interesaba por la suya, como si persistiera en un pasatiempo particularmente cansino que ya debiera haber dejado atrás. Pronto aprendió a no hacer preguntas, o al menos a no hacerlas de manera directa, aunque siempre estuvo atento a cualquier fragmento suelto de información que le pudiera llegar en los momentos más impensables, de las fuentes más improbables. Cuando con el hermano Michael leyó *Grandes esperanzas* logró que se despistara y sin solución de continuidad empezara a perorar sobre cómo debía de ser la vida de un huérfano en el Londres del siglo XIX, un lugar tan ajeno a él como Pierre, a apenas unas cien millas de distancia. Aunque la clase acabó convirtiéndose en un sermón, como sabía que ocurriría, en ella averiguó que a él, como a Pip, los habrían entregado a un pariente si hubiera tenido y lo hubieran identificado. De modo que era evidente que no tenía. Estaba solo.

Su actitud posesiva también era un mal hábito que había que corregir. Él no recordaba cuándo había empezado a codiciar objetos que no le pertenecían, algo que fuera de él y de nadie más. «Aquí nadie tiene nada», le decían los hermanos. Pero ¿era cierto? Él sabía que el hermano Peter tenía un peine de concha, por ejemplo, del color de la savia recién extraída de un árbol e igual de luminosa, del que se sentía muy orgulloso y con el que se peinaba el bigote todas las mañanas. Un día el peine desapareció y el hermano Peter interrumpió la clase de historia con el hermano Matthew para agarrarlo por los hombros y zarandearlo gritando que le había robado el peine, y que más valía que se lo devolviera por su propio bien. (El padre Gabriel lo encontró más tarde. Se había colado entre el escritorio del hermano y el radiador.) Y el hermano Matthew tenía una edición original de *Los bostonianos* encuadernada en tela verde cuyo lomo era muy suave debido al roce y que en cierta ocasión sostuvo ante él para que mirara la cubierta («¡No lo toques! ¡He dicho que no lo toques!»). Hasta el hermano Luke, su hermano favorito, que casi no hablaba y nunca lo reprendía, tenía un pájaro que todos consideraban suyo. Técnicamente el pájaro no era de nadie, le aclaró el hermano David, pero había sido el hermano Luke quien lo había encontrado, cuidado y dado de comer, y hacia él se dirigía cuando volaba, por lo que si Luke lo quería podía quedárselo.

El hermano Luke estaba a cargo del jardín y del invernadero del monasterio, y los meses de calor él lo ayudaba con pequeñas tareas. Escuchando a hurtadillas a los demás hermanos, Jude se había enterado de que el hermano Luke era rico antes de entrar en el monasterio. Pero sucedió o hizo algo (nunca quedaba claro qué) y perdió el dinero o lo regaló, y allí estaba ahora, tan pobre como los demás, aunque su dinero había costeado el invernadero y ayudaba a sufragar parte de los gastos de mantenimiento del monasterio. Algo en el modo en que los demás hermanos solían eludirlo lo indujo a pensar que tal vez era malo, aunque él no pensaba que lo fuera, al menos no con él.

Poco después de que el hermano Peter lo acusara del robo del peine, Jude cometió su primer hurto: un paquete de galletas de la cocina. Pasaba por delante una mañana para ir a la habitación que habían destinado para sus clases; no había nadie y el paquete estaba en la encimera, al alcance de su mano; de manera impulsiva lo agarró y echó a correr metiéndoselo debajo del áspero hábito de lana, una versión en miniatura del de los hermanos. Se desvió para esconderlo debajo de la almohada, de modo que llegó tarde a la clase y el hermano Matthew le dio con una rama de forsitia como castigo, pero el secreto lo llenó de un cálido regocijo. Aquella noche, solo en la cama, se comió una de las galletas (en realidad ni siquiera le gustaron) partiéndola con cuidado en ocho pedazos con los dientes y dejando ablandarse cada pedazo en la lengua hasta podérselo tragar entero.

A partir de aquel día robó cada vez más. En el monasterio no había nada que de verdad quisiera, nada que mereciera la pena poseer, o sea que se quedaba sencillamente con lo que encontraba, sin planearlo ni desearlo en realidad: algo de comer; un botón negro que vio en el suelo de la habitación del hermano Michael en una de sus correrías de después del desayuno; un bolígrafo de la mesa del padre Gabriel, que había cogido cuando, en mitad de un sermón, el padre se volvió para buscar un libro; el peine del hermano Peter (este fue el único robo que planificó, si bien no le produjo más satisfacción que los demás). Robaba cerillas, lápices y hojas de papel —material inútil pero que pertenecía a otros—, que se metía en la ropa interior, y luego volvía corriendo a su dormitorio para esconderlos bajo el colchón, tan delgado que por la noche se le clavaba cada muelle en la espalda.

—¡Para de corretear por ahí o te zurro! —le gritaba el hermano Matthew cuando se escabullía a su habitación.

—Sí, hermano —respondía él, fingiendo que aminoraba el paso.

Lo pillaron el día que se cobró su presa más grande: el encendedor plateado del padre Gabriel, que robó de su mesa cuando interrumpió la clase para atender a una llamada telefónica. El padre Gabriel había estado inclinado sobre el teclado, y él alargó el brazo para coger el encendedor y lo sostuvo en la mano, pesado y frío, hasta que por fin le dejaron marchar. Una vez fuera del despacho del padre, se lo guardó con celeridad en la ropa interior, y al volver a toda prisa a su habitación dobló la esquina sin mirar y chocó con el hermano Pavel. Antes de que este empezara a gritarle, él se cayó de espaldas y el encendedor rebotó contra las losas del suelo.

Le dieron una paliza y le gritaron, y en lo que él creyó que sería el último castigo el padre Gabriel lo llevó a su despacho y anunció que le daría un escarmiento por robar lo que era de otros. Sin comprender nada pero tan aterrado que no podía ni llorar, Jude observó cómo el padre doblaba el pañuelo en la boca de una botella de aceite de oliva para humedecerlo y le frotaba el dorso de la mano izquierda con él. A continuación cogió el encendedor —el que él había robado— y le sostuvo la mano bajo la llama hasta que la zona untada en aceite prendió y toda la mano se vio envuelta en un resplandor blanco y fantasmal. Jude gritó sin parar, y el padre lo golpeó en la cara para que se callara.

—Deja de gritar. Te lo tienes merecido. Así no olvidarás que no debes robar.

Al volver en sí, Jude estaba de nuevo en la cama y tenía la mano vendada. Todas sus pertenencias habían desaparecido: los objetos robados, por descontado, pero también los que él había encontrado: las piedras, las plumas, las cabezas de flecha y el fósil que el hermano Luke le había regalado al cumplir cinco años, el primer regalo que había recibido en su vida.

A partir de aquel día lo obligaron a presentarse todas las noches en el despacho del padre Gabriel, quien lo obligaba a desnudarse y lo examinaba por dentro en busca de contrabando. Y más adelante, cuando la situación empeoró, Jude recordó aquel paquete de galletas. Ojalá no las hubiera robado, pensó. Así no se hubiera creado él mismo tantos problemas.

Las pataletas comenzaron a raíz de esas revisiones vespertinas con el padre Gabriel, que no tardaron en ampliarse para incluir las del mediodía con el hermano Peter. Él reaccionaba con una rabieta, se arrojaba contra las paredes de piedra del monasterio y gritaba con todas sus fuerzas, golpeándose el dorso de su mano fea y dañada (que seis meses después de vez en cuando todavía le dolía, una profunda y persistente palpitación) contra las duras esquinas de las mesas de madera del comedor, aporreándose la nuca, los codos, las mejillas —todas las partes más dolorosas y tiernas— contra el lateral de la mesa. Tenía pataletas día y noche, no podía controlarlas, lo cubrían como una bruma y se relajaba en esos momentos de furia, mientras su cuerpo y su voz se movían de un modo que lo excitaban y repugnaban, porque, por mucho que le doliera después, sabía que asustaba a los hermanos, que ellos temían su cólera, su ruido y su poder. Lo atizaban con lo primero que encontraban; tenían un cinturón colgado de un clavo en la pared del aula, o se quitaban las sandalias y lo golpeaban durante tanto rato que al día siguiente no podía ni sentarse; lo llamaban monstruo, deseaban verlo muerto, le decían que deberían haberlo dejado dentro de la bolsa de la basura. Y él les estaba también agradecido porque le ayudaban a agotarse, porque él solo no podía azotar a la bestia y necesitaba su ayuda para lograr que se retirara, para obligarla a caminar hacia atrás y meterse de nuevo en la jaula, hasta que volvía a escapar.

Empezó a orinarse en la cama y determinaron que fuera a ver al padre más a menudo, para más revisiones, pero cuantas más veces lo examinaba el padre más se orinaba él en la cama. El padre empezó a ir a verlo a su cuarto por las noches, y también el hermano Peter y más adelante el hermano Matthew, y él no hizo sino empeorar; le hacían dormir con la camisa mojada, le obligaban a llevarla durante el día. Jude sabía que hedía a orina y a sangre, y gritaba, se enfurecía y aullaba, interrumpía las clases y tiraba los libros de las mesas para que los hermanos empezaran a golpearlo enseguida y renunciaran a dar la clase. A veces lo golpeaban tanto que perdía el conocimiento, y empezó a anhelar esa negrura, donde el tiempo transcurría y él no participaba de él, y en la que le hacían cosas sin que él se enterara.

A veces había un motivo detrás de la pataleta, aunque solo él lo conocía. Se sentía sucio, mancillado, a todas horas, como si su interior fuera un edificio podrido, la iglesia condenada que había visto una de las contadas veces que había salido del monasterio: las vigas salpicadas de moho, los travesaños astillados y plagados de nidos de termitas, los triángulos de cielo blanco que dejaba ver con impudicia el tejado en ruinas. En una clase de historia se había enterado de la existencia de las sanguijuelas, y de que muchos años atrás se creía que, al extraer la sangre enferma de una persona, absorbían la enfermedad ávida y absurdamente en sus gruesos cuerpos de gusano, y él pasó la hora libre —después de las clases pero antes de las tareas— vadeando por el riachuelo que bordeaba el monasterio en busca de sanguijuelas. No encontró ninguna, y cuando le dijeron que en aquel arroyo no había, gritó y gritó hasta que se quedó sin voz, y ni siquiera entonces pudo parar, ni siquiera al notar como si se le llenara la garganta de sangre caliente.

En una ocasión en que se encontraba en su habitación con el padre Gabriel y el hermano Peter, y él trataba de no gritar, pues había aprendido que cuanto más callado estaba antes terminaban, le pareció ver pasar por el umbral al hermano Luke, raudo como una polilla, y se sintió humillado, aunque entonces no conocía la palabra humillación. Al día siguiente en la hora libre fue al jardín del hermano Luke, cortó la cabeza de todos los narcisos y los amontó junto al cobertizo, con las aflautadas coronas señalando el cielo como picos de pájaro abiertos.

Más tarde, mientras hacía las tareas, de nuevo solo, se arrepintió; la pena le dejó los brazos tan pesados que se le cayó el cubo de agua que llevaba de un extremo de la habitación al otro; entonces reaccionó arrojándose al suelo y gritando de frustración y remordimientos.

A la hora de la cena no pudo comer. Buscó al hermano Luke preguntándose cuándo y cómo lo castigaría, y cuándo tendría que disculparse ante él. Pero no estaba allí. En su ansiedad, dejó caer la jarra metálica de leche, y el líquido blanco y frío se esparció por el suelo. El hermano Pavel, que estaba sentado a su lado, lo agarró y lo empujó contra el suelo.

—¡Límpialo! —le gritó, tirándole un trapo—. Eso será todo lo que comas hasta el viernes. —Era miércoles—. Ahora ve a tu habitación.

Él echó a correr antes de que el hermano cambiara de opinión. La puerta de su habitación —un armario adaptado, sin ventanas y lo bastante grande para que cupiera solo un catre, situado en un extremo de la segunda planta, encima del refectorio— siempre estaba abierta, a no ser que uno de los hermanos o el padre estuvieran con él, pues en tal caso solían cerrarla. Pero al doblar el rellano de las escaleras vio que la puerta estaba cerrada. Por un instante se quedó quieto en el pasillo vacío y silencioso, no muy seguro de lo que le esperaba dentro; probablemente uno de los hermanos. O tal vez un monstruo. Tras el incidente del arroyo fantaseaba de vez en cuando con que las sombras, que se volvían más densas en las esquinas, eran sanguijuelas gigantes que oscilaban en posición vertical con su brillante piel segmentada, oscura y grasienta, esperando para aplastarlo bajo su húmedo y silencioso peso. Al final se armó de suficiente valor para correr hacia la puerta y abrirla de golpe, pero solo encontró la cama, con la manta de lana marrón a los pies, y la caja de pañuelos de papel y los libros de texto en el estante. De pronto reparó en que en la esquina, cerca de la cabecera de la cama, había un jarrón de cristal con un ramillete de narcisos, y los brillantes embudos de sus corolas adornaban la parte superior.

Se sentó en el suelo cerca del jarrón y frotó con los dedos una de las flores aterciopeladas; en ese instante le invadió una tristeza tan abrumadora que le entraron ganas de rajarse, arrancarse la cicatriz del dorso de la mano o hacerse pedazos como había hecho con las flores de Luke.

Pero ¿por qué le había hecho aquello al hermano Luke? No era el único que se mostraba amable con él: cuando no daba motivos para que lo castigaran, el hermano David siempre lo elogiaba y alababa lo rápido que era, y el hermano Peter incluso le llevaba libros de la biblioteca de la ciudad para que los leyera y después hablaban de ellos y escuchaba sus opiniones como si él fuera una persona hecha y derecha; sin embargo, Luke no solo no lo había golpeado nunca, sino que se esforzaba por tranquilizarlo y por darle a entender que estaba con él. El domingo anterior Jude estaba de pie junto a la mesa del padre Gabriel, preparado para recitar en voz alta la oración antes de la cena, y de pronto fue presa de un repentino impulso de portarse mal, agarrar un puñado de patatas de la fuente que tenía delante y arrojarlas por el refectorio. Ya notaba la irritación de la garganta consecuencia del grito que soltaría, el escozor del cinturón al golpearle la espalda, la oscuridad en que se sumiría, la embriagadora luminosidad del día que lo despertaría. Observó su brazo levantándose como un autómata, los dedos abriéndose como pétalos y dirigiéndose al bol. En ese preciso instante alzó la vista y vio al hermano Luke, que le hizo un guiño solemne y breve, como el obturador de una cámara. Al principio dudó de si lo había visto o se lo había imaginado, pero Luke volvió a guiñarle el ojo y eso lo calmó. Entonces leyó la oración, después se sentó y la cena transcurrió sin incidentes.

Y ahora allí estaban esas flores. Antes de que pudiera discurrir qué significaban, se abrió la puerta y apareció el hermano Peter; él se levantó, esperando ese momento terrible para el que nunca estaba preparado y en el que podía suceder cualquier cosa.

Al día siguiente, después de clase, fue directamente al invernadero, resuelto a decirle algo a Luke. No obstante, conforme se acercaba la determinación lo abandonó y se rezagó dando patadas a las piedrecitas del camino y arrodillándose para recoger ramitas del suelo y lanzarlas hacia el bosque que bordeaba la finca. ¿Qué quería decirle? Estaba a punto de dar media vuelta y dirigirse a un árbol entre cuyas raíces había cavado un hoyo para guardar una nueva colección de hallazgos —pequeñas piedras, una rama con forma de perro flaco en mitad de un salto—, donde pasaba la mayor parte del tiempo libre desenterrando sus posesiones y observándolas, cuando oyó que lo llamaban; se volvió y vio a Luke caminar hacia él con la mano levantada a modo de saludo.

—Me ha parecido que eras tú —le dijo al acercarse (¿quién podía ser si no él?, en el monasterio no había más niños, pensó después). Y aunque lo intentó, Jude no encontró las palabras para disculparse; de hecho no encontró palabra alguna, y se echó a llorar. Nunca se avergonzaba cuando lloraba, pero en ese momento lo hizo y le dio la espalda al hermano Luke al tiempo que se llevaba el dorso de la mano cicatrizada a los ojos. De pronto cayó en la cuenta del hambre que tenía, y de que aún era jueves por la tarde y no podría comer hasta el día siguiente.

—Vamos —dijo Luke, y Jude notó que el hermano se arrodillaba muy cerca de él—. No llores, no llores. —Pero su voz era tan suave que él lloró aún más fuerte. Luego se levantó, y cuando volvió a hablar su voz era más alegre—. Jude, escucha. Tengo algo que enseñarte. Ven conmigo. —Entonces echó a andar hacia el invernadero, volviéndose de vez en cuando para asegurarse de que lo seguía—. Ven conmigo, Jude —repitió.

Y él, intrigado a pesar de todo, lo siguió. Se dirigían al invernadero, un lugar que él conocía muy bien, pero ahora sentía un entusiasmo desconocido, como si nunca hubiera estado allí.

Ya de adulto, se obsesionaría periódicamente intentando identificar el momento exacto en que todo empezó a torcerse, como si fuera posible congelarlo, conservarlo, sostenerlo en alto y enseñarlo a sus compañero de clase: «Aquí es donde empezó todo». «¿Fue cuando robé las galletas?», se preguntaba. «¿Cuando arranqué los narcisos? ¿Cuando tuve mi primera rabieta? O, más improbable, ¿cuando hice lo que hice y ella me abandonó detrás del drugstore? Pero ¿qué hice?»

En realidad lo sabía: fue cuando entró en el invernadero esa tarde. Cuando se permitió entrar allí y renunció a todo para seguir al hermano Luke. Ese fue el momento. A partir de entonces nada volvió a ser lo mismo.

Cinco pasos más y está delante de la puerta de su piso; le tiemblan tanto las manos que no puede introducir la llave en la cerradura y maldice cuando por poco se le cae. Una vez dentro del piso, solo hay quince pasos de la puerta a la cama, pero se detiene a mitad de camino, se deja caer despacio al suelo y recorre el último tramo hasta su habitación apoyándose sobre los codos. Por un momento se queda tumbado en el suelo, todo se mueve a su alrededor, hasta que reúne fuerzas para tirar de la manta y taparse. No se moverá de allí hasta que el sol abandone el cielo y el piso quede a oscuras; entonces utilizará las manos para subir por fin a la cama, donde enseguida se quedará dormido sin comer, sin lavarse la cara ni cambiarse de ropa, con los dientes castañeteando por el dolor. Estará solo, porque Willem habrá salido con su novia después de la obra y cuando regrese a casa ya será muy tarde.

Se despertará muy temprano y se encontrará mejor, pero la herida habrá supurado durante la noche, el pus habrá empapado la gasa que se puso el domingo por la mañana antes de salir a dar el desastroso paseo, y los pantalones se le habrán pegado a la piel. Enviará un mensaje a Andy y le dejará otro en su contestador, entonces se duchará y se quitará con cuidado el vendaje, que tendrá adheridos pedazos de carne podrida, y coágulos de sangre ennegrecida y espesa por la mucosidad. Jadeará, y ahogará un grito. Recordará la conversación que mantuvo con Andy la última vez que le ocurrió, cuando este le sugirió que se buscara una silla de ruedas por si la necesitaba, y pese a que no soporta la idea de volver a ir en una silla de ruedas, en ese momento deseará tener una. Pensará que Andy tiene razón, que sus paseos son una muestra de orgullo desmedido, que es egoísta de su parte fingir que todo está bien y no es un discapacitado, que eso es una desconsideración respecto a los demás, que se han mostrado en extremo generosos y buenos con él durante años, casi décadas ya.

Cerrará el grifo de la ducha, se tumbará en la bañera y apoyará la mejilla en la baldosa con la esperanza de encontrarse mejor. Recordará lo atrapado que está, atrapado en un cuerpo que aborrece, en un pasado que aborrece, sabiendo que no será capaz de cambiar ni uno ni otro. Querrá llorar de frustración, de odio y de dolor, pero no ha llorado desde lo que pasó con el hermano Luke: en aquel momento se prometió a sí mismo que no volvería a llorar. Sentirá que no es nada, tan solo una cáscara cuyo fruto se momificó y se encogió hace tiempo, y suena inútilmente si se la agita. Experimentará aquel hormigueo, aquel estremecimiento de asco que le sobreviene tanto en los momentos más felices como en los más desgraciados, y se preguntará quién se cree que es para molestar a los demás, para pensar que tiene derecho a seguir existiendo cuando hasta su cuerpo le dice que debe detenerse.

Se quedará sentado esperando y respirando, y agradecerá que sea tan temprano, que no haya posibilidad de que Willem lo encuentre y tenga que rescatarlo una vez más. Logrará (aunque luego no podrá recordar cómo) colocarse en posición vertical, salir de la bañera, tomar una aspirina e ir a trabajar. En la oficina las palabras se volverán tan poco nítidas que danzarán por la página, y cuando Andy lo telefonee serán solo las siete, y le dirá a Marshall que se encuentra mal, rechazará el ofrecimiento que este le

hará de llevarlo en coche, pero dejará —tan mal se encuentra—
que lo ayude a subirse a un taxi. Hará el mismo trayecto hacia el
norte que estúpidamente recorrió a pie el día anterior. Y cuando
Andy le abra la puerta, intentará mantener la compostura.

—Jude —dirá Andy, y utilizará un tono suave. Ese día no
habrá sermones y él permitirá que lo haga pasar por la sala de
espera vacía, porque aún no ha abierto la consulta al público, y le
ayude a tumbarse en la camilla en la que ha pasado horas, días
enteros, permitirá incluso que le ayude a desvestirse mientras cierra los ojos y espera el brillante destello de dolor cuando le arranque el esparadrapo de la pierna y desprenda la gasa empapada de
la piel seca.

«Mi vida —pensará—. Mi vida.» Pero no podrá pensar en nada
más, y seguirá repitiéndolo para sí, como una salmodia, una maldición o un consuelo, mientras se sumerge en ese otro mundo que
visita cuando el dolor es enorme, un mundo que sabe que nunca
está lejos del suyo, aunque nunca lo recuerde luego: «Mi vida».

2

En una ocasión me preguntaste cuándo supe que él estaba destinado a formar parte de mi vida y yo te respondí que desde siempre. Pero no era verdad, incluso mientras lo decía fui consciente de ello. Lo dije porque era bonito, como si lo dijera un personaje de un libro o de una película, y porque los dos estábamos destrozados e indefensos; me pareció que tal vez haría que nos sintiéramos mejor ante la situación a la que nos enfrentábamos, que quizá podríamos haber prevenido pero no lo hicimos. Fue en el hospital, diría que la primera vez que lo ingresaron. Sé que te acuerdas, pues habías llegado esa mañana de Colombo; después de cruzar ciudades, países y husos horarios como quien juega al tejo, permaneciste en tierra un día entero antes de volver a marchar.

No sé muy bien por dónde empezar.

Quizá con unas palabras bonitas aunque también ciertas. Enseguida me caíste bien. Tendrías unos veinticuatro años cuando nos conocimos, lo que indica que yo tenía cuarenta y siete (¡Dios mío!). Vi en ti a un muchacho fuera de lo común; más tarde él me hablaría de tu bondad, pero no era necesario, yo ya sabía que eras bueno. Fue el primer verano que vinisteis todos a casa y resultó un fin de semana extraño, tanto para mí como para él; para mí porque en vosotros cuatro vi quién y cómo podría haber sido Jacob, y para él porque solo me conocía como profesor, y de pronto me veía con pantalones cortos y delantal, sacando las almejas de la parrilla mientras discutía con vosotros sobre un tema y otro. Solo cuando por fin dejé de ver la cara de Jacob en vosotros, fui capaz de disfrutar del fin de semana, en gran medida por lo mucho que disfrutabais. No visteis nada extraño; dabais por sentado que caíais bien a la gente, no por arrogancia sino porque era lo normal y no teníais motivos para pensar que vuestra educación y afabilidad pudieran dejar de ser correspondidas, mientras fuerais educados y afables.

Él tenía todos los motivos para no pensar de ese modo, desde luego, pero yo no lo descubriría hasta más adelante. En aquellos días lo observé durante las comidas, advertí cómo se recostaba en la silla durante las discusiones particularmente acaloradas, como si estuviera fuera del cuadrilátero y os analizara a todos; la naturalidad con que me desafiabais sin miedo a provocarme, la despreocupación con que os inclinabais sobre la mesa para serviros más patatas, más calabacines o más bistec; el aplomo con que pedíais y recibíais lo que queríais.

El recuerdo más vívido que tengo de ese fin de semana es intrascendente. Estábamos paseando Julia, él, tú y yo por el pequeño sendero bordeado de hayas que conducía al mirador. Entonces era un paso estrecho, ¿te acuerdas? Solo años después se volvió tupido de árboles. Yo caminaba con él, y Julia y tú ibais detrás. Hablabais no sé de qué..., ¿de insectos?, ¿de flores silvestres? Siempre encontrabais algo de que hablar, a los dos os entusiasmaba estar al aire libre y os gustaban los animales; me encantaba que tuvierais estas aficiones, aunque no lo entendía. De pronto tú le tocaste el hombro, te colocaste delante de él y te arrodillaste para atarle el cordón del zapato que se le había desanudado, cuando terminaste esperaste hasta ponerte a la altura de Julia. Fue un gesto muy fluido y discreto: un paso hacia delante, la flexión de una rodilla, una retirada hasta colocarte al lado de Julia. Para ti no significó nada, no te paraste a pensar, ni siquiera interrumpiste la conversación. Siempre estabas pendiente de él (todos lo hacíais), lo cuidabais de múltiples formas, a lo largo de esos pocos días me di cuenta de ello, aunque dudo que tú recuerdes ese hecho en particular.

Sin embargo, mientras lo hacías me miraste, y la expresión de tu rostro…, todavía no puedo describirla, solo sé que en ese momento sentí que dentro de mí se desmoronaba algo, una torre de arena húmeda demasiado alta: por él, por ti, pero también por mí. Supe que su rostro era un reflejo del mío. La imposibilidad de encontrar a alguien que hiciera algo así con tanta naturalidad, con tanta elegancia. Cuando lo miré, comprendí por primera vez desde la muerte de Jacob a qué se refería la gente cuando decía que algo le había desgarrado, le había partido el corazón. Siempre me había parecido una expresión sensiblera, pero en ese momento comprendí que, aun siéndolo, también era verdad.

Supongo que fue entonces cuando lo supe.

Nunca pensé que sería padre, y no porque no tuviera unos padres buenos. De hecho, eran maravillosos; mi madre murió de cáncer de mama cuando yo era pequeño, y los cinco años siguientes solo estábamos mi padre y yo. Él era médico, un médico de cabecera a quien le gustaba creer que envejecería con sus pacientes.

Vivíamos en el West End, en la calle Ochenta y dos, y su consulta estaba en el mismo edificio, en la planta baja. Yo pasaba a verlo al volver del colegio. Todos sus pacientes me conocían, y yo me sentía orgulloso de ser el hijo del doctor y de saludarlos a todos; me gustaba ver cómo los bebés que él había traído al mundo se convertían en niños que me miraban con respeto porque sus padres le decían que yo era el hijo del doctor Stein e iba a un buen colegio, uno de los mejores de la ciudad, y que si estudiaban lo suficiente ellos también podrían ir. Mi padre me llamaba «cariño» y al verme aparecer en la consulta después del colegio, siempre me rodeaba la nuca con la palma de la mano, incluso cuando lo superé en estatura, y me daba un beso en la sien. «Cariño, ¿qué tal la escuela?», me preguntaba.

Tenía yo ocho años cuando mi padre se casó con Adele, su gestora. No hubo un momento en mi niñez que no fuera consciente de la presencia de Adele; ella me llevaba a comprar ropa cuando me hacía falta, venía a comer a casa el día de Acción de Gracias, envolvía mis regalos de cumpleaños. No es que hiciera de madre; para mí Adele era una madre.

Ella era mayor, mayor que mi padre; era una de esas mujeres que agradan a los hombres y consiguen que se sientan a gusto con ellas, pero con las que nunca se casarían, que es un modo de decir que no era agraciada. Pero ¿quién busca belleza en una madre? Una vez le pregunté a Adele si quería tener hijos y ella me respondió que yo era su niño y que no se imaginaba uno mejor. Eso habla por sí solo de mi padre y de Adele, de lo que yo sentía hacia ellos y de cómo me trataban. Yo no cuestioné su afirmación hasta que, a los treinta años, la que entonces era mi mujer y yo hablamos de si debíamos tener otro hijo, un hijo que reemplazara a Jacob.

Adele era hija única, al igual que yo y que mi padre; una familia de hijos únicos. Pero los padres de Adele seguían vivos —los de mi padre no— y los fines de semana íbamos a Brooklyn, a lo que hoy es Park Slope, a verlos. Aunque vivían en Estados Unidos desde hacía casi cinco décadas todavía hablaban muy poco inglés; el padre lo hacía con timidez, y la madre, de forma estrafalaria. Eran tan robustos como Adele e igual de amables. Adele hablaba con ellos en ruso, y su padre, a quien yo llamaba abuelo, abría uno de sus gruesos puños y me enseñaba lo que había dentro: un silbato de madera o una tira de chicle rosa brillante. Cuando me hice mayor y estudiaba en la facultad de historia, él continuaba haciéndome regalos aunque entonces ya no tenía la tienda y había de comprarlos en alguna parte. Pero ¿dónde? Siempre me imaginaba que debía de existir una tienda secreta llena de juguetes pasados de moda, fielmente regentada por ancianos y ancianas inmigrantes, en la que vendían peonzas de madera pintada, soldaditos de plomo y juegos de tabas con la pelota de goma pegajosa de mugre aun antes de sacarla del envoltorio de plástico.

Yo tenía la teoría, infundada, de que los hombres que habían sido testigos del segundo matrimonio de su padre a una edad lo bastante adulta (y, por lo tanto, lo bastante mayores para emitir un juicio) se casaban con su madrastra, no con su madre. Sin embargo, no me casé con alguien como Adele. Mi primera esposa era una mujer fría y reservada. A diferencia de las otras chicas que conocía, que siempre estaban intentando enmascarar su inteligencia, pero también a sus deseos, su rabia, sus temores, su compostura, Liesl nunca lo hacía. Al salir de un café de MacDougal Street en nuestra tercera cita, un hombre salió tambaleándose de un portal oscuro y vomitó sobre ella. El jersey que llevaba acabó cubierto de una sustancia grumosa rosa brillante y un gran corpúsculo se adhirió al pequeño anillo de diamantes que llevaba en la mano derecha, como si a la piedra le hubiera salido un tumor. La gente que había a nuestro alrededor gritó, pero Liesl solo cerró los ojos. Cualquier otra mujer se habría quejado o habría chillado (yo mismo lo habría hecho), pero ella solo se estremeció, como si su cuerpo acusara el asco al mismo tiempo que se distanciaba de él, y cuando abrió los ojos, se había recobrado. Se quitó el jersey y lo tiró a la papelera más cercana. «Vámonos de aquí», me dijo. Yo había permanecido en estado de shock durante toda la escena, pero en ese momento la deseé y la seguí a donde quiso llevarme, que resultó ser su piso, un cuchitril en Sullivan Street. Durante todo el trayecto mantuvo la mano derecha ligeramente levantada, con el grumo de vómito adherido al anillo.

Ni a mi padre ni a Adele les cayó bien Liesl, aunque nunca me lo confesaron; se mostraron educados y respetuosos con mis deseos. A cambio, yo nunca les pedí su opinión, de modo que no tuvieron que mentir. No creo que fuera por su condición de judía, pues ni mi padre ni Adele eran muy religiosos, sino más bien porque creían que ella me intimidaba demasiado, aunque tal vez esa es la conclusión a la que he llegado más tarde. Quizá fuera porque lo que yo consideraba competencia, ellos lo veían como frigidez o frialdad. Sabe Dios que no debieron de ser los primeros en pensarlo. Siempre se comportaron como es debido con ella, y Liesl con ellos, pero creo que mi padre y Adele habrían preferido una nuera que bromeara un poco con ellos, a la que pudieran contar anécdotas embarazosas sobre mi niñez, que quedara con Adele para comer y jugara con mi padre al ajedrez. Alguien como tú, de hecho. Pero Liesl no era así y nunca lo sería, y en cuanto lo comprendieron también ellos guardaron distancias, no como expresión de su desagrado, sino como una especie de autodisciplina, un recordatorio de que había límites, los límites que ella ponía, y tenían respetarlos. Cuando yo estaba con Liesl experimentaba una extraña relajación, como si frente a tanta competencia ni siquiera la desgracia se atreviera a desafiarnos.

Nos conocimos en Nueva York, donde yo estudiaba derecho y ella medicina. Después de licenciarnos, me ofrecieron empleo como pasante en Boston, y ella (que tenía un año más que yo) empezó las prácticas. Se estaba formando para ser oncóloga. Yo la admiraba, pues no hay nada más tranquilizador que una mujer que quiere curar, maternalmente inclinada sobre un paciente con su bata blanca. Sin embargo, Liesl no buscaba admiración: le interesaba la oncología porque era una de las especialidades más difíciles, y la más cerebral. Tanto ella como sus colegas oncólogos en prácticas menospreciaban a los radiólogos (demasiado mercenarios), a los cardiólogos (demasiado engreídos y satisfechos), a los pediatras (demasiado sentimentales) y sobre todo a los cirujanos (increíblemente arrogantes) y a los dermatólogos (de los que no merecía la pena hablar, aunque trabajaban a menudo con ellos). Les gustaban los anestesistas (raros y meticulosos, propensos a alguna adicción) y los patólogos (aún más cerebrales que ellos), eso era todo. A veces invitaba a algunos de sus colegas a casa y durante la sobremesa discutían sobre casos y estudios hasta que las parejas —abogados, historiadores, escritores y científicos de otras ramas—, cansados de ser ninguneados, nos escabullíamos a la sala de estar para hablar de los temas triviales y más frívolos que ocupaban nuestros días.

Éramos adultos y llevábamos una existencia bastante feliz. No había quejas, ni por su parte ni por la mía, por no pasar suficiente tiempo juntos. Nos quedamos en Boston para que ella hiciera las prácticas como residente, y cuando las acabó, ella volvió a Nueva York para especializarse y yo permanecí allí. Por aquel entonces yo trabajaba en un bufete y era profesor adjunto de la facultad de derecho. Nos veíamos los fines de semana, uno en Boston otro en Nueva York. Tras finalizar la especialidad regresó a Boston y nos casamos; compramos una casa, no la que tengo ahora sino una más pequeña, en las afueras de Cambridge.

Los padres de Liesl, curiosamente, eran mucho más emotivos que ella y en los poco frecuentes viajes que hicimos a Santa Bárbara para visitarlos, ella los observaba con expresión ausente, como avergonzada o, al menos, perpleja, ante su relativa efusividad, mientras su padre bromeaba y su madre dejaba delante de mí platos de pepinos troceados y tomates con pimienta, todo de su huerto. Ni mi padre y Adele ni los padres de Liesl nos preguntaron jamás si tendríamos hijos; creo que pensaban que mientras no nos lo preguntaran habría alguna posibilidad de que tuviéramos. Lo cierto era que yo no sentía esa necesidad; nunca me había imaginado en el papel de padre y no veía por qué había que tenerlos o dejarlos de tener, lo que me parecía suficiente motivo para abstenerme. Engendrar un hijo, pensaba yo, era algo que había que desear con fervor, incluso anhelarse. No era empresa para individuos ambivalentes o poco apasionados. Liesl estaba de acuerdo conmigo, o eso creíamos.

Pero una tarde —yo tenía treinta y un años, y ella treinta y dos; todavía éramos jóvenes— la encontré en la cocina esperándome al llegar a casa. Me sorprendió, pues su jornada siempre era más larga que la mía y no solía verla hasta las ocho o las nueve de la noche.

—Tengo que hablar contigo —me dijo con solemnidad. De pronto me asusté.

Al ver mi expresión, ella sonrió; Liesl no era una persona insensible, y no quisiera dar la impresión de que carecía de amabilidad, porque poseía ambas cualidades.

—No es nada malo, Harold. —Se rió un poco y añadió—: O eso creo.

Me senté. Ella tomó aire.

—Estoy embarazada. No sé cómo ha ocurrido. Debí de olvidarme de tomar un par de píldoras y no le di más vueltas. Estoy de casi ocho semanas. Me lo han confirmado hoy en la consulta de Sally. —Sally había sido su compañera de piso en nuestra época universitaria, y era su mejor amiga y su ginecóloga. Liesl hablaba muy deprisa y de forma entrecortada, con frases muy pensadas. Luego guardó silencio unos momentos—. Como con la píldora no hay reglas, no me he enterado hasta ahora. —Al ver que yo me callaba, añadió—: Di algo.

Al principio yo no podía hablar.

—¿Cómo te encuentras? —le pregunté por fin.

Ella se encogió de hombros.

—Bien.

—Estupendo —respondí como un estúpido.

—Harold —dijo ella sentándose delante de mí—, ¿qué quieres que haga?

—Tú no quieres tenerlo.

Ella no me contradijo.

—Quiero saber lo que quieres tú.

—¿Y si te digo que quiero tenerlo?

Liesl estaba preparada.

—Entonces me lo plantearía muy seriamente.

Yo tampoco esperaba esa respuesta.

—Leez, deberíamos hacer lo que tú quieras. —Una respuesta no del todo magnánima, sino más bien cobarde. En ese caso como en otros muchos, yo estaba encantado de dejar que ella decidiera

Liesl suspiró.

—No tenemos que decidirlo esta noche. Hay tiempo. —Cuatro semanas, no hacía falta que lo dijera.

Ya en la cama pensé. Pensé en todo lo que los hombres piensan cuando una mujer les comunica que está embarazada: ¿a quién se parecería el bebé? ¿Me gustaría? ¿Lo querría? Y luego, más agobiante: la paternidad, con todas sus responsabilidades, satisfacciones, aburrimiento y posibilidades de fracaso.

Al día siguiente no hablamos del tema, y al siguiente de nuevo lo eludimos. El viernes de aquella misma semana, ella comentó soñolienta, cuando nos acostábamos:

—Mañana tenemos que hablar de eso.

—Sí —respondí.

Pero no lo hicimos, y al día siguiente tampoco, y transcurrió la novena semana, la décima, la undécima, la duodécima, y luego fue demasiado tarde para que fuera ético o fácil, y creo que ambos nos sentimos aliviados. La decisión había sido de los dos —o mejor dicho, nuestra indecisión tomó la decisión por nosotros— e íbamos a tener un hijo. Era la primera vez en nuestro matrimonio que nos mostrábamos tan indecisos.

Nos imaginamos que sería una niña y la llamaríamos Adele, por mi madre, o Sarah, por Sally. Cuando supimos que era un niño, dejamos que Adele escogiera el primer nombre (estaba tan feliz que se echó a llorar; fue una de las pocas veces que la vi hacerlo) y que Sally eligiera el segundo: Jacob More. («¿Por qué More?», le preguntamos a Sally, y ella nos respondió que por Thomas More.)

Yo nunca he sido, y sé que tú tampoco, de esas personas que creen que el amor que se siente por un hijo es superior, más significativo, trascendente y grandioso que cualquier otro. No lo sentí antes de que naciera Jacob y no lo sentí después. Pero es cierto que es un amor singular, porque no se fundamenta en la atracción física, el placer o el intelecto, sino en el miedo. Nunca has experimentado miedo hasta que tienes un hijo, y tal vez eso es lo que nos induce a creer que es grandioso, porque el miedo lo es. El primer pensamiento que acude a la mente todos los días no es «Lo quiero» sino «¿Cómo se encuentra?». De la noche a la mañana el mundo se reorganiza en una carrera de terrores. Lo llevaba en brazos y esperaba a que cambiara el semáforo para cruzar la calle, y pensaba en lo absurdo que era que mi hijo, que cualquier criatura, confiara en sobrevivir. Su supervivencia parecía tan improbable como la de una de esas pequeñas mariposas blancas de finales de primavera que a veces veía revolotear, a pocos milímetros de estamparse contra un parabrisas.

Y deja que te cuente un par de cosas que aprendí. Lo primero es que da igual los años que tenga, o cuándo o cómo se ha convertido en tu hijo. Una vez decides considerarlo hijo tuyo algo cambia, y todo lo que has disfrutado de él, todo lo que has sentido por él, se ve precedido por el miedo. No es algo biológico sino más bien extrabiológico, no procede tanto de la determinación de asegurar la supervivencia del código genético como del deseo de sentirse uno mismo inviolable ante los desafíos del universo, de triunfar por encima de lo que busca destruir lo que es tuyo.

Lo segundo que aprendí es que cuando tu hijo muere, sientes todo lo que esperabas sentir; han sido sentimientos tan bien documentados por tantas personas que no me molestaré siquiera en enumerarlos aquí. Solo decir que todo lo que se ha escrito sobre el duelo viene a ser lo mismo, y eso por una razón: porque no hay ninguna desviación real del guión. A veces sientes unas cosas más que otras, o las sientes en otro orden o durante un tiempo más largo o más corto. Pero los sentimientos siempre son los mismos.

Sin embargo, hay algo que todos se callan; cuando se trata de tu hijo, una parte de ti, muy pequeña pero no por ello desestimable, también siente alivio. Porque por fin ha llegado el momento que estabas esperando, que has estado temiendo y para el que llevas preparándote desde el día en que fuiste padre.

Ha llegado, te dices. Ya está aquí.

Y después ya no temes nada.

Años atrás, tras la publicación de mi tercer libro, un periodista me preguntó si podía decir enseguida si un alumno tenía talante de abogado, y la respuesta es que a veces sí, aunque a menudo me equivoco; el alumno que en la primera mitad del semestre parece brillante deja de serlo a medida que avanza el año, y el alumno en el que nunca reparaste surge como una lumbrera al que te fascina oír razonar.

Los alumnos inteligentes por naturaleza suelen ser los que mayor dificultad tienen el primer año; la facultad de derecho, sobre todo en el primer curso, no es un lugar donde la creatividad, el pensamiento abstracto y la imaginación se vean premiados. Basándome en lo que he oído y no en mi experiencia, a menudo creo que es un poco como en una escuela de bellas artes.

Julia tenía un amigo llamado Dennys que de niño había demostrado tener mucho talento como pintor. Eran amigos de la infancia, y en una ocasión me enseñó algunos de sus dibujos a los diez o doce años, pequeños bocetos de pájaros picoteando el suelo, de su cara redonda e inexpresiva, de su padre o del veterinario del barrio acariciando un terrier que lo miraba y hacía una mueca. El padre de Dennys no le veía sentido a que asistiera a clases de dibujo, de modo que el niño no recibió una formación pictórica. Sin embargo, al hacerse mayores, Julia fue a la universidad y Dennys se inscribió en una escuela de bellas artes. Durante la primera semana permitieron que los estudiantes dibujaran lo que quisieran y siempre eran los bocetos de Dennys los que el profesor colgaba en la pared para elogiarlos y criticarlos. Pero luego les enseñaron a dibujar, lo que en esencia era copiar. La segunda semana solo dibujaron elipses. Elipses amplias, gruesas y delgadas. La tercera semana dibujaron círculos: círculos de tres dimensiones y luego de dos. Después una flor. Un jarrón. Una mano. Una cabeza. Un cuerpo. Y cada semana Dennys dibujaba peor. Antes de que terminara el trimestre sus dibujos dejaron de estar colgados en la pared. Se había vuelto demasiado cohibido para dibujar. Ahora cuando veía un perro sacudiendo con su largo pelaje el suelo, no veía un perro sino un círculo sobre una caja, y si intentaba dibujarlo, le preocupaba más la proporción que plasmar su naturaleza perruna.

Decidió hablar con el profesor. «Estamos aquí para descomponeros, Dennys —le dijo—. Solo los que tienen un verdadero talento serán capaces de recomponerse.»

—Supongo que yo no era uno de ellos —decía Dennys, que al final se hizo abogado y se fue a vivir a Londres con su pareja.

—Pobre Dennys —decía Julia.

—Oh, no importa —respondía Dennys suspirando.

Pero eso no convenció a nadie. También la facultad de derecho descomponía la mente. A los novelistas, los poetas y los artistas no siempre les va bien en la facultad de derecho (a no ser que sean malos novelistas, malos poetas y malos artistas), aunque a los matemáticos, los lógicos y los científicos tampoco les va necesariamente bien. Los primeros fallan porque tienen una lógica propia; los segundos, porque la lógica es todo lo que tienen.

Sin embargo, él fue desde el principio un buen estudiante —un gran estudiante—, pero a menudo camuflaba su talento. Con solo escuchar sus respuestas en clase, yo sabía que tenía todo lo que hay que tener para ser un abogado extraordinario; no por casualidad se considera que la abogacía es un oficio, y como todo oficio requiere en primer lugar una gran memoria, y él la tenía. También requiere, como muchos oficios, la capacidad para ver el problema que uno tiene ante sí y después el tipo de problemas que puede traer consigo. Del mismo modo que para un contratista una casa no es una mera estructura sino una maraña de tuberías que el hielo obstruye en invierno, de tejas de madera que se hinchan por la humedad en verano, de canalones que se convierten en surtidores en primavera y de cemento que se resquebraja con el frío de principios de otoño, también para un abogado una casa es algo más. Una casa es una caja fuerte llena de contratos, embargos, futuros pleitos y posibles infracciones; representa ataques en potencia contra la propiedad, los bienes, la persona o la privacidad.

Claro que no puedes pensar continuamente en eso, pues te volverías loco. Por eso, para la mayoría de los abogados, una casa acaba siendo una casa, algo que hay que amueblar, arreglar y pintar, y de nuevo vaciar. No obstante, hay un período en que los buenos estudiantes de derecho descubren que su percepción de algún modo ha cambiado y caen en la cuenta de que la ley es ineludible, y que no hay nada, ningún aspecto de la vida diaria, que escape de sus largos y codiciosos dedos. Una calle se convierte en un horrible desastre, una profusión de violaciones y potenciales pleitos civiles. Un matrimonio se parece a un divorcio. El mundo se convierte durante un tiempo en algo insoportable.

Él tenía esta habilidad. Tomaba un caso y veía el desenlace; no es cosa fácil, pues hay que ser capaz de barajar mentalmente todas las opciones, todas las posibles consecuencias, y a continuación seleccionar las que merecen una especial atención y las que conviene desestimar. Pero lo que él además hacía —y no podía dejar de hacer— era preguntarse por las implicaciones de los asuntos en el orden moral. Y eso en la facultad de derecho no ayuda. Yo tenía colegas que no permitían que sus alumnos pronunciaran las palabras «correcto» e «incorrecto». «Lo correcto no viene al caso», solía gritar uno de mis profesores. «¿Qué es la ley? ¿Qué dice la ley?» (Los profesores de derecho disfrutamos haciendo teatro, todos lo hacemos.) Otro guardaba silencio cuando se mencionaban estas palabras, pero se acercaba al transgresor y le entregaba un pequeño papel del puñado que guardaba en el bolsillo interior de la americana, en el que se leía: «Drayman 241». Drayman 241 era la oficina del departamento de filosofía.

He aquí un caso hipotético. Un equipo de fútbol tiene que jugar un partido fuera de casa, pero una de las furgonetas en la que debe trasladarse se estropea, de modo que le piden a la madre de uno de los jugadores que les preste la suya. Ella accede enseguida, pero no quiere conducir, así que le pide al asesor del equipo que conduzca. En mitad de trayecto la furgoneta se sale de la carretera, vuelca y todos los que viajan en ella mueren.

No hay caso criminal. La carretera estaba resbaladiza y el conductor no iba bebido. Ha sido un accidente, pero los padres y las madres de los jugadores muertos demandan a la propietaria de la furgoneta. Sostienen que la furgoneta era suya y, lo más importante, fue ella quien eligió al conductor. Él solo la representaba a ella y por lo tanto sobre ella cae la responsabilidad. ¿Qué ocurre entonces? ¿Deberían ganar el pleito los demandantes?

A los alumnos no les gusta este caso. No lo llevo a menudo en clase porque creo que su carácter extremo lo vuelve más llamativo que instructivo. No obstante, cuando lo planteo, siempre hay en el aula una voz que exclama: «¡Pero eso no es justo!». Y por irritante que sea esa palabra, «justo», es esencial que los alumnos nunca olviden este concepto. «Justo» nunca es una respuesta, les digo. Pero siempre es algo que hay que tener en cuenta.

Sin embargo, él nunca alegaba que algo no era justo. La justicia no parecía despertar su interés, lo cual me parecía fascinante, ya que a la gente en general, pero sobre todo a los jóvenes, les interesa mucho lo que es justo. La justicia es un concepto que se enseña a los niños dichosos: es el principio rector en las guarderías, las colonias de verano, los parques de juegos y los campos de fútbol. Cuando fue lo bastante mayor para ir al colegio y aprender a pensar y a hablar, Jacob sabía qué era la justicia: algo que había que valorar y tener en cuenta. La justicia es para las personas felices, para todos los que han sido lo bastante afortunados para llevar una vida más definida por las certezas que por las ambigüedades.

Sin embargo, lo correcto y lo incorrecto son para…, bueno, quizá no sirvan para las personas felices sino para las marcadas y las asustadas.

¿O esto es lo que pienso ahora?

—¿Y bien? ¿Ganaron el pleito los demandantes? —preguntaba yo.

Aquel año, el primero de la carrera para él, tratamos ese caso en clase.

—Sí —respondió él, y explicó la razón: sabía de manera instintiva por qué habían ganado.

En el acto se alzó en el fondo del aula la vocecilla:

—¡Pero no es justo!

Y antes de que yo pudiera empezar mi primera lección del trimestre —lo «justo» nunca es una respuesta, etcétera, etcétera—, él replicó en voz baja:

—Pero es lo correcto.

Nunca tuve ocasión de preguntarle a qué se refería con eso. La clase terminó, todos se levantaron enseguida y se dirigieron atropelladamente hacia la puerta, como si se hubiera declarado un incendio en el aula. Recuerdo que me dije que se lo preguntaría en la clase siguiente, pero se me olvidó. Y se me volvió a olvidar una y otra vez. Con los años recordaría en ocasiones esa conversación y cada vez me propondría preguntarle lo que había querido decir con eso. Pero nunca lo hice, no sé por qué.

Ese se convirtió en su patrón: conocía la ley y tenía intuición para interpretarla. Pero justo cuando yo quería que dejara de hablar, introducía un argumento moral y mencionaba la ética. No hagas eso, por favor, pensaba yo. La ley es simple. No requiere tantos matices como crees. La ética y la moral tienen un lugar en la ley, pero no en la jurisprudencia. Si bien la moral nos ayuda a hacer las leyes, no nos sirve para aplicarlas.

Me preocupaba que esa tendencia le pusiera las cosas más difíciles, que complicara el talento natural que tenía para pensar,

aunque detesto decir esto de mi profesión. «¡Basta!», quería decirle. Pero nunca lo hice, porque con el tiempo comprendí que disfrutaba oyéndole pensar en voz alta.

Al final, mi preocupación resultó ser inútil y nada impidió
que se convirtiera en un gran abogado. Pero a medida que pasaba
el tiempo, a menudo me entristecía, por él y por mí. Lamentaba
no haberlo apremiado a dejar la facultad de derecho y abrazar el
equivalente de Drayman 214, porque las aptitudes que yo incen-
tivaba en clase no eran las que él necesitaba. Ojalá lo hubiese empujado en una dirección en la que su mente hubiera podido ma-
nifestarse en toda su sutilidad, en la que él no hubiera tenido que
conformarse con una manera aburrida de pensar. Tenía la impresión de que había tomado a alguien que sabía dibujar un perro y
lo había convertido en alguien que solo sabía dibujar formas.

Soy culpable de muchas cosas en lo que se refiere a él. Pero a
veces de lo que más me culpabilizo, de manera ilógica, es de esto.
Abrí la puerta de la furgoneta y lo invité a subir. Y aunque no me
salí de la carretera, lo llevé a un lugar lúgubre, frío y sin colores, y
lo dejé allí solo, mientras que en el lugar donde lo había recogido
el paisaje era un derroche de color, el cielo resplandecía con fuegos artificiales y él estaba allí, boquiabierto de asombro.

3

Tres semanas antes de que se marchara a Boston para celebrar el día de Acción de Gracias, llegó un paquete a la oficina —una gran caja plana y rígida de madera con su nombre y su dirección escritos con rotulador negro en todos los lados— y estuvo todo el día encima de su mesa hasta que pudo abrirlo, ya entrada la noche.

Por la dirección del remitente supo qué era, pero aun así sintió esa curiosidad instintiva que se apodera de cualquiera cuando desenvuelve algo, aunque sea algo que no desea. El paquete estaba protegido con varias capas de papel marrón y un envoltorio de burbujas, y en el interior de la caja, envuelto en hojas de papel blanco, estaba el cuadro.

Le dio la vuelta. «Para Jude, con cariño y disculpas, JB», había garabateado JB en el lienzo, justo encima de su firma, «Jean-Baptiste Marion». Detrás del marco, sujeto con celo, había un sobre de la galería de JB y con una carta, dirigida a él y firmada por el secretario de la galería, certificando la autenticidad y la fecha del cuadro.

Llamó por teléfono a Willem, que ya habría salido del teatro y debía de estar de camino a casa.

—¿A que no adivinas qué he recibido hoy?

Se hizo un breve silencio antes de que Willem respondiera.

—El cuadro.

—Sí. —Jude suspiró—. ¿Así que tú estás detrás de esto?

Willem tosió.

—Solo le dije que no le quedaba otra elección si quería que volvieras a dirigirle la palabra. —Se quedó callado unos minutos, y Jude alcanzó a oír el viento soplando junto a Willem—. ¿Necesitas ayuda para llevarlo a casa?

—Gracias, pero voy a dejarlo aquí de momento. Me lo llevaré más adelante. —Devolvió el cuadro a su envoltorio y lo colocó en la caja, que deslizó debajo de la consola. Antes de apagar el ordenador, empezó a escribir unas líneas a JB, pero se interrumpió, borró lo que había escrito y se marchó sin más.

A fin de cuentas, no estaba tan sorprendido de que JB le hubiera enviado el cuadro, no le sorprendió en absoluto que fuera Willem quien lo hubiera convencido para que lo hiciera. Ocho meses antes, justo cuando Willem empezaba a actuar en *El teorema de Malamud*, a JB le habían propuesto exponer su obra en una galería del Lower East Side, y la pasada primavera había hecho su primera exposición individual titulada «Los cuatro», una serie de veinticuatro cuadros basados en fotografías que les había tomado a los tres. Tal como había prometido años atrás, JB le dejó ver las fotos a partir de las que quería pintar, y aunque Jude aprobó (a regañadientes; tenía muchos reparos, pero sabía lo importante que era la serie para JB) la mayoría de ellas, él al final se mostró más interesado por las no aprobadas, muchas de las cuales —entre ellas una imagen de él acurrucado en la cama, con los ojos abiertos pero sin ver, con la mano izquierda extendida y abierta en un ángulo poco natural, como la garra de un espíritu maligno— Jude no recordaba que se las hubiera tomado. Esta fue la causa de su primera discusión, en la que JB lo aduló, él se enfurruñó y lo amenazó a gritos, hasta que, al ver que JB no cambiaba de opinión, intentó que Willem se pusiera de su parte.

—¿Te das cuenta de que en realidad no te debo nada? —le soltó JB al percatarse de que las negociaciones con Willem no progresaban—. Me refiero a que, en sentido estricto, no tengo que pedirte autorización. Puedo pintar lo que me venga en gana. Es una cortesía que tengo contigo, ¿sabes?

Jude podría haber vencido a JB con argumentos, pero estaba demasiado enfadado para hacerlo.

—Me lo prometiste, JB. Eso debería bastar. —Podría haber añadido: «Y me lo debes como amigo», pero ya hacía unos años que había comprendido que el concepto que JB tenía de la amistad y de las responsabilidades que esta entrañaba no coincidía con el suyo, y no valía la pena discutir; lo aceptabas o no lo aceptabas, y Jude había decidido hacerlo, aunque últimamente el esfuerzo que le suponía había empezado a resultar más irritante, cansino y arduo de lo que creía necesario.

Al final JB tuvo que darse por vencido, aunque en los meses anteriores a la exposición había hecho alguna que otra alusión a los que llamaba sus «cuadros perdidos», las grandes obras que podría haber pintado si Jude hubiera sido menos rígido, menos tímido, menos cohibido y ese era su argumento favorito menos insensible. Más tarde Jude se avergonzó de su propia ingenuidad al confiar en que se respetarían sus deseos.

La inauguración fue un jueves de finales de abril, poco después de su trigésimo cumpleaños, una noche de un frío tan impropio de la estación que las primeras hojas de los plátanos se helaron y se cuartearon. Al doblar la esquina de Norfolk Street, Jude se detuvo para admirar la escena: la galería como una brillante caja dorada de luz y calor que rielaba contra la gélida negrura de la noche. En el interior encontró a Henry Young el Negro, a un amigo común de la facultad y a otros muchos conocidos —de la universidad y de las fiestas de Lispenard Street—, a las tías de JB, a los padres de Malcolm y a viejos amigos de JB que hacía años que Jude no veía—, de modo que tardó un rato en abrirse paso entre la gente para detenerse a mirar los cuadros.

Siempre había sabido que JB tenía talento. Lo sabía él y todo el mundo; aunque a veces podías tacharlo de poco generoso, en su obra había algo que te convencía de que estabas equivocado, que fueran cuales fuesen los defectos que atribuías a su carácter, estos no eran sino una prueba de tu propia pequeñez y mezquindad, y que en el interior de JB se ocultaba un ser piadoso, profundo y comprensivo. Esa noche Jude no tuvo dificultad en reconocer la intensidad y la belleza de los cuadros, y solo sintió orgullo y gratitud hacia JB: por lo que significaba su obra, por descontado, pero también por su talento para producir colores e imágenes al lado de los cuales los demás colores e imágenes palidecían, y por su habilidad para ver el mundo con nuevos ojos. Habían colocado los cuadros en una sola hilera que se extendía a lo largo de las paredes como un pentagrama, y los tonos que JB había creado, densos azules morados y amarillos bourbon, resultaban tan suyos que era como si hubiera inventado un nuevo lenguaje del color.

Jude se detuvo para admirar uno de los cuadros que ya había visto y que había comprado, *Willem y la chica*, en el que se veía a Willem de espaldas a la cámara con la cabeza vuelta, mirando al espectador, aunque en realidad miraba a una chica que supuestamente se encontraba de pie en el campo visual de Willem. Le encantó aquella expresión del rostro de Willem que tan bien conocía: estaba a punto de sonreír y tenía la boca blanda y titubeante, pero los músculos que rodeaban los ojos tiraban hacia arriba. Los cuadros no colgaban por orden cronológico, así que junto a ese había uno de él, de unos meses atrás (se apresuró a pasar de largo), seguido de una imagen de Malcolm y su hermana en lo que reconoció como el primer piso de West Village, que ella había dejado hacía tiempo, *Malcolm y Flora, Bethune Street*, se llamaba.

Buscó con la mirada a JB y lo vio hablando con el director de la galería; en ese preciso momento JB alargó el cuello, se cruzó con su mirada y lo saludó con una mano. «Genio», articuló Jude quedamente por encima de la cabeza de la gente, y JB le sonrió y articuló a su vez: «Gracias».

Entonces Jude se acercó a la tercera y última pared, y los vio: dos cuadros, los dos de él, que no estaban entre los que JB le había enseñado. En el primero se le veía muy joven, con un cigarrillo en la mano; en el segundo, de un par de años antes, estaba sentado en la cama, inclinado sobre el borde, con la frente apoyada contra la pared, las piernas y los brazos cruzados, y los ojos cerrados —la posición que siempre adoptaba cuando salía de un ataque y hacía acopio de sus recursos físicos antes de levantarse de nuevo—. No recordaba que JB le hubiera sacado esa foto; de hecho, dado el ángulo de visión —la cámara asomando por el marco de la puerta—, no podía recordarla pues no podía saber de su existencia. Por un instante el ruido que lo rodeaba cesó, y no pudo dejar de mirar el cuadro; aun en su agitación, tuvo la clarividencia necesaria para reconocer que su reacción no se debía tanto a las imágenes como a los recuerdos y los sentimientos que estas le suscitaban, y a la sensación de profanación al ver plasmados en público dos momentos tan miserables de su vida. Para cualquier otra persona serían dos cuadros sin contenido ni significado explícitos a menos que él los explicara. Pero a él le resultó muy doloroso verlos y de pronto deseó intensamente estar solo.

Aguantó la cena que siguió a la inauguración, que le pareció interminable y en la que echó muchísimo de menos a Willem, que no había podido asistir porque esa noche actuaba. Al final no tuvo que cruzar palabra alguna con JB, que estaba rodeado de admiradores; a los que se acercaron a él —entre ellos el galerista de JB— para decirle que los dos últimos cuadros, los de él, eran los mejores de la exposición (como si él tuviera alguna responsabilidad de ello) logró sonreírles y convenir en que JB tenía un talento extraordinario.

Sin embargo, más tarde, ya en casa, tras recuperar el control de sí mismo, pudo expresar por fin ante Willem la sensación de traición que había experimentado. Willem tomó partido por él sin titubear, y se indignó tanto que por un instante Jude se calmó; era evidente que la doblez de JB también había cogido por sorpresa a Willem.

Esa fue la causa de la segunda pelea, que empezó con un enfrentamiento en un café cercano al piso de JB, dado que este fue incapaz de disculparse; lejos de hacerlo, habló sin parar de lo maravillosos que eran los cuados, dijo que algún día, cuando él hubiera superado los problemas que tenía consigo mismo, los valoraría, y que no era para tanto, que tenía que afrontar sus complejos, por otra parte infundados, y que tal vez eso podía ayudarlo, que todos menos él sabían lo increíblemente atractivo que era y que eso debería indicarle que tal vez —mejor dicho, sin duda— era él quien tenía una imagen equivocada de sí mismo, y por último, que los cuadros ya estaban pintados, ¿y qué quería que hiciera con ellos? ¿Se sentiría mejor si los destruía? ¿Debía arrancarlos de la pared y prenderles fuego? Ya los habían expuesto y no se podía hacer nada al respecto. ¿Por qué no lo aceptaba y lo superaba?

—No te estoy pidiendo que los destruyas, JB —replicó él, tan furioso y aturdido por la extraña lógica de JB y su casi ofensiva obstinación que le entraron ganas de chillar—. Solo te estoy pidiendo que te disculpes.

Pero JB no podía hacerlo, o no quería, y cuando al final Jude se levantó de la mesa y se marchó, no intentó detenerlo.

A partir de ese momento Jude le retiró la palabra. Willem lo abordó por su cuenta, y los dos tal como le contó Willem empezaron a gritarse en la calle; a raíz de lo cual también Willem le retiró la palabra. Desde ese día tuvieron que recurrir a Malcolm para saber de JB. Malcolm, reacio a comprometerse, se mostró de acuerdo en que JB estaba equivocado, pero al mismo tiempo les dio a entender que eran poco realistas. «Sabes que no va a disculparse, Jude. Estamos hablando de JB. Estás perdiendo el tiempo.»

—¿Acaso soy poco razonable? —le preguntó Jude a Willem después de esa conversación.

—No, Jude —respondió Willem en el acto—. Fue él quien metió la pata y quien ahora tiene que disculparse.

Se vendieron todos los cuadros de la exposición. *Willem y la chica* fue a parar al despacho, y también *Willem y Jude, Lispenard Street, II*, que Willem había comprado. *Jude después de enfermar* (al enterarse del título le invadió de nuevo la ira y la humillación, y por un instante entendió qué significaba la expresión «ciego de ira») lo adquirió un coleccionista cuyas compras eran consideradas una señal de futuros éxitos, pues solo compraba en las primeras exposiciones, y casi todos los artistas de los que había adquirido alguna obra habían tenido una carrera espléndida. La pieza central de la exposición, *Jude con un cigarrillo,* se quedó por colocar, y eso se debía a un torpe error de aficionado: el comisario de la exposición lo había vendido a un importante coleccionista británico y el dueño de la galería lo había vendido a su vez al Museo de Arte Moderno.

—Genial —le dijo Willem a Malcolm, sabiendo que este le repetiría sus palabras a JB—. JB debería comunicarle a la galería que se lo quedaría él y dárselo a Jude.

—No puede hacerlo —replicó Malcolm, tan horrorizado como si Willem hubiera sugerido que tirara el lienzo a la basura—. Estamos hablando del MoMA.

—¿Qué más da? Si es realmente bueno tendrá otra oportunidad. Malcolm, no le queda otra si quiere mantener la amistad de Jude. —Willem guardó silencio antes de añadir—: Y la mía.

Malcolm transmitió ese mensaje, y la perspectiva de perder a Willem como amigo bastó para que JB lo llamara y quedara con él; cuando se vieron lloró, lo acusó de haberlo traicionado y de ponerse siempre de parte de Jude, y de que era evidente que le importaba un comino su carrera cuando él siempre lo había apoyado.

Todo eso había ocurrido a lo largo de meses, mientras la primavera daba paso al verano, y con la llegada de la nueva estación Willem y él fueron a Truro sin JB. Luego llegó el otoño, y antes de que Willem y JB volvieran a quedar, a Willem lo contrataron para su primer papel cinematográfico: sería el rey en una adaptación de *La doncella sin manos* que se rodaría en Sofía en enero; a Jude lo promocionaron en su trabajo, un socio de Cromwell Thurman Grayson and Ross, uno de los mejores bufetes de la ciudad, se puso en contacto con él, y además utilizaba casi a diario la silla de ruedas que Andy le había conseguido en mayo; Willem había roto con su novia tras un año saliendo con ella y ahora estaba con una diseñadora de moda llamada Philippa; su excolega Kerrigan había enviado un correo electrónico a todas las personas con las que había trabajado en el que se declaraba públicamente homosexual y denunciaba el conservadurismo de la sociedad; Harold le preguntó quiénes irían ese año el día de Acción de Gracias, y si él podría quedarse un día más, cuando todos se hubieran marchado, pues querían hablar con él; él había ido al teatro con Malcolm y a exposiciones con Willem, y había leído novelas sobre las que habría discutido con JB, ya que eran los dos lectores de novela del grupo; toda una lista de cosas que los cuatro habrían hecho juntos y que ahora hacían en grupos de dos o tres. Al principio fue desconcertante, después de tantos años de funcionar en cuarteto, pero él ya se había acostumbrado, y aunque echaba de menos a JB —su ingenioso egocentrismo, y su capacidad para ver lo que el mundo podía aportar siempre y cuando le afectara a él— y no se imaginaba la vida sin él, no se veía capaz de perdonarlo.

Y ahora, suponía, la pelea se había terminado y el cuadro era suyo. Willem lo acompañó el sábado a la oficina, él lo desenvolvió y lo apoyó contra la pared; ambos lo miraron en silencio, como si se tratara de un animal inerte y extravagante del zoo. Ese era el cuadro que habían reproducido en la crítica del *Times*, y más tarde en el artículo de *Artforum*, pero Jude no pudo apreciarlo en toda su magnitud hasta que se encontró en la seguridad de su despacho; si hubiera sido capaz de olvidar que era él, habría admirado la belleza de aquella figura y la razón por la que JB se había sentido atraída por ella: un extraño, asustado y alerta, con ropa que parecía prestada, no estaba claro si era hombre o mujer, imitando los gestos y las poses de la edad adulta aunque saltaba a la vista que no comprendía nada de ellos. Jude ya no sentía nada hacia ese extraño; había sido como dar la espalda a alguien que tienes constantemente delante, fingir que no lo ves día tras día, hasta que llega un momento en que ya no lo ves, o eso te obliga a pensar.

—No sé qué voy a hacer con él —admitió Jude con pesar, porque no quería el cuadro, y al mismo tiempo se sentía culpable de que Willem hubiera borrado a JB de su vida por él y por algo que no volvería a ver nunca más.

—Bueno —respondió Willem tras un silencio—, siempre podrías regalárselo a Harold. Estoy seguro de que le encantará tenerlo.

Entonces comprendió que tal vez Willem sabía desde el principio que él no querría el cuadro y que eso no le había importado, que no se arrepentía de haber tomado partido por él y no por JB, y que no lo culpaba por haberlo empujado a hacerlo.

—Es posible —dijo Jude despacio, aunque sabía que no lo haría; a Harold sin duda le encantaría (lo había elogiado en la exposición), lo colgaría en un lugar muy visible y cuando él fuera de visita tendría que verlo—. Siento haberte arrastrado hasta aquí, Willem, pero creo que lo dejaré en el despacho hasta que decida qué hacer con él.

—Está bien —respondió Willem, y entre los dos lo envolvieron de nuevo y lo colocaron debajo de su escritorio.

En cuanto Willem se marchó, Jude encendió el móvil y esta vez sí que escribió un mensaje a JB: «JB —empezaba—. Muchas gracias por el cuadro y por tu disculpa. Significan mucho para mí.

—Se detuvo, pensando en qué escribir a continuación—. Te he echado de menos y quiero saber qué tal andas —continuó—. Llámame cuando tengas tiempo para salir». —Todo era cierto.

De pronto supo qué hacer con el cuadro. Buscó la dirección del representante de JB y le escribió una nota en la que le agradecía el envío de *Jude con un cigarrillo*, pero le comunicaba su intención de donarlo al MoMA y le preguntaba si podía facilitar la operación.

Más tarde contemplaría ese episodio como un antes y un después en su amistad con JB, por descontado, pero también en su amistad con Willem. Cuando tenían veinte años había períodos en que miraba a sus amigos y le invadía una alegría tan profunda y pura que deseaba que el mundo se detuviera, que ninguno de ellos truncara ese momento en que todo estaba en equilibrio y el afecto que sentía por ellos era perfecto. Pero, claro está, no era posible; todo cambiaba enseguida y el momento se desvanecía en silencio.

Habría sido demasiado melodramático, demasiado rotundo, afirmar que a partir de ese incidente JB empequeñeció a sus ojos. Sin embargo, era cierto que por primera vez comprendió que las personas en las que había confiado podían traicionarlo algún día, y que por decepcionante que pudiera ser, también era inevitable, y la vida seguiría impulsándolo sin cesar hacia delante, porque, aunque todos le fallaran, siempre habría al menos una persona que no lo haría.

Jude creía (una opinión compartida por Julia) que Harold tendía a complicar más de la cuenta el día de Acción de Gracias. Todos los años desde que lo invitaban a pasar esa fiesta con ellos, Harold prometía que ese año lo deslumbraría echando abajo una de las tradiciones culinarias estadounidenses menos convincentes; solía decirlo a principios de noviembre, cuando todavía estaba entusiasmado por el proyecto. Harold siempre lo empezaba todo con grandes aspiraciones; el primer día de Acción de Gracias que pasaron juntos, nueve años antes, cuando Jude cursaba segundo de derecho, Harold anunció que cocinaría pato *à l'orange*, con *kumquats* en lugar de naranjas. Cuando Jude llegó a casa de Harold con el bizcocho de nueces que había hecho la noche anterior, Julia acudió sola a la puerta para recibirlo.

—El pato mejor ni mencionarlo —le susurró mientras lo saludaba con un beso.

En la cocina, un Harold agobiado sacaba del horno un gran pavo.

—No digas nada —le advirtió.

—¿Qué quieres que diga?

Ese año Harold le preguntó qué le parecía si preparaba trucha.

—Trucha rellena de algo —añadió.

—Me gusta la trucha —respondió él con cautela—. Pero ya sabes que también me gusta el pavo, Harold.

Todos los años mantenían una variante de esa conversación, en la que Harold proponía diferentes animales y proteínas en sustitución del pavo: pollo chino de patas negras al vapor, *filet mignon*, tofu con hongos o ensalada de pescado blanco ahumado sobre centeno casero.

—A nadie le gusta el pavo, Jude —replicó Harold con impaciencia—. Sé por dónde vas. No me insultes fingiendo que te gusta solo porque no me crees capaz de preparar otro plato. Comeremos trucha y punto. Por cierto, ¿podrías hacer el bizcocho que trajiste el año pasado? Creo que irá bien con el vino que tengo. Envíame una lista de lo que quieres que compre.

A su modo de ver, lo desconcertante era que por lo general a Harold no le interesaban la comida ni el vino. De hecho, no tenía criterio alguno y a menudo lo llevaba a restaurantes excesivamente caros aunque mediocres, donde devoraba encantado platos insulsos de carne chamuscada y guarniciones poco imaginativas de pasta viscosa. Julia (que tampoco mostraba gran interés por la comida) y Jude hablaban de la extraña obsesión que se apoderaba cada año de él. Harold tenía varias obsesiones, algunas inexplicables, pero esa parecía serlo en especial, y la cosa no parecía ir a mejor.

Willem sostenía que la búsqueda por parte de Harold de un menú alternativo para el día de Acción de Gracias había empezado en broma, pero con los años se había transformado en algo más serio, y ya no podía dejarlo de lado, aun sabiendo que nunca tendría éxito.

—Aunque en realidad se trata de ti, ¿sabes? —le señaló Willem.

—¿Qué quieres decir?

—Lo hace por ti. Es la forma que tiene de decirte que le importas lo suficiente para intentar impresionarte.

Él lo rechazó de inmediato.

—No lo creo, Willem.

Aunque a veces imaginaba que Willem tenía razón, y se sentía estúpido y un poco patético por lo contento que le ponía la sola idea.

Willem era el único que iría ese año el día de Acción de Gracias, pues cuando Jude se reconcilió con JB, este ya había hecho planes para celebrarlo con Malcolm en casa de sus tías. Intentaron cancelar la cita, pero ellas se enfadaron tanto que decidieron no irritarlas más.

—¿Qué habrá este año? —le preguntó Willem. Tenían previsto coger el tren el miércoles, la víspera de Acción de Gracias—. ¿Alce? ¿Venado? ¿Tortuga?

—Trucha.

—¡Trucha! —exclamó Willem—. Bueno, la trucha es fácil de preparar. Puede que este año acabemos comiendo trucha.

—Pero dijo que las rellenaría.

—Retiro lo dicho.

Fueron ocho para cenar: Harold y Julia, Laurence y Gillian, un amigo de Julia llamado James y su novio Carey, Willem y él.

—Esto sí que es pura dinamita, Harold —comentó Willem cortándose una segunda ración de pavo, y todos se rieron.

Jude se preguntaba en qué momento había dejado de sentirse tan nervioso y fuera de lugar en las cenas de Harold. Sin duda, sus amigos habían contribuido a ello. A Harold le gustaba discutir con ellos, le gustaba provocar a JB para que hiciera declaraciones escandalosas y casi racistas; le gustaba tomarle el pelo a Willem sobre cuándo pensaba sentar la cabeza; le gustaba conversar con Malcolm sobre tendencias estéticas y estructurales. Él sabía que Harold disfrutaba hablando con ellos, y ellos también disfrutaban, eso le daba a él la oportunidad de escucharlos tal como eran, sin tener que participar; eran una bandada de loros sacudiendo su brillante plumaje de vivos colores y presentándose a sus iguales sin temor ni malicia.

La conversación estuvo dominada por la boda de la hija de James, que se casaría en verano.

—Soy viejo —se quejaba James, y Laurence y Gillian, cuyos

hijos todavía iban a la universidad y pasaban ese día con sus amigos en Carmel, soltaron un bufido compasivo.

—Y vosotros —dijo Harold, mirándolo a Willem y a él—, ¿cuándo pensáis sentar la cabeza?

—Creo que se refiere a ti —le dijo él a Willem sonriendo.

—¡Harold, tengo treinta y dos! —protestó Willem, y todos se rieron de nuevo mientras Harold balbucía:

—¿Qué es eso, Willem? ¿Una justificación? ¿Una defensa? ¡No tienes dieciséis!

Pero por mucho que Jude disfrutara de la velada, en el fondo seguía dándole vueltas a la conversación que Harold y Julia querían mantener con él al día siguiente. Durante el trayecto en tren se lo había mencionado a Willem, y mientras echaban una mano en la cocina rellenando el pavo, escaldando las patatas o poniendo la mesa, intentaron adivinar lo que Harold se proponía decirle. Después de cenar se pusieron el abrigo para salir al patio trasero y allí volvieron a darle vueltas al asunto.

Jude sabía que estaban bien de salud, pues era lo primero que le había preguntado a Harold. ¿De qué querrían hablar?

—Tal vez cree que paso demasiado tiempo con ellos —sugirió Jude. O Harold simplemente se había hartado de él.

—Imposible —replicó Willem con tanta rotundidad que Jude se sintió aliviado. Guardaron silencio—. Tal vez uno de los dos ha recibido una oferta de trabajo fuera y tienen que marcharse.

No se les ocurría qué podía justificar la necesidad de tener una conversación con él; tal vez se disponían a vender la casa de Truro (pero ¿por qué querrían hablar con él de ello, por mucho que le encantara la casa?). Tal vez Harold y Julia iban a separarse (aunque se les veía bien, como siempre). Tal vez pensaban vender el piso de Nueva York y querían que lo supiera por si deseaba comprarlo (algo improbable, pues estaba convencido de que nunca lo venderían). Tal vez iban a reformarlo y le pedirían que supervisara las obras.

Poco a poco las hipótesis se volvieron más específicas e inverosímiles. Tal vez Julia (o Harold) iba a destaparse. Tal vez Harold (o Julia) estaba viviendo un renacimiento. Tal vez ambos tenían previsto dejar sus empleos para irse a vivir a un *ashram* a las afueras de Nueva York. Tal vez se disponían a empezar una nueva vida ascética en un remoto valle de Cachemira. Tal vez iban a someterse a una operación estética. Tal vez Harold se estaba haciendo republicano. Tal vez Julia había descubierto a Dios. Tal vez habían nombrado fiscal general a Harold. Tal vez el gobierno tibetano en el exilio había identificado a Julia como la próxima reencarnación del panchen lama y ella se disponía a irse a vivir a Dharamsala. Tal vez Harold iba a presentarse como candidato socialista a la presidencia. Tal vez pensaban abrir en la plaza un restaurante que solo serviría pavo relleno de toda clase de carne. A esas alturas los dos se reían a carcajadas, tanto por el hecho de no saber como por lo absurdo de sus hipótesis. Doblados por la mitad y tapándose la boca con el cuello del abrigo para sofocar las risas, las lágrimas heladas les herían las mejillas.

Ya en la cama, Jude volvió a detenerse en el pensamiento que se había colado como un tentáculo desde algún oscuro recoveco de su mente y se había introducido en su mente como una fina hiedra verde: tal vez uno de los dos había descubierto algo de su pasado y le presentarían pruebas, una historia médica, una fotografía, un fotograma: ese era el escenario de su pesadilla. Jude ya había decidido que no lo negaría, ni discutiría ni se defendería.

Admitiría la verdad, se disculparía insistiendo en que nunca quiso engañarlos y se marcharía prometiéndoles que no volvería a ponerse en contacto con ellos. Solo les pediría que guardaran el secreto, que no se lo dijeran a nadie. Practicó las palabras: «Lo siento mucho, Harold. Lo siento mucho, Julia. Nunca fue mi intención avergonzaros». Pero era una disculpa inútil. Quizá no lo fuera, pero eso no cambiaba nada: lo haría, tenía que hacerlo.

A la mañana siguiente Willem se marchó, pues tenía que actuar por la noche.

—Llámame en cuanto sepas algo, ¿de acuerdo? —Y cuando él asintió, añadió—: No será nada, Jude. Sea lo que sea, lo resolveremos. No te preocupes, ¿me oyes?

—Sabes que lo haré igualmente —respondió él, e intentó sonreírle.

—Sí, lo sé. Pero inténtalo. Y llámame.

El resto del día lo dedicó a limpiar —en casa de Harold y Julia siempre había mucho que hacer, ya que ni a él ni a ella les gustaba hacerlo—, y cuando se sentaron para disfrutar de una cena temprana —guiso de pavo y ensalada de remolacha que había preparado él— era tal su nerviosismo que solo pudo fingir que comía y confiar en que Harold y Julia no se dieran cuenta. Luego empezó a amontonar los platos para llevárselos a la cocina, pero Harold lo detuvo.

—Déjalos, Jude. ¿Podemos hablar ahora?

Jude notó que el pánico se apoderaba de él.

—Debería aclararlos antes para que no se quede la comida incrustada —protestó débilmente percatándose de lo estúpido de la excusa.

—A la mierda los platos —replicó Harold.

Y aunque Jude sabía que era cierto que le importaba un comino si la comida se incrustaba o no, por un instante se preguntó si su naturalidad no era un tanto excesiva, un simulacro de calma que ocultaba la realidad. Al final no tuvo más remedio que dejar los platos y seguirlo al salón, donde Julia servía café para Harold y para ella, y té para él.

Jude se dejó caer en el sofá mientras Harold se acomodaba en el sillón a su izquierda, frente a la otomana tapizada con tela de suzani en la que estaba sentada Julia. Eran los lugares que siempre ocupaban, con la mesa de centro entre ellos, y Jude deseó que ese momento se prolongara, porque ¿qué pasaría si ese era el último que pasaba allí, si esa era la última vez que se sentaba en aquella habitación oscura y caldeada, con los libros, el intenso y dulce olor a zumo de manzana con pulpa, la alfombra turca azul marino y roja con pliegues debajo de la mesa de centro, y la esquina del almohadón del sofá tan gastado que asomaba la muselina blanca por debajo...?, todas las cosas a las que se había permitido querer porque eran de Harold y de Julia, y él había pensado en esa casa como la suya.

Durante un rato los tres bebieron de sus tazas sin mirarse y él intentó fingir que era una noche corriente, aunque de haberlo sido ninguno de ellos habría estado tan callado.

—Bueno —empezó a decir Harold por fin, y dejó la taza en la mesa, preparándose.

«Sea lo que sea —se recordó Jude—, no empieces a poner excusas. Acéptalo y dale las gracias por todo.»

Se hizo otro largo silencio.

—Me cuesta decirlo —continuó Harold, cambiando de mano la taza. Jude se obligó a esperar la siguiente pausa—. He preparado un guión, ¿verdad? —Se volvió hacia Julia y ella asintió—. Aunque no pensé que me pondría tan nervioso.

—Lo sé —le dijo ella—. Pero lo estás haciendo muy bien.

—¡Ja!, pero es un detalle que lo digas. —Harold sonrió y Jude tuvo la sensación de que solo estaban ellos dos en la habitación, y que por un instante se habían olvidado de que también él estaba allí.

Entonces Harold volvió a guardar silencio, preparándose para hablar.

—Jude, te conozco… te conocemos desde hace más de una década —empezó por fin, y Jude observó cómo fijaba la mirada en él y acto seguido la apartaba para detenerla en algún punto por encima de la cabeza de Julia—. A lo largo de estos años los dos te hemos tomado mucho cariño. Eres un amigo, por supuesto, pero te consideramos algo más que un amigo, alguien mucho más especial. —Miró a Julia y ella asintió de nuevo—. Así que espero que lo que voy a decirte no te parezca demasiado… presuntuoso. Verás, hemos estado preguntándonos que te parecería que…, bueno, que te adoptemos. —Y esta vez se volvió hacia él y sonrió—. Serías legalmente nuestro hijo y nuestro heredero, y algún día todo esto —agitó el brazo libre en el aire en un paródico gesto abarcador— sería tuyo, si lo quieres.

Jude guardó silencio. No podía hablar, no podía reaccionar; ni siquiera se notaba el rostro, no sabía qué expresión podía haber en él.

—Jude, si por algún motivo no quieres, lo entenderemos —se apresuró a decir Julia—. Sabemos que es mucho pedir. El hecho de que no aceptes no cambiará lo que sentimos por ti, ¿verdad, Harold? Siempre serás bien recibido aquí y esperamos que continúes formando parte de nuestra vida. De verdad que no nos enfadaremos contigo, así que no tienes por qué sentirte mal. —Ella lo miró—. ¿Necesitas tiempo para pensártelo?

Jude notó que salía del aturdimiento y las manos empezaban a temblarle. Cogió uno de los cojines para esconderlas. Hizo tres intentos de hablar y cuando por fin lo consiguió seguía sin poder mirarlos.

—No necesito pensarlo —respondió, y su voz sonó débil y extraña—. ¿Estáis bromeando? No hay nada en este mundo que haya deseado más. Toda mi vida. Solo que nunca pensé... —Se interrumpió; hablaba de forma entrecortada. Por un momento todos guardaron silencio y él por fin logró mirarlos—. Creía que ibais a decirme que ya no queríais seguir viéndome.

—Oh, Jude —exclamó Julia.

Harold pareció perplejo.

—¿Cómo se te ha ocurrido pensarlo?

Pero él meneó la cabeza, incapaz de explicarlo.

Se hizo un nuevo silencio y de pronto todos sonreían, Julia a Harold, Harold a él, él al cojín, sin saber cómo poner fin a ese momento o qué hacer a continuación. Finalmente Julia juntó las manos y se levantó.

—¡Champán! —exclamó, y salió de la habitación.

Harold y él también se levantaron y se miraron.

—¿Estás seguro? —le preguntó Harold en voz baja.

—Tanto como tú —respondió él, también en voz baja. Se le ocurrió una broma obvia y chusca sobre que aquello parecía una propuesta matrimonial, pero no se vio con ánimos para hacerla.

—¿Eres consciente de que estarás unido a nosotros de por vida? —Harold sonrió poniéndole una mano en el brazo y Jude le devolvió la sonrisa.

Confió en que Harold no dijera nada más, porque si lo hacía se echaría a llorar, vomitaría toda la comida, se desmayaría, se pondría a gritar o ardería de forma espontánea. De pronto fue consciente de lo agotado que estaba, como sin fuerzas, tanto por las pasadas semanas de desasosiego como por los pasados treinta años anhelando y deseando ardientemente un momento así, al mismo tiempo que se repetía que no le importaba. Después del brindis, lo abrazaron, primero Julia y a continuación Harold —la sensación de que Harold lo estrechara en sus brazos era tan desconocida e íntima que casi se escurrió—, y Jude sintió un gran alivio cuando este le dijo que se olvidara de los malditos platos y se fuera a la cama.

Al llegar a su habitación tuvo que echarse media hora antes de pensar siquiera en sacar el móvil. Necesitaba sentir la solidez de la cama que tenía debajo, el suave tacto de la manta de algodón en la mejilla, la familiar sensación del colchón cediendo al moverse sobre él. Necesitaba asegurarse de que ese era su mundo y de que seguía estando en él, de que lo que acababa de suceder era real. De pronto recordó una conversación que había tenido con el hermano Peter; le preguntó si creía que algún día lo adoptarían y el hermano se rió y respondió con un «no» tan rotundo que él nunca volvió a preguntarlo. Y aunque debía de ser muy pequeño entonces, recordaba con mucha claridad que la respuesta negativa del hermano Peter no había hecho sino fortalecer su determinación para conseguirlo, aunque no era algo que estuviera en su mano procurarse.

Estaba tan confuso que al llamarle no cayó en la cuenta de que Willem acababa de salir a escena. Cuando en el descanso le devolvió la llamada, Jude seguía tumbado en la cama en el mismo estado comatoso, con el móvil todavía en la mano ahuecada. «Jude», balbuceó Willem al oír la noticia, y a Jude le pareció que se alegraba sinceramente por él.

Solo Willem, Andy y también Harold sabían en líneas generales cómo había transcurrido su niñez: el monasterio, el hogar para niños, el período en casa de los Douglass. Con todos los demás procuraba mostrarse evasivo, hasta que al final les decía que sus padres habían muerto siendo él niño y que había crecido con una familia de acogida, lo que solía detener el interrogatorio. Pero Willem contaba con algo más de información, y sabía que ese era su imposible y ferviente deseo.

—Eso es increíble, Jude. ¿Cómo te sientes?

Él intentó reírse.

—Como que voy a estropearlo todo.

—Tranquilo, no lo harás.

Los dos guardaron silencio.

—Ni siquiera sabía que se podía adoptar a un adulto.

—No es frecuente, pero se puede. Siempre que haya consentimiento por ambas partes. Suele hacerse por motivos de herencia. —Jude hizo otro amago de reír—. No recuerdo gran cosa de lo que estudié en derecho de familia, pero sé que te dan un nuevo certificado de nacimiento con el apellido de tus padres adoptivos.

—Vaya.

—Lo sé. —Oyó que alguien llamaba a Willem con autoridad y añadió—: Tienes que irte.

—Mierda. Felicidades, Jude. Nadie se lo merece más que tú. —Willem respondió algo al que le gritaba y añadió—: Tengo que irme. ¿Te importa si escribo a Harold y a Julia?

—En absoluto. Pero no se lo digas a los demás, ¿de acuerdo? Primero tengo que asimilarlo.

—No diré ni pío. Hasta mañana. Oye, Jude… —Pero Willem no pudo decir nada más.

—Lo sé. Yo siento lo mismo.

—Te quiero —concluyó Willem y, antes de que él tuviera que responder, colgó.

Jude nunca sabía qué contestar cuando Willem le decía eso, pero le gustaba oírlo. Era una noche de acontecimientos imposibles; intentó quedarse despierto, estar consciente y alerta el mayor tiempo posible, disfrutando y repasando lo ocurrido: los deseos de toda una vida que en unas pocas horas se habían hecho realidad.

Al día siguiente, al volver al piso, había una nota de Willem en la que le pedía que lo esperara levantado. Willem llegó con helado, tarta de zanahoria, que se comieron con fruición aunque a ninguno de los dos les gustaba especialmente el dulce, y champán, que bebieron a pesar de que él tenía que despertarse temprano a la mañana siguiente. En el transcurso de las semanas que siguieron Harold se dedicó a hacer los trámites y le mandó formularios para que los firmara —la solicitud de adopción, una fe de vida para modificar el certificado de nacimiento, una solicitud del certificado de antecedentes penales—, y él los llevó al banco al mediodía para que los autenticaran; no quería que se enterara nadie del trabajo, aparte de las pocas personas a las que él mismo se lo comunicó: Marshall, Citizen y Rhodes. Dio la noticia a JB y a Malcolm, que reaccionaron como esperaba —JB con una batería de bromas poco graciosas, , como si quisiera dar por fin con una que funcionara; Malcolm haciendo preguntas cada vez más minuciosas en torno a distintas hipótesis que él no fue capaz de responder—y se alegraron sinceramente por él. Y, cómo no, se lo comunicó a Andy, que al principio se quedó mirándolo y luego asintió sin más, como si le hubiera pedido una venda de repuesto antes de irse, pero después empezó a emitir una serie de extraños sonidos como de foca, mitad ladrido mitad estornudo, y Jude se dio cuenta de que lloraba. La visión le sorprendió y lo puso algo nervioso; no sabía qué hacer.

—Largo —le ordenó Andy entre sonidos—. Hablo en serio, Jude, largo de aquí. —Y él se fue.

Al día siguiente recibió un ramo de rosas del tamaño de una mata de gardenias con una nota escrita con la furiosa y compacta caligrafía de Andy, en la que se leía:

JUDE, ESTOY TAN AVERGONZADO, JODER, QUE APENAS PUEDO ESCRIBIR ESTA NOTA. POR FAVOR, PERDÓNAME POR LO DE AYER. NO PUEDO ALEGRARME MÁS POR TI Y LA ÚNICA PREGUNTA QUE ME HAGO ES POR QUÉ COÑO HA TARDADO TANTO HAROLD. ESPERO QUE TE LO TOMES COMO UNA SEÑAL DE QUE NECESITAS CUIDARTE MÁS PARA QUE, LLEGADO EL DÍA, TENGAS FUERZAS PARA CAMBIARLE LOS PAÑALES A HAROLD CUANDO TENGA MIL AÑOS Y SEA INCONTINENTE. PORQUE YA SABES QUE NO TE LO VA A PONER FÁCIL MURIÉNDOSE A UNA EDAD RAZONABLE COMO CUALQUIER PERSONA NORMAL. CRÉEME, LOS PADRES SON UN COÑAZO. (AUNQUE TAMBIÉN MARAVILLOSOS, POR SUPUESTO). CON CARIÑO, ANDY

Willem y él coincidieron en que era una de las mejores cartas que habían leído nunca.

Pero el mes de euforia quedó atrás, y cuando Willem se marchó a Bulgaria para un rodaje, en enero, los antiguos miedos regresaron acompañados de otros nuevos. Harold le informó de que el 15 de febrero estaba prevista la comparecencia ante el juzgado, que, después de varios cambios en su agenda, presidiría Laurence. A medida que se acercaba la fecha, Jude tomó conciencia clara e ineludible de que podía estropearlo todo, y primero inconscientemente y luego a conciencia, empezó a evitar a Harold y a Julia, convencido de que si les recordaba a menudo en qué se estaban metiendo podrían cambiar de parecer. Así, cuando, en enero, la pareja fue a la ciudad para asistir a una obra de teatro, Jude fingió estar en Washington por motivos de trabajo, y cuando hablaban por teléfono, como hacía todas las semanas, procuraba mantener conversaciones breves. Cada día que pasaba, la sensación de inverosimilitud parecía intensificarse en su interior; cada vez que veía reflejada su grotesca cojera de zombi en un escaparate se sentía asqueado. ¿Quién iba a querer a ese engendro? La idea de que él acabara formando parte de la vida de alguien le resultaba cada vez más ridícula, ¿cómo no iba a llegar Harold a la misma conclusión si lo veía una vez más? Sabía que no debería importarle tanto; a fin de cuentas, era un adulto, y la adopción era un acto más ceremonioso que realmente significativo desde el punto de vista social. Pero lo deseaba con un ardor que desafiaba toda lógica, y no podría soportar que de pronto se lo arrebataran, ahora que faltaba tan poco y que todas las personas que le importaban se sentían felices por él.

Tiempo atrás había estado muy cerca de conseguirlo. Un año después de llegar a Montana, a los trece años, el hogar participó en una feria triestatal para promover la adopción. Noviembre era el Mes Nacional de la Adopción, y una fría mañana les dijeron que se vistieran bien y los subieron corriendo a dos autocares escolares para recorrer el trayecto de dos horas hasta Missoula, donde los hicieron bajar y los condujeron a la sala de conferencias de un hotel. El autocar de Jude fue el último y cuando llegaron la sala ya estaba llena de criaturas, en un lado los niños y en el otro las niñas. En el centro había una larga hilera de mesas y, al dirigirse hacia el lado que le correspondía, Jude vio que estaban cubiertas de carpetas con etiquetas en las que se leían: «Niños, 0-2»; «Niños, 2-3»; «Niños, 4-6»; «Niños, 7-9»; «Niños, 10-12»; «Niños, 13-15»; «Niños, 15+». Le habían dicho que en ellas había un expediente con los nombres, fotografías e información sobre ellos: lugar de procedencia, etnia, rendimiento escolar, deportes que les gustaba practicar, aptitudes e intereses. ¿Qué decía su expediente?, se preguntó. ¿Qué aptitudes, raza y país de origen habían inventado para él?

Los niños mayores, cuyos nombres y rostros se encontraban en el carpeta de «15+», tenían claro que a ellos no los adoptarían y, en cuanto los tutores se dieron media vuelta, se escabulleron por la salida trasera para colocarse, como todos sabían. Los bebés y los niños de hasta dos años no tenían que hacer nada, serían los elegidos en primer lugar y ni siquiera lo sabían. Se quedó observando desde la esquina y se fijó en que algunos de los niños —los que eran lo bastante mayores para haber estado en una de esas ferias, pero no lo suficiente para haber perdido las esperanzas— desplegaban una estrategia. Observó cómo los malhumorados sonreían, los brutos y los acosadores se hacían pasar por bromistas y traviesos, y los que se odiaban jugaban y hablaban entre sí amistosamente. Vio también que los chicos que eran groseros con los tutores y se insultaban en los pasillos, sonreían y hablaban con los padres potenciales que llenaban la sala. Observó cómo el más duro y cruel —un chico de catorce años llamado Shawn que en una ocasión lo había inmovilizado en el cuarto de baño clavándole las rodillas en los omóplatos— señalaba la etiqueta con su nombre cuando el hombre y la mujer con los que había estado hablando se dirigieron hacia las carpetas. «¡Shawn! —gritó detrás de ellos—. ¡Shawn Grady!» Y algo en su voz ronca y esperanzada, en la que se percibía la esforzada tensión por no parecer esperanzado, hizo que Jude lo compadeciera por primera vez y se enfadara con la pareja que se detuvo sin disimulo a consultar la carpeta de «Niños, 7-9». Fueron sentimientos esporádicos, pues en aquella época Jude procuraba no sentir nada: ni hambre, ni dolor, ni ira, ni tristeza.

Él carecía de estrategia y de dotes; por lo tanto, no podía cautivar. Se quedó tan aturdido al saberse abandonado que al año de vivir en el hogar para niños dudaba de que tuviera alguna posibilidad. Era cierto que cada vez pensaba menos en el hermano Luke, pero fuera de clase todos los días se fundían en uno; la mayor parte del tiempo sentía que flotaba intentando fingir que no vivía su propia vida, deseando ser invisible, anhelando únicamente pasar inadvertido. Le sucedían cosas, pero él ya no ofrecía resistencia como en otro tiempo; a veces, cuando le hacían daño, la parte de él todavía consciente se preguntaba qué pensarían los hermanos si lo vieran. Habían cesado las rabietas, las pataletas y los forcejeos. Por fin era el chico que ellos siempre habían querido que fuese. Ahora deseaba ir a la deriva, ser una presencia tan etérea, ligera e insustancial que no desplazara aire.

Por eso se sorprendió tanto como los tutores cuando aquella noche se enteró de que había sido seleccionado por una pareja llamada Leary. ¿Había reparado en una mujer y un hombre que lo miraban, tal vez incluso le sonreían? Quizá. Pero la tarde había transcurrido, como la mayoría, en un estado de aturdimiento, y en el mismo autocar de regreso al hogar empezó a olvidarlo.

Pasaría el fin de semana anterior el día de Acción de Gracias con los Leary para averiguar si congeniaban. El jueves un tutor llamado Boyd, que daba clases de manualidades y fontanería, y a quien no conocía muy bien, lo llevó en coche a su casa. Sabía que Boyd estaba al corriente de lo que otros tutores hacían con él, y si bien no había hecho nada por detenerlos, él nunca participaba.

Al bajar del coche frente al garaje de los Leary —una casa de ladrillo de una sola planta, rodeada de campos oscuros en barbecho—, Boyd le asió el brazo y lo puso en guardia.

—No lo jodas, St. Francis. Es tu oportunidad, ¿me oyes?

—Sí, señor.

—Vamos. —Boyd lo soltó y él echó a andar hacia la señora Leary, que lo esperaba en el umbral de la puerta.

La señora Leary era una mujer gorda, pero su marido era realmente corpulento, con manos grandes y rojas que parecían armas. Tenían dos hijas de veintitantos años ya casadas, y creían que sería agradable tener un chico en casa, que echara una mano al señor Leary en el campo, que supiera reparar la maquinaria y que también se ocupara de la labranza. Le dijeron que lo habían escogido porque parecía educado y callado; no querían un niño revoltoso sino trabajador, que valorara lo que significaba tener un hogar y un techo. Habían leído en su expediente que trabajaba con ahínco, sabía limpiar y se desenvolvía bien en la granja del hogar.

—Tienes un nombre poco corriente —señaló la señora Leary.

—Sí, señora —respondió él, aunque nunca se había parado a pensarlo.

—¿Qué te parece si te llamamos con otro nombre? —le preguntó la señora Leary—. Siempre me ha gustado Cody. Es un poco menos…, bueno, es más nuestro, con franqueza.

—Me gusta —respondió él, aunque no tenía una opinión al respecto. Jude, Cody…, le traía sin cuidado cómo lo llamaran.

—Estupendo.

Esa noche, ya solo en su habitación, pronunció para sí el nombre: Cody Leary. Cody Leary. ¿Era posible que entrara en esa casa siendo una persona y, como si se tratara de un lugar encantado, se transformara en otra? ¿Era así de rápido y sencillo? Atrás había quedado Jude St. Francis, y con él, el hermano Luke, el hermano Peter, el padre Gabriel, el monasterio y los tutores del hogar, y la vergüenza, los terrores y la obscenidad que lo habían rodeado; en ese lugar sería Cody Leary, tendría padres y una habitación propia, y podría convertirse en quien quisiera.

El resto del fin de semana transcurrió sin incidentes; cada hora que pasaba sentía cómo se despertaban partes de su ser, sentía cómo las nubes se concentraban a su alrededor, se separaban y desaparecían, y se veía a sí mismo con un futuro e imaginaba el lugar que ocuparía en él. Se esforzó en ser trabajador y educado, y no le resultó difícil: se levantó temprano, preparó el desayuno para los Leary (la señora Leary lo elogió de manera tan ruidosa y aparatosa que él sonrió, mirando avergonzado al suelo), lavó los platos y ayudó al señor Leary a desengrasar las herramientas y a cablear de nuevo una lámpara; y aunque algunas cosas no le gustaron —el aburrido servicio de la iglesia al que asistieron el domingo; las oraciones que ellos supervisaban antes de dejar que se fuera a la cama—, no podían ser peores que las que no le gustaban del hogar y se veía capaz de hacerlas sin mostrarse resentido ni desagradecido. Se daba cuenta de que los Leary no se comportaban como los padres de los libros, los padres que él ansiaba tener, pero él sabía ser industrioso, sabía qué hacer para tenerlos contentos. Las manazas rojas del señor Leary seguían aterrándole y cuando fue con él al cobertizo, temblaba y permaneció alerta, pero al menos allí había un solo señor Leary que temer, no todo un grupo, como le había ocurrido con anterioridad o como sucedía en el hogar.

El domingo por la tarde, cuando Boyd lo recogió, Jude se sentía satisfecho, incluso confiado. «¿Qué tal ha ido?», le preguntó Boyd, y él fue capaz de responder con franqueza: «Bien».

Por las últimas palabras que le había dicho el señor Leary —«Tengo el presentimiento de que volveremos a vernos muy pronto, Cody»—, Jude estaba seguro de que lo llamarían el lunes, y de que enseguida, tal vez incluso el viernes, pasaría a ser Cody Leary y el hogar solo sería un lugar más que dejar atrás. Sin embargo, transcurrió el lunes, el martes, el miércoles, llegó la semana siguiente, y el director no lo llamó, la carta que envió a los Leary no tuvo respuesta y el camino hacia el dormitorio continuó siendo un recorrido largo y desierto. Nadie acudió a recogerlo.

Dos semanas después de la primera visita Jude fue a ver a Boyd a su taller, donde sabía que se quedaba hasta tarde los jueves. Pese al frío, oyendo crepitar la nieve bajo sus pies, se quedó esperándolo fuera durante la hora de la cena, hasta que por fin lo vio salir.

—Cielos —le dijo Boyd al verlo, casi pisándolo—. ¿No deberías estar en el dormitorio, St. Francis?

—Dígame si los Leary vendrán a buscarme, por favor —le suplicó él.

Antes de ver la cara de Boyd, Jude supo cuál era la respuesta.

—Cambiaron de opinión —respondió, y aunque Boyd no se distinguía por su amabilidad, se mostró casi amistoso—. Se acabó, St. Francis. No va a suceder. —Le tendió una mano que él rechazó, luego meneó la cabeza y empezó a alejarse.

—¡Espere! —le gritó Jude, recobrándose y corriendo tras él como pudo en un remolino de nieve—. Deje que vuelva a intentarlo. Dígame qué hice mal y lo intentaré de nuevo. —Notó cómo se apoderaba de él la histeria del pasado, los vestigios del niño que tenía ataques y era capaz de silenciar una habitación con sus gritos.

Boyd volvió a menear la cabeza.

—No funciona así, St. Francis —respondió. Luego se detuvo y lo miró a los ojos—. Escucha, en unos años estarás fuera. Sé que parece mucho tiempo, pero no lo es. Entonces serás adulto y podrás hacer lo que quieras. Solo tienes que aguantar unos pocos años más. —Se volvió de nuevo con decisión y se alejó.

—¿Cómo? ¡Dígame cómo, Boyd! ¿Cómo, cómo? —gritó Jude a sus espaldas, olvidando que debía llamarlo «señor» y no Boyd.

Esa noche tuvo su primera pataleta en mucho tiempo, y aunque allí el castigo era similar al del monasterio, la liberación y la sensación de huida que había experimentado en otro tiempo no fueron las mismas; ahora sabía que los gritos no cambiaban nada, que lo único que conseguía con ellos era ser de nuevo la persona que había sido, de modo que el dolor, las ofensas eran más agudas, más fuertes, más duraderas y vociferantes que nunca.

No llegó a saber qué salió mal ese fin de semana en casa de los Leary. Jamás averiguaría si fue por algo que él podía controlar o no. De todas las experiencias del monasterio y del hogar que se esforzó por borrar, lo que más le costó olvidar fue ese fin de semana, la vergüenza de haberse permitido creer que podía ser quien sabía que no era.

Jude no hacía otra cosa que pensar en la comparecencia, para la que faltaban seis semanas, cinco, cuatro. Al no estar Willem y no haber nadie que controlara sus horarios ni sus actividades, se quedaba levantado limpiando hasta que el cielo comenzaba a iluminarse, frotando con un cepillo de dientes debajo de la nevera o blanqueando con lejía las juntas de los azulejos de la pared de la bañera. Limpiaba para no hacerse cortes, porque se estaba haciendo tantos que incluso él se daba cuenta de lo demencial y destructivo que era; hasta él se asustaba de sí mismo, no solo por sus actos sino por su incapacidad para controlarlos. Había empezado a practicar una nueva técnica que consistía en poner el borde de una cuchilla sobre la piel y a continuación hundirla todo lo posible, de modo que al retirar la cuchilla, que estaba clavada como la cabeza de un hacha en un tocón, durante medio segundo podía separar las dos partes de carne y ver un corte blanco y limpio, como una loncha de beicon grasiento, antes de que la sangre empezara a brotar y llenara el corte. Se sentía tan mareado como si su cuerpo bombeara helio; la comida le sabía a podrido y dejaba de comer si no se veía obligado a hacerlo. Se quedaba en la oficina hasta que los empleados de la limpieza del turno de noche empezaban a recorrer los pasillos, ruidosos como ratones, y ya en casa permanecía despierto hasta tarde y se despertaba con el pulso tan acelerado que tenía que tomar grandes bocanadas de aire para calmarse. Solo el trabajo y las llamadas de Willem lo obligaban a volver a la normalidad; si no fuera por ellos, no habría salido de la casa y se habría hecho cortes hasta perder pirámides enteras de carne de los brazos que habría tirado al retrete. Le asaltaba una visión de sí mismo matándose a tajos: primero los brazos, luego las piernas, el pecho, el cuello, la cara, hasta que era solo huesos, un esqueleto que se movía, suspiraba, respiraba y se tambaleaba por la vida sobre palillos porosos y quebradizos.

Andy lo esperaba cada seis semanas, pero él ya había pospuesto dos veces la última visita, porque le aterraba lo que podía decirle. Al final, casi cuatro semanas antes de la cita en el juzgado, se dirigió al norte y esperó en una de las salas de reconocimiento hasta que Andy asomó la cabeza para decir que llevaba retraso.

—Tómate el tiempo que necesites —le dijo Jude.

Andy lo escudriñó entornando los ojos.

—No tardaré mucho —respondió por fin, y se fue.

Al cabo de unos minutos entró la enfermera Callie.

—Hola, Jude. El doctor quiere saber cuánto pesas. ¿Serías tan amable de subirte a la báscula?

Él no quería, pero sabía que ella tenía que hacer su trabajo, de modo que se bajó de la camilla, se subió a la báscula y no miró el número que Callie apuntó en su historial médico antes de darle las gracias y salir de la habitación.

—Bien —dijo Andy después de entrar y echar un vistazo al historial—. ¿De qué quieres hablar primero, de la extrema pérdida de peso o de los excesivos cortes?

Jude no supo qué responder.

—¿Qué te hace pensar que los cortes son excesivos?

—Lo sé —respondió Andy—. Te aparecen unos círculos azulados bajo los ojos. Probablemente tú no te das cuenta. Y te has puesto un jersey encima de la bata. Siempre lo haces cuando la cosa es grave.

Jude no era consciente de ello. Se quedaron callados hasta que Andy acercó el taburete a la camilla y le preguntó:

—¿Cuándo es la cita?

—El quince de febrero.

—Ya falta poco —respondió Andy.

—Sí.

—¿Te preocupa algo?

—Me preocupa… —empezó a decir Jude; luego se detuvo y lo intentó de nuevo—. Me preocupa que Harold descubra lo que realmente soy y no quiera… —Se interrumpió—. Y no sé qué es peor, que lo descubra antes y por tanto no suceda, o que lo descubra después y se dé cuenta de que lo he engañado. —Suspiró; no había logrado verbalizarlo hasta entonces, pero al hacerlo supo que ese era su temor.

—Jude, ¿qué hay tan malo en ti que crees que lo disuadiría de adoptarte? —respondió Andy con cuidado.

—No me obligues a decírtelo.

—Pero es que no lo sé, de verdad.

—Las cosas que he hecho, las enfermedades que tengo por lo que hice. —Se le trabó la lengua, odiándose a sí mismo—. Es repugnante, repugnante.

—Jude, eras un crío —empezó a decir Andy deteniéndose cada pocas palabras, y a él le pareció que el médico se abría paso a través de un campo plagado de minas, por la deliberación y la lentitud con que hablaba—. Esas cosas te las hicieron a ti. Tú no hiciste nada, no tienes de qué avergonzarte, nunca, ni en este mundo ni en ningún otro. —Lo miró—. Y aunque no hubieras sido un crío, aunque hubieras sido un tipo cachondo que se follaba a todo lo que andaba y acabó con un montón de enfermedades de transmisión sexual, tampoco tendrías nada de que avergonzarte. —Suspiró—. ¿Puedes tratar de creerme?

Él hizo un gesto de negación.

—No lo sé.

—Ya…

Se quedaron callados.

—Ojalá fueras a un psicólogo, Jude —añadió Andy, y su voz era triste. Él no supo qué responder, de modo que al cabo de unos minutos Andy se levantó y añadió con determinación—: Bueno, veámoslos.

Jude se quitó el jersey y extendió los brazos. Por la expresión de Andy supo que era peor de lo que esperaba, y al bajar la mirada e intentar verse a sí mismo como a un desconocido, vio en flashes lo mismo que Andy veía: los pegotes de vendaje en los cortes recientes, los cortes a medio sanar, las delicadas suturas de cicatrices a medio formar, el corte infectado cubierto de una gruesa capa de pus reseco.

—Bien, ¿qué hay de la extrema pérdida de peso? —le preguntó Andy tras un largo silencio, cuando casi había terminado de limpiar el corte infectado en el brazo derecho y de extender crema antibiótica sobre los otros.

—No creo que sea extrema.

—Jude, perder doce libras en menos de ocho semanas lo es. Y esas doce libras no te sobraban precisamente.

—No tengo hambre —replicó él por fin.

Andy no dijo nada hasta que terminó de curar los dos brazos. Luego suspiró, se sentó de nuevo y empezó a garabatear algo en su bloc.

—Quiero que hagas tres comidas completas al día, Jude, además de comer una de las cosas de esta lista todos los días, como complemento de las comidas corrientes, ¿entendido? Si no lo haces llamaré a tus amigos y les diré que se sienten contigo durante todas las comidas y te vigilen mientras comes. Y créeme, eso no te gustaría. —Arrancó la hoja de papel y se la entregó—. También quiero que vuelvas la semana que viene. Sin excusas.

Antes de guardarse la lista en el bolsillo, Jude le echó un vistazo: «SÁNDWICH DE MANTEQUILLA DE CACAHUETE. SÁNDWICH DE QUESO. SÁNDWICH DE AGUACATE. DOS HUEVOS (¡¡¡CON YEMA!!!) BATIDO DE PLÁTANO».

—Y otra cosa que quiero que hagas es eso: cuando te despiertes en mitad de la noche y te entren ganas de hacerte cortes, llámame por teléfono. No me importa la hora que sea, ¿de acuerdo?

Él asintió.

—Hablo en serio, Jude.

—Lo siento, Andy.

—Lo sé. Pero no hay nada que sentir, al menos por mí.

—Por Harold.

—No —le corrigió Andy—. Por Harold tampoco. Solo por ti.

Jude se fue a casa, se comió un plátano y esperó hasta que se le deshizo en la boca; luego se cambió de ropa y siguió limpiando los cristales de las ventanas de la sala de estar, tarea que había empezado la noche anterior. Acercó el sillón para subirse a uno de los brazos, pasó por alto las punzadas que sentía en la espalda al subir y bajar de él, y, despacio, llevó el cubo de agua gris a la bañera. Al terminar de limpiar la sala de estar y la habitación de Willem estaba tan dolorido que tuvo que arrastrarse hasta el cuarto de baño y después de hacerse varios cortes descansó, envolviéndose con la alfombrilla y sujetándose el brazo por encima de la cabeza. Cuando sonó el teléfono, se incorporó, desorientado, y se arrastró gimiendo hasta su habitación, donde el reloj marcaba las tres de la madrugada.

—Te he llamado demasiado tarde —oyó decir a Andy, malhumorado pero alerta.

Él no respondió.

—Escucha, Jude —continuó Andy—, si no paras, tendré que ingresarte, y llamaré a Harold para contarle el motivo. Y hablo en serio. Además, ¿no te has cansado ya? —añadió—. No tienes por qué hacerte esto, ¿sabes? No tienes por qué.

Jude no sabía qué lo llevó a percatarse de que esta vez Andy hablaba en serio, tal vez fue la serenidad que percibió en su voz, o la firmeza con que hizo la promesa, o tal vez simplemente que, en efecto, se sentía cansado, tanto que estaba dispuesto a aceptar por fin sus órdenes, el hecho es que la semana siguiente hizo lo que le ordenó. No se saltó las comidas y aunque por una extraña alquimia los alimentos se transformaban en barro, en despojos, se obligó a masticar y tragar, masticar y tragar. No eran muy abundantes, pero no se saltaba ninguna. Andy lo llamaba a diario en mitad de la noche y Willem lo llamaba todos los días a las seis de las mañana. Las horas intermedias eran las más difíciles, y si bien no podía dejar de hacerse cortes, los redujo: dos cortes y paraba. A falta de cortes se veía arrastrado hacia los primeros castigos que se había autoinfligido, pues antes de que aprendiera a hacerse cortes hubo un período en que se arrojaba una y otra vez contra la pared exterior de la habitación de motel que compartía con el hermano Luke, hasta que, exhausto, caía al suelo. Tenía el costado izquierdo permanentemente magullado, de tonos azules, morados y marrones. Ya no lo hacía, pero recordaba la sensación, el gratificante ruido del cuerpo al estrellarse contra la pared, el horrible placer de hacerse daño contra algo tan inmóvil.

El viernes acudió a la consulta de Andy, que no se mostró satisfecho (no había engordado) pero tampoco le soltó un sermón (pues tampoco había adelgazado), y al día siguiente voló a Boston. No se lo dijo a nadie, ni siquiera a Harold. Sabía que Julia estaba en una conferencia en Costa Rica, pero encontraría a Harold en casa.

Julia le había dado un juego de llaves seis años antes, por si llegaba para Acción de Gracias y Harold y ella estaban en alguna reunión de departamento, y Jude entró y se bebió un vaso de agua mirando el patio trasero. Era casi mediodía, Harold debía de estar jugando al tenis, de modo que Jude se acomodó en el salón para esperarlo. Se quedó dormido y Harold lo despertó sacudiéndole el hombro y llamándolo con apremio por su nombre.

—Lo siento, Harold —dijo Jude sentándose—. Debería haberte llamado.

—¡Por Dios! —exclamó Harold, sin aliento; olía a aire frío y vigorizante—. ¿Estás bien? ¿Ha pasado algo?

—Nada, nada. Solo se me ha ocurrido pasar por tu casa —respondió él, percibiendo lo estúpido de la explicación antes de oírla.

—Estupendo —respondió Harold tras un silencio. Se sentó en su butaca—. Me alegro de que hayas venido. No te has dejado ver mucho últimamente.

—Lo sé. Perdóname.

Harold se encogió de hombros.

—No hay nada que perdonar. Me alegro de que estés bien.

—Sí, estoy bien.

Harold ladeó la cabeza y lo miró.

—No tienes buen aspecto.

Él sonrió.

—He estado con gripe. —Miró al techo, como si en él estuviera escrito lo que quería decirle—. La forsitia se está cayendo.

—Sí. Ha sido un invierno de mucho viento.

—Si quieres te ayudo a sujetarla.

Harold lo miró largo rato, moviendo ligeramente la boca, como si intentara hablar y callar al mismo tiempo.

—Sí, vamos —respondió al final.

El frío golpeaba con saña y los dos empezaron a sorber por la nariz. Él sujetó la estaca mientras Harold la clavaba con el martillo, a pesar de que la tierra estaba congelada y se resquebrajaba en fragmentos como de cerámica. Cuando la clavaron a suficiente profundidad, Harold le pasó la enredadera y él ató las ramas del centro a la estaca, lo justo para que estuviera segura pero no oprimida. Trabajó despacio, asegurándose de hacer los nudos fuertes y arrancando unas cuantas ramas que se habían doblado demasiado.

—Harold —dijo, cuando iba por mitad del arbusto—. Quería hablarte de algo, pero... no sé por dónde empezar.

—Puedes decirme lo que sea, Jude. —Harold se interrumpió—. ¿Te lo estás pensando mejor?

—No, no es eso. —Guardaron silencio—. ¿Y tú?

—Por supuesto que no.

Jude acabó de atar la planta y se puso de pie; Harold evitó deliberadamente ayudarlo.

—Preferiría no decírtelo —continuó Jude, mirando la fea desnudez de las ramas de la forsitia—. Pero tengo que hacerlo porque... porque no quiero engañarte. Creo... creo que piensas que soy una clase de persona que no soy.

Harold guardó silencio.

—¿Qué clase de persona crees que pienso que eres?

—Una buena persona. Un tipo decente.

—Bueno, tienes razón. Lo creo.

—Pues no lo soy —replicó Jude. Se notaba los ojos cada vez más calientes a pesar del frío—.Pensé que debías saberlo. He hecho cosas terribles, cosas de las que me avergüenzo, y si te enteraras te avergonzarías de conocerme y no digamos de que yo forme parte de tu familia.

—Jude, no se me ocurre qué hayas podido hacer que pueda cambiar lo que siento por ti —respondió Harold por fin—. No me importa lo que hayas hecho. Mejor dicho, sí que me importa, y me encantaría que me contaras cómo era tu vida antes de que nos conociéramos. Pero siempre he tenido la impresión de que no querías hablar de ella. —Se interrumpió y esperó—. ¿Quieres hacerlo ahora? ¿Quieres contármela?

Él negó con la cabeza. Quería y no quería.

—No puedo. —Notó en la parte inferior de la espalda los primeros signos de malestar, una semilla ennegrecida que extendía sus ramas espinosas. «Ahora no», suplicó, una súplica tan imposible como la que realmente quería hacer: «Ni ahora ni nunca».

Harold suspiró.

—Bueno, sin tener más detalles, no puedo tranquilizarte. Solo diré unas palabras que espero que creas. Te prometo, Jude, que sea lo que sea lo que hiciste, tanto si me lo cuentas algún día como si no, nunca será motivo para que me arrepienta de tenerte como un miembro de mi familia. —respiró hondo y levantó la mano derecha ante él—. Jude St. Francis, como tu futuro padre, te absuelvo de… todo aquello por lo que buscas absolución.

¿Era eso lo que en realidad quería? ¿Una absolución? Miró a Harold, esa cara que conocía tan bien que si cerraba los ojos era capaz de reproducir hasta la última arruga. Pese a los ademanes y a la formalidad de su declaración, supo que hablaba en serio. ¿Podía creerlo? «Lo difícil no es hallar el conocimiento —le dijo el hermano Luke cuando él le confesó que tenía dificultades en creer en Dios—Lo difícil es creer en él.» Él sintió que había vuelto a fracasar; no había sabido confesarse debidamente ni había sabido determinar de antemano la respuesta que quería oír. ¿No habría sido más fácil que Harold le contestara que tenía razón, que tal vez deberían considerar de nuevo la adopción? Se habría sentido destrozado, por supuesto, pero habría sido un sentimiento que conocía y comprendía. En la negativa de Harold a dejarlo ir había un futuro que no alcanzaba a imaginar, en el que alguien podía quererlo para siempre, una realidad que nunca había experimentado y para la que no estaba preparado, para la que no había postes indicadores. Harold iría el primero y él lo seguiría, hasta que un día despertaría y Harold se habría ido, y él se quedaría varado y vulnerable en una tierra extraña, sin nadie para guiarlo hasta su hogar.

Harold esperaba su respuesta, pero era imposible pasar por alto el dolor y Jude sabía que tenía que descansar.

—Harold, lo siento mucho pero creo... creo que es mejor que me eche un rato.

—Anda, ve —respondió él sin ofenderse.

En su habitación, se tiende encima de la colcha y cierra los ojos. Pero una vez superado el ataque se siente agotado, se dice que dormirá unos minutos, luego se levantará y verá qué hay en la casa; si hay azúcar moreno hará algún bizcocho. Ha visto un bol de caquis en la cocina, tal vez podría ponerlos en el bizcocho.

Pero no se despierta ni cuando Harold entra al cabo de unas horas para ver cómo está, le pone una mano en la mejilla y lo tapa con una manta; ni cuando Harold vuelve a entrar, justo antes de cenar. Jude duerme cuando el móvil suena a medianoche y de nuevo a las seis de la mañana, cuando el teléfono fijo suena a las doce y media y luego a las seis y media, y mientras Harold y Andy mantienen una conversación y mientras Harold y Willem mantienen otra. Duerme durante la mañana siguiente y durante la hora del almuerzo, y solo se despierta al notar la mano de Harold en el hombro y oír que lo llama por su nombre y le dice que su vuelo sale dentro de unas horas.

Antes de despertarse sueña con un hombre que permanece de pie en un campo. No le ve las facciones, pero es alto y delgado, está ayudando a otro hombre de más edad a enganchar la mole del remolque de un tractor a la parte trasera de un camión. Sabe que está en Montana por la vastedad blanquecina y curvada del cielo, y por el frío que hace, sin gota de humedad y más puro que el que siente en otras partes.

Sigue sin ver las facciones del hombre, pero cree saber quién es, reconoce las zancadas y la forma de cruzar los brazos mientras escucha al otro hombre. «Cody», lo llama en su sueño, el hombre se vuelve, pero está demasiado lejos, y Jude no está seguro de que bajo la visera de la gorra de béisbol esté su cara.

El día 15 cae en viernes y Jude se lo toma libre. Han estado hablando de celebrarlo con una cena el jueves por la noche, pero al final se inclinan por un almuerzo temprano el mismo día de la ceremonia (como la llama JB). Tienen que estar en el juzgado a las diez y cuando todo se acabe regresarán juntos a casa de Harold y Julia para comer.

Aunque Harold quería encargar la comida, Jude ha insistido en cocinar él, de modo que se pasa el resto del jueves por la tarde en la cocina. Esa noche hornea el bizcocho de chocolate con nueces que le gusta a Harold; la *tarte tatin* que le gusta a Julia; el pan de masa fermentada que les gusta a los dos, y echa en un bol diez libras de cangrejo, carne, huevos, cebollas, pimienta y migas de pan, y con la mezcla hace empanadas. Lava las patatas, raspa las zanahorias por encima y arranca los extremos de las coles de Bruselas, para que al día siguiente solo tenga que rebozarlas en aceite y meterlas en el horno. Mezcla los higos en un cuenco, que calentará y servirá sobre helado cubierto de miel y vinagreta balsámica. Son los platos favoritos de Harold y de Julia, y se alegra de hacerlos, se alegra de tener algo que darles, por pequeño que sea. Durante la noche Harold y Julia entran y salen, y aunque él intenta disuadirlos, lavan los platos y los cacharros a medida que él los ensucia, le sirven copas de agua y de vino, y le preguntan si pueden ayudarlo, aunque él les pide que se relajen. Al final se van a acostar, y a pesar de que él les promete que lo hará enseguida, se queda levantado en la cocina radiante y silenciosa, cantando bajito y moviendo las manos para mantener a raya sus manías.

Los últimos días han sido muy difíciles, de los más difíciles que recuerda, tanto que una noche incluso telefoneó a Andy después de su llamada de control de medianoche, y cuando el médico se ofreció a quedar con él a las dos de la madrugada en una cafetería, él aceptó el ofrecimiento, desesperado por salir del piso que de pronto parecía lleno de tentaciones irresistibles: cuchillas, por descontado, pero también cuchillos, tijeras y cerillas, y escaleras por las que arrojarse. Sabe que si ahora va a la habitación, no podrá frenar el impulso de entrar en el cuarto de baño, donde hace tiempo que guarda una bolsa con el mismo contenido que la que tiene en Lispenard Street, pegada al armazón del lavabo;

le duelen los brazos a causa de la ansiedad, pero está resuelto a no ceder. Le queda masa y manteca, y decide hacer una tarta de piñones y arándanos, y tal vez un pastel plano y redondo decorado con rodajas de naranja y miel; cuando estén listos será casi de día y ya habrá pasado el peligro, y habrá logrado salvarse.

Malcolm y JB irán al juzgado al día siguiente; tienen previsto coger el vuelo de la mañana. Pero Willem, que contaba con estar allí, no podrá asistir; lo llamó la semana pasada para decirle que el rodaje se había retrasado y que llegaría el 18 en lugar del 14. Jude sabe que no hay nada que hacer, pero aun así lamenta mucho la ausencia de Willem; un día como ese sin él no será lo mismo. «Llámame en cuanto acabe —le ha pedido él—. Me mata no poder estar ahí.»

Pero sí invitó a Andy en una de las conversaciones de medianoche, de las que él había empezado a disfrutar. En ellas hablaban de temas cotidianos, normales, que lo tranquilizaban: el nuevo juez designado para el Tribunal Supremo; el último proyecto de ley sobre asistencia sanitaria (él lo aprobaba; Andy no); una biografía de Rosalind Franklin que los dos habían leído (a él le gustó; a Andy no); el piso que Andy y Jane estaban reformando. Le gustaba la novedad de oír a Andy exclamar con verdadera indignación: «¡Joder, Jude, me tomas el pelo!», que era lo que solía oír sobre sus cortes o sus vendajes de principiante, pero aplicado a sus opiniones sobre películas, el alcalde de la ciudad, libros e incluso colores de pintura. Una vez que se aseguró de que Andy no utilizaba sus llamadas como un pretexto para reprenderlo o sermonearlo, se relajó, incluso logró averiguar más cosas sobre él; Andy hablaba de su hermano gemelo, Beckett, médico como él, especializado en cirugía cardíaca, que vivía en San Francisco y cuyo novio, a quien Andy no soportaba, estaba tramando dejarlo tirado; le contó que los padres de Jane iban a regalarles su casa de Shelter Island; que Andy había jugado en el equipo de fútbol del instituto, y el espíritu americano de todo ello había intranquilizado a sus padres; que había estudiado primero de carrera en Siena, donde salió con una chica de Lucca y engordó veinte libras. No es que antes nunca hablaran de su vida personal —lo hacían después de cada visita—, pero por teléfono hablaban más, y él era capaz de fingir que Andy solo era un amigo y no su médico, aunque la sola premisa de la llamada desmentía la ilusión.

—No te sientas obligado a venir —se apresuró a añadir Jude después de invitarlo a la comparecencia ante el tribunal.

—Será un placer —respondió Andy—. Me preguntaba cuándo me invitarías.

Entonces Jude se sintió mal.

—No quería que te vieras obligado a pasar aún más tiempo con tu paciente raro que ya te complica bastante la vida.

—No eres solo mi paciente raro, Jude —replicó Andy—. También eres mi amigo raro. —Y enseguida añadió—: O al menos eso espero.

Él sonrió hacia el auricular.

—Por supuesto que lo soy. Me siento honrado de ser tu amigo raro.

Así que Andy también iría, aunque regresaría esa misma noche. Malcolm y JB se quedarían a dormir y se marcharían juntos el sábado.

Al llegar a la casa de Harold y Julia, Jude se quedó sorprendido y conmovido al ver lo a fondo que habían limpiado, y lo orgullosos que se sentían de ello.

—¡Mira! —no paraba de decir uno u otro con tono triunfal, señalando una superficie (una mesa, una silla, una esquina del suelo) que solía estar oculta bajo montones de libros y periódicos.

Por todas partes había flores de invierno —ramilletes de coles ornamentales, ramas de cornejo llenos de capullos blancos y bulbos de narciso blanco, con su fragancia dulce y ligeramente fecal—, y habían colocado bien los libros en los estantes y reparado la lanilla del sofá.

—Y mira esto, Jude —le dijo Julia cogiéndole del brazo y enseñándole la fuente de porcelana esmaltada tipo celadón de la mesa del pasillo, que llevaba rota desde que los conocía y cuyos fragmentos habían reposado en el mismo recipiente, cubiertos de polvo. La habían reparado, lavado y pulido.

—Vaya —respondía él ante cada cosa que le señalaban, sonriendo como un idiota, feliz de verlos tan felices.

Nunca le había importado si la casa estaba limpia o sucia. Por él, Harold y Julia podían haber vivido rodeados de columnas jónicas de *New York Times* atrasados y con colonias de gruesas ratas chillando bajo los pies. Pero sabía que ellos creían que le importaba, y si bien había intentado aclararlo una y otra vez, habían tomado su terco y tedioso hábito de limpiar por un reproche. Ahora limpiaba para distraerse, para no hacer otras cosas, pero cuando estaba en la universidad lo hacía para los demás, para expresarles su gratitud; era algo que él sabía hacer, que siempre había hecho, ellos le daban tanto y él tan poco... JB, que disfrutaba viviendo en la miseria, ni lo notaba. Malcolm, que había crecido con servicio, lo apreciaba y le daba las gracias. Al único que no le gustaba que lo hiciera era a Willem. «Basta, Jude —le dijo un día en que lo sorprendió recogiendo del suelo las camisas sucias de JB, sujetándolo por la muñeca—, no eres nuestro criado.» Pero ni entonces había podido frenarse ni podía hacerlo ahora.

Son ya casi las cuatro y media cuando limpia por última vez la encimera, se va tambaleante a su habitación, escribe un mensaje a Willem pidiéndole que no lo llame y se sumerge en un sueño breve y brutal. Al despertarse, se hace la cama, se ducha, se viste y regresa a la cocina, donde encuentra a Harold de pie junto a la encimera, leyendo el periódico y bebiendo café.

—Caramba, qué elegante vas —le dice mirándolo de arriba abajo.

Él menea la cabeza en un acto reflejo, aunque lo cierto es que estrena corbata y el día anterior se cortó el pelo; si no elegante, sí cree que está pulcro y presentable, que es como procura estar siempre. Harold casi nunca lleva traje, pero hoy se lo ha puesto; la solemnidad de la ocasión de pronto lo cohíbe.

Harold le sonríe.

—Estuviste atareado anoche. ¿Has dormido?

Él le devuelve la sonrisa.

—Lo suficiente.

—Julia se está arreglando, pero yo tengo algo para ti.

—¿Para mí?

—Sí. —Harold coge una pequeña caja de cuero del tamaño de una pelota de béisbol, que está al lado del tazón de café, y se la tiende.

Él la abre. En el interior está el reloj de Harold, con la esfera blanca y redonda, y los sobrios números. Le ha cambiado la correa por una nueva de piel de cocodrilo negra.

—Me lo regaló mi padre cuando cumplí treinta años —añade ante su silencio—. Es para ti. Todavía tienes treinta, así que al menos no he estropeado la simetría del asunto. —Harold le coge la caja de las manos, saca el reloj y le da la vuelta para enseñarle las iniciales grabadas en el dorso: SS/HS/JSF—. SS de Saul Stein, que era como se llamaba mi padre. HS son mis iniciales y JSF, las tuyas. —Le devuelve el reloj.

Jude desliza el pulgar sobre las iniciales.

—No puedo aceptarlo, Harold —dice por fin.

—Por supuesto que puedes. Es tuyo, Jude. Ya me he comprado uno nuevo, así que no puedes devolvérmelo.

Nota que Harold lo mira.

—Gracias —dice por fin—. Gracias. —No parece capaz de decir nada más.

—No hay de qué —responde Harold. Ninguno de los dos dice nada durante unos segundos, hasta que Jude reacciona, se quita el reloj que lleva en la muñeca y se pone el de Harold, que ahora es suyo, y levanta el brazo hacia él, que asiente.

—Te queda perfecto.

Él está a punto de responder algo (¿qué?) cuando oye y a continuación ve aparecer a JB y Malcolm, los dos también trajeados.

—La puerta estaba abierta —dice JB mientras Malcolm suspira—. ¡Harold! —Lo abraza—. ¡Felicidades! ¡Ha nacido niño!

—Seguro que Harold nunca ha oído eso —dice Malcolm saludando a Julia, que entra en la cocina.

El siguiente en llegar es Andy y luego Gillian; Laurence irá directamente al juzgado.

Vuelve a sonar el timbre.

—¿Esperas a alguien más? —pregunta Jude.

—¿Puedes abrir tú? —responde Harold encogiéndose de hombros.

De modo que Jude abre la puerta y allí está Willem. Se queda mirándolo un instante y Willem se abalanza sobre él y lo abraza con tanta fuerza que por un momento teme que lo tire al suelo.

—¿Estás sorprendido? —le pregunta Willem al oído, y Jude nota por el tono de su voz que está sonriendo. Es la segunda vez en esa mañana que se queda sin palabras.

La tercera vez será en la sala del juzgado. Van en dos coches, y en el de Harold van Malcolm de copiloto, Jude y Willem, que comenta que en efecto retrasaron la fecha de regreso, pero luego la adelantaron y se lo dijo a todos menos a Jude, para que fuera una sorpresa.

—Menuda responsabilidad —replica Malcolm—. He tenido que vigilar a JB como la CIA para que no metiera la pata.

No van al juzgado de familia sino al de apelaciones, en Pemberton Square. En la sala de Laurence —que está desconocido con la toga; es un día de disfraces para todos—, Harold, Julia y él pronuncian sus promesas ante Laurence, que no puede dejar de sonreír; luego se hacen numerosas fotos unos a otros. Jude es el único que no toma ninguna y que sale en todas.

Está de pie con Harold y Julia, esperando a que Malcolm averigüe cómo funciona su enorme y complicada cámara, cuando JB lo llama y los tres miran en dirección a él.

—Ya la tengo —dice JB tras apretar el disparador—. Gracias.

—JB, más vale que no sea para… —empieza a decir Jude, pero Malcolm anuncia que está listo y los tres se vuelven hacia él sumisos.

Hacia el mediodía regresan a casa, y enseguida empieza a llegar gente: Gillian y Laurence, James y Carey, y los colegas de Julia y Harold, algunos de los cuales no han visto a Jude desde que era su alumno en la facultad de derecho. Llega su viejo profesor de canto, así como el de matemáticas, el doctor Li, el asesor de su máster, el doctor Kashen, su exjefa en Batter, Allison, y un amigo común del Hood Hall, Lionel, que imparte clases de física en el Wellesley. A lo largo de toda la tarde entra y sale gente que va y vuelve de clases, reuniones y juicios. De entrada, Jude se había mostrado reacio a convocar a tanta gente —¿tener a Harold y Julia como padres no provocaría o incluso alentaría preguntas sobre por qué carecía de padres?—, pero conforme pasan las horas, nadie hace preguntas ni exige saber por qué necesita otros padres, y a Jude le sorprende que él mismo haya olvidado sus temores. Aunque sabe que hablar de la adopción a otras personas es una forma de presunción y que presumir tiene consecuencias, no puede evitarlo. «Solo esta vez —implora al responsable de castigarlo en este mundo por su mala conducta, sea quien fuere—. Déjame celebrar lo que me ha pasado solo esta vez.»

Como no hay un protocolo establecido para semejante celebración, los invitados se lo han inventado: los padres de Malcolm han enviado un mágnum de champán y una caja de un toscano extraordinario de una viña de las afueras de Montalcino de la que son medio dueños. La madre de JB ha mandado un saco de bulbos de narciso para Harold y Julia, y una tarjeta para él, y sus tías una orquídea. De la oficina de la Fiscalía ha llegado un gran cajón de fruta con una tarjeta firmada por Marshall, Citizen y Rhodes. La gente lleva vino y ramos de flores. Allison, que años atrás le reveló a Harold que Jude era el creador de las galletas de las bacterias, lleva cuatro docenas decoradas con su diseño original. Al verlas él se ruboriza y Julia grita de alegría. El resto del día es una orgía de toda clase de dulces; todo lo que hace Jude ese día es perfecto, todo lo que dice es lo adecuado. Cuando la gente alarga la mano, él no se aparta ni la rehúye; lo tocan y él se lo permite. Le duele la cara de tanto sonreír. Décadas de aprobación y de afecto se condensan en una sola tarde, y él lo saborea, aturdido por tal novedad. Oye a Andy discutir con el doctor Kashen sobre un gran proyecto recién propuesto de construir un vertedero en Gurgaon, observa cómo Willem escucha con paciencia a su viejo profesor de responsabilidad civil, oye a JB explicarle al doctor Li por qué el ambiente artístico de Nueva York está irrecuperablemente jodido, ve a Malcolm y a Carey intentado hacerse con la tartaleta de cangrejo más grande sin volcar el resto del montón.

A última hora de la tarde se han ido todos los invitados y están los seis espatarrados en la sala de estar: Harold y Julia, Malcolm, JB, Willem y él. La casa vuelve a estar desordenada. Julia menciona la cena, pero todos —incluido él— han comido demasiado y ni siquiera JB quiere pensar en ella. JB ha regalado a Harold y a Julia un cuadro de Jude, antes de dárselo les ha dicho: «Este no está basado en una foto sino en bocetos». En el cuadro, acuarela y tinta sobre papel rígido, se ve el rostro y el cuello, y tiene un estilo distinto del que Jude relaciona con la obra de JB: más austero y gestual, con una sombría paleta de grises. Tiene la mano derecha suspendida sobre la base del cuello, como si estuviera a punto de asfixiarse, y la boca entreabierta y las pupilas muy grandes, como las de un gato en la oscuridad. Es sin lugar a dudas él, Jude incluso reconoce el gesto, aunque en ese momento no puede recordar qué indica o qué emoción acompaña. El rostro viene a ser algo mayor que el tamaño natural y todos se quedan mirándolo en silencio.

—Es muy bueno —dice JB por fin con tono satisfecho—. Avísame si algún día quieres venderlo, Harold —añade, y todos se ríen.

—Es precioso, JB. Muchísimas gracias —responde Julia, y Harold se hace eco de sus palabras.

Como siempre le ocurre cuando se enfrenta con un cuadro de JB en el que aparece él, a Jude le resulta difícil separar la belleza del arte de la insatisfacción que le provoca ver su propia imagen, pero no quiere parecer desagradecido y repite el elogio.

—Esperad, yo también tengo algo para vosotros —dice Willem, dirigiéndose al dormitorio.

Regresa con una estatuilla de madera, de unas dieciocho pulgadas de altura, de un hombre barbudo envuelto en ropajes azul hortensia, con una voluta de llamas semejante a la capucha de una cobra alrededor del cabello rojizo, el brazo derecho extendido en diagonal sobre el pecho y el izquierdo al costado.

—¿Quién es? —le pregunta JB.

—Es san Judas —responde Willem—, también conocido como Judas Tadeo. —Lo deja en la mesa de centro, y lo vuelve hacia Julia y Harold—. Lo compré en un pequeño anticuario de Sofía. Me dijeron que era de finales del siglo pasado, pero no lo sé… Puede que solo sea una talla popular. Aun así me gustó. Es tan apuesto y elegante como Jude.

—Estoy de acuerdo —dice Harold, sosteniendo la estatua entre las manos. Acaricia la toga plisada de la figura y la corona de fuego—. ¿Por qué tiene la cabeza en llamas?

—Representa que estaba en Pentecostés y que recibió el Espíritu Santo —se oye decir Jude; los viejos conocimientos seguían allí, atestando la buhardilla de su mente—. Es uno de los apóstoles.

—¿Cómo lo sabes? —le pregunta Malcolm.

Willem, que está sentado al lado de Jude, le toca el brazo.

—Claro que lo sabes —le dice en voz baja—. Siempre se me olvida.

Jude siente una oleada de gratitud hacia Willem, por no acordarse, por olvidar.

—El abogado de las causas perdidas —añade Julia, tomando la escultura de las manos de Harold, y a él le brotan al instante las palabras: «Ruega por nosotros, san Judas, sostén y ayuda de los desesperados, ruega por nosotros». Cuando era niño esa era la última oración que rezaba por la noche, y hasta que se hizo mayor no se avergonzaría de su nombre y de cómo parecía proclamarlo ante el mundo, y se preguntaría si al escogerlo los hermanos pretendían lo que sin duda otros veían en él: una burla, un diagnóstico o una predicción. Sin embargo, a veces tenía la sensación de que era lo único que realmente le pertenecía, y aunque hubo momentos en los que podría —o debería incluso— habérselo cambiado, no lo hizo.

—Gracias, Willem —le dice Julia—. Me encanta.

—Y a mí —tercia Harold—. Eres muy amable.

Jude también ha comprado un regalo para Harold y Julia, pero a medida que transcurre el día le parece cada vez más bobo e insignificante. Años atrás Harold le comentó que cuando Julia y él estaban de luna de miel en Viena habían oído interpretar una serie de *lieders* tempranos de Schubert. Sin embargo, Harold no recordaba cuáles les habían gustado más, de modo que Jude hizo su propia lista, a la que añadió unas cuantas canciones que le gustaban a él, sobre todo de Bach y de Mozart. A continuación alquiló una pequeña cabina de sonido y se grabó cantándolas; cada mes Harold le pedía que cantara para ellos, pero él siempre se sentía demasiado cohibido para hacerlo. De pronto el regalo le parece desacertado, además de presuntuoso, y se avergüenza de su atrevimiento. Aun así, no puede tirarlo. De modo que cuando todos se levantan y se dan las buenas noches, él se queda atrás y desliza el disco y las cartas que les ha escrito entre dos libros —un gastado ejemplar de *Sentido común* y una edición deshilachada de *Ruido blanco*— de un estante bajo, donde podrían pasarse décadas sin ser descubiertos.

Normalmente Willem se instala con JB en el estudio del piso superior, ya que es el único que soporta sus ronquidos, y Malcolm y Jude en el de abajo. Pero esa noche, al ir a acostarse, Malcolm se ofrece a dormir con JB para que Willem y él tengan ocasión de ponerse al día.

—Buenas noches, tortolitos —les dice JB desde lo alto de las escaleras.

Mientras se preparan para acostarse, Willem le cuenta más anécdotas del rodaje: sobre la protagonista que sudaba tanto que cada dos tomas tenían que empolvarle la cara; sobre el malo de la película que todo el rato intentaba congraciarse invitándolos a cervezas y preguntándoles si querían jugar al fútbol, pero se cabreaba cuando olvidaba el texto; sobre el actor británico de nueve años que hacía de hijo de la protagonista y que se acercó a Willem cuando estaba delante de la mesa del bufet del equipo de rodaje para advertirle de que no debía comer galletas saladas porque eran demasiado calóricas, o ¿es que no le preocupaba engordar? Willem habla sin parar, y él se ríe mientras se cepilla los dientes y se lava la cara.

Tras apagar las luces y una vez tumbados en la oscuridad, él en la cama y Willem en el sofá (después de una discusión en la que Jude ha intentado persuadir a Willem para que duerma en la cama), Willem le dice en voz baja:

—Me he encontrado el piso limpísimo, joder.

—Lo sé. —Él hace una mueca—. Perdona.

—No hay nada que perdonar. Pero, Jude, ¿tan horrible ha sido?

Él comprende entonces que Andy le ha contado a Willem algo de lo ocurrido y decide responder con sinceridad.

—Digamos que no lo he pasado bien. —Y luego, como no quiere que Willem se sienta culpable, añade—: Pero no ha sido nada del otro mundo.

Los dos guardan silencio.

—Lamento no haber estado aquí —dice Willem.

—Estabas —lo tranquiliza Jude—. Aunque te he echado de menos.

—Yo también —responde Willem en voz muy baja.

—Gracias por venir.

—No me lo habría perdido por nada del mundo —responde Willem desde el otro extremo de la habitación.

Él guarda silencio, saborea esas palabras y se las graba en la memoria para pensar en ellas en los momentos en que más las necesite.

—¿Crees que ha ido bien?

—¿Estás de coña? —replica Willem, y Jude oye cómo se incorpora—. ¿Has visto la cara de Harold? Parecía celebrar la elección del primer presidente del Partido Verde, la abolición de la Segunda Enmienda y la canonización del Red Sox, todo en un solo día.

Él se ríe.

—¿En serio lo crees?

—Lo sé. Está que no cabe de contento, Jude. Te quiere.

Él sonríe en la oscuridad. Quiere oír a Willem decir esas cosas una y otra vez, en un interminable bucle de promesas y declaraciones, pero sabe que eso sería pecar de autoindulgencia y cambia de tema. Siguen hablando de cosas triviales hasta que primero Willem y luego él se quedan dormidos.

Una semana después, el aturdimiento ha dado paso a la alegría, a una sensación de paz. La semana anterior las noches han sido períodos de descanso ininterrumpido en los que no sueña con el pasado sino con el presente: sueños tontos sobre el trabajo, sueños alegremente absurdos sobre sus amigos. Esa es la primera semana completa en casi dos décadas desde que empezó a autolesionarse que no se ha despertado en mitad de la noche, que no ha sentido la necesidad de coger la cuchilla. Tal vez está curado, se atreve a pensar. Tal vez es lo que necesitaba desde el principio, y ahora que ha ocurrido está mejor. Se siente de maravilla, como si fuera otra persona: entero, sano y sereno. Es el hijo de alguien, y a veces la sola idea es tan abrumadora que se imagina que se está manifestando físicamente, como si lo llevara escrito en un brillante amuleto de oro en el pecho.

Vuelve a estar en su piso. Willem está con él. Se ha traído consigo otra escultura de san Judas y la tienen en la cocina, pero esta es más grande y hueca, de cerámica, con una ranura en la nuca por la que echan las monedas sueltas al final del día; cuando esté llena, comprarán una buena botella de vino, se la beberán y volverán a empezar.

Esto no lo sabe ahora, pero en los años venideros pondrá a prueba una y otra vez las declaraciones de devoción de Harold, se

arrojará a sí mismo contra sus promesas para ver sin son inquebrantables; ni siquiera será consciente de que lo hace. Pero lo hará
de todos modos, porque una parte de él nunca creerá a Harold y
a Julia; por mucho que quiera o que crea hacerlo, no lo creerá;
siempre estará convencido de que acabarán cansándose de él, de
que algún día lamentarán haberse involucrado en su vida. De
modo que los desafiará, porque así, cuando su relación inevitablemente termine, será capaz de mirar atrás y saber con seguridad
qué causó la ruptura; no solo eso sino el incidente en concreto que
la causó, y nunca tendrá que preguntarse qué hizo mal o qué podría haber hecho mejor. Pero eso está en el futuro. Ahora su felicidad es perfecta.

El primer sábado después de su regreso va a la casa de Felix,
como siempre. El señor Baker le ha pedido que llegue unos minutos antes y tienen unas palabras. Luego va a buscar a Felix, que
está esperándolo en la sala de música, aporreando las teclas del
piano.

—Bien, Felix —le dice en el descanso que se toman después
de la lección de piano y de latín, antes de ponerse con el alemán y
las matemáticas—, tu padre me ha dicho que el año que viene irás
al colegio.

—Sí —responde Felix, mirándose los pies—. En septiembre.
Papá fue a ese mismo colegio.

—Eso tengo entendido. ¿Cómo te sientes?

Felix se encoge de hombros.

—No lo sé —responde por fin—. Papá dice que me ayudarás
a ponerme al día entre la primavera y el verano.

—Por supuesto —le promete él—. Estarás tan preparado para
ese colegio que les darás una sorpresa. —Aunque Felix todavía

tiene la cabeza gacha, él ve cómo se le hincha la parte superior de las mejillas y sabe que sonríe un poco.

No sabe qué le lleva a decir lo que expresa a continuación; si es por empatía, como espera, o solo por presunción, una alusión en voz alta a los maravillosos aunque improbables giros que ha tomado su vida el pasado mes.

—¿Sabes, Felix? Yo tampoco tuve amigos durante mucho tiempo, no los tuve hasta que fui mucho mayor que tú. —Nota que Felix se pone alerta, que está escuchando—. Yo también quería tenerlos —continúa más despacio, quiere asegurarse de que utiliza las palabras adecuadas—. Y siempre me preguntaba si algún día tendría, y cómo y cuándo sería. —Desliza el índice por la oscura superficie de la mesa de nogal, por el lomo del libro de matemáticas, por el vaso frío—. Luego fui a la universidad y conocí a personas que, por alguna razón, decidieron ser amigas mías y me enseñaron… todo, la verdad. Ellos me hicieron, mejor dicho, me hacen mejor de lo que realmente soy.

»Ahora no entiendes a qué me refiero, pero algún día lo comprenderás. Creo que el único secreto que tiene la amistad es dar con personas que sean mejores que tú, no más listas ni más populares sino más buenas, más generosas y más compasivas, y valorarlas por lo que pueden enseñarte, escucharlas cuando te dicen algo sobre ti, por malo (o bueno) que sea y confiar en ellas, que es lo más difícil de todo, pero también lo mejor.

Los dos se quedan callados mucho rato oyendo el chasquido del metrónomo, que está estropeado y a veces empieza a funcionar de manera espontánea aun después de que él se haya callado.

—Harás amigos, Felix —dice por fin—. Los harás, y no tendrás que esforzarte tanto para encontrarlos como para mantenerlos, pero te prometo que merecerá la pena. Mucho más que el latín. —Y ahora Felix levanta la cabeza y sonríe. Él le devuelve la sonrisa—. ¿De acuerdo?

—De acuerdo. —Felix sigue sonriendo.

—¿Con qué prefieres empezar, con alemán o con matemáticas?

—Matemáticas.

—Una elección muy acertada —le dice tendiéndole el libro—. Continuaremos donde lo dejamos.

Felix pasa la página y empiezan.

III

Retoques

1

Durante su segundo año en el Hood habían tenido tres vecinas lesbianas, estudiantes del último curso, que habían formado una banda llamada Backfat y que le tenían simpatía a JB, con el tiempo también se la tomaron a Jude, luego a Willem y, por último, a regañadientes, a Malcolm. Quince años después de que los cuatro se hubieran licenciado, dos de ellas eran pareja y vivían en Brooklyn. De los cuatro amigos, solo JB hablaba con ellas con regularidad; Marta era abogada laborista y trabajaba en una organización sin ánimo de lucro, y Francesca era escenógrafa.

—¡Tengo que daros una noticia emocionante! —les anunció JB un viernes de octubre mientras cenaban—. ¡Han llamado las Brujas de Bushwick y Edie está en la ciudad! —Edie era la tercera lesbiana, una coreana estadounidense emotiva y fornida que iba y venía de San Francisco a Nueva York, y siempre parecía estar preparándose para algún empleo inverosímil; la última vez que la habían visto se disponía a irse a Grasse para formarse como perfumista profesional y apenas ocho meses atrás había terminado un curso de cocina afgana.

—¿Y qué tiene eso de emocionante? —le preguntó Malcolm, que nunca les había perdonado del todo su inexplicable antipatía hacia él.

Tras un momento de silencio, JB sonrió.

—Pues que está en plena transición.

—¿A hombre? —le preguntó Malcolm—. Dame un respiro, JB. ¡Desde que la conozco nunca he notado que tuviera pensamientos disfóricos de género!

Un excolega de trabajo de Malcolm que había cambiado de sexo el año anterior y Malcolm se había autoproclamado experto sobre el tema, les había sermoneado por su intolerancia y su ignorancia, hasta que JB por fin le gritó: «¡Por Dios, Malcolm, soy mucho más trans de lo que lo será Dominic nunca!

—Bueno, pues está en transición —continuó JB—, y las Brujas van a dar una fiesta en su casa a la que estamos todos invitados.

Ellos gruñeron.

—JB, solo me quedan cinco semanas en Londres y tengo mil cosas que hacer —protestó Willem—. No puedo malgastar una noche oyendo a Edie Kim quejarse en Bushwick.

—¡Tienes que ir! —chilló JB—. ¡Han preguntado por ti! Francesca ha invitado a una chica que te conoce de algo y que quiere volver a verte. Si no vas pensarán que te crees demasiado bueno para ellas. Y habrá un montón de gente a la que hace siglos que no...

—Si no las hemos visto por algo será —replicó Jude.

—... además, Willem, ella te esperará tanto si pasas una hora en Brooklyn como si no. Y no es para tanto. Solo es Bushwick. Jude nos llevará. —El año anterior Jude se había comprado un coche, y aunque no era particularmente elegante, a JB le encantaba dar vueltas en él.

—¿Cómo? —replicó Jude—. No pienso ir.

—¿Por qué no?

—Voy en silla de ruedas, ¿recuerdas? Y si no me falla la memoria en la casa de Marta y Francesca no hay ascensor.

—Te equivocas de casa —replicó JB triunfal—. ¿Te das cuenta del tiempo que ha pasado? Se mudaron, y en su nueva casa sí que hay. Un montacargas, de hecho. —Se recostó y tamborileó con el puño en la mesa mientras los demás permanecían en un silencio resignado—. ¡Allá vamos!

De modo que el siguiente sábado se reunieron en el loft de Greene Street de Jude y él los llevó en su coche a Bushwick, donde tuvo que dar unas cuantas vueltas para encontrar aparcamiento.

—Había un sitio allá atrás —dijo JB al cabo de diez minutos.

—Era zona de carga y descarga —replicó Jude.

—Si pusieras el letrero de discapacitado podríamos aparcar donde quisiéramos —dijo JB.

—No me gusta utilizarlo…, ya lo sabes.

—Si no vas a utilizarlo, ¿qué sentido tiene poseer un coche?

—Jude, creo que allí hay un sitio —señaló Willem, haciendo caso omiso de JB.

—A siete manzanas del apartamento —murmuró JB.

—Calla, JB —dijo Malcolm.

En la fiesta, cada uno de ellos fue abordado por una persona diferente y conducido por separado a un rincón de la habitación. Willem observó cómo Marta tiraba con firmeza de Jude. «Socorro», le dijo él mudamente, Willem sonrió y le dijo adiós con la mano susurrándole «Coraje», y Jude puso los ojos en blanco. Willem sabía que Jude no quería ir porque no tenía ganas de explicar una y otra vez por qué iba en silla de ruedas, pero él se lo había suplicado.

—No me hagas ir solo.

—No estarás solo. Estarás con JB y con Malcolm.

—Ya sabes a qué me refiero. Estamos cuarenta y cinco minutos y nos largamos. Ya se buscarán JB y Malcolm una forma para volver a la ciudad si quieren quedarse más tiempo

—Quince minutos.

—Treinta.

—De acuerdo.

Mientras tanto, Edie Kim, que tenía básicamente el mismo aspecto que cuando estaba en la universidad, aunque tal vez estaba un poco más redonda, había atrapado a Willem. Él la abrazó.

—Felicidades, Edie.

—Gracias, Willem. —Ella le sonrió—. Te veo genial, en serio. —JB siempre había mantenido que Edie estaba enamorada de él, pero él nunca se lo creyó—. Me encantó *Los detectives de la laguna*. Hiciste un gran papel en ella.

—Oh, gracias.

Él aborrecía esa película. Despreciaba tanto la producción que nunca llegó a verla, pese a que el argumento, era fantástico. Trataba de un par de detectives metafísicos que entraban en la mente inconsciente de los amnésicos, pero lo peor fue el director, resultó ser tan tirano que el coprotagonista se marchó a las dos semanas de rodaje y tuvieron que buscar un sustituto, y todos los días salía alguien llorando del plató.

—Bueno —dijo, intentando dar un giro a la conversación—, ¿cuándo...?

—¿Qué hace Jude en una silla de ruedas? —le preguntó Edie.

Él suspiró. Jude los había preparado para responder a esa pregunta cuando empezó a utilizar la silla de ruedas con regularidad, dos meses atrás; en los cuatro años anteriores no la había necesitado.

—No es permanente. Tiene una infección en la pierna y le resulta doloroso recorrer grandes distancias a pie.

—Pobre tío —dijo Edie—. Marta dice que ha dejado la oficina del fiscal y ahora tiene un puesto importante en un bufete de abogados. —JB también siempre había sospechado que Edie estaba enamorada de Jude, lo que a Willem le parecía posible.

—Sí, ya hace cuatro años de eso —respondió él, impaciente por alejar de la conversación a Jude, por quien no le gustaba responder. Le habría encantado hablar sobre Jude, y sabía qué podía contar y qué no, pero no le gustaba el tono de astuta complicidad que la gente adoptaba cuando le preguntaba por él, como si creyeran que podían camelarlo o engatusarlo para que revelara lo que Jude nunca revelaría, como si él fuera a hacerlo alguna vez—. Bueno, esto debe de ser muy emocionante para ti, Edie. —Se interrumpió—. Perdona, debería habértelo preguntado antes..., ¿todavía quieres que te llamemos Edie?

Edie frunció el entrecejo.

—¿Por qué no iba a querer?

—Bueno... —William guardó silencio unos momentos—. No sé en qué fase estás...

—¿En qué fase?

—Mmm..., de la transición. —Willem debería haberse callado al ver el desconcierto de Edie, pero no lo hizo—. JB nos lo contó.

—Sí, de la transición a Hong Kong —respondió Edie, todavía ceñuda—. Voy a trabajar de asesora vegana freelance para una empresa de restauración. Espera..., ¿creías que iba a cambiar de sexo?

—¡Dios mío! —exclamó él, y a su mente acudieron dos pensamientos: voy a matar a JB y me muero por contarle a Jude esta conversación—. Edie, lo siento mucho.

Él recordaba de la época de la universidad lo difícil que era Edie, cómo se disgustaba por nimiedades infantiles (una vez la vio llorar porque se le había caído el cono de helado sobre sus zapatos nuevos) mientras los acontecimientos importantes (la muerte de su hermana o la espectacular ruptura con su novia con chillidos y bolas de nieve que volaban entre una y la otra en el patio interior, que logró que todo el mundo del Hood se asomara a la ventana para mirar) parecían dejarla tan tranquila. No estaba seguro de en qué categoría clasificar su metedura de pata, y Edie retorcía su pequeña boca en muecas de confusión titubeando también. Al final se echó a reír y llamó a gritos a alguien que estaba en el otro extremo de la habitación:

—¡Hannah! ¡Hannah! ¡Ven! ¡Tienes que oír esto! —Él exhaló, se disculpó, la felicitó de nuevo, y huyó de allí.

Willem se abrió paso para acercarse a Jude. Después de años —décadas casi— asistiendo a fiestas, habían inventado un lenguaje de signos, una pantomima en la que cada gesto significaba lo mismo, «socorro», aunque con distintos grados de intensidad. Normalmente uno lograba atraer la mirada del otro desde el otro extremo de la sala y telegrafiarle su desesperación, pero en fiestas como esa, donde la iluminación provenía de la luz de las velas y los invitados parecían haberse multiplicado en el transcurso de su breve conversación con Edie, a menudo necesitaban recurrir a un lenguaje corporal más expresivo. Agarrarse la nuca significaba que el otro debía llamar por el móvil de inmediato; toquetear la correa del reloj significaba «Acércate y sustitúyeme en esta conversación o al menos únete a ella» y tirarse del lóbulo izquierdo significaba «Sácame de aquí ahora mismo». Con el rabillo del ojo Willem vio que Jude llevaba los últimos diez minutos estirándose el lóbulo izquierdo sin parar, y que a Marta se le había unido una mujer de aspecto adusto a quien recordaba vagamente de una fiesta anterior y que le había caído mal. Las dos se alzaban sobre Jude con aire interrogante, en cierto modo posesivo y un tanto feroz a la luz de las velas, como si él fuera un niño al que acababan de sorprender rompiendo una punta de regaliz de una casa de pan de jengibre y ellas estuvieran decidiendo si asarlo con ciruelas o cocerlo con nabos.

Más tarde le diría a Jude que lo había intentado, pero en ese momento él estaba en un extremo de la sala y Jude en el otro, y una y otra vez le cortaban el paso y se veía envuelto en conversaciones con gente a la que hacía años que no veía y, aún más irritante, con otros a los que había visto apenas unas semanas atrás. Mientras avanzaba llamó por señas a Malcolm y señaló a Jude, pero Malcolm se encogió de hombros con aire de impotencia y articuló mudamente: «¿Qué?», a lo que él respondió con un gesto: «No importa».

«Tengo que largarme de aquí», pensó mientras se abría paso entre la multitud. Sin embargo, lo cierto era que no solía importarle ir a esas fiestas; en parte incluso se divertía. Sospechaba que a Jude le pasaba lo mismo, aunque tal vez en menor medida; sin duda, se desenvolvía bien en las fiestas y todos querían hablar con él, y aunque ambos se quejaban siempre de JB por arrastrarlos a fiestas aburridas, sabían que podían negarse a ir si querían, y no obstante ninguno casi nunca lo hacían: ¿dónde, si no, utilizarían su código de señales, ese lenguaje que solo usaban dos hablantes en el mundo entero?

En los últimos años, a medida que la vida lo había alejado de la universidad y de quien había sido, a veces le resultaba relajante ver a gente de aquellos tiempos. Se metía con JB diciéndole que nunca había dejado el Hood, pero en realidad lo admiraba por haber sabido mantener tantas amistades de entonces, y por haber logrado resituarlas. Siempre había un apremiante presente en la forma que tenía JB de ver y experimentar la vida, y en su compañía hasta los nostálgicos más consagrados se sentían menos inclinados a rescatar las glorias del pasado, y se veían obligados a lidiar con aquello en lo que se hubiera convertido sus interlocutores. Willem también agradecía que la mayoría de la gente con la que JB mantenía todavía una amistad no pareciera sentirse muy impresionada por la persona en la que él se había convertido (si se podía decir que se había convertido en alguien). Algunos se portaban de otro modo en su presencia —sobre todo en el último año—, si bien la mayoría tenía una vida, unos intereses y unos objetivos tan específicos y, en ocasiones, tan tangenciales, que los logros de Willem no eran ni más ni menos importantes que los suyos. Los amigos de JB eran poetas y artistas, académicos, bailarines de danza contemporánea y filósofos —en una ocasión Malcolm señaló que JB había hecho amistad con los universitarios que menos probabilidades tenían de ganar dinero—, y sus vidas consistían en becas, prácticas, especializaciones y concesiones. En el círculo de amigos de JB del Hood Hall, el éxito no se definía por los récords de taquilla (como para su agente y su mánager), el elenco de actores o las críticas (como para sus compañeros de clase en el instituto); se definía única y exclusivamente por la calidad del trabajo y por lo orgulloso que uno se sentía de él. (En las fiestas la gente había llegado a decirle: «Oh, no he visto *Mercurio*

Negro 3081. ¿Te sentiste orgulloso de tu trabajo?». No, no se sintió orgulloso. Había interpretado a un científico intergaláctico meditabundo que era al mismo tiempo un guerrero de jiu-jitsu y que él solo derrotaba a un gigantesco monstruo espacial, pero se había quedado satisfecho; se lo había tomado en serio y había trabajado duro: eso era todo a lo que aspiraba.) A veces se preguntaba si se estaba dejando engañar, si todo ese círculo de JB era en sí mismo una performance en la que las rivalidades, las preocupaciones y las ambiciones del mundo real —el mundo que se movía por el dinero, la avaricia y la envidia— eran desplazadas por el placer de hacer el trabajo. En ocasiones veía esas fiestas, esos ratos con los del Hood, como un astringente, algo purificador y restaurador que le permitía abrazar de nuevo a la persona que había sido, la que se había emocionado al conseguir un papel en la representación universitaria de *Por delante y por detrás*, y había ensayado el texto con sus compañeros de habitación todas noches.

—Una *mikva* de carreras —dijo Jude sonriendo.

—Una ducha de mercado libre —contraatacó él.

—Un enema de ambición.

—¡Muy bueno!

Pero a veces las fiestas tenían el efecto contrario, como esta noche. A veces se descubría resentido al ver cómo lo definían los demás, el reduccionismo y la inmovilidad que implicaba: él era, y siempre lo sería, Willem Ragnarsson del Hood Hall, Habitación Ocho, a quien se le daban fatal las matemáticas y bien las chicas, una identidad simple y sin complicación cuya personalidad podía dibujarse en dos pinceladas. No estaban necesariamente equivocados —había algo deprimente en estar en una industria en la que se le tenía por intelectual solo porque no leía ciertas revistas ni navegaba por ciertos sitios de internet, y porque había estudiado en una determinada universidad—, pero eso hacía aún más pequeña su vida, que ya lo era de por sí.

Y a veces en la falta de interés de sus antiguos compañeros por su carrera percibía una actitud obstinada, resuelta y envidiosa; el año anterior, tras el estreno de su primera película de verdad en un gran estudio, había asistido a una fiesta en Red Hook en la que se puso a hablar con un parásito asiduo a esas reuniones, un hombre llamado Arthur que vivía en Dillingham Hall y que ahora publicaba una revista oscura pero respetada sobre cartografía digital.

—¿Qué has hecho últimamente, Willem? —le preguntó Arthur por fin, tras hablar durante diez minutos sobre el número más reciente de *The Histories*, que había publicado un reportaje tridimensional de la ruta del opio de Indochina de 1839 a 1842.

Willem experimentó aquel instante de desorientación que de cuando en cuando le sobrevenía en esas reuniones. A veces la pregunta era formulada en un tono irónico y jocoso, como una enhorabuena, y él sonreía y les seguía la corriente. «Oh, poca cosa. Sigo sirviendo mesas en el Ortolan. Nuestro último plato estrella es bacalao negro con *tobiko*», pero en otras la gente no lo sabía. En los últimos tiempos era cada vez menos frecuente, y cuando sucedía era porque se trataba de alguien que vivía tan lejos de las coordenadas culturales que incluso la lectura de *The New York Times* se veía como un acto de sedición, o, más a menudo, alguien que intentaba expresar la desaprobación —mejor dicho, el rechazo— que le merecían su persona, su vida y su trabajo, y los ignoraba voluntariamente.

Él no conocía mucho a Arthur para saber a qué categoría pertenecía, solo lo justo para que no le gustara ni él ni el modo en que lo había arrinconado contra la pared, de modo que se limitó a responder:

—He estado actuando.

—¿En serio? —respondió Arthur con tono apagado—. ¿Algo de lo que yo haya oído hablar?

—Bueno —respondió él despacio—, la mayoría son películas independientes. El año pasado hice *El reino de Frankincense* y el mes que viene rodaré *Los invictos*, basada en la novela.

Arthur lo miró sin comprender. Willem suspiró; con *El reino de Frankincense* había recibido un premio.

—Y acaban de estrenar *Mercurio negro 3081*, aunque la rodamos hace un par de años.

—Qué interesante —respondió Arthur con expresión aburrida—. Creo que no he oído hablar de ellas. Tendré que buscarlas. Bueno, me alegro por ti, Willem.

Él aborrecía el modo en que ciertas personas decían: «Me alegro por ti, Willem», como si su trabajo fuera una especie de fantasía de caramelo hilado, una ficción con la que él se alimentaba a sí mismo y a los demás, y no existiera en realidad. Lo aborreció sobre todo esa noche, cuando a menos de cincuenta yardas, bien enmarcada en la ventana que Arthur tenía detrás de él, había una valla publicitaria en lo alto de un edificio con su rostro —frunciendo el entrecejo, tenía que admitirlo; después de todo, estaba combatiendo contra un alienígena gigantesco generado por ordenador—, y en mayúsculas de dos pies de altura se leía: «MERCURIO NEGRO 3081. PRÓXIMAMENTE». En esos momentos el grupo del Hood le decepcionaba. «No son mejores que el resto de la humanidad —se decía—. En el fondo son envidiosos e inten-

tan hacer que me sienta mal. Y yo soy estúpido porque lo consiguen.» Más tarde se sentía irritado consigo mismo. «Eso es lo que
querías —se recordaba—. ¿Qué más te da lo que piensen los demás?» Pero actuar implicaba que importara lo que pensaran los
demás (a veces parecía que se reducía a eso), y por mucho que
quisiera creerse inmune a la opinión de la gente, como si estuviera
por encima de ella, sin duda no era cierto.

—Sé que parece mezquino —le dijo a Jude después de la fiesta. Le avergonzaba estar tan enfadado; no lo habría admitido ante
nadie más.

—A mí no me lo parece —replicó Jude. Regresaban de Red
Hook en coche—. Arthur es un gilipollas, Willem. Siempre lo ha
sido. Y todos estos años estudiando a Heródoto no han servido
para que cambie.

Él sonrió con desgana.

—No lo sé. A veces tengo la impresión de que es tan... inútil
en lo que hago.

—¿Cómo puedes decir eso, Willem? Eres un actor extraordinario. Y...

—No me vengas con que doy alegría a mucha gente.

—No pensaba decir eso. Tus películas no son alegres que digamos.

Willem se había especializado en personajes oscuros y peliagu-
dos, a menudo bastante violentos y por lo general en una situación moralmente comprometida, con los que no todos los espectadores se identificaban. «Ragnarsson el Terrible», lo llamaba
Harold.

—Excepto las de extraterrestres, por supuesto.

—Está bien, excepto las de extraterrestres. Aunque ni siquiera esas... Al final los matas a todos, ¿no? Pero a mí me encantan, y también a otra mucha gente. Eso tiene que contar, ¿no? ¿Cuánta gente puede decir que es capaz de hacer que alguien desconecte de su vida cotidiana? —Y al ver que no respondía, Jude añadió—: ¿Sabes? Tal vez deberíamos dejar de ir a esas fiestas. Se están convirtiendo en un ejercicio poco saludable de masoquismo y aborrecimiento para los dos. —Se volvió hacia él y sonrió—. Al menos tú haces algo artístico. Yo podría estar trabajando para un traficante de armas. Dorothy Wharton me ha preguntado esta noche qué se sentía al despertar cada mañana sabiendo que has sacrificado otro pedazo de tu alma el día anterior.

Él se rió por fin.

—No me lo creo.

—Pues lo ha hecho. Ha sido como tener una conversación con Harold.

—Si Harold fuera una mujer blanca con rastas.

Jude sonrió.

—Como te estoy diciendo, igual que tener una conversación con Harold.

En realidad los dos sabían la razón por la que seguían yendo a esas fiestas: porque se habían convertido en una de las pocas ocasiones en que estaban los cuatro juntos y eran la única oportunidad para forjar nuevos recuerdos que los cuatro pudieran compartir, para mantener viva la amistad al dejar caer puñados de leña menuda sobre un fuego que apenas ardía. Era la forma que tenían de fingir que todo seguía como siempre.

También les brindaba una excusa para hacer como que todo iba bien con JB, a pesar de que los tres sabían que no era cierto. Willem no acababa de comprender qué le pasaba (a su manera, JB podía ser tan evasivo como Jude en ciertas cuestiones), pero le constaba que se sentía solo, infeliz e inseguro, y que no estaba familiarizado con ninguno de esos sentimientos. Intuía que JB —a quien tanto le había gustado la universidad, con sus estructuras, jerarquías y microsociedades que tan bien había sabido sortear— intentaba recrear en cada fiesta ese compañerismo espontáneo e irreflexivo del que habían disfrutado en otro tiempo, cuando sus perfiles profesionales aún no estaban definidos y estaban unidos por sus aspiraciones en lugar de divididos por sus realidades diarias. De modo que él organizaba esas salidas y todos obedecían sumisos, como siempre habían hecho, refrendándole así en su papel de cabecilla del grupo.

Le habría gustado ver a JB a solas, pero últimamente, cuando no estaba con los amigos de la universidad, se juntaba con otra gente, sobre todo con colgados del mundo del arte a quienes solo parecía interesarles las drogas y el sexo obsceno, un ambiente que en absoluto atraía a Willem. Cada vez pasaba menos tiempo en Nueva York —apenas ocho meses en los últimos tres años—, y al regresar estaba dividido entre dedicar un tiempo a sus amigos y no hacer nada.

En esos momentos seguía avanzando hacia Jude, quien se había librado de Marta y su amiga malhumorada, y vio que estaba hablando con Carolina (Willem se sintió culpable de nuevo, pues llevaba meses sin hablar con ella y sabía que estaba enfadada con él), cuando Francesca le cortó el paso para volverle a presentar a una mujer llamada Rachel con quien había trabajado cuatro años atrás en una producción de *Nube 9*; ella era la ayudante de dramaturgia. Se alegró de volver a verla —le caía bien y le parecía guapa—, pero enseguida supo que no irían a más. En cinco semanas empezaba un rodaje, no era momento para enredarse en algo nuevo y complicado, y no tenía energía para un ligue de una noche, que, lo sabía, tenía una curiosa forma de convertirse en algo tan agotador como una relación duradera.

A los diez minutos de hablar con Rachel le sonó el móvil; Willem se disculpó y leyó el mensaje de Jude: «Me voy. No quiero interrumpir tu conversación con la futura señora Ragnarsson. Hasta luego».

—Mierda —murmuró, y volviéndose hacia Rachel, añadió—: Disculpa. —De pronto la magia de la fiesta se había agotado y estaba desesperado por irse.

Esas fiestas eran para los cuatro amigos una especie de representación teatral en la que acordaban interpretarse a sí mismos y cuando uno de los actores dejaba el escenario, no tenía mucho sentido continuar. Se despidió de Rachel, cuya expresión pasó de la perplejidad a la hostilidad al darse cuenta de que se marchaba y no le proponía que se fuera con él, y de Marta, Francesca, JB, Malcolm, Edie, Carolina, que fingieron enfadarse mucho con él. Tardó otros treinta minutos en salir y al bajar por las escaleras envió un mensaje de texto a Jude: «¿Sigues aquí? Estoy saliendo», y al no tener respuesta: «Voy a tomar el tren. Tengo que pasar por casa para recoger algo… Hasta luego».

Fue en la línea L a la Octava Avenida y recorrió a pie unas cuantas manzanas hacia el sur hasta su piso. Finales de octubre era su época favorita en la ciudad y siempre lamentaba perdérsela. Vivía en la esquina de Perry con la calle Cuatro Oeste, en una tercera planta cuyas ventanas estaban al mismo nivel que las copas de los gingkos; antes de mudarse, se había imaginado tumbado en la cama hasta tarde los fines de semana, contemplando el tornado de hojas amarillas que se desprendía de las ramas a causa del viento. No lo había hecho.

No sentía nada especial por ese piso, aparte de que lo había comprado y por tanto era suyo; era lo más grande que había comprado después de liquidar los últimos plazos del préstamo universitario. Cuando empezó a buscar piso hacía un año y medio, solo sabía que lo quería en el centro y en un edificio con ascensor, para que Jude pudiera ir a verlo.

—¿No es un signo de codependencia? —le preguntó su novia de ese momento, Philippa, medio en broma y medio en serio.

—¿Eso crees? —respondió él, comprendiendo lo que ella quería decir pero sin darse por aludido.

—Lo es, Willem. —Philippa se rió para disimular su irritación.

Él se encogió de hombros sin ofenderse.

—No puedo vivir donde él no pueda venir a verme.

Ella suspiró.

—Lo sé.

Él sabía que Philippa no tenía nada en contra de Jude, que le caía bien. La simpatía era mutua, y Jude incluso le dijo un día que creía que debía pasar más tiempo con ella cada vez que estaba en la ciudad. Cuando empezaron a salir a Philippa, que era diseñadora de vestuario, sobre todo de teatro, le divertía, incluso le cautivaba, la amistad entre ambos. Él sabía que ella lo veía como una prueba de su lealtad, formalidad y coherencia. Pero con el tiempo algo cambió, y la cantidad de tiempo que él pasaba con JB y con Malcolm, pero sobre todo con Jude, se convirtió en una prueba de su inmadurez, de su resistencia a cambiar la comodidad de la vida con sus amigos por la incertidumbre de compartir su vida con ella. Philippa no le pidió que dejara de verlos; de hecho, una de las cosas que le encantaba de ella era lo unida que estaba a su grupo de amigos y que cada uno pudiera salir por su cuenta con sus amistades, ir a restaurantes, tener conversaciones al margen del otro y reunirse después, de modo que dos noches distintas acababan en una sola compartida, pero al final ella esperaba de él una especie de renuncia, una dedicación más exclusiva que desbancara a los demás.

Willem no era capaz de complacerla en eso y tenía la sensación de que le había dado a Philippa más de lo que ella reconocía. Los dos últimos años no había ido a casa de Harold y de Julia el día de Acción de Gracias, ni a casa de los Irvine en Navidad, sino a casa de los padres de ella en Vermont; se había perdido sus vacaciones anuales con Jude; había acompañado a Philippa a las fiestas, bodas, cenas y espectáculos de sus amigos, y se había quedado con ella cuando estaba en la ciudad, viéndola dibujar bocetos para una producción de *La tempestad*, sacando punta a sus caros lápices de colores mientras ella dormía; con la mente todavía atrapada en otro huso horario, deambulaba por el piso, empezando e interrumpiendo la lectura de libros, abriendo y cerrando revistas, colocando distraído las cajas de cereales y pasta en la despensa. Y lo había hecho alegremente y sin resentimiento. Pero todo eso no fue suficiente y rompieron, discreta y amistosamente, o eso le pareció a él, el año anterior, casi cuatro años después de estar juntos.

Al enterarse de la ruptura, en la fiesta que dio Flora con motivo de su futuro bebé, el señor Irvine meneó la cabeza.

—Realmente os estáis convirtiendo en una pandilla de Peter Pans. Willem, ¿cuántos años tienes? ¿Treinta y seis? No sé qué os pasa. Ganáis dinero. Tenéis logros en vuestro haber. ¿No creéis que deberíais dejar de juntaros tanto y tomaros en serio la edad adulta?

Pero ¿cómo se era adulto? ¿Estar en pareja era la única opción apropiada? Claro que una sola opción no era una opción.

—¿Miles de años de desarrollo social y evolutivo, y esa es nuestra única posibilidad? —le había preguntado Willem a Harold el pasado verano cuando estaban en Truro.

Harold se rió.

—Mira, Willem. Creo que lo estás haciendo bien. Ya sé que te he dado la lata con lo de sentar la cabeza y coincido con el padre de Malcolm en lo maravilloso que es estar en pareja, pero lo importante es que seáis buenas personas, sé que lo sois, y que disfrutéis de la vida. Eres joven. Tienes muchos años por delante para averiguar qué quieres hacer y cómo quieres vivir.

—Y si es así como quiero vivir.

—Entonces no hay ningún problema —respondió Harold sonriendo a Willem—. ¿Sabéis? Estáis viviendo el sueño de todos los hombres. Quizá incluso el de John Irvine.

Últimamente se preguntaba si ser codependiente era tan malo. Se lo pasaba bien con sus amistades y no hacía daño a nadie; ¿qué importaba si eso era codependencia o no? Además, ¿por qué una amistad entrañaba más codependencia que una relación sentimental? ¿Por qué era admirable cuando tenías veintisiete años pero espeluznante a los treinta y siete? ¿Por qué la amistad no era tan buena como una relación sentimental? ¿Por qué no era incluso mejor? Eran dos personas que permanecían juntas, día tras día, a quienes no las unía el sexo ni la atracción física ni el dinero ni los hijos ni una propiedad, solo el compromiso de seguir adelante y la dedicación mutua a una unión que nunca podría ser codificada. La amistad era ser testigo del lento goteo de tristezas del otro, de sus largas rachas de aburrimiento y de algún que otro triunfo. Era sentirse honrado por el privilegio de estar presente en sus momentos más duros y saber que a cambio podía permitirse estar triste en su presencia.

Sin embargo, lo que le preocupaba, más que su posible inmadurez, eran sus cualidades como amigo. La amistad siempre había sido importante para él, y siempre se había enorgullecido de ser un buen amigo. Pero ¿de verdad lo era? Por ejemplo, estaba el problema sin resolver de JB. Un buen amigo habría discurrido alguna solución. Y un buen amigo sin duda habría sabido lidiar mejor con Jude en lugar de repetirse, como si de una salmodia se tratara, que no había otra forma, y que si la hubiera, si alguien (¿Andy? ¿Harold?) fuese capaz de concebir un plan, él estaría encantado de seguirlo. Pero al repetírselo una y otra vez sabía que solo se estaba poniendo excusas.

Andy también lo sabía. Cinco años atrás lo había telefoneado a Sofía y le había gritado. Estaba en su primer rodaje y era entrada la noche; desde el instante en que contestó y oyó decir a Andy: «Para alguien que afirma ser tan buen amigo no has podido irte más jodidamente lejos para demostrarlo», se puso a la defensiva, sabía que tenía razón.

—Un momento —replicó él incorporándose al tiempo que la ira y el miedo eliminaban todo residuo de sueño.

—Está sentado en su casa, cortándose la carne a putas tiras, todo él es una cicatriz, parece un puto esqueleto, ¿y dónde estás tú? —le preguntó Andy—. No me vengas con que estás en un rodaje. ¿Por qué no lo controlas?

—¡Lo llamo todos los días sin excepción! —empezó a decir él, gritando también.

—Tú sabías que esto sería duro para Jude —continuó Andy, elevando la voz por encima de la de él—. Sabías que con la adopción se sentiría más vulnerable. ¿Por qué no tomaste medidas, Willem? ¿Por qué no hace nada el resto de sus supuestos amigos?

—¡Porque él no quiere que se enteren de que se hace cortes, por eso! Y yo no sabía que sería tan duro para él, Andy. ¡Nunca me cuenta nada! ¿Cómo quieres que lo sepa?

—¡Se supone que tienes que saberlo! ¡Utiliza el cerebro, Willem!

—¡No me grites, joder! —gritó él—. Andy, estás enfadado porque es tu paciente y ya no sabes qué hacer para que mejore, así que me echas la culpa a mí.

Se arrepintió en cuanto lo dijo, y los dos se quedaron callados sin aliento.

—Andy… —empezó a decir él.

—No. Tienes razón, Willem. Lo siento muchísimo.

—No, soy yo el que lo siente.

Willem se sintió de pronto muy desgraciado imaginándose a Jude en el feo cuarto de baño de Lispenard Street. Antes de irse había buscado por todas partes sus cuchillas —debajo de la tapa de la cisterna del retrete, detrás del botiquín, incluso debajo de los cajones del armario, los sacó uno por uno y los examinó desde todos los ángulos—, pero no las encontró. Sin embargo, Andy tenía razón; él tenía parte de responsabilidad. Debería haber hecho algo y, al no hacerlo, había fracasado.

—No, lo siento mucho, Willem. Es totalmente inexcusable. Y tienes razón…, ya no sé qué hacer. —Andy parecía cansado—. Es solo que ha tenido… una mierda de vida, Willem. Y confía en ti.

—Lo sé —murmuró él.

De modo que pensaron un plan y cuando regresó a casa vigiló a Jude aún más de cerca que nunca, lo que resultó poco revelador. De hecho, en el mes más o menos que siguió a la adopción, Jude se mostró diferente. Willem no sabía decir con exactitud de qué modo, pero, salvo en contadas ocasiones, no era capaz de distinguir los días que Jude estaba triste de los que no lo estaba. No es que antes fuera por ahí cabizbajo e impasible y de pronto dejara de hacerlo; su conducta, su ritmo y sus gestos eran los mismos. Pero algo había cambiado, y durante un breve período tuvo la extraña sensación de que el Jude que conocía había sido sustituido por otro, y que al nuevo Jude podía preguntarle cualquier cosa, tenía anécdotas divertidas que contar sobre animales de compañía, amigos o retazos de su niñez y solo iba con manga larga porque tenía frío, no porque intentara ocultar algo. Estaba resuelto a creer a Jude tanto y tantas veces como hiciera falta; después de todo, él no era su médico, era su amigo. Su función era tratarlo como él quería que lo trataran, no como a un sujeto al que había que espiar.

A partir de cierto momento relajó la vigilancia, pero al final ese otro Jude partió de nuevo a la tierra de las hadas y los encantamientos, y el Jude que Willem conocía reclamó su lugar. No obstante, de vez en cuando había cosas perturbadoras que le recordaban que lo que sabía de Jude era solo lo que Jude le permitía saber. Cuando estaba rodando lejos, lo llamaba a diario a una hora previamente fijada, si bien el año anterior lo había llamado un día sin previo aviso y mantuvieron una conversación normal, le pareció que Jude estaba como siempre y se rieron de una de las anécdotas que él le contó, pero de pronto oyó de fondo el nítido e inconfundible aviso de megafonía que solo se oye en los hospitales: «Doctor Nesarian, acuda a la sala de urgencias número tres».

—¿Jude?

—No te preocupes, Willem —dijo él—. Estoy bien. Solo tengo una infección leve. Creo que Andy se ha vuelto un poco loco.

—¿Qué clase de infección? ¡Por Dios, Jude!

—Una infección en la sangre, pero no es nada. En serio, Willem. Si hubiera sido grave te lo habría dicho.

—No, no me lo habrías dicho, Jude. Una infección en la sangre es grave.

Él guardó silencio.

—Te lo habría dicho, Willem.

—¿Lo sabe Harold?

—No —replicó él con aspereza—. Y tú no vas a decírselo.

Conversaciones como esa lo dejaban aturdido y preocupado; se pasó el resto de la tarde intentando recordar las llamadas telefónicas de la semana anterior, buscando en ellas pistas reveladoras que se le podían haber pasado estúpidamente por alto. En momentos más generosos se imaginaba a Jude como un mago cuyo único truco era el ocultamiento. Cada año se le daba mejor, de modo que ahora bastaba con que se llevara a los ojos un extremo de la capa de seda y al instante se volvería invisible, incluso para los que mejor lo conocían. Sin embargo, en otros momentos Willem se mostraba amargamente resentido por ese truco, por el agotamiento de guardar año tras año sus secretos y no recibir a cambio más que migajas de información, por el hecho de que no le diera la oportunidad de intentar siquiera ayudarlo o de expresar en público su preocupación por él. En esos momentos pensaba que no era justo. Eso no era amistad. No sabía qué era, pero amistad no. Sentía que Jude lo había metido a la fuerza en un juego de complicidades en el que él nunca había querido participar. El único mensaje que Jude les transmitía era que no quería ayuda. Pero eso era inaceptable. La cuestión era cómo pasar por alto la petición que le hacía de que lo dejara en paz, aunque eso significara poner en peligro la amistad. Era un pequeño *kōan* extendido: ¿Cómo ayudar a quien no quiere ayuda sabiendo que si no intentaba ayudarlo no se comportaría como su amigo? «Habla conmigo», le entraban ganas de gritarle a Jude. «Cuéntame cosas. Dime qué tengo que hacer para obligarte a hablar.»

Una vez, en una fiesta, oyó decir a Jude que a él se lo contaba todo, y Willem se sintió a la vez halagado y atónito, porque en realidad no sabía nada. A veces le parecía increíble que pudiera apreciar tanto a quien se negaba a compartir con él cualquiera de las cosas que los amigos compartían: cómo había sido su vida antes de conocerse, cuáles eran sus miedos, sus anhelos, por quién se sentía atraído o las mortificaciones y tristezas de su vida diaria. A falta de conversaciones con Jude, a menudo sentía deseos de hablar con Harold sobre él y averiguar cuánto sabía, pues si ellos —y Andy— contaban con alguna información, tal vez entre todos podrían dar con alguna solución. Pero eso era un sueño; Jude jamás se lo perdonaría, y si lo hacía perdería la relación que tenía con él.

Al llegar a su piso echó un vistazo a su correspondencia —casi nunca recibía cartas de interés, pues todo lo relacionado con el trabajo iba a su agente o a su abogado, y lo personal se lo enviaban a casa de Jude— y encontró la copia del guión que había dejado allí la semana anterior cuando pasó un momento después del gimnasio para volver a salir sin siquiera quitarse el abrigo.

Desde que había comprado el piso hacía ya un año, había pasado solo seis semanas en él. En el dormitorio había un futón, y en el salón, la mesa de centro de Lispenard Street, la silla de fibra de vidrio de Eames que JB había encontrado en la calle y las cajas con los libros. Eso era todo. En teoría Malcolm iba a reformarlo, convertiría el asfixiante estudio contiguo a la cocina en un comedor, además de otra serie de cambios; pero, como si percibiera la falta de interés de Willem, esta se había convertido en la última prioridad de Malcolm. Aunque a veces Willem se quejaba de ello, sabía que Malcolm no tenía la culpa; después de todo, él no había respondido sus correos electrónicos sobre los acabados, las baldosas, las dimensiones de la librería empotrada o la banqueta alargada que debía aprobar antes de poner la obra en marcha. Hacía muy poco que le había pedido a su abogado que le enviara los últimos papeles que necesitaba para empezar las obras y la semana siguiente tenían previsto quedar por fin y ultimarlo todo. Así, cuando Willem regresara a mediados de enero, el piso estaría si no totalmente transformado, al menos muy mejorado.

Mientras tanto Willem vivía en el piso de Jude de Green Street, donde se había instalado después de romper con Philippa. Willem esgrimió el estado inacabado de su piso y la promesa que le había hecho a Andy como pretextos para ocupar de forma indefinida el cuarto de huéspedes de Jude, pero la realidad es que necesitaba su compañía, la constancia de su presencia. Cuando viajaba a Inglaterra, Irlanda, California, Francia, Tánger, Argelia, India, Filipinas, Canadá, tenía la necesidad de recurrir a una imagen de lo que le esperaba en Nueva York, y esa imagen nunca era el piso de Perry Street. Para él su hogar era Greene Street: siempre que estaba lejos y solo, pensaba en su habitación de Greene Street y en los fines de semana en que, cuando Jude terminaba de trabajar, se quedaban hablando hasta tarde y él sentía que el tiempo se dilataba, como si la noche pudiera durar para siempre.

Y ahora por fin estaba volviendo a casa. Bajó corriendo las escaleras y salió a Perry Street. Habían bajado las temperaturas y apretó el paso, disfrutaba como siempre hacía del placer de caminar solo, de sentirse solo en una ciudad tan poblada. Era una de las cosas que más echaba de menos de Nueva York. En los platós nunca estaba solo. Un ayudante de dirección lo acompañaba a la caravana que hacía las veces de camerino y de nuevo al plató, aunque entre uno y otro hubiera apenas cincuenta yardas. Al principio le sorprendió —de entrada le divirtió y luego le irritó— la infantilización del actor que la industria del cine promovía. A veces tenía la impresión de que lo habían atado a una carretilla con la que lo llevaban de un lugar a otro: lo acompañaban al departamento de maquillaje y a continuación al de vestuario, luego al plató y de allí de vuelta al camerino, y un par de horas después pasaban a recogerlo de nuevo para llevarlo una vez más al plató.

«No dejes que me acostumbre nunca a esto», le pedía a Jude, y era casi una súplica. Esta era la frase con la que terminaba todas las anécdotas: sobre las comidas, en las que todos se veían segregados por rango y por casta —en una mesa los actores y el director, en otra los cámaras, los electricistas en la tercera, y en la cuarta y la quinta el equipo técnico y el departamento de vestuario, respectivamente—, y parloteaban sobre las sesiones de gimnasia, los restaurantes a los que querían ir, la dieta que seguían, los entrenadores personales que tenían, el tabaco (cómo se morían por un cigarrillo) y las limpiezas de cutis (cuánto les urgían); sobre los miembros del equipo de rodaje, que odiaban a los actores y sin embargo eran embarazosamente sensibles a la menor atención que recibían de ellos; sobre la malicia de los ayudantes de peluquería y maquillaje, que contaban con una desconcertante cantidad de información acerca de la vida de todos los actores, pues habían aprendido a quedarse totalmente inmóviles y a hacerse invisibles mientras colocaban postizos y aplicaban maquillaje base, oyendo a las actrices gritar a sus novios y a los actores concertar en susurros por el móvil citas para entrada la noche. En esos platós cayó en la cuenta de que estaba más protegido de lo que nunca había soñado, y lo fácil y tentador que era empezar a creer que la vida del rodaje —en la que se lo facilitaban todo y lograban que el sol literalmente brillara sobre él— era la real.

En una ocasión en que esperaba en la marca de salida, el cámara hizo un último ajuste antes de acercarse a él y, colocándole una mano ahuecada alrededor de la cabeza —«¡El pelo!», le gritó al primer ayudante de dirección con tono de reproche—, se la ladeó una pulgada hacia la izquierda y luego hacia la derecha, y de nuevo hacia la izquierda, como quien coloca un jarrón en la repisa de una chimenea.

«No te muevas, Willem», le advirtió, y él prometió no hacerlo, casi sin respirar, aunque en realidad quería reírse a carcajadas. De pronto pensó en sus padres —con los años cada vez pensaba más en ellos— y en Hemming, y por un instante los vio de pie a su izquierda en el borde del plató, lo bastante lejos para que no les viera el rostro, aunque de todos modos no habría podido imaginar su expresión.

Le gustaba contarle a Jude estas cosas y los días en el plató le parecían divertidos y luminosos. No se había imaginado que la profesión de actor sería así, pero ¿cómo podía saberlo? Estaba en todo momento preparado, llegaba puntual, era educado con todos, hacía lo que le pedía el cámara y solo discutía con el director cuando era estrictamente necesario. Incluso después de actuar en todas las películas —doce en los pasados cinco años, de las cuales ocho las había rodado en los dos últimos— y de soportar todas las absurdidades, lo que le parece más surrealista era el instante anterior al comienzo del rodaje. Él detenido en la primera marca de la salida, en la segunda, el cámara anunciando que está listo.

—¡Retoques! —grita el primer ayudante de dirección, y los técnicos de peluquería, maquillaje y vestuario se acercan corriendo para lanzarse sobre él como si fuera carroña, le tiran del pelo, le colocan bien la camisa y le pasan pinceles suaves sobre los párpados.

Solo dura unos treinta segundos, pero en esos treinta segundos en que tiene los ojos cerrados para que no le entren polvos, nota las manos de otras personas moviéndose por su cuerpo y por su cabeza de forma posesiva, como si no le pertenecieran a él, y tiene la extraña sensación de que se ha ido, de que está, suspendido y su vida es una fantasía. En esos segundos un torbellino de imágenes le atraviesa la mente, demasiado rápidas y desordenadas para que sepa identificar cada una de ellas: la escena que está a punto de rodar, por supuesto, y la escena que ha rodado poco antes, pero también todo lo que siempre le ocupa la mente, lo que ve, oye y recuerda antes de dormirse por las noches: Hemming, JB, Malcolm, Harold y Julia. Jude.

—¿Eres feliz? —le preguntó una vez a Jude (debían de estar borrachos).

—No creo que la felicidad sea para mí —le respondió él por fin, como si Willem le hubiera ofrecido un plato que no quería probar—. Pero sí lo es para ti, Willem.

Mientras los técnicos lo zarandean, se le ocurre que entonces debería haberle preguntado a Jude qué quería decir con eso: por qué era para él y no para Jude. Sin embargo, al acabar de rodar la escena ya no recordará la pregunta ni la conversación que la ha suscitado.

—¡Sonido! —grita el primer ayudante de dirección, y los técnicos se desperdigan.

—Grabando —responde el técnico de sonido.

—¡Cámara grabando! —grita el cámara, y sigue el anuncio de la escena y el golpe de la claqueta.

Entonces él abre los ojos.

2

Un sábado por la mañana, poco después de cumplir treinta y seis años, Jude abre los ojos y, no por primera vez, le sobreviene la insólita y placentera sensación de que no hay nubarrones en su vida. Se imagina a Harold y a Julia en Cambridge moviéndose adormilados por la cocina, sirviéndose café en los tazones manchados y desportillados, sacudiendo el rocío de las bolsas de plástico que envuelven los periódicos, y a Willem en un avión, volando a su encuentro desde Ciudad del Cabo. Se imagina a Malcolm acurrucado junto a Sophie en la cama en Brooklyn, y, como se siente optimista, a JB roncando con placidez en su piso del Lower East Side. En Greene Street, el radiador emite un susurro sibilante. Las sábanas huelen a jabón y a cielo. Sobre su cabeza cuelga la tubular araña de luces de acero que Malcolm instaló un mes atrás y a sus pies brilla el suelo de madera negra. El piso —increíble en sus dimensiones, sus posibilidades y su potencial— está silencioso y es suyo.

Estira los dedos de los pies y a continuación los flexiona: nada. Presiona la espalda contra el colchón: nada. Dobla las rodillas sobre el pecho, nada. No le duele nada y nada amenaza siquiera con dolerle; su cuerpo vuelve a pertenecerle, y hará por él lo que le pida sin quejas ni sabotajes. Cierra los ojos pero no a causa del cansancio, sino porque es un momento perfecto y sabe que hay que disfrutarlo.

Esos momentos nunca duran mucho; a veces solo tiene que incorporarse para recordar que el cuerpo es el amo y no al revés; pero en los últimos años, a medida que las cosas empeoraban, se ha esforzado mucho en renunciar a la idea de que algún día todo mejoraría, en estar agradecido y concentrarse en los minutos de indulto donde y cuando el cuerpo decide concedérselos. Se sienta en la cama muy despacio, se pone de pie y, pasando por delante de la silla de ruedas, que le observa hoscamente como un ogro huraño desde una esquina de su dormitorio, se dirige al cuarto de baño.

Se prepara, se sienta con unos papeles de la oficina en las manos y espera. Suele pasar la mayor parte de los sábados trabajando; al menos eso no ha cambiado desde los tiempos en que salía a pasear. ¡Oh, sus paseos! ¿Era él quien brincaba como una cabra hasta el Upper East Side y luego volvía, recorriendo las once millas? Pero hoy ha quedado para llevar a Malcolm al sastre, pues va a casarse y necesita un traje.

No están muy seguros de si al final Malcolm se casará o no. Creen que lo hará. Pese a que en los últimos tres años Sophie y él han roto y se han reconciliado una y otra vez, últimamente Malcolm ha estado hablando con Willem de las bodas en general, y de si eran o no una concesión; con JB de joyas y de si cuando las mujeres dicen que no les gustan los diamantes, lo piensan en realidad o solo están tanteando; y con él de acuerdos prenupciales.

Él respondió las preguntas de Malcolm lo mejor que pudo, y le dio el nombre de un compañero de la facultad que es abogado.

—Oh —dijo Malcolm retrocediendo como si le hubiera dado

el nombre de un sicario—. No estoy seguro de necesitarlo ya, Jude.

—Bueno, ya me lo pedirás cuando creas que lo necesitas —respondió él, y guardó la tarjeta que Malcolm ni siquiera tocó.

Y hacía un mes que Malcolm le preguntó si podía ayudarle a escoger un traje.

—No tengo ninguno, ¿qué te parece? ¿No crees que debería empezar a vestir…, no sé, como un adulto? Además, me sería útil en mi trabajo.

—Creo que tienes muy buena presencia, Mal. Y dudo mucho que en el ámbito profesional necesites ayuda. Pero si quieres un traje, me ofrezco encantado a ayudarte.

—Gracias. Creo que me conviene tener uno. Ya sabes, por si surge algo. —Guardó silencio unos minutos—. Por cierto, no puedo creer que tengas un sastre.

Él sonrió.

—No es mi sastre. Solo hace trajes y da la casualidad de que algunos me los hace a mí.

—Dios mío —exclamó Malcolm—. ¡Harold ha creado un monstruo!

Él se rió por cortesía. A menudo tiene la sensación de que el traje es lo único que le da un aspecto normal. Durante los meses que estuvo confinado en una silla de ruedas, los trajes eran una forma de dar confianza a los clientes y a la vez tranquilizarse a sí mismo y verse como uno de ellos. No se considera presumido sino más bien pulcro; cuando era pequeño los otros niños del hogar de vez en cuando jugaban al béisbol con los chicos de la escuela del barrio, y estos se metían con ellos cuando salían al campo, se tapaban la nariz y gritaban: «¡Bañaos! ¡Apestáis! ¡Apestáis!». Ellos ya se bañaban; tenían que ducharse obligatoriamente todas las mañanas, pasarse el grasiento jabón rosa por las palmas y las manoplas, y frotarse la piel mientras uno de los tutores se paseaba por delante de la hilera de duchas haciendo restallar una de las delgadas toallas sobre los chicos que se portaban mal o gritando a los que no se restregaban con suficiente vigor. Incluso ahora le aterra repeler por desaseado, sucio o impresentable. «Siempre serás feo, pero eso no significa que no puedas ser limpio», solía decirle el padre Gabriel, y aunque estaba equivocado en muchas cosas, Jude sabe que en eso tenía razón.

Malcolm llega y lo saluda con un abrazo, luego, como siempre, revisa la habitación estirando su largo cuello, moviéndose por ella en un lento círculo con mirada escrutadora como el haz de un faro y emitiendo leves sonidos apreciativos.

Él responde a las preguntas de Malcolm antes de que este las formule.

—El mes que viene, Mal.

—Eso mismo me dijiste hace tres meses.

—Lo sé, pero ahora hablo en serio. Ahora tengo el dinero, o mejor dicho, lo tendré a final de mes.

—Ya hemos hablado de eso.

—Lo sé, y es muy generoso de tu parte, Malcolm. Pero no pienso dejar de pagarte.

Hace más de cuatro años que vive en ese piso y en todo ese tiempo no ha podido reformarlo por falta de dinero, y no tiene dinero porque está pagando el piso. En el ínterin, Malcolm ha dibujado planos y separado los dormitorios con tabiques, le ha ayudado a escoger un sofá, una especie de nave espacial gris que ocupa el centro de la sala de estar, y le ha solucionado problemas secundarios, entre ellos el suelo. «Es una locura —le dijo a Malcolm—. Tendrás que rehacerlo por completo en cuanto empieces las obras.» Sin embargo, Malcolm le respondió que lo haría de todos modos, pues utilizaría un producto nuevo que quería probar; hasta que empezaran las obras, Greene Street sería su laboratorio y experimentaría un poco en él, si no le importaba (y, claro está, a Jude no le importó). Por lo demás, el apartamento sigue prácticamente igual que cuando se mudó: un largo rectángulo en la sexta planta de un edificio del sur del SoHo, con ventanas en cada extremo, unas orientadas al oeste, las otras al este, y en toda la pared sur, que da a un aparcamiento. Su dormitorio con baño mira al este y da a la parte superior de un achaparrado edificio de Mercer Street; las habitaciones de Willem —como sigue llamándolas— están en el extremo oeste, que mira a Greene Street. En mitad del apartamento está la cocina y un tercer cuarto de baño. Entre los dos dormitorios hay acres de distancia, y el suelo negro brilla como las teclas de un piano.

Todavía no se ha acostumbrado a disponer de tanto espacio, y le resulta aún más extraño que se lo pueda permitir. A veces tiene que recordárselo, como cuando está en la tienda de comestibles, preguntándose si debería comprar unas aceitunas negras que le encantan, aunque son tan saladas que al comerlas frunce el ceño y se le ponen los ojos llorosos. Eran un lujo para él cuando se mudó a la ciudad y solo se compraba un puñado una vez al mes. Cada noche se comía una, arrancaba muy despacio la carne del hueso mientras leía informes. «Puedes permitirte comprarlas —se dice ahora—. Tienes dinero.» Sin embargo, todavía le cuesta recordarlo.

Detrás de Greene Street y del tarro de aceitunas que ahora hay siempre en la nevera está su empleo en Rosen Pritchard and Klein, uno de los bufetes más fuertes y prestigiosos de la ciudad, donde es abogado litigante y, desde hace poco más de un año, socio. Cinco años atrás, Citizen, Rhodes y él trabajaron en un caso relacionado con un fraude de valores en un gran banco comercial llamado Thackery Smith, y poco después de que resolvieran el caso le llamó por teléfono un tal Lucien Voigt. Jude sabía que era el presidente del departamento de litigios de Rosen Pritchard and Klein y que había representado a Thackery Smith en las negociaciones.

Voigt le propuso salir a tomar una copa. Se había quedado impresionado con su trabajo en la sala del juzgado, le dijo. Y Thackery Smith también. De hecho, ya había oído hablar de él —el juez Sullivan y Voigt habían colaborado juntos en la revista jurídica— y había hecho indagaciones. ¿Se había planteado alguna vez dejar la Fiscalía y pasarse al lado oscuro?

Jude habría mentido si lo hubiera negado. Todos sus colegas se iban. Citizen mantenía conversaciones con una empresa internacional de Washington, D.C. Rhodes se preguntaba si debía incorporarse a un banco. Y un par de empresas se habían puesto en contacto con Jude, pero él había rechazado las propuestas de ambas. A todos les encantaba el trabajo que hacían en la Fiscalía. Sin embargo, Citizen y Rhodes eran mayores que él, y este último quería tener un hijo, de modo que necesitaba dinero. Dinero, dinero; a veces era de lo único de que hablaban.

Él también pensaba en el dinero; era imposible no hacerlo. Cada vez que volvía de una fiesta de uno de los amigos de JB o de Malcolm, Lispenard Street le parecía más sórdido, menos aceptable. Cada vez que el ascensor se estropeaba y tenía que subir las escaleras andando y descansar en el suelo del rellano, con la espalda apoyada en la puerta, hasta que reunía fuerzas para abrirla, soñaba con vivir en algún lugar confortable y funcional. Cada vez que se detenía en lo alto de las escaleras del metro, aferrado a la barandilla y jadeando por el esfuerzo, deseaba poder coger un taxi. Y luego había otros temores más serios: en los momentos más negros se imaginaba como un anciano, con la piel tirante como un pergamino sobre las costillas, viviendo todavía en Lispenard Street, arrastrándose con los codos hasta el cuarto de baño porque ya no era capaz de andar. En esa ensoñación estaba solo; no tenía a Willem ni a JB ni a Malcolm ni a Andy ni a Harold ni a Julia. Era un anciano y nadie cuidaba de él, era el único que quedaba.

—¿Cuántos años tiene? —le preguntó Voigt.

—Treinta y uno.

—Es usted joven, pero no lo será eternamente. ¿De verdad quiere envejecer en la Fiscalía? Ya sabe lo que se dice de los ayudantes del fiscal: son hombres cuyos mejores años quedaron atrás. —A continuación le habló de la remuneración económica y de una vía acelerada para ser socio—. Solo prométame que se lo pensará.

—Lo haré —respondió él.

Y así lo hizo. No se lo dijo a Citizen ni a Rhodes —tampoco a Harold, porque sabía qué le diría—, pero sí estuvieron hablando con Willem, y juntos analizaron las ventajas y los inconvenientes: el horario intenso (aunque él nunca salía de la Fiscalía a la hora en punto, arguyó Willem), el tedio y las elevadas probabilidades de trabajar con gilipollas (si bien, dejando de lado a Citizen y a Rhodes, él ya trabajaba con gilipollas, apuntó Willem). Y, por supuesto, el hecho de que defendería a las personas a las que en los últimos seis años había acusado: embusteros, estafadores y ladrones, los adinerados y los poderosos haciéndose pasar por víctimas. Él no era como Harold ni como Citizen, era un hombre práctico, sabía que hacer carrera como abogado implicaba sacrificios, ya fueran monetarios o morales. Aun así, le preocupaba esa renuncia a lo que creía justo. ¿Para qué? ¿Solo para asegurarse de que no se convertiría en un anciano solitario y enfermo? Le parecía la peor clase de egoísmo, la peor clase de autoindulgencia, renegar de lo que sabía que era lo correcto solo porque estaba asustado, porque temía sentirse desgraciado e incómodo.

El viernes de dos semanas después de la reunión con Voigt, regresó a casa muy tarde. Estaba agotado, había tenido que utilizar la silla de ruedas porque la herida de la pierna derecha le dolía mucho y el alivio al estar de vuelta en Lispenard Street fue tan grande que sintió que se debilitaba; en unos pocos minutos estaría en casa, se envolvería la pantorrilla con un trapo húmedo y caliente, y descansaría en el piso bien caldeado. Pero cuando pulsó el botón del ascensor solo oyó un chirrido, el débil sonido del mecanismo cuando se estropeaba.

—¡No! —gritó. Sus chillidos resonaron en el vestíbulo mientras golpeaba una y otra vez la puerta del ascensor con la palma de la mano—. ¡No, no, no! —Cogió el maletín, lo estrelló contra el suelo y los papeles se desperdigaron. A su alrededor el edificio continuó silencioso, ajeno a él.

Al final se detuvo, avergonzado y furioso, reunió los papeles y los guardó en el maletín. Miró el reloj; eran las once. Willem actuaba en una obra de teatro titulada *Nube nueve*, pero ya habría salido. Lo llamó y no contestó. De pronto le entró el pánico. Malcolm se había ido de vacaciones a Grecia. JB estaba en un encuentro de artistas. Andy había tenido una hija, Beatrice, la semana anterior; no podía llamarlo. Eran contadas las personas a las que permitiría que lo ayudaran, a las que se aferraría como un oso perezoso mientras lo subían a cuestas por los escalones.

Sin embargo, en ese momento le invadieron unas ansias irracionales y desesperadas de entrar en el piso. Con el maletín bajo el brazo izquierdo, cerró con la mano derecha la silla de ruedas, que era demasiado cara para dejarla en el vestíbulo, y empezó a subir escaleras arriba apoyando el costado izquierdo contra la pared mientras asía la silla por uno de los radios de las ruedas. Avanzaba despacio; tenía que saltar sobre la pierna izquierda procurando no apoyarse en la derecha y evitar que la silla de ruedas le golpeara la herida. Cada tres escalones se detenía para descansar. Del vestíbulo al quinto piso había ciento diez escalones, y cuando iba por el cincuenta temblaba de tal modo que tuvo que sentarse media hora. Llamó y escribió mensajes a Willem una y otra vez. A la cuarta llamada dejó el mensaje que esperaba no tener que dejar nunca: «Willem, necesito ayuda. Por favor, llámame. Por favor». Se imaginó a Willem llamándolo al instante, diciéndole que enseguida iría, pero esperó un buen rato y Willem no llamó. Al final logró levantarse de nuevo.

Logró entrar, pero no recuerda nada más. Al despertarse al día siguiente, Willem estaba dormido en la alfombra al lado de la cama y Andy lo hacía en el sillón que debía de haber arrastrado desde la sala de estar. Se notaba la lengua gruesa, confuso y con náuseas. Andy debía de haberle inyectado uno de esos analgésicos que tanto aborrecía; estaría varios días desorientado y estreñido.

Al volver a despertarse, Willem no estaba, y Andy permanecía despierto y lo miraba.

—Jude, tienes que largarte de este puto apartamento —dijo en voz baja.

—Lo sé.

—¿En qué estabas pensando? —le preguntó Willem al regresar de la tienda de comestibles.

En su ausencia, Andy había llevado a Jude a cuestas al cuarto de baño, pues no podía andar, y luego lo había dejado de nuevo en la cama, todavía vestido con la ropa del día anterior, y se había marchado.

La noche anterior Willem había ido a una fiesta después de la función y no oyó el móvil; cuando por fin escuchó los mensajes, volvió corriendo a casa y lo encontró en el suelo en plena convulsión. Entonces llamó a Andy.

—¿Por qué no llamaste a Andy? ¿Por qué no fuiste a un restaurante y me esperaste allí? ¿Por qué no llamaste a Richard? ¿Por qué no llamaste a Philippa y le pediste que fuera a buscarme? ¿Por qué no llamaste a Citizen o a Rhodes o a Eli o a Phaedra o a Henry Young o…?

—No lo sé —respondió él con aire desgraciado. Era imposible explicarle a una persona sana la lógica de un enfermo, y él no tenía energía para intentarlo.

La semana siguiente llamó a Lucien Voigt y concretó las condiciones del empleo. En cuanto firmó el contrato telefoneó a Harold, que guardó silencio durante cinco largos segundos antes de respirar hondo y responder.

—No lo entiendo, Jude. Con franqueza, nunca me ha parecido que te moviera el dinero. ¿Es eso? Supongo que sí. Tenías…, tienes una gran carrera en la Fiscalía. Estás haciendo un trabajo importante. Vas a renunciar a todo ello para defender…, ¿a quién?

A delincuentes. A gente tan adinerada y tan segura de que no los pillarán que ni siquiera les preocupa. Personas que creen que las leyes están para los que ganan menos de nueve cifras al año. Personas que creen que las leyes solo se aplican a según qué raza y según qué tramos impositivos.

Jude guardó silencio y dejó que Harold se fuera acalorando, sabía que tenía razón. Aunque nunca habían hablado de eso de forma explícita, sabía que Harold siempre había dado por hecho que él haría carrera en la administración pública. Con los años, Harold hablaba con horror y tristeza de antiguos alumnos a los que admiraba por su talento que habían dejado empleos en la Fiscalía, en el Ministerio de Justicia, en las oficinas de los defensores del pueblo o en programas de asistencia jurídica para incorporarse a un bufete. «Es imposible que una sociedad funcione como es debido si los mejores cerebros en el ámbito de la ley no se proponen que funcione», decía Harold a menudo, y él siempre le daba la razón. Y seguía dándosela, de ahí que no pudiera defenderse.

—¿No tienes nada que decir en tu defensa? —le preguntó Harold por fin.

—Lo siento, Harold.

Harold permaneció callado.

—Estás enfadado conmigo —murmuró él.

—Enfadado no, solo decepcionado —respondió Harold—. ¿Sabes lo especial que eres, Jude? ¿Sabes la de cosas que podrías cambiar si te quedaras? Si quisieras, algún día podrías llegar a ser juez. Ahora serás un abogado más en un bufete más. Y tendrás que litigar contra el gran trabajo que podrías haber hecho. Qué desperdicio, Jude. Qué desperdicio.

Él guardó silencio de nuevo. Repitió para sí las palabras de Harold: «Qué desperdicio, Jude. Qué desperdicio». Harold suspiró.

—¿A qué se debe? —le preguntó—. ¿Es por dinero? ¿Es por eso? ¿Por qué no me dijiste que necesitabas dinero, Jude? Yo podría haberte dado algo. ¿Se trata de dinero? Dime lo que necesitas, Jude, y estaré encantado de ayudarte.

—Harold, es... es muy amable de tu parte. Pero... no puedo.

—Tonterías —replicó Harold—, no quieres. Te estoy ofreciendo una solución para conservar tu empleo y no tener que aceptar un puesto que aborrecerás, un trabajo que aborrecerás (y no es una hipótesis sino un hecho), sin expectativas ni vínculos anejos. Estaré encantado de darte dinero.

«Oh, Harold», pensó él.

—Harold, el dinero que necesito no es la clase de dinero que tú tienes —dijo él, angustiado—. Créeme.

Harold guardó silencio, y cuando volvió a hablar lo hizo con otro tono.

—¿Te has metido en algún lío, Jude? Ya sabes que puedes contármelo. Sea lo que sea, te ayudaré.

—No —respondió él, pero quería echarse a llorar—. No, Harold. Estoy bien. —Con la mano derecha se rodeó la pantorrilla vendada, que le dolía de manera persistente e ininterrumpida.

—Bueno, es un alivio. Entonces, ¿para qué necesitas tanto dinero, Jude, si no es para un piso, que Julia y yo te ayudaremos a comprar, ¿me oyes?

A veces se quedaba entre frustrado y fascinado por la falta de imaginación de Harold; para él, la gente tenía padres que se enorgullecían de ellos, y ahorraba dinero para pisos y vacaciones, y cuando quería algo lo pedía; parecía ignorar la existencia de un universo en el que no se daba todo eso por sentado, en el que no todos tenían en común el mismo pasado y el mismo futuro. Pero esa forma de pensar era muy poco generosa por su parte, y no era frecuente; la mayor parte del tiempo, admiraba el optimismo a toda prueba de Harold, así como su resistencia a ser cínico, a buscar la infelicidad o la desgracia en cada situación. Le encantaba su inocencia, aún más admirable teniendo en cuenta la asignatura que enseñaba y lo que había perdido. ¿Cómo iba a hablarle de la silla de ruedas, que había que reemplazar cada pocos años y cuyo importe no cubría por completo el seguro? ¿Cómo iba a decirle que Andy, cuyos servicios no entraban en el seguro, nunca había querido cobrarle hasta entonces, pero que tal vez querría hacerlo algún día, ¿y cómo no iba a pagarle entonces? ¿Cómo iba a explicarle que la última vez que se le había abierto la herida de la pierna Andy había hablado de hospitalización y quizá, algún día en el futuro, de amputación? ¿Cómo iba a decirle que si se la amputaban tendría que permanecer ingresado, y necesitaría un fisioterapeuta y una prótesis? ¿Cómo iba a hablarle de la cirugía en la espalda a la que quería someterse, el láser que le quemaría el caparazón de cicatrices hasta eliminarlos? ¿Cómo iba a confesarle a Harold sus más profundos temores: la soledad, acabar convertido en un anciano con un catéter, y el torso desnudo y huesudo? ¿Cómo iba a decirle que él no soñaba con casarse y tener hijos, sino con tener algún día suficiente dinero para pagar a alguien que cuidara de él si era necesario, alguien que fuera amable y le permitiera disfrutar de dignidad e intimidad? Y luego estaba lo que quería. Quería vivir en un edificio donde funcionara el ascensor. Quería parar un taxi cuando quisiera. Quería buscar algún lugar privado para nadar porque el movimiento calma el dolor de espalda y ya no podía dar paseos.

Pero no podía decirle a Harold nada de todo eso. No quería que supiera lo defectuoso que estaba, la basura que había adquirido. De modo que se lo guardó para sí y le dijo que tenía que colgar, que lo llamaría más tarde.

Ya antes de hablar con Harold se había preparado para aceptar con resignación su nuevo empleo, pero primero con malestar, luego con sorpresa y al final con deleite y con cierto descontento al descubrir que disfrutaba con él. Cuando era fiscal, había tenido experiencia con compañías farmacéuticas, y gran parte de sus primeros casos estuvieron relacionados con ese sector: trabajó con una empresa que estaba abriendo una sucursal en Asia para promover la política anticorrupción, yendo y viniendo de Tokio con el socio mayoritario que llevaba el caso; fue un caso de poca envergadura, claro y de fácil solución, y por tanto insólito. Los demás eran más complicados y más largos, a veces se prolongaban hasta el infinito; trabajaba sobre todo preparando la defensa de uno de los clientes de la empresa, un gran conglomerado farmacéutico, acusado en virtud de la Ley contra Falsas Reclamaciones. Y cuando ya llevaba tres años en Rosen Pritchard and Klein, y la sociedad de gestión de inversiones para la que Rhodes trabajaba fue investigada por fraude de valores bursátiles y acudió a él, se aseguró su participación como socio en el bufete; Jude contaba con una experiencia en juicios de la que los demás socios carecían, pero sabía que con el tiempo tendría que llevar un cliente, y el primero siempre era el más difícil de encontrar.

Aunque jamás lo habría admitido ante Harold, disfrutaba investigando situaciones ilegales destapadas por un empleado de la propia compañía; disfrutaba llevando hasta sus límites la Ley Contra Prácticas Corruptas Extranjeras, disfrutaba forzando la ley como si fuera una goma elástica, más allá de su punto natural de tensión, hasta que le saltaba a la cara causando escozor. Durante el día se decía que se trataba de un combate intelectual, que su trabajo ponía de manifiesto la plasticidad de la ley. Pero a veces por las noches pensaba en lo que diría Harold si se sincerara con él y le contara lo que hacía, entonces volvía a oír sus palabras: «Qué desperdicio». ¿Qué estaba haciendo?, se preguntaba en esos momentos. ¿Le había vuelto corrupto ese empleo o siempre lo había sido y solo había creído no serlo?

«Todo está dentro del marco de la ley», discutía mentalmente con Harold. A lo que este replicaba: «Que esté permitido no significa que se deba hacer».

Y, en efecto, Harold no estaba tan desencaminado al decirle que echaría de menos la Fiscalía. Echaba de menos ser honesto y rodearse de personas apasionadas y vehementes que se embarcaban en cruzadas. Echaba de menos a Citizen, que había vuelto a Londres, a Marshall, con quien quedaba de vez en cuando para tomar algo, y a Rhodes, a quien veía con más frecuencia, pero que estaba perpetuamente rendido y sombrío cuando lo recordaba alegre y efervescente, poniendo electrotango y bailando con una mujer imaginaria cuando se quedaban hasta tarde en la oficina, agotados, solo para que él y Citizen levantaran la mirada de su ordenador y se rieran. Se estaban haciendo mayores. Le gustaba Rosen Pritchard y le caía bien la gente que trabajaba allí, pero nunca se quedaba con ellos hasta tarde discutiendo casos o hablando de libros, pues no era esa clase de oficina. Los socios de su edad tenían novias o novios insatisfechos esperándolos en casa (o ellos mismos eran novios o novias insatisfechos); los mayores que él se disponían a casarse. En los contados momentos en que no hablaban del trabajo que tenían entre manos, cotilleaban sobre compromisos, embarazos y propiedades. No hablaban de la ley ni por diversión ni por pasión.

El bufete animaba a sus abogados a hacer trabajo voluntario, y Jude empezó a colaborar con una asociación sin ánimo de lucro que brindaba asesoramiento jurídico gratuito a artistas. La organización ofrecía lo que llamaba «sesiones de estudio» todos los días por la tarde para que los artistas se pasaran e hicieran consultas a un abogado; todos los miércoles Jude salía del trabajo hacia las siete de la tarde y se pasaba tres horas en las oficinas de suelos crujientes que la organización tenía en Broome Street, en el SoHo, y asesoraba a pequeños editores de tratados radicales que querían establecerse por su cuenta como entidades sin fines lucrativos, a pintores con conflictos en el ámbito de la propiedad intelectual, y a grupos de danza, fotógrafos, escritores y cineastas con contratos extralegales (escritos a lápiz en papel de cocina) sin ninguna validez o tan innecesariamente enrevesados que no los entendían —él a duras penas lo hacía—, y que aun así habían firmado.

Harold tampoco aprobaba su trabajo de voluntario, lo consideraba frívolo.

—¿Alguno de esos artistas es bueno? —le preguntaba.

—Probablemente no —respondía Jude.

Pero no le correspondía a él juzgar si eran o no buenos; eso ya lo hacían otros, y muchos, por cierto. Él estaba allí solo para ofrecer la ayuda práctica que muy pocos tenían, ya que la mayoría de ellos vivía en un mundo que hacía oídos sordos a los aspectos prácticos. Sabía que era romántico, pero él los admiraba. Admiraba a todo el que año tras año vivía de ilusiones que se desvanecían rápidamente, pese a ser cada día más viejos y más oscuros. Y con el mismo romanticismo pensaba en el tiempo que dedicaba a la organización como un homenaje a sus amigos, pues todos ellos llevaban una vida que le maravillaba: consideraba que habían triunfado y se sentía orgulloso de ellos. A diferencia de él, no seguían un sendero claro, y sin embargo se habían abierto camino. Dedicaban sus días a crear belleza.

Su amigo Richard, que estaba en la junta directiva de la organización, pasaba a verlo algunos miércoles al volver a casa —se había mudado hacía poco al SoHo—, y se sentaba a hablar con él entre un cliente y otro, o lo saludaba con una mano desde el otro extremo de la sala si lo veía ocupado. Una noche, Richard lo invitó a subir a su piso para tomar una copa y al salir de la oficina del voluntariado echaron a andar hacia el oeste por Broome Street, pasando por Centre, Lafayette, Crosby, Broadway y Mercer, antes de girar al sur en Greene. Richard vivía en un estrecho edificio de piedra de color hollín, tenía una puerta alta de garaje que llegaba hasta el primer piso y, a la derecha, otra puerta metálica con una pequeña ventana de cristal en la parte superior del tamaño de una cara. No había vestíbulo sino más bien un pasillo de baldosas grises iluminado por tres bombillas desnudas que colgaban de cables. El pasillo giraba hacia la derecha y conducía a un ascensor industrial que era como una celda del tamaño del salón y del dormitorio de Willem en Lispenard Street juntos y tenía una ruidosa puerta de jaula que cuando se cerraba por medio de un botón toda la caja se estremecía, pero que se elevó con suavidad por un hueco de bloques de hormigón. En la tercera planta se detuvo, Richard abrió la jaula e introdujo la llave en una serie de enormes

puertas de acero de aspecto disuasorio que daban paso a su apartamento.

—Cielos —exclamó él al entrar, mientras Richard encendía
las luces.

El suelo era de madera blanqueada y las paredes, blancas. Por
encima de él brillaban muchas arañas —viejas, de cristal, o nuevas, de acero— que colgaban del alto techo a intervalos de unos
tres pies y a distintas alturas, de modo que al adentrarse en el loft,
sintió cómo las cuentas de vidrio le rozaban la cabeza. Richard,
que era aún más alto que él, tuvo que agacharse para que no le
dieran en la frente. No había tabiques divisorios, pero al fondo vio
una vitrina poco profunda de la misma altura y anchura que las
puertas delanteras, y al acercarse advirtió que en el interior había
un panal gigante cuya forma recordaba a una esbelta gorgonia.
Más allá de la vitrina había un colchón cubierto con una manta, y
delante de él, una harapienta alfombra bereber blanca cuyos espe-
juelos emitían destellos bajo las luces, un sofá de lana blanco y un
televisor: un curioso remanso de domesticidad en medio de tanta
aridez. Era el apartamento más grande que había visto nunca.

—No es de verdad —le dijo Richard al ver cómo miraba el
panal—. Lo hice con cera.

—Es espectacular.

Richard asintió en señal de agradecimiento.

—Vamos, te enseñaré el resto.

Le ofreció una cerveza y descorrieron el cerrojo de una puerta
situada junto a la nevera.

—La escalera de incendios. Me fascina. Parece que descienda
al infierno, ¿verdad?

—Ya lo creo —dijo él mirando el umbral, en el que los escalones se desvanecían en la penumbra. Retrocedió con brusquedad, sintiéndose agitado y al mismo tiempo estúpido por reaccionar así. Richard, que al parecer no se dio cuenta, cerró la puerta y corrió el cerrojo.

Bajaron en el ascensor a la segunda planta, donde Richard tenía el estudio, y le enseñó en qué estaba trabajando.

—Las llamo distorsiones —dijo, y dejó que Jude sostuviera en las manos lo que tomó por una rama de abedul blanco pero en realidad estaba hecha de barro cocido; luego una piedra redonda, lisa y ligera, que había sido tallada con ceniza y torneada pero daba la impresión de solidez y de peso, y por último un esqueleto de pájaro hecho con cientos de piezas de porcelana.

El espacio estaba dividido a lo largo por una hilera de siete vitrinas del tamaño de una ventana, más pequeñas que la del panal de cera del piso superior. Dentro de cada una de ellas había una montaña medio derruida e irregular de una sustancia amarilla oscura y viscosa que parecía mitad goma y mitad carne humana.

—Estos sí que son panales de verdad, o lo eran. Dejo que las abejas trabajen un tiempo y luego las libero. A cada panal le pongo un nombre acorde con el tiempo que constituyó un verdadero hogar y refugio.

Se sentaron en las sillas de despacho con ruedas en las que Richard estaba trabajando y bebieron cerveza mientras hablaban de su obra, de su próxima exposición, la segunda, que se inauguraría al cabo de seis meses, y de los nuevos cuadros de JB.

—Aún no los has visto, ¿verdad? —le preguntó Richard—. Pasé por su estudio hace dos semanas y me entusiasmaron. Es lo mejor que ha hecho hasta ahora. —Le sonrió—. Habrá muchos de ti, ya sabes.

—Lo sé —respondió él, conteniendo una mueca—. Bueno, ¿y

cómo has dado con este sitio? —le preguntó cambiando de tema—. Es increíble.

—Es mío.

—¿En serio? ¿Eres el propietario? Estoy impresionado.

Richard se rió.

—El edificio… es mío.

Se lo contó. Sus abuelos tenían un negocio de importación, y cuando su padre y su tía eran jóvenes compraron dieciséis edificios en el centro de la ciudad, antiguas fábricas, para almacenar sus mercancías: seis en el SoHo, seis en TriBeCa y cuatro en Chinatown. Cada uno de sus cuatro nietos recibió uno de los edificios al cumplir los treinta años. A los treinta y cinco —que Richard había cumplido el año anterior— debían recibir el segundo. Cuando cumplieran los cuarenta, el tercero. El último lo recibiría a los cincuenta.

—¿Te dejaron escoger? —le preguntó él con esa particular mezcla de vértigo e incredulidad que solía experimentar al oír esa clase de historias: que existiera semejante fortuna y se hablara de ella con tanta naturalidad, y que alguien que conocía hacía tanto tiempo estuviera en posesión de ella. Le recordaban lo ingenuo y poco sofisticado que era él todavía; no podía imaginar tanta riqueza junta y le costaba creer que pudiera pertenecer a personas que él conocía. Pese a que la vida que llevaba en Nueva York y sobre todo su empleo le habían demostrado lo contrario, aun después de esos años no relacionaba a los ricos con Ezra, Richard o Malcolm, sino con los personajes satirizados de los dibujos animados: ancianos bajando de automóviles de cristales ahumados, con gruesos dedos, calvicies relucientes, esposas delgadas y frágiles, y enormes casas de suelos pulidos.

Richard sonrió.

—Recibimos el que creyeron que encajaría con nuestra personalidad. Mi primo cascarrabias heredó un edificio en Franklin Street que se utilizaba para almacenar vinagre.

Él se rió.

—¿Para qué servía este?

—Te lo enseñaré.

Volvieron a meterse en el ascensor y subieron a la cuarta planta. Richard abrió la puerta y encendió las luces: ante ellos había unos palés amontonados que llegaban casi hasta el techo cargado de lo que parecían ladrillos.

—No son simples ladrillos —señaló Richard—, sino ladrillos de terracota importados de Umbría. —Cogió uno de un palé y se lo tendió; Jude le dio la vuelta y deslizó la palma de la mano sobre él, tenía un delicado acabado verde y la superficie era porosa—. Las plantas quinta y sexta también están llenas de ladrillos, pero los venderán a un mayorista de Chicago. Entonces los apartamentos se quedarán vacíos. —Sonrió—. Ahora entiendes por qué tengo ese ascensor ¿no?

Regresaron al piso, cruzaron de nuevo el jardín de arañas colgantes y Richard le ofreció otra cerveza.

—Escucha, necesito hablar contigo de algo importante —le dijo.

—Lo que quieras —respondió Jude, dejando la botella en la mesa y echándose hacia delante.

—Probablemente los ladrillos ya no estarán a final de año —continuó Richard—. La quinta y la sexta plantas son idénticas a esta, con la misma distribución y tres cuartos de baño. La pregunta es, ¿te interesa una de ellas?

—Me encantaría, Richard. Pero ¿cuánto pides de alquiler?

—No estoy hablando de alquilar, Jude, sino de comprar —replicó Richard.

Ya había hablado con su padre, que era el abogado de sus abuelos. Convertirían el edificio en apartamentos en régimen de cooperativa y él compraría una parte de las acciones. La única condición que le ponía la familia era que, en caso de que él o sus herederos decidieran venderlo, les dieran primero a ellos la opción de compra. Le propondrían un precio justo y él pagaría a Richard un alquiler mensual que se aplicaría a la compra. Los Goldfarb ya habían probado esa fórmula cuando la novia del primo cascarrabias había comprado un piso del edificio del vinagre hacía un año atrás, y había funcionado. Al parecer existían ciertas ventajas impositivas si cada heredero convertía uno de los edificios recibidos en al menos dos apartamentos en régimen de cooperativa, de modo que el padre de Richard intentaba convencerlos para que lo hicieran.

—¿Por qué me lo propones? —le preguntó él en voz baja, una vez que se recobró—. ¿Por qué yo?

Richard se encogió de hombros.

—Este lugar es un poco solitario. No es que vaya a pasar a verte a cada rato, pero sería agradable saber que alguien vive en el mismo edificio. Y tú eres el amigo más responsable que tengo, aunque tampoco tengo tantos. Y me gusta estar contigo. Además… —Se interrumpió—. Prométeme que no te enfadarás.

—Oh, Dios… Te lo prometo.

—Willem me contó lo que te pasó, ya sabes, cuando quisiste subir a tu casa el año pasado y el ascensor estaba estropeado. No tienes que molestarte por eso, Jude. Willem está preocupado por

ti. Le comenté que iba a hacerte esta propuesta, y él pensó...,
piensa que es un lugar donde podrías vivir para siempre, si quisieras. Aquí el ascensor nunca se estropea, y si lo hace, yo estaré en la
planta de abajo. Eres muy libre de comprarte otro piso, pero espero que consideres mi oferta.

En ese momento Jude no está enfadado sino expuesto: no solo
ante Richard sino ante Willem. Procura ocultarle todo lo que
puede, no porque no confíe en él sino porque no quiere que lo
vea como una carga y sienta que tiene que ayudarlo y cuidarlo.
Quiere que Willem y los demás lo vean como un amigo fiable y
fuerte, a quien pueden acudir con sus problemas, en lugar de ser
él quien tenga que recurrir a ellos. Avergonzado, piensa en las
conversaciones que han girado en torno a él —entre Willem y
Andy, entre Willem y Harold (está seguro de que son más frecuentes de lo que se teme) y ahora entre Willem y Richard— y le
entristece que Willem se preocupe tanto por él, que se vea impul-
sado a pensar en él como él habría pensado en Hemming de haber
vivido más: como alguien necesitado de cuidados y sobre el que
había que tomar decisiones. Vuelve a verse a sí mismo como un
anciano. ¿Es posible que Willem tenga la misma visión, que los
dos compartan el mismo temor, que su final le parezca a Willem
tan inevitable como a él?

Entonces recuerda una conversación que mantuvo una vez
con Willem y Philippa; Philippa hablaba de que algún día, cuando Willem y él fueran ancianos, se instalarían en la casa rodeada
de huertos que los padres de ella tenían en el sur de Vermont.

—Lo estoy viendo —dijo—. Nuestros hijos se habrán mudado de nuevo con nosotros, porque no serán capaces de abrirse
camino en el mundo real, y entre todos tendrán seis criaturas con

nombres como Buster, Carrot y Vixen, que corretearán desnudos y a los que no llevarán al colegio, y Willem y yo los apoyaremos hasta el final...

—¿A qué se dedicarán tus hijos? —le preguntó él, práctico incluso cuando bromeaba.

—Oberon hará instalaciones artísticas a partir de productos alimentarios, y Miranda tocará una cítara con hilos en lugar de cuerdas —respondió Philippa, y él sonrió—. No pasarán de la secundaria, y Willem tendrá que seguir trabajando hasta que esté tan hecho polvo que yo tendré que llevarlo al plató en silla de ruedas —se interrumpió, ruborizándose, pero enseguida continuó— para pagar todos sus estudios y sus experimentos. Tendré que renunciar a mi trabajo como diseñadora de vestuario y montaré un negocio de zumo de manzana ecológico para pagar las deudas y mantener la casa, que será una enorme y espléndida ruina infestada de termitas, y tendremos una gran mesa de madera rayada, lo bastante grande para sentarnos en ella los doce.

—Trece —dijo Willem de pronto.

—¿Por qué trece?

—Porque Jude también vivirá con nosotros.

—¿Ah, sí? —preguntó él con tono despreocupado, pero satisfecho y aliviado al verse incluido en la visión que tenía Willem de su vejez.

—Por supuesto. Tendrás el pabellón de invitados entero para ti, y todas las mañanas Buster te llevará tus *waffles* de trigo sarraceno, porque estarás demasiado enfermo para sentarte con nosotros a la mesa; después del desayuno yo iré a hacerte compañía y a esconderme de Oberon y de Miranda, que andarán buscándome para que les haga comentarios inteligentes sobre sus últimas iniciativas. —Willem le sonrió, y él le devolvió la sonrisa, aunque vio que Philippa había dejado de hacerlo y miraba fijamente la mesa. Cuando alzó la vista, sus miradas se cruzaron un instante, pero ella se apresuró a desviarla.

Poco después de esa conversación, la actitud de Philippa hacia él cambió, o eso le pareció a Jude. No fue evidente para nadie más que para él —tal vez ni ella misma se dio cuenta—, pues antes, cuando él entraba en el piso y la encontraba dibujando en la mesa, los dos charlaban amistosamente mientras él se bebía un vaso de agua y miraba sus bocetos; en cambio, ahora ella se limitaba a saludarlo con la cabeza y le decía: «Willem ha bajado a la tienda» o «Volverá enseguida», aunque Jude no hubiera preguntado por él (ella siempre era bien recibida en Lispenard Street, tanto si Willem estaba como si no), y Jude se quedaba un rato hasta que era evidente que ella no quería hablar, y se retiraba a su habitación para trabajar.

Jude comprendía que Philippa pudiera estar molesta con él. Willem lo invitaba a todas partes, lo incluía en todos los planes, incluso en los referidos a su jubilación, en las fantasías de Philippa sobre su vejez. A partir de ese momento Jude procuró declinar siempre las invitaciones de Willem, aunque Philippa no fuera a ir con él; si asistían a una fiesta de Malcolm, iba por su cuenta, y el día de Acción de Gracias se invitó también a Philippa a Boston, aunque al final ella no fue. Incluso intentó hablar con Willem de lo que había advertido, para abrirle los ojos.

—¿No te cae bien? —le preguntó Willem, preocupado.

—Sabes que sí —replicó Jude—, pero creo… creo que deberíais pasar más tiempo los dos solos, Willem. Debe de ser irritante para ella tenerme siempre cerca.

—¿Te lo ha dicho?

—No, por supuesto que no. Solo es una deducción... de mi amplia experiencia con las mujeres, ya sabes.

Más adelante, cuando Willem y Philippa rompieran, Jude tendría la impresión de que él tenía la culpa. Pero incluso antes se preguntaría si Willem no se había dado cuenta también de que ninguna novia formal toleraría su presencia constante; también se preguntaría si Willem intentaba buscarle alternativas para evitar que acabara viviendo en una casita en la finca que algún día tendría con su esposa y que acabara siendo su triste amigo soltero, un patético recordatorio de la vida pueril y desolada que había tenido. «Estaré solo», decidió. No sería él quien estropeara las oportunidades de Willem de ser feliz. Quería que Willem tuviera el huerto, la casa carcomida por las termitas, los nietos y la esposa celosa de él y de las atenciones que su amigo le prodigaba. Quería que tuviera todo lo que se merecía, todo lo que deseaba. Quería que cada uno de sus días estuvieran libres de preocupaciones, obligaciones y responsabilidades, aun cuando esa preocupación, obligación y responsabilidad fuera él.

La semana siguiente el padre de Richard —un hombre alto, sonriente y afable, a quien había conocido en la primera exposición de Richard tres años atrás— le envió el contrato, que Jude revisó con un compañero de la facultad, un abogado especializado en bienes raíces, así como el informe pericial del edificio, que le mostró a Malcolm. El precio le causó náuseas, pero su compañero de clase lo animó a aceptar: «Es un buen trato, Jude. Nunca encontrarás algo de ese tamaño en ese barrio por esa cantidad». Y después de revisar el informe y de visitar el lugar, Malcolm le dio el mismo consejo: «Cómpralo».

De modo que lo compró, y aunque entre los Goldfarb y él habían diseñado unos plazos cómodos a diez años, con un plan de alquiler con opción a compra y sin intereses, Jude estaba resuelto a pagarlo lo antes posible. Cada dos semanas destinaba la mitad de su sueldo al piso, y la otra mitad a cubrir sus gastos y ahorrar. En su llamada telefónica semanal le anunció a Harold que se había mudado («¡Menos mal!», exclamó Harold, a quien nunca le había gustado Lispenard Street), pero no le comentó que el nuevo apartamento era de compra, porque no quería que se sintiera obligado a ofrecerle dinero. De Lispenard Street solo se llevó el colchón, la lámpara, la mesa y una silla, que colocó en una esquina. A veces, por las noches, levantaba la vista de su trabajo y pensaba en lo ridículo de esa decisión. ¿Cómo llenaría tanto espacio? ¿Cómo lo haría suyo? Recordaba Boston, el piso de Hereford Street, y que solo había soñado con tener algún día un dormitorio con una puerta que pudiera cerrar. Incluso cuando estuvo en Washington trabajando de ayudante de Sullivan, dormía en la sala de estar de un piso de una sola habitación que compartía con un auxiliar a quien apenas veía. En Lispenard Street fue la primera vez en su vida que tuvo una habitación de verdad con una ventana de verdad para él solo. Pero un año después de mudarse a Greene Street, Malcolm levantó paredes y el espacio se volvió un poco más acogedor, y al cabo de un año Willem se fue a vivir con él, con lo que se volvió aún más acogedor. Aunque veía a Richard menos de lo que pensaba —los dos viajaban mucho—, a veces, los sábados por la tarde bajaba a su estudio y lo ayudaba con alguno de sus proyectos, puliendo pequeñas ramas con papel de lija o cortando las barbas de unas plumas de pavo real. El estudio de Richard era la clase de lugar que le habría fascinado de niño, pues por todas partes había cajas y cuencos llenos de objetos maravillosos —ramitas, piedras, escarabajos secos, plumas, pequeñas aves disecadas de tonos azules y bloques de distintas formas de una madera suave y pálida—; en ocasiones le entraban ganas de dejar su trabajo y sentarse en el suelo a jugar, cosa que de niño apenas hizo porque siempre estaba demasiado ocupado.

Hacia finales del tercer año acabó de pagar el apartamento y de inmediato empezó a ahorrar para reformarlo. Tardó menos de lo que pensaba, en parte por algo que sucedió con Andy. Un día que acudió a la consulta para visitarse, lo recibió con una expresión grave aunque curiosamente triunfal.

—¿Qué ocurre? —le preguntó, y sin decir palabra Andy le entregó un artículo que había sacado de una revista.

Jude lo leyó; era un informe académico sobre una cirugía láser en fase de experimentación que se había desarrollado recientemente, prometía ser una solución para la extirpación de queloide no dañado, pero tenía efectos adversos a medio plazo: si bien se eliminaban los queloides, se producían heridas en carne viva semejantes a quemaduras, y la piel de debajo de las cicatrices se volvía más frágil, más susceptible de rajarse y cuartearse, lo que derivaba en ampollas e infecciones.

—Eso era lo que pensabas hacerte, ¿verdad? —le preguntó Andy, mientras él lo miraba con los papeles en la mano, sin poder hablar—. Lo sé, Jude. Sé que tienes una cita en la consulta de ese curandero llamado Thompson. No lo niegues; me llamaron para pedirme tu historia médica. No se la envié. Te ruego que no te operes, Jude. Hablo en serio. Lo último que necesitas es que se te abran las heridas de la espalda y de las piernas. —Y luego, como él guardaba silencio, añadió—: Háblame.

Jude hizo un gesto negativo. Andy tenía razón; había ahorrado para eso también. Las bonificaciones anuales y la mayor parte de sus ahorros, todo el dinero que había ganado dando clases a Felix, lo había destinado al piso, pero en los últimos meses, cuando solo le quedaban los pagos finales, comenzó a ahorrar para la operación. Lo tenía todo planeado: primero se operaría y luego ahorraría para costear las obras del piso. Se imaginaba con la espalda tan lisa como el suelo; el grueso e inmutable rastro de gusano que constituían las cicatrices desaparecería en cuestión de segundos, y con él, todas las pruebas del tiempo que había vivido en el hogar y en Filadelfia, el testimonio de esos años se borraría de su cuerpo. Si bien Jude hacía un gran esfuerzo por olvidar, y todos los días se lo proponía, por mucho que lo deseara, la cicatriz estaba allí para recordárselo, prueba de que su fantasía no se había hecho realidad.

—Sé que estás decepcionado, Jude —continuó Andy, sentándose a su lado en la camilla—. Y te prometo que cuando haya un tratamiento efectivo y seguro, te avisaré. Sé lo mucho que te preocupa, así que me mantengo informado de los últimos avances. Pero en estos momentos no hay nada, y no tendré la conciencia tranquila si te permito que sigas ese tratamiento. —Guardó silencio; los dos lo hicieron—. Supongo que debería habértelo preguntado más a menudo, Jude, pero… ¿te duelen? ¿Te causan molestias? ¿Te tira la piel?

Él asintió.

—Mira, Jude —prosiguió Andy tras unos minutos de silencio—. Puedo darte cremas para eso, pero necesitarás que alguien te las aplique todas las noches, si no, no son efectivas. ¿Dejarías que alguien te las aplicara? ¿Willem? ¿Richard?

—No puedo —replicó él, hablando hacia la revista que tenía en las manos.

—Bueno, de todos modos te daré la receta, y te mostraré cómo hay que hacerlo, no te preocupes. Se lo he consultado a un dermatólogo, veremos lo eficaz que resulta. —Andy se levantó de la camilla—. ¿Puedes abrirte la bata y volverte hacia la pared?

Así lo hizo, y notó las manos de Andy en los hombros y a continuación descendiendo poco a poco por la espalda. Pensó que Andy le diría, como otras veces: «No es tan serio, Jude» o «No tienes nada de que avergonzarte». No lo hizo, se limitó a deslizarle las manos por la espalda, como si en las palmas tuviera rayos láser, algo que le recorría la espalda y lo sanaba, la piel le quedó lisa y sin marcas.

—Lo siento mucho, Jude —murmuró Andy, y esta vez fue él quien no pudo mirarlo—. ¿Quieres que vayamos a comer algo? —le preguntó al acabar la visita.

Jude negó con la cabeza.

—Debo volver a la oficina.

Andy guardó silencio, pero justo cuando se iba lo detuvo.

—Lo siento mucho, Jude. No me gusta ser yo quien destruya tus esperanzas.

Él asintió, sabía cómo se sentía Andy. Sin embargo, en ese momento no podía soportar tenerlo cerca, lo único que quería era largarse de allí.

Resuelto a ser más realista y a dejar de pensar en que algún día mejorará, se recuerda que no someterse a esa operación significa que por fin dispone de dinero para empezar la reforma del piso. En los años trascurridos desde que lo compró, Malcolm se ha vuelto más osado e imaginativo, y ha ido modificando, revisando y mejorando los planos que dibujó al principio. Poco antes de que Jude empezara a trabajar en Rosen Pritchard and Klein, Malcolm dejó su empleo en Ratstar, y con dos de sus antiguos colegas y Sophie, a quien conocía de la facultad de arquitectura, fundó una empresa llamada Bellcast: su primer encargo fue reformar el *pied-à-terre* de uno de los amigos de los padres de Malcolm. Bellcast se ocupaba sobre todo de viviendas, pero el año anterior había obtenido su primer encargo público importante para un museo de fotografía en Doha, y Malcolm —como Willem o como él mismo— cada vez pasaba más tiempo fuera de la ciudad.

«Nunca hay que subestimar la importancia de tener padres ricos», gruñó con amargura un imbécil en una de las fiestas de JB al enterarse de que Bellcast había quedado finalista en un concurso para el diseño de un monumento en Los Ángeles, en memoria de los estadounidenses de origen japonés que habían permanecido confinados durante la guerra; JB reaccionó chillando, y Willem y él se sonrieron por encima de la cabeza de JB, orgullosos de que este defendiera con tanta vehemencia a Malcolm.

Así que Jude ha observado cómo en cada nuevo plano revisado de Greene Street han aparecido y desaparecido pasillos, la cocina se ha ampliado y luego se ha reducido, y las estanterías han pasado de ocupar toda la pared norte, que no tiene ventanas, a cubrir solo la pared sur, que sí tiene, para volver a la propuesta inicial. En uno de los proyectos, Malcolm eliminaba por completo las paredes —«Es un loft, Jude. Debes respetar su integridad», señaló, pero Jude se mostró firme: necesitaba un dormitorio; necesitaba una puerta que se cerrara con llave— y en otro proponía tapiar las ventanas orientadas al sur, que era precisamente la razón por la que Jude había escogido la sexta planta, y el propio Malcolm admitió más tarde que era una idea estúpida. Pero Jude disfruta viendo a Malcolm trabajar, le conmueve que haya dedicado tanto tiempo, más que él mismo, a diseñar un espacio confortable para él. Y ahora va a hacerse realidad. Por fin tiene suficiente dinero para que Malcolm se permita incluso sus fantasías más estrafalarias. Dispone de dinero suficiente para adquirir los muebles, las alfombras y los jarrones que Malcolm le sugiera.

Esos días Jude discute con Malcolm sobre sus planos más recientes. La última vez que revisó los bocetos, tres meses atrás, advirtió un elemento alrededor del inodoro del cuarto de baño principal que no supo identificar.

—¿Qué es eso? —le preguntó a Malcolm.

—Agarraderas —respondió él muy rápido, como si al decirlo deprisa perdiera importancia—. Jude, sé lo que vas a decir, pero... —Sin embargo, él ya estaba examinando los planos con más detenimiento, leyendo las pequeñas anotaciones sobre el cuarto de baño, donde Malcolm había añadido barras de acero en la ducha y alrededor de la bañera, y en la cocina, donde había bajado la altura de algunas de las encimeras.

—Si ni siquiera voy en silla de ruedas —dijo horrorizado.

—Pero Jude...—empezó a decir Malcolm, y se interrumpió. Jude sabía lo que Malcolm quería decir: «Pero la has usado y volverás a hacerlo». Sin embargo, dijo—: Son las directrices estándar del ADA.

—Lo entiendo, Mal —replicó él, disgustado por lo alterado que estaba—. Pero no quiero que sea el piso de un tullido.

—No lo será, Jude. Será tu piso. Pero ¿no te parece que como precaución...?

—No, Malcolm. Suprímelas. Hablo en serio.

—¿No crees que, solo por el aspecto práctico…?

—¿Desde cuándo te interesan los aspectos prácticos? ¿No querías que viviera en un espacio de cinco mil pies cuadrados sin paredes? —Se interrumpió—. Lo siento, Mal.

—De acuerdo, Jude. Lo entiendo. Será como tú dices.

Malcolm está de pie ante él, sonriendo.

—Tengo algo que enseñarte —le dice agitando un papel enrollado como una batuta.

—Gracias, Malcolm. ¿No podríamos mirarlos más tarde? —Tienen una cita con el sastre y no quiere hacerlo esperar.

—Solo será un momento y te los dejaré. —Malcolm se sienta a su lado, desenrolla el fajo de hojas y, dándole un extremo para que lo sostenga, le comenta todo lo que ha modificado y retocado—. Las encimeras vuelven a tener la altura estándar. —Señala la cocina—. En la ducha ya no hay barras, pero he puesto esta repisa que puede servir para sentarse en ella, por si acaso. Te juro que será estética. He dejado las agarraderas que rodean el inodoro. Solo piénsalo, ¿de acuerdo? Será lo último que instalaremos, y si no te gustan las sacaremos. Aunque… yo las pondría, Jude.

Él asiente a regañadientes. No lo sabe entonces, pero años después agradecerá que Malcolm haya preparado su futuro, pese a su reticencia. Advertirá que los lugares de paso son más anchos, que el cuarto de baño y la cocina son más grandes, para que una silla de ruedas pueda girar sin obstáculos, que los umbrales son generosos, que la mayoría de las puertas son correderas, que debajo del lavabo del cuarto de baño principal no hay armario, que en la bañera hay un asiento semejante a un banco y, por último, que Malcolm ganó la batalla sobre el inodoro. Lo llenará de un amargo asombro descubrir que una persona más en su vida —Andy, Willem, Richard y también Malcolm— vaticinara su futuro y comprendiera lo inevitable que era.

Después de la cita en la que Malcolm se prueba un traje azul y otro gris oscuro, y Franklin, el sastre, lo saluda y le pregunta por qué hace dos años que no lo ve —«Estoy seguro de que yo tengo la culpa», dice Malcolm sonriendo—, van a comer algo. Es agradable tomarse un sábado libre, y beber limonada con agua de rosas, y comer coliflor asada y espolvoreada de *zaatar* en el abarrotado restaurante israelí cercano a la sastrería de Franklin. Malcolm está tan impaciente como él por empezar las obras.

—Es el momento perfecto —no para de repetir—. Pediré a mis compañeros de la oficina que empiecen los trámites este mismo lunes, así cuando esté todo aprobado habré acabado en Doha y podré ponerme enseguida manos a la obra. Mientras dure la reforma tú podrías instalarte con Willem. —Malcolm acaba de terminar las obras en el piso de Willem, que Jude ha supervisado más que el propio Willem; en la etapa final, incluso escogió los colores de la pintura. Jude cree que Malcolm ha hecho un buen trabajo; no le importará mudarse allí el próximo año.

Cuando salen del restaurante es temprano y se quedan un rato hablando en la acera; ha llovido toda una semana, pero en esos momentos el cielo está azul. Jude se siente fuerte y un poco inquieto, y le pregunta a Malcolm si le apetece dar un corto paseo. Malcolm titubea, lo mira de arriba abajo como si tratara de decidir si está en forma, luego sonríe y accede, de modo que echan a andar hacia el oeste y luego hacia el norte, en dirección al Village. Pasan por delante del edificio de Mulberry Street donde vivía JB antes de trasladarse más al este, y los dos guardan un minuto de silencio pensando en JB y preguntándose qué tal le va, sabiendo sin saber por qué no ha respondido a las llamadas telefónicas, los mensajes de texto, los correos electrónicos de los tres amigos. Malcolm, Willem y él han mantenido muchas conversaciones entre ellos y con Richard, con Ali y con Henry Young sobre qué hacer, pero cada vez que han intentado localizar a JB, él los ha eludido, les ha cerrado el paso o ha pasado de ellos. «Solo tenemos que esperar a que empeore», dijo Richard en un momento determinado, y Jude teme que tenga razón. A veces es como si JB ya no fuera uno de ellos, y no pueden hacer más que esperar que tenga una crisis que solo ellos puedan resolver para introducirse de nuevo en su vida.

—Escucha, Malcolm, tengo que preguntártelo —le dice Jude mientras recorren el tramo de Hudson Street que está desierto los fines de semana—, ¿vas a casarte con Sophie? Todos queremos saberlo.

—Por Dios, Jude, no lo sé —empieza a decir Malcolm, pero parece aliviado, como si hubiera estado esperando esa pregunta. Enumera los potenciales contras (el matrimonio es algo demasiado convencional, demasiado permanente, no le interesa realmente la idea de casarse pero cree que a Sophie sí le interesa, los padres de ella intentarán involucrarse, hay algo en la perspectiva de pasar el resto de su vida con otra arquitecta que lo deprime, Sophie y él son socios fundadores de la compañía, si sucede algo entre ellos, ¿qué será de Bellcast?) y luego los pros que suenan como contras (si no le propone matrimonio cree que Sophie se marchará; sus padres han estado dándole la lata y le gustaría callarlos; quiere de verdad a Sophie, y sabe que nunca encontrará a nadie mejor que ella; tiene treinta y ocho años y le da la impresión de que tiene que hacer algo). Jude lo escucha e intenta no sonreír; siempre le ha gustado que Malcolm pueda ser tan resuelto sobre el papel y con los planos, y que en el resto de los ámbitos de su vida titubee tanto y sea capaz de compartir sus dudas de forma tan desinhibida. Malcolm nunca se ha marcado faroles ni ha fingido ser más seguro o más enrollado de lo que es, y con los años él aprecia y admira cada vez más su dulce candidez, y su confianza absoluta en sus amigos y en sus opiniones.

—¿Qué opinas tú, Jude? —le pregunta Malcolm por fin—. En realidad quería hablar contigo de esto. ¿Nos sentamos en alguna parte? ¿Tienes tiempo? Willem debe de estar camino de casa.

Ya le gustaría a él parecerse más a Malcolm a la hora de pedir ayuda a sus amigos y mostrándose vulnerable delante de ellos, piensa Jude. Al fin y al cabo, lo fue en otros tiempos, aunque entonces no tenía más remedio. Sin embargo, ellos siempre han sido considerados con él, nunca se ha sentido humillado por ellos, ¿no debería aprender la lección? Quizá le pida a Willem que lo ayude con la espalda; aunque le disguste su aspecto, no dirá nada. Y Andy tenía razón, no es fácil aplicarse uno mismo las cremas.

Intenta pensar en cómo empezar a hablar de ello con Willem, pero descubre que no puede pasar de la primera palabra ni siquiera en la imaginación. Sabe que no será capaz de pedírselo. «No porque no confíe en ti —le dice a Willem, con quien nunca tendrá esa conversación—. Sino porque no puedo soportar que me veas como realmente soy.» Ahora, cuando se imagina como un anciano, sigue estando solo pero en Greene Street, y en esas divagaciones ve a Willem en una casa verde y arbolada tal vez en los Adirondack o en los Berkshire, está feliz, rodeado de sus seres queridos y un par de veces al año va a Greene Street y pasan la tarde juntos. En esos sueños él se ve a sí mismo sentado, de modo que no está seguro de si todavía puede caminar o no, pero sabe que siempre se alegra mucho de ver a Willem, y al final de todos los encuentros es capaz de decirle que no se preocupe, que puede cuidar de sí mismo; se lo asegura como si se tratara de una bendición, satisfecho de tener la fortaleza suficiente para no estropear con sus necesidades, su soledad y sus carencias el idilio de Willem.

Pero eso será dentro de muchos años, se recuerda. En esos momentos Malcolm, con su expresión esperanzada y ansiosa, está esperando su respuesta.

—No volverá hasta la noche —le dice—. Tenemos toda la tarde, Mal. Podemos hablar todo lo que quieras.

3

La última vez que JB se propuso en serio dejar las drogas fue el fin de semana del 4 de julio. No había nadie más en la ciudad. Malcolm estaba con Sophie en Hamburg visitando a los padres de ella. Jude se había ido con Harold y Julia a Copenhague; Willem seguía en un rodaje en Capadocia; Richard estaba en Wyoming, en un encuentro de artistas, y Henry Young el Asiático se encontraba en Reikiavik. Solo quedaba él, y si no hubiera sido tan resuelto, tampoco habría estado en la ciudad. Se habría ido a Beacon, donde Richard tenía una casa, o a Quogue, donde Ezra tenía una casa, o a Woodstock, donde Ali tenía una casa, o... Bueno, en los últimos tiempos no eran tantas las personas que le ofrecían su casa y, además, con la mayoría de ellos no se mantenía en contacto porque le crispaban los nervios. Pero aborrecía el verano en Nueva York. Todas las personas con sobrepeso lo aborrecían: todo se pegaba, ya fuera un cuerpo a otro cuerpo o el cuerpo a la tela, y nunca te sentías realmente seco. Y no obstante, allí estaba él, abriendo la puerta de su estudio situado en la tercera planta del edificio de ladrillo blanco de Kensington, mirando de forma refleja hacia el final del pasillo, donde estaba el estudio de Jackson.

JB no era adicto. Cierto, consumía drogas. Y consumía a menudo. Pero él no era adicto. Lo eran otras personas. Jackson lo era. También Zane y Hera. Y Massimo y Topher. A veces tenía la impresión de que él era el único que se había escapado por los pelos.

Sin embargo, sabía que mucha gente lo tenía por adicto, y por eso se había quedado en la ciudad en lugar de irse al campo; cuatro días sin drogas, solo trabajo, y nadie volvería a reprocharle nada.

Ese viernes era el primer día. El aire acondicionado del estudio no funcionaba, de modo que lo primero que hizo fue abrir todas las ventanas. Luego, tras llamar con suavidad a la puerta de Jackson para asegurarse de que no estaba, también dejó la puerta abierta de par en par. Normalmente nunca abría la puerta, tanto por Jackson como por el ruido. Su estudio era una de las catorce habitaciones de la tercera planta de un edificio de cinco. Las habitaciones estaban concebidas como estudios, pero JB calculaba que el veinte por ciento de sus ocupantes vivían allí de manera ilegal. En las contadas ocasiones en que llegaba a su estudio antes de las diez de la mañana, veía a gente arrastrarse por el pasillo en ropa interior, y cuando iba al aseo del fondo del pasillo, encontraba a alguien lavándose, afeitándose o cepillándose los dientes; él los saludaba con la cabeza —«¿Qué tal, tío?»— y ellos le devolvían el saludo. Por desgracia, la impresión general era un ambiente más institucional que universitario, algo que lo deprimía. JB podría haber encontrado un estudio en cualquier parte o, mejor dicho, un estudio más privado, y si había escogido ese (le avergonzaba admitirlo) era porque el edificio parecía una residencia de estudiantes y esperaba sentirse en él como en la universidad. Sin embargo, no fue así.

Se suponía que el edificio también era un lugar con una «baja densidad acústica», significara eso lo que significase, pero entre los artistas se habían colado varios grupos musicales —bandas de thrash metal irónico, bandas de folk irónico, bandas acústicas irónicas— como inquilinos, lo que significaba que en el pasillo siempre había ruidos, y todos los instrumentos de los grupos se fundían en un solo y largo gemido de guitarra. Se suponía que los grupos musicales no estaban permitidos, y cuando cada tantos meses pasaba por el edificio el propietario, un tal señor Chen, para hacer una inspección sorpresa, JB, pese a tener la puerta cerrada, oía resonar por los pasillos el grito de alarma que iba pasando de boca en boca —«¡Chen!», «¡Chen!», «¡Chen!»— hasta que la advertencia se extendía por las cinco plantas. Así, cuando el señor Chen entraba por la puerta, reinaba un silencio tan sepulcral que a JB le parecía oír al vecino de al lado moliendo las tintas sobre la piedra de afilar y al vecino del otro lado estampando lienzo con su espirógrafo. En cuanto el señor Chen se subía a su coche y se largaba, los ecos se invertían —«¡Despejado!», «¡Despejado!», «¡Despejado!»— y de nuevo se elevaba la cacofonía, como un enjambre de cigarras chirriantes.

En cuanto JB se aseguró de que estaba solo en el piso (¿dónde se habían metido todos? ¿Era de verdad la última persona que quedaba sobre la tierra?), se quitó la camisa, y al cabo de un momento, los pantalones, y empezó a limpiar el estudio; llevaba meses sin hacerlo. Iba y venía de los cubos de basura situados cerca del montacargas, cargando viejas cajas de pizza, latas de cerveza vacías, tiras de papel con garabatos, cepillos cuyas cerdas habían adquirido un color pajizo de no lavarlos y paletas de colores que se habían convertido en arcilla por no haberlas mantenido húmedas.

Limpiar era aburrido, especialmente si estaba sobrio. Se dijo, no por primera vez, que a él nunca le había sucedido ninguna de las cosas buenas de la vida que se suponía que pasaban cuando estabas bajo el efecto de la metadona. Otras personas que conocía se desmadraban, o no paraban de tener relaciones sexuales con cualquiera, o les daba por limpiar o poner orden en sus pisos o estudios durante horas. Pero él seguía estando gordo, no sentía deseo sexual, y su estudio y su piso seguían sumidos en el caos. Era cierto que trabajaba doce, catorce horas seguidas, pero no podía atribuirlo a la metadona; siempre había sido trabajador. Cuando se trataba de pintar o dibujar, tenía la mayor capacidad de concentración.

Después de recoger cosas durante más o menos una hora, el estudio tenía casi el mismo aspecto que cuando empezó y se moría por fumarse un cigarrillo, que no tenía, o por tomarse una copa, que tampoco tenía y que de todos modos no era aconsejable, pues solo eran las doce del mediodía. Sabía que en el bolsillo de los tejanos había un chicle y cuando lo encontró —ligeramente húmedo por el calor— se lo llevó a la boca y lo mascó, tumbado boca arriba con los ojos cerrados, sintiendo el frío del suelo de cemento en la espalda y los muslos, y fingiendo estar en otra parte, no en Brooklyn en julio con treinta y dos grados.

«¿Cómo me encuentro?», se preguntó.

«Bien», se respondió.

El psicólogo al que había empezado a ir le había dicho que se lo preguntara. «Es como una prueba de sonido. Una simple forma de examinarte a ti mismo: ¿Cómo me siento? ¿Quiero drogarme ahora? Si quiero, ¿por qué quiero? Es una forma de comunicarte contigo mismo, de examinar tus impulsos en lugar de ceder simplemente a ellos.» «Vaya estupidez», pensó JB entonces. Todavía lo pensaba. Y sin embargo, como ocurría con muchas cosas estúpidas, era incapaz de quitarse esa pregunta de la cabeza. Ahora, en los momentos más extraños e inoportunos, se encontraba preguntándose cómo se sentía. A veces la respuesta era: «Como si quisiera drogarme», y entonces se drogaba, como para ilustrar a su terapeuta lo estúpido que era ese método. «¿Lo ve? —le decía mentalmente a Giles, que ni siquiera era médico, solo tenía un título en trabajo social—. Ya ve de qué sirve su teoría de autoexploración. ¿Qué más, Giles? ¿Ahora qué?»

Acudir a Giles no fue idea de JB. Seis meses atrás, en enero, su madre y sus tías tuvieron unas palabras con él, que comenzaron cuando su madre empezó a recordar anécdotas del niño tan precoz y brillante que había sido, y míralo ahora, dijo. Entonces su tía Christine, haciendo literalmente de poli malo, le reprochó a JB a gritos que echara a perder las oportunidades que su hermana le había dado, y que se hubiera convertido en un quebradero de cabeza para ella; a continuación, su tía Silvia, que siempre era la más delicada de las tres, le recordó que tenía mucho talento, y que todas querían que volviera a ser el que era, y le sugirió que considerara la posibilidad de hacer terapia. Él no estaba de humor para charlas, ni siquiera para una tan suave y amable (su madre le había servido su tarta de queso favorita, y se la comieron mientras hablaban), porque, entre otras cosas, seguía enfadado con ellas. Su abuela había muerto hacía unos meses y su madre tardó un día entero en telefonearlo para decírselo. Ella aseguraba que no había podido ponerse en contacto con él, que no contestaba a las llamadas, pero él sabía que aquel día estuvo sobrio y con el teléfono conectado, y no entendía por qué su madre le mentía.

—JB, la abuela se sentiría destrozada si viera en qué te has convertido —le dijo su madre.

—Por Dios, mamá, vete a la mierda —replicó él cansinamente, harto de sus gimoteos y aspavientos, y Christine se levantó y le dio una bofetada.

A raíz de ese incidente JB accedió a hacer terapia con Giles (un amigo de un amigo de Silvia), como una forma de disculparse ante Christine y, por supuesto, ante su madre. Por desgracia, Giles era un auténtico idiota, y durante sus sesiones (que costeaba su madre; él no iba a gastar dinero en una terapia y menos en una mala terapia), él respondía las preguntas poco creativas de Giles —«¿Por qué crees que te atraen las drogas, JB?» «¿Qué sensaciones te producen?» «¿Por qué crees que ha aumentado tanto tu consumo en los últimos años?» «¿Por qué crees que no estás tan en contacto con Malcolm, Jude y Willem?»— con respuestas que sabía que lo excitarían. Dejaba caer comentarios de su padre muerto, del gran vacío y la sensación de pérdida que le había producido su ausencia, de la superficialidad del mundo del arte, de sus temores de no colmar las esperanzas puestas en él, y observaba cómo el bolígrafo de Giles cabeceaba extasiado sobre el cuaderno, y sentía tanto desdén hacia ese estúpido Giles como asco hacia su propia inmadurez. Jugar con el terapeuta —aunque este mereciera que se jugara con él— era algo que se hacía a los diecinueve años, no a los treinta y nueve.

No obstante, aunque a JB le constaba que Giles era un idiota, a menudo se descubría a sí mismo dando vueltas a esas preguntas, porque él también se las había hecho. Y aunque Giles las planteaba como si se tratara de un discreto dilema, él sabía que cada una era inseparable de la anterior, y que si fuera gramatical y lingüísticamente posible fundirlas todas en una sola gran pregunta, esa sería la verdadera expresión de por qué estaba donde estaba.

En primer lugar, le diría a Giles, no había contado con que le gustara tanto drogarse. Eso parecía obvio e incluso necio, pero lo cierto era que JB conocía a muchas personas —la mayoría de ellas ricas, blancas y aburridas, carentes del amor de sus padres— que habían empezado a drogarse porque creían que eso las haría más interesantes, o más temibles, que llamarían más la atención o que acelerarían el paso del tiempo. Una de esas personas era su amigo Jackson. Pero él no. Aunque él siempre había tomado drogas —quién no lo hacía—, en la universidad, con veintitantos años, pero pensaba en ellas como en los postres, que también le encantaban, algo que le prohibían de niño y que ahora tenía a su alcance gratis. Drogarse, como tomar después de comer una ración de cereales de un dulce tan irritante para la garganta que el resto de leche en el cuenco que se bebía después como si fuera jugo de caña de azúcar, era un privilegio de la edad adulta del que disfrutaba intensamente.

En cuanto a la segunda y la tercera preguntas —¿cuándo se convirtieron las drogas en algo tan importante para él y por qué?—, también sabía las respuestas. A los treinta y dos años expuso su obra por primera vez y tras la exposición ocurrieron dos cosas: la primera, se hizo famoso y aparecieron artículos sobre él tanto en la prensa artística, como en revistas y periódicos que leían personas que no distinguirían un Sue Williams de un Sue Coe; la segunda, se destrozó su amistad con Jude y Willem.

Tal vez «destrozó» era una palabra demasiado fuerte. Pero cambió. Él había obrado mal, lo admitía, y Willem se había puesto de parte Jude (¿por qué se sorprendía tanto cuando Willem había tomado partido por él en incontables ocasiones a lo largo de los años?), y si bien ambos le aseguraron que lo perdonaban, algo cambió en la relación. Jude y Willem se habían convertido en una unidad, unidos contra todos, unidos contra él (¿por qué no lo había visto antes?). «Nosotros dos somos una multitud.» Y, sin embargo, él siempre había creído que Willem y él formaban una unidad.

De acuerdo, no lo eran. Entonces, ¿quién le quedaba? Malcolm no, pues en los últimos tiempos salía con Sophie y formaba con ella una unidad. ¿Con quién formaría él una unidad? A menudo le parecía que con nadie. Lo habían abandonado.

Y año tras año el abandono fue en aumento. Él siempre había sabido que sería el primero de los cuatro en tener éxito. No era arrogancia, simplemente lo sabía. Trabajaba con más ahínco que Malcolm y era más ambicioso que Willem. (No contaba a Jude en esa carrera, pues la profesión de este se movía en un ámbito muy distinto que a él no le interesaba.) JB estaba preparado para ser el rico, el famoso o el respetado, y, sabía que mientras soñaba con la fortuna, la fama y el respeto, mantendría la amistad con todos ellos y que, por abrumadora que fuera la tentación, nunca los cambiaría por nadie más. Los quería; eran su gente.

Sin embargo, no había contado con que ellos lo abandonaran a él o lo dejaran atrás con sus logros. Malcolm tenía su propio negocio. Jude era tan extraordinario en lo que hacía que cuando representó a JB en una estúpida disputa que había tenido la primavera anterior con un coleccionista al que se proponía demandar para reclamar un cuadro de la primera época —el coleccionista le había prometido que podría comprarlo de nuevo y luego se retractó—, el abogado del coleccionista arqueó una ceja al oírle decir a

JB que se pusiera en contacto con su abogado, Jude St. Francis. «¿St. Francis? —le preguntó—. ¿Cómo lo has conseguido?» A Henry Young el Negro no le extrañó, cuando se lo contó. «Ah, sí, Jude tiene fama de frío e implacable. Lo conseguirá, no te preocupes.» Eso le sorprendió. ¿Su amigo Jude? ¿Alguien que literalmente no había sido capaz de levantar la cabeza y mirarlo a los ojos hasta el segundo curso? ¿Implacable? Le costaba creerlo. «Lo sé —le dijo Henry Young el Negro al ver su expresión de incredulidad—. Pero en el trabajo se transforma en otra persona, JB; lo vi una vez en una sala del juzgado y rayaba en lo aterrador y despiadado. Si no lo hubiera conocido me habría creído que era un gran cabrón.» Henry Young el Negro resultó tener razón; JB no solo recuperó el cuadro, sino que recibió una carta de disculpa del coleccionista.

Luego estaba Willem, por descontado. Una parte desagradable y mezquina de él tenía que admitir que nunca había contado con que Willem tuviera tanto éxito. No es que no se lo hubiera deseado, simplemente nunca pensó que ocurriría. Willem, con su falta de espíritu competitivo, con su carácter reflexivo, que lo había llevado a rechazar el papel de protagonista en *Mirando hacia atrás con ira* en la universidad para cuidar de su hermano enfermo. Por un lado, JB lo entendió, pero por el otro —el hermano aún no estaba entonces desahuciado, hasta su madre insistió en que no fuera—, no. Si en el pasado sus amigos lo habían necesitado —para dar color o emoción a sus vidas—, ya no era así. Aunque no le gustaba pensar que deseaba que sus amigos no tuvieran éxito, que estuvieran dominados por él, tal vez había algo de verdad en esa afirmación.

Lo que no sabía del éxito era que volvía aburrida a la gente. El fracaso también la volvía aburrida, pero de otro modo. Los fracasados luchaban sin cesar por el éxito. Los que lo alcanzaban también luchaban, por mantenerlo. Era la diferencia entre correr al aire libre o en una cinta; correr era aburrido de cualquier manera, pero al menos el que corría al aire libre se movía por otro paisaje, con distintas vistas. Una vez más parecía que Jude y Willem tenían algo de lo que él carecía, algo que los protegía del sofocante hastío del éxito, del tedio de despertarte y darte cuenta de que has alcanzado el éxito, y que todos los días tienes que seguir haciendo lo que te ha llevado a alcanzarlo, porque si te detienes dejarás de tenerlo y pasarás a convertirte en un fracasado. A veces pensaba que lo que en realidad los distinguía a Malcolm y a él de Jude y de Willem no era la raza ni la fortuna, sino la infinita capacidad de asombro que estos poseían; ambos habían vivido una infancia tan gris y lúgubre que en su edad adulta parecían continuamente deslumbrados. El junio siguiente a su graduación, los Irvine invitaron a los cuatro a ir París, donde resultó que tenían un apartamento —«es diminuto», aclaró Malcolm poniéndose a la defensiva— en el séptimo *arrondissement*. JB había estado en París con su madre al empezar la secundaria, luego en el viaje de fin de curso del instituto, y de nuevo entre el segundo y el tercer año de universidad, pero hasta que vio la cara de Jude y Willem no se percató no solo de la belleza de la ciudad sino de los encantos que encerraba. Los envidió por eso, por su capacidad de asombro (aunque al menos en el caso de Jude se trataba de una recompensa por una infancia larga y punitiva) y por su fe en que, al alcanzar la madurez, la vida seguiría brindándoles experiencias asombrosas, en que los años maravillosos no habían quedado atrás. También recordaba cómo se había impacientado y al mismo tiempo sentido envidia al ver su reacción al probar por primera vez los *uni*, como si fueran Helen Keller y acabaran de comprender que esa cosa fría que les salpicaba las manos tenía un nombre y podían conocerlo. ¿Qué debía sentirse al descubrir todavía los placeres del mundo siendo ya adulto?

Y le parecía que esa era la razón por la que le gustaba tanto estar colocado, no porque ofreciera una escapatoria a su vida cotidiana, como pensaban tantas personas, sino porque hacía que la vida cotidiana resultara menos cotidiana. Durante un breve período —más breve a medida que pasaban las semanas— el mundo era un lugar espléndido y desconocido.

En otros momentos se preguntaba si lo que había perdido color era el mundo o sus amigos. ¿Cuándo se habían vuelto todos tan parecidos? Con demasiada frecuencia le daba la impresión de que desde la universidad o el curso de posgrado no se había rodeado de gente interesante. Luego, lenta pero inevitablemente, todos se habían vuelto como los demás. Las miembros de la banda Backfat, sin ir más lejos; en la universidad desfilaron con los pechos al aire, tres chicas gruesas y seductoras bamboleándose por el Charles para protestar por los recortes en planificación familiar (nadie sabía por qué tenían que mostrar los pechos, pero lo hicieron), y tocaron temas asombrosos en el sótano del Hood Hall y prendieron fuego a la efigie de un senador antifeminista en el patio interior. En cambio ahora, Francesca y Marta hablaban de tener hijos y dejar su loft de Bushwick para instalarse en una casa de piedra rojiza en Boerum Hill, y Edie estaba montando un negocio, esta vez de verdad, y el año anterior cuando él les propuso celebrar una reunión de las Backfat, ellas se rieron, a pesar de que él hablaba en serio. La persistente nostalgia lo deprimía y hacía que se sintiera viejo: pensaba que los años más gloriosos, en los que todo parecía pintado con colores fosforescentes, habían quedado atrás. Entonces todos eran mucho más divertidos. ¿Qué había ocurrido?

Suponía que eran los años. Y con ellos el empleo, el dinero, los hijos. Todo lo que anunciaba la muerte, lo que aseguraba la preeminencia, lo que consolaba y proporcionaba sentido y contenido. La marcha hacia delante, dictada por la biología y las convenciones, que ni la mente más irreverente era capaz de resistir.

Pero sus amigos tenían su misma edad. Lo que él quería saber en realidad era cuándo se habían vuelto tan convencionales y por qué él no se había dado cuenta antes. Malcolm siempre había sido convencional, eso estaba claro, pero, no sabía por qué, esperaba más de Willem y de Jude. Aunque sabía que sonaba fatal (y por eso nunca lo decía en voz alta), a menudo pensaba que su maldición había sido tener una infancia feliz. ¿Y si le hubiera ocurrido algo de verdad interesante cuando era niño? De hecho, lo único interesante de su biografía era que había estudiado en un instituto de alumnos blancos en su mayoría, lo que ni siquiera tenía interés. Por suerte no era escritor, si lo hubiera sido, no habría tenido nada que contar. Luego estaba Jude, que no había crecido como los demás y no tenía el mismo aspecto que los demás, y sin embargo siempre se esforzaba por ser como los demás. JB se habría quedado con el físico de Willem, pero habría matado por tener el aspecto de Jude, esa misteriosa cojera con que parecía deslizarse más que andar, y ese rostro y ese cuerpo. Pero Jude se pasaba la mayor parte del tiempo quieto y con la vista baja, como si quisiera pasar inadvertido. Fue triste aunque comprensible en la universidad, con aquel físico tan aniñado y huesudo que a JB le dolían las articulaciones solo de mirarlo. Pero luego se desarrolló y desde entonces a JB lo enfurecía, sobre todo porque su inhibición a menudo interfería en sus propios planes.

—¿Quieres pasarte el resto de la vida siendo un individuo totalmente corriente, aburrido y predecible? —le preguntó una vez (en su segunda gran pelea, cuando intentó convencerle para que posara desnudo, una discusión que aun antes de empezarla sabía que no tenía ninguna posibilidad de ganar).

—Sí, JB —respondió él con esa mirada que a veces adoptaba, tan intimidante e incluso un poco aterradora en su apagada inexpresividad—. Eso es justo lo que quiero.

A veces sospechaba que lo único que Jude le pedía a la vida era quedarse en Cambridge con Harold y Julia, y jugar a las casitas con ellos. El año anterior, por ejemplo, JB había sido invitado a un crucero por uno de los coleccionistas, un mecenas importante e increíblemente rico que recorría las islas griegas en un yate de su propiedad lleno de obras maestras contemporáneas que cualquier museo estaría encantado de exhibir, solo que estas colgaban del cuarto de baño del barco.

Malcolm estaba trabajando en Doha o en algún otro proyecto, pero Willem y Jude se encontraban en la ciudad, y JB llamó a Jude y le preguntó si le apetecía ir. El coleccionista correría con todos los gastos y les enviaría su avión privado. Eran cinco días a bordo de un yate. No sabía por qué se había molestado siquiera en hacer esa llamada. Debería haberles enviado el siguiente mensaje de texto: «Quedamos en Teterboro. Llevad protección solar».

No obstante se lo preguntó, y Jude le dio las gracias pero enseguida añadió:

—Es que cae en Acción de Gracias.

—¿Y?

—Te agradezco mucho la invitación, JB —le respondió Jude, y él lo escuchaba con incredulidad—. Suena genial. Pero tengo que ir a casa de Harold y Julia.

JB se quedó atónito. Él también apreciaba mucho a Harold y a Julia, y, como los demás, veía lo beneficiosa que había sido su amistad para Jude, que se torturaba menos gracias a ella. Pero ellos estaban en Boston. A ellos podía ir a verlos siempre que quisiera. Sin embargo, Jude rehusó y ahí acabó todo. (Como él rehusó, también Willem lo hizo, y al final JB acabó en Boston con ellos dos y con Malcolm, furioso ante la escena que se desarrollaba alrededor de la mesa —padres sustitutos, amigos de los padres sustitutos, comida sencilla en abundancia y liberales discutiendo sobre la política del Partido Demócrata, lo que implicaba discutir a gritos sobre cuestiones en las que todos estaban de acuerdo—, tan típica y común que quería chillar, y pese a todo, ejercía una curiosa fascinación para Jude y Willem.)

Bien mirado, no sabía qué ocurrió antes, si su estrecha amistad con Jackson o su descubrimiento de lo aburridos que eran sus amigos. Conoció a Jackson a raíz de su segunda exposición, que tuvo lugar casi cinco años después de la primera, bajo el título «Todas las personas que he conocido. Todas las personas que he querido. Todas las personas que he odiado. Todas las personas con las que he follado», y era exactamente eso, unas ciento cincuenta y cinco pinturas de quince pulgadas por veintidós sobre tablillas de madera con el rostro de todas las personas que había conocido. La serie estaba inspirada en el cuadro de Jude y que había regalado a Harold y Julia el día de la adopción. (Le encantaba ese cuadro, debería habérselo quedado. O debería habérselo cambiado por otro. Harold y Julia se habrían contentado con un cuadro menor siempre que fuera de Jude. La última vez que estuvo en Cambridge, se había planteado seriamente descolgarlo del pasillo, meterlo en la bolsa de viaje y llevárselo.) Una vez más, la exposición fue un éxito, pese a no ser la serie que él había querido hacer. Lo que había querido hacer era la serie en la que estaba trabajando en esos momentos.

Jackson era otro de los artistas que exponían en la galería, y aunque JB había oído hablar de él, nunca habían coincidido. Se lo presentaron en la cena que siguió a la inauguración y se sorprendió de lo bien que le cayó y de lo gracioso que era, ya que no era de la clase de personas que solían atraerle. Para empezar, JB detestaba su obra: hacía esculturas con objetos que encontraba, pero eran pueriles y obvios, por ejemplo, unas piernas de Barbie pegadas a la base de una lata de atún. La primera vez que lo vio en la página web de la galería, se preguntó: «¿Le representa la misma galería que a mí?». Ni siquiera lo consideraba arte. Más bien era una provocación, aunque solo a un alumno de instituto o, mejor dicho, un alumno de primaria, le parecería provocador algo así. Jackson creía que las piezas eran dignas de Kienholz, lo que ofendía a JB, que lo admiraba en gran medida.

En segundo lugar, Jackson era rico, tan rico que no había trabajado un solo día en su vida. Tan rico que el galerista de JB se había prestado a representarlo (o eso decía todo el mundo, y JB esperaba que fuera cierto) solo como un favor a su padre. Tan rico que vendía todas las piezas en las exposiciones porque se rumoreaba que su madre, que se había divorciado del padre —un fabricante de algún aparato esencial para la maquinaria de los aviones— cuando él era pequeño para casarse con un inventor de algún aparato esencial para los trasplantes de corazón, compraba todas las obras de las exposiciones y luego las sacaba en subasta a un precio más elevado para a continuación volverlas a comprar y hacer que se disparara el récord de ventas de Jackson. A diferencia de otros ricos que JB conocía —entre ellos Malcolm, Richard y Ezra—, Jackson solo fingía no serlo en contadas ocasiones. A JB siempre le había parecido fingida e irritante la frugalidad de los demás, pero al ver que Jackson pagaba con un billete de cien dólares dos bastones de caramelo un día que los dos estaban colocado, mareados y muertos de hambre a las tres de la madrugada, y le decía al cajero que se quedara con la vuelta, se puso sobrio de golpe. Había algo obsceno en lo descuidado que era con el dinero, algo que a JB le recordaba que, por mucho que se creyera lo contrario, él también era un niño de mamá aburrido y convencional.

En tercer lugar, Jackson ni siquiera era bien parecido. JB suponía que era hetero —en cualquier caso, siempre estaba rodeado de chicas, a quienes trataba con desdén y que sin embargo iban detrás de él como bolas de polvo, con el rostro terso e inexpresivo—, pero era la persona menos sexy del mundo. Tenía el pelo muy claro, casi blanco, y la piel salpicada de espinillas, y unos dientes que parecían caros pero habían adquirido el color del polvo y estaban rodeados de sarro amarillento, lo que repugnaba a JB.

Sus amigos no soportaban a Jackson, y al hacerse evidente que este y su nuevo grupo de amistades —chicas ricas y solitarias como Hera, sucedáneos de artistas como Massimo y supuestos escritores especializados en arte como Zana, muchos de ellos excompañeros de clase del colegio de perdedores al que fue cuando lo echaron de todos los colegios privados de Nueva York, entre

ellos el de JB— se habían introducido en la vida de JB para quedarse, intentaron hablar con él.

—Siempre dabas la lata con lo falso que era Ezra —le dijo
Willem—. Pero ¿en qué se diferencia Jackson de él, aparte de por
ser un capullo integral?

Jackson era, en efecto, un capullo, y cuando estaba con él JB
también se comportaba como tal. Unos meses atrás, la cuarta o
quinta vez que había intentado dejar las drogas, llamó a Jude. Eran
las cinco de la tarde y acababa de despertarse, se sentía tan mal, tan
increíblemente viejo, agotado y acabado, con la piel viscosa, los
dientes pastosos y los ojos secos como si fueran de madera, que
por primera vez deseó estar muerto, no tener que seguir y seguir y
seguir. «Algo tiene que cambiar —se dijo—. Tengo que dejar de
juntarme con Jackson. Tengo que parar. Todo tiene que parar.»
Echaba de menos a sus amigos, lo inocentes y limpios que eran,
ser el más interesante de todos, no tener que esforzarse en su
compañía.

Así que llamó a Jude (Willem no estaba en la ciudad, para
variar, y no se fiaba de que a Malcolm no le diera un ataque si
recurría a él) y le suplicó que pasara por su casa después del trabajo. Le dijo exactamente dónde guardaba el resto de las metanfetas
(bajo la tabla suelta que había debajo del lado derecho de la cama)
y dónde estaba la pipa, y le pidió que lo tirara todo al retrete, que
se deshiciera de todo.

—Escúchame bien, JB. Tú ve a ese café de Clinton. Llévate tu
cuaderno de dibujo y pide algo para comer. Yo iré lo antes posible, en cuanto acabe la reunión. Y cuando termine te mandaré un
mensaje y podrás volver a casa, ¿entendido?

—De acuerdo —respondió él. Se levantó, se dio una larga ducha, sin apenas frotarse, e hizo exactamente lo que Jude le ordenó. Cogió el cuaderno de dibujo y los lápices. Fue al café. Comió un trozo de un sándwich de pollo y pidió un café. Y esperó.

Mientras esperaba vio pasar por delante de la cristalera una especie de mangosta bípeda, con el pelo sucio y la barbilla delicada, que no era sino Jackson. Lo vio pasar de largo, con su paso satisfecho de niño rico y esa media sonrisa complacida en los labios que le provocaba ganas de pegarle, era como si Jackson solo fuera un hombre feo que caminaba por la calle, no un hombre feo al que veía casi todos los días. Y justo cuando se alejaba de su campo de visión, Jackson se volvió y lo vio a través de la cristalera, lo miró directamente con su fea sonrisa, dio media vuelta, retrocedió y cruzó la puerta de la cafetería como si en todo momento hubiera sabido que encontraría a JB allí, que no tendría escapatoria, que JB haría lo que él quisiera en cuanto él se lo pidiera, y que su vida nunca volvería a pertenecerle. Por primera vez tuvo miedo de Jackson. ¿Qué ha ocurrido?, se preguntó. Él era Jean-Baptiste Marion, el que hacía los planes, la gente lo seguía a él y no al revés. Se dio cuenta de que Jackson nunca lo soltaría y se asustó. Él ya no era dueño de sí mismo, pertenecía a alguien. ¿Cómo recobraría la libertad? ¿Cómo volvería a ser quien era?

—Qué hay —lo saludó Jackson sin sorprenderse de verlo, como si JB se hubiera materializado allí por voluntad expresa de él.

¿Qué podía contestar?

—Qué hay.

Entonces alguien lo llamó al móvil. Era Jude diciéndole que todo estaba en orden y que ya podía regresar.

—Tengo que irme —dijo levantándose, pero Jackson lo siguió.

Observó cómo a Jude le cambiaba la expresión al verlo aparecer con Jackson.

—Me alegro de verte, JB —lo saludó con calma—. ¿Estás listo para irte?

—¿Ir adónde?

—A mi casa. Prometiste que me ayudarías a coger esa caja que no alcanzo.

Pero él estaba demasiado confuso, todavía atontado, y no lo entendió.

—¿Qué caja?

—La del estante del lavabo. No llego —respondió Jude, ignorando a Jackson—. Necesito ayuda; me cuesta mucho subirme a la escalera.

Debería haberlo comprendido: Jude nunca hacía alusión a lo que no podía hacer. Le ofrecía una salida, pero él era demasiado estúpido para percatarse.

Pero Jackson sí lo hizo.

—Creo que tu amigo quiere alejarte de mí —le dijo a JB sonriendo. Así era como Jackson los llamaba, aunque él ya los conocía a todos. «Tus amigos.» «Los amigos de JB.»

Jude lo miró.

—Tienes razón —le dijo, todavía con tono sereno y firme—. Eso es lo que quiero. —Y volviéndose de nuevo hacia él, añadió—: JB, ¿te vienes?

Aunque él quería hacerlo en ese momento no pudo. Nunca sabría por qué, pero no pudo. Se sentía impotente, tan impotente que no fue capaz de fingir siquiera que no lo era.

—No puedo —le susurró a Jude.

—JB, ven conmigo. —Jude le cogió el brazo y tiró de él mientras Jackson observaba con su estúpida sonrisa burlona—. No tienes por qué quedarte aquí. Ven conmigo, JB.

Él se echó a llorar, no muy fuerte ni de forma continuada, más bien eran sollozos.

—JB, ven conmigo —repitió Jude, en voz baja—. No tienes por qué volver allí.

Pero JB se oyó a sí mismo decir:

—No puedo. Quiero subir. Quiero estar en casa.

—Entonces iré contigo.

—No, Jude. Quiero estar solo. Gracias. Vete a casa.

—JB —empezó a decir Jude, pero él se volvió y echó a correr, introdujo la llave en la cerradura y subió a toda velocidad las escaleras, sabiendo que Jude no podría seguirlo. Jackson estaba detrás de él, riéndose con su horrible risa, mientras los gritos de Jude lo perseguían —«¡JB! ¡JB!»—, hasta que JB cerró la puerta del piso (Jude había aprovechado para lavar los platos, que se secaban en el escurridor y el fregadero estaba limpio). Apagó el móvil, para no oír la voz de Jude, y enmudeció el interfono de la puerta de la calle, que este tocaba sin parar.

Entonces Jackson preparó unas rayas de la coca que llevaba y esnifaron, y volvió la misma noche que había vivido cientos de veces antes: los mismos ritmos, la misma desesperación, la misma desagradable sensación de suspensión.

—Tu amigo es guapo —oyó decir a Jackson en cierto momento —. Pero es una lástima… —Se levantó e imitó a Jude con una cojera grotesca que no se parecía en absoluto a la suya, la mandíbula floja y las manos colgando delante.

JB estaba demasiado colocado para protestar, demasiado colocado para decir nada, se limitó a parpadear mientras veía a Jackson cojear por la habitación e intentaba dar con unas palabras en defensa de Jude. Los ojos le escocían por las lágrimas.

Al día siguiente se despertó tarde, estaba tendido boca abajo en el suelo cerca de la cocina. Pasó por encima de Jackson, que también dormía en el suelo, cerca de las estanterías, y entró en su habitación; Jude había hecho la cama. Al verlo quiso llorar de nuevo. Levantó con cuidado la tabla de debajo del lado derecho de la cama e introdujo la mano en el hueco: no había nada. Luego se tumbó encima del edredón y, tirando de un extremo, se tapó entero, cabeza incluida, como solía hacer de niño.

Mientras intentaba dormir se obligó a pensar por qué se había juntado con Jackson. No es que no·supiera la razón, solo que le avergonzaba recordarla. Había empezado a juntarse con él para demostrar que no dependía de sus amigos, que la vida no lo tenía atrapado, que él podía tomar sus propias decisiones, por malas que fueran. A su edad ya conocía a todos los amigos que probablemente haría. Ya conocía a los amigos de sus amigos. La vida se volvía cada vez más reducida. Jackson era estúpido, inmaduro y cruel, no era la clase de persona que él valoraba o que merecía su tiempo, lo sabía. Por eso mismo había perseverado, para horrorizar a sus amigos, para demostrarles que no le importaba lo que pensaran de él. Era estúpido, estúpido, estúpido. Tenía un orgullo desmedido. Y él era el único que sufría por ello.

—No puede caerte bien ese tío —le comentó Willem una vez. Y aunque sabía bien a qué se refería, fingió no saberlo, como si fuera un niño mimado.

—¿Por qué no, Willem? Te partes el culo de risa con él. Y él sí tiene ganas de hacer cosas. Y está disponible cuando necesito compañía. ¿Por qué no puedo, eh?

Lo mismo pasaba con las drogas. Consumir drogas no era algo extremo ni radical, no le hacía más interesante. Solo era algo que se suponía que no debía hacer. Ya no era necesario drogarse para dedicarse al arte. La complacencia con las drogas había desaparecido, era cosa de los beats y los ab exes, de los ops y los pops. Ahora, tal vez fumabas un poco de hierba. O de vez en cuando, si te sentías muy irónico, esnifabas una raya de coca. Pero eso era todo. Era una época de disciplina, de abstinencia, no de inspiración, y en cualquier caso la inspiración ya no implicaba drogas. Ninguno de sus amigos, Richard, Ali, Henry Young el Negro consumía: ni drogas, ni azúcar, ni cafeína, ni sal, ni carne, ni gluten ni nicotina. Eran artistas tipo ascético. En los momentos más desafiantes JB intentó convencerse a sí mismo de que drogarse estaba tan pasado y tan visto que de hecho había vuelto a ponerse de moda. Pero sabía que no era verdad. Del mismo modo que no era verdad que disfrutara de las orgías en las que a veces participaba en el apartamento de Jackson en Williamsburg, donde grupos de personas delgadas y suaves se magreaban a ciegas; allí por primera vez un chico demasiado flaco, joven e imberbe para ser su tipo, le preguntó si quería mirar cómo se sorbía su propia sangre de un corte que se haría él mismo, y a él le entraron ganas de reírse, pero no lo hizo. Observó cómo el chico se hacía un corte en el bíceps y luego torcía el cuello para lamerse la sangre como si fuera un gato lavándose, y sintió una oleada de compasión. «Oh, JB, lo único que quiero es un chico blanco agradable», había lloriqueado una vez su ex novio y ahora amigo Toby, y JB sonrió un poco al recordarlo. Él también. Lo único que quería era un chico blanco agradable, no esa triste criatura que parecía una salamandra, tan pálida que era casi translúcida, lamiéndose a sí mismo con lo que resultaba ser el gesto menos erótico del mundo.

Pero de todas las preguntas que se hizo, solo quedó una sin respuesta: ¿cómo saldría de esa? ¿Cómo pararía? Allí estaba, literalmente atrapado en su estudio, asomándose literalmente al pasillo para asegurarse de que Jackson no iba en su busca. ¿Cómo escaparía de Jackson? ¿Cómo podía recuperar su vida?

La noche después de que Jude se deshiciera de su alijo, JB lo llamó. Jude le insistió en que fuera a su casa, y como él rehusó, fue a verlo. Esperó sentado mirando la pared mientras Jude le preparaba la comida, un *risotto* de gambas.

—¿Puedo repetir? —le preguntó cuando acabó el plato, y Jude se lo llenó de nuevo.

JB no era consciente del hambre que tenía y al llevarse la cuchara a la boca le tembló la mano. Se acordó de las comidas de los domingos en casa de su madre, donde no había vuelto desde la muerte su abuela.

—¿No vas a sermonearme? —le preguntó por fin, pero Jude negó con la cabeza.

Después de comer, se sentó en el sofá y encendió la televisión y quitó volumen, no veía nada en particular pero el destello y la confusión de las imágenes lo reconfortaban. Después de lavar los platos, Jude se sentó en el sofá cerca de él y se puso a trabajar en un informe.

Por la televisión echaban una de las películas de Willem —hacía de estafador en una pequeña ciudad irlandesa y tenía la mejilla izquierda cubierta de cicatrices—, no seguía la película pero miraba la cara de Willem, cómo su boca se movía silenciosamente.

—Echo de menos a Willem —dijo, y enseguida cayó en la cuenta de lo desagradecido que sonaba.

Jude dejó el bolígrafo y miró la pantalla.

—Yo también lo echo de menos —respondió, y los dos miraron a su amigo, que se encontraba tan lejos.

—No te vayas —le pidió a Jude antes de dormirse—. No me dejes.

—Tranquilo —respondió este, y JB supo que no se marcharía.

A la mañana siguiente, cuando se despertó, seguía en el sofá, cubierto con el edredón de su cama, y el televisor estaba apagado. Y allí estaba Jude, acurrucado entre los cojines, en el otro extremo del sofá modular, todavía dormido. En muchas ocasiones se había sentido ofendido por la reticencia de Jude a revelar algo sobre sí mismo, por su secretismo y su hermetismo, pero en ese momento solo sintió gratitud y admiración hacia él; se sentó a su lado y observó aquel rostro, que tanto le gustaba pintar, y la mata de pelo de un color tan peculiar que le había obligado a experimentar con mezclas de colores y hacer numerosas pruebas para plasmarlo en el cuadro.

«Puedo hacer esto —le dijo a Jude articulando quedamente—. Puedo.»

Pero era evidente que no podía. Estaba en su estudio, era la una de la tarde y estaba tan desesperado por fumar que todo lo que imaginaba era la pipa y el vidrio cubierto de restos de polvos blancos. Era el primer día que intentaba dejar las drogas, y ya se mofaba de sí mismo. Estaba rodeado de las cosas que le importaban, los cuadros de una nueva serie, «Segundos, minutos, horas, días», para los que había seguido a Malcolm, a Jude y a Willem todo un día, fotografiando todo lo que hacían, y había escogido entre ocho y diez imágenes de cada uno para pintarlas. Había decidido documentar una un día laborable de cada uno, del mismo mes y del mismo año, y cada cuadro llevaba por título el nombre de uno de ellos, la localidad y la hora del día en que había disparado la fotografía.

La serie de Willem era la más extensa. JB había ido a Londres, donde Willem estaba rodando una película titulada *Recién llegados*, y había escogido una combinación de imágenes dentro y fuera del plató. La que más le gustaba de él era *Willem, Londres, 8 de octubre, 9.08 de la mañana*, en la que estaba sentado en la silla de maquillaje, mirándose al espejo mientras la maquilladora le sostenía la barbilla con las puntas de los dedos de la mano izquierda y le aplicaba polvos en la mejilla con la derecha. Willem tenía los párpados semicerrados, pero estaba claro que se miraba al espejo, y se asía a los brazos de la silla de madera como si estuviera en una montaña rusa y temiera caerse si los soltaba. Delante de él había una mesa llena de virutas de madera de los lápices de ojos a los que acababan de sacar punta, de paletas de maquillaje con todos los tonos de rojo que cabía imaginar y papel higiénico con manchas también rojas como la sangre. A Malcolm le había hecho una larga sesión fotográfica entrada la noche, sentado junto a la encimera de la cocina de su casa construyendo uno de sus edificios imaginarios con cuadrados de papel de arroz. El que más le gustaba era *Malcolm, Brooklyn, 23 de octubre, 23.17* no solo por la composición o el color, sino por motivos más personales: en la universidad siempre se había burlado de él por aquellas pequeñas estructuras que dejaba en el alféizar de la ventana, pero en realidad las admiraba y le gustaba observarlo mientras las construía: la respiración se le acompasaba y permanecía en silencio absoluto, su constante nerviosismo, que a veces se mostraba de un modo casi físico, como un apéndice en forma de cola, lo abandonaba.

Trabajaba en todos esos cuadros sin seguir secuencia alguna, pero le costaba dar con los colores que quería para la instalación de Jude, por lo que sus cuadros eran los menos numerosos y estaban menos avanzados. Al trabajar las fotografías, advirtió que cierta consistencia tonal definía los días de cada uno de sus amigos. Había seguido a Willem los días del rodaje en lo que supuestamente era un gran piso de Belgravia, y la luz era especialmente dorada como la cera; más tarde, de nuevo en el apartamento de Notting Hill que Willem tenía alquilado, le hizo fotos sentado y leyendo, y también allí la luz era amarillenta, aunque menos almibarada, más bien como la piel de una manzana de finales de otoño. En contraste, el mundo de Malcolm era azulado: su aséptica oficina de la calle Veintidós con el mostrador de mármol blanco; la casa que Sophie y él habían comprado en Cobble Hill después de casarse. Y el de Jude era grisáceo, pero de un gris plateado, el particular tono de las impresiones sobre gelatina que estaba resultando dificilísimo reproducir con acrílicos, aunque había suavizado bastante los colores, en un intento por capturar esa luz trémula. Antes de empezar tenía que descubrir cómo conseguir que el gris pareciera brillante y limpio; estaba impaciente, porque lo que quería era pintar y no pelearse con los colores.

Sin embargo, sentir impaciencia y frustración era normal al pintar, y resultaba imposible no pensar en el trabajo como un colega y colaborador que tan pronto decidía ser agradable y cooperar, como mostrarse malhumorado e inflexible, como un niño rezongón. Solo cabía perseverar y un día saldría bien.

Y, no obstante, al igual ocurría con la promesa que se había hecho a sí mismo —«¡No lo lograrás! ¡No lo lograrás!», gemía el diablillo burlón y danzante en su mente—, también los cuadros se mofaban de él. Para esa serie JB también había decidido pintar una secuencia de uno de sus días, pero en casi tres años no había sido capaz de encontrar un solo día que mereciera la pena documentar. Lo había intentado, en el transcurso de muchos días se había hecho cientos de fotos, pero todas terminaban con él colocándose. O se detenían a media tarde, y sabía que era porque no estaba en condiciones de seguir haciendo fotos. Y en esas fotos había más cosas que tampoco le gustaban; no quería incluir a Jackson en la crónica de su vida, y a pesar de todo siempre estaba allí. No le gustaba la boba sonrisa que veía en su cara cuando se drogaba, no le gustaba ver cómo pasaba de esperanzada a ávida conforme el día daba paso a la noche. Esa no era la versión de sí mismo que quería pintar. Pero poco a poco se había convencido de que era lo que debía pintar. Al fin y al cabo, era su vida. Así era él ahora. A veces se despertaba y estaba tan oscuro que no sabía dónde se encontraba, ni la hora ni el día que era. Día: el mismo concepto se había vuelto una farsa. Ya no podía medir con exactitud cuándo empezaban ni cuando terminaban. «Ayúdame —decía en voz alta en esos momentos—. Ayúdame.» Pero no sabía a quién dirigía su súplica o qué esperaba que ocurriera.

Y ahora estaba cansado. Lo había intentado. Era la una y media de la tarde de un viernes, el viernes del fin de semana del 4 de julio. Se vistió. Cerró las ventanas de su estudio y la puerta con llave, y bajó las escaleras del silencioso edificio. «Chen», dijo, fingiendo que advertía a sus colegas artistas, que se comunicaba con alguien que pudiera necesitar su ayuda, y su voz sonó fuerte en el hueco de la escalera. «Chen, Chen, Chen.» Se iba a casa, iba a fumar.

Lo despertó un estruendo horrible, el ruido de maquinaria, el chirrido de metal contra metal, y empezó a gritar hacia la almohada para amortiguarlo, hasta que se dio cuenta de que era el interfono, se levantó muy despacio y se dirigió a la puerta arrastrando los pies.

—¿Jackson? —preguntó apretando el botón del interfono, y percibió lo asustada y vacilante que sonaba su propia voz.

Se hizo un silencio.

—No, somos nosotros —respondió Malcolm—. Déjanos entrar.

Y allí estaban todos, Malcolm, Jude y Willem, como si hubieran ido al teatro para verlo actuar.

—¿No estabas en Capadocia, Willem?

—Volví ayer.

—Pero ibas a estar fuera hasta el 6 de julio. Dijiste que volverías el 6 de julio.

—Y hoy es 7 —murmuró Willem.

Él se echó a llorar. Estaba tan deshidratado que no tenía lágrimas, solo sollozos. Era el 7 de julio. Había perdido tantos días…, no recordaba nada.

—Vamos a sacarte de aquí, JB —dijo Jude, acercándose a él—. Ven con nosotros. Vamos a buscar ayuda.

—Está bien —respondió él, todavía sollozando—. Está bien, está bien.

Envuelto en la manta, dejó que Malcolm lo llevara al sofá, y cuando Willem se acercó con un jersey, levantó los brazos obediente, como hacía de niño para que su madre lo vistiera.

—¿Dónde está Jackson? —le preguntó a Willem.

—No va a molestarte —oyó decir a Jude desde algún lugar indefinido—. No te preocupes, JB.

—Willem, ¿cuándo dejaste de ser mi amigo?

—Yo nunca he dejado de ser tu amigo —respondió Willem, y se sentó a su lado—. Sabes lo mucho que te aprecio.

JB se apoyó en el sofá y cerró los ojos. Oyó a Jude y a Malcolm hablar entre sí en voz baja, y luego los pasos de Malcolm dirigiéndose al otro extremo del piso, donde estaba el dormitorio, y el ruido de la tabla de madera al levantarla y al dejarla caer después, seguido de la cadena del retrete.

—Ya estamos listos —oyó decir a Jude, que se puso en pie.

Willem se quedó a su lado, y Malcolm se acercó y le pasó el brazo por la espalda, y se dirigieron a la puerta, donde JB fue presa del pánico. Sabía que si salía, vería aparecer a Jackson de una forma tan repentina como aquel día en el café.

—No puedo —dijo deteniéndose—. No quiero ir. No me hagáis ir.

—JB… —empezó a decir Willem, y algo en su voz, en su sola presencia, provocó en JB una furia tan irracional que se zafó de Malcolm y se volvió hacia ellos con renovadas energías—. Tú no eres quién para decirme qué debo hacer, Willem. Nunca estás aquí y nunca me has apoyado, nunca me llamas por teléfono y ahora vienes a reírte del pobre, estúpido y jodido JB, como diciendo «Soy Willem el Héroe y vengo a salvarte», solo porque así lo has decidido, ¿no? Pues déjame en paz, joder.

—Sé que estás enfadado, JB —replicó Willem—, pero nadie se está riendo de ti, y yo menos que nadie.

Antes de que Willem abriera la boca, JB lo había visto mirar a Jude con complicidad, y eso lo enfureció aún más. ¿Qué había sido de los días en que los cuatro se compenetraban, en que Willem y él salían todos los fines de semana, y a la mañana siguiente compartían las aventuras de la noche con Malcolm y con Jude, que nunca iba a ninguna parte y nunca tenía historias que contar? ¿Por qué lo habían abandonado allí para que Jackson lo destruyera? ¿Por qué no habían luchado más por él? ¿Por qué se había destrozado la vida? ¿Por qué ellos se lo habían permitido? Quería destruirlos, quería que se sintieran tan inhumanos como se sentía él.

—Y tú —dijo, volviéndose hacia Jude—. Tú disfrutas sabiendo lo jodido que estoy. Disfrutas enterándote de los secretos de los demás sin contarnos una sola cosa de ti. ¿De qué coño vas, Jude? Crees que formas parte del club, pero nunca tienes nada que decir y nunca nos dirás nada, ¿verdad? Bueno, pues las putas cosas no funcionan así, y todos estamos hasta los cojones de ti.

—Ya es suficiente, JB —lo interrumpió Willem con dureza, aferrándole el hombro.

Pero una vez más JB recobró las fuerzas y se apartó de Willem, y con pies inesperadamente ligeros corrió como un bóxer hacia la estantería. Miró a Jude, que estaba de pie en silencio, con el rostro impasible y los ojos muy grandes, como si esperara que continuara y le hiciera todavía más daño. La primera vez que JB pintó los ojos de Jude fue a una tienda de animales y fotografió una serpiente verde, porque los colores de sus iris eran muy parecidos. Pero en ese momento estaban más oscuros, casi como una culebra, y deseó tener allí sus pinturas, pues sabía que podría conseguir el tono exacto sin esforzarse siquiera.

—Así no funcionan las putas cosas —repitió.

Sin siquiera darse cuenta estaba parodiando a Jude como había hecho Jackson, con la boca abierta y el gemido de un tonto, arrastrando la pierna derecha detrás de él como si fuera de piedra.

—Soy Jude —dijo arrastrando las palabras—. Soy Jude St. Francis.

Por unos instantes su voz fue la única que se oyó en la habitación y sus movimientos fueron el único movimiento, quiso detenerse y no pudo. Entonces Willem corrió hacia él y lo último que vio fue un puño en alto, y lo último que oyó, un crujido de huesos.

Cuando se despertó, no sabía dónde estaba. Le costaba respirar. Notó algo en la nariz e intentó levantar la mano para palpársela, pero no pudo. Bajó la mirada y vio que tenía las muñecas atadas, entonces supo que estaba en el hospital. Cerró los ojos y recordó lo que había pasado. Willem lo había golpeado. Al rato recordó también los motivos, entonces cerró los ojos con mucha fuerza y lanzó un silencioso alarido.

Al cabo de un momento los abrió de nuevo. Volvió la cabeza hacia la izquierda, donde una fea cortina azul impedía ver la puerta. Luego volvió la cabeza hacia la derecha, hacia la luz de primera hora de la mañana, y vio a Jude dormido en una butaca junto a su cama. La butaca era demasiado pequeña y estaba doblado en una postura imposible: las rodillas contra el pecho, la mejilla apoyada en ellas y los brazos alrededor de las pantorrillas.

«Sabes que no debes dormir de ese modo —le dijo mentalmente—. Te dolerá la espalda cuando te despiertes.» Sin embargo, aunque podría haber alargado la mano para despertarlo, no lo hizo.

«Oh, Dios mío —pensó—. Oh, Dios mío. ¿Qué he hecho?»

«Perdóname, Jude», se dijo, y esta vez fue capaz de llorar como era debido, con lágrimas que se le metían en la boca y con mocos que no podía limpiarse y que burbujeaban. Sin embargo, guardó silencio; no hizo ruido alguno. «Perdóname, Jude», repitió para sí, y luego susurró las palabras, pero muy bajito y tan deprisa que solo se oyó abrir y cerrar los labios. «Perdóname, Jude. Perdóname.»

«Perdóname.»

«Perdóname.»

«Perdóname.»

IV

El axioma de la igualdad

1

La víspera del día en que iba a tomar un avión a Boston para asistir a la boda de su amigo Lionel, recibe un mensaje del doctor Li que le informa de la muerte del doctor Kashen. «De un ataque al corazón; fulminante», le escribe. El funeral se celebrará el viernes por la tarde.

A la mañana siguiente va en coche directamente al cementerio y de allí a casa del doctor Kashen en Newton, un edificio de madera de dos plantas donde el profesor solía organizar una cena anual para sus alumnos de posgrado. Se sobrentendía que en esas cenas no se hablaba de matemáticas. «Podéis hablar de todo menos de matemáticas», les decía. En las fiestas del doctor Kashen no él era el invitado más inepto en el aspecto social (tampoco el menos brillante), y el profesor siempre se dirigía a él para empezar la conversación.

—Bueno, Jude —le decía—, ¿en qué has estado interesado últimamente?

Al menos dos de sus compañeros de posgrado —los dos aspirantes a doctorados— padecían de autismo leve. Jude veía cómo se esforzaban por conversar y cómo se esmeraban con los modales en la mesa, y antes de esas comidas hacía algunas indagaciones sobre qué era lo último en juegos online (que a uno de ellos le fascinaba) y en tenis (que al otro le encantaba) para hacerles preguntas que pudieran responder. El doctor Kashen quería que sus alumnos encontraran un empleo, y además de enseñarles matemáticas creía que también era responsabilidad suya que socializaran y aprendieran a desenvolverse entre otras personas.

A veces Leo, el hijo del doctor Kashen, que tenía cinco o seis años más que Jude, asistía a la cena. Él también era autista, pero, a diferencia de Donald y Mikhail, su autismo se advertía enseguida, era tan severo que, pese a que había terminado la secundaria, no fue capaz de permanecer más de un semestre en la universidad y solo encontró empleo de programador de telefónica: día tras día se sentaba en una pequeña sala grabando códigos pantalla tras pantalla. Era el único hijo del doctor Kashen, y seguía viviendo en casa de sus padres, a la que se había mudado la hermana del doctor al quedarse viudo años atrás.

A llegar a la casa, Jude habla con Leo, que tiene los ojos vidriosos y murmura mirando un punto lejano, como hace a menudo, y después con la hermana del doctor Kashen, que era profesora de matemáticas en la Universidad de Northeastern.

—Qué alegría verte, Jude. Gracias por venir. —Ella le tiende una mano—. ¿Sabes?, mi hermano siempre hablaba de ti.

—Era un gran profesor —le dice él—. Me dio tanto. Lo siento mucho.

—Sí, ha sido muy repentino. Y pobre Leo… —Ambos miran a Leo, que tiene la mirada perdida—. No sé cómo se lo tomará. Gracias de nuevo —le dice, y le da un beso de despedida.

En la calle, el frío es gélido y el parabrisas está cubierto de una capa de hielo. Jude conduce despacio hasta la casa de Harold y Julia, abre la puerta con su llave y los llama.

—¡Ya está aquí! —exclama Harold, y sale de la cocina secándose las manos con un trapo.

Harold lo abraza, hace un tiempo que ha empezado a hacerlo, y aunque a Jude le incomoda, cree que sería aún más incómodo intentar explicarle por qué le gustaría que no lo hiciera.

—Siento lo de Kashen, Jude. Me he quedado de piedra al enterarme... Me lo encontré en los tribunales hace un par de meses y parecía estar en perfecta forma.

—Lo estaba —responde él, quitándose la bufanda mientras Harold le coge el abrigo—. Y no era tan mayor. Setenta y cuatro.

—¡Santo cielo! —exclama Harold, que acaba de cumplir sesenta y cinco—. He aquí un hombre optimista. Lleva tus cosas al cuarto y luego ven a la cocina. Julia está en una reunión y no volverá hasta dentro de una hora.

Jude deja caer la bolsa en el cuarto de huéspedes —«la habitación de Jude», la llaman Harold y Julia; «tu habitación»— y se quita el traje antes de ir a la cocina, donde Harold vigila una cazuela que hay en los fogones como si se asomara a un pozo.

—Intento hacer una boloñesa —le dice sin volverse—, pero no sé qué ha pasado que no para de cortarse, ¿lo ves?

Él mira.

—¿Cuánto aceite de oliva has echado?

—Mucho.

—¿Qué es mucho?

—Mucho. Es evidente que demasiado.

Jude sonríe.

—Ya la arreglo yo.

—Gracias —dice Harold, apartándose de los fogones—. No esperaba menos de ti.

Durante la cena hablan del investigador preferido de Julia, ella cree que intenta irse a otro laboratorio, de los últimos cotilleos que corren por la facultad de derecho, de la antología de ensayos sobre *Brown contra el Consejo de Educación* que está editando Harold y de una de las hijas gemelas de Laurence, que se va a casar, y entonces Harold dice sonriendo:

—Bien, Jude, se acerca el gran cumpleaños.

—¡Faltan tres meses! —exclama Julia, y él gime—. ¿Qué piensas hacer?

—Probablemente nada.

No ha planeado nada, y le ha prohibido a Willem que le organice algo. Hace dos años él le organizó una gran fiesta a Willem en Greene Street por su cuarenta cumpleaños, y aunque los cuatro siempre decían que harían algo especial cuando cada uno de ellos cumpliera los cuarenta, sin embargo las cosas no se habían desarrollado como pensaban. Willem se encontraba en un rodaje en Los Ángeles el día de su cumpleaños, pero al terminar se fueron los dos de safari a Botsuana; Malcolm no fue porque estaba trabajando en un proyecto en Pekín, y JB, bueno, Willem no dijo nada de invitarlo y él tampoco.

—Tienes que hacer algo —le dice Harold—. Podríamos organizar una cena, aquí o en la ciudad.

Él sonríe pero menea la cabeza.

—Solo es un año más.

De niño nunca pensó que llegaría a cumplir cuarenta años. En los meses siguientes a la lesión a veces soñaba que era adulto, y a pesar de que los sueños eran muy vagos, nunca estaba seguro de dónde vivía o a qué se dedicaba, pero en ellos caminaba y a veces hasta corría, y siempre era joven; su imaginación se negaba a dejarlo avanzar más allá de la mediana edad.

Para cambiar de tema Jude les cuenta el funeral del doctor Kashen, y el panegírico que el doctor Li ha hecho.

«Las personas a las que no les gustan las matemáticas siempre acusan a las que les gustan de hacer todo lo posible para que parezcan complicadas —ha dicho el doctor Li—. Pero cualquier amante de las matemáticas sabe que es justo lo contrario: las matemáticas premian la simplicidad, y los matemáticos la valoran por encima de todo. De modo que a nadie le sorprenderá que el axioma favorito de Walter fuera también el más simple en el terreno de las matemáticas: el axioma del conjunto vacío.

»El axioma del conjunto vacío es el axioma del cero. Establece que debe existir el concepto de la nada, o lo que es lo mismo, que debe existir el concepto del cero: el valor cero, los elementos cero. Las matemáticas dan por hecho su existencia, pero ¿se ha demostrado? No. Sin embargo, debe existir.

»Y si nos ponemos filosóficos, como hoy, podemos afirmar que la vida en sí misma es el axioma del conjunto vacío. Empieza en cero y termina en cero. Sabemos que ambos estados existen, pero no seremos conscientes ni de una experiencia ni de la otra: son estados que constituyen una parte necesaria de la vida aun cuando no pueden ser experimentados como vida. Asumimos el concepto de la nada, pero no podemos demostrarlo. Sin embargo debe existir. De modo que prefiero pensar que Walter, lejos de morir, ha demostrado en sí mismo el axioma del conjunto vacío, ha verificado el concepto del cero. No se me ocurre qué podría haberle hecho más feliz. Una mente refinada quiere desenlaces elegantes, y la de Walter era de lo más refinada. De modo que le digo adiós deseando para él la respuesta al axioma que tanto amó.»

Todos guardan silencio unos instantes, reflexionando.

—Por favor, dinos que ese no es tu axioma favorito —suelta Harold de pronto, y él se echa a reír.

—No, no lo es.

A la mañana siguiente Jude duerme hasta tarde y por la noche asiste a la boda; conoce a casi todo el mundo, ya que los novios vivían en el Hood. El resto de los invitados, los colegas de Lionel de Wellesley College, y de Sinclair de Harvard, donde imparte clases de historia europea, se agrupan como para protegerse, con aire aburrido y desconcertado. Es una boda dinámica y algo caótica. Lionel asigna tareas a los invitados en cuanto llegan pero la mayoría de ellos las desatienden. Jude, por ejemplo, tiene que asegurarse de que todos firman el libro de invitados, y Willem ayuda a los asistentes a encontrar su lugar en la mesa. Los del Hood comentan que gracias a la boda no tendrán que ir a su vigésima reunión ese año. Están todos allí: Willem y su novia, Robin; Malcolm y Sophie; y JB y su nuevo novio, a quien Jude aún no conocía, e incluso antes de mirar las tarjetas de las mesas sabe que los sentarán a todos juntos. «¡Jude!», exclama quien hace años que lo no ve. «¿Cómo estás? ¿Dónde está JB? ¡Acabo de hablar con Willem! ¡He visto a Malcolm!» Y luego: «¿Seguís estando tan unidos los cuatro?».

«Seguimos en contacto —responde él—, y a todos les va muy bien.» Esa es la respuesta que Willem y él han acordado dar. Se pregunta qué está diciendo JB, si escamotea la verdad como hacen ellos, o miente abiertamente, o si en un ataque de franqueza a lo JB está contando lo que sucede en realidad: «No. Ya casi no nos hablamos. En los últimos tiempos solo hablo con Malcolm».

Hace muchos meses que Jude no ve a JB. Por supuesto, le llegan noticias de él a través de Malcolm, de Richard o de Henry Young el Negro. Pero ya no lo ve, porque ni siquiera tres años después es capaz de perdonarlo. Lo ha intentado una y otra vez. Es consciente de lo obstinado, mezquino y poco comprensivo que está siendo. Pero no puede. Cuando piensa en JB lo ve imitándolo, confirmando exactamente la imagen que siempre ha temido y ha creído dar, todo lo que ha temido y ha creído que los demás pensaban de él. Sin embargo, nunca pensó que sus amigos lo veían de ese modo; o al menos nunca pensó que se lo dirían. La precisión de la imitación lo desgarra, pero el hecho de que fuera JB quien la hiciera lo destroza. A veces, cuando entrada la noche no puede dormir, acude a su mente la imagen de JB arrastrándose en la penumbra con la boca abierta babeando y las manos extendidas ante él como garras: «Soy Jude. Soy Jude St. Francis».

JB estaba aletargado y babeante cuando lo llevaron aquella noche al hospital, pero enseguida se recuperó y se puso furioso y violento, les gritaba, se arrojaba contra los enfermeros y se zafaba de sus brazos; tuvieron que sedarlo y arrastrarlo, inerte, por el pasillo. Después Malcolm tomó un taxi, y Willem y él, otro, que los llevó a la casa de Perry Street.

En el taxi, no pudo mirar a Willem, y sin nada con que distraerse, sin formularios que firmar ni médicos con los que hablar, sentía cada vez más frío pese a que la noche era calurosa y húmeda, y le empezaron a temblar las manos.; Willem le cogió la derecha y se la sostuvo durante el resto del largo y silencioso trayecto.

Fue a visitar a JB puntualmente todos los días. Decidió que así lo haría hasta que se encontrara mejor. No podía abandonar a JB entonces, no después de todo lo que habían pasado juntos. Entre los tres organizaron turnos, y después del trabajo Jude se sentaba junto a la cama y leía. A veces JB estaba despierto, pero la mayor parte del tiempo dormía. Se estaba desintoxicando, pero, como el médico también le había detectado una infección de riñón, se quedó en la planta, con goteros conectados al brazo; poco a poco la cara fue deshinchándosele. Cuando estaba despierto JB le suplicaba que lo perdonara, a veces de forma dramática y suplicante, y otras veces, si estaba más lúcido, en silencio. Lo que le resultaba más duro eran las conversaciones.

—Lo siento muchísimo, Jude. Estaba hecho polvo. Dime que me perdonas, por favor. Estuve fatal. Sabes lo mucho que te aprecio. No querría hacerte daño.

—Estabas hecho polvo, JB. Lo sé.

—Entonces dime que me perdonas. Por favor, Jude.

Él guardaba silencio.

—No te preocupes, JB —respondía, pero no conseguía que salieran de su boca las palabras «Te perdono».

De noche, a solas en su piso, las repetía una y otra vez: «Te perdono». «Te perdono.» Era tan sencillo, se decía. JB se sentiría mejor. «Dilas», se ordenaba cada vez que JB lo miraba con el blanco de los ojos amarillento y moteado. Pero no podía. Sabía que eso solo hacía que JB se sintiera peor; lo sabía y aun así no era capaz de pronunciarlas. Las palabras eran piedras debajo de la lengua. Sencillamente no podía soltarlas.

Más adelante, cuando JB lo llamaba todas las noches desde el centro de rehabilitación con su voz estridente y pedante, Jude escuchaba en silencio sus monólogos: ahora era mejor persona, decía, había descubierto que no dependía de nadie aparte de sí mismo, y él, Jude, necesitaba descubrir que había algo más en la vida que el trabajo, vivir el presente y aprender a quererse a sí mismo. Jude lo escuchaba, pero callaba. Luego JB regresó a casa, y ninguno de ellos supo nada de él en varios meses. Había perdido el contrato de alquiler de su piso y volvió a instalarse con su madre mientras reorganizaba su vida.

Hasta que un buen día le telefoneó. Fue a principios de febrero, casi siete meses después de que lo llevaran al hospital, le dijo que quería verlo y hablar con él. Jude le propuso que quedaran en un café llamado Clementine que estaba cerca del piso de Willem. Mientras avanzaba poco a poco por el estrecho espacio entre las mesas para llegar al asiento del fondo comprendió por qué había escogido aquel local: era demasiado pequeño y estaba todo demasiado apretujado para que JB pudiera imitarlo allí. Al caer en la cuenta, se sintió estúpido y cobarde.

Hacía mucho que no se veían. JB se inclinó sobre la mesa y lo abrazó con delicadeza antes de sentarse.

—Tienes muy buen aspecto.

—Gracias —respondió JB—. Tú también.

Durante unos veinte minutos hablaron de la vida de JB: se había apuntado a Adictos a las Metanfetaminas Anónimos. Tenía previsto vivir con su madre unos meses más y luego decidiría qué hacer. Volvía a trabajar en la misma serie que había estado haciendo antes del ingreso.

—Eso es estupendo, JB. Me siento orgulloso de ti.

Luego se hizo un silencio y los dos se quedaron mirando a los demás clientes. A pocas mesas de distancia había una chica con un largo collar de oro que se enrollaba sin cesar entre los dedos. Jude la observó enrollar y desenrollar el collar mientras hablaba con su amiga, hasta que ella levantó la vista y entonces él desvió la mirada. JB empezó a hablar.

—Jude, quería decirte, totalmente sobrio, que lo siento mucho. Fue horrible. Fue... —meneó la cabeza— muy cruel. No puedo ni... —Se interrumpió de nuevo y se hizo otro silencio—. Lo siento.

—Sé que lo sientes, JB —respondió él, y le invadió una tristeza que no había experimentado nunca.

Otros se habían mostrado crueles con él o habían hecho que se sintiera fatal, pero él no los quería, no esperaba que lo vieran como un ser sano e ileso. JB era otra cosa, y le había afectado mucho.

Pero JB era también el primer amigo que había hecho. Cuando tuvo aquel ataque en la universidad y sus compañeros de habitación lo llevaron al hospital donde conoció a Andy, fue JB quien lo llevó en brazos, según le contó Andy después, y quien exigió que lo atendieran a él primero; armó tanto escándalo en urgencias que tuvieron que echarlo, pero no se fue hasta que llamaron al médico.

Veía el aprecio que JB le tenía en los cuadros que había pintado de él. Recordaba que un verano, en Truro, se quedó mirando a JB mientras dibujaba, y al ver la expresión de su cara, su leve sonrisa y la delicadeza con que sus largos brazos se desplazaban por el cuaderno, supo que dibujaba algo que atesoraba, algo que era muy querido por él. «¿Qué estás dibujando?», le preguntó, y JB volvió el cuaderno y lo sostuvo en alto: era un dibujo de su cara.

«Oh, JB —pensó—. Te echaré de menos.»

—¿Puedes perdonarme, Jude? —le preguntó JB, y lo miró.

Jude no tenía palabras, solo logró negar con la cabeza.

—No puedo, JB. No puedo mirarte sin ver... —Se interrumpió—. No puedo. Lo siento, JB. Lo siento mucho.

JB tragó saliva. Se quedaron sentados durante largo rato sin decir una palabra.

—Siempre te desearé lo mejor —añadió Jude por fin.

JB asintió despacio, sin mirarlo. Al final se levantó, y él hizo lo propio y le tendió la mano, pero JB la miró con los ojos entrecerrados como si fuera algo extraño, un objeto que no había visto nunca. Cuando por fin la tomó, en lugar de estrechársela, bajó los labios hasta ella y los mantuvo allí. Luego la soltó y salió dando tumbos del café, chocando contra las mesas y disculpándose al pasar.

Jude todavía lo ve de vez en cuando, sobre todo en fiestas, siempre en grupo, y los dos se comportan con educación y cordialidad. Hablan de trivialidades, que es lo más doloroso. JB nunca ha vuelto a intentar abrazarlo ni besarlo; se acerca a él con la mano ya extendida y él se la estrecha. Jude le envió un ramo de flores acompañado de una breve nota cuando inauguró «Segundos, minutos, horas, días», y aunque no asistió a la inauguración, pasó por la galería el siguiente sábado camino de la oficina y estuvo una hora yendo de un cuadro a otro. JB tenía previsto incluirse a sí mismo en esa serie, pero al final no lo hizo. Solo había cuadros de Malcolm, de Willem y de él. Eran bonitos; al mirarlos Jude no pensó tanto en las vidas que describían como en quien los había creado. Muchos de aquellos cuadros habían sido pintados cuando JB se sentía sumamente desgraciado e impotente, y sin embargo eran sutiles, de trazo firme, y reflejaban la empatía, la ternura y la elegancia de quien los había pintado.

Malcolm había mantenido su amistad con JB, aunque sintió la necesidad de disculparse por ello ante Jude. «Oh, no, Malcolm

—dijo él después de que este se lo confesara y le pidiera permiso—. No puedes dejar de ser amigo suyo.» No quiere que todos abandonen a JB; no quiere que Malcolm se crea que tiene que demostrarle su lealtad renegando de JB. Quiere que JB tenga un amigo que lo conoció cuando tenía los dieciocho años, cuando era la persona más divertida y brillante del instituto, y él y todos los demás lo sabían.

Willem, en cambio, no ha vuelto a hablar con JB. Cuando este salió del centro de rehabilitación, Willem le telefoneó y le dijo que no podía seguir siendo amigo suyo, que él ya sabía por qué. Y ese fue el final. A Jude le sorprendió y entristeció, porque siempre le había gustado ver a JB y a Willem reírse juntos y discutir, y le encantaba que le contaran su vida; los dos eran valientes y atrevidos, eran sus emisarios de un mundo más alegre, menos inhibido. Sabían disfrutar, y Jude los admiraba por eso y les agradecía que quisieran compartirlo todo con él.

—¿Sabes, Willem? —le dijo una vez—. Supongo que no has dejado de hablar con JB por lo que pasó conmigo.

—Claro que sí, ese es el motivo.

—Creo que no es motivo suficiente.

Sí lo es, Jude. No habría otro que lo justificara.

Jude nunca había pasado por algo así y no sabía lo lento, triste y difícil que era poner fin a una amistad. Richard sabe que Willem y él ya no hablan con JB, pero desconoce la causa; al menos no la sabe por él. Años después Jude ni siquiera culpa a JB; simplemente no puede olvidar. Descubre que una parte pequeña pero nada despreciable de sí mismo siempre se pregunta si JB volverá a hacerlo; descubre que le aterra quedarse a solas con él.

Dos años atrás, el primer año que JB no fue a Truro, Harold le preguntó si había ocurrido algo.

—Ya no hablas nunca de él.

—Bueno —empezó a decir Jude, sin saber cómo continuar—. No somos…, ya no somos amigos en realidad, Harold.

—Lo siento, Jude —respondió Harold tras un silencio, y él asintió—. ¿Quieres contarme lo que pasó?

—No —respondió él, concentrándose en cortar la punta de los rábanos—. Es una larga historia.

—¿Crees que hay forma de arreglarlo?

Él negó con la cabeza.

—Creo que no.

Harold suspiró.

—Lo siento. Debe de ser grave. —Se quedó callado—. Sabes que siempre me ha encantado veros a los cuatro juntos. Teníais algo especial.

Él asintió de nuevo.

—Lo sé y estoy de acuerdo contigo. Lo echo de menos.

Todavía lo echa de menos y supone que siempre lo hará. Lo echa de menos sobre todo en acontecimientos como esa boda en que los cuatro habrían pasado la noche hablando y riéndose de los demás, envidiables y casi odiosos en su placer compartido, el placer de estar juntos. Pero allí están JB y Willem, uno en cada extremo de la mesa, saludándose con la cabeza, y Malcolm, hablando muy deprisa para disimular la tensión, y otras tres personas sentadas entre ellos, a las que los cuatro —siempre pensará en ellos como los cuatro— empiezan a interrogar con inapropiada intensidad, riéndose fuerte de sus bromas y utilizándolas sin darse cuenta como escudos humanos. Jude está sentado al lado del novio de JB, el agradable chico blanco que siempre ha querido. Se llama Oliver, tiene unos veinte años, acaba de obtener el título de enfermero y está a todas luces enamorado de JB.

—¿Cómo era JB en la universidad? —le pregunta.

—Muy parecido a como es ahora: gracioso, agudo, escandaloso e inteligente. Y con talento. Siempre ha tenido talento.

—Mmm. —Oliver se queda pensativo mirando a JB, que está escuchando a Sophie con exagerada concentración—. Nunca lo he tenido por gracioso. —Entonces también Jude mira a JB y se preguntan si Oliver no ha sabido entenderlo o si él ya no reconocería en JB a la persona que conoció hace tantos años.

Al final de la velada hay besos y apretones de manos, y cuando Oliver —a quien es evidente que JB no le ha contado nada— le dice que deberían quedar algún día los tres, porque siempre ha querido conocer a uno de los más viejos amigos de JB, él sonríe y responde algo vago, y le dice adiós a JB con la mano antes de salir a la calle, donde Willem lo está esperando.

—¿Qué tal ha ido? —le pregunta Willem.

—Bien —responde él, sonriendo. Cree que esos encuentros con JB son aún más duros para Willem que para él—. ¿Y a ti?

—Bien —dice Willem. Su novia detiene el coche junto a la cuneta, van a alojarse en un hotel—. Te llamaré mañana.

De nuevo en Cambridge, entra en la casa silenciosa y, procurando no hacer ruido, se dirige a su cuarto de baño, saca la bolsa debajo de la baldosa suelta que hay cerca del inodoro y, sosteniendo los brazos por encima de la bañera, se hace cortes y observa cómo la porcelana se tiñe de carmesí, hasta que se siente totalmente vacío. Como siempre que ve a JB, se pregunta si ha tomado la decisión correcta. Se pregunta si todos ellos —Willem, JB, Malcolm y él— se quedarán despiertos más tiempo de la cuenta pensando en la cara de los otros, y en las conversaciones, agradables y desagradables, que han mantenido a lo largo de lo que han sido más de veinte años de amistad.

Ojalá fuera mejor persona, piensa. Ojalá fuera más generoso. Ojalá fuera menos egocéntrico. Más valiente.

Luego, agarrándose a la barra de la toalla, se levanta; se ha hecho demasiados cortes y se siente débil. Se acerca al espejo de cuerpo entero que hay en la puerta del armario de su dormitorio. En su apartamento de Greene Street no hay espejos de cuerpo entero. «Nada de espejos —le dijo a Malcolm—. No me gustan.» Pero en realidad no quiere enfrentarse a su imagen; no quiere verse el cuerpo, ni la cara devolviéndole la mirada.

En la casa de Harold y Julia sí hay espejos, y se detiene a mirarse unos segundos en uno de ellos antes de adoptar la postura encorvada que JB imitó aquella noche. JB tenía razón, piensa. Tenía razón. Y ese es el motivo por el que no puede perdonarlo.

Deja caer la mandíbula. Da saltos en un pequeño círculo. Arrastra la pierna detrás de él. Los gemidos que suelta llenan el aire en la casa silenciosa e inanimada.

El primer sábado de mayo, Willem y él celebran lo que llaman la última cena en un pequeño restaurante de sushi carísimo que queda cerca de su oficina en la calle Cincuenta y seis. Solo hay seis asientos, todos ante un ancho mostrador de aterciopelada madera de ciprés, y durante las tres horas que pasan allí son los únicos clientes.

Aunque ambos son conscientes de lo que costará la comida, se quedan perplejos cuando llega la cuenta, y se echan a reír, no saben si por el absurdo de gastar tanto en una sola cena, o porque lo hayan hecho.

—Deja que pague yo —dice Willem, pero cuando se lleva la mano a la billetera, el camarero se acerca con la tarjeta de crédito que Jude le ha dado mientras él estaba en el aseo—. Maldita sea, Jude —exclama sonriendo.

—Es la última cena, Willem. Ya me invitarás a unos tacos cuando vuelvas.

—Si vuelvo —replica Willem. Esta es una broma recurrente entre ellos—. Gracias, Jude. No tenías por qué invitarme.

Es la primera noche cálida del año, y Jude le pide que den un paseo juntos si quiere agradecerle la cena.

—¿Hasta dónde? —le pregunta Willem con cautela—. No vamos a caminar hasta el SoHo, Jude.

—No iremos lejos.

—Más te vale, porque estoy muy cansado.

Esta es la nueva estrategia de Willem, y a él le gusta mucho; en lugar de decirle que no puede hacer algo porque no le sienta bien a sus piernas o a su espalda, Willem finge que él se ve incapaz de hacerlo a fin de disuadirlo. Willem siempre está demasiado cansado, o dolorido, o tiene demasiado calor o demasiado frío últimamente, pero Jude sabe que son mentiras. Un sábado por la tarde, después de dar un paseo por unas galerías, Willem le dijo que no se veía con fuerzas para ir andando de Chelsea a Greene Street («Estoy demasiado cansado», dijo) y cogieron un taxi. Pero al día siguiente Robin comentó durante la cena:

—¡Ayer hizo un día precioso! Cuando Willem volvió a casa, corrimos… ¿cuánto?, ¿ocho millas, Willem? Arriba y abajo por la carretera.

—¿En serio? —respondió él mirando a Willem, que sonrió con timidez.

—Es verdad, no sé qué pasó, pero de pronto recobré las fuerzas.

Echan a andar hacia el sur, pero se desvían hacia el este en Broadway para evitar pasar Times Square. Willem se ha oscurecido el pelo y se ha dejado barba para su próximo papel, de modo que no se lo reconoce con facilidad, pero ninguno de los dos quiere verse atrapado por un grupo de turistas.

Quizá no verá a Willem en más de seis meses, ya que el martes volará a Chipre para empezar a trabajar en la *Ilíada* y la *Odisea*. El reparto y el director de las dos películas serán los mismos —en ambas Willem será Ulises—, y está previsto rodarlas y estrenarlas una a continuación de la otra y. El rodaje lo llevará por el sur de Europa, el norte de África y luego a Australia, donde rodarán algunas de las escenas bélicas. Como el ritmo es tan intenso y las distancias tan grandes, no está claro si dispondrá de tiempo para regresar a casa en los descansos, si es que le dan alguno. Se trata del rodaje más complejo y ambicioso en el que Willem ha participado, y está nervioso.

—Será increíble, Willem —lo tranquiliza Jude.

—O un gran desastre —apostilla Willem.

No está cabizbajo, nunca lo está, pero sí inquieto, ansioso por hacerlo bien y preocupado por si decepciona. Claro que siempre se siente así antes de comenzar un rodaje y, como le recuerda Jude, luego todos han salido bien, mejor que bien. Él cree que esa es una de las razones por las que Willem siempre tendrá trabajo y de calidad: porque se lo toma en serio, se siente responsable.

Sin embargo, a Jude le aterran los próximos seis meses, sobre todo porque Willem ha estado muy cerca el último año y medio.

Primero rodó un pequeño proyecto en Brooklyn, que solo duró unas semanas, y luego actuó en una producción teatral titulada *El dodo de las Maldivas*, que trataba de dos hermanos, ambos ornitólogos, uno de los cuales se sumía en una especie de locura. Y, como todas las obras en las que Willem trabajaba, Jude la vio muchas veces. La tercera, distinguió a JB y a Oliver unas filas delante de él, más a la izquierda, y durante toda la función no dejó de mirar a JB para ver si se reía o prestaba atención a las mismas frases que él, consciente de que esa era la primera obra de Willem que no veían los tres juntos al menos una vez. Mientras estuvo en cartel, Willem y Jude cenaron juntos todos los jueves al acabar la función.

—Escucha —le dice Willem en la Quinta Avenida, desierta a aquellas horas, en la que quedaban solo escaparates iluminados y escombros, bolsas de plástico que se hinchan como medusas y hojas de periódico arremolinándose con la suave brisa—, le he prometido a Robin que hablaría contigo de algo.

Jude espera. Ha procurado no caer con Robin en el mismo error que cometió cuando Willem salía con Philippa —ahora cada vez que Willem le pide que los acompañe , él se asegura de que Robin está de acuerdo (un día Willem le dijo que dejara de preguntárselo, que Robin sabía lo que significaba para él y que no tenía ningún inconveniente en salir con él, y que si lo tenía, tendría que aguantarse)— y, aunque no está seguro de cómo comunicar exactamente el mensaje, y no sabe si lo ha conseguido o no, ha intentado presentarse ante ella como una persona independiente, que no irá a vivir con ellos cuando sea viejo. Pero lo cierto es que Robin le cae bien: es profesora de clásicas en Columbia, desde hace dos años es también asesora de cine y tiene un sentido del humor mordaz que le recuerda a JB.

—Vale —dice Willem, y toma aire mientras se prepara. «Oh, no», piensa Jude—. ¿Recuerdas a una amiga de Robin que se llama Clara?

—Sí. La conocí en Clementine.

—¡Sí! —exclama Willem triunfal—. ¡Esa!

—Santo cielo, Willem, confía en mí, eso fue la semana pasada.

—Lo sé, lo sé. Bueno, de todos modos, ahí va: está interesada en ti.

Él está perplejo.

—¿Qué quieres decir?

—Le preguntó a Robin si estás soltero. —Willem espera un momento—. Ella le dijo que yo no creía que estuvieras interesado en salir con nadie, pero que, de todos modos, te lo preguntaría. Y aquí estoy preguntándotelo.

Es tan extraño que Jude tarda un rato en comprender, y cuando lo hace se echa a reír, avergonzado e incrédulo.

—Estás bromeando, Willem. Es absurdo.

—¿Por qué es absurdo, Jude? —replica Willem, de pronto serio—. Dime, ¿por qué?

—Willem, es muy halagador —dice él, recuperando la compostura—. Pero... —Hace una mueca y se ríe de nuevo—. Es absurdo.

—¿El qué? —replica Willem, y él nota el giro que da la conversación—. ¿Que alguien se sienta atraído por ti? Ya sabes que no es la primera vez que pasa. Tú simplemente no lo ves porque no quieres.

Él niega con la cabeza.

—Hablemos de otra cosa, Willem.

—No. No voy a dejar que te salgas por la tangente, Jude. ¿Por qué es extraño? ¿Qué tiene de absurdo?

Jude se siente de pronto tan incómodo que se detiene, justo en la esquina de la Quinta con la Cuarenta y cinco, y empieza a buscar un taxi con la mirada. Pero, cómo no, no hay ninguno.

Mientras piensa cómo responder, recuerda lo que sucedió unos días después de aquella noche en el piso de JB, cuando le preguntó a Willem si JB tenía razón, al menos en parte: ¿estaba enfadado con él porque no les contaba lo suficiente?

Willem guardó silencio tanto rato que supo la respuesta antes de oírla. «Mira, Jude —dijo muy despacio—. JB…, JB estaba fuera de sí. Yo nunca me hartaría de ti. No tienes que contarme tus secretos. —Hizo una pausa—. Pero sí, me gustaría que compartieras más cosas conmigo. Tal vez podría ayudarte. —Se interrumpió y lo miró—. Eso es todo.»

Desde entonces Jude ha intentado contarle más cosas. Pero hay tantos temas de los que no ha hablado más que con Ana, y de eso hace ya veinticinco años, que descubre que no tiene palabras para hacerlo. Su pasado, sus temores, lo que le hicieron, lo que se hizo a sí mismo… son temas que solo se pueden verbalizar en lenguas que él no habla: farsi, urdu, mandarín, portugués. Una vez trató de ponerlo por escrito creyendo que sería más fácil, pero no lo fue; no sabe cómo contárselo a sí mismo.

«Encontrarás la forma de hablar de lo que te ocurrió —le dijo Ana—. Tendrás que hacerlo si quieres tener una relación estrecha con alguien algún día.» Él lamenta, como hace a menudo, no haber permitido que ella hablara con él, que le enseñara a hacerlo. Su silencio empezó siendo una protección, pero con los años se ha transformado en algo casi opresivo, algo que lo controla, y no al revés. Ahora es incapaz de encontrar una salida aunque quiera. Se imagina flotando en una pequeña burbuja de agua, enclaustrado entre paredes, techos y suelos de hielo muy gruesos. Sabe que hay una salida, pero no va bien equipado; no tiene herramientas para empezar a trabajar, y escarba inútilmente con las manos la superficie resbaladiza de hielo. Pensó que callando sería más agradable, menos raro. Pero lo que se calla lo vuelve más extraño, es objeto de compasión e incluso de sospecha.

—¿Jude? —lo insta Willem—. ¿Por qué es absurdo?

Jude niega con la cabeza.

—Porque lo es. —Echa a andar de nuevo.

Caminan una manzana más en silencio.

—Jude, ¿te gustaría estar algún día con alguien? —le pregunta Willem al cabo.

—Nunca me lo he imaginado.

—Eso no es lo que te he preguntado.

—No lo sé, Willem —responde, incapaz de mirarlo a la cara—. Supongo que no creo que sea algo que le pueda pasar a alguien como yo.

—¿Qué quieres decir?

Él vuelve a negar con la cabeza, en silencio, pero Willem insiste.

—¿Porque tienes problemas de salud? ¿Es por eso?

«Problemas de salud —repite una criatura amarga y sardónica en el interior de Jude—. Eso es quedarse corto.» Pero no lo dice en voz alta.

—Willem, te ruego que dejes este tema —le suplica—. Ha sido una gran velada. Es nuestra última noche y voy a tardar en volver a verte. ¿Podemos hablar de otra cosa, por favor?

Willem guarda silencio mientras recorren otra manzana y Jude cree que ha pasado el momento.

—¿Sabes? —dice entonces Willem—. Cuando empecé a salir con Robin, me preguntó si eras gay o hetero, y le respondí que no lo sabía. —Se calla—. A ella le sorprendió mucho. «¿Sois amigos íntimos desde que erais adolescentes y no lo sabes?», me dijo. También Philippa me preguntaba por ti. Y yo le decía lo mismo que a Robin, que eres muy reservado y que siempre he respetado tu intimidad.

»Pero me gustaría que me lo contaras, Jude. No porque vaya a utilizar lo que me digas, sino para entender mejor quién eres. Quiero decir que quizá no eres ni lo uno ni lo otro. O eres ambas cosas. O tal vez no te interesa. Eso no cambia nada para mí.

Jude no dice una palabra, no puede responder nada, y siguen andando otras dos manzanas: la calle Treinta y ocho, la calle Treinta y siete. Es consciente de que arrastra el pie derecho por la acera como cuando está cansado o desanimado, demasiado cansado o desanimado para hacer un esfuerzo mayor, y agradece que Willem camine a su izquierda y por tanto haya menos probabilidades de que lo note.

—A veces me preocupa que te hayas convencido de que te falta atractivo o encanto, y hayas decidido que ciertas experiencias te están vetadas —continúa Willem una manzana después—. Y eso no es así, Jude. Cualquier persona sería afortunada de estar contigo.

«Ya basta», piensa Jude. Por el tono nota que Willem está tomando carrerilla para soltar una perorata y se pone muy nervioso, el corazón le late a un ritmo extraño.

—Willem, creo que voy a tomar un taxi —le dice, volviéndose—. Estoy demasiado cansado..., será mejor que me retire.

—Vamos, Jude —replica Willem, su voz trasluce impaciencia y Jude hace una mueca—. Mira, lo siento mucho, pero, francamente, no puedes irte cuando intento hablar contigo de algo importante.

Jude se detiene.

—Tienes razón. Perdóname. Te lo agradezco, Willem. Te lo agradezco mucho. Pero me resulta demasiado difícil hablar de ello.

—Te resulta difícil hablar de todo —replica Willem, y él vuelve a hacer una mueca. Willem suspira—. Lo siento. Siempre me digo que algún día hablaré contigo, hablaré de verdad, pero nunca lo hago, porque tengo miedo de que te cierres en banda y no me dirijas más la palabra.

Guardan silencio. Jude se siente reprendido y sabe que Willem tiene razón: eso es exactamente lo que hará. Hace unos años Willem intentó hablar con él de los cortes. También estaban paseando, y al cabo de un momento la conversación se volvió tan intolerable que Jude paró un taxi y se subió, frenético, a él dejando a Willem en la acera gritándole con incredulidad; él se maldijo a sí mientras el taxi se dirigía hacia el sur a gran velocidad. Willem se puso furioso, después Jude se disculpó e hicieron las paces. Willem no volvió a tocar ese tema y él tampoco.

—Solo dime algo, Jude. ¿Alguna vez te sientes solo?

—No —responde él al fin. Una pareja pasa por su lado riéndose y él piensa en el comienzo de su paseo, cuando ellos también se reían. ¿Cómo ha podido destrozar la noche, la última vez que verá a Willem en meses?—. No tienes que preocuparte por mí, Willem. Estaré bien. Siempre he sabido cuidar de mí mismo.

Entonces Willem suspira y hunde los hombros; parece tan derrotado que Jude siente una punzada de remordimiento. Sin embargo, también se siente aliviado, porque se da cuenta de que Willem no sabe cómo continuar la conversación y él podrá reconducirla, poner fin a la velada de un modo agradable y escapar.

—Siempre dices eso.

—Porque es verdad.

Sigue un silencio muy largo. Están de pie frente a un restaurante de barbacoa coreano, el aire huele intensamente a vapor, humo y carne asada.

—¿Puedo irme? —pregunta él al fin, y Willem asiente. Se dirige a la cuneta y levanta un brazo, y un taxi se acerca y se detiene a su lado.

Willem abre la portezuela y justo antes de que él se suba, lo rodea con los brazos y lo atrae. Jude le devuelve el abrazo.

—Voy a echarte de menos —dice Willem hacia su espalda—. ¿Cuidarás de ti mientras estoy fuera?

—Claro que sí, lo prometo. —Jude retrocede y lo mira—. Hasta noviembre entonces.

Willem hace una mueca que no acaba de ser una sonrisa.

—Noviembre —repite.

En el taxi Jude descubre que está cansado de verdad, apoya la frente contra la ventanilla grasienta y cierra los ojos. Al llegar a casa, el cuerpo le pesa como un muerto, y en cuanto cierra la puerta empieza a desnudarse, dejando un reguero de ropa —zapatos, jersey, camisa, ropa interior, pantalones— por el suelo mientras se dirige el cuarto de baño. Le tiembla la mano cundo retira la bolsa de debajo del lavabo, y aunque no pensó que necesitaría cortarse esa noche —nada en el transcurso del día ni al comienzo de la velada indicaba que lo necesitaría—, ahora casi se muere por hacerlo. Ya no le queda un tramo de piel indemne en los antebrazos, por lo que corta sobre cortes antiguos, utilizando el borde de la hoja para serrar el duro y abultado tejido cicatrizado; cuando los nuevos cortes se cierran forman surcos que semejan verrugas, y le asquea, le horroriza y le fascina, todo a la vez, ver cómo se ha deformado a sí mismo de un modo tan riguroso. Últimamente ha empezado a aplicarse en los brazos la crema que Andy le dio para la espalda, y cree que ayuda un poco. Se nota la piel más suelta, las cicatrices un poco más suaves y flexibles.

La ducha que Malcolm diseñó es enorme, ahora puede sentarse en ella manteniendo las piernas extendidas para hacerse cortes, al terminar limpia bien la sangre, porque el suelo es una gran llanura de mármol, y como Malcolm le ha repetido hasta la saciedad, si se mancha no hay nada que hacer. Luego se acuesta, mareado pero no soñoliento, y mira la oscuridad, el brillo semejante al mercurio que proyecta la lámpara en la habitación en penumbra.

—Me siento solo —dice en voz alta, y el silencio del piso absorbe las palabras como el algodón empapa la sangre.

Esta soledad es un descubrimiento reciente, y es distinta de otras que ha experimentado; no es la soledad que sentía de niño por no tener padres, o cuando yacía despierto en la habitación de motel con el hermano Luke, intentando no moverse para no despertarlo, mientras la luna proyectaba sobre la cama franjas de cruda luz blanca; ni la que sintió aquella vez que se escapó del hogar para niños, la vez que le salió bien y pasó la noche acurrucado entre las raíces retorcidas de un roble que se extendían como piernas abiertas. Creía estar solo, pero se da cuenta de que lo que sentía entonces no era soledad sino miedo. Ahora, en cambio, no tiene nada que temer. Está bien protegido en ese piso con puertas de triple cerradura y tiene dinero. Tiene padres, tiene amigos. Nunca tendrá que volver a hacer nada que no quiera para poder comer, ni para tener un techo sobre la cabeza, ni para escapar.

No le ha mentido a Willem. Él no está hecho para tener una relación y nunca ha creído estarlo. Nunca ha envidiado a sus amigos por eso. Si lo hiciera sería como un gato que envidia ladrar como un perro; es algo que jamás se le ocurriría anhelar, porque es imposible, algo ajeno a su misma especie. Pero últimamente la gente le habla de eso como si fuera algo que él pudiera tener o que debiera anhelar tener, y aunque sabe que en parte lo dicen por amabilidad, le ofende; le parece igual de obtuso y cruel que si le dijeran que puede ser un atleta de decatlón.

Lo espera de Malcolm y de Harold. De Malcolm porque es feliz y ve un solo camino —el suyo— a la felicidad; por eso le pregunta de vez en cuando si quiere que le organice una cita o si le gustaría encontrar a alguien, y se queda desconcertado cuando él declina el ofrecimiento. Y de Harold porque sabe que en su faceta de progenitor lo que más le gusta es inmiscuirse en su vida y hurgar todo lo posible en ella. A él mismo le ha llegado a gustar a veces, pues le conmueve que alguien se interese lo bastante por él para darle órdenes, para sentirse decepcionado por las decisiones que toma, para tener expectativas depositadas en él o para asumir la responsabilidad de mantener lazos familiares con él. Dos años atrás estaba con Harold en un restaurante, y este lo sermoneaba acerca de su empleo en Rosen Pritchard, que lo había convertido en un instrumento para tapar las malas prácticas corporativas, y de pronto los dos se percataron de que el camarero esperaba junto a la mesa, bloc en mano.

—Disculpen, ¿vuelvo más tarde? —les preguntó.

—No, no se preocupe —respondió Harold, cogiendo la carta—. Estaba riñendo a mi hijo, pero eso puede esperar —dijo. El camarero sonrió a Jude con aire compasivo y él le devolvió la sonrisa, emocionado por ser reivindicado como miembro de una familia en público, de formar parte por fin de la tribu de los hijos y las hijas. Cuando más tarde Harold reanudó el sermón, él fingió enfadarse, pero en realidad se sintió feliz toda la noche, rezumaba alegría por todos sus poros y sonreía tanto que al final Harold le preguntó si estaba borracho.

Pero ahora Harold también ha empezado a hacerle preguntas.

—Es increíble —le comentó cuando acudió a la ciudad el mes anterior para la cena de cumpleaños que Jude le pidió a Willem que no organizara, pero que este organizó de todos modos. Harold pasó por el piso al día siguiente, y, como siempre, se paseó por él lleno de admiración, diciendo lo mismo que siempre: «Este lugar es increíble», «Siempre está impecable», «Malcolm hizo un gran trabajo», y últimamente: «¿No te sientes solo aquí?».

—No, Harold. Me gusta estar solo.

—A Willem se le ve feliz —gruñó Harold—. Y Robin parece una buena chica.

—Lo es —replicó él, preparándole una taza de té—, y creo que él es feliz.

—¿Y no te gustaría eso para ti, Jude?

Él suspiró.

—No, Harold. Estoy bien así.

—¿Y qué hay de Julia y de mí? —le preguntó Harold—. A nosotros nos gustaría verte con alguien.

—Sabes que quiero haceros felices —respondió él intentando

no elevar la voz—. Pero me temo que no puedo ayudaros en eso. Aquí tienes. —Le dio el té a Harold.

A veces se pregunta si esa soledad también la experimentaría si no le hubieran abierto los ojos al hecho de que tiene que sentirse solo, de que hay algo extraño e inaceptable en la vida que lleva. Siempre hay gente preguntándole si echa de menos lo que nunca se le ha ocurrido desear, lo que nunca pensó que podría tener. Harold y Malcolm, por descontado, pero también Richard, cuya novia, una artista llamada India, se ha mudado con él, y gente a la que ve con menos frecuencia: Citizen y Elijah, Phaedra e incluso Kerrigan, su antiguo colega del despacho del juez Sullivan, que lo citó unos meses atrás cuando estuvo en la ciudad con su marido. Algunos se lo preguntan con compasión y otros con recelo; los primeros lo compadecen porque dan por hecho que la soltería no es una decisión suya sino algo que le ha sido impuesto, y los segundos sienten una especie de hostilidad hacia él, porque creen que es una decisión personal, un desafiante desacato a una ley fundamental de la edad adulta.

De una manera u otra, estar soltero a los cuarenta años no es lo mismo que estarlo a los treinta, y cada año se vuelve menos comprensible, menos envidiable, más patético e inapropiado. Durante los últimos cinco años ha asistido solo a las cenas de sus socios, y un año atrás, cuando se convirtió en socio paritario, acudió también solo a la salida anual de los socios. El viernes por la noche de la semana anterior Lucien entró en su oficina para revisar los asuntos de la semana, como a menudo hacía. Hablaron de ese viaje, cuyo destino era Anguilla, y a los dos les aterraba, a diferencia de los demás, que fingían temerlo pero que en realidad (Lucien y él estaban de acuerdo) lo esperaban con ilusión.

—¿Irá con Meredith?

—Sí. —Hubo un silencio y Jude supo lo que seguía—. Y a usted, ¿lo acompañará alguien?

—No.

Otro silencio en el que Lucien miró al techo.

—Nunca lo acompaña nadie, ¿verdad? —le preguntó con un tono cuidadosamente despreocupado.

—No —respondió él, y como Lucien no decía nada, añadió—: ¿Intenta decirme algo?

—No, por supuesto que no —respondió Lucien, mirándolo—. Nuestra compañía no controla estas cosas. Ya lo sabe.

Él sintió una oleada de ira y vergüenza.

—Creo que sí las controla. Si en la junta directiva se hace algún comentario, le agradeceré que me lo diga.

—No se hacen comentarios de ningún tipo. Sabe lo mucho que le respetamos. Solo creo…, y no hablo en nombre de la compañía sino en el mío, que estaría muy bien verle sentar la cabeza.

—De acuerdo, Lucien —respondió Jude con tono cansino—. Gracias. Lo tendré en cuenta.

Pero por mucho que le preocupe parecer normal, no quiere tener una relación solo por decoro; quiere tenerla porque se siente solo. Tan solo que a veces la sensación es casi física, como un ovillo de ropa sucia y húmeda apretado contra el pecho. No puede olvidar esa sensación. A la gente le parece sencillo, como si solo hiciera falta quererlo. Pero él sabe demasiado bien que mantener una relación significaría exponerse ante otra persona, algo que no ha hecho nunca aparte de con Andy; significaría enfrentarse a su cuerpo, que no ha visto desnudo desde hace por lo menos una década, pues ni siquiera se mira en la ducha, y significaría tener relaciones sexuales con alguien, cosa que no ha hecho desde los quince años y que le asusta tanto que solo pensarlo se le llena el estómago de algo semejante a la cera y frío. Cuando empezó a ir a la consulta de Andy, este le preguntaba de vez en cuando si era sexualmente activo, hasta que Jude le dijo que ya le avisaría cuando lo fuera, entonces Andy dejó de preguntárselo. No tener relaciones sexuales: esa era una de las cosas mejores de ser adulto.

Teme el sexo y a la vez anhela las caricias, sentir las manos de alguien sobre él, aunque eso también le aterra. A veces se mira los brazos y le inunda un odio hacia sí mismo tan profundo que apenas puede respirar; gran parte de la transformación que ha experimentado su cuerpo ha escapado a su control, pero los brazos son obra suya, y solo puede culparse a sí mismo. Cuando se inició en el hábito de hacerse cortes empezó por las piernas, solo las pantorrillas, y antes de aprender a hacerlos con cierto orden, aplicaba la hoja sobre la piel al azar, para que parecieran arañazos de algún matorral. Nadie se fijaba; nadie mira las pantorrillas de los demás. Ni siquiera el hermano Luke se había percatado. En cambio, ahora nadie dejaría de fijarse en sus brazos, su espalda o sus piernas, que están cubiertos de surcos donde el tejido y el músculo dañado ha sido extirpado, ni en las hendiduras del tamaño de una huella dactilar donde los tornillos de los hierros ortopédicos le taladraron la carne y los huesos, ni los pozos de piel satinada por las quemaduras, ni las heridas ya cerradas que se reabren ligeramente y adquieren un permanente tono bronce apagado. Cuando está vestido es una persona, pero sin ropa se muestra tal como es, los años de podredumbre se ponen de manifiesto en su piel, la carne habla de su pasado, de la depravación, de corrupción.

En cierta ocasión tuvo un cliente de Texas, de aspecto grotesco. Era tan obeso que el vientre le caía formando una cascada de grasa sobre las piernas, y todo él estaba cubierto de eccemas; tenía la piel tan seca que cuando se movía se le desprendían de los brazos y la espalda pequeñas tiras que flotaban en el aire. Sintió náuseas al verlo, pero todos los hombres le repugnaban en la misma medida; de hecho, ese hombre no era mejor ni peor que los demás. Mientras le hacía una mamada, con el estómago del hombre en la nuca y las puntas de los dedos detrás de la cabeza, el hombre gritó, disculpándose: «Lo siento, lo siento». Tenía las uñas largas, gruesas, como huesos, y se las clavaba en el cuello cabelludo con suavidad, como si fueran los dientes de un peine. Es como si con los años él se hubiera convertido en ese hombre, y sabe que si alguien lo viera también sentiría repugnancia y náuseas ante sus deformidades. No quiere que nadie tenga que inclinarse sobre el retrete con arcadas, como él hizo aquel día, en que acabó metiéndose jabón líquido en la boca para lavársela.

Nunca más tendrá que hacer nada que no quiera para comer ni para disponer de un techo; por fin lo tiene claro. Pero ¿hasta dónde está dispuesto a ir para sentirse menos solo? ¿Es capaz de destruir todo lo que ha construido y protegido con tanto celo solo por tener un poco intimidad con alguien? ¿Cuánta humillación está dispuesto a soportar? No lo sabe, y le asusta descubrir la respuesta, pero aún le asusta más pensar que nunca tendrá oportunidad de descubrirlo. ¿Qué significa ser humano si no puede tener intimidad? No obstante, se recuerda que la soledad no es como el hambre, las privaciones o las enfermedades; no es fatal. Erradicarla no es obligatorio. Disfruta de una vida mejor que mucha gente, una vida mejor de lo que nunca creyó posible. Desear además compañía le parece una atroz arrogancia, una clase de codicia.

Transcurren las semanas. Willem no tiene un horario y lo llama a horas extrañas: la una de la madrugada, las tres de la tarde. Parece cansado, pero no es dado a quejarse y nunca lo hace. Le habla del paisaje, de los yacimientos arqueológicos en los que han rodado, de los pequeños contratiempos en el plató. Cuando Willem está lejos, Jude se siente más inclinado a quedarse en casa y no hacer nada, lo que no es saludable, así que procura llenar los fines de semanas de salidas, fiestas y cenas. Va a exposiciones y al teatro con Henry Young el Negro, y a galerías de arte con Richard. Felix, a quien dio clases hace mucho tiempo, tiene un grupo de rock llamado los Quiet Amerikans, y le pide a Malcolm que lo acompañe a verlo. Le cuenta a Willem lo que ha visto y lo que ha leído, las conversaciones que ha tenido con Harold y Julia, el último proyecto de Richard y sus clientes en la organización sin ánimo de lucro, la fiesta de cumpleaños de la hija de Andy y el nuevo trabajo de Phaedra, la gente con quien ha hablado y lo que han dicho.

—Cinco meses y medio más —dice Willem al final de una conversación.

—Cinco y medio más —repite él.

Ese jueves va a cenar al nuevo apartamento de Rhodes, situado cerca de la casa de los padres de Malcolm y que, según le contó el mismo Rhodes en diciembre mientras tomaban unas copas, era la fuente de todas sus pesadillas: se despierta por las noches repasando cuentas mentalmente, todo lo que es su vida —matrículas, hipotecas, gastos de manutención, impuestos— reducido a cifras astronómicas. «Y eso que mis padres nos ayudan —le dijo—. Y ahora Alex quiere tener otro hijo. Tengo cuarenta y cinco años, Jude, y ya estoy derrotado; a este paso, si tenemos un tercer hijo estaré trabajando hasta los ochenta.»

Esta noche siente alivio al ver a Rhodes más relajado, tiene el cuello y las mejillas rosadas.

—Por Dios, ¿cómo haces para estar tan delgado? —le pregunta a Jude.

Cuando se conocieron en la Fiscalía, hace quince años, Rhodes todavía tenía el aspecto de un jugador de lacrosse, todo músculo y tendones. Pero desde que entró en el banco, ha engordado y envejecido de golpe.

—Creo que la palabra que estás buscando es «escuálido» —le responde.

Rhodes se echa a reír.

Son once personas para cenar y, como no tienen suficientes sillas, necesitan la del despacho de Rhodes y la banqueta del tocador de Alex. Jude recuerda que en casa de Rhodes la comida es excelente y siempre hay flores en la mesa, pero a menudo hay desajustes entre el número de comensales previstos y los que acuden, porque a veces Alex invita a alguien y se olvida de decírselo a Rhodes, otras veces Rhodes cuenta mal y la reunión que se suponía que sería formal y organizada se vuelve caótica e informal. «¡Mierda!», exclama Rhodes entonces, pero Jude es el único a quien parece importarle.

Alex está sentada a su derecha y le habla de su trabajo de directora de relaciones públicas en una firma de moda llamada Rothko, que, para consternación de Rhodes, acaba de dejar.

—¿Ya lo echas de menos?

—Aún no —responde ella—. Sé que Rhodes no está contento, pero se le pasará. Creo que debo estar en casa mientras los niños sean pequeños.

Él le pregunta por la casa de campo que han comprado en Connecticut (otra fuente de pesadillas para Rhodes) y ella le pone al día de las obras, que no se acaban nunca. Él emite un ruidito compasivo.

—Rhodes me comentó que estabas buscando casa en el condado de Columbia —dice ella—. ¿La has comprado ya?

—Aún no —responde él. Tuvo que escoger entre comprar la casa o ponerse de acuerdo con Richard modificar la planta baja sacrificando el garaje para poner un gimnasio y una pequeña piscina con corriente de agua en movimiento que le permitiera nadar sin desplazarse, y al final optaron por las obras. Ahora nada todas las mañanas en absoluta intimidad; ni siquiera Richard entra en el gimnasio cuando está él.

—Pensábamos esperar para comprar la casa —admite Alex—. Pero si queríamos que los niños tuvieran un patio mientras todavía son pequeños teníamos que hacerlo ya.

Él asiente, Rhodes ya se lo había contado. A menudo tiene la impresión de que Rhodes (y casi todos los colegas de trabajo de su edad) y él viven vidas paralelas. El mundo de lo demás está regido por niños, pequeños déspotas cuyas necesidades —colegio, campamentos, actividades, tutores— dictan todas las decisiones, y así será durante los próximos diez, quince, dieciocho años. Tener hijos les ha aportado un sentido y una dirección innegociables: ellos deciden la duración y el lugar de las vacaciones anuales; ellos determinan si les sobrará algo dinero, y si es así, cómo lo gastarán; ellos dan forma a los días, a las semanas, a su vida. Los niños son una especie de cartografía; todo lo que hay que hacer es obedecer el mapa con el que nacen.

Sin embargo, sus amigos y él no tienen hijos, y a falta de hijos el mundo se extiende ante ellos casi asfixiante. Sin hijos, se pone en cuestión la condición de adulto; sin hijos un adulto lo es solo para sí mismo, y por emocionante que eso sea, también es un estado de inseguridad perpetua, de duda perpetua. Al menos para algunas personas; sin duda lo es para Malcolm, con quien hace poco revisaba la lista que este había elaborado con los pros y los contras de tener hijos, como hizo cuatro años atrás para decidir si se casaba o no con Sophie.

—No lo sé, Mal —le dijo Jude, cuando le leyó la lista—. Parece que solo pienses que debes tenerlos, no que realmente lo desees.

—Por supuesto que lo deseo —replicó Malcolm—. ¿No tienes a veces la sensación de que llevamos la misma vida que cuando éramos niños, Jude?

—No —respondió él. Nunca la había tenido; su vida no podía estar más alejada de su niñez—. Cada vez te pareces más a tu padre, Mal. Tu vida no será menos meritoria ni menos legítima por no tener hijos.

Malcolm suspiró.

—Sí, quizá tienes razón. —Sonrió—. Quiero decir que realmente no deseo tenerlos.

Él le devolvió la sonrisa.

—Bueno, siempre puedes esperar y adoptar algún día a un triste treintañero.

—Tal vez —repuso Malcolm—. He oído decir que está de moda en algunas partes del país.

Alex se disculpa, tiene que ir a la cocina para echar una mano a Rhodes, que la llama con creciente apremio —«Alex. ¡Alex! ¡Alex!»—, y Jude se vuelve hacia el comensal que está a su derecha, a quien no conoce, un hombre de cabello oscuro con una nariz que parece rota; la conversación empieza con decisión y luego cambia de rumbo con la misma resolución.

—Caleb Porter.

—Jude St. Francis.

—Deja que adivine. Católico.

—Deja que yo adivine. No.

Caleb se ríe.

—En eso tienes razón.

Entablan conversación. Caleb le cuenta que acaba de llegar de Londres, donde trabajó como presidente de una firma de ropa, para ocupar el cargo de director general en Rothko.

—Alex tuvo el detalle de invitarme ayer, y pensé —se encoge de hombros—: ¿por qué no? Tenía que escoger entre una buena comida con gente agradable o quedarme en una habitación de hotel mirando con desgana folletos de inmobiliarias.

De la cocina llega el estruendo metálico como de timbales al caer, seguido de una maldición de Rhodes. Caleb lo mira, arqueando las cejas, y sonríe.

—No te preocupes —lo tranquiliza Jude—. Siempre sucede lo mismo.

Durante el resto de la comida Rhodes intenta en vano que haya una sola conversación en la mesa, pero es demasiado ancha y ella ha cometido la imprudencia de sentar juntos a los que ya son amigos, de modo que Jude sigue hablando con Caleb. Tiene cuarenta y nueve años, creció en el condado de Marin y se fue de

Nueva York a los treinta años. También estudió derecho, aunque nunca ha utilizado lo que aprendió en la facultad.

—¿Nunca? —le pregunta Jude.

Suele mostrarse escéptico cuando la gente afirma que la facultad de derecho fue una gran pérdida de tiempo, un error de tres años. Aunque reconoce que él se siente agradecido, pues la facultad no solo le ha procurado el sustento sino la vida que lleva.

Caleb reflexiona.

—Bueno, tal vez nunca es mucho decir, pero no lo he utilizado como esperaba —responde por fin.

Tiene una voz grave, cautelosa y pausada, tranquilizadora pero también amenazadora.

—Lo que me ha resultado más útil de todo lo que estudié es el derecho procesal. ¿Conoces a algún diseñador?

—No. Pero tengo muchos amigos artistas.

—Bueno, entonces sabrás que tienen un modo diferente de pensar; cuanto mejor es el artista, más probabilidades hay de que sea un inepto total para los negocios. No exagero. He trabajado en cinco firmas diferentes en los últimos veinte años y es fascinante observar sus patrones de conducta (la dificultad para cumplir las fechas de entrega, la incapacidad para ceñirse al presupuesto, la ineptitud en la gestión del personal), son tan constantes que a veces me he preguntado si son requisitos indispensables para conseguir el trabajo, o si el propio trabajo alienta esas carencias. Así que lo que hay que hacer es construir un sistema de gobierno en la compañía e imponer sanciones si no se cumple. No sé cómo explicarlo, pero no se les puede dar a entender que para hacer negocios hay que comportarse de un modo y no otro, eso no significa nada para ellos, al menos para la mayoría, aunque digan que lo entienden; lo que hay que hacer es presentar las normas que han de regir su pequeño universo y convencerlos de que si no las acatan, ese universo se hundirá. Solo así se puede conseguir que cumplan, es exasperante.

—¿Por qué sigues trabajando con ellos entonces?

—Porque... tienen una forma de pensar muy diferente, y eso es fascinante. Los hay que son casi analfabetos, te mandan notas y ves que apenas saben construir una frase, pero luego veo sus bosquejos, sus dibujos y cómo mezclan los colores, y..., no sé, es maravilloso. No puedo explicarlo mejor.

—Sí, sé muy bien qué quieres decir —responde Jude, pensando en Richard, en JB, en Malcolm y en Willem—. Es como si accedieras a una forma de pensar con un lenguaje del que careces.

—Exacto —dice Caleb, y sonríe por primera vez.

El bullicio languidece cuando llega el café.

—Me voy ya. Creo que todavía funciono con el horario de Londres. Pero ha sido un placer conocerte —dice Caleb descruzando las piernas debajo de la mesa.

—Lo mismo digo. Lo he pasado muy bien. Buena suerte con tu sistema de gobierno en Rothko.

—Gracias. Voy a necesitarla —responde Caleb, y luego, cuando está a punto de levantarse, se detiene y le pregunta—: ¿Te apetece que quedemos algún día para cenar?

Por un instante Jude se queda paralizado, pero enseguida se lo reprocha. No tiene nada que temer. Caleb acaba de llegar a la ciudad. Se imagina lo difícil que es encontrar a alguien con quien hablar, lo difícil que es hacer amigos cuando en tu ausencia todos los amigos han formado sus respectivas familias y se han convertido en extraños para ti. Se trata de hablar, nada más.

—Me encantaría —responde, e intercambian tarjetas.

—No hace falta que te levantes —dice Caleb cuando él hace ademán de incorporarse—. Me pondré en contacto contigo.

Jude observa cómo Caleb —que es más alto de lo que se pensaba, mide al menos dos pulgadas más que él, y es fornido de espalda— se despide de Alex y Rhodes y luego se marcha sin volverse.

Al día siguiente recibe un mensaje de Caleb y quedan para cenar el jueves. A media tarde Jude llama a Rhodes para darle las gracias por la cena y le pregunta por él.

—Me temo que no hablé siquiera con él. Alex lo invitó en el último minuto. Eso me molesta de Rhodes, ¿por qué invita a alguien que empieza a trabajar en una compañía que ella acaba de dejar?

—Entonces no sabes nada de él.

—Nada. Alex dice que es muy respetado y que a Rothko le costó traerlo de Londres, pero eso es todo lo que sé. ¿Por qué? —Rhodes sonríe—. ¿No me digas que te propones ampliar tu clientela del glamuroso mundo de los valores bursátiles y las compañías farmacéuticas?

—Eso es exactamente lo que voy a hacer, Rhodes. Gracias de nuevo. Y dale las gracias a Alex también.

Llega el jueves, y Jude se reúne con Caleb en un *izakaya* situado al oeste de Chelsea.

—¿Sabes? —dice Caleb después de pedir la comida—. Te estuve observando durante toda la cena, intentando recordar de qué te conozco, y por fin he caído en la cuenta. Te he visto en un cuadro de Jean-Baptiste Marion. Lo tenía el director creativo de la última empresa en la que trabajé, en realidad intentó que se lo pagara la compañía, pero esa es otra historia. Es una imagen extraordinaria, estás en la calle, de pie, con una farola detrás.

No es la primera vez que se lo dicen, y siempre le resulta inquietante.

—Ya. Sé a qué cuadro te refieres. Es de su tercera serie, «Segundos, minutos, horas, días».

—Exacto. —Caleb le sonríe—. ¿Sois muy amigos?

—Ya no —responde él, y, como siempre, le duele admitirlo—. Pero compartimos piso en la universidad. Hace años que lo conozco.

—Es una gran serie —comenta Caleb, y continúan hablando de la otra obra de JB, y de la de Richard, que Caleb también conoce, y de la de Henry Young el Asiático, y sobre la escasez de restaurantes japoneses decentes en Londres, y de la hermana de Caleb, que vive en Mónaco con su segundo marido y su extensa prole; de los padres de Caleb, que murieron tras una larga enfermedad cuando él tenía treinta y tantos años; de la casa de Bridgehampton que un compañero de derecho le ha dejado ese verano mientras él está en Los Ángeles. Y luego hablan de Rosen Pritchard, y del lío financiero que ha dejado el exdirector de Rothko, para que Jude se convenza de que Caleb no busca solo un amigo sino también un abogado, y empieza a pensar en cuál de sus colegas podría ocuparse del tema. Se dice que debería pasárselo a Evelyn, que es una de las socias jóvenes que el año pasado estuvo a punto de dejar el gabinete para trabajar precisamente para una empresa de moda en la que le ofrecieron un cargo fijo de asesora. Evelyn lo haría bien, es lista, le interesa la industria y conectarían bien.

Está pensando en eso cuando Caleb le pregunta de pronto:

—¿Estás soltero? —Y añade riendo—: ¿Por qué me miras así?

—Perdona —responde él, sorprendido pero también sonriente—. Sí, lo estoy. Es que... acabo de tener esta misma conversación con un amigo.

—¿Y qué dijo tu amigo?

—Dijo que... —Pero Jude se interrumpe, avergonzado y confuso ante el repentino giro que ha tomado la conversación—. Nada.

Caleb sonríe, casi como si él le hubiera contado la conversación, pero no insiste. Jude piensa entonces en cómo convertir esta velada en un relato para contárselo a Willem, sobre todo esta última parte. «Tú ganas», le dirá, y decide que si Willem intenta sacar de nuevo el tema, no eludirá las preguntas.

Jude paga y salen del restaurante; está lloviendo lo suficiente para que no haya taxis y las calles brillen.

—He venido en coche. ¿Puedo dejarte en algún sitio? —dice Caleb.

—¿No te importa?

—En absoluto.

Cuando llegan a Greene Street llueve tanto que ya no distinguen las formas a través de la ventanilla, solo destellos de luces rojas y amarillas, la ciudad reducida a bocinazos y al repiqueteo de la lluvia contra el techo, tan fuerte que ellos apenas se oyen. Se detienen; Jude está a punto de bajar del coche cuando Caleb le dice que espere, que tiene un paraguas y lo acompañará hasta la puerta. No le da tiempo a objetar, Caleb ya ha bajado, ha abierto el paraguas, los dos se apretujan debajo y entran en la portería; la puerta se cierra con un ruido sordo detrás de él, dejándolos en la oscuridad del vestíbulo.

—Vaya porquería de vestíbulo —comenta Caleb secamente, levantando la vista hacia las bombillas desnudas—, aunque tiene cierta elegancia de final de imperio. —Jude se echa a reír—. ¿Saben en Rosen Pritchard que vives en un lugar así? —le pregunta, pero antes de que Jude pueda responder, se inclina, lo besa con tanto ímpetu que le presiona la espalda contra la puerta y lo rodea con los brazos formando una jaula.

En ese momento Jude se queda en blanco y el mundo, su persona, se desvanecen. Ha transcurrido mucho tiempo desde la última vez que alguien lo besó, recuerda la sensación de impotencia que experimentaba y que el hermano Luke le decía que solo abriera la boca y se relajara, que no hiciera nada; y ahora eso es lo que hace —por inercia y por incapacidad de hacer nada más—, contando los segundos e intentado respirar mientras espera a que termine.

Al final Caleb retrocede y lo mira, y al cabo de un rato él le devuelve la mirada. Entonces Caleb lo hace de nuevo, pero esta vez le sostiene la cara con las manos, y a él le sobreviene la misma sensación que tenía de niño cuando lo besaban: la sensación de que su cuerpo no le pertenecía, que cada uno de sus gestos estaba predeterminado, reflejo tras reflejo tras reflejo, y no podía hacer más que sucumbir a lo que sucediera a continuación.

Caleb se detiene por segunda vez y retrocede de nuevo, lo mira y arquea las cejas como hizo en la cena en casa de Rhodes, esperando a que él diga algo.

—Creía que buscabas a un abogado —dice Jude por fin. Sus palabras son tan estúpidas que se ruboriza.

Pero Caleb no se ríe.

—No. —Se produce otro largo silencio que rompe Caleb—. ¿Vas a invitarme a subir?

—No lo sé —responde él, y de pronto echa de menos a Willem, aunque no es la clase de problema que él haya tenido que ayudarle a resolver; de hecho, Willem ni siquiera lo consideraría un problema. Jude se sabe imperturbable y cauto, y aunque la imperturbabilidad y la cautela no lo convierten en la persona más interesante, provocativa y brillante de cualquier reunión, hasta ahora lo han protegido, le han permitido llevar su vida de adulto libre de sordidez e inmundicia. Pero a veces se pregunta si se ha aislado tanto que ha descuidado una parte importante de sí mismo y quizá ahora esté preparado para estar con alguien. Tal vez ha pasado suficiente tiempo para que todo sea diferente. Tal vez él esté equivocado y Willem tenga razón cuando le dice que esa experiencia no le ha sido vetada para siempre. Tal vez sea menos repugnante de lo que se piensa. Tal vez sea realmente capaz de hacerlo. Tal vez no le harán daño, después de todo. En ese momento Caleb parece haberse materializado como un *yinn,* encarnando sus peores temores y sus mayores esperanzas, y ha irrumpido en su vida para ponerlo a prueba: por un lado está todo lo que él conoce, la rutina de una existencia tan regular y prosaica como el constante goteo de un grifo, donde está solo pero a salvo, protegido de todo lo que puede dañarlo. Por el otro están las olas, el tumulto, los temporales, la emoción, todo lo que él no puede controlar, lo que es en potencia horrible y extático, todo lo que ha intentado evitar durante su vida de adulto, todo aquello cuya ausencia le quita color a su vida. La criatura que habita en su interior titubea, sentada sobre sus patas traseras, dando zarpazos al aire como si a tientas buscara respuestas.

«No lo hagas, no te engañes, no importa lo que te repitas, sabes qué eres», le dice una voz.

«Arriésgate —le dice la otra—. Te sientes solo. Tienes que intentarlo.» Esa es la voz que él siempre ignora.

«Puede que esto no vuelva a suceder», añade la segunda voz.

«Acabará mal», le dice la primera, y de pronto las dos voces enmudecen y esperan a ver qué hace.

Él no sabe qué hacer, no sabe qué pasará. Tiene que averiguarlo. Lo que le ha enseñado la vida le dice que se marche; lo que anhela le dice que se quede. «Sé valiente —se dice—. Por una vez sé valiente.»

De modo que mira de nuevo a Caleb.

—Vamos —dice, y aunque está asustado, empieza a recorrer el largo y estrecho pasillo hacia el ascensor fingiendo que no lo está, y junto al roce de su pie derecho contra el cemento oye el golpeteo de los pasos de Caleb y las explosiones de lluvia rebotando de la escalera de incendios y el fuerte martilleo de su propio corazón inquieto.

Un año atrás empezó a trabajar en el caso de un gigante farmacéutico llamado Malgrave and Baskett cuya junta directiva había sido demandada por varios de sus accionistas por negligencia, incompetencia y descuido de sus deberes.

—Caramba —dijo Lucien con sarcasmo—. Me pregunto por qué lo han hecho.

—Lo sé —dijo él suspirando.

Malgrave and Baskett era un desastre y todo el mundo lo sabía. En los últimos años, antes de que los accionistas acudieran a Rosen Pritchard, la compañía había tenido que hacer frente a dos demandas interpuestas por sus empleados (una alegando que las instalaciones de una de sus fábricas eran anticuadas y peligrosas, y la otra acusándola de producir productos contaminados), había tenido que comparecer ante la justicia a causa de una elaborada trama de sobornos que afectaba a una cadena de residencias de ancianos y había sido denunciada por vender a pacientes de Alzheimer un fármaco que solo había sido aprobado para el tratamiento de la esquizofrenia.

Por eso, Jude se había pasado los últimos once meses entrevistando a cincuenta directivos y empleados antiguos y actuales de Malgrave and Baskett, y había redactado un informe en respuesta a las acusaciones. En su equipo tenía a quince abogados y una noche oyó a uno de ellos referirse a la compañía como Mala Praxis y Cabrón.

—Que no les oiga el cliente llamarlos así —les reprendió él.

Era tarde, las dos de la madrugada y Jude sabía que estaban cansados. Lucien les habría gritado, pero él no lo hizo, también estaba cansado. La semana anterior, otro de los socios que trabajaban en el caso, en esa ocasión una joven, se levantó, miró a su alrededor y se desmayó. Él llamó a una ambulancia y envió a los demás a casa con la condición de que al día siguiente fueran puntuales a las nueve; él se quedó una hora más y después se marchó.

—¿Dejó que se fueran a casa y usted se quedó? —le preguntó Lucien al día siguiente—. Se está volviendo blando, St. Francis. Menos mal que no actúa así cuando está en una sala del juzgado, si no, no iríamos a ninguna parte. Que no se entere la parte contraria de que se las está viendo con un pusilánime.

—¿Significa eso que la empresa no va a enviar unas flores a la pobre Emma Gersh?

—Ah, ya se las hemos enviado —respondió Lucien, que se levantó y salió de la oficina—. «Emma, que se recupere y vuelva pronto. Afectuosamente, su familia de Rosen Pritchard.»

Aunque Jude disfrutaba en los juicios, le encantaba discutir y hablar en una sala del juzgado —nunca se cansaba—, su objetivo en el caso de Malgrave and Baskett era que un juez sobreseyera la imputación antes de embarcarse en tediosos y agotadores años de investigación. Redactó la moción de desestimación de cargos y a principios de septiembre el juez del distrito sobreseyó la demanda.

—Estoy orgulloso de usted —le dice Lucien esa noche—. Los de Mala Praxis y Cabrón no tienen ni puta idea de la puta suerte que han tenido, los demandantes tenían todas las de ganar.

—Bueno, hay muchas cosas que los de Mala Praxis y Cabrón no saben.

—Es cierto. Pero supongo que cualquiera puede permitirse ser un auténtico cretino siempre que tenga el buen criterio de contratar al abogado adecuado. —Lucien se levantó—. ¿Va a salir este fin de semana?

—No.

—Bueno, relájese. Váyase de la ciudad. Salga a cenar. No tiene buen aspecto.

—¡Buenas noches, Lucien!

—Está bien, está bien. Buenas noches. Y enhorabuena, en serio. Esto es importante.

Él se queda en la oficina dos horas más, ordenando y tirando papeles, intentando eliminar los continuos desechos que genera. Después de triunfos como ese no experimenta una sensación de alivio ni de victoria; solo cansancio, pero un cansancio limpio, merecido, como si hubiera estado haciendo ejercicio físico todo el día. Once meses: entrevistas, búsqueda de información, más entrevistas, comprobación de datos, escribir, reescribir... y de pronto se acaba todo y a otro caso.

Por fin se va a casa. Está tan agotado que al llegar se sienta en el sofá y se despierta una hora después, desorientado y con la garganta seca. No ha visto ni ha hablado con la mayoría de sus amigos en los últimos meses, e incluso las conversaciones con Willem han sido más breves que de costumbre. Parte de ello cabe atribuirlo a Mala Praxis y Cabrón, y la frenética preparación que ha exigido; pero la otra parte se debe al estado de constante confusión en el que se encuentra con respecto a Caleb, sobre el que no le ha dicho nada a Willem. Ese fin de semana Caleb se ha ido a Bridgehampton, y él se alegra de estar solo.

Tres meses después, todavía no sabe qué siente hacia él. No está del todo seguro de gustarle siquiera. Mejor dicho, sabe que a Caleb le gusta hablar con él, pero a veces lo sorprende mirándolo con una expresión que raya en la repugnancia. «Eres muy guapo —le dijo una vez con voz perpleja, asiéndole la barbilla entre los dedos y volviéndole la cara hacia él—. Pero…» Y aunque no terminó la frase, él intuyó lo que Caleb quería decir. Pero algo va mal. Pero aun así me repeles. Pero no entiendo por qué no me gustas.

Sabe que Caleb no soporta su forma de andar. Cuando llevaban unas pocas semanas saliendo, él se levantó del sofá para ir a buscar una botella de vino, y al regresar vio que Caleb lo miraba con tanta atención que se puso nervioso. Sirvió el vino y bebieron.

—¿Sabes? Cuando te conocí estábamos sentados y no noté que cojeabas —le dijo Caleb entonces.

—Es verdad —respondió él, recordándose que no era algo de lo que tuviera que disculparse, él no había tendido una trampa a Caleb ni había intentado engañarlo. Respiró hondo y, tratando de adoptar un tono despreocupado y un poco intrigado, añadió—: ¿No habrías querido salir conmigo si lo hubieras notado?

—No lo sé —le contestó Caleb tras un silencio.

Hubiese querido desaparecer, cerrar los ojos y retroceder en el tiempo hasta el día en que conoció a Caleb. Entonces habría rechazado la invitación de Rhodes, habría seguido viviendo su discreta vida y no necesitaría nada más.

Pero si Caleb odia su cojera, aborrece aún más la silla de ruedas. El primer día que pasaron juntos, le enseñó el piso. Jude se sentía orgulloso de él, y todos los días daba gracias por tenerlo y le costaba creer que fuera suyo. Malcolm había conservado la habitación de Willem —así la llamaban—, pero la había ampliado y había añadido una oficina en el extremo norte, cerca del ascensor. Luego estaba el largo espacio abierto, donde había un piano, un salón que miraba al sur, y una mesa diseñada por Malcolm en el lado norte, el lado sin ventanas, detrás de la cual una librería cubría toda la pared hasta la cocina, de la que colgaban cuadros de sus amigos, y de amigos de sus amigos, junto a otros cuadros que había comprado con los años. El ala este del piso era suyo; el dormitorio, situado al norte, se comunicaba con el cuarto de baño a través del vestidor, ambos con ventanas que daban al este y al sur. Aunque casi siempre tenía las persianas bajadas, se podían abrir todas a la vez y el espacio se convertía en un rectángulo de luz pura; el velo entre él y el mundo exterior era hipnóticamente fino. A menudo tiene la sensación de que el piso es una farsa: da a entender que la persona que vive en él es abierta, vital y generosa en sus respuestas, cuando es evidente que él no es así. Lispenard Street, con los rincones en penumbra, las oscuras madrigueras y las paredes con tantas manos de pintura que formaban crestas y ampollas allí donde las polillas y los insectos habían quedado sepultados, era un reflejo mucho más exacto de quien era él.

Para recibir a Caleb, había dejado que el piso se llenara de la luz del sol, y él se quedó impresionado. Lo recorrieron despacio, y Caleb fue mirando los cuadros y preguntando por ellos —dónde los había comprado, quién los había pintado—, indicándole los que reconocía.

Estaban en el dormitorio, delante del cuadro que colgaba de la pared del fondo, de la serie «Segundos, minutos, horas, días», en el que se veía a Willem sentado en la silla de maquillaje, cuando Caleb le preguntó:

—¿De quién es esto?

Jude siguió su mirada.

—Mía —respondió tras una pausa.

—Pero ¿por qué? —le preguntó Caleb, confuso—. Puedes andar.

Jude no supo qué decir.

—A veces la necesito —respondió por fin—. Pocas. No la uso muy a menudo.

—Bueno, procura no hacerlo.

Jude se sorprendió. ¿Era una muestra de preocupación o una amenaza? Sin embargo, antes de que tuviera tiempo de decidir qué sentía o qué debía responder, Caleb se volvió y se dirigió al vestidor; él lo siguió y reanudaron el recorrido.

Al cabo de un mes, Jude quedó con Caleb, que también trabajaba hasta tarde, delante de la oficina de este, situada en el límite oeste del distrito de Meatpacking. Era principios de julio y Rothko se proponía presentar su línea de primavera en el plazo de ocho semanas. Ese día Jude había ido al trabajo en coche, pero no llovía, de modo que se bajó y se quedó sentado en la silla de ruedas bajo una farola hasta que vio salir a Caleb hablando con un hombre. Sabía que Caleb lo había visto —él lo había saludado con la mano y Caleb respondió con un movimiento casi imperceptible de la cabeza; ninguno de los dos era muy efusivo—, y esperó a que terminaran de hablar y el hombre se fuera.

—Hola —dijo cuando Caleb se acercó.

—¿Por qué vas en silla de ruedas?

Por un instante Jude se quedó mudo.

—Hoy la he necesitado —respondió por fin tartamudeando.

Caleb suspiró y se frotó los ojos.

—Creía que no la usabas.

—En realidad no —repuso él tan avergonzado que empezó a sudar—. Solo lo hago si es necesario.

Caleb asintió, pero siguió apretándose el puente de la nariz. No podía mirarlo.

—Mira, creo que es mejor que no vayamos a cenar —dijo por fin—. Tú no te encuentras bien y yo estoy cansado, necesito dormir.

—Está bien —respondió él, consternado—. Lo entiendo.

—Ya te llamaré —dijo Caleb al despedirse.

Jude vio cómo bajaba por la calle con su aire resuelto hasta que dobló la esquina. Entonces se subió al coche y dirigió a su casa; se hizo cortes hasta que sangró tanto que no podía agarrar bien la navaja.

Al día siguiente era viernes y no tuvo noticias de Caleb. Se acabó, pensó. Así estaba bien; a Caleb no le gustaba que fuera en silla de ruedas y a él tampoco. No podía molestarse con Caleb por no ser capaz de aceptar lo que él tampoco aceptaba.

Pero el sábado por la mañana, cuando subía de la piscina, Caleb llamó.

—Siento lo del jueves. Supongo que te parecerá cruel y extraña mi... aversión a tu silla de ruedas.

Jude se sentó en una silla del comedor.

—No me parece nada extraña.

—Ya te conté que mis padres estuvieron enfermos mucho tiempo —continuó Caleb—. Mi padre tenía esclerosis múltiple, y mi madre..., nadie sabía lo que tenía. Enfermó cuando yo estaba en la universidad y nunca se recuperó. Tenía dolores faciales, jaquecas; siempre se quejaba de sus molestias, y aunque no dudo de que fueran reales, lo que más me molestaba era que no quería curarse. Se rindió, y él también. Miraras por donde miraras, había signos de su rendición: primero muletas, luego andadores, después sillas de ruedas, motos y frascos de pastillas, pañuelos de papel y el perpetuo olor a cremas analgésicas, geles y qué sé yo.

Se interrumpió.

—Quiero seguir viéndote —dijo por fin—. Pero... pero no puedo estar cerca de los accesorios que usan los débiles y los enfermos. No puedo. Los aborrezco. Me incomodan. Hacen que me sienta... no deprimido sino furioso, es como si tuviera que luchar contra ellos. Pensé que podría soportarlo, pero no estoy seguro de que pueda. ¿Lo entiendes?

Él trago saliva, quería llorar. Sin embargo, lo entendía; de algún modo sentía lo mismo que Caleb.

—Sí, lo entiendo.

Así, aunque pareciera increíble habían continuado saliendo. Jude todavía se asombraba de la velocidad y la rigurosidad con que Caleb se había introducido en su vida. Parecía una historia salida de un cuento de hadas: una mujer que vivía en las lindes de un bosque oscuro oye que alguien llama a la puerta de su casa y abre. No ve a nadie y cierra enseguida la puerta, pero en esos segundos se han colado en su casa docenas de demonios y fantasmas, de los que ya nunca será capaz de deshacerse. A veces Jude lo vivía de ese modo. ¿Lo vivían así también los demás? No lo sabe; le da demasiado miedo preguntar. Se sorprende recordando antiguas conversaciones con gente que le hablaba de sus relaciones, mientras él trataba de medir la normalidad de la suya y buscaba pistas para saber cómo debería comportarse.

Y luego está el sexo, que es peor de lo que había imaginado; había olvidado lo doloroso, degradante y repulsivo que era, y lo mucho que le desagrada. No soporta las posturas que requiere, todas ellas humillantes porque lo dejan indefenso y débil; no soporta el sabor ni el olor. Pero sobre todo aborrece los sonidos: el sudoroso entrechocar de carne contra carne, los gruñidos de animal herido, las palabras que los acompañan, que quizá deberían excitarlo pero que solo puede tachar de soeces. Se da cuenta de que una parte de él pensaba que sería mejor de adulto, como si el paso de los años pudiera transformar la experiencia en algo maravilloso y agradable. En la universidad, a los veintitantos años, a los treinta, cuando oía a la gente hablar del sexo con tanto deleite y goce, él pensaba: «¿Eso te excita tanto? ¿En serio? No es así como yo lo recuerdo». Y, sin embargo, no puede ser que él tenga razón y todos los demás, millones de personas, estén equivocados. Es evidente que se le escapa algo, que hace algo mal.

La primera noche que subieron a su casa, sabía qué esperaba Caleb.

—Tenemos que ir despacio —le dijo—. Hace mucho que no lo hago.

Caleb lo miró en la oscuridad; él no había encendido la luz.

—¿Cuánto?

—Mucho —respondió.

Caleb tuvo paciencia durante un tiempo, pero luego dejó de tenerla. Una noche Caleb intentó desnudarlo y él le sujetó las manos.

—No puedo, Caleb. No quiero que me veas. —Necesitó armarse de todo su coraje para decírselo y estaba tan aterrado que tenía frío.

—¿Por qué? —le preguntó Caleb.

—Tengo cicatrices. En la espalda y en las piernas, y también en los brazos. Son feas, no quiero que las veas.

No sabía cómo reaccionaría Caleb. ¿Diría «Estoy seguro de que no es tan grave» y tendría que desnudarse, a pesar de todo? ¿O diría: «Deja que las vea», entonces él se quitaría la ropa, y al verlo Caleb se levantaría y se marcharía? Vio que Caleb titubeaba.

—No te gustarán —añadió—. Son repugnantes.

—Bueno, no necesito ver todo tu cuerpo. Solo las partes interesantes.

Esa noche él permaneció tumbado, medio vestido, esperando a que Caleb terminara, sintiéndose más humillado que si Caleb le hubiera exigido quitarse la ropa.

Y, sin embargo, no todo era horrible con Caleb. Le gusta su forma de hablar, lenta y reflexiva, cómo describe el trabajo de los diseñadores con los que colabora o ha colaborado, su comprensión del color y cómo aprecia el arte. Le gusta porque puede hablar de su trabajo —sobre Mala Praxis y Cabrón—, y el hecho de que Caleb no solo entienda los desafíos que le plantean los casos sino que los encuentre interesantes. Le gusta la atención con que lo escucha, y las preguntas que le hace. Le gusta que Caleb admire la obra de Willem, de Richard, de Malcolm, y que pueda explayarse hablando de ellos. Le gusta cómo, antes de irse, le coge la cara entre las manos y se la sostiene por un momento, es como una especie de bendición silenciosa. Le gusta su solidez, su fortaleza física; le gusta verlo moverse, lo a gusto que se siente con su cuerpo, en eso se parece a Willem. Le gusta que a veces extienda un brazo posesivo sobre su pecho mientras duerme. Le gusta despertarse a su lado. Le gusta que sea un poco extraño, la amenazante aura de peligro que lo rodea; es diferente de todas las personas que ha buscado a lo largo de su vida, personas que nunca le harían daño, que se distinguen por su amabilidad. Cuando está con Caleb se siente a la vez más humano y menos humano.

La primera vez que Caleb lo golpeó, una parte de él se sorprendió y la otra no. Eso fue a finales de julio, había ido a su casa a medianoche, al salir de la oficina. Ese día tuvo que utilizar la silla de ruedas —últimamente tenía problemas con los pies, apenas se los notaba y le daba la sensación de que se caería si intentaba caminar—, pero al llegar a la casa de Caleb, dejó la silla en el coche y caminó muy despacio hasta el portal, levantando cada pie de una forma muy rara para no caerse.

En cuanto entró en el piso, Jude supo que no debería haber ido; notó que Caleb estaba de un humor de perros y el ambiente estaba viciado, cargado de ira. Caleb había acabado instalándose en un edificio del Flower District, pero aún no lo había desembalado todo y se le veía tenso, nervioso y le rechinaban los dientes de tanto apretar las mandíbulas. Jude, que había comprado algo de comer, se acercó despacio a la cocina para dejarlo en la encimera, mientras hablaba animadamente para que Caleb no se fijara en su forma de andar e intentado mejorar su humor.

—¿Por qué caminas así? —le interrumpió Caleb.

Jude no soportaba admitir ante Caleb que tenía problemas; no se veía capaz de hacerlo una vez más.

—¿Camino extraño?

—Sí, como el monstruo de Frankenstein.

—Lo siento. —«Vete», dijo una voz en su interior—. No me había dado cuenta.

—Pues para. Es ridículo.

—Está bien —dijo en voz baja, y sirvió una ración de curry en un bol para Caleb—. Toma. —Pero al acercarse a él intentando andar con normalidad, se pisó el pie izquierdo con el derecho, tropezó, soltó el bol y el curry verde se desparramó por la moqueta.

Más tarde recordaría que Caleb no dijo nada, solo se volvió y lo pegó con el dorso de la mano, y que él cayó y se golpeó la cabeza con el suelo enmoquetado.

—Lárgate, Jude —oyó decir a Caleb, sin gritar siquiera, aun antes de recuperar la visión—. Largo. No puedo mirarte ahora.

Él se levantó y salió del piso con sus andares de monstruo, dejando que Caleb limpiara el desastre.

Al día siguiente tenía la cara llena de moretones y el ojo izquierdo adquirió tonos vistosos: violeta, ámbar y verde botella. Cuando al final de la semana acudió a su cita con Andy, tenía la mejilla del color del musgo, el ojo tan hinchado que no lo podía abrir y el párpado de un rojo vivo.

—Santo cielo, Jude —le dijo Andy al verlo—. ¿Qué coño te ha pasado?

—Tenis en silla de ruedas —dijo él, y, pese a que la mejilla le palpitaba de dolor, esbozó la sonrisa que había ensayado delante del espejo la noche anterior.

Había previsto hasta el último detalle: dónde se jugaban los partidos, con qué frecuencia, cuántos socios había en el club. Se había inventado una historia, se la había recitado a sí mismo y luego a la gente de la oficina, hasta que pareció real, incluso cómica: un derechazo de un contrincante; no giró lo bastante rápido y la pelota lo golpeó en la cara.

Se lo contó a Andy, que le escuchó meneando la cabeza.

—Bueno, me alegro de que hagas cosas nuevas. Pero, por Dios, Jude, ¿crees que es una buena idea?

—Tú siempre me dice que no camine —le recordó a Andy.

—Lo sé, lo sé. Pero ya tienes la piscina, ¿no es suficiente? De todos modos, deberías haber venido antes.

—Solo es un moretón.

—Es un moretón de órdago, joder. Hablo en serio, Jude.

—Bueno —dijo él intentando mostrarse preocupado y un punto desafiante—. Tengo que hablarte de mis pies.

—Dime.

—Es tan extraño. Los noto como encerrados en ataúdes de cemento. No siento dónde están…, no los controlo. Levanto una pierna y cuando la bajo sé por la posición de la pantorrilla que he apoyado el pie en el suelo, pero no siento el pie.

—Oh, Jude. Eso significa que tienes los nervios dañados. —Andy suspiró—. La buena noticia, aparte de que te has librado de eso hasta ahora, es que puede remitir. La mala es que no puedo decirte cuánto durará ni cuándo volverá. Y otra mala noticia es que lo único que podemos hacer, además de esperar, es probar un analgésico, que no querrás tomar. —Guardó silencio unos segundos—. Jude, sé que no te gustan sus efectos secundarios, pero la medicación de que disponemos hoy es mejor de la que había cuando tenías veinte años o incluso treinta. Merece la pena que probemos, deja al menos que te dé algo suave para la cara. ¿No te está matando ese dolor?

—No es para tanto —respondió, pero acabó aceptando la receta que al final de la visita Andy le dio.

—No camines —le dijo—. Y, por el amor de Dios, aléjate de las pistas de tenis. ¡Y no creas que vas a escaquearte de hablar de tus cortes! —le gritó cuando ya estaba en la puerta. Desde que había empezado a salir con Caleb se hacía cortes más a menudo.

De nuevo en Greene Street, aparcó en el corto camino que había frente al garaje del edificio. Estaba introduciendo la llave en la puerta cuando oyó que alguien lo llamaba y al darse la vuelta vio a Caleb bajándose del coche. Jude iba en silla de ruedas y trató de entrar rápidamente, pero Caleb se le adelantó y agarró la puerta antes de que se cerrara. Los dos se quedaron en el vestíbulo solos.

—No deberías estar aquí —le dijo Jude sin mirarlo.

—Escucha, Jude. Lo siento mucho, de verdad. Solo estaba…, tuve un día horrible en el trabajo. Es una mierda…, entro más temprano por las mañanas y va todo tan mal que no encuentro el momento de salir de allí…, y lo pagaste tú. Lo siento mucho. —Se agachó a su lado—. Jude, mírame. —Suspiró—. Lo siento mucho. —Le cogió la cara entre las manos y la volvió hacia él—. Tu pobre cara —murmuró.

Todavía no puede entender por qué dejó que Caleb subiera esa noche. Tiene que reconocer que cree que había algo inevitable, incluso cierto alivio, en el hecho de que Caleb lo golpeara; desde el principio había esperado alguna clase de castigo a su arrogancia por pensar que podía tener lo que todo el mundo tiene, y por fin llegó. «Esto es lo que te mereces —decía la voz en su interior—. Esto es lo que te corresponde por fingir ser quien no eres, por creer que eres tan bueno como los demás.» Recuerda lo aterrado que estaba JB de Jackson, y lo bien que él, Jude, había entendido ese miedo; había comprendido que cualquiera podía verse atrapado por otro ser humano y lo que parecía tan fácil —alejarse de él— a veces resultaba muy difícil. Piensa en Caleb como en otro tiempo pensó en el hermano Luke: confió en él, depositó en él todas las esperanzas, creyó que lo salvaría. Pero ni siquiera cuando se hizo evidente que nunca lo haría, ni siquiera cuando perdió la esperanza, fue capaz de romper con él e irse. Ve en su relación con Caleb cierta simetría dotada de sentido: el dañado y el que hace daño, el montón de escombros que se desliza y el chacal que lo olisquea. No hay más testigos de su relación que ellos dos; no ha conocido a nadie del entorno de Caleb y él tampoco le ha presentado a nadie. Los dos saben que hay algo vergonzoso en lo que están haciendo. Les une su mutuo asco y su malestar: Caleb tolera su cuerpo y él tolera la aversión de Caleb.

Jude siempre ha sabido que si quería estar con alguien tendría que haber un intercambio. Y sabe que Caleb es lo mejor que podrá conseguir nunca. Al menos no está contrahecho ni es un sádico. Nada de lo que le hace es nuevo para él, se recuerda una y otra vez.

Un fin de semana de finales de septiembre, Jude va en coche a la casa de Bridgehampton del amigo de Caleb, donde este se ha instalado hasta principios de septiembre. La presentación de Rothko fue un éxito, y Caleb estaba más relajado, incluso afectuoso. Solo le golpeó una vez más, le dio un puñetazo en el esternón que lo tumbó al suelo, pero se disculpó de inmediato. Eso es todo. Caleb se queda a dormir los miércoles y los jueves en Greene Street y los viernes se va a la playa. Él va a la oficina temprano y sale tarde. Después de su triunfo en Mala Praxis y Cabrón, Jude pensó que se tomaría un descanso, aunque solo fueran unos días, pero no lo ha hecho; ahora trabaja para un nuevo cliente, una compañía de inversión que está siendo investigada por fraude bursátil, y se siente culpable incluso por no trabajar un sábado.

Culpabilidad aparte, ese sábado es perfecto, y pasan la mayor parte del día en el jardín, trabajando cada uno en lo suyo. Por la noche Caleb prepara bistecs a la parrilla. Mientras los vigila canturrea, y Jude deja de trabajar para escucharlo; sabe que los dos están felices y que por un momento la ambivalencia de lo que siente cada uno por el otro se convierte en algo pasajero y tan ingrávido como el polvo. Esa noche se acuestan temprano, Caleb no le obliga a hacer nada y Jude duerme profundamente, como no lo hacía en semanas.

A la mañana siguiente, incluso antes de despertarse del todo sabe que ha regresado el dolor del pie. Le desapareció por completo y de forma inesperada dos semanas atrás, pero ahora ha vuelto, le duele mucho al levantarse: es como si las piernas terminaran en los tobillos, siente los pies a la vez inanimados e intensamente doloridos. Al caminar tiene que mirárselos, necesita confirmación visual de que está levantando uno y de que lo vuelve a apoyar antes de hacer lo mismo con el otro.

Da diez pasos, pero cada uno le exige un esfuerzo mayor que el anterior, le cuesta tanto moverse, requiere tanta energía mental, que siente náuseas y se sienta de nuevo en el borde de la cama. «No dejes que Caleb te vea así», se advierte, antes de recordar que este ha salido a correr, como todas las mañanas. Está solo en la casa.

Dispone de algo de tiempo. Se arrastra sobre las piernas hasta el cuarto de baño y se mete en la ducha. Piensa que la silla de ruedas está en el coche. Caleb no pondrá objeciones a que la vaya a buscar, sobre todo si muestra un aspecto saludable y su dolor es solo un contratiempo, un inconveniente puntual. Tiene previsto regresar de nuevo a la ciudad temprano la mañana siguiente, pero podría irse antes si lo necesita, aunque preferiría no hacerlo; el día anterior fue tan agradable… Tal vez este también lo sea.

Está vestido y esperando en el sofá de la sala de estar fingiendo que lee un informe, cuando Caleb regresa. No sabe decir si está de buen humor, pero por lo general después de correr se muestra amable, incluso indulgente.

—He troceado los bistecs que sobraron. ¿Quieres que te fría los huevos?

—No, puedo hacerlo yo —dice Caleb.

—¿Qué tal el footing?

—Genial.

—Escucha, Caleb —dice, intentando mantener un tono despreocupado—, he tenido problemas con el pie, solo un efecto secundario de los nervios dañados que va y viene, pero me cueste andar. ¿Te importa que vaya a buscar la silla de ruedas a mi coche?

Caleb tarda un minuto en responder, está bebiendo agua.

—Aún puedes andar, ¿verdad?

Jude se obliga a mirarlo.

—Bueno, técnicamente sí, pero…

—Jude, sé que tu médico lo desaprueba, pero debo decirte que hay algo… de debilidad en tu forma de optar siempre por la solución más fácil. Creo que tienes que aguantar más. Eso mismo les pasaba a mis padres, sucumbían a la menor punzada de dolor.

Creo que deberías ser más fuerte. Si puedes andar, debes hacerlo. No debes consentirte sino superarte.

—Está bien, lo entiendo. —Jude se siente avergonzado, como si hubiera pedido algo ilícito y sucio.

—Voy a ducharme —dice Caleb después de un silencio, y se va.

Durante el resto del día Jude procura no moverse, y Caleb, como si no quisiera buscar motivos de enfado, no le pide que haga nada. Caleb prepara la comida, que toman en el sofá, y luego cada uno trabaja en su ordenador. La cocina y el salón son un único espacio amplio e iluminado por el sol, que penetra por los ventanales que dan a una explanada de césped con la playa de fondo. Cuando Caleb está de espaldas preparando la cena, él aprovecha para acercarse como un gusano al cuarto de baño del pasillo. Quiere ir a su dormitorio a por más aspirinas, pero está demasiado lejos; espera de rodillas a que Caleb se vuelva de nuevo hacia el fogón para regresar arrastrándose al sofá, donde ha pasado todo el día.

—A cenar —anuncia Caleb, y él respira hondo y se levanta. Sus pies son dos pesados y toscos bloques de hormigón, y, mirándolos, empieza a avanzar hacia la mesa.

Le parece que tarda horas en llegar a su silla. En un momento dado levanta la vista y ve que Caleb está observándolo con expresión de odio.

—Date prisa —le dice.

Comen en silencio. Él apenas puede soportarlo. El roce del cuchillo contra el plato es insoportable. El crujido de Caleb al morder, con fuerza innecesaria, una judía verde: insoportable. La textura de la comida en la boca, todo convertido en una bestia carnosa y sin nombre: insoportable.

—Caleb —empieza a decir, en un hilo de voz, pero Caleb no

responde, aparta la silla para ponerse de pie y se acerca al fregadero.

—Tráeme tu plato —le dice, y luego lo observa.

Jude se pone de pie, despacio, y empieza a caminar hacia el fregadero, mirando cómo desciende el pie antes de dar un nuevo paso.

Más tarde se pregunta si él forzó el momento, si podría haber
dado los veinte pasos sin caerse si se hubiera concentrado más.
Pero no es lo que ocurre. Mueve el pie derecho medio segundo
antes de que el izquierdo aterrice y se cae, y el plato se estrella
contra el suelo y se hace añicos. Y ahí está Caleb, moviéndose deprisa como si lo esperara, agarrándolo del pelo y golpeándole la
cara con el puño, tan fuerte que lo lanza por el aire, y cuando
aterriza choca contra la mesa con tanta fuerza que se golpea la
base del cráneo con el borde. Con la caída la botella de vino se
vuelca y el líquido se derrama por el suelo; Caleb suelta un gruñido, agarra la botella por el cuello y le golpea con ella en la nuca.

—Por favor, Caleb —dice él jadeando—, por favor. —Nunca
ha pedido clemencia, ni siquiera de niño, pero de algún modo se ha
convertido en una persona que sí lo hace. Cuando era niño, su vida
significaba poco para él; ahora lamenta que no siga siendo así—.
Por favor, Caleb. Por favor, perdóname. Lo siento, lo siento.

Pero sabe que Caleb ha dejado de ser humano. Es un lobo, un
coyote. Es todo músculo e ira. Y él no significa nada para Caleb,
él es una presa, algo desechable. Caleb lo arrastra hasta el sofá, y él
sabe qué pasará a continuación. Aun así continúa suplicando de
todos.

—Por favor, Caleb. Por favor, no lo hagas. Caleb, por favor.

Cuando recupera el conocimiento, está tumbado en el suelo
cerca del respaldo del sofá y la casa está silenciosa.

—¿Hola? —grita, odia el temblor de su voz y nadie responde. Sabe que está solo.

Se sienta. Se sube la ropa interior y los pantalones, luego flexiona los dedos, las manos, dobla las rodillas contra el pecho y las estira, mueve los hombros hacia delante y hacia atrás, gira el cuello a izquierda y derecha. Siente algo pegajoso en la nuca, y al examinarlo ve aliviado que no es sangre sino vino. Aunque le duele todo el cuerpo, no se ha roto nada.

Se arrastra hasta el dormitorio. Se lava rápidamente en el cuarto de baño, recoge sus cosas y las mete en la bolsa. Se arrastra hasta la puerta. Por un instante teme que haya desaparecido el coche y quedarse allí tirado, pero no, su coche está esperándolo, aparcado junto al de Caleb. Mira el reloj: es medianoche.

Cruza el césped a rastras, avanzando con las manos y las rodillas, y con la bolsa colgada del dolorido hombro; los doscientos pies que hay de la puerta al coche se transforman en millas. Está tan cansado que quiere parar, pero sabe que no debe hacerlo.

Sube al coche y no se mira en el espejo; pone el motor en marcha para alejarse cuanto antes de allí. Al rato, cuando sabe que se encuentra lo bastante lejos de la casa, se pone a temblar tan fuerte que el coche se balancea, se detiene a un lado de la carretera, apoya la frente en el volante y espera a que se le pase.

Espera diez minutos, veinte. Luego se vuelve en busca del móvil que está en la bolsa. Marca el número de Willem y espera.

—¡Jude! —contesta Willem; parece sorprendido—. Estaba a punto de llamarte.

—Hola, Willem —dice él, y confía en que su voz suene normal—. Debo de haberte leído el pensamiento.

—¿Estás bien? —le pregunta Willem tras unos minutos.

—Sí, claro.

—Te noto raro.

«Willem, necesito que vengas», quiere decir. En cambio responde:

—Lo siento. Solo me duele la cabeza.

Hablan un poco más y cuando está a punto de colgar, Willem le pregunta:

—¿Estás seguro de que estás bien?

—Sí, estoy bien.

—De acuerdo. —Y luego—: Cinco semanas más.

—Cinco más. —Desea tan intensamente estar con él que apenas puede respirar.

Después de colgar, Jude espera otros diez minutos hasta que por fin deja de temblar, entonces pone en marcha el coche y sigue el trayecto a casa.

Al día siguiente se obliga a mirarse en el espejo del cuarto de baño y casi grita de la impresión, la vergüenza y la desdicha. Está tan desfigurado, tan horriblemente monstruoso que incluso para él es extraordinario. Se pone su traje favorito para estar lo más presentable posible. Caleb lo ha golpeado en el costado, y cada movimiento, cada respiración, resulta dolorosa que el anterior. Antes de salir de casa pide hora en el dentista porque uno de los dientes se le mueve y queda con Andy a última hora de la tarde.

Se va a trabajar.

—Hoy no traes tu mejor cara, St. Francis —dice uno de los socios antiguos, que le cae muy bien, en la reunión matinal de la junta directiva, y todos se ríen.

Él sonríe forzado.

—Me temo que tienes razón. Y no dudo que os decepcionará

saber que mis días de campeón de tenis paralímpico en potencia, por desgracia, han terminado.

—Bueno, pues yo no lo lamento —replica Lucien mientras todos los demás gimen con fingida decepción—. Ya descarga suficiente agresividad en el juzgado. Creo que en adelante debería ser el único deporte de lucha que practique.

Esa noche en la consulta, Andy suelta una imprecación.

—¿Qué voy a decir del tenis, Jude?

—Lo sé. Pero se acabó, Andy. Lo prometo.

—¿Qué es esto? —pregunta Andy, colocándole los dedos en la nuca.

Él suspira teatralmente.

—Me volví y hubo un incidente con un feo revés. —Espera a que Andy diga algo pero este guarda silencio mientras le aplica una crema antibiótica en el cuello y se lo venda.

Al día siguiente Andy lo llama a la oficina.

—Necesito hablar contigo. Es importante. ¿Podemos vernos?

Él se alarma.

—¿Ocurre algo? ¿Estás bien, Andy?

—Sí, solo es que necesito verte.

Jude decide tomarse un descanso y quedan en un bar cerca de su oficina, cuya clientela habitual son los banqueros japoneses que trabajan en el edificio contiguo al de Rosen Pritchard. Andy ya está allí cuando él llega, y le pone con suavidad una palma en el lado de la cara que no está dañado.

—Te he pedido una cerveza.

Beben en silencio.

—Jude, ¿te estás autolesionando?, quería verte la cara cuando te lo preguntara.

—¿Cómo dices?

—Esos accidentes jugando al tenis, ¿qué son? ¿Te tiras por las escaleras, o lanzas contra las paredes o algo así? —Andy respira hondo—. Sé que lo hacías de niño. ¿Has vuelto a las andadas?

—No, Andy. No, no me autolesiono. Te lo juro. Te lo juro… por Harold y Julia. Te lo juro por Willem.

—De acuerdo. —Andy exhala—. Es un alivio. Quiero decir que es un alivio saber que solo eres un estúpido y no sigues las instrucciones de tu médico, lo que por otra parte no es nada nuevo. Y que, por lo visto, eres un pésimo jugador de tenis. —Sonríe y él se obliga a devolverle la sonrisa.

Andy pide otra cerveza y durante un rato guardan silencio.

—¿Sabes, Jude? Llevo muchos años preguntándome qué hacer contigo. No, no digas nada. Deja que acabe. Por las noches me quedo despierto preguntándome si hago lo correcto contigo. He estado tantas veces a punto de ingresarte, de llamar a Harold o a Willem para citarlos y decirles que te he llevado al hospital. He hablado de ti, de un paciente con quien estoy muy unido, con colegas psiquiatras y les he preguntado qué harían en mi lugar. He escuchado sus consejos. También he escuchado los consejos de mi psiquiatra. Ninguno de ellos me ha dicho qué debo hacer.

»Esta incertidumbre me ha atormentado, pero me ha consolado pensar que estás funcionando muy bien en muchos aspectos, que has conseguido un extraño pero innegable exitoso equilibrio y que yo no debía trastocarlo. De modo que he dejado que sigas haciéndote cortes, pero cada vez que te veo me pregunto si estoy haciendo lo correcto, y si no debería presionarte para que pidas ayuda, para obligarte a dejar de hacerlo.

—Lo siento, Andy —susurra él.

—No, Jude. La culpa no es tuya. Tú eres el paciente. Se supone que soy yo quien debe decidir qué es lo mejor para ti, y… no sé si lo he hecho. Cuando viniste con contusiones, lo primero que pensé fue que había cometido un error. —Andy lo mira, y él se sorprende una vez más al ver que se seca enseguida los ojos—. Todos estos años —añade al cabo de un rato, y los dos guardan silencio.

—Andy —dice Jude. A él también le entran ganas de llorar—. Te juro que no estoy haciendo nada más. Solo los cortes.

—¡Solo los cortes! —repite Andy, y suelta una extraña risotada—. Bueno, supongo que, dadas las circunstancias, debo estar agradecido. Solo los cortes. ¿Sabes lo jodido que es que me sienta aliviado al oírte decir eso?

—Lo sé.

El martes da paso al miércoles, y luego al jueves; un día tiene la cara peor, el siguiente mejor, y al otro, de nuevo peor. Le preocupa que Caleb lo llame o, peor aún, que se presente en su apartamento, pero pasan los días y no lo hace; tal vez se ha quedado en Bridgehampton. O lo ha atropellado un coche. Descubre extrañado que no siente nada: ni miedo ni odio, nada. Lo peor ha pasado y ahora es libre. Ha tenido una relación y ha sido horrible; nunca volverá a embarcarse en otra, se ha demostrado que no está capacitado para ello. El tiempo que ha pasado con Caleb le ha confirmado todos sus temores sobre lo que la gente piensa de él, sobre su cuerpo; su próxima tarea es aprender a aceptarlo y hacerlo sin dolor. Sabe que seguirá sintiéndose solo en el futuro, pero ahora tiene algo que responder a esa soledad; ahora sabe con certeza que la soledad es preferible al terror, la vergüenza, la repugnancia, la consternación, el vértigo, la excitación, el anhelo, el odio que sentía por Caleb.

Ese viernes ve a Harold, que está en la ciudad para asistir a una conferencia en Columbia. Él le ha escrito para advertirlo de las contusiones, pero eso no impide que Harold reaccione con exclamaciones y aspavientos al verlo, y le pregunte una docena de veces si está bien.

Han quedado en uno de los restaurantes favoritos de Harold, donde los bistecs proceden de vacas criadas por el dueño en una granja del norte del estado, y las hortalizas han sido cultivadas en la azotea del edificio donde está ubicado. Van por los entrantes —él tiene cuidado de masticar con el lado derecho, para evitar el contacto entre su nuevo diente y la comida— cuando advierte que alguien se ha detenido junto a su mesa. Levanta la vista del plato y ve a Caleb. Aunque se ha convencido a sí mismo de que no siente nada por él, se queda absolutamente aterrado al instante.

Nunca había visto a Caleb borracho, pero enseguida se da cuenta de que ha bebido más de la cuenta y está de un humor de perros.

—Tu secretaria me ha dicho que estabas aquí —le dice—. Tú debes de ser Harold. —Y le tiende una mano a Harold, que se la estrecha, desconcertado.

—¿Jude? —le pregunta Harold, pero él no puede hablar.

—Caleb Porter —se presenta Caleb, y se sienta en el reservado semicircular, pegándose contra él—. Tu hijo y yo estamos saliendo.

Harold mira a Caleb, luego lo mira a él y abre la boca sin saber qué decir por primera vez desde que Jude lo conoce.

—Deja que te pregunte algo —le dice Caleb a Harold, inclinándose como si fuera a hacer una confidencia, y Jude observa con detenimiento su rostro, su belleza de buitre, sus brillantes ojos oscuros—. ¿Alguna vez has deseado que tu hijo sea una persona normal y no un tullido?

Por un momento Harold guarda silencio y Jude nota una corriente crepitando en el aire.

—¿Quién coño eres? —le sisea Harold, y Jude ve cómo cambia de cara. Su expresión se altera rápida y violentamente, pasando del shock a la repugnancia y luego a la cólera, por un momento se vuelve inhumano, un espíritu maligno vestido con la ropa de Harold. Después la expresión se transforma de nuevo y Jude ve cómo algo se endurece de nuevo en su rostro, como si los músculos se le anquilosaran.

—Tú le has hecho esto —le dice a Caleb muy despacio, y volviéndose hacia él añade consternado—: No fue jugando al tenis, ¿verdad, Jude? Te lo hizo este hombre.

—No, Harold —empieza a decir él, pero Caleb le ha agarrado la muñeca, y se la sujeta con tanta fuerza que podría rompérsela.

—Pequeño embustero. Eres un tullido y un mentiroso, y follas de pena. Y tenías razón, eres repugnante. Ni siquiera podía mirarte.

—Lárgate de aquí —le dice Harold subrayando cada palabra. Hablan en voz baja, pero parece que estén gritando. Los demás clientes del restaurante están tan callados que Jude está seguro de que lo oyen todo.

—Basta, Harold. Por favor.

Pero Harold no le hace caso.

—Voy a llamar a la policía.

Caleb se desliza por el asiento del reservado hasta que se levanta, Harold también.

—Largo de aquí —repite. Todo los miran y Jude se siente tan avergonzado que se marea.

—Harold —le suplica.

Caleb está tan borracho que se tambalea. Aun así, empuja a Harold en el hombro y este está a punto de devolverle el empujón cuando Jude recupera el habla y grita el nombre de Harold, que se vuelve hacia él y baja el brazo. Caleb le dedica una leve sonrisa antes de darse la vuelta e irse abriéndose paso entre los camareros que se han apiñado en silencio a su alrededor.

Harold se queda un momento de pie, mirando la puerta, luego empieza a seguir a Caleb, pero Jude lo llama desesperado y Harold regresa a su lado.

—Jude —empieza a decir, pero él menea la cabeza. Está tan enfadado, tan furioso, que la humillación casi ha desbancado la rabia. El barullo se reanuda y él llama al camarero y le da su tarjeta de crédito, se la devuelve en lo que le parecen segundos. Ha dejado en casa la silla de ruedas, lo que agradece enorme y amargamente, y al salir del restaurante nota que nunca se ha sentido tan aturdido y también que nunca se ha movido tan deprisa ni con tanta decisión.

Está diluviando. Él ha aparcado el coche a una manzana de distancia y echa a andar por la acera arrastrando los pies, Harold camina a su lado. Está tan lívido que le gustaría no tener que acompañar a Harold, pero están cerca de la Avenida A, y sabe que no encontrará un taxi con ese aguacero.

—Jude… —dice Harold dentro del coche, pero él lo interrumpe, mantiene la mirada clavada en la calzada.

—Te he suplicado que te callaras, Harold. Y has seguido hablando. ¿Por qué? ¿Crees que mi vida es un chiste? ¿Que mis problemas son una oportunidad para pavonearte? —Ni siquiera sabe qué quiere decir, no sabe qué está tratando de decir.

—No, Jude, por supuesto que no —responde Harold con voz suave—. Lo siento…, he perdido los estribos.

Eso lo calma, durante un rato guardan silencio. Solo se oye el ruido de los limpiaparabrisas.

—¿Has estado saliendo con él? —le pregunta Harold.

Él asiente con la cabeza una sola vez, con rigidez.

—Pero ya no —le dice Harold y ve que él hace un gesto de desaprobación—. Bien —murmura. Y luego, en voz muy baja, añade—: ¿Fue él quien te golpeó?

Él tiene que esperar para controlarse antes de responder.

—Solo lo hizo un par de veces.

—Oh, Jude —exclama Harold, con una voz que él nunca le ha oído—. Deja que te pregunte algo —añade mientras bajan por la calle Quince, más allá de la Sexta Avenida—. Jude…, ¿por qué has salido con alguien que te trataba así?

Él permanece callado mientras recorren una manzana más, intentando pensar qué responder, cómo articular los motivos de un modo que Harold los entienda.

—Me sentía solo —dice por fin.

—Eso lo comprendo, Jude. Pero ¿por qué él?

—Harold, cuando eres como yo tienes que conformarte con lo que te llega —responde él, y se da cuenta de lo horrible que suena.

Guardan silencio de nuevo.

—Para el coche —le dice Harold al cabo de unos minutos.

—No puedo. Tengo coches detrás.

—Para ese maldito coche, Jude —repite Harold, y como no lo hace agarra él mismo el volante y lo gira con fuerza hacia un espacio vacío que hay delante de una boca de incendios. El coche de detrás los adelanta tocando la bocina.

—¡Por Dios, Harold! —grita él—. ¿Qué haces? ¡Casi tenemos un accidente!

—Escúchame, Jude —le dice Harold despacio alargando una mano hacia él, pero Jude se aparta y se apretuja contra la ventanilla—. Eres la persona más hermosa que he conocido en mi vida.

—Basta, Harold —dice él—. Por favor, basta.

—Mírame, Jude —dice Harold, pero él no puede—. Hablo en serio. Me rompe el corazón que no lo veas.

—Harold, por favor —dice él casi gimiendo—. Te lo ruego. Si de verdad me aprecias, déjalo ya.

—Jude —dice Harold alargando de nuevo una mano hacia él.

Él se encoge y levanta las manos para protegerse. Con el rabillo del ojo ve que Harold baja despacio la mano.

Finalmente vuelve a agarrar el volante, pero las manos le tiemblan demasiado para seguir conduciendo, las desliza debajo de los muslos y espera.

—Oh, Dios —se oye decir a sí mismo—. Oh, Dios.

—Jude.

—Déjame en paz, Harold —dice él, pero los dientes le castañetean y le cuesta hablar—. Por favor.

Se quedan allí sentados en silencio unos minutos más. Él se concentra en el ruido de la lluvia, en el semáforo que cambia del rojo al verde y al naranja y en su respiración. Al final cesa el temblor, entonces enciende el motor y se dirige al oeste y luego al norte hasta el piso de Harold.

—Quédate conmigo esta noche —le ofrece Harold volviéndose, pero él niega con la cabeza sin mirarlo—. Al menos sube a tomar una taza de té y espera a encontrarte un poco mejor. Él vuelve a negar con la cabeza—. Siento mucho todo lo ocurrido, Jude.

Él asiente, pero no puede hablar.

—¿Me prometes que me llamarás si necesitas algo? —insiste Harold, y él asiente de nuevo. Entonces Harold levanta la mano, muy despacio, como si él fuera un animal salvaje, y le acaricia la nuca dos veces antes de bajarse del coche y cerrar la portezuela con suavidad.

Toma la West Side Highway hasta su casa. Se siente muy dolorido y debilitado, pero ahora su humillación es completa. Cree que ya ha sido suficientemente castigado, incluso tratándose de él. Irá a casa, se hará cortes y empezará a olvidar esa noche en particular, pero también los últimos cuatro meses.

Al llegar a Greene Street aparca en el garaje y sube en el ascensor agarrándose a la tela metálica de la puerta; está tan cansado que se caería a plomo si no se sujetara. Richard estará todo el otoño en Roma, de modo que en el edificio reina un silencio sepulcral.

Entra en su piso a oscuras y está buscando a tientas el interruptor de la luz cuando algo lo golpea con fuerza el lado hinchado de la cara y nota que su nuevo diente sale disparado.

Es Caleb, por supuesto, lo oye y le huele el aliento antes de que le dé al interruptor y el piso quede deslumbrantemente iluminado, más brillante que el día. Aun borracho tiene un aspecto sereno, con la rabia se le ha pasado parte de la borrachera y tiene una mirada fija y penetrante. Agarra a Jude por el pelo y le golpea el lado derecho de la cara, el bueno, y él inclina la cabeza hacia atrás en respuesta.

Caleb, que no ha dicho una palabra, lo arrastra hasta el sofá, solo se oye su respiración acompasada y los esfuerzos frenéticos de Jude por tragar la saliva. Le empuja la cara contra los cojines y le sujeta la cabeza con una mano mientras con la otra le arranca la ropa. A él le entra el pánico y forcejea, pero Caleb lo paraliza sujetándole el brazo en la nuca; incapaz de moverse, su cuerpo queda expuesto al aire, la espalda, los brazos, la parte posterior de las piernas, y cuando ha sido despojado de toda la ropa, Caleb lo levanta de nuevo y lo aparta de un empujón, él aterriza de espaldas en el suelo.

—Levántate —le ordena Caleb—. Ahora mismo.

Jude se levanta. Le sale algo de la nariz, sangre o mucosidad, y le cuesta respirar. Se queda de pie; nunca se ha sentido más desnudo, más expuesto, en toda su vida. Cuando era niño y le pasaban cosas, solía abandonar su cuerpo e irse a otra parte. Fingía que era algo inanimado, una barra de cortina, un ventilador de techo, un testigo desapasionado e insensible de la escena que tenía lugar debajo de él. Se observaba a sí mismo y no sentía nada: ni compasión, ni cólera, nada. Sin embargo, por más que ahora lo intenta, no lo consigue. Está en ese piso, su piso, desnudo ante un hombre que lo aborrece, y sabe que es el comienzo, no el fin, de una larga noche, y que no pude hacer más que aguantar y esperar a que acabe. No será capaz de controlar esa noche, no podrá detenerla.

—Dios mío —dice Caleb, después de contemplarlo durante

largos minutos; es la primera vez que alguien lo ve desnudo por completo—. Eres realmente deforme.

Esa declaración hace que los dos vuelvan en sí, y él se sorprende llorando por primera vez en décadas.

—Por favor, Caleb. Lo siento.

Pero Caleb ya lo ha agarrado por la nuca y lo está conduciendo medio a rastras a la puerta principal. Lo mete en el ascensor y bajan, luego lo empuja para que salga y le obliga a recorrer el pasillo hasta el vestíbulo. A esas alturas las súplicas de Jude son histéricas, le pregunta una y otra vez qué se propone, qué piensa hacer con él. En la puerta de la calle Caleb lo levanta del suelo y por un momento le encaja la cara en el pequeño ventanuco con el cristal sucio que da a Greene Street. Luego Caleb abre la puerta y lo empuja hacia la calle, desnudo.

—¡No! —grita él—. ¡Caleb, por favor!

Se encuentra dividido entre la esperanza demencial y el miedo desesperado a que pase alguien. Pero está diluviando y no hay nadie en la calle. La lluvia le cae con fuerza en la cara.

—Anda, suplícame —le dice Caleb alzando la voz por encima de la lluvia—. Suplícame que me quede. Discúlpate. —Y él lo hace, una y otra vez, con la boca llena de su propia sangre y de sus propias lágrimas.

Al final Caleb lo deja entrar y lo arrastra de nuevo hasta el ascensor, y él se disculpa, se disculpa una y otra vez diciendo las cosas que Caleb le obliga a repetir: «Soy repugnante. Soy asqueroso. No valgo nada. Perdóname. Perdóname».

Una vez en el piso, Caleb le suelta el cuello y él se cae, las piernas ya no lo sostienen. Caleb le da una patada tan fuerte en el estómago que vomita, luego lo patea en la espalda, y él se desliza sobre los bonitos y limpios suelos de Malcolm y sobre el vómito. Su bonito piso, piensa, donde siempre se ha sentido seguro. Esto está sucediendo en su bonito piso, rodeado de las cosas bonitas que le han regalado en señal de amistad o que ha comprado con el dinero que ha ganado con su trabajo. Su bonito piso con sus puertas que se cierran con llave, donde se suponía protegido de ascensores estropeados y de la degradación de tener que subir las escaleras a pulso, donde siempre se sentiría humano y entero.

Y de pronto lo levanta de nuevo y lo empuja, pero es difícil ver dónde lo lleva; tiene un ojo cerrado a causa de la hinchazón y con el otro ve borroso, la visión le viene y le va.

Pronto se percata de que Caleb lo lleva a la puerta de la escalera de incendios. Es el único elemento del viejo loft que Malcolm optó por conservar, en parte porque se vio obligado a hacerlo, pero también porque le gustaba lo rotundamente práctica y fea que era. Caleb descorre el cerrojo y él se encuentra de pie en lo alto de los oscuros y empinados escalones. «Tiene todo el aspecto de descender al infierno», recuerda que dijo Richard al enseñarle la escalera. Él está empapado de vómito y nota que una sustancia, no sabe qué, desciende por todo su cuerpo, cara, cuello, muslos.

Está gimiendo de dolor y de miedo, aferrado al marco de la puerta, cuando Caleb toma impulso y le da una patada en la espalda, y él se ve arrojado a la negrura de la escalera.

Entonces piensa en el doctor Kashen. No en él, sino en la pregunta que le hizo al solicitar el puesto de asesor: «¿Cuál es su axioma preferido?» (la frase para ligar de los nerds, según CM). «El axioma de la igualdad», respondió Jude entonces, y Kashen asintió con aprobación. «Es muy bueno.»

El axioma de la igualdad afirma que x siempre es igual a x; parte de la premisa de que si tienes un objeto conceptual llamado x, siempre debe ser equivalente a sí mismo, hay una singularidad en él y está en posesión de algo tan irreducible que debemos dar por hecho que es absoluta e inalterablemente equivalente a sí mismo todo el tiempo, que su elementalidad no se puede alterar. Sin embargo, es imposible demostrarlo. «Siempre», «absolutos», «nunca»; estos son los términos que, como los números, componen el mundo de las matemáticas. No a todo el mundo le gusta el axioma de la igualdad —en una ocasión el doctor Li lo tachó de tímido y remilgado, un baile de abanicos en versión axioma—, pero Jude apreciaba cuán elusivo que era, cómo la belleza de la ecuación siempre se vería quebrantada por los intentos de demostrarla. Era la clase de axiomas que podía hacerte enloquecer o consumirte, que con facilidad podía absorber tu vida entera.

Sin embargo, ahora sabe hasta qué punto es cierto el axioma, porque él ha experimentado la demostración consigo mismo, con su propia vida. Ahora comprende que la persona que fue siempre será la persona que es. Tal vez haya cambiado el contexto, Sí, ahora vive en ese piso, tiene un trabajo bien remunerado que le gusta, tiene padres y amigos a los que quiere. Tal vez sea respetado y, en el juzgado, quizá incluso temido. Pero, en esencia, es la misma persona, una persona que inspira aversión, una persona que ha nacido para ser aborrecida. Y en ese microsegundo en el que se encuentra suspendido entre el éxtasis de volar y la expectativa del aterrizaje, que le consta que será terrible, sabe que x siempre será igual a x, con independencia de lo que haga, de los años que hayan transcurrido desde que dejó el monasterio y al hermano Luke, de todo el dinero que gane o del esfuerzo que haga por olvidar el pasado. Esto es lo último que piensa al caer sobre el hormigón y fracturarse el hombro. Por un instante el mundo le ha sido felizmente arrebatado: $x = x$, piensa, $x = x$, $x = x$.

2

Cuando Jacob era muy pequeño, no debía de tener más de seis meses, Liesl tuvo una neumonía. Como la mayoría de las personas que gozan de buena salud, Liesl era una pésima enferma: se mostraba malhumorada y caprichosa, y, sobre todo, atónita por encontrarse en una posición que le resultaba tan poco familiar. «Yo nunca me pongo enferma», repetía sin parar, como si se tratara de un error y le correspondiera a otra persona pasar por aquello.

Como Jacob era un niño enfermizo —nada importante, pero ya había tenido dos resfriados en su corta vida, y antes de que supiera cómo era su sonrisa supe cómo era su tos, un carraspeo sorprendentemente maduro—, decidimos que lo mejor era que Liesl se instalara unos días en casa de Sally para descansar y recuperarse, y yo me quedara en casa con el niño.

Me creía competente para cuidar de él, pero en el transcurso de esa semana tuve que telefonear a mi padre unas veinte veces para preguntarle por los pequeños misterios que no cesaban de presentarse, o para que me confirmara lo que tenía la certeza que sabía pero en mi atolondramiento había olvidado: Jacob hacía ruidos extraños parecidos a los hipidos pero demasiado irregulares para serlo, ¿qué eran? Sus deposiciones eran un poco líquidas, ¿era normal? Al niño le gustaba dormir boca abajo, Liesl insistía en que lo hiciera boca arriba y yo había oído decir que no había ningún problema en que durmiera boca abajo: ¿lo había? Podría haber buscado información al respecto, por supuesto, pero quería respuestas rotundas, y quería oírselas a mi padre, que no solo tenía las respuestas correctas, sino también la forma correcta de darlas. Me reconfortaba oír su voz. «No te preocupes —decía antes de colgar—. Lo estás haciendo bien. Sabes hacerlo.» Lograba convencerme de que así era.

Cuando Jacob cayó enfermo, dejé de llamar tanto a mi padre. No podía soportar hablar con él. No era capaz de formular las preguntas que tenía ahora: ¿cómo voy a superarlo?, ¿qué haré después?, ¿cómo voy a presenciar la muerte de mi hijo?, y sabía que él lloraría al intentar contestarlas.

Jacob acababa de cumplir cuatro años cuando notamos algo raro. Liesl lo llevaba a la guardería todas las mañanas, y por las tardes lo recogía yo, después de la última clase. Era un niño serio y aparentaba ser más taciturno de lo que en realidad era, pero en casa corría de un lado a otro, subía y bajaba las escaleras, y yo corría tras él, y cuando me tumbaba en el sofá a leer, él se tumbaba encima de mí. Liesl también se volvía juguetona cuando él estaba cerca, y a veces los dos correteaban por la casa soltando unos gritos estridentes que me gustaba oír.

En octubre Jacob empezó a dar signos de cansancio. Un día que fui a recogerlo a la guardería, todos los niños estaban hablando y saltando en el aula, todos menos él, que estaba en un rincón, acurrucado sobre su estera, dormido. Junto a él estaba la maestra, que al verme me hizo señas para que me acercara. «No sé qué le pasa. Ha estado un poco apático todo el día, y después de comer estaba tan cansado que hemos dejado que durmiera.» Nos gustaba mucho ese colegio, era el favorito entre los profesores de la universidad; en los otros ponían a los niños a leer o les impartían clases, en cambio en ese les leían cuentos, hacían manualidades e iban de excursión al zoo o al campo.

Aunque tuve que llevarlo en brazos al coche, cuando llegamos a casa se despertó y estuvo bien; merendó, le conté un cuento y luego jugamos con las piezas de construcción. Para su cumpleaños, Sally le había regalado un bonito juego de bloques de madera tallados en forma de geoda que podían amontonarse y componer toda clase de figuras, y desde entonces todos los días construíamos algo, y cuando llegaba Liesl, Jacob le contaba lo que habíamos hecho —un dinosaurio, la torre de un astronauta— y Liesl lo fotografiaba.

Esa noche le conté a Liesl lo que me había dicho la profesora de Jacob, y al día siguiente ella lo llevó al médico, que no advirtió nada anormal. Aun así, los días siguientes lo estuvimos observando. ¿Tenía menos energía? ¿Dormía más de lo habitual? ¿Comía menos de lo habitual? No lo sabíamos. Estábamos asustados: no hay nada más aterrador que un niño apático. La misma palabra «apático» parece ahora el eufemismo de un destino terrible.

Y de pronto todo se aceleró. El día de Acción de Gracias fuimos a casa de mis padres, y durante la comida Jacob tuvo convulsiones. Estaba comiendo tan tranquilo y en un instante se puso rígido como un tablón, se fue deslizando de la silla y acabó debajo de la mesa con los ojos en blanco; su garganta emitía un extraño sonido hueco. Duró solo diez segundos, pero fue horrible, tanto que todavía oigo ese ruido, todavía veo la terrible inmovilidad de su cabeza, las piernas agitándose en el aire.

Mi padre telefoneó de inmediato a un amigo suyo que trabajaba en el Hospital Presbiteriano de Nueva York y fuimos allí corriendo. Ingresaron a Jacob, y estuvimos toda la noche con él, mi padre y Adele se tumbaron en el suelo, encima de sus abrigos, Liesl y yo sentados a cada lado de la cama, incapaces de mirarnos.

En cuanto Jacob se estabilizó regresamos a casa. Liesl llamó a la pediatra de Jacob, también compañera suya de la facultad de medicina, para que pidiera hora con el mejor neurólogo, el mejor genetista y el mejor inmunólogo; no sabíamos qué tenía, pero, fuera lo que fuese, Liesl quería que Jacob recibiera la mejor atención. Entonces empezaron los meses de ir de médico en médico y uno tras otro le extrajeron sangre, le escanearon la cabeza, le probaron los reflejos, le examinaron los ojos y los oídos. El proceso fue tan invasivo y frustrante (no sabía que había tantas formas de decir «No lo sé», hasta que conocí a todos esos médicos) que a veces pensaba en lo difícil, mejor dicho, lo imposible que debía de ser para unos padres que no disponían de los contactos que nosotros teníamos, y que no contaban con los conocimientos ni la formación científica de Liesl. Sin embargo, esos conocimientos no hacían que fuera más fácil ver llorar a Jacob cuando le pinchaban tantas veces una misma vena, la del brazo izquierdo, que incluso sufrió un colapso, y esos contactos no impidieron que se pusiera cada vez más enfermo. Cada vez tenía más convulsiones, se sacudía y echaba espuma por la boca, y emitía un gruñido primario, aterrador y demasiado grave para un niño de cuatro años, mientras balanceaba la cabeza de un lado a otro y las manos se le retorcían.

Cuando nos comunicaron el diagnóstico, una enfermedad neurodegenerativa llamada síndrome de Nishihara, tan poco común que ni siquiera se la incluía en la batería de pruebas genéticas, él ya estaba casi ciego. Eso fue en febrero. En junio, cuando cumplió cinco años, casi no hablaba. En agosto no creíamos que nos oyera.

Cada vez estaba más agarrotado. Probamos fármaco tras fármaco, por separado y combinados. Liesl tenía un amigo neurólogo que nos habló de un nuevo medicamento que no se había probado en Estados Unidos pero que se podía comprar en Canadá, y ese viernes Liesl y Sally fueron en coche a Montreal y al cabo de doce horas regresaron. Durante un tiempo el fármaco funcionó, aunque le causó un sarpullido severo: al rozarle la piel él abría la boca, y aunque no emitía ningún sonido le brotaban lágrimas de los ojos.

«Lo siento, cielo. Perdóname, perdóname», le suplicaba yo, a pesar de que sabía que no me oía.

Apenas podía concentrarme en el trabajo. Ese año solo hacía media jornada; era mi segundo año en la universidad e iba por el tercer semestre. Caminaba por el campus y al oír fragmentos de conversaciones —una ruptura con una novia, una mala nota en un examen, un esguince en el tobillo sentía rabia. Estúpidos, estrechos de miras, egoístas, egocéntricos, quería decir. Os odio. No tenéis ni idea de lo que es un problema. Mi hijo se está muriendo. A veces mi odio era tan profundo que me encontraba mal. Laurence también impartía clases en la universidad en aquel entonces y me sustituía cuando yo tenía que llevar a Jacob al hospital. En casa teníamos un ayudante sanitario, pero lo llevábamos nosotros a las citas para tomar conciencia de la celeridad con que nos abandonaba. En septiembre el médico nos miró después de examinarlo. «No le queda mucho», nos dijo con mucha suavidad, y eso fue lo peor.

Laurence venía a casa los miércoles y los sábados por la noche; Gillian lo hacía los martes y los jueves; Sally, los lunes y los domingos, y Nathan, otro amigo de Liesl, los viernes. Ellos nos ayudaban a limpiar y cocinar, y Liesl y yo nos sentábamos con Jacob y hablábamos con él. En el último año había dejado de crecer; tenía los brazos y las piernas muy blandos, flácidos, era como si no tuviera huesos, y al sostenerlo había que sujetarle las extremidades para que no le colgaran y pareciera muerto. A principios de septiembre había dejado de abrir los ojos, aunque de ellos a veces emanaban fluidos: lágrimas o una mucosidad viscosa y amarillenta. Solo la cara seguía siendo rechoncha, debido a las enormes dosis de esteroides que le administraban. Los fármacos le habían producido un eccema rojo vivo y áspero como papel de lija en las mejillas, siempre calientes.

Mi padre y Adele se instalaron en casa a mediados de septiembre, y yo no podía mirarlo. Me daba cuenta de que sabía lo que era ver a un hijo morir; sabía cuánto le dolía que fuera mi hijo. Yo tenía la impresión de haber fallado; tenía la sensación de que me estaban castigando por no haber deseado con más vehemencia tener a Jacob, pensaba que si me hubiera mostrado menos ambivalente eso no habría pasado. Tenía la sensación de que estaban recordando lo necio y estúpido que había sido al no reconocer el regalo que me había sido dado, un regalo que tantas personas anhelaban y que yo estuve dispuesto a devolver. Estaba avergonzado; yo jamás sería el padre que había sido mi padre, y no soportaba que él fuera testigo de mis fallos.

Una noche, antes de que Jacob naciera, le pregunté a mi padre si tenía palabras sabias que ofrecerme. Lo dije bromeando, pero él se lo tomó en serio, como todas las preguntas que yo le hacía.

«Mmm —respondió—. Bueno, lo más duro de la paternidad es readaptarte. Cuanto mejor se te dé, mejor padre serás.»

En ese momento no hice mucho caso de ese consejo, pero a medida que se agravaba la enfermedad de Jacob, pensé en ello con más frecuencia y comprendí cuán sabio era. Todos decimos que queremos que nuestros hijos sean felices, felices y sanos, pero no queremos eso. En realidad deseamos que sean como nosotros, o mejores que nosotros. En eso somos muy poco imaginativos, y no estamos preparados para aceptar que puedan ser peores. Supongo que eso sería pedir demasiado, debe de ser un recurso de la evolución: si fuéramos tan conscientes de lo que se puede torcer, nadie tendría hijos.

Cuando Liesl y yo comprendimos que Jacob padecía una enfermedad grave, nos esforzamos por readaptarnos, y deprisa. Nunca habíamos dicho que queríamos que nuestro hijo fuera a la universidad, por ejemplo; simplemente dábamos por hecho que iría y que luego haría un posgrado, porque era lo que nosotros habíamos hecho. Sin embargo, aquella primera noche que pasamos en el hospital, después del primer ataque, Liesl, que era una planificadora nata y muy previsora, dijo: «Tenga lo que tenga, todavía puede disfrutar de una vida larga y sana. Hay colegios a los que podrá ir y hay centros donde pueden enseñarle a valerse por sí mismo». Yo le contesté con brusquedad; la acusé de darlo por perdido con demasiada facilidad. Tiempo después me avergonzaría de ello. La admiraría; admiraría la rapidez y la naturalidad con que se adaptaba al hecho de que el hijo que había esperado tener no fuera el que tenía. Admiré que mucho antes que yo comprendiera que un hijo no es lo que esperas que logre en tu nombre, sino el placer que te proporcionará siendo él como sea, y, sobre todo, el placer que tendrás el privilegio de proporcionarle a él. A partir del momento en que le diagnosticaron la enfermedad, fui siempre un paso por detrás de Liesl: seguí soñando que mejoraría, que volvería a ser el niño que había sido; ella, en cambio, solo pensaba en la vida que podría llevar dadas las circunstancias. Tal vez podrá ir a un colegio especial. Está bien, no podrá ir a ningún colegio, pero quizá podrá apuntarse a un centro y jugar. Está bien, no podrá ir a un centro y jugar, pero tal vez podrá disfrutar de una larga vida. Está bien, no tendrá una larga vida, pero quizá podrá disfrutar de una vida corta y feliz. Está bien, no podrá tener una vida corta y feliz, pero tal vez podrá vivir una vida corta con dignidad: nosotros podíamos dársela y eso es lo que haríamos sin esperar nada más.

Yo tenía treinta y dos años cuando él nació, treinta y seis cuando le diagnosticaron la enfermedad, y treinta y siete cuando murió. Fue el 10 de noviembre, poco menos de un año después de su primer ataque. Celebramos un funeral en la universidad, y aun en mi aturdimiento di las gracias a nuestros padres, nuestros amigos y colegas, a los amigos de Jacob, que ya estaban en primero, y a sus padres que nos acompañaron y también lloraban.

Mis padres regresaron a Nueva York. Liesl y yo volvimos al trabajo. Durante meses apenas hablamos. No podíamos tocarnos siquiera. En parte por agotamiento, pero también porque estábamos avergonzados: de nuestro fracaso común, de la injusta aunque persistente sensación de que podíamos haberlo hecho mejor, de que el otro no había estado del todo a la altura de las circunstancias. Al cabo de un año mantuvimos nuestra primera conversación sobre la posibilidad de tener otro hijo, y aunque esta empezó de forma educada acabó con recriminaciones: que yo no había querido a Jacob desde el principio, que ella nunca lo había querido, que yo había fallado, que ella había fallado. Nos callamos y nos disculpamos los dos. Lo intentamos de nuevo, pero todas las discusiones acababan igual. No eran conversaciones fáciles de encajar y al final nos separamos.

Ahora me sorprende que dejáramos de comunicarnos por completo. El divorcio fue muy limpio y fácil, tal vez demasiado, hasta el punto de que me pregunté qué nos había unido antes de Jacob; si no hubiera nacido, ¿cómo y para qué habríamos seguido juntos? Solo más adelante fui capaz de recordar por qué había amado a Liesl, y lo que había visto y admirado de ella. Pero en aquel momento éramos dos personas que habían tenido una misión difícil y agotadora, y una vez terminada había llegado el momento de separarnos y retomar nuestras vidas.

Durante muchos años no nos hablamos, no por animadversión, sino por otros motivos. Ella se fue a vivir a Portland. Poco después de que yo conociera a Julia, me encontré a Sally; ella también se había mudado, vivía en Los Ángeles y había venido para visitar a sus padres. Me comentó que Liesl se había casado de nuevo y le pedí que le transmitiera mis mejores deseos. Sally prometió hacerlo.

Por internet supe que impartía clases en la facultad de medicina de la Universidad de Oregón. Y una vez tuve un alumno que se parecía tanto a como habíamos imaginado que sería Jacob que casi la telefoneé para decírselo, pero no lo hice.

Y un buen día ella me llamó. Habían transcurrido dieciséis años. Estaba en Nueva York para dar una conferencia y me preguntó si quería comer con ella. Me resultó extraño oír de nuevo su voz, tan desconocida y al mismo tiempo tan familiar. Esa voz con la que había mantenido miles de conversaciones sobre cosas importantes y cosas banales. Esa voz que cantaba a Jacob cuando este se sacudía en sus brazos. Esa voz a la que había oído exclamar: «¡Esta es la mejor!» cuando fotografiaba la construcción del día.

Quedamos en un restaurante cercano al campus de la facultad de medicina que se había especializado en lo que llamaban «*hummus* de calidad» cuando ella hacía las prácticas, y donde solo íbamos a comer cuando queríamos darnos un lujo. Ahora su especialidad eran las albóndigas artesanales pero, curiosamente, todavía olía a *hummus*.

Ella estaba tal como yo la recordaba. Al vernos nos abrazamos y nos sentamos. Durante un rato hablamos del trabajo, de Sally y de su nueva novia, de Laurence y Gillian. Ella me habló de su marido, un epidemiólogo, y yo le hablé de Julia. Ella había vuelto a ser madre a los cuarenta y tres años, una niña. Me enseñó una foto. Era guapa y se le parecía. Se lo dije y ella sonrió.

—¿Y tú? —me preguntó—. ¿Has vuelto a ser padre?

Sí, respondí. Acababa de adoptar a uno de mis exalumnos. Vi que se sorprendía, pero sonrió y me felicitó; me preguntó por él, cómo había ocurrido, y se lo conté.

—Eso es estupendo, Harold —me dijo cuando terminé. Y añadió—: Le quieres mucho.

—Sí.

Me gustaría decir que fue el comienzo de una etapa de amistad entre nosotros, que mantuvimos el contacto y cada año nos veíamos y hablábamos de Jacob, pero no fue así, aunque lo que siguió no fue negativo. En ese encuentro le hablé de aquel alumno que tanto me había desconcertado, y ella me confesó que sabía exactamente a qué me refería, que ella también había tenido alumnos, a veces incluso le había sucedido con jóvenes con quienes se había cruzado por la calle, a quienes creía conocer, hasta que caía en la cuenta de que se había imaginado que eran nuestro hijo, que seguía vivo y sano, aunque lejos de nosotros, que ya no era nuestro sino que vagaba por el mundo sin saber que habíamos estado buscándolo todo este tiempo.

Nos despedimos con un abrazo; le deseé lo mejor y le dije que la apreciaba mucho. Ella me dijo que era un sentimiento recíproco. Ninguno propuso que nos mantuviéramos en contacto. Quiero creer que nos respetábamos demasiado para hacerlo.

Pero a lo largo de los años, en momentos extraños, fui recibiendo noticias de ella. Un correo electrónico, por ejemplo, en el que decía: «Otra aparición», y yo sabía a qué se refería, porque yo también le enviaba esa clase de correos: «Harvard Square, aprox. 25 años, 6,2 pies de estatura, delgado, apestando a porro». Me escribió cuando su hija se licenció, luego me mandó otro correo para anunciarme la boda de esta, y un tercer correo al nacer su primer nieto.

Amo a Julia. También ella es científica, pero muy distinta a Liesl: si esta era contenida e introvertida, Julia era risueña, expresiva, inocente en sus deleites y entusiasmos. No obstante, por más que la quiero durante muchos años tuve la sensación de que con Liesl había algo más profundo, más íntimo. Juntos habíamos dado vida a un ser y juntos lo habíamos visto morir. A veces me daba la impresión de que nos unía algo físico, un largo cordón que se extendía entre Boston y Portland, y que cuando ella tiraba de su extremo, yo lo notaba. Allá donde ella o yo íbamos nos acompañaba ese brillante cordel que se estiraba y se tensaba pero

nunca se partía, y cada uno de nuestros movimientos nos recordaba lo que nunca volveríamos a tener.

Después de que Julia y yo tomáramos la decisión de adoptarlo,
unos seis meses antes de que se lo preguntáramos a él, se lo comenté a Laurence, quien le tenía simpatía y lo respetaba, y creía
que conocerlo había sido bueno para mí, pero, siendo como era,
yo sabía que se mostraría cauteloso.

No iba muy desencaminado. Hablamos del tema largo y tendido.

—Sabes que me gusta ese chico. Pero, con franqueza, Harold,
¿qué sabes de él?

—Poca cosa —respondí.

Pero sabía que él no encarnaba el peor escenario que Laurence
se imaginaba; sabía —y Laurence también— que no era un ladrón, que no entraría una noche en la casa para matarnos en
nuestra cama.

Por supuesto, también sabía, aunque no tenía la certeza, ni
ninguna prueba, que en algún momento de su vida le había sucedido algo terrible. La primera vez que vinisteis a Truro, bajé a la
cocina entrada la noche y encontré a JB sentado a la mesa, dibujando. Siempre me pareció que JB era una persona distinta cuando estaba solo, cuando no se veía obligado a actuar; me senté con
él y miré lo que dibujaba, os dibujaba a todos vosotros. Le pregunté qué estudiaba y él me habló de artistas cuya obra admiraba,
de los que yo solo conocía a algunos.

Cuando me disponía a subir a mi habitación, JB me llamó y
me volví.

—Escucha —me dijo, parecía cortado—. No pretendo ser

grosero, pero creo que deberías dejar de hacerle tantas preguntas.

Me senté de nuevo.

—¿Por qué?

Se le veía incómodo pero lleno de determinación.

—No tiene padres. No sé en qué circunstancias los perdió, solo sé que él no quiere hablar de ellos. Al menos no conmigo. —Guardó silencio un momento—. Creo que de niño le pasó algo terrible.

—¿Como qué? —le pregunté.

Él hizo un gesto de negación.

—En realidad no estamos seguros, creemos que podría tratarse de un grave maltrato físico. ¿Te has fijado en que nunca se quita la ropa ni deja que lo toquemos? Alguien debió de golpearlo o... —Se interrumpió. Él había sido un niño querido, se sentía protegido; no tenía valor para imaginar lo que podía haber seguido a ese «o», y yo tampoco.

Me había fijado en eso, por supuesto. Yo no le hacía preguntas para que se sintiera incómodo, pero aun viendo que lo incomodaba no era capaz de detenerme.

—Harold —me decía Julia cuando él se iba—, creo que lo has puesto nervioso.

—Lo sé, lo sé —respondía.

Sabía que no podía haber nada bueno detrás de su silencio, y quería y no quería oírlo al mismo tiempo.

Más o menos un mes antes de la adopción, él se presentó en casa un fin de semana sin anunciarse. Al regresar de un partido de tenis lo encontré dormido en el sofá. Había venido para hablar conmigo, para intentar confesarme algo. Pero al final no pudo.

Esa misma noche Andy me llamó asustado, lo estaba buscando, y cuando le pregunté por qué lo llamaba a medianoche, él me respondió con una evasiva.

—Lo está pasando muy mal.

—¿Por la adopción?

—No sabría decírtelo —respondió él con prudencia. Como sabes, la confidencialidad entre médico y paciente era algo que Andy no siempre observaba, pero cuando le daba por respetarla lo hacía con escrupulosidad.

Y luego llamaste tú y saliste con tus evasivas.

Al día siguiente le pedí a Laurence que averiguara si tenía antecedentes como delincuente juvenil. Sabía que era poco probable que descubriera algo, y aunque lo hiciera, el expediente podía estar cerrado.

Lo que le dije ese fin de semana era sincero: no me importaba lo que hubiera hecho, fuera lo que fuese. La persona que era, no la que había sido, era la que me interesaba y a esta la conocía. Pero eso era ingenuo por mi parte: aunque yo adoptaba a la persona que era ahora, con ella iba la persona que había sido, y a esta no la conocía. Más adelante lamenté no haberle aclarado que a esa persona, fuera quien fuese, también la quería. Más adelante no cesaría de preguntarme cómo habrían sido las cosas si lo hubiera conocido veinte años atrás, cuando era un niño, o diez o incluso cinco años atrás. ¿Quién habría sido él y quién habría sido yo?

Las pesquisas de Laurence fueron infructuosas; al enterarme me quedé a la vez aliviado y decepcionado. Seguimos adelante y el día de la adopción fue maravilloso, uno de los mejores de mi vida. Nunca lo he lamentado. Pero ser padre de Jude no ha sido fácil.

Tenía toda clase de reglas que había ido elaborando a lo largo de las décadas, basadas en lecciones que alguien debía de haberle dado —a qué no tenía derecho, qué le estaba vedado disfrutar, qué tenía prohibido esperar o anhelar, qué no debía codiciar—, reglas que yo tardé varios años en desentrañar, y aún más tiempo en discurrir de qué modo podía convencerlo de su falsedad. Pero eso era muy difícil: gracias a esas reglas había sobrevivido, le hacían el mundo explicable. Era increíblemente disciplinado en todo, y la disciplina, como el estado de alerta, es algo casi imposible de erradicar.

Igual de inútiles fueron mis (y tus) intentos para que abandonara ciertas ideas acerca de sí mismo: el aspecto que tenía, lo que se merecía, lo que valía y quién era. Nunca he conocido a nadie que se desdoblara tan severa y nítidamente como él en dos personalidades, que se sintiera tan profundamente seguro de sí mismo en ciertos ámbitos y tan profundamente desamparado en otros. Recuerdo una ocasión en que lo vi en la sala del juzgado y me quedé helado y sobrecogido. Él representaba a una de aquellas compañías farmacéuticas con las que se había hecho un nombre como abogado al defenderlas frente a las denuncias de sus propios empleados. Era un pleito importante —tanto que hoy día se estudia en las facultades de derecho—, y él actuó con absoluta calma; pocas veces he visto un abogado litigante tan sereno. La denunciante, una mujer de mediana edad, subió al estrado y él se mostró tan implacable, centrado y resuelto que en la sala reinaba un silencio absoluto. Él nunca alzaba la voz, nunca se mostraba sarcástico, pero yo notaba que disfrutaba, que el solo acto de pillar a la mujer en sus incoherencias —por otra parte insignificantes, tanto que a cualquier otro abogado se le habrían pasado por alto— lo satisfacía. Era una persona amable (aunque no consigo mismo) en sus maneras y su tono, y sin embargo en la sala del tribunal la amabilidad se desvanecía para dejar paso a la brutalidad y la frialdad. Eso fue siete meses después del incidente con Caleb, cinco meses antes del incidente siguiente, y mientras veía cómo repetía las afirmaciones que la mujer había hecho, sin mirar las notas que tenía ante sí, con el rostro impasible, atractivo y confiado, seguía viéndolo sentado en el coche aquella noche aciaga en que él se apartó de mí y se protegió la cabeza con las manos cuando intenté tocarle la mejilla, como si yo quisiera hacerle daño. Su misma existencia era doble: por un lado estaba la persona que era en el trabajo y, por otro, la que era fuera de él; la que era entonces y la que había sido; la que era en la sala del juzgado y la que había sido en el coche, tan desamparada que me asusté.

Aquella noche, ya en el norte de la ciudad, di vueltas pensando en lo que acababa de averiguar de él, lo que había visto, lo mucho que me había costado no gritar al oírle decir las cosas que dijo, pues peor que Caleb, peor que lo que había dicho Caleb, fue comprender que él se lo creía, constatar lo equivocado que estaba sobre su persona. Supongo que yo siempre había sabido que se sentía así, pero oírselo decir en esos términos fue aún peor de lo que había imaginado. Nunca le olvidaré diciendo: «Cuando eres como yo tienes que conformarte con lo que te llega». Nunca olvidaré la desesperación, la ira y la impotencia que experimenté al oírlo pronunciar esas palabras. Nunca olvidaré su cara al ver a Caleb, cuando este se sentó a su lado y yo fui tan lento en comprender lo que ocurría. ¿Cómo puedes llamarte padre si tu hijo se siente así consigo mismo? Eso era algo a lo que yo nunca sería capaz de aceptar (supongo que lo adopté sin saber qué implicaba ser padre de un adulto). No lamentaba tener que aceptarlo, solo me sentí estúpido e inepto por no haberme dado cuenta antes. Al fin y al cabo, yo he tenido padre y de adulto he recurrido constantemente a él.

Llamé a Julia, que se encontraba en Santa Fe para asistir a una conferencia sobre nuevas enfermedades y le conté lo ocurrido; ella exhaló un largo suspiro lleno de tristeza.

—Harold —dijo, pero se calló.

Habíamos tenido conversaciones sobre la vida de Jude antes de conocernos, y si bien los dos nos equivocamos, las hipótesis de ella resultaron ser mucho más exactas que las mías, aunque en ese momento me parecieron ridículas e inverosímiles.

—Lo sé —dije.

—Tienes que llamarlo.

Pero yo ya lo había hecho. Llamé una y otra vez y el teléfono sonó y sonó.

Esa noche no pegué ojo, estaba preocupado y por mi mente pasaba toda clase de fantasías: armas, asesinos a sueldo, venganza. Soñé despierto que llamaba al primo de Gillian, que es detective en Nueva York, y le pedía que arrestara a Caleb Porter. Tuve sueños en los que te llamaba a ti y a Andy, en los que tú y yo salíamos a hurtadillas de su piso y lo matábamos.

A la mañana siguiente salí temprano de casa, antes de las ocho, compré *bagels* y zumo de naranja, y me dirigí a Greene Street. Hacía un día gris, bochornoso y húmedo; llamé tres veces al interfono, con pocos segundos de diferencia, antes de retroceder hasta la cuneta y levantar la vista hacia el sexto piso.

Estaba a punto de llamar de nuevo cuando oí su voz.

—¿Hola?

—Soy yo. ¿Puedo subir? —No hubo respuesta—. Quiero disculparme. Necesito verte. Traigo *bagels*.

Se hizo otro silencio.

—¿Hola?

—Harold —respondió él, y noté algo raro en su voz. Amortiguada, como si le hubiera salido otra hilera de dientes en la boca—. Si te dejo subir, ¿me prometes que no te enfadarás ni te pondrás a gritar?

Fui yo quien se quedó callado entonces. No sabía a qué se refería.

—Sí —respondí, y tras un par de segundos la puerta se abrió.

Bajé del ascensor y por un instante no vi nada, solo el hermoso piso con las paredes rebosantes de luz. Luego oí mi nombre, bajé la mirada y lo vi.

Casi dejé caer las *bagels*. Sentí cómo se me petrificaban las extremidades. Él estaba sentado en el suelo, apoyado en la mano derecha para sostenerse, y al arrodillarme a su lado, volvió la cabeza y se puso la mano izquierda delante del rostro como para protegerse.

—Cogió las llaves de repuesto —dijo. Tenía la cara tan hinchada que los labios apenas podían moverse—. Cuando llegué a casa anoche estaba aquí esperándome. —Entonces se volvió hacia mí, y su rostro era como el de un animal desollado; no se le veían los ojos, solo una larga hilera de pestañas, una mancha negra en sus mejillas, que habían adquirido un horrible tono azul, el azul de la putrefacción y del moho. Pensé que tal vez había estado llorando, pero él no lloraba.

—Lo siento, Harold. Lo siento mucho.

Tuve que controlarme para no ponerme a gritar —no a él,

sino para expresar algo que no podía verbalizar— antes de empezar a hablar.

—Te vamos a cuidar. Llamaremos a la policía y entonces…

—No. A la policía no.

—Tenemos que hacerlo, Jude. Tengo que hacerlo.

—No, no voy a denunciarlo. No puedo. —Tomó aire—. No podría soportar la humillación.

—Está bien —respondí, pensando que ya discutiríamos eso más tarde—. Pero ¿y si vuelve?

Movió la cabeza de forma casi imperceptible.

—No lo hará —respondió él con su nueva voz farfullante.

El esfuerzo de contenerme y no salir corriendo a buscar a Caleb para matarlo, el esfuerzo de aceptar que alguien le hubiera hecho eso a él, de ver tan magullado e indefenso a quien siempre se comportaba con dignidad, que siempre se mostraba presentable y pulcro, me mareó.

—¿Dónde está tu silla?

Emitió un sonido semejante a un balido y dijo algo tan bajito que tuve que pedirle que lo repitiera, a pesar de lo doloroso que le resultaba hablar.

—Bajando las escaleras —dijo por fin, y esta vez estaba seguro de que lloraba, aunque no podía abrir los ojos lo suficiente para derramar las lágrimas. Se estremeció.

Yo también temblaba. Lo dejé sentado en el suelo y bajé a buscar la silla de ruedas, que habían tirado escaleras abajo con tanta fuerza que había rebotado contra la pared y se encontraba en mitad del tramo entre el quinto y el cuarto piso. Al regresar a su lado advertí que el suelo estaba pegajoso y vi que cerca de la mesa de comedor también había un gran charco de vómito casi solidificado.

—Rodéame el cuello con el brazo —le dije. Al levantarlo gritó y yo me disculpé. Llevaba una de esas sudaderas térmicas grises con las que le gustaba dormir y me percaté de que la parte trasera estaba manchada de sangre reciente y sangre seca, al igual que los pantalones.

Lo dejé en la silla y telefoneé a Andy. Tuve suerte, Andy se había quedado en la ciudad ese fin de semana y dijo que estaría en la consulta en veinte minutos.

Fuimos en coche. Lo ayudé a bajarse, parecía reacio a utilizar el brazo izquierdo, y al ayudarlo a ponerse en pie sostuvo la pierna derecha en el aire, como si no quisiera tocar el suelo, y soltó un ruido extraño, como de ave, mientras le rodeaba el pecho con el brazo para sentarlo en la silla de ruedas. Pensé que Andy iba a vomitar, cuando abrió la puerta y lo vio.

—Jude —dijo Andy tras recuperar el habla, agachándose a su lado. Pero él no respondió.

Lo instalamos en la consulta y Andy y yo nos quedamos un momento en la recepción. Le hablé de Caleb, le conté lo que pensaba que había ocurrido y le dije lo que creía que tenía: se había roto el brazo izquierdo y le pasaba algo en la pierna derecha, que le sangraba. También le dije que el suelo estaba cubierto de sangre y que él no quería dar parte a la policía.

—Está bien —respondió Andy, que seguía en estado de shock. Tragó saliva—. Está bien, está bien. —Se calló y se frotó los ojos—. ¿Puedes esperar aquí?

Salió de la consulta cuarenta minutos después.

—Voy a llevarlo al hospital para que le hagan unas radiografías. Creo que se ha roto la muñeca izquierda y unas cuantas costillas. Y si la pierna… —Se interrumpió—. Si también se ha roto la pierna será un problema. Puedes volver a tu casa, te llamaré cuando haya acabado.

—Me quedaré.

—No, Harold —respondió Andy. Y luego, con más suavidad, añadió—: Tendrías que llamar a su oficina, no podrá ir a trabajar en toda la semana. —Guardó silencio un momento—. Dice... que les digas que ha tenido un accidente de coche. —Luego añadió en voz baja—: Me dijo que jugaba al tenis.

Me sentí mal por lo estúpidos que habíamos sido los dos

—Lo sé. A mí también me lo dijo —respondí.

Regresé a Greene Street y abrí con sus llaves. Durante largo rato me quedé de pie en el umbral, mirando el espacio. Parte de las nubes se habían disipado, pero aun así no entraba mucho sol, ni siquiera con los estores enrollados. Siempre me había parecido un lugar lleno de esperanza, los techos altos, la limpieza, la amplitud, como si anunciaran un futuro mejor.

Encontré infinidad de productos de limpieza y me puse a limpiar. Empecé fregando el suelo, estaba manchado de sangre que desprendía ese olor denso y salvaje que el olfato reconoce enseguida. Saltaba a la vista que Jude había intentado limpiar el cuarto de baño, pero en el mármol quedaban vetas de sangre que al secarse habían adquirido los tonos rosas herrumbrosos de la puesta de sol; me costó quitarlas e hice cuanto pude. Hurgué en el cubo de la basura, supongo que en busca de pruebas, pero no encontré nada: él lo había limpiado y vaciado todo. La ropa que llevaba la noche anterior estaba esparcida junto al sofá en la sala de estar. La camisa estaba desgarrada y la tiré, y cogí el traje para llevarlo a la tintorería. Por lo demás, el piso estaba muy ordenado. Entré en el dormitorio con pavor, esperando encontrar lámparas rotas, ropa desperdigada, pero estaba tan impecable que cualquiera habría dicho que allí no dormía nadie, que aquel era un piso piloto, la promesa de una vida envidiable. Quien viviera allí daría fiestas, sería despreocupado y seguro de sí mismo, por la noche subiría los estores y junto con sus amigos pasaría la velada bailando, y al caminar por Greene Street o por Mercer Street la gente levantaría la vista hacia esa caja de luz flotante e imaginaría que sus ocupantes estaban por encima de la infelicidad, del miedo o de cualquier preocupación.

Escribí un correo electrónico a Lucien, con quien había coincidido en una ocasión, pues era amigo de un amigo de Laurence, y le comuniqué que Jude habido sufrido un grave accidente de circulación y se encontraba en el hospital. Bajé a la tienda y compré comestibles fáciles de comer, sopas, pudines, zumos. Busqué la dirección de Caleb Porter, el número 50 de la calle Veintinueve Oeste, puerta 17J, y la repetí varias veces, hasta que la memoricé. Llamé a un cerrajero para que cambiara con urgencia todas las cerraduras: la puerta de la calle, la del ascensor, la del piso. Abrí las ventanas para que el aire húmedo se llevara el olor a sangre y a desinfectante. Mandé un mensaje a la secretaria de la facultad de derecho diciendo que me había surgido un asunto urgente familiar y no podría dar clase en toda la semana, y otro a un par de colegas para preguntarles si podían cubrirme. También estuve pensando en la posibilidad de llamar a un viejo amigo que trabajaba como abogado en la oficina del fiscal del distrito. Le contaría lo ocurrido sin darle el nombre de Jude y le preguntaría qué se podría hacer para que detuvieran a Caleb Porter.

—Pero estás diciendo que la víctima no quiere denunciarlo —diría Avi.

—Bueno, sí —tendría que admitir yo.

—¿Se le puede convencer?

—Creo que no —reconocería yo.

—En fin, Harold —diría Avi, perplejo e irritado—. Entonces no sé qué decirte. Sabes tan bien como yo que no hay nada que hacer si la víctima no colabora.

En aquel momento pensé en lo endeble que era la ley, tan dependiente de contingencias, un sistema que ofrecía muy poco consuelo y resultaba muy poco útil para los más necesitados de su protección.

Luego entré en su cuarto de baño. Debajo del lavabo encontré la bolsa de cuchillas y algodones, y lo tiré todo al incinerador. Detestaba aquella bolsa, detestaba saber que la encontraría.

Siete años antes, a comienzos de mayo, él había venido a vernos a la casa de Truro. Fue una invitación espontánea: yo estaba arriba intentando escribir, los billetes estaban baratos y le dije que por qué no se venía, y para mi sorpresa, pues nunca dejaba las oficinas de Rosen Pritchard, me hizo caso. Ese día estaba feliz, y yo también. Lo dejé troceando una col lombarda en la cocina y acompañé al fontanero al piso de arriba, pues habíamos cambiado el retrete en nuestro cuarto de baño. Cuando el fontanero estaba a punto de marcharse, le pregunté si podía echar un vistazo al lavabo del cuarto de baño de abajo, el de la habitación de Jude, ya que perdía agua.

Él lo hizo, apretó una pieza y cambió otra, y al salir del cubículo me entregó un paquete.

—Esto estaba sujeto al lavabo.

—¿Qué es? —le pregunté, cogiéndolo.

Él se encogió de hombros.

—No lo sé. Pero estaba muy bien pegado con esparadrapo.

Recogió sus herramientas y yo me quedé atontado mirando la bolsa. Me dijo adiós con la mano, luego se despidió de Jude y salió silbando.

Abrí la bolsa. Era una bolsa corriente de plástico transparente; en el interior había diez hojas de afeitar, toallitas con alcohol empaquetadas individualmente, gasas dobladas en mullidos cuadrados y vendas. Me quedé de pie con la bolsa en la mano y enseguida supe para qué era. No tenía pruebas y nunca había visto nada igual, pero lo supe.

Fui a la cocina, y allí estaba él, todavía feliz, lavando un bol de alevines. Incluso tarareaba una canción muy bajito, cosa que solo hacía cuando estaba muy contento, como un gato ronroneando bajo sol.

—Deberías haberme dicho que necesitabas ayuda para instalar el retrete —dijo sin levantar la mirada—. Podría haberlo hecho yo y te habrías ahorrado la factura. —Sabía hacer toda clase de trabajos de fontanería, electricidad, carpintería y jardinería. Una vez lo acompañé a casa de Laurence para que le explicara cómo trasplantar el manzano silvestre de una esquina umbría del patio a otra más soleada.

Me quedé un rato de pie observándolo. Sentía tantas cosas a la vez que estaba aturdido. Al final pronuncié su nombre y él levantó la vista.

—¿Qué es esto? —le pregunté, y le tendí la bolsa.

Él se quedó muy quieto, con una mano suspendida sobre el bol, y recuerdo que observé cómo caían pequeñas gotas de agua de las puntas de sus dedos, como si se hubiera cortado con un cuchillo y sangrara agua. Abrió la boca y la cerró.

—Lo siento, Harold —susurró.

Bajó la mano y se la secó despacio con un trapo de cocina.

Eso me enfureció.

—No te estoy pidiendo que te disculpes, Jude. Te estoy preguntando qué es. Y no me vengas con que es una bolsa con cuchillas. ¿Qué es? ¿Qué hacía pegada con esparadrapo debajo del lavabo?

Él me miró fijamente largo rato con esa expresión —ya la conoces— que parece que retroceda aunque no se mueva y ves cómo las puertas de su interior se cierran con llave y los puentes se elevan sobre el foso.

—Ya sabes para qué son —dijo por fin, todavía muy quieto.

—Quiero que tú me lo digas.

—Lo necesito.

—Dime qué haces con ellas —dije sin quitarle los ojos de encima.

Él bajo la vista hacia el bol.

—A veces necesito hacerme cortes —respondió por fin—. Lo siento, Harold.

Y de pronto me entró tal pánico que me comporté de forma muy irracional.

—¿Qué coño quieres decir? —le pregunté. Es posible que gritara.

Él retrocedía ahora sí, hacia el fregadero, como si yo pudiera abalanzarme sobre él y quisiera poner cierta distancia entre ambos.

—No lo sé —respondió—. Lo siento, Harold.

—¿Con qué frecuencia lo haces?

Vi que él también se asustaba.

—No lo sé. Supongo que unas cuantas veces a la semana.

—¡Unas cuantas veces a la semana! —exclamé. De pronto tenía que salir de allí. Cogí el abrigo de la silla y metí la bolsa en el bolsillo interior—. Será mejor que te encuentre aquí cuando vuelva —le dije, y me fui. (Jude siempre salía huyendo. Cada vez que creía que Julia o yo estábamos descontentos con él, procuraba quitarse rápidamente de en medio, como si su presencia fuera ofensiva para nosotros.)

Bajé las escaleras y eché a andar hacia la playa a través de las dunas, sintiendo la rabia que produce descubrir que eres atrozmente inepto y estás convencido de que has actuado fatal. Era la primera vez que me percataba de que, del mismo modo que él era otra persona cuando estaba con nosotros, nosotros también lo éramos cuando estábamos con él; veíamos lo que queríamos ver y no nos permitíamos ver nada más. Estábamos tan mal preparados. La mayoría de las personas son fáciles: sus desdichas son nuestras desdichas, sus penas nos resultan comprensibles, sus arrebatos de odio hacia sí mismas son momentáneos y sorteables. Los de él no. No sabíamos cómo ayudarlo porque carecíamos de la imaginación necesaria para diagnosticar sus problemas. Pero esto es poner excusas.

Al volver a casa estaba casi oscuro y por la ventana vi su contorno moviéndose por la cocina. Me senté en una silla del porche y deseé que Julia estuviera en aquel momento conmigo, y no en Inglaterra, donde había ido a ver a su padre.

La puerta trasera se abrió.

—A cenar —dijo en voz baja, y me levanté para entrar.

Había preparado uno de mis platos preferidos: la lubina que yo había comprado el día anterior, hervida y con las patatas asadas como sabía que me gustaban, con mucho tomillo y zanahorias, y una ensalada de col con salsa de semillas de mostaza.

Pero yo no tenía apetito. Sirvió un plato para mí y otro a él, y se sentó.

—Tiene muy buena pinta —le dije—. Gracias por preparar la cena.

Él asintió. Los dos miramos la excelente comida que ninguno de los dos probaría.

—Jude, te debo una disculpa… Siento mucho haberme ido corriendo de ese modo.

—No te preocupes. Lo entiendo.

—No. No ha estado bien. Estaba muy alterado.

Él bajó la vista.

—¿Sabes por qué estaba alterado? —le pregunté.

—Porque… porque lo he traído a tu casa.

—No. No es por eso, Jude. Esta casa no es solo mía y de Julia, también es tuya. Puedes traer lo que quieras. Estoy alterado porque estás haciendo algo terrible contigo. —Él no levantó la vista—. ¿Saben tus amigos que lo haces? ¿Lo sabe Andy?

Él asintió ligeramente.

—Willem sí —susurró—. Y Andy.

—¿Y qué dice? —le pregunté, pensando: maldita sea, Andy.

—Dice que debería ir al psicólogo.

—¿Y has ido?

Él meneó la cabeza y yo noté que me volvía a acalorar.

—¿Por qué no? —le pregunté, pero él no respondió—. ¿Tienes otra bolsa de estas en Cambridge?

Tras un silencio, levantó la vista y asintió de nuevo.

—Jude, ¿por qué te haces esto?

Durante largo rato estuvo callado y yo también. Escuché el murmullo del mar.

—Por varias razones —respondió por fin.

—¿Cómo cuáles?

—A veces lo hago porque me siento tan mal o tan avergonzado que necesito convertir en dolor físico lo que siento —empezó a decir, y me miró antes de volver a bajar la mirada—. Otras veces porque siento muchas cosas y necesito no sentir nada, y eso me ayuda a conseguirlo. Y otras porque me siento feliz y tengo que recordarme que no debería sentir felicidad.

—¿Por qué? —le pregunté en cuanto recobré el habla, pero él solo movió la cabeza y no respondió. Yo también guardé silencio.

Él tomó aire.

—Mira —dijo de pronto con determinación, mirándome a los ojos—. Si quieres suspender la adopción, lo entenderé.

Me quedé tan perplejo que me enfadé; ni se me había pasado por la cabeza. Estaba a punto de gritarle algo cuando lo miré, pero vi que intentaba mostrar coraje y que estaba aterrado. De verdad creía que yo podía hacer algo así. Realmente lo habría entendido si yo le hubiera respondido que sí. Lo esperaba. Más tarde comprendí que en los años que siguieron a la adopción, él siempre se preguntaba cuánto duraría, qué acabaría haciendo él para lograr que yo lo repudiara.

—Jamás lo haría —respondí con toda la firmeza de que fui capaz.

Esa noche intenté hablar con él. Vi que se avergonzaba de lo que hacía, y no entendía por qué me preocupaba tanto, ni por qué aquello nos alteraba tanto a ti, a Andy y a mí.

—No es letal —no cesaba de decir, como si esa fuera la preocupación—. Sé que puedo controlarlo.

Se negaba a ir al psicólogo, pero no podía darme una razón. Noté que odiaba los cortes pero no podía concebir la vida sin hacérselos.

—Necesito hacerlo —no paraba de decir—, lo necesito. Me ayuda a poner las cosas en su sitio.

—Pero sin duda hubo una época en tu vida en que no tenías que hacerlo —le dije.

Y él negó con la cabeza.

—Lo necesito —repitió—. Me ayuda, Harold. Tienes que creerme.

—¿Por qué lo necesitas? —le pregunté.

Él meneó la cabeza.

—Me ayuda a controlar mi vida —dijo por fin.

No se me ocurría qué más que decir.

—La guardaré yo —dije al final cogiendo la bolsa. Él hizo una mueca y asintió—. Jude, si la tiro, ¿prepararás otra?

Él se quedó callado y miró el plato.

—Sí.

La tiré de todos modos, la metí en el fondo de una bolsa de basura y la llevé al contenedor del final de la calle. Recogimos la cocina en silencio, los dos estábamos agotados y ninguno había probado bocado. Luego él se acostó y yo también. En esa época todavía intentaba respetar su espacio personal, si no hubiera sido por eso lo habría abrazado, pero no lo hice.

Me quedé despierto en la cama, pensando en él, en sus largos dedos impacientes por aferrar la cuchilla, y al final bajé a la cocina. Cogí un recipiente grande del cajón de debajo del horno y empecé a meter en él todos los objetos cortantes que encontré: cuchillos, tijeras, sacacorchos, cubiertos para marisco. Luego fui a la sala de estar y me senté en mi sillón, el que mira al mar, con el recipiente en las manos.

Me despertó un crujido. Las tablas de la cocina eran ruidosas y, sentado en la oscuridad, oí el inconfundible golpeteo de su pie izquierdo seguido del roce del derecho, y cómo abría un cajón y unos segundos después lo cerraba, luego abrió otro cajón, y otro, hasta que hubo abierto y cerrado todos los cajones y los armarios. No había encendido la luz, había luna llena, y me lo imaginé de pie en la cocina desprovista de objetos cortantes, asimilando que yo se lo había arrebatado todo, hasta los tenedores. Me quedé sentado, conteniendo la respiración y escuchando el silencio que llegaba de la cocina. Por un instante fue como si tuviéramos una conversación sin hablarnos ni vernos. Y al final lo oí que daba media vuelta y regresaba a su habitación.

Cuando llegué a Cambridge la noche siguiente, fui a su cuarto de baño, hallé otra bolsa, idéntica a la de Truro y la tiré. Nunca volví a encontrar ninguna bolsa más ni en Cambridge ni en Truro. Debió de dar con otro lugar donde esconderlas, un lugar que no descubrí, puesto que no le habrían dejado viajar en avión con las cuchillas. Y cuando yo iba a Greene Street, siempre buscaba la oportunidad de meterme en el cuarto de baño. Allí sí guardaba la bolsa en el viejo escondite, y yo se la robaba, me la metía en el bolsillo y luego la tiraba. Seguro que él sabía que era yo quien lo hacía, pero nunca hablamos de ello y siempre la reponía. No hubo una sola vez que yo mirara y no encontrara una hasta que averiguó que también tenía que esconderlas de ti. Aun así, nunca dejé de buscarlas; cuando iba al apartamento, o más tarde, a la casa de las afueras o al piso de Londres, siempre me metía en su cuarto de baño y buscaba la bolsa, pero dejé de encontrarlas. Los cuartos de baño que diseñaba Malcolm eran de líneas muy limpias, pero incluso en ellos descubrió algún escondite que yo no localizaría.

Con los años intenté hablar de eso con él. El día siguiente al primer descubrimiento de la bolsa llamé a Andy y empecé a chillarle, y Andy dejó que me desahogara, algo muy poco propio de él. «Lo sé. Lo sé —dijo. Y luego—: Harold, no es una pregunta sarcástica ni retórica. Solo quiero que me digas: ¿qué debo hacer?» Y, por supuesto, no supe qué decirle.

Tú fuiste el que más lejos llegó en su relación con él, y sé que te culpabilizabas. Yo también me culpabilizaba. Porque hice algo peor que aceptarlo: lo toleré. Opté por olvidar que lo hacía, porque era demasiado complicado buscar una solución, y porque quería disfrutar de la persona que él quería que viéramos, aunque supiera que había otra. Me decía a mí mismo que así le permitía mantener la dignidad olvidando que durante miles de noches él sacrificaba esa dignidad. Le reprendía e intentaba razonar con él, aunque sabía que esos métodos no funcionaban. Y sin embargo, no intenté nada más; algo más radical que pudiera haberme alejado de él. Yo sabía que me comportaba como un cobarde, ya que nunca le hablé a Julia de la bolsa, nunca le conté lo que había averiguado sobre él aquella noche en Truro. Al final ella lo averiguó, y es una de las pocas veces que la he visto de verdad enfadada. «¿Cómo has podido permitir que siguiera haciéndolo? —me preguntó—. ¿Cómo has podido dejar que eso continuara durante tanto tiempo?» Nunca me hizo directamente responsable, pero yo supe que de algún modo lo pensaba, ¿cómo no iba a pensarlo? También yo me sentía responsable.

Y ahora estaba en su piso, donde hacía unas horas lo habían

golpeado, mientras yo, insomne, daba vueltas en la cama. Me senté en el sofá con el móvil en la mano a esperar que Andy me avisara de que estaba listo para devolvérmelo y dejarlo a mi cuidado. Subí el estor que tenía delante, me recosté y miré el cielo hasta que las nubes se fundieron unas con otras y no vi nada aparte de la bruma gris a medida que el día se desvanecía dando paso a la noche.

Andy llamó a las seis de la tarde, nueve horas después de que yo llevara a Jude a su consulta, y se reunió conmigo en la puerta.

—Está dormido en la consulta —dijo, y añadió—: Tiene la muñeca izquierda y cuatro costillas rotas, pero gracias a Dios no se ha roto ningún hueso de las piernas. Tampoco ha habido conmoción cerebral, menos mal. Se ha fracturado el coxis y se ha dislocado el hombro, se lo he vuelto a colocar. Tiene cardenales por toda la espalda y el dorso; es evidente que lo molieron a patadas, pero no hay hemorragias internas. La cara no está tan dañada como parece: los ojos y la nariz están bien, no hay fracturas, le he aplicado hielo en las contusiones. Tú también tendrás que seguir aplicándoselo.

»Lo que me preocupa son las laceraciones en las piernas. Le he recetado antibióticos; empezaremos por una dosis baja como medida preventiva; de todos modos avísame enseguida si dice que siente calor o que tiene frío, solo faltaría que contrajera una infección. Tiene la espalda «pelada»…

—¿Qué quieres decir?

Él pareció impacientarse.

—Despellejada. Lo azotaron, probablemente con un cinturón, aunque él no ha querido decírmelo. Se la he vendado, y voy a darte un ungüento con antibiótico; tendrás que mantener las heridas limpias y cambiarle los vendajes todos los días. No querrá que lo hagas, pero es muy grave. Aquí tienes todas las instrucciones.

Me entregó una bolsa de plástico en la que había frascos de pastillas, rollos de vendas y tubos de crema.

—Esto son analgésicos, y los odia —dijo sacando algo—. Pero los necesitará; haz que tome una pastilla cada doce horas, una por la mañana y otra por la noche. Lo dejarán atontado, así que no dejes que salga solo, y no debe hacer esfuerzos. También le causará náuseas, pero tienes que obligarlo a comer cosas sencillas como arroz o caldo. Procura que esté sentado en su silla de ruedas, de todos modos no tendrá ganas de moverse.

»He llamado a su dentista y le he pedido hora para el lunes a las nueve; ha perdido un par de dientes. Lo más importante es que duerma todo lo posible. Pasaré todos los días de esta semana. No dejes que vaya a trabajar, aunque... no creo que quiera ir. —Se interrumpió con tanta brusquedad como había empezado y se quedó de pie en silencio—. No puedo creerlo, joder —añadió por fin—. Qué cabrón. Quiero buscar a ese cabrón y matarlo.

—Lo sé. Yo también.

Movió la cabeza.

—No quiere denunciarlo, pese a que he insistido en que lo haga.

—Lo sé. Yo también lo he hecho.

Tuve otro shock cuando lo vi. Hizo que no con la cabeza cuando intenté ayudarlo a sentarse en la silla, de modo que nos limitamos a observar cómo se dejaba caer en ella, todavía con la misma ropa, manchada de sangre reseca.

—Gracias, Andy —dijo con un hilo de voz—. Lo siento.

Andy le puso la mano en la cabeza y no dijo nada.

Cuando regresamos a Greene Street ya era de noche. La silla de ruedas, como sabes, era elegante y ligera, sin empuñaduras, para declarar de forma categórica la autosuficiencia de quien la utiliza, porque se supone que este jamás se permitirá la indignidad de que lo empujen. Había que agarrarla por el respaldo del asiento, que era muy bajo, para manejarla. Me detuve en el vestíbulo para encender las luces y los dos parpadeamos.

—Has limpiado —dijo él.

—Bueno, sí. Aunque no tan bien como lo habrías hecho tú.

—Gracias.

—No hay de qué.

Guardamos silencio.

—¿Por qué no dejas que te ayude a cambiarte de ropa y luego preparo algo de comer?

Él negó con la cabeza.

—No, gracias, no tengo hambre. Además, puedo hacerlo yo mismo. —De pronto se mostraba apagado, contenido: había vuelto a encerrarse en algún sótano impenetrable. Siempre era educado, pero cuando intentaba protegerse o demostrar que se valía por sí mismo, lo era aún más; educado y ligeramente distante, como un explorador entre una tribu peligrosa que trata de no de involucrarse demasiado en sus costumbres.

Suspiré para mis adentros y lo llevé a su habitación; le dije que estaría allí si me necesitaba y él asintió. Me senté en el suelo frente a la puerta cerrada y esperé; oí cómo los grifos se abrían y se cerraban, y luego sus pasos, seguidos de un largo rato de silencio, y por fin el sonido de la cama al sentarse en ella.

Cuando entré estaba acostado y yo me senté a su lado.

—¿Estás seguro de que no quieres comer nada?

—Sí —respondió, y tras un momento de silencio me miró.

Ya podía abrir los ojos, y sobre el blanco de las sábanas se veía de los colores prolíficos y arcillosos del camuflaje: verde selva en los ojos, marrón con vetas doradas en el cabello y el rostro menos morado que por la mañana, más bien de un bronce oscuro y brillante.

—Harold, perdóname. Siento mucho haberte gritado anoche y todas las molestias que te estoy causando. Y siento que...

—Jude —lo interrumpí—, no hay nada que perdonar. Yo soy el que lo siente. Ojalá pudiera hacer que las cosas fueran mejor.

Él cerró los ojos, luego los abrió y desvió la mirada.

—Estoy tan avergonzado —susurró.

Le acaricié el pelo y él dejó que lo hiciera.

—No hay motivos para que lo estés. No has hecho nada malo.

Quería llorar, pero pensé que quizá él también quería, y si él lloraba, yo intentaría evitarlo.

—Lo sabes, ¿verdad? —le pregunté—. Sabes que esto no es culpa tuya. Sabes que no te lo merecías, ¿verdad?

Él no dijo nada, pero yo no paré de preguntárselo hasta que finalmente él asintió.

—Sabes que ese tipo es un cabrón de mierda, ¿no? —le pregunté, y él volvió la cabeza—, y que no tienes nada que reprocharte. Que eso no habla de ti ni de lo que vales.

—Por favor, Harold.

Me callé, aunque en realidad debería haber seguido. Durante un rato permanecimos en silencio.

—¿Puedo hacerte una pregunta? —le dije al cabo de unos segundos. Él asintió.

No sabía qué iba a decir hasta que lo dije, y no sé de dónde salió, solo sé que era algo que siempre había sabido y que nunca había querido preguntar porque me aterraba la respuesta y no quería oírla.

—¿Abusaron de ti sexualmente cuando eras pequeño?

Percibí cómo se ponía rígido y noté que se estremecía. Él aún no me había mirado; se volvió hacia la izquierda desplazando el brazo vendado hacia la almohada que tenía a su lado.

—Por Dios, Harold —respondió él por fin.

—¿Cuántos años tenías cuando ocurrió?

Se hizo un silencio y él apretó la cara contra la almohada.

—Harold, estoy muy cansado. Necesito dormir.

Le puse una mano en el hombro y él se sobresaltó, pero no la aparté. Noté cómo tensaba los músculos, cómo lo recorría un escalofrío.

—Está bien. No tienes nada de que avergonzarte —le dije—. No es culpa tuya, Jude, ¿lo entiendes?

Él fingió dormir, aunque yo seguía notando una vibración, todo su cuerpo estaba alerta y alarmado.

Permanecí un rato más allí sentado, observando su rigidez. Al final salí de la habitación cerrando la puerta tras de mí.

Me quedé el resto de la semana con él. Tú llamaste esa noche, yo contesté y te mentí, te dije algo sobre un accidente. Detecté la preocupación en tu voz y deseé decirte la verdad. Al día siguiente llamaste de nuevo y desde el otro lado de la puerta oí que él también te mentía.

—Un accidente de coche. No, no es grave. ¿Cómo? Estuve en casa de Richard el fin de semana. Me quedé dormido al volante y me estrellé contra un árbol. No lo sé, estaba cansado… He estado trabajando mucho. No, era de alquiler, el mío lo tengo en el taller. No es nada del otro mundo. No, estaré bien. Ya sabes cómo es Harold…, siempre reacciona de forma exagerada. Te lo prometo. Te lo juró. No, estará en Roma hasta finales del mes que viene. Te lo prometo, Willem. ¡No pasa nada! De acuerdo. Lo sé. Sí, te lo prometo. Lo haré. Yo también. Adiós.

En general se mostraba dócil y tratable. Cada mañana se tomaba la sopa y las pastillas, que lo dejaban soñoliento, luego trabajaba un poco, pero a las once estaba durmiendo en el sofá. Dormía el resto de la mañana y toda la tarde, y yo lo despertaba para cenar. Tú lo llamabas todos los días y Julia también. Aunque yo siempre intentaba escuchar con disimulo, no oía gran cosa, solo que él apenas hablaba, lo que significaba que Julia debía de estar diciéndole muchas cosas. Malcolm fue a verlo unas cuantas veces, y también lo hicieron los dos Henry Young, Elijah y Rhodes. JB le envió un dibujo de un lirio; yo nunca lo había visto dibujar flores. Él discutió conmigo, como predijo Andy, sobre las vendas en las piernas y la espalda; no me la dejó ver por mucho que le supliqué y le insistí. Solo a Andy le permitía hacérselo.

—Tendrás que venir a mi consulta cada dos días para que te las cambie —le dijo—. Hablo en serio.

—De acuerdo —respondió él.

Un día fue a verlo Lucien, pero estaba durmiendo.

—No lo despiertes —me dijo, y atisbándolo desde la puerta, murmuró—: Dios mío.

Hablamos un poco, y él me comentó cuánto admiraban todos a Jude en el bufete, algo que un padre nunca se cansa de oír de su hijo, tanto si tiene cuatro años, está en preescolar y sobresale haciendo figuras de barro, como si tiene cuarenta, trabaja en un bufete de abogados y destaca protegiendo a delincuentes del mundo empresarial.

—Si no conociera tan bien tus convicciones, te diría que debes de sentirte orgulloso de él. —Sonrió.

Era evidente que Lucien apreciaba mucho a Jude, y me descubrí un poco celoso y acto seguido enfadado por sentir celos.

—Sí. Me siento orgulloso de él —contesté.

De pronto me sentía fatal por todos mis reproches por trabajar para Rosen Pritchard, el único lugar donde se sentía seguro e ingrávido, y donde sus temores e inseguridades se desvanecían.

El lunes siguiente, la víspera de mi partida, tenía mejor aspecto; las mejillas seguían de color mostaza, pero había remitido la hinchazón y se le volvían a notar los huesos de la cara. Respirar y hablar le resultaba un poco menos doloroso, y su voz era menos áspera, más reconocible. Andy le había permitido reducir a la mitad la dosis matinal de analgésicos y estaba más alerta, aunque no exactamente más animado. Jugamos una partida de ajedrez que él ganó.

—Volveré el jueves por la noche —le dije mientras cenábamos.

Ese trimestre solo impartía clases los martes, los miércoles y los jueves.

—Gracias, Harold, pero no tienes por qué… Estaré bien, en serio.

—Ya he comprado el billete. Además, no tienes por qué decir siempre que no. Aceptación, Jude, ¿recuerdas?

Él no dijo nada más.

¿Qué más puedo contarte? Él volvió al trabajo el miércoles de esa misma semana, pese a que Andy le aconsejó que se quedara en casa unos días más. Y, pese a sus amenazas, Andy fue todas las noches a cambiarle los vendajes y a examinarle las piernas. Julia regresó, y todos los fines de semana de octubre ella o yo fuimos a Nueva York y nos alojábamos en Greene Street. Malcolm dormía allí el resto de la semana. A él no le gustaba esa planificación, pero decidimos que nos traía sin cuidado lo que pensara sobre este asunto.

Se recuperó. No tuvo ninguna infección en las piernas ni en la espalda. Andy no paraba de decir que había tenido suerte. Jude recuperó el peso que había perdido. A comienzos de noviembre, cuando tú regresaste, estaba casi curado. Para el día de Acción de Gracias de ese año, que celebramos en nuestro piso de Nueva York para ahorrarle el viaje, ya le habían quitado la escayola y volvía a caminar. Lo observé con atención durante la comida, mientras hablaba con Laurence y se reía con una de sus hijas, pero yo no podía dejar de pensar en él aquella noche, la cara que puso cuando Caleb lo agarró por la muñeca, el dolor, la vergüenza y el miedo que traslució. Pensé en el día que me enteré de que iba en silla de ruedas, poco después de que descubriera la bolsa de las cuchillas en la casa de Truro. Me encontraba en la ciudad para asistir a una conferencia, y al verlo entrar en el restaurante en su silla de ruedas me quedé asombrado. «¿Por qué no me lo has dicho nunca?», le pregunté. Él fingió sorprenderse y actuó como si creyera que lo había hecho. «No, no me lo dijiste», insistí. Al final confesó que no quería que lo viera como un ser débil e indefenso. «Yo nunca te veré así», repliqué, y aunque no creía haberlo hecho nunca, era cierto que eso cambió mi percepción de él, pues quedó patente que lo que sabía de él solo era una pequeña parte de su historia.

A veces daba la impresión de que lo ocurrido esa semana había sido producto de un hechizo que solo Andy y yo habíamos presenciado. En los meses que siguieron, cuando alguien hacía alguna broma sobre el pésimo conductor que era Jude, o se metía con sus ambiciones de ganar el Wimbledon, él se reía y hacía algún comentario mofándose de sí mismo. En esos momentos nunca me miraba; yo le recordaba lo que había sucedido, lo que consideraba su degradación.

Solo más tarde comprendí que esa experiencia se había llevado una parte importante de él, lo había cambiado; era otra persona, tal vez era la que había sido en el pasado. En los meses anteriores a su relación con Caleb estaba más sano que nunca; dejaba que lo abrazara al saludarlo, y cuando lo tocaba o lo rodeaba con el brazo al pasar por su lado en la cocina no me rechazaba, seguía troceando las zanahorias sin cambiar el ritmo. Había tardado veinte años en llegar a eso. Sin embargo, después de que Caleb pasara por su vida experimentó un retroceso. Cuando me acerqué a él el día de Acción de Gracias para abrazarlo, dio rápidamente un paso hacia la izquierda, lo justo para que mis brazos se cerraran en el aire; en ese instante nos miramos y supe que lo que se me había permitido unos meses atrás me estaría vedado en el futuro, supe que tendría que empezar de cero y también supe que Jude había decidido que Caleb tenía razón: él era un ser repugnante y se merecía lo que le había ocurrido. Eso era lo peor, la autocensura. Había optado por creer a Caleb porque confirmaba lo que siempre había pensado y lo que le habían inculcado, y siempre era más fácil creer lo que uno ya pensaba que intentar cambiar de parecer.

Más adelante, cuando las cosas empeoraran, me preguntaría qué podría haber dicho o hecho. A veces pensaba que nada habría servido, y aunque hubiésemos podido ayudarlo, no habría dejado que lo persuadiéramos. Yo seguía teniendo fantasías: el revólver, la batida en su búsqueda, el número 50 de la calle Veintinueve Oeste, puerta 17J. Pero esta vez no disparábamos. Agarrábamos a Caleb Porter por los brazos y lo metíamos en el coche, lo llevábamos a Greene Street y lo arrastrábamos escaleras arriba. Le decíamos las palabras que tenía que pronunciar y le advertíamos de que estaríamos escuchando al otro lado de la puerta, con la pistola amartillada apuntando a su espalda. Le oiríamos decir: «Lo siento, no era mi intención hacerte daño. Lo que hice está mal, pero es aún peor lo que te dije. No iba dirigido a ti. Eres hermoso y perfecto, por favor, créeme, me equivoqué».

3

Todos los días a las cuatro de la tarde, después de la última clase y antes de empezar a realizar sus tareas, Jude disponía de una hora libre, y los miércoles, dos. Adquirió el hábito de dedicar esas tardes a leer o a explorar los jardines, pero desde que el hermano Luke le había dado permiso pasaba esas horas en el invernadero. Si lo encontraba allí, lo ayudaba a regar las plantas memorizando sus nombres —*Miltonia spectabilis*, *Alocasia amazonica*, *Asystasia gangetica*— para luego repetírselas y ganarse un elogio. «Creo que la *Heliconia vellerigera* ha crecido», comentaba acariciando sus brácteas vellosas, y el hermano Luke lo miraba y meneaba la cabeza. «Santo cielo, tienes una memoria prodigiosa», decía, y él sonreía para sí, orgulloso de haberlo impresionado.

Si el hermano Luke no estaba allí, pasaba el rato jugando con sus pertenencias. El hermano le había enseñado que detrás de los maceteros de plástico del fondo había una pequeña rejilla y al retirarla dejaba a la vista un pequeño hoyo lo bastante grande para guardar en él sus posesiones dentro de una bolsa de la basura. Así que Jude había desenterrado su alijo de ramitas y piedras de debajo del árbol y lo había trasladado al invernadero, donde el ambiente era más cálido y húmedo, y podía manipularlo sin perder la sensibilidad en las manos. Con los meses Luke había proporcionado más objetos para su colección: una oblea de vidrio marino que, según él, era del color de sus ojos; un silbato metálico con una pequeña bola en el interior que al sacudirlo sonaba como una campana, y un pequeño muñeco de tela con un gorro de lana granate y un cinturón ribeteado de diminutas cuentas color turquesa que, según decía el hermano, había hecho un indio navajo y él lo tenía desde que era niño. Dos meses atrás, al abrir la bolsa encontró un bastón de caramelo que le había dejado Luke, y Jude se emocionó; siempre había querido probar los bastones de caramelo, y lo partió en pedazos, los lamió hasta convertirlos en una afilada punta de lanza y luego, haciendo rechinar las muelas con el azúcar incrustado, los mordió.

El hermano le pidió que al día siguiente fuera directamente al invernadero después de clase, porque tenía una sorpresa para él. Jude estuvo todo el día ansioso y distraído, y aunque el hermano Michael lo atizó en la cara y el hermano Peter en las nalgas, él apenas se enteró. Solo la amenaza del hermano David de que tendría que hacer tareas extra en su tiempo libre si no se concentraba, lo obligó a prestar atención y llegar al final de la jornada.

En cuanto salió y estuvo lejos del campo visual del monasterio, echó a correr. Era primavera y se sentía feliz. Le encantaban los cerezos con su manto de flores rosas, los tulipanes de colores inverosímiles y la hierba nueva, tierna y delicada bajo sus pies. A veces, cuando estaba solo, sacaba el muñeco navajo y una ramita con forma de persona que había encontrado y se sentaba en la hierba a jugar con ellos. Les ponía voces y hablaba en susurros, ya que el hermano Michael le había dicho que los niños no jugaban con muñecos y que además ya era demasiado mayor para eso.

Se preguntó si el hermano Luke lo había visto correr. Un miércoles le dijo: «Hoy te he visto correr», y al ver que Jude abría la boca para disculparse, añadió: «¡Qué rápido eres, chico! ¡Eres un gran corredor!», y él se quedó literalmente con la boca abierta, hasta que el hermano, riéndose, le dijo que la cerrara.

Cuando Jude entró en el invernadero, no vio a nadie.

—¡Hola! —gritó—. ¿Hermano Luke?

—¡Aquí dentro! —respondió él, y Jude se volvió hacia la pequeña habitación anexa al invernadero, donde se almacenaban los suministros de fertilizante y agua ionizada, y se guardaban las podaderas y las tijeras de jardinería colgadas formando una hilera, y en cuyo suelo se amontonaban las bolsas de abono. A Jude le encantaba esa habitación, su olor a musgo y a madera. Se dirigió a ella con ilusión y llamó a la puerta.

Al entrar se sintió desorientado. La habitación estaba oscura y silenciosa, solo había una pequeña llama a cuya luz vio al hermano Luke inclinado en el suelo.

—Acércate —le dijo el hermano, y al ver lo tímidamente que Jude lo hacía, añadió riéndose—: Acércate más. No pasa nada, Jude.

Jude se acercó, y el hermano sostuvo algo en alto y gritó:

—¡Sorpresa!

Jude vio que era un *muffin* con una cerilla de madera clavada en el centro encendida.

—¿Qué es?

—Hoy es tu cumpleaños, ¿no? Pues este es tu pastel de cumpleaños. Vamos, piensa un deseo y sopla.

—¿Es para mí? —le preguntó mientras la llama parpadeaba.

—Sí, es para ti —dijo el hermano—. Deprisa, piensa un deseo.

Él nunca había tenido un pastel de cumpleaños, pero había

leído un cuento y sabía lo que tenía que hacer. Cerró los ojos y pensó un deseó, luego los abrió y sopló, y la habitación se quedó a oscuras.

—Felicidades —le dijo el hermano, y encendió la luz. Le ofreció el *muffin*, y cuando Jude hizo ademán de ofrecerle un pedazo, el hermano lo rehusó—. Es tuyo —dijo.

Él se comió el *muffin*, que tenía pequeños arándanos, y le pareció lo más rico que jamás había probado, dulce y abizcochado. El hermano lo observó sonriente.

—Y tengo algo más para ti —le dijo, y de su espalda sacó una gran caja plana envuelta en papel de periódico y atada con una cuerda—. Vamos, ábrela.

Jude retiró el envoltorio con cuidado para que sirviera de nuevo. Era una caja de cartón gastado y dentro había una colección de piezas redondas de madera. Cada pieza tenía unas ranuras en ambos lados, y el hermano Luke le enseñó a encajarlas unas con otras para construir cubos, y a colocar ramitas encima a modo de tejado. Años después, ya en la universidad, vería en el escaparate de una juguetería una caja similar y se daría cuenta de que a su regalo le faltaban piezas: una estructura triangular de dos vertientes de color rojo para el tejado, y planchas planas y verdes que se colocaban en el suelo. Pero en ese momento enmudeció de alegría hasta que recordó sus modales y le dio las gracias al hermano una y otra vez.

—De nada. No se cumplen ocho años todos los días, ¿no?

—No —reconoció él con una gran sonrisa, y durante el tiempo libre que le quedaba construyó casas y cubos con las piezas mientras el hermano Luke lo observaba y alargaba de vez en cuando una mano para ponerle el pelo detrás de las orejas.

Pasaba todo el tiempo que podía en el invernadero con el hermano Luke. Cuando estaba con él era otra persona. Los demás hermanos lo veían como una carga, una serie de problemas y deficiencias, y no había día que no sacaran a relucir una nueva lista de defectos; era demasiado soñador, demasiado emocional, demasiado enérgico, demasiado fantasioso, demasiado curioso, demasiado impaciente, demasiado flaco, demasiado travieso. Debía mostrarse más agradecido, más refinado, más comedido, más respetuoso, más paciente, más hábil, más disciplinado, más reverente. En cambio, para el hermano Luke él era inteligente, rápido, listo, encantador. El hermano Luke nunca lo reprendía por hacer demasiadas preguntas, ni le decía que tenía que esperar a crecer para saber ciertas cosas. La primera vez que le hizo cosquillas, jadeó y se rió sin poder controlarse, y el hermano Luke se rió con él, y los dos rodaron por el suelo debajo de las orquídeas. «Tienes una risa encantadora», le decía el hermano Luke, «Qué bonita sonrisa tienes, Jude», «Qué alegre eres», hasta que le pareció que el invernadero era un lugar embrujado, que lo transformaba en el chico que el hermano Luke veía, divertido y brillante cuya compañía era agradable, una persona distinta y mejor que quien era en realidad.

Cuando las cosas no iban bien con los demás hermanos, se imaginaba en el invernadero jugando con sus pertenencias y hablando con el hermano Luke, y se repetía a sí mismo lo que este le decía. A veces todo se torcía tanto que le castigaban sin cenar, pero al día siguiente encontraba en su habitación algo que le había dejado el hermano: una flor, una hoja roja o una bellota especialmente bulbosa de las que había empezado a coleccionar y guardaba bajo la rejilla.

A los demás hermanos no les pasó por alto que pasaba mucho

tiempo con el hermano Luke y a él le pareció que lo desaprobaban. «Ten cuidado con Luke —lo advirtió nada menos que el hermano Pavel, que siempre lo golpeaba y le chillaba—. No es lo que parece.» Pero él no hizo caso. Ninguno de ellos era lo que parecían.

Un día acudió tarde al invernadero. Había sido una semana muy dura; lo habían golpeado mucho y le dolía todo al andar. La tarde anterior lo habían visitado el hermano Gabriel y el hermano Matthew, y sentía todos sus músculos. Era viernes; el hermano Michael lo había soltado más temprano que de costumbre y él decidió ir a jugar con sus piezas de madera. Después de esas sesiones siempre deseaba estar solo; solo quería sentarse en aquel espacio bien caldeado con sus juguetes y fingir que estaba lejos de allí.

No había nadie en el invernadero cuando llegó. Levantó la rejilla para sacar el muñeco indio y la caja de las piezas de madera, y se puso a jugar con ellos; de pronto se sorprendió llorando. Trató de calmarse, ya que con los sollozos solo lograba sentirse peor, además los hermanos no los soportaban y si lo veían llorar le castigaban, por eso, había aprendido a hacerlo en silencio, pero eso era doloroso y requería toda su concentración, de modo que dejó los juguetes a un lado. Se quedó allí hasta que sonó la primera campana, entonces lo guardó todo y corrió colina abajo hacia la cocina, donde debía pelar zanahorias y patatas, y trocear apio para la cena.

Un día, por motivos que nunca pudo determinar, ni siquiera de adulto, las cosas se pusieron realmente feas. No sabía qué había hecho, a él le parecía que se comportaba como siempre. De pronto fue como si la paciencia de todos los hermanos se hubiera agotado. Hasta los hermanos David y Peter, que le prestaban los libros que quería, estaban menos inclinados a hablar con él.

—Vete, Jude —le dijo el hermano David cuando fue a hablar

con él sobre un libro de mitología griega que le había dejado—. No quiero atenderte ahora.

Poco a poco Jude se convenció de que querían deshacerse de él y se sintió aterrado, pues el monasterio era el único hogar que había conocido. ¿Cómo sobreviviría y qué haría en el mundo exterior, donde, según le habían dicho los hermanos, acechaban los peligros y las tentaciones? Sabía que podía trabajar, entendía de jardinería, y sabía cocinar y limpiar. Quizá alguien querría acogerlo en su casa. En ese caso, se dijo para tranquilizarse, se comportaría mejor. No cometería ninguno de los errores que había cometido con los hermanos.

—¿Sabes cuánto nos cuesta cuidar de ti? —le preguntó un día el hermano Michael—. Nunca contamos con tenerte aquí tanto tiempo.

Él no supo qué responder y se quedó mirando la mesa sin decir palabra.

—Deberías disculparte —le dijo el hermano Michael.

—Lo siento —susurró él.

Estaba tan cansado que ni siquiera tenía fuerzas para ir al invernadero. A partir de ese día, después de clase bajaba al sótano y se refugiaba en un rincón, donde el hermano Pavel afirmaba que había ratas y el hermano Matthew lo negaba, se subía a uno de los estantes metálicos donde guardaban aceite, pasta y sacos de harina, y descansaba hasta que sonaba la campana y tenía que subir de nuevo. Durante las cenas evitaba al hermano Luke, y cada vez que él le sonreía le volvía la cabeza. Ahora sabía con seguridad que no era el niño que él creía —¿alegre?, ¿divertido?— y se avergonzaba de sí mismo, de haberlo engañado de ese modo.

Llevaba poco más de una semana evitando a Luke cuando un

día encontró al hermano esperándolo en su escondite. Buscó algún lugar donde ocultarse pero no había ninguno, entonces se echó a llorar, se volvió hacia la pared y se disculpó.

—Tranquilo, Jude —le dijo el hermano Luke, dándole palmaditas en la espalda. No te preocupes—: Ven, siéntate a mi lado —le dijo sentándose en los escalones del sótano.

Jude dijo que no con la cabeza, estaba demasiado avergonzado para hacerlo.

—Siéntate al menos —insistió Luke, y al final se sentó pegado a la pared.

Luke se levantó y empezó a rebuscar en las cajas almacenadas en los estantes altos hasta que encontró algo y se lo tendió: era zumo de manzana en un envase de cristal.

—No puedo —respondió él al instante.

No tenía autorización para estar en el sótano; entraba en él colándose por la pequeña ventana del lateral y luego trepaba los estantes metálicos. El padre Pavel era el encargado del almacén y todos los días contaba los suministros; si faltaba algo le echarían la culpa a él. Siempre lo hacían.

—No te preocupes, Jude —le dijo el hermano—. Yo lo reemplazaré. Vamos, toma.

Después de varias súplicas por fin lo aceptó. El zumo era tan dulce que se debatió entre beberlo a sorbos para hacerlo durar o tragarlo de golpe, por si el hermano cambiaba de opinión y se lo arrebataba de las manos.

Cuando terminó de bebérselo se quedaron sentados en silencio.

—Jude, lo que hacen contigo no está bien —susurró el hermano al cabo de un rato—. No deberían hacerte daño. —Él casi se echó a llorar de nuevo—. Yo nunca te haría daño, Jude, lo sabes, ¿verdad?

Y Jude fue capaz de mirar a Luke, su rostro alargado, amable y preocupado, con su corta barba gris y las gafas que le agrandaban los ojos, y asintió.

—Lo sé.

El hermano Luke guardó silencio mucho rato antes de volver a hablar.

—¿Sabes, Jude? Antes de que yo entrara en el monasterio tenía un hijo. Tú me lo recuerdas mucho. Le quería muchísimo, pero murió y entonces me vine aquí.

Él no sabía qué decir, y al parecer no hacía falta que dijera nada, ya que el hermano Luke siguió hablando.

—A veces te miro y pienso que no mereces el trato que te dan. Mereces estar en otro lugar, con alguien que... —Se interrumpió de nuevo, porque él volvía a llorar—. Jude.

—Por favor, hermano Luke... —dijo él sollozando—, no quiero que me lleven a otro lugar. Me portaré mejor, lo prometo. No deje que me lleven a otro sitio.

El hermano se sentó a su lado, apretándose contra su cuerpo.

—Jude, no te enviarán a ninguna parte. Te lo prometo. Nadie te llevará a otro lugar.

Al final él logró calmarse de nuevo y los dos se quedaron allí mucho rato en silencio.

—Solo quería decirte que mereces estar con alguien que te quiera tanto como yo. Si estuvieras conmigo, nunca te haría daño. Lo pasaríamos muy bien juntos.

—¿Qué haríamos? —preguntó él por fin.

—Bueno —respondió Luke despacio—, podríamos ir de acampada. ¿Has ido alguna vez?

Él no había ido nunca, como era natural, y Luke le describió la tienda, la fogata, la fragancia y el crepitar de la madera de pino al arder, las golosinas de nube ensartadas en una rama y el ulular de las lechuzas.

Al día siguiente Jude regresó al invernadero, y a lo largo de las semanas y los meses que siguieron Luke le contó todo lo que podrían hacer los dos juntos: irían a la playa, a la ciudad y a una feria. Comerían pizza, hamburguesas, maíz en mazorca y helado. Aprendería a jugar al béisbol y a pescar, y vivirían en una pequeña cabaña los dos solos, como padre e hijo, y todas las mañanas leerían y por las tardes jugarían. Tendrían un huerto donde plantarían toda clase de hortalizas y también flores, y sí, algún día quizá tendrían un invernadero. Lo harían todo juntos, irían juntos a todas partes, serían como los mejores amigos.

Él se sentía embriagado al oír las historias de Luke, y cuando las cosas se le ponían muy crudas pensaba en ellas: el huerto donde plantarían calabazas y calabacines, el riachuelo que correría detrás de la cabaña y donde pescarían percas, la cabaña —una versión más grande de la que él construía con las piezas de madera—, donde Luke le prometía que tendría una cama de verdad e incluso en las noches más frías siempre estaría caliente y podrían hornear *muffins* todas las mañanas.

Una tarde de comienzos de enero hizo tanto frío que tuvieron que cubrir con tela de arpillera todas las plantas del invernadero y estuvieron trabajando en silencio. Él siempre sabía cuándo Luke quería hablar de su futura cabaña y cuándo no, y ese era uno de sus días taciturnos en los que parecía tener la mente en otra parte. El hermano Luke nunca se mostraba antipático, si no estaba de humor, callaba, pero era la clase de silencio que él sabía que debía evitar. Sin embargo, estaba ansioso porque le contara una de sus historias, la necesitaba. Había sido un día horrible, uno de esos días que quería morir, y anhelaba oír a Luke hablar de la cabaña y de todas las cosas que harían cuando estuvieran los dos solos. En su cabaña no estaría el hermano Matthew, ni el padre Gabriel ni el hermano Peter. Nadie le gritaría ni le haría daño. Sería como vivir en el invernadero, un encantamiento sin fin.

Se estaba recordando que no debía hablar cuando el hermano Luke se dirigió a él.

—Jude, hoy estoy muy triste.

—¿Por qué, hermano Luke?

Luke guardó silencio unos momentos.

—Bueno, sabes lo que me importas, ¿verdad? Pero últimamente he notado que yo no te importo a ti.

Eso era algo terrible y por un instante Jude no pudo hablar.

—¡Eso no es cierto!

Pero el hermano Luke meneó la cabeza.

—Aunque no me canso de hablarte de nuestra cabaña en el bosque, no tengo la impresión de que quieras ir de verdad allí. Para ti solo son historias, cuentos de hadas.

Jude negó con la cabeza.

—No, hermano Luke. Para mí también es algo real. —Ojalá pudiera transmitirle lo real que era, cuánto la necesitaba y cómo lo había ayudado. Si bien el hermano Luke parecía muy disgustado, al final logró convencerlo de que él también quería esa vida, que quería vivir con él y con nadie más, y que haría lo que fuera necesario para conseguirlo. Entonces el hermano sonrió y se agachó para abrazarlo, frotándole la espalda con las manos.

—Gracias, Jude —le dijo, y él se sintió tan feliz de haberlo puesto contento que le dio las gracias a su vez.

Entonces el hermano Luke lo miró, de repente estaba serio. Le había dado muchas vueltas, dijo, y creía que ya iba siendo hora de construir la cabaña; había llegado el momento de irse de allí. Pero no lo haría solo. ¿Lo acompañaría él? ¿Le daba su palabra? ¿Deseaba con tanta intensidad como él que los dos vivieran juntos en su pequeño y perfecto mundo? Y él sí que lo deseaba, por supuesto que lo deseaba.

De modo que trazaron un plan. Se marcharían al cabo de dos meses, antes de Semana Santa; celebrarían el noveno cumpleaños de Jude en su cabaña. El hermano Luke se ocuparía de todo; lo único que tenía que hacer él era portarse bien, estudiar mucho y no causar problemas. Y, aún más importante, no decir una palabra. Si descubrían lo que se proponían hacer lo mandarían lejos del monasterio, le dijo el hermano Luke, para que se abriera camino solo, y entonces él ya no podría ayudarlo. Él se lo prometió.

Los dos meses siguientes fueron terribles y maravillosos al mismo tiempo. Terribles por lo despacio que transcurrieron. Maravillosos porque él tenía un secreto; un secreto que le hacía la vida más llevadera, pues sabía que sus días en el monasterio estaban contados. Todos los días se despertaba ilusionado, porque faltaba un día menos para marcharse con el hermano Luke. Cada vez que estaba con uno de los hermanos, recordaba lo pronto que estaría lejos de ellos y se portaba un poco menos mal. Cada vez que le pegaban o le gritaban, se imaginaba en la cabaña y eso le daba la fortaleza —una palabra que el hermano Luke le había enseñado— para soportarlo.

Había suplicado al hermano Luke que dejara que le ayudara con los preparativos y el hermano Luke le pidió que recogiera una muestra de las flores y las hojas de las distintas plantas que había en los jardines del monasterio. Así, por las tardes Jude deambulaba por la propiedad con la Biblia en la mano, prensando hojas y pétalos entre sus páginas. Pasaba menos tiempo en el invernadero, pero cuando veía a Luke, este le hacía uno de sus guiños y él sonreía para sí. Su secreto era algo cálido y delicioso.

Por fin llegó la noche señalada, Jude estaba nervioso. El hermano Matthew había estado con él a primera hora de la tarde, justo después de comer, pero al final se marchó y lo dejó solo. Cuando apareció el hermano Luke y se llevó un dedo a los labios, él asintió. Esperó a que Luke metiera sus libros y su ropa interior en la bolsa de papel que sostenía abierta, y a continuación recorrieron de puntillas el pasillo, bajaron las escaleras, atravesaron el edificio a oscuras y salieron a la noche.

—Hay que andar un poco hasta el coche —le susurró Luke, pero al ver que se detenía, le preguntó—: ¿Qué pasa, Jude?

—La bolsa que guardo en el invernadero.

Y entonces Luke lo miró con su amable sonrisa y le puso una mano en la cabeza.

—Ya está en el coche —le dijo, y él sonrió a su vez, agradecido.

Aunque hacía mucho frío, él apenas lo notaba. Tomaron el largo camino de grava hasta cruzar las verjas de madera del monasterio, subieron la colina que conducía a la carretera principal y siguieron andando por ella en medio de la silenciosa noche. El hermano Luke le señaló las distintas constelaciones, y Jude se las aprendió al instante.

—Eres tan inteligente —murmuró Luke lleno de admiración, acariciándole la nuca—. Me alegro tanto de haberte escogido, Jude.

Se encontraban en la carretera, por la que Jude solo había pasado unas pocas veces en su vida, para ir al médico o al dentista. En esos momentos estaba desierta, solo pequeños animales, ratas almizcleras y comadrejas la atravesaban. Por fin llegaron al vehículo, una larga camioneta granate salpicada de herrumbre, con el asiento trasero lleno de cajas y bolsas de la basura negras, y algunas de las plantas favoritas de Luke en un plástico verde oscuro: *Cattleya schilleriana*, con sus feos pétalos moteados, o *Hylocereus undatus*, con la copa de la flor caída y somnolienta.

Era extraño ver al hermano Luke al volante de un coche y aún más extraño estar sentado a su lado. Pero lo más raro era la sensación de que todo había valido la pena, de que sus penas se acabarían porque se dirigía a una vida tan buena o mejor incluso que las que había leído en los libros.

—¿Listo para partir? —le susurró el hermano Luke.

—Sí —susurró él a su vez, sonriente.

Y el coche arrancó.

Había dos maneras de olvidar. Durante muchos años había imaginado que tenía una cámara acorazada, y al final del día reunía todas las imágenes, secuencias y palabras en las que no quería volver a pensar, abría la pesada puerta de acero, las metía a toda prisa en su interior y luego la cerraba a cal y canto. Pero no era un método muy efectivo porque los recuerdos lograban escabullirse. Comprendió que lo importante era eliminarlos, no solo guardarlos.

De modo que inventó otras soluciones. Los recuerdos pequeños —desaires, insultos— los revivía una y otra vez hasta que los neutralizaba, hasta que a base de repetirlos se volvían casi insignificantes, o bien hasta que lograba convencerse de que le habían sucedido a otro y él solo los había oído contar. Si los recuerdos eran más grandes, contemplaba la escena mentalmente como si se tratara de una secuencia de cine y a continuación la borraba, fotograma a fotograma. Ninguno de los dos métodos era sencillo: no era posible detenerse en mitad del proceso de borrado para examinar el recuerdo, por ejemplo, y tampoco podía revisar partes de él sin verse atrapado en los detalles de lo ocurrido. Además, tenía que hacerlo noche tras noche, hasta eliminarlos del todo.

Aun así, los recuerdos nunca desaparecían por completo, pero al menos estaban más alejados; no lo perseguían como espectros intentando llamar su atención, saltando delante de él cuando los pasaba por alto o exigiendo una parte tan considerable de su tiempo y de sus esfuerzos que era imposible pensar en otra cosa. En los períodos de inactividad, antes de conciliar el sueño, los minutos previos al aterrizaje tras un vuelo nocturno o cuando no estaba lo bastante despierto para trabajar ni lo bastante cansado para dormir, los recuerdos se reafirmaban, de modo que era mejor imaginar una enorme pantalla blanca, iluminada e inmóvil, y mantenerla en la mente a modo de un escudo protector.

En las semanas que siguieron a la paliza, se concentró en olvidar a Caleb. Antes de acostarse se acercaba a la puerta del piso y, aun a riesgo de sentirse estúpido, ponía las llaves antiguas en las cerraduras para asegurarse de que no encajaban. Configuraba una y otra vez la alarma que había instalado, era tan sensible que hasta las sombras disparaban una andanada de pitidos al pasar. Luego se quedaba despierto con los ojos abiertos en la habitación oscura, concentrado en olvidar, pero resultaba muy difícil. Eran tantos los recuerdos dolorosos de los últimos meses que se sentía abrumado. Oía la voz de Caleb, veía la expresión de su cara mientras contemplaba su cuerpo desnudo, sentía el horrible vacío sin aire al caer rodando por las escaleras y entonces se hacía un ovillo, se tapaba los oídos con las manos y cerraba los ojos. Después se levantaba e iba a su despacho, situado en el otro extremo del apartamento, y se ponía a trabajar. Tenía un caso importante entre manos y lo agradecía: durante el día estaba tan ocupado que casi no tenía tiempo para pensar en nada más. Pasó un tiempo en que apenas pasaba por su casa, solo iba para dormir un par de horas, ducharse y cambiarse de ropa. Hasta que una tarde tuvo un ataque serio en la oficina, el primero que le sobrevenía allí. El portero de noche lo encontró en el suelo y llamó al departamento de seguridad del edificio, que a su vez llamó al presidente de la compañía, un hombre llamado Peterson Tremain, quien se ocupó de telefonear a Lucien, que era al único al que Jude había dado instrucciones de qué hacer en caso de que eso sucediera. Lucien se puso en contacto con Andy y el presidente y él acudieron a la oficina para recibir al médico. Jude vio sus pies, y aun jadeando y retorciéndose por el suelo intentó encontrar la energía para suplicarles que lo dejaran solo. No se fueron, Lucien le limpió con delicadeza el vómito de la boca, luego se sentó a su lado en el suelo y le cogió la mano; él se sintió tan avergonzado que casi chilló. Aunque cuando todo hubo pasado les aseguró una y otra vez que no era nada, que le pasaba muy a menudo, ellos le obligaron a tomarse el resto de la semana libre. El siguiente lunes Lucien le informó de que iban a obligarle a irse a casa a una hora razonable: a medianoche los días entre semana y a las nueve de la noche los fines de semana.

—Esto es ridículo, Lucien —replicó él con frustración—. No soy ningún crío.

—Créeme, Jude, les dije a los miembros de la junta que debíamos tratarte como a un caballo árabe en el Preakness, pero todos están preocupados por tu salud. Además, está el caso que tienes entre manos. Piensan que si te pones enfermo lo perderemos.

Discutió mucho con Lucien, pero no le sirvió de nada: a medianoche, las luces de su oficina se cerraban de repente, y Jude tuvo que resignarse a volver a casa a la hora que le impusieron.

Desde el incidente con Caleb, Jude no se había visto con fuerzas para hablar con Harold; incluso verlo era para él una especie de tortura. Las visitas de Harold y de Julia, cada vez más frecuentes, se convirtieron en un desafío. A Jude le mortificaba que Harold lo hubiera visto en aquel estado; cuando recordaba a Harold mirándole los pantalones ensangrentados y preguntándole por su niñez (¿tan obvio era?), sentía tantas náuseas que tenía que dejar lo que estaba haciendo y esperar a que se le pasaran. Notaba que Harold se esforzaba por tratarlo como siempre, pero algo había cambiado. Harold ya no se metía con él por trabajar en Rosen Pritchard ni le preguntaba qué se sentía al defender las malas prácticas empresariales. Y, por descontado, nunca mencionaba la posibilidad de que sentara la cabeza y se emparejara. Ahora solo se interesaba por su salud: ¿qué tal estaba? ¿Cómo se sentía? ¿Mejoraban las piernas? ¿Se cansaba mucho? ¿Utilizaba a menudo la silla de ruedas? ¿Necesitaba ayuda? Jude siempre respondía lo mismo: bien, bien; no, no, no.

Luego estaba Andy, que sin previo aviso había reanudado las llamadas nocturnas. Ahora lo telefoneaba todas las noches a la una de la madrugada, y durante los chequeos, que había intensificado a cada quince días, se mostraba callado y educado; eso no era propio de él y lo inquietaba. Le examinaba las piernas, le contaba los cortes, le hacía las mismas preguntas de siempre, le comprobaba los reflejos. Y cuando, al llegar a casa después de cada visita, Jude vaciaba las monedas de los bolsillos descubría que Andy le había deslizado una tarjeta con el nombre de un psicólogo llamado Sam Loehmann, en que había escrito algún mensaje: «LA PRIMERA VISITA CORRE DE MI CUENTA», «HAZLO POR MÍ, JUDE» o «SOLAMENTE UNA VEZ». Era como las irritantes predicciones de las galletitas chinas, y él siempre las tiraba. Si bien el gesto le conmovía, también le cansaba por inútil; era la misma sensación que tenía al volver a pegar la bolsa de cuchillas debajo del lavabo después de las visitas de Harold. Iba a la esquina del inodoro donde guardaba una caja repleta de vendas, gasas, toallitas con alcohol y paquetes de cuchillas, y preparaba una nueva bolsa que pegaba con esparadrapo. Siempre habían sido otros los que habían decidido cómo utilizar su cuerpo, y aunque sabía que Harold y Andy intentaban ayudarlo, una parte infantil y obstinada de él oponía resistencia: esta vez decidiría él. Teniendo como tenía tan poco control sobre su cuerpo, ¿cómo podían sentirse contrariados por eso?

Él se repetía a sí mismo que estaba bien, que lo había superado, que había recuperado el equilibrio, aunque en el fondo sabía que algo andaba mal, que se había producido un cambio, que él ya no era el mismo. Willem había vuelto, y a pesar de que no estuvo allí para presenciar lo ocurrido, y no sabía nada de Caleb ni de la humillación a la que este lo había sometido —Jude se había asegurado de ello amenazando a Harold, a Julia y a Andy con no volver a dirigirles la palabra si le contaban algo—, a Jude le avergonzaba que lo viera. «Lo siento mucho, Jude —le dijo Willem cuando regresó y vio la escayola—. ¿Seguro que estás bien?» Pero la escayola no era nada, esa era la parte menos vergonzosa, y por un instante él se sintió tentado de contarle la verdad, de derrumbarse ante él como nunca lo había hecho y confesárselo todo, de pedirle que hiciera algo para que se sintiera mejor, que le dijera que todavía lo apreciaba a pesar de ser quien era. Pero, por supuesto, no lo hizo. Ya le había escrito un largo correo electrónico lleno de minuciosas mentiras acerca del accidente de coche, y la primera noche que se vieron se quedaron levantados hasta tarde hablando de todo menos de ese correo, hasta que se quedaron dormidos en el sofá del salón.

Y, pese a todo, Jude continuó con su vida. Se levantaba, se iba a trabajar. Anhelaba estar con alguien para no pensar en Caleb, y al mismo tiempo le aterraba, porque Caleb le había recordado lo inhumano, deficiente y repugnante que era, y se sentía demasiado avergonzado para juntarse con otras personas, con personas normales. Pensaba en los días como en los pasos que tenía que dar cuando sentía los pies doloridos y entumecidos: daría uno y luego otro, y otro más, y poco a poco las cosas mejorarían. Al final aprendería a incorporar esos meses a su vida y a aceptarlos para seguir adelante. Siempre lo había hecho.

Se celebró el juicio y lo ganó. Lucien no paró de repetir que era una gran victoria, y él lo sabía, pero sobre todo sintió pánico. ¿Qué haría a continuación? Si bien tenía un nuevo cliente, un banco, el caso solo supondría pasar largas y tediosas horas recopilando datos, no requeriría trabajo frenético durante las veinticuatro horas del día. Estaría en casa solo, sin nada que hacer y con el incidente de Caleb en la cabeza. Tremain lo felicitó, y él sabía que debía sentirse satisfecho. No obstante, cuando le pidió más trabajo, se rió. «No, St. Francis. Va a tomarse unas vacaciones. Es una orden.»

No hizo vacaciones. Primero le prometió a Lucien y luego a Tremain que se tomaría unos días libres, pero que ese no era el momento. Sin embargo, sus temores se cumplieron: estaba en casa preparándose él mismo la comida, o bien sentado en el cine con Willem, y de pronto le asaltaba una escena de los meses en que estuvo con Caleb, seguida de otra escena del hogar para niños, y otra de los años que vivió con el hermano Luke, y otra de los meses con el doctor Traylor, del atropello, del resplandor blanco de los faros, de su cabeza arrojada hacia el lado. Se le llenaba la mente de imágenes, espíritus malignos que exigían su atención, y que lo agarraban y tiraban de él con sus largos dedos como agujas. Caleb había desatado algo en su interior y él era incapaz de hacer que las bestias volvieran a la mazmorra; de pronto tomó conciencia del tiempo que pasaba dominando sus recuerdos, la concentración que eso requería y lo frágil que había sido siempre su control sobre ellos.

—¿Estás bien? —le preguntó Willem una noche.

Habían visto una obra de teatro, pero apenas se había enterado de nada, y luego fueron a un restaurante, donde Jude escuchó a Willem a medias, confiando en estar dando las respuestas adecuadas mientras movía la comida por el plato e intentaba comportarse con normalidad.

—Sí. Claro que estoy bien.

Las cosas empeoraban, Jude lo sabía, pero no sabía cómo hacer que mejorasen. Ya habían transcurrido ocho meses desde aquella nefasta temporada, y cada día pensaba más en ella. A veces tenía la sensación de que los meses que había estado con Caleb eran como una manada de hienas que lo perseguía a diario, y todos los días empleaba sus energías en huir, en tratar de evitar que lo agarraran entre sus fauces llenas de espuma y lo devoraran. Lo único que en el pasado le había ayudado, la concentración al hacerse cortes, ya no le servía. Cada vez se hacía más cortes, pero los recuerdos no desaparecían. Todas las mañanas nadaba, y todas las noches volvía a nadar, millas y millas, hasta que solo le quedaban fuerzas para ducharse y meterse en la cama. Mientras nadaba salmodiaba para sí mismo, conjugaba verbos en latín, recitaba pruebas o citaba sentencias que había estudiado en la facultad de derecho. Se repetía una y otra vez que era dueño de su mente. La controlaría; no podía permitir que ella lo controlara.

—Tengo una idea —propuso Willem después de otra comida en la que Jude apenas abrió la boca.

Jude respondió un par de segundos demasiado tarde a todo lo que Willem había estado diciéndole, y al cabo de un rato los dos se quedaron callados.

—Iremos de vacaciones juntos. Deberíamos hacer el viaje a Marruecos del que hablamos hace un par de años. Podemos ir cuando yo vuelva. ¿Qué te parece, Jude? Ya será otoño, que es una estación preciosa.

Estaban a finales de junio; nueve meses después de la experiencia con Caleb. Willem se iría a comienzos de agosto para rodar una película en Sri Lanka y no regresaría hasta principios de octubre.

Mientras hablaba, Jude estaba pensando en que Caleb lo había llamado deforme y solo el silencio de Willem le recordó que le tocaba responder.

—Claro, Willem. Lo pasaremos muy bien.

El restaurante estaba en el Flatiron District, y después de pagar caminaron un rato en silencio. De pronto Jude vio que Caleb se les acercaba, y presa del pánico agarró a Willem y lo empujó hacia el portal de un edificio, sorprendiendo tanto a él como a sí mismo por su fuerza y su rapidez.

—Jude, ¿qué estás haciendo? —le preguntó Willem, alarmado.

—No hables —susurró él—. Quédate quieto y no te vuelvas.

Así lo hizo Willem, sin dejar de mirar hacia la puerta.

Él esperó a estar seguro de que Caleb había pasado de largo y se asomó con cautela; entonces se dio cuenta de que lo había confundido con un hombre alto y moreno que caminaba por la acera. Sintiéndose derrotado, estúpido y aliviado, todo a un tiempo exhaló. Entonces se percató de que seguía agarrando a Willem por la camisa y lo soltó.

—Lo siento.

—Jude, ¿a qué viene esto? —le preguntó Willem, intentando mirarlo a los ojos.

—Me ha parecido ver a una persona que no quiero ver —respondió él.

—¿Quién?

—Nadie. El abogado de un caso en el que estoy trabajando. Un capullo. No soporto tener tratos con él.

Willem lo miró.

—No era un abogado, Jude. Era alguien que te da miedo. —Miró hacia la calle y de nuevo a él—. Estabas aterrado. ¿Quién era, Jude?

Él meneó la cabeza intentando discurrir alguna mentira. Siempre le estaba diciendo mentiras a Willem, grandes y pequeñas. Toda su relación era una gran mentira, pues Willem creía que él era una persona que en realidad no era. Solo Caleb conocía la verdad. Solo Caleb sabía quién era.

—Ya te lo he dicho. Otro abogado.

—No es cierto.

—Sí lo es.

Por su lado pasaron dos mujeres y oyó a una de ellas susurrar emocionada a la otra: «¡Ese es Willem Ragnarsson!». Él cerró los ojos.

—Oye, ¿qué te pasa? —le preguntó Willem en voz baja.

—Nada. Solo es que estoy cansado. Necesito ir a casa.

—Está bien. —Willem paró un taxi, lo ayudó a subir, y él entró detrás—. Greene con Broome —le indicó al conductor.

Durante el trayecto a Jude le empezaron a temblar las manos. Cada vez le sucedía más a menudo y no sabía qué hacer para evitarlo. Aquellos temblores habían empezado de niño, en circunstancias extremas: cuando intentaba contener el llanto o sufría un dolor muy intenso pero sabía que no podía hacer ruido. Sin embargo ahora le sobrevenían en momentos extraños, y solo hacerse cortes le aliviaba, aunque a veces el temblor era tan severo que tenía dificultades para sostener la cuchilla. Cruzó los brazos y confió en que Willem no se diera cuenta.

En la puerta de su casa, intentó deshacerse de Willem, pero este no quiso irse.

—Quiero estar solo —insistió Jude.

—Lo entiendo. Estarás solo conmigo. —Se quedaron allí de pie, uno frente a otro, hasta que Jude por fin se volvió hacia la puerta. El temblor era tan severo que no pudo introducir la llave en la cerradura, Willem se la cogió de las manos y abrió.

—¿Qué demonios te pasa? —le preguntó en cuanto entraron en el piso.

—Nada —respondió él. De pronto le castañeteaban los dientes, algo que no había acompañado los temblores en su niñez pero que ahora le sucedía casi siempre.

Willem se le acercó más y él volvió la cara.

—Ocurrió algo mientras yo estaba fuera —dijo Willem tanteándolo—. No sé qué es, pero estoy seguro. Y fue algo malo. Desde que volví del rodaje de la *Odisea* te comportas de un modo extraño, ¿por qué? —Se detuvo y le puso las manos en los hombros—. Dímelo, Jude. Dime qué es y buscaremos la manera de solucionarlo.

—No puedo, Willem —susurró él.

Se hizo un largo silencio.

—Tengo que acostarme.

Willem lo soltó, y él se dirigió al cuarto de baño. Cuando salió, Willem se había puesto una de sus camisetas y llevaba el edredón del cuarto de huéspedes al sofá de su dormitorio, bajo el cuadro en que aparecía él sentado en la silla de maquillaje.

—¿Adónde vas?

—Voy a dormir aquí esta noche —respondió Willem.

Él suspiró, pero antes de que pudiera decir nada Willem empezó a hablar.

—Tienes tres opciones, Jude. Una, llamo a Andy, le digo que creo que estás mal y te llevo a su consulta para que te examine. Dos, llamo a Harold, que se asustará y llamará de inmediato a Andy. O tres, dejas que me quede aquí esta noche para vigilarte, porque no vas a hablar conmigo ni me vas a contar nada, joder, y no pareces entender que lo menos que puedes hacer por tus amigos es darles la oportunidad de intentar ayudarte. Al menos me lo debes a mí. —Se le quebró la voz—. ¿Con cuál te quedas?

«Oh, Willem —pensó—. No sabes cuánto me gustaría contártelo.»

—Lo siento, Willem.

—Está bien. Ve a acostarte. ¿Todavía guardas en el mismo sitio los cepillos de dientes extra?

—Sí.

El día siguiente, al volver a casa tarde después del trabajo se encontró a Willem tumbado en el sofá de su habitación, leyendo.

—¿Qué tal el día? —le preguntó bajando el libro.

—Bien.

Esperó a que Willem le diera alguna explicación, pero no lo hizo y al final se fue al cuarto de baño. En el vestidor, vio la bolsa de viaje de Willem, que estaba abierta y llena de ropa; estaba claro que se quedaría una temporada.

Le parecía patético reconocerlo, pero tener a Willem no solo en el piso sino en su dormitorio lo ayudaba. Aunque no hablaban mucho, su sola presencia le ayudaba a encontrar el equilibrio y a concentrarse. Pensaba menos en Caleb; pensaba menos en todo. Era como si la necesidad de mostrarse normal ante Willem le hiciera sentirse más normal. Tener cerca a alguien que sabía que nunca le haría daño resultaba tranquilizador, y él conseguía calmar la mente y dormir. Pero, si bien se sentía agradecido, también le asqueaba ser tan dependiente y tan débil. ¿Acaso sus necesidades no tenían fin? ¿Cuántas personas lo habían ayudado a lo largo de los años y por qué lo habían hecho? ¿Por qué había dejado que lo ayudaran? Un buen amigo le habría dicho a Willem que se fuera a casa, que estaría bien solo. Pero él no lo hacía. Dejaba que Willem pasara las pocas semanas que le quedaban en Nueva York durmiendo en el sofá como si fuera un perro.

Al menos no tenía que preocuparse por si Robin se molestaba, pues había roto con Willem hacia el final del rodaje de la *Odisea*, al enterarse de que él la había engañado con una de las ayudantes de vestuario.

—Y ni siquiera me gustaba —le había dicho Willem en una de sus llamadas telefónicas—. Lo hice por la peor razón de todas, porque estaba aburrido.

Él estuvo un rato pensando esas palabras.

—No, la peor razón de todas habría sido que hubieras actuado con crueldad. La tuya solo fue la más estúpida de las razones.

Se hizo un silencio y luego Willem se echó a reír.

—Gracias, Jude. Gracias por hacer que me sienta a la vez mejor y peor.

Willem se quedó con él hasta el día que se marchó a Colombo. Iba a interpretar el papel del primogénito de una familia de comerciantes holandeses en Sri Lanka a comienzos de la década de 1940, y se había dejado crecer un poblado bigote cuyos extremos se le enroscaban; cuando lo abrazó, Jude sintió el roce en la oreja. Por un instante él pensó que se vendría abajo, que le suplicaría que no se fuera: «No te vayas. Quédate aquí conmigo. Me aterra estar solo», quería decirle. Sabía que si se lo hacía, Willem se quedaría, o al menos lo intentaría. Pero él no se lo pediría. Era imposible que pospusieran el rodaje, y Willem se sentiría culpable ante la imposibilidad de quedarse. Lo que sí hizo fue abrazarlo más fuerte, algo raro en él, pues pocas veces daba muestras de afecto, y notó que Willem se sorprendía y aumentaba a su vez la presión; así se quedaron los dos un buen rato, fundidos en un estrecho abrazo. A Jude le pasó por la cabeza que no llevaba suficientes capas de ropa para dejar que Willem lo abrazara tan fuerte y que este notaría las cicatrices de la espalda a través de la camisa, pero en ese momento lo único que quería era sentirlo cerca: tenía el presentimiento de que esa era la última vez que veía a Willem. De hecho, lo pensaba cada vez que este se iba, pero en esa ocasión el presentimiento era más nítido.

Después de su partida las cosas fueron bien unos días. Pero luego todo volvió a torcerse. Las hienas regresaron, más numerosas y más hambrientas aún, más acechantes en su persecución. Y con ellas regresó todo lo demás: años y años de recuerdos que creía controlar y haber desarmado lo asaltaban una vez más a menudo, chillando y brincando ante su rostro, y le era imposible dejarlos de lado. Se despertaba luchando por respirar, con la boca llena de nombres de personas en las que se había jurado no pensar nunca más. Repasaba de manera obsesiva la noche con Caleb una y otra vez, y el recuerdo se ralentizaba de tal modo que los segundos que pasaba desnudo bajo la lluvia en Greene Street se convertían en horas, su caída escaleras abajo duraba días, y la violación de Caleb en la ducha, en el ascensor, semanas. Tenía visiones de sí mismo cogiendo una piqueta y clavándosela en la oreja, en el cerebro, para detener los recuerdos. Soñaba con que daba cabezazos contra la pared hasta que se partía la cabeza y la materia gris se esparcía, sanguinolenta y húmeda. Tenía fantasías de sí mismo echándose encima un bidón de gasolina, prendiéndose fuego, esperando que las llamas le engulleran la mente. Se compró un juego de cuchillas X-ACTO, se puso tres en la palma y cerró el puño, y observó cómo goteaba la sangre en el lavabo mientras gritaba en el silencioso piso.

Le pidió más trabajo a Lucien y este se lo dio, pero no era suficiente. Intentó ofrecerse más horas de voluntario en la asociación que brindaba asesoramiento a artistas, pero no tenían más turnos que dar. Intentó colaborar como voluntario en una organización en pro de los derechos de los inmigrantes con la que Rhodes había colaborado, pero le respondieron que buscaban a personas que hablaran mandarín y árabe, y no querían hacerle perder el tiempo. Cada vez se hacía más y más cortes; empezó alrededor de las cicatrices extirpándose pedazos de carne, de modo que cada corte lindaba con una capa plateada de tejido cicatrizado, pero no le sirvió. No lo suficiente. Por las noches rezaba a un dios en el que no creía, en el que hacía años había dejado de creer: «Ayúdame, ayúdame, ayúdame», suplicaba. Se estaba echando a perder, aquello tenía que cesar. No podía continuar así eternamente.

Era agosto y la ciudad estaba desierta. Malcolm se encontraba de vacaciones con Sophie en Suecia, Richard en Capri, Rhodes en Maine y Andy en Shelter Island. («Recuerda que estoy a solo dos horas de distancia —le dijo antes de irse, como acostumbraba a hacer antes de tomar unas largas vacaciones—; si me necesitas cogeré el primer *ferry* de vuelta.») No podía soportar estar cerca de Harold, a quien no era capaz de mirar sin recordar la humillación de la que fue testigo; lo telefoneaba y le decía que tenía demasiado trabajo para ir a Truro. Se compró un billete a París y pasó el largo y solitario fin de semana del día del Trabajo pateando solo las calles de la capital. No se puso en contacto con ninguno de sus conocidos —ni con Citizen, que trabajaba para un banco francés; ni con Isidore, su vecino del piso de arriba en Hereford Street, que impartía clases allí; ni con Phaedra, a quien habían nombrado directora de la filial parisina de una galería neoyorquina—, aunque tampoco los habría encontrado en la ciudad si lo hubiera intentado.

Estaba cansado, muy cansado. Consumía demasiada energía en contener a las bestias. A veces se veía a sí mismo entregándose a ellas, observaba cómo lo cubrían con sus garras, sus picos y sus pezuñas, y lo mordían, lo picoteaban y le daban zarpazos hasta que lo aniquilaban.

Al regresar de París tuvo un sueño: corría por una llanura rojiza y cuarteada, detrás de él había una nube negra, y aunque él era rápido, la nube lo era más. A medida que se le acercaba oía un zumbido y se percataba de que en realidad era un enjambre de insectos horripilantes, oleaginosos y escandalosos, con protuberancias como pinzas que les sobresalían debajo de los ojos. Sabía que si se detenía se moriría, e incluso en sueños sabía que no podría continuar corriendo mucho más; en cierto momento dejaba de hacerlo y empezaba a cojear. Luego oyó una voz desconocida, serena y a la vez autoritaria que le decía: «Basta. Puedes poner fin a esto. No tienes por qué aguantar más». Al oír estas palabras experimentaba un alivio tan grande que se detenía de golpe, miraba a la nube, que estaba a muy poca distancia de él, y esperaba agotado a que terminara.

Se despertó asustado, porque sabía qué significaban esas palabras, tan aterradoras como reconfortantes, pero a partir de entonces, en el día a día, oía esa voz en su mente y se recordaba que, en efecto, podía parar. No tenía por qué seguir.

Había considerado quitarse la vida antes, por supuesto; cuando estaba en el hogar, y en Filadelfia, y después de la muerte de Ana. Pero siempre había habido algo que lo detenía, aunque no recordaba qué. Ahora, cuando huía de las hienas, mantenía un diálogo consigo mismo: ¿por qué continuaba adelante? Estaba cansado; ardía en deseos de parar. Saber que no tenía por qué seguir era en cierto modo un consuelo para él; le recordaba que tenía opciones, que aunque su subconsciente no obedeciera a su mente consciente, eso no significaba que él hubiera perdido el control.

Casi como un experimento, empezó a pensar en lo que implicaría su partida; en enero, al finalizar el año más lucrativo desde que trabajaba bufete, había actualizado su testamento, de modo que en ese sentido todo estaba en orden. Tendría que escribir una carta a Willem, otra a Harold y otra Julia; también le gustaría escribir a Lucien, a Richard y a Malcolm. A Andy. A JB, perdonándolo. Y después podría irse. Todos los días pensaba en eso y la sola idea le hacía las cosas más fáciles. Le infundía fortaleza.

Y llegó el día en que dejó de ser un experimento. No recordaba cómo lo había decidido, pero a partir de entonces se sintió más liviano, más libre y menos atormentado. Aunque las hienas seguían persiguiéndolo, ahora alcanzaba a ver a lo lejos una casa con una puerta abierta, y supo que en cuanto llegara a ella estaría a salvo y todas las criaturas que lo perseguían se desvanecerían. A ellas no les gustaba esa puerta; ellas también la veían y sabían que él se proponía esquivarlas, y todos los días la cacería se recrudecía, y el ejército de criaturas que lo perseguían era más numeroso, más estrepitoso y apremiante. Su cerebro vomitaba recuerdos que inundaban todo lo demás; pensaba en personas, sensaciones y vivencias en los que hacía años que no pensaba. Aparecían gustos en su lengua como por alquimia; olía fragancias olvidadas desde hacía décadas. Su organismo corría peligro, se ahogaba en sus recuerdos, tenía que hacer algo. Lo había intentado; llevaba toda la vida intentándolo. Había tratado de ser alguien diferente, había intentado ser mejor, empezar desde cero. Pero no había funcionado. Una vez tomada la decisión, le fascinó su propio optimismo, cómo podría haberse ahorrado años de sufrimiento solo poniéndole fin, cómo podría haberse convertido en su propio salvador. Ninguna ley dictaba que tuviera que seguir viviendo; su vida seguía siendo suya para hacer con ella lo que quisiera. ¿Cómo no había caído en eso en todos esos años? Ahora la elección parecía obvia; la única pregunta era por qué había tardado tanto.

Habló con Harold; por el alivio que percibió en su voz debía de parecer más normal. Habló con Willem.

—Te noto mejor —le dijo, y también había alivio en su voz.

—Lo estoy.

Sintió una punzada de remordimientos después de hablar con ellos, pero la decisión estaba tomada. De todos modos él era un incordio para ellos, un pozo sin fondo de problemas, nada más. Si no ponía fin a su existencia los agotaría con sus necesidades. Tomaría todo lo que le ofrecieran, cada vez más y más, hasta haber consumido cada pedazo de carne; ellos responderían ante cada dificultad que él les planteara y aun así encontraría nuevas formas de destruirlos. Llorarían un tiempo su muerte, pues eran buenas personas, las mejores, pero al final se darían cuenta de que estaban mejor sin él. Se percatarían de cuánto tiempo les había robado; comprenderían que había sido un gran ladrón, la cantidad de energía y de atención que les había chupado, lo exangües que los había dejado. Confió en que lo perdonaran y vieran en ese acto una disculpa. Los liberaba; ante todo los quería, y eso era lo que cualquiera haría por sus seres amados: darles la libertad.

Llegó el día señalado, un lunes de finales de septiembre. La noche anterior había caído en la cuenta de que había transcurrido casi un año desde la paliza, pero no era algo deliberado. Esa tarde salió temprano del trabajo. Había pasado el fin de semana organizando sus proyectos, había escrito un informe para Lucien en el que daba todos los detalles de los casos en los que había estado trabajando. Una vez en casa, colocó las cartas en una hilera encima de la mesa de comedor, junto con una copia del testamento. Había dejado un mensaje al gerente del estudio de Richard diciéndole que el cuarto de baño principal perdía agua y que si podía abrir al fontanero al día siguiente a las nueve —tanto Richard como Willem tenían llaves de su piso— porque él estaría de viaje de negocios.

Se quitó la americana y la corbata, los zapatos y el reloj, y se dirigió al cuarto de baño. Se sentó en la ducha con las mangas arremangadas. Tenía una botella de whisky de la que bebía a sorbos para tranquilizarse y un cúter, ya que pensó que sería más fácil de sostener que una cuchilla. Sabía lo que necesitaba hacer: tres cortes rectos y verticales, lo más largos y profundos posible, siguiendo las venas de los dos brazos. Y luego se tumbaría a esperar.

Esperó un rato, lloró un poco, porque se sentía cansado y asustado, y porque estaba preparado para dejarlo todo, para irse de ese mundo. Al final se frotó los ojos y empezó. Se concentró en el brazo izquierdo. Hizo el primer corte, más doloroso de lo que había pensado, y gritó. Luego se hizo el segundo. Tomó un sorbo de whisky. La sangre era viscosa y más gelatinosa que líquida, de un negro aceitoso brillante y trémulo. Ya tenía los pantalones empapados, y notaba cómo agarraba con menos fuerza el cúter. Efectuó el tercer corte.

Cuando terminó con los dos brazos, se dejó caer al suelo apoyando la espalda contra la pared de la ducha. Deseó absurdamente tener una almohada. Se notaba caliente, por el whisky, y por la sangre que formaba un charco alrededor de sus piernas; lo interior fundiéndose con lo exterior, lo interno bañando lo externo. Cerró los ojos. Detrás de él las hienas aullaban, furiosas. Ante sí veía alzarse la casa con la puerta abierta. Aún faltaba un trecho, pero estaba más cerca, lo bastante para ver que en el interior había una cama en la que descansar, donde se tumbaría y dormiría tras esa larga carrera, y donde por primera vez en su vida estaría a salvo.

Al llegar a Nebraska, el hermano Luke detuvo la camioneta junto a un campo de trigo y le hizo señas para que se bajara. Todavía estaba oscuro, pero oyó cómo los pájaros se agitaban y parloteaban en respuesta al sol que ya no podían ver. Tomó la mano del hermano y este lo condujo a un gran árbol, donde le dijo que los otros hermanos estarían buscándolos y que tenían que cambiar de aspecto. Él se quitó el odiado hábito y se puso la ropa que el hermano Luke le tendió: una sudadera con capucha y unos tejanos. Pero antes de hacerlo se quedó muy quieto mientras Luke le cortaba el pelo. Los hermanos se lo cortaban muy de tarde en tarde y lo tenía tan largo que le cubría las orejas. «Tu bonito pelo —dijo con tristeza el hermano Luke mientras se lo cortaba. Lo envolvió con cuidado en el hábito y lo metió en una bolsa de la basura—. Ahora eres como cualquier otro chico, Jude. Pero cuando estemos a salvo, dejarás que te vuelva a crecer, ¿vale?»; él asintió, aunque le gustaba la idea de ser como cualquier otro chico. El hermano Luke también se cambió de ropa y él se volvió para respetar su intimidad. «Puedes mirar», le dijo Luke riéndose, pero él negó con la cabeza. Al volverse, el hermano estaba irreconocible, se había puesto una camisa a cuadros y unos tejanos. Le sonrió y se afeitó la barba, cuyos gruesos pelos plateados cayeron como fragmentos de metal. Luego se pusieron sendas gorras de béisbol, la del hermano Luke se ajustaba a una peluca amarillenta que le cubría por completo la calva, y gafas, las de él eran negras y redondas, con los cristales sin graduar, y las del hermano Luke, grandes y cuadradas de pasta marrón, con los mismos gruesos cristales que sus gafas de verdad, que guardó en la bolsa. El hermano Luke le dijo que podría quitárselas cuando ya no corrieran peligro.

Se dirigían a Texas, que era donde construirían su cabaña. Jude siempre se había imaginado Texas como una gran llanura, solo polvo, cielo y carretera; el hermano Luke le dijo que a grandes rasgos era así, pero en ciertas partes del estado, como el este, de donde él era, había bosques de píceas y cedros.

Tardaron diecinueve horas en llegar a Texas. Habrían llegado antes si no hubieran parado por el camino y el descanso hubiera sido más corto. Más adelante volvieron a parar en el aparcamiento de un área de descanso de Oklahoma para comerse los sándwiches de mantequilla de cacahuete que el hermano Luke había preparado.

El Texas que Jude tenía en mente había sufrido una transformación tras la descripción del hermano Luke: había dejado de ser un paisaje de plantas rodadoras para estar formado por pinos, altos y fragantes, de modo que cuando el hermano Luke anunció que ya estaban oficialmente en Texas, Jude miró por la ventana y se llevó una decepción.

—¿Dónde están los bosques?

El hermano Luke se rió.

—Paciencia, Jude.

Se quedarían unos días en un motel, dijo el hermano Luke, para estar seguros de que los hermanos no los seguían, después buscarían el lugar perfecto para construir la cabaña. El motel se llamaba The Golden Hand; en su habitación había dos camas —camas de verdad—, y el hermano Luke le dejó escoger. Él quiso la más cercana al cuarto de baño y el hermano Luke se instaló en la que estaba junto a la ventana, desde donde podía ver la camioneta.

—¿Por qué no te duchas mientras voy a la tienda a comprar provisiones? —le preguntó el hermano, y a él le entró pánico—. ¿Qué te pasa, Jude?

—¿Va a volver? —le preguntó Jude, odiando lo asustado que sonaba.

—Por supuesto que voy a volver —respondió el hermano, abrazándolo.

Cuando regresó, llevaba un pan de molde, un tarro de mantequilla de cacahuete, un racimo de plátanos, una botella de leche, una bolsa de almendras, cebollas, pimientos y pechugas de pollo. Esa noche el hermano Luke montó la pequeña *hibachi* que acababa de comprar, asó en ella las cebollas, los pimientos y el pollo, y le dio un vaso de leche.

El hermano Luke fijó los horarios. Se despertaban muy temprano, antes de que saliera el sol, él se preparaba café con la cafetera que también había comprado y luego iban a la ciudad en la camioneta y se dirigían a la pista de atletismo del instituto, donde dejaba que Jude corriera durante una hora mientras él lo miraba sentado en las gradas bebiendo café. Luego regresaban a la habitación del motel, donde el hermano le daba clases. Había sido profesor de matemáticas antes de entrar en el monasterio, pero expresó su deseo de trabajar con niños y acabó dando clases de primaria. También sabía de otras materias como historia, libros, música e idiomas. Sabía mucho más que los otros hermanos, y Jude se preguntaba por qué nunca le había dado clases él, en el monasterio. Descansaban para comer —sándwiches de mantequilla de cacahuete otra vez— y reanudaban las clases hasta las tres, hora en que el hermano le dejaba salir de nuevo a correr por el aparcamiento o daban un paseo los dos hasta la carretera. El motel estaba en una interestatal, por lo que el zumbido de los coches al pasar era una banda sonora constante. «Es como vivir junto al mar», decía el hermano Luke.

Después el hermano Luke se preparaba la tercera cafetera del día y se iba en coche en busca de un lugar donde construir la cabaña, mientras Jude se quedaba en la habitación, que el hermano cerraba con llave por motivos de seguridad.

—No abras a nadie, ¿entendido? —le decía—. A nadie. Yo tengo llave y entraré con ella. Y no descorras las cortinas. No quiero que nadie vea que estás aquí solo. Fuera hay gente peligrosa y no quiero que te hagan daño. Prométemelo, Jude. —Y él se lo prometía.

Por esa misma razón tampoco podía utilizar el ordenador del hermano Luke, que él se llevaba consigo siempre que salía de la habitación; también la televisión le estaba prohibida, y Luke la tocaba cuando regresaba para ver si estaba caliente.

Él le obedecía, no quería irritarlo ni buscarse problemas: se tumbaba en la cama y leía o bien aprovechaba para practicar con el teclado de piano que el hermano había subido a la camioneta. Sin embargo, cuando oscurecía, se sorprendía sentado en el borde de la cama del hermano Luke, apartando unos dedos la cortina y buscando con la mirada la camioneta. Le preocupaba que no regresara, que se hubiera cansado de él. Había tantas cosas que desconocía del mundo, un lugar tan aterrador... Entonces repasaba las cosas que sabía hacer: podía trabajar y tal vez conseguiría un empleo en el motel, pero la angustia no desaparecía hasta que divisaba la camioneta, entonces se prometía, aliviado, que al día siguiente se esforzaría más, que nunca le daría motivos al hermano Luke para que lo abandonara.

Una noche el hermano regresó a la habitación con aspecto cansado, si bien días atrás lo había vuelto emocionado, anunciando que había encontrado el terreno perfecto. Describió un claro rodeado de cedros y pinos, con un pequeño arroyo lleno de peces; un lugar tan fresco y silencioso que se oían caer las agujas de pino sobre el blando suelo. Hasta le enseñó una foto y le explicó dónde construiría la cabaña, con un altillo donde dormiría él, un fortín secreto solo para él, y cómo podría él ayudarle a levantarla.

—¿Qué pasa, hermano Luke? —le preguntó él, pues no soportaba verlo tanto tiempo callado.

—Oh, Jude, he fracasado. —El hermano le contó que había intentado comprar el terreno, pero que no tenía dinero suficiente—. Lo siento, Jude. Lo siento —repitió, y Jude vio, sorprendido, que se echaba a llorar.

Él nunca había visto llorar a un adulto.

—Podría volver a dar clases, hermano Luke —le dijo, intentando consolarlo—. Lo hace muy bien. Si fuera estudiante me gustaría que usted me diera clases.

El hermano esbozó una sonrisa y le acarició el pelo mientras le decía que las cosas no funcionaban así, que necesitaba obtener una licencia del estado para ejercer la profesión, y eso requería tiempo y era complicado.

Jude se quedó pensando un largo rato.

—Hermano Luke, yo puedo ayudarle —dijo al fin—. Puedo buscar un empleo. Puedo ganar dinero.

—No, Jude. No puedo dejar que trabajes.

—Pero quiero hacerlo.

Recordó que el hermano Michael le había echado en cara el dinero que le costaba al monasterio mantenerlo, y que él se sintió culpable y asustado. El hermano Luke había hecho tantas cosas por él, y él no había hecho nada a cambio. Solo quería ayudarle a ganar dinero, tenía que hacerlo.

Al final logró convencer al hermano, que lo abrazó.

—Eres único, ¿lo sabías? Eres realmente especial. —Y Jude sonrió entre los brazos del hermano.

Al día siguiente tuvieron clase, como siempre, y luego el hermano se fue, esta vez para buscarle un buen empleo, algo que él pudiera hacer para ayudarle a comprar el terreno y construir la cabaña. Esta vez Luke regresó sonriendo, emocionado incluso, y al verlo él también se emocionó.

—Jude, he conocido a un hombre que puede ofrecerte trabajo. Está ahí fuera esperando.

Jude sonrió.

—¿Qué tengo que hacer?

En el monasterio le habían enseñado a barrer, a quitar el polvo y a fregar. Sabía encerar tan bien el suelo que hasta el hermano Matthew estaba impresionado. Sabía pulir plata, latón y madera. Sabía limpiar entre las baldosas y frotar un retrete. Sabía quitar las hojas de los canalones, y limpiar y volver a montar una trampa para ratones. Sabía limpiar los cristales y lavar ropa a mano. Sabía planchar, coser botones y hacer puntadas tan uniformes y perfectas que parecían hechas a máquina.

Sabía preparar una docena de platos, limpiar y pelar patatas, zanahorias y nabos, trocear montones de cebollas sin llorar, quitar las espinas de un pescado, y desplumar y limpiar un pollo, amasar y hornear pan, batir las claras de huevo hasta que alcanzaban el punto de nieve.

También entendía de jardinería. Sabía cuáles eran las plantas que necesitaban sol y cuáles las que lo rehuían. Sabía determinar si una planta tenía sed o se ahogaba en demasiada agua, cuándo era necesario cambiar de maceta un árbol o un arbusto, y cuándo eran lo bastante resistentes para plantarlos en el suelo. Sabía qué plantas había que proteger del frío y cómo hacerlo, cortar esquejes y conseguir que crecieran, mezclar fertilizante, añadir cáscaras de huevo a la tierra para obtener proteínas extra o eliminar un pulgón sin destruir la hoja en la que se había posado. Esperaba que le tocara cuidar de un jardín porque quería trabajar al aire libre. Cuando corría por las mañanas sentía que el verano se acercaba y en las vueltas que daban en furgoneta había olido los campos llenos de flores silvestres, y quería estar entre ellas.

El hermano Luke se arrodilló.

—Vas a hacer lo que hacías con el padre Gabriel y un par de hermanos más —le dijo, y Jude comprendió entonces a qué se refería, y retrocedió, presa del pánico—. Jude, ahora es diferente —añadió Luke, antes de que dijera nada—. Se acabará enseguida, te lo prometo. Lo sabes hacer muy bien. Yo estaré esperando en el cuarto de baño para asegurarme de que no pasa nada. —Le acarició el pelo—. Ven aquí. —Y lo abrazó—. Eres un chico maravilloso. Gracias a ti conseguiremos nuestra cabaña. —Habló y habló, y él al final asintió.

El hombre entró (muchos años después sería una de las pocas caras que recordaría, a veces vería hombres por la calle que le resultarían familiares, y se preguntaría: «¿De qué lo conozco? ¿Del juzgado? ¿Era el abogado defensor en un caso?». Y luego recordaba: «Se parece al primero de ellos, al primero de los clientes») y Luke se encerró en el cuarto de baño, que estaba justo detrás de la cama, y el hombre y él se acostaron, y luego el hombre se marchó.

Esa noche Jude permaneció muy callado, y Luke se mostró delicado y tierno con él. Incluso le compró una galleta de jengibre. Él intentó sonreírle y comérsela, pero no pudo, y cuando Luke no miraba la envolvió en un papel y la tiró. Al día siguiente no quería ir a correr, pero Luke insistió en que se sentiría mejor si hacía ejercicio, de modo al final fueron, pero correr era demasiado doloroso y se sentó hasta que Luke dijo que era hora de irse.

Ahora su horario era distinto. Seguían con las clases de la mañana y de la tarde, pero por las noches el hermano Luke le llevaba hombres, sus clientes. A veces uno, otras veces varios. Los hombres se traían toallas y sábanas, que extendían sobre la cama antes de empezar y que se llevaban al irse.

Jude hacía un gran esfuerzo para no llorar por la noche, pero cuando lo hacía, el hermano se sentaba con él, le frotaba la espalda y lo consolaba. «¿Cuántos faltan para que compremos la cabaña?», le preguntaba él. Luke meneaba la cabeza con tristeza. «Tardaré un poco en saberlo. Estás haciéndolo muy bien, Jude. Eres muy bueno. No estás haciendo nada de que avergonzarte.» Pero él sabía que sí era algo de que avergonzarse. Nadie se lo había dicho nunca pero lo sabía. Sabía que estaba mal.

Al cabo de unos cuantos meses y muchos moteles —se trasladaban cada diez días por el este de Texas, y cada traslado los llevaba más cerca del bosque, que era realmente precioso, y del claro donde levantarían su cabaña—, las cosas volvieron a cambiar. Una noche (de una semana en la que no había tenido clientes.

«Unas pequeñas vacaciones —le dijo Luke sonriendo—. Todo el mundo necesita descansar, sobre todo si se trabaja tanto como tú») estaba acostado cuando el hermano le preguntó:

—Jude, ¿me quieres?

Él titubeó. Cuatro meses atrás habría respondido de inmediato que sí, lleno de orgullo y sin pensar. Pero ahora, ¿quería al hermano Luke? A menudo se lo preguntaba. Deseaba quererlo. El hermano nunca le había hecho daño, ni lo había golpeado ni le había dicho nada desagradable. Cuidaba de él. Siempre esperaba detrás de la puerta para estar seguro de que no le pasaba nada malo. La semana anterior un cliente intentó hacerle algo que el hermano Luke le había dicho que no tenía por qué hacer si no quería, y él forcejeó e intentó gritar, pero tenía una almohada sobre la cara y sabía que los gritos no se oirían. Estaba frenético, al borde del llanto, cuando de pronto le levantaron la almohada de la cara y el peso del hombre sobre su cuerpo desapareció. El hermano Luke le estaba diciendo al hombre que saliera con un tono que nunca había empleado delante de él, que lo asustó y lo impresionó.

Sin embargo, algo le decía que no debía querer al hermano Luke, que el hermano le había hecho algo que estaba mal. Pero no, él se había ofrecido a hacerlo, lo había hecho por la cabaña en el bosque, donde tendría su propio altillo para dormir. De modo que le dijo al hermano que sí lo quería.

Por un momento, al ver la sonrisa del hermano, se sintió feliz, como si ya estuviera en la cabaña.

—Oh, Jude, este es el mejor regalo que podrías hacerme. No sabes cuánto te quiero yo. Te quiero más que a mí mismo. Eres como un hijo para mí. —Él le devolvió la sonrisa, porque a veces pensaba en Luke como un padre. «Tu padre ha dicho que tenías nueve años, pero pareces mayor», le había dicho uno de sus clientes con recelo, antes de que empezaran, y él respondió lo que Luke le había dicho que dijera: «Soy alto para mi edad», a la vez satisfecho y, aunque parezca extraño, contrariado por el hecho de que el cliente creyera que Luke era su padre.

Entonces el hermano Luke le comentó que cuando dos personas se querían tanto como ellos, dormían desnudos en la misma cama. Él no supo qué decir, pero antes de que pudiera responder el hermano Luke se metió en su cama, le quitó la ropa y lo besó. Él nunca había besado a nadie —el hermano Luke no dejaba que los clientes lo hicieran— y no le gustó, no le gustó la humedad y lo forzado del gesto. «Relájate —le dijo—. Tú solo relájate, Jude.» Y él hizo lo posible por conseguirlo. La primera vez que el hermano quiso tener relaciones sexuales con él, le prometió que sería diferente que con los clientes. «Porque nosotros estamos enamorados.» Y él se lo creyó, y como sintió lo mismo, el mismo dolor, la misma dificultad, la misma molestia, la misma vergüenza, pensó que lo que hacía estaba mal, sobre todo porque el hermano estaba muy feliz después. «¿No ha estado bien? —le preguntó—. ¿No ha sido distinto?», y él le dijo que sí, demasiado avergonzado para confesarle la verdad, que había sido tan horrible como con el cliente del día anterior.

Normalmente el hermano Luke no se acostaba con él si había estado con algún cliente por la tarde, pero siempre dormían en la misma cama y siempre se besaban. Ahora utilizaban una cama para los clientes y en la otra dormían ellos. Él llegó a odiar el sabor de la boca de Luke, el fuerte gusto a café rancio, la lengua flaca y escurridiza intentado escarbar dentro de él. En mitad de la noche, mientras el hermano dormía a su lado, él se apretaba contra la pared con todas sus fuerzas y a veces lloraba en silencio, rezando para que lo llevaran a donde fuera, lejos de allí. Ya no pensaba en la cabaña; ahora soñaba con el monasterio, y pensaba en lo estúpido que había sido al marcharse. Después de todo, era mejor que la vida que llevaba ahora. Cuando salían por las mañanas y se cruzaban con gente, el hermano Luke le decía que bajara la mirada, porque sus ojos eran muy peculiares y si los hermanos lo estaban buscando lo delatarían. Pero a veces quería alzar bien la vista, como si a través del color y la forma de sus ojos pudiera telegrafiar a los hermanos un mensaje que recorriera cientos de millas y de estados. «Estoy aquí. Socorro. Llevadme de vuelta, por favor.» Ya nada era suyo ahora: ni sus ojos, ni su boca, ni siquiera su nombre, pues solo el hermano Luke lo llamaba Jude en la intimidad. Para todos los demás era Joey. «Y este es Joey», decía el hermano Luke, y él se levantaba de la cama y esperaba con la cabeza gacha mientras el cliente lo inspeccionaba.

Le gustaban las clases porque era el único rato que el hermano Luke no lo tocaba. En esas horas el hermano volvía a ser la persona que él recordaba, la persona en la que había confiado y a la que había seguido. Pero luego las clases terminaban y todas las noches eran iguales.

Se volvió cada vez más reservado. «¿Dónde está mi niño risueño?», le preguntaba el hermano, y él intentaba devolverle la sonrisa. «No hay nada malo en disfrutar —le decía a veces, y cuando él asentía, el hermano sonreía y le frotaba la espalda—. Te gusta, ¿verdad? —le preguntaba guiñándole un ojo, y él asentía de nuevo en silencio—. Se nota —continuaba todavía sonriente, orgulloso de él—. Estás hecho para esto, Jude.» A veces los clientes le decían lo mismo, «Has nacido para esto», y por mucho que lo detestara, él sabía que tenían razón. Había nacido para eso. Había nacido y lo habían abandonado, recogido y utilizado para lo que estaba destinado a servir.

Años después intentaría recordar en qué momento exacto comprendió que no habría ninguna cabaña que construir, que la vida con que había soñado jamás se haría realidad. Al principio contaba los clientes, pensando que cuando llegara a una determinada cifra —¿cuarenta?, ¿cincuenta?—, podría parar. Pero la cifra aumentaba cada vez más, hasta que un día se dio cuenta de lo elevada que era y se echó a llorar; se sintió tan asustado y horrorizado que dejó de contar. ¿Fue entonces? ¿Fue cuando se marcharon de Texas, y Luke le prometió que los bosques eran mejores en el estado de Washington y se dirigieron al oeste, a través de Nuevo México y Arizona, y luego al norte, deteniéndose durante semanas en pequeñas poblaciones, donde se alojaron en moteles que eran iguales que aquel, y no importaba dónde pararan, siempre había hombres, y las noches en que no había le esperaba el hermano Luke, que parecía desearlo como él mismo nunca había deseado nada? ¿Fue cuando se dio cuenta de que odiaba las semanas que no trabajaba tanto como las normales, porque la vuelta a la vida cotidiana era tan dura como si no hubiera tenido nunca vacaciones? ¿Fue cuando empezó a advertir incoherencias en las historias del hermano Luke? A veces el chico al que había perdido no era su hijo sino un sobrino, y no había muerto sino que se había ido y nunca volvió a verlo; otras veces dejaba de ser profesor porque había sentido la llamada de la religión y entró en el monasterio, y otras porque se había cansado de discutir siempre con el director del colegio, a quien era evidente que no le importaban los niños. En ocasiones había crecido en el este de Texas pero en otras había pasado la niñez en Carmel, Laramie o Eugene.

¿O fue el día que pasaron de Utah a Idaho de camino a Washington? Casi nunca se aventuraban a entrar en grandes ciudades —su Estados Unidos estaba desprovisto de árboles y de flores, solo eran largos tramos de carretera, donde el único toque verde era la *Cattleya* superviviente del hermano Luke que seguía viva y echaba brotes, aunque no capullos—, pero en esa ocasión lo hicieron, porque el hermano Luke tenía un amigo médico en una de las ciudades, y quería que examinara a Jude, ya que era evidente que alguno de sus clientes le había contagiado alguna enfermedad, pese a las precauciones que tomaban. Jude no sabía dónde estaban, se sorprendió al ver las señales de vida que había a su alrededor y se quedó mirando en silencio por la ventanilla lo que tantas veces había imaginado y tan pocas veces había visto: mujeres empujando cochecitos por la calle, hablando y riendo unas con otras; una chica haciendo footing; familias enteras con perro incluido; un mundo en el que no solo había hombres, sino también mujeres y niños. Durante los trayectos en coche él solía cerrar los ojos, últimamente dormía mucho para que los días se le hicieran más cortos, pero ese día se sentía muy despierto, como si el mundo intentara decirle algo y todo lo que él tuviera que hacer fuera escuchar el mensaje.

Aunque el hermano Luke intentaba leer el mapa y conducir al mismo tiempo, al final se acercó a la acera, paró, y miró el mapa murmurando. Se habían detenido frente a un campo de béisbol, y él observó cómo se llenaba de mujeres y de chicos que corrían y gritaban. Todos ellos llevaban un uniforme blanco de rayas rojas y sin embargo, se les veía distintos unos de otros: el corte de pelo, los ojos, el color de la tez, todo era diferente. Unos eran flacos, como él, y otros gordos. Él nunca había visto a tantos niños de su edad juntos y no se cansaba de mirarlos. Luego se fijó en que, aunque le habían parecido diferentes, en realidad eran iguales: reían, emocionados de estar al aire libre en un día caluroso y despejado, y el sol brillaba sobre sus cabezas, mientras las madres sacaban latas de refrescos, botellas de agua y zumo de neveras portátiles de plástico.

—¡Ajá! ¡Retomamos la ruta! —oyó exclamar a Luke, que estaba doblando el mapa. Pero antes de que volviera a arrancar el motor, notó cómo seguía su mirada y por un instante los dos miraron a los niños en silencio. Entonces Luke le acarició el pelo y le dijo—: Te quiero, Jude.

—Yo también, hermano Luke — respondió él, al cabo de un momento, como siempre hacía, y se marcharon.

Él era como esos chicos pero en realidad no lo era. Nunca sería uno de ellos. Nunca correría campo a través mientras su madre lo llamaba para darle la merienda antes retomar el juego. Nunca tendría una cama de verdad en la cabaña. Nunca volvería a estar limpio. Los chicos jugaban en el campo mientras que él iba con el hermano Luke a la clase de médico que sabía por visitas anteriores a otros médicos que había algo raro, que no era buena persona. Estaba tan lejos de esos niños como del monasterio. Se había alejado tanto de sí mismo, de quien esperaba ser, que era como si ya no fuera un muchacho sino algo totalmente distinto. Aquella era su vida entonces, y no podía hacer nada para cambiarla.

Al llegar a la consulta del médico, Luke se inclinó y lo abrazó.

—Esta noche nos vamos a divertir, solo tú y yo —le dijo, y él asintió, porque no podía hacer otra cosa.

Él se bajó del coche y siguió al hermano Luke por el aparcamiento hacia la puerta marrón, que ya se abría para dejarlos pasar.

El primer recuerdo: una habitación de hospital. Incluso antes de abrir los ojos supo que estaba en una habitación de hospital, por el olor y por el silencio, un silencio que en realidad no era silencioso, y que le resultó familiar. A su lado, Willem dormía en una silla. Luego se sintió confuso. ¿Qué hacía Willem allí? Se suponía que estaba de viaje en alguna parte. Recordó: Sri Lanka. Pero ya no estaba allí. Había vuelto. Qué extraño, pensó. ¿Qué hará aquí?, se preguntó. Ese fue el primer recuerdo.

El segundo recuerdo: la misma habitación de hospital. Se volvió y vio a Andy sentado al lado de su cama. Andy, sin afeitar y con un aspecto lamentable, sonriéndole de una forma extraña y poco convincente. Notó cómo le apretaba la mano; hasta ese momento no se dio cuenta de que se la cogía y él intentó devolverle el apretón, pero no pudo. Andy levantó la mirada.

—¿Daño neural? —le oyó preguntar.

—Es posible —le respondió alguien a quien—, pero con un poco de suerte, puede que sea...

Él cerró los ojos y se durmió de nuevo. Ese era el segundo recuerdo.

Lo tercero, cuarto, quinto y sexto no eran recuerdos en realidad; eran rostros, manos, voces de personas inclinándose hacia él, cogiéndole la mano, hablándole; allí estaban Harold y Julia, Richard y Lucien. Lo mismo podía decir del séptimo y el octavo recuerdos: Malcolm, JB.

El noveno recuerdo volvía a ser Willem, sentado a su lado, diciéndole que lo lamentaba mucho pero que tenía que irse. Solo un tiempo y luego regresaría. Lloraba, y él no estaba seguro de por qué lo hacía, pero no le extrañaba, pues todos lloraban, lloraban y se disculpaban ante él, lo que lo dejaba perplejo, ya que ninguno de ellos había hecho nada malo, al menos que él supiera. Intentó decirle a Willem que no llorara, que no pasaba nada, pero tenía la lengua tan gruesa como una gran losa inútil y no logró hacerla funcionar. Willem le cogía una mano, y él no tenía energía para levantar la otra y ponérsela en el brazo en un gesto tranquilizador, al final renunció.

En el décimo recuerdo seguía en el hospital, pero era otra habitación, y aún estaba muy cansado. Le dolían los brazos. Tenía una pelota de espuma en cada palma, y se suponía que tenía que apretarlas durante cinco segundos y descansar otros cinco. Apretarlas y descansar. Él no recordaba quién se lo había dicho ni quién le había dado las pelotas, pero lo hacía igualmente, aunque cada vez le dolían más los brazos, una punzada cruda y violenta; no podía hacerlo más de tres o cuatro veces seguidas sin agotarse y tener que parar.

Una noche se despertó emergiendo de una tupida red de sueños que no podía recordar, y comprendió dónde estaba y por qué. Enseguida volvió a dormirse y al día siguiente, cuando volvió la cabeza, vio a un hombre sentado en una silla junto a su cama; lo había visto antes, pero no sabía quién era. Entraba, se sentaba, lo miraba con detenimiento y de vez en cuando le hablaba, pero él no podía concentrarse en lo que decía y acababa cerrando los ojos.

—Estoy en una institución psiquiátrica —le dijo al hombre ese día, y su voz sonó rara, aflautada y ronca.

El hombre sonrió.

—Sí, está en el ala psiquiátrica de un hospital. ¿Se acuerda de mí?

—No, pero sé que lo conozco.

—Soy el doctor Solomon, psiquiatra del hospital. —Se hizo un silencio—. ¿Sabe por qué está aquí?

Él cerró los ojos y asintió.

—¿Dónde está Willem? —preguntó—. ¿Y Harold?

—Willem tuvo que volver a Sri Lanka para acabar el rodaje. Regresará… —Jude oyó cómo pasaba páginas— el 9 de octubre. Dentro de diez días. Harold vendrá al mediodía, la misma hora que todos los días, ¿se acuerda? —Jude negó con la cabeza—. ¿Sabría decirme por qué está aquí?

—Porque… —empezó a decir, tragando saliva—. Por lo que hice en la ducha.

Se hizo otro silencio.

—Exacto —respondió el psiquiatra en voz baja—. ¿Puede decirme por qué…? —Pero eso es todo lo que oyó, porque se durmió de nuevo.

La siguiente vez que se despertó, el psiquiatra se había ido y en su lugar estaba Harold.

—Harold —dijo con su nueva voz.

Harold, que había estado sentado con los codos sobre los muslos y la cara oculta entre las manos, levantó la vista súbitamente, como si le hubiera gritado.

—Jude. —Se sentó a su lado en la cama. Le quitó la pelota y le cogió la mano.

Pensó que Harold tenía muy mal aspecto.

—Lo siento mucho —le dijo, y Harold se echó a llorar—. Por favor, no llores. —Harold se levantó y se fue al cuarto de baño, Jude oyó cómo se sonaba.

Al quedarse solo esa noche, él también lloró, no por lo que había hecho sino por no haber tenido éxito, por haber sobrevivido.

Cada día tenía la cabeza un poco más despejada y pasaba más rato despierto. La mayor parte del tiempo no sentía nada. La gente iba a verlo y lloraba, él los miraba y solo se fijaba en cómo cambiaban al llorar: todos tenían el mismo aspecto, la nariz blanda y los músculos de la boca que apenas se usaban tiraban en direcciones extrañas formando muecas poco naturales.

No pensaba en nada, su mente era como una hoja en blanco. Solo reunió pequeños fragmentos de lo ocurrido: el gerente del estudio de Richard pensó que el fontanero iría a las nueve de la noche, y no a la mañana siguiente (aun en su aturdimiento Jude se preguntó a quién se le ocurría pensar que un fontanero iría a una casa a las nueve de la noche); Richard lo encontró, llamó a una ambulancia y fue con él al hospital, desde donde llamó a Andy, a Harold y a Willem; Willem había vuelto de Colombo de inmediato para estar con él. Sentía que hubiera sido Richard quien lo había encontrado. Esa parte del plan siempre lo había incomodado, aunque recordaba haber pensado que Richard toleraba bien la sangre, pues en una ocasión había hecho esculturas con ella, de modo que era el amigo que menos probabilidades tenía de traumatizarse. Le pidió disculpas, y Richard le respondió acariciándole el dorso de la mano y diciéndole que no se preocupara.

El doctor Solomon lo visitaba todos los días e intentaba hacerle hablar, pero él no tenía gran cosa que decir. Las personas que iban a verlo se quedaban la mayor parte del tiempo calladas. Entraban, se sentaban y se dedicaban a leer o a escribir, y de vez en cuando le hablaban sin esperar respuesta, lo que él agradecía. Lucien iba a menudo, normalmente con un regalo, una vez con una gran tarjeta firmada por toda la oficina —«Estoy seguro de que esto hará que te sientas mejor», dijo con ironía—, y Malcolm le construyó la maqueta de una de sus casas imaginarias, con ventanas de crujiente papel de vitela, que dejó en la mesilla de noche. Willem le telefoneaba todas las mañanas y todas las noches. Harold le leía en voz alta *El hobbit*, que él no había leído, y cuando no podía ir lo hacía Julia, que seguía leyendo donde Harold lo había dejado; esas eran sus visitas favoritas. Andy aparecía todas las tardes al salir de la consulta y cenaba con él; le preocupaba que no comiera lo suficiente y le daba una ración de su misma cena. Un día le llevó sopa de cebada con carne, pero Jude tenía las manos demasiado débiles para sostener la cuchara y Andy tuvo que darle de comer, una cucharada tras otra, muy despacio. En otro momento le habría resultado vergonzoso, pero ahora ya no le importaba, abría la boca y aceptaba la comida, que no le sabía a nada, y masticaba y tragaba.

—Quiero irme a casa —le dijo a Andy una noche mientras observaba cómo este se comía un sándwich doble de pavo.

Andy terminó de masticar y lo miró.

—¿Sí? —dijo.

—Sí, quiero irme. —No se le ocurrió nada más que añadir. Pensó que Andy replicaría algo sarcástico, pero se limitó a asentir despacio—. Está bien. Hablaré con Solomon —dijo Jude—. Ahora cómete el sándwich.

Al día siguiente el doctor Solomon le dijo:

—Tengo entendido que quiere irse a casa.

—Sí, creo que llevo demasiado tiempo aquí.

El doctor Solomon guardó silencio.

—Es cierto, lleva un tiempo —repuso el médico—. Pero, dado su historial de autolesiones y la seriedad de su tentativa, tanto Andy como sus padres creyeron que era lo mejor.

Jude reflexionó un momento.

—Si mi tentativa hubiera sido menos seria, ¿me habría ido antes a casa? —Parecía demasiado lógico para ser una estrategia efectiva.

El médico sonrió.

—Probablemente. Pero no me opongo por completo a que vuelva a casa. Solo tendremos que tomar ciertas medidas preventivas. —Se interrumpió—. Lo que me preocupa es que se haya mostrado tan reacio a hablar de lo que lo llevó a hacerlo. El doctor Contractor, perdón, Andy, dice que siempre se ha resistido a hacer terapia. ¿Puede decirme por qué?

Jude guardó silencio, y lo mismo hizo el médico.

—Su padre me dice que el año pasado mantuvo una relación con un hombre que lo maltrataba —continuó diciendo el médico. Él se quedó helado, se obligó a callar y cerró los ojos hasta que oyó que el doctor Solomon se levantaba para irse—. Volveré mañana, Jude —dijo, y se marchó.

Cuando al final quedó claro que no hablaría con ninguno de ellos y que no corría riesgo de volver a hacerse daño, dejaron que se fuera bajo unas condiciones: estaría al cuidado de Julia y Harold, continuaría tomando una dosis más suave de los fármacos que le habían administrado en el hospital, acudiría a un terapeuta dos veces a la semana y una vez a la consulta de Andy, se tomaría un período de descanso que ya habían acordado con el bufete. Él lo aceptó todo. Con el bolígrafo temblando en su mano estampó su firma en los papeles del alta, debajo de las de Andy, el doctor Solomon y Harold.

Harold y Julia lo llevaron a Truro, donde lo esperaba Willem. Dormía mucho por las noches y durante el día paseaba con Willem colina abajo hasta el mar. Era principios de octubre y hacía demasiado frío para bañarse, pero se sentaban en la arena y contemplaban el horizonte: a veces Willem le hablaba y otras no. Él soñó que el mar se había convertido en un sólido bloque de hielo y que Willem, sentado en el otro extremo de la playa, le hacía señas; él iba a su encuentro caminando despacio a través de la amplia extensión de arena, con las manos y el rostro entumecidos por el viento.

Cenaban temprano, porque él se acostaba muy pronto. El menú era muy sencillo y fácil de digerir, y si había carne, se la cortaban antes para que no tuviera que manejar el cuchillo. Harold le servía un vaso de leche después de cenar, como si fuera un niño, y él se lo bebía. No le dejaban levantarse de la mesa hasta que se había comido al menos la mitad del plato y tampoco dejaban que se sirviera. Él estaba demasiado cansado para discutir; hacía lo que podía.

Siempre tenía frío, y a veces se despertaba en mitad de la noche tiritando, a pesar de las mantas que lo tapaban; se quedaba tumbado oyendo la respiración de Willem, que dormía en un sofá en la misma habitación, contemplando cómo las nubes se deslizaban sobre el pedazo de luna que alcanzaba a ver entre el marco de la ventana y el estor, hasta que se volvía a dormir.

A veces pensaba en lo que había hecho y le invadía el mismo pesar que había experimentado en el hospital: el pesar de haber fallado, de seguir vivo. En algunas ocasiones al pensarlo le entraba pánico, pues sabía que ahora todo el mundo lo trataría de otro modo. Ahora era un bicho raro en toda regla, más que nunca. Tendría que intensificar sus esfuerzos para convencer a la gente de que era normal. Pensó en el bufete, el único lugar donde no importaba lo que había sido. Ahora siempre habría algo que se impondría sobre todo lo demás. Ya no sería solo el socio igualitario más joven de la historia del bufete (como Tremain lo presentaba a veces), sino también el socio que había intentado suicidarse. Debían de estar furiosos con él. Pensó en el caso que estaba llevando y se preguntó quién se estaría ocupando de él. Probablemente no necesitaban siquiera que volviera. ¿Quién querría trabajar de nuevo con él? ¿Quién volvería a confiar en él?

Y no lo verían de otro modo solo sus colegas de Rosen Pritchard, sino todo el mundo. La autonomía que había conseguido con los años, tras todos sus esfuerzos por demostrar que se la merecía, se había desvanecido. Ahora no podía ni cortarse la comida. El día anterior, mientras le ayudaba a atarse los cordones de los zapatos, Willem le dijo: «Todo mejorará, Jude. El médico dice que solo era cuestión de tiempo». Por las mañanas Harold o Willem lo afeitaban, porque tenía las manos demasiado temblorosas, y mientras ellos le pasaban la maquinilla por las mejillas y por debajo del mentón, él miraba en el espejo un rostro que apenas reconocía. Había aprendido a afeitarse en Filadelfia, cuando vivía con los Douglass, pero Willem volvió a enseñarle el primer año en la universidad, alarmado, según le contó más tarde, por los movimientos bruscos y vacilantes con que lo hacía, como si podara un arbusto con una guadaña. «Bueno en cálculo y malo con la cuchilla de afeitar», le dijo entonces, sonriéndole para que no se sintiera más cohibido.

«Siempre puedes volver a intentarlo», se decía entonces Jude, y la sola idea le daba fuerzas, aunque ahora, no sabía por qué, se sentía menos inclinado a intentarlo de nuevo. Estaba demasiado exhausto. Volver a hacerlo implicaba planificación, significaba localizar un objeto afilado y buscar un momento de soledad, porque ya no los tenía. Sabía que había otros métodos, pero seguía obstinándose en el que había escogido, aunque no hubiera funcionado.

Sin embargo, apenas sentía nada. Harold, Julia y Willem le preguntaban qué quería para desayunar, las opciones eran infinitas y abrumadoras, crepes, gofres, cereales, huevos, ¿cómo quería huevos?, ¿pasados por agua?, ¿duros?, ¿revueltos?, ¿fritos?, ¿estrellados?, ¿escalfados?, él respondía negando con la cabeza y al final dejaron de preguntárselo. Dejaron de pedirle su opinión sobre todo, lo que era un descanso para él. Después de comer, a una hora también absurdamente temprana, dormitaba en el sofá del salón frente a la chimenea, arrullado con el murmullo de sus voces y el ruido del agua mientras fregaban los platos. Por las tardes Harold le leía, y a veces Willem y Julia se quedaban también a escuchar.

Al cabo de diez días Willem y él regresaron a Greene Street. Él temía su regreso, pero cuando entró en el cuarto de baño el mármol estaba limpio e impoluto.

—Malcolm —dijo Willem antes de que él se lo preguntara—. Lo acabó la semana pasada. Todo es nuevo.

Lo ayudó a acostarse y le dio un sobre manila con su nombre, que él abrió después de que Willem saliera de la habitación. Dentro estaban las cartas que había escrito, todavía cerradas, junto con la copia sellada de su testamento y una nota de Richard: «Pensé que querrías tenerlo tú. Con cariño, R». Las metió de nuevo en el sobre con las manos temblorosas y al día siguiente las guardó en su caja fuerte.

Por la mañana se despertó muy temprano, pasó sin hacer ruido junto a Willem, que dormía en el sofá en el otro extremo de su habitación, y se paseó por el apartamento. Habían adornado todas las habitaciones con flores, ramas de arce o boles con pequeñas calabazas. La casa olía muy bien, a manzana y a cedro. Fue a su estudio, donde alguien había dejado su correspondencia amontonada sobre la mesa, y la pequeña maqueta de papel de Malcolm sobre de una pila de libros. Vio sobres sin abrir de JB, de Henry Young el Asiático, de India y de Ali, todos ellos habían hecho dibujos para él. Pasó junto a la mesa del comedor y deslizó un dedo por todos los lomos alineados en los estantes, en la cocina, abrió la nevera, estaba llena de lo que le gustaba. Richard, que experimentaba con la cerámica, había dejado en el centro de la mesa una gran pieza sin forma definida con un acabado vidriado tosco y agradable al tacto, decorada con venas semejantes a hilos blancos. Al lado estaba la estatua de san Judas que Willem se había llevado consigo al irse a vivir a Perry Street y que ahora volvía a él.

Los días transcurrían y ellos dejaron que lo hicieran. Por la mañana Jude nadaba, luego Willem y él desayunaban. Después llegaba la fisioterapeuta y le hacía agarrar con las manos, apretándolas, bolas de goma, pequeños pedazos de cuerda, palillos de dientes, bolígrafos. A veces tenía que coger múltiples objetos con una mano, sosteniéndolos entre los dedos, lo que no era fácil. Las manos le temblaban mucho y sentía un fuerte hormigueo en los dedos, pero ella le decía que no se preocupara, que eran los músculos, que se estaban reparando, y los nervios, que se readaptaban. Comía y después echaba la siesta. Entonces Richard sustituía a

Willem, que iba a hacer algún recado, al gimnasio o, quería pensar él, a hacer algo interesante y placentero, lejos de él y de sus problemas. Por la tarde recibía visitas, las de sus amigos de siempre y también de conocidos. Al cabo de una hora Willem los echaba. Malcolm fue un día con JB y los cuatro tuvieron una conversación educada e incómoda sobre en su etapa universitaria, pero él se alegraba de ver a JB, y se decía que le gustaría verlo de nuevo cuando estuviera más despejado, para disculparse y decirle que lo perdonaba. Cuando se marchaba, JB le susurró: «Todo irá mejor, Jude. Confía en mí. Lo sé. —Y a continuación añadió—: Al menos tú no hiciste daño a nadie con tu intento», y Jude se sintió culpable porque sabía que no era cierto. Andy acudía a última hora y lo examinaba; retiraba los vendajes y le limpiaba los puntos. Jude aún no se los había mirado, no se veía con fuerzas, y mientras Andy se los limpiaba, volvía la vista hacia otra parte o cerraba los ojos. En cuanto se marchaba Andy cenaban, y después, cuando las tiendas y las galerías que quedaban habían cerrado, y el barrio se quedaba vacío, salían a dar un paseo describiendo un pulcro cuadrado alrededor del SoHo, al este hasta Lafayette, al norte hasta Houston, al oeste hasta la Sexta y al sur hasta Grand, y de nuevo al este hasta Greene. Era un paseo corto pero lo dejaba agotado, hasta el punto de que un día, al regresar, se cayó al entrar a su habitación, sencillamente le fallaron las piernas. Julia y Harold bajaban en tren los jueves y pasaban con él los viernes y los sábados, y parte de los domingos.

«¿Quieres hablar con el doctor Loehmann?», le preguntaba Willem todas las mañanas. Y todas las mañanas él respondía: «Aún no, Willem. Pronto, te lo prometo».

Hacia finales de octubre Jude se sentía más fuerte, menos

inestable. Conseguía permanecer despierto durante períodos más largos. Podía tumbarse de espaldas y sostener un libro sin que le temblaran tanto las manos. Podía untar el pan con mantequilla, y de nuevo llevaba camisas con botones porque ya era capaz de meter el botón en el ojal.

—¿Qué estás leyendo? —le preguntó a Willem una tarde, sentándose a su lado en el sofá del salón.

—Una obra que quizá llevaré a la escena —le respondió Willem bajando las hojas.

Él miró hacia un punto más allá de su cabeza.

—¿Vas a irte otra vez? —Era una pregunta monstruosamente egoísta, pero no pudo contenerse.

—No —respondió Willem al rato—. Tengo previsto quedarme un tiempo en Nueva York, si te parece bien.

Él sonrió sin levantar la vista.

—Qué bien —respondió, y con el rabillo del ojo vio que Willem le sonreía.

—Me alegra verte sonreír de nuevo —dijo, y volvió a concentrarse en la lectura.

En noviembre cayó en la cuenta de que no había hecho nada para celebrar el cuadragésimo tercer cumpleaños de Willem, que era a finales de agosto, y se lo mencionó.

—Bueno, no te lo tendré en cuenta, porque yo no estaba aquí —le dijo Willem—. Pero dejaré que me compenses. Veamos. —Reflexionó unos minutos—. ¿Estás preparado para salir al mundo? ¿Te apetece cenar fuera de casa?

—Claro que sí —respondió él, y la semana siguiente fueron a un pequeño restaurante japonés del East Village, donde servían sushi y al que iban a veces desde hacía años.

Jude se puso nervioso, le preocupaba por si no pedía lo correcto, pero Willem se mostró paciente y esperó mientras deliberaba, y cuando él pidió lo que quería, asintió.

—Buena elección —dijo.

Durante la cena hablaron de sus amigos, de la obra en la que Willem había decidido actuar, de la novela que él estaba leyendo; de todo menos de él.

—Creo que deberíamos ir a Marruecos —dijo Jude mientras regresaban despacio a casa.

Willem lo miró.

—Veré qué podemos hacer —respondió, y lo cogió del brazo para apartarlo del camino de un ciclista que bajaba zumbando por la calle.

—Quiero regalarte algo para tu cumpleaños —dijo Jude, unas manzanas después.

En realidad quería regalarle algo para darle las gracias, para intentar expresar lo que no era capaz de verbalizar; algo que reflejara los años de gratitud y afecto que le había brindado. Entonces recordó que Willem había aceptado trabajar en una película que iba a rodarse en Rusia a principios de enero, y cuando se lo mencionó Willem se encogió de hombros. «¿Ah, eso? —dijo—. No salió. Pero no importa. De todos modos, no quería hacerlo.» Sin embargo, Jude no acabó de creérselo; al llegar a casa lo consultó en internet y supo que Willem había renunciado por motivos personales y que lo habían sustituido por otro actor. Entonces se lo volvió a preguntar y Willem volvió a encogerse de hombros diciendo: «Eso es lo que se dice cuando se renuncia porque no se sintoniza con el director y no se quiere quedar mal». Jude sabía que Willem no le decía la verdad.

—No tienes por qué regalarme nada —respondió Willem, como Jude sabía que haría.

—Ya sé que no tengo por qué, pero quiero hacerlo —replicó Jude. Y luego añadió, como siempre hacía—: Un amigo mejor sabría qué regalarte y no tendría que pedirte sugerencias.

—Eso es cierto —coincidió Willem, bromeando, y él sonrió. Era una de aquellas conversaciones que se repetían una y otra vez a lo largo de sus años de amistad.

Transcurrieron los días durante los cuales Willem se trasladó a su dormitorio del otro extremo del apartamento y Lucien lo telefoneó unas cuantas veces para hacerle alguna consulta después de pedirle disculpas por molestarlo, pero él siempre se alegraba de oírlo y también de que empezara la conversación quejándose de algún cliente o de algún colega en lugar de preguntarle cómo se encontraba. De todos los socios y los compañeros de trabajo, solo Tremain, Lucien y otro par de colegas, estaban al corriente de los verdaderos motivos de su ausencia; al resto, al igual que a los clientes, les habían dicho que se estaba recuperando de una operación urgente de médula espinal. Jude sabía que cuando regresara a Rosen Pritchard, Lucien le confiaría la misma carga de trabajo de siempre, que no hablarían de darle tiempo para adaptarse ni se especularía sobre su capacidad para manejar el estrés, y lo agradecía. Dejó de tomar los fármacos, pues se dio cuenta de que lo amodorraban, y se asombró de lo despejado que estaba cuando su organismo se libró de ellos; incluso la vista mejoró, como si hubieran limpiado una capa de mugre grasienta de una ventana y por fin pudiera admirar el césped verde que había al otro lado y los perales cargados de fruta amarilla.

Sin embargo, también descubrió que los fármacos lo habían

protegido y que sin ellos las hienas regresaban, menos numerosas y más tenues, pero continuaban dando vueltas a su alrededor, menos incisivas en su persecución pero todavía allí, compañeras indeseadas y obstinadas. También los recuerdos acudían a su mente, los mismos de siempre acompañados de otros nuevos, pues Jude tomó conciencia de las molestias que había causado a todo el mundo, de lo mucho que pedía y que jamás podría devolver. Y luego estaba la voz, que le susurraba a deshoras: «Puedes intentarlo de nuevo, puedes intentarlo de nuevo». Él trataba de no hacerle caso, porque en algún momento, de la misma manera que había resuelto quitarse la vida, había decidido que se esforzaría por recuperarse y no quería que las voces le recordaran que podía intentarlo de nuevo, que estar vivo, por absurdo e ignominioso que a menudo fuera, no era la única opción que tenía.

Llegó el día de Acción de Gracias, y una vez más lo celebraron con una comida en el piso de Harold y Julia de West End Avenue, a la que asistieron Laurence y Gillian (sus hijas habían ido a las casas de sus familias políticas), Jude, Willem, Richard e India, Malcolm y Sophie. Durante la comida Jude notó que todos hacían un esfuerzo por no fijarse demasiado en él, y cuando Willem comentó sus planes de ir a Marruecos a mediados de diciembre, Harold se mostró tan relajado y poco sorprendido que Jude supo que ya había hablado de eso con Willem (y, probablemente, con Andy) y le había dado permiso.

—¿Cuándo piensas volver a Rosen Pritchard? —le preguntó Laurence, como si hubiera estado de vacaciones.

—El 3 de enero.

—¡Tan pronto! —exclamó Gillian.

Él le devolvió la sonrisa.

—Me gustaría incorporarme antes. —Y lo decía en serio, estaba preparado para regresar a su vida normal, para intentar volver a vivir.

Willem y él se retiraron temprano, y esa noche se hizo cortes por segunda vez desde que había salido del hospital. Eso, la necesidad de hacerse cortes, de sentir esa brillante y extraordinaria punzada de dolor, también había disminuido con los fármacos. La primera vez que lo hizo le sorprendió lo doloroso que era; de hecho, se preguntó por qué lo había hecho durante tanto tiempo, ¿en qué pensaba? Pero luego notó que todo se ralentizaba en su interior, que se relajaba, y recordó cuánto le habían ayudado los cortes y por qué había empezado a hacérselos. Las huellas de su tentativa de suicidio eran tres líneas verticales en cada brazo, desde la base de la palma hasta debajo del codo: no habían cicatrizado bien, era como si se hubiera metido lápices debajo de la piel y tenían un extraño brillo perlado, como de quemadura. Jude cerró el puño y observó cómo se tensaban.

Esa noche se despertó gritando, prueba de su vuelta a una existencia con sueños; con los fármacos no había sueños, y si los había eran tan extraños, absurdos y vagos que enseguida los olvidaba. En el sueño, estaba en una habitación de motel con un grupo de hombres que lo sujetaban; él forcejeaba con desesperación, pero era inútil, ellos seguían multiplicándose y él sabía que perdería, que lo destruirían. Uno de los hombres no paraba de llamarlo y le ponía una mano en la mejilla, y él, más aterrorizado aún, la apartaba. Cuando el hombre le echaba agua encima, se despertó jadeando y vio a Willem a su lado, con el rostro pálido y un vaso en la mano.

—Lo siento, Jude, no había forma de despertarte. Voy a buscar una toalla —dijo, y enseguida regresó con una toalla y el vaso lleno de agua.

Jude temblaba demasiado para sostener el vaso y pedía perdón una y otra vez a Willem, que, meneando la cabeza, lo tranquilizaba diciéndole que no se preocupara, que solo era un sueño. Willem fue a buscar otra camiseta y se volvió mientras él se cambiaba, después se llevó la mojada al cuarto de baño.

—¿Quién es el hermano Luke? —le preguntó Willem cuando se quedaron sentados en silencio, esperando a que a él se le acompasara la respiración. Y como no obtuvo respuesta, añadió—: No parabas de gritar: «Ayúdame, hermano Luke, ayúdame». —Él continuó callado—. ¿Quién es, Jude? ¿Lo conociste en el monasterio?

—No puedo, Willem —dijo, y echó de menos a Ana. «Pregúntamelo una vez más, Ana, y te lo diré. Enséñame a hacerlo. Esta vez te haré caso y hablaré.»

Ese fin de semana fueron a la casa de campo de Richard y dieron un largo paseo por el bosque que había detrás de la propiedad. Después preparó con éxito el plato favorito de Willem, costillas de cordero; solo necesitó que le ayudaran a cortarlas, ya que todavía no tenía suficiente agilidad en las manos—, pero todo lo demás lo hizo solo. Era la primera vez que cocinaba desde que le dieron el alta.

Por la noche se despertó de nuevo gritando, y una vez más, al abrir los ojos, a su lado estaba Willem (esta vez sin vaso de agua), y le volvió a preguntar por el hermano Luke ya que en sueños no paraba de suplicar que lo ayudara; y por segunda vez, él no pudo responder.

Al día siguiente estaba cansado, le dolían los brazos y todo el cuerpo, y mientras paseaban apenas hablaron. Por la tarde repasaron los planes del viaje a Marruecos: empezarían en Fez y cruzarían el desierto en coche, pararían cerca de Uarzazat y terminarían en Marrakech. De regreso, se quedarían unos días en París para ver a Citizen y a un amigo de Willem, y volverían a casa a tiempo para celebrar el Año Nuevo.

—¿Sabes? —le dijo Willem mientras cenaban—. Ya sé qué quiero que me regales para mi cumpleaños.

—¿Sí? —respondió Jude, aliviado de tener ocasión de compensar de algún modo todo lo que su amigo hacía por él, todo el tiempo que le había robado—. Adelante, dímelo.

—Bueno, es algo grande.

—Lo que sea. —Willem le lanzó una mirada que Jude no supo interpretar—. Hablo en serio. Lo que sea.

Willem dejó el sándwich de cordero en el plato y tomó aire.

—Está bien. Lo que quiero de regalo de cumpleaños es que me digas quién es el hermano Luke. Y no solo quién es, sino qué relación tuviste con él y por qué lo llamas a gritos por las noches. —Lo miró—. Quiero que seas sincero y minucioso, que me cuentes toda la historia. Eso es lo que quiero.

Se hizo un largo silencio. Jude que tenía la boca llena, tragó como pudo el bocado y dejó el sándwich en el plato.

—Willem —respondió por fin, sabía que él hablaba en serio y que no podría disuadirlo ni convencerlo de que le pidiera otra cosa—, una parte de mí quiere contártelo. Pero si lo hago… —Se interrumpió—. Temo que si lo hago sientas repugnancia por mí. Espera —añadió al ver que Willem empezaba a hablar. Lo miró a la cara—. Te prometo que lo haré. Te lo prometo. Pero… pero tienes que darme un poco de tiempo. Nunca se lo he contado a nadie y tengo que encontrar el modo de hacerlo.

—Vale, de acuerdo —respondió Willem al cabo de un momento de silencio—. ¿Qué te parece si lo intentamos? Yo te pregunto algo más fácil y tú me respondes, ya verás como así no te resulta tan difícil hablar de ello. Y si lo es, podemos hablar también del porqué.

Él inhaló y exhaló. «Es Willem —se recordó—. Él nunca te haría daño. Ya es hora. Ya es hora.»

—De acuerdo —respondió por fin—. Adelante, pregunta.

Vio que Willem se recostaba en la silla y lo miraba fijamente, intentado escoger una entre los cientos de preguntas que un amigo debería poder hacer a otro amigo y que no se había atrevido a formular. Se le llenaron los ojos de lágrimas al pensar en lo asimétrica que por su culpa había sido su amistad y en todo el tiempo que Willem había permanecido a su lado, año tras año, a pesar de que él lo había rehuido y le había pedido que lo ayudara cuando tenía problemas cuyo origen no era capaz de revelarle. En su nueva vida, se prometió, no pediría tanto a sus amigos, se mostraría más generoso con ellos y les daría todo lo que le pidieran. Si Willem quería información, la tendría, a él le correspondía discurrir la forma de dársela. Sería doloroso, pero quería intentarlo; si quería vivir tendría que endurecerse, tendría que mentalizarse y aceptar que la vida es así.

—Está bien. Ya tengo una —dijo Willem, y se irguió en el sofá, preparándose—. ¿Cómo te hiciste la cicatriz del dorso de la mano?

Jude parpadeó sorprendido. No sabía qué le preguntaría, pero en ese momento se sintió aliviado. En los últimos tiempos casi nunca pensaba en aquella cicatriz. La miró, brillaba como el tafetán, y deslizó la yema de los dedos sobre ella pensando en todos los problemas que le había traído, ya que lo había conducido al hermano Luke, al hogar para niños, a Filadelfia y a todo lo demás.

Pero ¿acaso había algo en la vida que no estuviera relacionado con algo más grande y más triste? Lo único que Willem le pedía era la parte más superficial de su historia; no tenía por qué sacar a la luz el enorme y desagradable embrollo de dificultades que había en el fondo.

Pensó en cómo empezar, y repasó mentalmente lo que iba a decir antes de abrir la boca. Por fin empezó a hablar.

—De niño era codicioso —dijo, y observó a Willem, que, sentado al otro lado de la mesa, se apoyaba sobre los codos, y por primera vez en todos los años de amistad, era él quien escuchaba.

Cumplió diez años. Once. Volvió a dejarse crecer el pelo, lo llevaba aún más largo que en la época del monasterio, y también había crecido. El hermano Luke lo llevó a una tienda de segunda mano donde le compró un saco de ropa que pagó al peso.

—¡Basta ya! —exclamaba el hermano Luke bromeando, presionándole la parte superior de la cabeza como si quisiera que en lugar de crecer encogiera—. ¡Creces demasiado deprisa!

Entonces Jude dormía a todas horas. Durante las clases estaba despierto, pero a medida que avanzaba la tarde notaba que algo descendía sobre él, y empezaba a bostezar, incapaz de mantener los ojos abiertos. Al principio el hermano Luke también bromeaba con eso. «Mi dormilón —lo llamaba—. Mi soñador.» Sin embargo, una noche se sentó con él después de que se marchara un cliente. Durante años Jude había forcejeado con ellos, más de forma refleja que porque creyera que pudiera detenerlos, pero en los últimos tiempos se limitaba a quedarse inerte, esperando a que acabaran.

—Sé que estás cansado —le dijo el hermano Luke—. Es normal. Estás creciendo, y crecer requiere energía. Además trabajas mucho, lo sé. Pero, Jude, cuando estás con tus clientes, tienes que mostrarte más vivo, pagan para estar contigo, ¿sabes? Tienes que darles a entender que disfrutas. —Como él no respondía, el hermano añadió—: Ya sé que no disfrutas con ellos tanto como conmigo, pero aun así, no puedes mostrar tan poca vida, ¿de acuerdo? —Se inclinó y le puso el pelo detrás de la oreja—. ¿De acuerdo?

Él asintió.

En esa época empezó a arrojarse contra las paredes. El motel en el que se alojaban —eso era en Washington— tenía un segundo piso. Un día lluvioso subió a él para llenar el cubo de hielo, el suelo estaba resbaladizo y cuando regresaba tropezó y cayó rodando escaleras abajo. Al oír el estrépito, el hermano Luke salió corriendo. No se rompió nada, pero se hizo rasguños y empezó a sangrar. El hermano Luke anuló la cita de aquella tarde y por la noche lo trató con delicadeza, le llevó un té, y Jude se sintió más vivo que en las últimas semanas. Hubo algo en la caída, en aquel dolor, que tuvo un efecto reparador. Era un dolor honesto, limpio, sin vergüenza ni obscenidad, totalmente diferente al que experimentaba desde hacía años. La semana siguiente subió de nuevo a buscar hielo, pero esta vez, al regresar a la habitación, se detuvo en el pequeño espacio triangular que había debajo de la escalera y, sin pararse a pensar en lo que iba a hacer, se arrojó contra la pared de ladrillo imaginando que se estaba quitando de encima toda la inmundicia, todo rastro de fluido corporal, todos los recuerdos de los últimos años. Se estaba recomponiendo, estaba convirtiéndose en algo puro, se estaba castigando por todo lo que había hecho. Después se sintió mejor, con más energía, como si hubiera corrido una larga carrera y luego hubiera vomitado, entonces regresó a la habitación.

Al cabo de un par de días, el hermano Luke se dio cuenta de lo que hacía y tuvieron otra conversación.

—Entiendo que te sientas contrariado, Jude, pero lo que haces no es bueno para ti ni para los clientes. A ellos no les gusta verte magullado. Estoy muy preocupado.

Guardaron silencio. Hacía un mes, tras una noche muy dura, habían mantenido una conversación. Después de que se marchara el grupo de hombres a los que había atendido, lloró y pataleó como cuando era niño. Luke, sentado a su lado, le frotó el estómago dolorido y le tapó la boca con una almohada para amortiguar el ruido. Le costó calmarse, y cuando se sosegó un poco le suplicó que le dejara parar. Y el hermano se echó a llorar y le prometió que lo haría, que no había nada que deseara más que estar los dos solos, pero se había gastado todo el dinero cuidando de él.

—En todo este tiempo no me he quejado, pero ya no tenemos dinero. Tú eres todo lo que tengo. Lo siento de verdad. Si ahorramos un poco, pronto podrás parar, te lo prometo.

—¿Cuándo? —preguntó Jude aún entre sollozos.

—Pronto, pronto —respondió Luke—. Un año. Te lo prometo.

Jude asintió, aunque hacía mucho que había aprendido que las promesas del hermano eran vanas.

Entonces el hermano le dijo que le enseñaría un secreto, algo que lo ayudaría a aliviar su dolor: y al día siguiente le dio una bolsa ya preparada con cuchillas, gasas impregnadas de alcohol, algodón y vendas, y le enseñó a hacerse cortes.

—Tendrás que practicar hasta saber qué hace que te sientas

mejor —le dijo, y le enseñó a limpiar y vendar el corte después—. Esto es para ti —añadió entregándole la bolsa—. Cuando necesites más, me lo dices y te lo traeré.

Al principio Jude echó de menos la teatralidad, la fuerza y la contundencia de las caídas y los golpes, pero no tardó en agradecer el secretismo y el control que podía ejercer sobre los cortes. El hermano Luke tenía razón, era mejor cortarse. Cada vez que lo hacía era como si expulsara el veneno, la suciedad y la rabia que tenía en su interior. Era como si su antiguo sueño de las sabandijas cobrara vida y tuviera el efecto deseado. Le habría gustado estar hecho de metal o de plástico, algo que pudiera regar con manguera y restregar hasta dejarlo limpio. Tenía una visión de sí mismo en la que se llenaba de agua, detergente y lejía, acto seguido se secaba con aire a chorro y su interior quedaba higienizado de nuevo. Después de atender al último cliente de la noche, se iba al cuarto de baño y permanecía en él hasta que el hermano le decía que era hora de acostarse. Durante ese breve momento su cuerpo le pertenecía, era suyo y podía hacer con él lo que quisiera.

Dependía por completo de Luke para la comida, para su protección y también para disponer de cuchillas. Aunque tomaba precauciones, de vez en cuando contraía enfermedades que le transmitían sus clientes y los cortes se le infectaban a veces, entonces el hermano Luke lo llevaba al médico y compraba los antibióticos que le recetaba. Jude acabó acostumbrándose al cuerpo del hermano Luke, a su boca, a sus manos; no le gustaban, pero ya no se sacudía cada vez que lo besaba, y si lo abrazaba, le devolvía dócilmente el abrazo. Sabía que nunca lo trataría nadie tan bien como él; cuando hacía algo mal, Luke no le gritaba, y después de todos esos años aún no le había pegado. Tiempo atrás pensaba que algún día tendría un cliente mejor que Luke que estaría dispuesto a llevárselo, pero ahora sabía que eso jamás sucedería. En una ocasión empezó a desnudarse antes de que el cliente estuviera preparado y este le abofeteó. «Por Dios, sin prisas, putillo. Por cierto, ¿cuántas veces has hecho esto?» Y como siempre hacía cuando lo golpeaban los clientes, Luke salió del cuarto de baño gritando y le hizo jurar al hombre que se portaría mejor si quería quedarse. Los clientes le llamaban de todo: putillo, chapero, guarro, inmundicia, ninfa (tuvo que buscar en el diccionario qué significaba), esclavo, basura, escoria; Luke, en cambio, no lo insultaba nunca. Para él era perfecto, inteligente, bueno, y no veía nada malo en lo que hacía.

El hermano todavía hablaba de un futuro juntos en una casa en la playa, en California, y describía las playas pedregosas, el trino de los pájaros y el agua del mar del color de la tormenta. Estarían los dos juntos como una pareja casada. Ya no serían padre e hijo sino que estarían al mismo nivel. Cuando él cumpliera dieciséis años se casarían. Irían de luna de miel a Francia y a Alemania, donde por fin hablaría con franceses e ingleses de verdad, y también a Italia y a España, donde el hermano Luke había vivido dos años estudiando y donde finalizó el posgrado. Además, comprarían un piano para que él pudiera tocar y cantar.

—Nadie querría estar contigo si supiera que te has acostado con tantos clientes —le dijo el hermano—. En cambio yo, te querré siempre, aunque te hayas acostado con diez mil hombres.

Se retiraría a los dieciséis años, le prometió el hermano Luke, y Jude lloró en silencio, porque el hermano Luke le había prometido que podría parar a los doce y llevaba la cuenta de los días que le faltaban para cumplirlos.

A veces, cuando los clientes se portaban con crueldad, o cuando lo dejaban dolorido, sangrando o magullado Luke le pedía perdón. Otras, en cambio, actuaba como si disfrutara con ello. «Vaya, ese ha estado bien, ¿verdad? —decía a veces después de que alguno de los clientes se marchara—. Se notaba que te gustaba. ¡No lo niegues, Jude! He oído cómo gozabas. Bueno, eso está bien. Es bueno que disfrutes con tu trabajo.»

Jude cumplió doce años. Estaban en Oregón, camino de California, le dijo Luke. Jude había vuelto a dar un estirón, y el hermano predijo que acabaría midiendo seis pies con una o dos pulgadas; sería un poco más bajo que él, no mucho. Ya no era un niño, le estaba cambiando la voz, y eso hacía más difícil encontrar clientes, que ahora iban en grupo con más frecuencia. Él aborrecía los grupos, pero Luke insistía en que era todo lo que podía conseguir. Los clientes creían que era mayor, que tenía trece o catorce; a su edad, le decía Luke, cada año que cumplía contaba.

Era otoño, el 20 de septiembre. Estaban en Montana porque Luke creyó que a él le gustaría ver el cielo nocturno de esas tierras, donde las estrellas brillaban como luces eléctricas. Aquel día no tuvo nada de especial. Dos días atrás había atendido a un grupo muy numeroso y había sido tan horrible que Luke no solo había anulado las citas con los clientes del día siguiente, sino que lo había dejado dos noches tranquilo. Sin embargo, esa noche todo volvió a la normalidad. Luke se metió en su cama y empezó a besarlo. Estaban en plena tarea, alguien aporreó la puerta con tanta fuerza e insistencia que él casi le mordió la lengua.

—¡Policía! —oyó gritar—. Abran ahora mismo la puerta.

El hermano Luke le tapó la boca con una mano.

—No digas una palabra —siseó.

—Policía —gritó de nuevo la voz—. Edgar Wilmot, tenemos una orden de arresto contra usted. Abra la puerta inmediatamente.

Jude estaba confuso. ¿Quién era Edgar Wilmot? ¿Era un cliente? Estaba a punto de decirle al hermano Luke que debía de tratarse de un error, al levantar la mirada vio su cara y supo que estaban buscándole a él.

El hermano Luke se levantó y le indicó por señas que se quedara en la cama.

—No te muevas —susurró—. Enseguida vuelvo. —Se metió corriendo en el cuarto de baño y Jude oyó cómo corría el cerrojo.

—No —le susurró frenético—. No me deje, hermano Luke. No me deje solo.

Pero el hermano se fue.

Lo que vino después ocurrió a cámara lenta y a gran velocidad, todo a la vez. Él estaba demasiado petrificado para moverse, desde la cama oyó el crujido de la madera al astillarse y la habitación se llenó de hombres que sostenían linternas junto a la cabeza, por lo que no se les veía el rostro. Uno de ellos se acercó a él y le dijo algo que él no alcanzó a oírlo debido al ruido y al pánico que se había apoderado de él. El hombre le subió la ropa interior y lo ayudó a levantarse.

—Ya estás a salvo —le dijeron.

—¡Llamad una ambulancia! —gritó uno de los hombres, que había entrado en el cuarto de baño.

Jude se zafó del hombre que lo agarraba y, pasando por debajo del brazo de otro, en tres zancadas entró en el cuarto de baño, donde el hermano Luke colgaba de un gancho del centro del techo con un cable alrededor del cuello, la boca abierta, los ojos cerrados y el rostro tan gris como la barba. Jude gritó sin parar el nombre del hermano Luke mientras lo sacaban a rastras de la habitación.

No recuerda gran cosa de lo que sucedió a continuación. Lo interrogaron una y otra vez; lo llevaron a un hospital donde un médico lo examinó y le preguntó cuántas veces lo habían violado; él no supo qué responder. ¿Lo habían violado? Él lo había consentido; había sido decisión suya.

—¿Cuántas veces has tenido relaciones sexuales? —le preguntó el médico.

—¿Con el hermano Luke o con los otros?

—¿Qué otros? —le preguntó el médico.

Cuando terminó de hablar, el médico se volvió, ocultando la cara entre las manos, luego lo miró y abrió la boca, pero no brotó ningún sonido de ella. En ese momento Jude supo con certeza que lo que había estado haciendo estaba mal; se sintió tan avergonzado y tan sucio que quiso morirse.

Lo llevaron a la casa de acogida, adonde mandaron sus pertenencias: los libros, el muñeco navajo, las piedras, las ramas, las bellotas, la Biblia con las flores prensadas que había cogido en el monasterio y la ropa, que fue blanco de las burlas de los otros niños. En la casa de acogida sabían qué era él, sabían qué había hecho, sabían que ya estaba echado a perder, y no se sorprendió que algunos de tutores empezaran a hacerle lo que otros hombres llevaban años haciéndole. También los niños se enteraron de quién era y le gritaban toda clase de insultos, los mismos que los clientes, y le hicieron el vacío. Cuando él se acercaba a un grupo, todos se levantaban y echaban a correr.

No se había llevado la bolsa de las cuchillas, de modo que tuvo que improvisar: cogió del cubo de la basura la tapa de una lata, la esterilizó sobre la llama del gas una tarde que estaba de guardia en la cocina, y se la guardó debajo del colchón. A partir de ese día se cortaría con eso. Todas las semanas hacía lo mismo con una tapa nueva.

En la escuela se había saltado cuatro cursos y asistía a clases de matemáticas, piano, literatura inglesa, francés y alemán en el colegio universitario. Los profesores le preguntaban quién le había enseñado todo lo que sabía y él respondía que su padre. «Pues hizo un gran trabajo —le dijo su profesora de literatura—. Debía de ser un profesor excelente.» Él fue incapaz de responder.

Todos los días se acordaba del hermano Luke. Por las noches, cuando estaba con los tutores, se imaginaba que el hermano Luke vigilaba desde detrás de la pared, listo para intervenir si las cosas se torcían; como nunca aparecía significaba que todo lo que le hacían eran cosas que el hermano Luke podía aceptar.

Solo a Ana le habló un poco del hermano Luke, pero se mostró reacio a contárselo todo, se guardó muchas cosas. Sabía que había sido un estúpido al irse con Luke, pues le había mentido y le había hecho cosas horribles, pero quería creer que, a lo largo de todo ese tiempo, y a pesar de todo, Luke lo había querido de verdad, que esa parte había sido real; no una perversión ni parte de su maquinación, sino algo verdadero. No se sentía capaz de soportar que Ana le dijera, como le había dicho de los demás: «Era un monstruo, Jude. Dicen que te quieren para manipularte, ¿no lo comprendes? Eso es lo que hacen los pedófilos; así es como atrapan a los niños». Aún de adulto, seguía sin saber qué pensar de Luke. Sí, era malo. Pero ¿era peor que los otros hermanos? ¿Se había equivocado realmente al fugarse con él? ¿Le habrían ido mejor las cosas si se hubiera quedado en el monasterio? ¿El tiempo que habría pasado en él lo habría dejado menos dañado? Luke estaba presente en todo lo que hacía, en todo lo que era: su pasión por la lectura, la música, las matemáticas, la jardinería, los idiomas…, todo se lo debía. Los cortes que se hacía, el odio hacia sí mismo, la vergüenza, los miedos, las enfermedades, la incapacidad de disfrutar de una vida sexual normal, de ser una persona normal…, también se lo debía Luke. Luke le había enseñado a buscar placer en la vida y había erradicado ese mismo placer de su vida.

Tenía cuidado de no pronunciar nunca su nombre en voz alta, pero a veces se acordaba de él, y por muchos años que pasaran o por mayor que se hiciera, el rostro sonriente de Luke acudía a menudo a su memoria. Pensaba en cómo se habían enamorado, en cómo lo había seducido, él era demasiado niño, demasiado ingenuo, estaba demasiado solo y deseoso de afecto para saberlo. Corría al invernadero, abría la puerta, y el calor y la fragancia de las flores lo envolvían como un manto. Entonces fue feliz por última vez, solo entonces conoció la alegría. «¡Aquí está mi niño bonito! —exclamaba Luke—. Oh, Jude…, me alegro tanto de verte.» Así de simple.

V

Los años felices

1

Un mes antes de cumplir treinta y ocho años, Willem comprendió que era famoso. El descubrimiento lo desconcertó menos de lo que cabía imaginar, en parte porque siempre se había considerado en cierto modo famoso; también a JB le pasaba lo mismo. Estaba paseando por el centro de la ciudad con Jude o con otros amigos, y de pronto se acercaba alguien a quien estos últimos conocían para saludarlos, entonces Jude o quienes lo acompañaran los presentaba: «Aaron, ¿conoces a Willem?». Y Aaron respondía: «Por supuesto. Willem Ragnarsson. Todo el mundo lo conoce». Pero no por su trabajo sino porque la hermana del excompañero de habitación de Aaron había salido con él en Yale, o porque dos años atrás había hecho una audición para el amigo del hermano de un amigo de Aaron que era dramaturgo, o porque Aaron, que era artista, había estado en una exposición de JB y Henry Young el Asiático, y había visto a Willem en la fiesta de inauguración. Durante gran parte de su vida adulta, la ciudad de Nueva York había sido sencillamente una prolongación de la universidad, donde todos los conocían, a él y a JB, hasta tal punto que a veces parecía que hubieran arrancado los cimientos de Boston para plantarlos en un radio de unas pocas manzanas del bajo Manhattan y la linde de

Brooklyn. Los cuatro amigos hablaban con la misma gente, bueno, si no la misma gente, si el mismo tipo de gente, con la que habían hablado en la universidad, y él era conocido en el círculo de los artistas, los actores y los músicos, porque siempre había formado parte de él. Era un microcosmos en el que todos se conocían.

De los cuatro, solo Jude, y hasta cierto punto Malcolm, habían vivido en otro mundo, el mundo real, poblado de individuos dedicados a tareas necesarias para la sociedad: hacer leyes, impartir clases, curar enfermos, resolver problemas, manejar dinero, vender y comprar mercancías (siempre pensó que lo más sorprendente no era que él conociese a Aaron sino que lo conociera Jude). Poco antes de cumplir treinta y siete años había trabajado en una película poco conocida titulada *El tribunal del Sicomoro* en la que interpretaba a un abogado de una pequeña ciudad sureña que al final salía del armario. Había aceptado el papel para trabajar con el actor que hacía de su padre, al que admiraba y que en la película se mostraba taciturno y vituperante, un hombre que desaprobaba a su hijo y vivía amargado a causa de su propia frustración. Con el fin de prepararse para el papel, Willem le pidió a Jude que le describiera con detalle una jornada laboral, y le entristeció pensar que alguien a quien consideraba tan brillante se pasara la vida ocupado en un trabajo tan aburrido, que no era más que el equivalente intelectual de los quehaceres domésticos de limpiar, ordenar, lavar y organizar, para luego pasar a la casa siguiente y empezar de nuevo. Por supuesto, no se lo dijo. Un sábado quedaron en Rosen Pritchard y él deambuló por la oficina hojeando sus carpetas y papeles mientras Jude acababa de escribir algo.

—Bueno, ¿qué te parece? —le preguntó Jude, recostándose en su silla, sonriente.

Él le devolvió la sonrisa.

—Impresionante —respondió, porque a su manera lo era.
Jude se rió.

—Sé qué estás pensando, Willem. No te preocupes. Harold
piensa lo mismo que tú. —Y añadió imitando su voz—: «Qué
desperdicio, Jude. Qué desperdicio».

—No es eso lo que estoy pensando —protestó Willem, aunque en realidad sí lo era.

Jude siempre se quejaba de su falta de imaginación, de su persistente sentido práctico, pero Willem nunca lo había visto así. Y,
en efecto, le parecía un desperdicio no que trabajara en un bufete
de abogados, sino que se dedicara a las leyes cuando una mente
como la suya podría estar haciendo otra cosa. No sabía qué, pero
eso no. Sabía que era absurdo, pero a pesar de que Jude estudiaba
derecho nunca pensó que terminaría en un bufete de abogados;
siempre se imaginó que en algún momento renunciaría y se dedi-
caría a algo distinto, que sería profesor de matemáticas, maestro
de canto o (aunque incluso entonces era consciente de la ironía)
psicólogo, porque sabía escuchar y hablar con él siempre tenía un
efecto tranquilizador en sus amigos. Willem no sabía por qué se
aferraba a esa idea de Jude, cuando él había dejado claro que le
gustaba lo que hacía y se le daba bien.

El tribunal del Sicomoro tuvo un éxito inesperado, y Willem tuvo
las mejores críticas que había recibido hasta entonces y fue nomi-
nado para varios premios; cuando la estrenaron junto con un lar-
gometraje más espectacular que había rodado dos años antes, se
dio cuenta de que su carrera tomaría un giro distinto. Él siempre
había tenido criterio a la hora de escoger los papeles; si se podía
decir que tenía un talento especial, era para eso, si bien hasta ese

año no se había sentido suficientemente seguro para hablar de las películas que le gustaría hacer cuando tuviera cincuenta o sesenta años. Jude solía decirle que tenía una percepción demasiado prudente de su carrera, que era mucho mejor de lo que se creía, pero él nunca lo había creído; sabía que se había ganado el respeto de sus colegas y de los críticos, y sin embargo, una parte de él siempre temía que todo se terminara de repente y sin previo aviso. Era una persona práctica que se dedicaba a la carrera menos práctica de todas, y después de cada contrato que firmaba siempre les decía a sus amigos que no habría otro, que estaba seguro de que ese era el último; lo hacía para ahuyentar sus temores, como si anticipando la posibilidad fuera menos probable que se convirtiera en realidad, pero también para darles voz porque eran reales.

Solo después, cuando se quedaba a solas con Jude, se permitía expresar en alto sus verdaderas inquietudes. ¿Y si nunca volvía a trabajar?, le preguntaba.

—Eso no ocurrirá, Willem. No deberías preocuparte tanto.

—¿Y si ocurre?

—Bueno, en el caso sumamente improbable de que no volvieras a actuar —respondía Jude en serio—, te dedicarías a otra cosa. Y mientras decidieras qué hacer te vendrías a vivir aquí conmigo.

Él sabía que volvería a trabajar; tenía que creerlo. Todos los actores lo creían. Para actuar se requería tener confianza en uno mismo, ya que, si dejabas de creer que podías hacerlo, también los demás dejaban de creer en ti. Aun así, le gustaba que Jude lo tranquilizara; le gustaba saber que tenía un lugar adonde ir si todo se acababa. De vez en cuando, cuando se ponía autocompasivo, algo poco propio de él, pensaba en qué haría si llegara el fin de su carrera. Podría volver a trabajar con niños discapacitados. Se le daba bien y le gustaba hacerlo. Se veía a sí mismo saliendo de un colegio de primaria del Lower East Side o del oeste del SoHo y regresando a pie a Greene Street. Habría vendido su piso, por supuesto, para pagarse un máster en educación (en su sueño, todos los millones que había ahorrado desaparecían sin saber cómo), y se instalaría en el apartamento de Jude, como si las dos últimas décadas no hubieran transcurrido.

Pero después de *El tribunal del Sicomoro*, esas deprimentes fantasías se volvieron menos frecuentes, y en la segunda mitad de sus treinta y siete años tenía más confianza en sí mismo que nunca. Algo había cambiado, algo se había consolidado: su nombre había sido grabado en piedra en alguna parte. Siempre tendría trabajo; podía tomarse un pequeño descanso si quería.

Era septiembre, regresaba de un rodaje y se disponía a embarcarse en una gira publicitaria por Europa; solo estaría un día en la ciudad y Jude le había prometido que lo llevaría a donde quisiera. Se verían e irían a comer a un restaurante, y luego él iría en coche al aeropuerto y volaría a Londres. Hacía mucho tiempo que no estaba en Nueva York, se moría de ganas de ir a algún lugar barato, céntrico y casero, como el vietnamita de fideos al que solían ir cuando tenían veinte años, pero al final escogió un restaurante francés especializado en marisco y no muy céntrico para que Jude no tuviera que desplazarse demasiado.

El restaurante estaba atestado de hombres de negocios, la clase de individuos que anuncian su fortuna y su poder con el corte de sus trajes y la finura de sus relojes de pulsera. Hay que ser rico y poderoso para comprender qué se transmite con tal atuendo, ya que para los demás solo son hombres con trajes grises, todos iguales. La encargada lo condujo a la mesa donde lo esperaba Jude, y cuando este se levantó, se inclinó y le dio un fuerte abrazo. Sabía que a él eso no le gustaba, pero últimamente había decidido hacerlo de todos modos. Se quedaron de pie, fundidos en un abrazo y rodeados de trajes grises, hasta que soltó a Jude y se sentaron.

—¿Te he avergonzado mucho? —le preguntó, y Jude sonrió y negó con la cabeza.

Había tantas cosas de que hablar en tan poco tiempo que Jude había hecho una lista en el reverso de una receta. Él se rió de la ocurrencia, pero la siguieron punto por punto. Entre el punto 5 (la boda de Malcolm: ¿qué dirían en los brindis?) y el 6 (los progresos en las obras del piso de Greene Street), Willem se levantó para ir al aseo, y al regresar a la mesa tuvo la inquietante sensación de que lo observaban. Aunque estaba acostumbrado a que lo miraran de arriba abajo y lo escudriñaran, había algo distinto en la intensidad y el silencio ambiental, y por primera vez en mucho tiempo se sintió cohibido, consciente de que no iba con traje sino con tejanos y de que ese no era un sitio para él. De hecho, cayó en la cuenta de que él era el único que no iba trajeado.

—Creo que no voy vestido de forma adecuada —le dijo a Jude en voz baja mientras se sentaba—. Todos me miran.

—No te miran por cómo vistes, sino porque eres famoso.

Él negó con la cabeza.

—Para ti y para una docena de personas más quizá lo sea.

—No, Willem. Lo eres para todo el mundo. —Jude sonrió—. ¿Por qué crees que has podido entrar? Aquí no dejan entrar a nadie si no va vestido de ejecutivo. ¿Y por qué crees que nos han traído tantos entremeses? Te aseguro que no es por mí. —Esta vez se rió—. ¿Por qué has escogido este restaurante? Pensé que preferirías ir a uno más céntrico.

Él gruñó.

—Me dijeron que hacían muy bien el *carpaccio*. ¿Quieres decir que aquí se sigue una etiqueta en el vestir?

Jude sonrió de nuevo, estaba a punto de reírse cuando uno de los discretos hombres de traje gris se acercó y, visiblemente avergonzado, se disculpó por interrumpirlos.

—Solo quería decirle que me entusiasmó *El tribunal del Sicomoro*. Soy un gran admirador suyo.

Willem le dio las gracias y el hombre, que rondaba los cincuenta, empezó a decir algo, pero al ver a Jude parpadeó, sin duda reconociéndolo, y se quedó mirándolo mientras lo reclasificaba mentalmente. Abrió la boca, la cerró enseguida y se volvió a disculpar, después se marchó. Durante todo el rato, Jude sonrió plácidamente.

—Vaya, vaya —comentó en cuanto el hombre se hubo escabullido—. Es el jefe del departamento de litigios de uno de los bufetes más importantes de la ciudad. Y, por lo visto, un admirador tuyo. —Hizo una mueca—. ¿Te convences por fin de que eres famoso?

—Si el indicador de la fama es que te reconozcan estudiantes femeninas de arte y diseño de veintipocos años y homosexuales no declarados de edad avanzada, entonces sí —respondió Willem, y los dos se rieron como niños.

Cuando recobraron la compostura, Jude lo miró.

—Solo tú eres capaz de salir en las portadas de todas las revistas y aun así creer que no eres famoso —le dijo con afecto.

Cuando esas revistas salieron a la luz, Willem no estaba en un lugar real sino en un plató, y en los platós todos actúan como si fueran famosos.

—Es otra cosa —insistió él—. No se cómo explicártelo.

No obstante, en el coche, camino del aeropuerto, comprendió cuál era la diferencia. Era cierto que estaba acostumbrado a que lo miraran, pero solo en determinados lugares y un tipo de personas determinado: las que querían acostarse con él, las que querían hablar con él por si podía ayudarlas en su carrera, o las que el mero hecho de que fuera conocido les provocaba una avidez frenética, unas ansias desmedidas por estar con él. Sin embargo, no estaba acostumbrado a que lo miraran personas que se ocupaban de otra clase de asuntos, que tenían preocupaciones más serias e importantes que estar cerca de un actor. En Nueva York había actores por todas partes. En el único lugar donde lo miraban los hombres con poder era en los estrenos, cuando lo presentaban al director del estudio y le estrechaban la mano y hablaban de cosas triviales mientras lo escrutaban, calculando lo airoso que había salido de la prueba, cuánto habían pagado por él y cuánto tendría que recaudar la película para que lo miraran con más detenimiento.

Al mismo tiempo que se sentía observado cada vez más a menudo y que cuando entraba en una habitación, en un restaurante o en un edificio se hacía por un instante un silencio, se percató de que podía controlar su visibilidad: si al entrar en un restaurante esperaba que lo reconocieran, lo reconocían, pero si entraba pensando que no lo reconocieran, pocas veces lo hacían. No era capaz de determinar qué era exactamente lo que cambiaba, más allá de su simple voluntad, pero funcionaba; esa era la razón por la que, seis años después de esa comida y tras haberse mudado con Jude, podía pasear por el SoHo a la vista de todo el mundo o sin ser visto.

Vivía en Greene Street desde después del intento de suicidio de Jude, y a medida que transcurrían los meses fue trasladando cada vez más cosas a su antigua habitación: primero la ropa, luego el ordenador portátil, varias cajas de libros, su manta de lana favorita en la que le gustaba envolverse y pasearse por la casa mientras se preparaba el café por las mañanas; su vida era tan itinerante que en realidad no necesitaba mucho más. Había pasado un año y seguía viviendo allí. Una mañana se despertó tarde, preparó café (también se llevó la cafetera, porque Jude no tenía) y, deambulando medio dormido por el piso se fijó en que sus libros estaban alineados en los estantes y las obras de arte que había llevado colgaban de las paredes. ¿Desde cuándo había? No lo recordaba, pero le pareció bien, era el lugar donde debían.

Hasta el señor Irvine lo aprobó. Willem lo había visto la pasada primavera en casa de Malcolm, cuando este celebró su cumpleaños.

—Me dicen que has vuelto a mudarte con Jude —le comentó. Willem, que no lo desmintió, se preparaba para escuchar un sermón sobre su eterna adolescencia, iba a cumplir cuarenta y cuatro años y Jude tenía casi cuarenta y dos. Sin embargo, el señor Irvine continuó diciendo—: Eres un buen amigo, Willem. Me alegro de que cuidéis uno de otro.

Le había afectado mucho el intento de suicidio de Jude; les había afectado a todos, por supuesto, pero el señor Irvine siempre había sentido predilección por Jude y todos lo sabían.

—Bueno, gracias, señor Irvine —respondió Willem sorprendido—. Yo también me alegro.

Durante las difíciles semanas que siguieron al regreso de Jude del hospital, Willem entraba en su dormitorio a cualquier hora para asegurarse de que Jude estaba allí y seguía vivo. Entonces Jude dormía mucho; a veces Willem se sentaba a los pies de la cama mirándolo y le invadía una especie de desagradable asombro al pensar que seguía entre ellos. «Si Richard no lo hubiera encontrado, Jude estaría muerto», pensaba. Al mes de que le dieran el alta, Willem entró en una droguería y vio un cúter colgado de un tablero —qué instrumento más cruel y medieval, pensó— y casi se echó a llorar; Andy le había dicho que el cirujano de urgencias le comentó que las incisiones de Jude eran las más profundas y contundentes que había visto en toda su carrera. Willem siempre había sabido que Jude arrastraba algún trauma, pero se quedó atónito al constatar lo poco que lo conocía y lo profunda que era su determinación de autolesionarse.

En cierto modo tenía la sensación de que había averiguado más acerca de Jude durante el último año que en los veintiséis que hacía que se conocían, y cada nuevo episodio que le confiaba era más horrible que la anterior; Willem sentía que no estaba preparado para responder, sobre todo porque no había respuesta posible. La historia de la cicatriz del dorso de la mano, por la que había empezado, era tan espantosa que Willem estuvo toda la noche levantado, incapaz de pegar ojo, y se planteó seriamente telefonear a Harold solo para que alguien más la conociera y compartiera con él el asombro.

Al día siguiente no podía dejar de mirar la mano de Jude. Al final este se bajó la manga.

—Me haces sentir incómodo.

—Lo siento, de verdad.

Jude suspiró.

—Willem, no te contaré nada más si reaccionas así —le dijo por fin—. Todo aquello fue hace mucho tiempo, ya no pienso nunca en ello. —Guardó silencio unos minutos—. No quiero que me mires de otra manera si te cuento estas cosas.

Él respiró hondo.

—Tienes razón, no lo haré.

Ahora, cuando escuchaba lo que le contaba Jude, se cuidaba de no decir nada o hacía solo algún comentario exento de juicio, como si a todos sus amigos les hubieran dado latigazos con un cinturón empapado en vinagre hasta que perdían el conocimiento, o los hubieran obligado a lamer el vómito del suelo, como si no fueran más que ritos normales de la niñez. Sin embargo, a pesar de lo que le había contado, seguía sin saber nada. Aún no sabía quién era el hermano Luke. No sabía nada aparte de algunos episodios aislados del monasterio y el hogar para niños. Desconocía cómo había llegado Jude a Filadelfia y qué le había ocurrido allí. Y continuaba sin saber cómo se había hecho la herida. Lo que sí sabía era que Jude había empezado por las historias menos dolorosas y no tenía duda de que las otras, si alguna vez se las contaba, serían atroces. Casi prefería no saberlas.

El relato de las historias formaba parte del acuerdo a que habían llegado cuando Jude dejó claro que no pensaba llamar al doctor Loehmann. Andy pasaba casi todos los viernes por las noches, y se presentó una tarde poco después de que Jude hubiera retomado el trabajo en Rosen Pritchard. Mientras Andy lo examinaba en su dormitorio Willem preparó copas para todos, se las tomaron sentados en el sofá, en la penumbra y con la nieve cayendo al otro lado de la ventana.

—Sam Loehmann dice que no le has llamado —comentó

Andy—. Jude…, eso es una estupidez. Tienes que llamarlo. Así es como quedamos.

—Ya te lo he dicho, Andy. No voy a llamarlo.

Willem se alegró al ver que Jude recuperaba su determinación, aunque no estuviera de acuerdo con él. Dos meses atrás, estando en Marruecos, levantó la vista del plato durante una cena y vio a Jude mirar los platos de *mezze* que tenía ante sí, incapaz de servirse nada. «¿Jude?», le preguntó, y él lo miró con expresión temerosa. «No sé por dónde empezar», respondió en voz baja. Entonces Willem le sirvió una cucharada de cada plato, y le dijo que empezara por la berenjena cocida y continuara en el sentido de las agujas del reloj.

—Tienes que hacer algo —insistió Andy.

Willem notó que Andy intentaba conservar la calma y eso también le pareció alentador: una señal de cierta vuelta a la normalidad.

—Willem piensa como yo, ¿verdad, Willem? ¡No puedes continuar así! Has sufrido un trauma importante en tu vida. ¡Tienes que empezar a hablar de eso con alguien!

—Está bien —respondió Jude con aire cansado—. Se lo contaré a Willem.

—¡Willem no es un médico! ¡Es un actor! —Y al oír eso, Jude miró a Willem y los dos se rieron tan fuerte que tuvieron que dejar las copas en la mesa.

Andy les dijo que eran unos inmaduros y que no sabía por qué se molestaba en hablar con ellos, se levantó y se marchó mientras Jude gritaba a sus espaldas:

—¡Andy! ¡Perdónanos! ¡No te vayas! —Pero se reía demasiado fuerte para que sus palabras fueran inteligibles. Era la primera vez en meses, incluso desde antes del intento de suicidio, que Willem oía a Jude reírse.

—He pensado que podría empezar a contarte cosas —le dijo Jude cuando se calmaron—. ¿Estás seguro de que no te importará oírlas? ¿No será una carga para ti?

Y él le respondió que no, que quería saber. Siempre había querido saber, pero eso no se lo dijo, pues sabía que aparecería una crítica.

Sin embargo, por más que intentaba convencerse a sí mismo de que Jude volvía a ser él mismo, también reconocía que había cambiado. Pensó que algunos de esos cambios eran positivos: las charlas, por ejemplo. Y otros eran tristes: aunque tenía las manos más fuertes y cada vez era menos frecuentes, de vez en cuando todavía le temblaban, y él sabía que Jude lo pasaba mal. Por otra parte, era incluso más escurridizo que antes cuando lo tocaban, sobre todo si lo hacía Harold. Willem se fijó en que un mes atrás, cuando Harold fue a verlos, Jude bailoteó para eludir su abrazo. Al ver la expresión de su cara, Willem se acercó a él y lo abrazó.

—Ya sabes que no puede evitarlo —le susurró, y Harold le besó en la mejilla.

—Eres un buen tipo, Willem.

Estaban en octubre, y ya habían transcurrido trece meses desde la tentativa de suicidio. Por las noches él actuaba en una obra de teatro; en diciembre, cuando acabara la temporada, empezaría el primer rodaje desde que había vuelto de Sri Lanka, una adaptación de *El tío Vania* que le apetecía mucho y se filmaría en el valle del Hudson, de modo que podría volver a casa todas las noches.

El lugar de rodaje no era una coincidencia. Después de rechazar el otoño anterior la película que iba a rodarse en Rusia, Willem les dijo a su mánager y a su agente que no podía alejarse de Nueva York.

—¿Por cuánto tiempo? —le preguntó Kit, su agente.

—No lo sé. Al menos hasta el año que viene.

—Willem, sé que Jude y tú estáis muy unidos —le dijo Kit tras un silencio—. Pero ¿no crees que deberías aprovechar el impulso que ha recibido tu carrera? Podrías hacer lo que quisieras. —Se refería a la *Ilíada* y la *Odisea*, que habían tenido un éxito enorme y eran la prueba de su talento—. Sé que él te diría lo mismo. —Y como Willem no dijo nada, añadió—: No es tu mujer ni tu hijo. Es un amigo.

—Quieres decir que solo es un amigo —replicó él con impaciencia.

Kit era Kit; pensaba como un agente, y Willem confiaba en su criterio; trabajaba con él desde el comienzo de su carrera e intentaba no llevarle la contraria, pues siempre le había orientado bien. «Sin grasa ni relleno» le gustaba decir, presumiendo de la carrera de Willem al revisar el historial de los papeles que había interpretado. Los dos sabían que Kit era mucho más ambicioso que él, siempre lo había sido. Y sin embargo fue Kit quien lo sacó de Sri Lanka en el primer vuelo cuando Richard lo telefoneó, y fue Kit quien pidió a los productores que detuvieran la producción siete días para que pudiera ir y venir de Nueva York.

—No era mi intención ofenderte —respondió Kit con cautela—. Sé cuánto lo aprecias. Pero, bueno, si fuera el amor de tu vida lo entendería más. Limitar tu carrera de este modo me parece exagerado.

No obstante, Willem se preguntaba a veces si quería a alguien más que a Jude. Era su persona, por supuesto, pero también lo reconfortante que resultaba vivir con él, tener a su lado a alguien a quien conocía desde hacía tanto tiempo y que sabía que siempre lo aceptaría tal como era pasara lo que pasase. Su trabajo de actor, su propia vida, estaba llena de disfraces y de farsas. Todo lo relacionado con su físico y su contexto cambiaba sin cesar: el pelo, el cuerpo, la cama donde dormiría por la noche. A veces tenía la impresión de que estaba hecho de un líquido que pasaba sin cesar de una botella de vivos colores a otra, y que con cada trasvase perdía o dejaba algo atrás. Su amistad con Jude, en cambio, le permitía sentir que había algo real e inmutable en su ser, que pese a todas las apariencias había en él algo auténtico, algo que Jude veía aunque él no lo hiciera, como si el mero hecho de tener a Jude por testigo lo volviera real.

En el posgrado tuvo un profesor que afirmaba que los mejores actores eran aburridos como personas. Tener una fuerte conciencia del yo era un obstáculo para su carrera, ya que un actor debía olvidarse del yo para entrar en el personaje. «Si queréis conservar la personalidad convertíos en una estrella de pop», les decía.

Willem comprendió enseguida la sabiduría que encerraban aquellas palabras, y todavía las tenía en mente, aunque lo que anhelaban todos los actores en realidad era mantener el yo, porque cuanto más actuaban, más se alejaban de lo que creían ser y más les costaba encontrar el camino de regreso. ¿Era de extrañar que tantos de sus compañeros estuvieran destrozados? Forjaban su fortuna, su vida y su identidad a base de encarnar a otros, ¿tan sorprendente era que necesitaran un plató tras otro para dar forma a su vida?, ¿quiénes y qué eran cuando no actuaban? Y entretanto abrazaban religiones, novias y causas para tener algo que considerasen suyo; apenas dormían, no paraban quietos, les aterraba estar solos y preguntarse quiénes eran. («Cuando un actor habla y nadie lo escucha, ¿sigue siendo actor?», le preguntó su amigo Roman en una ocasión. A veces él también se lo preguntaba.)

En cambio, para Jude él no era un actor sino su amigo, y esa identidad suplantaba todo lo demás. Llevaba tanto tiempo habitando en ella que, de forma indeleble, se había convertido en lo que era. En cambio para Jude, lo que lo definía no era su condición de actor, del mismo modo que para él lo que definía a Jude no era su condición de abogado; eso no era nunca lo primero, segundo o tercero que decían cuando se referían el uno al otro. Jude le recordaba quién había sido antes de que construyera su vida fingiendo ser otro: tenía un hermano, tenía padres, y todo y todos le parecían impresionantes y atractivos. Conocía a otros actores que no querían que nadie les recordara su pasado, que estaban resueltos a crear su personaje, pero él no era así. Él quería que le recordaran quién era y Jude era quien mejor lo hacía.

Y si era sincero, le encantaba lo que trajo Jude consigo: Harold y Julia. La primera vez que sintió envidia de Jude fue a propósito de la adopción. Lo admiraba por muchos motivos —la inteligencia, el carácter reflexivo, los recursos que tenía—, pero nunca lo había envidiado. Sin embargo, al ver a Harold y a Julia con él, al ver cómo lo miraban cuando él ni siquiera se daba cuenta, experimentaba una especie de vacío; él se había quedado huérfano, y aunque casi nunca pensaba en ello, le parecía que, por distantes que fueran, sus padres eran algo que lo anclaba a la vida. Sin familia, era un pedazo de papel flotando en el aire que se elevaba con cada ráfaga de viento. A él y a Jude eso les había unido.

Por supuesto, sabía que la envidia era absurda y no conducía a nada; él había crecido junto a sus padres y Jude no. Y sabía que Harold y Julia lo apreciaban: habían visto todas sus películas (todas menos *El príncipe de la canela*, la que estaba rodando cuando Jude intentó suicidarse; ni él mismo la había visto), y le habían enviado largas y minuciosas reseñas elogiando su interpretación y haciendo comentarios inteligentes sobre la de sus compañeros y la fotografía. Leían los artículos que publicaban sobre él —al igual que las críticas, él los evitaba— y compraban las revistas en las que salía. Por su cumpleaños le telefoneaban para felicitarle y Harold le recordaba lo mayor que se estaba haciendo. En Navidad siempre le enviaban un libro junto con un pequeño detalle divertido o un chisme ingenioso que Willem guardaba en el bolsillo para juguetear con él mientras hablaba por teléfono o se sentaba en la silla de maquillaje. El día de Acción de Gracias, Harold y él se instalaban en el salón para ver el partido mientras Julia hacía compañía a Jude en la cocina.

—Nos estamos quedando sin patatas fritas —decía Harold.

—Lo sé.

—¿Por qué no vas a buscar más?

—Tú eres el anfitrión.

—Y tú el invitado.

—Precisamente.

—Llama a Jude para que nos traiga más.

—¡Llámalo tú!

—No, llámalo tú.

—Está bien. ¡Jude! ¡Harold quiere más patatas fritas!

—Eres tan intrigante —decía Harold mientras Jude entraba para llenar el bol—. Ha sido idea de él, Jude.

Pero sobre todo sabía que Harold y Julia le tenían aprecio porque quería a Jude; sabía que confiaban en que lo cuidaría; eso era lo que él era para ellos y no le molestaba en absoluto. Al contrario, se sentía orgulloso.

Sin embargo, últimamente había empezado a sentir algo diferente hacia Jude, y no sabía qué hacer. Un viernes por la noche en que los dos acababan de llegar, él del teatro y Jude de la oficina, se quedaron sentados en el sofá hasta tarde hablando de todo y de nada en particular, y de pronto él se inclinó hacia delante para besarlo, pero se detuvo a tiempo y el momento pasó. Desde aquel momento había vuelto a sentir ese impulso dos o tres veces más, quizá cuatro.

Eso empezaba a preocuparle. No solo porque Jude fuera un hombre; ya había tenido relaciones sexuales con otros hombres, todos sus conocidos lo hacían, y cuando estudiaban JB y él se habían acostado una noche que estaban borrachos, por aburrimiento y por curiosidad (una experiencia que, para su mutuo alivio, había resultado insatisfactoria para los dos. «Es curioso que un chico tan atractivo ponga tan poco», fueron las palabras exactas de JB). Tampoco porque no hubiera sentido siempre una especie de atracción hacia Jude, como de algún modo la había sentido por todos sus amigos, sino porque sabía que si intentaba algo tenía que estar seguro, ya que intuía que Jude, que se lo tomaba todo en serio, se tomaría el sexo con la misma seriedad.

La vida sexual de Jude había sido objeto de continua fascinación para todos sus conocidos y sin duda para las novias de Willem. De vez en cuando, si Jude no estaba con ellos, Malcolm, JB y él hablaban del tema. ¿Se acostaba con alguien? ¿Lo había hecho alguna vez? ¿Con quién? Todos habían visto que otras personas lo miraban en las fiestas o coqueteaban con él, pero Jude siempre se mostraba indiferente.

—Esa chica estaba loca por ti —le había comentado él al regresar a casa andando después de alguna fiesta.

—¿Quién? —preguntaba invariablemente Jude.

Jude les había dejado claro que no hablaría de eso con ninguno de ellos, y cuando salía el tema les lanzaba una de sus miradas y desviaba la conversación con una firmeza que era imposible malinterpretar.

—¿Ha dormido alguna vez fuera de casa? —le preguntaba JB a Willem cuando Jude y él vivían en Lispenard Street.

—Tíos —respondía él, incómodo—, no creo que debamos hablar de eso.

—¡Vamos, Willem! —soltaba JB—. ¡No seas tan remilgado! No estás traicionando ninguna confidencia. Solo di sí o no. ¿Lo ha hecho?

Él suspiraba.

—No.

Se hacía un silencio.

—Entonces es asexual —decía Malcolm al cabo de un rato.

—Eso lo eres tú, Mal.

—Vete a la mierda, JB.

—¿Crees que es virgen? —le preguntaba JB.

—No. —No sabía por qué, pero Willem estaba seguro de que no lo era.

—Qué desperdicio. —Y Malcolm y él se miraban sabiendo lo que venía a continuación—. Me refiero a su físico. Debería haberme tocado a mí. Al menos yo le habría sacado jugo.

Al cabo de un tiempo llegaron a aceptarlo como una parte de

la personalidad de Jude y lo incluyeron en la lista de temas que sabían que no podían tocar. Transcurrían los años y seguía sin salir con nadie.

—Tal vez lleva una doble vida cachonda —sugirió Richard una vez, y Willem se encogió de hombros.

—Quizá.

Aunque no tenía pruebas, Willem sabía que no era así. De la misma manera que suponía, también sin pruebas, que era gay (o tal vez no) y que quizá nunca había tenido una relación amorosa (esperaba estar equivocado en eso). Por mucho que Jude afirmara lo contrario, Willem ni siquiera estaba convencido de que no se sintiera solo, que en un oscuro rincón de sí mismo no quisiera estar con alguien. Recordó la boda de Lionel y Sinclair, a la que Malcolm fue con Sophie, él con Robin y JB —aunque entonces ya no se dirigían la palabra— con Oliver. Jude fue solo, y aunque eso no parecía incomodarle, Willem lo miró desde el otro extremo de la mesa y se entristeció por él. No quería que Jude envejeciera solo, quería que alguien lo cuidara y se sintiera atraído por él. JB tenía razón, era un desperdicio.

¿Se trataba entonces de eso? ¿Era miedo y compasión metamorfoseados en algo más aceptable? ¿Se estaba convenciendo a sí mismo de que se sentía atraído por él porque no podía soportar verlo solo? No lo creía, pero no estaba seguro.

En otros tiempos se lo habría confesado a JB, pero no podía hablar de eso con él, aunque volvían a ser amigos, o al menos estaban en ello. A su regreso de Marruecos Jude lo llamó y salieron a cenar, y al cabo de un mes también él quedó con JB. Curiosamente, le estaba resultando mucho más difícil a él que a Jude perdonarlo y su primera salida fue un desastre: JB se mostró ostentosa y exageradamente alegre, pero él echaba humo, y al salir del restaurante empezaron a chillarse. Se quedaron de pie en una Pell Street desierta y ligeramente nevada, acusándose uno al otro de condescendencia y crueldad, irracionalidad y egocentrismo, superioridad moral y narcisismo, victimismo e ignorancia.

—¿Crees que alguien puede odiarse más de lo que me odio yo? —le gritó JB. Su cuarta exposición, la que documentaba su período con las drogas y con Jackson, se titulaba «Guía narcisista al autoodio», y JB se había referido a ella varias veces durante la cena como una prueba de cuánto se había castigado a sí mismo en público y cómo se había reformado.

—Sí, JB. Lo creo —le gritó él a su vez—. Creo que Jude se odia aún más de lo que tú te odiarás jamás. Y también creo que tú lo sabías y contribuiste a acrecentar ese odio.

—¿Crees que no lo sé? —replicó JB—. ¿Crees que no me odio por eso?

—No creo que te odies lo bastante por eso. ¿Por qué lo hiciste, JB? ¿Por qué se lo hiciste precisamente a él?

Y vio con sorpresa que JB se dejaba caer en la acera, derrotado.

—¿Por qué nunca me has querido a mí como le has querido a él, Willem?

Él suspiró.

—Oh, JB. —Y se sentó a su lado en el suelo helado—. Tú nunca me has necesitado tanto como él.

No era la única razón, lo sabía, pero sí una parte. La gente lo deseaba, por el sexo, por sus proyectos, incluso su amistad, pero solo Jude lo necesitaba. Solo para Jude era imprescindible.

—¿Sabes, Willem? —dijo JB después de un silencio—. Tal vez no te necesita tanto como crees.

Willem dio vueltas a esas palabras durante un rato.

—Creo que sí que me necesita —dijo Willem al final.

—Creo que tienes razón —repuso JB suspirando.

Curiosamente, después de esa conversación su relación había mejorado, y, con cautela, iba aprendiendo a disfrutar de nuevo de la compañía de JB; aun así, no estaba seguro de que estuviera preparado para hablar con él de ese tema. No estaba seguro de si quería oír a JB bromeando y diciéndole que ahora que había follado con todo lo que se movía con dos cromosomas X, se pasaba a los Y, hablándole de su abandono de los patrones heteronormativos o, peor aún, advirtiéndole de que en esa atracción que creía sentir hacia Jude había sin duda algo más: una culpabilidad desplazada por el intento de suicidio, una forma de condescendencia o tal vez simple aburrimiento mal encauzado.

De modo que no hizo ni dijo nada. Los meses transcurrían y él continuó saliendo chicas y examinando lo que sentía. «Es una locura —se decía—. No es una buena idea.» Ambas afirmaciones eran ciertas. Sería todo mucho más fácil si él no tuviera esos sentimientos. ¿Y qué pasaba si los tenía?, se increpaba. Todo el mundo albergaba sentimientos sobre los que sabía que era mejor no actuar, ya que de lo contrario la vida podía volverse mucho más complicada. En su interior conservaba páginas y páginas de diálogo consigo mismo tecleadas en papel blanco, con las líneas de JB y las suyas, pronunciadas todas por él.

Sin embargo, sus sentimientos persistían. Después de dos años de no hacerlo, fueron a Cambridge para Acción de Gracias. Jude y él compartieron habitación porque el hermano de Julia había llegado de Oxford y se había instalado en el dormitorio del piso de arriba. Esa noche Willem se quedó despierto en el sofá del dormitorio, viendo cómo Jude dormía. «Qué fácil sería meterme en su cama y dormirme», pensó. Había en ello algo que parecía dictado por el destino, y lo absurdo no residía en el hecho en sí sino en resistirse a ello.

Habían ido en coche y Jude condujo a la vuelta para que él durmiera.

—Willem —le dijo cuando estaban a punto de entrar en la ciudad—. Quiero preguntarte algo. —Lo miró—. ¿Estás bien? ¿Te preocupa algo?

—Sí, estoy bien.

—Te noto muy… pensativo. —Willem guardó silencio—. ¿Sabes?, ha sido para mí un gran regalo que vinieras a vivir conmigo. No solo que vivas conmigo, sino… todo. No sé qué habría hecho sin ti. Pero también sé que debe de ser agotador para ti. Y quiero que sepas que si quieres volver a instalarte en tu casa, lo hagas. Yo estaré bien, te lo prometo. No me haré más cortes. —Miraba la carretera mientras hablaba, pero se volvió un momento hacia él y añadió—: No sé por qué he sido tan afortunado.

Él no sabía qué decir.

—¿Quieres que me vaya a mi casa? —preguntó al fin.

Jude guardó unos momentos de silencio.

—Por supuesto que no —respondió al cabo con un hilo de voz—. Pero quiero que seas feliz, y últimamente me da la impresión de que no lo eres.

Él suspiró.

—Lo siento. Tienes razón, he estado como ausente. Pero no es porque viva contigo. Me encanta vivir contigo. —Buscó las palabras que añadir a continuación, pero solo pudo repetir—: Perdona.

—No hay nada que perdonar. Cuando quieras hablar de ello, aquí estaré.

—Lo sé. Gracias.

Se quedaron en silencio.

Llegó diciembre, la temporada de teatro terminó y los cuatro se fueron de vacaciones a India, el primer viaje que hacían juntos en años. En febrero Willem empezó el rodaje de *El tío Vania* con un reparto de excepción, había trabajado en otras ocasiones con los actores, y simpatizaba con todos ellos y el ambiente era muy agradable; el director era un tipo greñudo apacible y cordial; la adaptación, realizada por un novelista que Jude admiraba, era muy acertada, y los diálogos, sencillos.

De joven, Willem había actuado en una obra titulada *La casa de Thistle Lane*, que trataba de una familia que hacía las maletas y se mudaba a una casa de Saint Louis que había pertenecido al padre durante generaciones, pero que este ya no podía mantener. No representaron la obra en un teatro, sino en el primer piso de una destartalada casa de ladrillo rojo de Harlem, y habilitaron unas habitaciones para que el público deambulara por ellas, de modo que se podía ver el espacio y a los actores desde distintos lugares. Él interpretaba al hijo mayor, el más trastornado, que se pasaba casi todo el primer acto mudo, envolviendo platos en papel de periódico. Tenía un tic nervioso y no soportaba dejar la casa de su niñez; mientras los padres del personaje se peleaban en el salón, él dejaba los platos, se escondía en un rincón del comedor, cerca de la cocina y se dedicaba a arrancar el papel pintado de la pared. Aunque casi toda la obra se desarrollaba en el salón, siempre había algunos espectadores en el comedor mirando cómo arrancaba el papel, de un azul muy oscuro, casi negro, estampado de pálidas rosas, lo enrollaba entre los dedos y lo tiraba al suelo, de modo que esa esquina se llenaba cada noche de pequeños cigarros de papel pintado, como si él fuera un ratón inexperto construyendo su diminuta madriguera. Fue muy agotador, pero él disfrutó de la obra por la cercanía del público, la originalidad del escenario y la peculiaridad de su papel.

La obra que ahora tenía entre manos se parecía mucho a aquella. La casa, una mansión sobre el Hudson de la Edad Dorada, era grandiosa pero vieja y destartalada —la clase de casa en la que su exnovia Philippa había imaginado que vivirían cuando fueran mayores—, pero solo utilizaban tres habitaciones: el comedor, el salón y el porche. En lugar de público tenían al equipo de rodaje siguiéndolos de un lugar a otro. Estaba satisfecho de actuar en *El tío Vania*, aunque también reconocía que no era exactamente lo que más le ayudaría en ese momento. En el plató era el doctor Astrov, pero cuando regresaba a Greene Street era Sonya, un personaje que le caía bien y con el que se había solidarizado, pero que no creía que pudiera interpretar bajo ninguna circunstancia. Cuando les habló a los demás de la película, JB le preguntó: «Entonces, ¿el reparto no tiene en cuenta al género?», y él respondió: «¿Qué quieres decir?». «Bueno, es evidente que tú eres Elena, ¿no?», y todos se rieron, especialmente él. Eso era lo que le encantaba de JB, era más listo de lo que él mismo creía. «Es demasiado mayor para hacer de Elena», añadió Jude con afecto, y se echaron a reír de nuevo.

El rodaje de *El tío Vania* solo duró treinta y seis días, finalizó la última semana de marzo. Un día, poco después de que hubiera terminado, Willem quedó para comer en TriBeCa con Cressy, una vieja amiga y exnovia, y al regresar andando a Greene Street bajo una nieve ligera y seca, recordó cuánto disfrutaba de la ciudad a finales de invierno, cuando el tiempo quedaba suspendido entre dos estaciones, y los fines de semana, después de comer lo que Jude había preparado, salían a pasear y no se cruzaban más que con algún que otro transeúnte que habían sacado a pasear al perro.

Se dirigía al norte por Church Street y acababa de cruzar Reade cuando miró el interior de un café que había a su derecha y vio a Andy sentado en una esquina leyendo.

—¡Willem! —lo llamó él al ver que se acercaba—. ¿Qué haces aquí?

—He comido con una amiga vuelvo a casa. ¿Y tú?

—Vosotros y vuestros paseos. —Andy meneó la cabeza—. He dejado a George en una fiesta de cumpleaños cerca de aquí y estoy haciendo tiempo para recogerlo.

—¿Cuántos años tiene George ya?

—Nueve.

—¡Cómo pasa el tiempo! ¿Puedo hacerte compañía o prefieres estar solo?

—No, no, quédate, por favor. —Utilizó una servilleta como punto de libro mientras Willem se sentaba.

Hablaron un rato de Jude, que estaba en Bombay por motivos de trabajo; de *El tío Vania* («Recuerdo a Astrov como una herramienta increíble», comentó Andy); de su nuevo rodaje, que empezaría en Brooklyn a finales de abril; de Jane, la mujer de Andy, que estaba ampliando la consulta, y de sus hijos: George, a quien le acababan de diagnosticar asma, y Beatrice, que quería ir a un internado el año siguiente.

Y de pronto, sin darse cuenta, estaba contándole a Andy lo que sentía por Jude, así como sus dudas sobre lo que significaba y qué hacer al respecto. Habló y habló, y Andy lo escuchó con cara inexpresiva. Estaban solos en el café y fuera la nieve caía más deprisa y más espesa. Pese a la ansiedad que sentía, notó que le invadía una profunda calma y se alegró de contárselo a alguien que los conocía a los dos, a Jude y a él, desde hacía años.

—Sé que es extraño, Andy, y he pensado en qué me está pasando y por qué. Una parte de mí se pregunta si no era así como tenía que acabar; quiero decir que llevo décadas saliendo con gente, y si ninguna de esas relaciones ha funcionado tal vez sea porque el destino así lo quería, porque yo tenía que estar con él. O tal vez esa sea solo una justificación que invento. También cabe la posibilidad de que sea simple curiosidad, pero no, creo conocerme lo suficiente para que solo se trate de eso. —Suspiró—. ¿Qué crees que debería hacer?

Andy guardó silencio unos instantes.

—En primer lugar, no creo que sea extraño, Willem. Más bien creo que tiene sentido. Siempre habéis estado unidos por algo diferente y muy poco común. A veces me he preguntado qué era…, pese a tus novias. Creo que sería maravilloso, por ti pero sobre todo por él. Sería el regalo más grande y más reparador que le podrías hacer.

»Pero, si así lo decides, debes estar preparado para llegar a un pacto con él y contigo mismo. Porque no puedes tontear con él y luego dejarlo. Además, debes saber que será muy muy difícil. Tendrás que lograr que confíe en ti y te vea de otro modo. No creo estar traicionándolo si te digo que para él será muy duro mantener relaciones íntimas, y que tendrás que ser muy paciente.

Los dos guardaron silencio.

—De modo que si lo hago, debo pensar que es para siempre —le dijo a Andy, que lo miró unos segundos y sonrió.

—Bueno, hay sentencias peores.

—Eso es cierto.

En abril al regresar Jude de su viaje, celebraron su cuarenta y tres cumpleaños y Willem empezó a rodar la siguiente película. Una vieja amiga a la que conocía del posgrado, era la coprotagonista, él hacía de detective corrupto y ella era su esposa, y se acostaron unas cuantas veces. Todo funcionaba como siempre. Él trabajaba, regresaba a Greene Street y reflexionaba sobre lo que Andy le había dicho.

Un buen día se despertó muy temprano, justo cuando comenzaba a clarear. Era un sábado de finales de mayo y el tiempo era impredecible, tan pronto parecía que estuvieran en marzo como en julio. A noventa pies de distancia dormía Jude, y de pronto su timidez, su confusión y sus titubeos le parecieron estúpidos. Para él su hogar era Jude. Lo quería; estaban destinados a estar juntos; él nunca le haría daño, de eso estaba seguro. ¿Qué temía entonces?

Recordó una conversación que había tenido con Robin cuando se preparaba para rodar la *Odisea* y estaba releyendo la obra y después retomaría la *Ilíada*, que no había vuelto a abrir desde su primer año de universidad. Justo entonces habían empezado a salir, intentaban impresionarse mutuamente y les embargaba una especie de vértigo ante los conocimientos del otro.

—¿Cuáles crees que son los versos más sobrevalorados del poema? —le preguntó él.

Robin puso los ojos en blanco antes de recitar:

—«Aún no hemos llegado al fin de todos los trabajos, pues falta otra empresa importante, larga y difícil, que he de llevar a cabo». —Fingió que tenía arcadas—. Es tan obvio. Además, todos los equipos de fútbol perdedores del país lo han escogido como grito de batalla de antes del partido —añadió, y él se rió. Ella lo miró con picardía—. Tú juegas al fútbol. Apuesto que esos son también tus versos favoritos.

—Por supuesto que no —replicó él con fingida indignación. Esos diálogos formaban parte del juego que no siempre era un juego: él era el actor bobo, el musculitos bobalicón, y ella la chica lista que salía con él y le enseñaba todo lo que no sabía.

—Entonces dime cuáles son —lo desafió ella.

Y cuando él lo hizo, ella lo miró fijamente y respondió:

—Mmmm. Interesante.

Willem se levantó de la cama y se envolvió en su manta bostezando. Esa noche hablaría con Jude. No tenía ni idea de adónde lo llevaría eso, pero sabía que estaba a salvo; él mantendría a los dos a salvo. Fue a la cocina para preparar café, y se susurró de nuevo los versos, aquellos versos en los que pensaba cuando volvía a casa, a Greene Street, después de haber pasado mucho tiempo fuera: «Y dime. Tengo que estar totalmente seguro. Este lugar al que he llegado, ¿es realmente Ítaca?». A su alrededor el piso se llenó de luz.

Todas las mañanas se levanta y nada dos millas, luego sube las escaleras y se sienta para desayunar mientras lee los periódicos. Sus amigos se ríen de él por eso, porque se prepara una comida en toda regla para desayunar en lugar de comprarse algo camino de la oficina, y porque todavía recibe los periódicos en papel, pero siempre le ha calmado ese ritual; incluso en el hogar para niños, ese era el único momento en que los tutores estaban demasiado tranquilos y el resto de los niños demasiado soñolientos para molestarlo. Se sentaba en una esquina del comedor y leía mientras desayunaba; durante esos minutos lo dejaban en paz.

Primero hojea el *Wall Street Journal*, a continuación el *Financial Times* y finalmente el *New York Times*, que lee de cabo a rabo. Está con este último en la mano cuando le sorprende un obituario: «Caleb Porter, 52 años, directivo de firma de moda», reza el titular. Inmediatamente los huevos revueltos con espinacas que tiene en la boca se convierten en cartón y goma, se esfuerza por tragárselos sintiéndose enfermo, cada una de sus terminales nerviosas vibran al cobrar vida. Tiene que leer tres veces el artículo para asimilar lo que dice: cáncer de páncreas. «Fulminante —escribía un colega y viejo amigo—. Bajo su dirección la emergente firma Rothko experimentó una gran expansión en los mercados asiáticos y de Oriente Próximo, y abrió la primera boutique en la ciudad de Nueva York. Murió en su casa de Manhattan. Deja una hermana, Michaela Porter de Soto de Montecarlo, seis sobrinos y a su compañero, Nicholas Lane, también directivo del sector.»

Jude se queda inmóvil por un instante mirando la página hasta que las palabras se reordenan ante sus ojos, y cojeando tan deprisa como puede se dirige al cuarto de baño contiguo a la cocina, donde vomita todo lo que acaba de comer. Luego baja la tapa del inodoro y se sienta en él, y oculta el rostro entre las manos hasta que se encuentra mejor. Echa de menos las cuchillas, pero siempre tiene cuidado de no hacerse cortes durante el día, en parte porque le parece mal pero también porque sabe que tiene que ponerse límites, por artificiales que sean, o se pasaría todo el día cortándose. Últimamente ha hecho un gran esfuerzo por no hacerse ninguno. Pero esa noche hará una excepción. Son las siete de la mañana.

Dentro de unas quince horas volverá a estar en casa. Todo lo que tiene que hacer es aguantar hasta el final de la jornada.

Coloca el plato en el lavavajillas y sin hacer ruido se dirige a su cuarto de baño, donde se ducha y se afeita, luego va al vestidor y se asegura de que la puerta que comunica el vestidor con el dormitorio está totalmente cerrada. A esas alturas ha añadido un nuevo paso a su rutina matinal; si tuviera que hacer lo que ha hecho desde el mes pasado, abriría la puerta y se acercaría al lado izquierdo de la cama, donde se sentaría y pondría una mano en el brazo de Willem. Y él abriría los ojos y le sonreiría.

—Me voy —le diría, devolviéndole la sonrisa.

Y Willem haría un gesto con la cabeza.

—No te vayas.

—Tengo que irme.

—Cinco minutos —le suplicaría Willem.

—Cinco.

Y entonces Willem levantaría el edredón para que él se deslizara debajo y se apretaría contra su espalda, y él cerraría los ojos y esperaría a que lo rodeara con los brazos, y desearía quedarse así para siempre. Luego, unos diez o quince minutos después, se levantaría de mala gana, lo besaría, cerca de la boca —seguía teniendo problemas con eso, aun después de cuatro meses— y se marcharía.

Sin embargo, esa mañana se salta ese paso. Se detiene junto a la mesa de comedor y le escribe una nota a Willem diciéndole que ha tenido que irse más temprano y no ha querido despertarlo; cuando ya está en la puerta, retrocede, coge el *New York Times* de la mesa y se lo lleva. Sabe que es irracional, pero no quiere que Willem vea el nombre, la foto o cualquier cosa relacionada con

Caleb. Willem no está al corriente de lo que le hizo Caleb y no quiere que se entere. No quiere que sepa de su misma existencia; mejor dicho, de su pasada existencia, pues ha dejado de existir. El periódico parece adquirir vida bajo de su brazo, el solo nombre de Caleb es un oscuro cúmulo de veneno escondido entre las páginas.

Decide ir en coche a la oficina para estar solo un rato más, pero antes de salir del garaje abre el periódico y lee otra vez el artículo, luego lo dobla y lo mete en el maletín. Y de pronto se echa a llorar convulsivamente, sollozos entrecortados que le salen del diafragma, y apoya la cabeza en el volante intentando recuperar el control, hasta que por fin es capaz de reconocer ante sí mismo lo profundamente aliviado que se siente, lo asustado que ha vivido los últimos tres años, y lo humillado y avergonzado que todavía está. Odiándose a sí mismo, saca el periódico y lee de nuevo la necrológica deteniéndose donde pone «y a su compañero, Nicholas Lane, también directivo del sector». Se pregunta si Caleb le hacía a Nicholas Lane lo mismo que a él, o si, lo más seguro, no merecía ese trato. Desea que no lo haya tratado como a él, aunque no le cabe duda de que no lo hizo, y esa convicción reaviva aún más el llanto. Justamente ese fue uno de los argumentos que Harold esgrimió para convencerlo de que denunciara el ataque: Caleb era peligroso, y si lo denunciaba lo detendrían y así protegería a otras personas que hubiera después. Pero Jude siempre ha sabido que no era cierto; Caleb nunca haría a otras personas lo que le hizo a él. No lo golpeó y lo odió a él porque tuviera propensión a golpear y a odiar, sino por lo que era él.

Al final se recupera, se enjuga las lágrimas y se suena. El llanto no es sino otro vestigio de su relación con Caleb. Durante muchos años fue capaz de controlarlo, pero desde aquella noche parece estar siempre al borde de las lágrimas, intentando contenerlas, y a veces no lo consigue. Es como si todos los progresos realizados en las últimas décadas se hubieran desvanecido, y él fuera de nuevo el muchacho lloroso, impotente y vulnerable que estaba al cuidado del hermano Luke.

Está a punto de poner en marcha el coche cuando empiezan a temblarle las manos. Sabe que no puede hacer más que esperar, las junta sobre el regazo mientras intenta respirar profunda y acompasadamente. Al sonar el móvil unos minutos después, el temor ha disminuido un poco y logra contestar con normalidad.

—Hola, Harold.

—Jude. —Su voz suena inexpresiva—. ¿Has leído hoy el *Times*?

El temblor se intensifica en el acto.

—Sí.

—Cáncer de páncreas, un final horrible —dice Harold, y suena sombríamente satisfecho—. Me alegro. —Otro silencio—. ¿Estás bien?

—Sí, estoy bien.

—Parece que se corta la comunicación —dice Harold, aunque él sabe que no es cierto. Lo que ocurre es que tiembla tanto que no puede sostener el móvil con firmeza.

—Lo siento. Estoy en el garaje, será mejor que suba. Gracias por llamar, Harold.

—Está bien. Llámame si quieres hablar, ¿de acuerdo?

—Sí. Gracias.

Es un día ajetreado, cosa que agradece, y procura no darse tiempo para pensar más que en el trabajo. A media mañana recibe un mensaje de texto de Andy: «Supongo que has visto que el cabrón ha muerto. Cáncer de páncreas = sufrimiento mayor. ¿Estás bien?», y él le contesta que sí para tranquilizarlo. Durante la comida lee la necrológica por última vez antes de introducir el periódico entero en el triturador de papel y regresar a su ordenador.

Por la tarde recibe un mensaje de Willem diciéndole que el director con el que había quedado para hablar de su nuevo proyecto ha retrasado la hora de la cita, de modo que no cree que vuelva a casa antes de las once, y él se siente aliviado. A las nueve regresa en coche a casa, y va derecho al cuarto de baño y por el camino, se quita la americana, se enrolla las mangas y se quita el reloj. Jadea ansioso cuando se hace el primer corte. Lleva casi dos meses sin hacerse más de dos cortes de una tacada, pero por una vez abandona la autodisciplina y se hace un corte tras otro hasta que se le acompasa la respiración y le embarga el antiguo y reconfortante vacío. Al terminar, lo limpia todo, se lava la cara y va a la cocina, donde se recalienta la sopa que hizo el fin de semana anterior y disfruta de su primera comida del día; luego se cepilla los dientes y se desploma en la cama. Se siente débil a causa de los cortes, pero sabe que después de descansar unos minutos estará bien. El objetivo es estar como siempre cuando Willem vuelva a casa y no darle así motivos de preocupación, no hacer nada que perturbe el sueño imposible y extático que ha estado viviendo las últimas dieciocho semanas.

Cuando Willem le habló de sus sentimientos, se sintió tan incómodo y tan incrédulo que solo el hecho de que fuera él quien hablaba lo persuadió de que no era una broma; su fe en Willem pudo más que el absurdo de lo que este daba a entender, aunque no fue fácil.

—¿Qué estás diciendo? —le preguntó por enésima vez.

—Lo que intento decir es que me siento atraído por ti —repitió Willem con paciencia. Y como no le respondía, añadió—: Con franqueza, Jude, no creo que sea tan extraño. ¿Nunca has sentido algo así por mí en todos estos años?

—No —contestó él al instante, y Willem se echó a reír.

Pero hablaba en serio. Nunca habría sido tan presuntuoso para siquiera atreverse a soñar con ello. Además, él no era lo que había imaginado para Willem; había imaginado una mujer atractiva e inteligente, que sabría lo afortunada que era y haría que él también se sintiera afortunado. Sabía que, como muchas de sus fantasías sobre las relaciones adultas, eso era algo etéreo e ingenuo, pero eso no significaba que fuera imposible. No cabía duda de que él no era la clase de persona con la que Willem merecía estar; para Willem, estar con él equivaldría a caer en picado.

Al día siguiente le presentó a Willem una lista de veinte razones por las que no le convenía emparejarse con él. Cuando se la entregó, vio que Willem la cogía ligeramente divertido, pero al empezar a leerla, cambió de expresión, y él se retiró a su estudio para no verlo.

Al cabo de un rato Willem llamó a la puerta.

—¿Puedo pasar? —preguntó. Jude respondió que sí—. Estoy pensando en el punto número dos —dijo Willem, mirándolo muy serio—. Lamento tener que decírtelo, Jude, pero tenemos el mismo cuerpo. Mides una pulgada más que yo y ¿tengo que recordarte que nos cabe la misma ropa?

Él suspiró.

—Willem, ya sabes a qué me refiero.

—Jude, entiendo que es algo extraño e inesperado para ti. Si realmente no quieres, te prometo que me retiraré y te dejaré en paz, y no cambiará nada entre nosotros. —Se interrumpió—. Pero si solo intentas convencerme de que no esté contigo porque te asusta o te sientes inseguro…, lo entiendo pero creo que no es motivo suficiente para no intentarlo. Iremos tan despacio como quieras, te lo prometo.

Él guardó silencio.

—¿Me das un tiempo para pensarlo? —le preguntó.

Willem asintió.

—Por supuesto.

Y cerrando la puerta detrás de sí, lo dejó solo.

Él se quedó sentado en silencio mucho rato, reflexionando. Después de Caleb se había jurado que nunca volvería a hacerlo. Sabía que Willem nunca le haría daño, pero su imaginación era limitada; era incapaz de concebir una relación en la que no lo golpearan, lo tiraran escaleras abajo o lo obligaran a hacer cosas que se había prometido no volver a hacer. ¿Tan imposible era que él empujara incluso a alguien tan bueno como Willem hacia lo inevitable? ¿No estaba predestinado a provocar odio incluso en alguien como Willem? ¿Tan ávido de compañía estaba que era capaz de pasar por alto todo lo que la vida, su propia historia, le había enseñado?

Pero entonces oyó otra voz en su interior que replicó: «Estás loco si dejas pasar esta oportunidad. Es la persona en la que siempre has confiado. Willem no es Caleb; él jamás te haría eso».

De modo que al final bajó a la cocina, donde Willem preparaba la cena.

—Está bien. Hagámoslo.

Willem lo miró y sonrió.

—Ven aquí —le dijo, y cuando se acercó a él, lo besó.

Jude se quedó aterrorizado, una vez más pensó en el hermano Luke y tuvo que abrir los ojos para recordarse que era Willem y que no tenía nada que temer. Sin embargo, cuando empezaba a relajarse vio ante sí la cara de Caleb y se apartó, estaba asfixiándose y se frotaba la boca con la mano.

—Lo siento —dijo dándole la espalda—. Lo siento, Willem. No sirvo para esto.

—¿Qué quieres decir? —le preguntó Willem atrayéndolo hacia sí—. Ya lo creo que sirves. —Él se sintió débil al comprobar con alivio que no estaba enfadado.

Desde ese momento ha estado contrastando sin cesar lo que sabe de Willem con lo que este espera de alguien, sea quien sea, que haya sentido un deseo físico por él. Es como si de algún modo esperara que el Willem de toda la vida fuera sustituido por otro, un Willem diferente para una relación diferente. Las primeras semanas le aterraba contrariarlo o decepcionarlo. Tardó días en armarse de valor para confesarle que no podía soportar el gusto del café en su boca (aunque no podía explicarle la razón; el hermano Luke y su horrible lengua muscular, el siempre presente poso del café en sus encías. Esa era una de las cosas que apreciaba de Caleb, no bebía café). Se disculpó una y otra vez hasta que Willem lo obligó a parar.

—Jude, no pasa nada. Debería haberme dado cuenta. Dejaré de tomar café.

—Pero a ti te encanta.

Willem sonrió.

—Es cierto, pero puedo prescindir de él. —Sonrió de nuevo—. Mi dentista se quedará encantado.

En ese primer mes volvió a hablar con Willem de sexo, por la noche, ya acostados, cuando era más fácil decir las cosas. Él siempre había relacionado las noches con los cortes, pero ahora se estaban convirtiendo en algo más y apreciaba esas conversaciones con Willem en la habitación a oscuras, así le cohibía menos que lo tocara y seguía viendo cada una de sus facciones al tiempo que podía imaginar que él no veía las suyas.

—¿Querrás tener relaciones sexuales algún día? —le preguntó una noche, y al decírselo se dio cuenta de lo estúpido que sonaba.

Pero Willem no se rió de él.

—Sí. Me gustaría.

Él asintió. Willem esperó.

—Me llevará un tiempo —dijo por fin.

—Está bien. Esperaré.

—¿Y si me lleva meses?

—Entonces esperaré meses.

Él reflexionó un momento.

—¿Y si me lleva más tiempo? —le preguntó en un susurro.

Willem le acarició la mejilla.

—Pues esperaré el tiempo que haga falta.

Estuvieron callados mucho rato.

—¿Qué harás mientras tanto?

Willem se rió.

—Tengo cierto autocontrol, Jude. Sé que te chocará oírlo, pero puedo pasar un tiempo sin sexo.

—No quería insinuar nada —empezó a decir él con tono arrepentido.

Willem lo agarró y lo besó sonoramente en la mejilla.

—Era broma. No te preocupes, Jude. Tómate todo el tiempo que necesites.

De modo que todavía no han tenido relaciones sexuales, a veces piensa que no las tendrán nunca; sin embargo, ha empezado anhelar la facilidad que tiene Willem para mostrar sus emociones mediante el contacto físico, su manera tan relajada, desenvuelta y espontánea de expresar afecto, hasta tal punto que también él se muestra más relajado, desenvuelto y espontáneo. Willem duerme en el lado izquierdo de la cama y él en el derecho; la primera noche que durmieron juntos, él se volvió hacia la derecha, como siempre hacía, y Willem se apretó contra él, pasándole el brazo derecho por debajo del cuello y de los hombros, y el izquierdo por encima del estómago, y entrelazando las piernas con las suyas. Se sorprendió, pero una vez superada la incomodidad inicial descubrió que le gustaba, que era como estar envuelto.

Una noche de junio en que Willem no lo abrazó, Jude se preocupó y pensó que quizá había hecho algo mal. A la mañana siguiente —por las mañanas era el otro momento en que hablaban de los temas que costaba tocar a plena luz del día— le preguntó si estaba enfadado con él, y Willem, sorprendido, le respondió que no.

—Me lo preguntaba porque anoche no me... —Pero no acabó la frase, estaba demasiado avergonzado.

Entonces vio cómo la expresión de Willem cambiaba.

—¿Esto? —le preguntó, acurrucándose contra él y rodeándolo con los brazos. Y Jude asintió, esperando que se riera de él, pero no lo hizo—. Hacía demasiado calor, no hay otra razón, Jude.

Desde entonces Willem lo ha abrazado todas las noches, incluso durante el mes de julio, cuando ni el aire acondicionado aliviaba la pesadez del aire y se despertaban empapados en sudor. Se da cuenta de que esto es lo que quería de una relación. A eso se refería cuando anhelaba que algún día alguien lo tocara. A veces

Caleb lo había abrazado un momento, y él siempre tenía que resistir el impulso de pedirle que lo hiciera de nuevo y durante más tiempo. Pero ahora lo tiene: el contacto físico que sabe que existe entre personas sanas que se quieren y que mantienen relaciones sexuales sin hacer el temido acto.

No es capaz de tomar la iniciativa y tocar a Willem o de pedirle que lo abrace, pero lo espera, espera que lo haga cada vez que pasa por su lado en el salón, y Willem le coge el brazo y lo atrae hacia sí para besarlo, o se detiene detrás de él cuando está cocinando y le rodea el pecho, el estómago, como si estuvieran en la cama. Siempre ha admirado lo a menudo que JB y Willem recurrían al contacto físico, entre ellos y con los que lo rodeaban; sabían que debían abstenerse de hacerlo con él y él agradecía su tacto, pero a veces le invadía la nostalgia y deseaba que lo desobedecieran y lo trataran con la misma amistosa confianza que a todos los demás. Pero ellos nunca lo hacían.

Le llevó tres meses, hasta finales de agosto, desnudarse del todo delante de Willem. Todas las noches se acostaba con una camiseta de manga larga y los pantalones de chándal mientras que Willem lo hacía en ropa interior.

—¿Te molesta? —le preguntaba Willem, y él negaba con la cabeza; en realidad le resultaba incómodo pero no del todo desagradable.

Cada día del mes anterior se había prometido quitarse la ropa y acabar de una vez. Lo haría esa misma noche, porque tarde o temprano tendría que hacerlo. Pero eso era todo lo lejos que podía ir en su imaginación; no acertaba a imaginar cuál sería la reacción de Willem o qué haría al día siguiente. Y entonces llegaba la noche y se acostaban, y le fallaba la determinación.

Una noche en que Willem deslizó las manos por debajo de la camiseta y se las puso en la espalda, Jude se apartó con tanta brusquedad que se cayó de la cama.

—Lo siento. —Se metió de nuevo en ella, pero se quedó justo en el borde del colchón.

Guardaron silencio. Él estaba tumbado de espaldas, mirando la lámpara.

—¿Sabes, Jude? —dijo Willem por fin—. Ya te he visto sin camiseta. —Él miró a Willem, que tomó aire antes de continuar—: En el hospital. Mientras te cambiaban las vendas y te lavaban.

Él se puso colorado y volvió a mirar el techo.

—¿Qué viste?

—No te la vi entera —lo tranquilizó Willem—. Pero sé que tienes cicatrices en la espalda. También te he visto los brazos. —Esperó, y como él no decía nada, suspiró—. Jude, te prometo que no es lo que te crees.

—Me da miedo que te sientas repelido por mí —logró decir Jude por fin. Y volvió a oír las palabras de Caleb: «Eres realmente deforme», pero, intentando convertirlo en una broma jocosa, añadió—: Aunque supongo que en algún momento tendré que desnudarme, ¿no?

—Pues sí —respondió Willem—. Aunque no te lo parezca de entrada, creo que será bueno para ti, Jude.

La siguiente noche lo hizo. En cuanto Willem se metió en la cama, se desvistió rápidamente debajo de las sábanas y se volvió de lado, de espaldas a Willem. Permaneció todo el rato con los ojos cerrados, pero cuando Willem le puso las palmas en la espalda, entre los omóplatos, se echó a llorar amarga, furiosa y convulsivamente como hacía años que no lloraba, acurrucándose de vergüenza. Recordaba la última noche con Caleb, la última vez que se había sentido tan expuesto, la última vez que había llorado de ese modo, y supo que Willem solo entendería parte de la razón, que él no sabía que la vergüenza de estar desnudo, a merced de otro era casi tan grande como la que sentía por lo que le había revelado. Más por el tono de su voz que por las palabras, supo que Willem se esforzaba por ser amable con él, que estaba consternado e intentaba que se sintiera mejor, pero él estaba tan deshecho que no podía entender siquiera lo que le decía. Intentó levantarse de la cama para ir al cuarto de baño y hacerse cortes, pero Willem lo sujetaba con tanta fuerza que no podía moverse. Al final logró calmarse.

A la mañana siguiente se despertó tarde, era domingo, y cuando abrió los ojos, Willem lo estaba mirando. Parecía cansado.

—¿Cómo estás? —le preguntó.

Jude recordó la noche anterior.

—Lo siento mucho, Willem. No sé qué me pasó. —Al darse cuenta de que seguía desnudo, escondió los brazos debajo de la sábana y se tapó hasta la barbilla.

—No, Jude. Soy yo el que lo siento. No sabía que sería tan traumático para ti. —Alargó el brazo y le acarició el pelo. Se quedaron callados—. Nunca te había visto llorar, ¿sabes?

—Bueno —dijo él tragando saliva y tratando de sonreír—. Parece que no es un método de seducción tan exitoso como esperaba. —Y Willem le devolvió la sonrisa.

Esa mañana se quedaron en la cama y hablaron. Willem le preguntó por las cicatrices y él le contó cómo se las había hecho; le habló del día que intentó escapar del hogar para niños y de la paliza que le dieron; de la infección que resultó de ella, de cómo le había supurado la espalda durante días y de las ampollas que le salieron alrededor de las astillas del mango de la escoba que se le habían incrustado en la carne, y de las marcas que le dejaron cuando todo se acabó. Willem le preguntó cuándo había sido la última vez que se había desnudado delante de alguien, él le mintió y dijo que, sin contar a Andy, fue cuando tenía quince años. Y entonces Willem profirió elogios amables y poco creíbles de su cuerpo, que Jude prefirió pasar por alto porque sabía que no eran ciertos.

—Willem, si quieres que lo dejemos lo entenderé.

Había sido idea suya no contarle a nadie que su amistad podía estar convirtiéndose en algo más, aduciendo que eso les dejaría espacio y privacidad para averiguar cómo les iba juntos, aunque también pensó que eso le permitiría a Willem considerarlo de nuevo y le daría la oportunidad de cambiar de parecer sin tener en cuenta la opinión de los demás. Era inevitable ver en esa decisión los ecos de su última relación, que también había llevado en secreto, y tuvo que recordarse que esta vez era diferente, siempre y cuando él no la convirtiera en lo mismo.

—Claro que no, Jude, no quiero que lo dejemos.

Willem le deslizaba la yema de un dedo por la ceja, un gesto que le reconfortaba, pues era cariñoso y no tenía nada de sexual.

—Solo es que tengo el presentimiento de que seré una caja de sorpresas desagradables para ti —dijo por fin, y Willem meneó la cabeza.

—Sorpresas tal vez, pero no desagradables.

Ahora intenta quitarse la ropa todas las noches. A veces puede; otras no. En ocasiones deja que Willem le acaricie la espalda y los brazos, y en otras no puede. Pero no ha sido capaz de permanecer desnudo delante de Willem a la luz del día ni de una lámpara siquiera, ni de hacer alguna de las cosas que por películas y por fragmentos de conversaciones sabe que hacen las parejas; no puede desnudarse delante de Willem ni ducharse con él, algo que le obligaba a hacer el hermano Luke y que detestaba.

Sin embargo, su inhibición no es contagiosa y le fascina lo a menudo que Willem se pasea desnudo por la casa y lo seguro que se siente. Por la mañana destapa a Willem mientras duerme y le examina el cuerpo con rigor clínico, advirtiendo lo perfecto que es, y luego recuerda con extraño vértigo que es él quien está mirando, que es a él a quien se ofrece.

A veces se queda asombrado al tomar conciencia de lo inverosímil que es lo que ha sucedido. Su primera relación (¿puede llamarse así?) fue con el hermano Luke. La segunda con Caleb Porter. Y la tercera con Willem Ragnarsson, su amigo más querido y la persona más maravillosa del mundo, que podría estar con quien quisiera, hombre o mujer, y, sin embargo, por una serie de extrañas razones —¿curiosidad malsana?, ¿locura?, ¿imbecilidad?— se ha conformado con él. Una noche sueña que Willem y Harold están sentados a una mesa con un papel delante, Harold está sumando cifras con una calculadora, y él sabe sin que nadie se lo diga que Harold paga a Willem para que esté con él. En el sueño siente humillación mezclada con una especie de gratitud porque Harold sea tan generoso y porque Willem se preste a hacerle el juego. Al despertarse, está a punto de decirle algo a Willem pero se impone de nuevo la lógica y se recuerda que Willem está lejos de necesitar el dinero, que tiene más que de sobra, y que por desconcertantes y desconocidos que sean sus motivos, lo ha escogido a él sin que nadie lo haya coaccionado, sino que ha tomado la decisión libremente.

Esa noche lee en la cama esperando a que Willem llegue, pero se queda dormido y se despierta cuando este le pone una mano en la cara.

—Ah, ya has llegado —le dice sonriéndole, y Willem le devuelve la sonrisa.

Se quedan despiertos hasta tarde hablando en la oscuridad sobre la cena de Willem con el director, y acerca del rodaje, que empezará a finales de enero en Texas. La película, que se titula *Duetos*, está basada en una novela que le gusta, y cuenta la historia de una lesbiana no declarada y de un homosexual no declarado, ambos profesores de música en un instituto de una pequeña ciudad, casados desde hace veinticinco años, entre la década de los sesenta y los ochenta.

—Necesitaré ayuda —le dice Willem—. Tengo que refrescar mis nociones de piano. También tendré que cantar. Van a ponerme un profesor, pero ¿querrás ensayar conmigo?

—Claro que querré. Pero no tienes por qué preocuparte, Willem. Tienes una voz muy bonita.

—No es muy potente.

—Pero es dulce.

Willem se ríe y le aprieta la mano.

—Eso díselo a Kit, que ya ha empezado a asustarse. —Suspira—. ¿Qué tal te ha ido a ti?

—Bien, he tenido un buen día.

Empiezan a besarse. Jude todavía tiene que hacerlo con los ojos abiertos, para recordarse que es Willem quien le besa y no el hermano Luke, y todo va bien hasta que recuerda la noche que Caleb lo acompañó a casa y lo apretó contra la pared, y todo lo que siguió, entonces se aparta bruscamente y vuelve la cara.

—Perdóname. —Esta noche no se ha quitado la ropa y ahora se baja las mangas y casi se tapa las manos. A su lado Willem espera, y en medio del silencio se oye a sí mismo decir—: Ayer murió un conocido.

—Oh, Jude. Lo siento mucho. ¿Quién era?

Él permanece callado mucho rato, armándose de valor, antes de abrir la boca.

—Alguien con quien tuve una relación —responde por fin, y nota la torpeza su lengua. Siente que Willem pone mucha la atención y se le acerca todavía más.

—No sabía que habías tenido una relación —le susurra. Y carraspea antes de añadir—: ¿Cuándo?

—Mientras rodabas la *Odisea* —responde él también en voz baja, y de nuevo nota cómo cambia la atmósfera. Willem le dijo entonces que sabía algo que había ocurrido mientras él estaba fuera. Algo malo. Jude sabe que está recordando la misma conversación.

—Bueno, cuéntame —le dice Willem tras un largo silencio—. ¿Quién fue la persona afortunada?

Él apenas puede respirar, pero continúa hablando.

—Un hombre —empieza a decir, con la mirada clavada en la lámpara. Y aunque no mira a Willem nota cómo mueve la cabeza instándolo a continuar, pero no puede; Willem tiene que espolearlo.

—Háblame de él. ¿Cuánto tiempo estuvisteis juntos?

—Cuatro meses.

—¿Por qué rompisteis?

Él piensa antes de responder.

—Yo no le gustaba mucho —dice por fin.

Percibe la cólera de Willem antes de oír su voz.

—Entonces era un imbécil —replica con voz tensa.

—No. Era un tipo muy brillante. —Abre la boca para decir algo más, pero no puede continuar y la cierra. Permanecen en silencio.

Al final Willem lo ayuda a continuar.

—¿Y qué pasó entonces?

Él espera, y Willem espera con él. Los dos respiran al unísono, es como si estuvieran llenándose los pulmones con todo el aire de la habitación, del piso, del mundo dentro y luego lo expulsaran, los dos solos, sin nadie más. Cuenta las respiraciones: cinco, diez, quince. Al llegar a veinte dice:

—Si te lo cuento, ¿me prometes que no te enfadarás?

Nota que Willem cambia de postura.

—Te lo prometo —le susurra.

Él respira hondo.

—¿Te acuerdas del accidente de coche que tuve?

—Sí —responde Willem con voz vacilante, ahogada. Se le acelera el pulso.

—No fue un accidente de coche —continúa él, y empiezan a temblarle las manos. Las esconde bajo el edredón.

—¿Qué quieres decir? —le pregunta Willem.

Pero él guarda silencio, y al final Willem, sin necesidad de oírlo, comprende lo que intenta decirle. Se pone de lado y, cogiéndole las manos por debajo del edredón, lo mira.

—Jude, ¿qué pasó? ¿Te… golpeó? —Le cuesta pronunciar las palabras.

Él asiente de forma casi imperceptible, agradecido por no echarse a llorar, aunque cree que va a estallar y se imagina pedazos de carne expulsados de su esqueleto como metralla impactando contra la pared, colgando de la lámpara y ensangrentando las sábanas.

—Dios mío —dice Willem, soltándole las manos.

Jude observa cómo se levanta rápidamente de la cama.

—Willem —lo llama, luego se levanta y lo sigue hasta el cuarto de baño; lo encuentra inclinado sobre el lavabo, sufriendo arcadas.

Intenta tocarle el hombro, pero Willem le aparta la mano. Vuelve a la habitación y espera sentado en el borde de la cama. Cuando Willem sale del cuarto de baño, Jude nota que ha estado llorando. Se quedan largos minutos sentados uno al lado de otro en silencio, rozándose los brazos.

—¿Han salido publicada alguna necrológica? —le pregunta Willem por fin, y cuando él asiente, añade—: Enséñamela.

Van al ordenador del estudio; Jude se queda atrás y esperando a que Willem acabe. Ve cómo la lee dos veces, tres, antes de volverse y abrazarlo con fuerza, y él le devuelve el abrazo.

—¿Por qué no me lo dijiste? —le pregunta Willem al oído.

—No habría cambiado nada.

Willem se aparta y, sujetándolo por los hombros, lo mira. Él ve que intenta controlarse, observa cómo cierra la boca con firmeza, cómo tensa los músculos de la mandíbula.

—Quiero que me lo cuentes todo —dice Willem. Le coge la mano, lo lleva al sofá del estudio y le pide que se siente—. Voy a ir a la cocina a prepararme una copa —Lo mira—. Te prepararé otra a ti. —Él no puede hacer más que asentir.

Mientras espera piensa en Caleb. No supo nada más de él después de aquella noche, pero durante unos meses lo buscó en internet. Allí estaba, a la vista de todos: fotos de él sonriendo en fiestas, en inauguraciones, en espectáculos. Un reportaje sobre la primera tienda de Rothko en el que Caleb hablaba de los desafíos a los que se enfrenta una joven marca cuando intenta irrumpir en un mercado saturado. Otro artículo sobre el resurgimiento del distrito de las flores en el que citaban a Caleb hablando de vivir en un barrio donde, pese a los hoteles y las tiendas, todavía se respiraba un aire atractivamente decadente. De pronto piensa: ¿Lo buscó alguna vez Caleb? ¿Le enseñó su foto a ese tal Nicholas? ¿Le dijo: «Salí un tiempo con él; era grotesco»? ¿Parodió sus andares ante Nicholas, a quien imagina rubio, atildado y seguro de sí mismo? ¿Se rieron de lo inepto que era en la cama? ¿Le dijo: «Me repugnaba»? ¿O simplemente no dijo nunca nada? ¿Se olvidó de él, o al menos optó por no pensar más en él y consideró un error su relación con él, un breve momento de sordidez, una aberración que envolver en plástico y tirar al otro extremo de la mente, junto con los juguetes rotos de la niñez y las viejas vergüenzas? Le gustaría olvidarlo también, no pensar nunca más en él. Siempre se pregunta cómo había dejado que le afectaran tanto aquellos cuatro meses que ve cada vez más lejanos, por qué ha permitido que los primeros quince años de su vida dictaran los últimos veintiocho. Ha tenido mucha suerte; lleva una vida de adulto con la que muchos soñarían. ¿Por qué insiste entonces en repasar y revivir sucesos lo que ocurrió hace tanto tiempo? ¿Por qué no puede sencillamente disfrutar del presente? ¿Por qué tiene que honrar el pasado de ese modo? ¿Por qué cuanto más se aleja de él, se vuelve todavía más vívido?

Willem regresa con dos whiskies con hielo. Se ha puesto la camisa. Se quedan un rato sentados en el sofá, bebiendo, y él nota el calor del alcohol en las venas.

—Voy a contártelo —le dice a Willem, pero antes de empezar a hablar se inclina y lo besa. Es la primera vez en su vida que ha tomado la iniciativa, con ese beso, espera transmitirle a Willem lo que no es capaz de decir, ni siquiera en la oscuridad o a la tenue luz de la madrugada: todo aquello de lo que se avergüenza, todo lo que agradece. Esta vez cierra los ojos, imaginando que pronto él también podrá ir a donde va la gente cuando se besa y tiene relaciones sexuales, esa tierra que nunca ha visitado y que le gustaría conocer, ese mundo que confía en que no le esté vedado para siempre.

Cuando Kit estaba en la ciudad, Willem y él solían quedar para comer o para cenar, o se veían en las oficinas que la agencia tenía en Nueva York. Pero la última vez que anunció su llegada, para primeros de diciembre, Willem le propuso ir a Greene Street.

—Te prepararé algo de comer —le ofreció.

—¿Por qué? —le preguntó Kit, recelando de inmediato; aunque tenían una relación estrecha, no se consideraban amigos, y Willem nunca lo había invitado a su casa.

—Tengo que hablar contigo de algo —respondió Willem, y oyó la lenta y profunda respiración de Kit.

—Está bien, como quieras.

Kit sabía que era mejor no preguntar de qué se trataba, o si se trataba de algo malo, aunque se lo imaginó. En su universo, «Tengo que hablar contigo de algo» nunca era un preludio de una buena noticia.

Willem lo sabía, pero su lado algo perverso decidió no tranquilizarlo.

—¡Estupendo! —exclamó alegremente—. Hasta la semana que viene entonces.

Su negativa a tranquilizar a Kit tal vez no era solo una reacción pueril; pensó que la noticia que quería darle, que Jude y él estaban juntos ahora, no era mala, pero estaba seguro de que Kit no lo vería del mismo modo.

Habían decidido anunciar su relación a unas pocas personas. Primero se lo dijeron a Harold y a Julia, y fue la revelación más gratificante y satisfactoria, si bien Jude estaba muy nervioso. Eso fue un par de semanas atrás, en Acción de Gracias, y tanto Harold como Julia se alegraron, se emocionaron y los abrazaron; Harold hasta lloró un poco mientras que Jude se quedó sentado en el sofá observando con una sonrisa en los labios.

A continuación se lo dijeron a Richard, que no se sorprendió tanto como Willem esperaba.

—Creo que es una gran idea —le dijo con firmeza, como si le hubieran anunciado que se disponían a invertir juntos en una propiedad, y los abrazó—. Bien hecho, Willem. Bien hecho.

Y él supo lo que Richard intentaba transmitirle: lo mismo que él intentó transmitirle años atrás al decirle que Jude necesitaba algún lugar seguro donde vivir, cuando en realidad le estaba diciendo que lo cuidara cuando él no pudiera.

Luego se lo dijeron a Malcolm y a JB por separado. Primero a Malcolm, de quien pensaban que tan pronto podía reaccionar escandalizándose como entusiasmándose, y resultó que hizo lo segundo.

—Me alegro un montón por vosotros, tíos. —Sonrió radiante—. Es genial. Me encanta la idea de que estéis juntos.

Les preguntó cómo había ocurrido, cuánto tiempo llevaban juntos y, bromeando, qué habían descubierto el uno del otro que no supieran ya. (Los dos se miraron —¡si Malcolm supiera!— y no respondieron, y Malcolm sonrió a su vez, como si eso demostrara la existencia de un gran alijo de sórdidos secretos que algún día descubriría.)

—Solo me entristece una cosa —dijo suspirando, y cuando le preguntaron qué era, respondió—: Tu piso, Willem. Es tan bonito. Debe de sentirse muy solo. —Consiguieron contener la risa, y Willem lo tranquilizó diciéndole que se lo alquilaba a un amigo, un actor español que había rodado una película en Manhattan y había decidido prolongar un año más su estancia en Nueva York.

Con JB fue más peliagudo, como cabía esperar; sabían que se sentiría traicionado, abandonado y celoso, y el hecho de que hubiera roto hacía poco con Oliver después de más de cuatro años no haría sino intensificar esos sentimientos. Lo llevaron a un restaurante porque era donde había menos posibilidades de que montara una escena (aunque, como señaló Jude, no había ninguna garantía) y le dio la noticia Jude, que todavía se mostraba algo cauto en su presencia y a quien era menos probable que JB dijera algo inapropiado. Al decírselo JB dejó el tenedor en el plato y ocultó la cara entre las manos.

—No me siento bien —dijo, y ellos esperaron, conteniendo la respiración, hasta que levantó la cabeza y añadió—: Pero me alegro mucho por vosotros, tíos. —Clavó el tenedor en su *burrata*—. Quiero decir que me cabrea que no me lo hayáis dicho antes. Pero me alegro. —Llegaron los entrantes y JB acuchilló su lubina—. Vamos, que estoy realmente cabreado, pero contento. —Cuando llegaron los postres, JB empezó a comerse a cucharadas frenéticas su *soufflé* de guayaba, visiblemente agitado, y ellos se dieron patadas por debajo de la mesa, al borde de la risa y a la vez seriamente preocupados porque JB pudiera estallar allí mismo.

Después de cenar se quedaron fuera fumando mientras JB hablaba de su próxima exposición, la quinta, y de sus alumnos de Yale, donde desde hacía unos años impartía clases; una tregua momentánea que se estropeó cuando una chica se acercó a Willem («¿Puedo hacerme una foto contigo?») y JB resopló y gimió. De vuelta en Greene Street, Jude y él se rieron del desconcierto de JB, de sus intentos de ser generoso, era evidente que había hecho un gran esfuerzo, y de su egocentrismo.

—Pobre JB. Creía que iba a estallar —Jude suspiró—, y lo entiendo. Siempre ha estado enamorado de ti, Willem.

—No hasta este punto.

Jude lo miró.

—¿Quién es ahora el que no se ve tal como es? —le preguntó, porque eso era lo que Willem siempre le decía: que la percepción que tenía Jude de sí era engañosa.

Él también suspiró.

—Debería llamarlo.

—Déjalo tranquilo esta noche. Acudirá a ti cuando esté preparado.

Y así fue. Ese sábado JB se presentó en Greene Street. Jude le abrió la puerta, se disculpó diciendo que tenía trabajo y se encerró en su estudio para dejarles cierta intimidad. Durante las dos horas siguientes Willem escuchó de boca de JB una desordenada perorata cuyos numerosos reproches y preguntas eran puntuadas por el estribillo: «Pero me alegro mucho por ti». JB estaba enfadado con Willem por no habérselo comentado antes, por no habérselo consultado siquiera, por habérselo dicho a Malcolm y a Richard

—¡Richard!— antes que a él. Estaba consternado. Willem podía ser sincero con él: siempre le había gustado más Jude, ¿verdad? ¿Por qué no lo admitía sin más? ¿Siempre se había sentido así? ¿Todos esos años acostándose con mujeres solo habían sido una colosal mentira que se había inventado para despistarlos? JB estaba celoso; entendía que se sintiera atraído por Jude, lo entendía y sabía que su reacción era ilógica y tal vez un tanto egocéntrica, pero mentiría si no le dijera que en parte estaba picado porque hubiera escogido a Jude y no a él.

—Surgió de forma natural —le decía Willem una y otra vez—. No te lo dije porque necesitaba tiempo para asimilarlo. Y en cuanto a sentirme atraído por ti, ¿qué puedo decir? No, no me siento atraído. ¡Y tú tampoco! Nos enrollamos una vez, ¿recuerdas? Y dijiste que se te habían quitado las ganas de golpe.

JB pasó por alto todo eso.

—Sigo sin entender por qué se lo dijiste a Malcolm y a Richard antes que a mí —insistió con hosquedad, a lo que Willem no supo responder—. De todos modos —añadió, al cabo de un rato de silencio—, me alegro por vosotros, de verdad.

Willem suspiró.

—Gracias, JB. Eso significa mucho para mí —dijo Willem, y se quedaron callados.

Cuando Jude salió de su estudio, le sorprendió encontrarlo allí todavía.

—¿Quieres quedarte a cenar, JB?

—¿Qué hay?

—Bacalao. Y puedo asar unas patatas como a ti te gustan.

—Supongo que sí —respondió JB malhumorado, y Willem sonrió a Jude por encima de su cabeza.

Willem se reunió con Jude en la cocina y empezó a preparar una ensalada, mientras JB se acercaba a la mesa de comedor y hojeaba una novela que Jude había dejado allí.

—¡Ya la he leído! —le gritó—. ¿Quieres que te cuente cómo acaba?

—No, JB. Todavía voy por la mitad.

—Al final el personaje del pastor muere.

—¡JB!

Después el humor de JB pareció mejorar. Incluso sus pullas fueron algo menos aceradas, como si las soltara por obligación, y no desde lo más profundo de sus sentimientos. «Apuesto a que en diez años habréis hecho toda la transición al lesbianismo», fue una de ellas, y: «En la cocina sois como una versión un poco más ambigua racialmente de un cuadro de John Currin. ¿Sabéis de cuál hablo? Buscadlo», otra.

—¿Vais a hacerlo público o lo mantendréis en secreto? —les preguntó JB durante la cena.

—No voy a enviar una nota de prensa, si te refieres a eso —respondió Willem—. Pero tampoco lo voy a ocultar.

—Yo creo que es un error —añadió Jude enseguida.

Willem no se molestó en responder; llevaban un mes discutiendo sobre eso.

Después de cenar, JB y él se sentaron en el sofá y se tomaron un té mientras Jude llenaba el lavavajillas. JB parecía casi aplacado y Willem recordó que ese era el curso que tomaban la mayoría de las veladas con JB, ya en tiempos de Lispenard Street; siempre empezaba agudo y mordaz, y terminaba sereno y afable.

—¿Qué tal en la cama? —le preguntó JB.

—Genial —respondió él inmediatamente.

JB pareció abatido.

—Maldita sea.

Era mentira, claro está. No tenía ni idea de si se entendían o no en la cama porque todavía no habían tenido relaciones sexuales.

El viernes anterior Andy había ido a verlos y le habían dado la noticia. Andy se levantó y los abrazó a los dos con solemnidad, como si fuera el padre de Jude y le hubieran anunciado que acababan de prometerse. Luego Willem lo acompañó a la puerta, y mientras esperaban el ascensor, Andy le preguntó en voz baja:

—¿Qué tal va?

Él guardó silencio unos momentos.

—Bien —respondió por fin.

Como si comprendiera todo lo que callaba, Andy le dio un apretón en el hombro.

—Sé que no es fácil. Pero debes de estar haciendo algo bien, porque no he visto a Jude más relajado y contento en toda su vida. —Pareció que quería añadir algo, pero ¿qué iba a decir? No podía soltarle: «Llámame si quieres hablar sobre él» o «Avisa si puedo hacer algo por vosotros». De modo que le dijo adiós con un breve ademán desde el ascensor.

Cuando JB se marchó esa noche, Willem pensó en la conversación que Andy y él habían tenido aquel día en el café. Le había advertido de lo difícil que sería, pero él no quiso creerlo. En retrospectiva se alegraba de no haberlo hecho; de haberlo creído, tal vez se habría sentido intimidado, le habría dado demasiado miedo intentarlo.

Se volvió y miró a Jude mientras dormía. Se había quitado toda la ropa, y estaba tumbado de espaldas, con un brazo doblado cerca de la cabeza. Como a menudo hacía, Willem le deslizó un dedo por el interior del brazo, donde las cicatrices habían dejado un desolado terreno de montañas y valles chamuscados. A veces, cuando estaba seguro de que Jude dormía profundamente, encendía la luz de la mesilla de noche y le inspeccionaba el cuerpo con más detenimiento, ya que Jude se negaba a dejarse examinar a la luz del día. Lo destapaba y le deslizaba las palmas de las manos sobre la piel de los brazos, las piernas, la espalda, advirtiendo el cambio de textura y maravillándose de todas las variaciones que podía adoptar la carne, de las formas en que sanaba por sí sola, pese a todos los intentos por destruirla. En una ocasión rodó una película en la isla Grande de Hawai, y en su día libre cruzó con el resto del reparto los campos de lava, contemplando cómo el terreno se transformaba, y la roca porosa y seca como hueso petrificado pasaba a ser un paisaje negro brillante. También la piel de Jude estaba llena de contrastes asombrosos, y en ciertas partes ni parecía piel, sino más bien algo futurista, de otro mundo, un prototipo del aspecto que podría tener la carne dentro diez mil años.

—Te causo repulsión —murmuró Jude la segunda vez que se desnudó, y él negó con la cabeza. Era cierto: Jude siempre se había mostrado tan misterioso y protector con su cuerpo que verlo por fin fue un poco decepcionante, era más normal y mucho menos impresionante de lo que había imaginado. Sin embargo, le costaba ver las cicatrices, no porque fueran estéticamente ofensivas sino porque eran la prueba de su dolor. Por esa misma razón la parte del cuerpo de Jude que más le perturbaba eran los brazos. Mientras dormía, les daba la vuelta y le contaba los cortes, e intentaba imaginarse a sí mismo en un estado en el que buscara herirse a sí mismo, en el que intentara erosionar activamente su propio ser. A veces encontraba cortes nuevos —siempre sabía cuándo Jude se había cortado porque esas noches dormía con camiseta, entonces le subía las mangas mientras dormía y le palpaba los vendajes—, y se preguntaba cuándo se los había hecho y cómo era posible que él no se hubiera dado cuenta. Cuando se mudó con Jude después del intento de suicidio, Harold le dijo dónde escondía Jude la bolsa de cuchillas, y él, como Harold, la buscaba para tirarla a la basura. Pero luego la bolsa desapareció de aquel lugar y no logró averiguar dónde la guardaba.

Otras veces no sentía curiosidad sino asombro: Jude estaba mucho más dañado de lo que él pensaba. «¿Cómo es posible que no me enterara? —se preguntaba—. ¿Cómo no me he dado cuenta?»

Luego estaba la cuestión del sexo. Sabía que Andy lo había prevenido, pero el miedo y la aversión de Jude hacia él lo perturbaban y de vez en cuando lo asustaban. Una noche de finales de noviembre, cuando ya llevaban juntos seis meses, le deslizó las manos por debajo de los calzoncillos, y Jude hizo un ruido extraño y ahogado, el sonido que hace un animal cuando queda apresado en las fauces de otro, y se apartó con tanta violencia que se golpeó la cabeza con la mesilla de noche. «Lo siento», se disculparon mutuamente. Esa fue la primera vez que Willem sintió cierto temor. Hasta entonces había dado por sentado que Jude era muy tímido, pero que con el tiempo abandonaría la inhibición y se sentiría lo bastante cómodo para tener relaciones sexuales. Sin embargo, en ese momento se percató de que lo que había tomado por resistencia era pavor y tal vez nunca llegaría a sentirse cómodo. Si llegaban a tener relaciones sexuales, pensaba, sería porque Jude había decidido que tenía que hacerlo o porque él había decidido obligarlo. Ninguna de las dos opciones le atraía. La gente siempre se había entregado a él; nunca había tenido que esperar, y jamás había tenido que convencer a nadie de que él no era peligroso, de que no les haría daño. «¿Qué puedo hacer?», se preguntó. No era lo suficientemente listo para discurrir algo por sí mismo y no tenía a nadie a quién recurrir. Además, conforme transcurrían las semanas, su deseo se intensificaba, le resultaba más difícil obviarlo y su determinación era mayor. Hacía mucho que no deseaba tanto acostarse con alguien, y el hecho de que fuera alguien a quien quería hacía aún más insoportable y más absurda la espera.

Esa noche observó a Jude mientras dormía y se dijo que tal vez había cometido un error.

—No sabía que sería tan complicado —dijo en voz alta.

A su lado Jude respiraba, ajeno a su traición.

Luego llegó la mañana y recordó por qué había decidido empezar esa relación, dejando a un lado su ingenuidad y su arrogancia. Era temprano, pero se había despertado y observaba cómo Jude se vestía a través de la puerta entreabierta del cuarto de baño. Ese había sido un avance reciente, y Willem era consciente de lo mucho que le costaba. Veía cómo Jude se esforzaba; veía cómo todo lo que él y cualquier otra persona daban por hecho —vestirse o desvestirse delante del otro— él tenía que practicarlo una y otra vez; veía lo resuelto que se mostraba, lo valiente que era. Y pensó que él también tenía que seguir intentándolo. A los dos les asaltaban las dudas, pero estaban esforzándose al máximo; los dos dudarían de sí mismos, harían avances y retrocesos, pero seguirían intentándolo, porque confiaban el uno en el otro y porque Jude era la única persona del mundo que merecía que él experimentara todos los contratiempos, las dificultades, las inseguridades y la sensación de vulnerabilidad.

Cuando volvió a abrir los ojos, Jude estaba sentado en el borde de la cama sonriéndole, y se sintió inundado de afecto hacia él, por lo guapo que era, lo mucho que significaba para él y lo fácil que resultaba quererlo.

—No te vayas —le rogó—. Cinco minutos.

—Cinco —respondió Jude deslizándose debajo del edredón; Willem lo rodeó con los brazos, con cuidado de no arrugarle el traje, y cerró los ojos. Eso también le encantaba; le gustaba saber que en esos momentos estaba haciendo feliz a Jude, que Jude necesitaba afecto y él era la única persona a la que le permitía dárselo. ¿Era eso arrogancia? ¿Era orgullo? ¿Autocomplacencia? No lo sabía pero le traía sin cuidado.

Esa noche le dijo a Jude que creía que debían darle la noticia a Harold y Julia cuando fueran a verlos para Acción de Gracias.

—¿Estás seguro, Willem? —le preguntó Jude, preocupado, y Willem supo que en realidad le preguntaba si estaba seguro de la relación; siempre le sujetaba la puerta abierta para hacerle saber que podía salir si quería—. Quiero que te lo pienses bien antes de decírselo.

Willem no necesitaba que él le dijera qué consecuencias tendría decírselo a Harold y a Julia si luego él cambiaba de parecer: lo perdonarían, pero nunca volvería a ser igual. Siempre se pondrían del lado de Jude. Lo sabía y así era como debía ser.

—Estoy seguro —respondió él.

De modo que se lo habían dicho. Pensó en aquella conversación mientras le servía a Kit un vaso de agua y llevaba el plato de sándwiches a la mesa.

—¿De qué son? —le preguntó Kit, mirándolos con recelo.

—Pan rústico con cheddar de Vermont e higos al grill. Y ensalada de escarola con peras y jamón.

—Ya sabes que estoy intentando no comer pan, Willem —dijo Kit suspirando, aunque él no podía saberlo. Le dio un mordisco a un sándwich—. Está bueno —admitió de mala gana, antes de dejarlo en el plato—. Bueno, cuenta.

Y así lo hizo, añadiendo que si bien no tenía previsto anunciar la relación, tampoco quería ocultarla. Kit gruñó.

—Mierda, Willem. Me figuré que podía ser eso. No sé por qué pero me lo figuré. —Apoyó la frente en la mesa y añadió—: Necesito un minuto. ¿Se lo has dicho a Emil?

—Sí. —Emil era el mánager de Willem, y Kit y Emil trabajaban mejor cuando los dos se unían contra él. Cuando estaban de acuerdo se caían bien. Cuando no lo estaban, no.

—¿Y qué ha dicho?

—Me dijo: «Por Dios, Willem. Me alegro de que por fin te hayas comprometido con alguien a quien realmente quieres y con quien te sientes a gusto. Me alegro por ti y por tu amigo de toda la vida.» —(Lo que Emil había dicho en realidad era: «Joder, Willem. ¿Estás seguro? ¿Has hablado ya con Kit? ¿Qué ha dicho?»)

Kit levantó la cabeza y lo miró furioso (no tenía mucho sentido del humor).

—Willem, me alegro por ti, de verdad. Sabes que te tengo aprecio. Pero ¿has pensado en cómo eso afectará a tu carrera? ¿Has pensado en cómo te catalogarán? No tienes ni idea de qué es ser un actor gay en este mundo.

—Yo no me considero gay —empezó a decir él, y Kit puso los ojos en blanco.

—No seas ingenuo, Willem. En cuanto tocas una polla lo eres.

—Dicho con la sutileza y la elegancia que te caracterizan.

—Lo que tú digas, Willem, pero no puedes tomarte este asunto a la ligera.

—Y no lo hago, Kit. Pero no soy un actor muy conocido.

—No te cansas de repetirlo, pero te guste o no lo eres. Te estás comportando como si a partir de ahora tu carrera fuera a seguir la misma trayectoria. ¿No recuerdas lo que le pasó a Carl?

Carl era cliente de un colega de Kit y una de las estrellas de cine más grandes de la década anterior, pero lo obligaron a salir del armario y su carrera se hundió. Por una de aquellas ironías de la vida, la repentina falta de popularidad de Carl fue lo que impulsó la carrera de Willem, pues al menos dos de los papeles que había conseguido habrían ido a parar a Carl, si este no hubiera salido del armario.

—Mira, tú tienes mucho más talento que él y eres mucho más polifacético. Y las cosas han cambiado, al menos en el ámbito nacional. Pero estaría haciéndote un flaco favor si no te advirtiera de que debes prepararte para cierto enfriamiento. Eres discreto. ¿No puedes mantenerlo en secreto?

Él se limitó a coger otro sándwich. Kit lo escudriñó.

—¿Qué dice Jude?

—Cree que acabaré actuando en un espectáculo de Kander y Ebb en un crucero a Alaska —admitió.

Kit resopló.

—No será ni lo que cree Jude ni lo que piensas tú, Willem. —Y añadió con tono lastimero—: Después de todo lo que hemos construido juntos.

Él también suspiró. El día que Jude conoció a Kit, casi quince años atrás, se volvió hacia Willem y le dijo sonriendo: «Él es tu Andy». Y con los años Willem había empezado a darse cuenta de lo cierto que era. Kit y Andy no solo se conocían —habían ido a la misma clase y compartido dormitorio en su primer año universidad—, sino que a los dos les gustaba presentarse a sí mismos, hasta cierto punto, como los inventores de Willem y de Jude. Eran sus protectores y guardianes, y en la medida en que podían, también intentaban moldear y forjar sus vidas.

—Pensé que me apoyarías un poco más, Kit —dijo William con tristeza.

—¿Por qué? ¿Solo porque yo también soy gay? Una cosa es ser un agente gay y otra muy distinta ser un actor gay de tu relieve, Willem. —Gruñó—. Bueno, al menos sé de alguien que se alegrará cuando se entere: Noel se pondrá eufórico. —Se refería al director de *Duetos*—. Esto va a ser una excelente publicidad para su pequeño proyecto. Espero que te guste hacer películas gay, Willem, porque eso es lo que podrías acabar haciendo el resto de tu vida.

—Yo no veo *Duetos* como una película gay —replicó él, y luego añadió—: Y si es así como acabo, adelante. —A continuación le dijo a Kit lo mismo que le había dicho a Jude—: No me faltará trabajo; no te preocupes.

(—¿Y si tu trabajo en el cine se agota? —le había preguntado Jude.

—Entonces haré teatro. O trabajaré en Europa; siempre he querido tener más trabajo en Suecia, Jude. Trabajo no me faltará, te lo prometo.

Jude se quedó callado. Estaban en la cama; era tarde.

—Willem, de verdad que no me importa si quieres llevarlo con discreción.

—Pero no quiero.

Y no quería. No tenía energía, ni aguante para eso. Conocía a un par de actores, mayores que él y muchos más comerciales, que eran gays pero que estaban casados con mujeres, y veía lo huecas y falsas que eran sus vidas. No quería esa vida para él; no quería seguir sintiéndose un personaje cuando dejara el plató. Quería tener de verdad la sensación de estar en casa.

—Solo tengo miedo de que me lo eches en cara algún día —admitió Jude en voz baja.

—Nunca lo haré —le prometió él.)

Tras escuchar las predicciones pesimistas de Kit durante otra hora, y cuando quedó claro que la postura de Willem era inamovible, le pareció que Kit cambia de actitud.

—Está bien, Willem —dijo con determinación, y como si hubiera sido Willem el que estaba preocupado desde el principio, añadió—: Si alguien puede hacerlo eres tú. Conseguiremos que funcione. Todo saldrá bien. —Ladeó la cabeza, mirándolo—. ¿Pensáis casaros?

—Por Dios, Kit, ¿quieres que rompamos?

—No, Willem. Solo intentaba persuadirte de mantener la boca cerrada, eso es todo. —Suspiró de nuevo, esta vez con resignación—. Espero que Jude agradezca el sacrificio que haces por él.

—No es ningún sacrificio —protestó él, pero Kit lo miró.

—Tal vez no de momento, pero podría serlo.

Jude regresó temprano esa noche.

—¿Qué tal ha ido? —le preguntó a Willem observándolo con atención.

—Bien, muy bien —respondió él con firmeza.

—Willem… —empezó a decir Jude, pero él lo interrumpió.

—Ya está hecho, Jude. Todo irá bien, te lo prometo.

La oficina de Kit logró mantener en secreto la noticia durante dos semanas, y cuando apareció el primer artículo, Jude y él estaban volando hacia Hong Kong, donde tenían previsto ver a Charlie Ma, el viejo compañero de piso de Jude en Hereford Street; de allí irían a Vietnam, Camboya y Laos. Willem procuraba no revisar sus correos electrónicos en vacaciones, pero Kit había recibido una llamada de un periodista de la revista *New York* y sabía que seguiría un artículo. Se encontraba en Hanoi cuando se publicó. Kit se lo enviaba sin comentarios, y él lo leyó deprisa mientras Jude estaba en el cuarto de baño. «Ragnarsson se encuentra de vacaciones y por tanto no está disponible para hacer ninguna declaración, pero su representante ha confirmado la relación del actor con Jude St. Francis, un prominente y prestigioso abogado del poderoso bufete Rosen Pritchard and Klein y amigo íntimo desde la universidad, cuando compartieron piso —leyó—. Ragnarsson es con diferencia el actor más prominente que ha querido declarar voluntariamente que mantiene una relación gay», y continuaba como si fuera un obituario con una recapitulación de su filmografía, varias citas de distintos agentes y publicistas felicitándolo por su coraje al tiempo que predecían la casi segura defunción de su carrera, así como bonitas palabras de actores y directores que lo conocían y que aseguraban que esa revelación no cambiaría nada, y a modo de conclusión una declaración de un ejecutivo de una productora de quien no daban el nombre que sostenía que, de todos modos, el punto fuerte de Ragnarsson nunca había sido el papel de galán y que probablemente le iría bien. Al final del artículo había un link de una foto de él con Jude en la inauguración de la exposición de Richard en el Whitney del pasado septiembre.

Cuando Jude salió del cuarto de baño, Willem le pasó el móvil y lo observó mientras leía el artículo.

—Oh, Willem —murmuró, y con aire afligido añadió—: Aparece mi nombre.

Y por primera vez se le ocurrió que tal vez Jude había insistido en mantenerlo en secreto para velar no solo la intimidad de él sino también la suya. «¿No crees que debería preguntar antes a Jude si puedo revelar su identidad?», le preguntó Kit mientras decidían qué debía decirle al periodista. «No, no te preocupes. No le importará.» Y Kit guardó silencio antes de responder: «Podría importarle, Willem». Pero él creía que no le importaría. De pronto se preguntó si no había sido arrogante de su parte. Solo porque él no tenía inconveniente, ¿tenía derecho a dar por sentado que Jude tampoco tendría?

—Lo siento —le dijo Jude.

Willem sabía que debía tranquilizarlo, pues tal vez se sentía culpable, y también disculparse por no habérselo consultado, pero no se sintió de humor para eso en aquel momento.

—Me voy a correr —anunció, y aun sin mirarlo percibió que Jude asentía.

Era tan temprano que todavía hacía frío, la ciudad seguía silenciosa y envuelta en una bruma de un blanco sucio, solo unos pocos coches circulaban por las calles. El hotel estaba cerca de la vieja ópera francesa, que en esos momentos rodeaba, y de regreso al hotel cruzó el barrio colonial pasando por delante de vendedores callejeros acuclillados cerca de cestas de bambú tejido llenas de pequeñas limas verdes y de montones de hierbas que olían a limón, rosas y grano de pimienta. Al llegar a un trecho de calles estrechas disminuyó la marcha y bajó por un callejón donde había una fila de puestos de comida, cada uno de ellos atendido por una mujer apostada detrás de una olla llena de sopa o de aceite y cuatro o cinco taburetes de plástico en los que se sentaban clientes para comer a toda prisa antes y luego regresar a la bocacalle, donde se montaban en sus bicicletas y se alejaban pedaleando. Se detuvo en el otro extremo del callejón y esperó a que un hombre pasara en bicicleta, con la cesta de la parte posterior del asiento llena de *baguettes* calientes cuyo aroma a leche hervida le llenó las fosas nasales, y a continuación se internó en otro callejón atestado de vendedores acuclillados sobre más manojos de hierbas, negras colinas de ramas de mango y bandejas metálicas llenas de peces de un rosa plateado, tan frescos que los oía boquear y veía sus ojos rodar desesperadamente en el interior de sus cuencas. Por encima de él colgaban sartas de jaulas como farolillos, con pájaros exuberantes cantando en su interior. Llevaba encima algunas monedas y compró un manojo de hierbas para Jude; parecía romero pero desprendía un agradable olor como a jabón que no reconoció; pensó que él sabría identificarlo.

Qué ingenuo había sido acerca de su carrera y de Jude, se dijo mientras regresaba despacio al hotel. ¿Por qué creía saber siempre lo que llevaba entre manos? ¿Por qué creía que podía hacer lo que quisiera y que todo saldría como había imaginado? ¿Era falta de creatividad, arrogancia o (como sospechaba) simple estupidez? Las personas en las que confiaba y que respetaba se lo advertían —Kit sobre su carrera; Andy sobre Jude y Jude sobre sí mismo—, pero él nunca hacía caso. Por primera vez se preguntó si Kit y Jude tenían razón, si no volvería a actuar, o al menos no en la clase de películas que le interesaban. ¿Le guardaría rencor a Jude por ello? No lo creía; confiaba en que no. Pero en realidad nunca había pensado que podía tener que averiguarlo.

Sin embargo, había un miedo incluso mayor que apenas era capaz de expresar. ¿Y si lo que le estaba obligando a hacer a Jude no era bueno para él? El día anterior se habían duchado juntos por primera vez: Jude permaneció tan callado, sumido en uno de sus estados de fuga, con los ojos opacos e inexpresivos, que por un momento Willem se asustó. Lo había coaccionado, pese a que él no quería, y en la ducha se quedaba rígido y sombrío. Por el gesto de su boca supo que solo aguantaba esperando que acabara. Aun así no lo dejó salir de la ducha, lo obligó a quedarse. Se había comportado como Caleb (sin querer, pero qué importaba), forzándolo a hacer algo que no quería, y Jude solo accedió porque él se lo pedía. «Será bueno para ti», insistió, y en ese momento lo creía. Al recordarlo casi sintió náuseas. Nadie había confiado tanto en él como Jude. Y sin embargo él no tenía ni idea de lo que estaba haciendo.

«Willem no es médico. Es actor», había dicho Andy. Y aunque al oírlo Jude y él se habían reído, ya no estaba seguro de que Andy no tuviera razón. ¿Quién era él para intentar encauzar la salud mental de Jude? «No confíes tanto en mí», quería decirle. Pero ¿cómo lo haría? ¿No era eso lo que esperaba de Jude y de su relación: hacerse tan indispensable que no pudiera concebir siquiera su vida sin él? Y ahora que lo tenía estaba aterrado. Había pedido la responsabilidad sin comprender del todo el daño que podía causar. ¿Era capaz de hacerlo? Pensó en la aversión de Jude hacia el sexo y supo que detrás de ella había otra aversión que siempre había entrevisto pero no había querido indagar. ¿Qué debía hacer? Deseó que alguien le indicara si iba bien encaminado o no; deseó que alguien lo guiara en su relación del mismo modo que Kit lo guiaba en su carrera, haciéndole saber cuándo correr riesgos y cuándo retirarse, cuándo interpretar el papel de héroe y cuándo el de Ragnarsson el Terrible.

«¿Qué estoy haciendo?», se preguntó mientras golpeaba la acera con las zapatillas de deporte, dejando atrás a hombres, mujeres y niños que se preparaban para empezar la jornada, edificios estrechos como armarios, pequeñas tiendas que vendían cojines rígidos y semejantes a ladrillos hechos de paja trenzada, un niño que sostenía contra el pecho una lagartija de miraba impasible. «¿Qué estoy haciendo?»

Al regresar al hotel una hora después, el cielo blanco adquiría un tono azul pálido tirando a verde menta. La agencia de viajes les había reservado una suite con dos camas, como siempre (no se había acordado de pedirle a su ayudante que lo corrigiera), y Jude estaba tumbado en la que habían ocupado la noche anterior, ya vestido, leyendo. Al ver entrar a Willem se levantó, se le acercó y lo abrazó.

—Estoy sudado —murmuró él.

Pero Jude no lo soltó.

—No importa. —Retrocedió y, sujetándolo por los brazos, lo miró—. Todo irá bien —le dijo con el mismo tono firme y rotundo con que a veces Willem lo oía hablar con sus clientes por teléfono—. Siempre cuidaré de ti. Lo sabes, ¿verdad?

Él sonrió.

—Lo sé. —Y lo que le reconfortó no fueron tanto esas palabras tranquilizadoras, sino que Jude se mostrara tan seguro de sí mismo, tan competente y tan convencido de que tenía algo que ofrecer. Eso le recordó que su relación no era una misión de rescate sino una prolongación de su amistad, en la que él había salvado a Jude tantas veces como Jude lo había salvado a él. Porque cada vez que había acudido a él cuando se sentía dolido por algo, o para que lo defendiera de la gente que le hacía demasiadas preguntas, Jude estaba allí para escuchar sus preocupaciones, para sacarlo de su tristeza cuando no conseguía un papel o (humillantemente, durante tres meses consecutivos) para pagar el préstamo de la universidad cuando no tenía trabajo y no le alcanzaba el dinero para cubrirlo. Hacía siete meses que él había decidido que repararía a Jude, que lo arreglaría, cuando en realidad este no lo necesitaba. Jude siempre lo había aceptado a él tal como era; era preciso que intentara hacer lo mismo con Jude.

—He pedido que nos traigan el desayuno —le dijo Jude—. Se me ha ocurrido que tal vez querrías algo de intimidad. ¿Quieres ducharte?

—Gracias, creo que lo haré después de desayunar. —Willem respiró. Notó que disminuía su ansiedad, que volvía a ser el que era—. ¿Cantamos? —le propuso a continuación.

Desde hacía dos meses cantaban todas las mañanas. En *Duetos*, el personaje de Willem y el de su esposa organizaban una representación navideña y se cantaban el uno al otro. El director le había enviado una lista de las canciones para que las ensayara, y Jude las había practicado con él; Jude marcaba la melodía y él la armonía.

—Claro. ¿Lo de siempre?

La semana anterior habían practicado «Adeste Fideles», que tenía que cantar a capela, y se le había escapado un gallo exactamente en el «Venite adoremus» de la primera estrofa. Hacía una mueca cada vez que lo oía, pero Jude meneaba la cabeza y continuaba cantando, y él lo seguía hasta el final. «Piensas demasiado —le decía Jude—. Cuando desafinas es porque estás demasiado concentrado en afinar. No pienses en ello, Willem, y lo conseguirás.»

Pero esa mañana estaba seguro de que lo haría bien. Le tendió a Jude el manojo de hierbas que todavía tenía en la mano, y este le dio las gracias y apretó las pequeñas flores moradas entre los dedos para desprender su perfume.

—Creo que es una clase de perilla. —Y alargó los dedos hacia Willem para que los oliera.

—Qué agradable.

Se sonrieron. Y entonces Jude se puso a cantar, él lo siguió y logró llegar al final sin desafinar. Al terminar la canción, Jude empalmó la última nota con la primera de la siguiente canción de la lista, «For Unto Us a Child Is Born», y continuó con «Good King Wenceslas», y Willem lo siguió una y otra vez. No tenía una voz tan potente como la de Jude, pero en esos momentos le parecía que era lo bastante buena; notaba que con Jude cantaba mejor y cerró los ojos para apreciarlo.

Seguían cantando cuando llamaron a la puerta: era el desayuno. Él se disponía a levantarse, pero Jude le asió la muñeca y se quedaron donde estaban, Jude sentado y él de pie a su lado, hasta que acabaron la canción, entonces fue a abrir. La habitación olía a la hierba desconocida, verde y fresca, que había descubierto; de algún modo le resultaba familiar, como algo que no sabía que le gustaba hasta que de forma inesperada irrumpía en su vida.

2

La primera vez que Willem se separó de él —de eso hacía unos veinte meses, en enero— todo se torció. No habían pasado dos semanas desde que se había ido a Texas para el rodaje de *Duetos* y Jude tuvo tres ataques relacionados con la espalda, uno de ellos en la oficina, y otro, en casa, que duró dos horas. El dolor en los pies regresó. Y en la pantorrilla derecha se le abrió un corte, no sabía por qué. Sin embargo, todo fue bien.

—Estás que saltas de contento con todo esto —comentó Andy cuando él se vio obligado a hacerle una segunda visita en una semana—. Resulta sospechoso.

—Bueno, son cosas que pasan, ¿no? —respondió él, aunque apenas podía hablar debido a la intensidad del dolor.

Sin embargo, esa noche en la cama agradeció que su cuerpo se hubiera contenido durante tanto tiempo. A lo largo de esos meses que en secreto consideraba de noviazgo con Willem, no había utilizado una sola vez la silla de ruedas. Los ataques habían sido muy breves y esporádicos, y nunca habían sucedido en presencia de él. Sabía que era una tontería, pues Willem estaba al corriente de sus problemas y lo había visto en sus peores momentos, pero agradecía que cuando los dos empezaban a verse de otro modo, se le hubiera concedido una tregua, unos meses en los que pudo interpretar el papel de una persona físicamente capaz. De modo que al regresar a su estado normal no se lo contó a Willem —a él le aburría tanto el tema que le costaba creer que no aburriera también a los demás—, y cuando este volvió a casa en marzo, se sentía algo mejor, volvía a caminar y la herida estaba una vez más controlada.

Desde esa primera separación, Willem se ha ausentado períodos prolongados en cuatro ocasiones más —dos por rodajes y dos por giras publicitarias—, y cada vez el cuerpo se le ha descompuesto, a veces el mismo día de su partida. Pero él le agradecía su control de los tiempos y su amabilidad; era como si su cuerpo, antes que su mente, hubiera decidido por él que debía continuar con la relación, y cumpliera su parte retirando todos los obstáculos y las situaciones embarazosas posibles.

Están a mediados de septiembre y Willem se dispone a irse de nuevo. Como es su ritual —desde la Última Cena, hacía toda una vida—, el sábado anterior a su marcha cenan en algún restaurante caro y se pasan el resto de la noche levantados hablando. El domingo duermen casi hasta el mediodía y por la tarde repasan los asuntos prácticos: los recados que hay hacer mientras Willem está fuera, los asuntos pendientes de resolver, las decisiones que han de tomar. Desde que su relación se ha convertido en lo que es, sus conversaciones son más íntimas y al mismo tiempo más prosaicas; el último fin de semana que pasan juntos siempre es un perfecto y condensado reflejo de ello: reservan el sábado para los temores, los secretos, las confesiones y la nostalgia; y el domingo para la logística, la cartografía diaria que hace que su vida en común avance.

A Jude le gustan las dos clases de conversaciones que tiene con Willem, pero valora las prosaicas más de lo que imaginaba. Siempre se ha sentido unido a Willem por las cosas importantes —el amor, la confianza—, pero le gusta que también les unan las pequeñas rutinas cotidianas: las facturas, los impuestos y las revisiones del dentista. Recuerda una vez que estaba de visita en casa de Harold y Julia muchos años atrás, cayó enfermo con un resfriado terrible y acabó pasando la mayor parte del fin de semana en un estado de duermevela, envuelto en una manta en el sofá de la sala de estar. El sábado por la tarde vieron una película juntos, y en cierto momento Harold y Julia se pusieron a hablar de las reformas que pensaban hacer en la cocina de la casa de Truro. Medio dormido, escuchó la sosegada conversación, era tan aburrida que no pudo seguir los detalles pero al mismo tiempo lo invadió una gran sensación de paz; le parecía la expresión ideal de una relación entre adultos, tener a alguien con quien discutir la mecánica de una existencia compartida.

—Le dije al tipo del árbol que lo llamarías esta semana —le dice Willem.

Están en el dormitorio acabando de preparar el equipaje de Willem.

—Sí, ya me he apuntado que tengo que llamarlo mañana.

—Y le dije a Mal que irás con él al terreno la semana que viene.

—Lo sé. Está anotado en la agenda.

Mientras habla, Willem ha ido dejando caer ropa dentro de la bolsa de viaje, pero ahora se detiene y lo mira.

—Me siento fatal por dejarte con tantos líos.

—Tranquilo. No es ningún problema, de verdad. —Casi toda la planificación de sus vidas está en manos del ayudante de Willem y de las secretarias de él, pero ellos se ocupan de los detalles de la casa del norte del estado. Si bien nunca han hablado de cómo sucedió, Jude percibe que es importante para los dos participar y ser testigos de la creación de ese hogar, el primero que habrán construido juntos después de Lispenard Street.

Willem suspira.

—Pero ya tienes bastante con tu trabajo.

—No te preocupes. Puedo ocuparme de esto, en serio —insiste Jude, aunque la expresión de preocupación de Willem no desaparece.

Esa noche se quedan despiertos. Desde que conoce a Willem, siempre ha sentido lo mismo la víspera de su partida, y mientras está hablando con él ya vaticina lo mucho que lo echará de menos cuando se haya ido. Ahora que están juntos físicamente, esa sensación se ha intensificado, está tan acostumbrado a la presencia de Willem que su ausencia parece más profunda, más debilitadora.

—Ya sabes de qué tenemos que hablar también —le dice Willem, y al ver que se calla, le baja la manga y le coge la muñeca izquierda sin apretársela—. Quiero que me lo prometas.

—Te lo juro. —Willem le suelta el brazo y se pone boca arriba; ambos se quedan callados.

—Los dos estamos cansados —le dice Willem bostezando, y, ciertamente, lo están.

En menos de dos años Willem ha sido reclasificado como actor gay; Lucien se ha retirado del bufete y Jude lo ha sucedido en la presidencia del departamento de litigios; están construyendo una casa en el campo a ochenta minutos al norte de la ciudad. Los sábados de algunos de los fines de semana que pasan juntos se quedan toda la tarde tumbados en el sofá del salón sin hablar mientras, lentamente, la luz abandona la habitación. Otras veces salen, pero no tan a menudo como solían. «La transición al lesbianismo ha tardado mucho menos tiempo de lo que creía», comentó JB una tarde que lo había invitado a cenar, junto con Fredrik, su nuevo novio, Malcolm y Sophie, Richard e India y Andy y Jane. «Déjalos en paz, JB», dijo Richard con suavidad mientras los demás se reían, pero él no pensaba que Willem se molestara por este comentario; él desde luego no. Después de todo, ¿qué le importaba aparte de Willem?

Durante un rato espera a ver si Willem dice algo más. Se pregunta si tendrán relaciones sexuales esa noche; todavía es incapaz de saber cuándo tiene ganas Willem y cuándo no, cuándo un abrazo se convertirá en algo más invasivo e indeseado, pero siempre está preparado para que suceda. No soporta reconocerlo ni pensarlo siquiera, y jamás lo admitiría en voz alta, pero esa es una de las pocas cosas que espera con impaciencia cuando Willem se marcha: durante el tiempo que esté fuera no habrá sexo y por fin podrá relajarse.

Hace dieciocho meses que tienen relaciones sexuales (los cuenta como si su vida sexual fuera una pena carcelaria y cada vez faltara menos para el final), tras casi diez de espera para Willem. Durante esos meses Jude era muy consciente de que en alguna parte había un reloj en marcha, y, pese a que no sabía cuánto tiempo le quedaba, tenía claro que por muy paciente que Willem fuera, no lo sería eternamente. Cuando meses atrás oyó a Willem mentir a JB sobre lo genial que era su vida sexual, se juró que aquella noche le diría que ya estaba preparado. Sin embargo, se sentía demasiado asustado y dejó pasar el momento. Poco más de un mes después, estando de vacaciones en el Sudeste Asiático, se dijo que lo intentaría de nuevo, pero una vez más no hizo nada.

Luego llegó enero, Willem se marchó a Texas para filmar *Duetos* y él pasó unas semanas solo preparándose, y la noche siguiente a su regreso, todavía asombrado de que hubiera regresado a su lado; asombrado y tan eufórico que le entraban ganas de asomar la cabeza por la ventana y gritar, sin más motivo que expresar lo increíble que era todo, le anunció que estaba preparado.

Willem lo miró.

—¿Estás seguro?

No lo estaba, por supuesto. Pero sabía que si quería estar con Willem tarde o temprano tendría que hacerlo.

—Sí.

—¿De verdad quieres hacerlo? —insistió Willem sin dejar de mirarlo.

Jude se preguntó si lo ponía en duda o era una pregunta real, pero le pareció que lo mejor era ir a lo seguro.

—Por supuesto que sí.

Al ver la sonrisa de Willem supo que había escogido la respuesta adecuada, pero antes tenía que hablarle a Willem de sus enfermedades. «Cuando te acuestes con alguien en el futuro, sincérate antes —le había dicho uno de los médicos de Filadelfia años atrás—. No querrás ser responsable de transmitírselas a otra persona.» El médico habló con severidad, y él todavía recordaba la vergüenza y el miedo que sintió al pensar en compartir esa inmundicia con otra persona. De modo que preparó un discurso y lo recitó hasta memorizarlo, pero pronunciarlo en la vida real resultó mucho más difícil de lo que pensaba, y lo hizo en voz tan baja que tuvo que repetirlo, lo que fue aún peor. Con anterioridad, solo había tenido que soltar ese discurso una vez antes, a Caleb, que lo escuchó en silencio y a continuación, en voz muy baja, dijo: «Jude St. Francis. Un puto, después de todo», y él se obligó a sí mismo a darle la razón, sonriendo. «La universidad», balbuceó, y Caleb le devolvió una ligera sonrisa.

Willem también guardó silencio, observándolo.

—¿Cuándo las contrajiste, Jude? —preguntó al final. Y añadió—: Lo siento mucho.

Estaban los dos tumbados en la cama, Willem vuelto hacia él y Jude mirando al techo.

—Un año perdido en D. C. —respondió por fin, aunque no era cierto. Pero decirle la verdad significaba tener una conversación más larga y aún no estaba preparado para eso.

—Jude, lo siento —repitió Willem, alargando un brazo—. ¿Quieres hablar de ello?

—No —respondió él con obstinación—. Creo que debemos hacerlo ahora. —Se había preparado. Otro día de espera no cambiaría nada y solo lograría perder el valor.

De modo que lo hicieron. Una parte importante de él había esperado que fuera diferente con Willem y que lograra disfrutar por fin. Pero en cuanto empezó, las malas sensaciones regresaban. Intentó concentrarse y pensar que esta vez era mejor: Willem era más delicado que Caleb, no se impacientaba con él, y lo quería. Sin embargo, cuando terminó, experimentó la misma vergüenza, las mismas náuseas, el mismo deseo de hacerse daño, de arrancarse las entrañas y arrojarlas de un porrazo contra la pared.

—¿Te ha gustado? —le preguntó Willem en voz baja, y él se volvió y miró esa cara que tanto quería.

—Sí.

Tal vez la próxima será mejor, pensó. Y cuando ocurrió lo mismo, pensó que quizá la siguiente lo sería. Cada vez esperaba que fuera diferente. Cada vez se decía que lo sería. La tristeza que le invadió al comprender que ni siquiera Willem podía salvarlo, que era irredimible, que para él el placer había sido destruido para siempre, fue una de las más grandes de su vida.

Al final se puso ciertas reglas. En primer lugar, nunca rechazaría a Willem. Si eso era lo que Willem quería, lo tendría, él nunca se lo negaría. Willem había sacrificado muchas cosas por él, le había dado tanta paz que estaba resuelto a agradecérselo como fuera. En segundo lugar, intentaría mostrar un poco de vida, de entusiasmo, como le había pedido una vez el hermano Luke. Al final, con Caleb había hecho lo que llevaba haciendo toda su vida; cuando este le daba la vuelta y le bajaba los calzoncillos, él se quedaba tumbado y esperaba. Con Willem intentaba recordar las órdenes del hermano Luke, que siempre obedecía —«Date la vuelta», «Haz algún ruido», «Ahora dime que te gusta»— y las incorporaba cuando podía, para fingir que participaba activamente. Esperaba que su habilidad ocultara su falta de entusiasmo, y mientras Willem dormía, se obligaba a recordar las lecciones que le había enseñado el hermano Luke, las mismas que se había pasado su vida de adulto intentando olvidar. Sabía que a Willem le sorprendía su pericia; él, que siempre había guardado silencio cuando los otros presumían de sus hazañas en la cama, pasadas o futuras; él, que toleraba las conversaciones que sus amigos tenían sobre el tema pero que jamás había participado en ellas.

La tercera regla era que tomaría la iniciativa una cada tres veces que Willem lo hiciera, para no parecer tan apático. Y la cuarta, que haría todo lo que Willem quisiera hacer. «Es Willem —se recordaba una y otra vez—. Él nunca te haría daño a propósito. Lo que te pida será razonable.»

Pero entonces veía ante él la cara del hermano Luke. «También confiabas en él —lo reprendía la voz—. También creíste que él te protegía.»

«¿Cómo te atreves? —replicaba a la voz—. ¿Cómo te atreves a comparar a Willem con el hermano Luke?»

«¿Qué ha cambiado? —replicaba la voz—. Los dos quieren lo mismo de ti. En el fondo, eres lo mismo para ellos.»

Con el tiempo disminuyó su miedo al acto sexual, pero no la aversión. Aunque siempre había sabido que a Willem le gustaba el sexo, le sorprendió y consternó que pareciera disfrutar tanto con él. Sabía que estaba siendo injusto, pero se descubrió respetándolo menos por eso y odiándose más a sí mismo por albergar tales sentimientos.

Intentó concentrarse en lo que había mejorado con respecto a su experiencia con Caleb. Si bien seguía siendo doloroso, con Willem lo era un poco menos; sin duda eso era una buena señal. Todavía resultaba desagradable, pero no tanto. Y todavía era vergonzoso, aunque con Willem era capaz de consolarse diciéndose que al menos estaba dando un poco de placer a la persona que más le importaba, y eso lo ayudaba a soportarlo.

Le dijo a Willem que había dejado de tener erecciones a raíz de la lesión que sufrió, pero no era cierto. Andy le dijo hacía años que no había motivos físicos para que no pudiera tenerlas, pero lo cierto es que desde que estudiaba en la universidad no tenía, e incluso entonces eran poco frecuentes e incontrolables. Willem le preguntó si podía hacer algo —una inyección, una pastilla—, pero él le dijo que era alérgico a uno de los componentes de esos remedios y que no había nada para él.

A Caleb no le había importado, pero a Willem sí.

—¿Seguro que no se puede hacer nada? —le preguntaba una y otra vez—. ¿Has hablado con Andy? ¿Deberíamos probar algo distinto?

Hasta que al final Jude le pidió que no volviera a preguntárselo, ya que se sentía como un bicho raro.

—Lo siento, Jude. No era mi intención —respondió Willem tras un silencio—. Solo quiero que disfrutes.

—Y lo hago.

Odiaba mentir tanto a Willem, pero no podía hacer nada más. La alternativa significaba perderlo, significaba estar solo para siempre.

A veces maldecía sus limitaciones, pero otras se mostraba más amable consigo mismo; reconocía lo mucho que su mente había hecho por su cuerpo, borrando su impulso sexual a fin de protegerlo y endureciendo las partes de él que le habían causado más dolor. Pero, por lo general, sabía que se equivocaba, que su resentimiento hacia Willem no era bueno. Sabía que no estaba bien que le impacientara su inclinación por los preliminares, ese largo y embarazoso período de carraspeos que precedía al acto, los pequeños gestos de intimidad que sabía que eran su manera de experimentar los enigmas de su habilidad para empalmarse. Para él, en cambio, el sexo era algo con lo que había que acabar lo antes posible, con una eficiencia y una brusquedad que rayaba en lo brutal, y cuando notaba que Willem intentaba prolongar el acto, tomaba las riendas con una determinación que más tarde comprendió que Willem debía de confundir con entusiasmo. Y entonces oía la triunfal afirmación del hermano Luke —«Te he oído disfrutar»— y se encogía. «No es cierto», quería decir entonces y ahora. Pero no se atrevía. Ellos eran pareja, y las parejas tenían relaciones sexuales. Si quería retener a Willem tenía que cumplir su parte del trato, y el hecho de que le desagradaran esos deberes no cambiaba nada.

Aun así, no se rindió. Se prometió a sí mismo que se esforzaría por enmendarse, si no por su bien, por el de Willem. A hurtadillas, con un hormigueo en el rostro mientras hacía el encargo, se compró tres libros de autoayuda sobre sexo y los leyó mientras Willem estaba en una gira publicitaria, y cuando este regresó intentó poner en práctica lo que había aprendido, si bien los resultados fueron idénticos. Compró revistas para mujeres con artículos sobre cómo mejorar en la cama y los leyó con detenimiento. Incluso encargó un libro sobre cómo se desenvolvían en el sexo las víctimas de abuso sexual —término que detestaba y que no se aplicaba a sí mismo—, que leyó de manera furtiva una noche, cerrando la puerta de su estudio para que Willem no lo pillara. Pero al cabo de un año decidió cambiar de aspiraciones; aunque tal vez él no era capaz de disfrutar del sexo, eso no significaba que no pudiera conseguir que fuera más placentero para Willem, tanto en señal de gratitud como egoístamente, para que se mantuviera unido a él. De modo que superó la vergüenza y se concentró en Willem.

Ahora que volvía a practicar el sexo, se dio cuenta de que había estado rodeado por él durante todos esos años y se maravilló de cómo había logrado borrarlo por completo de su pensamiento. Durante décadas había rehuido las conversaciones acerca del sexo, pero ahora les prestaba atención: escuchaba con disimulo a sus colegas en la oficina, a las mujeres en los restaurantes, a los hombres que pasaban por su lado por la calle; todos hablaban de sexo, de cuándo lo practicarían y de que querían más (al parecer, nadie quería menos). Era como si volviera a estar en la universidad, y una vez más sus compañeros fueran sus maestros sin proponérselo; él siempre estaba atento a cualquier información o lección que le pudieran dar. Veía programas en televisión, en los que a menudo entrevistaban a parejas que con el tiempo habían dejado de tener relaciones sexuales. Él miraba esos programas con atención, pero ninguno de ellos le proporcionaba la información que buscaba: ¿cuánto tardaba en apagarse el sexo en la relación? ¿Cuánto tendría que esperar hasta que eso también sucediera entre Willem y él? Miraba a las parejas. ¿Eran felices? (Era evidente que no; estaban en programas de televisión contando a desconocidos su vida sexual y pidiendo ayuda.) Pero parecían felices, ¿no? Una versión de la felicidad al menos. No tenían relaciones sexuales desde hacía años y, sin embargo, en el modo en que la mano del hombre rozaba el brazo de la mujer era evidente que había afecto, era evidente que seguían juntos por motivos más importantes que el sexo. En los aviones veía comedias románticas, farsas sobre parejas casadas que no tenían relaciones sexuales. Todas las películas protagonizadas por jóvenes giraban en torno a la búsqueda de sexo; todas las películas protagonizadas por gente mayor giraban en torno a la búsqueda de sexo. Veía esas películas y se sentía derrotado. ¿Cuándo dejaba la gente de querer sexo? A veces apreciaba la ironía del asunto: Willem, la pareja ideal en todos los sentidos, que todavía quería tener relaciones sexuales, y él, la pareja menos ideal en todos los sentidos, que no quería. Él, el tullido, que no quería, y Willem, que lo deseaba. Y, aun así, Willem encarnaba su versión de la felicidad, una versión de la felicidad que él nunca soñó tener.

Él le decía a Willem que si quería acostarse con mujeres, que lo hiciera, pues a él no le importaba. Pero él respondía: «No quiero. Quiero acostarme contigo». Cualquier otra persona se habría emocionado al oírlo, y él también, pero al mismo tiempo se impacientaba. ¿Cuándo terminaría eso? ¿Y si no terminaba nunca? ¿Y si no se le permitía parar? Se obligó a recordar los años que vivió en habitaciones de motel; incluso entonces tenía una fecha en el horizonte, aunque fuera falsa: los dieciséis años. Al cumplir dieciséis podría parar. Ahora tenía cuarenta y cinco, y era como si volviera a tener once y esperara el día en que alguien —entonces el hermano Luke, ahora (qué injusto era) Willem— le dijera: «Ya está. Has cumplido con tu deber. Se acabó». Le habría gustado que alguien le dijera que seguía siendo un ser humano pese a esos sentimientos; que no tenía nada de malo ser como era. No podía ser que él fuera la única persona del mundo que se sentía así. Estaba claro que su aversión al acto sexual no era una deficiencia que había que corregir, sino una simple cuestión de preferencia.

Una noche que Willem y él estaban acostados —los dos cansados de sus respectivas jornadas—, Willem se puso a hablar de repente de una vieja amiga con la que había comido, una mujer llamada Molly con quien había coincidido un par de veces y que, según Willem, estaba pasando por un mal momento; después de varias décadas, por fin le había confesado a su madre que su padre, que había muerto el año anterior, había abusado sexualmente de ella cuando era pequeña.

—Qué horrible —dijo él automáticamente—. Pobre Molly.

—Sí —replicó Willem, y tras un silencio añadió—: Le he dicho que no tenía nada de que avergonzarse, que ella no hizo nada malo.

Él notó que se acaloraba.

—Tienes razón —dijo por fin, y bostezó con exageración antes de añadir—: Buenas noches, Willem.

Durante unos minutos guardaron silencio.

—Jude, ¿me lo contarás algún día? —le preguntó Willem con suavidad.

Jude se quedó inmóvil. ¿Qué quería que le dijera? ¿Por qué se lo preguntaba en ese momento? Creía haber hecho un buen trabajo fingiendo ser normal, pero tal vez se engañaba. Tendría que esforzarse más. Nunca le había contado a Willem lo que había ocurrido con el hermano Luke. Además de verse incapaz de hablar de ello, una parte de él sabía que no lo necesitaba; en los dos últimos años Willem había intentado abordar el tema con distintas tácticas —a partir de historias de amigos y conocidos, algunos con nombre, otros no (suponía que algunas de esas personas eran invenciones, pues nadie tenía tantos amigos que hubieran sufrido abusos sexuales), a partir de los casos de pedofilia que aparecían en los periódicos, a partir de discursos que le soltaba sobre la vergüenza y lo inmerecida que a menudo era. Después de cada perorata, Willem guardaba silencio y esperaba, como si mentalmente alargara una mano y lo sacara a bailar. Pero él nunca la tomaba. Se quedaba callado, cambiaba de tema o fingía que hacía como que no había oído nada. No sabía cómo Willem había averiguado eso de él ni quería saberlo. Era evidente que la imagen que él quería dar no era la que Willem o Harold tenían.

—¿Por qué me lo preguntas?

Willem cambió de postura.

—Porque... —Y se interrumpió—. Porque debería haberte obligado a hablar de ello hace tiempo. —Se detuvo de nuevo y luego añadió—: Sin duda antes de que empezáramos a acostarnos.

Él cerró los ojos.

—¿No lo hago lo bastante bien? —le preguntó en voz baja, pero se arrepintió en el acto: eso era algo que le habría preguntado al hermano Luke, y Willem no era el hermano Luke.

Notó por el silencio de Willem que le había sorprendido la pregunta.

—No. Quiero decir que sí. Pero Jude..., sé que te ocurrió algo. Me gustaría que me lo contaras. Me gustaría intentar ayudarte.

—Eso pertenece al pasado, Willem —dijo por fin—. Ocurrió hace mucho tiempo. No necesito ayuda.

Se hizo otro silencio.

—¿Fue el hermano Luke quien te hizo daño? —le preguntó Willem, y luego, como se quedó callado, añadió—: ¿Te gusta tener relaciones sexuales, Jude?

Si hablara se echaría a llorar, de modo que se calló. La palabra «no», tan breve y fácil de pronunciar, un sonido infantil que tenía más de ruido que de palabra, una brusca exhalación de aire: lo único que tenía que hacer era despegar los labios y la palabra saldría y... ¿y qué? Willem lo dejaría y se lo llevaría todo consigo. «Puedo soportarlo —se repetía cuando tenía relaciones sexuales—. Puedo soportarlo.» Y era capaz de soportarlo por todas las mañanas que se despertaba junto a Willem, por todo el afecto que le daba, por su reconfortante compañía. Cuando él pasaba por su lado mientras Willem veía la televisión, alargaba la mano, él se la tomaba y los dos se quedaban quietos, Willem sentado mirando la pantalla, y él de pie, los dos cogidos de la mano, hasta que al final lo soltaba y seguía andando. Necesitaba la presencia de Willem; desde que vivían juntos, experimentaba a diario la misma sensación de calma que había tenido antes de que se fuera para rodar *El príncipe de la canela*. Willem era su contrapeso, y se aferraba a él aun cuando era consciente de lo egoísta de su comportamiento. Si quisiera de verdad a Willem, renunciaría a él. Dejaría —lo obligaría, si era necesario— que se buscara a otra persona mejor que él, alguien que disfrutara con el sexo, alguien que realmente lo deseara, que tuviera menos problemas y más encantos. Willem era bueno para él, pero él no le convenía a Willem.

—¿Disfrutas teniendo relaciones sexuales conmigo? —le preguntó él a su vez cuando por fin recuperó el habla.

—Sí —respondió Willem inmediatamente—. Mucho. ¿Y tú?

Él tragó saliva y contó hasta tres.

—Sí —respondió en voz baja, furioso consigo mismo y al mismo tiempo aliviado. Había prolongado en el tiempo la presencia de Willem pero también la del sexo. ¿Qué habría sucedido si hubiera respondido que no?

Para compensar el sexo están los cortes, que han ido en aumento; para ayudar a borrar la vergüenza y para reprenderse por el rencor que sentía. Durante mucho tiempo fue disciplinado: una vez a la semana, dos cortes cada vez. Pero en los últimos seis meses ha violado las reglas una y otra vez, y ahora se hace tantos cortes como en la época en que estaba con Caleb, tantos como las semanas anteriores a la adopción.

El aumento acelerado de los cortes dio pie a la primera discusión seria entre ellos en sus veintinueve años de amistad. A veces los cortes están ausentes de su relación. Y otras veces son su relación, aquello de lo que discuten incluso cuando no hablan. Cuando Jude se mete en la cama con camiseta de manga larga nunca sabe si Willem guardará silencio o empezará a interrogarlo. Le ha comentado muchas veces que necesita hacerlo, que lo ayuda y que no es capaz de parar, pero Willem no puede o no quiere comprenderlo.

—¿De verdad no entiendes que me afecta? —le pregunta.

—No, Willem. Sé lo que hago. Confía en mí.

—Confío en ti, Jude —dice Willem—. Pero no se trata de confianza. La cuestión es que estás haciéndote daño. —Y llegado este punto, la conversación languidece.

A veces la conversación toma otra deriva.

—Jude, ¿cómo te sentirías si yo me hiciera eso? —pregunta Willem.

—No es lo mismo, Willem —responde él.

—¿Por qué?

—Porque... eres tú, Willem. No te lo mereces.

—¿Y tú sí? —suelta Willem. Y él no es capaz de responder, o al menos no es capaz de dar una respuesta que a Willem le parezca aceptable.

Un mes antes de la pelea tuvieron otra discusión. A Willem no le pasó por alto que habían aumentado los cortes, pero no sabía por qué; una noche, después de cerciorarse de que dormía, cuando Jude iba a levantarse para ir al cuarto de baño, Willem le agarró con fuerza la muñeca.

—Por Dios, me has asustado.

—¿Adónde vas, Jude? —le preguntó con voz tensa.

Él intentó zafarse, pero Willem lo agarraba demasiado fuerte.

—Tengo que ir al baño. Suéltame, Willem. Hablo en serio.

Se miraron en la oscuridad hasta que Willem lo soltó y se levantó detrás de él.

—Vamos, entonces. Te vigilaré.

Discutieron furiosos, los dos se sentían traicionados: él acusaba a Willem de tratarlo como a un crío y Willem a él de guardar secretos. A punto estuvieron de llegar a los gritos. Al final él se zafó y echó a correr hacia su estudio para encerrarse en él y cortarse con unas tijeras, pero, presa del pánico, tropezó, se cayó y se partió el labio. Willem fue corriendo a socorrerlo con una bolsa de hielo y los dos se quedaron sentados en el suelo del salón, entre el dormitorio y el estudio, abrazados y pidiéndose disculpas mutuamente.

—No puedo dejar que te hagas eso —le dijo Willem al día siguiente.

—No puedo parar —respondió él tras un largo silencio. «No quieras saber cómo sería si no me hiciera cortes», quería decirle. «No sé cómo habría salido adelante sin ellos.»

Sin embargo, no lo hizo. No sabía cómo hacerle comprender qué significaban los cortes para él; era a un tiempo un modo de castigarse y de purificarse, le permitía drenar lo tóxico y mancillado que había en él, impedía que la tomara de forma irracional con todos los demás, contenía sus ganas de gritar, hacían que sintiera que su cuerpo, su vida, le pertenecían a él y a nadie más. Sin ellos, desde luego, nunca habría podido mantener relaciones sexuales. A veces se preguntaba: «Si el hermano Luke no me hubiera dado una solución, ¿en quién me habría convertido?». En un ser nocivo para los demás, se decía, que haría todo lo posible para que los demás se sintieran tan mal como él; sería aún peor de lo que ya era.

Willem guardó silencio un rato más.

—Inténtalo. Hazlo por mí, Jude.

Lo intentó. Durante las siguientes semanas, cuando se despertaba en mitad de la noche, o cuando, después de tener relaciones sexuales, esperaba a que Willem se durmiera para ir el cuarto de baño, se obligaba a quedarse inmóvil, con los puños cerrados, contando sus respiraciones, con la nuca empapada en sudor y la boca seca. Se imaginaba arrojándose desde una escalera de motel, el golpe que se daría, la satisfactoria sensación de agotamiento que sentiría y lo mucho que le dolería. Deseaba que Willem supiera lo que le costaba y al mismo tiempo agradecía que no lo supiera.

A veces no bastaba con eso, y esas noches bajaba al sótano y nadaba para intentar agotarse. Por la mañana Willem insistía en examinarle los brazos; aunque también habían discutido por eso, al final le pareció más fácil dejarse examinar.

—¿Satisfecho? —bramaba apartándole las manos de los brazos; luego se bajaba las mangas y se abrochaba los puños, incapaz de mirarlo.

—Jude —le decía Willem, al cabo de un momento—, túmbate un rato conmigo antes de irte.

Pero él hacía un gesto de negación y se marchaba; después se pasaba el resto del día arrepentido, y cada día que pasaba sin que Willem volviera a pedirle que se tumbara con él, se odiaba todavía más. Su nuevo ritual matinal era que Willem le examinara los brazos, y allí, sentado a su lado en la cama mientras Willem buscaba pruebas de los cortes, sentía cómo aumentaban la frustración y la humillación.

Una noche, un mes después de prometerle a Willem que se esforzaría más, Jude comprendió que tenía problemas, que no podía hacer nada para apagar sus deseos. Había sido uno de esos días inesperados llenos de recuerdos, en los que la cortina que separaba el pasado del presente parecía diáfana. Durante la noche, como en una visión periférica, había visto fragmentos de escenas flotando ante él, y a lo largo de la cena había luchado para permanecer enraizado en el presente y no dejarse llevar hacia ese aterrador y familiar mundo en sombras de los recuerdos. Fue la primera noche que estuvo a punto de decirle a Willem que no quería seguir teniendo relaciones sexuales, pero al final logró callarse y las tuvieron.

Luego se quedó agotado. Siempre luchaba por mantenerse en el presente durante el acto sexual, para no dejarse llevar. De niño había aprendido a abandonar su cuerpo y los clientes se quejaban de eso al hermano Luke. Le decían que tenía la mirada muerta y que no les gustaba. Caleb le decía lo mismo. «Despierta —le dijo una vez, dándole golpecitos en la mejilla—. ¿Dónde estás?» Así que ahora se esforzaba por permanecer motivado, aunque con eso solo lograba hacer más vívida la experiencia. Esa noche se quedó tumbado en la cama, observando cómo Willem dormía boca abajo con los brazos debajo de la almohada y el rostro más severo en sueños que cuando estaba despierto. Contó hasta trescientos y volvió a empezar hasta que transcurrió una hora. Encendió la lamparilla de su lado e intentó leer, pero lo único que veía era la cuchilla y en los brazos solo sentía un hormigueo, como si no tuvieran venas sino un sistema de circuitos que zumbaban y pitaban con electricidad.

—Willem —susurró.

Al no obtener respuesta, le puso una mano en la nuca, y como Willem no se movió, se levantó, y se acercó al vestidor sin hacer ruido, y sacó la bolsa que guardaba en el bolsillo interior de una de sus batas de invierno. Luego se dirigió al cuarto de baño del otro extremo y cerró la puerta. Allí también había una gran ducha y se sentó ella, se quitó la camiseta y apoyó la espalda contra la fría piedra. Tenía los antebrazos cubiertos de una capa tan gruesa de tejido cicatrizado que, vistos de lejos, parecían sumergidos en yeso y apenas se distinguían ya los cortes de su intento de suicidio; se había hecho cortes alrededor y en medio de cada raya, formando capas sobre capas hasta camuflarlas. Últimamente había empezado a concentrarse más en los antebrazos (no los bíceps, que también estaban llenos de cicatrices, sino los tríceps, lo que no le resultaba tan satisfactorio, ya que le gustaba ver cómo se hundía la cuchilla sin tener que girar el cuello), pero ese día se hizo largos y pulcros cortes en el tríceps izquierdo, contando sin respirar los segundos que tardaba en hacerse cada uno de ellos: uno, dos, tres.

Deslizó la cuchilla, cuatro veces en el izquierdo, tres en el derecho, y cuando iba por el cuarto corte, sintiendo las manos ligeras de deliciosa debilidad, levantó la vista y vio a Willem de pie en el umbral mirándolo. En todas las décadas que llevaba haciéndose cortes, nadie lo había sorprendido en plena tarea, y se detuvo con brusquedad. Fue como si le hubieran pegado un puñetazo.

Willem no dijo una palabra, pero mientras se acercaba a él, Jude se agachó y se apretó contra la pared de la ducha, avergonzado y aterrorizado, sin saber qué vendría después. Observó cómo Willem se agachaba y le arrebataba la cuchilla de las manos, y por un instante se quedaron los dos en esa posición, mirando la cuchilla. Luego Willem se levantó, y sin más preámbulos ni advertencias se deslizó la cuchilla por el pecho.

Jude reaccionó al instante.

—¡No! —gritó, e intentó ponerse de pie. Pero no tenía fuerzas y cayó hacia atrás—. ¡Willem, no!

—¡Joder! —gritó Willem—. ¡Joder! —Y se hizo un segundo corte, justo debajo del primero.

—¡Basta, Willem! —gritó él, casi llorando—. ¡Basta! ¡Te estás haciendo daño!

—¿Ah, sí? —preguntó Willem, y al verle los ojos brillantes Jude supo que estaba al borde de las lágrimas—. ¿Sabes ahora qué se siente, Jude? —Y, maldiciendo de nuevo, se hizo un tercer corte.

—Willem —gimió él, y se abalanzó sobre sus pies, pero Willem se apartó—. Basta, por favor. Basta, Willem. —Él siguió suplicándole, aunque solo cuando iba por el sexto corte Willem se detuvo y se dejó caer contra la pared de enfrente.

—Joder, cómo duele —murmuró, doblándose por la cintura y rodeándose los brazos. Jude se acercó a él con la bolsa para ayudarle a limpiar los cortes y Willem lo apartó—. Déjame en paz, Jude.

—Pero tienes que vendarte el pecho.

—Véndate tú tus malditos brazos —replicó Willem, sin mirarlo—. Esto no es un puto ritual que vamos a compartir, ¿sabes? Vendándonos mutuamente los cortes que nos hemos hecho nosotros mismos.

Él se echó hacia atrás.

—No era eso lo que me proponía —replicó Jude.

Sin embargo, Willem no respondió, y al final Jude se limpió los cortes y le pasó la bolsa a Willem, que, con muecas de dolor en el rostro, hizo lo mismo.

Se quedaron sentados en silencio mucho rato, Willem echado hacia delante y Jude observándolo.

—Lo siento, Willem.

—Por Dios, Jude. Duele un montón —dijo Willem al cabo de un momento. Al final lo miró—. ¿Cómo puedes soportarlo?

Él se encogió de hombros.

—Te acostumbras.

Willem meneó la cabeza.

—Oh, Jude. ¿Eres feliz conmigo? —le preguntó.

Él vio que lloraba en silencio, y notó cómo algo en su interior se rompía y caía.

—Willem… —empezó a decir, pero tuvo que volver a empezar—. Me has hecho más feliz de lo que he sido en toda mi vida.

Willem hizo un sonido que él más tarde supo que era risa.

—Entonces, ¿por qué te haces tantos cortes? ¿Por qué han ido a más?

—No lo sé —respondió Jude en voz muy baja. Tragó saliva—. Supongo que tengo miedo de que te marches. —No era toda la verdad, solo una parte; no podía contarle toda la verdad.

—¿Por qué tendría que querer marcharme? —le preguntó Willem, y como él no respondía, añadió—: Entonces es una prueba. Intentas empujarme hasta el límite para ver si me quedo contigo. —Levantó la vista, secándose los ojos—. ¿Es eso?

Él movió la cabeza.

—Quizá —respondió hacia el suelo de mármol—. No lo hago conscientemente, pero… podría ser. No lo sé.

Willem suspiró.

—No sé qué decir para convencerte de que no voy a marcharme, que no hace falta que me pongas a prueba. —Volvieron a guardar silencio y Willem respiró hondo antes de continuar—: Jude, ¿no crees que deberías volver un tiempo al hospital? Solo para, no sé, poner las cosas en orden.

—No —respondió él con un nudo en la garganta debido al pánico—. Willem, no... No vas a obligarme, ¿verdad?

Willem lo miró.

—No, no voy a obligarte. —Guardó silencio unos minutos—. Ojalá pudiera.

La noche pasó y llegó la mañana. Jude estaba tan cansado que se sentía como ebrio, pero fue a trabajar igualmente. La contienda no había terminado de una forma concluyente —no se formularon promesas ni se pronunciaron ultimátums—, si bien en los días que siguieron Willem solo le dirigió la palabra para decirle: «Que pases un buen día» cuando él se marchaba por la mañana, y «¿Qué tal la jornada?» al regresar por la noche. «Bien», respondía Jude. Sabía que Willem intentaba decidir qué hacer y cómo se sentía, y mientras tanto intentaba mostrarse lo más discreto posible. Por la noche se quedaban tumbados en la cama y permanecían en silencio: era como si hubiera una criatura entre ellos, enorme, peluda y feroz.

La cuarta noche Jude no pudo soportarlo, y tras una hora o más tumbados sin hablar, se volvió hacia la criatura y rodeó a Willem con los brazos.

—Willem —susurró—. Te quiero. Perdóname.

Willem no respondió, pero él continuó.

—Lo estoy intentando. De verdad. Tuve un resbalón. Me esforzaré más.

Willem continuó callado y él lo abrazó aún más fuerte.

—Por favor, Willem. Sé que estás preocupado. Te ruego que me des otra oportunidad. No te enfades conmigo, por favor.

Notó que Willem suspiraba.

—No estoy enfadado contigo, Jude. Y sé que te estás esforzando. Solo quisiera que no tuvieras que hacerlo. Me gustaría que no hubiera nada contra lo que tuvieses que luchar con tanta furia.

Esta vez le tocó a él callar.

—A mí también —dijo finalmente.

A partir de esa noche él ha intentado distintos métodos: la natación, por supuesto, pero también cocinar hasta entrada la noche. Se asegura de que siempre haya harina, azúcar, huevos y levadura, y mientras espera a que se acabe de hornear algo, se sienta a la mesa del comedor y trabaja. Cuando el pan, el bizcocho o las galletas (que el ayudante de Willem se encarga de mandar a Harold y a Julia) están listos, ya es casi de día, y se mete en la cama para dormir un par de horas hasta que suene el despertador. Durante el resto del día le escuecen los ojos debido al cansancio. Sabe que a Willem no le gusta que cocine a altas horas de la madrugada, pero lo prefiere a la alternativa, y por eso no dice nada. Limpiar ya no es una opción; desde que vive en Greene Street tiene una asistenta, una tal señora Zhou que ahora va cuatro veces a la semana y que es deprimentemente minuciosa, tanto que a veces Jude está tentado de ensuciar a propósito solo para limpiar después él. Luego piensa que sería una tontería y no lo hace.

—Hagamos una prueba —le dice Willem una noche—. Cuando te despiertes y quieras hacerte cortes, despiértame, ¿de acuerdo? A la hora que sea. —Lo mira—. Intentémoslo, ¿de acuerdo? Tú solo sígueme la corriente.

Lo hace, sobre todo porque le intriga ver qué hará Willem. Una noche, a una hora muy avanzada, le frota el hombro y cuando ve que abre los ojos, se disculpa. Pero Willem menea la cabeza, y entonces se coloca sobre él y lo sujeta con tanta fuerza que a Jude le cuesta respirar.

—Agárrate a mí —le dice Willem—. Finge que estamos cayendo y que nos agarramos muertos de miedo.

Él lo agarra tan fuerte que nota cómo los músculos de su espalda cobran vida bajo la yema de los dedos y siente los latidos de su corazón contra él suyo, su caja torácica contra la suya y su estómago desinflándose e inflándose de aire.

—Más fuerte —le dice Willem, y él lo hace hasta que los brazos se le cansan y a continuación se le duermen, hasta que nota que el cuerpo se le encorva de cansancio y que realmente está cayendo, primero en el colchón, luego de la cama y por último del suelo, hasta que se hunde a cámara lenta por las plantas del edificio, que ceden bajo su peso y lo engullen como la gelatina. Cae por el quinto piso, donde la familia de Richard almacena ahora cientos de ladrillos marroquíes, por el cuarto piso, que está vacío, a través del apartamento de Richard e India, y del estudio de Richard, por la planta baja, de la piscina, y sigue descendiendo, por los túneles del metro, por los cimientos y el limo, por lagos y mares subterráneos de petróleo, por capas de fósiles y pizarra, hasta alcanzar el fuego del corazón de la tierra. Y durante todo ese tiempo Willem lo envuelve, y cuando se adentran en el fuego, en lugar de quemarse se funden en un solo ser, piernas, pechos, brazos y cabezas, todo fusionado en uno. Cuando se despierta a la mañana siguiente Willem ya no está encima de él sino al lado, aunque siguen entrelazados; se nota un poco drogado pero siente un gran alivio, porque no solo no se ha hecho cortes sino que ha dormido profundamente, dos cosas que no hacía en meses. Esa mañana se siente recién limpio y purificado, como si se le concediera una nueva oportunidad para dirigir su vida como es debido.

Sin embargo, no puede despertar a Willem cada vez que siente que lo necesita; se limita a hacerlo una vez cada diez días. Las otras seis o siete malas noches se las arregla solo: nadando, haciendo pasteles o cocinando. Necesita realizar trabajo físico para ahuyentar la ansiedad. Richard le ha dado una llave de su estudio, y algunas noches baja en pijama, donde le aguarda alguna tarea mecánicamente repetitiva y al mismo tiempo muy misteriosa: una semana clasifica vértebras de pájaro por tamaños y otra separa por colores un montón de pieles relucientes y algo grasientas de hurón. Le vuelven a la memoria los fines de semana de hace años en los que los cuatro se dedicaban a desenredar pelo para JB, y le gustaría contárselo a Willem, pero no puede. Le ha hecho prometer a Richard que tampoco se lo dirá, aunque sabe que a él le incomoda; ha notado que Richard nunca le da tareas que suponga el uso de cuchillas, tijeras o navajas, lo que resulta significativo teniendo en cuenta que gran parte de su obra requiere bordes afilados.

Una noche abre un viejo bote de café que hay encima del escritorio de Richard, está lleno de cuchillas: pequeñas y angulosas, grandes en forma de cuña y simples rectángulos, que son las que prefiere. Introduce la mano con cautela en el bote, y saca un puñado y observa cómo caen de su palma. Coge una de las hojas rectangulares y se la desliza en el bolsillo de los pantalones, pero cuando está listo para irse —tan agotado que el suelo parece inclinarse bajo sus pies— la devuelve al bote. A veces, durante esas horas que deambula despierto por el edificio, tiene la sensación de que es un demonio disfrazado de humano; solo por las noches se siente lo bastante seguro para desprenderse del disfraz que se ve obligado a llevar a la luz del día y dar rienda suelta a su verdadera naturaleza.

Llega el martes, parece un día de verano y es el último que Willem pasará en la ciudad. Jude se va a trabajar temprano por la mañana pero vuelve a casa a la hora de comer para despedirse de él.

—Te echaré de menos —le dice, como siempre.

—Yo más —responde Willem, también como siempre. Y luego, como de costumbre, añade—: ¿Te cuidarás?

—Sí —dice Jude sin querer separarse de él—. Te lo prometo.

Nota que Willem suspira.

—Recuerda que puedes llamarme a la hora que sea.

Jude asiente.

—Vete tranquilo. Estaré bien.

Y Willem suspira otra vez y se va.

Jude no soporta que se vaya y al mismo tiempo le emociona; por motivos egoístas, pero también porque para él es un alivio que Willem tenga tanto trabajo. Desde su regreso de Vietnam en enero, poco antes de que Willem se marchara para rodar *Duetos*, este se había mostrado tan pronto nervioso como ingenuamente confiado, y aunque intentó ocultar su inseguridad, Jude sabía que estaba preocupado. Sabía que le preocupaba que su primera película después de hacer pública su relación fuera gay, por mucho que asegurara lo contrario. Sabía que le preocupaba que el director de un *thriller* de ciencia ficción en el que le interesaba actuar no le hubiera respondido la llamada con tanta rapidez como esperaba (aunque al final lo hizo y todo salió bien). Sabía que le preocupaba la interminable sucesión de artículos, las incesantes solicitudes de entrevistas, las conjeturas y los comentarios televisivos y las crónicas de sociedad acerca de su confesión que se encontraron al regresar a Estados Unidos y que, como le dijo Kit, no estaba en sus manos controlar ni detener; solo cabía esperar que la gente se aburriera del tema, y eso podía tardar semanas. (Willem no solía leer los artículos sobre él, pero había tantos que cada vez que encendía la televisión, navegaba por internet o abría el periódico, encontraba algo sobre él y lo que de pronto representaba.) Cuando hablaban por teléfono —Willem desde Texas y él desde Greene Street—, notaba que Willem intentaba ocultar lo nervioso que estaba porque no quería que se sintiera culpable. «Dime, Willem —decía él por fin—. Te prometo que no me culpabilizaré. Te lo juro.» Y después de repetir esas palabras todos los días durante una semana, Willem por fin habló, y aunque Jude se sintió culpable —se hizo cortes después de cada una de esas conversaciones—, no le pidió a Willem que lo tranquilizara, no le hizo sentir peor de lo que ya se sentía, sino que lo escuchó e intentó tranquilizarlo como pudo. Al colgar, se felicitaba por todas las veces que se había callado sus propios temores. «Así se hace», se decía. Después hundía la punta de la cuchilla en una de sus cicatrices y desplazaba el tejido hacia arriba, hasta que alcanzaba la carne blanda de debajo.

Cree que es una buena señal que la película que Willem va a empezar a rodar en Londres sea gay, como diría Kit. «En circunstancias normales la rechazaría —le dijo este a Willem—. Pero el guión es demasiado bueno para dejarlo escapar.» La película se titula *La manzana envenenada* y trata de los últimos días de la vida de Alan Turing, después de que lo arrestaran por indecencia grave y lo castraran con sustancias químicas. Jude —como todos los matemáticos— idolatraba a Turing, y el guión lo había conmovido casi hasta las lágrimas.

—Tienes que hacerla, Willem —le dijo.

—No lo sé. ¿Otra película gay?

—*Duetos* funcionó —le recordó Jude, y era cierto, había superado con creces todas las expectativas. Pero no puso mucha vehemencia en sus argumentos, pues sabía que Willem ya había decidido hacer la película, y se sentía orgulloso de él y puerilmente emocionado, como se sentía acerca de todas las películas que Willem interpretaba.

El sábado siguiente a la partida de Willem, Malcolm pasó a recogerlo en coche y se dirigieron a las afueras de Garrison, donde Willem y él estaban construyendo una casa. Willem había comprado el terreno —setenta acres, con lago y bosque incluidos— hacía tres años, y durante más de un año había permanecido intacto. Malcolm había dibujado planos y Willem los había aprobado, pero no le había dado instrucciones de que empezaran las obras, hasta que una mañana, de eso hacía dieciocho meses, Jude lo encontró sentado a la mesa de comedor mirando los planos.

Willem le tendió una mano, sin levantar la vista de los papeles, y él la tomó y dejó que lo atrajera hacia sí. «Creo que deberíamos hacerlo», le dijo. De modo que volvieron a reunirse con Malcolm y este dibujó nuevos planos; si la casa original tenía dos plantas, una construcción modernista con tejado asimétrico a dos aguas, la nueva casa era casi toda de cristal y de un solo nivel. Jude se ofreció a pagarla, pero Willem rehusó. Discutieron. Willem señaló que no contribuía a los gastos de mantenimiento de Greene Street y él insistió en que eso no importaba.

—Jude, nunca hemos discutido por dinero —dijo Willem al final—. No lo hagamos ahora.

Y Jude comprendió que era cierto; su amistad nunca se había medido con dinero. Nunca habían hablado de dinero cuando no tenían —él siempre había considerado que lo que ganaba también era de Willem—y ahora que tenían se sentía igual.

Cuando, hacía ocho meses, empezaron las obras, Willem y él fueron al terreno y se pasearon por él. Jude se encontraba tan bien ese día que incluso dejó que Willem le cogiera la mano al bajar por la suave pendiente en cuyo arranque construirían la casa para dirigirse al bosque y al lago, situados a su izquierda. El bosque era más tupido de lo que creían y el suelo estaba cubierto de una capa tan gruesa de agujas de pino que se les hundían los pies. Era un terreno difícil para él, por lo que cogió la mano de Willem con fuerza, pero cuando este le preguntó si quería parar, él negó con la cabeza. Al cabo de veinte minutos, cuando casi habían rodeado la mitad del lago, se toparon con un lugar que parecía sacado de un cuento de hadas: por encima se extendían las copas de abeto verde oscuro, y el suelo bajo sus pies tenía la suavidad de las hojas caídas de los árboles. Entonces se detuvieron, y miraron a su alrededor en silencio.

—Creo que deberíamos construirla aquí —dijo Willem.

Él sonrió, pero sintió un tirón en las entrañas, como si le arrancaran todo el sistema nervioso por el ombligo, pues se acordó de aquel bosque donde una vez creyó que viviría y se dio cuenta de que por fin lo haría: tendría una casa en el bosque, con agua cerca y alguien a quien quería. Luego se estremeció y un escalofrío le recorrió todo el cuerpo.

—¿Tienes frío? —le preguntó Willem, mirándolo.

—No, sigamos caminando —respondió él.

Aunque desde entonces ha evitado el bosque, le encanta visitar el terreno. Y es un placer para él volver a trabajar con Malcolm. Willem o él suben cada dos fines de semana, a pesar de que sabe que Malcolm prefiere que vaya él, porque Willem no muestra tanto interés por los detalles. Confía en Malcolm, pero Malcolm no quiere confianza, quiere enseñar el mármol con vetas plateadas que ha descubierto en una pequeña cantera de las afueras de Izmir y discutir cuánto es demasiado, hacerle oler la madera de ciprés de Gifu que ha encontrado para la bañera y examinar los objetos —martillos, llaves inglesas, alicates— que ha incrustado como trilobites en el encofrado. Aparte de la casa y el garaje, hay una piscina exterior y otra cubierta; la casa estará acababa en menos de tres meses, y la piscina y el cobertizo la próxima primavera.

Ahora se pasea con Malcolm por la casa, deslizando las manos por las superficies mientras lo oye dar instrucciones al contratista sobre todo lo que hay que arreglar. Como siempre, se queda impresionado observando a Malcolm trabajar; él nunca se cansa de ver trabajar a cualquiera de sus amigos, pero la transformación de Malcolm ha sido la más gratificante, más incluso que la de Willem. En esos momentos recuerda la meticulosidad y el cuidado, y también la seriedad, con que Malcolm construía las casas imaginarias; cuando eran estudiantes de segundo, JB prendió fuego (sin querer, según afirmó después) a una de ellas un día en que estaba colocado, y Malcolm se mostró tan dolido y furioso que casi se echó a llorar. Él lo siguió cuando salió corriendo del Hood, y se sentó con él en los escalones de la biblioteca a pesar del frío.

—Sé que es una estupidez —le dijo Malcolm ya calmado—, pero para mí son importantes.

—Lo sé —respondió Jude—. No es ninguna estupidez.

A él siempre le habían encantado las casas de Malcolm; todavía conservaba la primera que construyó para él con motivo de su décimo séptimo cumpleaños.

Sabía qué significaban las casas para Malcolm: eran una forma de autoafirmación, un modo de recordar que, pese a todas las incertidumbres de la vida, había algo que sabía manejar a la perfección, que siempre expresaría lo que no era capaz de verbalizar.

«¿De qué tiene que preocuparse?», les preguntaba JB cuando veían a Malcolm angustiado por algo. Pero Jude sabía la respuesta. Se preocupaba porque estar vivo significaba preocuparse, porque la vida era aterradora y una incógnita. Ni siquiera el dinero que Malcolm tenía podía inmunizarlo por completo. La vida le apremiaría y él tendría que tratar de responder, como los demás. Todos —Malcolm con sus casas, Willem con sus novias, JB con sus cuadros y él con sus cuchillas— buscaban consuelo en algo que solo les pertenecía a ellos, algo para ahuyentar la aterradora enormidad y la inverosimilitud del mundo, el implacable paso de los minutos, de las horas, de los días.

Últimamente Malcolm casi no se dedica a las casas particulares y lo ven mucho menos a menudo que antes. Bellcast tiene ahora oficina en Londres y en Hong Kong, y aunque Malcolm es el que lleva la mayor parte del negocio de Estados Unidos —tiene previsto construir una nueva ala de museo de la universidad en la que estudiaron—, cada vez se deja ver menos. Sin embargo, ha supervisado personalmente su casa, y nunca ha fallado ni ha modificado la hora de las visitas de obra. Cuando se disponen a irse, Jude le pone una mano en el hombro.

—Mal, no podré agradecerte nunca lo que haces por nosotros.

Malcolm sonríe.

—Este es mi proyecto favorito, Jude. Para mi gente favorita.

De nuevo en la ciudad, Jude deja a Malcolm en Cobble Hill y cruza el puente en dirección al norte, donde se encuentra su oficina. Este es otro placer que le proporcionan las ausencias de Willem: puede quedarse trabajando hasta muy tarde. Sin Lucien, el trabajo es mejor en unos aspectos y peor en otros; peor porque, aunque de vez en cuando ve a Lucien, que se ha ido a vivir a Connecticut, donde, como él mismo dice, se dedica a fingir que le gusta jugar al golf, echa de menos las conversaciones que mantenían a diario, así como sus intentos de horrorizarlo y provocarlo; y mejor porque ha descubierto que le gusta dirigir el departamento, estar en el comité de retribuciones y decidir sobre cómo se repartirán los beneficios de la compañía a fin de año. «¿Quién hubiera dicho que estabas tan ávido de poder?», comentó Lucien cuando Jude se lo confesó. Pero él protestó. No se trataba de eso; simplemente obtenía satisfacción contemplando los frutos que había dado el año, cómo las horas y los días que todo el equipo pasaba en la oficina se traducían en cifras, las cifras en dinero y el dinero en lo que formaba la vida de todos ellos: casas, clases particulares, vacaciones, coches. (Eso no se lo dijo. Le habría parecido demasiado romántico, y le habría soltado una irónica y cínica perorata sobre su tendencia al sentimentalismo.)

Rosen Pritchard siempre había sido importante para él, pero después de Caleb se convirtió en algo esencial. En el bufete solo se le evaluaba por los casos que llevaba y el trabajo que realizaba; allí no tenía pasado, no tenía deficiencias. Para ellos su vida empezaba en la facultad de derecho y acababa en los logros del día a día, el recuento anual de las horas facturadas y con cada cliente que lograba. En Rosen Pritchard no había espacio para el hermano Luke, para Caleb ni para el doctor Traylor, tampoco para el monasterio ni el hogar para niños; nada de eso venía al caso, eran solo detalles superfluos que nada tenían que ver con la persona que se había inventado para sí mismo. Allí no se encogía de miedo en el cuarto de baño, ni se hacía cortes, allí era una serie de cifras: la cantidad de dinero que generaba, el número de horas que facturaba, el número de personas a las que supervisaba y cómo las retribuía. Nunca había sido capaz de contárselo a sus amigos, que se asombraban de lo mucho que trabajaba y lo compadecían por ello; no podía decirles que era en esa oficina, rodeado de trabajo y de personas que para ellos serían mortalmente aburridos, donde se sentía en su faceta más humana, más dignificada e invulnerable.

En el transcurso del rodaje Willem regresó a casa dos fines de semana largos; pero el primero él cayó enfermo con una gripe estomacal, y el siguiente Willem estaba con bronquitis. En ambas ocasiones —como cada vez que oye a Willem por la casa— Jude tiene que recordarse que esa es su vida ahora, y que Willem vuelve a su lado. En esos momentos su aversión al sexo le parece deplorable, y se dice que no debe de ser tan horrible como lo recuerda, y que, aunque lo sea, tiene que esforzarse más y compadecerse menos a sí mismo. «Endurécete», se dice reprendiéndose a sí mismo al despedirse de Willem con un beso esos fines de semana. «Ni se te ocurra estropearlo todo. No te atrevas a quejarte de lo que ni siquiera mereces.»

Una noche, menos de un mes antes de que Willem regrese definitivamente, se despierta y cree que está en el remolque de un camión enorme, que la cama es una colcha azul mugrienta y doblada por la mitad, y que todos sus huesos se agitan siguiendo el traqueteo del camión. Horrorizado, se levanta, se acerca corriendo al piano y empieza a tocar todas las partituras de Bach que recuerda, sin orden ni concierto y demasiado fuerte y rápido. Se acuerda de una fábula que el hermano Luke le contó un día mientras le daba una clase de piano, acerca de un anciano que vivía en una casa y que tocaba el laúd cada vez más deprisa para que los diablillos que había al otro lado de la puerta danzaran con frenesí. El hermano Luke se la había contado para ilustrar que tenía que acelerar el *tempo*, pero a él siempre le había gustado esa imagen y a veces, cuando siente avanzar un recuerdo, uno solo, que es fácil de controlar y rechazar, se pone a cantar o a tocar hasta que desaparece; la música ejerce de escudo entre el recuerdo y él.

Hacía primero de derecho cuando empezaron a asaltarle escenas de su vida en forma de recuerdos. Estaba ocupado en una actividad cotidiana —preparando la cena, archivando libros en la biblioteca, decorando un pastel en Batter o buscando un artículo para Harold— y de pronto aparecía ante él una imagen, un espectáculo mudo solo para él. En aquellos años los recuerdos eran más parecidos a un retablo que a una narración: un diorama repetitivo del hermano Luke encima de él, o de uno de los tutores del hogar para niños que solía agarrarlo cuando pasaba por su lado, o de un cliente que se vaciaba los bolsillos de los pantalones y lanzaba la calderilla en el plato que el hermano Luke había dejado en la mesilla de noche con tal propósito. A veces los recuerdos eran aún más breves y más imprecisos: un calcetín azul estampado con cabezas de caballo que un cliente no se había quitado al meterse en la cama; la primera comida que le había dado el doctor Traylor en Filadelfia (una hamburguesa con un cucurucho de papel lleno de patatas fritas); un cojín de lana de color melocotón de su habitación en la casa del doctor Traylor que nunca logró mirar sin pensar en carne desgarrada. Cuando esos recuerdos se presentaban sin más, se sentía desorientado; siempre tardaba un momento en recordar que esas escenas no solo eran sacadas de su vida sino que eran su misma vida. En aquella época lo invadían hasta tal punto que, a veces, cuando lograba salir del hechizo se encontraba sosteniendo la manga de repostería suspendida en el aire sobre una galleta o con un libro en las manos a mitad de camino del estante. Entonces empezó a comprender que durante gran parte de su vida se había dedicado a borrar lo que había vivido, en ocasiones solo unos días después de que algo sucediera, y que en algún momento había perdido esa habilidad. Sabía que ese era el precio de disfrutar de la vida, y que si no quería perderse las cosas que ahora le proporcionaban placer tenía que aceptar el coste. Porque, por invasivos que fueran los recuerdos, el pasado que regresaba a él en fragmentos, sabía que los soportaría si podía contar con amigos, si seguía teniendo el don de dar consuelo a los demás.

Lo veía como una ligera división de mundos: de la tierra revuelta y margosa se elevaba algo que había permanecido sepultado, y se cernía ante él, esperando que lo reconociera y lo reclamara como suyo. La sola reaparición ya era un desafío: «Aquí estamos. ¿De verdad creías que íbamos a dejar que nos abandonaras? ¿De verdad creías que no regresaríamos?». Hasta que cayó en la cuenta de cuánto había recortado —recortado y recompuesto hasta convertirlo en algo más fácil de aceptar—, incluso de los últimos años. La película que había visto cuando estaba en el tercer curso, en la que dos detectives le decían a un universitario que el hombre que le había hecho daño había muerto en prisión no era una película, era su vida; él era el universitario que se había quedado de pie en el patio interior del Hood, y los dos detectives eran los agentes que habían encontrado y arrestado al doctor Traylor aquella noche en el campo, y a él lo habían llevado al hospital y se habían asegurado de que encerraran al doctor Traylor, y habían ido a buscarle para decirle que ya no tenía nada que temer. «Un caso bastante singular», dijo uno de los detectives recorriendo con la mirada el bonito campus, los viejos edificios de ladrillo en los que uno podía sentirse por completo seguro. «Nos sentimos orgullosos de ti, Jude.» Pero él había embrollado ese recuerdo, lo había cambiado de tal forma que el detective solo le decía: «Nos sentimos orgullosos de ti», suprimiendo su nombre, del mismo modo que había suprimido el pánico que ahora recordaba haber sentido pese a la buena noticia, el pavor de que alguien le preguntara más tarde quiénes eran aquellos con quienes lo habían visto hablar y la casi nauseabunda equivocación de que su pasado se inmiscuyera físicamente en su presente.

Al final había aprendido a manejar los recuerdos. No podía detenerlos una vez surgieron, pero se volvió más hábil prediciendo su llegada. Se volvió más hábil diagnosticando el momento o el día en que le visitarían y adivinando cómo querría que los atendiera: ¿esperaban confrontación o alivio, o solo buscaban atención? Una vez que determinaba la clase de hospitalidad que las visitas esperaban de él, decidía qué hacer para que se fueran a otra parte.

Es capaz de contener un recuerdo aislado, pero a medida que pasan los días y sigue esperando a Willem, una larga anguila escurridiza e inalcanzable de recuerdos se abre camino hasta él y le golpea con la cola, y siente que los recuerdos son vivos e hirientes, siente su poderoso y carnoso golpe en los intestinos, en el corazón, en los pulmones. Entonces se vuelven más difíciles de atrapar y acorralar, y de día en día crecen en su interior hasta que ya no hay sangre, músculos, agua y huesos sino solo el recuerdo, expandiéndose como un globo que le infla hasta las puntas de los dedos.

Después de Caleb comprendió que había ciertos recuerdos que nunca podría controlar, que solo le quedaba esperar a que se agotaran por sí solos, se sumergieran de nuevo en la oscuridad de su subconsciente y lo dejaran tranquilo.

De modo que espera, dejando que el recuerdo —las casi dos semanas que pasó en camiones, intentando ir de Montana a Boston— le ocupe el pensamiento, como si su mente, su propio cuerpo, fuera un motel y ese recuerdo su único huésped. El reto al que se enfrenta en ese período es cumplir la promesa que le ha hecho a Willem de no hacerse cortes, y para eso se fija un programa estricto y absorbente entre la medianoche y las cuatro de la madrugada, que son las horas más peligrosas. El sábado hace una lista de lo que hará cada noche en las próximas semanas: natación, cocina, piano, pasteles y el trabajo en el taller de Richard, a lo que suma hacer limpieza tanto del armario de Willem como del suyo, ordenar las librerías, fijar los botones sueltos de una camisa de Willem —iba a dejárselo a la señora Zhou pero puede hacerlo él— y tirar lo que ha ido acumulando en el cajón que hay junto a los fogones: pequeños trozos de alambre, gomas, imperdibles, cajas de cerillas. Prepara caldo de pollo y albóndigas de cordero, que congela para cuando vuelva Willem, y hornea barras de pan que Richard lleva al comedor público en cuya junta directiva participan los dos y cuyas finanzas ayuda a administrar. Después de alimentar la levadura, se sienta a la mesa y relee sus novelas favoritas; las palabras, los argumentos y los personajes le parecen reconfortantes, vívidos e inmutables. Le gustaría tener un animal doméstico —un perro bobo y agradecido que jadeara, o un gato que lo mirase con frialdad con sus rasgados ojos naranjas—, una criatura viva con la que hablar, cuyos suaves pasos lo obligaran a volver al presente. Trabaja toda la noche y cuando se cae de sueño se hace solo dos cortes, uno en el brazo izquierdo y otro en el derecho. Al despertarse está cansado pero se siente orgulloso de haber aguantado casi intacto.

Todavía faltan dos semanas para que Willem regrese, y en el preciso momento en que el recuerdo se difumina, despidiéndose de él hasta la próxima vez que vaya a visitarlo, regresan las hienas. Tal vez regresar no es el verbo adecuado, porque desde que Caleb las introdujo en su vida nunca lo han abandonado del todo. Sin embargo, ahora no lo persiguen, pues saben que no hace falta: su vida es una vasta sabana donde habitan. Se espatarran sobre la hierba amarilla, se tumban con languidez sobre las bajas ramas de los baobabs que salen de sus troncos como tentáculos, mirándolo fijamente con sus penetrantes ojos amarillos. Siempre están allí, pero desde que Willem y él empezaron a tener relaciones sexuales se han multiplicado, y los días malos, o los días que él se siente particularmente asustado, se vuelven más numerosas y nota cómo se les retuercen los bigotes cuando él se mueve despacio por su territorio, nota su indiferente desdén; sabe, al igual que ellas, que está en sus manos.

Y si bien anhela los descansos de sexo que el trabajo de Willem le permite tomarse, sabe que no es lo que le conviene, porque entrar de nuevo en ese mundo siempre resulta difícil; también era así cuando era niño y lo único que resultaba peor a mantener el ritmo de la actividad sexual era readaptarse a él.

—Estoy impaciente por verte —le dice Willem la siguiente vez que hablan por teléfono, y aunque no hay lujuria en su voz ni ha mencionado el sexo, Jude sabe por experiencia que querrá practicarlo la misma noche de su regreso, y que querrá hacerlo más veces de lo habitual durante la primera semana, sobre todo porque los dos enfermaron por turnos en las dos visitas y no pudieron hacer nada.

—Yo también lo estoy deseando —responde él.

—¿Cómo van los cortes? —le pregunta Willem con naturalidad, como si se interesara por el tiempo que hace o por cómo van los arces de Julia.

Siempre se lo pregunta al final de sus conversaciones, como si solo lo hiciera por cortesía.

—Bien —responde él, como suele hacer. Y añade—: Solo dos veces esta semana. —Y es cierto.

—Estupendo, Jude. Menos mal. Sé que es duro, pero me siento orgulloso de ti.

En esos momentos parece muy aliviado, como si temiera —y probablemente tema— oír una respuesta totalmente distinta: «No muy bien, Willem. Anoche me hice tantos cortes que se me cayó el brazo. No quiero que te lleves sorpresas cuando me veas». Y el orgullo sincero que siente Jude por el hecho de que Willem confíe tanto en él y él le esté diciendo la verdad se mezcla con una tristeza profunda y desconcertante, porque Willem tenga que preguntárselo y eso tenga que ser motivo de orgullo para los dos. Otras personas se sienten orgullosas de las aptitudes, el aspecto físico o la condición atlética de su pareja; Willem, en cambio, se enorgullece de que él logre pasar otra noche sin hacerse tajos con una cuchilla.

Hasta que una noche Jude sabe que sus esfuerzos ya no lo satisfarán: necesita hacerse cortes, muchos y profundos. Las hienas han empezado a soltar pequeños y agudos aullidos que parece que procedan de otra criatura, y él sabe que solo el dolor las acallará.

Piensa en qué va hacer, puesto que está previsto que Willem regrese dentro de una semana. Si se corta ahora, las heridas no habrán cicatrizado del todo y se enfadará. Pero si no lo hace no sabe qué puede ocurrir. Tiene que hacerlo, tiene que hacerlo. Se da cuenta de que ha esperado demasiado; ha sido muy poco realista creyendo que podría aguantar hasta el final.

Se levanta de la cama, se pasea por el piso vacío y entra en la cocina silenciosa. El programa para esa noche —hacer galletas para Harold, ordenar los jerséis de Willem, bajar al estudio de Richard— le pide que centre su atención en él, pero la salvación que ofrece es tan frágil como el papel donde está escrito. Por un instante se queda de pie, incapaz de moverse, luego se acerca de mala gana a la puerta que hay en lo alto de la escalera, descorre el cerrojo y espera un momento antes de abrirla. No ha abierto esa puerta desde la noche en que Caleb lo hizo.

Se inclina y mira hacia la negrura, aferrándose al marco como hizo aquella noche y preguntándose si será capaz de hacerlo. Sabe que eso aplacaría a las hienas. Pero hay en ello algo degradante, algo extremo, enfermizo, y sabe que si lo hace habrá cruzado una línea y el ingreso será inevitable. Finalmente, se aparta del marco, cierra con manos temblorosas la puerta, corre el cerrojo y se aleja de allí pisando fuerte.

Al día siguiente, baja a la calle con Sanjay, uno de los socios, y un cliente, para que este pueda fumar. Se ha convertido en una práctica habitual en el bufete, acompañar a los clientes fumadores a la calle y continuar la reunión en la acera. Lucien sostenía que los fumadores se muestran más cómodos y relajados si pueden fumar y por tanto es más fácil manipularlos; aunque él se rió al oírselo decir, sabe que probablemente tenía razón.

Ese día va en silla de ruedas. No soporta que los clientes lo vean tan impedido, pero le palpitan demasiado los pies. «Créeme, Jude —le dijo Lucien cuando él expresó su preocupación en voz alta años atrás—, los clientes te considerarán igual de cabrón tanto si estás de pie como sentado, así que utiliza la silla, por el amor de Dios.»

Fuera el aire es frío y seco, y no sabe por qué, pero le duelen menos los pies. Mientras hablan, Jude se sorprende mirando hipnotizado la pequeña brasa naranja de la punta del cigarrillo del cliente, parece hacerle un guiño al reavivarse con cada calada. De pronto sabe lo que hará, pero un puñetazo casi inmediato en el abdomen sigue a esa revelación, pues sabe que es una traición a Willem. No solo una traición, sino también una mentira.

Es viernes, y mientras se dirige en coche a la consulta de Andy elabora un plan, emocionado y aliviado de haber encontrado una solución. Andy se muestra alegre, y él deja que su energía dinámica lo distraiga. En algún momento han empezado a hablar de sus piernas como de un pariente conflictivo e indisciplinado al que no se puede abandonar y que necesita cuidados constantes. Las «viejas cabronas», las llama Andy; la primera vez que lo hizo él se echó a reír por la exactitud del mote, pues daba a entender la exasperación que siempre amenazaba con eclipsar el subyacente y remiso apego que les tenía.

—¿Qué tal las viejas cabronas? —le pregunta Andy ahora.

Jude sonríe.

—Perezosas y consumiendo todas mis energías, como siempre. —Pero tiene la cabeza ocupada con lo que se propone hacer, y cuando Andy le pregunta por su media naranja, replica—: ¿Qué quieres decir?

Andy se detiene y lo mira intrigado.

—Nada. Solo quería saber qué tal le iba a Willem.

«Willem», piensa él, y el solo hecho de oír su nombre lo llena de angustia.

—Está muy bien —responde con un hilo de voz.

Antes de irse Andy le examina los cortes, como siempre, y como has hecho últimamente, gruñe en señal de aprobación.

—Realmente los has cortado. Perdona, el juego de palabras no es intencionado.

—Ya me conoces, siempre intentando superarme —responde él, manteniendo el tono jocoso.

Pero Andy lo mira a los ojos.

—Lo sé —replica en voz baja—. Sé lo duro que es, Jude. Me alegro mucho, en serio.

Durante la cena Andy se queja del nuevo novio de su hermano al que no puede ver.

—Andy, no puedes odiar a todos los novios de Beckett.

—Lo sé, lo sé. Pero es tan poca cosa. No puedo evitar pensar que Beckett se merece algo mejor. ¿Te dije que pronunció Prowst en lugar de Proust?

—Varias veces —responde Jude, sonriendo para sí. Tres meses atrás, en una cena de Andy, conoció al injuriado novio de Beckett, un encantador y jovial aspirante a arquitecto paisajista—. Pues a mí me pareció agradable, además, quiere a Beckett. En cualquier caso, ¿piensas realmente sentarte con él a hablar sobre Proust?

Andy suspira irritado.

—Hablas como Jane.

—Entonces tal vez deberías escuchar a Jane —responde Jude, y esta vez se ríe abiertamente, sintiéndose algo más animado que las últimas semanas, y no solo por la expresión enfurruñada de Andy—. Hay delitos peores que no estar versado en *Por el camino de Swann*, ¿sabes?

De regreso a casa en el coche piensa en su plan y se da cuenta de que tendrá que esperar. Piensa alegar que se ha quemado cocinando, pero si algo se tuerce y tiene que acudir a Andy, este le preguntará por qué se puso a cocinar la noche que cenaron juntos. «Lo haré mañana entonces», piensa, y le escribe a Willem un correo electrónico en el que le cuenta que quiere probar a hacer los plátanos fritos que tanto le gustan a JB, una decisión semiespontánea que resultará fatal.

«Sabes que así es como trazan sus planes las personas con problemas mentales —le dice una voz mordaz y despectiva en su interior—. Sabes que solo un loco planearía algo así.»

«Basta —replica él—. El hecho de que lo sepa significa que no estoy loco.» Ante ese argumento la voz suelta una carcajada, por su forma de ponerse a la defensiva, por su lógica de niño de seis años, por su aversión a la palabra «loco» y por su temor a que se le pegue. Pero ni siquiera la voz, con su burlón y jactancioso tono de desaprobación, logra detenerlo.

La noche siguiente se pone una camiseta de manga corta de Willem y va a la cocina. Prepara todo lo que necesita: aceite de oliva y una cerilla larga de madera. Pone el antebrazo en el fregadero, como si fuera un pájaro a punto de ser desplumado, y escoge una zona de unas pocas pulgadas justo donde empieza la palma antes de tomar el papel de cocina que ya ha empapado de aceite y frotarse la piel con él en un círculo del tamaño de un albaricoque. Se queda mirando unos segundos la brillante mancha grasienta y respira hondo, luego enciende la cerilla frotándola en el lateral de la caja y sostiene la llama sobre la piel hasta que prende fuego.

El dolor es... ¿qué es el dolor? Desde la herida no ha pasado un solo día que no haya sufrido alguna clase de dolor. A veces el dolor es momentáneo, débil o intermitente, pero siempre está ahí. «Tienes que ir con cuidado —le decía siempre Andy—. Te has vuelto tan inmune a él que has perdido la capacidad para reconocer cuándo es un indicio de algo peor. De modo que aunque para ti sea un cinco o un seis, si tiene este aspecto —estaban hablando de una de las heridas de la pierna, pues había notado que la piel estaba adquiriendo un color gris ennegrecido venenoso, el color de la podredumbre—, tienes que pensar que para la mayoría de las personas sería un nueve o un diez, y tienes que venir a verme enseguida. ¿De acuerdo?»

Pero hace décadas que no siente tanto dolor y no puede parar de gritar. En su mente se arremolinan voces, caras, fragmentos de recuerdos, extrañas asociaciones: el olor del aceite de oliva humeando le trae a la memoria una comida de *funghi* asados que Willem y él tomaron en Perugia, lo que lo lleva a una exposición de Tintoretto que Malcolm y él vieron en el Frick cuando tenían veintitantos años, lo que le hace pensar en un niño del hogar al que todo el mundo llamaba Frick aunque en realidad se llamaba Jed, lo que le evoca las noches en el cobertizo, lo que le recuerda una bala de heno en un prado vacío y cubierto de niebla en las afueras de Sonoma contra la que el hermano Luke y él tuvieron relaciones sexuales, y así un pensamiento lo lleva a otro y a otro. Al oler a carne quemada sale del trance y mira frenético los fogones como si esperara encontrar un bistec en la sartén, pero no hay nada y de pronto cae en la cuenta de que el olor proviene de él, de su brazo que se está cociendo, y eso lo impulsa a abrir por fin el grifo, y el agua que cae sobre la quemadura, de la que se eleva un humo aceitoso, le hace gritar de nuevo. Acto seguido se agarra el brazo derecho, frenético una vez más, mientras el izquierdo sigue inutilizado en el fregadero, y coge un bote de sal marina del armario de encima de la cocina, y llorando mientras restriega sobre la quemadura un puñado de cristales afilados, lo que reactiva el dolor que se vuelve más blanco que el blanco, y es como si mirara el sol y este lo cegara.

Cuando se despierta, está en el suelo, con la cabeza apoyada en el armario de debajo del fregadero. Le tiemblan las extremidades; se nota febril pero tiene frío, y se aprieta contra el armario como si fuera algo blando y pudiera absorberlo. Detrás de los párpados cerrados ve cómo las hienas se relamen, como si se hubieran alimentado de él. «¿Ya estáis satisfechas?», les pregunta. No responden, pero están deslumbradas y saciadas; ve cómo mengua su vigilancia, cómo se cierran satisfechos sus grandes ojos.

Al día siguiente tiene fiebre. Tarda una hora en ir de la cocina a la cama; le duelen demasiado los pies y no puede apoyarse en los brazos. Entra y sale de la inconsciencia, y el dolor lo recorre como una marea, a veces retrocediendo lo bastante para que se despierte, otras consumiéndolo bajo una ola sucia y grisácea. Más tarde esa misma noche se mira el brazo, tiene un gran círculo de un gris negruzco venenoso y crujiente, como si fuera un pedazo de tierra donde él hubiera practicado un aterrador ritual de ocultismo: una aquelarre, tal vez. Un sacrificio animal. Una invocación de los espíritus. No parece piel (de hecho, ya no lo es) sino algo distinto: madera, papel o asfalto, totalmente reducido a cenizas.

El lunes sabe que se le infectará. A la hora de comer se cambia el vendaje que se aplicó la noche anterior, al arrancarlo se rasga la piel y tiene que meterse un pañuelo en la boca para sofocar sus gritos. Del brazo se le desprenden partículas, coágulos del espesor de la sangre y el color del carbón; se sienta en el suelo del cuarto de baño y se balancea hacia delante y hacia atrás, notando cómo el estómago produce ácidos al igual que el brazo produce su propio desecho.

Al día siguiente el dolor es tan intenso que sale temprano de la oficina para pasar por la consulta de Andy.

—Dios mío —murmura Andy al ver la herida, y por una vez guarda un silencio absoluto.

A Jude le entra el pánico.

—¿Puedes hacer algo? —pregunta en un susurro, porque hasta ese momento no se había creído capaz de lesionarse de un modo que no se pudiera reparar.

De pronto ve a Andy diciéndole que perderá el brazo y lo siguiente que piensa es: «¿Qué voy a decirle a Willem?». Pero Andy responde:

—Sí. Haré lo que pueda, pero tendrás que ir al hospital. Túmbate.

Se tumba y deja que Andy le irrigue la herida, a continuación se la limpia y se la venda, disculpándose cada vez que él grita. Está allí una hora y cuando por fin se sienta en la camilla —Andy le ha puesto una inyección para anestesiarle la zona quemada— permanecen callados.

—¿Vas a decirme cómo te has hecho una quemadura de tercer grado en un círculo tan perfecto? —le pregunta Andy por fin, y él pasa por alto el frío sarcasmo y recita la historia que tiene preparada: los plátanos verdes, el fuego grasiento.

Sigue otro silencio. Este es diferente, no sabe explicar por qué, y no le gusta.

—Estás mintiendo, Jude —le dice Andy en voz muy baja.

—¿Qué quieres decir? —replica él, y de pronto se nota la garganta seca a pesar del zumo de naranja que se está tomando.

—Estás mintiendo —repite Andy, todavía con un hilo de voz.

Él se levanta de la camilla, y la botella de zumo le resbala de las manos y se hace añicos al estrellarse contra el suelo. Se dirige hacia la puerta.

—Basta, Jude —le dice Andy mostrándose gélido y furioso—. Dímelo, joder. ¿Cómo te lo has hecho?

—Ya te lo he dicho. Ya te lo he dicho.

—No. Dime cómo te lo has hecho, Jude. Dímelo. Quiero tus palabras.

—¡Ya te lo he dicho! —le grita Jude, y se siente tan mal que el cerebro le martillea el cráneo, los pies avanzan pesados como lingotes de hierro humeante y el brazo sumergido en una olla hirviendo—. Deja que me vaya, Andy. Déjame en paz.

—No —responde Andy, y él también está gritando. Jude, estás…. estás… —Se interrumpe, y él también deja de andar, a la espera de lo que Andy dirá a continuación—. Estás enfermo, Jude —continúa, en voz baja y frenética—. Estás loco. Este es el comportamiento de un loco. Es un comportamiento por el que podrían y deberían tenerte encerrado durante años. Estás enfermo, enfermo y loco, y necesitas ayuda.

—¡No te atrevas a llamarme loco! —le grita Jude—. No te atrevas porque no lo estoy. ¡No lo estoy!

Pero Andy no le hace caso.

—Willem regresa el viernes, ¿no? —le pregunta, aunque ya sabe la respuesta—. Tienes una semana para decírselo, Jude. Una semana a partir de hoy. Si no, se lo diré yo.

—No estás autorizado legamente, Andy —le espeta Jude, y todo da vueltas ante sus ojos—. Te demandaré por tanto dinero que ni…

—Será mejor que estudies la jurisprudencia reciente, letrado —le responde Andy—. «Rodriguez versus Mehta». Hace dos años. Si un paciente comete por segunda vez serios intentos de autolesionarse, el médico tendrá el derecho, mejor dicho, el deber, de informar a la pareja o persona más allegada, tanto si cuenta con su consentimiento como si no.

Al oír esas palabras Jude se calla de golpe, aturdido por el shock, el miedo y el dolor. Los dos siguen de pie en la consulta, la habitación que tantas veces ha visitado, pero ahora se le doblan las piernas, nota cómo le invade la tristeza y en su interior disminuye la ira.

—No se lo digas, Andy —le pide, y es consciente del tono suplicante de su voz—. Por favor, no se lo digas. Si se lo dices me dejará. —Lo dice y sabe que es cierto, aunque no sabe por qué lo dejará, si por el acto en sí o por haberle mentido. Willem lo dejará, aunque él ha hecho eso para que puedan seguir teniendo relaciones sexuales, porque sabe que si rehusara Willem lo dejaría igualmente.

—Esta vez no te cubriré, Jude —responde Andy, y aunque ya no grita, su voz es apagada y llena de determinación—. Tienes una semana.

—A él no le incumbe —replica él, desesperado—. Solo me incumbe a mí.

—Ahí te equivocas, Jude. A él también le incumbe. Maldita sea, ¿aún no has entendido lo que significa estar en pareja? ¿No comprendes que no puedes hacer lo que te viene en gana, que cuando te haces daño a ti mismo se lo estás haciendo a él?

—No —replica él, meneando la cabeza y aferrándose a la camilla con la mano derecha para intentar mantenerse erguido—. Me hago esto a mí mismo para no hacerle daño a él. Me lo hago a mí para evitárselo a él.

—No, Jude —le dice Andy—. Si destrozas esta relación, si sigues mintiendo a la persona que te quiere, que te quiere de verdad, que ha sabido verte tal como eres, solo podrás echarte la culpa a ti. Tú serás el único responsable. Y no lo serás por lo que eres, o por lo que te han hecho, o por las enfermedades que tienes o por el aspecto que crees tener, sino por tu comportamiento, porque no has confiado lo bastante en Willem para hablar con sinceridad con él, para tratarlo con la misma generosidad y confianza que él siempre te ha demostrado. Sé que crees que lo estás librando de algo, pero no es cierto. Eres egoísta. Eres egoísta, obstinado y orgulloso, y vas a estropear lo mejor que te ha ocurrido en la vida. ¿No lo entiendes?

Jude se queda sin habla por segunda vez esa tarde, y cuando va a caerse al suelo de puro cansancio, Andy lo agarra por la cintura y dan por terminada la conversación.

Ante la presión de Andy, Jude pasa las tres siguientes noches en el hospital. De día va a trabajar y cuando regresa por la noche, Andy lo ingresa de nuevo. Encima de él cuelgan dos bolsas de plástico, una en cada brazo. Sabe que en una solo hay glucosa. En la segunda hay algo más, algún medicamento que alivia el dolor y le provoca un sueño enigmático y sereno, como el cielo azul oscuro de un grabado japonés del invierno, bajo el cual todo está cubierto de nieve y hay un solo caminante silencioso con un sombrero de paja.

Es viernes. Regresa a casa. Willem llegará hacia las diez de esa noche, y aunque la señora Zhou ya ha limpiado, quiere asegurarse de que no hay pruebas, de que ha eliminado todo rastro, aunque las pistas —la sal, las cerillas, el aceite de oliva, el papel de cocina— no son sino artículos que utilizan a diario, símbolos de su vida en común.

Aún no ha decidido qué hará. El plazo se acaba el domingo siguiente —le ha suplicado a Andy que le conceda esos nueve días, ya que tienen previsto ir a Boston el miércoles para Acción de Gracias—. Necesitaba esos días para pensar qué le diría a Willem y también (aunque eso no se lo ha dicho) para conseguir que Andy cambie de opinión, aunque le parece imposible. Uno de los inconvenientes de haber dormido tanto los últimos días es que ha tenido muy poco tiempo para reflexionar sobre cómo manejar la situación. Tiene la impresión de que se ha convertido en una parodia de sí mismo y todas las criaturas que lo habitan —el hurón, las hienas, las voces— están esperando a ver qué hace para juzgarlo, burlarse de él o decirle que se equivoca.

Se sienta en el sofá del salón a esperar, y cuando abre los ojos Willem está sentado a su lado sonriéndole, llamándolo, y él lo rodea con los brazos, con cuidado de no hacer fuerza con el brazo izquierdo, y por un instante todo parece a la vez posible y extremadamente difícil.

«¿Cómo voy a seguir viviendo sin esto? —se pregunta. Y a continuación—: ¿Qué voy a hacer?»

«Tienes nueve días —lo reprende la voz en su interior—. Nueve días.» Pero él la ignora.

—Ya estás aquí —dice en voz alta entre sus brazos—. Has vuelto. —Exhala, y confía en que él no note cómo se estremece—. Willem, Willem, Willem —repite una y otra vez, dejando que el nombre le llene la boca—, no sabes cuánto te he echado de menos.

«Lo mejor de viajar es volver a casa.» ¿Quién lo dijo? Él no, pero mientras se mueve por el piso piensa que podría haber sido él. Es un martes al mediodía y al día siguiente irán a Boston en coche.

Si eres hogareño —y aunque no lo seas—, no hay nada tan agradable y placentero como la primera semana después de la vuelta en casa. Esa semana, incluso lo que normalmente te irritaría —la alarma de un coche que se dispara a la tres de la madrugada, las palomas que se apiñan y picotean el alféizar de la ventana que hay junto a la cama cuando intentas dormir— te recuerda que tienes tu lugar en el mundo, que la vida, te permite volver a él, por muy lejos que te hayas ido o por muy larga que haya sido la ausencia.

Esa semana, además, las pequeñas cosas que te complacen son motivo de alegría por su mera existencia: el vendedor de nueces acarameladas de Crosby Street que siempre te devuelve el saludo cuando pasas por su lado; el sándwich de *falafel* con ración extra de rábano encurtido del puesto de esa misma manzana que te despertaste añorando una noche en Londres; el piso en sí, donde la luz del sol se desplaza de un extremo a otro en el transcurso del día, y tus pertenencias, la comida, la cama, la ducha, los olores.

Y, por descontado, la persona a cuyo lado regresas: su cara, su cuerpo, su voz, su olor y su tacto, cómo espera a que acabes de hablar, por mucho que te extiendas, antes de responder; su sonrisa, que te recuerda a la salida de la luna; ver cómo te ha echado de menos y lo feliz que está de que hayas vuelto. Luego, si eres tan afortunado como Willem, están las cosas que esa persona ha hecho por él mientras estaba fuera: en la despensa, el congelador y la nevera habrá la comida que más le gusta y el whisky que prefiere. El jersey que creía haber perdido estará limpio y doblado en un estante del armario, y los botones de la camisa, cosidos con firmeza. Encontrará la correspondencia amontonada a un lado del escritorio, junto con el contrato de la campaña de publicidad de una cerveza austríaca que hará en Alemania, con notas en los márgenes para comentarlos con el abogado. Y él no lo mencionará, pero Willem sabrá que ha hecho todo eso con auténtico placer, y que si le gusta este piso y esta relación es en parte porque Jude lo convierte en un hogar para él, y cuando se lo diga, lejos de ofenderse Jude se quedará encantado, y Willem se alegrará. Y en esos momentos, casi una semana después de su regreso, se preguntará por qué se va tan a menudo, y si cuando terminen los compromisos del año siguiente no debería quedarse una temporada ahí, el lugar al que pertenece.

Pero también sabrá que sus constantes partidas son en parte reactivas. Después de hacer pública su relación con Jude, mientras Emil, Kit y él esperaban a ver qué ocurría a continuación, experimentó la misma inseguridad que le había invadido cuando era más joven: ¿y si nunca volvía a trabajar?, ¿qué ocurriría entonces? Y aunque todo fue bien, tardó un año entero en convencerse de que nada había cambiado, que seguía teniendo atractivo para unos directores y no para otros («Tonterías, cualquiera querría trabajar contigo», le dijo Kit, y él le se lo agradeció), y que, en cualquier caso, era el mismo actor, ni mejor ni peor que antes.

Ahora bien, se le permitió ser el mismo actor pero no la misma persona, y en los meses que siguieron a su declaración se encontró en posesión de más identidades que nunca; él no las negó, ni tuvo un publicista que se dedicara a negarlas ni a desmentirlas. En otras ocasiones, en su vida de adulto, se había hallado en tesituras que exigían la pérdida de una identidad: había dejado de ser un hermano y también dejó de ser un hijo. Sin embargo, a raíz de su declaración se convirtió de la noche a la mañana en un hombre gay; en un actor gay; en un actor gay de relieve; en un actor gay de relieve que no se involucraba en la causa y, por último, en un actor gay de relieve traidor a esa misma causa. Más o menos un año atrás había salido a cenar con un director llamado Max a quien hacía años que conocía, y durante la cena este intentó persuadirlo para que diera un discurso declarándose gay en una cena de gala en beneficio de una organización en pro de los derechos de los homosexuales. Willem, que siempre había apoyado la organización, le respondió que se prestaba encantado a presentar un premio o financiar una mesa —como había hecho durante la última década—, pero no haría tal declaración, pues él no era gay.

—Willem, tienes una relación seria con un hombre. Eso es lo que define a un gay.

—No tengo una relación con un hombre —replicó él, dándose cuenta de lo absurdas que eran sus palabras mientras las pronunciaba—. Tengo una relación con Jude.

—Por Dios —murmuró Max.

Él suspiró. Max tenía dieciséis años más que él; había alcanzado la mayoría de edad en una época en que las políticas identitarias estaban en consonancia con la auténtica identidad de cada cual. Willem entendía los argumentos de Max y de todos los que le suplicaban y lo presionaban para que se declarara gay, y lo acusaban de odio a sí mismo, cobardía, hipocresía y negación de la realidad al rehusar; entendía que en esos momentos él representaba algo que no había pedido representar, y que lo de menos era si él quería representarlo o no. Pero aun así no podía hacerlo.

Jude le comentó que Caleb y él nunca habían hablado de su relación con nadie, y aunque el hermetismo de Jude era debido a la vergüenza (el de Caleb solo cabía esperar que se debiera a una pizca de culpabilidad), Willem también tenía la impresión de que su relación con Jude solo existía para ellos; era algo sagrado y único por lo que había que luchar. Podía parecer ridículo, pero así era como él lo vivía; ser actor en su situación implicaba convertirse en objeto de discusión, controversia y crítica por parte de cualquiera que quisiera opinar sobre su talento, su físico o sus dotes interpretativas. Sin embargo, su relación era diferente; en ella representaba un papel para otra persona y esa persona era su único público, y nadie más debía verlo, por mucho que otros se creyeran con derecho a hacerlo.

Su relación le parecía asimismo sagrada porque desde hacía seis meses más o menos tenía la sensación de que le había pillado el ritmo. En cierto modo, la persona que creía conocer no había resultado ser la que tenía ante sí, y había tardado tiempo en averiguar cuántas facetas le quedaban por descubrir; era como si la figura que de entrada había tomado por un pentagrama fuera en realidad un dodecaedro, con múltiples lados y muchos fractales, y mucho más complicado de medir. Pese a ello, nunca se había planteado romper; había continuado con él sin dudarlo, por amor, por lealtad y por curiosidad. Aunque no había sido fácil. En ocasiones le resultaba increíblemente difícil, y en cierto modo seguía siéndolo. Cuando él se prometió a sí mismo que no intentaría reparar a Jude, olvidó que penetrar en el misterio de alguien implicaba querer repararlo; diagnosticar un problema y no intentar solucionarlo era no solo irresponsable sino inmoral.

La primera cuestión era el sexo: su vida sexual y la actitud de Jude hacia ella. Después de diez meses juntos, durante los cuales esperó a que estuviera listo (el período más largo de celibato sostenido que había soportado desde los quince años, y solo lo había logrado como parte de un reto consigo mismo, como otros dejan de comer pan o pasta porque sus parejas lo han hecho), empezó a plantearse en serio adónde se dirigían, y si el sexo era algo de lo que Jude no era capaz. De algún modo sabía, siempre lo había sabido, que Jude había sufrido abusos sexuales, que había tenido una experiencia horrible (tal vez varias), pero para su vergüenza no encontró las palabras para hablar de ello con él. Se decía que, aunque las hubiera encontrado, Jude no habría querido hablar hasta estar preparado, pero lo cierto era que él había sido demasiado cobarde, lo sabía, y que la cobardía era en realidad el único motivo de su pasividad. No obstante, al regresar de Texas, Jude y él tuvieron por fin relaciones sexuales, y se sintió muy aliviado, y fue también un alivio ver que Jude disfrutaba tanto como él, que no había nada forzado ni antinatural, y cuando resultó que Jude era mucho más hábil en el sexo de lo que él se imaginaba, se sintió aliviado por tercera vez. Sin embargo, no pudo saber dónde había adquirido Jude tanta experiencia. ¿Tenía razón Richard cuando decía que Jude había llevado una doble vida? Parecía una explicación demasiado bonita. Sin embargo, la alternativa que se le ocurría era que había adquirido esa experiencia antes de que se conocieran, lo que significaba que eran lecciones aprendidas en la niñez, y eso era tan abrumador que, para su gran vergüenza, lo acalló. Prefirió creer la teoría que hacía menos complicada su vida.

Sin embargo, una noche soñó que Jude y él acababan de tener relaciones (lo que era cierto) y que Jude estaba a su lado llorando silenciosamente; aun en el sueño, él supo por qué lloraba: odiaba lo que estaba haciendo, detestaba lo que Willem lo obligaba a hacer. La noche siguiente se lo preguntó sin rodeos: «¿Te gusta hacerlo?». Y esperó hasta que Jude respondió que sí; entonces sintió un gran alivio porque podía continuar con la farsa, porque el equilibrio se mantenía inalterable y ya no era necesario mantener una conversación que no sabía cómo empezaría y mucho menos adónde conduciría. Tenía la imagen de una pequeña embarcación, un bote de remos que se zarandeaba con furia sobre las olas, pero luego se enderezaba de nuevo y seguía navegando con placidez, pese a que las aguas eran negras y estaban llenas de monstruos y témpanos de algas que amenazaban con hundirlo en mitad del océano, donde se perdería y desaparecería para siempre.

De vez en cuando había momentos, aunque estos eran demasiado fortuitos y esporádicos y, por tanto, incontrolables, en que vislumbraba la cara de Jude mientras lo embestía, o advertía lo callado que se quedaba después, un silencio profundo, impenetrable, casi gaseoso, y sabía que le había mentido; que le había hecho una pregunta que solo tenía una respuesta aceptable, y Jude le había dado esa respuesta aunque no era la verdad. Y entonces se debatía consigo mismo, intentando justificar su comportamiento y reprendiéndose a la vez por él. Pero si era sincero consigo mismo, sabía que había un problema.

Aun así, no era capaz de ponerle palabras a ese problema; después de todo, Jude siempre se mostraba dispuesto a tener relaciones sexuales cuando él quería. (¿No era eso de por sí sospechoso?) Pero nunca había conocido a nadie que se resistiera tanto como

Jude a los preliminares, que no quisiera hablar siquiera de sexo, que nunca pronunciara la palabra siquiera. «Esto es embarazoso, Willem —le decía cuando él intentaba sacar el tema—. Hagámoslo y punto.» Y a menudo tenía la sensación de que el acto estaba cronometrado, que para él consistía en actuar lo más deprisa y concienzudamente posible y no hablar nunca de ello. El hecho de que Jude no tuviera erecciones no le preocupaba tanto como la extraña sensación que a veces experimentaba —demasiado indefinida y contradictoria para calificarla siquiera— de que con cada encuentro él se sentía más cerca de Jude mientras que este lo apartaba de sí. Jude decía las palabras adecuadas, hacía los sonidos adecuados, era afectuoso y solícito, pero aun así Willem sabía que algo no iba bien. Estaba desconcertado, pues las parejas con las que se acostaba siempre habían disfrutado con él. ¿Qué pasaba? Contra toda lógica, esa incógnita lo impulsaba a hacerlo más a menudo aunque solo fuera para descubrir las razones, pese a que le aterraran.

Del mismo modo que tenía la certeza de que había un problema en su vida sexual, también la tenía de que los cortes de Jude estaban relacionados con el sexo. Ese descubrimiento lo estremecía, al igual que su modo angustiado de eximirse a sí mismo de explorar más —«Willem Ragnarsson, ¿qué crees que estás haciendo? Eres demasiado estúpido para desentrañar esto tú solo»—, de introducir un brazo en la hedionda maraña de serpientes y ciempiés que era el pasado de Jude y extraer el grueso volumen forrado de plástico amarillo que explicaría la persona que él había creído comprender. Y entonces se preguntaría cómo ninguno de ellos —ni Malcolm, ni JB, ni Richard, ni él, ni siquiera Harold— habían sido lo bastante valientes para intentarlo. Todos habían encontrado razones para evitar ensuciarse las manos. Andy era el único que podía decir lo contrario.

Sin embargo, a él no le costaba fingir y pasar por alto lo que sabía, más bien le resultaba fácil: eran amigos y les gustaba estar juntos, quería a Jude y tenían una vida en común, se sentía atraído por él y lo deseaba. Por otra parte, había dos Jude: el que conocía a la luz del día, incluso al anochecer y al amanecer, y el que se apoderaba de su amigo por la noche. Y temía que ese Jude fuera el verdadero: el que deambulaba solo por el apartamento, al que había visto deslizarse la cuchilla despacio por el brazo, con los ojos muy abiertos debido al dolor y al que nunca podía acceder, por mucho que intentara tranquilizarlo y por muchas amenazas que profiriera. A veces parecía que ese era el Jude que en realidad manejaba su relación, y cuando su presencia se imponía, ni siquiera Willem conseguía que se desvaneciera. Y a pesar de todo, él se obstinaba en intentarlo, convencido de que podría desterrarlo con la fuerza, la intensidad y la determinación de su amor. Sabía que eso era pueril, pero todos los actos obstinados lo son. Y la obstinación era su única arma. La paciencia, la obstinación, el amor: tenía que creer que con eso bastaría. Tenía que creer que serían más fuertes que lo que Jude sentía en su interior, por muy arraigado que estuviera.

A veces Andy y Harold le hablaban de la mejoría de Jude y le daban las gracias cada vez que lo veían, y eso lo tranquilizaba, porque significaba que los cambios que él creía ver —más efusividad, menos inhibición física— no eran fruto de su imaginación. Pero también se sentía profundamente solo con sus nuevos recelos acerca de Jude y la gravedad de sus dificultades, más aún sabiendo que no podía o no estaba dispuesto a abordarlas como era debido. Aunque en alguna ocasión había estado a punto de ponerse en contacto con Andy para preguntarle qué podía hacer y si estaba tomando las decisiones adecuadas, no lo había llegado a hacer.

En lugar de eso había permitido que su optimismo nato eclipsara sus temores y convirtiera su relación en algo alegre y risueño. A menudo tenía la impresión —que también había experimentado en Lispenard Street— de que Jude y él jugaban a las casitas, que estaba viviendo la pueril fantasía de huir del mundo y de sus reglas con su mejor amigo para instalarse en un sitio inadecuado pero confortable (un vagón de tren, una cabaña construida en un árbol), que no estaba concebido para ser un hogar pero que había acabado siéndolo gracias al empeño de sus ocupantes. El señor Irvine no iba tan desencaminado, se decía los días en que la vida le parecía una prolongación de una fiesta de medianoche, que había durado casi tres décadas y que lo llenaba de la emocionante sensación de que se habían escapado con algo grande, algo a lo que se suponía que deberían haber renunciado tiempo atrás. Iba a una cena y cuando alguien le decía algo absurdo, miraba hacia el otro extremo de la mesa y él le sostenía la mirada inexpresivo, arqueando la ceja de un modo casi imperceptible, y Willem se apresuraba a beber agua para no escupir lo que tenía en la boca por la risa, y de vuelta al piso —un piso ridículamente bonito, que los dos valoraban de un modo casi vergonzoso, por razones que nunca tuvieron que explicarse el uno al otro— comentaban la horrible velada, riéndose tan fuerte que empezaban a identificar la felicidad con el dolor. O tenía ocasión de compartir todas las noches sus problemas con alguien más inteligente y más reflexivo que él, o de hablar de la sensación de asombro y malestar continuos que desde hacía años ambos sentían por contar con dinero, por amasar cantidades absurdas de dinero como los malos de los cómics. O iban en coche a casa Harold y Julia, y uno de los dos ponía en el equipo de música una disparatada lista de reproducción, y entonces empezaban a cantar fuerte y se comportaban como no lo hacían de niños. Al hacerse mayor, se dio cuenta de que había realmente pocas personas con la que quisiera compartir más de unos pocos días seguidos, y sin embargo con Jude quería pasar años enteros, aunque su actitud fuera de lo más impenetrable y ambigua. Era feliz, sí. No tenía que pensar en nada más. Era una persona sencilla, la más sencilla del mundo, y sin embargo había terminado con la más complicada.

—A lo único que aspiro —le había dicho a Jude una noche, intentando expresar la felicidad que borboteaba en ese momento en su interior como el agua en un hervidor— es a tener un trabajo que me guste, un lugar donde vivir y alguien que me quiera. Así de simple.

Jude se rió con tristeza.

—Es lo mismo quiero yo, Willem.

—Pero tú ya lo tienes —le susurró él.

Jude guardó silencio.

—Sí, tienes razón —dijo finalmente. Pero no pareció convencido.

Ese martes por la noche están tumbados uno junto al otro en la cama, manteniendo una de esas conversaciones dispersas que tienen cuando ambos quieren permanecer despiertos pero se caen de sueño, y Jude pronuncia de pronto el nombre de Willem con tal seriedad que este abre los ojos de golpe.

—¿Qué pasa? —Jude tiene una expresión tan solemne que se asusta—. Dime, Jude.

—Willem, sabes que he intentado no hacerme cortes —le dice, y él asiente y espera—. Y voy a seguir intentándolo. Pero puede que a veces... a veces no sea capaz de controlarme.

—Lo sé. Sé que lo estás intentando. Y lo duro que es para ti.

Jude le da la espalda, Willem se vuelve hacia él y lo rodea con los brazos.

—Solo quiero que me entiendas si cometo un error —continúa Jude, y su voz suena amortiguada.

—Por supuesto que lo entenderé, Jude. —Sigue un largo silencio, y él espera a ver si Jude dice algo más. Tiene el torso delgado, con largos músculos de corredor de maratón, pero en los últimos meses ha perdido peso, casi tanto como cuando salió del hospital, y Willem lo abraza con más fuerza—. Has adelgazado.

—El trabajo.

Vuelven a guardar silencio.

—Creo que deberías comer más —le dice Willem. Él tuvo que engordar para interpretar el papel de Turing, y aunque ha perdido algo de peso, al lado de él se siente enorme, hinchado y expansivo—. Andy pensará que no te estoy cuidando bien y me reñirá —añade, y Jude emite un ruido que él toma por risa.

A la mañana siguiente es la víspera del día de Acción de Gracias y están muy contentos. Meten en el maletero una bolsa de viaje para los dos, y las galletas, las tartas y el pan que Jude ha hecho para Harold y Julia y salen temprano botando por las calles adoquinadas de SoHo para tomar la FDR Drive, cantando con la banda sonora de *Duetos*. Se detienen en una estación de servicio de las afueras de Worcester y Jude aprovecha para comprar agua y caramelos de menta. Willem espera en el coche, hojeando el periódico, y al sonar el móvil de Jude, lo coge y mira quién es para contestar o no.

—¿Ya se lo has dicho a Willem? —oye decir a Andy antes de saludar—. Tienes tres días a partir de hoy o se lo diré yo. Hablo en serio, Jude.

—¿Andy? —dice él, y se hace un silencio brusco y áspero.

—Joder, Willem —responde Andy, y se oye a un niño gritar eufórico: «¡El tío Andy ha dicho una palabrota!». Entonces Andy vuelve a maldecir y se oye cómo se cierra una puerta—. ¿Por qué has contestado tú el móvil de Jude? ¿Dónde está él?

—Estamos de camino a casa de Harold y Julia, y ha ido a comprar agua —responde Willem. Se hace otro silencio al otro lado de la línea—. Si me ha dicho qué, Andy.

—Willem… —dice Andy, pero se interrumpe—. No puedo. Le prometí que esperaría a que te lo dijera él.

—Pues no me ha dicho nada —replica, y siente cómo le inundan las emociones por capas: miedo, irritación, miedo, curiosidad, miedo—: Andy, será mejor que me lo digas. ¿Es grave? —Y luego le suplica—: No me hagas esto, Andy.

Lo oye respirar despacio.

—Willem, pregúntale cómo se hizo la quemadura del brazo —responde en voz baja—. Tengo que dejarte.

—Andy. ¡Andy! —grita él. Pero ya ha colgado.

Se asoma por la ventanilla y ve a Jude caminando hacia él. La quemadura, piensa. ¿Qué pasa con ella? Jude se la hizo cuando intentaba hacer los plátanos fritos que le gustan a JB. «Joder con JB —le dijo él al ver el vendaje en el brazo de Jude—. Siempre lo jode todo», y Jude se rió. «Pero estás bien, ¿no? En serio.» Y Jude le aseguró que sí, que había ido a la consulta de Andy y le había hecho un injerto con un material artificial semejante a la piel. Entonces discutieron, porque Jude no le había dicho lo seria que era la quemadura —en el correo electrónico que le había enviado no daba a entender que fuera nada grave—, y han vuelto a hacerlo esta mañana, cuando Jude ha insistido en conducir, aunque es evidente que sigue doliéndole el brazo. Pero ¿qué pasa con la quemadura? Y de pronto comprende que solo hay una forma de interpretar las palabras de Andy, y tiene que bajar enseguida la cabeza porque se siente tan mareado como si acabaran de golpearle.

—Perdona, había una cola de muerte —dice Jude subiéndose de nuevo al coche. Saca los caramelos de menta de la bolsa y se vuelve hacia Willem—. ¿Estás bien? Tienes muy mala cara.

—Ha llamado Andy —dice él, y observa cómo la expresión de Jude se vuelve pétrea y asustada—. Jude —continúa, y su propia voz suena muy lejana, como si hablara desde las profundidades de un barranco—, ¿cómo te hiciste la quemadura del brazo?

Jude se queda mirándolo por toda respuesta. «Esto no está sucediendo», se dice Willem. Pero por supuesto que está sucediendo.

—Jude, ¿cómo te hiciste la quemadura del brazo? —repite. Y Jude sigue mirándolo fijamente, con los labios apretados, mientras él se lo pregunta una y otra vez. Al final grita, asombrado de su propia furia—: ¡Jude! ¡Dímelo! ¡Dímelo ahora mismo!

Jude baja la cabeza. Y luego responde algo en voz tan baja que Willem no lo oye.

—Más alto. No te he oído.

—Me la hice yo —responde Jude por fin con un hilo de voz.

—¿Cómo? —le pregunta Willem frenético, y una vez más Jude pronuncia la respuesta con una voz tan débil que él se pierde la mitad, pero aun así distingue algunas palabras: aceite de oliva, cerilla, fuego—. ¿Por qué? —grita desesperado—. ¿Por qué lo hiciste, Jude? —Está tan enfadado, consigo mismo y con Jude, que por primera vez desde que lo conoce le entran ganas de pegarle, y se imagina cómo le golpea la nariz, la mejilla con el puño. Quiere ver su cara destrozada, y quiere ser él quien se la destroce.

—Intentaba no hacerme cortes —responde Jude muy bajito, lo que enfurece aún más a Willem.

—Entonces, ¿tengo yo la culpa? ¿Lo estás haciendo para castigarme?

—No, Willem, no. Solo…

Pero él lo interrumpe.

—¿Por qué no me has dicho nunca quién es el hermano Luke? —se oye a sí mismo preguntar.

Nota que Jude se sorprende.

—¿Cómo dices?

—Me prometiste que lo harías, ¿te acuerdas? Iba a ser mi regalo de cumpleaños. —Las últimas palabras suenan más sarcásticas de lo que pretendía—. Dímelo. Dímelo ahora mismo.

—No puedo, Willem —responde Jude—. Por favor.

Ve que Jude sufre pero aun así lo presiona.

—Has tenido cuatro años para discurrir la manera de hacerlo —insiste, y cuando Jude se mueve para poner el coche en marcha, él alarga la mano y le arrebata la llave de contacto—. Creo que el período de gracia ha sido suficientemente largo. Dímelo ahora. —Y luego, como Jude sigue sin reaccionar, le grita de nuevo—: ¡Dímelo!

—Era uno de los hermanos del monasterio —susurra Jude.

—¿Y? —le grita. «Soy tan estúpido», piensa mientras grita. «Soy tan estúpido y tan ingenuo.» Y a continuación de manera simultánea: «Me tiene miedo. Estoy gritando a alguien a quien quiero y lo estoy asustando». De pronto recuerda cómo le gritó a Andy muchos años atrás: «Estás enfadado porque es tu paciente y ya no sabes qué hacer para que mejore, así que me echas la culpa a mí». «Oh, Dios», piensa. «¿Por qué estoy haciendo esto?»

—Y me escapé con él —dice Jude, en voz tan baja que Willem tiene que inclinarse para oírlo.

—¿Y? —dice, pero ve que Jude está a punto de llorar, y de pronto se detiene y se echa hacia atrás, agotado y asqueado consigo mismo, pero también asustado. ¿Y si la siguiente pregunta que hace es la que por fin abre las compuertas, y sale de golpe todo lo que ha querido saber sobre Jude, todo lo que nunca ha querido afrontar? Se quedan sentados largo rato en el coche y nota cómo se le entumecen las puntas de los dedos—. Vámonos —dice por fin.

—¿Adónde? —pregunta Jude.

Willem lo mira.

—Estamos a menos de una hora de Boston y nos están esperando.

Jude asiente y se seca la cara con un pañuelo, luego coge las llaves y salen despacio de la estación de servicio.

A medida que avanzan Willem tiene una repentina visión de lo que en realidad significa el acto de prenderse fuego a uno mismo. Piensa en las hogueras que hacía cuando era boy scout, en el tipi que construían colocando ramas alrededor de papel periódico, en las temblorosas llamas que hacían rielar el aire a su alrededor, en su temible belleza. Y luego imagina a Jude haciéndose eso en su piel, la llama naranja mordiéndole la carne, y se marea.

—Para aquí —le pide sin aliento a Jude, y en cuanto el coche sale de la carretera con un chirrido de neumáticos, se asoma por la ventanilla y vomita todo, hasta que no queda nada más que expulsar.

—Willem —oye decir a Jude, y el tono de su voz lo enfurece y lo destroza a la vez.

Guardan silencio durante el resto del trayecto; cuando Jude detiene el coche delante de la casa de Harold y Julia hay un breve instante en el que se miran, y a Willem le parece estar viendo a alguien a quien no conoce. Ve a un hombre apuesto de manos esbeltas, piernas largas y rostro atractivo, la clase de rostro que uno no se cansa de mirar, y sabe que si conociera a ese hombre en una fiesta o en un restaurante hablaría con él, porque sería una excusa para seguir mirándolo, y jamás se le ocurriría pensar que ese hombre se hace tantos cortes en los brazos que la piel ya no tiene tacto de piel sino de cartílago, ni que en otro tiempo salió con alguien que le dio una paliza tan grande que casi se muere, ni que una noche se frotó con aceite el brazo para que el fuego prendiera en su piel y la quemara más deprisa, ni que supo cómo hacerlo porque le habían hecho eso mismo años atrás, cuando era niño, por haber cogido algo brillante e irresistible de la mesa de un odiado y odioso tutor.

Abre la boca para decir algo y entonces oye que Harold y Julia les dan la bienvenida; los dos parpadean se vuelven y bajan del coche con una sonrisa en los labios. Mientras besa a Julia, oye que Harold le pegunta a Jude: «¿Estás bien? Pareces un poco alterado», y este murmura algo que él no entiende.

Sube al dormitorio con la bolsa de viaje y Jude va directamente a la cocina. Saca el cepillo de dientes y la maquinilla de afeitar eléctrica, y lo deja todo en el cuarto de baño, luego se tumba en la cama.

Duerme toda la tarde; se siente demasiado abrumado para hacer otra cosa. Se mira en el espejo practicando su risa antes de reunirse con lo demás en el comedor. Durante la cena Jude está muy callado, y Willem intenta hablar y escuchar como si no pasara nada, aunque es difícil, pues en la cabeza le bulle todo lo que ha averiguado.

Pese a la rabia y la desesperación se da cuenta de que casi no hay nada en el plato de Jude.

—Jude, tienes que comer más. Estás muy flacucho. ¿Verdad, Willem? —oye decir a Harold.

Jude entonces lo mira en busca del apoyo y la complicidad que él suele ofrecerle de forma refleja y él responde:

—Ya es mayorcito. —Y su propia voz le suena extraña—. Sabe perfectamente lo que le conviene. —Y ve de reojo que Julia y Harold se miran.

—He comido mucho mientras cocinaba —dice Jude bajando la mirada hacia el plato.

Todos saben que no es verdad: Jude nunca pica mientras cocina, y tampoco deja que los demás lo hagan. «La Stasi del picoteo», lo llama JB. Willem observa distraído cómo Jude ahueca la mano alrededor del brazo derecho, protegido por la manga del jersey, donde calcula que está la quemadura, luego levanta la vista y ve cómo lo mira, después deja caer la mano y baja de nuevo la mirada.

A la hora de lavar los platos, Willem mantiene con Julia una despreocupada conversación sobre temas de actualidad. Después van al salón, donde Harold lo está esperando para ver el partido que grabó el fin de semana anterior. Se detiene en la puerta. En otras circunstancias se apretujaría con Jude en el voluminoso sillón junto a lo que llaman la Butaca de Harold, sin embargo, esa noche no puede, apenas puede mirarlo. Pero si no lo hace Julia y Harold acabarán convenciéndose de que algo grave les ha ocurrido. Mientras titubea Jude se levanta y, como si adivinara su dilema, anuncia que está cansado y que se va a la cama.

—¿Estás seguro? —le pregunta Harold—. La noche no ha hecho más que empezar.

Jude responde afirmativamente, le da un beso a Julia de buenas noches y les dice adiós con la mano a Harold y a él. Una vez más observa que Julia y Harold se miran. Al cabo de un rato Julia, que nunca ha entendido el poder de atracción del fútbol americano, también se retira y, en cuanto sale. Harold detiene el partido y lo mira.

—¿Va todo bien entre vosotros, Willem? —le pregunta, y él asiente.

Más tarde, cuando también él va a acostarse, Harold le coge la mano.

—¿Sabes, Willem? —le dice, apretándole la palma—. Queremos mucho a Jude, pero a ti también te queremos. —Él asiente de nuevo con la visión borrosa, da las buenas noches a Harold y se va.

El dormitorio está silencioso y durante un rato se queda de pie, mirando el contorno de Jude bajo la manta. Sabe que no está dormido —está demasiado quieto—, pero finge estarlo. Al final se desnuda, deja la ropa doblada en el respaldo de la silla, cerca del tocador, y se mete en la cama. Están despiertos los dos, y permanecen mucho rato quietos, cada uno en un extremo de la cama, los dos asustados por lo que él, Willem, pueda decir.

Al final consigue dormirse y cuando se despierta la habitación está aún más silenciosa, esta vez el silencio es más real. Por inercia se vuelve hacia el lado de Jude y, al darse cuenta de que no está, que en su lado las sábanas están frías, abre los ojos.

Se sienta en la cama. Se levanta. Oye un suave ruido, muy débil, y al volverse ve que la puerta del cuarto de baño está cerrada. Todo está a oscuras. Se dirige a la puerta, gira el pomo con ferocidad y la abre de golpe, arrastrando la toalla que está encajada debajo para impedir que salga la luz. Y allí, apoyado contra la bañera, está Jude, totalmente vestido, como él sabía que lo encontraría, y con los ojos muy abiertos y asustados.

—¿Dónde está? —le espeta Willem, aunque en realidad quiere gemir, quiere llorar, por su fracaso, por esa horrible y obra grotesca que se representa noche tras noche tras noche, porque él es el único y accidental espectador, y porque aunque no haya público la obra se sigue representando ante un auditorio vacío, con un solo actor, tan concienzudo y entregado que nada puede impedir que interprete una y otra vez su papel.

—No estoy haciendo nada —replica Jude, y Willem sabe que está mintiendo.

—¿Dónde está, Jude? —le pregunta, y se agacha delante de él y le coge las manos; nada. Pero sabe que Jude ha estado cortándose; lo sabe porque se le han agrandado los ojos, por lo grises que tiene los labios y por lo que le tiemblan las manos.

—No estoy haciendo nada, Willem —replica.

Hablan en susurros para no despertar a Julia y a Harold, y, sin pararse a pensar en lo que va a hacer, Willem empieza a arrancarle la ropa. Jude forcejea, pero no puede utilizar el brazo derecho y tampoco está en forma, de pronto él se coloca encima de Jude, le inmoviliza los hombros con las rodillas como le enseñó a hacer un maestro de lucha, un método que sabe que paraliza y duele, y le arranca la ropa. Jude, frenético, lo amenaza primero y después le suplica que pare. Él piensa que si alguien lo viera creería que lo está violando, pero se recuerda que esa no es su intención: solo está buscando la cuchilla. Entonces la oye, el sonido del metal contra la baldosa; la agarra entre los dedos, la arroja a su espalda, y sigue desnudándolo, arrancándole la ropa con una brutal eficiencia de la que él mismo se sorprende. Hasta que le baja los calzoncillos no ve los cortes: seis pulcras rayas horizontales y paralelas en la parte superior del muslo izquierdo. Entonces lo suelta y se aparta de él como si estuviera enfermo.

—Estás… loco —dice, muy despacio y con rotundidad, cuando lo abandona el shock inicial—. Estás loco, Jude. En las piernas, nada menos. ¿En qué estás pensando? —Jadea de agotamiento y de tristeza—. Estás enfermo —continúa. De nuevo ve a Jude como si fuera un desconocido, se da cuenta de lo delgado que está, y se pregunta cómo no se ha dado cuenta antes—. Estás enfermo. Necesitas que te ingresen. Necesitas…

—Deja de intentar repararme, Willem —le espeta Jude—. ¿Qué soy para ti? ¿Por qué estás conmigo? No soy tu maldita obra benéfica. Me iba bien sin ti.

—¿Ah, sí? Siento no estar a la altura de tu novio ideal, Jude. Ya sé que te van las relaciones más sádicas. Si te tiro por las escaleras unas cuantas veces, tal vez estaré más cerca de serlo. —Ve que Jude se aparta de él y se aprieta con fuerza contra la bañera. Percibe que en sus ojos algo se apaga y se cierra.

—No soy Hemming, Willem —le sisea—. No seré el tullido al que tienes que rescatar como compensación por el que no pudiste salvar.

Willem vuelve a ponerse de pie y retrocede, recoge la cuchilla del suelo y la arroja con todas sus fuerzas a la cara de Jude, que levanta los brazos para protegerse. La cuchilla golpea en sus manos.

—Está bien —dice jadeando—. Por mí puedes cortarte a putos tajos. De todas maneras te importan más tus cortes que yo.

—Sale deseando dar un portazo detrás de él y apaga la luz de un manotazo.

De nuevo en el dormitorio, coge su almohada y una de las mantas de la cama, y se deja caer en el sofá. Si pudiera marcharse en ese momento lo haría, pero la presencia de Harold y Julia lo detienen. Se vuelve boca abajo y grita, grita de verdad hacia la almohada, golpeando con los puños y dando patadas a los cojines como si fuera un niño, y su rabia se mezcla con un pesar tan profundo que lo deja sin aliento. Piensa muchas cosas que no puede definir y tres ideas acuden a su cabeza: se subirá al coche, escapará y no volverá a dirigirle la palabra a Jude nunca más; entrará de nuevo en el cuarto de baño y lo sujetará hasta que se rinda, hasta que consiga curarlo; llamará ahora mismo a Andy y le pedirá que lo ingresen a primera hora de la mañana. No hace ninguna de las tres cosas, solo golpea y patalea inútilmente, como si estuviera nadando pero no avanzara.

Por fin se detiene y se queda inmóvil, y después de lo que le parece mucho rato oye a Jude entrar por fin en la habitación, lenta y silenciosamente como una criatura apaleada, un perro quizá, un ser no amado que solo vive para ser maltratado, y el crujido que hace la cama al meterse en ella.

La larga y desagradable noche avanza a trompicones, y él duerme, un sueño poco profundo y furtivo. Cuando se despierta está amaneciendo, pero se viste igualmente, se pone las zapatillas de deporte y, muerto de cansancio, sale de la casa intentando no pensar en nada. Mientras corre, le lloran los ojos, no sabe si por el frío o por todo lo ocurrido; las lágrimas le empañan la visión y se frota los ojos furioso y sigue corriendo, cada vez más deprisa, inhalando el viento a grandes bocanadas extenuantes, sintiendo dolor en los pulmones. Al regresar, entra en la habitación, donde Jude sigue acurrucado de lado; por un momento se imagina con horror que ha muerto y está a punto de llamarlo cuando ve que se mueve un poco en sueños, de modo que entra en el cuarto de baño y se ducha, guarda la ropa de deporte en la bolsa de viaje, se viste y sale, cerrando la puerta tras de sí sin hacer ruido. En la cocina encuentra a Harold, que le ofrece una taza de café, y como siempre desde que empezó su relación con Jude, él la rechaza con la cabeza, aunque en ese momento solo el olor del café, la calidez que desprende, despierta en él un deseo voraz. Harold, que no sabe por qué dejó de tomar café, confiesa su intención de conducirlo por la senda de la tentación, y aunque Willem suele bromear con él, esa mañana no lo hace. Ni siquiera lo mira, de lo avergonzado que está. También se siente resentido con Harold, por esperar de manera tácita pero constante que él siempre sepa qué hacer con Jude; la decepción y el desdén que sabe que sentiría hacia él si se enterara de lo que ha hecho y ha dicho esa noche.

—No tienes muy buen aspecto —le dice Harold.

—No. Lo siento mucho, Harold. Pero Kit me envió un mensaje anoche diciendo que el director al que tenía previsto ver esta semana se marcha esta noche de la ciudad. Tengo que volver hoy.

—Oh, no, Willem. ¿En serio? —empieza a decir Harold. En ese momento entra Jude—. Willem me está diciendo que tenéis que volver a la ciudad esta mañana.

—Tú no tienes por qué irte —le dice Willem, sin levantar la vista de la tostada que está untando—. Puedes quedarte el coche. Pero yo tengo que volver.

—No, yo también debería irme —responde Jude, tras un breve silencio.

—¿Qué clase de Acción de Gracias es este? ¿Coméis y os dais a la fuga? ¿Qué voy a hacer con todo ese pavo? —pregunta Harold, aunque su teatral indignación no tiene fuerza. Willem nota cómo los mira a uno y a otro intentando averiguar qué ha ocurrido, qué ha salido mal.

Intenta charlar con Julia y pasar por alto las preguntas que le hace Harold sin formularlas mientras espera a que Jude se prepare. Se acerca al coche antes que él para dejar claro quién va a conducir esta vez y se despide. Harold lo mira y abre la boca, pero enseguida la cierra de nuevo y lo abraza.

—Conduce con prudencia.

En el coche está que echa humo; aprieta sin cesar el acelerador y acto seguido se recuerda que debe reducir la velocidad. No son ni las ocho de la mañana y es el día de Acción de Gracias, de modo que la autopista está vacía. A su lado, Jude le da la espalda, con la cara apoyada contra la ventanilla. Willem todavía no lo ha mirado, no sabe qué expresión tiene, no puede ver las ojeras debajo de los ojos que, según le dijo Andy en el hospital, son un signo revelador de que se ha hecho demasiados cortes. Su rabia se aviva y se apaga en cuestión de millas. A ratos ve a Jude mintiéndole —cae en la cuenta de que siempre le ha mentido— y la cólera lo llena como aceite hirviendo. Otros ratos piensa en lo que le dijo por la noche, y en su forma de comportarse, en toda la situación, en el hecho de que la persona a la que quiere actúe de una forma tan horrible consigo misma, y siente tantos remordimientos que tiene que agarrar con fuerza el volante para concentrarse. «¿Tiene razón él? ¿Lo veo como a Hemming? —se pregunta. Y luego piensa—: No, no es cierto. Eso es solo una idea delirante de Jude, porque no es capaz de comprender que alguien quiera estar con él.» Sin embargo, lejos de tranquilizarlo, esa explicación lo destroza aún más.

Al dejar atrás New Haven se toma un descanso. Normalmente al pasar por New Haven evoca la época en que, siendo estudiantes, él y JB compartían habitación, y le trae recuerdos como la vez que tuvo que ayudar a JB y a Henry Young el Asiático a montar su exposición de guerrilla colgando cuerpos de animales muertos cerca de la facultad de medicina, o la vez que JB se cortó las rastas y las dejó en el lavabo hasta que Willem por fin las tiró dos semanas después, o la vez que JB y él bailaron música tecno durante cuarenta minutos seguidos mientras Greig, el amigo de JB que hacía vídeos, los grababa. «Cuéntame la vez que JB llenó la bañera de Richard de sapos», le habría dicho Jude, sonriendo. «Cuéntame la vez que saliste con una lesbiana.» «¿Cuéntame la vez que JB se coló en aquella orgía feminista.» Pero ese día ninguno de los dos dice nada y pasan por New Haven sin hablar.

Se baja del coche para llenar el depósito e ir al aseo.

—No voy a parar de nuevo —le dice a Jude, que no se ha movido, pero él se limita a hacer un gesto de negación, y Willem cierra de golpe la portezuela notando cómo le invade la rabia.

Llegan a Greene Street antes del mediodía, bajan del coche en silencio, suben en el ascensor en silencio y entran en el piso también en silencio. Él lleva la bolsa de viaje a la habitación y oye que Jude se sienta al piano y empezar a tocar la *Fantasía en do mayor* de Schumann; un tema bastante vigoroso para alguien tan débil e impotente, piensa con amargura, y se da cuenta de que tiene que salir de allí.

Antes de quitarse siquiera el abrigo, entra de nuevo en el salón con las llaves.

—Voy a salir —dice, pero Jude no deja de tocar—. ¿Me has oído? Voy a salir.

Entonces Jude se detiene y levanta la mirada.

—¿Cuándo volverás? —le pregunta en voz muy baja, y al oírlo Willem nota que su determinación se debilita, pero enseguida recuerda lo enfadado que está.

—No lo sé. No me esperes levantado.

Pulsa el botón del ascensor. El silencio se prolonga unos minutos más y luego Jude continúa tocando.

De pronto regresa al mundo, las tiendas están cerradas y el SoHo está tranquilo. Echa a andar hacia la West Side Highway, que recorre en silencio, con las gafas de sol puestas y, enrollada alrededor del cuello sin afeitar, la bufanda que se compró en Jaipur (una gris para Jude y una azul para él), de un cachemir tan suave que se le engancha con el más mínimo atisbo de barba. Camina y camina; más tarde no recordará siquiera en qué pensó, si pensó en algo. Cuando tiene hambre se desvía al este para comprarse un pedazo de pizza, que se come de pie en la calle, sin apenas saborearla. «Este es mi mundo —piensa deteniéndose junto al río y mirando hacia New Jersey—. Este es mi pequeño mundo y no sé qué hacer en él.» Se siente atrapado ¿cómo iba a sentirse si no es capaz siquiera de gestionar el lugar que ocupa en él? ¿Qué otra cosa se puede esperar cuando no comprende lo que creía comprender?

Cae la noche, y el viento se recrudece, pero aun así sigue caminando. Quiere calor, comida, una habitación llena de gente riéndose. Sin embargo, no soporta la idea de entrar en un restaurante él solo el día de Acción de Gracias, y menos en ese estado anímico; lo reconocerán, y no tiene energía para hablar de cosas triviales, para desplegar la afabilidad y la soltura que esos encuentros requieren. Sus amigos se burlan de él cuando afirma que puede ser invisible, que es capaz de controlar su visibilidad, que la gente lo reconozca o no, pero él se lo creía, aun cuando las pruebas no cesaban de contradecirlo. Ahora ve en ese convencimiento una prueba más de su capacidad de autoengaño, de su obstinación en fingir que el mundo se amoldará solo a la visión que tenga de él: que Jude mejorará solo porque él desea que lo haga; que lo comprende porque quiere creer que lo hace; que es capaz de recorrer el SoHo sin que nadie lo reconozca. Pero en realidad es prisionero de su trabajo, de su relación y, sobre todo, de su ingenuidad deliberada.

Al final se compra un sándwich y coge un taxi al sur, hacia el piso de Perry Street que prácticamente ya no es suyo; en unas semanas dejará de serlo porque se lo ha vendido a Miguel, su amigo español que está alargando su estancia en Estados Unidos. Pero esa noche todavía lo es. Entra en él con cautela, como si pudiera haberse deteriorado o hubiera engendrado monstruos desde la última vez que estuvo allí. Es temprano, aun así se desnuda, va en busca de la manta de Miguel de su cama y después de apartar la ropa de su amigo de la *chaise longue*, se tumba en ella, y deja que la impotencia y el torbellino del día —cuántas cosas han sucedido en un solo día— se asienten, entonces se echa a llorar.

Sigue llorando cuando suena el móvil, se levanta para responder pensando que podría ser Jude, pero no lo es, es Andy.

—¡Andy, lo he jodido todo! —grita—. Lo he jodido de verdad. He hecho algo horrible.

—Vamos, Willem, seguro que no es tan horrible como crees. Estoy convencido de que eres demasiado duro contigo mismo.

Entonces Willem le cuenta de un tirón lo sucedido y cuando termina Andy se queda callado.

—Oh, Willem. —Suspira, no parece enfadado, solo triste—. Tienes razón, es horrible.

Sin saber por qué, a Willem le entran ganas de reír, aunque acto seguido gime.

—¿Qué debo hacer?

Andy vuelve a suspirar.

—Si quieres seguir con Jude, yo iría a casa y hablaría con él —responde muy despacio—. Y si no quieres seguir con él…, iría a casa igualmente y hablaría con él. —Guarda silencio unos minutos—. Lo siento mucho, Willem.

—Lo sé —dice él. Y cuando Andy se despide, lo interrumpe—. Andy, respóndeme con franqueza. ¿Está mentalmente enfermo?

Se hace un largo silencio.

—Creo que no, Willem —responde al fin—. Mejor dicho, no creo que haya una disfunción química en él. Creo que su locura no es congénita, sino que proviene de sus experiencias pasadas. —Guarda silencio—. Trata de que hable contigo, Willem. Si habla entenderás…, creo que comprenderás por qué es como es.

De pronto Willem necesita ir a casa; se viste y corre hacia la puerta, para un taxi y se sube a él, se baja, abre la puerta, sube en el ascensor, entra con sus llaves en el piso, que está silencioso, desconcertantemente silencioso. Por el camino ha tenido una visión repentina que ahora ve como una premonición: Jude ha muerto, se ha matado, y cruza corriendo el apartamento llamándolo a gritos.

—¿Willem? —oye al entrar en el dormitorio. La cama está intacta.

Ve a Jude en el extremo izquierdo del vestidor, acurrucado en el suelo, mirando la pared. Sin preguntarse qué está haciendo allí, se arroja a su lado. No sabe si tiene permiso para tocarlo pero lo hace igualmente, lo rodea con los brazos.

—Lo siento —dice en su nuca—. Lo siento, lo siento muchísimo. No quería decir lo que dije... Si te hicieras daño, me destrozaría. De hecho, ya lo estoy. —Exhala—. Y nunca, nunca debería haber utilizado la fuerza física contigo. Perdóname.

—Yo también lo siento —susurra Jude, y los dos guardan silencio—. Siento lo que te dije. Siento haberte mentido, Willem.

Permanecen callados mucho rato.

—¿Recuerdas que un día me dijiste que tenías miedo de ser para mí una caja de sorpresas desagradables? —le pregunta Willem. Él asiente de forma casi imperceptible—. No lo eres, pero estar contigo es como estar en un paisaje fantástico —continúa despacio—. Crees que es un bosque, y de pronto cambia y es un prado, una selva o un acantilado de hielo. Todo es bonito, pero también extraño, y no dispongo de mapa, y no entiendo cómo se pasa de un terreno a otro de forma tan brusca, y no sé cuándo ni qué vendrá después, y no tengo el equipo necesario. De modo que hay que seguir avanzando, intentando adaptarse sobre la marcha, sin saber en realidad lo que estás haciendo, y a menudo se cometen errores, errores graves. Esa es la sensación que tengo a veces.

Se quedan callados.

—Me estás diciendo que soy algo así como Nueva Zelanda —dice Jude por fin.

Willem tarda un instante en darse cuenta de que está bromeando, y cuando lo hace se ríe como un loco, con alivio y pesar, y vuelve la cara de Jude hacia él y lo besa.

—Sí, eres Nueva Zelanda.

Vuelven a quedarse callados y serios, pero al menos se miran.

—¿Te irás? —le pregunta Jude con voz tan débil que Willem a duras penas lo oye.

Él abre la boca y la cierra. Con todo lo que ha pensado y dejado de pensar en las últimas veinticuatro horas, no se ha planteado en ningún momento irse.

—No —responde. Y luego añade—: Creo que no. —Observa cómo Jude cierra los ojos y luego los abre y asiente—. Jude —continúa, las palabras acuden a sus labios a medida que las pronuncia y al oírlas sabe que está haciendo lo correcto—. Creo que necesitas ayuda…, una ayuda que yo no sé darte. —Toma aire—. Quiero que ingreses voluntariamente o que vayas a ver al doctor Loehmann un par de veces por semana. —Durante un largo rato observa a Jude; no sabe en qué está pensando.

—Y si no quiero hacer ni una cosa ni la otra, ¿te marcharás?

Él hace un gesto de negación.

—Te quiero, Jude. Pero no puedo… no puedo pasar por alto eso que haces. Si me quedara y siguieras haciéndolo, con mi presencia te daría a entender que cuentas con mi aprobación tácita. De modo que sí, supongo que me marcharía.

De nuevo guardan silencio, y Jude se vuelve poniéndose boca arriba.

—Si te cuento lo que me pasó —empieza a decir, con voz entrecortada—, si te cuento lo que me cuesta tanto contar..., si te lo cuento, ¿tendré que ir igualmente?

Él lo mira y menea de nuevo la cabeza.

—Oh, Jude. Sí, tendrás que ir. Pero cuéntamelo de todos modos, sea lo que sea.

Se quedan callados una vez más, esta vez el silencio da paso al sueño; se acoplan el uno en el otro y se duermen, duermen hasta que Willem oye la voz de Jude y entonces se despierta y lo escucha. Les llevará horas, porque a veces Jude será incapaz de continuar, y Willem tendrá que esperar, abrazándolo tan fuerte que le cortará la respiración. En dos ocasiones Jude intentará zafarse y Willem lo inmovilizará en el suelo y lo sujetará hasta que se calme. Como están en el vestidor, no sabrán qué hora es, solo que ha pasado un día entero, porque habrán visto cómo se desenrollan alfombras de sol por el suelo, desde el dormitorio y desde el cuarto de baño. Willem escuchará historias inimaginables, abominables; se disculpará tres veces para ir al cuarto de baño, donde contemplará su cara en el espejo y se recordará que tiene que encontrar el coraje para escuchar, aunque querrá taparse los oídos y amordazar a Jude para que las historias cesen. Le observará la nuca, porque Jude no es capaz de mirarlo, e imaginará a la persona que cree conocer reducida a escombros, nubes y polvo, mientras no muy lejos equipos de artesanos intentan reconstruirlo en otro material y con otra forma, una persona diferente de la que ha sido durante años y años. Las historias se sucederán sin cesar y dejarán a su paso miseria, sangre, huesos, polvo, enfermedad y tristeza. Cuando Jude acabe de contarle los años que estuvo con el hermano Luke, Willem le volverá a preguntar si disfruta del sexo, aunque solo sea un poco o de vez en cuando, y esperará largos minutos hasta que Jude responderá que no, que no lo soporta, que nunca lo ha soportado, y él asentirá, horrorizado pero aliviado de saber por fin la verdad. Luego le preguntará, pese a no saber dónde ha permanecido escondida la pregunta, si le atraen siquiera los hombres, y, tras un silencio, Jude le dirá que no está seguro, que siempre había tenido relaciones sexuales con hombres y dio por sentado que siempre lo haría. «¿Te gustaría acostarte con mujeres?», le preguntará, y después de otro silencio prolongado verá como Jude hace un gesto de negación. «No. Es demasiado tarde para mí, Willem.» Y él le dirá que no lo es, que hay cosas que pueden ayudarlo, pero Jude meneará de nuevo la cabeza. «No —dirá—. No, Willem, ya he tenido suficiente. Ya basta», la verdad de esas palabras le golpeará en plena cara y entonces él parará. Se dormirán de nuevo y los sueños de Willem serán horribles. Soñará que él es uno de los hombres de las habitaciones de motel y se dará cuenta de que se ha comportado como uno de ellos, se despertará asustado y Jude tendrá que calmarlo. Al final se levantarán del suelo —es el sábado por la tarde, y desde el jueves por la noche han estado tumbados en el vestidor—, se ducharán, y comerán algo, algo caliente y reconfortante; luego irán directos de la cocina al estudio, donde él oirá que Jude deja un mensaje al doctor Loehmann, cuya tarjeta Willem ha llevado en la cartera durante años y ahora la saca como un mago. Luego se acostarán y se quedarán tumbados en la cama mirándose temerosos. Él temerá preguntarle a Jude si puede acabar la historia, y este temerá preguntarle a él cuándo se irá, porque ahora su partida es inevitable.

Se miran fijamente hasta que el rostro de Jude pasa a ser una serie de colores, formas y planos que han sido dispuestos para dar placer a otros a cambio de no recibirlo. Willem no sabe qué hará.

Se siente aturdido por lo que ha escuchado, por la enormidad de sus errores, por el esfuerzo de intentar llevar su comprensión más allá de todo lo imaginable y porque sabe que todo lo construido con tanto cuidado ha sido destruido de forma irreparable.

Pero de momento están en su cama, en su habitación, en su piso, y toma la mano de Jude entre las suyas con delicadeza.

—Me has contado cómo llegaste a Montana —se oye decir—. ¿Qué pasó luego?

La de su huida a Filadelfia era una época en la que casi nunca pensaba, pues había estado tan desconectado de sí mismo que, incluso mientras la vivía, le parecía que no era del todo real; había ocasiones en que abría los ojos y era sinceramente incapaz de discernir si había sucedido en realidad o solo lo había imaginado. Ese persistente e inalterable sonambulismo había sido útil, ya que lo había protegido, pero luego, al igual que la habilidad para olvidar, lo había abandonado y no había sabido recuperarlo.

La primera vez que había advertido esa suspensión fue en el hogar para niños. Por las noches le despertaba a veces alguno de los tutores, y él lo seguía hasta la oficina y hacía lo que le pedía. Cuando terminaban, lo acompañaban de nuevo a la habitación —un pequeño espacio con una litera que compartía con un chico que padecía una discapacidad mental, grueso y poco despierto, de aspecto asustado y proclive a los ataques de rabia, al que los tutores también se llevaban a veces por las noches— y lo encerraban de nuevo. Había otros niños de los que los tutores abusaban, pero aparte de su compañero de habitación, no sabía cuáles. Durante esas sesiones se quedaba mudo, y mientras esperaba arrodillado, acuclillado o tumbado, pensaba en la esfera redonda de un reloj con el segundero deslizándose por ella impasible, y contaba las vueltas que daba hasta que se acababa. Sin embargo, nunca suplicaba, nunca imploraba. Nunca negociaba, ni hacía promesas ni gritaba. No tenía la energía ni la convicción; ya no.

Unos meses después de aquel fin de semana con los Leary intentó huir. Asistía a las clases del centro de formación superior local los lunes, los martes, los miércoles y los viernes, y uno de los tutores lo esperaba en el aparcamiento para llevarlo de vuelta al centro. A él le aterraba que acabaran las clases, le aterraba tener que regresar al centro; nunca sabía cuál de los tutores estaría esperándolo, y cuando llegaba al aparcamiento y lo veía, a veces sus pasos aminoraban la marcha, pero era como si él tuviera magnetismo, como si estuviera controlado por iones y no por su voluntad, y acababa en el coche.

No obstante, una tarde de marzo, poco después de cumplir catorce años, al doblar la esquina y ver al tutor, un hombre llamado Rodger que era el más cruel, exigente y vicioso de todos, se detuvo. Por primera vez en mucho tiempo algo en su interior se resistió, y en lugar de seguir andando hacia Rodger, retrocedió por el pasillo y, en cuanto se aseguró de que nadie miraba, echó a correr.

No se había preparado para ello y no tenía ningún plan, pero una parte oculta y feroz de su ser parecía haber observado mientras el resto permanecía sentado, envuelto en un denso sopor, y se encontró corriendo hacia el laboratorio de ciencias, que había sido reformado hacía poco, pasando por debajo de un plástico azul que protegía uno de los lados expuestos del edificio y retorciéndose hasta encajar en el hueco de dieciocho pulgadas que separaba la pared interior medio derruida de la nueva pared exterior de cemento a medio construir. Había el espacio justo para que él cupiera, y se metió en él en posición horizontal con cuidado para que no se le vieran los pies.

Mientras yacía allí, intentó decidir qué hacer a continuación. Rodger estaría esperándolo y cuando viera que no aparecía lo buscaría. Pero si lograba aguantar allí toda la noche; si era capaz de esperar a que todo estuviera en silencio, podría escapar. Eso fue lo que pensó, aunque sabía lo suficiente para darse cuenta de que las posibilidades de salir airoso eran muy reducidas: no tenía comida ni dinero, y aunque solo eran las cinco de la tarde, estaban bajando las temperaturas. La espalda, las piernas y las palmas de las manos, todas las partes presionadas contra la piedra, se le empezaban a entumecer, y los nervios le producían un millar de pinchazos. Sin embargo, también se sintió por primera vez en meses alerta, notó la embriagadora emoción de ser capaz de tomar una decisión, por desacertada, mal planeada o impracticable que fuera. De pronto los pinchazos no eran un castigo sino una fiesta, cientos de fuegos artificiales en miniatura que estallaban dentro de él, como si el cuerpo le recordara quién era y a quién pertenecía todavía: a él.

El perro del guardia de seguridad tardó dos horas en encontrarlo. Lo sacaron a rastras agarrándolo por los pies, y las palmas de las manos se le llenaron de arañazos al intentar aferrarse a los bloques de cemento. Estaba tan helado que tropezaba al andar y tenía los dedos demasiado entumecidos para abrir la portezuela del coche; en cuanto se subió, Rodger se volvió y le pegó un puñetazo en la cara, la sangre espesa y caliente que le brotó de la nariz le pareció reconfortante, y su sabor en los labios le recordó el poder nutritivo de la sopa, como si el cuerpo estuviera resuelto a salvarse a sí mismo.

Esa tarde lo condujeron al cobertizo donde a veces lo llevaban por las noches y lo golpearon tan fuerte que enseguida perdió el conocimiento. Por la noche lo ingresaron en el hospital, y volvieron a hacerlo unas semanas después porque se le infectaron las heridas. Durante esas semanas los tutores lo dejaron solo, y aunque dijeron que era un delincuente, que estaba trastornado, que era un desastre y un mentiroso, las enfermeras se mostraron amables con él; incluso una, ya entrada en años, se sentaba junto a su cama y le sostenía en los labios un vaso de zumo de manzana con una pajita para que sorbiera sin levantar la cabeza, ya que tenía que permanecer tumbado de lado para que pudieran limpiarle la espalda y drenarle las heridas.

—No me importa lo que hiciste —le dijo una noche, después de cambiarle las vendas—. Nadie se merece esto. ¿Me oyes, joven?

«Entonces ayúdeme —quería decir él—. Por favor, ayúdeme.» Pero no lo dijo. Se sentía demasiado avergonzado.

Ella se sentó de nuevo a su lado y le puso una mano en la frente.

—Intenta comportarte, ¿me oyes? —le dijo, pero el tono era amable—. No quiero volver a verte aquí.

«Ayúdeme —quiso decir él de nuevo cuando ella salió de la habitación—. Por favor.» Pero no pudo. Nunca volvió a verla.

Más tarde, ya adulto, se preguntaría si se había inventado a esa enfermera, si era un producto de su desesperación, un simulacro de amabilidad casi tan balsámico como si hubiera sido real. Discutía consigo mismo: si ella hubiera existido de verdad, ¿no le habría hablado de él a alguien? ¿No habría enviado a alguien para que lo ayudara? Pero sus recuerdos de ese período eran borrosos y poco fiables, y con los años se percató de que siempre intentaba convertir su vida, su niñez, en algo más aceptable y normal de lo que había sido. Se despertaba después de haber soñado con los tutores e intentaba consolarse, diciéndose: «Solo dos abusaban de ti. Quizá tres. Los demás no lo hacían. No todos fueron crueles contigo». Entonces se pasaba días enteros intentando recordar cuántos habían sido en realidad. ¿Dos? ¿Tres? Durante años no atinaría a comprender por qué eso era tan importante para él, por qué siempre intentaba contradecir sus propios recuerdos, discutiendo los detalles de lo ocurrido. Hasta que comprendió la razón: si lograba convencerse a sí mismo de que había sido menos horrible de lo que recordaba, también podría convencerse de que estaba menos dañado, más cerca de la salud, de lo que temía estar.

Al final lo mandaron de vuelta al hogar, y la primera vez que se vio la espalda, se apartó tan deprisa del espejo del cuarto de baño que resbaló y cayó sobre una zona de baldosas mojadas. En las primeras semanas que siguieron a la paliza, cuando todavía se estaba formando la cicatriz, su espalda era una montaña de carne hinchada, y durante las comidas, en las que acostumbraba a sentarse solo, los chicos mayores le arrojaban pelotas hechas de servilletas de papel mojadas y vitoreaban cuando lo alcanzaban. Hasta ese momento no había pensado demasiado en su aspecto físico. Sabía que era feo. Sabía que estaba destrozado y que tenía enfermedades. Pero nunca se había considerado grotesco. Y de pronto lo era. Era como si debido a alguna fatalidad, él fuera cada vez peor, más repugnante, más depravado a medida que pasaba el tiempo. Cada año menguaba su derecho a la condición humana; cada año era menos persona. Aunque ya no le importaba; no podía permitírselo.

Sin embargo, era difícil vivir sin que nada le importara, y se descubrió incapaz de olvidar la promesa que le había hecho el hermano Luke: al cumplir los dieciséis años su vieja vida se acabaría y comenzaría una nueva. Sabía que el hermano Luke le había mentido, pero no podía evitar aferrarse a eso. «Dieciséis —se decía por las noches—. Cuando cumpla dieciséis todo cambiará.»

Una vez le preguntó al hermano Luke cómo sería su vida cuando él cumpliera dieciséis años. «Irás a la universidad», respondió Luke inmediatamente, y él se quedó encantado. Entonces le preguntó a cuál iría, y Luke le dio el nombre de la universidad donde él había estudiado (aunque cuando fue a la universidad, hizo averiguaciones y no encontró constancia de que el hermano Luke —Edgar Wilmont— hubiera pasado por allí; entonces se sintió aliviado de no tener nada en común con él, pese a que fue él quien le había empujado a imaginar que algún día estaría allí).

«Yo también me iré a vivir a Boston —le dijo Luke—. Y nos casaremos, y viviremos en una casa junto al campus.» A veces hablaban sobre ello: las asignaturas que él escogería, lo que el hermano Luke había hecho cuando iba a la universidad, los lugares a los que viajarían cuando él se licenciara. «Puede que algún día tengamos un hijo juntos», le dijo Luke una vez, y él se quedó rígido, porque sabía, sin necesidad de que él se lo dijera, que a ese hijo fantasma le haría lo mismo que le había hecho a él, y se recordaba pensando que eso nunca ocurriría, que él nunca permitiría que existiera ese niño fantasma, ese niño inexistente, nunca dejaría que otro niño estuviera cerca de Luke. Se recordaba pensando que protegería a ese hijo, y por un horrible instante deseó no cumplir nunca los dieciséis años, porque sabía que en cuanto los cumpliera Luke necesitaría a otro niño y no podía permitir que eso sucediera.

Pero ahora Luke estaba muerto y el niño fantasma estaba a salvo. Él podía cumplir dieciséis años sin peligro. Los cumpliría y se salvaría.

Transcurrieron los meses. La espalda sanó. Ahora un guardia de seguridad iba a buscarlo después de las clases y lo acompañaba al aparcamiento, donde esperaba al tutor de guardia. Un día de finales del primer trimestre, el profesor de matemáticas tuvo unas palabras con él al terminar la clase. ¿Había pensado ya en la universidad? Le ofreció su ayuda; él podía ayudarle a entrar en alguna universidad prestigiosa. Él quería irse de allí, deseaba ir a la universidad. Aquellos días estuvo debatiéndose entre resignarse al hecho de que su vida nunca cambiaría y la esperanza, por estúpido y obstinado que fuera al creerlo, de que podía cambiar. El equilibrio entre la resignación y la esperanza cambiaba a diario, a cada hora, a veces en cuestión de minutos, y no sabía si pensar en términos de aceptación o de huida. En ese instante miró a su profesor, pero cuando estaba a punto de responder —«Sí, sí, ayúdeme»—, algo lo detuvo. El profesor siempre había sido amable con él, pero ¿no había en su amabilidad algo que le recordaba al hermano Luke? ¿Y si aceptar la propuesta implicaba pagar un precio? Deliberó consigo mismo mientras el profesor esperaba una respuesta. «Una vez más no dolerá», decía la parte desesperada que había en él, la parte que quería irse de allí, la parte que contaba los días que faltaban hasta los dieciséis, la parte que se burlaba de la otra parte. «Solo una vez más. Otro cliente. Ahora no es momento de sentir orgullo.»

Pero al final pasó por alto esa voz —estaba demasiado cansado, demasiado dolorido, demasiado harto de llevarse chascos— y negó con la cabeza.

—La universidad no es para mí —le dijo al profesor con un hilo de voz por el esfuerzo de mentir—. Gracias, pero no necesito su ayuda.

—Creo que estás cometiendo un gran error, Jude —le dijo el profesor después de un silencio—. Prométeme que lo pensarás.

—Le tocó el brazo y él se apartó con tanta brusquedad que el profesor lo miró con extrañeza. Él se volvió y salió al pasillo hecho un mar de confusión.

Esa noche lo llevaron al cobertizo, que ya no era un lugar de trabajo sino un almacén para guardar los materiales de los talleres de reparación de coches y de manualidades; en él había carburadores medio montados, armazones de camiones a medio reparar o mecedoras medio lijadas que vendían para financiar el hogar. Él estaba en el suelo, y mientras el tutor lo embestía, abandonó su cuerpo y huyó al techo, desde donde contempló la escena que se desarrollaba abajo: la maquinaria y los muebles como esculturas extraterrestres, el suelo polvoriento cubierto de heno que recordaba el uso que en otro tiempo tuvo el cobertizo y que nunca se había borrado del todo, y dos personas que formaban una extraña criatura de ocho piernas, una de ellas silenciosa, y la otra ruidosa y enérgica embistiendo a la primera y soltando gruñidos. Y de pronto salía por la ventana cortada en lo alto de la pared y volaba sobre el hogar, sobre sus bonitos campos de mostaza silvestre, verdes y amarillos en verano, y ahora, en diciembre, también bonitos a su modo: una trémula expansión de blanco lunar, nieve virgen que nadie había pisoteado aún. Volaba por encima de paisajes sobre los que había leído pero que nunca había visto, sobre montañas tan limpias que él se sentía limpio solo contemplándolas, sobre lagos grandes como océanos, hasta que se quedó planeando sobre Boston y luego descendió formado círculos y se acercó a la línea de edificios que bordeaban el río, un expansivo anillo de construcciones salpicado por cuadrados verdes, adonde iría y se reinventaría, donde empezaría su vida y podría fingir que todo lo sucedido con anterioridad le había pasado a otro, que no era más que una serie de errores, de los que nunca hablaría a nadie.

Cuando volvió en sí, el tutor estaba durmiendo encima de él. Se llamaba Colin, a menudo estaba borracho, como esa noche, y le echaba a la cara su cargado aliento a yema de huevo. Él estaba desnudo, y durante un rato se quedó tumbado bajo el peso de Colin, que solo llevaba un jersey, respirando también y esperando a que se despertara para regresar a su habitación y hacerse cortes.

Y de pronto, como si fuera una marioneta y sus miembros se movieran sin pensar, se escabullía de debajo de Colin, sin hacer ruido, se vestía con prisas y, antes de darse cuenta de lo que estaba haciendo, agarró la chaqueta acolchada de Colin y se la puso. Colin era mucho más corpulento, más grueso y más musculoso que él, pero él era muy alto y menos fácil de manejar de lo que parecía. Recogió del suelo los tejanos de Colin, buscó la billetera y sacó el dinero que había en ella —no contó cuánto había, pero por lo delgado que era el fajo supo que no era mucho—, lo guardó en el bolsillo de los vaqueros y echó a correr. Siempre había sido un corredor rápido, silencioso y seguro —viéndolo correr en la pista de atletismo, el hermano Luke le decía que debía de tener algo de mohicano—, y cruzó corriendo las puertas del cobertizo, salió a la silenciosa y centellante noche, donde miró a su alrededor y, al no ver a nadie, siguió corriendo hacia el campo que había detrás del dormitorio.

Había media milla del dormitorio a la carretera, y aunque solía estar dolorido después de recibir las embestidas de los tutores, esa noche no sentía dolor sino euforia, y tenía la mente muy alerta, lo que parecía particularmente apropiado para una noche como aquella. Al llegar a los lindes de la propiedad se arrojó al suelo, se cubrió las manos con las mangas de la chaqueta de Colin y, sujetando las puntas de alambre por encima de él, rodó con cuidado por debajo de la valla metálica. Una vez se vio libre y a salvo su euforia aumentó y corrió con todas sus fuerzas en dirección al este, hacia Boston, lejos del hogar para niños, lejos del oeste y de todo. Sabía que al final tendría que dejar la carretera, que era estrecha y en su mayor parte de tierra, y dirigirse a la autopista, donde estaría más expuesto pero se volvería más anónimo, de modo que bajó con celeridad la colina que conducía al negro y poblado bosque que separaba la carretera de la interestatal. Correr sobre hierba era más difícil, y se mantuvo cerca del bosque para adentrarse en él y esconderse detrás de un árbol si pasaba un coche.

De adulto tullido que no podía siquiera caminar, para quien correr era un truco de magia, tan imposible como volar, recordaría esa noche con asombro: qué ligero de pies, qué veloz, incansable y afortunado había sido. Se preguntaba cuánto debía de haber corrido aquella noche, al menos dos horas, tal vez tres, si bien entonces no pensaba en ello, solo en que debía alejarse cuanto antes del hogar. El sol empezaba a asomar y él se adentró en el bosque, origen de muchos temores infantiles, era tan tupido y oscuro que hasta él se asustó, aunque no le solía temer a la naturaleza; tenía que cruzarlo para llegar a la interestatal, pero también sabía que cuanto mejor se escondiera, menos probabilidades habría de que lo descubrieran, hasta que al final escogió un árbol grande, como si el tamaño albergara una promesa de tranquilidad, como si fuera a guardarlo y protegerlo, se acurrucó entre sus raíces y se durmió.

Cuando se despertó volvía a estar oscuro, aunque no estaba seguro de si era media tarde, ya entrada la noche o las primeras horas de la mañana. Echó a andar de nuevo entre los árboles, tarareando para tranquilizarse y anunciarse a los que estuvieran esperándolo, para demostrarles que no tenía miedo. Cuando el bosque lo escupió de sus entrañas, todavía estaba oscuro, entonces supo que era de noche y que había dormido todo el día; al descubrirlo se sintió más fuerte y enérgico. «Dormir es más importante que comer —se dijo reprendiéndose, porque tenía mucha hambre, y luego ordenó a sus piernas—: Moveos.» Y así lo hicieron, corriendo de nuevo colina arriba hacia la interestatal.

Mientras corría por el bosque comprendió que solo había una manera de llegar a Boston, de modo que esperó a un lado de la carretera, y cuando el primer camión se detuvo y se subió a él, supo qué tenía que hacer. Y eso hizo, una y otra y otra vez; en ocasiones los conductores le daban comida o dinero, otras no. Todos tenían pequeños nidos preparados en los remolques y se tumbaban en ellos, y a veces, al terminar, lo llevaban un trecho más mientras él dormía: el mundo se movía por debajo de él en un terremoto perpetuo. En las estaciones de servicio se compraba algo de comer y esperaba, y al final alguien lo cogía —siempre acababan haciéndolo— y él se subía al camión.

—¿Adónde vas? —le preguntaban.

—A Boston, a visitar a mi tío.

A veces se avergonzaba tanto de lo que hacía que le entraban ganas de vomitar; sabía que nunca sería capaz de decirse a sí mismo que lo habían coaccionado, pues se había acostado con esos hombres por voluntad propia, había dejado que le hicieran lo que quisieran y había actuado con destreza y entusiasmo. Otras veces solo hacía lo que tenía que hacer. No había otra salida. Eso era para lo que servía y era bueno, y lo utilizaba para llegar a un lugar mejor. Se estaba utilizando a sí mismo para salvarse.

En ocasiones los hombres querían estar más rato con él y alquilaban una habitación de motel, entonces él se imaginaba que el hermano Luke estaba esperando en el cuarto de baño. A veces hablaban con él —«Tengo un hijo de tu edad», le decían; «tengo una hija de tu edad»— y él escuchaba allí tumbado. Algunos eran crueles con él; le hacían creer que podían matarlo o hacerle mucho daño; en esos momentos se quedaba aterrado y echaba mucho de menos al hermano Luke, el monasterio, a la enfermera que había sido amable con él. Pero la mayoría de ellos no eran ni crueles ni amables. Eran clientes, y él solo les daba lo que querían.

Años después, cuando fuera capaz de examinar con más objetividad esas semanas, se quedaría perplejo ante su estupidez y su falta de visión: ¿por qué no se había largado? ¿Por qué no había cogido el dinero que había ganado y se había comprado un billete de autobús? Intentaba recordar cuánto había ganado, y aunque sabía que no era mucho, seguramente habría bastado para pagar un billete, aunque no fuera Boston. Pero entonces no se le había ocurrido. Era como si con la huida del hogar hubiera agotado sus recursos, su coraje, y en cuanto se quedó solo dejó que otros hombres dictaran su vida, uno detrás de otro como le habían enseñado a hacer. De todo lo que cambió al hacerse adulto, sería eso, la idea de que podía crear al menos una parte de su propio futuro, lo que más le costó aprender, pero también lo que más le recompensó.

En una ocasión lo recogió un hombre tan grueso, sudoroso y maloliente que casi cambió de opinión; aunque el sexo fue espantoso, se mostró amable con él después, le compró un sándwich y un refresco, se interesó realmente por él y escuchó con interés sus respuestas inventadas. Se quedó dos noches con ese hombre, que mientras conducía ponía música bluegrass y cantaba; tenía una voz preciosa, grave y clara, le enseñó la letra de las canciones y él se sorprendió cantando con ese hombre mientras avanzaban por la carretera. «Caramba, que voz más bonita tienes, Joey», le dijo el hombre. A él (¡qué débil era, qué patético!) ese comentario lo conmovió y devoró esa muestra de afecto como una rata devoraría un mendrugo de pan mohoso. El segundo día el hombre le preguntó si quería quedarse con él; estaban en Ohio, y por desgracia tenía que continuar hacia el sur, pero si quería quedarse con él sería un placer y lo cuidaría. Él declinó el ofrecimiento y el hombre asintió, le dio un fajo de billetes y lo besó; era el primer hombre que lo hacía. «Buena suerte, Joey», le dijo. Luego contaría el dinero y se daría cuenta de que era más del que había ganado en los diez días anteriores juntos. Como el cliente que tuvo después fue cruel, y se mostró violento y brusco con él, lamentaría no haberse ido con el otro; de pronto Boston parecía menos importante que la ternura, que estar con alguien que lo protegiera y fuera bueno con él. Lamentó las escasas opciones que tenía, y su incapacidad para distinguir a las personas que se comportaban bien con él de las aborrecibles; pensó de nuevo en el hermano Luke, que nunca le había golpeado ni gritado, que nunca lo había insultado.

En algún momento enfermó, no sabía si mientras estaba en la carretera o en el mismo hogar. Pedía a los hombres que utilizaran condones, pero algunos no lo hacían, entonces él forcejeaba y gritaba, pero no podía hacer nada más. Sabía por experiencia que necesitaría un médico. Hedía, y estaba tan dolorido que apenas podía caminar. En las afueras de Filadelfia decidió que se tomaría un descanso; tenía que hacerlo. Había rasgado la manga de la chaqueta de Colin y deslizado en ella el dinero enrollado formando un tubo, luego había cerrado el agujero con un imperdible que encontró en una habitación de motel. Se bajó del último camión, aunque en ese momento no sabía que era el último; en ese momento pensó: «Uno más y estaré en Boston». Le indignaba tener que parar ahora que estaba tan cerca de su destino, pero sabía que necesitaba ayuda; había esperado cuanto había podido.

El conductor se detuvo en una gasolinera de las afueras de Filadelfia, pues no quería entrar en la ciudad. Él se dirigió despacio al aseo, donde trató de limpiarse. La enfermedad le producía cansancio y tenía fiebre. Lo último que recordaba de ese día de finales de enero —todavía hacía frío, y lo azotaba un viento húmedo y gélido— era que caminó hasta el límite de la gasolinera, donde había un pequeño árbol solitario, estéril y olvidado, y se sentó envuelto en la chaqueta mugrienta de Colin, con la espalda apoyada en su frágil tronco y cerró los ojos pensando que si dormía un rato podría recobrar al menos un poco las fuerzas.

Cuando se despertó supo que estaba en la parte trasera de un coche en marcha y que sonaba música de Schubert; dejó que la melodía lo reconfortara, era algo que conocía, algo familiar en un coche desconocido que conducía un desconocido a quien no podía mirar porque estaba demasiado débil para incorporarse, en medio de un paisaje desconocido y dirigiéndose a un destino desconocido. Al despertarse de nuevo se encontraba en una habitación, una sala de estar, que recorrió con la mirada: el sofá donde estaba tumbado, la mesa de centro que tenía delante, los dos sillones a cada lado de una chimenea de piedra, todo en tonos marrones. Se levantó, todavía mareado aunque menos, y al hacerlo vio a un hombre de pie en el umbral observándolo; era más bajo que él, delgado pero con el estómago caído y unas caderas hinchadas y generosas. Llevaba unas gafas con una protección de plástico negro sobre la mitad superior, y tenía una coronilla de pelo muy corto y fino, como de abrigo de visón.

—Ven conmigo a la cocina, te daré algo de comer —le dijo con voz débil e inexpresiva, y él lo siguió despacio hasta una cocina que, excepto por las baldosas y las paredes, también era marrón: mesa marrón, armarios marrones, sillas marrones. Se sentó a la cabecera de la mesa, y el hombre le puso delante un plato con una hamburguesa y una porción de patatas fritas, y un vaso de leche.

—No suelo comprar comida rápida —le dijo, mirándolo.

Él no supo qué decir.

—Gracias.

El hombre asintió.

—Come —le ordenó, y él obedeció mientras el hombre lo observaba sentado a la mesa.

En circunstancias normales se habría sentido cohibido, pero tenía demasiada hambre para que le importara. Cuando terminó se recostó en la silla y volvió a dar las gracias al hombre, que volvió a asentir y continuó callado.

—Eres prostituto —dijo finalmente.

Él se ruborizó y bajó la vista hacia la mesa, cuya superficie de madera marrón brillaba.

—Sí —admitió.

El hombre hizo un ruidito al tiempo que arrastraba los pies por el suelo.

—¿Cuánto hace que te prostituyes? —le preguntó, pero él no pudo responder y guardó silencio—. ¿Dos años? ¿Cinco? ¿Diez? ¿Toda tu vida? —Mostró impaciencia o le faltó poco, si bien hablaba con voz suave, sin gritar.

—Cinco años —respondió él.

El hombre volvió a emitir un ruidito.

—Tienes una enfermedad venérea. La huelo.

Él se encogió y asintió con la cabeza gacha.

El hombre suspiró.

—Bueno, has tenido suerte porque soy médico y da la casualidad de que tengo antibióticos en casa. —Se levantó, se acercó a uno de los armarios y regresó con un frasco de plástico naranja del que sacó un comprimido—. Tómate esto. —Él se lo tomó—. Termínate la leche. —Él volvió a obedecer.

Luego el hombre salió de la habitación y él esperó.

—Bien. Sígueme —dijo cuando regresó.

Al levantarse noto las piernas flojas, aun así lo siguió hasta una puerta situada en el otro extremo de la sala de estar, que el hombre abrió con una llave y sostuvo abierta.

—Vamos. Hay un dormitorio.

De puro cansancio, él cerró los ojos, volvió a abrirlos y empezó a prepararse para que el hombre se mostrara cruel, pues los tranquilos siempre acaban siendo despiadados.

Al detenerse en el umbral de la puerta vio que conducía a un sótano y que había un tramo de escalones tan empinados como los de una escalera de mano. Se detuvo una vez más con cautela y el hombre volvió a hacer su extraño zumbido, como si fuera un insecto y lo empujó con suavidad poniéndole una mano en la parte inferior de la espalda, y él bajó tambaleante.

Esperaba encontrar una mazmorra húmeda, resbaladiza y con goteras, pero era un dormitorio: un colchón con una manta y sábanas encima, una alfombra redonda azul debajo, y a lo largo de la pared izquierda una estantería de la misma madera sin pulir que la escalera, llena de libros. El espacio estaba iluminado con la luz cruda e implacable de los hospitales y las comisarías, y en la pared del fondo había un ventanuco del tamaño de un diccionario.

—Te he dejado algo de ropa. —Él vio que encima del colchón había una camisa y unos pantalones de chándal doblados, una toalla y un cepillo de dientes—. Ahí tienes el cuarto de baño —añadió el hombre señalando la esquina derecha del fondo y se dispuso a retirarse.

—Espere —lo llamó él, y cuando el hombre se detuvo en mitad de las escaleras y lo miró, empezó a desabrocharse la camisa.

Algo cambió en el rostro del hombre mientras subía unos escalones más.

—Estás enfermo. Antes tienes que curarte. —Y se marchó, cerrando la puerta tras de sí.

Durmió toda la noche, por agotamiento y a falta de algo mejor que hacer. Cuando a la mañana siguiente se despertó y olió a comida, se levantó y subió despacio los escalones. En lo alto encontró una bandeja de plástico con un plato con huevos escalfados y dos lonchas de beicon, un panecillo, un vaso de agua, un plátano y otra pastilla blanca. Se tambaleaba demasiado para bajar la bandeja sin caerse, de modo que desayunó y se tragó la pastilla sentado en uno de los escalones de madera sin pulir. Después de descansar, se levantó y quiso llevar la bandeja a la cocina, pero el pomo de la puerta no giró. Estaba cerrada con llave. En la parte inferior de la puerta había un pequeño orificio cuadrado que tomó por una gatera, aunque no había visto ningún gato, y retiró la cortina de goma para asomar la cabeza por ella.

—¿Hola? —gritó. Se dio cuenta de que no sabía cómo se llamaba el hombre, lo que no era raro; nunca sabía sus nombres—. ¿Señor? ¿Hola? —No hubo respuesta, y por lo silenciosa que estaba la casa supo que estaba solo.

Debería haberse asustado o entrado en pánico, pero no sintió más que de cansancio. Dejó la bandeja en lo alto de las escaleras, volvió a bajarlas despacio y se metió en la cama, donde volvió a dormirse.

Dormitó durante todo el día, y al despertarse encontró al hombre de pie junto a la cama observándolo. Él se sentó con brusquedad.

—La cena —dijo.

Siguió al hombre escaleras arriba, vestido aún con la ropa prestada, que le quedaba ancha por la cintura y corta de mangas y perneras, pues la suya había desaparecido. Mi dinero, pensó, pero estaba demasiado confuso para pensar nada más.

Se sentó en la cocina marrón; el hombre dejó sobre la mesa la pastilla y dos platos con un pedazo de pudin de carne con puré de patatas y brócoli, uno para cada uno, y empezaron a comer en silencio. El silencio no le ponía nervioso, más bien lo agradecía, aunque el de ese hombre rayaba más bien en la introspección, como un gato que observa en silencio, que observa fijamente algo que no sabes qué es, y cuando menos te lo esperas salta y lo atrapa bajo la garra.

—¿Qué clase de médico es usted? —le preguntó con timidez.

El hombre lo miró.

—Psiquiatra. ¿Sabes qué es?

—Sí.

El hombre hizo otro ruidito.

—¿Te gusta prostituirte?

Inexplicablemente, él se sintió al borde de las lágrimas, pero parpadeó hasta que desaparecieron.

—No.

—¿Por qué lo haces entonces? —le preguntó el hombre. Al ver que él hacía un gesto de negación, insistió—: Habla.

—No lo sé.

El hombre soltó una especie de resoplido.

—Es lo que sé hacer —admitió él por fin.

—¿Eres bueno? —le preguntó, y una vez más él sintió un escozor en los ojos y guardó silencio mucho rato.

—Sí —respondió, y fue el peor reconocimiento que había hecho nunca, la palabra más difícil de pronunciar.

Al terminar de comer, el médico lo acompañó de vuelta a la puerta y le dio el mismo ligero empujón de la vez anterior.

—Espere —dijo él antes de que el hombre cerrara la puerta—. Me llamo Joey. —Y como aquel no decía nada, lo escudriñó y añadió—: ¿Y usted?

El hombre siguió mirándolo, pero esta vez casi sonrió o al menos estuvo a punto de adoptar alguna clase de expresión, aunque al final no lo hizo.

—Doctor Traylor —respondió, y cerró rápidamente la puerta, como si esa información fuera un pájaro que podía salir huyendo si no lo encerraba con él.

Al día siguiente se sentía menos dolorido, menos febril. Pero al levantarse se notó todavía débil, se tambaleó e intentó agarrarse a algo para evitar la caída. Se acercó a los estantes y examinó los libros, todos de tapa blanda, hinchados y abultados a causa del calor y la humedad, y con olor a moho. Encontró un ejemplar de *Emma*, que había leído en clase antes de huir, y se lo llevó a lo alto de la escalera, donde lo leyó mientras desayunaba y se tomaba otra pastilla. Esta vez en la bandeja también había un sándwich envuelto en papel de cocina, con la palabra «Almuerzo» escrita con letras pequeñas. Después de desayunar, bajó las escaleras con el libro y el sándwich, se metió en la cama y recordó lo mucho que había echado de menos leer, y lo agradecido que estaba de tener la oportunidad de dejar atrás la vida que había llevado.

Se durmió de nuevo y luego despertó. Por la tarde estaba muy cansado, parte del dolor regresó, y cuando el doctor Traylor sostenía la puerta abierta para que saliera, tardó mucho rato en subir los escalones. Durante la cena no pronunció palabra, y el doctor Traylor tampoco, pero cuando se ofreció para lavar los platos y cocinar, el doctor Traylor lo miró.

—Estás enfermo.

—Ya me encuentro mejor. Puedo echar una mano en la cocina, si quiere.

—No, me refiero a que estás... enfermo —insistió el doctor Traylor—. No puedo dejar que una persona enferma toque mi comida.

Sintiéndose humillado, bajó la vista y se hizo un silencio.

—¿Dónde están tus padres? —Como él volvió a hacer un gesto de negación, el doctor Traylor insistió—: Habla. —Esta vez se impacientó, aunque todavía no había levantado la voz.

—No lo sé —tartamudeó él—. Nunca he tenido.

—¿Cómo te volviste prostituto? ¿Empezaste tú solo o te ayudó alguien?

Él tragó saliva, la comida que tenía en el estómago se convertía en engrudo.

—Alguien me ayudó —susurró.

Se hizo otro silencio.

—No te gusta que te llame prostituto.

Esta vez él logró levantar la cabeza y mirarlo.

—No.

—Lo entiendo. Pero es lo que eres, ¿no? Puedo llamarte de otro modo, si quieres. Puto, quizá. —Él volvió a guardar silencio—. ¿Te gusta más?

—No —susurró él de nuevo.

—Entonces, ¿está bien lo de prostituto? —le preguntó el hombre. Al final él lo miró y asintió.

Esa noche en la habitación buscó algo con que cortarse, pero no encontró ningún objeto afilado; hasta los libros tenían las hojas hinchadas y reblandecidas. Se clavó las uñas con todas sus fuerzas en las pantorrillas y se inclinó hacia delante haciendo una mueca a causa del esfuerzo y la incomodidad; cuando por fin logró perforarse la piel, se clavó la uña en el corte para hacerlo más grande. Solo logró hacerse tres incisiones en la pierna derecha y acabó tan cansado que se quedó dormido.

La tercera mañana se sentía mucho mejor; más fuerte y alerta. Mientras desayunaba leyó, luego dejó a un lado la bandeja y asomó la cabeza por la gatera. Quiso pasar los hombros por ella, pero por más que lo intentó desde todos los ángulos no lo consiguió, y al final tuvo que rendirse.

Después de descansar volvió a asomar la cabeza por el agujero.

Desde allí veía la sala de estar a su izquierda y la cocina a la derecha; estuvo mirando hacia un lado y otro en busca de pistas. Por lo ordenada que estaba la casa supo que el doctor Traylor vivía solo. Si estiraba el cuello, veía al fondo a la izquierda una escalera que llevaba a una segunda planta, y más allá la puerta principal, pero no alcanzó a ver cuántas cerraduras tenía. Lo que más definía a la casa era el silencio que reinaba en ella; no se oía el tictac de ningún reloj, ni coches ni transeúntes en el exterior. Podría haber estado volando por el espacio de lo silenciosa que era. El único ruido era el ronroneo intermitente de la nevera, pero cuando se detenía, el silencio era absoluto.

Pese a lo anodina que era, la casa resultaba fascinante; era la tercera en la que él entraba. La segunda fue la de los Leary, y la primera, la de un cliente importante que, según le había dicho el hermano Luke, vivía en las afueras de Salt Lake City y había pagado más de la cuenta porque no quería ir a una habitación de motel. Era una casa enorme, de piedra caliza y vidrio; el hermano Luke lo había acompañado y se había metido a hurtadillas en el cuarto de baño —un cuarto de baño tan grande como una habitación de motel— contiguo al dormitorio donde él tenía relaciones sexuales con el cliente. Años después, ya adulto, tendría una fijación por las casas, quería tener una, y aun antes de Greene Street, Lantern House o el piso de Londres, se compraba de vez en cuando una revista de arquitectura y diseño y pasaba despacio las hojas, deteniéndose en cada foto. Sus amigos le tomaban el pelo, pero a él no le importaba; soñaba con tener un lugar que le perteneciera, lleno de cosas que fueran totalmente suyas.

Esa noche el doctor Traylor lo volvió a dejar salir para ir a la cocina, donde una vez más comieron en silencio.

—Ya me encuentro mejor —se atrevió a decir él, y como el doctor Traylor no decía nada, añadió—: Si quiere que haga algo.

—Era lo bastante realista para saber que no le permitiría irse sin haberlo compensado de algún modo y lo bastante optimista para creer que lo dejaría marchar.

Pero el doctor Traylor hizo un gesto de negación.

—Puede que te encuentres mejor, pero sigues estando enfermo. Los antibióticos tardan diez días en eliminar del todo la infección. —Se sacó de la boca una espina de pescado, translúcida de lo fina que era, y la dejó en el borde de su plato, y, levantando la mirada, añadió—: No me digas que es la primera vez que tienes una enfermedad venérea.

Él se sonrojó de nuevo. Esa noche pensó en qué podía hacer. Ya casi se sentía fuerte para correr. Después de la próxima cena seguiría al doctor Traylor por la casa y cuando este se volviera correría hacia la puerta y saldría gritando socorro. El plan planteaba varios inconvenientes —todavía no había recuperado su ropa y no tenía zapatos—, pero sabía que en esa casa había algo raro, que el doctor Traylor tenía algún problema y que tenía que largarse de allí.

Intentó conservar las fuerzas para el día siguiente. Estaba demasiado nervioso para leer y tuvo que reprimir las ganas de pasear por la habitación. Se guardó el sándwich de ese día en el bolsillo de los pantalones de chándal para tener algo que comer si se veía obligado a esconderse durante un tiempo. En el otro bolsillo metió la bolsa de plástico del cubo del cuarto de baño; pensó que podría rasgarla en dos y utilizarla a modo de zapatos una vez que estuviera a salvo, fuera del alcance del doctor Traylor. Y entonces esperó.

Pero esa noche no le dejó salir de la habitación. Desde su puesto en la gatera, vio que las luces de la sala de estar estaban encendidas y desde la cocina le llegó el olor de comida.

—¿Doctor Traylor? ¿Hola? —gritó. No oyó nada, aparte del sonido de carne friéndose y el noticiario en la televisión—. ¡Por favor, doctor Traylor! —Pero no ocurrió nada. Después de llamarlo sin parar estaba tan cansado que se dejó caer de nuevo en las escaleras.

Esa noche soñó que en el piso superior de la casa había una serie de habitaciones, todas con camas bajas y alfombras redondas de felpa, y en cada cama había un niño; algunos eran mayores, pues llevaban mucho tiempo en la casa, y otros eran más pequeños. Ninguno sabía de la existencia de los demás; ninguno oía a los otros. Se dio cuenta de que no sabía cuáles eran las dimensiones de la casa, y en el sueño la casa se convertía en un rascacielos, con cientos de habitaciones semejantes a celdas, y en cada una, un niño diferente; todos esperaban que el doctor Traylor los dejara salir. Se despertó jadeando y corrió a lo alto de la escalera, pero al empujar la cortina de la gatera hacia fuera, esta se movió. La levantó y vio que el orificio estaba tapado con un pedazo de plástico gris, que, por mucho que lo presionó, no cedió.

No sabía qué hacer. Aunque intentó quedarse levantado el resto de la noche, se durmió; cuando se despertó volvió a encontrar en lo alto de la escalera la bandeja con el desayuno, el sándwich del almuerzo y dos pastillas, una para la mañana y otra para la noche. Cogió las pastillas entre los dedos y las miró; si no se las tomaba no mejoraría, y el doctor Traylor no le pondría una mano encima a menos que estuviera recuperado por completo. Pero si no las tomaba nunca se pondría bien, y sabía por experiencia lo mal que se encontraría y lo inimaginablemente sucio que se volvería, como si toda su persona hubiera sido rociada con excrementos, por dentro y por fuera. Empezó a balancearse. «¿Qué hago?», se preguntaba. Pensó en el camionero gordo, el que había sido amable con él. «Ayúdeme —le suplicó—. Ayúdeme.»

«Hermano Luke, ayúdeme, ayúdeme», rogó.

Una vez más pensó: «Me he vuelto a equivocar. He dejado un lugar donde al menos podía estar al aire libre e ir a clase, donde al menos sabía lo que iba a sucederme. Y ahora no tengo nada de todo eso.»

«Eres tan estúpido —le decía la vocecilla que oía en su cabeza—. Eres tan estúpido.»

Los seis días siguientes fueron iguales. La comida aparecía en algún momento mientras dormía, y se tragaba las pastillas, no podía dejar de hacerlo.

El décimo día la puerta se abrió y allí estaba el doctor Traylor. Él se alarmó, lo cogió totalmente desprevenido y antes de que pudiera levantarse, el doctor Traylor cerró la puerta y avanzó hacia él. Llevaba al hombro un atizador de chimenea como si fuera un bate de béisbol, y al verlo acercarse se quedó aterrado. ¿Qué significaba eso? ¿Qué se proponía?

—Desnúdate —le ordenó todavía con voz suave, y él obedeció.

A continuación el doctor Traylor cogió el atizador y él se escabulló de forma refleja, protegiéndose la cabeza con los brazos. Oyó al doctor emitir un ruidito húmedo. Luego vio cómo se desabrochaba los pantalones y se detenía delante de él.

—Bájamelos —le ordenó; él se apresuró a obedecer, pero sin tiempo para empezar, recibió un golpe de atizador en la nuca—.

Intenta morderme o hacerme daño y te aporrearé la cabeza con esto hasta convertirte en un vegetal, ¿me has entendido?

Él asintió con la cabeza, demasiado petrificado para abrir la boca.

—¡Habla! —gritó el doctor Traylor, sorprendiéndolo.

—Sí, lo he entendido —respondió sin aliento.

El doctor Traylor le asustaba, al igual que todos los demás. Sin embargo, a él jamás se le había ocurrido forcejear con los clientes. Nunca se le había ocurrido plantarles cara. Ellos eran fuertes y él no. Además, el hermano Luke lo había entrenado demasiado bien. Era demasiado obediente. Era, como el doctor Traylor le había hecho confesar, un buen prostituto.

Todos los días sucedía lo mismo, y aunque el sexo no era peor de lo que había sido hasta entonces, él seguía convencido de que aquello era solo un preludio que con el tiempo daría paso a algo extraño y horrible. Había oído hablar al hermano Luke —y había visto vídeos— de las cosas que las personas se hacían unas a otras: los objetos, accesorios y armas que utilizaban. Él mismo los había probado en alguna ocasión. Pero se creía afortunado por haberse librado de ello. El terror a lo que podía depararle el futuro era en cierto modo peor que el terror al sexo. Por la noche imaginaba lo inimaginable y empezaba a jadear de pánico, y acababa con la ropa empapada de sudor; tenía otra muda, pero todavía no había recuperado la suya.

Al final de una sesión le preguntó al doctor Traylor si podía marcharse, y el doctor Traylor le contestó que le había ofrecido diez días de hospitalidad y que necesitaba pagar por ellos.

—¿Y después podré irme? —le preguntó, pero el doctor ya salía por la puerta.

El sexto día él trazó un plan. Había un par de segundos como mucho en los que el doctor Traylor se ponía el atizador bajo el brazo para desabrocharse los pantalones con la mano derecha. Si cronometraba el tiempo con exactitud, podía golpearlo en la cara con un libro y echar a correr. Tendría que moverse muy rápido, con mucha agilidad.

Revisó los libros de las estanterías, deseando una vez más que hubiera alguno de tapa dura en lugar entre todos aquellos tochos. Si era pequeño, resultaría más fácil de blandir, de modo que al final se decantó por un ejemplar de *Dublineses*; era lo bastante delgado para agarrarlo bien y lo bastante flexible para estrellárselo en la cara. Lo escondió debajo del colchón pero enseguida cayó en la cuenta de que no era necesario que se molestara en disimular, podía tenerlo a su lado. Así lo hizo y esperó.

Allí estaba una vez más el doctor Traylor con el atizador; en cuanto empezó a desabrocharse los pantalones, él se levantó de un salto y lo golpeó en la cara con todas sus fuerzas, oyó al doctor gritar y el ruido del atizador al caer al suelo de cemento, y notó que lo asía por el tobillo, pero él lo apartó de una patada y subió tambaleándose las escaleras, abrió la puerta y echó a correr. En la puerta principal había una maraña de cerrojos y a punto estuvo de llorar mientras los descorría con dedos torpes, y pronto estuvo fuera, corriendo como nunca lo había hecho. «Puedes hacerlo, puedes hacerlo —le gritaba la voz en su interior, alentándolo por una vez, y luego, con más apremio—: Más deprisa, más deprisa, más deprisa.» La comida del doctor Traylor se había vuelto más parca a medida que él se recuperaba, y se sentía débil y cansado. Aun así estaba muy despierto y corría pidiendo socorro a gritos. Enseguida comprendió que nadie oiría sus gritos; no había ninguna casa a la vista, y tampoco había árboles, solo una extensión virgen y llana sin ningún escondrijo. Tenía frío, y lo que había en el suelo se le clavaban en los pies, pero no se detuvo, siguió corriendo.

De pronto oyó a su espalda unas pisadas y un tintineo que le resultó familiar, y supo enseguida que era el doctor Traylor. No le gritaba ni lo amenazaba, pero cuando volvió la cabeza y vio lo cerca que estaba —a apenas unas pocas yardas detrás de él—, tropezó, cayó y se golpeó la mejilla contra el asfalto.

Y toda la energía lo abandonó, cual bandada de pájaros elevándose ruidosamente y alejándose veloz, y percibió que el tintineo provenía del cinturón desabrochado que el doctor Traylor se estaba arrancando y acto seguido lo golpeó con él. Jude se acurrucó tratando de protegerse de la azotaina, y el no pronunció ni una palabra, solo se oía su respiración, sus jadeos al atizarle cada vez con más fuerza en la espalda, en las piernas, en el cuello.

De vuelta a casa, la paliza continuó, y a lo largo de los días y de las semanas que siguieron recibió más azotes. No con regularidad —él nunca sabía cuándo ocurriría—, aunque sí con suficiente frecuencia para que, unido a la falta de comida, se sintiera débil y mareado; le pareció que nunca reuniría fuerzas para intentar huir otra vez. Como se temía, el sexo también empeoró. Ahora lo obligaba a hacer cosas que nunca sería capaz de contar a nadie, ni siquiera a sí mismo, y, si bien no siempre era aterrador, sucedía lo bastante a menudo para que viviera en un constante estado de miedo y aturdimiento, y pronto comprendió que moriría en casa del doctor Traylor. Una noche soñó que era adulto, pero seguía en el sótano, esperando al doctor Traylor, y supo que le había ocurrido algo, había perdido la razón, era como su compañero de habitación del hogar, y cuando se despertó rezó para morirse pronto. Durante el día dormía y soñaba con el hermano Luke, y al despertarse se daba cuenta de lo mucho que este lo había protegido, lo bien que lo trataba y lo amable que era con él. Entonces subía cojeando a lo alto de la escalera y se arrojaba escaleras abajo, y subía una vez más, esta a gatas, para volver a tirarse.

Y un buen día (¿tres meses después?, ¿cuatro?, más adelante Ana le diría que, según la declaración del doctor Traylor, fue doce semanas después de que este lo encontrara en la gasolinera), el doctor Traylor le dijo:

—Me he cansado de ti. Estás sucio y me repugnas, quiero dejarte.

Él no podía creérselo. Al cabo de unos minutos se acordó de hablar.

—Está bien. Me iré.

—No —replicó el doctor Traylor—. Te irás cuando yo te lo diga.

Durante días no ocurrió nada; él supuso que eso también era mentira, y se alegró de no haberse hecho muchas ilusiones y de ser por fin capaz de reconocer las mentiras en cuanto las oía. El doctor Traylor había empezado a servirle las comidas en un cucurucho hecho con el papel de periódico, y un día se fijó en la fecha y cayó en la cuenta de que era su cumpleaños. «Tengo quince años», anunció a la habitación silenciosa. Al oírse pronunciar esas palabras —las esperanzas, las fantasías, los sueños imposibles que solo él sabía que escondían— enfermó pero no lloró. El aguante para no llorar era su único logro, lo único de lo que se enorgullecía.

Una noche el doctor Traylor bajó las escaleras con el atizador.

—Levántate —le ordenó, y le golpeó la espalda con él mientras subía a tientas las escaleras, cayendo de rodillas una y otra vez.

Lo atizó durante todo el camino hasta la puerta principal, que estaba entornada, y también fuera. La noche era todavía fría y húmeda, sin embargo, aun en medio del pánico él advirtió que las condiciones atmosféricas estaban cambiando, que el tiempo se había suspendido para él pero no para el resto del mundo, donde las estaciones se habían sucedido, ajenas a todo, y notó cómo todo reverdecía a su alrededor. Junto a él había un arbusto desnudo con una rama negra en cuya punta brotaban nudos de color lila pálido; se quedó mirándolo frenético, intentando grabar la imagen en su mente antes de que el atizador lo empujara de nuevo hacia delante.

El doctor Traylor abrió el maletero del coche para que se metiera en él y lo golpeó con el atizador; él oyó un sonido que parecían sollozos, pero no lloraba. Estaba tan débil que el doctor Traylor tuvo que ayudarlo a subirse sujetándolo por la manga de la camisa para no tocarlo.

El coche se puso en marcha. El maletero estaba limpio y era tan amplio que cuando el coche tomaba curvas y subía y bajaba colinas rolaba por él. De pronto el coche viró hacia la izquierda, se adentró por una superficie irregular y se detuvo.

Por un instante —contó tres minutos— no ocurrió nada, y escuchó y escuchó pero no oyó más que su respiración y el latir de su corazón.

El maletero se abrió, el doctor Traylor lo ayudó a salir tirándolo de la camisa y lo empujó hacia la parte delantera del coche con el atizador.

—Quédate aquí —le ordenó.

Él lo hizo, tiritando, mientras veía cómo el médico se subía al coche de nuevo, bajaba la ventanilla y asomaba la cabeza por ella.

—¡Corre! —le gritó, y como él se no se movía, añadió—: Te gusta mucho correr, ¿no? Pues corre. —Y arrancó el coche.

Por fin reaccionó y corrió. Estaban en un campo, un gran cuadrado de tierra desnuda donde en pocas semanas habría hierba, pero entonces solo se veían tramos de hielo de poco espesor que se resquebrajaban como cerámica bajo sus pies desnudos, y pequeños guijarros que centelleaban como estrellas. El campo estaba en una suave hondonada y a la derecha se extendía la carretera. No alcanzaba a ver su extensión, solo que estaba desierta. A su izquierda el campo estaba cercado con una valla de tela metálica, pero quedaba a bastante distancia y no veía qué había más allá.

Corrió con el coche justo detrás de él. Al principio fue una sensación agradable, correr al aire libre y alejarse de esa casa; el hielo como vidrio bajo sus pies, el viento golpeándole el rostro o el guardabarros clavándosele en la parte posterior de las piernas, todo era mejor que aquella casa, aquella habitación hecha de bloques de hormigón ligero y con una diminuta ventana.

Corrió perseguido por el doctor Traylor, que a veces aceleraba, obligándolo a correr aún más deprisa. Pero ya no podía correr tanto y se caía una y otra vez, entonces el coche frenaba y el doctor le gritaba, aunque no parecía furioso.

—¡Levántate! ¡Levántate y corre! ¡Levántate y corre o volveremos a la casa! —Y él se obligaba a levantarse y a correr de nuevo.

Corrió. No podía saber que esa sería la última vez en su vida que correría. Mucho más tarde se preguntaría: «Si lo hubiera sabido, ¿habría logrado correr más deprisa?». Pero era una pregunta imposible, un axioma sin solución. Se caía una y otra vez, y a la duodécima caída movió la boca para intentar decir algo, pero de ella no brotó sonido alguno.

—Levántate —oyó decir al hombre—. Levántate. La próxima vez que caigas será la última. —Y él se levantó de nuevo.

A esas alturas ya no podía correr, solo caminaba y tropezaba, y se alejaba a rastras del coche que lo embestía cada vez más fuerte. «Haz que se detenga», suplicó. Luego recordó una historia de un niño piadoso —¿quién se la había contado?; uno de los hermanos del monasterio, pero ¿cuál de ellos?—, un niño que se encontraba en unas circunstancias mucho peores que las suyas, y fue muy bueno durante mucho tiempo (también en eso se diferenciaban) y una noche rezó a Dios para que se lo llevara. «Estoy listo», dijo el niño de la historia. Entonces apareció un terrible ángel de alas doradas que echaba fuego por los ojos, lo rodeó con las alas y el niño se quedó reducido a cenizas y, liberado de este mundo, desapareció.

«Estoy preparado», dijo él. Y esperó a que acudiera a salvarlo ese ángel con su sobrecogedora y temible belleza.

La última vez que cayó no pudo levantarse de nuevo.

—¡Levántate! —oyó gritar al doctor Traylor—. ¡Levántate!

Pero no pudo. Y entonces oyó que el motor arrancaba de nuevo y los faros avanzaron hacia él, dos haces de fuego como los ojos del ángel; volvió la cabeza de lado y esperó, el coche se acercó y le pasó por encima.

Y ahí se acabó. Entonces se volvió adulto. Mientras estaba en la cama del hospital, con Ana sentada a su lado, se hizo algunas promesas a sí mismo. Evaluó los errores que había cometido. Nunca había sabido en quién confiar, seguía al primero que le demostraba un poco de bondad. Y decidió que eso cambiaría. Ya no se fiaría tan fácilmente de la gente. Ya no tendría relaciones sexuales. Ya no esperaría que alguien lo salvara.

«Las cosas no volverán a ser tan horribles, ya lo verás», le había dicho Ana en el hospital. Y aunque sabía que ella se refería al dolor, a Jude le gustaba pensar que hablaba de su vida en general, que año tras año todo mejoraría. Y Ana no se equivocó, pues las cosas mejoraron. También el hermano Luke tenía razón, ya que al cumplir los dieciséis años su vida cambió.

Un año después de su encuentro con el doctor Traylor, estaba estudiando en la universidad de sus sueños, y a medida que pasaban los días sin tener relaciones sexuales se sentía un poco más purificado. Con el paso del tiempo su vida se volvió más y más increíble. Año tras año su buena suerte se multiplicó, se intensificó: las bendiciones y las gracias que le eran concedidas no dejaban de asombrarle y tampoco las personas que entraron en su vida, tan distintas de las que había conocido que parecían de otra especie. ¿Cómo podían tener el nombre de una misma especie el doctor Traylor y Willem? ¿El padre Gabriel y Andy? ¿El hermano Luke y Harold? ¿Lo que definía al primer grupo también existía en el segundo?, y si era así, ¿cómo había escogido el segundo grupo ser de otro modo? ¿Cómo había decidido en qué se convertirían? No solo se corrigió el rumbo por sí solo sino que las cosas tomaron un giro rayano en el absurdo. Pasó de no tener nada a disfrutar de una recompensa que le resultaba embarazosa. Entonces recordaba lo que le había dicho Harold acerca de que la vida compensa de las pérdidas sufridas, y se daba cuenta de la verdad que encerraba esa afirmación. A veces incluso le parecía que, en su caso, la vida lo había compensado con creces, como si su propia vida le suplicara el perdón amontonando riquezas sobre él y lo cubriera de cosas hermosas, maravillosas y anheladas para que no le guardara rencor, para que le permitiera seguir delante. Así, a medida que pasaban los años, rompió una tras otra las promesas que se había hecho. Acabó siguiendo a personas que se mostraban amables con él. Confió de nuevo en la gente. Volvió a tener relaciones sexuales. Esperó que lo salvaran. Y lo hizo bien; no siempre, pero sí la mayoría de las veces. Dejó de lado lo que el pasado le había enseñado y casi siempre se vio recompensado. No lamentaba nada, ni siquiera haber mantenido relaciones sexuales, porque lo había hecho movido por la esperanza, para hacer feliz a otro, a quien que se lo había dado todo.

Una noche, cuando Willem y él llevaban poco tiempo juntos, fueron a cenar a casa de Richard; una velada ruidosa e informal, solo con personas que les gustaban y a las que querían: JB, Malcolm, Henry Young el Negro, Henry Young el Asiático, Phaedra y Ali con sus respetivos novios y novias, maridos y mujeres. Jude estaba en la cocina ayudando a Richard a preparar el postre cuando JB entró —estaba un poco borracho—, le rodeó el cuello con un brazo y lo besó en la mejilla. «Bueno, Jude, al final has acabado realmente llevándotelo todo, ¿no? Carrera, dinero, piso, y ahora el hombre. ¿Cómo has tenido tanta suerte?», le preguntó sonriendo. Y él le devolvió la sonrisa. Se alegraba de que Willem no estuviera allí para oír ese comentario, pues sabía que se molestaría por lo que habría considerado un arranque de celos por parte de JB, que estaba convencido de que todos los demás tenían, o habían tenido, una vida más fácil que él, y de que Jude había sido el más afortunado de todos.

Pero él no lo veía así. Sabía que era la forma que tenía JB de mostrarse irónico y de felicitarlo por su suerte, que los dos sabían que era desmedida pero también profundamente apreciada. Y si tenía que ser sincero, los celos de JB lo halagaban: para JB no era un tullido a quien el cosmos había compensado por una época maldita, sino un igual, alguien en quien solo veía cosas que envidiar y nada que compadecer. Además, JB tenía razón. ¿Cómo tenía tanta suerte? ¿Cómo había conseguido acabar teniendo todo lo que tenía? Jude se lo preguntaría siempre.

—No lo sé, JB —respondió, ofreciéndole la primera porción de pastel con una sonrisa mientras oía la voz de Willem en el comedor y las carcajadas de los reunidos, el sonido del puro deleite—. Pero ¿sabes? He tenido suerte toda mi vida.

3

El nombre de la mujer es Claudine, es amiga de una amiga de una conocida y diseñadora de joyas, algo anómalo en él, pues normalmente solo se acuesta con personas del gremio, están más acostumbradas a los arreglos temporales y los perdonan con más facilidad.

Tiene treinta y tres años, el cabello largo y moreno más claro en las puntas, y las manos muy pequeñas, manos de niña, cargadas de anillos que ella misma ha diseñado, de oro oscuro y piedras preciosas brillantes; cuando se acuestan es lo último que se quita, como si los anillos, y no la ropa interior, fueran los que ocultaran sus partes más íntimas.

Llevan casi dos meses acostándose —no saliendo, pues él no sale con nadie—, lo que es otra anomalía, y él sabe que pronto tendrá que poner fin a esa relación. Desde el primer día él dejó claro que solo buscaba sexo, que estaba enamorado de otra persona. Pero en el apartamento de Claudine no ve indicios de otro hombre, y cuando le manda un mensaje, ella siempre está disponible. Otra señal de alerta: tendrá que cortar.

La besa en la frente y se sienta.

—Tengo que irme.

—No. Quédate. Solo un poco más.

—No puedo.

—Cinco minutos.

—Cinco —accede él, y se tiende de nuevo en la cama. Al cabo de cinco minutos la besa de nuevo en la mejilla—. En serio, tengo que irme.

Ella emite un ruido que es una mezcla de protesta y resignación, y se vuelve.

Él va al cuarto de baño, se ducha y se enjuaga la boca, vuelve a la habitación y la besa de nuevo.

—Te mandaré un mensaje —le dice, horrorizado al advertir que su vocabulario se ha reducido casi enteramente a frases hechas—. Gracias por dejarme venir.

Ya en casa, cruza sin hacer ruido la sala a oscuras y se dirige el dormitorio, donde se desnuda y se mete en la cama, que emite un gruñido. Se vuelve y con los brazos rodea a Jude, que se despierta y se vuelve hacia él.

—Has vuelto —dice, y Willem lo besa para disimular la culpa y la tristeza que siempre siente cuando percibe el alivio y la felicidad en la voz de Jude.

—Claro. —Siempre vuelve a casa, nunca ha dejado de hacerlo—. Siento que sea tan tarde.

Es una noche bochornosa en la que no corre ni una pizca de aire, pero aun así se aprieta contra Jude como si intentara entrar en calor, entrelazando las piernas con las de él. «Mañana cortaré con Claudine», se dice.

Si bien nunca han hablado de ello, sabe que Jude sabe que se acuesta con otras personas. Incluso le dio permiso para hacerlo. Fue después de aquel horrible día Acción de Gracias, en que, tras años de ofuscación, Jude se quedó al descubierto ante él y los jirones de nubes que siempre lo habían mantenido oculto de pronto se desvanecieron. Durante muchos días no supo qué hacer (aparte de reanudar la terapia; había llamado a su psicólogo al día siguiente de que Jude pidiera hora con el doctor Loehmann), cada vez que miraba a Jude acudían a su mente fragmentos de su historia y lo observaba con disimulo, preguntándose cómo había logrado dejar de ser lo que había sido y transformarse en la persona que era si todo en la vida se había conjurado en su contra. El respeto que sentía, sumado a la desesperación y el horror, tenía más que ver con el que se profesa a los ídolos que a los seres humanos, o al menos los que él conocía.

—Sé cómo te sientes, Willem —le dijo Andy en una de sus conversaciones secretas—, pero él no quiere que lo admires, sino que lo veas tal como es. Quiere que le digas que su vida, por inconcebible que parezca, sigue siendo una vida. —Guardó silencio unos momentos antes de añadir—: Sabes qué quiero decir, ¿verdad?

—Sí, Andy, lo sé.

En los primeros días de aturdimiento que siguieron a la revelación, Willem se dio cuenta de que Jude estaba muy callado en su presencia, como si intentara no llamar la atención, como si no quisiera recordarle lo que ahora sabía. Una noche, más o menos una semana después, estaban comiendo en silencio en el apartamento cuando Jude susurró:

—Ya no puedes ni mirarme.

Él levantó la cabeza y vio su rostro pálido y asustado; entonces arrastró la silla hasta colocarse a su lado y se quedó sentado, mirándolo.

—Lo siento —murmuró—. Me da miedo decir alguna estupidez.

—Creo que dentro de lo que cabe he salido bastante normal, ¿no te parece, Willem? —dijo Jude en voz baja.

Willem percibió la tensión y la esperanza en la voz.

—No —dijo él, y Jude hizo una mueca—. Creo que, dentro y fuera de lo que cabe, has salido extraordinario.

Jude sonrió.

Esa noche hablaron de lo que harían.

—Tengo miedo de que te sientas atrapado conmigo —empezó a decir, y al ver lo aliviado que Jude parecía, se maldijo por no haber dejado claro antes que no pensaba marcharse.

Luego hizo acopio de fuerzas para empezar a hablar del aspecto físico de su relación, de lo lejos que podía ir, de lo que Jude no quería hacer.

—Podemos hacer lo que tú quieras, Willem —le dijo Jude.

—Pero a ti no te gusta.

—Pero te lo debo.

—No. No debería ser algo que me debes; además, no me debes nada. —Willem se detuvo un momento antes de añadir—: Si a ti no te excita, a mí tampoco. —Para su vergüenza, todavía quería acostarse con Jude. No lo haría si él no quería, pero eso no significaba que el deseo pudiera cesar de golpe.

—Ya has renunciado a demasiadas cosas para estar conmigo, Willem —insistió Jude después de un silencio.

—¿Como qué?

—La normalidad. La aceptabilidad social. Una vida fácil. Incluso al café. No puedo pedirte que añadas el sexo a la lista.

Hablaron sin parar, y al final Willem logró persuadirlo para que definiera lo que en realidad le gustaba hacer. (No fue mucho.)

—Pero ¿qué harás? —le preguntó Jude.

—Oh, no te preocupes —respondió Willem; la verdad es que no lo sabía.

—¿Sabes, Willem? Deberías acostarse con quien quisieras. Solo que —tartamudeó—, sé que es egoísta, pero prefiero no enterarme.

—No es egoísta —le dijo Willem, buscándolo a través de la cama—. Y yo nunca lo haría.

Habían mantenido esa conversación hacía ocho meses, y en ese tiempo las cosas habían mejorado, no en su anterior versión de mejorar, pensó Willem, en la que fingía que todo iba bien y hacía caso omiso de las incómodas pruebas o sospechas que indicaban justo lo contrario, sino realmente mejor. Veía que Jude estaba más relajado, se sentía menos inhibido físicamente y se mostraba más cariñoso; todo eso solo porque él lo había liberado de lo que creía que eran sus deberes, y el resultado era que Jude seguía haciéndose cortes, pero con mucha menos frecuencia. Willem ya no necesitaba que Harold o Andy le confirmaran que Jude estaba mejor; sabía que era cierto. La única dificultad era que todavía lo deseaba físicamente, y a veces tenía que recordarse que no podía ir más lejos, que estaba llegando a los límites de lo que Jude podía tolerar, y se obligaba a detenerse. En esos momentos se enfadaba, no con Jude, ni siquiera consigo mismo —nunca se había sentido culpable de desear tener relaciones sexuales y no lo hacía ahora—, sino con la vida, por cómo había conspirado para hacer que Jude temiera algo que él siempre había relacionado con el placer.

Tenía cuidado al escoger con quién se acostaba: elegía a personas (mujeres en realidad; la mayoría habían sido mujeres) que notaba o sabía, por experiencias anteriores, que solo tenían interés en él por el sexo y que eran discretas. A menudo parecían confundidas, y a él no le extrañaba. «¿No estás con un hombre?», le preguntaban. Y él les decía que sí, pero que tenían una relación abierta. «Entonces ¿no eres gay?», le preguntaban. «No, no en esencia», respondía él. Las mujeres más jóvenes lo aceptaban con más facilidad; habían tenido (o tenían) novios que también se habían acostado con hombres; ellas mismas se habían acostado con mujeres. Normalmente se limitaban a decir: «Oh», y si tenían otras preocupaciones o preguntas, se las callaban. Esas mujeres más jóvenes —actrices, ayudantes de maquillaje y vestuario— tampoco esperaban mantener una relación estable con él; a menudo no querían una relación estable con nadie. A veces las mujeres le preguntaban por Jude —cómo se habían conocido, cómo era—, y él les respondía con nostalgia y lo echaba de menos.

Sin embargo, Willem no permitía que ese aspecto de su vida afectara a la vida doméstica. En una ocasión apareció en una crónica de sociedad —que Kit le mandó— un cotilleo, y aunque no daban nombres, era evidente que se refería a él, y después de debatirse entre si decirle algo a Jude o no, optó por no hacerlo; Jude nunca lo leería, y no había motivos para obligarlo a confrontar la realidad de algo que en teoría ya sabía que ocurría.

Pero JB sí lo leyó (otras personas también debieron de hacerlo, si bien la única que se lo mencionó fue JB) y le preguntó si era cierto. «No sabía que teníais una relación abierta», le dijo, con un tono más intrigado que acusatorio. «Oh, sí —respondió él con naturalidad—. Desde el principio.»

Como es natural, le entristecía que su vida sexual y su vida doméstica estuvieran divididas, pero había vivido lo suficiente para saber que en toda relación había algo insatisfactorio y decepcionante, algo que era preciso buscar fuera. Su amigo Roman, por ejemplo, estaba casado con una mujer guapa y fiel, aunque sin muchas luces: no entendía las películas en las que Roman actuaba y para hablar con ella había que adecuar a propósito la velocidad, la complejidad y el contenido de la conversación, y que ella a menudo parecía confusa cuando esta giraba sobre política, economía, literatura, arte, gastronomía, arquitectura o medio ambiente. Willem sabía que Roman era consciente de esa carencia, tanto en Lisa como en su relación. «Ah, bueno —le dijo en una ocasión, sin que él se lo preguntara—, si quiero tener una buena conversación, siempre puedo acudir a mis amigos, ¿no?»

Roman había sido uno de los amigos que se había casado más pronto, y a él le había fascinado y alucinado su elección. Ahora, en cambio, sabía que siempre había que sacrificar algo, la cuestión era qué se estaba dispuesto a sacrificar. Sabía que para ciertas personas —como JB, o como Roman tal vez— el sacrificio que él había hecho sería impensable. También para él lo habría sido en otro tiempo.

Últimamente se acordaba a menudo de una obra de teatro en la que había actuado cuando era estudiante de posgrado. La había escrito una mujer tenaz del departamento de teatro que con los años alcanzaría un gran éxito como guionista de películas de espionaje, pero a quien en su juventud le dio por escribir dramas al estilo de Harold Pinter sobre parejas desdichadas. *Si esto fuera una película* trataba de un matrimonio infeliz —él era profesor de música clásica, ella libretista— que vivía en Nueva York. Como ambos tenían cuarenta y tantos años (en aquel momento, un terreno gris increíblemente lejano e inimaginablemente lúgubre), no tenían sentido del humor y vivían en un estado de continua añoranza de su juventud, cuando la vida estaba llena de promesas y esperanza, ellos eran románticos, y la vida, un romance. Él interpretaba el papel del marido, y aunque sabía que la obra era malísima (había diálogos como este: «Esto no es *Tosca*, ¿sabes? ¡Es la vida!»), se acordaba del último monólogo del segundo acto, cuando la mujer anuncia que quiere irse, que no se siente realizada en su matrimonio y está convencida de que le espera alguien mejor.

SETH: ¿No lo entiendes, Amy? Estás en un error. Las relaciones nunca te dan todo lo que quieres. Piensa todas las cosas que buscas en una persona —química sexual, buena conversación, seguridad económica, compatibilidad intelectual, gentileza o lealtad— y escoge tres. Tres, eso es todo. Tal vez cuatro, si tienes suerte. El resto tendrás que buscarlo en otra parte. Solo en las películas uno encuentra a alguien que te da todo lo que necesita. Pero esto no es el cine. En el mundo real hay que identificar tres cualidades con las que quieres vivir el resto de tu vida y buscar las restantes en otras personas. Así es la vida real. ¿No ves que es una trampa? Si lo quieres todo, acabarás con nada.

AMY *(llorando)*: ¿Y qué has escogido tú?

SETH: No lo sé. *(Pausa.)* No lo sé.

Entonces no se creía esas palabras, porque todo parecía posible: tenía veintitrés años, y eran jóvenes, atractivos, listos y glamurosos. Creían que serían amigos durante décadas, toda la vida. Pero, como es natural, para la mayoría de ellos no había sido así. Al hacerse uno mayor se daba cuenta de que las cualidades que valoraba en las personas con las que se acostaba o con las que salía no eran necesariamente las mismas con las que quería vivir o lidiar a diario. Si uno era listo, y si tenía suerte, aprendía la lección y la aceptaba. Decidía qué era más importante y lo buscaba, y aprendía a ser realista. Cada uno había escogido algo distinto: Roman había optado por la belleza, la dulzura, la flexibilidad; Malcolm, pensó, había escogido la confianza, la competencia (Sophie era de una eficiencia que intimidaba) y la compatibilidad estética. ¿Y él? Él había escogido la amistad. La conversación. La bondad. La inteligencia. Cuando tenía treinta y tantos años, observaba las relaciones de algunas personas y se hacía la pregunta que daba (y seguía dando) pie a innumerables conversaciones de sobremesa: ¿qué sucedía allí? Ahora, con casi cuarenta y ocho años, veía esas relaciones como el reflejo de sus deseos más profundos e inconfesables, de sus esperanzas y sus inseguridades, que tomaban forma física en otra persona. Ahora miraba las parejas —en los restaurantes, en la calle, en las fiestas— y se preguntaba: ¿Por qué estáis juntos? ¿Qué creíste esencial para ti? ¿Qué echas de menos en ti que quieres que te lo proporcione otro? Ahora creía que una relación funcionaba si la pareja reconocía lo que cada uno de ellos podía ofrecer al otro y lo valoraba como lo más preciado.

Y, tal vez no por casualidad, había comenzado a desconfiar de la terapia, de sus promesas y de sus premisas. Nunca había cuestionado que la terapia fuese, en el peor de los casos, un tratamiento benigno; cuando era más joven incluso consideraba un lujo ese derecho a hablar sobre su vida de forma ininterrumpida durante cincuenta minutos, una prueba de que se había convertido en alguien cuya vida merecía tan larga escucha y un oyente tan indulgente. Pero en esos momentos tomó conciencia de su impaciencia respecto a lo que empezaba a ver como la siniestra pedantería de la terapia, su pretensión de que la vida era de algún modo reparable, que existía una norma social y que se podía orientar al paciente para adaptarse a ella.

«Parece que te estés conteniendo, Willem», le dijo Idriss, su psiquiatra desde hacía años, y él guardó silencio. La terapia, los terapeutas, prometían una estricta ausencia de juicio sobre el otro (aunque, ¿acaso no era imposible hablar de lo que quisieras sin que te juzgaran?) y, sin embargo, detrás de cada pregunta había un golpe suave pero inexorable que te empujaba hacia la admisión de algún defecto, hacia la solución de un problema que no sabías que existía. A lo largo de los años había tenido amigos que estaban convencidos de haber disfrutado de una niñez feliz y de unos padres en esencia amorosos, hasta que la terapia les abría los ojos al hecho de que no era así. Él no quería que le sucediera eso; no quería que le dijeran que su felicidad no era sino autoengaño.

—¿Y cómo te sientes sobre el hecho de que Jude ya no quiera tener relaciones sexuales? —le preguntó Idriss.

—No lo sé. —Pero lo sabía, y lo dijo—: Me gustaría que quisiera, por su bien. Me da pena que se esté perdiendo una de las experiencias más grandes de la vida. Pero creo que se ha ganado su derecho a no tenerlas.

Sentado frente a él, Idriss guardó silencio. Lo cierto era que no quería que Idriss intentara diagnosticar lo que no funcionaba en su relación. No quería que le dijera cómo repararla. No quería que Jude y él se vieran obligados a hacer algo que ninguno de los dos deseaba solo porque se suponía que tenían que hacerlo. Le daba la impresión de que, a pesar de su singularidad, su relación funcionaba, y no quería que le demostraran lo contrario. A veces se preguntaba si lo que les había hecho creer que en su relación tenía que haber sexo era solo falta de creatividad por parte de Jude y de él, pero en aquel momento les pareció la única forma de expresar la profundidad de sus sentimientos. La palabra «amistad» era tan imprecisa, tan poco descriptiva y satisfactoria —¿cómo iba a utilizar el mismo término para describir lo que significaba Jude para él que para hablar de India o de los Henry Young?—, que habían optado por otra forma de relación más conocida. Sin embargo, no había funcionado. Y ahora estaban inventando su propia modalidad de relación y habían escogido una que no tenía reconocimiento oficial en la historia ni había sido inmortalizada en la poesía o las canciones, pero que parecía más sincera y menos opresiva.

Aun así, no quería confesarle a Jude el creciente escepticismo que sentía hacia la terapia, porque parte de él seguía creyendo que era beneficiosa para las personas que estaban realmente enfermas, y Jude —por fin era capaz de admitirlo— lo estaba. Sabía que Jude detestaba la terapia; después de las primeras sesiones, lo había visto tan callado y retraído que Willem tuvo que recordarse que lo obligaba a ir por su propio bien.

Al final no pudo soportarlo más.

—¿Qué tal te va con el doctor Loehmann? —le preguntó una noche cuando ya llevaba un mes viéndolo.

Jude suspiró.

—Willem, ¿hasta cuándo tendré que ir?

—No lo sé. Nunca lo he pensado.

Jude lo escudriñó.

—Entonces, ¿pensabas que sería para siempre?

—Bueno. —En realidad eso era lo que pensaba—. ¿Tan horrible es? —Esperó un momento antes de añadir—: ¿Es Loehmann? ¿Quieres que busquemos a otro?

—No, no es Loehmann. Es el proceso en sí.

Él también suspiró.

—Mira, sé lo duro que es para ti. Pero dale un año, Jude. Un año. Y pon de tu parte; entonces veremos.

Jude le prometió que lo haría.

En primavera él se fue a un rodaje, y una noche, Jude le dijo por teléfono:

—Willem, voy a ser sincero contigo.

—Adelante —respondió él, agarrando el teléfono con más fuerza.

Estaba en Londres filmando *Henry y Edith*, en la que interpretaba a Henry James —doce años más joven y con sesenta libras menos de peso, como señaló Kit, pero ¿quién iba a contarlos?— al comienzo de su amistad con Edith Wharton. Era una *road movie* y se rodaba sobre todo en Francia y en el sur de Inglaterra, y estaban acabando el rodaje.

—No me enorgullece haberlo hecho —oyó que Jude decía—, pero me he saltado las últimas cuatro sesiones con el doctor Loehmann. Mejor dicho, he ido pero no he ido.

—¿Qué quieres decir?

—Pues que voy, pero... me quedo leyendo en el coche el tiempo que debería durar la sesión, luego regreso a la oficina.

Se hizo un silencio, que rompieron las risas de los dos.

—¿Qué estás leyendo? —le preguntó cuando por fin logró hablar.

—*Sobre el narcisismo* —admitió Jude, y se volvieron a reír, esta vez tan fuerte que Willem tuvo que sentarse.

—Jude... —empezó a decir por fin, pero este lo interrumpió.

—Lo sé, Willem, lo sé. Volveré. Ha sido una estupidez. Pero no he podido ir las últimas veces, no estoy seguro del motivo.

Cuando Willem colgó, seguía sonriendo, y al oír en su interior la voz de Idriss —«Y bien, Willem, ¿qué piensas del hecho de que Jude no vaya a donde se comprometió a ir?»— hizo un ademán como si apartara las palabras. Las mentiras de Jude. Sus propios autoengaños. Se daba cuenta de que, en uno y otro caso, eran formas de autoprotección que practicaban desde la niñez, hábitos que los habían ayudado a hacer del mundo un lugar más habitable de lo que a veces era. La única diferencia era que ahora Jude intentaba mentir menos, y él trataba de aceptar que ciertas cosas nunca se ajustarían a su idea de cómo debía ser la vida, por intensamente que lo deseara o por mucho que fingiera que lo hacían. De modo que sabía que la terapia tenía una utilidad limitada para Jude. Sabía que Jude seguiría autolesionándose. Sabía que nunca se curaría. La persona a la que amaba estaba enferma, y siempre lo estaría, y su responsabilidad no era que mejorara sino evitar que la enfermedad se agravara. Nunca lograría que Idriss entendiera ese cambio de perspectiva; a veces ni él mismo lo comprendía.

Esa noche invitó a subir al piso a la auxiliar del diseñador de la producción, y mientras estaban en la cama, dio una vez más la versión que había inventado sobre Jude para responder a las preguntas de siempre: quién era él y cómo lo había conocido.

—¡Qué bonito piso! —exclamó Isabel, y él la miró con cierto recelo: al ver el piso, JB había comentado que parecía que hubiera saqueado un gran bazar, e Isabel tenía un gusto excelente, según el director de fotografía.

—En serio —dijo ella al verle la cara—. Es muy bonito.

—Gracias. —El piso era de los dos, de Jude y suyo. Lo habían comprado hacía dos meses, cuando comprendieron que ambos trabajarían cada vez más en Londres. Él se encargó de buscarlo, y escogió la silenciosa y aburrida Marylebone, no por su sobria belleza o su céntrica localización, sino por la gran cantidad de médicos que había en el barrio.

—¡Mira quién hay en el piso de abajo! —exclamó Jude al mirar el directorio de los inquilinos del edificio mientras esperaban al agente inmobiliario que debía enseñárselo —. La consulta de un cirujano ortopédico. —Arqueó las cejas—. Interesante coincidencia, ¿no te parece?

Él sonrió.

—Ya lo creo.

Pero detrás de las bromas había algo de lo que ninguno de los dos había hablado, no solo desde que estaban juntos, sino a lo largo de los muchos años de amistad: en algún momento, no sabían cuándo, Jude empeoraría. Willem no sabía exactamente qué entrañaría eso, si bien como parte de su reciente entrega a la honestidad intentaba que tanto Jude como él estuvieran preparados para un futuro impredecible, en el que cabía la posibilidad de que Jude no pudiera caminar ni sostenerse de pie. Así que, al final, el piso, situado en una cuarta planta de Harley Street, resultó ser la única opción viable: de todos los que había visto, era el que más se parecía a Greene Street: un apartamento de una sola planta con grandes puertas, pasillos anchos, grandes habitaciones cuadradas y cuartos de baño en los que cabía una silla de ruedas (la consulta del cirujano ortopédico en la planta de abajo fue un argumento decisivo para convencerlo de que era lo que necesitaban). Compraron el piso; él llevó las alfombras, lámparas y mantas que había acumulado desde que trabajaba y que guardaba en el sótano de Greene Street, y antes su regreso a Nueva York al acabar el rodaje, uno de los jóvenes exsocios de Malcolm que se había instalado en

Londres para trabajar en la sucursal de Bellcast empezaría a reformarlo.

Al mirar los planos de Harley Street se decía que era muy difícil, y a veces muy triste, vivir en la realidad. Se lo recordó la última vez que quedó con el arquitecto, Vikram, y este preguntó por qué no conservaban las ventanas de la cocina que daban al patio de ladrillo, con sus vistas de los tejados de Weymouth Mews.

—¿No deberíamos conservarlas? Son preciosas.

—Ya lo creo, pero si estás sentado no puedes abrirlas.

Willem cayó en la cuenta de que Vikram se había tomado muy en serio lo que él le había señalado en su primera conversación: que partiera de la base de que, con el tiempo, uno de los ocupantes tendría una movilidad muy limitada.

—Te doy mi palabra de que los dos os sentiréis muy a gusto, Willem. —Vikram tenía una voz tan suave y afable que él aún no sabía si la tristeza que sintió en aquel momento era debida a sus palabras o a la amabilidad con que las había pronunciado.

Ya de vuelta en Nueva York, recuerda esta escena. Están a finales de julio y ha convencido a Jude de que se tome el día libre para ir a la casa de campo. En las últimas semanas Jude ha estado cansado y débil, pero de pronto se ha animado. Hace un día precioso, con el cielo de un azul intenso, el aire cálido y seco, los campos que rodean la casa amarillos de milenrama y prímulas, las losas del borde de la piscina frescas bajo los pies, y Jude canta en la cocina mientras prepara limonada para Julia y Harold, que han ido a pasar el día con ellos. En días como este Willem sucumbe a una especie de encantamiento, un estado en el que la vida le parece inmejorable y, paradójicamente, reparable. Jude no empeorará. Y, claro está, puede mejorar. Él será la persona que lo ayude a reponerse. Por supuesto que es posible, es más que probable. En días como ese parece que no haya noches, y sin noches no hay cortes, no hay tristeza, no hay motivos para el desaliento.

«Sueñas con milagros, Willem», le diría Idriss si supiera qué está pensando, y sabe que es cierto. Pero entonces piensa: ¿y qué hay de sus vidas? —la suya, pero también la de Jude—, ¿acaso no son un milagro? A él le habría tocado quedarse en Wyoming y convertirse en ranchero. Y Jude habría acabado ¿dónde? En prisión, en un hospital, muerto, o algo peor. Pero no ha sido así. ¿Acaso no es un milagro que alguien como él, que no tiene nada excepcional, pueda ganar millones fingiendo ser otra persona? ¿Y que vuele de ciudad en ciudad, pueda satisfacer todas sus necesidades y trabaje en un entorno artificial en el que se le trata como si fuera el potentado de un pequeño país corrupto? ¿No es un milagro ser adoptado a los treinta años, encontrar a personas que te quieran tanto que decidan que formes parte de su familia? ¿No es un milagro haber sobrevivido a lo que parecía imposible sobrevivir? ¿No es la amistad en sí misma un milagro, encontrar a alguien que hace que este mundo solitario lo parezca menos? ¿No es un milagro esta casa, esta belleza, esta comodidad, esta vida? Después de todo esto, ¿no es normal esperar un milagro más, confiar en que, contra todo pronóstico y a pesar de lo que dictan la biología, el tiempo y la historia, ellos sean la·excepción, que a Jude no le ocurra lo mismo que a los que sufren una lesión como la suya, que sea capaz de superar una dificultad más, después de todo lo que ha superado?

Está sentado junto a la piscina hablando con Harold y Julia y de pronto siente ese vacío en el estómago que a veces le sobreviene cuando Jude y él están bajo un mismo techo: una fuerte añoranza, un extraño e intenso deseo de verlo. Y aunque nunca se lo diría, en eso Jude le recuerda lo que sentía con Hemming: la conciencia que a veces le acaricia con la sutileza del roce de unas alas de que sus seres queridos son más temporales que los demás, que los ha tomado prestados y algún día se los arrebatarán. «No te vayas —le decía a Hemming en sus llamadas telefónicas cuando se moría—. No me dejes, Hemming.» Las enfermeras que le sostenían el auricular en la oreja a cientos de millas de distancia tenían instrucciones de decirle exactamente lo contrario, que podía irse, que Willem dejaba que se fuera. Pero él no podía.

Tampoco fue capaz de hacerlo cuando Jude estuvo ingresado en el hospital, tan delirante a causa de los fármacos que su mirada iba de aquí para allá a una velocidad aterradora. «Deja que me vaya, Willem —le suplicó Jude entonces—. Deja que me vaya.»

«No puedo —respondió él llorando—. No puedo.»

Ahora menea la cabeza para apartar el recuerdo.

—Voy a ver dónde está —les dice a Harold y a Julia, pero oyen abrirse la puerta de cristal, y se vuelven, alzan la vista, ven a Jude llevando una bandeja con copas, y se levantan los tres para ayudarlo. Pero justo antes de que empiecen a subir la colina y de que Jude eche a andar hacia ellos, por un instante se quedan todos donde están, y él piensa en un plató, donde se pueden rehacer las escenas, corregir los errores y volver a filmar los pesares. En ese instante ellos están en un lado del fotograma y Jude en el otro; todos sonríen, y parece que en el mundo no haya más que dulzura.

La última vez en su vida que caminó —que caminó de verdad, que no es lo mismo que bordear la pared para ir de una habitación a otra, arrastrar los pies por los pasillos de Rosen Pritchard o avanzar a paso de tortuga por el vestíbulo hasta el garaje y dejarse caer al volante con un gruñido de alivio— fue en unas vacaciones de Navidad. Tenía cuarenta y seis años, y fueron a Bután; una elección acertada, se diría luego, para su última etapa como caminante (aunque, por supuesto, en ese momento no lo sabía), ya que allí todo el mundo caminaba. Toda la gente a la que trataron durante el viaje, entre ellas Karma, un viejo conocido de la universidad que entonces era ministro de Ingeniería Forestal, no contaban las distancias en millas ni en kilómetros, sino en horas. «Oh, sí, cuando mi padre era niño caminaba cuatro horas para visitar a su tía los fines de semana, más las cuatro horas de regreso, claro», les dijo.

A Willem y él les sorprendió, si bien más adelante también coincidieron en que el campo era tan bonito allí, una sucesión de parábolas arboladas, con un cielo azul claro y translúcido, que el tiempo dedicado a caminar debía de transcurrir más rápida y agradablemente que en cualquier otra parte.

A pesar de que él no estaba en su mejor momento en ese viaje, pudo caminar a su antojo. En los meses anteriores se había sentido débil, pero nada parecía indicar que hubiera algún problema mayor. Solo perdía con más rapidez la energía y estaba todo él dolorido, pero no sentía aquel malestar constante y sordo que a veces lo perseguía hasta que se dormía y lo esperaba por la mañana para saludarlo. La diferencia era, como le dijo a Andy, entre un mes salpicado de lluvias tormentosas y un mes en el que llovía a diario, no mucho pero de forma ininterrumpida, lo que no dejaba de ser un enervante incordio. En octubre tuvo que utilizar la silla de ruedas todos los días, el período más largo en que había dependido de ella. En noviembre, aunque se encontraba lo bastante bien para ir a casa de Harold para el día Acción de Gracias, no se vio con fuerzas de sentarse a la mesa y pasó la tarde en su dormitorio, tendido lo más quieto posible en la cama, donde solo a medias era consciente de las entradas y salidas de Harold, Willem y Julia, de sus disculpas por haberles estropeado la fiesta, y de la conversación susurrada entre ellos y Laurence, Gillian, James y Carey, que llegaba del comedor. Entonces Willem quiso anular el viaje, pero él insistió en que no lo hiciera y se alegró, pues le pareció que había algo reparador en la belleza del paisaje, en la pureza y la quietud de las montañas, y en ver a Willem rodeado de arroyos y árboles, que era donde siempre se le veía más a gusto.

Uno de los argumentos con los que había logrado persuadir a Willem para hacer ese viaje era que su amigo Elijah, que ahora era el gestor de un fondo de inversión de alto riesgo para el que él trabajaba, tenía previsto ir de vacaciones a Nepal con la familia por aquellas fechas, y tomaron los vuelos de ida y de vuelta. A él le preocupaba que a Elijah le diera por mostrarse hablador, pero no fue así, de modo que pudo dormir la mayor parte del trayecto de regreso, pese a tener los pies y la espalda en llamas a causa del dolor.

El día siguiente a su regreso a Greene Street no pudo levantarse de la cama. Era tan fuerte el dolor que todo tu cuerpo parecía un solo y largo nervio raído por ambos extremos; tenía la sensación de que si lo tocara una gota de agua su cuerpo entero sisearía y crepitaría. Casi nunca estaba tan agotado ni tan dolorido que no pudiera incorporarse siquiera, y al ver que Willem —en cuya presencia hacía esfuerzos para que no preocuparlo— se alarmaba, tuvo que suplicarle que no llamara a Andy.

—De acuerdo —respondió Willem de mala gana—, pero si mañana no estás mejor, lo llamaré. —Suspiró—. Maldita sea, Jude. No deberíamos haber ido.

Pero al día siguiente se encontró mejor, al menos pudo levantarse de la cama, aunque no caminar. Durante todo el día tuvo la sensación de que le atravesaban las piernas, los pies y la espalda con pernos de hierro, pero se obligó a sonreír, hablar y a moverse por la casa, aunque cada vez que Willem salía de la habitación o le daba la espalda, se le desencajaba el rostro por el agotamiento.

Así fue a partir de entonces, y los dos se acostumbraron a ello; aunque ahora necesitaba la silla de ruedas a diario, se esforzaba por caminar cuanto podía, aunque solo fuera para ir al cuarto de baño. También procuraba conservar sus energías: al cocinar se aseguraba de que tenía lo necesario en la encimera antes de empezar, para no tener que ir y venir de la nevera; declinaba invitaciones a cenas, fiestas, inauguraciones y funciones para recaudar fondos, con la excusa de que tenía demasiado trabajo, cuando en realidad regresaba a casa y cruzaba en la silla de ruedas el piso, tan grande que parecía un castigo, deteniéndose a descansar cada vez que lo necesitaba, y echaba una cabezada en la cama para reponer la energía necesaria para hablar con Willem cuando regresara.

A finales de enero acudió por fin a la consulta de Andy, que lo escuchó y lo examinó con minuciosidad.

—No te pasa nada —le dijo al terminar—. Solo que te haces mayor.

Y los dos guardaron silencio. ¿Qué podían decir?

—Bueno —dijo él por fin—, tal vez acabaré tan débil que lograré convencer a Willem de que no me quedan energías para ir a ver a Loehmann. —Una noche de ese otoño le había prometido estúpida, ebria e incluso románticamente que seguiría durante otros nueve meses la terapia.

Andy suspiró y sonrió al mismo tiempo.

—Eres peor que un niño malcriado.

Sin embargo, ahora piensa con afecto en ese período, porque en muchos sentidos fue una época maravillosa. En diciembre nominaron a Willem para un premio importante por su papel en *La manzana envenenada*, y en enero se lo concedieron. Luego lo nominaron para un premio aún más importante y prestigioso, y de nuevo lo consiguió. Él estaba en Londres por motivos de trabajo la noche que Willem lo recogió, pero puso el despertador a las dos de la madrugada para ver la ceremonia por internet; cuando pronunciaron el nombre de Willem gritó fuerte, y vio cómo sonreía radiante, besaba a Julia —a quien había llevado de acompañante— y subía los escalones del escenario, donde dio las gracias a los cineastas, al estudio, a Emil, a Kit, al mismísimo Alan Turing, a Roman, a Cressy, a Richard, a Malcolm, a JB, y «a mis suegros, Julia Altman y Harold Stein, por haber hecho que me sintiera siempre como un hijo, y, de un modo especial, a Jude St. Francis, mi mejor amigo y el amor de mi vida, por todo». Jude tuvo que contenerse para no llorar, y cuando, media hora después, le llamó tuvo que contenerse de nuevo.

—Me siento muy orgulloso de ti, Willem. Sabía que lo ganarías. Lo sabía.

—Eso es lo que dices siempre —oyó que decía riéndose, y él también se rió. Tenía razón, siempre pensaba que Willem merecía ganar todos los premios para los que lo nominaban, y cuando no los ganaba se quedaba sinceramente desconcertado. Dejando de lado el politiqueo y los gustos de cada cual, ¿cómo era posible que los miembros del jurado no vieran lo que era a todas luces una interpretación superior, un actor superior y una persona superior?

En las reuniones de la mañana siguiente —en las que una vez más tuvo que contenerse de llorar, y no paró de sonreír, como si estuviera drogado—, sus colegas lo felicitaron y le preguntaron por qué no había asistido a la ceremonia. «Estos eventos no son para mí», dijo, y era verdad, no lo eran; de todas las ceremonias de concesión de premios, estrenos y fiestas a las que Willem había asistido, él solo lo había acompañado dos o tres veces. El año anterior, una revista literaria había ido a su casa varias veces para entrevistar a Willem, y él desapareció cada una de ellas. Sabía que Willem no se ofendía por eso, pues lo atribuía a su necesidad de intimidad. Y si bien era cierto, esa no era la única razón.

En una ocasión, poco después de que empezaran a ser pareja, la revista *Times* había publicado una foto de los dos en un reportaje sobre Willem a raíz del estreno de la primera película de una trilogía sobre espionaje. La foto la habían tomado en la inauguración de la quinta y largamente pospuesta exposición de JB, titulada «La rana y el sapo», formada por imágenes de ellos dos, pero muy borrosas y mucho más abstractas que la anterior obra de JB. (No supieron qué pensar del título, aunque JB afirmó que era afectuoso. «¡Pero bueno! ¿No os dice nada Arnold Lobel?», chilló cuando se lo preguntaron. Sin embargo, ni Willem ni él habían leído los libros infantiles de Lobel, y tuvieron que comprarlos para saber a qué se refería.) Curiosamente, fue esa exposición, aún más que el artículo de la revista *New York* sobre la nueva vida de Willem, lo que hizo más evidente su relación a ojos de sus colegas y compañeros, aunque la mayoría de los cuadros estaban basados en fotografías tomadas antes de que fueran pareja.

Por otra parte, como diría JB más tarde, esa exposición marcaría su ascenso. Pese a las ventas, las críticas, las becas y los elogios, sabían que a JB le atormentaba que Richard tuviera una retrospectiva de la primera parte de su carrera en un museo (al igual que Henry Young el Asiático) y él no. Pero «La rana y el sapo» supuso un cambio para JB, del mismo modo que *El tribunal del Sicomoro* lo fue para Willem, el museo de Doha para Malcolm e incluso —si tenía algo de que presumir— el pleito de Malgrave y Baskett para él. Solo cuando salió del firmamento de sus amigos se dio cuenta de que ese cambio que todos habían esperado y alcanzado era menos común y más valioso de lo que imaginaban. De todos ellos, solo JB estaba convencido de merecerlo y sabía que sin duda alguna le llegaría; Malcolm, Willem y Jude no compartían con él ese convencimiento, y cuando les llegó, se quedaron aturdidos. A pesar de que JB fue el que más tuvo que esperar, cuando este por fin llegó se lo tomó con calma y algo en su interior se apaciguó: se volvió más afable, y su humor quisquilloso y crepitante como la electricidad estática se desmagnetizó sosegado. Jude se alegró por él; se alegró de que disfrutara por fin del reconocimiento que tanto deseaba y que en su opinión debería haber recibido después de «Segundos, minutos, horas, días».

—La cuestión es quién es la rana y quién el sapo —le dijo Willem tras ver por primera vez los cuadros en el estudio de JB, y se leyeron el uno al otro los cuentos de Lobel por la noche, riéndose sin poder contenerse.

Él sonrió, estaban en la cama.

—Está claro que yo soy el sapo.

—No, yo creo que tú eres la rana; tienes los ojos de su mismo color.

Willem habló con tanta seriedad que él sonrió.

—¿Esa es tu prueba? ¿Y qué tienes tú en común con el sapo?

—Creo que tengo una americana igual que la suya —contestó Willem, y se rieron de nuevo.

De hecho, lo sabía, él era el sapo, la foto que apareció en el *Times* de los dos juntos se lo recordó. No le preocupaba tanto por sí mismo, puesto que intentaba no tomarse muy en serio sus angustias, como por Willem, pues se daba cuenta de la pareja grotesca y desequilibrada que formaban, y se sentía avergonzado por él; le preocupaba que su simple presencia pudiera dañar su carrera, por eso procuraba permanecer lejos de él en público. Siempre había creído que Willem podía hacerle mejor, pero con los años se preguntaba atemorizado: si Willem era capaz de hacerlo mejor a él, ¿no significaba eso que él podía volver peor a Willem? Y del mismo modo que al ir con Willem él resultaba menos desagradable, ¿no podía perjudicar la imagen de Willem el hecho de dejarse ver con él? Sabía que no era lógico, pero aun así lo pensaba, y a veces, cuando se preparaban para salir, se miraba en el espejo del cuarto de baño, y al ver su estúpida y satisfecha expresión, tan absurda y grotesca como un mono vestido con ropa cara, le entraban ganas de pegarle un puñetazo a su reflejo.

La otra razón por la que le preocupaba que lo vieran con Willem era lo vulnerable que eso lo volvía. Desde el primer día en la universidad había temido que en algún momento alguien de su pasado —un cliente, o alguno de los niños del hogar— se pusiera en contacto con él e intentara sacarle algo a cambio de su silencio. «Nadie lo hará, Jude —lo tranquilizó Ana—. Te lo aseguro. Para eso tendrían que confesar cómo te conocieron.» No obstante, el miedo nunca lo había abandonado, y con los años se le había presentado un puñado de fantasmas. El primero llegó poco después de que él entrara en Rosen Pritchard —una postal de alguien que afirmaba haberlo conocido en el hogar, alguien con un nombre tan anodino como Rob Wilson, alguien que él no recordaba—, y durante una semana vivió aterrorizado y apenas logró pegar ojo imaginando escenarios tan aterradores como inevitables. ¿Y si el tal Rob Wilson se ponía en contacto con Harold o con alguno de sus colegas del bufete, les revelaba quién era y les hablaba de lo que había hecho? Así que se obligó a no reaccionar haciendo algo que no quería hacer —escribir una carta casi histérica instándolo a renunciar y desistir—, que no haría sino probar su propia existencia y la de su pasado, y no volvió a tener noticias de Rob Wilson.

Sin embargo, al poco tiempo de que aparecieran un par de fotos de Willem y de él en la prensa, recibió dos cartas y un correo electrónico, todos enviados a la oficina. Una de las cartas y el correo electrónico eran de hombres que afirmaban haber estado con él en el hogar, pero tampoco en esta ocasión reconoció los nombres, él no respondió y ellos no volvieron a ponerse en contacto con él. Sin embargo, en el sobre de la segunda carta había una copia de una fotografía en blanco y negro de un niño desnudo sobre una cama, de tan mala calidad que no supo decir si era él o no. Y con esa carta hizo lo que le habían aconsejado muchos años atrás, siendo niño y encontrándose en la cama de un hospital de Filadelfia, si uno de los clientes averiguaba quién era y trataba de ponerse en contacto con él: introducir la carta en un sobre y enviarla al FBI. Ellos siempre sabían dónde encontrarlo, y cada cuatro o cinco años aparecía un agente por su oficina para enseñarle fotos y preguntarle si identificaba a algún hombre;

hombres a los que, pese a las décadas transcurridas, seguían desenmascarando como amigos y cómplices del doctor Traylor o del hermano Luke. Esas visitas pocas veces se anunciaban con antelación, y con los años aprendió qué tenía que hacer los días siguientes a fin de neutralizarlas: rodearse de personas, de acontecimientos y de ruido, de pruebas de la vida que ahora habitaba.

En la época en que recibió esa carta y se deshizo de ella, se sintió terriblemente avergonzado y terriblemente solo —eso fue antes de que le hablara a Willem de su niñez, y no le dio a Andy demasiadas pistas para que comprendiera el terror que experimentaba— y contrató a un investigador privado para averiguar todo lo que pudiera sobre aquel individuo. Las pesquisas duraron un mes pero no llegaron a nada concluyente, o a nada que pudiera identificarlo a él de forma concluyente con quien había sido. Solo entonces se permitió relajarse, creer que Ana tenía razón y aceptar que gran parte de su pasado había sido borrado casi por completo, como si nunca hubiera existido. Las personas que conocían la mayor parte de su pasado, que habían sido testigos y causantes del mismo, el hermano Luke, el doctor Traylor, incluso Ana, estaban muertas, y los muertos no hablaban. «Estás fuera de peligro», se recordaba. Y aunque era cierto, eso no significaba que dejara de lado la cautela ni que quisiera que su fotografía apareciese en revistas y periódicos.

Aceptó que así sería siempre su vida con Willem, aunque a veces deseaba que fuera diferente, que pudiera mostrarse menos prudente al referirse a Willem en público del mismo modo que él lo había hecho. En ocasiones se ponía el vídeo del discurso de Willem y estaba tan aturdido como el día en que Harold se refirió a él como su hijo al hablar con alguien. Eso ocurrió en realidad, se decía. No era algo que se hubiera inventado. Y ahora sentía aquel mismo delirio: él era parte de Willem. Él mismo lo había dicho.

En marzo, al final de la temporada de premios, Richard y él organizaron una fiesta para Willem en Greene Street. Acababan de retirar de la quinta planta una gran remesa de puertas y bancos de teca tallada, y Richard colgó en el techo hileras de luces y puso en las paredes tarros de cristal con velas. El gerente del estudio de Richard hizo subir dos de sus grandes mesas de trabajo, y él contrató el servicio de catering y a un camarero. Invitaron a todas las personas que se les ocurrió, los amigos que tenían en común y también los de Willem. Harold y Julia, James y Carey, Laurence y Gillian, Lionel y Sinclair llegaron de Boston; Kit, de Los Ángeles; Carolina, de Yountville; Phaedra y Citizen, de París; los amigos de Willem Cressy y Susannah, de Londres, y Miguel, de Madrid. Él se obligó a estar de pie y a pasearse por la fiesta; muchas personas —directores, actores y guionistas— a las que conocía solo de nombre por las anécdotas que le contaba Willem se le acercaron y le dijeron que habían oído hablar mucho de él, que era un verdadero placer conocerlo por fin y que incluso habían llegado a pensar que no era una persona real, sino una invención de Willem. Y aunque él se echó a reír al oírlo, también pensó que debería haber dejado de lado sus temores y haberse involucrado más en la vida de Willem, y ese pensamiento le entristeció.

Fue una fiesta muy animada, la clase de fiestas a las que iban cuando eran jóvenes, en la que la gente hablaba a gritos por encima de la música, que en esta ocasión estaba a cargo de uno de los ayudantes de Richard, un DJ aficionado. Al cabo de unas horas él estaba agotado y se apoyó en la pared norte para verlos bailar. En medio del alboroto vio a Willem bailando con Julia y sonrió, y luego se fijó en que Harold también los miraba sonriendo desde el otro extremo de la habitación. Entonces sus miradas se cruzaron, Harold levantó la copa y Jude hizo propio mientras Harold se abría paso hacia él.

—Una gran fiesta —le gritó al oído.

—Casi todo lo ha hecho Richard —respondió él también a gritos, pero cuando estaba a punto de añadir algo más, el volumen de la música subió y Harold y él se miraron y se encogieron de hombros riéndose.

Durante un rato se quedaron de pie sonriendo, viendo cómo los que bailaban se convertían en una masa borrosa que subía y bajaba. Jude estaba cansado y dolorido, pero no le importaba: el cansancio era agradable y cálido, y el dolor, conocido y esperado. En esos momentos se recordaba a sí mismo que era capaz de experimentar gozo, y que la vida era dulce. La música se volvió entonces soñadora y lenta, y Harold le gritó que iba a arrancar a Julia de las garras de Willem.

—Ve —le dijo Jude, pero antes de que Harold se alejara, algo lo llevó a extender un brazo y pasárselo alrededor de los hombros.

Era la primera vez desde lo ocurrido con Caleb que tocaba a Harold por iniciativa propia, y percibió su estupefacción, y también su alegría, pero se sintió tan culpable que lo soltó rápidamente y lo empujó hacia la pista de baile.

En una de las esquinas había unos cuantos sacos de arpillera llenos de algodón que Richard había puesto para que la gente se tumbara. Hacia allí se dirigía cuando apareció Willem y le cogió la mano.

—Baila conmigo.

—Ya sabes que no sé —le respondió él sonriendo.

Willem lo miró, evaluándolo.

—Ven conmigo —le dijo, y él lo siguió hacia el extremo este del loft, donde estaba el cuarto de baño.

Al llegar a él lo empujó para que entrara, cerró la puerta detrás de ellos y dejó la copa en el borde del lavabo. Todavía oían la música —una canción que estaba de moda en su época universitaria, lamentable y al mismo tiempo conmovedora por su imperdonable sentimentalismo, su sinceridad y su melosidad—, pero en el cuarto de baño se oía apagada, como proveniente de un valle lejano.

—Rodéame con los brazos, y cuando yo mueva el pie izquierdo hacia tu pie derecho, deslízalo hacia atrás —le dijo Willem, y él lo hizo. Durante un rato se movieron lenta y torpemente, mirándose en silencio—. ¿Lo ves? Estás bailando.

—No se me da bien —murmuró él, avergonzado.

—Lo haces perfecto —dijo Willem, y aunque en ese momento a él le dolían mucho los pies y había empezado a sudar por el esfuerzo de no gritar, siguió moviéndose.

Hacia el final de la canción solo se balanceaban, sin levantar los pies del suelo, y Willem lo sostenía para que no se cayera.

Al salir del cuarto de baño, se elevaron vítores de los corros más cercanos, y él se ruborizó —la última vez que Willem y él habían tenido relaciones sexuales fue casi dieciséis meses atrás—, pero Willem sonrió y levantó el brazo como un luchador que acaba de ganar un combate.

Entonces llegó abril, y su cuarenta y siete cumpleaños; luego mayo, y le salió una llaga en cada pantorrilla. Willem se fue a Estambul para rodar la segunda parte de la trilogía de espionaje. Al hablarle por teléfono de las llagas —intentaba decirle las cosas cuando sucedían, incluso las que no consideraba importantes—,

Willem se mostró contrariado. Él, en cambio, no estaba preocupado. ¿Cuántas heridas como esas había tenido a lo largo de los años? Muchísimas. Lo único que había cambiado era lo que tardaban en cicatrizar. Ahora iba a la consulta de Andy dos veces a la semana, los martes al mediodía y los viernes por la tarde, una para que le desbridara la herida y la otra para un tratamiento al vacío que le hacía la enfermera. Andy siempre había creído que tenía la piel demasiado frágil para someterse a ese tratamiento, que consistía en encajar una pieza de espuma esterilizada encima de la herida abierta y mediante un tubo aspirar el tejido muerto y seco como si fuera una esponja, pero en los últimos años él lo había tolerado bien y había dado mejores resultados que solo el desbridamiento.

Con los años, la frecuencia, la gravedad y el tamaño de las llagas habían ido en aumento, así como las molestias que estas le causaban. Habían transcurrido mucho tiempo, décadas, desde la última vez que pudo caminar un buen rato cuando tenía alguna llaga. (El recuerdo de pasear, aunque fuera con dolor, de Chinatown al Upper East Side era tan lejano que no parecía pertenecer a su vida.) Cuando era más joven tardaban pocas semanas en cicatrizar, pero ahora necesitaban meses. De todos sus males ese era el que lo dejaba más indiferente, y eso a pesar de que no le gustaba en absoluto al aspecto de las llagas, y, si bien no temía la sangre, la visión del pus, de la podredumbre, el desesperado intento de su cuerpo para sanar matando una parte de sí mismo seguía inquietándolo aun después de tantos años.

Cuando Willem regresó, él no estaba mejor. Ahora tenía cuatro llagas en las pantorrillas, más de las que había tenido nunca a la vez, y aunque todavía intentaba caminar a diario, a veces le resultaba difícil incluso ponerse de pie, entonces analizaba sus esfuerzos, y decidía si intentaba caminar porque creía que podía o si lo hacía para demostrarse a sí mismo que todavía era capaz de andar. Era consciente de que había adelgazado y estaba más débil —ni siquiera podía nadar por las mañanas—, pero tuvo ocasión de confirmarlo al ver la cara que puso Willem a su llegada. «Jude —susurró, arrodillándose a su lado en el sofá—. Ojalá me lo hubieras dicho.» Pero curiosamente no había nada que decir: él era así. Y aparte de las piernas, los pies y la espalda, se encontraba bien. Además, se sentía —aunque no le gustaba decirlo hablando de sí mismo, pues le parecía una afirmación demasiado atrevida— mentalmente sano. Solo se hacía cortes una vez a la semana, y silbaba al quitarse los pantalones por la noche y examinar las vendas para asegurarse de que las llagas no exudaban. Todo el mundo se acostumbra a lo que emana del cuerpo, y él no era una excepción. Si tu cuerpo está bien, esperas que funcione de forma continuada a pleno rendimiento. Si no lo está, tus expectativas son otras. O eso al menos era lo que intentaba aceptar.

A finales de julio, poco después de regresar, Willem dejó que pusiera fin a su relación casi silenciosa con el doctor Loehmann, pero solo porque ya no disponía de tiempo. Pasaba cuatro horas a la semana en consultas médicas —dos con Andy, dos con Loehmann—, y ahora necesitaba dos de esas horas para ir dos veces a la semana al hospital. Allí se quitaba los pantalones, se echaba la corbata al hombro y lo deslizaban en el interior de una cámara hiperbárica, un ataúd de cristal, donde se tumbaba y trabajaba mientras esperaba que el oxígeno concentrado que le bombeaban ayudara a acelerar la cicatrización de las llagas. Se sentía culpable de los dieciocho meses de terapia con el doctor Loehmann, en los que había pasado la mayor parte del tiempo protegiendo de manera pueril su niñez, intentando no revelar nada, y malgastando el tiempo del doctor y el suyo. Sin embargo, uno de los pocos temas sobre el que habían hablado era sus piernas, no la procedencia de las heridas sino la logística que entrañaba su cuidado, y en la última sesión el doctor Loehmann le preguntó qué pasaría si no mejoraba.

—Supongo que la amputación —respondió él, intentando adoptar un tono despreocupado, aunque en absoluto se sentía así, y no se trataba de una suposición.

Sabía que algún día tendría que prescindir de sus piernas con la misma certeza que sabía que moriría. Solo esperaba que no fuera muy pronto. «Por favor —suplicaba a veces a sus piernas mientras estaba tumbado en la cámara de cristal—. Por favor, dadme solo unos años más. Otra década. Dejad que acabe intacto los cuarenta, los cincuenta. Os prometo que os cuidaré.»

Pero a finales de verano la nueva realidad de la enfermedad y los tratamientos se había impuesto y no se detuvo a pensar en el efecto que tendría en Willem. A comienzos de agosto estaban hablando de qué hacer (¿algo?, ¿nada?) para el cuadragésimo noveno cumpleaños de Willem, y este le dijo que creía que esta vez tenían que celebrarlo sin gran revuelo.

—De acuerdo, ya haremos algo grande el año que viene, para los cincuenta —respondió él. Y añadió—: Si sigo con vida, claro. —Hasta que percibió el silencio de Willem, levantó la vista de los fogones y le vio la cara, no se dio cuenta del error que había cometido—. Lo siento, Willem —se apresuró a decir, apagando el fuego y acercándose a él lenta y dolorosamente—. Lo siento mucho.

—No puedes bromear con eso, Jude —le dijo Willem, rodeándolo con los brazos.

—Lo sé. Perdóname. He sido un estúpido. Por supuesto que estaré aquí el año que viene.

—Y muchos más.

—Y muchos más.

Es septiembre, y todas las semanas se tumba en la camilla de la consulta de Andy, con las llagas expuestas y todavía abiertas como granadas, y por la noche se acuesta al lado de Willem. A veces es consciente de lo inverosímil que es su relación, y a menudo se siente culpable de su resistencia a cumplir con uno de los deberes fundamentales de toda pareja. Si bien de vez en cuando piensa intentarlo de nuevo, en el preciso momento en que se dispone a pronunciar las palabras se interrumpe y deja pasar la ocasión en silencio. Pero, por grande que sea la culpabilidad, no puede superar el alivio o la gratitud de haber logrado retener a Willem a su lado pese a sus ineptitudes, y procura transmitirle de todas las maneras posibles lo agradecido que se siente.

Una noche se despierta sudando profusamente, las sábanas están tan mojadas como si las hubieran arrastrado por un charco; en su aturdimiento, se pone de pie antes de darse cuenta de que ya no puede hacerlo y se cae de bruces. Willem se despierta, va a buscar el termómetro y se queda a su lado mientras se lo sostiene debajo de la lengua.

—Treinta y nueve —le dice, poniéndole la mano en la frente—, pero estás helado. —Lo mira preocupado—. Voy a llamar a Andy.

—No lo llames —le pide él, porque a pesar de la fiebre, los escalofríos y el sudor, no se siente enfermo—. Solo necesito una aspirina.

Willem va a buscar la aspirina, así como una camisa y unos

calzoncillos limpios; hace la cama de nuevo y se duermen los dos, Willem abrazándolo.

La noche siguiente vuelve a despertarse con fiebre, escalofríos y sudor.

—Corre algo por la oficina —le dice a Willem esta vez—. Algún virus de cuarenta y ocho horas. Debo de haberlo pillado. —Se toma una aspirina, le hace efecto y se duerme otra vez.

Al día siguiente es viernes y va a la consulta de Andy para que le limpie las heridas, aunque no le menciona la fiebre, que desaparece durante el día. Esa noche Willem sale a cenar con Roman y él se acuesta temprano, después de tomarse una aspirina. Duerme tan profundamente que no oye entrar a Willem, pero al despertarse a la mañana siguiente está sudado como si hubiera permanecido bajo la ducha, y tiene las extremidades entumecidas y temblorosas. A su lado Willem ronca suavemente, y él se sienta despacio en la cama y se pasa las manos por el pelo mojado.

El sábado se encuentra mejor. Él va a trabajar y Willem ha quedado con un director para comer. Antes de dejar la oficina por la noche, Jude le escribe un mensaje de texto para decirle que pregunte a Richard e India si les apetece salir a comer sushi a un pequeño restaurante del Upper East Side al que a veces va con Andy al salir de la consulta. Willem y él prefieren dos japoneses que quedan cerca de Greene Street, pero en ambos hay que bajar escaleras y hace meses que han dejado de ir. Esa noche come sin problemas y se lo pasa bien, y aunque el cansancio le sobreviene en mitad de la comida agradece encontrarse en ese pequeño local bien caldeado, con los farolillos amarillos colgando sobre sus cabezas y, ante ellos, la tabla de madera semejante al tradicional calzado *geta* en la que sirven el *sashimi* de caballa, el plato favorito de

Willem. En un momento determinado, por agotamiento y por afecto, se apoya en el costado de Willem, pero no se da cuenta hasta que este mueve el brazo para rodearlo.

Ya entrada la noche se despierta en la cama desorientado y ve a Harold sentado a su lado, mirándolo.

—Harold, ¿qué haces aquí?

Pero Harold no habla, solo se precipita hacia él, y él se da cuenta de que intenta quitarle la ropa. «No —dice—. No, Harold. No puede ser.» Ese es uno de sus más profundos, desagradables y secretos temores, y ahora se está haciendo realidad. Entonces sus viejos temores se despiertan: Harold es otro cliente y él lo rechazará. Grita, retorciéndose, agitando los brazos y las piernas intentando intimidarlo, aturdir a ese silencioso y resuelto Harold que tiene ante él, mientras pide socorro a gritos al hermano Luke.

De pronto Harold desaparece y es sustituido por Willem, su cara está muy cerca de la suya y le dice algo que él no entiende. Detrás de la cabeza de Willem vuelve a asomar Harold, con su extraña y sombría expresión, y él reanuda el forcejeo. Entonces oye unas palabras, oye a Willem hablando con alguien, y aun en medio de su propio miedo registra también el miedo de Willem.

—¡Willem, quiere hacerme daño! —le grita—. ¡No dejes que me haga daño, Willem! ¡Ayúdame! ¡Ayúdame, por favor!

Luego no hay nada —solo oscuridad—, y al despertarse de nuevo se encuentra en el hospital.

—Willem —llama hacia la habitación, y de inmediato aparece Willem sentado en la cama y cogiéndole la mano, de cuyo dorso sale un tubo de plástico.

—Cuidado con el gotero —le dice Willem.

Durante un rato guardan silencio y Willem le acaricia la frente.

—Intentaba atacarme —confiesa él por fin, tartamudeando—. Nunca pensé que Harold me haría eso.

Ve cómo Willem se pone rígido.

—No, Jude. Harold no estaba aquí. Solo delirabas por la fiebre.

Él se queda aliviado y aterrado al oírlo. Aliviado al saber que no es cierto; aterrado por lo real que parecía, y porque ¿qué dice eso sobre él, sobre lo que piensa y sobre sus temores, para que pueda imaginar algo así de Harold? ¿Cómo puede su mente ser tan cruel para intentar volverlo en contra de alguien en quien se ha esforzado tanto en confiar, alguien que solo ha mostrado amabilidad hacia él? Nota que se le saltan las lágrimas, pero, aun así, tiene que preguntárselo a Willem.

—Él no me haría eso, ¿verdad? —le dice.

—No —responde Willem, y su voz parece tensa—. Nunca, Jude. Harold nunca te haría eso, por nada del mundo.

Al despertarse otra vez se da cuenta de que no sabe qué día es, y cuando Willem le dice que es lunes, le entra el pánico.

—La oficina. Tengo que ir.

—Ni hablar —responde Willem con aspereza—. Ya he llamado, Jude. No vas a ir a ninguna parte hasta que Andy nos diga qué tienes.

Poco después llegan Harold y Julia, y él se obliga a devolver el abrazo de Harold, aunque no puede mirarlo. Por encima de su hombro ve que Willem asiente tranquilizándolo.

Están reunidos los cuatro cuando entra Andy.

—Osteomielitis —anuncia en voz baja—. Infección ósea.

Jude tendrá que permanecer hospitalizado al menos una semana más, les comenta —«¡Una semana!», exclama él, y los cuatro abren la boca a la vez antes de que él tenga ocasión de añadir nada más—, tal vez dos, hasta controlar la fiebre. Le administrarán antibióticos mediante un catéter central, pero el resto del tratamiento, que durará entre diez y once semanas, lo recibirá como paciente externo. Todos los días una enfermera irá a su casa para administrarle la medicación por vía intravenosa, el tratamiento durará una hora y no podrá saltarse una sola dosis.

—Esto es serio. Me importa un comino Rosen Pritchard. Quiero que conserves las piernas, así que hazme caso y sigue mis instrucciones, ¿entendido?

Todos guardan silencio.

—Sí —responde él por fin.

Entra una enfermera y lo prepara para que Andy le coloque el catéter central que insertará en la vena subclavia, justo debajo del lado derecho del esternón.

—Es peliagudo acceder a esa vena, por lo profunda que está —les comenta la enfermera, mientras le baja el cuello de la bata de hospital y le limpia un cuadrado de piel—. Pero tiene suerte de que su médico sea el doctor Contractor. Es muy hábil con las agujas y nunca falla.

Aunque no está preocupado, sabe que Willem sí lo está, de modo que le coge la mano mientras Andy le perfora la piel con la fría aguja y a continuación le inserta el alambre guía.

—No mires. Todo va bien. —Y Willem le mira fijamente la cara, que él intenta mantener serena y compuesta. Al termina, Andy le sujeta al pecho el delgado tubo de plástico con esparadrapo.

Está durmiendo. Pensaba que podría trabajar un poco desde el hospital, pero se siente más agotado y aturdido de lo que esperaba, y después de hablar con los presidentes de los distintos comités y con varios colegas no tiene fuerzas para hacer nada más.

Harold y Julia se van, y a excepción de Richard y de unas pocas personas del trabajo, no dicen a nadie más que está hospitalizado: no permanecerá muchos días ingresado y Willem ha decidido que necesita más descanso que visitas. Sigue febril, aunque no tanto, y no ha sufrido más ataques de delirio. Curiosamente, pese a todo, se siente, si no optimista, al menos sereno. A su alrededor están todos tan taciturnos que se siente resuelto a desafiarlos de algún modo, a desafiar la gravedad de la situación en la que no cesan de decirle que se encuentra.

No recuerda cuándo Willem y él empezaron a referirse al hospital como el hotel Contractor, pero tiene la impresión de que lo han hecho siempre. «Ten cuidado —le decía Willem incluso en los tiempos de Lispenard Street, cuando cortaba un filete que algún subjefe de cocina embelesado del Ortolan le había pasado a Willem a hurtadillas al final del turno—, ese cuchillo está muy afilado y si te arrancas el pulgar tendremos que ir al hotel Contractor.» O una vez que lo hospitalizaron a causa de una infección de piel y él envió a Willem, que estaba rodando fuera, un mensaje en el que decía: «En el hotel Contractor. No es nada grave, pero no quería que te enteraras por M. o por JB». Sin embargo, cuando ahora hace esas bromas y se queja del servicio de comidas y brebajes, que dejan mucho que desear, o de la mala calidad de las sábanas del hotel Contractor, Willem no las sigue.

—No tiene ninguna gracia, Jude —le replica un viernes por la noche, mientras esperan que Harold y Julia lleguen con la cena—. Me encantaría que te olvidaras de tus malditos chistes. —Él guarda silencio entonces y se miran—. Me asusté mucho —continúa Willem en voz baja—. Estabas fatal y yo no sabía qué pasaría. Estaba aterrorizado.

—Lo sé, Willem —le dice él con suavidad—. Y te lo agradezco mucho. —Se apresura a continuar antes de que Willem le diga que no tiene nada que agradecer, que solo necesita que se lo tome en serio—. Voy a hacerle caso a Andy, te lo prometo. Te prometo que me lo estoy tomando en serio. Y te prometo que no siento molestias. Me encuentro bien y todo irá bien.

Al cabo de diez días la fiebre ha cesado, así que le dan el alta y lo mandan a casa dos días para que descanse, y el viernes vuelve a la oficina. Siempre se ha resistido a tener chófer, pues le gusta conducir; le gusta la independencia y la soledad que le proporciona, pero el ayudante de Willem le ha contratado un chófer, un hombre menudo y serio llamado Ahmed, y ahora mientras va y viene de la oficina dormita. Ahmed también va a recoger a la enfermera, una mujer llamada Patrizia que casi no habla pero es muy amable, que lo atiende todos los días en Rosen Pritchard. Su despacho tiene las paredes de cristal, de modo que se ve obligado a bajar los estores para tener un poco de intimidad, después se quita la americana, la corbata y la camisa, se tumba en ropa interior en el sofá y se tapa con una manta. Entonces Patricia le limpia el catéter, examina la piel que lo rodea para que no hay signos de infección, a continuación le inserta el gotero, y comprueba que el medicamento cae por el catéter y se le introduce en la vena. Entretanto, él trabaja y ella lee una revista de enfermería o hace labor. Esta es ahora su rutina. Además todos los viernes va a la consulta de Andy, que le desbrida las heridas, lo examina y cuando acaba lo manda al hospital para que le hagan radiografías, a fin de rastrear la infección y asegurarse de que no se extiende.

No pueden irse fuera los fines de semana porque necesita recibir el tratamiento, pero a comienzos de octubre, después de cuatro semanas administrándole antibióticos, Andy le anuncia que ha hablado con Willem, y que, si no le importa Jane y él irán a Garrison para pasar con ellos el fin de semana, y que él mismo le pondrá el gotero.

Es un placer volver a la casa de campo. Él se encuentra lo bastante bien para enseñarle a Andy la propiedad, que este no había visitado en otoño, cuando adquiere un aspecto agreste, melancólico y encantador, y el tejado del cobertizo se cubre de las hojas amarillas caídas de gingko cual láminas de pan de oro.

—¿Os dais cuenta de que hace treinta años que nos conocemos? —les pregunta Andy el sábado por la noche, durante la cena.

—Sí, Andy, toda una vida. —Jude sonríe. De hecho, para celebrar el aniversario tiene un regalo para Andy, aunque todavía no se lo ha dado: un safari para él y su familia, que podrá hacer cuando quiera.

—Treinta años siendo desobedecido —gime Andy, y los demás se ríen—. Treinta años dando consejos inestimables, fruto de años de experiencia y de formación en las mejores instituciones, solo para que un picapleitos corporativo, que ha decidido por la cara que su comprensión de la biología humana es superior a la mía, los desoiga sistemáticamente.

—Lo que tú no sabes —comenta Jane cuando dejan de reírse— es que si no fuera por Jude, nunca me habría casado contigo. —Y volviéndose hacia él y añade—: Cuando lo conocí pensé que Andy era un cretino egocéntrico, arrogante e inmaduro —«¿Cómo?», dice Andy, fingiéndose herido—, y supuse que sería uno de esos típicos cirujanos que no siempre tienen la razón pero siempre están seguros de tenerla, pero luego le oí hablar de ti, de lo mucho que te apreciaba y te respetaba, y pensé que tal vez había algo más en él. Y lo cierto es que no me equivoqué.

—Por supuesto que no te equivocaste —le dice él, cuando las risas amainan y las miradas se concentran en Andy, que está muy cortado y se sirve más vino.

La semana siguiente empiezan los ensayos de la nueva película de Willem, un remake de *Personajes desesperados*; la mayor parte del rodaje se desarrollará al otro lado del río, en Brooklyn Heights. Cuando Jude cayó enfermo, Willem declinó la oferta, pero el director decidió esperarlo y retrasar el rodaje. Jude, que no entendió esa decisión de Willem, ahora se siente aliviado porque Willem vuelva a trabajar y deje de estar encima de él todo el día con cara de preocupación, preguntándole si está seguro de tener fuerzas para hacer las cosas más básicas, como ir a la compra, preparar la comida o quedarse trabajando hasta tarde.

A comienzos de noviembre vuelve a ingresar en el hospital con fiebre alta, pero al tercer día le dan de alta. Patrizia le saca sangre todas las semanas y Andy le ha dicho que tendrá que tener paciencia, las infecciones óseas tardan mucho en erradicarse y probablemente hasta el final de otra tanda de doce semanas no tendrá la sensación de haberse curado del todo. Por lo demás, la vida continúa, aunque no sin dificultades. Va a trabajar. Acude a las sesiones de cámara hiperbárica. Va a la consulta para el tratamiento al vacío y el desbridado de las heridas. Sufre los efectos secundarios de los antibióticos: diarrea y náuseas. Está perdiendo peso a un ritmo que incluso él se da cuenta que es problemático, de modo que tiene que arreglarse ocho camisas y dos trajes. Andy le receta preparados altos en calorías como los que beben los niños desnutridos, y él se los toma cinco veces al día, con abundante agua después para eliminar el sabor a tiza que le dejan en la lengua. Se da cuenta de que se ha vuelto obediente, pues hace caso de todas las advertencias de Andy y siguen sus consejos al pie de la letra. Procura no pensar en cómo podría acabar este ataque, y en los momentos oscuros recuerda lo que Andy le dijo en uno de sus recientes chequeos: «El corazón, perfecto. Los pulmones, perfectos. La vista, el oído, el colesterol, la próstata, el nivel de glucosa en la sangre, la presión arterial, los lípidos, la función renal, la función hepática, la función tiroidea: todo perfecto. Tu cuerpo está dotado para funcionar a pleno rendimiento, Jude. Deja que lo haga». Él sabe que no todo está tan bien: la circulación, por ejemplo, no es perfecta, los reflejos tampoco y la zona situada más abajo de la ingle está en peligro, pero intenta consolarse con las afirmaciones de Andy y recordarse que podría ser peor, que en esencia sigue siendo una persona sana así como afortunada.

A finales de noviembre Willem termina *Personajes desesperados*. Celebran el día de Acción de Gracias en la casa de campo de Harold y Julia, y aunque estos han ido un fin de semana sí otro no a la ciudad para verlo, él percibe sus esfuerzos por no hacer ningún comentario sobre su aspecto ni mostrar preocupación por lo poco que come. La semana de Acción de Gracias también marca el final del tratamiento con antibióticos y se somete a otra ronda de rayos X y analíticas antes de que Andy confirme que no necesita tomar más. Se despide de Patrizia esperando que esa sea la última vez que la ve y le hace un regalo para agradecerle sus cuidados.

Las heridas se han encogido, pero no tanto como Andy esperaba, y, siguiendo su recomendación, se quedan en Garrison en Navidad. Prometen a Andy que será una semana tranquila, pues todo el mundo está fuera de la ciudad. La celebrarán con Harold, Julia y nadie más.

—Tus dos objetivos son dormir y comer —le dice Andy, que tiene previsto ir a visitar a Beckett en San Francisco durante vacaciones—. Quiero verte con cinco libras más el primer viernes de enero.

—Cinco libras es mucho.

—Cinco —repite Andy—. Y después deberías recuperar quince más.

El mismo día de Navidad, cuando se cumple un año de la caminata que Willem y él dieron por el lomo de una ladera baja y ondulada en Punakha, que los llevó detrás de los pabellones de caza del rey, una simple estructura de madera que más bien parecía un albergue para peregrinos chaucerianos, le dice a Harold que quiere dar un paseo. Julia y Willem han ido al rancho de un conocido para montar a caballo, y él se siente fuerte por primera vez desde hace mucho tiempo.

—No sé, Jude —le responde Harold con cautela.

—Vamos, Harold. Solo hasta el primer banco.

Malcolm ha colocado tres bancos a lo largo del sendero que cruza el bosque de detrás de la casa: el primero en el primer tercio del camino que rodea el lago, el segundo hacia la mitad y el tercero a los dos tercios.

—Iremos despacio y me llevaré el bastón.

Hacía años que no utilizaba el bastón, desde que era adolescente, pero ahora lo necesita para recorrer cualquier distancia superior a cincuenta yardas. Al final Harold accede, y Jude se apresura a coger la bufanda y el abrigo antes de que cambie de opinión.

Una vez fuera, se desata su euforia. A Jude le encanta la casa: le gusta cómo es, la tranquilidad que se respira en ella, y sobre todo el hecho de que sea de Willem y suya, tan diferente del piso de Lispenard Street como quepa imaginar, pero también de los dos: la han construido juntos y la comparten con placer. La casa está formada por una serie de cubos de cristal dispuestos de un modo que desde ciertos ángulos solo se ven fragmentos de ella y desde otros desaparece por completo. Por la noche, cuando las luces están encendidas, brilla como un farol, de ahí el nombre que Malcolm le puso: Lantern House. La parte trasera da a una amplia explanada de césped y más allá está el lago. Al fondo de la explanada pusieron la piscina, revestida de pizarra para que el agua se mantenga fría y transparente aun en los días más calurosos, y en el cobertizo hicieron la piscina cubierta y una sala de estar; las paredes del cobertizo pueden retirarse, de forma que las peonías y las lilas, que florecen a comienzos de primavera, y a las panojas de glicina, que caen del tejado a principios de verano, se integren en un único ambiente. A la derecha de la casa se extiende un campo, rojo de amapolas en julio; a la izquierda hay otro en el que ellos esparcieron miles de semillas de flores silvestres: cosmos, margaritas, dedaleras y encaje de la Reina Ana. Un fin de semana, poco después de que se instalaran en ella, se dedicaron a abrir paso en los bosques de delante y detrás de la casa, a plantar lirios del valle junto a los montículos de musgo que rodeaban los robles y los olmos, y a esparcir semillas de menta aquí y allí. Sabían que Malcolm no aprobaría sus intentos de ajardinamiento, que tacharía de sentimentaloides y trillados, y aunque reconocían que seguramente tenía razón, no les importaba. En primavera y verano, cuando el aire era fragante, a menudo se acordaban de Lispenard

Street, de su agresiva fealdad, y se divertían pensando que entonces ni se les habría pasado siquiera por la cabeza imaginar un lugar como ese, de una belleza tan innegable en su simplicidad que a veces ni parecía real.

Harold y él echan a andar hacia el bosque, donde una tosca pasarela facilita la andadura. Aun así tiene que concentrarse, pues solo la despejan dos veces al año, en primavera y verano.

No están ni a mitad de camino del primer banco cuando comprende que ha cometido un error. Las piernas le han comenzado a palpitar en cuanto han dejado atrás el césped y ahora también los pies le palpitan, de modo que cada paso que da es un suplicio. Aun así, no dice nada, se limita a aferrar el bastón con más fuerza y a seguir adelante apretando la mandíbula. Cuando llegan al banco, una roca de piedra caliza gris oscura, está mareado; se quedan mucho rato allí sentados, hablando y mirando al lago, que ha adquirido un color plateado.

—Está refrescando —dice Harold al final, y es cierto. Notan el frío de la piedra a través de los pantalones—. Deberíamos volver.

—De acuerdo. —Jude traga saliva. Al ponerse de pie siente una punzada de dolor que le sube desde los pies y jadea, pero Harold no se da cuenta.

Solo han dado treinta pasos hacia el bosque cuando se detiene.

—Necesito... Necesito... —Pero no puede terminar la frase.

—Jude —dice Harold, que está preocupado. Se pasa el brazo izquierdo de Jude alrededor del cuello y le coge la mano—. Apóyate todo lo que puedas en mí —le dice rodeándole la cintura con el otro brazo—. ¿Preparado?

Él asiente. Consigue dar veinte pasos más con gran lentitud, pues da traspiés con el mantillo del suelo, y se detiene.

—No puedo, Harold —dice. Ya casi no puede hablar por la intensidad del dolor. Desde que estuvo en el hospital de Filadelfia no le han dolido tanto las piernas, la espalda y los pies. De pronto suelta a Harold y cae al suelo.

—Por Dios, Jude —dice Harold, que se inclina sobre él y lo ayuda a recostarse apoyado en un árbol. Jude piensa en lo estúpido y egoísta que es: Harold tiene setenta y dos años, no debería pedirle a un hombre de su edad que lo ayude, por muy buena salud que tenga.

No puede abrir los ojos porque el mundo da vueltas a su alrededor, aun así oye que Harold saca el móvil para llamar a Willem y cómo maldice porque no hay cobertura.

—Jude —le oye decir con un hilo de voz—. Voy a ir a por la silla de ruedas. Enseguida vuelvo.

Él asiente con dificultad y nota cómo Harold le abrocha el abrigo, le mete las manos en los bolsillos y le rodea las piernas con lo que debe de ser su propio abrigo.

—Enseguida vuelvo —repite.

Él lo oye alejarse corriendo, y oye también el crujir de las ramas y las hojas que se parten y aplastan bajo sus pies. Vuelve la cabeza hacia un lado y todo se mueve a su alrededor, vomita. Luego se siente un poco mejor y vuelve a apoyar la cabeza en el árbol. Recuerda la huida del hogar, entonces confió en que los árboles lo protegieran, y ahora también lo espera. Saca la mano del bolsillo, busca a tientas el bastón y lo aprieta con todas sus fuerzas. Brillantes gotas de luz le estallan como confeti detrás de los párpados y se apagan convirtiéndose en manchas de aceite. Se concentra en la respiración y en las piernas, que imagina como largas esquirlas de madera tosca en las que han clavado un sinfín de largos tornillos metálicos, del grosor de un pulgar. Ve cómo se los sacan haciéndolos girar despacio y después los tiran al suelo de cemento con un estruendo resonante. Vuelve a vomitar. Tiene mucho frío. Empieza a sentir espasmos.

Entonces oye que alguien corre hacia él y reconoce a Willem por el olor, su dulce aroma a sándalo. Willem lo agarra y cuando lo levanta del suelo todo vuelve a mecerse; cree que va a vomitar de nuevo pero no lo hace, rodea el cuello de Willem con el brazo derecho, apoya la cara manchada de vómito en su hombro y se deja llevar. Oye a Willem jadear y se siente agradecido cuando advierte que lo están sentando en la silla de ruedas. Con la frente apoyada en las rodillas, lo sacan del bosque y lo empujan colina arriba hacia la casa. Una vez dentro, lo levantan de la silla y lo acuestan: al quitarle los zapatos él grita de dolor y le piden perdón, le limpian la cara, le ponen una botella de agua caliente en las manos y le envuelven las piernas con mantas. Desde la cama oye a Willem gritar enfadado: «¡Por qué le has seguido la cuerda, joder! ¡Sabes que no puede hacerlo!», y la respuesta de Harold, con tono arrepentido y apenado: «Lo sé, Willem. Lo siento mucho. Ha sido una estupidez, pero él tenía tantas ganas…». Intenta hablar para defender a Harold, para decirle a Willem que él tiene toda la culpa, que le ha insistido para que lo acompañara, pero no puede.

—Abre la boca —le dice Willem, y nota cómo le pone en la lengua una pastilla, amarga como la hiel, y luego le inclina un vaso de agua delante de los labios—. Traga. —Él obedece y poco después el mundo deja de existir.

Al despertarse, se vuelve y ve a Willem acostado en la cama, mirándolo.

—Lo siento mucho —le susurra, pero Willem no dice nada. Él alarga una mano y le acaricia el pelo—. Willem, no ha sido culpa de Harold. Yo se lo pedí.

Willem resopla.

—Eso ya lo sé, pero no debería haberte hecho caso.

Guardan silencio durante mucho rato. Él piensa en lo que necesita decir, lo que siempre ha pensado pero nunca ha sido capaz de expresar con palabras.

—Sé que lo que voy a decirte te parecerá ilógico —le dice a Willem, que le sostiene la mirada—. Pero aun después de todo lo que me ha pasado, no me veo como un inválido. Quiero decir… sé que lo soy. Sé que lo soy. Lo he sido durante la mayor parte de mi vida. Así es como me has conocido tú, c… necesitado de ayuda. Pero yo me recuerdo caminando cuanto quería, corriendo.

»Las personas que se vuelven inválidas tienen la sensación de que les roban algo. Pero supongo que yo siempre he creído que… si reconozco que lo soy, habré admitido mi derrota ante el doctor Traylor y habré dejado que él moldee mi vida. De modo que finjo que no lo soy; finjo que soy como era antes de conocerlo. Ya sé que no es lógico ni práctico. Y lo siento porque… sé que es egoísta por mi parte. Sé que este fingir tiene consecuencias para ti, de modo que voy a dejar de hacerlo. —Toma aire, y abre y cierra los ojos—. Soy un minusválido. Estoy discapacitado. —Y aunque parezca una estupidez (tiene cuarenta y siete años: ha tardado treinta y dos años en reconocerlo ante sí mismo), está al borde de las lágrimas.

—Oh, Jude —dice Willem, y lo atrae hacia sí—. Sé lo mucho que lo sientes. Sé lo duro que esto es para ti. Entiendo que nunca hayas querido admitirlo, de verdad. Solo me preocupo por ti.

A veces tengo la impresión de que me importa más a mí que sigas vivo que a ti.

Él se estremece al oírlo.

—No, Willem —dice—. Quiero decir que… tal vez en algún momento ha sido así. Pero ya no.

—Entonces demuéstramelo —le pide Willem, tras un silencio.

—Lo haré.

Enero, febrero. Está más ocupado que nunca. Willem está ensayando una obra de teatro. Marzo: le salen dos úlceras nuevas, las dos en la pierna derecha. Ahora el dolor es intensísimo, ya no deja la silla de ruedas más que para ducharse, ir al cuarto de baño, vestirse y desnudarse. Ha pasado un año o más desde el último respiro que le dio el dolor de pies, y, sin embargo, lo primero que hace cada mañana al despertarse es apoyarlos en el suelo y sentir esperanzas por un instante: tal vez hoy se encuentre mejor, quizá el dolor haya menguado. Pero no, pasa un día tras otro y no sucede, y aun así no pierde la esperanza. Abril: su cumpleaños. Arranca la temporada de teatro. Mayo: Vuelven los sudores nocturnos, la fiebre, los temblores, los escalofríos, el delirio. Regresa al hotel Contractor. De nuevo el catéter, esta vez en el lado izquierdo del pecho. Pero hay un cambio: ahora la bacteria es diferente y esta vez necesitará el gotero con antibiótico cada ocho horas. Vuelve a necesitar a Patrizia, ahora dos veces al día: a las seis de la mañana en Greene Street y a las dos de la tarde en Rosen Pritchard; y por las noches lo atiende una enfermera nocturna, Yasmin. Es la primera ocasión en que ve solo una vez la obra de Willem; los días están tan segmentados, tan dominados por el tratamiento, que es simplemente incapaz de encontrar tiempo para volver a verla. Por primera vez en todo ese año nota que se sume en la desesperación, que se rinde. Tiene que recordarse que debe demostrarle a Willem que quiere seguir viviendo cuando lo único que quiere en realidad es parar. No porque esté deprimido, sino porque está agotado. Al finalizar una visita, Andy lo mira con una expresión extraña y le pregunta si ha caído en la cuenta de que ha pasado un mes desde la última vez que se hizo cortes. Andy tiene razón. Ha estado demasiado cansado para pensar siquiera en los cortes.

—Me alegro, aunque lamento que esa sea la razón por la que has dejado de hacerlo, Jude —le dice Andy.

—Yo también.

Los dos guardan silencio, llevados por la nostalgia de los días en que los cortes eran su problema más serio.

Llega junio, julio. Siguen sin cicatrizar las llagas de las piernas: las antiguas, desde hace más de un año, y las más recientes, desde marzo. Apenas han disminuido de tamaño. Y justo después del fin de semana del 4 de Julio, cuando se acaba la temporada de teatro para Willem, Andy le dice que quiere hablar con ellos. Y como sabe lo que Andy les va a decir, miente y le comenta que Willem está ocupado, que no tiene tiempo, como si posponiendo la conversación pudiera aplazar también el futuro. Pero un sábado vuelve de la oficina a media tarde y los encuentra a los dos en el piso esperándolo.

Como sospechaba, Andy recomienda encarecidamente la amputación. Habla con un tono muy suave, pero, por lo ensayadas que están las palabras y por el tono tan formal con que las pronuncia, él nota que está nervioso.

—Siempre hemos sabido que llegaría este día —empieza diciendo—, pero eso no lo hace más fácil. Jude, solo tú sabes el dolor y las molestias que eres capaz de tolerar. Eso no puedo decírtelo yo. Solo puedo decirte que has soportado mucho más de lo que la mayoría de las personas soportaría. Puedo afirmar que has sido extraordinariamente valiente… No pongas esa cara, lo has sido y lo eres… Pero aunque creas que puedes seguir adelante, hay ciertas cosas que conviene tener en cuenta: los tratamientos no están dando resultado, las heridas no cicatrizan y el hecho de que hayas tenido dos infecciones óseas en menos de un año es alarmante. Me preocupa que desarrolles una alergia a los antibióticos, eso sería realmente jodido. Y aunque este no sea el caso, no estás tolerando los fármacos tan bien como me gustaría: has perdido demasiado peso y cada vez que te veo estás un poco más débil.

»El tejido de la parte superior de las piernas parece lo bastante sano para estar casi seguro de que podré salvar las dos rodillas y no te han salido llagas en los muslos ni creo que te salgan ahora. Jude, te prometo que tu calidad de vida mejorará enseguida si amputamos y dejarás de sentir dolor en los pies Las prótesis de ahora son infinitamente mejores que las de hace diez años, y, con franqueza, seguro que caminarás mejor y de forma más natural con ellas que ahora. No es una operación complicada, durará unas cuatro horas y la haré yo. La convalecencia en el hospital es breve, en menos de una semana estarás preparado para que te coloquen una prótesis temporal.

Andy se detiene, pone las manos en las rodillas y los mira a los dos. Durante mucho rato ninguno de los tres habla, hasta que Willem empieza a hacer preguntas, preguntas inteligentes, preguntas que debería hacer él: ¿cuánto tarda en recuperarse el paciente una vez le dan el alta del hospital? ¿Qué clase de recuperación tendrá que hacer? ¿Qué riesgos entraña la cirugía? Él escucha a medias las respuestas, que ya conoce más o menos, pues se las ha planteado desde la primera vez que Andy lo insinuó, diecisiete años atrás.

Al final los interrumpe.

—¿Y si digo que no? —Y ve la consternación dibujada en la cara de los dos.

—Si dices que no, seguiremos trampeando con lo que hemos estado haciendo hasta ahora con la esperanza de que al final funcione. Pero, Jude, siempre es mejor amputar cuando tú lo decides que cuando te ves obligado a hacerlo. —Guarda silencio un momento—. Si tienes una infección en la sangre, si desarrollas una sepsis, tendremos que amputar, y no puedo garantizar que entonces puedas conservar las rodillas. Tampoco puedo garantizar que no pierdas alguna otra extremidad, como un dedo, una mano…, o que la infección se extienda más allá de la parte inferior de las piernas.

—Pero ahora tampoco puedes garantizarme que puedas conservar las rodillas —replica él, enfurruñado—. Ni puedes garantizarme que no contraiga una sepsis en el futuro.

—No —admite Andy—. Pero, como he dicho, creo que ahora hay muchas posibilidades de que así sea. Y creo que si extirpamos esa parte de tu cuerpo que está tan seriamente dañada, contribuiremos a evitar futuras enfermedades.

Vuelven a permanecer callados.

—Parece que tenga que tomar una decisión que no es una decisión —murmura él.

Andy suspira.

—Como he dicho, Jude, es una decisión. Tu decisión. No tienes que tomarla mañana o esta semana siquiera. Pero quiero que pienses en ello con detenimiento.

Al cabo de un rato Andy se marcha.

—¿Tenemos que hablar de esto ahora? —pregunta él, cuando por fin logra mirar a Willem, y este hace un gesto de negación.

El cielo está adquiriendo un tono rosado y el crepúsculo será largo y hermoso, pero él no quiere belleza. Le entran ganas de nadar, aunque no ha vuelto a hacerlo desde que tuvo la primera infección ósea. Desde entonces no ha hecho nada, no ha ido a ninguna parte, ha tenido que pasar sus clientes de Londres a un colega porque el gotero lo ha retenido en Nueva York. Además, le ha desaparecido todo rastro de músculo: no es más que carne flácida sobre hueso y se mueve como un anciano.

—Voy a acostarme —le dice a Willem, y le entran ganas de llorar cuando él le dice en voz baja:

—Yasmin estará aquí dentro de un par de horas.

—Está bien —dice mirando al suelo—. Entonces solo echaré una cabezada. Me despertaré en cuanto venga.

Cuando Yasmin se va, se hace cortes por primera vez en mucho tiempo; observa cómo la sangre corre por el mármol y desaparece por el desagüe. Sabe lo irracional que debe parecer su deseo de conservar las piernas, unas piernas que le han causado tantos problemas, que le ha costado tantas horas, tanto dinero y tanto dolor mantener. Pero aun así, son suyas. Son sus piernas. Son parte de él. ¿Cómo va a amputarse una parte de sí mismo por voluntad propia? Sabe que ya se ha cortado una gran parte de sí mismo a lo largo de los años: carne, piel, cicatrices. Pero esto es distinto. Si sacrifica las piernas, habrá admitido que el doctor Traylor ha ganado; se habrá rendido ante él, ante aquella noche en el campo con el coche.

También es distinto porque sabe que una vez que las pierda ya no podrá fingir. Ya no podrá fingir que algún día caminará de nuevo, que algún día estará mejor. Ya no podrá fingir que no es un inválido. Empezará una vez más el espectáculo de fenómenos de feria. Volverá a ser definido, ante todo, por aquello que le falta.

Está cansado. No quiere aprender a caminar de nuevo. No quiere matarse a subir de peso cuando sabe que lo perderá, todas las libras que se ha esforzado por recuperar desde la primera infección ósea y que ha vuelto a perder con la segunda. No quiere volver al hospital, no quiere despertar desorientado y confuso, no quiere que lo visiten los terrores nocturnos, no quiere tener que explicar a sus colegas que vuelve a estar enfermo, no quiere estar meses y meses sintiéndose débil, luchando para recuperar el equilibrio. No quiere que Willem lo vea sin piernas, no quiere volver a ponerlo a prueba, darle un horror más que superar. Quiere ser normal, lo único que ha querido siempre es ser normal, y, sin embargo, cada año se aleja más de la normalidad. Sabe que es una falacia pensar que la mente y el cuerpo son dos entidades separadas que compiten entre sí, pero no puede evitarlo. No quiere que su cuerpo gane una sola batalla más, que tome la decisión por él, que lo haga sentir tan impotente. No quiere depender de Willem, tener que pedirle que lo levante y lo acueste porque tiene los brazos flojos e inservibles, que lo ayude a ir al cuarto de baño y dejar que vea los restos de sus piernas convertidos en muñones redondeados. Siempre dio por sentado que antes de llegar a eso recibiría alguna advertencia, que su cuerpo lo avisaría antes de empeorar seriamente. Sabe que ese pasado año y medio ha sido el aviso —un largo, lento y continuado aviso imposible de pasar por alto—, pero, en su arrogancia y su estúpido optimismo, ha optado por no verlo. Ha optado por creer que se recuperaría una vez más, porque eso es lo que siempre ha hecho. Se ha otorgado a sí mismo el privilegio de dar por sentado que sus posibilidades son ilimitadas.

Tres noches después vuelve a despertarse con fiebre, y va al hospital de nuevo y le dan el alta enseguida. Esa fiebre se la ha causado una infección alrededor del catéter y se lo han retirado. Le han insertado uno nuevo en la yugular, donde se le ve un bulto que ni el cuello de la camisa puede camuflar del todo.

La primera noche que pasa en casa, abre los ojos en mitad de la noche y ve que Willem no está a su lado, se sienta como puede en la silla de ruedas y sale de la habitación.

Willem está sentado a la mesa del comedor, con la luz encendida, de espaldas a la estantería y con la mirada perdida. Tiene el codo apoyado en la mesa, encima de la cual hay un vaso de agua, y la barbilla apoyada en la mano. Lo mira y sabe lo agotado y lo viejo que se siente, con su brillante pelo encanecido. Hace tanto tiempo que lo conoce, ha mirado tantas veces su cara que no es capaz de verla con nuevos ojos: la conoce mejor que la suya. Conoce todas sus expresiones. Sabe lo que significa cada una de sus sonrisas; cuando lo ve en una entrevista en televisión, se da cuenta de cuando sonríe porque realmente le hace gracia lo que le dicen y de cuando solo quiere ser educado. Sabe en qué muelas tiene empastes y qué dientes le obligó Kit a arreglarse al ser evidente que se convertiría en una estrella, que no actuaría solo en obras de teatro y películas de bajo presupuesto sino que llegaría muy alto. Pero ahora lo mira, le mira la cara, atractiva a pesar del cansancio, y percibe que también Willem tiene la sensación de que su vida, la vida que comparte con él, se ha convertido en una carga, un rosario de enfermedades, visitas al hospital y miedo, y sabe lo que hará, lo que tiene que hacer.

—Willem —dice, y observa cómo este sale de golpe de su trance y lo mira.

—¿Pasa algo, Jude? ¿Te encuentras mal? ¿Por qué te has levantado?

—Voy a hacerlo —dice, pensando que son como dos actores en un escenario separados por una gran distancia, y se acerca a él con la silla de ruedas—. Voy a hacerlo —repite; Willem asiente, juntan la frente y los dos se echan a llorar—. Lo siento.

Willem menea la cabeza, frotándole la frente con la suya.

—Soy yo el que lo siente, Jude. Lo siento muchísimo.

—Lo sé —dice él, y es cierto.

Al día siguiente llama a Andy, que se queda aliviado pero también mudo, como señal de respeto. Después todo sucede muy deprisa. Escogen una fecha; la primera que Andy propone es el cumpleaños de Willem, y aunque han acordado que celebrarán sus cincuenta años cuando esté mejor, no quiere que lo operen ese día. Lo harán a finales de agosto, la semana anterior al día del Trabajo, una semana antes de cuando iban a Truro. En la siguiente reunión del comité directivo hace un breve discurso en el que cuenta que la operación a la que se va a someter es voluntaria, solo estará fuera de la oficina una semana, diez días como mucho, y que pronto estará de vuelta y bien. Luego lo anuncia en su departamento; en otras circunstancias no lo haría, les dice, pero no quiere que sus clientes se preocupen, no quiere que crean que es algo más serio de lo que en realidad es, no quiere ser objeto de rumores y habladurías (aunque sabe que lo será). Habla tan poco de sí mismo en la oficina que cuando lo hace ve cómo sus colegas se yerguen y se echan hacia delante en la silla, casi puede ver cómo levantan un poco las orejas. Ha conocido a las esposas, maridos, novias y novios de sus colegas, pero a ellos nunca les ha presentado a Willem. Nunca ha invitado a Willem a ninguna de las salidas que organiza la compañía, ni a las fiestas de Navidad ni a los pícnics de verano. «No lo soportarías, créeme», le dice, aunque sabe que no es cierto; Willem se lo pasa bien en cualquier parte, y este se encoge de hombros y le dice: «Me encantaría ir». Pero él nunca le ha dejado. Siempre se ha dicho a sí mismo que lo protege de una serie de actos que para él son sinceramente tediosos, pero nunca se ha planteado si a Willem le duele su negativa a incluirlo, ni si es sincero su deseo de formar parte de su vida más allá de Greene Street y de los amigos comunes. Al caer en la cuenta de eso se ruboriza.

—¿Alguna pregunta? —dice sin esperar ninguna, y ve que uno de los socios más jóvenes, un hombre cruel pero aterradoramente eficiente llamado Gabe Freston, ha levantado la mano—. ¿Freston?

—Solo quería decir que lo siento mucho. —Y alrededor de él se levanta un murmullo.

Le entran ganas de quitar hierro al asunto y decir: «Esta es la primera vez que te oigo ser tan sincero desde que te dije cuál sería tu bonificación el año pasado, Freston», pero no lo hace, simplemente respira hondo.

—Gracias, Gabe. Gracias a todos. Ahora volved al trabajo. —Y la reunión se dispersa.

Lo operarán el lunes, y aunque ese viernes se queda en la oficina hasta tarde, el sábado no va. Dedica la tarde a preparar la bolsa para el hospital, y por la noche Willem y él cenan en el pequeño restaurante de sushi donde celebraron su primera Última Cena. Sus últimas sesiones con Patrizia y Yasmin fueron el martes;

Andy llama temprano el sábado para decirles que le han llegado las radiografías, y que si bien la infección no se ha reducido, tampoco se ha extendido. «Como es lógico, eso ya no será un problema a partir del lunes», añade, y él traga saliva, como hizo cuando Andy le dijo hace un par de días: «Ya no te dolerán los pies a partir del próximo lunes». Recuerda entonces que ese no es el problema que están erradicando, sino la fuente del problema. No es lo mismo, pero, sea como fuere, supone que tiene que estar agradecido por ello.

Come por última vez el domingo a las siete de la tarde; la operación es a las ocho del día siguiente, y no podrá comer, ni beber ni tomar medicación en toda la noche.

Una hora después baja con Willem en el ascensor a la planta baja para dar su último paseo con sus piernas. Le ha hecho prometer a Willem que darán este paseo: enfilarán por Greene y recorrerán una manzana hacia el sur hasta Grand, luego otra manzana hacia el oeste hasta Wooster, subirán cuatro manzanas por Wooster hasta Houston, y de nuevo hacia el este hasta Greene y hacia el sur hasta su piso, pero antes de empezar no está seguro de poder terminarlo. El cielo ha adquirido el color de los moretones y de pronto recuerda el día que Caleb lo arrojó a la calle desnudo.

Levanta la pierna izquierda y empieza a andar. Recorren la silenciosa calle y al girar a la derecha en Grand, coge la mano de Willem. Nunca lo hace en público, pero ahora se la agarra a él con fuerza, luego tuercen de nuevo a la derecha y enfilan por Wooster.

Ha deseado muchísimo recorrer este circuito, pero, contra toda lógica, su incapacidad para conseguirlo ahora —en Spring, todavía dos manzanas al sur de Houston, Willem lo mira, y sin preguntar siquiera, él empieza a andar hacia Greene Street— lo reconforta: sabe que está tomando la decisión adecuada. Ha tenido que enfrentarse a lo inevitable y ha tomado la única decisión que podía tomar, no solo por Willem sino también por él. El paseo acaba siendo insoportable y cuando vuelve al piso tiene la cara cubierta de lágrimas.

A la mañana siguiente Harold y Julia se reúnen con ellos en el hospital, lívidos y asustados, aunque intentan mostrarse estoicos. Él los abraza y los besa, y les asegura que todo irá bien, que no hay nada de que preocuparse. Se lo llevan para prepararlo. Desde la lesión en las piernas el vello le ha crecido desigual alrededor y entre las cicatrices, pero ahora se lo afeitan por encima y por debajo de las rótulas. Andy entra, le sostiene la cara entre las manos y le da un beso en la frente. Coge un rotulador y hace una serie de rayas como signos del código morse en forma de arcos invertidos unas pocas pulgadas por debajo de la parte inferior de las dos rodillas, y le dice que enseguida vuelve y que hará pasar a Willem.

Willem entra, se sienta en el borde de la cama, y se cogen las manos en silencio. Él está a punto de decir algo, de hacer una broma estúpida, cuando Willem se echa a llorar y se inclina hacia delante gimiendo y sollozando.

—Willem —le dice él, desesperado—. Willem, no llores. Todo saldrá bien, de verdad. No llores. Willem, no llores. —Se yergue en la cama y lo rodea con los brazos—. Oh, Willem —suspira, casi con lágrimas en los ojos—. Te prometo que no me pasará nada.

No consigue tranquilizarlo, nota que Willem intenta decirle algo y le frota la espalda, pidiéndole que lo repita.

—No te vayas —lo oye decir—. No me dejes.

—No lo haré, te lo prometo. Te lo prometo, Willem. Es una operación sencilla. Sabes que tengo que salir de esta para que Andy pueda seguir soltándome sermones.

Entonces entra Andy.

—¿Listos? —pregunta, y entonces ve y oye a Willem, y se acerca a ellos y los abraza—. Willem, te prometo que cuidaré de él como si fuera mi propio hijo. Lo sabes, ¿verdad? Sabes que no dejaré que le pase nada.

—Lo sé —oye a Willem balbucear por fin—. Lo sé, lo sé.

Al final Willem se calma, se disculpa y se seca los ojos.

—Perdonad —dice.

Pero Jude hace un gesto de negación y tira de la mano de Willem hasta que este acerca su cara a la de él y le da un beso de despedida.

—No hay nada que perdonar.

A la puerta del quirófano Andy baja la cara y vuelve a besarlo, esta vez en la mejilla.

—No podré tocarte a partir de ahora —dice—. Seré estéril.

Los dos sonríen de pronto y Andy menea la cabeza.

—¿No eres un poco mayorcito para este humor pueril? —pregunta.

—¿Y tú qué? Ya tienes casi sesenta.

—Eso nunca.

Ya en el quirófano él mira el brillante disco de luz blanca que hay encima de él.

—Hola, Jude —le dice una voz detrás de él, y ve que es el anestesista, un amigo de Andy llamado Ignatius Mba a quien conoció en una cena en casa de Andy y Jane.

—Hola, Ignatius.

—Cuenta hacia atrás a partir de diez —dice Ignatius, y él empieza a contar, pero después de siete, es incapaz de continuar; lo último que siente es un cosquilleo en los dedos del pie derecho.

Tres meses después. De nuevo es el día de Acción de Gracias y lo celebran en Greene Street. Willem y Richard han preparado la comida mientras él dormía. La convalecencia ha sido más dura y complicada de lo esperado, ha contraído un par de infecciones y por un tiempo ha estado alimentándose mediante una sonda. Pero Andy tenía razón: ha conservado las dos rodillas. En el hospital se despertaba y les decía a Harold, a Julia y a Willem que sentía como si tuviera un elefante sentado en los pies, balanceándose hacia delante y hacia atrás sobre sus cuartos traseros hasta que los huesos quedaban reducidos a una galleta desmenuzada, a algo más fino que la ceniza. Ellos no le dijeron que se lo imaginaba, sino que le habían aumentado la dosis de analgésico del gotero y enseguida se encontraría mejor. Ahora esos dolores son menos frecuentes, aunque no han desaparecido del todo y aún se siente muy cansado y débil. Richard ha colocado en la cabecera de la mesa un sillón orejero de terciopelo granate y con ruedas que India utiliza a veces cuando pinta retratos, para que pueda apoyar la cabeza y descansar.

A la cena asisten Richard e India, Harold y Julia, Malcolm y Sophie, JB y su madre, y Andy y Jane, pero no sus hijos, que están en casa del hermano de Andy en San Francisco. Él empieza brindando y dando las gracias a todos por todo lo que le han dado y todo lo que han hecho por él, pero al llegar a la persona a la que más cosas tiene que agradecer —Willem, que está sentado a su derecha—, se da cuenta de que no puede continuar, entonces levanta la vista, ve que todos están a punto de llorar y se calla.

Disfruta de la cena y le divierte ver que no paran de servirle raciones de platos diferentes, aunque apenas las ha tocado, hasta que se siente soñoliento, se recuesta en la silla y cierra los ojos sonriendo arrullado por las voces de siempre, que llenan la atmósfera.

Willem ve que se está quedando dormido y se pone de pie.

—Ya es hora de que nuestra diva se retire. —Le da la vuelta a la silla y la empuja hacia el dormitorio, mientras él reúne las pocas fuerzas que le quedan para corresponder a las risas y los adioses asomándose por detrás de la oreja del sillón sonriente, con los dedos suspendidos en el aire en un ademán teatral.

—Quedaos —dice mientras Willem se lo lleva—. Por favor, quedaos y dad un poco de conversación decente a Willem. Os quiero —añade, y ellos le responden lo mismo al unísono, pero por encima del coro él logra distinguir la voz de cada uno de ellos.

En la puerta del dormitorio, Willem lo coge en brazos —se ha adelgazado mucho; sin las prótesis es tan ligero que hasta Julia puede con él— y lo lleva a la cama, lo ayuda a desnudarse, a quitarse las prótesis provisionales y lo tapa. Le sirve un vaso de agua y le da las pastillas: un antibiótico y un puñado de vitaminas. Willem lo mira mientras él se las traga, y luego se queda un rato sentado a su lado, sintiendo su proximidad sin tocarlo.

—Prométeme que te quedarás con ellos hasta que se acabe la fiesta —le dice. Willem se encoge de hombros.

—Puede que me quede aquí contigo. Parece que no me necesitan para pasárselo bien. —En ese momento llega un estallido de carcajadas del comedor, y ellos se miran y sonríen.

—No, prométemelo. —Al final le arranca la promesa y entonces él añade, sin poder evitar cerrar los ojos—: Gracias, Willem. Ha sido un gran día.

—Sí, ¿verdad? —oye que Willem le dice y luego ya no nada más porque se queda dormido.

Esa noche lo despiertan sus sueños. Es uno de los efectos secundarios del antibiótico que está tomando, y esta vez son peores que nunca. Noche tras noche sueña que está en una habitación de motel o bien en casa del doctor Traylor. Sueña que todavía tiene quince años, que los últimos treinta y tres años no han sucedido siquiera. Sueña con clientes concretos, con situaciones específicas, con cosas que ni siquiera sabía que recordaba. Sueña que él mismo se convierte en el hermano Luke. Sueña, una y otra vez, que Harold es el doctor Traylor, y al despertarse se siente avergonzado por atribuir su execrable conducta a Harold, aunque sea en el subconsciente, y al mismo tiempo temeroso de que el sueño pueda ser realidad, y tiene que recordarse las palabras de Willem. «Nunca, Jude. Él nunca te haría eso, por nada del mundo.»

A veces los sueños son tan vívidos, tan reales, que necesita casi una hora para volver al presente, para convencerse de que lo que vive cuando está consciente es la vida real. Pero a veces al despertarse está tan lejos de sí mismo que ni siquiera recuerda quién es.

—¿Dónde estoy? —pregunta desesperado—. ¿Quién soy? ¿Quién soy?

Y entonces oye el conjuro susurrado de Willem, tan cerca de su oído como si la voz se originara en su mente:

—Eres Jude St. Francis. Eres mi más viejo y querido amigo. Eres el hijo de Harold Stein y de Julia Altman. Eres el amigo de Malcolm Irving, de Jean-Baptiste Marion, de Richard Goldfarb, de Andy Contractor, de Lucien Voigt, de Citizen van Straaten, de Rhodes Arrowsmith, de Elijah Kozma, de Phaedra de los Santos y de los Henry Young.

»Eres de Nueva York. Vives en el SoHo. Haces voluntariado en una organización dedicada a las artes y en un comedor público.

»Practicas la natación. Eres un repostero excelente. Sabes cocinar. Eres un gran lector. Tienes una magnífica voz. Eres coleccionista de arte. Me escribes unos mensajes preciosos cuando estoy fuera. Eres paciente. Eres generoso. De todas las personas que conozco, eres la que mejor sabe escuchar.

»Eres abogado. Eres el presidente del departamento de litigios de Rosen Pritchard and Klein. Te encanta tu trabajo; trabajas mucho.

»Eres matemático. Eres lógico. Has intentado enseñarme matemáticas una y otra vez.

»Te trataron muy mal, pero saliste de aquello. Siempre has sido tú mismo.

Willem continúa salmodiando para que vuelva en sí, y a plena luz del día, a veces días más tarde él recuerda fragmentos de lo que le ha dicho Willem y se aferra a ellos con fuerza, tanto a lo que ha dicho como a lo que ha callado. Pero por las noches está demasiado aterrado y demasiado perdido para reconocerlo, y el pánico lo consume.

—¿Y quién eres tú? —pregunta al hombre que lo abraza, que le está describiendo a un desconocido, alguien que al parecer tiene muchas cosas, que parece ser una persona encantadora y envidiable—. ¿Quién eres tú?

El hombre también tiene una respuesta a esa pregunta.

—Yo soy Willem Ragnarsson. Y no dejaré que te vayas.

—Me voy —le dice a Jude, pero no se mueve. Sobre ellos zumba una libélula brillante como un escarabajo—. Me voy —repite, aunque sigue sin moverse; solo la tercera vez que lo dice logra levantarse de la tumbona, inhalar el aire caliente y deslizar los pies en los mocasines.

—Limas —le dice Jude, alzando la vista y protegiéndose los ojos del sol.

—De acuerdo —dice él, y se agacha a su lado, le quita las gafas de sol, lo besa en los párpados y luego se las vuelve a poner.

Como siempre ha sostenido JB, el verano es la estación de Jude: la piel se le oscurece y el pelo se le aclara tanto que casi son del mismo color, y los ojos adquieren un tono gris poco natural. Willem tiene que contenerse y no tocarlo demasiado.

—Vuelvo dentro de un rato —dice.

Sube pesadamente la colina hasta la casa bostezando, deja en el fregadero el vaso de té con hielo medio derretido, y recorre el sendero de guijarros hasta llegar al coche. Es uno de esos días de verano en que el aire es tórrido y seco, no corre un soplo de brisa y el sol es tan intenso que no se ve bien el paisaje pero se oye, se huele y se saborea: el zumbido semejante de las abejas y las langostas, el débil aroma de los girasoles, el extraño sabor mineral que deja el calor en la lengua. El bochorno es enervante pero no opresivo, y los deja a los dos soñolientos e indefensos, en un estado letárgico. Cuando hace tanto calor se pasan horas tumbados junto a la piscina, sin comer, solo bebiendo —jarras de té de menta con hielo para desayunar, litros de limonada para comer, botellas de vino blanco para cenar— y dejan todas las ventanas y las puertas abiertas de par en par, y los ventiladores de los techos encendidos, para atrapar la fragancia de los prados y los árboles en el interior de la casa cuando las cierren por la noche.

Es el sábado anterior al día del Trabajo, y en otras circunstancias estarían en Truro, pero ese verano Harold y Julia en las afueras de Aix-en-Provence han alquilado una casa, y ellos dos están pasando las vacaciones en Garrison. Está previsto que Harold y Julia lleguen, tal vez con Laurence y Gillian, al día siguiente, pero ahora Willem se dirige a la estación de ferrocarril para recoger a Malcolm, a Sophie, a JB y a Fredrik, su intermitente pareja. Han visto muy poco a sus amigos en los últimos meses, ya que JB ha pasado seis meses en Italia con una beca, y Malcolm y Sophie han estado ocupados con la construcción de un nuevo museo de cerámica en Shanghai. La última vez que se vieron todos fue en París en el mes de abril, cuando él estaba filmando una película allí, Jude voló desde Londres, donde estaba trabajando, JB desde Roma, y Malcolm y Sophie pasaron allí un par de días antes de regresar a Nueva York.

Casi todos los veranos piensa: «Este es el mejor verano», pero sabe que este es de verdad el mejor. Y no solo el mejor verano, sino también la mejor primavera, el mejor invierno, el mejor otoño. A medida que envejece, tiende a ver su vida en retrospectiva, evalúa cada estación como si se tratara de una cosecha de vino y divide los años en eras históricas: los años de la ambición, los años de la inseguridad, los años gloriosos, los años de las falsas ilusiones, los años de la esperanza.

Jude sonrió cuando se lo contó. «¿Y en qué era estamos ahora?», le preguntó, a lo que Willem, devolviéndole la sonrisa respondió: «No lo sé. Aún no he dado con el nombre».

Pero los dos están de acuerdo en que al menos han salido de los años horribles. Dos años atrás pasó ese mismo fin de semana —el fin de semana del día del Trabajo— en el hospital del Upper East Side, mirando por la ventana con un odio tan intenso que le entraban náuseas solo de ver a los camilleros, las enfermeras y los médicos con sus batas verde jade congregados a la puerta del edificio, comiendo, fumando y hablando por el móvil como si no pasara nada, como si la gente que estaba dentro no se encontrara en distintas fases de la agonía, entre ellas Jude, que en esos momentos estaba en un coma médicamente inducido, con la piel hormigueante por la fiebre y sin haber abierto los ojos en cuatro días atrás, desde el día siguiente de salir de la operación.

—Se pondrá bien, Willem —no paraba de balbucear Harold, que en general siempre estaba aún más preocupado que él—. Se pondrá bien. Lo ha dicho Andy. —Y continuó repitiendo como un loro todas las palabras del médico, hasta que él por fin lo interrumpió.

—Por Dios, Harold, dame un puto respiro. ¿Te crees todo lo que dice Andy? ¿Te parece que está mejorando? ¿Te parece que se está poniendo bien? —Entonces vio cómo la cara de Harold cambiaba, vio su expresión de suplicante y frenética desesperación, la cara de un anciano esperanzado, y sintió tal punzada de remordimientos que se acercó a él y lo abrazó—. Lo siento —le dijo al Harold que ya había perdido un hijo e intentaba tranquilizarse diciéndose que no perdería otro—. Perdóname. Me estoy portando como un imbécil.

—No eres ningún imbécil, Willem. Pero no puedes decirme que no se pondrá bien. No puedes.

—Lo sé. Por supuesto que se pondrá bien —dijo él, hablando como Harold, Harold haciéndose eco de Harold hablando con Harold—. Por supuesto que sí.

Sin embargo, en su interior notaba cómo lo reconcomía el miedo: por supuesto que no existían los «por supuesto». Los «por supuesto» se habían desvanecido hacía dieciocho meses. Los «por supuesto» los habían abandonado para siempre.

Él siempre ha sido optimista, y, sin embargo, en esos meses perdió el optimismo. Había cancelado todos sus proyectos para el resto del año, pero a medida que el otoño se alargaba interminablemente lamentó haberlo hecho, deseó tener algo que lo distrajera. Jude salió del hospital a finales de septiembre, pero estaba tan débil y frágil que daba miedo tocarlo, incluso mirarlo, verle los pómulos tan marcados que proyectaban una sombra permanente sobre la boca, observarle el pulso en el hueco de la garganta, como si en su interior hubiera algo que intentaba salir de allí a patadas. Jude trataba de tranquilizarlo haciendo bromas y eso solo aumentaba su terror. En las pocas ocasiones que salía del piso —«Tienes que salir o te volverás loco», le dijo Richard con rotundidad—, se veía tentado de apagar el móvil, porque cada vez que sonaba y veía que era Richard (o Malcolm, Harold, Julia, JB, Andy, los Henry Young, Rhodes, Elijah, India, Sophie, Lucien, o quien se sentaba con Jude durante la hora que él vagaba distraído por las calles o hacía ejercicio abajo, o cuando intentó quedarse quieto durante un masaje o aguantar toda una comida con Roman o Miguel), se decía: «Ya está. Se está muriendo. Ha muerto»; esperaba un segundo o dos antes de contestar y escuchar que solo lo llamaban para informarlo de su estado, de si había comido o no, de si dormía o tenía náuseas. Al final tuvo que decirles: «No me llaméis a menos que sea algo serio. No me importa si tenéis alguna pregunta que hacer y os resulta más fácil llamar. Escribidme un mensaje. Cuando llamáis siempre me imagino lo peor». Por primera vez en su vida comprendió qué significaba tener el corazón en la boca, aunque no era solo el corazón sino todos los órganos lo que le intentaba salir por la boca.

La gente siempre hablaba de la curación como si se tratara de un proceso predecible y progresivo, una firme línea diagonal en una gráfica que se extendía del extremo inferior izquierdo al superior derecho. Pero la curación de Hemming —que no había terminado siendo tal— no fue así, y la de Jude tampoco; la de este último era más bien una cordillera con picos y zanjas, y a mediados de octubre, después de que volviera al trabajo (todavía aterradoramente delgado y aterradoramente débil), despertó una noche con una fiebre tan alta que empezó a tener convulsiones, y él vio claro que había llegado la hora, que era el final. Entonces se dio cuenta de que, a pesar de su miedo, no se había preparado, nunca había pensado en lo que eso significaba en realidad, y aunque no era dado a negociar, esta vez negoció con alguien o algo en lo que ni siquiera sabía si creía. Prometió tener más paciencia, más agradecimiento, menos maldiciones, menos vanidad, menos sexo, menos autoindulgencia, menos quejas, menos ensimismamiento, menos egoísmo, menos temores. Cuando Jude salió de esa con vida, Willem se sintió tan aliviado y extenuado que se vino abajo; Andy le prescribió un ansiolítico y lo mandó a Garrison el fin de semana con JB, mientras Richard y él se quedaban al cuidado de Jude. Siempre había creído que, a diferencia de Jude, él sabía aceptar la ayuda cuando se la ofrecían, pero había perdido esa habilidad en el momento más crucial, así que se alegró y agradeció que sus amigos hicieran el esfuerzo de recordárselo.

Para el día Acción de Gracias la situación se había vuelto, si no buena, al menos no tan mala. Pero solo al cabo de un tiempo pudieron reconocerlo como un punto de inflexión, como el período en que por primera vez hubo días, luego semanas y por último un mes entero en que nada empeoró, recuperaron la habilidad de despertar sin miedo y con un propósito, y por fin se vieron con ánimos para hablar, aunque con cautela, del futuro, y no preocuparse solo por llegar con éxito al final del día. Entonces hablaron de lo que había que hacer y Andy empezó a elaborar unos calendarios con objetivos para un mes, dos meses, seis meses, que recogían las libras que Jude debía engordar, cuándo creía que estaría preparado para que le colocaran las prótesis permanentes, cuándo daría los primeros pasos y cuándo preveía verlo andando de nuevo. Una vez más retomaron la corriente de la vida; una vez más, aprendieron a seguir el calendario. Hacia febrero Willem volvía a leer guiones. En abril, poco antes de cumplir cuarenta y nueve cumpleaños, Jude volvía a caminar —despacio y con poca elegancia, pero caminaba— y de nuevo tenía el aspecto de una persona normal. Para el cumpleaños de Willem, en agosto, casi un año después de la operación, caminaba mejor —con más agilidad y más confianza— que con sus auténticas piernas, tal como había pronosticado Andy, y tenía un aspecto excelente: volvía a ser él mismo.

—Aún no has tenido tu fiestón de los cincuenta —le recordó Jude durante la cena de su cincuenta y un cumpleaños, que había preparado íntegramente él, de pie ante los fogones durante horas sin dar muestras evidentes de cansancio.

—Esto es todo lo que quiero —respondió Willem sonriendo, y hablaba en serio. Era estúpido comparar su experiencia de esos dos años atroces y agotadores con la de Jude, y sin embargo se sentía transformado. Era como si su desesperación hubiera dado origen a una sensación de invencibilidad; sentía que le habían extirpado todo lo superfluo y blando que tenía, y lo habían dejado como un núcleo de acero indestructible y al mismo tiempo maleable, capaz de soportarlo todo.

Pasaron el cumpleaños en Garrison los dos solos, y esa noche, después de cenar, fueron al lago; luego él se desnudó y saltó del embarcadero al agua, que olía como una gran piscina de té.

—Métete —le dijo a Jude, y como este titubeaba, añadió—: Como es mi cumpleaños, te lo ordeno.

Jude se desnudó despacio, se quitó las prótesis y, tomando impulso con las manos, se tiró al agua, donde Willem lo cogió. A medida que recuperaba la salud, Jude se sentía cada vez más acomplejado por su cuerpo, y Willem sabía, por lo retraído que se mostraba a veces, o el cuidado con que se ocultaba al ponerse o quitarse las prótesis, que hacía un gran esfuerzo por aceptar su físico. Cuando estaba más débil, había dejado que él lo desvistiera, pero ahora que se notaba más fuerte, Willem solo lo veía fugazmente, como por accidente, cuando se desvestía. Sin embargo, en la timidez de Jude veía un signo de salud, porque al menos era una prueba de su mejoría, una prueba de que era capaz de entrar y salir solo de la ducha, de acostarse y levantarse de la cama por sí solo, algo que tuvo que aprender a hacer de nuevo y que no siempre había podido hacer.

Flotaron por el lago cogidos en silencio, y cuando él salió, Jude lo siguió y se subió al embarcadero apoyándose en los brazos; se quedaron allí sentados tomando el suave aire del verano, los dos desnudos, mirando los extremos en forma de cono de las piernas de Jude. Era la primera vez que él veía a Jude desnudo en meses y no sabía qué decir. Al final lo rodeó con el brazo y lo atrajo hacia sí, y eso (le pareció) fue lo más acertado.

Pese a todo, todavía se asustaba de vez en cuando. En septiembre, unas semanas antes de irse para rodar la primera película tras más de un año, Jude volvió a despertarse con fiebre; esta vez no le pidió que no llamara a Andy, ni él le pidió permiso para hacerlo. Fueron directamente a la consulta, y Andy le mandó radiografías, análisis de sangre y otras pruebas. Esperaron impacientes, hasta que el radiólogo los llamó y les dijo que no había nada de que preocuparse.

—Rinofaringitis —les dijo Andy, sonriendo—. Un resfriado común.

Qué deprisa, que inquietantemente deprisa se había vuelto a despertar en los tres el miedo, el temor a un virus que permanecía latente pero que nunca podrían erradicar. Alegría, abandono; tenían que aprender una vez más a pasar por esos estados. Sin embargo, el miedo viviría para siempre en el interior de los tres como una enfermedad compartida, una brillante hebra entretejida en su ADN.

Y se fue a España para filmar la película. Desde que lo conocía, Jude había querido hacer algún día el Camino de Santiago, la ruta de peregrinación medieval que acababa en Galicia.

—Empezaremos en el paso de Aspe, en los Pirineos —le dijo (eso era antes de que ninguno de los dos hubiera estado en Francia) y caminaremos hacia el oeste. ¡Tardaremos semanas! Por las noches dormiremos en albergues para peregrinos y viviremos a base de pan moreno con semillas de alcaravea, yogur y pepino.

—No sé —respondió él, aunque entonces no pensó tanto en las limitaciones de Jude (era demasiado joven, los dos lo eran, para creer de verdad que Jude tuviera limitaciones) como en sí mismo—. Parece agotador, Jude.

—Pues te llevaré a cuestas —dijo Jude enseguida, y Willem sonrió—. O alquilaremos un burro para que te lleve. Aunque se trata de ir andando y no montado.

Al hacerse cada vez más evidente con los años que ese sueño siempre seguiría siendo un sueño, sus fantasías sobre el Camino de Santiago se volvieron más minuciosas.

—El argumento es el siguiente —decía Jude—. Por el camino coinciden cuatro desconocidos: una monja taoísta china que intenta aceptar su sexualidad, un presidiario británico recién liberado que compone poesía, un antiguo traficante de armas de Kazajistán que llora la muerte de su esposa, y un universitario norteamericano atractivo y sensible aunque perturbado que ha dejado sus estudios (ese eres tú, Willem), y traban una amistad para toda la vida. La rodarás en tiempo real, de modo que durará lo que dure la caminata. Y tendrás que caminar sin parar.

Llegado a este punto, él siempre se reía.

—¿Y cómo acaba?

—La monja taoísta se enamora de un exoficial del ejército israelí que conoce por el camino, y los dos regresan a Tel Aviv para abrir un bar de lesbianas llamado Radclyffe. El expresidiario y el traficante de armas acaban juntos. Y tu personaje conoce por el camino a una sueca virginal aunque en secreto un poco guarrilla, abren un albergue de lujo en los Pirineos y cada año los cuatro se reúnen allí.

—¿Cómo se titula la película? —preguntó entonces él, sonriendo.

—*Santiago Blues* —respondió Jude después de pensarlo un rato, y Willem se echó a reír de nuevo.

Desde entonces de vez en cuando volvían a *Santiago Blues*, aunque el reparto iba cambiando para adaptarlo a él a medida que se hacía mayor, pero el argumento y la localización no cambiaban.

—¿Qué tal el guión? —le preguntaba Jude cuando le llegaba algo nuevo, y él suspiraba y respondía:

—No tan bueno como *Santiago Blues*, pero no está mal.

Poco después del día de Acción de Gracias que fue un punto de inflexión, Kit, que sabía por Willem el interés que tenían los dos por el Camino de Santiago, le envió un guión con una nota en la que solo se leía: «¡*Santiago Blues*!». Y si bien no era exactamente lo mismo —por fortuna era mucho mejor, convinieron Jude y él—, estaba ambientado, en el camino: una parte se rodaría en tiempo real, empezaba en los Pirineos, en Saint-Jean-Pied-de-Port y acababa en Santiago de Compostela. *Las estrellas sobre Santiago*, que así se llamaba la película, contaba la historia de dos hombres, los dos llamados Paul, que serían interpretados por el mismo actor: el primero era un monje francés del siglo XVI que hacía la ruta desde Wittenberg en vísperas de la Reforma protestante; el segundo era un pastor protestante contemporáneo de una pequeña ciudad estadounidense que empezaba a cuestionarse su propia fe. Aparte de algunos personajes menores que entraban y salían de la vida de los dos Paul, el único que tenía un papel era él.

Le dio a Jude el guión para que lo leyera.

—Genial. Ojalá pudiera ir contigo, Willem —dijo con tristeza cuando lo terminó.

—A mí también me habría encantado que me acompañaras, te voy a echar tanto de menos.

Lamentaba que Jude no tuviera sueños más factibles, sueños que pudiera alcanzar y que él pudiera ayudarle a realizar. Pero lo cierto es que los sueños de Jude siempre giraban en torno a la movilidad: quería recorrer distancias imposibles o cruzar terrenos imposibles. Y aunque volvía a caminar, y el dolor era menos intenso que desde hacía años, ambos sabían que él nunca viviría sin dolor: lo imposible seguiría siendo imposible.

Cenó con el director español, Emanuel, que ya era muy aclamado pese a su juventud y que, no obstante la complejidad y la melancolía del guión, era optimista y alegre; no paraba de repetir que estaba estupefacto de que Willem quisiera protagonizar su película y que era un sueño trabajar con él. A su vez, Willem le habló de *Santiago Blues* (Emanuel se rió cuando le contó el argumento. «¡No es tan malo!», exclamó). También le contó que Jude siempre había deseado hacer el camino y lo honrado que se sentía de poder hacerlo él ahora.

—¡Ah! Tengo entendido que ese es el hombre por el que echaste a perder tu carrera, ¿no? —exclamó Emanuel en broma.

Él le devolvió la sonrisa.

—Sí. Así es.

Los días de rodaje de *Las estrellas sobre Santiago* eran muy largos y, como Jude le había asegurado, las caminatas no se acababan nunca (era un lento convoy de caravanas, no de burros). La cobertura de móvil fallaba en algunos tramos, de modo que le escribía a Jude mensajes, lo que en cierto modo parecía más adecuado, más propio de un peregrinaje, y por la mañana le enviaba fotos del desayuno (pan moreno con semillas de alcaravea, yogur y pepino). Gran parte del camino atravesaba ciudades concurridas, pero en algunos trechos los desviaban hacia el campo. Todos los días cogía unas cuantas piedras blancas y las guardaba en un tarro para llevárselas a casa; por la noche, se sentaba en la habitación de hotel con los pies envueltos en toallas calientes.

El rodaje finalizó dos semanas antes de Navidad; él voló a Londres para asistir a unas reuniones, y luego se reunió con Jude en Madrid, donde alquilaron un coche y se dirigieron a Andalucía. Se detuvieron en una pequeña ciudad encaramada en lo alto de un acantilado que se elevaba sobre el mar para reunirse con Henry Young el Asiático, a quien vieron subir con dificultad la cuesta. «Menos mal que me dais una excusa para salir de esa puta casa», les dijo. Llevaba un mes en una colonia de artistas situada al pie de la colina, en un valle lleno de naranjos, pero, cosa rara en él, detestaba a los demás huéspedes, y mientras comían rodajas de naranja flotando en su propio jugo salpicado de canela, clavo y almendras picadas, se rieron de las anécdotas que Henry les contaba sobre sus colegas. Después de despedirse de él y de quedar en que se verían en Nueva York en menos de un mes, pasearon por la ciudad medieval, cuya estructura era un cubo de sal blanco reluciente, donde gatos atigrados dormitaban y agitaban la punta de la cola al paso de los carros.

La siguiente noche, en las afueras de Granada, Jude le anunció que tenía una sorpresa para él y le invitó a subirse al coche que los esperaba a la puerta del restaurante. Jude llevaba un sobre marrón que no había perdido de vista durante toda la cena.

—¿Adónde vamos? —preguntó—. ¿Y este sobre? ¿Qué llevas en él?

—Ya lo verás —respondió Jude escuetamente.

Estuvieron callejeando hasta que el coche se detuvo ante el arco de entrada de la Alhambra, donde Jude entregó al guardia una carta, este la leyó, asintió y les franqueó la entrada. Ya en el interior, el coche se detuvo, ellos se bajaron de él y se quedaron de pie en el patio silencioso.

—Toda tuya —dijo Jude con timidez señalando los edificios y los jardines—. Durante las próximas tres horas, al menos. —Y al ver que Willem se había quedado sin habla, añadió en voz baja—: ¿Te acuerdas?

Él asintió de forma casi imperceptible.

—Por supuesto que me acuerdo —respondió, también en voz baja.

Así era como se tenía que acabar su ruta por el Camino de Santiago, con un trayecto en tren al sur para visitar la Alhambra. Y aunque ahora sabía que jamás harían la caminata juntos, él no había ido a la Alhambra, no se había tomado un día libre al final de un rodaje para visitarla, como si esperara hacerlo algún día con Jude.

—Uno de mis clientes —dijo Jude antes de que él dijera nada—. Defiendes a alguien y resulta que su padrino es el ministro de Cultura español, y este te permite hacer una generosa donación para el mantenimiento de la Alhambra a cambio del privilegio de visitarla solo. —Sonrió—. Te dije que debíamos hacer algo para celebrar tu cincuenta cumpleaños, aunque ya haya pasado un año y medio. No llores, por favor —añadió poniéndole una mano en el brazo.

—No pienso hacerlo. Puedo hacer más cosas en la vida aparte de llorar, ¿sabes? —Aunque ya no estaba seguro de que fuera cierto.

Abrió el sobre que Jude le había dado y sacó un paquete de su interior, deshizo la cinta, rasgó el papel y apareció un libro manuscrito organizado por capítulos —«La alcazaba», «El palacio de los Leones», «Los jardines»; «El Generalife»—, en cada uno de los cuales había notas escritas por Malcolm, que había hecho la tesis sobre la Alhambra y la visitaba todos los años desde que tenía nueve. Entre un capítulo y otro había un dibujo de uno de los detalles del complejo —un jazmín repleto de pequeñas flores blancas, una fachada de piedra salpicada de azulejos azules—, todos dedicados a él y firmados por uno de sus amigos: Richard, JB, India, Henry Young el Asiático, Ali. Ahora sí que se echó a llorar, sonreía y lloraba a la vez, hasta que Jude le dijo que era mejor que se pusieran en marcha, ya que no podían pasar todo el rato llorando en la entrada; entonces él lo agarró y lo besó sin importarle los silenciosos guardias vestidos de negro que había detrás de ellos.

—Gracias, Jude. Gracias, gracias, gracias.

Echaron a andar en medio de la noche silenciosa guiados por la linterna de Jude. Entraron en los palacios, cuya estructura parecía tallada en mantequilla blanca y blanda, y en los salones de techos abovedados tan altos que los pájaros describían silenciosos arcos a través de ellos y cuyas ventanas simétricas estaban perfectamente ubicadas para que el espacio se llenara de la luz de la luna. Mientras recorrían el recinto se detenían para consultar las notas de Malcolm y examinar detalles que, de no ser por el libro, les habrían pasado por alto. Así supieron, por ejemplo, que se encontraban en la habitación donde hacía más de mil años un sultán había dictado la correspondencia. Observaron las ilustraciones y las compararon con lo que veían con sus ojos. Delante de cada dibujo había una nota en la que sus amigos contaban cuándo habían visto por primera vez la Alhambra y por qué habían escogido dibujar ese detalle. Volvieron a tener la sensación que solían tener de jóvenes de que todas las personas que conocían tenían mundo y ellos no, y aunque ahora sabían que no era cierto, sintieron la misma admiración por la vida de sus amigos, por todo lo que habían hecho y experimentado, por cómo sabían disfrutar de ella y por el gran talento que tenían para plasmarla en sus obras. En los jardines del Generalife, se adentraron en un laberinto de cipreses, y él besó a Jude con más pasión de la que se había permitido en mucho tiempo, aunque se oían las pisadas de uno de los guardias por el camino de piedra.

De vuelta en el hotel continuaron besándose, y él se descubrió pensando que en la versión de la película que vivirían esa noche hacían el amor; estaba a punto de decirlo en voz alta pero se detuvo. Aun así, fue como si hubiera expresado su deseo, porque durante un rato se quedaron callados, mirándose el uno al otro, hasta que, en voz muy baja, Jude dijo:

—Willem, podemos hacerlo si quieres.

—¿Tú quieres? —le preguntó él por fin.

—Claro —respondió Jude, pero por el modo en que bajó la cabeza y la voz ligeramente entrecortada con que lo dijo él se dio cuenta de que mentía.

Por un instante pensó en fingir, en creer que Jude decía la verdad. Pero no pudo.

—No —dijo, y se apartó de él—. Creo que ya ha sido suficiente por esta noche.

Jude exhaló a su lado, y justo antes de quedarse dormido lo oyó susurrar:

—Lo siento, Willem. —Él intentó decirle que lo entendía, pero estaba tan dormido que no pudo.

Este fue el único motivo de tristeza por un tiempo, y su origen era diferente para uno y otro. En Jude, la tristeza procedía de la sensación de fracaso, de la certeza —que él nunca logró disipar— de no estar cumpliendo con sus deberes. En cambio, la de Willem era debida al propio Jude: a veces se preguntaba cómo habría sido la vida de Jude si le hubieran dejado descubrir el sexo en lugar de haberle obligado a practicarlo; pero, lejos de ayudarlo, ese pensamiento le causaba demasiada consternación, de modo que intentaba no pensar en ello. No obstante, esa idea estaba siempre presente en su amistad, en su vida, como una veta turquesa abriéndose paso en una piedra.

Mientras tanto la normalidad y la rutina dominaban sus vidas, más que el sexo o a la pasión. Esa noche, por ejemplo, de pronto cayeron en la cuenta de que Jude había caminado —lento pero seguro— casi tres horas seguidas. Y de vuelta en Nueva York valoraban las cosas que podían volver a hacer porque Jude tenía la energía necesaria para hacerlas: podía permanecer despierto hasta el final de una obra de teatro, una ópera o una cena, o era capaz de subir las escaleras hasta la puerta principal de la casa de Malcolm en Cobble Hill, y de bajar la acera empinada para llegar al edificio de JB en Vinegar Hill. Estaba también la alegría de oír el despertador de Jude a las cinco y media, de ver cómo se preparaba para su sesión matinal de natación, y el alivio de encontrar una caja en la encimera de la cocina llena de suministros médicos —paquetes extra de catéteres, gasas esterilizadas y bebidas proteínicas con un alto contenido en calorías que Andy le había dicho a Jude que podía dejar de tomar— que tenían previsto devolver a Andy para que lo donara al hospital. A ratos recordaba que dos años atrás, por esas fechas, al regresar del teatro solía encontrar a Jude dormido en la cama, tan frágil que a veces le daba la sensación de que el catéter que tenía debajo de la camisa era en realidad una arteria, y que, de forma continuada e irreversible, quedaría reducido a un amasijo de nervios, vasos y huesos. A veces pensaba en aquellos momentos y experimentaba una especie de desorientación. ¿Eran ellos los que habían pasado por todo aquello? ¿Dónde se habían ido? ¿Reaparecerían? ¿Eran ahora otras personas? Entonces se imaginaba que aquellas personas no se habían ido realmente sino que estaban dentro de ellos, esperando aflorar de nuevo, reclamar sus cuerpos y sus mentes; eran identidades en remisión, pero siempre estarían con ellos.

La enfermedad los había visitado tantas veces en los últimos tiempos que todavía daban las gracias por cada día que transcurría sin incidentes, aunque cada vez se acostumbraban más a ello. El día en que Willem vio que Jude se levantaba del sofá, donde estaban viendo una película, porque tenía un ataque y quería estar solo, se inquietó, y tuvo que hacer un esfuerzo para recordarse que eso también era Jude, que su cuerpo lo traicionaba de vez en cuando y siempre lo haría. La operación no había cambiado eso; solo había cambiado la forma en que Willem reaccionaba ante ello. Y cuando se dio cuenta de que Jude volvía a hacerse cortes —no con tanta frecuencia, pero sí con regularidad—, tuvo que recordarse, una vez más, que eso también era Jude, y que la operación tampoco lo había cambiado.

—Tal vez deberíamos llamar este período «Los años felices» —le dijo a Jude una mañana.

Era febrero, nevaba y estaban tumbados en la cama, donde solían quedarse hasta tarde los domingos por la mañana.

—No sé —dijo Jude, y aunque no le veía la cara, Willem supo que sonreía—. ¿No crees que es tentar un poco al diablo? Lo denominamos así y se me caerán los dos brazos. Además, ese nombre es un plagio.

Y era cierto, así se titulaba el próximo proyecto de Willem. Serían seis meses de ensayo, que empezarían en una semana, seguidos de once semanas de rodaje. El título original era *El bailarín y el escenario*, pero Kit acababa de informarle de que los productores lo habían cambiado por *Los años felices*.

A él no le gustaba este título.

—Es tan cínico —le dijo a Jude, después de quejarse a Kit y al director—. No es nada apropiado, aparte de irónico.

Eso fue hacía unas noches. Él estaba tumbado en el sofá después de su agotadora clase de baile diaria y Jude le masajeaba los pies. Iba a interpretar a Rudolf Nuréiev en los últimos años de su vida, desde la época en que lo nombraron director del Ballet de la Ópera de París, en 1983, pasando por el diagnóstico de sida, hasta que notó los primeros síntomas de la enfermedad, un año antes de morir.

—Sé qué quieres decir —replicó Jude cuando él dejó de despotricar—, pero tal vez fueron realmente años felices para él. Era libre; tenía un trabajo que le gustaba, promocionaba a jóvenes bailarines, había dado un nuevo rumbo a toda una compañía y estaba preparando una de sus coreografías más importantes. Él y el bailarín danés…

—Erik Bruhn.

—Exacto. Él y Bruhn seguían juntos, o al menos lo estuvieron un tiempo más. Tenía lo que probablemente jamás había soñado: dinero, fama, libertad de creación, amor, amistad, y todavía era lo bastante joven para disfrutar de ello. —Hundió los nudillos en las plantas de los pies de Willem, que hizo una mueca—. A mí me parece una vida feliz.

Los dos se quedaron callados un rato.

—Pero estaba enfermo —dijo Willem al fin.

—Entonces no —le recordó Jude—. Al menos no de forma manifiesta.

—No, tal vez no. Pero se estaba muriendo.

Jude le sonrió.

—Oh, morir —dijo restándole importancia—. Todos moriremos algún día. Él solo supo que la muerte le llegaría antes de lo previsto. Pero eso no significa que no fueran unos años felices para él o que no tuviera una vida feliz.

Entonces él miró a Jude, y sintió lo que sentía cuando pensaba en él y en lo que había sido su vida, podría llamarlo tristeza, pero no era una tristeza lastimera sino una tristeza masiva, que abarcaba a todos los pobres que luchaban por salir adelante, a millones de personas que no conocía, una tristeza que se mezclaba con asombro y estremecimiento al reconocer el esfuerzo que realizaban los seres humanos del mundo entero por vivir, aunque sus días fueran difíciles y las circunstancias penosas. La vida es tan triste, pensaba en esos momentos. Es tan triste, y sin embargo todos vivimos. Todos nos aferramos a ella; todos buscamos algo que nos dé consuelo.

No dijo nada. Solo se incorporó para tomar la cara de Jude entre las manos y lo besó, luego se volvió a recostar sobre los cojines.

—¿Cómo te volviste tan listo? —le preguntó, y Jude sonrió.

—¿Demasiado fuerte? —le preguntó a su vez, masajeándole todavía el pie.

—No lo suficiente.

En otra ocasión volvió a Jude hacia él en la cama.

—Creo que tendremos que quedarnos con los años felices —le dijo—. Aun a riesgo de que se te caigan los brazos.

Jude se rió.

La semana siguiente se fue a París. Fue uno de los rodajes más difíciles de su vida; para las secuencias más complicadas tenía un doble, un bailarín de verdad, pero él interpretaba algunas escenas de baile y debía levantar en el aire a bailarinas de verdad; le maravillaba constatar lo densos y filamentosos que eran sus músculos, pero había días tan agotadores que por la noche solo le quedaban fuerzas para meterse en la bañera. En los últimos años le atraían inconscientemente papeles cada vez más para los que se requería destreza física y se quedaba atónito, y complacido a la vez, al ver cómo su cuerpo respondía. Ahora, cuando se daba impulso con los brazos para saltar, notaba cómo cada músculo cobraba vida y le permitía hacer lo que le pedía. Sabía que no era el único que sentía tal gratitud: cuando iban a Cambridge, Harold y él jugaban al tenis todos los días, y aunque nunca habían hablado de eso, sabía lo complacidos que los dos se sentían con sus cuerpos y lo que el acto de dar raquetazos por la pista había significado para ellos.

Jude fue a verlo a París a finales de abril, y aunque Willem le había prometido que no haría nada sofisticado para su quincuagésimo cumpleaños, le organizó una cena sorpresa a la que, además de JB, Malcolm y Sophie, fueron Richard, Elijah, Rhodes, Andy, Henry Young el Negro, Harold y Julia, junto con Phaedra y Citizen, que lo habían ayudado a organizarlo. Al día siguiente Jude fue a verlo al plató, algo que pocas veces hacía. En la escena que tenían previsto rodar esa mañana, Nuréiev, a quien en una escena anterior que aún no habían rodado le han diagnosticado el sida, intentaba corregir un cabriolé a un joven bailarín, y después de darle una y otra vez instrucciones, hacía él una demostración, pero al saltar haciendo tijeras con las piernas se caía, y se producía un silencio a su alrededor. La escena acababa con un primer plano de Nuréiev, un momento en que Willem tenía que transmitir su repentina comprensión de que iba a morir y, acto seguido, su decisión de dejarla de lado.

Filmaron una toma tras otra de esa escena, y después de cada una de ellas Willem tenía que descansar para recuperar el aliento, mientras los técnicos de peluquería y de maquillaje mariposeaban a su alrededor secándole el sudor de la cara y el cuello; en cuanto estaba preparado volvía al punto de salida. Cuando el director por fin quedó satisfecho, él jadeaba pero se sentía también satisfecho.

—Perdona la pesadez del rodaje —se disculpó, acercándose por fin a Jude.

—No, Willem. Ha sido asombroso. Estabas muy guapo y lo hacías muy bien. —Lo miró titubeante por un momento y añadió—: Casi no podía creer que fueras tú.

Él tomó la mano de Jude y se la apretó, la máxima manifestación de afecto que era capaz de tolerar en público. No obstante, él no sabía cómo se sentía Jude al presenciar tales alardes físicos. La primavera anterior, en una de sus rupturas con Fredrik, JB salió con el principal bailarín de una compañía de danza contemporánea muy conocida, y todos fueron a verlo bailar. Durante un solo de Josiah, él miró de reojo a Jude y vio que estaba echado ligeramente hacia delante, con la barbilla apoyada en la mano, observando con tanta atención que cuando le puso una mano en la espalda, se sobresaltó. «Perdona», le susurró.

Por la noche, en la cama, Jude estuvo muy callado, y él se preguntó en qué pensaba. ¿Estaba consternado? ¿Nostálgico? ¿Triste? Pero le pareció poco amable pedirle que expresara en voz alta lo que tal vez no era capaz de decirse a sí mismo.

Era mediados de junio cuando regresó a Nueva York, y cuando se acostaron Jude lo miró con atención.

—Se te ha puesto cuerpo de bailarín —le dijo.

Al día siguiente él se contempló en el espejo y se dio cuenta de que Jude tenía razón.

Un atardecer de esa misma semana comieron en la azotea, que entre Richard, India y ellos habían reformado por fin, y donde Richard y Jude habían plantado gramíneas y árboles frutales; él les hizo una demostración de los pasos que había aprendido y notó cómo su timidez daba paso al vértigo al cruzar la terraza haciendo jetés mientras sus amigos aplaudían y el sol teñía el cielo de rojo crepuscular.

—Otro talento escondido —le dijo Richard después sonriendo.

—Lo sé —le dijo Jude sonriendo a su vez—. Willem es una caja sorpresas, aun después de todos estos años.

Pero había descubierto que todos lo eran. Cuando eran jóvenes, solo tenían secretos que ofrecer: las confesiones eran la moneda de cambio, y las revelaciones, una forma de intimidad. El ocultamiento de datos personales a los amigos se veía de entrada como algo enigmático y acto seguido como un acto de tacañería, lo que era un obstáculo para una verdadera amistad.

—Hay algo que no me estás diciendo, Willem —lo acusaba JB de vez en cuando—: ¿Te guardas secretos? ¿No confías en mí? Creía que éramos amigos íntimos.

—Y lo somos, JB —decía él—. No te estoy ocultando nada.

Y no lo hacía; no había nada que ocultar. Solo Jude tenía secretos, verdaderos secretos, y aunque en el pasado a Willem le había contrariado su aparente resistencia a revelarlos, nunca había tenido la impresión de no estar unido a él, ni lo había visto como un obstáculo para quererlo. Aun así, le había resultado difícil aceptar que nunca poseería del todo a Jude, que querría a alguien que siempre sería desconocido para él.

Y sin embargo seguía descubriendo a Jude, aun después de treinta y cuatro años, y seguía fascinado por lo que veía. Ese julio lo invitó por primera vez a la barbacoa anual que organizaba Rosen Pritchard en verano.

—No tienes por qué ir, Willem —había añadido de inmediato, después de pedírselo—. En serio, será muy aburrido.

—Lo dudo, pero de todos modos pienso ir.

El pícnic tenía lugar en los jardines de una antigua mansión sobre el Hudson, una versión más refinada de aquella en la que habían rodado *El tío Vania*, y estaba invitado el bufete al completo: los socios, los futuros socios, los empleados y sus familiares. Al cruzar la explanada de espeso trébol para ir hacia donde estaba reunida la gente, él se sintió repentina e insólitamente cohibido, hasta el punto de que, cuando Jude fue reclamado por el presidente de la compañía, que dijo que tenía unos asuntos urgentes que comentar, tuvo que contener el impulso de alargar la mano para retenerlo, mientras Jude le sonreía con aire de disculpa al alejarse, levantando la mano para indicar que solo serían cinco minutos.

Él agradeció la repentina aparición de Sanjay, uno de los pocos colegas de Jude que conocía; el año anterior había sido nombrado copresidente de su departamento para que Jude pudiera centrarse en atraer nuevos clientes, mientras él se ocupaba de la administración y la gestión. Se quedaron en lo alto de la colina mirando la multitud, y Sanjay le señaló a varios socios y nuevos colaboradores que Jude y él detestaban. (Algunos de ellos se volvieron y lo sorprendieron señalándolos, entonces Sanjay los saludó alegremente con la mano mientras murmuraba cosas siniestras acerca de su incompetencia y su falta de recursos.) De pronto él se dio cuenta de que la gente lo miraba y enseguida desviaba la mirada, y una mujer que había subido la colina viró de manera grosera al verlo allí de pie.

—Veo que soy un gran acontecimiento —dijo bromeando a Sanjay.

—No les intimidas tú, Willem, sino Jude. —Sonrió—. Bueno, tú también.

Por fin recuperó a Jude y los dos estuvieron charlando un rato con el presidente («Soy un gran admirador suyo») y con Sanjay, y Jude le presentó a varias de las personas sobre las que él había oído hablar. Uno de los pasantes le pidió permiso para hacerse una foto con él, y otros lo imitaron enseguida. En un momento dado, volvieron a arrebatarle a Jude y se encontró escuchando a Isaac, uno de los socios del departamento de impuestos, que empezó a describirle las secuencias peligrosas de la segunda película de espionaje. En algún momento del monólogo, miró hacia el otro extremo de la explanada y atrajo la mirada de Jude, que se disculpó calladamente. Él meneó la cabeza y sonrió, pero luego se tiró de la oreja izquierda —la vieja señal— y Jude apareció al momento.

—Perdona, Isaac —le dijo con firmeza—. Te robo a Willem un momento. —Y se lo llevó de allí—. Lo siento mucho, Willem —le susurró mientras se alejaban—, pero la ineptitud social es escandalosa hoy en día. ¿Te sientes como un panda en el zoo? Ya te advertí de que sería horrible. Diez minutos más y nos marchamos, te lo prometo.

—No te preocupes. Me lo estoy pasando bien.

Siempre le parecía revelador ver a Jude en esa otra vida, rodeado de las personas con las que pasaba más horas al día que con él. Poco antes había observado cómo Jude se acercaba a un grupo de jóvenes socios que soltaban grandes risotadas por algo que veían en uno de sus móviles. Pero al ver a Jude avanzar hacia ellos, se dieron un codazo y guardaron un silencio educado, y lo saludaron con una efusión tan evidente que Willem se encogió, y solo cuando Jude pasó por su lado ellos volvieron a apiñarse alrededor del móvil, pero esta vez sin armar tanto escándalo.

Cuando se llevaron a Jude por tercera vez, Willem ya se sentía lo bastante seguro para presentarse al pequeño corro que daba vueltas alrededor de él lanzándole sonrisas. Conoció a una mujer asiática llamada Clarissa sobre la que recordaba haber oído hablar a Jude con aprobación.

—He oído hablar muy bien de usted —le dijo, y en la cara de Clarissa apreció una sonrisa de alivio.

—¿Jude le ha hablado de mí? —le preguntó.

Conoció a un socio cuyo nombre no memorizó que le comentó que *Mercurio Negro 3081* había sido la primera película para menores acompañados que había visto, y eso le hizo sentirse mayor. Conoció a otro socio del departamento de Jude que había ido a dos clases de Harold en la facultad de derecho y que se preguntaba cómo era en realidad. Conoció a los hijos de las secretarias de Jude, al hijo de Sanjay, y a muchas personas más, de algunas de las cuales había oído mencionar el nombre.

Hacía un día radiante y caluroso, no corría una pizca de viento, y aunque estuvieron bebiendo toda la tarde —limonada, agua, prosecco, té helado—, ninguno de los dos había probado bocado, de modo que se detuvieron en una granja y compraron mazorcas de maíz para asarlas a la parrilla con calabacines y tomates de su huerto cuando llegaran a casa.

—Hoy he averiguado muchas cosas de ti —le dijo a Jude mientras cenaban bajo el cielo azul oscuro—. He averiguado que la mayoría de tus colegas te tienen pavor y creen que si me hacen la pelota podré interceder en su favor. También he averiguado que soy más viejo de lo que creía. Y he comprobado que tienes razón, trabajas con una pandilla de ineptos sociales.

Jude se rió.

—¿Lo ves? Ya te lo dije.

—Lo he pasado muy bien. ¡En serio! Quiero repetir. Aunque la próxima vez deberíamos invitar a JB y romper los esquemas de Rosen Pritchard. —Jude se volvió a reír.

Han transcurrido casi dos meses, y desde entonces él ha pasado la mayor parte del tiempo en Lantern House. Como regalo adelantado de su quincuagésimo segundo cumpleaños le pidió a Jude que se tomara todos los sábados libres el resto del verano y él había accedido, así que todos los viernes va en coche a la casa de campo y todos los lunes por la mañana vuelve en coche a la ciudad. Como Jude tiene el coche durante la semana, él ha alquilado un descapotable —en parte como un juego, aunque en secreto disfruta conduciéndolo— de un color inquietante al que Jude se refirió como «rojo ramera». Entre semana lee, nada, cocina y duerme; le espera un otoño muy ajetreado, pero por lo repuesto y sereno que se siente sabe que estará preparado.

En la tienda de comestibles llena una bolsa de papel con limas, y otra con limones, compra agua con gas de repuesto y conduce hasta la estación de tren, donde espera, con la cabeza apoyada en el asiento y los ojos cerrados, a que Malcolm lo llame para erguirse.

—JB al final no ha venido —dice Malcolm con tono irritado mientras Willem los saluda, a él y a Sophie, con un beso—. Fredrik y él han debido de romper esta mañana. Aunque tal vez no, porque dijo que a lo mejor venía mañana. No he logrado averiguar qué le pasaba.

—Lo llamaré desde casa —dice—. Hola, Soph. ¿Ya habéis comido? Podemos ponernos a cocinar en cuanto regresemos.

No han comido, de modo que telefonea a Jude para que ponga a hervir agua para la pasta.

—Tengo las limas —le dice—. Y JB no vendrá hasta mañana; problemas con Fredrik que Mal no ha conseguido desentrañar. ¿Quieres llamarlo y averiguar qué pasa?

Deja la bolsa de viaje de sus amigos en el asiento trasero, y Malcolm se sube, mirando al maletero.

—Un color interesante.

—Gracias —dice Willem—. Se llama «rojo ramera».

—¿En serio?

La persistente credulidad de Malcolm le hace sonreír.

—Sí, va en serio. ¿Listos?

Mientras conduce hablan de lo mucho que hace que no se ven, de lo que se alegran de haber vuelto, de las desastrosas clases de conducir a las que Malcolm va, de lo perfecto que es el tiempo, de lo bien que huele el aire a heno. «El mejor verano», vuelve a pensar él.

De la estación de tren a la casa hay treinta minutos en coche, un poco menos si corre, pero hoy no corre, el trayecto es precioso. Cuando cruza la última gran intersección, no ve el camión que se acerca, avanzando a toda velocidad a contraluz, y al sentir la fuerte colisión que aplasta el asiento del pasajero donde va sentada Sophie, él es arrojado al aire.

—¡No! —grita, o cree gritar, y ve fugazmente el rostro de Jude; solo el rostro, con una expresión aún por definir, arrancado de su cuerpo y suspendido bajo un cielo negro. El estrépito de metal doblándose, de vidrio reventando en mil pedazos y de sus inútiles gritos le llenan los oídos y la cabeza.

Pero sus últimos pensamientos no son para Jude sino para Hemming. Ve la casa en la que vivió de niño y, sentado en una silla de ruedas en el centro del césped, justo antes de que el terreno empiece a descender hacia los establos, a Hemming contemplándolo con una mirada fija y penetrante, la mirada que nunca pudo permitirse cuando vivía.

Está al final del camino de entrada, donde el sendero sin pavimentar une con el asfalto, y al verlo le invade la añoranza.

—¡Hemming! —grita, y, absurdamente, añade—: ¡Espérame! —Y echa a correr hacia su hermano, tan deprisa que al cabo de un rato ya no siente siquiera sus pies golpeando el suelo.

VI

Querido camarada

1

Una de las primeras películas que Willem protagonizó se titulaba *La vida después de la muerte*, era una nueva interpretación de la historia de Orfeo y Eurídice narrada desde dos puntos de vista que se alternaban y rodada por dos directores distintos muy reconocidos. Willem hacía el papel de Orfeo, un joven músico de Estocolmo cuya novia acababa de morir, y que fantaseaba con la ilusión de que al tocar ciertas melodías ella aparecía a su lado. Una actriz italiana llamada Fausta interpretaba a Eurídice, la difunta novia de Orfeo.

La broma de la película era que mientras O. miraba al vacío y lloraba la muerte de su amor desde la tierra, E. se lo estaba pasando en grande en el infierno, donde por fin podía dejar de portarse bien: dejaba de cuidar a su madre quejica y a su padre atormentado, dejaba de oír los lloriqueos de los clientes indigentes a los que intentaba ayudar como abogada pero que nunca le daban las gracias, dejaba de tolerar el incesante parloteo de sus amigas egocéntricas, dejaba de esforzarse por animar a su novio encantador pero soso. Estaba en el averno, donde la comida era abundante, los árboles siempre estaban cargados de fruta y podía hacer comentarios maliciosos sobre los demás sin consecuencias; además, atraía la atención del mismo Hades, interpretado por un corpulento y musculoso actor italiano llamado Rafael.

La vida después de la muerte dividió a los críticos. A algunos les encantó, les fascinó sobre todo por la actitud radicalmente diferente de dos culturas distintas ante la vida (la historia de O. estaba a cargo de un famoso director sueco y era de una sobriedad extrema, reflejada incluso en los sombríos tonos grises y azules de la cinta; la de E. era de un director italiano conocido por su exuberancia estética) al tiempo que mostraba tintes de parodia, les gustaron los cambios de tono y elogiaron la forma tierna y original de ofrecer consuelo a los vivos que mostraba.

Pero otros críticos la detestaron, les chirrió tanto el tono como la fotografía, reprobaron la ambivalente nota satírica, aborrecieron el número musical en el que participa E. en el infierno mientras en la tierra el pobre O. toca sus frías y malas composiciones.

Pese al apasionado debate que desencadenó la película (que casi nadie vio en Estados Unidos, pero sobre la que todo el mundo tenía una opinión), hubo unanimidad acerca de una cuestión: los dos protagonistas, Willem Ragnarsson y Fausta San Filippo, eran extraordinarios, y les esperaba una gran carrera.

Con los años *La vida después de la muerte* fue objeto de revisión, análisis y estudio, y cuando Willem tenía unos cuarenta y cinco años se convirtió en su película favorita, emblema del cine colaborativo, irreverente, audaz y pícaro que muy pocos cineastas parecían interesados en seguir haciendo. Willem había interpretado una serie tan variada de películas y obras de teatro que a Jude siempre le interesaba saber cuáles eran las preferidas de la gente, y luego informaba a Willem de sus descubrimientos: los socios y los empleados masculinos más jóvenes de Rosen Pritchard preferían las películas de espionaje, por ejemplo. A las mujeres les gustaba *Duetos*. Los empleados temporales —la mayoría de ellos también actores— se quedaban con *La manzana envenenada*. A JB le gustaba *Los invencibles*; a Richard, *Las estrellas sobre Santiago*; a Harold y a Julia, *Los detectives de la laguna* y *El tío Vania*. Y a los estudiantes de cine —que eran los que menos se cortaban en acercarse a Willem en los restaurantes o por la calle—, a todos invariablemente, *La vida después de la muerte*. «Es la mejor obra de Donizetti», decían con confianza, o «Debe de ser asombroso trabajar para Bergesson, el director sueco». Willem siempre se mostraba educado. «Estoy de acuerdo —decía—. Fue asombroso.» Y el estudiante sonreía.

Ese año se cumplen veinte años del estreno de *La vida después de la muerte*, y un día de febrero Jude sale y ve que han pegado el rostro de Willem de cuando la rodó, a los treinta y tres años, en las vallas publicitarias y en las marquesinas de las paradas de autobús, y que hay retratos múltiples al estilo Warhol de él a lo largo de largas extensiones de andamios. Es sábado, y aunque se proponía dar un paseo, da media vuelta y sube de nuevo al piso, donde se tumba en la cama y cierra los ojos hasta que se duerme. El lunes va en el asiento trasero del coche por la Sexta Avenida cuando ve el primer póster pegado en un escaparate vacío; entonces cierra los ojos y no vuelve a abrirlos hasta que el coche se detiene y oye a Ahmed anunciar que ya han llegado a la oficina.

Esa misma semana recibe una invitación del MoMA: *La vida después de la muerte* será la primera película que se proyecte en un festival, de una semana de duración, que se celebrará en junio para rendir homenaje a Simon Bergesson, y después del pase habrá un debate en el que participarán los dos directores junto con

Fausta San Filippo. En la nota dice que esperan que él también asista, aunque saben que ya se lo han propuesto en ocasiones anteriores, y que participe en el debate hablando de la experiencia de Willem durante el rodaje. Al leerlo se queda sorprendido, ¿lo han invitado otras veces? Supone que debe de ser cierto, pero no lo recuerda. Recuerda muy poco de los últimos seis meses. Se fija en las fechas del festival: del 3 al 11 de junio. Hará planes para estar fuera de la ciudad; tiene que estar lejos para estas fechas. Willem actuó en otras dos películas de Bergesson, se llevaban bien, pero aun así no quiere participar. Tampoco quiere ver más carteles con la cara de Willem ni volver a leer su nombre en el periódico. No quiere ver a Bergesson.

Esa noche, antes de acostarse, va al lado del vestidor de Willem, que todavía no ha vaciado. Allí siguen sus camisas en las perchas, los jerséis en los estantes, los zapatos alineados debajo. Coge la camisa que busca, la de cuadros granates y amarillos que Willem solía llevar por casa en primavera, y se la pasa por la cabeza, pero en lugar de meter los brazos por las mangas, se las ata por delante, lo que la convierte en una especie de camisa de fuerza a la vez que le permite fingir —si se concentra— que son los brazos de Willem estrechándolo. Se mete en la cama. Ese ritual lo avergüenza y lo incomoda, solo lo hace cuando realmente lo necesita, como esa noche.

Se queda despierto en la cama. De vez en cuando mete la nariz por el cuello y huele lo que queda de Willem en la camisa, aunque el olor poco a poco se debilita. Esta es la cuarta camisa de Willem que ha utilizado y trata de conservar el olor cuanto puede. Las tres camisas que se puso casi todas las noches durante meses ya no huelen a Willem, huelen a él. Y a veces se consuela pensando que su propio olor es algo que Willem le dio, pero el consuelo no le dura mucho.

Aun antes de que fueran pareja, Willem siempre le llevaba algo del lugar donde había estado trabajando, y cuando regresó después de rodar la *Odisea* le regaló dos frascos de colonia que había encargado en el taller de un famoso perfumero florentino. «Sé que te parecerá extraño. Pero alguien —él sonrió para sí entonces, sabiendo que se refería a alguna chica— me habló de él y me pareció interesante.» Willem le explicó cómo había tenido que describirlo al perfumero —los colores, los sabores, las partes del mundo que le gustaban—, y este había creado esa fragancia para él.

Él la olió: era verde y tenía un ligero regusto a pimienta, con un acabado crudo y punzante.

—Vetiver —dijo Willem—. Pruébalo.

Él se echó un poco en la mano, porque entonces no quería que Willem le viera el dorso de las muñecas, y este lo olfateó.

—Me gusta. Hueles muy bien.

De pronto los dos se sintieron cohibidos.

—Gracias, Willem. Me encanta.

Willem también le había pedido al perfumero que creara una fragancia para él. La suya tenía una base de madera de sándalo y a partir de entonces él siempre relacionó esa madera con él; cuando la olía, sobre todo estando de viaje en India, Japón o Tailandia por motivos de trabajo, pensaba en Willem y se sentía menos solo. No habían dejado de ser clientes del perfumero, y una de las primeras cosas que había hecho un par de meses atrás, cuando tuvo la presencia de ánimo para pensar en ello, fue pedir una gran cantidad de la colonia que el hombre había elaborado para Willem. Se sintió tan aliviado y tan febril cuando llegó por fin el paquete que le temblaron las manos al rasgar el envoltorio y abrirlo. Willem se le estaba escabullendo y él necesitaba retenerlo. Roció la fragancia con cuidado en la camisa de Willem, pero el efecto fue decepcionante: no era solo la colonia lo que hacía que la ropa de Willem oliera a Willem; era él su propia esencia. Esa noche se acostó con una camisa impregnada del olor a madera de sándalo, pero este era tan intenso que se impuso sobre todos los demás olores y destruyó por completo lo que quedaba de Willem. Esa noche lloró por primera vez en mucho tiempo, y al día siguiente dobló la camisa y la guardó dentro de una caja en la esquina del armario para que no contaminara el resto de la ropa de Willem.

La colonia y el ritual de la camisa son dos piezas del frágil y tambaleante andamio que ha aprendido a erigir para poder seguir adelante, para continuar viviendo. Si bien a veces tiene la sensación de que más que vivir se limita a existir, que se deja arrastrar por los días en lugar de moverse él. Pero no se mortifica por ello, pues el mero hecho de vivir le resulta bastante duro.

Ha tardado meses en averiguar qué era lo que mejor funcionaba. Durante un tiempo se dedicó a devorar las películas de Willem, buscaba las secuencias en las que él intervenía, las veía una y otra vez hasta que se quedaba dormido en el sofá. Pero ver a Willem actuando lo alejaba de él, en lugar de acercarlo, y al final descubrió que era mejor detenerse en una imagen, en el rostro de Willem congelado mirándolo, y quedarse contemplándola hasta que se le irritaban los ojos. Al cabo de un mes se dio cuenta de que debía tener más cuidado al seleccionar las películas para que no perdieran su potencia. Entonces se impuso un orden, empezando por la primera película que hizo Willem, *La doncella sin manos*, que vio de forma obsesiva todas las noches, con pausas y arranques, congelando determinadas imágenes. Los fines de semana se pasaba horas delante de la pantalla, desde que el cielo nocturno daba paso al alba hasta mucho después de que se hubiera vuelto negro de nuevo. Pero luego comprendió que era peligroso ver las películas por orden cronológico, pues poco a poco iría acercándose a la muerte de Willem. De modo que ahora escoge al azar la película del mes, y parece que eso funciona mejor.

Sin embargo, lo que más lo reconforta es fingir que Willem está de rodaje, un rodaje muy largo y agotador, pero al final acabará regresando. Es una ilusión difícil de mantener, porque cuando trabajaba fuera hablaban y se escribían correos electrónicos o mensajes de texto (o las tres cosas) a diario. Agradece haber conservado tantos correos electrónicos de Willem, ya que durante un tiempo fue capaz de leerlos por la noche y fingir que acababa de recibirlos, y, aunque quería atracarse con ellos, tuvo cuidado de leer solo uno al día. Pero enseguida se dio cuenta de que eso no lo consolaría mucho tiempo; tenía que distribuírselos mejor, de modo que ahora lee uno, solo uno, a la semana. Puede releer, si quiere, mensajes que ha leído en semanas anteriores, pero no los que no ha leído aún. Esa es otra de sus reglas.

Aun así, eso no resolvía el gran problema del silencio de Willem. ¿Qué circunstancias impedirían que se comunicara con él durante un rodaje?, se preguntaba mientras nadaba por las mañanas o cuando se quedaba de pie junto a los fogones por las noches esperando el silbido del hervidor de agua. Al final ha logrado dar con la solución. Willem está filmando una película financiada por un magnate ruso un poco loco, sobre una tripulación de cosmonautas soviéticos durante la guerra fría y se encuentra en el espacio, dando vueltas día y noche a millas y millas de distancia, sin posibilidades de ponerse en contacto con él y deseoso de volver a casa. También esa película imaginaria, y la desesperación que trasluce, lo avergüenza, pero le parece lo bastante plausible y se lo cree durante un largo período, a veces incluso días seguidos. Agradece entonces que la logística y las realidades del trabajo de Willem fueran a menudo apenas creíbles: la misma inverosimilitud de la industria lo ayuda a creer ahora que lo necesita.

«¿Cómo se titula la película?», se imaginaba a Willem preguntándole con una sonrisa.

«*Querido camarada*», le respondía él, porque así era como se trataban a veces en los correos electrónicos: «Querido camarada», «Querido Jude Haroldóvich», «Querido Willem Ragnaravóvich». Esta costumbre había empezado cuando Willem rodó la primera parte de su trilogía de espionaje, ambientada en el Moscú de la década de 1960. *Querido camarada* tarda un año en acabarse, aunque sabe que eso debería cambiarlo: ya es marzo y en su imaginación Willem vuelve a casa en noviembre. Sabe que no estará preparado para poner fin a esa parodia, que tendrá que imaginar retrasos y repeticiones de tomas, y luego inventar una segunda parte para que Willem esté lejos aún más tiempo.

Para hacer más creíble la fantasía, le escribe un correo electrónico todas las noches contándole lo que ha pasado durante el día, como solía hacer. Los mensajes acaban así: «Espero que el rodaje vaya bien. Te echo de menos. Jude».

En noviembre salió por fin de su estupor y la realidad de la ausencia definitiva de Willem se impuso. Entonces comprendió que estaba en una situación difícil. Recuerda muy poco de los meses anteriores; recuerda muy poco de lo que pasó aquel día. Terminó de hacer la ensalada de pasta, troceó las hojas de albahaca encima del bol y miró el reloj preguntándose qué estaban haciendo, pero no se preocupó, a Willem le gustaba tomar caminos vecinales y a Malcolm sacar fotos, de modo que se habrían desviado del camino y habrían perdido la noción del tiempo.

Llamó a JB y escuchó sus quejas sobre Fredrik, cortó melón para el postre; después, como empezaba a ser tarde, llamó a Willem al móvil, pero nadie contestó. Entonces se enfadó. ¿Dónde se habían metido?

Se hizo todavía más tarde. Se paseó por la casa. Llamó a Malcolm, a Sophie; nada. Volvió a llamar a Willem. Llamó a JB. ¿Lo habían llamado? ¿Sabía algo de ellos? Pero JB no sabía nada.

—No te preocupes, Jude —le dijo—. Se habrán parado a tomar un helado, o tal vez hayan huido juntos los tres.

—Ja —dijo él, pero sabía que había pasado algo—. Está bien. Te llamo luego, JB.

Justo cuando colgó llamaron a la puerta y él se quedó quieto un instante, aterrado, pues nadie tocaba nunca el timbre. Era difícil encontrar la casa, había que buscarla, y luego recorrer un buen trecho a pie desde la carretera principal si la puerta de la verja no estaba abierta, y él no la había abierto por el interfono. «Dios mío, no. Oh, no. No.» Volvieron a llamar, él se dirigió a la puerta y al abrirla no registró la expresión de los policías, sino el gesto de quitarse la gorra. Entonces lo supo.

Después perdió el sentido. Solo a ratos recuperaba la conciencia, y las caras que veía —la de Harold, la de JB, la de Richard, la de Andy, la de Julia— eran las que recordaba haber visto tras su intento de suicidio: las mismas personas, las mismas lágrimas. Lloraban entonces y lloraban ahora, y a ratos él se desconcertaba; pensaba que la última década —los años con Willem, la amputación de sus piernas— quizá no era más que un sueño, tal vez seguía en el departamento de psiquiatría. Recuerda que le contaron cosas esos días, pero no recuerda quién, no recuerda ninguna conversación. Supo que él había identificado el cuerpo de Willem y que no le habían dejado verle la cara —había salido despedido del coche y había dado de cabeza contra un olmo situado a treinta pies de la carretera; tenía el rostro destrozado, todos los huesos rotos—, lo había identificado por la mancha de nacimiento de la pantorrilla izquierda y por el lunar en el hombro derecho. Supo que el cuerpo de Sophie había quedado aplastado —«destruido» era la palabra que recordaba haber oído decir a alguien—, y que Malcolm había sido declarado «muerto cerebral» y lo habían mantenido con vida con un respirador artificial durante cuatro días hasta que sus padres donaron sus órganos. Supo que todos llevaban el cinturón de seguridad; que el coche de alquiler —ese puto coche de alquiler— tenía el dispositivo de airbag defectuoso, y que el conductor del camión, un camión de una compañía de cerveza, iba borracho y se había saltado el semáforo en rojo.

La mayor parte del tiempo estuvo medicado. Lo estuvo en el funeral de Sophie, que no recordaba en absoluto, ni un detalle, y en el de Malcolm. De este recordaba al señor Irving cogiéndolo, zarandeándolo y abrazándolo con tanta fuerza que lo ahogaba, abrazándolo y sollozando, hasta que alguien, seguramente Harold, le dijo algo y lo soltó.

Supo que se había celebrado una especie de funeral por Willem, algo discreto, y que lo habían incinerado, pero no recuerda nada. No sabe quién lo organizó. No sabe siquiera si asistió, y le da demasiado miedo preguntarlo. Recuerda que Harold le dijo en algún momento que no importaba que no pronunciara unas palabras, que podrían celebrar otro acto en memoria de William más tarde, cuando estuviera preparado. Recuerda que asintió y pensó: «Nunca estaré preparado».

En un determinado momento volvió al trabajo: a finales de septiembre, cree. Entonces ya sabía lo que había ocurrido. Lo sabía, pero intentaba no pensar en ello. No leía los periódicos, no veía las noticias. Dos semanas después de la muerte de Willem, Harold y él estaban caminando por la calle y pasaron por delante de un quiosco: ante ellos apareció la cara de Willem entre dos fechas, la de su nacimiento y la de su muerte. Se quedó parado mirando la portada de la revista hasta que Harold le cogió del brazo.

—Vamos, Jude —le dijo con suavidad—. No lo mires más. Ven conmigo. —Y él lo siguió obediente.

Antes de regresar a la oficina dio instrucciones a Sanjay.

—No quiero que nadie me dé el pésame. No quiero que nadie lo mencione. No quiero que nadie vuelva a pronunciar su nombre.

—Está bien, Jude —respondió Sanjay en voz baja, asustado—. Lo entiendo.

Y obedecieron. Nadie le expresó sus condolencias y nadie pronunció el nombre de Willem. Ahora lamenta que no lo hicieran. Él no es capaz ya de pronunciarlo, pero desea que alguien lo haga. A veces por la calle oye algo que parece su nombre —«¡William!», dice una madre llamando a su hijo—, y él se vuelve ansioso.

En los primeros meses estuvo ocupado en asuntos prácticos que llenaron sus días de rabia pero les dieron un sentido. Demandó al fabricante del coche, al fabricante de los cinturones de seguridad, al fabricante del airbag, a la compañía de alquiler de coches. Demandó al camionero y a la empresa para la que trabajaba. Se enteró por su abogado de que el camionero tenía un hijo con una enfermedad crónica: un pleito arruinaría a su familia, le dijo, pero a él no le importó. En otro momento le habría importado; ya no. Se sentía cruel y despiadado. «Que lo destroce —pensó—. Que se arruine. Que sienta lo que siento yo. Que pierda todo lo que le importa.» Estaba resuelto a sacar hasta el último dólar de todos ellos, de las compañías y de las personas que trabajaban para ellas. Quería dejarlos indefensos. Quería dejarlos vacíos. Quería que vivieran en la miseria, que se sintieran perdidos.

Fue demandando a cada uno de ellos por todo lo que Willem habría ganado si hubiera vivido hasta el final de una vida normal; era una cifra extraordinaria, astronómica, y no podía mirarla sin desesperarse, no por la cifra en sí sino por los años que representaba.

Saldarían cuentas con él, le aseguró su abogado, un experto en agravios con fama de agresivo y corrupto llamado Todd con quien había colaborado para la revista jurídica, y los acuerdos serían generosos.

A él le traía sin cuidado si eran generosos o no. Solo le importaba hacerlos sufrir.

—Acaba con ellos —le ordenó a Todd con un tono cargado de odio.

Todd pareció sorprenderse.

—Lo haré, Jude. No te preocupes.

Él no necesitaba el dinero. Tenía el suyo. Y salvo una cantidad para su ayudante y para su ahijado, y las sumas que quería destinar a varias organizaciones benéficas —aquellas con las que ya colaboraba, más una nueva, una fundación que apoyaba a niños explotados—, Willem se lo había dejado todo a él. Era como el negativo fotográfico de su propio testamento. Poco antes, con motivo del setenta y cinco cumpleaños de Harold y de Julia, Willem y él habían fundado dos becas universitarias: una en la facultad de derecho bajo el nombre de Harold, y otra en la facultad de medicina bajo el de Julia. Las habían financiado juntos, y Willem había dejado suficiente dinero en un fondo en fideicomiso para seguir haciéndolo. Él desembolsó el resto de las donaciones: firmó los cheques para las organizaciones benéficas, las fundaciones, los museos y los organismos que Willem había designado como beneficiarios. Entregó a los amigos —Harold y Julia, Richard, JB, Roman, Cressy, Susannah, Miguel, Kit, Emil, Andy, pero no a Malcolm, ya no— lo que Willem les había dejado: libros, fotos, recuerdos de funciones teatrales y películas, obras de arte. En el testamento de Willem no hubo sorpresas, aunque a ratos deseaba que las hubiera habido: cuánto habría agradecido descubrir la existencia de un hijo secreto con su misma sonrisa, cuánto le habría asustado y al mismo emocionado encontrar una carta secreta con alguna confesión largo tiempo reprimida. Cuánto habría agradecido que le hubiera dado una excusa para odiarlo, para guardarle rencor por un misterio que le llevara años resolver. Pero no hubo nada. La vida de Willem había llegado a su fin, y su muerte había sido tan limpia como lo había sido su vida.

Creía que lo estaba llevando bien, o bastante bien, cuando le telefoneó Harold para preguntarle qué quería hacer para el día de Acción de Gracias y por un momento él no supo de qué le hablaba, qué significaba «día de Acción de Gracias».

—No lo sé —respondió.

—Falta menos de una semana —le dijo Harold con la voz apagada que todo el mundo utilizaba ahora con él—. ¿Quieres venir aquí o que vayamos nosotros, o prefieres ir a alguna parte?

—No creo que pueda ir a ninguna parte. Tengo mucho trabajo.

Pero Harold insistió.

—Donde sea, Jude. Con quien quieras o solos. Pero queremos verte.

—No os lo pasaréis bien conmigo —replicó Jude al fin.

—Lo que es seguro es que no lo pasaremos bien sin ti. Por favor Jude. Donde sea.

Decidieron ir a Londres y se instalaron en el piso que tenían allí. Se alegró de salir del país, donde habrían pasado escenas familiares en televisión, y sus colegas se habrían quejado alegremente de los hijos, las esposas, los maridos y los suegros. En Londres no era fiesta. Salieron a pasear, y Harold preparó extravagantes y desastrosas comidas que él se comió sin hambre, durmió mucho y luego regresaron a casa.

Un domingo de diciembre se despertó y de pronto lo supo: Willem se había ido. Se había ido para siempre. No volvería. Nunca volvería a verlo. Nunca volvería a oír su voz, nunca volvería a oler su fragancia, nunca volvería a sentir sus brazos envolviéndolo. Nunca volvería a desahogarse con él contándole sus recuerdos ni sollozaría avergonzado mientras lo hacía. Nunca volvería a despertar de uno de sus sueños, ciego de miedo, y notaría su mano en la cara y oiría su voz diciéndole: «Estás a salvo, Jude. Estás a salvo. Se acabó, se acabó, se acabó». Entonces lloró, lloró de verdad, lloró por primera vez desde el accidente. Lloró por Willem, lloró por el miedo que debió de sentir, por lo que debió de sufrir, por su corta vida truncada. Pero sobre todo lloró por él. ¿Cómo podría vivir sin Willem? Toda su vida, la vida que contaba, la vida después del hermano Luke, después del doctor Traylor, después del monasterio y de las habitaciones de motel y del hogar para niños y de los camiones, había tenido a Willem a su lado. Desde que tenía dieciséis años y lo conoció en la habitación del Hood no había pasado un solo día en el que no se hubiera comunicado con él. Incluso cuando se peleaban, hablaban. «Jude, las cosas mejorarán —le dijo Harold—. Te lo juro, aunque ahora te parezca imposible.» Todos le decían lo mismo: Richard, JB y Andy; la gente que le mandaba tarjetas. Kit. Emil. Todos le decían que con el tiempo las cosas irían mejor. Pero aunque no lo expresaba en voz alta, para sus adentros pensaba: «No lo harán». Harold había tenido a Jacob cinco años y él había tenido a Willem treinta y cuatro años, no había comparación. Willem había sido la primera persona que lo había querido, la primera que no lo había visto como un objeto que utilizar o compadecer sino como un amigo, y la segunda que siempre, siempre, había sido amable con él. Si no hubiera sido por Willem, no habría podido acercarse a nadie: no habría sido capaz de confiar en Harold si no hubiera confiado antes en él. Se veía incapaz de concebir la vida sin Willem, hasta tal punto había definido lo que era y lo que podía ser su vida.

Al día siguiente hace lo que nunca había hecho: llama a Sanjay y le dice que no irá a trabajar los dos días siguientes. Se queda en la cama, llora y grita hasta quedarse completamente afónico. Y después de esos dos días encuentra otra solución: se queda trabajando hasta tan tarde que ve salir el sol desde la oficina, lo hace todos los días de la semana, incluso los sábados. Los domingos, en cambio, duerme sin parar, pues cuando se despierta, se toma una pastilla y no solo se vuelve a dormir, sino que cualquier atisbo de desvelo desaparece. Cuando se despierta lleva veinticuatro horas sin comer, a veces más, y está tembloroso y con la mente en blanco. Baja a la piscina y luego va a trabajar. Si tiene suerte habrá pasado el domingo soñando con Willem, al menos un rato. Ha comprado una almohada gruesa y larga, la envuelve con una camisa de Willem y la abraza mientras duerme, aunque normalmente era Willem quien lo abrazaba a él. Detesta hacerlo, pero no puede evitarlo.

Es de algún modo consciente de que sus amigos lo observan, están preocupados por él. En un momento dado salió a relucir que uno de los motivos por los que recuerda tan poco los días que siguieron al accidente es porque estuvo ingresado en el hospital bajo vigilancia por intento de suicidio. Ahora pasa los días dando tumbos sin rumbo y se pregunta por qué no se mata: bien mirado, este es el momento de hacerlo, todos lo comprenderían. Sin embargo no lo hace.

Al menos nadie le dice que debe pasar página. Él no quiere pasar página y seguir adelante, quiere permanecer ahí para siempre. Tampoco nadie lo acusa de negar la realidad. La negación lo sostiene, y le aterra el día en que sus vanas ilusiones pierdan el poder persuasivo. Por primera vez en décadas no se autolesiona. Si no se hace cortes permanece aturdido, y necesita estarlo; necesita que el mundo se mantenga a cierta distancia. Por fin ha logrado lo que Willem siempre esperó; solo ha sido necesario que se lo arrebataran.

En enero soñó que Willem y él estaban en la casa de campo preparando la cena y hablando, como habían hecho cientos de veces. En el sueño oía su propia voz, pero no alcanzaba a oír la de Willem; si bien lo veía mover la boca, no oía qué decía. Al despertarse, se sentó en la silla de ruedas y tan deprisa como pudo se dirigió a su estudio, donde revisó los correos electrónicos hasta encontrar unos pocos mensajes de voz de Willem que se había olvidado de borrar. Eran breves y poco reveladores, pero los escuchó una y otra vez vencido por el dolor; su propia trivialidad —«Hola, Jude. Me voy al mercado de los granjeros a comprar esas rampas. ¿Quieres algo más? Dime algo»— los convertía en algo valioso, la prueba de su vida juntos.

No siente la culpabilidad del superviviente sino más bien la incomprensión: siempre, siempre había dado por sentado que moriría antes que Willem. Todos lo sabían. Willem, Andy, Harold, JB, Malcolm, Julia, Richard: moriría antes que todos ellos. La única incógnita era cómo moriría, si por su propia mano o por una infección. Pero a nadie se le había pasado por la cabeza que Willem pudiera morir antes. No habían hecho planes para afrontarlo porque nunca habían contemplado ese imprevisto. De haber sabido que cabía esa posibilidad, de haber sido menos absurda, habría guardado más pruebas. Habría grabado la voz de Willem hablando con él y habría guardado las grabaciones. Habría hecho más fotos. Habría intentado destilar la misma química corporal de Willem. Lo habría llevado, recién levantado, al perfumero de Florencia y le habría dicho: «Aquí lo tiene. Quiero que embotelle este olor». Jane le contó en una ocasión que de niña le aterraba tanto que su padre muriera que en secreto había hecho copias digitales de los informes orales de su padre (él también era médico) y las había guardado en un USB. Y cuando su padre finalmente murió, se sentó en una habitación para escucharlas: su padre dando indicaciones con su voz serena y paciente. Cuánto envidiaba a Jane; cuánto lamentaba no haber tenido esa misma ocurrencia.

Al menos él tenía las películas de Willem, así como sus correos electrónicos y las cartas que le había escrito a lo largo de los años y que nunca había tirado. Al menos tenía su ropa y sus objetos personales, que también había guardado. Al menos tenía los cuadros que JB le pintó, y tenía fotografías, cientos. Decidió que se permitiría ver solo diez cada semana, y que las miraría sin parar durante horas. Dependía de él si quería ver una al día o las diez en una sola sesión. Aterrado por si el ordenador se estropeaba y perdía las imágenes, hizo múltiples copias y guardó los discos en distintos lugares: en su caja fuerte de Greene Street, en la caja fuerte de Lantern House, en su escritorio de Rosen Pritchard, en la caja de seguridad del banco.

Nunca había visto a Willem como un catalogador exhaustivo de su propia vida —él tampoco lo era—, pero un domingo de comienzos de marzo se saltó sus horas de sueño drogado y se fue a Garrison. Aunque desde septiembre solo había estado un par de veces en la casa, los jardineros seguían yendo, y alrededor del camino de entrada los bulbos empezaban a abrirse. En la encimera de la cocina había un jarrón con ramas de ciruelo florecido y se detuvo a mirarlo. ¿Había enviado un mensaje a la encargada de cuidar la casa para avisarla de que iba? Debía de haberlo hecho. Pero por un momento se imagina que alguien coloca ramos de flores en la encimera al comienzo de cada semana, y que al final de la semana, una semana más sin que nadie los haya visto, los tira.

Va a su despacho, donde instalaron un archivador extra para que Willem también guardara sus carpetas y papeles. Se sienta en el suelo mientras se quita el abrigo y respira hondo antes de abrir el primer cajón. Hay carpetas, cada una marcada con el título de una obra de teatro o de una película, y dentro de cada una de ellas está la versión del guión adaptado para el rodaje con notas de Willem en los márgenes. A veces también están las órdenes de rodaje de los días en que un actor que él sabe que Willem admiraba especialmente iba a actuar con él; recuerda que cuando Willem rodaba *El tribunal del Sicomoro*, le envió emocionado una foto del orden de rodaje de un día con su nombre mecanografiado justo debajo del de Clark Butterfield. «¿Te imaginas?», decía el mensaje.

«Desde luego, que me lo imagino », respondió él.

Hojea las carpetas, saca algunas al azar y revisa con cuidado el contenido. En los cuatro primeros cajones hay lo mismo: películas, obras de teatro, otros proyectos.

En el quinto cajón encuentra una carpeta llamada «Wyoming», y en ella hay sobre todo fotos, la mayoría de las cuales ya las ha visto: fotos de Hemming, de Willem y Hemming, de sus padres, de los hermanos que Willem no conoció: Britte y Aksel. Hay un sobre aparte con una docena de fotos de Willem solo: en el colegio, con el uniforme de boy scout, con el equipo de fútbol. Mira esas fotos con los puños cerrados y luego las devuelve al sobre.

En esa carpeta hay unas algunas cosas más: un comentario de texto sobre *El mago de Oz* escrito con la esmerada caligrafía de Willem en tercero de primaria, que le hace sonreír, y una tarjeta de cumpleaños con dibujos hechos a mano dirigida a Hemming, que le da ganas de llorar; la notificación de la muerte de su madre y la de la muerte de su padre; una copia del testamento; unas pocas cartas de él para sus padres, de sus padres para él, todas en sueco; las aparta para pedir que se las traduzcan.

Sabe que Willem nunca ha llevado un diario, pero cuando hojea la carpeta de «Boston» piensa que podría encontrar algo en ella. Sin embargo, no hay nada. Solo encuentra más fotos que ya había visto: de Willem, espectacularmente guapo; de Malcolm, con un aire sospechoso y algo asilvestrado con el greñudo pelo a lo afro que intentó llevar sin éxito durante la época universitaria;

de JB, casi con el mismo aspecto que ahora, risueño y con mofletes; de él, asustado, sofocado y muy delgado, con su espantosa ropa de talla enorme, el pelo horriblemente largo, y los hierros aprisionándole las piernas en un negro y espumoso abrazo. Se detiene en una foto de los dos sentados en el sofá de su habitación del Hood, Willem apoyado en él, mirándolo sonriente y diciendo algo, y él riéndose con una mano en la boca, un gesto que aprendió a hacer cuando los tutores del hogar le dijeron que tenía una sonrisa fea. Parecen dos criaturas diferentes, no solo dos personas diferentes, la guarda enseguida y luego la rompe por la mitad.

Le cuesta respirar, pero continúa. En la carpeta de «Boston» y en la de «New Haven» hay reseñas de los periódicos universitarios sobre las obras de teatro en las que Willem actuó; también un artículo sobre el performance que hizo JB inspirándose en Lee Lozano. Le conmueve especialmente encontrar un examen de cálculo en el que Willem sacó un notable, un examen que le ayudó a preparar durante meses.

Cuando introduce de nuevo la mano en el cajón, en lugar de una carpeta colgante saca una gran carpeta en forma de acordeón de las que utilizan en el bufete. Ve su nombre escrito en ella y la abre despacio.

Ahí está todo: las cartas que él escribió a Willem, los correos electrónicos importantes impresos y las tarjetas de cumpleaños. Hay fotografías de él, algunas de las cuales no ha visto nunca. Está el número de *Artforum* en el que aparece *Jude con un cigarrillo* en la portada. Una tarjeta que le escribió Harold poco después de la adopción, dándole las gracias por haber ido y por el regalo. Hay un artículo sobre un premio que ganó él en la facultad de derecho, que está seguro de que no le envió a Willem pero alguien debió hacerlo. No era necesario que él registrara su vida, sin él saberlo: Willem lo estuvo haciendo desde el principio.

Pero ¿por qué se interesó Willem tanto por él? ¿Por qué quiso pasar tanto tiempo con él? Nunca llegará a comprenderlo.

«A veces tengo la impresión de que me importa más a mí que sigas vivo que a ti mismo», recuerda que le dijo una vez, y toma una larga bocanada de aire que le estremece.

Continúa ese análisis pormenorizado de su vida y en el sexto cajón, encuentra otra carpeta de acordeón, en la que se lee «Jude II», y detrás de ella, «Jude III» y «Jude IV», pero no puede seguir mirando. Vuelve a colocar las carpetas en su sitio con cuidado, cierra los cajones y cierra el archivador con llave. Guarda las cartas de Willem y de sus padres en un sobre que mete en otro sobre para protegerlas. Luego coge las ramas de cerezo y envuelve los extremos cortados en una bolsa de plástico, vacía el jarrón en el fregadero, cierra la casa y vuelve en coche a la ciudad con las ramas en el asiento del copiloto. Antes de subir a su piso, entra con su llave en el estudio de Richard, llena de agua una lata de café, coloca dentro las ramas y las deja en su mesa de trabajo para que se las encuentre al día siguiente.

Es viernes por la noche, o mejor dicho, la madrugada del último sábado de marzo y está en su despacho. Se aparta del ordenador, mira por la ventana, desde donde se ve el Hudson, y contempla el cielo blanquecino, el río sucio y gris, y bandadas de pájaros revoloteando encima de él. Luego se pone de nuevo a trabajar. Es consciente de cómo ha cambiado en esos últimos meses, del miedo que le da la gente. Nunca ha sido una presencia risueña en el bufete, pero ahora lo es menos que nunca, se ha vuelto más cruel y se muestra más frío. Sanjay y él solían comer juntos y quejarse de sus colegas, pero han dejado de hacerlo. Lleva casos al bufete y trabaja más de lo necesario, pero siente que nadie disfruta de su compañía. Él necesita a Rosen Pritchard, se sentiría perdido sin su trabajo. Sin embargo, trabajar ya no le proporciona placer. Intenta decirse a sí mismo que no le importa. El trabajo no es una fuente de placer, no para la mayoría de la gente. No obstante, en otro tiempo lo fue para él y ahora ha dejado de serlo.

Dos años antes, cuando todavía estaba convaleciente de la operación y se sentía muy cansado, tan cansado que Willem tenía que levantarlo y acostarlo, Willem y él se quedaron hablando en la cama una mañana. Fuera debía de hacer frío, porque recuerda que se sentía calentito y seguro entre las sábanas, y se oyó a sí mismo decir:

—Ojalá pudiera quedarme aquí tumbado para siempre.

—Quédate entonces —le dijo Willem. Era una de sus conversaciones recurrentes: sonaba el despertador y él se levantaba. «No te vayas», le decía siempre Willem. «¿Por qué tienes que levantarte? ¿Por qué vas siempre con tantas prisas?»

—No puedo, Willem. Tengo que irme —respondió él sonriendo.

—¿Por qué no dejas de trabajar?

Él se rió.

—No puedo dejar mi trabajo.

—¿Por qué no? Aparte de la falta de estímulo intelectual que supondría y de la perspectiva de tenerme a mí como única compañía, dame una buena razón.

Él sonrió de nuevo.

—Entonces no hay una buena razón, porque creo que me encantaría tenerte a ti como única compañía. Pero ¿en qué ocuparía mi tiempo como hombre mantenido?

—Cocinar. Leer. Tocar el piano. Hacer voluntariado. Viajar conmigo. Oír cómo me quejo de los actores que no aguanto. Darte masajes faciales. Cantar para mí. Alimentar mi ego con un torrente continuo de elogios.

Él se rió, y Willem se rió con él. Pero ahora piensa: «¿Por qué no lo dejé? ¿Por qué permití que Willem se fuera lejos de mí tantos meses, durante tantos años, cuando yo podría haber viajado con él? ¿Por qué pasé más horas en Rosen Pritchard que con Willem?». Pero tomó una decisión y Rosen Pritchard es todo lo que tiene ahora.

Luego piensa: «¿Por qué no le di a Willem lo que debería haberle dado? ¿Por qué lo obligué a buscar sexo en otra parte? ¿Por qué no fui más valiente? ¿Por qué no cumplí con mi deber? ¿Por qué se quedó conmigo de todos modos?».

Vuelve a Greene Street para ducharse y dormir unas horas; volverá a la oficina por la tarde. Mientras conduce, baja la mirada para no ver las vallas publicitarias de *La vida después de la muerte* y revisa los mensajes: Andy, Richard, Harold, Henry Young el Negro.

El último es de JB, que lo llama o le manda un mensaje de texto al menos dos veces a la semana. No sabe por qué, pero no soporta ver a JB. De hecho, lo odia; lo odia como no ha odiado a nadie en mucho tiempo. Es consciente de que se trata de algo irracional, de que JB no tiene la culpa de nada, de nada en absoluto. El odio no tiene razón de ser. JB ni siquiera estaba en el coche aquel día, no tiene responsabilidad alguna, ni en la más distorsionada lógica. Sin embargo, la primera vez que lo vio tras haber recuperado la conciencia oyó una voz en su interior que decía, clara y serenamente: «Deberías haber sido tú, JB». No pronunció estas palabras, pero debió de expresarlo con el rostro, porque JB se acercaba a él para abrazarlo y se detuvo en seco. Solo ha visto a JB dos veces desde entonces, las dos con Richard, y en ambas ocasiones ha tenido que contenerse de decir algo malvado e imperdonable. Y sin embargo JB lo llama y siempre le deja mensajes de texto, siempre el mismo mensaje: «Hola, Jude, soy yo. Solo quería saber cómo estabas. Me acuerdo mucho de ti. Me gustaría verte. En fin. Te quiero. Adiós». Y también él le responde siempre el mismo mensaje: «Hola, JB, gracias por tu mensaje. Siento que no nos hayamos podido ver, he tenido mucho trabajo. Hablamos pronto. Un abrazo, J.». Pese a esa respuesta, no tiene intención de hablar con él, tal vez no vuelva a hacerlo nunca más. Hay algo que no funciona en el mundo, piensa, un mundo en el que, de los cuatro —JB, Willem, Malcolm y él—, los dos mejores, los dos más amables y más considerados, han muerto, y los dos ejemplares más inestables han sobrevivido. Al menos JB tiene talento, merece vivir. Pero no se le ocurre ningún motivo para que él siga haciéndolo.

«Somos los únicos que quedamos, Jude —le dijo JB en una ocasión—. Al menos nos tenemos el uno al otro.» Y en otra de esas afirmaciones que acudían enseguida a su mente, pero que no llegaba a pronunciar, pensó: «Te habría cambiado por él». Habría cambiado a cualquiera de ellos por Willem. A JB, al instante. A Richard y a Andy —¡que se desvivían por él!—, sin pensárselo. Incluso a Julia. A Harold. Habría cambiado a cualquiera de ellos, a todos, con tal de recuperar a Willem. Piensa en Hades, con su brillante musculatura italiana, y en E. extasiada en el infierno. «Tengo una propuesta que hacerte —le dice a Hades—. Cinco almas a cambio de una. ¿Cómo puedes negarte?»

Un domingo de abril está dormido cuando lo despiertan unos golpes fuertes e insistentes, él se vuelve atontado en la cama y se tapa la cabeza con la almohada, con los ojos todavía cerrados, hasta que al final los golpes cesan. De pronto nota que alguien le toca el brazo con suavidad, entonces grita y se da la vuelta, y ve a Richard sentado a su lado.

—Lo siento, Jude. ¿Has estado durmiendo todo el día?

Traga saliva, se incorpora a medias. Los domingos deja las persianas bajadas y las cortinas corridas; no sabe si es de día o de noche.

—Sí. Estoy cansado.

—Bueno, siento irrumpir tu descanso —le dice Richard después de un silencio—. Pero no contestabas al móvil y quería invitarte a cenar conmigo.

—Oh, Richard, no sé —dice él, intentando discurrir una excusa.

Richard tiene razón: en su encierro dominical, apaga el móvil y desconecta el teléfono para que nada interrumpa su sueño, su intento de encontrarse con Willem en sueños.

—No me encuentro muy bien. No seré una buena compañía.

—No te pido que me entretengas, Jude —le dice Richard, sonriendo ligeramente—. Vamos, tienes que comer algo. Estaremos solos tú y yo. India está de fin de semana en el campo con una amiga.

Permanecen los dos callados mucho rato. Él recorre la habitación, la cama revuelta con la mirada. Huele a cerrado, a madera de sándalo y al calor condensado del radiador.

—Vamos, Jude —le insiste Richard en voz baja—. Ven a cenar conmigo.

—Está bien —responde él por fin—. Está bien.

Richard se levanta.

—Te espero abajo dentro de media hora.

Jude se ducha y baja con una botella de tempranillo que a Richard le gusta. Intenta meterse en la cocina, pero Richard lo echa, de modo que se sienta a la larga mesa de comedor, en la que caben veinticuatro personas, y acaricia a Mustache, el gato de Richard, que se ha subido de un salto a su regazo. Recuerda la primera vez que vio ese apartamento, con las arañas de luces colgantes y las enormes esculturas de cera de abeja; con los años se ha domesticado un poco, pero sigue siendo un lugar muy propio de Richard, con sus colores blanco roto y amarillo cera, aunque ahora de las paredes también cuelgan cuadros de India, abstractos brillantes y violentos desnudos femeninos, y el suelo está alfombrado. Hacía meses que no entraba en ese apartamento al que antes iba al menos una vez a la semana. Continúa viendo a Richard, por supuesto, pero solo de pasada, ya que intenta evitarlo, y cuando él lo llama para salir a cenar o le pide que pase por su casa, él siempre responde que está demasiado ocupado o demasiado cansado.

—No me acordaba de si te gusta mi famoso salteado de seitán, así que al final me he decantado por las vieiras —le dice Richard, poniéndole un plato delante.

—Me gusta mucho tu famoso salteado —dice, aunque no recuerda lo que es, ni si le gusta o no—. Gracias, Richard.

Richard sirve las dos copas de vino y alza la suya.

—Feliz cumpleaños, Jude —declara Richard con solemnidad, y entonces cae en la cuenta: es su cumpleaños.

Harold ha estado llamándolo y escribiéndole correos electrónicos toda la semana con una frecuencia insólita incluso para él, y salvo respuestas convencionales, no ha hablado con él. Sabe que estará preocupado. También ha recibido más mensajes de la cuenta de Andy y de alguna persona más; ahora sabe por qué y se echa a llorar por la amabilidad de todos, a la que él tan mal corresponde, por su soledad y porque eso demuestra que la vida, pese a todos sus esfuerzos por abandonarla, continúa. Tiene cincuenta y un años, y Willem lleva ocho meses muerto.

Richard no dice nada, solo se sienta a su lado en el banco y lo abraza.

—Sé que no te sirve —le dice por fin—, pero yo también te quiero, Jude.

Él mueve la cabeza, incapaz de hablar. En los últimos años ha pasado de darle vergüenza llorar a llorar constantemente a solas primero, a llorar delante de Willem después, y ahora, en una última pérdida de dignidad, a llorar delante de cualquiera, en cualquier momento y por cualquier cosa.

Se apoya en el pecho de Richard y solloza sobre su camisa. Richard es otra persona cuya amistad incondicional y sin límites, y cuya compasión, siempre lo han dejado perplejo. Sabe que los sentimientos de Richard hacia él se entremezclan con sus sentimientos hacia Willem, y lo comprende; le hizo a Willem una promesa y se toma en serio sus obligaciones. Pero, aparte de su estatura, su volumen, hay algo en la seriedad de Richard, en su formalidad, que le invita a pensar en él como en una especie de árbol-dios, un roble con forma de ser humano, sólido, antiguo e indestructible. No son muy habladores, pero Richard se ha convertido en su amigo de la vida adulta, no solo un amigo sino en cierto modo un padre, aunque solo tiene cuatro años más que él. O un hermano, tal vez, cuya fidelidad y honradez son inquebrantables.

Al final logra dejar de llorar y se disculpa, después va a lavarse la cara en el cuarto de baño y comen despacio, beben el vino y hablan del trabajo. A la hora de los postres, el amigo regresa de la cocina con un pequeño pastel en el que ha clavado seis velas.

—Cinco más una —comenta Richard.

Él se obliga a sonreír, luego sopla las velas y Richard parte el pastel en dos. Lleva higos y parece más un *scone* que un pastel. Lo comen en silencio.

Se levanta para ayudar a Richard a lavar los platos, pero este insiste en que suba y él se siente aliviado porque está agotado; es el mayor esfuerzo por estar con otra gente que ha hecho desde el día de Acción de Gracias. Richard lo acompaña a la puerta y le da algo, un paquete envuelto en papel marrón, luego lo abraza.

—Él no querría verte infeliz, Jude —le dice, y él asiente contra su mejilla—. No soportaría verte así.

—Lo sé.

—Y hazme un favor —le dice Richard, abrazándolo aún—. Llama a JB, ¿quieres? Sé que es difícil para ti, pero... él también quería a Willem. No como tú, lo sé, pero lo quería. Y a Malcolm. Lo echa de menos.

—Lo sé —repite él, y se le saltan de nuevo las lágrimas—. Lo sé.

—Vuelve el próximo domingo —le dice Richard, dándole un beso—. O cualquier otro día. Te echo de menos.

—Lo haré. Richard..., gracias.

—Feliz cumpleaños, Jude.

Él coge el ascensor para subir. Se ha hecho tarde. De nuevo en el piso va a su estudio y se sienta en el sofá. Ahí sigue la caja que le mandó Flora hace semanas y que aún no ha abierto; en el interior está lo que Malcolm le ha dejado, y lo que le ha dejado a Willem, que ahora también es suyo. Para lo único que le ha servido la muerte de Willem es para borrar el shock y el horror de la de Malcolm, y aun así todavía no ha sido capaz de abrir la caja.

Lo hará ahora, pero antes desenvuelve el regalo de Richard: un pequeño busto de Willem tallado en madera y montado sobre un pesado cubo de hierro negro. Al verlo jadea como si le hubieran dado un golpe. Richard siempre decía que se le daba fatal la escultura figurativa; él sabía que no era cierto y esa pieza lo demuestra. Desliza los dedos por los ojos ciegos de Willem, por la cresta de pelo, luego se lo lleva a la nariz, huele a madera de sándalo. En la base se lee la inscripción: «Para J. en su 51 cumpleaños. Con cariño, R».

Se echa a llorar de nuevo y al rato se calma. Deja el busto encima del cojín que tiene al lado y abre la caja. Al principio solo ve tiras de papel de periódico y busca a tientas en el interior hasta que da con algo sólido y lo saca. Es la maqueta de Lantern House, de unos dos pies cuadrados, con paredes de madera de boj, que en otro tiempo estuvo en las oficinas de Bellcast, junto a las maquetas de otros proyectos de la compañía. Él la deja en su regazo y después se la acerca a la cara para mirar por sus finas ventanas de plexiglás, y le levanta el tejado y camina con los dedos por las habitaciones.

Hay más cosas en la caja. Lo siguiente que saca es un grueso sobre con fotos de los cuatro y otras de Willem y de él, de la época de estudiantes, de Nueva York, de Truro, de Cambridge, de Garrison, de India, de Francia, de Islandia, de Etiopía, de experiencias que vivieron y lugares que visitaron.

La caja no es muy grande, pero sigue sacando cosas de ella: dos libros de dibujos de casas japonesas de un ilustrador francés, un pequeño cuadro abstracto de un joven artista británico al que siempre ha admirado, un dibujo más grande del rostro de un hombre hecho por un famoso pintor estadounidense que a Willem siempre le gustó, dos de los primeros cuadernos de bocetos de Malcolm, llenos, página tras página, de sus estructuras imaginarias. Y, para acabar, saca un objeto envuelto en papel de periódico, que retira despacio.

Entre sus manos está el piso de Lispenard Street donde Willem y él vivieron, con sus extrañas proporciones y el segundo dormitorio improvisado, el estrecho pasillo y la minúscula cocina. Sabe que es una de las primeras obras de Malcolm porque las ventanas son de papel glassine, y no de papel vitela o plexiglás, y las paredes son de cartón, no de madera. En el interior, Malcolm puso los muebles, hechos con papel rígido cortado y doblado: el aparatoso futón individual con la base de bloques de hormigón ligero, el sofá de muelles rotos que encontraron en la calle, el sillón con ruedas que chirriaba, regalo de las tías de JB. Solo faltan dos figuras de papel: Willem y él.

Deja Lispenard Street en el suelo, junto a sus pies, y se queda inmóvil durante mucho rato, con los ojos cerrados, dejando que su mente retroceda y divague: no idealiza aquellos años, ya no, pero entonces no sabía qué esperar de la vida, no tenía ni idea de que podía ser mejor de lo que era en aquel momento.

—¿Y si no nos hubiéramos ido nunca de allí? —le preguntaba Willem de vez en cuando—. ¿Y si yo no hubiera tenido éxito? ¿Y si tú no hubieras dejado la Fiscalía? ¿Y si yo siguiera trabajando en el Ortolan? ¿Cómo sería ahora nuestra vida?

—¿Hasta dónde quieres llegar, Willem? —le preguntaba él sonriendo—. ¿Seguiríamos juntos?

—Por supuesto que sí. Eso no habría cambiado.

—Bueno, entonces lo primero que habríamos hecho sería tirar abajo aquella pared para recuperar la sala de estar. Y lo segundo, comprar una cama decente.

Willem se reía.

—Y habríamos demandado al casero para que nos pusiera de una vez por todas un ascensor en condiciones.

—Sí, eso habría sido lo siguiente.

Espera a que se le acompase la respiración. Luego enciende el móvil y mira las llamadas perdidas: Andy, JB, Richard, Harold y Julia, Henry Young el Negro, Rhodes, Citizen, Andy de nuevo, Richard de nuevo, Lucien, Henry Young el Asiático, Phaedra, Elijah, Harold de nuevo, Julia de nuevo, Harold, Richard, JB, JB, JB.

Llama a JB. Es tarde, pero sabe que suele trasnochar.

Cuando JB contesta, percibe sorpresa en su voz.

—Hola. Soy yo. ¿Puedes hablar?

2

Al menos un sábado al mes se toma medio día libre y va al Upper East Side. Cuando deja Greene Street, las boutiques y las tiendas del barrio aún no han abierto; al regresar, ya han cerrado. Esos días se imagina el SoHo que Harold conoció de niño; un lugar cerrado y sin gente, un lugar desprovisto de vida.

Su primera parada es el edificio de Park con la Setenta y ocho, donde sube en ascensor a la sexta planta. La criada le hace pasar y él la sigue hasta el estudio del fondo, amplio y soleado, donde espera Lucien; no lo espera a él necesariamente, simplemente espera.

Siempre hay un desayuno tardío preparado para él: finas lonchas de salmón ahumado y pequeñas crepes hechas con trigo sarraceno o un bizcocho con glaseado blanco y crema de limón. Normalmente no come nada, aunque a veces, cuando se siente especialmente impotente, acepta la porción de bizcocho que le ofrece la criada y sostiene el plato en el regazo durante toda la visita. Lo que sí hace es beber una taza de té tras otra, que siempre le sirven como a él le gusta. Lucien tampoco come ni bebe.

Se acerca a Lucien y le coge la mano.

—Hola, Lucien.

Estaba en Londres cuando Meredith, la mujer de Lucien, le

telefoneó: era la semana de la retrospectiva de Bergesson en el MoMA, y él se había organizado para estar fuera de la ciudad esos días. Lucien había sufrido un derrame cerebral, le dijo Meredith; viviría, pero los médicos aún no sabían lo graves que serían los daños.

Lucien estuvo dos semanas ingresado en el hospital, y cuando le dieron el alta ya era evidente que su discapacidad era severa. Aún no han pasado cinco meses y continúa siéndolo: las facciones del lado izquierdo de la cara parece que se han derretido, y no puede utilizar ni el brazo ni la pierna izquierdos. Habla bastante bien, pero ha perdido la memoria: los últimos veinte años han desaparecido por completo de su mente. A principios de julio se cayó y se golpeó en la cabeza, y estuvo en coma; ahora su inestabilidad no le permite caminar, y se han trasladado al piso de la ciudad para estar más cerca del hospital y de sus hijas.

Aunque no puede saberlo con seguridad, cree que a Lucien le gustan, o al menos no le importan sus visitas. Lucien no tiene ni idea de quién es él, solo percibe que aparece en su vida y luego desaparece, así que cada vez tiene que presentarse.

—¿Quién eres? —le pregunta.

—Jude.

—Refréscame la memoria —le dice Lucien con tono afable, como si hubieran coincidido en una fiesta—, ¿de qué te conozco?

—Fuiste mi mentor.

—Ah. —Y se hace un silencio.

Las primeras semanas intentó que Lucien recordara su vida: le habló de Rosen Pritchard, de gente que ambos conocían, de casos que habían llevado juntos. Pero luego se dio cuenta de que la expresión que él, movido por su estúpido optimismo, había tomado por meditabunda era miedo en realidad. Así que ya no le habla del pasado, o al menos de nada relacionado con su pasado común. Deja que Lucien lleve el peso de la conversación, y aunque a veces no sabe a qué se refiere, sonríe y finge saberlo.

—¿Quién eres?

—Jude.

—Dime, ¿de qué te conozco?

—Fuiste mi mentor.

—¡Ah, en Groton!

—Sí —dice él, devolviéndole la sonrisa—. En Groton.

Aunque a veces Lucien lo mira raro.

—¿Tu mentor? ¡Soy demasiado joven para ser tu mentor!

Otras veces no le pregunta nada, solo empieza una conversación cualquiera y él espera a tener suficientes pistas para determinar el papel que le ha designado —uno de los exnovios de sus hijas, un compañero de clase de la universidad, un amigo del club de campo— antes de responder como es debido.

En esas visitas averigua más acerca de los primeros años de Lucien de lo que él le reveló nunca. Aunque Lucien ya no es Lucien, al menos no el que él conocía. Ese Lucien es anodino e inconcreto; es liso y sin aristas, como un huevo. Ni siquiera su voz es la misma, aquel curioso trino ronco con que Lucien pronunciaba las frases, cada una una afirmación, y la pausa que solía dejar entre ellas porque se había acostumbrado a que la gente se riera; su forma tan particular de estructurar los párrafos, empezándolos y acabándolos con una broma que en realidad no era sino un insulto camuflado bajo una capa de seda. Incluso cuando trabajaban juntos él sabía que el Lucien que veía en la oficina no era el mismo que el del club de campo, pero nunca había visto a ese otro Lucien. Hasta ahora. Este Lucien habla del tiempo, de golf, de navegación y de impuestos, pero las leyes tributarias a las que se refiere son de hace veinte años. Nunca le pregunta nada sobre él; quién es, a qué se dedica, por qué a veces va en silla de ruedas. Lucien habla y él sonríe y asiente, con la taza de té enfriándose entre las manos. Cuando las manos de Lucien tiemblan, las toma entre las suyas, pues sabe que eso le ayuda; Willem solía hacerlo, y respiraba con él, y siempre se calmaba. Cuando Lucien babea, le seca la barbilla con un extremo de la servilleta. Sin embargo, a diferencia de él, Lucien no se avergüenza de sus temblores ni de sus babeos, y es un alivio que no lo haga. Él tampoco se avergüenza de Lucien, sino de su incapacidad por hacer más para ayudarlo.

—Le encanta verte, Jude —le dice siempre Meredith, aunque él no está seguro de que sea cierto.

A veces cree que sigue yendo más por Meredith que por Lucien, y comprende que así es como debe ser; no se visita a los seres perdidos, sino a los que buscan a los seres perdidos. Lucien no es consciente de eso, pero él recuerda que así era cuando estaba enfermo, tanto la primera vez como la segunda, y Willem lo cuidaba. Lo agradecido que se sentía al despertarse y encontrar a alguien distinto de Willem sentado a su lado. «Roman está con él», le decía Richard o Malcolm, o «JB y él han salido a comer algo», y él se relajaba. En las semanas que siguieron a la amputación, cuando lo único que quería era tirar la toalla, los únicos momentos que le proporcionaban felicidad eran aquellos en los que imaginaba a Willem recibiendo consuelo. De modo que se sienta un rato con Meredith después de estar con Lucien, y hablan; ella tampoco le pregunta nada acerca de su vida y a él ya le viene bien.

Ella se siente sola; él también. La pareja tiene dos hijas, una vive en Nueva York pero tiene que ingresar a menudo en un centro de rehabilitación; la otra vive en Filadelfia con su marido y sus tres hijos, y es abogada, como su padre.

Él conoció a las dos hijas, que tienen casi diez años menos que él, aunque Lucien es de la edad de Harold. Cuando visitó a Lucien en el hospital, la mayor, la que vive en Nueva York, lo miró con tanto odio que él casi retrocedió, y luego le dijo a su hermana: «Mira quién está aquí. La mascota de papá. Vaya sorpresa». «Gracias, Portia —le siseó la más joven. Y, volviéndose hacia él, añadió—: Gracias por venir, Jude. Siento mucho lo de Willem.»

—Gracias por venir, Jude —le dice Meredith ahora, despidiéndolo con un beso—. ¿Te veré pronto?

Siempre se lo pregunta, como si pudiera decirle que no.

—Sí. Te escribiré un correo electrónico antes.

—Hazlo —responde ella, y le dice adiós con la mano mientras él se aleja por el pasillo hacia el ascensor.

Tiene la sensación de que no reciben más visitas, ¿cómo es posible?, se pregunta y ruega para que no sea así. Meredith y Lucien siempre han tenido muchos amigos, daban continuamente cenas y no era extraño que Lucien se cambiara la corbata antes de salir de la oficina. «Una gala benéfica», decía por toda explicación, poniendo los ojos en blanco. «Una fiesta.» «Una boda.» «Una cena.»

Después de estas visitas él siempre está agotado, pero aun así camina siete manzanas al sur y un cuarto de manzana al este para ir a casa de los Irvine. Durante meses los ha evitado, pero cuando se cumplió el primer aniversario, hacía un mes, lo habían invitado a cenar a su casa, con Richard y JB, y comprendió que tenía que ir más a menudo.

Era el fin de semana después del día del Trabajo. Las anteriores cuatro semanas, en las que se habían sucedido el cincuenta y tres cumpleaños de Willem y el aniversario de su muerte, habían sido terribles, y sabiendo que lo serían, intentó hacer planes para no estar en Nueva York. El bufete tenía que mandar a alguien a Pekín, y aunque a él le convenía quedarse —el caso en el que estaba trabajando lo necesitaba más que el negocio en Pekín—, se ofreció a hacer el viaje. Pensó que allí estaría a salvo: el aturdimiento del *jet lag* a veces no se distinguía mucho del aturdimiento del duelo, además había otras cosas que lo incomodaban —entre ellas el calor, que era sofocante y le provocaba un estado de confusión—, de modo que pensó que estaría distraído. Pero una noche, cuando estaba a punto de finalizar el viaje, mientras lo llevaban de vuelta al hotel tras una larga jornada de reuniones, estaba mirando por la ventanilla del coche y vio una gigantesca valla publicitaria con el rostro de Willem. Era un anuncio de cerveza que Willem había hecho un par de años antes y que solo se había visto en el este asiático. En lo alto de la valla había operarios colgados de poleas pintando el anuncio y borrando la cara de Willem. De pronto se le cortó la respiración y a punto estuvo de pedirle al chófer que detuviera el coche, aunque no lo habría podido complacer, pues estaban en plena curva, y se quedó muy quieto, sintiendo cómo el corazón le estallaba y deseando llegar al hotel. Una vez allí le dio las gracias al chófer, bajó el coche, cruzó el vestíbulo, subió en el ascensor, recorrió el pasillo y entró en la habitación, donde sin pensar se arrojó contra la fría pared de mármol de la ducha, una y otra vez, con la boca abierta y los ojos cerrados, hasta que todo el cuerpo le dolió tanto que tuvo la sensación de que cada una de las vértebras se había desplazado de su lugar.

Esa noche se hizo cortes a un ritmo frenético e incontrolable; cuando temblaba demasiado para continuar esperaba, limpiaba el suelo, bebía un poco de zumo para recobrar las fuerzas y empezaba de nuevo. Después de tres tandas se acurrucó en la esquina de la ducha y lloró, cubriéndose la cabeza con los brazos que chorreaban sangre y le dejaron el pelo pegajoso; durmió allí toda la noche, envuelto en una toalla. Lo había hecho algunas veces cuando era niño y entonces tenía la sensación de que estallaba, se desprendía de sí mismo como una estrella moribunda, y sentía la imperiosa necesidad de meterse en el lugar más pequeño que encontrara para que sus huesos se mantuvieran unidos. Salía con cuidado de debajo del hermano Luke y se hacía un ovillo debajo de la cama, sobre la mugrienta moqueta de motel cubierta de abrojos y de chinchetas, pringosa de condones usados y de extrañas manchas húmedas, o se dormía en la bañera o dentro del armario, bien acurrucado. «Mi pobre gusano —le decía el hermano Luke cuando lo encontraba—. ¿Por qué lo haces, Jude?» Se mostraba amable y preocupado, pero Jude nunca había podido explicárselo.

Logró llegar al final del viaje y acabar el año. La noche de la muerte de Willem soñó con jarrones de cristal que reventaban, con el cuerpo de Willem arrojado por el aire y con su cara haciéndose añicos contra el árbol. Despertó echándolo tanto de menos que le dio la impresión de que se quedaba ciego. Un día después de regresar vio la primera valla publicitaria de *Los años felices*, que había vuelto al título original: *El bailarín y el escenario*. Algunas de esas vallas exhibían un primer plano de Willem, con el pelo largo como el de Nuréiev, una camiseta escotada, y el cuello largo y poderoso. En otras había imágenes monumentales de un pie —el pie de Willem— enfundado en una zapatilla y colocado en punta, fotografiado desde tan cerca que se veían las venas y el vello, los delgados músculos en tensión y los gruesos tendones abultados. «Estreno en Acción de Gracias», se leía en el cartel. Horrorizado, entró de nuevo en el edificio. Quería que no se lo recordaran más y al mismo tiempo le aterraba que lo hicieran. En las últimas semanas tenía la sensación de que Willem se estaba alejando de él aun cuando el dolor se negaba a remitir.

La semana siguiente fue a casa de los Irvine. Se reunió con JB y con Richard en el apartamento de este, y le dio las llaves de su coche para que condujera. Hicieron todo el trayecto callados, incluso JB; él estaba muy nervioso, tenía la sensación de que los Irvine se habían enfadado con él y que su enfado estaba justificado.

Durante la cena sirvieron los platos preferidos de Malcolm; él se fijó en que el señor Irvine lo miraba mientras comían y se preguntó si pensaba lo mismo que él: «¿Por qué Malcolm? ¿Por qué no él?».

El señor Irvine propuso que cada uno evocara un recuerdo de Malcolm, y él escuchó lo que decían los demás: la señora Irvine contó la visita que habían hecho al Panteón cuando Malcolm tenía seis años. A la salida se dieron cuenta de que no estaba con ellos, entonces regresaron corriendo y lo encontraron sentado en el suelo, contemplando el óculo; Flora contó que, cuando hacía segundo, Malcolm cogió la casa de muñecas que ella guardaba en la buhardilla, sacó las muñecas y la llenó de sillas, mesas, sofás y otros muebles que había hecho con barro; JB contó que una vez en Acción de Gracias los cuatro volvieron al Hood un día antes que los demás; estaban encantados de tener el dormitorio solo para ellos y Malcolm encendió la chimenea de la sala común para asar salchichas. Cuando le tocó el turno a él, contó que, cuando vivían en Lispenard Street, Malcolm les construyó una estantería y el reducido salón quedó dividido de tal modo que, si se sentaban en el sofá y estiraban las piernas, los pies quedaban dentro de los estantes. Él había insistido en que pusieran la estantería y Willem estuvo de acuerdo, de manera que Malcolm se presentó un sábado con la madera más barata del mercado, restos de un almacén, Willem y él la subieron a la azotea, y montaron la estantería allí, para que los vecinos no se quejaran de los golpes.

Después de bajarla e instalarla, Malcolm se dio cuenta de que había tomado mal las medidas y a los estantes les sobraban tres pulgadas de ancho, de modo que sobresalían por el pasillo; ni a Willem ni a él les importaba, pero Malcolm insistió en arreglarlo.

—Déjalo, Mal —le dijeron—. Ya está bien así.

—No está bien —replicó Malcolm malhumorado—. No está bien.

Por fin lograron convencerlo y Malcolm se marchó. Entre Willem y él pintaron la estantería de un rojo vivo y la llenaron de libros. El sábado siguiente, muy temprano, Malcolm se presentó de nuevo en el piso con expresión resuelta. «No consigo quitármelo de la cabeza», les dijo. Así que dejó la bolsa en el suelo, sacó una sierra y empezó a desmontar los estantes, Willem y él protestaron, pero enseguida se dieron cuenta de que lo haría de todos modos, entonces subieron de nuevo la estantería a la azotea. Esta vez quedó perfecta.

—Siempre me acuerdo de ese incidente porque habla de lo en serio que se tomaba Malcolm su trabajo, y lo mucho que se esforzaba por hacerlo perfecto y por respetar los materiales, ya fuera mármol o madera contrachapada. Pero también creo que dice mucho de cómo respetaba el espacio, cualquier espacio, aunque se tratara de un piso horrible, irremediable y sin posibilidades de Chinatown. Incluso ese lugar merecía respeto para Mal.

»Y dice mucho también de cómo respetaba a sus amigos, y cómo deseaba que todos viviéramos en el lugar que había imaginado para nosotros, hermoso y lleno de vida, como lo eran sus casas imaginarias.

Se interrumpió. Lo que quería decir en realidad —aunque no creía que pudiera— era lo que había oído decir a Malcolm sin querer mientras él estaba en el cuarto de baño cogiendo los pinceles y las pinturas de debajo del lavabo. Willem se quejaba de tener que cargar de nuevo la estantería para colocarla en su sitio, y Malcolm le susurró: «Si la hubiera dejado como estaba, él podría haber tropezado y caído, Willem. ¿Es eso lo que quieres?». «No. Por supuesto que no. Tienes razón, Mal», respondió Willem tras un silencio avergonzado. Malcolm fue el primero en reconocer su condición de discapacitado; sabía que lo era incluso antes que él, y, sin embargo, nunca le hizo sentir acomplejado. Solo procuraba que la vida fuera más fácil.

—Jude, ¿puedes quedarte un poco más? Le pediré a Monroe que te lleve a casa en coche —le dijo el señor Irvine cuando se iban, poniéndole una mano en el hombro.

Él asintió y le pidió a Richard que llevara el coche de vuelta a Greene Street. El señor Irvine y él permanecieron un rato en la sala de estar —la madre de Malcolm se había quedado en el comedor con Flora, su marido y los niños— hablando de su salud y de la salud del señor Irvine, de Harold, del trabajo, y de pronto el señor Irvine se echó a llorar. Entonces él se sentó más cerca al padre de Malcolm y le puso una mano titubeante en la espalda, sintiéndose incómodo y cohibido, y consciente de cómo se escabullían los años bajo su piel.

El señor Irvine siempre había sido una figura intimidante. Su estatura, su serenidad, sus facciones grandes y severas, recordaban las fotografías de Edward Curtis. Todos los amigos lo llamaban el Jefe. «¿Qué dirá el Jefe, Mal?», le preguntó JB cuando Malcolm anunció su intención de dejar Ratstar, y todos le aconsejaron que se lo pensara dos veces. O (JB de nuevo): «Mal, ¿podrías preguntarle al Jefe si me prestaría el piso de París el mes que viene?».

El señor Irvine ya no era el Jefe; había cumplido ochenta y nueve años, y, aunque mantenía la mente clara y la postura erguida, sus ojos oscuros habían adquirido ese gris indefinido que solo exhiben los más jóvenes y los más ancianos: el color del mar del que provenimos, el color del mar al que regresamos.

—Lo quería —dijo el señor Irvine—. Lo sabes, ¿verdad, Jude? Sabes cómo lo quería.

—Sí, lo sé —dijo.

Él siempre se lo había dicho a Malcolm: «Sabes que tu padre te quiere, Mal. Por supuesto que te quiere. Los padres quieren a sus hijos». Y una vez que Malcolm estaba muy enfadado, replicó: «Como si tú supieras algo de eso, Jude», y se hizo un silencio; entonces Malcolm, horrorizado, se disculpó. «Lo siento, Jude. Lo siento mucho.» Y él no tuvo nada que decir, porque Malcolm tenía razón: él no sabía nada de eso. Lo que sabía, lo sabía por los libros, y los libros mentían, lo embellecían todo. Era lo peor que le había dicho Malcolm nunca, y aunque él jamás volvió a mencionárselo a Malcolm, este se lo comentó una vez, poco después de la adopción.

—Nunca olvidaré lo que te dije.

—Olvídalo, Mal —respondió él, aunque sabía exactamente a qué se refería—. Estabas enfadado y hace mucho, de aquello.

—Pero estuvo muy mal por mi parte.

Ahora, sentado junto al señor Irvine, piensa: «Ojalá pudiera disfrutar Malcolm de este momento. Ese momento le correspondería a Malcolm vivirlo, no a mí».

De modo que ahora pasa por casa de los Irvine después de ir a ver a Lucien, y las visitas no son muy diferentes. Los dos se deslizan en el pasado, los dos son ancianos que le hablan de recuerdos que él no comparte y de cosas que no le son familiares. Aunque esas visitas le deprimen, cree que es su deber hacerlas, pues los dos le dedicaron tiempo cuando él lo necesitaba y no sabía pedirlo. A los veinticinco años, siendo nuevo en la ciudad, vivió durante un tiempo en casa de los Irvine, y el señor Irvine le hablaba del mercado y de sus leyes, y le daba consejos, no sobre cómo pensar sino sobre cómo ser, cómo ser un bicho raro en un mundo donde apenas se toleraba a los bichos raros. «La gente te mirará y pensará ciertas cosas de ti solo por tu forma de andar —le dijo una vez, y él bajó la cabeza—. No, no bajes la cabeza, Jude. No hay nada de que avergonzarse. Eres brillante y tu brillantez se verá recompensada. Pero si actúas como si no fueras como los demás, como si te disculparas por ser como eres, la gente te tratará como si no fueras como ellos. Créeme.» Él respiró hondo. «Muéstrate tan frío como te dé la gana —dijo el señor Irvine—. No intentes gustar a la gente. Nunca intentes presentarte de una forma más agradable solo para que tus colegas se sientan mejor.» Si Harold le había enseñado a pensar como un abogado, el señor Irvine le había enseñado a comportarse como tal, y Lucien había reconocido ambas cualidades y las había apreciado por igual.

Esa tarde la visita es breve porque el señor Irvine está cansado y al salir se encuentra con Flora —Flora la Fabulosa, de quien Malcolm se sentía tan orgulloso y celoso— y se quedan hablando unos minutos. Están a principios de octubre y todavía hace calor, las mañanas son como de verano aunque las tardes empiezan a ser invernales, y mientras recorre Park Avenue, donde ha aparcado el coche recuerda que hacía veinte años o más solía pasar allí los sábados, luego volvía andando a casa y por el camino se paraba en una panadería famosa y cara de Madison Avenue, que le encantaba, donde compraba una hogaza de pan de avellanas —una sola hogaza agotaba el presupuesto que destinaba a una comida entonces— que Willem y él se comían con mantequilla y sal. La panadería sigue allí, y ahora abandona Park Avenue para comprar una hogaza de pan; da la impresión que es lo único que no ha subido de precio, al menos no en su memoria. No recuerda la última vez que estuvo de día en ese barrio —sus citas con Andy son por la noche— antes de empezar a visitar a Lucien y a los Irvine, y se entretiene mirando a los niños que pasan corriendo por las anchas y limpias aceras, a sus atractivas madres que pasean tan tranquilas detrás de ellos y los tilos cuyas hojas adquieren un tono amarillo pálido. Pasa por la calle Setenta y cinco, donde en otro tiempo le daba clases a Felix, Felix, que ahora, aunque parezca increíble, tiene treinta y tres años, y ya no es el cantante de una banda punk sino, aún más increíble, gestor de un fondo de inversión de alto riesgo, como su padre.

Ya en casa corta el pan y trocea el queso, luego se lleva el plato a la mesa y se queda mirándolo. Está haciendo un gran esfuerzo por comer bien, por retomar los usos y las costumbres de los vivos. Pero comer se ha vuelto difícil para él. Ha perdido el apetito y todo le sabe a engrudo o al puré de patata en polvo que le servían en el hogar. No obstante, lo intenta. Comer es más fácil cuando tiene que comportarse porque está con alguien, de modo que los viernes cena con Andy y los sábados con JB. También ha empezado a presentarse los sábados por la mañana en casa de Richard; entre los dos preparan una de las recetas vegetarianas de las de Richard y luego comen con India.

También ha empezado a leer de nuevo el periódico. Aparta el pan con queso y lo abre con cautela, como si pudiera morder, por la sección de cultura y arte. Hace dos sábados abrió la primera página tan tranquilo y se topó con un artículo sobre la película que Willem había empezado a rodar el septiembre anterior. El artículo hablaba del cambio en el reparto, del gran apoyo que había recibido de la crítica, y decía que ahora el protagonista se llamaba Willem. Cerró el periódico, se tumbó en la cama y se puso una almohada sobre la cabeza hasta que reunió las fuerzas necesarias para levantarse. Sabe que durante los dos próximos años tropezará con artículos, vallas publicitarias, carteles y anuncios de las películas que Willem tenía previsto rodar en los pasados doce meses. Pero ese día no hay nada en el periódico aparte de un anuncio a toda plana de *El bailarín y el escenario*, y se queda mirando mucho rato el rostro casi de tamaño natural de Willem tapándole los ojos con una mano. Si fuera una película, piensa, la cara empezaría a hablarle. Si fuera una película, levantaría la vista y vería a Willem delante de él.

A veces piensa: «Ahora lo llevo mejor. Estoy progresando». A veces se despierta rebosante de fortaleza y vigor. «Hoy será el día —piensa—. Hoy me sentiré mejor por primera vez. Hoy no echaré tanto de menos a Willem.» Y entonces sucede algo, algo tan simple como que abre el armario y ve el estante de camisas de Willem que este nunca volverá a llevar, y su aspiración, su optimismo se disuelven y vuelve a sumirse en la desesperación. A veces piensa: «Puedo hacerlo». Pero ahora tiene cada vez más claro que no puede, de modo que se ha prometido buscar cada día un motivo para seguir adelante. Algunos de esos motivos son pequeñas cosas: sabores, sinfonías, cuadros, edificios, óperas y libros que le gustan, lugares que quiere ver de nuevo o por primera vez. Otras veces son obligaciones; porque es su deber, porque puede hacerlo, porque Willem habría querido que lo hiciera. Y otras son razones de peso: por Richard, por JB, por Julia y, sobre todo, por Harold.

Poco menos de un año después de su intento de suicidio, Harold y él dieron un paseo. Era el día del Trabajo y estaban en Truro. Recuerda que ese fin de semana tenía problemas para andar y avanzaba con cuidado por las dunas y Harold se contenía e intentaba no ayudarlo.

Al final se sentaron a descansar y contemplaron el océano mientras charlaban de un caso en el que él estaba trabajando, de la inminente jubilación de Laurence, del nuevo libro de Harold.

—Jude —le dijo Harold de pronto—, tienes que prometerme que no volverás a hacerlo. —Y la severidad de su tono, que casi nunca era severo, hizo que lo mirara.

—Harold...

—Procuro no hacerte preguntas porque no quiero que creas que me debes nada. —Jude se volvió y lo miró, su expresión también era severa—. Pero eso te lo pido. Tienes que prometérmelo.

Él titubeó.

—Te lo prometo —dijo por fin, y Harold asintió.

—Gracias.

No habían vuelto a aludir a esa conversación, y aunque él sabía que no era muy lógico, no quería romper su promesa. A veces le parecía que esa promesa —ese contrato verbal— era lo único que lo frenaba de intentarlo de nuevo, si bien sabía que si volvía a hacerlo ya no sería un intento, esta vez lo haría de verdad. Sabía cómo lo haría y sabía que funcionaría. Desde que Willem había muerto pensaba en ello casi a diario. Sabía el plan que seguiría y cómo lo dispondría todo para que lo encontraran. Dos meses antes tuvo una semana muy mala y reescribió el testamento: ahora es el documento de alguien que ha muerto con disculpas que pedir y cuyos legados son intentos de pedir perdón. Aunque no tiene intención de darle validez —se recuerda—, tampoco lo ha cambiado.

Confía en contraer una infección, algo rápido y fatal, algo que lo mate y lo deje libre de culpa. Pero no llega. Desde que le amputaron las piernas no se le ha abierto ninguna herida. Sigue con dolor, pero no ha aumentado, más bien ha disminuido. Está curado, dentro de lo que cabe.

Así que no hay motivos reales para ir a la consulta de Andy una vez a la semana, pero lo hace de todos modos porque sabe que a Andy le preocupa que se suicide. A él también le preocupa, por eso sale todos los viernes. La mayoría de las veces solo para cenar, excepto los segundos viernes de cada mes, cuando pasa por la consulta de Andy para que este lo visite. Todo sigue igual; la desaparición de sus pies y sus pantorrillas es la única prueba de que las cosas han cambiado. En otros aspectos ha vuelto a ser la persona que era hace décadas. Vuelve a mostrarse cohibido. Le asusta que lo toquen. Tres años antes de que Willem muriera logró pedirle que le aplicara crema en las cicatrices. Willem lo hizo y durante un tiempo se sintió diferente, como una serpiente con una nueva piel. Pero ahora no tiene quien se la ponga, y las cicatrices vuelven a estar tirantes y abultadas, y le envuelven la espalda en una maraña de ataduras elásticas. Una vuelta a lo de siempre: en los años que convivieron Jude consiguió convencerse a sí mismo de que era otra persona, una persona más feliz, más libre y más valiente. Sin embargo, ahora que Willem ya no está, él vuelve a ser el que era veinte, treinta, cuarenta años atrás.

De nuevo es viernes. Vuelve a la consulta de Andy. La báscula: Andy suspira. Las preguntas: sus respuestas, una sucesión de síes y noes. Sí, se encuentra bien. No, no ha sentido más dolor que de costumbre. No, no hay señales de heridas abiertas. Sí, un ataque cada diez o quince días. Sí, duerme bien. Sí, ha visto a gente. Sí, come. Sí, tres comidas al día. Sí, todos los días. No, no sabe por qué sigue adelgazando. No, no quiere volver a ver al doctor Loehmann. La inspección de los brazos: Andy les da la vuelta buscando nuevos cortes, no encuentra ninguno. La semana siguiente a su regreso de Pekín, después de perder el control, Andy se los vio y jadeó; él bajó la vista también y recordó lo mal que lo pasaba a veces, lo demencial de su conducta. Pero Andy no hizo ningún comentario, se limitó a limpiar las heridas y cuando terminó le sostuvo las manos en las suyas y dijo: «Un año». «Un año», repitió él. Y los dos guardaron silencio.

Después del chequeo van a un pequeño restaurante italiano de la esquina. Andy siempre está atento y si considera que lo que ha pedido no es suficiente, pide un plato extra para él y no se levantan hasta que se lo acaba. Pero hoy Jude nota que Andy está preocupado. Mientras esperan a que les sirvan, Andy bebe deprisa y habla de fútbol, cosa que nunca hace porque sabe que a él no le interesa. Andy hablaba a veces de deporte con Willem, los dos sentados a la mesa de comedor comiendo pistachos, y él los oía hablar de un equipo u otro mientras preparaba el postre.

—Perdona, estoy divagando —dice Andy al final. Llegan los entrantes y comen en silencio hasta que Andy toma aire y anuncia—: Jude, voy a dejar la consulta.

Él está cortando la berenjena, y al oírlo se detiene y deja el tenedor.

—No enseguida —se apresura a añadir Andy—, dentro de tres años. De momento, voy a empezar a trabajar con un socio para que la transición sea lo menos traumática para el personal, pero sobre todo para los pacientes. Poco a poco mi nuevo colaborador irá aumentando el número de pacientes a su cargo. —Se interrumpe unos segundos—. Creo que te gustará. No lo creo, lo sé. Yo seguiré siendo tu médico hasta el día que me vaya y te avisaré con mucha antelación antes de irme; aun así, quiero presentártelo para estar seguro de que hay cierta química entre vosotros. —Le sonríe, pero él no es capaz de devolverle la sonrisa—. Si no la hay, tendré tiempo de sobras para buscar a otro médico. Sé de dos colegas que podrían tratarte, y yo no me iré hasta que te hayas adaptado por completo.

Él sigue sin poder hablar, no puede levantar la cabeza siquiera para mirarlo.

—Jude —oye decir a Andy en voz baja, con tono suplicante—. Me gustaría quedarme para siempre solo por ti. Eres la única razón por la que desearía hacerlo. Pero estoy cansado, tengo casi sesenta y dos años, y me he prometido a mí mismo que me retiraría antes de cumplir los sesenta y cinco. Yo...

Él lo interrumpe.

—Andy, por supuesto que puedes jubilarte cuando quieras, no me debes ninguna explicación. Me alegro por ti, de verdad. Solo que… te echaré de menos. Has sido tan bueno conmigo. —Se calla un momento—. Dependo tanto de ti —admite por fin.

—Jude —empieza a decir Andy, pero se interrumpe—. Jude, siempre seré tu amigo. Siempre estaré aquí para ayudarte, como médico o como lo que sea. Pero necesitas contar con un profesional que envejezca contigo. Mi sustituto tiene cuarenta y seis, te podrá tratar siempre, si quieres.

—Siempre que me muera en los próximos diecinueve años —se oye decir a sí mismo. Se hace otro silencio—. Discúlpame, Andy —dice, horrorizado de lo mal que se siente y de la mezquindad con que se está comportando. Al fin y al cabo, siempre ha sabido que Andy acabaría jubilándose en algún momento. Ahora se da cuenta de que nunca pensó que viviría para verlo—. Perdona. No me hagas caso.

—Jude, siempre estaré aquí para ti, de una u otra manera —susurra Andy—. Te lo prometí hace mucho tiempo y lo mantengo. Mira, sé que no será fácil —continúa tras un silencio—. Sé que nuestra relación es irrepetible. No es arrogancia, pero dudo que alguien llegue a comprenderla del todo. No obstante haremos todo lo posible para que sea así. ¿Y quién podría no quererte? —Sonríe de nuevo, pero una vez más él no puede devolverle la sonrisa—. Quiero que conozcas a ese hombre. Se llama Linus, es un buen médico y sobre todo una buena persona. No le daré mucha información, solo quiero que lo conozcas, ¿de acuerdo?

De modo que el viernes siguiente en la consulta de Andy hay otro hombre, bajo y atractivo, y con una sonrisa que recuerda la de Willem. Andy los presenta y ellos se estrechan la mano.

—He oído hablar mucho de ti, Jude —le dice Linus—. Es un placer conocerte por fin.

—Lo mismo digo. Enhorabuena.

Andy los deja hablar; se sienten un poco violentos y comentan en broma que ese encuentro parece una cita a ciegas. Linus solo está al corriente de las amputaciones, hablan de ellas brevemente y de la osteomielitis que las precedió.

—Estos tratamientos pueden ser matadores —observa Linus, pero no le da el pésame por la pérdida de sus piernas, lo que él agradece.

Linus ha trabajado en una consulta médica compartida que alguna vez le ha mencionado Andy, parece admirarlo sinceramente y estar orgulloso de trabajar con él.

Linus no tiene nada de malo. Él puede ver por las preguntas que le hace y por el respeto con que se las hace que es un buen médico y probablemente una buena persona. Pero también sabe que no será capaz de desnudarse delante de él. No se imagina manteniendo con nadie más las conversaciones que tiene con Andy. No se imagina dejando que nadie más tenga acceso a su cuerpo y a sus miedos. Cuando piensa que alguien ve su cuerpo, gime; él mismo solo se ha mirado una vez en el espejo desde que le amputaron las piernas. Observa la cara de Linus, su sonrisa tiene un parecido perturbador con la de Willem, y aunque solo es cinco años mayor que él, se siente siglos más viejo, una criatura rota y disecada, algo a la que cualquiera echaría un vistazo y volvería a cubrir enseguida con una lona. «Llévatelo —diría—. Es chatarra.»

Piensa en las conversaciones que tendrá que mantener, en las explicaciones que necesitará dar sobre la espalda, los brazos, las piernas, las enfermedades venéreas. Está harto de sus miedos, de sus inquietudes, pero por muy cansado que esté de ellos no puede evitar sentirlos. Se imagina a Linus revisando despacio su historial médico, leyendo las notas que ha tomado Andy a lo largo de los años: listas de sus cortes, de sus llagas, de los medicamentos que ha tomado, de los rebrotes de las infecciones. Notas sobre su intento de suicidio, sobre las súplicas para que vea al doctor Loehmann. Sabe que Andy lo ha registrado todo, le consta que es meticuloso.

«Tienes que contárselo a alguien», le decía Ana, y con los años decidió interpretar esa frase en sentido literal. Algún día, pensó, encontraría la manera de decírselo a alguien. Y lo había encontrado, se lo había contado a una persona en quien había confiado. Pero esa persona había muerto y él ya no tenía fuerza suficiente para contar de nuevo su vida. ¿Acaso no contaba todo el mundo su vida a una sola persona? ¿Cuántas veces esperaban que él volviera a hacerlo? Sabe que nunca será capaz de acudir a otro médico. Irá a ver a Andy mientras él se lo permita. Y luego quién sabe; ya decidirá sobre la marcha. De momento aún es dueño de su intimidad, de su vida, y nadie más necesita saber nada.

Esa noche no quiere cenar con Andy, pero lo hace, y antes de irse de la consulta se despide de Linus. Caminan hasta el restaurante de sushi en silencio, se sientan en silencio, piden y esperan en silencio.

—¿Qué te ha parecido? —le pregunta Andy por fin.

—Se parece a Willem.

—¿En serio? —responde Andy sorprendido.

—Un poco. En la sonrisa.

—Bueno, quizá tengas razón. —Otro silencio—. Pero ¿qué te

ha parecido? Sé que a veces cuesta saberlo después de un solo encuentro, pero ¿crees que podrías entenderte bien con él?

—No lo creo, Andy —responde Jude por fin, y nota la decepción de Andy.

—¿En serio, Jude? ¿Qué es lo que no te ha gustado?

Pero él no responde y al final Andy suspira.

—Lo siento. Esperaba que te sintieras lo bastante cómodo con él para que al menos te lo pensaras. ¿Lo harás? ¿Le darás otra oportunidad? También hay otra persona que me gustaría que conocieras, se llama Stephan Wu. No es ortopedista, pero mejor así; es con diferencia el mejor interno con el que he trabajado. Y también hay un médico...

—Por Dios, Andy. Basta —lo interrumpe él, y percibe la irritación en su voz; una irritación que no sabía que sentía. Levanta la vista y ve la expresión acongojada de Andy—. ¿Tan impaciente estás por deshacerte de mí? ¿No puedes darme un respiro? ¿No puedes dejar que lo asimile? ¿No entiendes lo duro que es para mí? —Sabe lo egoísta, poco razonable y egocéntrico que es, pero se levanta, y al hacerlo se golpea con la mesa—. Déjame en paz. Si no puedo seguir contando contigo, déjame tranquilo.

—Jude —dice Andy, pero él ya ha salido.

Llega la camarera con la comida, Andy saca la cartera y maldice. Ahmed no trabaja los viernes porque Jude va conduciendo a la consulta de Andy, pero ahora, en lugar de volver al coche, que está aparcado delante, Jude para un taxi, se sube rápidamente a él y se aleja antes de que Andy pueda alcanzarlo.

Esa noche apaga todos los teléfonos, se toma una pastilla y se mete en la cama. Se despierta al día siguiente, escribe a JB y a Richard diciendo que no se encuentra bien y que no podrá cenar con ellos, después se toma otra pastilla y duerme hasta el lunes. Lunes, martes, miércoles, jueves. Ha ignorado todas las llamadas, mensajes y correos electrónicos de Andy; aunque ya no está enfadado, solo avergonzado, no puede soportar disculparse una vez más, no puede soportar su propia mezquindad, su propia debilidad.

A Andy le gustan los dulces, y el jueves por la tarde le pide a una de sus secretarias que encargue una absurda cantidad de bombones en la pastelería preferida de Andy.

—¿Alguna nota? —le pregunta la secretaria, y él niega con la cabeza.

—No, solo mi nombre.

Ella asiente y se dispone a salir del despacho, pero él la llama de nuevo, arranca una hoja del bloc que tiene encima de su escritorio y garabatea: «Andy, estoy muy avergonzado. Por favor, perdóname. Jude». Y se lo entrega.

La noche siguiente no acude a la consulta de Andy; se va a casa para prepararle la cena a Harold, que está en la ciudad en una de sus visitas sorpresa. La primavera anterior fue el último semestre que Harold trabajó, pero él no cayó en la cuenta hasta septiembre. Willem y él siempre habían hablado de organizarle una fiesta cuando por fin se jubilara, como cuando se jubiló Julia. Sin embargo, se le pasó y no hizo nada, y cuando al cabo de un tiempo se acordó tampoco hizo nada.

Está cansado. No quiere ver a Harold. Pero prepara la cena de todos modos, una cena que sabe que no comerá. Le sirve a Harold un plato y luego se sienta.

—¿No tienes hambre? —le pregunta Harold.

Él niega con la cabeza.

—No, hoy he comido a las cinco. Picaré algo más tarde.

Observa cómo Harold come y ve lo mayor que está, la piel de sus manos blanda y satinada como la de un bebé. Es consciente de que él tiene seis años más de los que tenía Harold cuando se conocieron. Sin embargo, durante todo este tiempo su visión de Harold ha permanecido obstinadamente fija, como si siempre hubiera tenido cuarenta y cinco años; lo único que ha cambiado es su percepción de lo viejo que se es a los cuarenta y cinco años. Es vergonzoso admitirlo ante sí mismo, pero hasta hace muy poco no ha empezado a considerar la posibilidad, incluso la probabilidad, de que él viva más que Harold. Ha vivido más de lo que cabía imaginar; ¿no es probable que viva todavía más?

Recuerda una conversación que tuvieron cuando cumplió treinta y cinco años.

—Estoy en la mediana edad —dijo él, y Harold se rió.

—Todavía eres muy joven, Jude. Solo estás en la mediana edad si tienes previsto morir a los setenta. Y será mejor que no lo hagas, porque no tendré humor para asistir a tu funeral.

—Tendrás noventa y cinco años. ¿De verdad piensas vivir tanto?

—Ya lo creo, y atendido por una serie de jóvenes enfermeras pechugonas, así que no estaré de humor para asistir a un interminable funeral.

Él sonrió por fin.

—¿Y quién va a pagar a esa flota de jóvenes enfermeras pechugonas?

—Tú, por supuesto —respondió Harold—. Tú y el botín que has amasado con las grandes farmacéuticas.

Pero ahora le preocupa que eso no sea así. «No me dejes, Harold —piensa, pero es una súplica apagada que no espera ser atendida, una plegaria repetida una y otra vez más que una verdadera esperanza—. No me dejes.»

—Estás muy callado —le dice Harold, y Jude vuelve a concentrarse.

—Lo siento, Harold. Estoy un poco distraído.

—Ya lo veo. Estaba diciendo que Julia y yo estamos pensando en pasar más tiempo en la ciudad.

Él parpadea.

—¿Quieres decir que os vais a mudar aquí?

—Bueno, conservaremos la casa de Cambridge, pero sí. Estoy pensando en dar un seminario en Columbia el próximo otoño y nos gustaría vivir más tiempo aquí. —Lo mira—. También nos apetece estar un poco más cerca de ti.

Jude no está seguro de qué pensar.

—¿Y qué haréis aquí? —La noticia levanta sus suspicacias, pues a Harold y a Julia les encanta Cambridge y nunca se habían planteado irse de allí—. ¿Y qué harán Laurence y Gillian sin vosotros?

—Laurence y Gillian vienen constantemente a Nueva York, como todo el mundo. —Harold vuelve a escudriñarlo—. No parece que te alegre mucho la noticia, Jude.

—Lo siento —dice él, bajando la vista—. Solo es que no quiero que os mudéis aquí por… mí. —Se hace un silencio, y al final añade—: No quiero parecer presuntuoso, pero si es por mí, no debéis hacerlo, Harold. Estoy bien. Lo estoy llevando bien.

—¿Sí, Jude? —le pregunta Harold en voz muy baja, y él se levanta con brusquedad y va al cuarto de baño que hay cerca de la cocina, se sienta en el retrete y oculta la cara entre las manos. Oye que Harold está al otro lado de la puerta, pero no dice nada, y

Harold tampoco. Cuando al cabo de unos minutos logra recuperar la compostura, abre la puerta y los dos se miran.

—Tengo cincuenta y un años —le dice a Harold.

—¿Y eso qué significa?

—Significa que puedo cuidar de mí mismo. Significa que no necesito que nadie me ayude.

Harold suspira.

—Jude, la necesidad de ayuda no tiene fecha de caducidad. No es que llegas a cierta edad y dejas de necesitar a los demás. —Vuelven a permanecer callados—. Estás muy delgado —continúa, y como él no dice nada, añade—: ¿Qué dice Andy?

—No puedo continuar esta conversación —contesta él por fin, con voz ronca—. No puedo, Harold. Y tú tampoco. Tengo la impresión de que todo lo que hago te decepciona. Y lo siento, siento decepcionarte. Pero me estoy esforzando. Estoy haciendo todo lo que puedo. Lo siento si no es suficiente.

Harold intenta decir algo, pero él alza la voz.

—Esto es lo que soy, Harold. Siento ser un problema para ti. Siento destrozar tu jubilación. Siento no estar mejor. Siento no haber superado lo de Willem. Siento tener un empleo que no merece tu respeto. Siento ser un cero a la izquierda. —Ya no sabe lo que dice; ya no sabe lo que siente; solo quiere hacerse cortes y desaparecer, acostarse y no volver a levantarse de la cama, acurrucarse en un rincón. Se odia a sí mismo, se compadece, se odia por autocompadecerse—. Creo que deberías irte. De verdad, deberías irte.

—Jude.

—Por favor, vete. Estoy cansado y necesito estar solo. Por favor, déjame. —Le da la espalda, se levanta y espera hasta que oye cómo Harold se aleja.

En cuanto Harold se va, sube a la azotea en el ascensor. Hay un antepecho de piedra que bordea el perímetro del edificio a la altura del pecho; se recuesta contra él aspirando el aire frío y apoya las palmas de las manos planas en el borde del muro para que dejen de temblar. Piensa en Willem: Willem y él solían subir a la azotea por la noche y se quedaban callados mirando los apartamentos de sus vecinos. Desde el extremo sur veían la azotea del viejo edificio de Lispenard Street y a veces fingían que veían no solo el piso sino que se veían a ellos, tal como eran cuando vivían en su interior, en una escena de la vida cotidiana.

«Debe de haber un pliegue en el continuo espacio-tiempo —decía Willem con su voz de héroe de acción—. Porque estás aquí a mi lado y sin embargo... te veo dando vueltas dentro de aquel cuchitril. ¡Dios mío, St. Francis! ¿Te das cuenta?» Entonces él se reía, pero al recordarlo ahora no se ríe. Últimamente lo único que le satisface es pensar en Willem, y sin embargo esos pensamientos son su mayor fuente de dolor. Le gustaría olvidar por completo, como ha hecho Lucien, que Willem existió, olvidar su vida con él.

Allí, en la azotea, piensa en lo que ha hecho. Se ha comportado de un modo irracional. Se ha enfadado con Harold, que una vez más solo se ha ofrecido a ayudarlo, a quien está agradecido, con quien se siente en deuda y a quien quiere. Se pregunta por qué actúa así, pero no tiene respuesta.

«Haz que mejore —suplica—. Haz que mejore o que llegue el final.» Tiene la sensación de estar en una habitación de cemento frío en la que hay varias salidas, y él va cerrando todas las puertas, una por una, hasta que queda encerrado en ella, después de haber eliminado todas las posibilidades de escapar.

Antes de acostarse le escribe a Harold una nota disculpándose por su comportamiento. Trabaja todo el sábado; duerme todo el domingo. Y empieza una nueva semana. El martes recibe un mensaje de Todd. Los primeros pleitos se están zanjando por cifras astronómicas, pero hasta Todd sabe que es mejor no celebrarlo. Sus mensajes de móvil o de correo electrónico son sucintos y sobrios: el nombre de la compañía que está dispuesta a negociar, la cantidad propuesta, un breve «enhorabuena».

El miércoles tenía previsto pasar por la asociación que asesora a artistas, con la que sigue colaborando como voluntario, pero al final queda con JB en el Whitney, donde están montando su retrospectiva. Esa exposición es otro recuerdo de su pasado fantasmal: la han estado planificando durante casi dos años, y cuando JB les habló de ella, los tres le organizaron una pequeña fiesta en Greene Street.

«Bueno, JB, ya sabes qué significa eso, ¿no? —le preguntó Willem señalando *Willem y la chica*, y *Willem y Jude, Lispenard Street, II*, los dos cuadros de la primera exposición de JB, que estaban colgados uno junto al otro en la sala de estar—. En cuanto se inaugure la exposición, estas piezas irán directas a Christie's.» Todos se rieron, y JB el que más, orgulloso, encantado y aliviado.

Además de obra que aún no se ha expuesto, en Whitney estarán esas dos piezas, junto con *Willem, Londres, 8 de octubre, 9:08 de la mañana*, de «Segundos, minutos, horas, días», que compró él, y *Jude, Nueva York, 14 de octubre, 7:02*, que Willem adquirió, así como las obras que tenían de «Todas las personas que he conocido», «Guía del narcisista al autoodio» y «La rana y el sapo», y los dibujos, los cuadros y bocetos que JB les regaló con los años y que ellos guardaron, algunos de la época de la universidad.

En la galería con la que normalmente trabaja JB habrá una exposición simultánea de sus nuevos cuadros, y tres fines de semana antes de la inauguración él fue al estudio de su amigo en Greenspoint para verlos. La serie, que se llama «Las bodas de oro», consta de dieciséis cuadros, la mayoría de tamaño más reducido que su obra anterior, y es una crónica de la vida en común de los padres de JB antes de que él naciera y en un futuro imaginario. La madre de JB todavía vive, y también sus tías, pero su padre murió a los treinta y seis años. Al contemplar esas escenas de fantasía doméstica —su padre a los sesenta años quitándole el corazón a una manzana mientras su madre prepara un sándwich; su padre con setenta años sentado en el sofá leyendo el periódico y en segundo plano las piernas de su madre bajando las escaleras—, Jude no pudo dejar de pensar en lo que fue su vida y lo que podría haber sido. Eran precisamente esas escenas las que echaba más de menos de su vida con Willem, los olvidables momentos en los que no parecía pasar nada pero cuya ausencia era imposible llenar.

Intercaladas con los retratos había naturalezas muertas de los objetos que acompañaron a los padres de JB: dos almohadas sobre una cama, las dos con un ligero hueco, como si hubieran pasado una cuchara por un bol de crema muy espesa; dos tazas de café, una de ellas con el borde ligeramente manchado de pintalabios rosa; un marco sencillo con una fotografía de un JB adolescente con su padre, la única aparición del artista en toda la serie. Al verlos le maravilló una vez más lo perfecta que era la comprensión de JB de lo que significaba una vida compartida, de la propia vida de Jude, de cómo todo lo que había en su casa —los pantalones de chándal de Willem que todavía colgaban del borde del canasto de la ropa sucia; el cepillo de dientes de Willem que aún esperaba en el vaso del lavabo del cuarto de baño; el reloj de pulsera de Willem, con la esfera hecha añicos a causa del accidente, que seguía en su mesilla de noche— se había convertido en tótem, en una serie de runas que solo él podía desentrañar. La mesilla junto a la cama de Willem de Lantern House se había convertido sin querer en una especie de altar a él: ahí seguía el tazón a medio beber, las gafas de montura negra que en los últimos tiempos acostumbraba a llevar, el libro que estaba leyendo, abierto boca abajo en la posición en que él lo dejó.

—Oh, JB —suspiró, y aunque quería decir algo más, no pudo.

JB le dio las gracias. Ahora no hablaba tanto, y él no sabía si su amigo había cambiado o solo se mostraba así cuando estaba con él.

Llama a las puertas del museo y uno de los ayudantes del estudio, que está esperándolo, le franquea el paso y le dice que JB está supervisando la instalación en el último piso, pero le aconseja que empiece por la sexta planta y que vaya subiendo hasta reunirse con él. Jude obedece.

Las salas de esa planta están dedicadas al despertar artístico y a las primeras obras de JB: hay una serie de dibujos de su niñez, entre ellos un examen de matemáticas sobre el que JB dibujó pequeños retratos a lápiz, seguramente de sus compañeros de clase: niños de ocho y nueve años inclinados sobre el escritorio, comiendo bastones de caramelo y dando de comer a los pájaros. Algunos de los problemas están sin resolver, y en la parte superior de la página hay un «Insuficiente» escrito en brillante tinta roja, junto con una nota:

Estimada señora Marion, ya ve cuál es el problema. Por favor, venga a verme.

Afectuosamente,

JAMIE GREENBERG

PD. Su hijo tiene un gran talento.

Sonríe al verlo; es la primera vez que lo hace en mucho tiempo. En el interior de un cubo de metacrilato dispuesto sobre un pedestal en mitad de la sala hay unos cuantos objetos bajo el rótulo de «Lo cotidiano», entre ellos el cepillo cubierto de pelo que JB nunca le devolvió; él sonríe de nuevo al recordar los fines de semana que dedicaban a recorrer las peluquerías en busca de pelo.

Sigue recorriendo despacio el resto de las salas de la planta, ocupadas por imágenes de «Los cuatro», y observando las fotos de Malcolm, de Willem y suyas: ellos dos en su dormitorio de Lispenard Street, sentados en las camas individuales, mirando directamente a la cámara, Willem con una leve sonrisa; ellos dos sentados a la mesa de juego, él trabajando en un informe y Willem leyendo un libro; ellos dos en una fiesta; ellos dos en otra fiesta; él con Phaedra; Willem con Richard; Malcolm con su hermana; Malcolm con sus padres; *Jude con un cigarrillo* y *Jude después de enfermar*. También hay bocetos de esas mismas imágenes a pluma, bocetos de todos ellos, y las fotografías que inspiraron los cuadros. Allí está la que JB utilizó para pintar *Jude con un cigarrillo*: la expresión de su cara, los hombros hundidos; un desconocido para él mismo y a la vez inmediatamente reconocible.

En las escaleras que comunican las plantas hay muchas obras de relleno: dibujos y cuadros pequeños, estudios y experimentos que JB hizo entre una serie y otra: el retrato que le hizo JB para regalárselo a Harold y Julia con motivo de la adopción; los dibujos que le hizo en Truro, en Cambridge, los que les hizo a Harold y a Julia. Allí están los cuatro; allí, las tías, la madre y la abuela de JB; allí, el Jefe y la señora Irvine; allí, Flora; allí, Richard, Ali, los Henry Young y Phaedra.

En la planta siguiente están dispuestos los cuadros de las series «Todas las personas que he conocido. Todas las personas que he querido. Todas las personas que he odiado. Todas las personas con las que he follado»; «Segundos, minutos, horas, días». A su alrededor pululan operarios, haciendo los últimos ajustes con las manos enguantadas de blanco, retrocediendo y mirando fijamente las paredes. Al levantar la vista en el siguiente tramo de escaleras ve dibujos de él: su cara, de pie, en la silla de ruedas, con Willem, solo. Son las obras que JB hizo cuando no se dirigían la palabra. También hay dibujos de otras personas, pero sobre todo de él: de Jackson y de él. Una y otra vez, Jackson y él, como si de un tablero de ajedrez se tratara. Los dibujos de él son nostálgicos, están difuminados, hechos a lápiz, pluma y tinta o acuarela. Los de Jackson son acrílicos de trazos gruesos, más sueltos y furiosos. Hay un dibujo muy pequeño de él del tamaño de una postal y al examinarlo más de cerca ve que hay algo escrito y borrado. «Querido Jude —descifra—, por favor», y nada más. Se vuelve con la respiración agitada y ve una acuarela de la camelia que JB le envió cuando estuvo en el hospital tras su intento de suicidio.

En la siguiente planta se expone «Guía del narcisista al autoodio». Esa ha sido la exposición que ha tenido menos éxito comercial, y entiende por qué: el aspecto de esos cuadros, la ira y el auto-odio que desprenden de forma persistente, eran sobrecogedores y al mismo tiempo muy incómodos. *El negro*, se llama un cuadro; *El bufón*; *El vago*; *El negro hollywoodense*. En todos ellos aparece JB bailando, aullando o riendo, con la piel oscura y brillante, los ojos hinchados y amarillentos, las encías horribles y enormes, rosas como carne de pez recién pescado, y, en segundo plano Jackson y sus amigos a medio dibujar en tonos marrones y grises goyescos, cacareando, aplaudiendo, señalándole y riéndose de él. El último cuadro de esa serie se llama *Hasta los monos se deprimen*, y en él está JB con un fez rojo, una chaqueta con charreteras encogida y sin pantalones, saltando a la pata coja en un almacén vacío. Se entretiene en esa planta, mira fijamente los cuadros y no puede ni tragar la saliva. Luego se dirige despacio a las escaleras para subir el último tramo.

En la planta superior hay más gente y se queda un rato a un lado observando a JB, que está hablando con los comisarios y con su galerista, riéndose y gesticulando. En las salas cuelgan cuadros de «La rana y el sapo», y al recorrerlas recuerda cómo se sintió al verlos por primera vez en el estudio de JB, cuando Willem y él empezaban a estar juntos, cuando le parecía que le estaban crecien-do nuevos órganos —un segundo corazón, un segundo cerebro— para dar cabida a sus sentimientos, al milagro de su vida.

Está absorto en uno de los cuadros cuando JB lo ve y se le acerca. Él le da un fuerte abrazo y lo felicita.

—Estoy orgulloso de ti.

—Gracias, Jude —dice JB, sonriendo—. Yo también lo estoy, maldita sea. —Luego deja de sonreír y añade—: Ojalá estuvieran aquí.

Él asiente con la cabeza.

—Sí.

Se quedan un momento en silencio.

—Ven conmigo —le dice entonces JB. Le coge la mano y, pasando por delante del galerista y delante de un cajón del que están sacando dibujos enmarcados, lo lleva al fondo de la sala, donde los operarios están retirando con cuidado el envoltorio de burbujas de un cuadro. Se colocan los dos delante de él, y al caer el plástico, aparece un cuadro de Willem.

No es muy grande, solo mide cuatro pies por tres, y es apaisado. Sin duda se trata del cuadro más intensamente fotorrealista que JB ha pintado en años; los colores son fuertes y densos, y las pinceladas que componen el pelo, delicadas como una pluma. Es un retrato de Willem tal como era poco antes de morir, tal vez después del rodaje de *El bailarín y el escenario*, ya que llevaba el pelo largo y más moreno de como lo tenía en realidad. Sí, después del rodaje, piensa, porque va con el jersey de color verde negruzco como las hojas de las magnolias que le compró él en París cuando fue a verlo.

Retrocede un paso sin dejar de mirarlo. El torso de Willem está vuelto hacia el espectador, pero el rostro mira hacia la derecha, de modo que está casi de perfil, y se inclina sonriendo hacia algo o alguien. Sabe que JB lo ha captado mirando algo que le gusta y que en ese instante era feliz. La cara y el cuello de Willem dominan el lienzo, y aunque el fondo aparece apenas sugerido, sabe que está sentado a la mesa de su casa; lo sabe por la luz y las sombras que se proyectan sobre su cara. Tiene la sensación de que si pronuncia su nombre, el rostro se volverá hacia él y responderá; si alarga la mano y acaricia el lienzo, notará el pelo, las pestañas.

Pero no lo hace, y cuando por fin levanta la vista, ve a JB sonriéndole con tristeza.

—Acaban de poner la cartela con el título —le dice JB, y él se acerca despacio a la pared y la lee: *Willem escuchando a Jude contar una historia, Greene Street*, y se queda sin respiración.

De pronto se siente mareado.

—Necesito sentarme —dice por fin. JB dobla la esquina con él y lo lleva al otro lado, donde hay un pequeño pasillo sin salida.

Jude se sienta en uno de los cajones que han dejado allí, con las manos apoyadas en los muslos y la cabeza baja.

—Lo siento, JB —logra decir—. Perdóname.

—Es para ti —dice JB en voz baja—. Cuando se acabe la exposición, será tuyo, Jude.

—Gracias, JB.

Se obliga a erguirse, pero todo se mueve en su interior. «Necesito comer algo», piensa. ¿Cuándo ha comido por última vez? El desayuno, piensa, pero eso fue ayer. Se apoya en la caja para recuperar el equilibrio y detener el balanceo que siente en la cabeza, en la columna vertebral; tiene cada vez más a menudo esa sensación de ir a la deriva, en un estado cercano al éxtasis. «Llévame a alguna parte —dice una voz dentro de él, pero no sabe a quién se lo dice, ni adónde quiere ir—. Llévame, llévame.» Está pensando en eso, con los brazos cruzados, y de pronto JB lo sujeta por los hombros y lo besa en la boca.

Él lo aparta bruscamente.

—¿Qué coño haces?

JB retrocede con torpeza, frotándose la boca con el dorso de la boca.

—Perdóname, Jude. No significa nada. Es que parecías tan… triste.

—¿Y por eso te comportas así? —le espeta, y cuando JB se acerca a él, añade—: No te atrevas a tocarme, JB.

Al fondo oye las voces de los operarios, del galerista y de los comisarios de la exposición. Da otro paso, esta vez hacia la pared. Voy a desmayarse, piensa. Pero no se desmaya.

—Jude —le dice JB, y entonces cambia de expresión—. ¿Jude? Pero él ya se está alejando de él.

—Apártate de mí. No me toques. Déjame en paz.

—Jude, no tienes buen aspecto —le dice JB en un hilo de voz, siguiéndolo—. Deja que te ayude. —Pero él sigue andando, intentando alejarse de JB—. Lo siento, Jude. Lo siento.

Es consciente de que hay gente moviéndose de un lado al otro que ni siquiera se da cuenta de que él se va ni y de que JB está a su lado; es como si ellos no existieran.

Hay veinte pasos hasta los ascensores, calcula; dieciocho pasos; dieciséis, quince, catorce. Debajo de él, el suelo se ha convertido en una peonza que gira bamboleante sobre su eje. Diez, nueve, ocho.

—Deja que te ayude, Jude —le dice JB, que no puede parar de hablar—. ¿Por qué ya no quieres hablar conmigo?

Ha llegado al ascensor; golpea el botón con la palma de la mano; se apoya en la pared, rezando para que pueda mantenerse erguido.

—Vete —sisea—. Déjame en paz.

Llega el ascensor, se abren las puertas. Él se acerca a ellas. Ahora camina de otro modo: la pierna izquierda sigue llevando la iniciativa y se levanta a una altura excesiva, eso no ha cambiado, eso es consecuencia de la lesión, pero ya no arrastra la pierna derecha, y como el pie protésico está tan bien articulado —mucho más que sus propios pies—, es capaz de sentir el balanceo del pie al abandonar el suelo, y el complicado y hermoso golpe al posarse de nuevo en él, tramo a tramo. Pero cuando está cansado, cuando se siente desesperado, se sorprende caminando como en el pasado, apoyando el pie plano como una losa en el suelo y arrastrando la pierna derecha, y al subir al ascensor olvida que sus piernas son de acero y fibra de vidrio, que pueden moverse con más agilidad, y tropieza y cae.

—¡Jude! —oye gritar a JB.

Está tan débil que por un instante todo se vuelve negro y vacío. Al recuperar la vista, ve que todos han oído a JB gritar y se le están acercando. También ve la cara de JB, pero está demasiado cansado para interpretar su expresión. *Willem escuchando a Jude contar una historia*, piensa, y ante él aparece el cuadro: la cara de Willem, su sonrisa, pero no está mirándolo a él, mira para otro lado. ¿Y si el Willem del cuadro estuviera buscándolo?, piensa. De pronto siente la urgencia de colocarse a la derecha del cuadro, de sentarse en una silla en lo que sería la línea de visión de Willem, de no dejarlo nunca solo. Allí está Willem, eterno prisionero de una conversación de un solo interlocutor. Y allí está él, vivo y también prisionero. Piensa en Willem solo en el cuadro, esperando noche tras noche en el museo vacío a que él le cuente una historia.

«Perdóname, Willem —le dice mentalmente. Perdóname, pero tengo que dejarte. Perdóname, pero tengo que irme.»

—Jude —dice JB.

Las puertas del ascensor empiezan a cerrarse. JB alarga el brazo, pero él lo ignora, se levanta del suelo y se apoya en la esquina del ascensor. La gente está cada vez más cerca. Todos se mueven mucho más deprisa que él.

—No te acerques a mí —le dice a JB, pero sin acritud—. Déjame en paz. Por favor, déjame en paz.

—Lo siento, Jude —repite JB. Va a decir algo más, pero las puertas se cierran y Jude se queda por fin solo.

3

En realidad no ha empezado de forma consciente, pero cuando comprende lo que está haciendo, no hace nada para detenerlo. Es mediados de noviembre, está a punto de salir de la piscina después de su baño matinal, se levanta apoyándose en las barras metálicas que Richard ha hecho instalar alrededor de la piscina para ayudarse a sentarse y a levantarse de la silla de ruedas, y el mundo desaparece.

Cuando vuelve en sí solo han transcurrido diez minutos. Eran las seis cuarenta y cinco de la mañana y se estaba levantando; un momento después son las seis cincuenta y cinco, y está tendido en el suelo de caucho negro, con los brazos alargados hacia la silla, y en el suelo hay una mancha húmeda. Se sienta soltando un gemido y espera a que la habitación se enderece para intentarlo de nuevo, y esta vez consigue levantarse.

La segunda vez ocurre unos días después. Acaba de volver de la oficina y es tarde. Cada vez es más fuerte la sensación de que Rosen Pritchard le infunde toda la energía, y en cuanto abandona su despacho también lo abandonan sus fuerzas: en el mismo momento en que Ahmed cierra la portezuela trasera del coche se queda dormido y no se despierta hasta que lo deja en Greene Street.

Pero al entrar esa noche en el oscuro y silencioso piso, experimenta una sensación de desamparo tan fuerte que se detiene un instante y parpadea confuso antes de acercarse al sofá del salón y tumbarse. Solo quiere descansar unos minutos, hasta que pueda levantarse de nuevo, pero cuando abre los ojos ya es de día y una luz grisácea baña el salón.

La tercera vez es un lunes por la mañana. Se despierta antes de que suene el despertador, y aunque está tumbado en la cama siente que todo da vueltas a su alrededor y en su interior, como una botella medio llena flotando en un océano de nubes. En las últimas semanas no ha necesitado tomar ninguna pastilla los domingos; el sábado vuelve a casa después de cenar con JB y se acuesta, y no se despierta cuando Richard va a buscarlo al día siguiente. Si Richard no va —como ese domingo, porque ha ido con India a ver a los padres de esta a Nuevo México— duerme todo el día y toda la noche. No sueña y nada lo despierta.

Sabe cuál es el problema, por supuesto: no come lo necesario. Lleva meses sin comer suficiente. Algunos días solo una pieza de fruta, una rebanada de pan, y otros, no prueba bocado. No es que haya decidido dejar de comer, simplemente no puede, no tiene hambre y no come.

Pero ese lunes lo hace. Se levanta y baja al sótano. Nada muy mal y muy despacio. Luego sube de nuevo y se prepara el desayuno. Se sienta a comer mirando el apartamento, tiene los periódicos doblados a su lado en la mesa. Abre la boca, introduce en ella un tenedor con comida, mastica, traga. Los movimientos son mecánicos, pero de pronto piensa en lo grotesco de ese gesto: llevarse algo a la boca, moverlo alrededor de la lengua y tragar una cuajada con saliva, y se detiene. Aun así, se hace una promesa: comeré aunque no quiera, porque estoy vivo y es lo que debo hacer. Sin embargo, se olvida de hacerlo una y otra vez.

Dos días después pasa algo raro. Ha vuelto a casa, tan agotado que se siente soluble, como si se evaporara en el aire, tan insustancial que ya no está hecho de carne y huesos sino de vapor y niebla, y de pronto ve a Willem de pie delante de él. Abre la boca para hablar, pero parpadea, Willem desaparece y él se queda tambaleándose, con los brazos extendidos ante sí.

—Willem —susurra en el piso vacío—. Willem. —Cierra los ojos, como si de ese modo pudiera invocarlo, pero no vuelve a aparecer.

Al día siguiente, sin embargo, lo hace. Él vuelve a estar en casa. Una vez más es de noche y no ha comido nada en todo el día. Está acostado en la cama, envuelto en la oscuridad de la habitación. Y de repente allí está Willem, titilando como un holograma de bordes difuminados, y aunque no lo está mirando —mira para otro lado, hacia la puerta, de un modo tan penetrante que quiere seguir su mirada para ver lo que ve, pero sabe que no debe parpadear, no debe volver la cabeza, si lo hace, Willem lo dejará; le basta con verlo, sentir que en cierto modo todavía existe, que su desaparición tal vez no sea un estado permanente. Pero al final parpadea y Willem se desvanece.

Esta vez no se siente muy contrariado, ya sabe que si no come, si logra aguantar en ayunas hasta un momento antes del derrumbe, tendrá alucinaciones y quizá vea a Willem. Esa noche se duerme contento —es la primera vez que está contento en casi quince meses—, porque ahora sabe cómo hacer que regrese Willem; ahora sabe que tiene la habilidad de invocarlo.

Anula la cita con Andy para quedarse en casa y experimentar.

Es el tercer viernes consecutivo que no va a la consulta. Desde la última noche en el restaurante, los dos se han mostrado educados y Andy no ha vuelto a mencionar a Linus ni a ningún otro médico, aunque le dijo que volvería a tocar el tema dentro de seis meses.

—No es que quiera librarme de ti, Jude —le dijo—. Perdóname si es así como te has sentido. Solo estoy preocupado. Quiero encontrar a un médico de tu agrado, con quien te sientas cómodo.

—Lo sé, Andy —respondió él—. Y te lo agradezco, en serio. Me he portado fatal, y lo has pagado tú.

Pero ahora sabe que tiene que andarse con tiento, ha conocido la cólera y sabe que tiene que controlarla. La siente, esperando salir de su boca como un enjambre de moscas punzantes y negras. ¿Dónde se ha escondido hasta ahora esa cólera?, se pregunta. ¿Qué puede hacer para que desaparezca? Últimamente sus sueños son violentos, sueña cosas horribles que les suceden a personas que odia pero también a las personas que quiere: alguien mete al hermano Luke en un saco lleno de ratas hambrientas que chillan; la cabeza de JB se estrella contra una pared y su cerebro se esparce salpicándolo todo de un lodo gris. Él es un testigo indiferente y atento, y después de presenciar tanta destrucción da media vuelta y se va. Cuando se despierta le sangra la nariz, como cuando era niño y contenía las rabietas; tiene las manos temblorosas y el rostro contraído.

Ese viernes Willem no acude a su llamada, pero la noche siguiente, cuando está a punto de salir de la oficina para reunirse con JB, vuelve la cabeza hacia la derecha y allí lo ve, sentado a su lado en el coche. Esta vez le parece más sólido, con el contorno más definido, se queda mirándolo hasta que parpadea, y entonces Willem se disuelve.

Después de esos ataques se siente agotado y el mundo palidece a su alrededor, es como si toda su potencia y su energía se hubieran extinguido tras crear a Willem. Da instrucciones a Ahmed para que lo lleve a casa y escribe un mensaje a JB diciéndole que se encuentra mal y que no puede acudir a la cita. Cada vez más a menudo anula planes, de malas maneras y por lo general demasiado tarde, una hora antes de una reserva difícil de conseguir en un restaurante, minutos después de la hora de encuentro acordada en una galería o segundos antes de que se levante el telón en un escenario. Richard, JB, Andy, Harold y Julia son los únicos que todavía se ponen en contacto con él de forma regular, semana tras semana. No recuerda la última vez que tuvo noticias de Citizen, de Rhodes, de los Henry Young, de Elijah o de Phaedra; semanas, por lo menos. Y aunque sabe que debería importarle, no le importa. Su esperanza, su energía, ya no son recursos renovables; sus reservas son limitadas, y él quiere emplearlas en encontrar a Willem, aunque la búsqueda no sea fácil, aunque tenga muchas posibilidades de fracasar.

Piensa en el monasterio y en el hermano Pavel, que disfrutaba hablándole de una monja del siglo XIX llamada Hildegarda. Hildegarda tenía visiones, cerraba los ojos y aparecían ante ella objetos luminosos; sus días estaban bañados de luz. Pero al hermano Pavel no le interesaba tanto Hildegarda como Jutta, su maestra, que había renunciado al mundo material para vivir como una asceta en una pequeña celda, muerta para las preocupaciones de los vivos, viva pero no viva. «Eso es lo que te ocurrirá a ti si no obedeces», le decía Pavel, y él se quedaba aterrado. En los jardines del monasterio había un pequeño cobertizo para herramientas, oscuro y frío, repleto de objetos de hierro de aspecto maligno, acabados en forma de púa, lanza o guadaña, y cuando el hermano le hablaba de Jutta, él se imaginaba que lo obligaban a meterse en el cobertizo, le daban de comer lo justo para sobrevivir y seguía viviendo durante mucho tiempo, casi olvidado por todos, casi muerto pero no del todo. Pero hasta Jutta había tenido a Hildegarda para hacerle compañía. Él no tendría a nadie. Cuánto se había asustado al oírlo; qué seguro estaba de que algún día le ocurriría eso.

Tumbado ahora en la cama, oye murmurar el viejo *lied*. «He abandonado el mundo —canta en voz baja— en el que tanto tiempo malgasté.»

Aunque sabe que es una estupidez, no es capaz de comer. El acto en sí le repele. Le gustaría estar por encima de la necesidad y la carencia. Tiene una visión de su vida como un pedazo de jabón usado y gastado en forma de esbelta cabeza de flecha con la punta roma, que cada día se desintegra un poco más. No puede romper la promesa que le hizo a Harold; no lo hará. Pero si deja de comer, si deja de intentarlo, el final será el mismo.

Por lo general sabe lo melodramático, narcisista y poco realista que es su comportamiento, y al menos una vez al día se reprende por ello. El hecho es que se descubre cada vez menos capaz de evocar a Willem sin apoyarse en algo. No recuerda el sonido de su voz sin escuchar antes uno de los mensajes grabados. Ya no recuerda el olor de Willem sin oler antes una de sus camisas. Por eso teme que esté llorando no tanto por la muerte de Willem como por su propia vida, por su pequeñez, su insignificancia.

Nunca le ha importado su legado, o nunca ha creído que le importara. Y es una suerte, porque él no dejará nada tras de sí: ni edificios, ni cuadros, ni películas ni esculturas. Ni libros. Ni papeles. Ni personas: cónyuge, hijos, probablemente ni padres, y, si sigue comportándose de ese modo, ni amigos. Ni siquiera una nueva ley. No ha creado nada. No ha hecho nada aparte de dinero: el dinero que ha ganado; el dinero que le han dado por haberle arrebatado a Willem. Su piso volverá a Richard. Las demás propiedades las cederá o las venderá, y lo recaudado lo donará a organizaciones benéficas. Sus obras de arte irán a museos, sus libros a bibliotecas, sus muebles a quien los quiera. Será como si él nunca hubiera existido. Por deprimente que sea, tiene la impresión de que el único lugar donde fue valioso son las habitaciones de motel, allí al menos era único e importante para alguien, aunque lo que tenía para ofrecer le era arrebatado, no lo daba por iniciativa propia. Pero entonces al menos era real para otra persona y lo que veían en él se correspondía con lo que era en realidad. Allí no engañaba a nadie.

Nunca logró creer sinceramente que él fuera una persona valiente, llena de recursos y admirable, como le decía Willem. Cuando se lo decía, él se sentía avergonzado y engañado a la vez: ¿quién era esa persona que Willem describía? Ni siquiera su confesión había cambiado la percepción que tenía Willem de él; de hecho, a partir de ese momento lo respetó todavía más, y aunque él se había permitido que eso lo consolara, nunca lo comprendió. Aun así era en cierto modo gratificante que alguien lo considerara valioso, que alguien pensara que su vida tenía sentido.

La primavera anterior a la muerte de Willem organizaron una cena a la que asistieron Richard y Henry Young el Asiático, además de los cuatro amigos, y Malcolm, inmerso en una de sus crisis periódicas por haber tomado, junto con Sophie, la decisión de no tener hijos preguntó:

—Sin hijos, me pregunto qué sentido tiene todo. ¿A vosotros no os preocupa?

—Perdona, Mal —respondió Richard, sirviéndole lo que quedaba de vino mientras Willem descorchaba otra botella—, pero me parece insultante. ¿Estás diciéndonos que nuestras vidas tienen menos sentido porque no tenemos hijos?

—No —dijo Malcolm. Luego pensó y añadió—: Bueno, tal vez.

—Yo sé que mi vida tiene sentido —dijo Willem de pronto, y Richard le sonrió.

—Por supuesto que tu vida tiene sentido —le dijo JB—. Haces cosas que a la gente le gusta ver, a diferencia de Malcolm, Richard, Henry y yo, aquí presentes.

—La gente quiere ver nuestra obra —replicó Henry Young el Asiático herido.

—Me refiero a la gente en general, no solo Nueva York, Londres, Tokio y Berlín.

—Ah, ¿y a quién le importa esa gente?

—No —dijo Willem cuando todos dejaron de reírse—. Sé que mi vida tiene sentido porque... —y aquí vaciló y guardó silencio un momento antes de continuar— porque soy un buen amigo. Quiero a mis amigos y me preocupo por ellos, y creo que los hago felices.

Se hizo un silencio. Durante unos segundos Willem y él se miraron desde extremos opuestos de la mesa, y los demás, y todo lo que les rodeaba, desapareció: eran dos personas sentadas en dos sillas y a su alrededor no había nada.

—Por Willem —dijo él por fin, alzando la copa.

—¡Por Willem! —repitieron todos haciendo lo propio, y Willem les sonrió.

Después, cuando todos se habían ido y estaban en la cama, él le dijo a Willem que tenía razón en lo que había dicho.

—Me alegro de que sepas que tu vida tiene sentido. Me alegro de no tener que ser yo quien te convenza de ello. Me alegro de que sepas lo maravilloso que eres.

—Pero tu vida tiene tanto sentido como la mía —le dijo Willem—. Tú también eres maravilloso. ¿No lo sabes, Jude?

Él murmuró algo, y Willem tal vez pensó que le daba la razón, pero cuando este se durmió, él se quedó despierto. Siempre había creído que era casi un lujo, un privilegio, el solo hecho de plantearse si la vida tenía sentido o no. Él no creía que la suya lo tuviera, pero no le había importado mucho.

Aunque no le ha preocupado si su vida valía la pena o no, sí se ha preguntado siempre por qué él, por qué otras muchas personas, seguían viviendo: millones, miles de millones de personas, vivían en una miseria que él no alcanzaba a comprender, en medio de privaciones y enfermedades de una severidad obscena, y sin embargo seguían erre que erre. ¿Acaso la determinación de seguir viviendo no tenía nada que ver con la voluntad individual sino más bien con un imperativo biológico? ¿Había algo en la mente, una constelación de neuronas tan endurecidas y marcadas como un tendón, que impedía a los seres humanos hacer lo que la lógica a menudo indicaba? Pero ese instinto no era infalible, él lo había derrotado una vez. ¿Y qué había pasado con ese instinto después? ¿Se había debilitado o se había vuelto más resistente? ¿Le pertenecía siquiera su vida para decidir si seguía viviendo o no?

Desde su ingreso en el hospital sabía que era imposible convencer a alguien para que viviera por su propio bien y a menudo pensaba que sería mucho más efectivo inculcar a la gente la necesidad de vivir por los demás; en su caso, ese era siempre el argumento más persuasivo. Se debía a Harold. Se debía a Willem. Y si ellos querían que siguiera vivo, lo haría. En aquel período, mientras luchaba día tras día por seguir adelante, sus motivaciones no eran tan claras, pero ahora se daba cuenta de que lo había hecho por ellos, y se sentía orgulloso de esa extraña generosidad. No comprendía por qué querían que permaneciera vivo, solo sabía que ese era su deseo, y los había complacido. Al final había aprendido a redescubrir la satisfacción, la alegría incluso. Pero no había empezado así.

Y de nuevo la vida se vuelve cada vez más difícil, cada día más costoso que el anterior. En su día a día se yergue un árbol negro y moribundo, con una sola rama que sobresale hacia la derecha, la extremidad ortopédica de un espantapájaros, y de esta rama cuelga. Llovizna continuamente, y el agua la vuelve resbaladiza. Aun así se aferra a ella, cansado como está, porque a sus pies hay un hoyo tan profundo que no se le ve el fondo. Le aterra soltarse y caer en él, pero al final sabe que lo hará, sabe que no le quedará otra posibilidad, está demasiado cansado. Cada semana afloja la sujeción, solo un poco.

Con culpabilidad y remordimientos, pero también con una sensación de inevitabilidad, burla la promesa que le hizo a Harold. La burla cuando le dice a Harold que no podrá ir el día de Acción de Gracias porque lo han mandado a Yakarta por cuestiones de trabajo. La burla cuando empieza a dejarse crecer la barba para ocultar su cara demacrada. La burla cuando le dice a Sanjay que está bien, que solo ha tenido gripe intestinal. La burla cuando dice a su secretaria que no necesita que le traiga nada de comer porque ha picado algo de camino. La burla cuando anula las citas de los meses siguientes con Richard, JB y Andy diciéndoles que tiene demasiado trabajo. La burla cada vez que deja que la voz le susurre: «Ya falta menos. Ya falta menos». No se engaña tanto a sí mismo para creer que podrá matarse de hambre, pero sí cree que llegará un día, más cercano ahora que nunca, en que estará tan débil que tropezará y caerá y se partirá la cabeza al chocar contra el suelo de cemento del vestíbulo de Greene Street, y contraerá un virus y no tendrá los recursos para combatirlo.

Al menos algo de lo que dice es cierto: tiene mucho trabajo. Dentro de un mes tiene un recurso de apelación y es un alivio poder pasar tanto tiempo en Rosen Pritchard, donde nunca le ha ocurrido nada malo, donde incluso Willem sabe que no debe molestarlo con una de sus impredecibles apariciones. Una noche, al pasar por delante de su despacho, Sanjay murmura: «Mierda, mi mujer me va a matar», él levanta la vista y ve que la noche ha dado paso al día, y el Hudson está adquiriendo un tono naranja difuminado. Lo ve pero no siente nada. Allí su vida está en suspenso; allí podría ser cualquiera, estar en cualquier parte. Puede quedarse hasta la hora que quiera. Nadie lo está esperando, nadie se sentirá contrariado si no llama, nadie se enfadará si no va a casa.

El viernes anterior al juicio está trabajando en su despacho y una de sus secretarias asoma la cabeza para decirle que tiene una visita, un tal doctor Contractor, y que si quiere que lo haga subir. Él reflexiona, no sabe qué hacer; Andy ha estado llamándolo pero él no le ha devuelto las llamadas, y sabe que no se irá tan fácilmente.

—Sí. Llévalo a la sala de conferencias.

Él se dirige a la sala, que no tiene ventanas y es la más íntima, y cuando Andy entra ve su mandíbula prieta; se estrechan la mano como desconocidos, pero cuando la secretaria, sale Andy se levanta y se acerca a él.

—Levántate —le ordena.

—No puedo.

—¿Por qué no?

—Me duelen las piernas —responde él.

Pero no es cierto. No puede levantarse porque la prótesis ya no le encaja. «Lo bueno de estas prótesis es que son muy sensibles y ligeras —le dijo el ortopedista cuando le tomó las medidas—. Lo malo es que las cuencas no permiten mucha flexibilidad. Si pierdes o ganas más de un diez por ciento de peso, es decir, unas catorce o quince libras arriba o abajo, tendrás que esforzarte por volver a tu peso actual o hacerte unas nuevas.» Las últimas tres semanas ha ido en silla de ruedas; sigue llevando las piernas para tener algo con que llenar los pantalones, pero ya no le sirven para caminar y está demasiado cansado para ir al ortopedista, para tener la conversación que sabe que no podrá eludir, para inventar explicaciones.

—Creo que mientes —dice Andy—. Creo que has adelgazado demasiado y las prótesis te bailan, ¿no es cierto? —Pero él no responde—. ¿Cuántas libras has perdido, Jude? La última vez que te vi ya habías perdido doce. ¿Cuántas van ahora? ¿Veinte? ¿Más? —Se hace otro silencio—. ¿Qué demonios estás haciendo? —añade bajando aún más la voz—. ¿Qué te estás haciendo, Jude? Tienes un aspecto lamentable. Estás fatal. Pareces enfermo. —Se interrumpe—. Di algo. Di algo, maldita sea, Jude.

Él sabe qué pasará: Andy le grita. Él grita a su vez. Llegan a una tregua que en última instancia no cambia nada, que solo es una farsa: él se somete a algo que no es una solución pero Andy se siente mejor. Luego sucederá algo peor y la farsa quedará al descubierto y él tendrá que someterse a un tratamiento que no quiere. Harold lo llamará. Lo sermonearán una y otra vez y él mentirá una y otra vez. El mismo ciclo que se repite, una rotación tan predecible como los hombres del motel que entraban, colocaban la sábana, se acostaban con él y se marchaban. Y luego el siguiente, y el siguiente. Y el día siguiente lo mismo. Su vida es la repetición de una serie de pautas deprimentes: sexo, cortes, visitas a Andy, ingresos en el hospital. Esta vez no, piensa. Ahora es cuando hace algo distinto; ahora se escapa.

—Tienes razón, Andy —le dice, con la voz más serena e inexpresiva de que es capaz, la voz que utiliza en la sala de tribunal—. He adelgazado, y te debo disculpas por no haber ido a verte. No lo he hecho porque sabía que te enfadarías, pero he tenido una gripe intestinal grave que no había forma de cortar. Ahora por fin ha terminado y he empezado a comer, te lo prometo. Sé que tengo mala cara. Pero te prometo que estoy en ello. —Es cierto, ha estado comiendo más en las dos últimas semanas, tiene que aguantar hasta el final del juicio. No quiere desmayarse en el juzgado.

¿Qué puede decir Andy a eso? Todavía se muestra receloso, pero no puede hacer nada.

—Si no vienes a verme, la semana que viene volveré —le dice, y la secretaria lo acompaña a la salida.

—De acuerdo —responde él, todavía en tono afable—. Iré dentro de dos martes, el juicio ya habrá terminado.

Cuando Andy se va, se siente por un momento vencedor, como el héroe de un cuento de hadas que acaba de aplastar a un peligroso enemigo. Pero Andy no es su enemigo y su comportamiento ha sido ridículo, de modo que a la sensación de triunfo le sigue la desesperación. Cada vez más tiene la impresión de que su vida es algo que le ha sucedido, sin que él pusiera de su parte. Nunca ha sido capaz de imaginar lo que podía ser la vida; ni siquiera cuando era niño y soñaba con otros lugares, otras vidas, era capaz de visualizar cómo serían esos otros lugares y esas otras vidas; se había creído todo lo que le habían inculcado sobre quién era y en qué se convertiría. Pero sus amigos, Ana, Lucien, Harold y Julia, ellos sí habían imaginado una vida para él. Ellos lo habían visto de un modo distinto y le habían permitido creer en posibilidades que él jamás habría concebido. Su vida era como el axioma de la igualdad, pero la veía como otro acertijo, un acertijo sin nombre, Jude = x, y habían llenado la x con valores que ni el hermano Luke, ni los tutores del hogar para niños ni el doctor Traylor le habían enseñado ni lo habían animado a descubrir. Desearía creer como ellos en las pruebas; desearía que le hubieran enseñado a llegar a ellas. Cree que si supiera cómo ellos han resuelto la fórmula, sabría para qué seguir vivo. Solo necesita una respuesta. Solo necesita dejarse convencer una sola vez. La prueba no tiene por qué ser elegante, basta con que tenga sentido.

Llega el juicio. Le va bien. Al llegar a casa ese viernes, entra con la silla de ruedas en la habitación y se mete en la cama. Se pasa todo el fin de semana sumergido en un sueño extraño e inquietante, no es tanto un sueño como un deslizarse ingrávido entre los reinos de la memoria y la fantasía, entre el estado de inconsciencia y el de vigilia, entre la ansiedad y la impotencia. Ese no es el mundo de los sueños, piensa, sino otro lugar, y aunque a ratos es consciente de estar despierto —ve la lámpara en el techo, las sábanas a su alrededor, el sofá con el estampado de hojas de helecho frente a él—, es incapaz de distinguir si las cosas suceden en su imaginación o en la realidad. Se ve a sí mismo llevándose una cuchilla al brazo y deslizándola por la carne, pero lo que brota del corte son rollos de alambre, relleno y crin de caballo, y comprende que ha sufrido una mutación, que ya no es humano siquiera, entonces siente alivio: ya no tendrá que romper la promesa que le hizo a Harold; ha sido hechizado; su culpabilidad se ha desvanecido junto con su condición de humano.

Ve una y otra vez al hermano Luke y al doctor Traylor. Al estar más débil, al alejarse de sí mismo, los ve con mayor frecuencia, pero si Willem y Malcolm se han ido borrando poco a poco, el hermano Luke y el doctor Traylor no. Siente su pasado como un cáncer que debería haberse tratado hacía mucho pero que optó por ignorar. Y ahora el hermano Luke y el doctor Traylor se han vuelto demasiado grandes y abrumadores para extirpárselos. En sus apariciones permanecen mudos; se quedan de pie delante de él o se sientan uno junto al otro en el sofá de su habitación y lo miran fijamente, y esto es peor que si hablaran, porque sabe que están decidiendo qué hacer con él, y sabe que lo que decidan será peor de lo que cabe imaginar, peor de lo que le ha sucedido nunca. En un momento determinado ve que susurran algo y sabe que están hablando de él. «Basta —les grita—, basta, basta», pero ellos no hacen caso, y él intenta levantarse para echarlos, pero no puede. «Willem —se oye a sí mismo gritar—, protégeme, ayúdame; haz que se vayan, haz que me dejen.» Willem no acude en su auxilio, y él se da cuenta de que está solo y se asusta, se esconde debajo del edredón, se queda lo más quieto posible, seguro de que el tiempo ha vuelto atrás y que tendrá que revivir su vida desde el principio. «Con el tiempo mejorará —se promete—. Recuerda, después de los años malos siempre vienen años buenos.» Pero no puede hacerlo de nuevo; no se ve capaz de vivir una vez más aquellos quince años, aquellos quince años tan largos que han determinado todo lo que ha sido y lo que ha hecho.

El lunes por la mañana, cuando se despierta, sabe que ha cruzado un umbral. Sabe que falta poco, que está yendo de un mundo a otro. Pierde dos veces el conocimiento al intentar sentarse en la silla de ruedas. Se desmaya al ir al cuarto de baño. Y aun así sigue ileso, continúa vivo. Se viste con el traje y las camisas que se hizo arreglar el mes pasado y que ya le están grandes, se desliza las prótesis en los muñones, y baja al vestíbulo para reunirse con Ahmed.

En la oficina todo sigue igual. Ha llegado el año nuevo y todo el mundo ha vuelto de las vacaciones. En la reunión del comité directivo tiene que clavarse un dedo en el muslo para mantenerse alerta. Nota que agarra con menos fuerza la rama.

Sanjay se marcha temprano esa noche y él también se va. Hoy es el día en que Harold y Julia se mudan, y ha prometido ir a verlos. Hace más de un mes que no se ven, y aunque ya no es capaz de evaluar su aspecto, se ha vestido con doble capa de ropa —una camiseta interior, una camisa, un jersey, una chaqueta de punto, la americana y el abrigo— para hacer un poco más de bulto. Al llegar, el portero le hace pasar con un ademán, y él sube intentando no parpadear, ya que con el parpadeo empeora el mareo. Se detiene delante de la puerta y oculta la cabeza entre las manos hasta que se siente lo bastante fuerte para hacer girar el pomo y deslizarse en su interior.

Están todos: Harold y Julia, por supuesto, pero también Andy, JB, Richard e India, los Henry Young, Rhodes, Elijah, Sanjay y los Irvine, sentados en distintos muebles como si posaran para una sesión fotográfica. Por un instante teme echarse a reír, pero ense guida se pregunta: ¿Lo estoy soñando? ¿Estoy despierto? Recuerda la visión que tuvo de sí mismo como un colchón hundido y piensa: ¿Sigo siendo real? ¿Estoy todavía consciente?

—¡Por Dios! —exclama cuando por fin recupera el habla—. ¿Qué demonios es esto?

—Exactamente lo que crees —oye decir a Andy.

«No pienso quedarme», intenta decir, pero no puede. No puede moverse. No puede levantar la mirada y se observa las manos —la izquierda con cicatrices, la derecha normal— mientras Andy habla. Llevan semanas vigilándolo: Sanjay ha llevado la cuenta de los días que lo han visto comer en la oficina, Richard ha estado entrando en su piso para ver si hay comida en la nevera.

—Los profesionales medimos la pérdida de peso en grados —oye decir a Andy—. Una pérdida de entre el uno y el diez por ciento del peso corporal equivale al grado uno. Una pérdida de entre el diez y el veinte por ciento, al grado dos. El protocolo establece que con el grado dos hay que conectar al paciente a una sonda de alimentación. Ya lo sabes, Jude, porque te ha ocurrido antes. Y mirándote puedo decir que estás en el grado dos..., como mínimo.

Al final levanta la cabeza y ve que Harold lo mira fijamente: está llorando en silencio.

—Harold —le dice, aunque Andy sigue hablando—. Libérame. Libérame de la promesa que te hice. No me hagas volver a pasar por esto. No me hagas continuar.

Pero nadie lo libera; ni Harold ni nadie. Lo agarran y lo llevan al hospital, y una vez allí empieza a forcejear. Mi última lucha, piensa, y forcejea con más fuerza que nunca, como cuando era niño y estaba en el monasterio convirtiéndose en el monstruo que siempre le dijeron que era: da alaridos, escupe a la cara de Harold y de Andy, se arranca el tubo de la mano, se retuerce en la cama e intenta arañar los brazos de Richard, hasta que entra una enfermera maldiciendo, le clava una aguja y lo seda.

Se despierta con las muñecas atadas a la cama, sin las prótesis y sin la ropa que llevaba, con un algodón presionándole la clavícula debajo del cual sabe que le han insertado un catéter. Lo mismo una vez más, piensa. Lo mismo, lo mismo, lo mismo.

Pero esta vez es distinto. Esta vez no le dan opciones. Esta vez lo conectan a una sonda de alimentación que le perfora el abdomen y le llega al estómago. Esta vez le obligan a volver a ver al doctor Loehmann. Esta vez lo vigilarán durante las comidas: Richard supervisará el desayuno. Sanjay se asegurará de que come y de que cena si se queda hasta tarde en el despacho. Harold lo supervisará los fines de semana. No se le permitirá ir al cuarto de baño hasta una hora después de cada comida. Irá a la consulta de Andy todos los viernes. Quedará con JB todos los sábados. Verá a Richard todos los domingos. Quedará con Harold siempre que este se lo proponga. Si lo pillan saltándose una comida o una sesión, o deshaciéndose de la comida, lo hospitalizarán, y esa hospitalización no será de semanas sino de meses. Engordará un mínimo de treinta libras, y solo se le permitirá parar cuando se mantenga seis meses con ese peso.

Así empieza su nueva vida, una vida que está más allá de la humillación, de la aflicción y de la esperanza. Una vida en la que las caras exhaustas de sus exhaustos amigos lo vigilan mientras come tortillas, sándwiches, ensaladas. En la que se sientan frente a él y lo observan mientras enrolla pasta en el tenedor, hunde la cuchara en el plato de polenta o arranca carne de los huesos. En la que miran su plato o su bol, y asienten —sí, puede irse— o bien hacen un gesto de negación: «No, Jude, tienes que comer más». En la oficina toma decisiones y la gente las sigue, pero a la una de la tarde le llega el almuerzo, y durante la siguiente media hora —aunque no lo sabe nadie más en el bufete— sus decisiones no significan nada, porque Sanjay tiene poder absoluto y él debe obedecer todo lo que dice. Con un solo mensaje a Andy, Sanjay, puede mandarlo al hospital, donde volverán a atarlo y lo alimentarán a la fuerza. Todos pueden hacerlo. A nadie parece importarle que él no quiera.

Fue un ultimátum lo que lo mandó al doctor Loehmann la primera vez y es un ultimátum lo que lo lleva de vuelta a él ahora. Él siempre fue cordial con el doctor Loehmann, cordial y distante, pero ahora se muestra hostil y grosero.

—No quiero venir —replica, cuando el médico le dice que se alegra de volver a verlo y le pregunta de qué quiere hablar—. Y no mienta. Ni usted se alegra de verme ni yo me alegro de estar aquí. Es una pérdida de tiempo… para usted y para mí. Estoy aquí bajo coacción.

—No estamos aquí para debatir por qué estás aquí, Jude, ni si quieres venir o no —le dice el doctor Loehmann—. ¿De qué te gustaría que habláramos?

—De nada —espeta, y se queda en silencio.

Va a la consulta del doctor Loehmann los lunes y los jueves. Los lunes por la noche vuelve al despacho después de la cita, pero los jueves está obligado a ir a casa de Harold y Julia cuando acaba, y con ellos también se muestra terriblemente grosero, desagradable y rencoroso. Se asombra de su propio comportamiento, ni siquiera de niño se portó nunca de ese modo, cualquiera habría reaccionado dándole una paliza, pero no Harold y Julia. Ellos nunca le reprenden, nunca lo castigan.

—Esto está asqueroso —dice esta noche, apartando el guiso de pollo que Harold ha preparado—. No pienso comérmelo.

—Te traeré otra cosa —se ofrece Julia enseguida, levantándose—. ¿Qué quieres, Jude? ¿Te apetece un sándwich? ¿Huevos?

—Cualquier cosa, esto sabe a comida para perro.

Está hablando con Harold, mirándolo fijamente, desafiándolo con la mirada. Se nota el pulso en la garganta al recrearse en lo que ocurrirá. Ya está viendo cómo Harold se levanta de un salto de la silla y le pega un puñetazo en la cara. Ve el rostro de Harold descompuesto por el llanto. Ve a Harold ordenándole que salga de su casa. «Largo de aquí, Jude —dirá—. Sal de nuestras vidas y no vuelvas nunca más.» «Está bien —dirá él entonces—. Ya me voy. De todas formas no te necesito, Harold. No os necesito a ninguno de los dos.» Qué alivio comprobar que Harold nunca lo ha querido realmente, que la adopción fue un capricho, una locura cuya gracia se apagó hace mucho.

Pero Harold no hace ninguna de esas cosas, solo lo mira.

—Jude —dice por fin, en voz muy baja.

—Jude, Jude —se burla él, graznando su propio nombre como un arrendajo—. Jude, Jude. —Está tan enfadado, tan furioso: no hay palabras para describir lo que siente. El odio le zumba por las venas. Harold quiere que viva y ahora está viendo cumplido su deseo. Por fin lo está viendo tal como es.

«¿Sabes el daño que podría hacerte? —le entran ganas de decirle—. ¿Sabes que podría decir cosas que nunca olvidarías, por las que nunca me perdonarías? ¿Sabes que tengo ese poder? ¿Sabes que desde que te conozco te he mentido todos los días? ¿Sabes lo que soy en realidad? ¿Sabes con cuántos hombres he estado, lo que he dejado que me hagan, las cosas que me han metido, cuánto he gemido?» Su vida, lo único que le pertenece, está en manos de otros: de Harold, que quiere mantenerlo vivo, de los demonios que le escarban el cuerpo, se le cuelgan de las costillas y le perforan los pulmones con las garras. Del hermano Luke, del doctor Traylor.

Nota que le empieza a sangrar la nariz y se aparta de la mesa con brusquedad.

—Me voy —les dice cuando Julia entra en la habitación con un sándwich.

Ve que le ha quitado la corteza y lo ha cortado en triángulos como le harían a un niño y por un instante flaquea, está a punto de berrear, pero luego recapacita y mira de nuevo a Harold, furioso.

—No vas a ninguna parte —le dice Harold, no enfadado pero sí decidido. Se levanta de la silla y lo señala—. De aquí no te mueves hasta que te comas esto.

—No pienso hacerlo —anuncia él—. Me trae sin cuidado si llamas a Andy. Voy a matarme, Harold. Voy a matarme, hagas lo que hagas, y no podrás detenerme.

—Jude —oye a Julia susurrar—. Jude, por favor.

Harold coge el plato de las manos de Julia mientras se acerca a él, y él piensa: «Se acabó». Levanta la barbilla y espera a que Harold se lo tire por la cara, pero lo deja delante de él.

—Come —le dice con voz tensa—. Cómetelo ahora mismo.

Él piensa en el día que tuvo su primer ataque en casa de Harold y Julia. Julia se había ido a la tienda y Harold estaba en el piso de arriba, imprimiendo la receta de un *soufflé* que había anunciado que quería hacer. Él estaba tumbado en la despensa, intentando no dar patadas a causa de dolor, cuando oyó que Harold bajaba ruidosamente las escaleras y entraba en la cocina. «¡Jude!», llamó al ver que no estaba allí, y por mucho que él se esforzó en estarse quieto, al final debió de hacer algún ruido, porque Harold abrió la puerta y lo encontró. Ya hacía seis años que lo conocía, pero siempre se mostraba cauteloso en su presencia, temiendo y al mismo tiempo esperando el día en que se mostraría ante él tal como era. «Lo siento», intentó decirle, pero solo fue capaz de gruñir.

«Jude, ¿me oyes?», le preguntó Harold, asustado. Él asintió y Harold entró en la despensa abriéndose paso entre los rollos de papel de cocina y el detergente para lavaplatos, se sentó en el suelo y le recostó la cabeza en su regazo con delicadeza; por un instante pensó que había llegado el momento que siempre pensó que llegaría: Harold le bajaría los pantalones y él haría lo que siempre había hecho, pero solo le acarició la cabeza, y al cabo de un rato, mientras él se retorcía y gruñía, con el cuerpo tenso de dolor y una sensación de ardor en las articulaciones, se dio cuenta de que Harold le estaba cantando una canción que nunca había oído, y, sin embargo, supo que era una nana. Él se sacudió, le castañetearon los dientes y siseó, abriendo y cerrando la mano izquierda mientras con la derecha aferraba el cuello de una botella de aceite de oliva, y durante todo ese tiempo Harold siguió cantando. Allí tumbado, sintiéndose tan desesperadamente humillado, comprendió que ese ataque lo uniría aún más a Harold, o lo alejaría del todo. Y como no sabía qué ocurriría, se descubrió esperando —como nunca lo había hecho y nunca lo volvería a hacer— que ese momento no se acabara nunca, que la canción de Harold nunca terminara, para no tener que averiguar lo que vendría después.

Ahora es mucho mayor, Harold también es mucho mayor, al igual que Julia: son tres personas mayores, pero ellos le están dando un sándwich como si fuera un niño y una orden —«Come»— que también le darían a un niño. Somos tan viejos que volvemos a ser jóvenes, piensa, y coge el plato y lo arroja contra la pared. El sándwich era de queso fundido; uno de los triángulos golpea la pared y se desliza por ella rezumando queso blanco en forma grumos como de pegamento.

«Ahora —piensa casi mareado, mientras Harold se acerca a él una vez más—. Ahora, ahora, ahora, ahora.» Y Harold levanta la mano, y él espera que lo golpee con tanta fuerza que esa noche termine y se despierte en su cama y durante un rato olvide ese momento, olvide lo que ha hecho.

En cambio, Harold lo rodea con los brazos, y él intenta apartarlo, pero Julia también lo está sujetando, y se ve atrapado entre los dos.

—Dejadme en paz —vocifera, pero su energía se evapora y se siente débil y hambriento—. Dejadme en paz —dice de nuevo, pero sus palabras son flojas e inútiles, tan inútiles como sus brazos y sus piernas, y enseguida deja de intentarlo.

—Jude, mi pobre Jude —susurra Harold—. Cariño.

Y al oír esa palabra él se echa a llorar, porque nadie lo ha llamado nunca «cariño», no desde el hermano Luke. Willem lo intentaba a veces —«cariño», lo llamaba, o «mi amor»— y él lo detenía; esas expresiones de afecto son palabras degradantes, depravadas, para él.

—Cariño —dice de nuevo Harold, y él quiere que pare y no pare nunca—. Hijo mío.

Y él llora, llora por todo lo que ha sido, por lo que podría haber sido, por todas las viejas heridas, por las viejas dichas, llora por la vergüenza y la alegría de acabar siendo un niño, con todos los caprichos, las necesidades y las inseguridades de un niño, por el privilegio de portarse tan mal y ser perdonado, por el lujo de recibir ternura, de recibir afecto, de que le sirvan una comida y le obliguen a comérsela, por ser capaz, ¡por fin!, de creer en las palabras de consuelo de un padre, de creer que es especial para alguien, pese a todos sus errores y su odio, por culpa de todos sus errores y su odio.

Todo acaba con Julia volviendo a la cocina para preparar otro sándwich y él comiéndoselo, realmente hambriento por primera vez en meses, luego duerme en la habitación de invitados, y Harold y Julia le dan un beso de buenas noches. Él se pregunta si el tiempo no volverá atrás: en esta ocasión tendrá a Harold y a Julia como padres desde el principio, y no sabe qué será él, solo que será mejor, más sano, más amable, que no tendrá que luchar tanto con su propia vida. Se ve a sí mismo a los quince años entrando en la casa de Cambridge y gritando «¡Mamá! ¡Papá!», palabras que nunca ha pronunciado, y aunque no sabe qué puede haber emocionado tanto a su yo en el sueño, comprende que es feliz. Tal vez va vestido con el equipo de fútbol, con las piernas y los brazos desnudos, o lo acompaña un amigo o una novia. Aún no se ha acostado nunca con nadie y está abierto a todas las posibilidades. De vez en cuando se preguntará cómo será de mayor, pero no se le ocurrirá imaginarse sin que nadie lo quiera, sin relaciones sexuales o sin correr por un campo de hierba blanda como la moqueta. ¿Qué hará con todas las horas que ha pasado cortándose, ocultando los cortes después y conteniendo los recuerdos? Será una persona mejor, lo sabe. Será más afectuoso.

Tal vez no es demasiado tarde, piensa. Tal vez puede fingir una vez más, y en este último intento las cosas cambiarán para él y se convertirá en la persona que podría haber sido. Tiene cincuenta y un años, es mayor, pero quizá está a tiempo todavía. Tal vez aún pueda arreglarlo.

Sigue dándole vueltas a todo esto cuando va a la consulta del doctor Loehmann, con quien se disculpa por su espantoso comportamiento de las últimas semanas.

Y por primera vez, intenta hablar de verdad con el doctor Loehmann. Intenta responder a sus preguntas, y hacerlo con sinceridad. Intenta contarle lo que nunca le ha contado. Pero es muy difícil, no solo porque le resulta casi imposible pronunciar las palabras, sino porque no puede hacerlo sin pensar en Willem, que lo había visto como no lo había hecho nadie después de Ana, que había logrado mirar más allá de lo que era y verlo en su totalidad. De pronto se siente alterado y sin aliento, hace girar con brusquedad la silla de ruedas —todavía le faltan seis o siete libras para poder volver a utilizar las prótesis para caminar—, se disculpa y sale de la consulta del doctor Loehmann, recorre a toda velocidad el pasillo para ir al cuarto de baño, donde se encierra, trata de respirar despacio y se frota el pecho con la palma para apaciguar el corazón. Y allí, en el cuarto de baño frío y silencioso, juega consigo mismo a «Qué habría pasado si...». Qué habría pasado si no hubiera seguido al hermano Luke, si no se hubiera dejado atrapar por el doctor Traylor, si no hubiera dejado pasar a Caleb, si hubiera hecho más caso a Ana.

Sigue jugando, y las recriminaciones marcan el ritmo dentro de su cabeza, pero también piensa qué habría pasado si no hubiera conocido a Willem, ni a Harold, ni a Julia, a Andy, a Malcolm, a

JB, a Richard, a Lucien ni a tantas otras personas, a Rhodes, a Citizen, a Phaedra y a Elija, a los Henry Young, a Sanjay. Las peores
posibilidades involucran a otras personas. Las mejores también.

Cuando logra calmarse sale del cuarto de baño. Sabe que podría
irse. El ascensor está allí, podría mandar a Ahmed por el abrigo.
Pero no lo hace. Va en la dirección opuesta y regresa a la consulta;
el doctor Loehmann sigue sentado en su butaca, esperándolo.

—Jude —dice—. Has vuelto.

Él toma aire.

—Sí. He decidido quedarme.

VII

Lispenard Street

En el segundo aniversario de tu muerte fuimos a Roma. Fue una coincidencia y a la vez no lo fue: él sabía y nosotros sabíamos que tenía que estar fuera de Nueva York ese día. Y seguramente los Irvine pensaron lo mismo, pues organizaron la ceremonia en esa hermosa ciudad a finales de agosto, de modo que cuando toda Europa estaba fuera, de vacaciones, nosotros volamos hacia ese viejo continente que se había quedado sin su fauna vociferante.

La ceremonia tuvo lugar en la Academia Americana donde Sophie y Malcolm habían sido artistas residentes, y los Irvine financiaban becas para jóvenes arquitectos. Ellos habían ayudado a seleccionar al primer beneficiario, una joven londinense muy alta, adorable y nerviosa que construía arquitectura perecedera, edificios en apariencia complejos hechos de tierra, tepe y papel, concebidos para desintegrarse poco a poco con el tiempo. En el acto se presentó la beca, que iba acompañada de una asignación en metálico, y hubo una recepción en la que Flora pronunció unas palabras. Aparte de nosotros y de los colegas de Sophie y Malcolm de Bellcast, estaban Richard y JB, que también habían sido artistas residentes en Roma, y después fuimos juntos a un pequeño restaurante cercano que ellos frecuentaban cuando vivían allí, algunas de cuyas paredes, según nos indicó Richard, eran etruscas, y otras, romanas. La comida fue agradable, relajada y cordial, pero también bastante silenciosa. En un momento dado levanté la vista y vi que nadie comía y que todos teníamos la mirada perdida, dirigida al techo, al plato, a otro comensal, y supe que todos estábamos ensimismados en nuestros pensamientos y que algo tenían en común todos ellos.

La tarde siguiente Julia se echó un rato y él y yo salimos a dar un paseo. Nos alojábamos al otro lado del río, cerca de la escalinata de la plaza de España, y le pedimos al taxista que cruzara el puente y nos llevara de vuelta a Trastevere. Enfilamos unas calles tan estrechas y oscuras que parecían pasillos, hasta que llegamos a una plaza diminuta y sobria, sin más adorno que la luz del sol, y nos sentamos en un banco de piedra. Un anciano con barba blanca y traje de lino se sentó en el otro extremo y nos saludó con la cabeza; nosotros le devolvimos el saludo.

Hacía mucho calor y durante un rato permanecimos sentados en silencio. De pronto él dijo que conocía esa plaza, que había estado ahí contigo, y que cerca de allí había una famosa heladería.

—¿Te apetece un helado? —me preguntó sonriente.

—Claro que sí, me encantaría —respondí.

—Ahora vuelvo —dijo levantándose.

—*Stracciatella* —precisé, y él asintió.

—Lo sé.

El anciano y yo lo observamos mientras se alejaba, entonces el hombre me sonrió y yo le devolví la sonrisa. Bien mirado, no era tan anciano, probablemente solo tenía unos pocos años más que yo. Sin embargo yo no me veía (y sigo sin verme) como un anciano: hablaba como si supiera que lo era, me quejaba de mi edad, pero solo para la galería, para que los demás se sintieran jóvenes.

—*Lui è tuo figlio?* —me preguntó el hombre, y yo asentí.

Siempre me sorprendía y me complacía que nos identificaran como padre e hijo, pese a que no nos parecíamos nada. Debía de haber algo en nuestro comportamiento que mostraba de forma más persuasiva nuestro parentesco que el simple parecido físico.

—Ah —dijo el hombre, mirándome de nuevo antes de que él doblara la esquina y desapareciera—. *Molto bello.*

—Sí —dije yo, y de pronto me sentí triste.

Él me miró con astucia.

—*Tua moglie debe essere molto bella, no?* —me preguntó, o más bien afirmó, sonriendo, como dando a entender que era una broma y también un cumplido, pues a pesar de ser yo poco agraciado, era afortunado por tener una mujer guapa que me había dado un hijo muy guapo y, por lo tanto, no podía ofenderme.

Le devolví la sonrisa.

—Lo es —dije, y él sonrió.

El hombre ya se había ido cuando él volvió, apoyándose en el bastón y saludándome con la cabeza, con un cucurucho para mí y un granizado de limón para Julia. Me habría gustado que hubiera pedido algo para él, pero no lo hizo.

—Deberíamos irnos —dijo, y me levanté.

Nos acostamos pronto y a la mañana siguiente —justo el aniversario de tu muerte— no lo vimos, nos dejó un mensaje en la recepción diciendo que salía a dar un paseo, que nos veríamos al día siguiente, y nos pedía disculpas por ello. También nosotros estuvimos todo el día paseando, y en mi interior albergué la esperanza de que pudiéramos encontrarlo. Roma no es tan grande, a fin de cuentas, pero no fue así, y por la noche, cuando nos preparábamos para acostarnos, caí en la cuenta de que había estado buscándolo por las calles, en cada uno de los transeúntes con los que nos cruzamos.

A la mañana siguiente estaba en el comedor cuando bajamos a desayunar, pálido pero sonriente, leyendo el periódico; no le preguntamos por el día anterior y él tampoco nos dijo nada. Ese día paseamos los tres por la ciudad como un pequeño grupo compacto, aunque la estrechez de las aceras nos obligaba a caminar en fila india y nos turnábamos para abrir la marcha. Visitamos lugares conocidos, muy transitados, sitios que no alimentaran la memoria y la intimidad. Cerca de la via Condotti Julia se quedó mirando el escaparate de una pequeña joyería y decidimos entrar. El minúsculo espacio quedó abarrotado con nuestra intrusión. Los pendientes que Julia había visto en el escaparate eran de una belleza exquisita: de oro macizo, denso y pesado, tenían forma de pájaro, con dos diminutos rubíes por ojos y sostenían una rama dorada en el pico. Él se los compró, y Julia, que no acostumbraba a llevar joyas, se quedó ruborizada y encantada. Él era feliz, y yo me sentí feliz de verlo feliz. Esa noche, la última que pasamos en Roma, cenamos con JB y Richard para despedirnos, y a la mañana siguiente Julia y yo nos dirigimos a Florencia y él regresó a casa.

—Nos vemos dentro de cinco días —le dije, y él asintió.

—Disfrutad mucho. Florencia os encantará.

Se quedó mirándonos mientras nos alejábamos en el coche, y cuando arrancó nos volvimos en el asiento para decirle adiós con la mano. Confié en que mi mano telegrafiara lo que no era capaz de decir: «Ni se te ocurra». La noche anterior, mientras Julia y él hablaban con JB, le pregunté a Richard si le incomodaba tenerme al tanto de lo que él hacía mientras estábamos fuera, y me dijo que sí. Había recuperado casi todo el peso que Andy creía oportuno, pero había sufrido dos contratiempos, uno en mayo y otro en julio, de modo que seguíamos vigilándolo.

A veces tenía la impresión de que la relación iba marcha atrás, que en lugar de preocuparme menos por él me preocupaba cada vez más: cada año era más consciente de su fragilidad y estaba menos convencido de mi competencia. Cuando Jacob era pequeño, me sentía más seguro conforme crecía, como si cuanto más tiempo permaneciera en este mundo, más anclado estuviera a él; como si solo por estar vivo reclamara el derecho a la vida. Era una idea absurda, por supuesto, y resultó ser penosamente errónea. Pero yo no podía evitar pensar que la vida anclaba a la vida. Y aun así, en algún momento de su vida —después de Caleb, si tuviera que poner una fecha— tuve la impresión de que era como un globo de aire caliente atado a la tierra con una larga cuerda trenzada, que cada año tiraba más e intentaba soltarse y elevarse al cielo. Éramos un puñado los que tirábamos de la cuerda por el otro extremo para que el globo bajara a la tierra, a la zona de seguridad. De modo que siempre temía por él y al mismo tiempo le temía a él.

¿Se puede tener una relación auténtica con alguien a quien temes? Ya lo creo que se puede. Y yo seguía temiéndolo, porque él era el poderoso, no yo: si se mataba, si me privaba de su existencia, yo sobreviviría, pero esa supervivencia sería una tarea impuesta, sabía que no dejaría de buscar explicaciones, de examinar el pasado en busca de los errores que podía haber cometido. Y sabía lo mucho que lo echaría de menos, porque aunque ya había intentado partir para siempre una vez, yo no había aprendido a encajarlo y me sentía incapaz de acostumbrarme a eso.

A nuestro regreso todo siguió igual. Ahmed nos recogió en el aeropuerto y nos llevó a casa, donde nos esperaba el portero con bolsas de comida, para que no tuviéramos que ir a la compra. Al día siguiente era jueves, él vino a vernos y cenamos los tres; nos preguntó qué habíamos visto y qué habíamos hecho, y se lo contamos. Mientras fregábamos los platos, él me tendió un bol para que lo pusiera en el lavaplatos, pero le resbaló de las manos y cayó al suelo.

—Maldita sea —exclamó—. Lo siento, Harold. Soy tan tonto y tan torpe.

Y por mucho que le dijimos que no pasaba nada, él se mostró cada vez más alterado, hasta el punto de que le empezaron a temblar las manos y a sangrar la nariz.

—Jude, no te preocupes. Son cosas que pasan —le dije.

Pero él negó con la cabeza.

—No, soy yo. Lo destrozo todo. Estropeo todo lo que toco.

Mientras él recogía los fragmentos, Julia y yo nos miramos sin saber qué decir ni qué hacer, pues no había proporción entre lo ocurrido y su reacción. Desde que había arrojado el plato contra la pared, habían pasado algunas cosas que me hicieron comprender por primera vez lo cabreado que estaba con la vida y lo duro que debía de ser para él controlarse.

Al cabo de unas semanas del incidente del plato estábamos en Lantern House, a la que hacía meses que no iba. Era por la mañana, poco después de desayunar. Julia y yo nos disponíamos a ir a la compra y fui a buscarlo para preguntarle si quería algo. Él estaba en su dormitorio, con la puerta entreabierta, y al asomarme y ver lo que hacía no le dije nada pero me quedé mirando. Tenía una prótesis puesta y se estaba poniendo la otra —nunca lo había visto sin ellas—, y observé cómo hundía la pierna izquierda en la cuenca, tiraba de la funda elástica alrededor de la rodilla y el muslo, y a continuación se bajaba la pernera del pantalón. Como sabes, esas prótesis tienen pies articulados con piezas que reproducen los dedos y la planta, y observé cómo se ponía los calcetines y luego los zapatos; después respiró hondo, se levantó, y dio un paso y luego otro. Las prótesis todavía le bailaban, estaba demasiado delgado, perdió el equilibrio y cayó sobre la cama, y allí se quedó inmóvil un momento.

Luego alargó las manos y se arrancó las dos piernas, primero una y después la otra; por un momento me pareció que eran sus piernas, con calcetines y zapatos, y que acababa de arrancárselas; tan real era la imagen que pensé que iba a brotar un chorro de sangre. Entonces él cogió una pierna y la golpeó contra la cama una y otra vez, gruñendo por el esfuerzo, luego la tiró al suelo, se sentó en el borde del colchón apoyando los codos en los muslos y ocultó la cara entre las manos.

—Por favor —lo oí decir, balanceándose en el silencio—, por favor.

No dijo nada más, y, para mi vergüenza, me fui a nuestro dormitorio y me senté imitando su postura y esperando algo, no sabía qué.

A lo largo de esos meses pensé a menudo en lo que yo intentaba hacer, en lo duro que es mantener con vida a alguien que no quiere vivir. Primero pruebas con la lógica («Tienes tantos motivos para vivir»), luego con la culpabilidad («Me lo debes»), con la cólera, las amenazas y los ruegos («Ya tengo una edad. No le hagas esto a un anciano»). Pero una vez que él accede, es necesario que tú, que le has engatusado, sepas bien a qué te enfrentas, porque ves cómo le cuesta, ves cuánto desea irse, ves que el solo acto de existir le resulta agotador, y tienes que repetirte cada día: «Estoy haciendo lo que debo. Permitir que haga lo que quiere hacer es contrario a las leyes de la naturaleza, a las leyes del amor». Y te abalanzas sobre los buenos momentos, te aferras a ellos como si fueran una prueba —«¿Ves? Por eso vale la pena vivir. Por eso quiero que lo intente»—, aunque esos momentos únicos no pueden compensar todos los demás, que son la mayoría. Piensas, como pensé con respecto a Jacob: «¿Para qué está aquí este niño? ¿Para darme consuelo? ¿Para que yo le dé consuelo a él? Y si un niño ya no puede ser consolado, ¿es mi deber darle permiso para que se vaya?». Y entonces vuelves a decirte: «Pero eso es abominable. No puedo».

De modo que lo intenté, lo intenté una y otra vez. Pero mes tras mes notaba cómo él se alejaba. No era tanto una desaparición física, pues en noviembre había recuperado el peso y tenía mejor aspecto que nunca. Pero estaba más callado, mucho más callado que nunca y, cuando estábamos juntos, a veces veía que miraba algo que yo no podía ver, y luego sacudía la cabeza de forma casi imperceptible, como un caballo sacude las orejas, y volvía en sí.

Un jueves vino a cenar a casa y tenía moretones en la cara y el cuello, solo en un lado, como si hubiera estado al sol a última hora de la tarde y un edificio proyectara una sombra sobre él. Los moretones eran de un marrón oscuro, como la sangre seca, y al verlo solté un grito.

—¿Qué te ha pasado?

—Me caí —respondió él secamente—. No te preocupes.

Por supuesto, me preocupé, intenté abrazarlo.

—Cuéntame qué te ha pasado —le dije.

Pero él se soltó.

—No hay nada que contar.

Nunca descubrí qué ocurrió. ¿Se lo hizo él? ¿Se lo hizo alguien? Yo no sabía qué era peor. No sabía qué hacer.

Él te echaba de menos. Yo también te echaba de menos. Todos te echábamos de menos. Debes saber que yo no solo te echaba de menos porque contigo él estaba mejor: te echaba de menos a ti. Echaba de menos ver el placer con que hacías las cosas que te gustaban, ya fuera comer, correr detrás de una pelota de tenis o zambullirte en la piscina; echaba de menos hablar contigo, ver cómo te tirabas al césped bajo la manada de nietos de Laurence y fingías que no podías levantarte bajo su peso. (Aquel mismo día, la nieta más pequeña de Laurence, la que estaba chiflada por ti, te hizo un brazalete con flores de diente de león entrelazadas, y tú le diste las gracias y lo llevaste en la muñeca todo el día, y cada vez que ella la miraba, se iba corriendo y escondía la cara en la espalda de su padre; también eso echaba de menos.) Pero sobre todo echaba de menos veros a los dos juntos: ver cómo lo observabas y como él te observaba a ti, lo atentos que erais el uno con el otro, lo irreflexiva y sinceramente afectuoso que te mostrabas con él; echaba de menos ver cómo os escuchabais con mucha atención. *Willem escuchando a Jude contar una historia*, el cuadro que JB pintó, no puede ser más real, capta exactamente su expresión. Yo sabía a qué aludía el cuadro aun antes de leer el título.

Y no quiero que pienses que no hubo también momentos felices, días felices, después de que te fueras. Aunque no fueron muchos. Eran más difíciles de conseguir, más difíciles de alcanzar. Pero los hubo. Cuando regresamos de Italia impartí un seminario en Columbia, abierto a estudiantes de derecho y a alumnos de posgrado de cualquier facultad. El curso se llamaba «La filosofía de la ley, la ley de la filosofía», y lo daba con un viejo amigo mío; en él debatíamos sobre la justicia de la ley, las bases morales del sistema jurídico y cómo este a veces contradecía nuestro sentido moral. ¡Drayman 241 después de tantos años! Por la tarde me encontraba con los amigos. Julia se apuntó a unas clases de dibujo del natural y colaborábamos como voluntarios en una organización sin fines de lucro que ayudaba a profesionales (médicos, abogados, maestros) de otros países (Sudán, Afganistán, Nepal) a buscar un empleo en su ramo, aunque esos empleos solo tuvieran un parecido lejano con lo que habían hecho hasta entonces: las enfermeras se convertían en auxiliares médicos y los jueces en pasantes. Ayudé a algunos a conseguir una plaza en la facultad de derecho, y cuando me los encontraba, hablábamos de lo que aprendían, de las diferencias que había en la ley aquí y la de sus respectivos países.

—Creo que deberíamos trabajar juntos en algún proyecto —le dije ese otoño (él seguía colaborando para la asociación de los artistas, y cuando acudí a ella para ofrecerme también como voluntario, me pareció más emocionante de lo que pensé: me había imaginado a un puñado de artistas de pacotilla sin talento que intentaban ganarse la vida de una forma creativa a pesar de que estaba claro que nunca lo conseguirían, y aunque era eso en realidad lo que eran, su perseverancia, su robusta y silenciosa confianza causaron tanta admiración como a él. Nada ni nadie los podría disuadir de vindicar esa vida como la propia).

—¿Como qué? —me preguntó él.

—Podrías enseñarme a cocinar —respondí mientras él me lanzaba aquella mirada casi sonriente, divertido pero aún socarrón—. Hablo en serio. Cocinar de verdad. Seis o siete platos que añadir a mi arsenal.

Y así lo hicimos. Los sábados por la tarde, al salir del trabajo o al regresar de sus visitas a Lucien y a los Irvine, íbamos en coche a

Garrison, a veces solos, otras veces con Richard e India, JB o uno de los Henry Young y su mujer, y el domingo cocinábamos algo. Mi principal problema resultó ser la falta de paciencia, mi incapacidad para aburrirme. Salía de la cocina buscando algo que leer y dejaba que el *risotto* se convirtiera en una masa pegajosa, o me olvidaba de dar la vuelta a las zanahorias y cuando regresaba las encontraba pegadas al fondo de la cazuela. Cocinar parecía consistir en gran medida en mimar, bañar, supervisar, dar la vuelta, remover o calmar: exigencias que yo asociaba con la infancia. Mi problema, me decían, era mi insistencia en innovar, que en repostería era, al parecer, garantía de fracaso.

—Es química, Harold, no filosofía —no paraba de decir él, con su media sonrisa—. No puedes hacer trampas con las cantidades que te especifican y luego esperar que salga como es debido.

—Puede que salga mejor —le decía yo entonces para divertirlo, encantado de hacerme el tonto si creía que con eso le daba alguna satisfacción.

Y esta vez sonrió, sonrió de verdad.

—Imposible.

Pero algo aprendí. Aprendí a asar pollo, a escalfar huevos y a preparar halibut; a hacer bizcocho de zanahoria y el pan con muchos frutos secos que solía comprar en la panadería en la que él trabajó en Cambridge: era riquísimo, y durante semanas horneé barra tras barra.

—Excelente, Harold —dijo un día, después de probar un pedazo—. ¿Lo ves? Podrás entretenerte cocinando cuando tengas cien años.

—¿Qué quieres decir con eso? —le pregunté—. ¡Entonces tendrás que cocinar tú para mí!

Él me miró con una triste y extraña sonrisa; no dije nada y cambié rápidamente de tema antes de que él añadiera algo que yo tendría que fingir no haber oído. Yo intentaba hacer alusiones al futuro, trazar planes a años vista para que se comprometiera con ellos y yo pudiera obligarlo a cumplir el compromiso. Pero él era prudente, nunca hacía promesas.

—Deberíamos ir a clases de música, tú y yo —le dije sin saber realmente lo que quería decir con eso.

Él sonrió brevemente.

—Quizá. Ya hablaremos. —Eso era todo lo que se permitía decir.

Después de la clase de cocina, dábamos un paseo. Cuando estábamos en la casa de campo, recorríamos el sendero que Malcolm había diseñado, que pasaba por el lugar del bosque donde una vez tuve que dejarlo apoyado contra un árbol, retorciéndose de dolor, y por el primer banco, el segundo, el tercero. En el segundo nos sentábamos a descansar. Él no necesitaba hacerlo, al menos no como antes, y caminábamos tan despacio que yo tampoco. Pero siempre hacíamos esa parada ceremonial, porque desde allí había la mejor vista de la parte trasera de la casa, ¿recuerdas? Malcolm había talado unos cuantos árboles para que desde ese banco se viera bien la casa, y desde el porche trasero se veía el banco justo delante.

—Es tan bonita esta casa —dije, como siempre hacía; con eso quería transmitirle lo orgulloso que me sentía de él, de la casa que había edificado y de la vida que había construido dentro de ella.

Alrededor de un mes después de regresar de Italia, estábamos sentados en ese banco y él me preguntó:

—¿Crees que fue feliz conmigo? —Habló en voz tan baja que pensé que me lo había imaginado.

—Claro que sí. Lo sé.

Él meneó la cabeza.

—Había tantas cosas que yo no hacía —dijo por fin.

Yo no sabía a qué se refería, pero eso no me hizo cambiar de opinión.

—Fuera lo que fuese, a él no le importaba. Sé que era feliz contigo. Me lo dijo. —Entonces me miró—. Lo sé —repetí—. Lo sé.

Tú nunca me lo habías dicho, no explícitamente, pero me perdonarás; sé que lo harás. Sé que habrías querido que dijera eso.

En otra ocasión me dijo:

—El doctor Loehmann cree que debería contarte algunas cosas.

—¿Qué cosas? —pregunté, evitando mirarlo.

—Cosas sobre lo que soy —respondió, y tras un silencio se corrigió—: Sobre quién soy.

—Bueno, me encantaría —dije por fin—. Me encantaría saber más de ti.

Entonces él sonrió.

—Es extraño, ¿no?, después de todo el tiempo que hace que nos conocemos.

En esas conversaciones yo siempre tenía la sensación de que tal vez no había una sola respuesta correcta, pero podía haber una incorrecta después de la cual él no volvería a decir nada más, y yo siempre intentaba deducir cuál podía ser esa respuesta para no pronunciarla nunca.

—Sí, es verdad, pero no importa. Yo siempre quiero saber más de ti.

Me miró brevemente y luego miró hacia la casa.

—Bueno. Tal vez lo intente. Puede que lo haga por escrito.

—Me encantaría. Cuando estés preparado.

—Puede que tarde un tiempo.

—No importa. Tómate todo el tiempo que necesites.

Pensé que era bueno que le llevara mucho tiempo, eso significaba que se pasaría años intentando averiguar qué quería contar, y aunque serían años difíciles y tortuosos, al menos viviría. Eso es lo que pensé: lo prefería vivo aunque sufriera a que muriera.

Sin embargo, no tardó tanto en hacerlo. Era febrero, un año después de que interviniéramos. Si conseguía mantener el peso a lo largo de mayo dejaríamos de supervisarlo, y podría dejar de ver al doctor Loehmann, si quería. Andy y yo creíamos que debería seguir yendo, pero ya no sería decisión nuestra. Ese domingo nos habíamos quedado en la ciudad y después de la clase de cocina en Greene Street (una terrina de espárragos con alcachofas) salimos a dar nuestro paseo.

Era un día frío pero sin viento, enfilamos Greene Street hasta que cambiaba de nombre y pasaba a llamarse Church Street, seguimos bajando y bajando por TriBeCa, a lo largo de Wall Street hasta casi la misma punta de la isla, donde nos detuvimos a contemplar el río, el chapoteo del agua gris. Entonces dimos la vuelta, nos encaminamos hacia el norte y regresamos por la misma ruta: Trinity hasta Church y de Church a Greene. Él había estado todo el día callado, tranquilo y callado, y yo parloteé sobre un hombre de mediana edad al que había conocido en el centro de colocación profesional, un refugiado del Tíbet que debía de tener un par de años más que él, un médico, que solicitaba plaza en una facultad de medicina de Estados Unidos.

—Eso es admirable —dijo él—. Es difícil volver a empezar.

—Ya lo creo. Pero tú también lo has hecho, Jude. Tú también

eres admirable. —Me miró y desvió la mirada—. Hablo en serio —insistí.

Un año después de que le dieran de alta del hospital tras su intento de suicidio, él se quedó unos días con nosotros en Truro y también salimos a dar un paseo.

—Quiero que me digas tres cosas que creas que haces mejor que cualquiera —le dije cuando nos sentamos en la arena.

Él resopló con cara de cansancio, llenándose las mejillas de aire y expulsándolo por la boca.

—Ahora no, Harold.

—Vamos, solo tres. Tres cosas que haces mejor que cualquiera y luego dejaré de incordiarte.

Reflexionó un buen rato, y no se le ocurrió nada, y al oír su silencio, me entró el pánico.

—Dime entonces tres cosas que haces bien —rectifiqué—. Tres cosas que te gustan de ti. —A esas alturas casi le suplicaba—. Lo que sea.

—Soy alto —respondió por fin—. O tirando a alto.

—La estatura es algo bueno —dije, aunque yo esperaba algo de otro orden. Sin embargo, decidí aceptarlo como respuesta, aunque solo fuera por lo que le había costado llegar a eso—. Dos más.

No se le ocurrió nada más. Percibí su frustración y su vergüenza, y lo dejé.

Mientras cruzábamos TriBeCa, me comentó con mucha naturalidad que le habían pedido que fuera el presidente del bufete.

—Santo cielo, eso es estupendo, Jude. Felicidades.

Él asintió con la cabeza.

—Pero no voy a aceptar —añadió. Me quedé estupefacto. Después de todo lo que había dado a Rosen Pritchard, después de tantas horas, de tantos años, ¿no iba a aceptar? Me miró—. Pensé que te alegrarías.

Pero yo hice un gesto de negación.

—No. Sé lo mucho…, sé la satisfacción que te proporciona tu trabajo. No quiero que pienses que no apruebo lo que haces, que no me siento orgulloso de ti. —Él no dijo nada—. ¿Por qué no lo vas a aceptar? Serías un gran presidente. Has nacido para eso.

Entonces él hizo una mueca —yo no estaba seguro de su significado— y miró para otro lado.

—No, no creo que lo fuera. De todos modos tengo entendido que fue una decisión controvertida. Además… —Se interrumpió. También habíamos dejado de andar, como si hablar y caminar fueran actividades incompatibles, y estuvimos un rato parados pese al frío que hacía—. Además, tengo previsto dejar la compañía dentro de un par de años. —Me miró para ver cómo reaccionaba y luego dirigió la vista al cielo—. He pensado que tal vez viajaría —continuó, pero su voz era hueca y triste, como si lo mandaran a un lugar que no le atraía demasiado—. Podría irme lejos —añadió casi para sí—. Hay lugares que quiero ver.

Yo no sabía qué decir. Lo miré fijamente.

—Yo podría ir contigo —susurré. Él volvió en sí y me miró.

—Sí —respondió, y lo hizo con tanta contundencia que me sentí reconfortado—. Sí, tú podrías venir. Julia y tú podríais reuniros conmigo en algunos lugares.

Echamos a andar de nuevo.

—No es que quiera posponer indebidamente tu segundo acto como viajero del mundo —le dije—, pero creo que deberías darle más vueltas a la oferta de Rosen Pritchard. Podrías ejercer de presidente unos cuantos años y luego volar a las Baleares, a Mozambique o a donde quieras ir. —Yo sabía que si aceptaba la presidencia, no se quitaría la vida; era demasiado responsable para dejar asuntos pendientes—. ¿Cómo lo ves?

Él me miró con su bonita y luminosa sonrisa de siempre.

—De acuerdo, Harold. Te prometo que me lo pensaré un poco más.

De pronto caí en la cuenta de que estábamos llegando a Lispenard Street.

—¡Oh, no! —exclamé, intentando aprovechar su buen humor y prolongarlo—. Aquí está la fuente de todas mis pesadillas: el peor piso del mundo. —Él se rió. En Church giramos a la derecha, recorrimos media manzana de Lispenard Street y nos detuvimos frente al viejo edificio. Divagué un rato sobre lo horrible que era, exagerando su fealdad y magnificándola solo para ver cómo se reía y protestaba—. Siempre temí que se declarara un incendio y acabarais los dos calcinados, y a veces soñaba que me llamaban de urgencias porque os habían encontrado a los dos devorados por una plaga de ratas.

—No era tan horrible, Harold —dijo sonriendo—. Tengo recuerdos muy buenos de este piso.

De pronto su humor cambió. Nos quedamos mirando el edificio y pensando en ti, en él y en los años transcurridos desde que lo conocí, tan joven, tan tremendamente joven, un alumno más, un alumno con una asombrosa inteligencia y gran agilidad mental pero nada más, no la persona que entonces no podía imaginar que llegaría a ser para mí.

—¿Te he hablado alguna vez del día que saltamos del tejado a la escalera de incendios para entrar en nuestra habitación? —me preguntó de pronto.

—¿Cómo? —respondí yo sinceramente horrorizado—. No, nunca me lo has contado. Estoy seguro de que me acordaría.

Si cuando lo conocí no podía imaginar lo que llegaría a ser para mí, ahora sí sabía de qué modo me dejaría: pese a todas mis esperanzas y ruegos, insinuaciones, amenazas y otras extravagancias, lo sabía. Y cinco meses después —el 12 de junio, una fecha poco significativa, un día cualquiera— lo hizo. Sonó el móvil, y aunque no eran altas horas de la noche y no había ocurrido nada que pudiera presagiarlo, lo supe. Al otro lado de la línea estaba JB respirando de un modo extraño, como en rápidos estallidos; antes siquiera de que empezara a hablar, lo supe. Tenía cincuenta y tres años, no hacía ni dos meses que los había cumplido. Se había inyectado aire en una arteria y se había provocado un derrame cerebral; aunque Andy me dijo que la muerte debió de ser rápida e indolora, más tarde lo consulté por internet y descubrí que me había mentido: habría significado pincharse al menos dos veces, con una aguja del grosor del pico de un colibrí, de modo que había sido angustioso.

Cuando fui a su piso, estaba todo inmaculado: había metido en cajas todo lo que tenía en su despacho, la nevera estaba vacía y todo —el testamento, las cartas— sobre la mesa de comedor, como si fueran tarjetas señalando los asientos en una boda. Richard, JB, Andy, vuestros viejos amigos… estuvieron en todo momento ahí, dando vueltas unos alrededor de otros, en estado de shock aunque no del todo, sorprendidos solo de lo sorprendidos que estábamos, destrozados y deshechos pero sobre todo impotentes. ¿Se nos había escapado algo? ¿Podríamos haber hecho algo distinto?

Su funeral fue multitudinario. Asistieron sus amigos y tus

amigos con sus padres y familiares, sus compañeros de la facultad, sus clientes, el personal y los mecenas de la asociación de artistas, la junta directiva del comedor público, un gran número de empleados de Rosen Pritchard, actuales y antiguos, entre ellos Meredith, que acudió con Lucien (que sigue cruelmente vivo en una residencia de Connecticut) en un estado de confusión casi total, nuestros amigos y personas de las que no me acordaba: Kit y Emil, Philippa, Robin. Después de la ceremonia Andy se me acercó llorando y me confesó que todo empezó a torcerse después de darle la noticia de que dejaba la consulta, y que él tenía la culpa. Yo ni siquiera sabía que Andy pensaba dejar de trabajar —él nunca me lo había comentado—, pero le consolé diciéndole que no tenía la culpa de nada, que él siempre lo había atendido bien y que yo siempre había confiado en él.

—Al menos no está aquí Willem para verlo —dijimos.

Aunque, si tú hubieras estado allí, ¿no habría estado él también?

Aunque es cierto que sabía de qué modo moriría, había muchas cosas que no sabía. No sabía que Andy moriría tres años después de un infarto, o que dos años después a Richard le diagnosticarían un tumor cerebral. Todos moristeis jóvenes: tú, Malcolm, él. Elijah, de un derrame cerebral, a los sesenta años; Citizen, que también tenía sesenta, de una neumonía. Al final solo estaba, y sigue estando, JB, a quien él dejó la casa de Garrison, y al que vemos a menudo, en Nueva York o en Cambridge. JB tiene una pareja formal ahora, un buen hombre llamado Tomasz que es especialista en arte medieval japonés en Sotheby's y que nos cae muy bien; sé que a vosotros dos os habría gustado. Y aunque me siento mal por mí, por nosotros —por supuesto—, me siento sobre todo mal por JB, privado de vuestra compañía y obligado a vivir la vejez solo, con nuevos amigos, sin duda, pero acusando la ausencia de todos vosotros. Yo lo conozco desde que tenía veintidós y, aunque no siempre hemos estado en contacto, eso poco importa.

Ahora JB tiene sesenta y uno y yo ochenta y cuatro, y él lleva seis años muerto y tú nueve. La última exposición de JB se llamó «Jude solo», y en ella exhibió quince cuadros de él en momentos imaginarios de los años que siguieron a tu muerte, de los casi tres años que logró resistir sin ti. Lo he intentado, pero no puedo mirarlos; por más que quiera, no puedo.

Y había más cosas que no sabía. Él tenía razón: nos habíamos mudado a Nueva York solo por él, y después de ocuparnos de su testamento —Richard fue su albacea, aunque yo le ayudé— regresamos a la casa de Cambridge. Junto con Richard, JB y Andy habíamos revisado todos sus papeles (no había muchos), su ropa (un suplicio ver cómo habían ido encogiendo sus trajes) y tu ropa; también examinamos juntos vuestro archivo de Lantern House, lo que nos llevó muchos días porque no parábamos de llorar, de lamentar vuestra ausencia, de pasarnos las fotos, y al regresar a Cambridge, la organización de la casa se había convertido en un acto reflejo, de modo que un sábado me puse a ordenar las estanterías, un proyecto ambicioso, y cuando ya empezaba a estar cansado, entre dos libros encontré dos sobres a nuestro nombre, uno para cada uno. Abrí el mío, con el corazón desbocado. «Querido Harold», decía, y leí la nota que él me había escrito hacía años, el día de su adopción, y lloré, o más bien sollocé, y luego introduje el disco en el ordenador y escuché su voz, y aunque su belleza me habría emocionado de todos modos, me emocioné aún más porque era suya. Al regresar Julia a casa leyó su nota y volvimos a llorar los dos.

Hasta unas semanas después no me vi con fuerzas de abrir la carta que él nos había dejado sobre la mesa del comedor de su casa. No había podido hacerlo antes y no estaba seguro de si podría hacerlo entonces, pero lo hice. Ocho largas páginas mecanografiadas con su confesión: hablaba del hermano Luke, del doctor Traylor y de todo lo que le había pasado. Nos llevó varios días leerla, porque nos pareció interminable. De vez en cuando nos deteníamos, nos abrazábamos, nos infundíamos ánimos —«¿Estás preparado?»—, nos sentábamos de nuevo y seguíamos leyendo.

«Lo siento —decía—. Por favor, perdonadme. Nunca quise engañaros.»

Todavía no sé qué decir de esa carta, no puedo pensar en ella. Todas las respuestas que siempre había querido sobre quién era y por qué era así ahora me atormentaban. Su muerte ya es difícil de asimilar, pero que muriera creyendo que nos debía disculpas es todavía peor; que muriera obstinándose aún en creer todo lo que le habían enseñado acerca de sí mismo —después de ti, después de mí, después de todos los que le queríamos— demuestra mi fracaso: he fracasado en lo único que importaba. Entonces es cuando más necesito hablar contigo, y bajo al salón a altas horas de la noche y me quedo de pie delante de *Willem escuchando a Jude contar una historia*, que ahora cuelga de la pared del comedor:

—Willem —te pregunto—. ¿Crees que fue feliz con nosotros? Porque él merecía ser feliz.

Pero tú solo sonríes, no a mí sino al más allá, y no me contestas. En esos momentos desearía creer que existe algún tipo de vida después de la muerte, y que en otro universo, tal vez en un pequeño planeta rojo donde no tenemos piernas sino colas, donde chapoteamos por la atmósfera como focas y el aire, compuesto de trillones de moléculas de proteínas y azúcar, es nuestro alimento, y todo lo que hay que hacer para seguir vivo y sano es abrir la boca e inhalar, tal vez estáis los dos juntos. O tal vez él está aún más cerca y es ese gato gris que se sienta en el alféizar de la ventana de nuestros vecinos y ronronea cuando alargo la mano para tocarlo; tal vez es el cachorro que tira de la correa de otro de mis vecinos, o el niño de dos años que vi correr por la plaza hace un par de meses gritando regocijado mientras sus padres resoplaban detrás de él, o esa flor que se ha abierto de pronto en el rododendro que había dado por muerto; tal vez es esa nube, esa ola, esa lluvia, esa niebla. De modo que intento ser amable con todo lo que veo y en todo lo que veo lo veo a él.

Pero en aquel momento, delante de Lispenard Street, yo no sabía casi nada de todo eso. Estábamos de pie mirando ese edificio de ladrillo rojo y yo fingía que nunca había temido por él, y él dejaba que yo creyera a mi vez que todas las cosas peligrosas que él podía haber hecho, todas las maneras en que podía romperme el corazón, formaban parte del pasado, eran leyenda, y que delante de nosotros se extendía un tiempo en el que no habría miedo. El miedo había quedado atrás para siempre.

—¿Saltasteis del tejado? —pregunté sorprendido—. ¿Y por qué demonios lo hicisteis?

—Es una historia de las buenas —dijo él sonriendo—. Ahora te la cuento.

Y me la contó.

Agradecimientos

Por sus conocimientos en temas de arquitectura, derecho, medicina, cinematografía, mi más profundo agradecimiento a Matthew Baiotto, Janet Nezhad Band, Steve Blatz, Karen Cinorre, Michael Gooen, Peter Kostant, Sam Levy, Dermot Lynch y Barry Tuch. Asimismo doy las gracias de manera especial a Douglas Eakeley por su erudición y su paciencia, y a Priscilla Eakeley, Drew Lee, Eimear Lynch, Seth Mnookin, Russell Perreault, Whitney Robinson, Marysue Rucci, y Ronald y Susan Yanagihara, por su incondicional apoyo.

Mi sincera gratitud al brillante Michael «Bitter» Dykes, a Kate Maxwell y a Kaja Perina por alegrarme la vida, y a Kerry Lauerman por procurarme consuelo. Hace tiempo que pienso en Yossi Milo, Evan Smoak, Stephen Morrison y Chris Upton como modelos de conducta a seguir por su forma de conducirse en una relación amorosa; los aprecio y admiro por muchos motivos.

Estoy en deuda con el devoto y fiel Gerry Howard y su inimitable Ravi Mirchandani, que se volcaron en la vida de este libro con gran generosidad y dedicación, con Andrew Kidd por su fe, y con Anna Stein O'Sullivan por su indulgencia, ecuanimidad y constancia. Gracias también a todos los que han contribuido a hacer posible este libro, en particular a Lexy Bloom, Alex Hoyt, Jeremy Medina, Bill Thomas y el Estate de Peter Hujar.

Por último, y lo más importante de todo, nunca habría escrito este libro sin las conversaciones que mantuve con —y la amabilidad, gentileza, compenetración, indulgencia y sabiduría de— Jared Hohlt, el primero que me leyó, el guardián de mis secretos y mi estrella polar. Su apreciada amistad es el gran regalo de mi edad adulta.

Índice

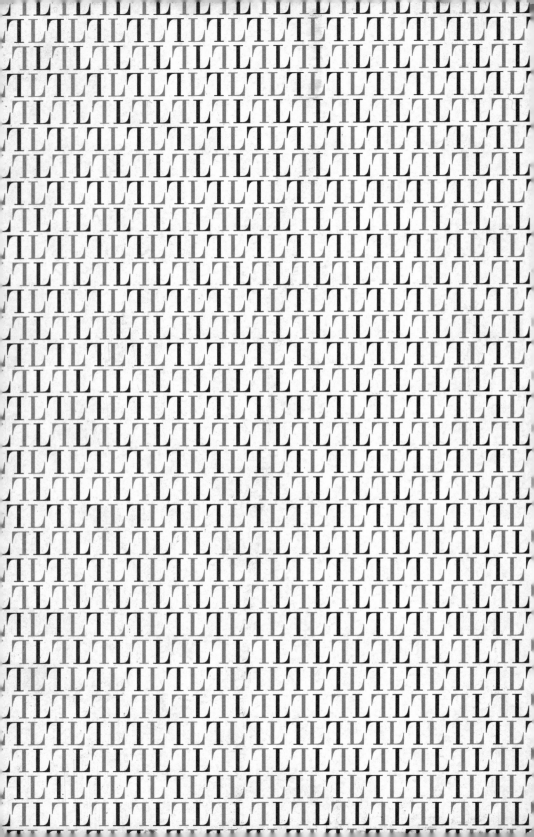